时空裂穴 1

阿卡 著

中国戏剧出版社
CHINA THEATRE PRESS

图书在版编目（CIP）数据

时空裂穴 / 阿卡著 . —北京 ： 中国戏剧出版社，
2021.8
ISBN 978-7-104-05080-3

Ⅰ. ①时… Ⅱ. ①阿… Ⅲ. ①长篇小说－中国－当代
Ⅳ. ① I247.5

中国版本图书馆 CIP 数据核字（2021）第 087593 号

时空裂穴

责任编辑：齐 钰
项目统筹：李 静
责任印制：冯志强

出版发行：中国戏剧出版社
出 版 人：樊国宾
社　　址：北京市西城区天宁寺前街 2 号国家音乐产业基地 L 座
邮　　编：100055
网　　址：www.theatrebook.cn
电　　话：010-63385980（总编室）
传　　真：010-63383910（发行部）

读者服务：010-63381560
邮购地址：北京市西城区天宁寺前街 2 号国家音乐产业基地 L 座

印　　刷：北京兰星球彩色印刷有限公司
开　　本：787mm×1092mm 1/16
印　　张：61.75
字　　数：948 千字
版　　次：2021 年 8 月 北京第 1 版第 1 次印刷
书　　号：ISBN 978-7-104-05080-3
定　　价：128.00 元（全三册）

序

《时空裂穴》是一次奇幻之旅，是巴文化的一部百科全书

黎小龙

二月初，兆明君呈来大作《时空裂穴》，委托我参阅指导并代为作序。展读之时，甚为惊叹，小说奇妙的构思和独特的内容立即吸引了我。

小说以两千多年前神秘消失的鱼复之巴和鄨枳之巴为铺垫，以主人公皮兆寅的神奇穿越为线索，描写其在惊心动魄的宫斗中深陷困境，在香艳缠绵、美不胜收的情爱纠葛中沉沦和挣扎，但男主凭借自己坚定的信念和超凡的毅力一次次的自救，并最终完成作者自赋使命的故事。

《时空裂穴》第一部和第二部，构造了两个古代巴国族群在当代遗存的“乌托邦”社会：一为夔城地缝绝谷中残存的白虎之巴“正宗”，那里封闭保守，与世隔绝，安于现状，王后和大祭司内斗凶险，你死我活；一为黔隆仙女山下巨大洞穴群中生活的白虎之巴分支，这里相对开放、文明，不仅与外界有所接触，甚至还引进了发电站和其他外界物资，但这个巴国也并非风平浪静，在与外界的接触中也出现了封禁与开禁的斗争，加之因为利益分配的不平衡，亦激化了巴国内的矛盾。

而男主皮兆寅，以现代人道伦理注解古代巴国社会，企图以一己之力改变巴国残酷的人祭和婚姻陋俗，与强大的祭司对抗，自然处处碰壁、险象环生。随着故事情节的发展，让我时而为主人公的奇遇惊喜庆幸，时而

又为他面临的险境牵肠挂肚，忧心忡忡。

《时空裂穴》的趣味性和吸引力，固然得益于奇幻小说的必要组成部分，如惊险刺激的各种奇遇，跌宕起伏的故事情节，香艳缠绵的情爱描写，古今时光穿越的离奇滑稽，权力斗争的波谲云诡等要素。同时，作者还融入了探险寻宝、古玩江湖、历史揭秘等知识性内容，随着故事的进展，不经意间将古代巴人的缘起和消失之谜、古峡悬棺之谜、三星堆祭祀坑之谜以及廪君射杀盐水女神之谜等做了自己最富于想象力的注解，读来令人回味无穷。

在小说中，除实景描写大重庆的山川地貌外，作者还虚构了一幅幅绮丽的洞天福地画卷。如巨大的漏斗祭祀厅，峡谷中男耕女织的桃源仙境，仙女山下壮观的圣海，奇幻瑰丽的玉田和灵泉等。除此之外，还将古代巴人的生活场景和奇特的祭祀场面也都做了独具匠心的描写。这些颇富营养的成分，都十分自然地在全书的叙事中铺陈开来——我们在这里感受到的，是作者构思的巧妙和丰富的想象力。

更为有趣的是，作者在创作《时空裂穴》的过程中，还紧扣史实，以历史文献和传说为依据来讲述故事，不仅具有一定的知识性，读来还十分的真实可信。除此之外，作者更大胆驰骋想象力，将童恩正名著《古峡迷雾》加以借用，引申出史密斯曾孙女艾曼纽这个角色，并将她和另外几个外国人引入巴国内斗，强化了故事情节的冲突和悬念。接下来，作者又让主人公运用自己的智慧和胆识，挫败了王后一伙的阴谋，挽救了巴国命运，保全了巴国宝藏。而到了第三部，为了寻找巴国地宫和宝藏，故事发生地进一步扩展到整个古巴国治地，在这个过程中，男主皮兆寅与史密斯家族斗智斗勇，为作品增色不少。

《时空裂穴》所呈现出的知识性和趣味性，与兆明君多年来致力于对巴文化和历史文物的专研不可分割，同时也与兆明君广泛的爱好和丰富的生活阅历有很大关系，而兆明君多才多艺、特立独行的风格也令我心生感佩！

正如大家所知道的，早期巴国的历史，是一段混沌不清的历史。关于巴族的起源、建制、封都、文化、文字、消亡等，学界历来众说纷纭，莫衷一是。兆明君著《时空裂穴》一书，以奇幻小说的方式对这段历史加以自己的解读，颇具新意。《时空裂穴》虽然不是一本经过严密考证的历史专著，但从普及巴文化知识的角度来说，仍不失为一种新的探索，对更多人关注和了解巴文化无疑是做了一件十分有意义的事，且这种方式更具传播效果。

兆明君《时空裂穴》共分三部，分别为《廪君使者》《魔幻地国》和《鬼城神宫》，洋洋洒洒近百万字，读来难以释手，不禁让人更加期待其后的精彩演绎。

我们期待的小说，以艺术性、趣味性、知识性、思想性统一为佳。

无数个夜晚的研读，不禁为兆明君的《时空裂穴》而惊异、叫绝！

2018 年初春于西南大学学府小区

（作者系西南大学教授、三峡博物馆前馆长）

目 录

第一部 廪君使者

引子·奇梦

一片漆黑，不知身在何处。

像夜空，可看不到月亮和星星；像洞穴，又触摸不到冰冷的石壁。踽踽独行，只觉得脚步沉重，呼吸不畅，浑身乏力。

过了一会儿，眼前忽然有了亮光。那是一弯残月，高悬于空中，在惨淡的月光下，隐约可见自己置身于荒山野岭中。此时，耳边突然响起一阵马蹄声，急促而凌乱，由远而近，直奔我身处之地而来。

我赶紧闪身于一棵大树后，注目而望。不多会儿，眼前出现了一列骑士，为首那位将军身着皮甲，头戴铜冠，不时催马前行。但胯下战马已口冒白沫，筋疲力尽，没跑几步，猝然倒地，又带翻了后面几骑。跌落的过程中，皮甲将军一个滚翻，迅即起身，高呼道："下马，布盾阵。"其属下听令，一起跃身下马，手握皮盾，横列三行，截住路口。

与此同时，一阵更激烈的马蹄声传来。须臾，一列骑士追杀而至，人数远多于前列骑士。为首两位将军，一黑一白，见敌人扎住阵脚，也喝令队伍布阵。布阵完毕，一声令下，阵列中万箭齐发，带出破空之声，射向对方。片刻之间，皮盾上插满箭镞。

几轮箭雨之后，敌阵中又有多人倒下，随后，黑袍将军大吼一声："败军之将，你若还不缴械投降，交出神器和宝藏，本将可就要大开杀戒了！"

闻言，皮甲将军怒目圆睁道："巴国只有战死将军，没有投降将军。"说完便张弓搭箭，射向黑袍将军。

黑袍将军略一侧身，躲过来箭，口中喊道："杀，一个不留，为先辈们报仇！"喊声过后，群情激奋，追击之军齐出，个个争先，不畏生死，一时之间，杀声震天，地动山摇。

见情势危急，皮甲将军从背上取下一布袋，交于一人手中，耳语几句，那人便在皮盾的掩护下脱离队伍，往一峡谷跑去。

盾阵在大军的冲击下很快散乱，其时，黑袍将军手持利剑跃马而出，白袍将军纵马跟上，杀入敌军阵中，左挑右刺，横劈竖砍，片刻工夫，皮甲将军部下已所剩无几。此时，黑袍将军挥了挥手，其手下立即停止攻击，将皮甲将军团团围住。

“最后问你一次，神器在哪里？宝藏在哪里？”黑袍将军问道。

“交出神器和宝藏，或可饶你不死。”白袍将军应声道。

“本将已经说了，巴国只有战死将军，没有投降将军。”皮甲将军冷笑作答。

黑袍将军大怒，手又一挥，弓弩手立马放箭，刹那间，皮甲将军全身插满箭镞，变成了“刺猬”。剩下的几个士兵见首领战死，一起冲杀向黑袍将军，未及近身，已被黑袍将军手下士兵蜂拥而上，乱刀砍死。至此，追击的将士们还不善罢甘休，纷纷挥舞着手中的兵器，朝地上的死尸一阵乱砍。

鲜血流淌在谷底，染红了大地。

然而，追击还没有结束。砍杀一阵之后，白袍将军留下收拾残局，黑袍将军又亲率几骑朝峡谷追去。

然而，没过多久，那黑袍将军又仓皇失措地率众返回。白袍将军正待问话，那黑袍将军先是仰天长叹：“天不亡巴，我等功亏一篑也！”随后高喊道：“快撤，后面有猛虎……”话音未落，身后峡谷入口处冒出一群斑斓猛虎，正快速地向他们逼近。白袍将军顿时大惊失色，手下的士兵更是惊慌无措。此刻，黑袍将军也已催马近前，对白袍将军催促道：“撤吧，不要做无谓抵抗。那‘白虎巴’的信使已被我射中两箭，即使有白虎搭救，也命不久矣。”

黑袍将军和白袍将军退去后，虎群也同时消散，但为首那只大虎还注视着我藏身的方位，口中说道：“皮兆寅，你该现身了。”

听那老虎忽然说出人话，我大为震惊，心口又是一阵抽搐。但见那老虎眼露善意，我才手按胸口，战战兢兢地从大树后走出，呆望着老虎，不知道该迎上去还是逃之夭夭。

正犹豫不决之时，老虎已来至身前，拦住去路。

“你……你要干什么？”

“别害怕，本王不会吃你的。”老虎摆动着硕大的头颅，灯泡似的眼睛中射出一道奇光，“跟本王走，你将会到达一个神秘的地方。”话毕，老虎便扭转身体，迈步前行，根本不考虑我的感受。

鬼使神差般，我竟然跟在老虎身后，随它朝黑暗深处走去。渐渐，只觉得身体变轻了，被一股奇异的力量托举，飘飘荡荡地跟着那光雾状的老虎扶摇直上。低头下望，身下是起伏连绵的群峰，群峰之间，隐约可见一条裂谷。

“孩子，看见下面的裂谷了吗，那就是本王将要带你去的地方。”

“去那里干什么？”

“干什么，你不是喜欢探秘吗？”

“那里面有什么秘密？”

“一个关于白虎家族的秘密。”

“白虎家族的秘密？”

“对，白虎家族的秘密——你想解开这个谜吗？”

“当然……”

“哈哈，看样子本王没选错人，早知道你是一个好奇心重的孩子，堪当此任。”老虎满意地点点头，随后又转过头来，凝视着我，露出严峻的目光，话锋一转，“可是，好奇心有时候也很危险。”

“既然危险，为什么要告诉我？”

“因为……”此时，老虎眼神开始变得游移不定，“因为，白虎家族正深处危难之中，需要你去找几件东西，给本王做个信使，化解这场灾难。”

“找什么东西？”

老虎歪着头，微闭双眼，说道：“到那里你就会知道了，找到它，不仅能消除这场灾难，还能解除你心中的所有疑团。”说完，它的身体折返向下，道：“跟本王来吧，你会得偿所愿的。”

我心想，干吗要听你的，可身体却不由自主地移动起来，跟着老虎飘摇而下。眼看着裂谷越来越近，景物逐渐变得清晰，谷底似有一条小溪，还有几道飞瀑，景色虽然不错，但却十分阴森，仿佛里面隐藏着无数的妖魔鬼怪，令我后背直冒冷汗。老虎似乎明白我的心思，放慢了脚步，转过身来说道："有本王在，你不必害怕，什么妖魔鬼怪也奈何不了寡人。"

终于，好奇心战胜了恐惧，我开始瞪大眼睛，将目光投射于裂谷中。只见先前逃跑那人，正挣扎着在地上爬行。

恍惚间，我仿佛看见那黑袍将军正从背上取下弯弓，拍打了一下马屁股，其坐骑猛地向前狂奔起来。随即，他搭上箭，拉满弓，朝逃窜之人射去。箭响处，逃窜之人中箭倒地，但他很快又挣扎着爬起来，踉踉跄跄往前走。于是，黑袍将军再次张弓搭箭，这一箭射中了逃窜之人的背心，与此同时，我的心口也传来一阵刺痛，仿佛这一箭射中的不是逃窜之人，而是我。见逃窜之人倒地不起，黑袍将军大喜，立即喝令手下上前拿人。正在此时，响起一阵虎啸，随即，峡谷中突然冒出一群猛虎，拦住谷道，为首一只，身长丈余，吊睛白额，威风凛凛，怒视着黑袍将军。啸声中，战马跪地，骑士跌落，其中两人落入虎口，争抢之下，被撕成几大块。见此情形，追击士兵一个个吓得魂飞魄散，哪里还敢上前拿人。黑袍将军急忙召集手下人等，凄然撤退。

此时，老虎又说话了："本王要你找的东西，就在那人身上。"

话音刚落，裂谷上空忽然出现许多光团，临近眼前的时候，幻化成半人半兽的怪物，口中吐出一团团蓝色火焰，呼啸着朝老虎扑来。老虎立即挺身向前，将我护在身后，同时张开前肢狂舞起来。冲在前面的怪物被老虎爪风扫及，随即雾化飘散。

那半人半兽的怪物并不退却，一个个争先恐后，将老虎团团围住。危急之中，只见老虎扭身摆尾，又扫倒一大片怪兽。

但怪兽实在太多，一排排倒下，又一层层围上来，层出不穷，灭之不尽。

忽然间，天空中乌云密布，一道道闪电从乌云中射出，划破黑暗，撕裂夜空，照亮谷底，而此时，逃亡之人已不见了踪影。

恰在此时，一道电光劈中老虎身躯。

老虎倒地，痛苦地呻吟起来，随即，整个身体开始雾化。

然后……

然后就没有然后了，因为梦醒了。

不知为何，近几年来，我常常会做这个梦，也不知道这是第几次了，更不知道此梦象征着什么，意味着什么？只是觉得，我这个生肖属虎而且小名也叫小虎的人，一定和老虎有某种不解之缘。一天，我去拜访山城博物馆巴蜀史专家董老师，无意当中讲到这个梦，董老师听了，也觉得很神奇，不光是因为这个梦很长很清晰，更因为这个梦很穿越，为此，董老师曾开玩笑说道：“莫非你的前生，就是那个带着宝藏秘密被追杀的人？”接着，董老师便给我讲述了巴国历史上的一大悬案：战国中晚期，也就是公元前 316 年左右，秦惠文王用司马错计，以馈赠粪金石牛为名，诱使蜀国开凿石牛道，并使蜀王与苴侯交恶。石牛道修通后，秦军挥师南下，一举灭掉苴国和蜀国，随后又挥师东向进取巴国。巴军节节败退，退守鄷城，巴王和巴国贵族尽聚于此。据说当秦军先锋部队抵达鄷城时，巴国尚有十万军队驻扎于此，凭险而守。见此情形，秦军围而不攻，以待后援。围城后的第十天，秦军后援抵达，开始攻城，才发现城中已无守军，十万大军在一夜之间消失得无影无踪，与其一同消失的，还有巴国四处劫掠所得的大批珍宝。

讲完这段故事，董老师含笑望着我，其用意不言自明，而对于我来说，心中却存有疑问。首先，董老师讲的这个故事，只是表明巴国灭亡的时候，有可能将一批珍宝藏匿起来了，但夔城离鄷城有好几百里路，按当时的条件，怎么可能在短短十天时间内完成宝藏转移？更何况鄷城四面被围，根本就不可能将这些宝藏转移出去；还有，城中的十万守军，又怎么会凭空消失呢？

第一章

天坑探险队

“嘭”的一声，白骨破裂了，上面布满了大大小小的裂纹。青袍人脸皮上的肌肉抽搐了一下，眼睛朝我望来，像两道寒光刺痛了我的心脏……

董老师

讲故事之前，先简单介绍一下我和董老师的渊源——

董老师与父亲是夔城中学同学，十分要好的铁哥们。1977 年，父亲去参了军，后来以团职身份转业成为一名政法干部。而董老师则于第二年考上大学，毕业后分配到山城博物馆工作，成为享受政府特殊津贴的文物鉴定家和巴蜀史专家。本世纪初，我到山城读大学，读研后留校任教，因喜欢文物古玩，对巴蜀史也饶有兴趣，便常去董老师家讨教，顺便打个牙祭。而董老师又是个童心未泯的人，再加上父亲这层关系，一来二去，便和董老师成为无话不谈的忘年交。

两年前，董老师被查出肺癌，家人要他住院，他偏不肯，坚持要把手头的巴国史稿完成，但不久之后，病魔带来的剧痛让他不得不停止手头的工作，来到医院治疗。60 多岁的老人，又是开刀又是化疗，经过这般折腾，入院两个月以来，眼看着一天不如一天。

一天，董老师夫人陈姨突然打来电话，说董老师有重要的事找我，我二话没说，赶紧打车赶到医院。见我这么快就到了，陈姨很欣慰，随口说道："不知怎么回事，这些日子来，老头子天天都念叨着你，比想两个亲儿子还多，看来他还真把你……"

"念他俩有啥用？"董老师打断陈姨，皱眉说道，"一个在法国搞绘画，一个在美国搞计算机，都帮不上我啥忙，只有小虎对巴国史感兴趣，有点话题可谈。"说到这里，他指了指床头柜，陈姨会意，忙从里面取出一个档案袋，随后又从档案袋里抽出个笔记本。董老师又喘口气接着说道："这本笔记，是我对巴国史研究的一点心得，同时呢，也记录了心中的很多疑问，而我有生之年是不能解答这些疑问了，所以把它交给你，希望你去钻研一下。"

说完这段话，董老师连咳几声，我忙把床摇高点，倒杯水给他，惶惶不安道："您把这么重要的东西交给我，怎么担待得起，真怕让您失望。"

董老师示意我坐下，微笑着说道："我是觉得你有灵气，专业又是古文字研究，所以才把它交给你。"

手托笔记本，感觉分外沉重，但我还是有些疑惑，忍不住问道："古文字和巴国史完全是两个不同的门类，这……"

"不错，古文字貌似跟巴国史不沾边，但巴国史中一大谜团却跟古文字有关。"见我面露难色，董老师抬起颤颤巍巍的手，拿过笔记本，翻到写满神秘符号的一页，"巴国青铜器中，最难以捉摸的就是这些图语，而这些图形文字，一共出现了两百多个，我把它们全部摹写在笔记本上了，如果能够破译它，或许就能找到解开巴国谜团的钥匙。"

听完董老师的话，我无比沮丧，不由得说道："甲骨文有四千多个单体字，才勉强破译出一千多个字，金文有三千多个单体字，也只释读出两千多个，而巴蜀图语总共才两百多个单体符号，又没有连续的长文，要释读它们，这……这难度也太大了吧！"

"我也知道，这几乎是个不可能完成的任务，但凡事不去尝试怎么知道。"董老师点点头，接着又长叹一口气，"近些年来，四川地区不断有重大考古发现，尤以广汉三星堆和金沙遗址的发掘最为震撼，出土了很多价值极高的古蜀文物，古蜀国的神秘面纱正一层层被揭开。山城地区虽然拜三峡工程清库所赐，进行了大范围抢救性发掘，然而除小田溪墓葬群外，再无所获，还是无法连接巴国的完整历史，让我这搞巴国史研究的情何以堪啊。"

正无言以对时，陈姨插话道："巴国老祖宗没有为后人留下啥东西，关你啥事，自责又有什么用？你现在的任务是安心养病，等养好了病，说不定哪天就出东西了。"

我连忙附和，"陈姨说得对，您老还是安心养病吧。"

默然半晌，董老师又开口说道："山城范围内虽然没有重大的巴国时期考古发现，但不等于巴国的老祖先没有留下什么东西。联想到巴人起源于穴居的传说，我怀疑巴国重大遗存很可能藏在洞穴中，而老家夔城一带有很多山洞，又是白虎之巴神秘消失的地方，很有可能藏有巴国遗物，你今后可多留点心。"

听完董老师的话，我不禁嗫嚅道："难道您真相信夔城藏有巴国宝藏？"

董老师并没有正面回答我的问题，而是闭目沉思，半晌，才沙哑着嗓子说道："忽然想起上山下乡那些年月，当时，我跟你老爸被分配到江南吐祥乡，而他对那个传说是坚信不疑的，一有空，就拉我去钻周围的山洞，说是里面可能藏有巴人宝藏，像是着了魔一样。说起来，我读考古专业，还是受了你老爸的影响呢。"

我强装笑脸，握住董老师骨瘦如柴的手，说道："等您出院以后，我代替老爸和您一起再去探探那些洞子。"

"说到探洞，该说说今天找你来的主要目的了。"董老师望着我，忽然有些亢奋，"前几天，成都理工大学万西南教授邀我去天坑地缝一带考察，说是加入了一个中外联合探险队，主要任务也是探洞，我没有告诉他自己躺在医院里，而是推荐了你去参加这次考察，明天就是报到的日期了，不知你能不能替我去一趟？"

"天坑地缝？"

"对啊，天坑地缝，"看着我惊愕的眼神，董老师有些不解，"怎么，你没有空吗？"

"我……有空。"

"有空就好，"董老师长舒一口气，轻拍我的手说道，"我虽然钻了那么多洞子，但天坑地缝居然没去探过，真是遗憾。听万教授说，这次联合考察，将会深入到地缝深处，全面考察那一代的地下水系，这对我们来说，是一个探索巴人遗迹的大好机会。"

"他们是做地质考察，又不是做考古发掘……"望着董老师，我有些困惑。

董老师轻喘一口气，清清嗓子说道："他们做他们的地质考察，你做你的历史田野考察，相互并不矛盾，再说，地缝还有五公里从来没有人涉足过呢，如果这次考察队能够深入进去，说不定就有意外发现。"

冬瓜

说来也巧，刚离开医院，就接到发小“冬瓜”的电话，说是在兴隆镇开了一家“冬瓜饭庄”分店，要我去捧场。兴隆镇又名三角坝，正好是天坑地缝所在地。而有冬瓜在，天坑地缝之行想来是不会寂寞了。

于是，回到学校，简单地收拾了一下行李，立即前往兴隆镇，找到探险队集结地“天地游客栈”，拜访万西南教授，在万教授的推介下，以编外队员的身份加入了探险队。

虽然名为中外探险队，其实除万教授外，其他五个都是老外，三个法国人，两个英国人。万教授介绍，队长叫伊文思，是法国洞穴探险协会的副会长；另一个法国人叫沙克，头顶虽然有些秃，但全身却长满体毛，像个红毛猩猩；而两个英国人，一个叫威利，一个叫沃克，体毛也不少。

对了，还有一个法国美女，像年轻时候的苏菲·玛索，她的名字叫艾曼纽。令人惊讶的是，艾曼纽能说一口流利的普通话。

不多会儿，冬瓜应约来到天地游客栈。

大半年没见，冬瓜似乎又胖了不少，身子滚圆滚圆的，身高虽然远不及我，体重却重了许多，更像个名副其实的“冬瓜”了。

新店开业，冬瓜西装革履，倒有些老总派头，但一举手投足就露了馅儿，仍然是油头滑脑、上不了台面的“冬瓜”。

一见面，冬瓜便开口骂道：“狗日的，你一天神出鬼没，像个独行侠，以前约你几次都涮老子坛子，今儿啷个一打电话就来啦？”

我答道：“新店开业是大事，我敢不来啊？只是走得匆忙，没来得及准备花篮，送个红包表表心意吧。”说完，便从口袋中掏出红包，往冬瓜手里塞。

冬瓜一把按住我的手，佯怒道："狗日的，老子又不缺钱，稀罕你的红包，麻烦你还是留着娶媳妇儿用吧。""狗日的"是冬瓜的口头禅，对爹妈说话也是这个腔调。

我捶捶他肩，"这事不用你着急，我目前还没这个心思。"

冬瓜也捣我一拳，"狗日的，你龟儿有病，该治治啦。"

怕冬瓜纠缠这个话题不放，我赶紧说道："怎么想到来三角坝开分店？"

冬瓜瞪我一眼，"狗日的，你又不是不晓得，现在城里的生意不好做了，只好转移阵地，到旅游景区来挣点快钱。"

我又问道："可三角坝只有暑期这两三个月旺季啊，剩下的时间怎么办？"

冬瓜瞅我一眼，狡黠地笑了，"狗日的，到了淡季，旅游的人当然少了，可镇上打麻将的人还是不少的，难道不可以开成麻将馆收台板钱和水钱？再说了，打完麻将，还得吃宵夜吧？那宵夜的价格，可是比平时高得多呢。"

既然写到了冬瓜，就不得不先说说"冬瓜"这个诨名的由来——

冬瓜姓冯名东国，因为长得胖，名字又与冬瓜谐音，所以就被人叫成冬瓜了。冬瓜因为贪吃而热爱烹调，因为热爱烹调而开了饭馆，饭馆就取名为"冬瓜饭庄"。而我和冬瓜为什么这么要好，个中渊源，可就要扯到爷爷辈了。

冬瓜的爷爷，来头很大，是一位南下干部，解放初期，随刘邓大军进军西南，被委任为征粮队长，在征粮的时候，认识了我的爷爷。而我的爷爷，当时是川东地下党的干部，负责协助部队征粮工作，在征粮过程中，他俩结下了深厚友情。大西南解放后，冬瓜爷爷成为川东某县的第一任县委书记，而我爷爷成了当地的公安局长。不久之后，冬瓜爷爷上调山城，任行署后勤处长，我爷爷也跟着到了山城。后来，冬瓜爷爷又上调北京，而我爷爷则因为要伺候不愿离乡的老母而留在了当地。时光荏苒，转眼到了二十世纪七十年代，冬瓜的爷爷已不在人世，冬瓜的奶奶带着一双儿女返回山城投奔我爷爷。而我爷爷当时还被关在牛棚，见他们母子三人到来，便托人将他们送到老家，从此隐姓埋名。再后来，我爷爷官复原职，便将冬瓜的奶奶和她的一对儿女接回县城，随后，安排冬瓜的爸爸和姑姑进县文工团工作。冬瓜的爸爸喜欢画画，做了美工；冬瓜的姑姑长得漂亮，做了演员。又过了几年，冬瓜的爷爷也平了反，冬瓜的爸爸调进检察院工作，冬瓜的姑姑调进法院工作，而我的父亲转业后，则被分配到公安局工作。

没迁城之前，公检法三家坐落于同一个位置，公安局位于北面，检察院位于东面，法院位于西面，三家单位围成一圈，中间是个大坝子，南面是院墙。所以说起来，我和冬瓜也算是大院子弟，而且由于两家这种特殊关系，我和冬瓜从小便形影不离。

说到这里，还得提一下冬瓜的姑爹，是中央保卫局退下来的，曾获得过第六届全国武术亚军。自然而然，我和冬瓜就被安排做了他姑爹的徒弟。只是冬瓜热衷美食烹调，更喜欢向厨子们学艺，而我喜欢画画摄影，倒是常常向冬瓜老爸请教。如此一来，跟冬瓜姑爹练功反而敷衍了事，初时还煞有介事地练练，时间久了，渐渐就失了兴趣。对此，冬瓜的姑爹感到很无奈，教了几年，就再也不管我俩了。不过也有好处，我和冬瓜都有一定的基础，拳脚功夫也算马马虎虎。

本来天地游客栈已为全体探险队员安排了晚餐，但冬瓜却生拉硬扯地把我拽出来，说天地游的饭有啥吃头，不如去冬瓜饭庄吃野味。于是，我只好听命于他，错过与队员们沟通的机会。

来到冬瓜饭庄，闻着香喷喷的野味，顿时胃口大开，忍不住将那野猪肉、野兔肉和麂子肉往肚子里塞。吃的过程中，冬瓜又不停地劝酒，不多会儿，便有些微醺，冬瓜又嚷嚷着要给我介绍女朋友，并且马上就要打电话叫人，吓得我赶紧开溜。

回到客栈，却没有睡意，便拿出董老师的笔记本翻阅起来。

笔记字迹工整，很有条理，大多记录他对巴史研究中的一些疑问和设想，凡是他的观点与现有文献资料相悖的地方，都会打上一个红色问号。

笔记第一部分是关于巴人起源，第二部分是关于图腾崇拜，第三部分是关于巴国的消亡，这些问题以前都曾与董老师探讨过，所以便一扫而过，直接翻到有关巴蜀图语的内容。照董老师的说法，巴国和蜀国，皆立国于夏代，到春秋战国之时，已有一千多年，照理说该有自己的文字，可是翻遍所有古籍，皆没有相关记载。然而，巴蜀出土的青铜器中，却出现了一种图形符号，具有明显的象形文字特征，学界称之为巴蜀图语。遗憾的是，这种符号，总共才发现二百多个单体字符，且没有长段相连的，其中铭刻图语最多的一件青铜器，是在涪陵小田溪出土的一件錞于，总共也才五个字符。

看了一会儿笔记，睡意渐起，因想到明天还要早起探洞，便匆匆洗漱了，倒头睡觉。

魔鬼洞

清晨。

雾瘴将连绵起伏的群山分隔成一道道不同色调的帷幕，由远及近，依次是粉蓝色、瓦蓝色、藏青色和黛绿色。在藏青与黛绿之间，隐约可见一条崎岖不平的山路，山路上，一辆金杯车正颠簸着朝帷幕深处蠕动。

万教授坐在副驾位置，其后分别是伊文思、艾曼纽、沙克、威利和沃克。而作为编外队员的我，则坐在最后一排，旁边堆放着探险用具。一路上，大家以英语交流，谈的都是些地质结构方面的问题，这对我来说都是短板，因而不敢插嘴。

经过一段时间的颠簸，金杯车停在一个前不挨村后不着店的荒山腰，此时，已有一个乡民等候在那里，是今天探洞的向导。等队员们都背好行李，乡民便拿着砍刀，朝山脊上爬去，一路披荆斩棘，最后，在山梁上一块空地前停下来，拨开杂草，便出现一个洞口。

洞口不大，约有一米高、两米宽，似张开的鱼嘴，喷出阵阵寒气。这时，乡民开口了，“这就是魔鬼洞，据说和山下那个水洞子是连通的，里面经常会传出鬼哭狼嚎的声音，月圆之夜更骇人，没想到你们一来就要探这个洞子。”

万教授点点头，说道：“谢谢你的提醒，我们会小心的。”

乡民见万教授不以为然，加重了语气说：“老人家，我可不是跟您开玩笑，以前有一个叫张大胆的，跟别人打赌进去探洞，约定只要能从下面的洞子出来，就牵一头牛给他，可张大胆进去之后，就再也没有出来，后来，也没人敢进这个洞子了。”

还没待万教授回答，艾曼纽已抢先说道：“你把我们带到这里，就算完成任务，其他的事就不用操心了。”说完，塞给乡民两百元钱。

接下来，探险队员们开始做入洞前的准备——先脱掉外衣，然后从背包中拿出一堆衣服来，一层一层往身上裹。贴身一层是紧身衣，中间一层是防寒服，再裹上一层薄膜状的衣料，再穿上尼龙防水服，肩、腰、腿上都绑着许多带钩和环扣。再戴上头盔，一个个就像消防队员。

艾曼纽也脱得只剩下内衣裤，但她并没有马上穿外套，而是在洞口边一块大石上躺下来抽烟——晨光从树缝间射过来，将她的身体勾画出一个凹凸有致的轮廓，十分灼目。抽完烟，艾曼纽才开始穿探险装，有意无意间，瞥我一眼。

如此喷火的女郎，眼中射出的光却带着寒意，令人感到郁闷。

穿戴完毕，探险队开始下洞，沙克走在最前面，然后依次是伊文思、艾曼纽、威利、沃克、万教授和我。

虽然我的装备没有其他队员专业，但我对于探洞却并不陌生，这都得益于父亲。正如前文所言，父亲一直对探洞感兴趣，还曾带我去探过几个洞子。除此之外，他还喜欢打猎，为此，专门托人搞到一把双管猎枪，闲暇的时候，会约上几个战友去深山老林一显身手。实在约不到人的时候，也会抓我的丁。

闲话少说，开始探洞。

洞的前段是个陡坡，洞底铺满锋利的砂岩，但这对于专业探险队员们来说一点不会成为阻碍。

下完陡坡后，洞穴变得宽大了许多，有水滴从洞顶落下，接着开始出现各种奇形怪状的钟乳石，呈现出诡异而神秘的气氛。然而，老外们对钟乳石似乎不怎么感兴趣，只顾往前走，每遇到岔洞，总是选择朝下的路径。当进入一个大厅的时候，走在前面的沙克忽然停了下来，接着发出一声怪叫。

当大家将灯光集中在沙克立足的那片区域时，顿时欢呼起来。

那是一堆骨架，保存得十分完整的骨架，纵横交叠在一起，像某种大型猛兽，头部呈不规则椭圆形，上下颌各有一对獠牙。其中一具骨架位于骨骸堆外侧，身体呈扭曲状，似乎死前有过痛苦的挣扎。在它旁边，还有两只幼崽的骨架。

老外们热烈地讨论起来，最后，认定这是一群老虎的遗骸。

老虎！

我心中一惊，脑海中立即浮现出那个奇异的梦境。

正恍惚中，探险队员们又有了新发现——洞厅边沿的一个大坑中，也堆满了层层叠叠的骸骨，而这些骸骨都残缺不全，十分凌乱，与洞厅中间的那堆完整的老虎骸骨形成鲜明对比。老外们在骸骨堆中仔细地翻动，不时发出惊叹声，眼神中满是疑惑。

因为他们发现——这些骨骸大多是人类的。

“老虎的骨骸是完整的，而人的骨骸却残缺不全，这可不大好解释。”此时，威利瞪着圆鼓鼓的眼珠子，表现出无比困惑的样子。

“怎么不好解释？”艾曼纽瞥威利一眼，脸上是满满的自信，“依我看，洞子里原本住着一群原始人，后来被老虎发现，跑进来把他们吃了，所以就变成现在这个样子。”

“艾曼纽的说法有些道理，”伊文思微闭双目，若有所思，“但仍然不能解释洞子里只有老虎和人类遗骸这个事实，难道说，那些老虎只吃人类而不吃其他动物？”

“也许跟古代巴人的某种祭祀仪式有关吧？”

此刻，我猛然想起有关巴国第一个首领廪君的传说，不由自主就脱口而出，随后，就看见艾曼纽的目光向我扫射过来。

“巴人的祭祀仪式？”艾曼纽望着我，这一次，她的眼神中没有轻蔑，而是流露出一丝讶异，“那是怎样的一种仪式？”

看着大家期待的眼神，于是，我便用蹩脚的英语回答问题，“据说，巴人的第一个‘BOSS’廪君死了之后，魂魄幻化成白虎，老虎喜欢喝人血，所以巴人会用活人来祭祀老虎，而这一支巴人也一直以老虎为图腾，称为白虎之巴。”

话音刚落，所有人的目光都闪亮了一下。

“小皮这一说，似乎可以解释老虎和人类骸骨呈不同分布的原因了。”万教授点点头，眼光中充满赞许，接着又补充一句，“到底是董老师的高徒，分析得很有道理。”

但是，沙克立马提出了不同见解，只见他手里拿着两支生锈的铁箭镞，嘴里说道：“如果人在这里变成了祭品，那这只老虎身上的箭镞怎么解释？”

“是啊，按照骸骨的状况推断，这只老虎显然是被人类杀死的。”威利接过箭镞，附和沙克的见解。

“如果是巴人射杀了这只老虎，岂不与皮先生所说巴人以老虎为图腾发生矛盾？”沃克也针锋相对提出了质疑。

我摇摇头，答道：“这个，我就不清楚了。”

此时，艾曼纽又接过话题，“这恰好印证了我的观点，老虎在攻击人类的时候，遇到抵抗，只不过这些人类，并不是我先前所说的原始人，而是已处于铁器时代的古人。”

威利忙不迭附和道：“我认为，艾曼纽的分析似乎更有道理。”

正尴尬的时候，伊文思接过话题，“不管这个洞是巴人为白虎献祭的地方，还是老虎猎杀人类的地方，都是一个有价值的发现，但这似乎超出了地质考察的范围，所以大家还是搁置争议，专心寻找地下河道吧。”

暗河遇险

接下来，探险队继续往前探索，经过一番转折，下降到一个竖井裂隙底部后，一条宽大的暗河出现在眼前。用探杆测了测，水很浅，便决定中蹚过去，但为了安全起见，还是将一根长绳牢牢地拴在岸边大石上，伊文思和沙克牵头，威利、沃克和艾曼纽随后，我跟在艾曼纽后面，万教授殿后，牵着绳子依次渡河。

暗河水冰冷刺骨，而我没穿长筒靴，没走几步，就感觉到整个小腿针刺般难受，万教授似乎察觉到了，轻声问道：“小皮，如果受不了，干脆就留在岸上吧。”

我摇摇头，颤声道：“没事儿，一会儿就好了。”

刚走到河道中间，就听见哗哗啦啦的声音自远方传来，在黑暗如地狱般的洞穴中由远及近，鬼哭狼嚎般，令人毛骨悚然。正惊慌失措的时候，那声音却越来越响，进而演变成轰鸣，在灯光的照射下，像一条白龙，裹挟着雷霆万钧之势奔涌而来。

望着眼前的景象，万教授猛醒过来，大叫道：“不好，洪水来了，大家快回到岸上！”说完，扭身就往回跑。

别看万教授瘦弱，却异常灵活，几个跳步就回到岸上。而我因为离河岸近，再加上腿长，也很快到了岸边，拉住绳子攀上了岸。老外们的反应也还算迅速，一起掉头往回跑，但因为离岸较远，身上又背了很多东西，行进缓慢。

眼看着潮水越来越近，伊文思先丢掉了身上的背包，接着，其他老外也纷纷扔掉了背包，这才加快了速度。然而，有一个人却呆立在河中，望着奔涌而来的洪水发愣。

从身形上来看，应该是艾曼纽。

鬼使神差般，我竟然返身跳入暗河，几个扑腾到了艾曼纽面前，一把拽住她的手腕。与此同时，一股强大的浪潮袭来，将我和艾曼纽推倒。

慌乱中，我没有忘记抓紧绳子，同时屏住呼吸，身体下坠，任凭一波一波的水流不断冲击自己的身体。

水流越来越急，就像是非洲大草原上受惊的角马，不断践踏着我的身体。而艾曼纽下滑的身体又拉扯着我，仿佛要将自己撕裂。

此时，绳子已割破手掌，深勒进肉里，钻心的疼痛令我难受至极。心中忽然闪过一个念头——如果我松开拉住艾曼纽的那只手，改用双手抓紧绳子，或可完成自救。但这样的话，艾曼纽会被洪水冲走，会死掉！

正犹豫不决间，脑海中又浮现出老虎的身影，随后，耳边响起那个朦胧而熟悉的声音：“小虎，不要忘了，你是一只老虎，你的牙齿具有巨大的咬合力，何不善加利用。”

于是，我张开了嘴，咬住了绳子，仿佛自己真的变成了一只老虎，充满兽性，力大无穷。

终于，身体稳住了，压力随之减弱，又过了一会儿，水位开始下降，先是头部露出了水面，接着胸口也露出了水面。等到最后一波潮水过后，我将艾曼纽扶起来，开始挪动脚步，靠近岸边，拉住万教授和伊文思伸出的手，登上了河岸。

随后，万教授开始连声自责，“都怪我，都怪我粗心大意！”

我连忙为万教授辩解，“怎么能怪万教授呢，是这潮水来得太蹊跷啦。”

伊文思也开口道：“没有正确判断出暗河的水情，应该是我这个队长的失职，幸亏没有出现人员伤亡，否则，我就无法对大家交代啦！”

万教授仍然一脸愧疚，还在检讨，“怪我大意，没有认真对待老乡的话，莽撞行事，殊不知现在是雨季，暗河内随时可能会出现河水暴涨，而刚才那波洪水叫间歇潮，以前只是听闻，今天竟然见识了，真是厉害。”

这个时候，艾曼纽才回过神来，将目光转向我，嘴角动了动，但没有说出“谢谢”两字。

而万教授还在自责，“没想到我万西南探了这么多洞，居然在这个阴沟里翻了船，幸好事先绑了这根绳子，要不然，后果不堪设想。”接着，他又望向我，感叹道：“兆寅老弟，真没想到你这么勇敢，董老师知道了，一定会为自己有这样的学生而感到骄傲的。”

然而万教授的话，并没有激发起我的自豪感。只因此时此刻，忽然想起病床上的董老师，不觉黯然神伤。

覃婉丽

因为这一波突如其来的暗河间歇潮，使探险队损失了大批器材，所以队员们不得不撤回驻地，等新器材从山城运到后才能继续探洞。

第二天一早，我便给冬瓜打了个电话，约他一起先去天坑地缝看看，冬瓜满口应允，但等了两个多小时，冬瓜才来，身后还跟着个美女，说是当地导游，专门请来给我们当向导。我心想，去天坑地缝，哪里需要什么向导，而且今天是去探险，带着个女娃子实在是不方便，生出诸多不便。

美女好像是猜透了我的心思，嫣然一笑："皮老师放心，你能去的地方，我也一定能去。"接着，她又伸出手来主动跟我握，口中说道，"我叫覃婉丽，土生土长的本地人，所以对这一带十分熟悉。"

听完这话，我心思一动，问道："十分熟悉？那我说个地方，你能判断出是哪里吗？"

"你说吧。"覃婉丽望着我，一副胸有成竹的样子。

于是，我便将梦中的景象描述一番，覃婉丽听了，自信满满道："皮老师说的这个地方是龙桥，就在我家附近呢，一年不去一百次，也得去五十次。"

听完覃婉丽的回答，我是既高兴又失落，高兴的是她知道这个地方，失落的是这个地方一点儿都不神秘，能发现什么东西？但失落归失落，这个地方却不得不去，所以我改变了目标，决定去龙桥。

见我临时改变决定，冬瓜反而高兴，说道："狗日的，去龙桥更好，没天坑地缝那么累，再说了，龙桥是个拍照的好地方，我又在覃导面前夸下海口，说你龟儿摄影技术不错，你可得好好表现表现，不要让美女以为老子在吹牛。"

龙桥的景致的确不错，十分灵秀，光是那层层叠叠的绿便让人迷醉。各种植被、老叶嫩芽交织在一起，墨绿、浅绿、老绿、嫩绿，一片片铺满了整个山谷，还有石板路上的苔绿，缠绕在树干上的藤绿，像绿色的音符伴着我们的脚步跳动，一切都显得那么梦幻。

最高兴的还是覃婉丽，在我这台佳能“无敌兔”的关照下，她完全把自己当成了电影明星，尽情跳跃，尽情欢叫，尽情地搔首弄姿，一点儿不把我当外人。

边走边拍，一会儿就到了谷底。

小溪边，两个小男孩儿拿着根青竹竿在钓鱼，三头黄牛在岸边懒懒地啃着嫩草。水中的鱼虽多，但却小得可怜，大多只有拇指般长短，像这种钓法，一天也装不满一小篓，看样子，小孩只把这当作一种消磨时间的方式。

“小虎，想不想吃鱼？”冬瓜突然发问。

“这么小的鱼怎么吃，等长大了再吃吧。”我答道。

“这种麻花鱼只能长这么大，油炸了蛮好吃。”覃婉丽接过话头。

“可惜没有渔网，像这样一条一条钓要等到哪年哪月？”我迟疑道。

“老子自有办法。”冬瓜露出狡黠的笑容。

“先声明，要自己逮来的，买来的不算数。”心知冬瓜鬼把戏多，便给他出个难题。

“狗日的，你莫啰唆，只管吃现成的就好了。”说完，冬瓜从衣袋里掏出一盒药片，来到一个水凼边，取几粒药片出来，摊在一块平整的石头上，加上一点饼干屑，再用鹅卵石将其磨成粉末，然后把粉末捧在手中，口中叫道：“狗日的小虎，准备捞鱼吧。”说完，将药粉撒下去。

水中的鱼儿争先恐后地吃着漂浮在水中的粉末，不到两分钟，柔软灵活的身体逐渐变得僵硬起来，然后就像喝醉了似的晃晃悠悠。于是，冬瓜伸出双手，将这些鱼捞起，装入盛水的塑料袋，以狡黠的笑容望着我。

“你在水中放了什么？”我瞪眼望着冬瓜。

“安眠药啊。”冬瓜撅起屁股，一边捞鱼，一边得意扬扬地回头瞥我。

“好你个冬瓜，”惊叹之余，又忍不住挖苦他一句，“这种捕鱼法也太歹毒了吧。”

“狗日的，吃到嘴里的时候，你就不会恁个说了。”说完，冬瓜哈哈大笑，接着，覃婉丽也“扑哧”一声笑出来。

望着正在帮冬瓜捞鱼的覃婉丽，忽然有些心动——她的身体成熟得恰到好处，凹凸有致，皮肤稍黑，却透出羊脂玉般的光泽，长长的头发若瀑布般倾泻到腰际。和那些城里皮肤苍白、骨瘦如柴还嚷嚷要减肥的女孩相比，覃婉丽显得是如此健康美丽有活力。

捞完鱼，冬瓜声言走累了，不想再去龙桥深处，说是去对面坡上覃家村歇歇脚，顺便把鱼打理一下，再找老乡要块老腊肉炖锅土豆，等我和覃婉丽游完龙桥回来，刚好吃晚饭。说完，头也不回地往山坡上走去。

而此时的覃婉丽，却走向了峡谷深处，走几步之后，回过头来，说道：“皮老师，您就别为难冯老板了，他那么胖，走山路还真比不上我俩。”说完，也不征求我的意见，自顾自朝前走去。

犹豫片刻，我跟在了覃婉丽后面。

往前的路越来越窄，水流湍急，山崖间灌木丛生，古藤缠绕。临近中午，太阳光却很难射进来，十分的阴森，竟然与梦中的场景有些相似，我不禁兴致勃然。

不一会儿，听见了哗哗的水声，只见高高的山崖上，有一条银练挂下来，窄窄的，长长的，不间断的就这么拉下来，到了山脚水潭处才绽出焰火状的水花。这哪里是瀑布，分明是仙女身上的飘带，裹起阵阵凉风，浸入我的五脏六腑。

不知何时，覃婉丽站到了齐腿根深的潭里，俯身掬水而饮，插在腰后的野花便如锦鸡的尾羽般摇动起来。

忽然，她唱起山歌来，清冽婉转的嗓音犹如山间流淌的清泉。

高高山上嘿——一树槐哟喂
我望槐花嘿——几时开哟喂
不是槐花来倒拐哟
手扳栏杆嘿望郎来耶
娘问女儿嘛你望啥子嘿
我望槐花嘿几时开啰喂

恍惚间，覃婉丽变成了一只美丽的金凤凰，在奇绝的山谷中伸展着身体，舒展着羽毛，令我发呆，忘记了拍照。

唱完山歌，覃婉丽回到岸边，脱掉外套扎在腰间，T 恤上部被水打湿了，紧贴在胸部，随着呼吸起伏，好有冲击力。见我痴痴地望着她，立即羞红了脸，支吾道："皮老师，听说里面还有大瀑布，要不要继续朝前走？"

"别叫我皮老师好不好，感觉太有距离感了，叫我皮兆寅吧，或者叫小虎，这样随意点。"我回过神来，假意抓拍几张照片。

覃婉丽笑道："那我叫你小虎哥吧。"说完，还大声喊了两声"小虎哥"，然后山谷中就有好几声"小虎哥"回应。

"为什么叫小虎呢？"回声停歇，覃婉丽开始发问。

"因为我属虎嘛，听妈妈讲，她生我时老是梦见一只老虎，所以小名就叫小虎了。"我耐心解释给她听。

"你是土家族吗？"覃婉丽歪着头追问。

"我身份证上是汉族。"我迟疑道。

"难怪，我们土家族难得有长你这么高个儿的。"覃婉丽瞪大了眼睛，随后，又特意站在我身旁，比了下高矮，只到我耳根。

"我也觉得奇怪，家族中，好像就我个子高点。"

怪石、玉骨头和羊皮图

越往里走，水流越急，山路越陡，有些地段就根本没路。每到这个时候，我便主动将覃婉丽驮在背上，蹚水前行。蹚过一条小河，越过一道山梁，又到达一片谷地。四周壁立千仞，其中一块石壁红黑相间，恰如我梦中所见。

目光直往崖壁上搜寻，却见那崖壁严丝合缝，光滑如生锈的镜面。当目光扫射到崖壁下部时，才发现有条裂隙，越低越宽，其底部被灌木丛掩盖。我紧走几步，来到裂缝前，拿出三脚架将那灌木丛一拨，一个小小的洞口呈现在眼前。

见此情形，我兴奋异常，也顾不得灌木上的刺，俯身便往里钻。覃婉丽见了，十分不解，“小虎哥，你这是要干啥呀？”

“没什么，就想进去看看。”

“小虎哥，你好奇心恁个重呀。”说话间，覃婉丽一把拉住我衣服，“你等等，要进去，也不能恁个蛮干啊。”说完，覃婉丽从地上捡起两根树枝，又将这两根树枝夹于灌木丛根部，朝我努努嘴，说道：“你抓一头，我抓一头，捏紧了，使劲往上提。”我便按照覃婉丽的指示，配合她的动作，反复几次，灌木丛上的刺就全折断了。

裂隙很窄，但勉可入人，我在前，覃婉丽在后，像两只穿山甲一样往裂隙中爬去，手脚并用地爬了大约三十米左右，前方变得宽阔起来，便立起身来，又往前走一小段，豁然开朗，却是一个洞厅。洞厅顶壁上有水滴落，地面相对应的地方生出一溜石笋，石笋下面，是一条浅沟，就在浅沟的旁边，有一堆白森森的东西，而这堆白森森的东西，竟然是一副倒卧着的人骨架。

在钻这个黑黢黢的洞子过程中，我脑子里曾浮现过各种画面，有陶罐、青铜器、玉器什么的，当然，出现得最多的画面还是一洞子的珍宝，就如阿里巴巴发现四十大盗的宝库。但万万没有想到会是一副骨架，在这幽暗的洞子里，显得尤其阴森恐怖。好在覃婉丽并没有被吓坏，她只是轻轻地“咦”了一声，便一动不动了。

走近一看，只见那骨架蜷缩着，两只手上都抓着东西，一只手上是块焦黑色的石头，而另一只手则拿着一根骨头棒，骨头棒下，有一溜褐色尘土。除此之外，骨架中还散落着两枚铜箭头。

此时，我立即联想到那个奇怪的梦境，想起老虎所说的那句话：“因为，白虎家族正深处危难之中，需要你去找几件东西，给本王做个信使，化解这场灾难。”如此看来，这个梦竟然具有启示作用，而此时的状况，竟然与梦境不谋而合。

毫无疑问，这个人生前一定是遭到追杀，被利箭射中，逃入这个洞子，死前有过痛苦的挣扎，而挣扎中，并没有扔掉手中的东西，由此可见，这两件东西对于死者来说十分重要，甚而超过了自己的生命。

那么，这会是两件什么东西呢？

不管是什么东西，先取下来再看。于是，我深吸一口气，壮起胆，掰开“那人”的手指，取出石头和骨头棒。

先看那焦黑色石头，石质非常坚硬，表层为橘皮状结构，造型十分奇特，布满沁斑和血丝状条纹，中间有个圆形穿孔。四只角的上下两端各刻有一个虎头，四个立面各刻有一个图语符号。再看那穿孔，似有刀光剑影和血浆涌动，令人心烦意乱，似乎充满巫力，可以影响到人的心智，从里到外透射出一股浓浓的上古风韵。

“是啥子东西？”覃婉丽瞪大眼睛问道。

“是个古董呢，至于是什么东西，暂时保密。”看着覃婉丽急切的眼神，一时想不出器物名称的我只好故弄玄虚。

“你又卖啥子关子，这个荒洞子里啷个会出现古董，恐怕是动物的脊椎骨吧？”覃婉丽摇摇头，面露疑惑。

我故意绷着脸，答道：“你想想，如果不是极珍贵的东西，这个人为什么临死前还紧紧抓住它不放呢？”

覃婉丽先点点头，接着又摇摇头，“不对呀，如果这块石头是宝贝，那这根骨头又算啥子？照你这么说，难道也是宝贝？”

“是不是宝贝，看看再说。”

于是，我又拿起这根骨头，仔细端详起来。只见骨头中间细两头大，约二十多公分长，大头的一端镶嵌有一块绿松石，小头一端的中心开有一圆形深孔。在电筒光的照射下，呈现出轻微的透明，既像骨头又像钙化严重的玉，骨头两侧，各雕刻有一只虎纹。握久了，似有一种奇异的能量传入体内，与此同时，那老虎的形象浮现眼前。

我怀揣着骨头棒，只觉得心脏怦怦地跳，说不出的激动。忽然有种预感，这根骨头，一定跟那老虎有某种神秘的关联，而最近常做的那个梦，似乎暗含着某种神秘的启示，在指示我寻找一个神秘的所在。

惊喜还在继续，当我们挪开骨架，又发现地面上有道裂缝，裂缝中夹着一团东西，掏出来一看，竟然是个羊皮图卷。

图卷破损得厉害，粘连在一起，无法打开，尽管如此，小心脏还是忍不住“噗咚咚”地跳，手也不停地颤抖。

但是，我没有着急把它撕开，而是拿出一个密封胶袋，将羊皮卷和两枚铜箭头一起装进去，贴身藏了。随后，听见了覃婉丽的惊叹声，“小虎哥，你现在真像电影中那些考古专家，简直是帅呆啦！”

暗黑中虽然看不清覃婉丽的面容，但此时此刻可以想象到她那崇拜的眼神，而我俩离得如此之近，能嗅到她身体散发出的淡淡体香，令人禁不住有些悸动。

“小虎哥，还要待在这个黑咕隆咚的洞子里吗？”

“差不多了，出去吧。”

我将怪石和骨头棒揣入背袋，打着电筒来到洞外，眼望着坚硬如铁的石壁，柔情似水的少女，脑中突然浮现一个画面，创作灵感油然而生。

“婉丽，我有一个想法，想请你配合一下。”我拨弄着相机，架上三脚架，调整好合适的光圈速度，构思即将拍摄的画面。

覃婉丽笑道：“啥子想法，你可别打歪主意哦。”

我低下头，嗫嚅道：“可不可以请你站到石壁前，让我拍几张人体？”

“早知道你不是好人，就想变着花样儿占人家便宜。”覃婉丽柳眉倒竖，脸色一下变得绯红。

听到覃婉丽略带嗔怪的声音，立即为自己的莽撞建议而后悔，真心不愿意给覃婉丽留下好色之徒的印象，一时之间，尴尬万分，不知该怎样化解目前的窘境。

可当我抬起头来准备为自己辩解的时候，眼睛被一团白光猛刺了下，惊人的一幕出现在眼前——石壁下，站着只穿三点式的覃婉丽，头低垂着，黑发流淌在胸前，腰线婉转而生动，双手相交于私处，握着一束野花。

恰好有一束光照射在她站立的地方，眼前的覃婉丽，恍如夺人心魄的山鬼。

我仓皇地举起相机，拉开现实与梦幻之间的距离，对准覃婉丽，漆黑的岩壁和光照下的人体形成鲜明对比，非常到位的伦勃朗光效果。

我尽量屏住呼吸，将曝光值调低两档，按动快门。

显示屏上美得惊人的画面出现了——石壁下，站着几乎一丝不挂的覃婉丽，黑发流淌在胸前，遮住部分乳房，圆润的肩头在如丝般的黑发掩映下更显柔滑，腰线婉转而生动，小腹微微前突，双手握着一束野花，犹如全裸。恰好一束光照射在她立身之处，将其身体轮廓勾出一圈光晕，如仙女下凡。

大范围的场景拍完之后，我前行几步，准备拍几幅近景特写。猛见那白花花的人体之后，黑黝黝的岩壁之上，出现了一组图形。

我停止拍摄，朝石壁走去。此时，覃婉丽的头依然低垂，胸部如波浪般起伏。而我的眼光却落在石壁的图案上——那是一只老虎的图形，站立的老虎，它的前爪拿着一根长长的杆子，后面是一串小小的人群，图形之下，也有几个图语符号。

老虎、人群、图语符号，这之间存在什么联系？

我放下相机，呆望着石壁上的图案陷入沉思。就在此时，忽然听见覃婉丽的尖叫声，接着，更不可思议的事情发生了，只见覃婉丽忽然像着了魔一般，猛地向我扑来。

她这是要干什么？

看着覃婉丽惊恐的眼神，我忽然意识到自己想歪了，猛一扭头，才发现一条大蛇正慢慢靠近，此时，离我和覃婉丽只有一米左右的距离。它下身盘绕，上身昂立，扁圆的头部像一块烙铁，口中的蛇信咝咝地伸缩。

烙铁头！

这是本地山区特有的一种剧毒蛇，如果被它咬一口，几分钟内就会丧命。

危急之中，我迅速扫视了一下周围的形势，三脚架是最好的武器，可是放在离我们五六米远的地方，地下虽然有很多鹅卵石，可弯腰的一瞬间毒蛇便可能发动攻击。无奈之中，我将手伸进背袋，摸出装在里面的怪石，瞄准蛇头，准备做侥幸一搏。

然而，奇迹发生了！

就在我举起怪石的瞬间，烙铁头挺拔的上身突然瘫软在地，毫无刚才的杀气，接着，它懒懒地挪动身体，游走开去。

此时，我猛然想起怪石的名字——琮，是古代先民们祭祀天地的神器。

最后一只老虎

看看天色向晚，怕冬瓜等急，我只得打住好奇心，往回走。

冬瓜落脚的地方，恰好是那两个放牛娃的家。小孩家坐落在一个背山临溪的低坡上，房前有个晒坝，按风水学角度看，算是个好宅位。让我惊讶的是，堂屋和厢房居然是有翘檐的青砖瓦房，左边厢房边搭了个土坯做的牛栏和猪圈。虽然已经很破旧，但可窥出主人家以前的光景并不错。

晒坝里，一妇女正在理苞谷棒子，门内有一老爷子端着个烟杆咂巴着。

此时，冬瓜正躺在凉椅上悠闲地抽着烟，一点也不着急的样子，见我和覃婉丽一前一后地到来，也不说话，只顾诡异地笑。我懒得搭理冬瓜，眼睛落在抽叶子烟的老者身上，看他银须飘飘、仙风道骨，很有学问的样子，便忍不住问道："老爷子高寿？"

"今年腊月就满八十二。"答话的却是那农妇，老爷子只得呵呵两声。

"你们家房子不错嘛，在这里风水算最好的。"我又没话找话。

"这房子还是解放前修的，已经破烂了。他祖爷（曾祖父）曾是这里的教书先生，祖祖还中过举人。"农妇端来一杯茶放在条凳上，"他爷爷……"

"咳咳。"爷爷不停的干咳声打断了农妇的家谱介绍，可能是家道中落了不好意思与外人道。但我的目的并非要了解他家世，而是要那老爷子开口，便又说道："难怪你们家两个娃娃都聪明，说起来还是书香门第呢。"

农妇正要张嘴，老爷子又咳咳两声，抢过话头，"听冯老板说你们是到龙桥河探洞的，还有外国人，那些洞有啥探头，又没得金银财宝。"

"我们来做地质考察的，不是来探宝的。"面对老爷子疑惑的目光，我只好稍作解释，随后又丢个包袱，“这个村子的人都姓秦吗，跟秦始皇有关系没有？”

老爷子连咳几声，又皱了皱眉头，才答道：“村子绝大多数人都姓覃，可不是秦始皇的秦，是西早覃。”

“夔城姓覃的很少，为什么在这里如此集中呢？”

“以前还要多，是我们土家族人的姓，自古以来就住在这一带了，明清时候迁了很多外省人进来，已经不纯正了。”

“土家族，跟古代巴人有什么关系没有？”

“土家族实际上就是巴人的后代，不只我们姓覃的，还有樊、向、郑等几大姓呢。”

“那你们族一定很崇拜老虎吧？”

“刚好相反，我们祖祖辈辈都与老虎为敌。”

老爷子的回答令人意外，但却更令我感到好奇，忍不住追问道：“听说古代巴人都是崇拜老虎的，怎么您老却痛恨老虎呢？”

听完我的问话，老爷子露出了不屑的目光，“谁说我们土家族人都崇拜老虎啦，那吃人的东西有啥子好崇拜的。”

“是的是的，老虎都是吃人的东西，没啥好崇拜的。”见老爷子有些不耐烦，我只好应承他几句，随后又问道：“这一带以前老虎很多吧，什么时候灭绝的呢？”

见我端着相机抓拍他的两个孙子，老爷子恢复了笑容，答道：“当然多啦，清末的时候，老虎还常常到村子里偷袭牲畜和人呢。”老爷子咂巴几口烟，轻咳几声。“直到五十年代，还有老虎，有一天，一只老虎饿极了，跑进村子里偷吃了一个小孩，小孩家人气不过，邀约了一批猎人，有的拿弓箭，有的拿火枪，跑进深山里，硬是把那只老虎搜了出来。”

听到这里，我忽然紧张起来，忐忑道：“那只老虎被打死了吗？”

此时，老爷子一杆烟已抽完，将烟杆头在门槛上敲几下，抖出烟灰，咳几声之后才答道：“猎户们见到那老虎，气愤不过，一阵乱枪乱箭，直打得老虎皮开肉绽，但那老虎也是凶狠，咬伤了一个猎户才往深山里跑，猎户们哪肯让它跑脱，一路紧追，见那老虎钻进一片灌木丛，就不见了。”

听说老虎跑掉，我反而松了口气，问道："后来呢？"

老爷子愤然道："恐怕那老虎是钻进魔鬼洞里去了，猎户们才不得不返回——至于说后来，就再也没出现老虎了。"说完，老爷子又是一连串的干咳。

听完覃老爷子的讲述，便明白了魔鬼洞中那只老虎身上箭镞的来源，但又产生了新的疑惑——照理说，这一带曾是白虎之巴的根据地，作为巴人后代的土家族应该敬仰老虎才对，魔鬼洞的人祭和龙桥石壁上的岩画似乎都印证了这一点，可为什么到了今天，当地土生土长的巴人反而痛恨起老虎来了呢。

怕继续谈老虎引起老爷子的不快，我只得适时转移话题，问道："那老人家知道天坑为什么叫小寨吗？"

老爷子轻咳两声后答道："不太清楚，据说那里曾建过寨子。"

"天坑以前还有过其他名称吗？"

"听老祖先讲，天坑很久以前其实是叫巴王洞，据说曾经住过一个巴国的王，不过这都只是一些传说，不能全信的。"

"不对呀，天坑只是一个大坑，怎么能叫巴王洞，叫巴王坑还差不多，更不可能是国王住的地方。"

"所以我说是传说嘛，当不得真的。"说完，老爷子又猛咳几声。

此时，冬瓜走了过来，嘴里骂道："狗日的，净问些乱七八糟的东西干啥子，难道这些东西能填饱肚子？"

覃婉丽也笑道："皮老师真是求知若渴，早忘了肚子饿，此时此刻，哪儿还闻得到油炸麻花鱼和腊肉的香味。"

吃完饭后，三人一起回到兴隆镇，冬瓜又提议晚上一起出去打野猪，覃婉丽立即响应，而我却心系羊皮图上的秘密，哪有心思打猎，便借故开溜。

回到客栈房间，我立即烧上一壶开水，将羊皮卷拿出来，架在开水壶上熏蒸。一个小时之后，羊皮开始变软，又过了一会儿，再轻轻地剥离。展开羊皮卷，一幅画满山川峡谷的地图呈现在眼前。

尽管羊皮有多处剥落，线条残缺不全，但还是隐约可见在群峰之中横亘着两条裂谷，其中较短一条裂谷的尽头，画着一个圆圈，圆圈之内，有一个虎形图语。

手捧地图，只觉得心跳加速，血冲脑门。

不错，这地图画的正是天坑地缝一带的地形，长的那条裂谷应该是地缝，短的那条裂谷是龙桥。而今天，我也确实在龙桥裂隙中发现了宝贝。如此看来，我们将要考察的洞穴中，应该还藏有类似的宝贝。也就是说，天坑地缝区域的洞穴群，不仅是白虎之巴神秘消失之地，同时也是白虎之巴灭亡之前的藏宝地。

如果这真是一幅藏宝图，那就意味着，将有更多的宝藏等待我去发现，如果能发现这批宝藏，就可能揭开白虎之巴消失之谜，完成董老师的夙愿。不仅如此，自己还会因此而扬名立万，名利双收。

惊喜之中，忽然觉得有点不对劲儿——地图中怎么没有天坑?

如果没有天坑，那么羊皮图所标识的地方，就不会是这一带。左看右看，始终不得要领，于是，又取出董老师的笔记翻看起来，看是否能找到点灵感。

在谈到秦军进抵鄷城，十万军民和无数宝藏突然消失这件事时，董老师提出了一个大胆的假设——是不是在秦军到来之前，十万军民已经通过一个秘密通道悄悄转移，而这个通道，很可能是一个能够贯穿长江南北的巨大溶洞。为此，他特别咨询了万教授，得到的答案是——不可能，因南北两岸的地质结构完全不一样，以当时的人力物力，绝不可能凿穿一个连接长江南北两岸的地下通道。

看着笔记本，我有些困惑，神思迷乱起来，朦朦胧胧中，那老虎的形象又浮现在眼前，既威严又亲切，它凝视着我，眼神中充满期待，仿佛在说：孩子，顺着这个线索找下去，你就会发现白虎家族的秘密了。

当老虎消失之后，头脑中又浮现出另一个念头——是不是因为前段时间自己忽然对白虎之巴的神秘消失感兴趣，老是缠着董老师探讨这个话题，所谓日有所思，夜有所梦，于是，那白虎就钻进自己的梦里来了。

艾曼纽

正胡思乱想中，响起了敲门声，心想，恐怕是冬瓜又来拉我吃宵夜了，便起身去开门。走到门边的时候，忽然觉得不对劲儿——冬瓜敲门，绝对不会这么温柔。

那么，会不会是覃婉丽？

有这种可能，通过一天的接触，我知道覃婉丽是个热情奔放的姑娘，可是这么晚了，她一个女孩子，贸然来敲门，似乎也不大合理。

当然，也有可能是万教授，或许是设备运到了，来通知我明天的探险任务。如果是万教授，我并不想让他知道自己得到了一幅羊皮图，目前来说，它属于我个人的秘密。想到这里，我便回到床边，将羊皮图塞进枕头下，这才走过去开门。然而打开门，才发现站在门外的既不是覃婉丽，也不是万教授，而是艾曼纽。

"皮，可以打扰您一下吗？"

"当然可以，有什么可以为您效劳的？"

"我是特地来感谢您的，谢谢您在危难时刻伸出援手！"

我轻轻握了一下艾曼纽伸出的手，答道："没什么，作为一个团队的成员，这是我应该做的。"

艾曼纽耸了耸肩，皱眉道："皮，听您的口气，像是要拒人千里之外呢。"

我退后一步，答道："对不起，我不太会说话，得罪的地方请您原谅。"

艾曼纽侧身进屋，带进来一阵香氛，用略带嗔怪的口气说道："依我看，您不像是一个不会说话的人，而是骨子里有一种骄傲，对了，用你们的流行语来说，叫高冷。"

我摊开双手，答道："高冷这个词，用来形容艾曼纽小姐恐怕更贴切些吧。"

艾曼纽歪头看着我，忽然露齿一笑，"皮，原来你很有趣的，看样子我今天来对了。"

"请问我能帮到您些什么？"我站在床前，企图挡住还没有藏起来的笔记本，这才发现，原来羊皮图的一角露在枕头外面。

"帮助我解密。"艾曼纽望着我，露出狡黠的笑容。

"解密？"

"对，解密，"艾曼纽走进我，声音充满磁性，"首先，是您对巴国历史的熟悉程度让我吃惊，其次，是您的气质让我着迷，所以就不请自来了。"

望着艾曼纽那钻石般的蓝眼珠，我忽然觉得局促不安，眼前竟然浮现出梦中那些怪物们口中吐出的蓝色火焰。而我对蓝色似乎有种天生的抗拒，由此，面对性感逼人的艾曼纽，我的回应并不热情，"我哪里熟悉什么巴国历史，只了解到支离破碎那么一点点，胡乱说说罢了，您不要当真。"

艾曼纽又耸耸肩，摇头说道："我可不这么认为，如果没猜错的话，你是有备而来的，或许抱有和我同样的目的。"随后，艾曼纽又歪着身子，朝床上看去，手指笔记本，"请问，那是什么？"

"哦，是我老师的工作笔记。"事已至此，我只好如实回答。

"我可以看看吗？"说罢，艾曼纽已开始移动脚步。

"当然可以。"我只得挪开身体，由她来到床边。

艾曼纽拿起笔记本，翻了几页后，说道："怎么？你的老师也是探险家？"

"他不是探险家，是考古学家。"

"噢，难怪这笔记上画了很多器物图。"艾曼纽做出惊讶的表情，眼珠子更加发亮，"可为什么这上面还有很多红色问号？"

"是因为巴国历史中，有很多断层和谜题，无法解答，所以老师便在这些问题后面打上了问号。"

"原来是这样。"艾曼纽站在床边，目光瞟向枕头下的羊皮图一角，随后又露出诡异的表情，"皮老师为什么参加考察队，是不是来调查巴国宝藏的线索？"

“仅仅只是对探洞感兴趣？”我两手一摊做答。

“以您对巴国历史的熟悉，也许我们可以合作做些事情……”

“我对巴国史只是一知半解，恐怕帮不上您忙。”

“请您不要急着拒绝，也许我们之间的合作会很愉快，同时也会给您带来意想不到的利益。”艾曼纽慢慢靠近床边，眼睛盯着枕头下露出的一角，“皮，看得出来，您很有才华，也很有胆识，但您太过封闭自己，不知道资源整合的重要性，要知道……”

听到这里，我有些气恼，没等她把话说完，便答道：“如果您是奔着巴国遗迹和文物而来，为什么不组织个田野考察队，名正言顺地来这里考察发掘？”

艾曼纽轻蹙眉头，答道：“试想，如果我们以田野考察的名目来，能得到贵国的批准吗？即使得到批准，发现了文物，又怎么能够得到独立研究的机会？”

“对不起，我不知道您口中的独立研究是何意思？”

犹豫片刻，艾曼纽叹气说道：“所谓独立研究，是指我们能够随时调用这些文物，以更加科学的方式去研究它。”

“以您的说法，如果这些文物收归国有，就不能科学地研究它们了？”

艾曼纽摇摇头，答道：“老实讲，贵国搞考古研究，还处于非常原始的阶段，以三星堆和金沙为例，那么惊人的发现，可是几十年过去了，试问，有没有一篇举世瞩目的研究成果面世呢？”见我露出满不在乎的表情，艾曼纽不知不觉间提高了音量，“当然，也可能有了成果，但出于某种目的，并没有把它发表出来，但是，科学是不分国界的，面对如此重大的考古发现而把它束之高阁，这是不能容忍的。”

听到此处，我已忍无可忍，站起身来，伸了个懒腰，隐晦地下了逐客令，“对不起，您的话恕我不能苟同，如果没别的事，今天的谈话到此结束吧。”

艾曼纽望着我，无奈地摇摇头，万分失落。

艾曼纽走后，我却心绪不宁起来。

毫无疑问，艾曼纽是漂亮而性感的，气质也非常高贵，可不知道为什么，我却对她怀有忌惮，一种说不出的反感。

——难道是因为覃婉丽？

骷髅堆

第二天，探险队的器材还没有运到，我又给冬瓜打电话，约好一起去天坑看看。冬瓜很爽快地答应了，不一会儿就来到了天地游客栈，后面还跟着一脸阳光灿烂的覃婉丽。

还没等我开口，冬瓜先说话了，“狗日的小虎，覃婉丽说你龟儿照片拍得好看，今天还想让你再多拍几张，你龟儿可要好好表现哦。”

提起拍照，眼前立即浮现出龙桥石壁下的场景，不禁有点尴尬，正不知如何作答，覃婉丽接过了话头，“皮教授岂止是照片拍得好，还懂古董呢！”

冬瓜答道：“当然，我这个兄弟，一身的能耐，就只有撩妹的功夫差点。”

话音刚落，覃婉丽“扑哧”一声笑了，“人家大教授，哪需要去撩妹，只需要玉树临风地往那儿一站，就是个少女杀手啦！”

冬瓜又奸笑道：“那是，我这个兄弟现在可是个钻石王老五，你有兴趣的话，可得抓紧咯，要不然……”

见冬瓜越说越露骨，我慌忙打断他，“天坑里光线那么暗，怎么拍照？”

覃婉丽接口道：“谁说要到天坑里拍照，我今天是跟皮老师探险的。”

见冬瓜和覃婉丽一唱一和，我便懒得跟他们争辩，跟在他俩身后，朝乡间小路走去，遇到景致好的地方，便停下来拍几张照片，不知不觉间，到了天坑。

看着宽阔而深邃的天坑，老想它是大地的某个器官，仿佛通过这个器官，可以进入到地心，看到地球心脏的跳动。

天坑下也有条暗河，七月正值多雨季节，蒸腾的水雾由坑底弥漫上来，显得深不可测。下坑之路崎岖难行，光是走到坑底，就花了一个半小时，冬瓜一路抱怨。

天坑底还有几处洞穴，有深有浅。因为有了魔鬼洞和龙桥裂穴的惊人发现，所以我对洞特别留意，出发前专门带了矿灯和手电。先选择一个看起来较大的洞进入，见里面有几个熬硝的灶坑。再往里走几十米，路断了，没有发现其他岔洞。这时，覃婉丽从背包中掏出三瓶矿泉水，递一瓶给我，仰头问道："奇怪，皮老师为啥子对洞子恁个感兴趣？"

我答道："因为老虎喜欢钻洞子嘛。"

冬瓜瞪眼道："你莫听他龟儿胡说八道，这个家伙，表面上不食人间烟火，其实是个财迷，一心想发现点古董什么的，好当暴发户。"

覃婉丽摇头道："皮老师才不像你说的那样，人家找古董是搞学问呢。"

我没有工夫理会他俩的一问一答，继续找那洞子钻。又接连探了两个洞，都很浅，也没发现什么东西。这个时候，冬瓜嚷嚷累死了，只得依他暂时休息一下。于是，三个人就在浅洞尽头的一块大石边休息。

冬瓜瘫在大石下，没坐多久，忽然嚷起来："狗日的，啷个背后凉飕飕的。"随后，他一屁股撅起来，探身一看，又嚷道："小虎，这下面还有个洞子呢！"

循声望去，只见一股凉风从石缝下吹拂出来，伴随着丝丝水汽。打开电筒一射，黑咕隆咚的深不见底。我赶紧将随身所带工兵铲拿出来，在大石下一阵猛刨，不多会儿，一个可以进人的窟窿就成了。

见此情景，我心中又是一阵莫名其妙的激动，便问冬瓜敢不敢进去，冬瓜咬咬牙，点了点头。覃婉丽也显得兴致勃勃，但我赶紧劝阻道："大家都进去，如果有个三长两短，总得留个报信的。"

覃婉丽面露不爽，但没有争辩，嘟囔几句后，玩起了手游。

钻进窟窿，才发现这洞其实很深，与魔鬼洞一样，地面布满锋利的砂岩，入洞之后，基本都是下行，坡陡路滑。就这么下行了几十米，坡度变小了，随后，道路逐渐变得平缓起来，十分吊诡的是，就在这个时候，远方忽然传来"吱吱吱"的声音，走在后面的冬瓜立即拉住我背包，说道：

“小虎，走不得啦，有鬼。”

听冬瓜如此说，我也有点害怕，但因为有了龙桥裂穴的惊人发现，所以对这个洞子也有所期待，甚至觉得，说不定这里就是巴国藏宝窟。所以，我只是少许停顿了一下便继续朝里走，嘴里说道：“听这声音，像是老鼠，没什么好怕的。”

已经走了这么远，这个时候返回去冬瓜也有些不情愿，便嘟嘟囔囔跟在后面。走不多远，地下变得宽敞起来，像是进入一个洞厅，与此同时，“吱吱吱”的声音也变得更响亮，放眼望去，只见前方洞壁上，有星星点点的亮光。随着我俩的不断靠近，亮光移动起来，伴随着凄厉的叫声四散，接着，就见那亮光漫天飞舞，有些还迎面而来，擦身而过，吓得冬瓜一屁股坐在地上，双手抱头，龟缩成一团。

“不过是一群蝙蝠，看把你吓的！”

“狗日的小虎，你啷个不早说，”听完我的旁白，冬瓜觉得很没面子，立起身来，拍了拍屁股上的泥土，骂道：“狗日的檐老鼠，胆敢唬老子，哪天老子带个网子来，把你一个个捉回去炖了吃，起个菜名叫清炖天鼠。”

冬瓜的叫骂声，令我忍俊不禁，便笑道：“你一天就晓得吃，也不管这东西吃不吃得，毒死了，我可不负责背你出去。”

“老子死在这儿也是一个饱鬼，不像你个饿痨样儿。”说完，又捣我一拳，“小虎，我看你龟儿有病，大好的风景不去逛，偏偏来钻这个鬼洞子。”

我没理他，摸索着朝前方走去，不一会儿，摸到了洞壁，滑溜溜的，光亮所照之处，隐约可见刻画的痕迹，有人物也有动物，还有老虎的形象，图形比龙桥发现的要大，数量也更多。而图形旁边，居然有一溜图语，数了数，共有十三个符号。

看着洞壁上的刻画，冬瓜又开骂了：“狗日的，哪个有闲心钻这个地方来画画，真他妈鬼迷心窍了！”

我答道：“这可是古人的岩画，很珍贵的。”

冬瓜啐道：“这明明就是鬼画符嘛，怎么在你龟儿眼中就成了宝贝，切！”

我苦笑无语，自顾自查看洞壁上的图案和图语，接着又查看地面。地面凹凸不平，大多是些碎石块，我便一块一块地捡起来凑近电筒观察，看是否是石器。不一会儿，摸到一个有三个穿孔的鹅卵石，凑近光一看，惊出一身冷汗——原来是个骷髅。

"狗日的，今天啥运气哦，先是碰见一群檐老鼠，吓得老子差点出了丑，这会儿，你又拣一个骷髅当宝贝，不是有病才怪呢。"见我拿着骷髅不松手，冬瓜又开骂了，骂完之后，狠狠瞪我一眼，"我说小虎，趁现在魂儿还在，赶紧出去吧！"

看着骷髅，我心中也不免发怵，心脏怦怦直跳，像要蹦出喉管，但我哪能在冬瓜面前露怯，强装镇定道："有啥子好怕的，你也不想想，既然这洞子里有骷髅，就说明有人住过，有人住过，就说明里面可能有宝贝，再仔细找找。"

接下来，数不胜数的骷髅和断肢残骨接二连三地出现，看着这些骨骸，冬瓜说话的声音都开始发颤了，"狗日的小虎，我俩这是到阎罗殿了吧！"

见冬瓜已经"吓尿"，我只好拿话来给他壮胆，顺便也给自己打气，"听说过三星堆祭祀坑没有，里面除了骷髅，还出了好多重量级文物，随便拿一件，就值上千万，而如果这儿也是个祭祀坑的话，可就发财啦。"

听完我的话，冬瓜不喜反怒，"狗日的，你龟儿一天就想发横财，带着老子往骷髅堆里钻，吓死人不偿命吗？"

说完，又想伸手来捶我，却不料脚下一绊，摔了个狗吃屎，哎哟连天地叫起来。我赶紧去拉他，却见他身旁有个尖锥状的东西，捡起来一看，竟然是件铜戈，不觉大喜道："冬瓜，你这筋斗摔得值，捡到宝啦！"

冬瓜一把夺过铜戈，瞥一眼就扔掉，"狗日的，你拿老子开心是不是？"

我赶紧将电筒光射向铜戈掉落的方位，这一射不要紧，只见亮光照射到的地方，是成片的骷髅和骸骨，看着满洞子的骷髅骸骨，冬瓜说什么也不肯待下去了，我拿着电筒扫射一番，除了这件铜戈，也没别的什么东西，便只得由着冬瓜，收拾出洞。出洞之后，又搬来几块石头，将洞口封住，再抹上一些泥土，直到看不出洞口，才打道回府。

多大的仇

回到三角坝，来到冬瓜饭庄，先把铜戈上的泥土清洗掉，才发现铜戈上也有一个图语，是一个花枝状的纹样，有了这个图语，说明它属于巴国时期。

看着铜戈，再联想到天坑洞子里的骷髅和骸骨，大多都有刀剑砍伤的痕迹，与董老师笔记本中描绘的罗家坝遗址中出土的骸骨类似，这当中有什么联系吗？

有一点可以肯定，这里也曾发生过一场大屠杀，这场大屠杀，有可能是因为战争，也有可能是为祭祀。但按我的分析，不大像是祭祀，因为祭祀一般都保留全尸，用不着把人砍得那么支离破碎。还有，如果这些人是因祭虎而被杀，那么就应该和魔鬼洞一样，洞子里应该还有老虎的骸骨，可这里却只有人的骸骨，所以剩下来只有一种结果，就是那里曾经历过一场惨烈的战争。

战争，谁会跑到这偏僻幽暗的地方来进行一场战争，不为城池，不为土地，把人砍得那么惨？由此推断，一定是为了仇恨，死在洞子里的人，恐怕是遭到了另一群人的追杀，迫不得已逃到这荒僻的洞子里，可还是被找到，最后被斩尽杀绝了。

冬瓜见我望着铜戈发呆，嘟囔道：“小虎，这东西值钱吗？”

我回过神来，答道：“据我的估计，市场价应该在十万左右。”

冬瓜惊叫道：“狗日的，就这破铜烂铁，值十万？你龟儿在逗老子开心吧！”

“十万，只是保守的估计，”见冬瓜一副不了然的表情，我又补充道：“其实它的经济价值倒在其次，重点是它背后的故事。”

“狗日的，你能看出它背后的故事？”冬瓜挤眉瞪眼，表情夸张，“你倒是说说看，它背后有究竟啥子故事？”

“暂时还没看出来，等看出来了再告诉你。”我瞥冬瓜一眼，卖个关子。

冬瓜一拳擂在我肩上，骂道：“没看出来就没看出来，你龟儿少弄玄虚。”

“我相信小虎哥能看出它背后的故事，”不知何时，覃婉丽突然出现在身后，“只是现在不是讲故事的时候，该吃饭啦。”

“皮老师啥时候变成小虎哥的，”听覃婉丽帮我说话，冬瓜便冲我一个劲儿的鬼笑，“原来你俩已经暗度陈仓了，啥时候请我吃喜酒呢。”

话音刚落，覃婉丽脸上飞出一片潮红。

吃完饭，我回到客栈，关上房门，又忍不住拿出三件古器摸搓把玩。每当接触到神琮的时候，就感受到一种神秘的力量，令人热血沸腾。接着，我又把神琮摆放到桌子上，运气练功，只觉得真气流转，有一股能量注入体内。随后，眼前又不断地浮现出老虎的形象，这个时候，我已基本断定，那老虎，一定就是我心中廪君的化身。

短短两天的探险，收获真是大大的出乎预料。其一，魔鬼洞的发现，基本印证了早期巴人确实存在以人饲虎的祭祀仪式；其二，通过龙桥深谷和天坑中的惊人发现，也基本可以断定，天坑地缝一带很可能就是白虎之巴神秘消失之地；其三，天坑洞穴的骷髅堆，恐怕隐藏着一个惨烈的故事。

然而，令人百思不得其解的是，既然这儿是白虎之巴活动的重要区域，甚至还可能有过一个巴王在这一带活动，可到了现在，作为巴人后代的当地土家族人不但不崇拜老虎，反而痛恨它，这又是怎么一回事呢？

关于这个问题，董老师的笔记也没有给出答案，在谈到“板盾蛮以射杀老虎为荣”这件事的时候，后面又打了一个大大的问号。

最后，我忍不住给董老师打了一个电话，讲述了天坑洞穴中的发现。董老师听了，异常激动，叫我保护好现场，他马上通知考古队，尽快进行抢救性发掘。

至于为什么没有告诉董老师自己还发现了三件器物和一幅羊皮图，我是这样想的：首先，自己还想凭这几件东西挖掘更多的线索，找到白虎之巴的秘密；其次，我不想把这几件东西过早透露出去，因为那神琮的能量实在太过神奇，我还想继续研究它，使它的能量发挥到极致。等一切尘埃落定，才把它拿出来，捐献给山城博物馆。

最关键的是，这件事不能让冬瓜知道，如果他晓得神琮和玉骨头的价值，又知道我会把它们捐献给国家，一定会把我骂个狗血淋头。

吃完晚饭，我背上背包，打算去找一下覃婉丽，跟她研究研究羊皮图标识的那个地点究竟在哪里，刚出门，迎面碰上艾曼纽。

“皮，吃饭了吗？”艾曼纽问道。

“吃了，准备出去散步。”不知为何，我隐瞒了自己的真实目的。

“背着个背包散步？”艾曼纽用疑惑的目光注视着我，不过她并没有深究，而是展颜一笑，说道：“正好，我也正打算散步呢，不如一起走走。”

艾曼纽说完，便伸出手来，像是要挽我的胳膊，吓得我赶紧退后两步，慌不择言道：“就我俩一起散步，不妥吧。”

见我如此慌张，艾曼纽便缩回手，随即放声大笑起来，“皮，不过就是散散步，用得着那么紧张吗，哈哈，你可真是个怪人。”

艾曼纽的笑，令我胆气顿生，便答道：“行，那就一起散散步吧。”

艾曼纽点点头，“对，这才像个绅士嘛。”随后，拢了拢头发，径直朝前走去，刚走几步，又回过头来，笑道：“皮，你真有趣，像个古代人。”

我不明其意，随口问道：“古代人，怎么个说法？”

艾曼纽放慢脚步，待我跟上后才开口道：“你的行为很古怪，与我所认识的中国人完全不一样，另外，你的眼神也很古怪，像藏着很多秘密——总而言之，不像个正常的现代人。”

看着艾曼纽浅蓝色钻石般的眼珠，我有些心慌，支吾道：“在这个世界上，每个人都不一样，都有自己的秘密，比如您，也应该有自己的秘密吧。”

艾曼纽点点头，沉思片刻后说道：“不错，每个人都不一样，都有自己的秘密，但我的秘密愿意跟你分享，请问，你的秘密是否也愿意跟我分享呢？”

我立即答道：“对不起，我的秘密只愿意跟自己最亲密的人分享。”

听完我的回答，艾曼纽突然停下脚步，凝视着我，说道："如果你信任我，愿意跟我分享某些秘密，那么，我们一定会成为十分亲密的人。"

听完艾曼纽的话，我知道，这个步是不能继续散下去了，便说道："对不起，山区的夜晚很冷的，为了我俩都不感冒，是不是应该回去了？"

听我忽然冒出这样的话，艾曼纽显得很失落，沉思片刻，才挤出一丝笑容，说道："皮，如果我没有猜错，你应该有一幅古老的地图。"

没想到艾曼纽会提到地图，心中暗叫不妙，这藏宝图刚刚被我发现，居然就被艾曼纽知道了，如果不跟她合作，看样子这探险队是待不下去了。可是，有个问题让我不能理解，这个艾曼纽，怎么会对巴国文物如此感兴趣，难道她也知道白虎之巴在夔城神秘消失一事，还知道消失之前埋藏了一批宝藏？

正沉思中，一个清亮的声音从远处传来："小虎哥，今天你去哪儿了，害得我到处找，还以为你玩消失呢。"

看着逶迤而来的覃婉丽，我顿时傻眼，而覃婉丽看着我身旁的艾曼纽，又见我愣着不搭腔，显然是误会了，脸色变得有点难看，嘴里说道："噢，原来皮老师在约会，那……那我就不打搅你们了。"

偏偏这个时候，艾曼纽突然伸手挎住我胳膊，做出亲密无间的样子，我赶紧挣脱，正要解释，却发现覃婉丽脸色一刹那变青，狠狠瞪我一眼，没等我解释，转身就走。

覃婉丽的误解，令我陷入莫名其妙的恐慌，而艾曼纽今晚的举动，则加深了我对她的反感。

毫无疑问，我对覃婉丽是有感觉的，不仅是因为她的漂亮，更因为她的率真、热情和无私。现在，这样的女子已经很少了，我不想错过。

回到客栈房间，才发现寝室被人翻过了，尽管东西已恢复原状，但还是被我瞧出了破绽。因为我出门总有个习惯，东西是按顺序摆放的，而现在它们显然被移动过了，但这个时间段，是没有客房清理服务的，所以只有一种可能，房间有人潜入过，是谁呢，他们又想找什么呢？

一定是那幅羊皮图！

如果是为了羊皮图，一定是艾曼纽，因为除了覃婉丽，只有她才知道我有一幅羊皮图。可艾曼纽刚才跟自己在一起，显然不是她，那么，会不会是沙克，或几个老外中的一个，在艾曼纽的授意下干的。想到这里，我打了个冷颤，幸好自己刚才把羊皮图和另外三件东西都装在背包中了，要不然……

想来想去，我决定不再参加探险队的活动，不再面对沙克和艾曼纽，自己独立行动。还有，明天一早就去找覃婉丽，给她解释清楚，我跟艾曼纽一丝半点儿的瓜葛都没有，然后告诉她，自己喜欢她。

现在，我再也没有心思翻看董老师的笔记，也没有心思研究这幅羊皮图，早早地洗漱了，关灯睡觉。

不一会儿，耳边又响起了朦朦胧胧的声音："孩子，今天睡得真早，可不像平日的你。"随后，老虎来到床边，见我情绪低落，诧然道："孩子，怎么没精打采的，生病了吗？"

我摇摇头，答道："我不想探寻什么秘密了，也不想参加探险队了，明天一早就离开，回学校去。"

老虎眉头紧蹙，"孩子，你错了，这么点挫折都受不了，怎么干大事。"

我没好气的答道："我不过就是个教书匠，能有什么大事可干。"

默然半晌，老虎答道："本王最瞧不起的，就是那些做事半途而废的人，早知你如此窝囊，就不该选择你去做信使。"

我一听就来气，"谁想去做什么狗屁信使了，是你强加于人的。"

老虎答道："非也，这是你今生的宿命，不管你愿不愿意，这件事都会缠上你，摆脱不了的。"

我愤然道："有得选择吗？"

老虎连连摇头，"没得选择，就像那个巴族女子，也是你今生的宿命，而你如果想得到她，就必须参加明天的探险。"

见老虎如此说，我不由得问道："明天的探险，能发现白虎家族的秘密吗？"

老虎微闭双目，答道："不是发现，是进入。"

我愕然道："进入……会有危险吗？"

老虎不语。

我待要问个究竟，老虎却已雾化，瞬间消失不见。

噩梦

第二天一大早，万教授通知我，探险器材已经运到了，今天的任务是考察龙桥洞，要我准备一下，吃过早饭后就出发。接着，万教授又问起董老师的近况，按照董老师的嘱托，我没有告诉他实情。

随后，我忍不住问万教授，为什么不继续考察魔鬼洞。万教授的回答是，他和伊文思认为，这次考察的主要目的，是为了弄清该区域地下水系的存量和走向，以便对今后的水资源利用和旅游开发提供重要的地质参考，至于说巴国遗迹，则不在这次考察的范畴。

用早餐的时候，明显感觉到沙克、威利和沃克十分不友好的眼神，但艾曼纽却十分镇定，像什么事都没发生过一样。

因为担心三件宝贝，我很快吃完早餐，马上给冬瓜打电话，打算把床底下藏着的三件古器放在他那儿，可冬瓜的电话却死活打不通，去饭庄找，也不在。无奈之下，只好将三件器物拿出来，装入一个纸盒子，又用胶带严严实实地裹了，趁没人的时候，拿到前台，交给客栈的蒋老板，声言是几块石头，虽然不值钱，但很漂亮，怕搞丢了，在他这儿寄放几天，离店的时候再来取。

蒋老板捋着山羊胡子，漫不经心道："皮老师，本店虽然没得城里的宾馆高大上，但偷盗客人东西的事情还从来没有发生过，既然是几块不值钱的石头，放客房就行了，干吗那么费事？"

没想到他有这一问，一时不知如何应对，想了想才答道："如果您嫌麻烦，我可以付点寄存费。"

蒋老板盯着包裹，眼神显得有些怪异，似乎怀疑我的说法，想了想才答道："皮老师说哪里话，你如果坚持要寄存，我帮你收下就是，钱嘛，我哪好意思收，只希望皮老师帮我多介绍些客人就是了。"

见蒋老板如此作答，我放下心来，将包裹交给他。回到房间后，又将羊皮图展开，用胶带一层层裹在腰上，这才收拾行李与探险队会合。

一路上，感觉到沙克神情有些异常，他的目光，时不时地会扫向我，阴鸷的目光在我身上逡巡着，令人感到很不自在。再看艾曼纽，表情却显得十分轻松，与我目光相接的时候，甚至还露出点笑意。

进入龙桥谷底，涉过一段溪流，探险队来到一块巨大的青灰色石壁前，龙桥河水由此流入一个水洞中，开始进入暗河段。

伊文思将探洞的人分成两个梯队，伊文思、沙克、艾曼纽、威利作为第一梯队在前面探路，我和万教授被安排在第二梯队，沃克和一个向导留在外面。

在洞口一块草地上歇下来，沃克将计算机摆放在一块平整的大石上，连接好各种线路插座，架设一根天线，荧屏上显示出线路图和数据。

先遣队开始向洞内进发，四个红色亮点在荧屏线路上缓慢移动，沃克的指尖在键盘上跳动，不断修正数据。

大约过了近两个小时，荧屏上缓慢移动的四个红点停在一处不动了，又过了几分钟，一个红点长时间闪烁，召唤第二梯队进洞。

我穿好探险装，脖子上戴着覃婉丽送的护身符，头上戴了矿工头盔，手拿一把小电筒，与万教授一起朝洞子里走去。

暗河水面流动着一层雾气，阴冷的风从洞内迎面吹来。在走进洞口的瞬间，我忽然觉得自己正处于阴阳交接之界，洞外是阳光明媚、丰富多彩的阳世，而洞内是黑暗幽深、寂寞空洞的阴间，与探魔鬼洞的感觉截然不同，像是真的要进入冥界。

前几十米，水并不深，也还算平缓，但却冰冷刺骨，好似要将人的血液冻结。脚下是硬邦邦的鹅卵石，沙粒从鞋帮外钻进脚底，洞顶也有水往下滴，有时会恰巧从颈项中钻进去，全身顿时起一层鸡皮疙瘩。每前进一步都要付出痛苦的代价，但又不能掉队，只有咬牙紧随万教授。

阴暗的洞穴中除了我们几个活人外，还经常可以见到一种有生命的动物——娃娃鱼。我们的进入惊动了它们，但并没使其惊慌逃窜。我扭亮电筒射到这些黑乎乎的家伙身上，它们便一动不动了，绿绿的眼睛呆呆地定在亮光下。

洞中有不少钟乳石，奇形怪状的，在闪烁的灯光映照下，像阴曹地府中的妖魔鬼怪，让人甚至觉得洞底深处还会住着一个阎王。

水道越来越深，不得不使用橡皮船。橡皮船很小，一次只能乘坐两人，威利担任接应任务，由于没有桨，得用手划动，待到达落脚点后再由另一个人划回来接下一个人。一共来回走了四趟，行进得非常慢。

又行进了一个小时左右，大约已进入到里面约两千米路程，终于看见远处有灯光晃动，那是第一梯队的位置，离我和万教授差不多有一百米。

我和万教授所处的位置，前面是一个巨大的水潭，水在这里汇聚，似乎停止了流动，强光电筒也照不到它的边缘，估计应该有两百多米宽，三四百米长，其实应该叫它暗湖才准确。令人惊奇的是，暗湖边居然有破朽的木板。

看着眼前的场景，不觉心念一动——巴人是善于用船的民族，而暗湖中的木板看起来就像是破损的木船构件，会不会巴人用木船把宝藏运到这黑暗的洞穴里藏起来了，在如此神鬼难进的地方，可不正是藏宝的绝佳之地吗?

再看老外，已经穿上了救生衣，神情显得很兴奋，在伊文思的分派下，分别乘坐两只橡皮船向暗湖深处划去，而我和万教授则被安排待在原地，等候接应。

在灯光的映照下，洞穴内的钟乳石呈现出怪异的嶙峋状，显得诡异而狰狞，恍惚间，眼前出现了许许多多的怪兽，一个个龇牙咧嘴，手舞足蹈，口中喷出蓝色的火焰，怪叫着向我扑来……

“小皮，怎么回事，害怕了吗?”耳边传来万教授的声音。

“噢，不好意思，刚刚想到了一个噩梦。”我惊醒过来，尴尬道。

“一个噩梦?”万教授一脸疑惑，“你常做噩梦吗?”

“只是最近常做，老是梦见老虎和怪物什么的。”我答道。

“我看你是对前些天发现的老虎遗骸走心了，所谓日有所思夜有所梦。”说完，万教授拍了拍我肩膀，笑道，“我就说嘛，魔鬼洞那么惊险的场面都没吓到你，怎么反倒会怕了这平静的暗湖。”

我笑了笑，接着转移话题：“万教授，听说地缝还有五公里路段没有探测过，这次会考虑进入吗？”

“这次的任务，主要是考察天坑附近的地下水系，为今后利用地下水源做参考，暂时不会进入那段区域。”见我露出失落的表情，万教授表示不解，“小皮，为什么你对那五公里这么感兴趣呢？”

沉思片刻，我答道：“听董老师讲，巴国灭亡时期，曾有一支巴人在附近神秘消失，我这次来，就是想找到些那支巴人消失的线索，为董老师的观点寻找考古证据。”

万教授点了点头，露出释然的表情，随即又问道：“对了，说到董老师，他之前跟我约过多次，说到夔城天坑地缝探洞的时候，一定要叫上他，怎么临到考察开始的时候，却忽然变卦了？”

看着万教授疑惑的眼神，我有些为难，因出发时董老师曾再三叮嘱过我，一定不要向万教授提起他住院的事，所以我不得不敷衍道：“董老师最近忙于清理三峡考古成果，抽不出时间。”见万教授有些不了然，于是我又改变话题，问道：“万教授，这几个老外，他们来这里探险，真的是为了调查这一带的溶洞体系和地下水资源吗？”

“当然，”对于我的问题，万教授感到有些吃惊，但并没有深究我为什么会这么问，而是解释道，“我和伊文思是老朋友了，他是溶洞方面的顶级专家，我们以前也曾合作过，至于说……”

“至于说什么？”

“至于说另外几个人，倒是第一次合作。”说到这里，万教授停顿了一下，随之，他又以释然的口气说道，“不过从他们的专业能力来看，一个个都是这方面的专家，没什么好怀疑的。”

听万教授的语气，显然对我的多疑表现出某种不满，但我还是不为所动，说道：“在我看来，除伊文思外，另外几个老外似乎对巴国宝藏更感兴趣。”

“小皮，你想多了。”这次，万教授真生气了。

不知不觉间，两个小时过去，没有等到老外回来接应。

我心中又不免犯起了嘀咕——这些老外，他们劳师动众不远万里来这里考察，难道仅仅只是满足自己对洞穴的好奇和对科学的献身精神。尤其是那个沙克、威利和沃克，还有艾曼纽，明显是奔着巴国宝藏来的。

想到这里，我又忍不住向万教授提起刚才的话题，这一次，我换了一种方式。“万教授，这么长时间了，老外还没招呼我们过去，会不会发现了什么东西？”

“发现了什么东西？”万教授反问道。

“比如说，巴国文物什么的。”

“巴国文物？”万教授转过头来，惊讶地望着我，眼神十分的疑惑，“在这么偏僻幽暗的地方，怎么会有巴国文物？”

听万教授的语气，显然是责备我多疑了，可此时此刻，我心里有一种强烈的感觉，这暗湖里一定藏有东西，特别是有了前几天的发现，这种感觉就更加强烈。心想，如果老外发现了宝藏，悄悄藏起来，等我们离开后，再找机会取出来，神不知鬼不觉地偷运到国外，岂不是国家的一大损失。于是，我没有理会万教授的不爽，说道：“那可说不准，您看看这水里的木板，像是船板，显然很早就有人进来过，他们来这里，该不会是为了划水玩吧？”

听完我的话，万教授陷入沉思，过了一会儿，问道：“你有什么打算？”

“我想过去看看。”

犹豫片刻，万教授说道：“还是我过去看看吧。”

我连连摇头，对万教授说道：“我身体好，游泳技术也不错，还经常冬泳，掉下去也不至于抽筋，游回来就是，反正衣服都湿透了。”

万教授点了点头，说道：“小心点。”

环顾四周，只见洞壁上有一层窄窄的台地，像一条栈道向远处延伸，顺着这条“路”一直走，就能够到达对岸了。离开万教授，我摸索着上了湖边台地，脚下十分溜滑，电筒光照射在漆黑的洞穴里，只能看清前方四五米左右的距离。我十分小心地一步步挪动，背尽量靠在洞壁上，任凭冰凉的水浸透背脊，头脑反而更清醒。

走了一段，被一块凸出的石壁遮挡住视线，湖对岸的灯光在眼前消失，现在，只剩下自己微弱的手电光了。幸运的是，石壁的下沿也有台地，还有可以用来搭手的凹坑。

绕过石壁，又看见了前方的灯光，那灯光，就像黑暗中的希望，令我精神振奋。

然而，再走十来米之后，“路”突然断裂了。

回去吗？

显然不甘心，眼看就要到达成功的彼岸，绝不能半途而废。

我将手电往远处射去，在前面约两米远稍上方的位置，又有一块台地朝里面延伸进去，最多再走二三十米，就能够跟前队会合了。

在两条“路”之间，有几个石臼和两块凸出的岩石，上下错落，凸石正好可以搭手，而凹坑可以落脚，只是需要双手和双脚并用，无法把手电拿在手上。

我估了估距离，默记下手扶脚踏的位置，将电筒咬在口中，右手摸上第一块岩石，右脚跟着探入石臼。落实后，再将身体重心逐渐朝右侧移动，左手移至凸出的岩石上，双手抱紧之后，左脚移动到右脚所踏石臼，再将右脚移至下一个石臼。完成第一步后，我胆子壮了些，再将右手移至第二块岩石，整个身体像壁虎一样吸附在石壁上。

一切按部就班地进展着，最后一步了，然而，在转动头部的时候，由于脸贴得太紧，口中电筒在石壁上剐蹭了一下，眼看着电筒掉入湖中。

两秒钟后，四周陷入一片黑暗。

此刻，我并没有惊慌，因台地到水面的距离，最多不超过十米，即使掉落下去，也可以凭借自己良好的泳技游到对岸。

稍停片刻，我伸出右脚，朝侧上方探出去。

嗯，不错，现在，我只需双手用力一撑，身子侧摆，就可以跨上另一端台地。

事实果如所料，我的右脚确实迈上了台地，但左脚跟进的时候，身体忽然受到阻挡，弹了回来。一瞬间，以为自己碰到了石壁，但那东西并不坚硬，顿时心中一惊，心想，难道这洞穴中还有活着的大型动物？

闪念之间，我迅速伸出双臂，在身体滑落的瞬间攀住台地边沿，正当我用力上撑的时候，感觉有个东西钻入了胸口，我不得不腾开一只手去捉那东西，却发现，钻进来的竟然是一只毛茸茸的手臂。

惊愕之中，手臂上的爪子开始抓扯裹在我身上的胶带，我瞬间明白过来，这只手，是来抢羊皮图的。

我来不及细想，张嘴就向那毛茸茸的手臂咬去，随即听见一声闷叫，手臂缩了回去。趁此时机，我双臂用力一撑，可动作才做到一半，又被一股强大的力量当胸袭来，失去支撑的身体顿时掉落下去。

落水的瞬间，我还算镇定，先屏住气，伸展双臂，使劲往上滑动，在冰冷刺骨的水中游动起来，很快，头部露出了水面。接着，又看见了亮光，便不假思索地朝亮光方向游去，这时，水中又冒出一个怪物，背脊高高隆起，头上一独眼，还明晃晃地发出亮光。

惊慌之中，我赶紧扭转身体狂划水面，然而，那怪物也迅速朝我移动来。更为神奇的是，它也像我一样张开双臂划水，同时发出“叽里咕噜”的声音。此时，我方才明白过来，这哪是什么怪物，分明就是穿着潜水服的人，不是艾曼纽就是威利。

心中稍定，我转过身来，对着射来的灯光做了个手势，表示我自己能行，不需要他帮忙。但那人还是游了过来，并伸出了手臂，像是要来拉我。于是，我也只得伸出手臂去够他，与其手指相接的瞬间，只觉得浑身一震，跟着整个手臂一阵麻木。愣神之时，脖子已被其手臂缠住。

然而，接下来发生的事情有些让人感到莫名其妙，我的身体不仅没有上浮，反而开始下沉。

瞬间，一种不祥的预感升起——这哪像是在施救，分明是想置我于死地。闪念之间，我用那只还算自由的手臂扼住那人的脖子，使劲一扳，然后手脚并用一阵乱刨，终于挣脱了他的控制。接着，我开始朝岸边亮光处游动，游了一会儿，忽然感到不对劲儿，只觉得自己的身体被一股巨大的力量吸住，迅速下沉。

接着，身体不停地旋转起来，此时，我只有一个念头，努力屏住呼吸，希望这条水道不会太长，还有吸入到空气的机会。

身体被包围在阴冷的水中，像被塞进了一个巨大的容器，透不过气来，胸口发闷，脑袋发涨，无边的黑寂包围了我。

思维开始混乱，身体不听使唤，心跳停止，血液凝固，意识渐渐迷糊。

我想，自己快要死了！

良久，只觉得远处有几道光环转动起来，接着，我身体内亦有一种烟状的物质蹿了出来，与那几道光汇合。

感觉那是自己的灵魂离壳而去……

还活着

身体好像很重，又好像很轻，在黑暗中沉浮，仿佛置于无底深渊……

就这么飘浮着，与那团光环始终保持一段距离，升不起来也掉不下去。

努力清理思绪，我究竟是在哪里？

什么样的状态，是死了还是活着？

那光环代表了什么，是黑暗中的光还是我的灵魂？

记得自己好像是参加了一个探险队，之前应该是在龙桥暗湖中，探险队分成了两组，我和万教授一组，当时干什么来着？

对了，我离开了万教授，一个人在黑暗中摸索一条路径，石壁非常湿滑，走得很吃力，突然间遇到一个妖怪，然后就失足掉了下去……

那么我现在应该是在深潭里，可怎么感觉不到水，而是在夜空中呢？

思考中，只见那光环开始下坠并向我靠近，定格成人形，最后，化成一股烟蹿进身体里。没过多一会儿，我便有了知觉，但整个身体依然不能动弹，眼睛也睁不开，但是意识逐渐清晰起来。

我努力睁开眼睛，发现周围有跳动的火焰，忽远忽近，身体开始有了重量，被一块硬邦邦的东西支撑着。

不错，自己确实还活着，身处于一洞穴中，全身赤裸着，脖子上挂着覃婉丽送的护身符，躺在一石床上。我环顾四周，有似曾相识的感觉，晃晃悠悠的光是插在洞厅周围的火把，左侧不远处有几个手持戈矛的人影，随着火光的闪烁若青面獠牙的饿鬼在跳动。

右侧是一块台地，靠中间位子有一大一小两张石椅，大石椅上坐着一位“印第安酋长”——头戴羽冠，羽冠中飞出两根长长的金鸡毛，脸上纹满青紫色的图案，像头猛兽。

再仔细一看，他身上竟然穿着一件绣着老虎的绸袍。

老虎！

我的神经跳动了一下，记忆若隐若现。

酋长的侧后方站着一个手持长斧的武士，在他们周围还站着几个手持武器的人影，全身几乎赤裸，只腰间裹了一块麻布裙子。

左边较小的石椅上坐着一个古装的青袍道人，头上也戴了冠帽，是用纱编成的，像古代的官帽，但看不出朝代，他的腰间，束一根镶嵌珠玉的皮带，衣服上也绣了图案，是一种长尾的鸟。

青袍人的身旁还站了个白袍宽袖的年轻人，此刻正露出好奇的目光，神情中充满了惊惧和不安。

我终于记起来了，这里的环境跟我在魔鬼洞中所见十分的相似，只是眼前所见要规整得多，并且多了这些人。此刻，我会是在魔鬼洞中吗？

不可能，探险队几乎探遍了魔鬼洞中的每一个角落，所以，这里绝对不会是魔鬼洞。那么，我现在是在梦中，这一段日子里，我头脑中不是经常徘徊着这些影像吗——白虎、酋长、神秘的原始人。

或者我已死去，灵魂飘游到了阴间，如果是阴间，眼前的酋长便不是酋长，而是阎王，这位戴官帽的青袍人便是判官，而这些妖魔鬼怪般的原始人，就是阴间的小鬼。曾记得自己坠入水中，灵魂已脱离了躯壳。

对了，我现在是在阴间！

明白这个事实之后，心灰意冷的我又沉沉睡去……

再次醒来，发现身上多了条毯子，眼前的景物似乎也亮了些，继而，听见了自己的心跳。有心跳，就证明自己还活着，确定了这个事实之后，心中一阵狂喜！

大厅中还是那些人，看见我身体开始蠕动，洞穴中凝固的空气重新流动起来。

青袍人却没有看我，眼睛紧盯着一个小火塘，火塘中的燃料好像是煤炭。在燃烧的煤堆中有块白色的东西，看起来像某种动物的肩胛骨。此时，青袍人的目光正落在白骨上。酋长则什么也没看，可能是坐的时间太久了，微闭着眼睛斜靠在石椅上养神。

“嘭”的一声，白骨破裂了，上面布满了大大小小的裂纹。青袍人脸皮上的肌肉抽搐了一下，眼睛朝我望来，像两道寒光刺痛了我的心脏，我茫然朝年轻人望去，在与白袍年轻人眼神相交的瞬间，他目光中充满惊惧。

酋长被爆裂声惊醒，惺忪的眼神朝青袍人望去。青袍人张了张嘴，却没有说出话来，脸色已恢复正常，微闭双目，沉思起来。

过了片刻，青袍人的目光重又向我投射过来，这一次他看得很仔细，从头到脚审视一番之后，眼光停留在我脸上。凝视片刻后，转头朝年轻人望去，看见了他恳切的眼神，随后，青袍人将目光转向酋长，说出一句话来，并不是我能听懂的语言。

然而就是这句话，使洞厅内紧张的气氛缓和下来，此时，感觉那白袍年轻人长长地吐了口气。继而，我麻木的身体也开始变得活泛起来，接着，我深吸一口气，猛地用力，由睡姿变成了坐姿。

青袍人凝视着我，脸皮抽搐着，令我不寒而栗。默然半晌，他忽然拍响巴掌。随之，两个身着麻裙披肩散发的年轻女子应声而入，手中托着个木盘，当她们走近的时候，才发现这两个女子的皮肤竟如羊脂玉般透明，可清晰看见皮肤内的血管分布，眼睛也是透明的玻璃珠状，头发是银白色，在火光的映照下像透明的精灵。

女子将托盘递到我面前，一个盘子里是我的衣服，另一个盘子里放着几枚猕猴桃和两个冒着热气的粽叶团子。

我先将衣服穿上，接着，拿了冒着热气的团子，剥开包裹团子的粽叶，入口松软，清香扑鼻，不错的味道。

至此，我的心情越来越放松，吃完了团子，又开始吃猕猴桃。

在这一过程中，青袍人始终一言不发地审视着我，眉头紧锁，心事重重的样子。白袍年轻人的表情也显得很怪异，冷峻中藏着兴奋。至于那个酋长，依然睡眼惺忪，此刻，在侍卫的扶拥下正离开大厅。

青袍人见我吃完东西，挥了挥手，又过来两男子，伸手来扶我下床。他们的皮肤也很白，头发绾成一个高高的髻，像长在头上的角。他们的身上，纹着条纹状的图案。

眼前的场景，依然恍若梦境，懵懵懂懂中，我随着两人走出大厅，不知过了多久，到达一个木门前停下来，推开门，是一间不大的石室，靠洞壁里侧有张石床，除石床外，还有两个石凳，石凳上放着一条麻裙。

一人将燃烧的火把插在洞壁上的石臼内，然后躬身站在门旁，像是看守又像是等候吩咐的仆人，其他三人则退出去离开了。

不多一会儿，又一个麻衣女子持一个托盘进来，托盘上是一条较大的麻布。那女子将麻布铺开在石床上，是床麻布睡袋。

女子放好东西之后转身离去，经过我身边的时候匆忙抬了下头，脸上露出羞涩的笑容，眼睛蛮大，牙齿很白，身材不高，头发是绾起来的，可以看见长长细细的脖子，是今天看见的女子中最漂亮的一个。

我仔细观察石室中的布局，除石床和石凳外，石壁上有彩绘的图案，仍然是老虎的形象最多。洞顶有一根大竹管捅进来，有丝丝微风吹拂，是个通气装置。

洞壁还有一个小间，那是一个盥洗室，里面放了两个木桶，一个木桶放在石台上，上面有根细竹管伸进来，竹管口有个软木塞子，拔掉后会流出水来，做洗漱用。而另一个木桶显然是马桶，用以储存粪便，除了没有电灯电视外，也算是享受标准间的待遇了。

那说不清是看守还是仆人的人在门边站立了一会儿后，见我没有什么吩咐（我怎么可能吩咐他呢？压根儿就不懂他们的语言，即使懂，此刻也不明白自己的身份到底是客人还是囚犯），将石臼内的火把取出来，走出石室并关上房门，屋内重又恢复黑暗。

迷津

身体极度虚弱和疲乏，我摸索到石床上打算休息一会儿，无奈这床又硬又凉，要想在这上面睡个好觉实在很难。于是，我干脆将麻布睡袋裹在身上，盘腿而坐，运功练气，清理一下思绪，开始思考问题。

记得自己是掉进了暗湖里，以自己的游泳技术游到岸边应该不成问题，可水下却有一股巨大的力量将我向下拖拽。看来湖里还有下行的水道和漩涡，而我刚好游到了这个漩涡的中心，并被这股强大的漩涡带到一个神秘的所在——暗湖附近的一个地下洞穴，而这个洞穴中，居然生活着一群神秘的人。

看样子我并没有死，也不是在梦中，还生活在阳世，只不过这个阳世比阴间还要黑暗空洞。探险队员们肯定以为我已遇难，说不定正在搜寻我的“尸体”。

如果是这样，实际上我已经死了，父母听到这个消息会悲恸欲绝。

还有，覃婉丽知道了这个消息，会怎样？

似乎想得太远了，现在怎么办？

正胡思乱想着，传来脚步声。我忍不住起身近门，透过木板之间的缝隙看出去，见有人举着火把由远而近，最后，在木门外停下。

是青袍人，那个既像道士又像巫师还像大官的家伙，他的旁边，站着两个手握短剑的武士。此刻，青袍人正缓缓地伸出手，搭在木门上，似乎要推门进来。

此时此刻，我既兴奋又忐忑。兴奋的是，终于有个人进来交流，面对面把事情弄个清楚，哪怕不通语言用手势交流也好。忐忑的是，那青袍人目光阴鸷，表情不善，不是个容易交流的家伙，若应对不当，恐招来杀身之祸。

我在屋内忐忑，而青袍人也在门外犹豫，等候片刻，忽然把手缩了回去，接着转身离开，将我的期待丢在了无边的黑暗中。

此时的我已经将生死置之度外，可却忍受不了这无边无际的黑暗和不明不白的等待。我重新回到床上，用麻袋裹住身体，希望能做个梦来填补寂寞的空间。

依然睡不着，纷乱的思绪缠绕住我。

不知过了多久，又有脚步声朝这边过来，伴着火光停在门外。

还会是那青袍人吗？

我没有起身，将麻袋裹紧了些，懒得理他。

这次，门被推开了，进来的不是青袍人，而是那白袍青年，善良的眼神中带有警觉。

我开始近距离地打量他——只见这白袍青年长得眉清目秀，皮肤苍白，此刻，他浅灰色的眼珠正惶恐不安地盯着我。

呆立片刻，白袍青年转过身去，将手中火把插入石臼，随后又转过身来，慢慢走近床边，将一块羊皮褥子放在石床上。接着，白袍青年轻声嘀咕了一句，见我没有反应，便显出错愕的表情。

我也有些不知所措，嘴巴张了张，却不知怎样表达谢意，便只好呆望着他。相互注目了几秒钟，白袍青年又露出警觉的眼神，转身离开了床边，迟疑片刻，取出火把，将门轻轻关上，走了。

此时，我好想留住那年轻人，因从他的目光中感受到了善意，但是，一种莫名其妙的危机感阻止了我采取主动。

如此一来，我只有睡觉。

再一次进入梦乡——

我坐在橡皮筏子上，顺着水流漂进一个美丽的湖泊，那湖泊好大，周围怪石嶙峋，钟乳石密布，还有五颜六色的亮光，就像海底龙宫。

湖泊中有各种各样的怪鱼在游动，忽然，一条鱼朝我游过来，游近了一看，原来是条美人鱼，那鱼从水中探出半个身子，竟然是覃婉丽，上身赤裸着，长发披在身后，伸出手来拉我下水，一起上蹿下潜。

覃婉丽的泳技真好，根本不需要划动手臂，只将尾一摆就蹿出去好远。我拼命地划动手臂也跟不上她的速度，渐渐拉开距离。

忽然觉得身后传来一股巨大的吸力，扭头一看，是一头大鲸鱼，正张着黑洞式的大嘴要将我吸进去。

我急得大叫“婉丽，婉丽”，然而覃婉丽却不见了，这时，一团强光射过来，将那鲸鱼吓退，我随着那光游到岸边，瘫在沙滩上。

举目四望，又是一惊，只见湖岸边站满了蓬头散发的原始人，为首一人，长袍高冠，手握一柄短剑，正是那青袍人，此刻，他正念念有词。忽然间，青袍人目露凶光，短剑朝我一指，原始人便挥舞着长矛短剑，一起朝我扑来。

我惊叫一声，撑身而起，才发现又是一个梦。

接着，发现白袍青年手持火把站在床边望着我，露出惊惧的目光。

愕然片刻，白袍青年又重复先前的动作，转过身去，将火把插进石臼，随后，从石凳上拿起一个托盘——托盘里有一块烤羊排和一个土钵。

看着白袍青年，忽然有种亲切感，于是，我不再犹豫，将那羊排拿起来，小心翼翼地啃起来。白袍青年注视着我，挤出一丝笑容，忽然，他说话了，一种类似闽南口音的土话。说了几句之后，见我没有反应，接着，他改变了说话的方式，更准确的说，是改变了语言，一种白话式的古语，带有陕西河南一带的口音。

我以为自己听错了，抬起头来，诧异万分！

“你真是廪君使者吗？”

白袍青年重复刚才的问话，语速很慢，足以使我听明白。当听到“廪君”两个字时，强烈的震惊，一瞬间，以为自己还身在梦中，不禁喃喃道：“廪君使者，也许是吧？”

“什么叫也许是？”白袍青年凝视着我，眼神变得迷惘起来。

“在梦中，廪君封我为信使。”我忐忑道。

“可你却听不懂巴语！”白袍青年退后一步，露出警觉的目光，“你的体格，看起来像中原人，只会中原官话。”

“说到中原官话，除了您，还有谁会？”我反问道。

“现在是我在向你提问，”白袍青年手握剑柄，身体侧倾，像随时准备应对袭击的姿态，“你究竟是不是廪君使者？”

看见白袍青年这个样子，我忽然觉得好笑，索性斜靠在洞壁，双手相抱，似笑非笑道："我刚才已经回答过你了，廪君封我为信使，不知道算不算你口中所谓的使者？"

"可……"白袍青年右手离开了剑柄，但身体姿态依然显得僵硬，"如果是廪君派来的使者，有何证据？"

"证据？"我有些茫然。

"对，证明你是廪君使者的证据。"白袍青年轻蹙眉头，满脸疑惑，"廪君已去数千年，怎么会突然派个使者来？"

"我已经告诉过你了，是廪君潜入梦中，给了我这样一个头衔。"说到这里，忽然想起一件东西，心中顿时有了主意，"对了，我的羊皮图呢？"

"仅凭一幅羊皮图，就能证明你的身份吗？"白袍青年仍然露出疑惑的眼神，警觉地盯着我的一举一动，"如果你真是廪君使者，来巴国做什么？"

"巴国，你说这儿是巴国？！"

听完白袍青年的话，瞬间认为自己穿越了，到了古代巴国，一时之间，呆若木鸡。而与我同样震惊的还有白袍青年，显然，他没有料到我有这样的反应，呆立半晌，才讶然道："不是巴国，你以为这是哪里？"

而此时，我也意识到自己的口误，支吾道："我猜到这儿应该是巴国，可还是有些吃惊。"我极力掩饰自己的紧张情绪，慌不择言："如此说来，那个戴羽冠的人就是巴王了？"

"对，他是巴国第一百九十八代王。"

听完白袍青年的话，我再一次感到震惊，那个蔫老头子居然是一百九十八代巴王，以二十年为一代计算，差不多有四千年光景！

此时，我的脑袋实在转不过弯来，现实世界中怎么可能存在一个灭亡了两千多年的巴国。想到这里，又不禁问道："这里是什么地方？"

"这里是巴国的外宫宾室，宾客居住的地方，不过你是两千多年来第一个住在这里的外宾。"

"你们一直生活在这里吗？"

"是的。"

"如此说来，你们是因为躲避秦国追击才逃到这里的吧？"

听完我的话，白袍青年大为震惊，右手再次握住了剑柄，沉声说道："作为廪君使者，你怎么连这些都不知道！"

我惊觉自己失言，赶紧转移话题："那个青袍高冠的人是谁，他的权力很大吗？"

见我没有回答问题，白袍青年略显不快，淡然道："他是我父亲，巴国大祭司。"

我没有理睬白袍青年的情绪，继续问道："卜卦的时候，我见你神情很紧张，这是为什么？"

白袍青年注视着我，眼神游移不定，半晌，才答道："因为按当时的卦象显示出凶兆，所以，我有些担心，还好，父亲没有据实解卦，只说你是廪君派来的使者。"

"如果据实解卦会怎样？"此刻，我觉得有些惴惴不安。

"会祭虎，死得很惨。"

"祭虎！"

听完白袍青年的回答，我不由得打个寒战，半晌说不出话来。

见我沉默不语，白袍青年也不再说话，转身取走火把，抽身而去。

房间再一次归于黑暗。

巴王、祭司、白袍青年，这一切的一切，出现得实在有些突兀和扯淡，不可思议，可它竟实实在在地发生了，而且这次不是做梦。

被黑暗包围的我百无聊赖，理不清头绪，只能躺下睡觉，可又怎么能够睡得着。

脑海中不断浮现出几天前的经历，一个个的身影从眼前闪过——董老师、冬瓜、万教授、沙克、艾曼纽，对了，还有覃婉丽……

第二章

秘境中的部落

听我如此回答，祭司的脸皮抽动得更加厉害，握剑的手也跟着颤动起来，忽然，他扬起了手中的剑，一刹那就将剑尖抵住了我的胸口……

罕宝

终于理清了前因后果，明白自己不仅活着，而且穿越了，只不过这种穿越，既不是穿越到过去，也不是穿越到未来，而是一种与现实同步的地理空间穿越。

参加这次探险活动，本来属于打酱油性质，却意外发现了白虎之巴的踪迹，这还不仅仅只是一般的田野考古线索，而是看到了活生生的一群“古代”巴人。要是董老师知道了，会有怎样的激动。

可是我却一点也高兴不起来，虽然暂时脱离了危险，但仍觉前程未卜，在这个神秘的环境里，只觉得危机四伏。

正坐在石床上发呆，忽见门被推开，眼前出现了一男一女，是“昨晚”那两个人，根据他们相互间的称呼，我知道男的叫格曲，女的叫依音。格曲进屋后，将火把插入石臼恭立门旁，依音则提了个带盖的竹篮。竹盖揭开，香气袭来，里面是两个饭团和一大块羊肉，土碗中盛着羊奶。

伙食标准提高了，这是一个好的征兆。

依音将竹篮递给我之后便站立在床旁，看着我吃完，收拾东西的时候碰到了我的手，触电似的缩了回去。

歇息片刻，格曲说话了，可是我一句也听不懂，但通过比画，基本明白了他的意思。格曲拿着火把走在前面，出门的时候，后面又跟上来两个佩剑武士。

穿行于弯弯拐拐的洞穴中，宛若迷宫，完全把不准方向。不多一会儿，进入卜卦大厅，除巴王、祭司和白袍青年外，还多了一个女子，那女子站在高台上居高临下地审视着我，轻蔑中带有点儿惊奇。她的装束与众不同——长长的头发上有一个发箍，上面插了几根彩羽，耳朵上吊两个大铜环。脸颊上还画着两条鱼纹彩绘，衣裙也是绸缎做的，领口和袖口缝了皮毛，腰带部分镶了几圈小银丝。脚下穿了一双用细麻编制的露出五个脚指头的鞋子，鞋带在小腿上交叉绕了几圈后在膝弯处打了个结，既原始又时尚，妖冶而摄人心魄。

“外来人，能听懂我的话吗？”祭司盯着我，用的是中原官话。

错愕中，我张开了口，但此刻却听到了白袍青年的咳嗽声，忽然意识到这是一个危险的信号，便以茫然的眼神望着祭司，摇了摇头。

祭司皱眉，目光扫向白袍青年，随后，又转向巴王，沉思片刻后，他开始用土语问话。这次我是真听不懂了，因而做不出任何反应。

祭司显得很无奈，眉头紧锁着，开始焦躁不安地踱步，走近我时，眼神中忽然露出凶光，随后，他将手举向了半空。这个时候，忽然听到了几声咳嗽，是巴王发出的。祭司似乎得到什么暗示，才将手缓缓地放下来，但目光仍没有离开我的脸。

此时，我内心已感到万分紧张，但仍然强作镇定，与他对视着。

良久，祭司的目光终于游离开来，最后停留在白袍青年身上，摇了摇头，嘴角抽搐了一下，随后，他招了招手，便见格曲走了过去，躬身听候祭司吩咐。随后，格曲转向我，祭司又吩咐几句。格曲又来到我面前，作出先前同样的比画，于是，我便跟在他身后离开了洞厅。我的身后，两个武士亦步亦趋，这令我感到惶惶不安。

又七弯八拐地走了一阵，格曲忽然停步，推开了洞壁边一扇木门。走进屋内，便看见一个水池，水池边上，流淌着一股冒着蒸汽的水，而在水池旁边，还站着一个女子。

很显然，这是一个桑拿浴室。

一瞬间，我万分紧张的心情立即松弛下来。

在我脱衣服的时候，女子也开始宽衣解带，但保留了底裤。

池水略烫，有股硫黄味儿。

女子坐在温池边，将我的头抬起来，放在自己腿上，两只手在我头上滑动揉捏起来，头部按摩完毕后，转移到肩部和后背，令人周身舒坦。

不错，情况正朝好的方向发展，可以轻松地想问题了——

首先，我现在真的是在巴国，而且有了一个新的身份，叫廪君使者，这个身份使我暂时脱离了危险。

其次，青袍人是何来历，为什么蛮荒之地的巴国会有一个中原装束的祭司？

其三，那奇装异服的妖冶女子是谁，是巴王的王妃呢还是女儿？

其四，这洞穴的出口在哪儿？

这四个问题中，最后一个问题反而不重要了。因现在人身安全已得到保障，知道出口是早晚的事，就算能立即回到外面世界，恐怕还有些不情愿呢，有这饭来张口衣来伸手的日子，过起来蛮不错的。

最主要是有这么多谜需要时间去破解，等到谜底完全揭开之后再想办法回去也不迟。然后将这一发现公之于世，岂不是一件惊天动地的大事，到那时，名利只不过是举手之劳。想到这里，我情不自禁地笑了。

按摩完毕，麻衣女子又拿起麻布巾帮我擦身，然后为我穿上了一件绸袍。出门的时候，见白袍青年守候在门外，此时的他，面带笑意，口中说道：“这是我的衣服，小了点，凑合着穿吧，改日再为你量身定做。”

我赶紧学巴人的样子向他躬身致谢。

“你的衣服已叫人拿去洗了，过两天会有人送来。”随后，白袍青年又将圆珠笔递到我手上，“还有，这也是你带进来的东西，请收好。”

见没有羊皮图，我有些失落，怅然道：“谢谢您为我考虑得如此周到。”

白袍青年点点头，略微欠了欠身，答道：“不用客气，您是巴国的贵宾。”

“在巴国，还得请您多关照。”

“您是廪君使者，不必多礼，”白袍青年伸手扶起我下躬的身体，嘴角上扬，“对了，该自我介绍了，我叫罕宝，虚岁十八。”

“我姓皮，名兆寅，实岁三十一。”我微笑作答。

“兆寅，不就是带来光明的老虎吗，这名字有意思。”罕宝咀嚼着我的名字，眼神中流露出某种期许，随后，他转身指了指远处，“走，我现在就带你出去见见光明，想你已迫不及待了。”

“如此，谢谢宝兄弟啦！”我又忍不住躬身行礼。

“既然你岁数比我大，应该是我向你行礼才对。”说完，罕宝也躬了躬身。

秘景

罕宝在前，我在后，转来转去地走了一阵，前方忽然出现了亮光，摇曳中照出四个人影，走近时，发现是四个女子——为首一个提着灯笼，紧随其后的那个女子，穿着十分华丽，锦罗长袍，云鬓高绾，肌肤雪白，头发漆黑，身材丰腴却凹凸有致，是个绝美的少妇。

见女子过来，罕宝忙停步，拉我靠洞壁侧身而立，以注目礼迎接那美妇。

美妇逶迤而来，走至我面前停下来，将我从头到脚地审视一番，眼中冒出异样的光。随后，她转向罕宝，开始用土语问话，罕宝恭恭敬敬地回答。那美妇一边听一边点头，目光不时在我身上扫描，接着，便朝前走去，走了几步，又回头看我一眼。

“她是谁？”待美妇走远，我问罕宝。

“王后。”罕宝答道。

“那先前大厅里的女子呢？”

“依噶公主，巴王的女儿。”

“那么刚才那妇人是公主的母亲了，可她看起来很年轻啊！”

“因为她不是依噶的生母。”

当提到王后和公主的时候，感觉罕宝的情绪忽然低落下来，似乎与这两个女人有些不愉快的瓜葛。于是，我不再提问，跟在罕宝身后闷声闷气往前走，不多会儿，前方又出现了亮光。

这突然出现的刺目亮光，竟让我有些眩晕。为此，我不得不放慢脚步，让眼睛逐渐适应之后才迈动脚步。

洞外是个深深的峡谷，沿洞口左右延伸，四周是高耸入云的绝壁，绝壁顶部有杂树丛生，遮天蔽日，阳光从缝顶射进来，形成一道道光柱。

望着眼前的景象，瞬间惊呆——这不就是我梦中出现过的场景吗！

没错，此时此刻，我正身处于自己的梦境，可现在不是梦境，而是现实。

可这真的是现实吗？

如果自己穿越了，那这里就不应该和现实同步，而如果与现实同步，那自己就应该没有穿越到过去，而是来到了另一个时空。

“宝弟，请问你们在这绝谷中生活多长时间了？”

“这可不像廪君使者提出的问题，”话虽这么说，但略作迟疑后，罕宝还是回答了我的问题：“准确地说，有两千三百三十二年。”

两千三百三十二年，差不多是公元前三百二十年左右，是在秦灭巴国之前。如此看来，我并没有穿越时空，仍然活在现实世界，只不过这个现实，有点儿让人摸不着头脑。想到这里，好奇心又起，忍不住又问：“如此说来，巴国并非为秦所迫才躲进这绝谷？”

罕宝摇头说：“据我所知，与秦军没什么关系。”

说完，罕宝似乎又陷入迷惑，沉思良久，才答道：“在这之前，巴国刚经历一场大难，迫不得已，举国移迁到谷外一组巨大的洞穴中，其时，楚国趁机进攻巴国，而巴国又生内乱，在楚军和叛军的联合进攻下，节节败退，被敌军一直追到大本营，伤亡惨重，恰在此时，忽然一阵天崩地裂，巴王宫突然塌陷，至此，白虎之巴伤亡殆尽。”

讲到这里，罕宝抬头望着一线天空，轻叹一声，才接着讲道：“巴王和祭司虽然幸免于难，但已无处容身，被敌人穷追不舍。正在这危急关头，一群白虎突然出现，阻吓住围追的敌人，将巴王及剩下的国人引入山洞，在黑暗中穿行了好长时间，来到了现在这个峡谷，从此以后，以深涧为界，人虎共居于峡谷两端。经过这一场劫难，巴人仅剩万余，再不敢言战。第二天，祭司便发布命令，说廪君托梦给他，要巴国之人从此在这绝谷中繁衍生息，不可再提‘出去’二字。”

听到这里，脑海中忽然浮现出一个人名，不由得问道：“你知道巴蔓子将军吗？”

“巴蔓子将军？”听我提到巴蔓子将军，罕宝露出惊异的目光，“就是他引狼入室，才害得巴国分裂，由强到衰。”

“引狼入室？！”

“对，引狼入室，”说到这里，罕宝眼中已露出恨意，“本来只是巴国王权内争，可他偏偏要借楚军介入，拥立二王子为伪王，还割让三城予楚国，我王自然不服，乃愤而出走，以夔门天堑为依托，这才保得三城不失。”

听到这里，我算是有些明白了，原来董老师的分析没错，《华阳国志》记载的那次巴国内乱，确实属于王权之争。由于大王子没有夺得王位，愤而出走，占据三城的同时，在夔城自立为王。可好景不长，过了不久，巴国忽然又遭受一场大难，不得已来到天坑地缝一带，深藏于洞穴中，可没过多久，被楚军发现，寻迹而来，而此时巴国又生内乱，终致寡不敌众，被楚军和叛军联合绞杀，所幸白虎领路，逃至这绝谷深穴，才不致全军覆没。

可巴国逃入深穴之前的这场大难究竟是怎么回事，罕宝并没有说明，所以无从知晓。还有，所谓叛军，又是怎么回事呢？

我本打算继续发问，可看到罕宝神色怅然，心烦意乱，若一再追问，似乎不妥。想到自己初来乍到，又被祭司判定为廪君使者，如果啥都不知道，也容易引起罕宝多心。反正时间多的是，不急在这一时片刻，便强压住自己的好奇心，转而思考其他问题。

根据罕宝的描述，我在天坑洞穴中发现的那些骨骸，应该就是被楚军和叛军联合绞杀的部分巴国军民。而按照万教授的解释，天坑地缝原本可能就是有暗河的洞穴，经过雨水和暗河水不断地上蚀下切，洞顶终于坍塌，就形成了现在的天坑和地缝。

到此为止，天坑中的骷髅堆得到了合理解释，巴人潜入绝谷的原因也算是破解了，其他几个问题，慢慢再了解吧。或者，廪君再托一个梦给我，也许一切就明了了。

想到这里，我真想马上回到宾室去，再睡上一觉，然后做一个梦，问问廪君这究竟是怎么回事。

然而，这样的梦在以后的日子里却再也没有出现，直到某一天。

当然，这是后话。

龙嘴

随罕宝继续散步，只见峡谷中有条清澈的小溪，小溪两旁稍微宽阔的地方种着水稻，山脚下是片草坡，有山羊漫步其间。大大小小的洞穴中，时时有人出入，看见我时，尽皆露出诧异目光。

这些人都较矮小，女的穿麻衣麻裙，男的也穿麻衣麻裙，所不同的是，男的身上都有条纹状的纹身，越老者纹身越多。成年男人身高一般在一米六三左右，成年女子身高一般在一米五五左右，像罕宝这样已经算高个儿了，而我这一米八二的身高竟然成了这里的巨人，简直是鹤立鸡群。

罕宝并不是一个多话的人，但我却有满脑子的问题，走了一会儿，又忍不住提问："还有一个问题，我是怎么来到这儿的？"

沉思片刻，罕宝答道："那天，几个女子在龙潭边洗衣，忽见龙嘴里吐出个花花绿绿的东西，掉入潭里，溅起老高的水花，女子们开始还以为是谁在恶作剧，直到捞起来一看，才发现是个人。"

听完罕宝的描述，忽然有种滑稽感，但见他一本正经的样子，我便不好意思笑了，只是问道："这里从来没有外人进来过吗？"

"从来没有过，所以一看你这身装束，长相身材，知不是谷中人，便有人飞报王宫。我和阿爹赶到时，你已被抬进外宫议事厅，那时正昏迷不醒，大家都不知该怎么办。"讲到这里，罕宝又露出紧张的神态，"父亲探了你的脉象，还在跳动，但时有时无。"

"我在石床上躺了多久？"

"大概两个时辰吧！"

罕宝的回答又令我大吃一惊——古时一个时辰等于现在两个小时，两个时辰，那就是四个小时了，没有经过任何抢救措施，居然活过来了，真是奇迹。

“可是新的难题又出来了。”

“什么难题？”

“就是怎样处置你，这可是谷中从未遇到过的事，所以只能采取卜卦的方式。”

“可那卦象不是显示凶兆吗？”

“是啊，我当时就想，这可糟了，好不容易来个……还好，父亲没有道破卦象，只说你是廪君派来的使者，这才幸免一死。”

“既然是使者，怎么又会显示凶兆呢，会不会看错了？”

“这个……我也不太理解，事实上卦象指示非常明确，父亲绝不会看错，我看出他当时也很矛盾，可能是我之前的恳请起了作用。”

“你为什么这么关心我的生死呢，我俩之前可是素不相识啊？”

“这……你慢慢就会明白了。”

凉风习习，空气清新，与罕宝边走边聊，心情说不出的高兴。

一定要好好利用这个特殊的“假期”，争取破解巴国历史的所有悬案。如此一来，自己说不定会成为世界名人，当代最伟大的“奇迹”发现者，会周游世界，到处演讲自己的惊人发现，所有的理想都会轻而易举地实现……

正得意忘形之际，耳中听到水的轰鸣，抬眼望去，只见万丈悬崖之上，一股水柱喷涌而出，在空中划出一道弧线，坠入绝壁下的水潭之中，激起阵阵水雾。

水柱出口离潭面足有五十米高，悬崖四周光滑如镜，从下到上是一个一百多度的倒扣形状。眼见如此绝境，心中顿时涌起一阵无助感。

但是，眼望着洞口，我还是忍不住动起了心思——如果有一套专业的攀爬工具就好了，因为到了旱季，水量一定会减少，冲击力也相应会减弱，如果憋气功夫足以使自己坚持到浮出暗湖，那么从这条路回归还是有希望的。

潭边有三个洗衣女子，见我和罕宝到来，立即躬身行礼，不时用余光瞟我，指指点点。一个胆大的还来到我跟前比高矮，身体趁机在我身上蹭来蹭去，其他两个女子便笑话她，嘻嘻哈哈地指指点点，那声音听起来，像闹春的鸟儿。

在我尴尬万分的时候，罕宝终于露出了笑容。

离开龙嘴后，我便忍不住问罕宝，刚才姑娘们都说了些什么。

罕宝答道："她们说你高大英俊，可不可以和你交朋友玩儿，我便告诉她们你已经有了妻子，是上面龙湖中的龙女，说跟你交朋友的唯一办法是攀上龙嘴请求龙女，让她允许你可以多娶几个妻子。"

"宝弟，你可真会开玩笑。"

"我没有开玩笑，"罕宝看着我，似笑非笑，语气略带戏谑，"使者如此高大英俊，姑娘们怎会轻易放过？"随后，他又下意识地抬头望了望一线天空，面露惆怅之色，突然说道："时候不早了，我们回去吧。"

到外宫洞口时，又遇见依噶公主，手中拿着一把短剑，胡乱地在一根树干上刻画着，而此刻的罕宝却像只惊弓之鸟。

公主紧盯着罕宝，并没有说话，随后，她锐利的目光又向我扫射过来，良久，忽然将剑插入剑鞘，嘴里"哼"了一声，愤然转身而去。

罕宝见公主走远，才轻叹一声，转身进洞，将我领入客房，再不多言，急匆匆地走了。

我的世界，又是一片漆黑。

——祭司的谎言，公主的眼神，王后的装扮，罕宝的心事，看来这绝谷隐藏了太多的秘密，并非一个风平浪静的世界。

洞天福地

洞中的日子虽然黑暗空洞，但却清净凉爽，有助于修炼。

每天，格曲和依音会定时送来两顿简餐，待我吃完后再收拾走人。为了使光明的时间延续久一些，我会慢吞吞地吃饭，比画着跟他俩交流。

黑暗中我常常会发呆，头脑中时不时浮现出覃婉丽的身影。

怎么老是会想到她，我才认识她不超过五天，相处不超过两天。

难道我已经爱上了她？

忽然觉得很搞笑，在这个与世隔绝的地方，想这些乱七八糟的东西真是耽误时间，当务之急，应该尽快学会巴国的语言。作为廪君使者，如果连巴人的语言都不会，早晚是要露馅的。再就是尽快了解这里的情况，熟悉这里的地理环境，出洞的来路去路，否则就只能是睁着眼睛的瞎子。

要实现这些目标，最好的老师就是罕宝。

第二天早餐后，罕宝来了，苍白的脸上竟然有些红晕，神清气爽的样子，手中还捧了个鸭形陶罐，说是送给我的礼物。

照例，罕宝又会当我的导游。

走出洞外，又进入另一个洞子，罕宝将我带到了一个织布“车间”。只见四架“古老”的织机交错排列于洞厅内，四个女子在那里手舞足蹈地编织麻布，见我俩进来，忙停了手中的活计，站立起来双手相抱躬身行礼。

罕宝挥挥手，示意她们继续织布，然后带我朝一侧洞进去，却是一个“缫丝间”，又有两个女子在里面劳作，缫好的丝晾晒在一个架子上，旁边小池子里盛满五颜六色的染料。

罕宝告诉我，这个洞厅里都是从事跟织布制衣有关的作坊，另外还有制作农具、武器、家具、石雕、首饰等的作坊，问我要不要都看看。

内心来讲，我很想挨个观摩一遍，这对于我今后的旅游策划有极大的帮助，现在乡村旅游开展得越来越红火，之前也有一个乡长联系到我，想把他们乡一个古村落打造出来，如果能把巴国这些原汁原味的东西移植进去，未尝不是一种好思路。

但是现在，我却另有所图，便婉拒了罕宝的建议，要求他带我去谷中转转。罕宝会意，带我来到谷中临溪边一块大石旁，随后，躺在一块大石上，眼望着一线天发呆。

“皮君，你说外界的人们都在干什么呢，现在还那么乱吗？”

罕宝忽然改变了对我的称呼，令我有些诧异，但我没有多想，沉思片刻后答道："外面的世界太复杂了，人与人之间相互不信任，尔虞我诈，唯利是图，远没有谷中风平浪静，所以，能身在巴国，真是一种福分。"

罕宝愕然道："风平浪静，皮君是这样认为的吗？"

我嗫嚅道："至少我认为巴国比外面要好些。"

罕宝的肩膀抽动了一下，突然之间，神色变得严峻起来："皮君，为什么不告诉我谷外的真相，还有你来巴国的真实目的？"

此刻的罕宝，眼光中流露出一种不屑，认定我对他撒了谎，这才改了对我的称呼。但作为来自外界的我来说，又能告诉他些什么呢，他在这里贵为公子，祭司的接班人，我可不希望他胡思乱想。想到这里，只得闪烁其词："外面的世界，真的很残酷，不适合宝弟，我就是因为不堪忍受才逃离到这儿来的。"

罕宝眉头紧蹙，又下意识地抬头望着一线天空，口中喃喃道："至少外面的世界是光明的，可以看到大江大河和日出日落。"

见罕宝忽然变得冷淡，我心怀忐忑，嗫嚅道："要不这样吧，等我有机会出去，找到个安全闲适的好地方，再来接你吧。"

"这个建议不错，"罕宝的眼睛放了一下光，像是捕捉到了某种令人兴奋的东西，但不多会儿，他的目光忽然又暗淡下来，"可巴国自进入绝谷以来，便严禁提'出去'二字，若被发现，轻则鞭笞杖责，重则祭虎！"

我答道："只要有决心，会想到办法的。"

罕宝点点头，忽然又转移话题："皮兄要真觉得这里好，会考虑留下来吗？"

罕宝对我一会儿皮君一会儿皮兄的称呼，令人有些摸不着头脑，但对他的提议，我还是有一点动心的。如果留下来，我一个有着现代文明思维的人留在这里，如果能得到罕宝和祭司的支持，还真能为巴国做很多事情，这可是人生中难得的机会。

见我沉思，罕宝又说道："皮兄要愿意留下来，我就轻松多了。"

看着罕宝眼神中的异光，隐约感觉到这个家伙动了出谷的念头，而罕宝如果出谷，我留下来便失去了意义，想到这层，便拍了拍他的肩膀，语重心长地说道："我留下来的前提，是有宝兄弟在。"

默然半晌，罕宝答道：“其实我在这里没什么作用，而皮兄就不一样了。”

“此话怎讲？”

“皮兄是一个了不起的人，来巴国一定是背负了重大使命。”说到这里，罕宝又开始抬头望天，“但不管这个使命是什么，前提是要造福巴国人民。”

听罕宝的话，显然是对我有所防备，令我不知做何回答。而他阴晴不定的脸色，则更令人捉摸不透，使我觉得，这个绝谷中的“官二代”，其实并不那么简单。

巴王的宴请

第二天，罕宝没来找我，第三天，也没有来。

没有了罕宝，我便成了瞎子和聋子，如此一来，只好躺在床上睡大觉，但一天都这么睡，头都大了，哪里还睡得着。

无聊之中，便在床上哼起歌来，哼着哼着，就想起覃婉丽来。

婉丽此刻在做什么呢？

知道了暗湖发生的事故，她会伤心吗？

对了，还有艾曼纽，她肯定知道我出事了——死了，是否会因此而感到失落和内疚呢？显而易见，她是知道我有一幅羊皮图的，并将之告诉了沙克，因而才发生了暗湖夺图那一幕。还有，暗湖中那个穿潜水服的水鬼，究竟是威利还是艾曼纽呢？

正胡思乱想的时候，门开了，格曲和依音走了进来，后面还跟了个女子，躬身施礼后，示意我跟在后面，然后转身走向洞门。不一会儿，我再一次见到了阳光，但已经没有先前那么惊喜了。

在峡谷中穿行了大约十来分钟，又来到一个洞口，但见洞门雕刻得非常精美，门板上钉着两个虎头，周围铺满铜钉。洞口外，站着四个手持长矛的武士，见我到来，便躬身行礼。进去之后，发现洞内修葺得比其他洞都要整齐，有很多雕刻，隐隐约约中，感觉到自己正在进入巴王宫，心情顿时紧张起来。

那女子走在前面，我和格曲、依音跟在后面。转弯抹角地走了会儿，又来到一个更精致的大门前，推开门，眼前呈现出一个“豪华”的洞厅。

洞厅里除了雕刻之外，还有壁画，另外，还陈设着古老的家具和摆件，玉石、青铜、竹木为主，大多饰有老虎图案。洞厅内壁的低台上摆放着一把石椅，上面铺了褥垫和皮毛，此刻，巴王正端坐在那椅子上。巴王的身后，站着手持怪斧的武士，他的身旁是坐着的王后和站着的公主。

巴王还是一副无精打采的样子，但是王后和公主却显得兴致勃勃。施礼完毕，王后先开口了，她的声音婉转动人，但我却一句也听不懂。

王后叽里咕噜了一阵，见我一片茫然，不觉就皱紧了眉头，无奈地看着巴王。而巴王呢，眼睛却盯着前方，空洞而无神。

僵立了一会儿，公主走向格曲和依音，公主问，格曲和依音答，对答几句之后，公主转过身来，以好奇的目光注视着我。接下来，依音也转过身来，战战兢兢地走过来，嘴里开始咿咿呀呀地哼唱，其用意不言自明——公主想听我唱歌。

瞬间，我额头开始冒汗，心中若十五个吊桶打水——七上八下。暗想，我这歌声一出来，明显属于另一个时代的声音，那么廪君使者的谎言也就不攻自破了。而如果不唱，那就等同于藐视巴王、王后和公主，更不好交代。

慌乱之中，忍不住偷瞥一眼王后，见她正支起下巴注目于我。而巴王呢，居然也表现出一种饶有兴致的样子，由此一来，我胆子便壮了些，心想，我只是把曲调哼出来，不唱歌词就是。于是，我清了清嗓子，开始轻声哼唱，哼完一首《菊花台》，再哼一首《海阔天空》，声音逐渐放开。

随后，我看到公主惊讶痴醉的表情，再看王后，竟和着我的节奏轻声哼哼起来，同时，手指在椅靠上敲打着节拍。

两首歌哼完，王后和公主似乎还意犹未尽，此时，王后拍响了巴掌。

掌声响后，进来四个女子，手中端着各种食物，这些食物被摆在一条石桌上，预示着接下来的节目——与巴王、王后和公主共餐。

每个人面前有三个盘子，第一个盘子里是羊排和烤羊腿，第二个盘子里是风干的牛肉，第三个盘子里是猕猴桃，桌面上还摆放着小刀、凿子和竹篾。

巴王和王后并坐一方，依噶坐在了我的对面，此时此刻，她的眼神中已没有了傲慢和敌意。我学着依噶公主的样子，开始进餐。不一会儿，侍女又拿来四个小陶罐，陶罐中插了一根细竹管，从竹管中吸出了米酒味道的水。

几口米酒下肚后，我紧张的神经已完全松弛下来，在巴王、王后、公主的注目下大快朵颐，接着，我又喝光了第二罐杂酒，以至于回去的时候，脚步有些踉跄。

接下来的几天，一切又恢复了过往。

我开始向格曲和依音学习巴国土语，知道了“猛巴”是你好的意思，“咪扎”是吃饭的意思，“卡诺”是睡觉的意思。当然，还有一件事情必须做，就是运气练功。几天下来，居然感觉有热流在身体内穿梭，浑身暖洋洋的。不仅如此，自己还琢磨些招式，在黑暗的洞室内比画，身体的灵活度也有所增进。

灵汲

直到第四天，罕宝才来找我，同行的还有一个满手都是疤痕的家伙，叫龙格。当我用刚学会的“猛巴”跟罕宝打招呼时，他的脸上又露出了久违的笑容。

洞外的景色已不再令我感到好奇，但是，我还是很专注地东张西望，留意道路的方位和走向。不一会儿，我们来到崖壁下一个浅洞里——龙格的铜匠作坊。

洞分内外室，外洞架了两个火炉和一个水池，还有些坛坛罐罐散放其中，里间洞壁上挂着许多金属器件，有剑、矛、戈等。其中一柄铜剑引人注目，剑身很短，只有一尺半长，形如柳叶，剑脊两侧有凹凸不平的纹饰，刃部寒光凝聚。靠剑格的地方刻着一个虎头，还有两个鸟虫般的文字，罕宝指着两个字念道："罕宝。"接着，罕宝又指着搁架上几件圆形带柄的器物说道："我答应过送皮兄一块鉴子，喜欢哪块，自己拿吧。"

"多谢宝兄弟，那我就不客气了。"

罕宝口中的鉴子，原来是铜镜，只是这铜镜跟我在文物图册上看到的都不一样，多了一个手柄，少了中间的桥形钮。另外，镜面比所见古铜镜都要亮很多，表面像镀了铬一样，问罕宝，他说叫"玄锡"。

向罕宝躬身致谢后，我开始在架子上挑选起来，最后选中一柄伏羲女娲造像的鉴子说："就是它了。"

罕宝点头道："使者眼光不错，这柄错银鉴，是这里面最漂亮的鉴子。"

随后，我们又回到外室，只见龙格从半成品架上抽出一柄短剑，拿起铜锤有节奏地敲打起来。敲打过程中，不时有火红的铜屑飞溅到龙格手臂上，烫出一个个黑斑，而他却全然不顾，两眼紧盯着炉火中的铜剑，举重若轻，气定神闲。

捶打一阵之后，龙格把剑插入火红的炉子，等到剑身微红的时候，拔将出来，将小火炉上一碗玄锡淋上去，并不停地抖动翻转，那液体便如一条青龙般在剑身上游离起来，"吱吱"作响，同时，伴随着一股刺鼻的味道。

冷却片刻，龙格又拿起一把凿子，剃去凹槽中的银液，接着轻轻捶打，然后又放进火炉烧红再抽出来，再淋一道玄锡，如此反复几次之后，再次将烧红的剑抽出。

这时，龙格突然拿起一柄小刀，划向自己的手臂，鲜血随之涌出，他又抬起手臂，将那汩汩流出的血滴上火红的剑身。顷刻之间，血气蒸腾，剑身周围形成一道红色的光雾。接着，又将血滴到剑身另一面，不停地吹气，那血便如一条火龙般在剑身凹槽中游走，"吱吱"作响。待血布满剑身之后，迅速将剑身插入水缸，“扑哧”一声，一股青烟和一股红烟同时从水缸中蹿出，若两条气龙纠缠在一起，再次拔出剑来的时候，剑身已经变成了青黑色，而凹槽部分则隐现出一丝红色的血痕。

我被这神乎其神的奇技吓呆，感叹道：“人说古越国欧冶子以铸剑闻名，剑露杀气。据说，越王勾践曾拥有五把青铜宝剑，分别是‘胜邪’‘纯钧’‘湛卢’‘鱼肠’‘巨阙’，其工艺之精美堪称巧夺天工，旷绝千古，皆为华夏千古名剑。现在看了龙格的表演，才知道巴国的铸剑工艺其实也不弱。”

罕宝答道：“巴越铸剑，各有千秋，据传巴国神匠伏呙所造夔蛇剑，剑气可迷人心智，剑光能百步杀人，才是神乎其技呢。”

听罕宝说得如此玄乎，我自然是不信，情不自禁道：“我不指望拥有一把夔蛇剑，只想有一柄这样的铜剑就心满意足了，可不可以请龙格替我也打造一柄？”

“这……”罕宝略显为难，但他很快又舒展面容，答道，“使者要是喜欢，我让龙格替你做一柄相似的，不过千万不要让外人看见，免生误会——因为这是巴王和父亲才能享有的订制剑。”

我立即躬身道：“如此谢谢宝弟了。”随后又攀住罕宝的肩膀，问道：“对了，宝弟连续三天都没来，是不是有什么顾虑？”

沉默片刻，罕宝答道：“父亲确实叮嘱过我，少跟皮兄来往，恐惹祸上身。”

听完罕宝的回答，我暗自心惊，讶然道：“惹祸上身，此话怎讲？”

“恐怕是跟卦象有关吧。”见我神情紧张，罕宝怕我多想，赶紧又做出不以为然的样子，“但我是信得过皮兄的，不会在意父亲的话。”

我心生感动，不由得握住罕宝的手说：“为何如此信任我？”

罕宝神色凝重道：“既然你我以兄弟相称，就应该相互信任，知无不言。”

“知无不言！”

“对，知无不言！”

罕宝的话，像是在暗示我不够坦荡，对他有所隐瞒，不觉心生惭愧，不得已，只能岔开话题：“那天公主看着你的眼神很奇怪，是怎么回事？”

见我问到公主，罕宝的情绪立即低落下来，沉默半晌，才答道："公主的脾气就是这样阴晴不定——唉，使者也许不知道，按照惯例，我应该娶依噶公主为妻。"

"那不是很好的事情吗？能娶公主为妻，恐怕是巴国男人们都梦寐以求的吧！"

我没有在意罕宝情绪的变化，只是想——在这绝谷中，依噶公主应该算最漂亮最有地位的未婚姑娘了，怎么罕宝却似不愿意娶她，而罕宝的回答更令人吃惊。

"但是我并不喜欢她——而且，我已经有了自己心爱的人。"

"可是……"

"皮兄休要再提及此事。"

说完，罕宝径直朝前方走去，不再理睬我。

面对罕宝情绪的突然变化，我没有思想准备，顿觉十分尴尬，心想，还说人家公主的脾气阴晴不定，殊不知你的情绪更加变幻莫测，让人难以捉摸呢。

但随即又一想，罕宝还没满十八岁，又是巴国的第一公子，任性点也是很正常的。想到这里，便觉释怀，紧追几步，随罕宝来到小溪边，没话找话道："谷中的人都讲巴语，为什么你和令尊却能讲中原话呢？"

罕宝答道："听父亲讲，先祖原是中原的官，巴王建国的时候，被派来辅佐国政，中原最大的官是丞相，巴国最大的官是祭司，这便是丞相祭司的由来，中原官话也因此一代代传承下来。"

"谷中还有其他人会这种语言吗？"

"只有我和父亲会。"

"难道连母亲都不会？"

"母亲生我的时候难产死了，所以我的名字叫罕宝嘛。"

"对不起，提到你的伤心事了。"

"没什么，生死是很平常的事，关键要活得好。"

"你曾说王后不是依噶的母亲，难道巴王有几个王后？"

"巴王曾拥有三个妻子，其中一个是王后，这是祖先订下来的规矩，而祭司一般只能有一个妻子，首选就是巴王的女儿。"

"那如果巴王没有年龄合适的女儿呢？"

"如果巴王没有合适的女儿，则会在洞主的女儿也就是郡主中选择，我母亲就是一位郡主。"说到这里，罕宝眼中又浮现出一丝忧虑，"同样，如果祭司的妻子没有生出儿子，则可允许娶第二个妻子，直到生出儿子。"

"那如果一直生不出儿子或女儿呢？"

"事实上不会，因为我们有方法调配。"

听完罕宝的话，顿觉有趣，本想深挖下去，但见罕宝欲言又止，似乎不愿透露这个秘密，便只得转移话题："那现在的王后是巴王第几任呢？"

罕宝答道："现在的王后本是三王妃，入宫前，她是药师的女儿。二王妃逝后，三王妃便凭借自己年轻貌美，很快赢得巴王的专宠。不久之后，又为巴王生了一个儿子，更为巴王所宠爱，以致冷落了王后，即依噶的母亲。为此，王后曾跟三王妃吵过一架，但不久之后就莫名其妙地死了，如此一来，三王妃就成了王后。最为奇怪的是，没过多久，大王子也得了双腿萎缩的怪病，人们纷纷猜测是三王妃搞的鬼。但她太跋扈，巴王也处处依着她，所以没有人能奈何她，父亲也让她三分。"

听完罕宝的话，我暗暗心惊，但还是控制不住自己的好奇心，问道："王后的着装为什么与众不同？"

罕宝答道："听父亲讲，远古的时候，巴王曾帮助中原的天子打过江山，作为赏赐和安抚，天子将自己的一个女儿嫁给了巴王，因此以后各代王后就沿袭了着中原古装的传统，三王妃又是个爱别出心裁的人，所以她的服装更与众不同。"

边走边聊，不一会儿，来到一峭壁下，罕宝将两根手指塞进嘴里，打了一个响亮的口哨，抬头望上去，只见峭壁上有两个黑点在移动，仔细一看，才认出是两个人。

那两人听到罕宝的哨声开始下滑，利用岩缝和藤蔓在峭壁上移动，若猿猴般敏捷。不一会儿，下得峭壁来到我们面前。只见他俩手上都拿着一柄尖锤，身上背着一个皮囊，皮囊打开，里面是几块乌红色的石头，形若鸡血石。

见我关注石头，罕宝便忍不住解说一番，说这石头叫"灵汲"，就是母猴的经血，母猴总是将经血拉在固定的岩石上，久而久之就成了这样。灵汲是治妇科病的良药，诸如不孕、经血失调等。

接着，罕宝用土语同二人交谈，然后随他们来到一丛灌木边。这时，林子里突然蹿出一个女子，令我大吃一惊。

吃惊的并不是因为她很漂亮，而是因为她长得太像覃婉丽。

愣神之间，只见那女子已经抱住罕宝，也不顾四双眼睛盯着便撒起娇来。而罕宝也显得很兴奋，与那女子亲热地耳语着。亲热一阵之后，罕宝又随那女子进入灌木丛，采灵汲的两人便看着我傻笑。又过了好一阵儿，罕宝和女子才钻出灌木丛，脸上浮现出红晕。

随后，罕宝同三人告别，领着我回到了宾室。

对于黑暗，我比之前适应了许多。

但回想刚才罕宝与那女子亲热的情景，心中忽然涌起一种莫名其妙的酸楚感。

廪君之魂

刚吃过晚饭，罕宝又来找我，样子显得有些神秘。

出得洞来，已是漆黑一片，由谷底朝天空望去，是一条断断续续的深蓝色带子，带子中镶了几颗亮色的星星。在这样的夜空下行走，真有进入时空隧道的感觉。

沿谷中小溪走了一段之后，进入一道石峡，穿过石峡，又是一片洞天。不多会儿，来到悬崖下一处凹陷进去的场地，场子内，人声鼎沸。

悬崖下已挤满了人，围成一个半圆圈子，看见罕宝和我，人群让开一条窄道，使我们得以顺利进入到人群前面。

崖壁下筑有一个土台，土台上雕有一石虎。巴王坐在土台中央的石椅上，土台下，七个瑟瑟发抖的土人围跪在火塘边。

此刻，祭司正手执一柄短剑对着石虎念念有词。土人们的眼睛都盯在卵石上，冷汗直冒。过了一会儿，卵石爆裂了，跪在卵石前的那个土人惊恐万分，扑倒在地，旁边几个土人则舒了一口气，仓皇退去。立即有人将那扑倒在地的土人抬到竹架上，灌下一碗药水。

人群中忽然跳出来七个赤身裸体的男女，他们全身涂满了黑白相间的条纹，模仿虎的动作在石床周围舞蹈起来。随即，所有人亦如疯魔一般舞蹈欢呼。

祭司挥舞着短剑，嘴里仍在不停地咿咿呀呀，声音忽高忽低，突然，他将剑尖指向竹架上的土人，吆喝一声，人群中又出来两个人抬起竹架。

竹架周围，是舞蹈的人虎。

祭祀仪式中，罕宝开始旁白——

每月的月圆之夜，谷中七个大洞中都要抽出一个人来祭白虎，至于说最终落在谁的头上，得当众卜卦决定。通常多是老弱病残的人，但年中月圆之夜是大祭，得选年轻力壮的人，不然廪君就会生气。

震惊之余，我不由得感叹道："以活人饲虎，实在是残忍了些！"

"身为廪君使者，皮兄说出这样的话，实在是令人费解。"罕宝诧异地盯着我，那神情，比我还要震惊，"以人饲虎，除了表答对廪君的尊崇外，还可以控制人口的增长，使谷中人口长期处于恒定，不然这小小的山谷就养不活一万多人了。"

"可是……"

"没有什么可是，这样的话，千万不能再说第二次，否则……"

看着罕宝异常严峻的眼神，我下面的话只能戛然而止，随后，回想起覃大爷的话，忽然有所领悟——原来巴人并非只有廪君一支，覃大爷的祖先虽也是巴人，但因不是廪君一部的人，他们之间常常发生战争，是廪君部的敌人，所以痛恨白虎。

"谷中真的有白虎吗？"

"当然有，在谷口深涧那端，月圆之夜便能看到。"

"可以去看看吗？"

"皮兄，我的判断没有错，看来你根本不是什么廪君使者。"罕宝凝视着我，忽然露出狡黠的笑容，"不过这没什么关系，而且你这个建议很不错，我也想去瞧个究竟。”

离开祭虎厅，罕宝又带我来到铜匠坊，铜匠坊中除龙格外还有三个人，就是先前采灵汲的两人以及像覃婉丽的美女，很显然这几个人都是罕宝的心腹。经罕宝介绍得知，采灵汲的两人分别叫纳莫和扎格，美女叫丽雅。

龙格此时正在打造一些钩环之类的攀爬用具，但设计得并不合理，我便将身上的圆珠笔取出来，在一块麻布上画了几个修改图样，又将我从外国人那里看到的几件攀爬器件的图样一并画出来，并给罕宝讲解使用方法。

罕宝看完我的描绘，大为惊叹，先是将圆珠笔拿在手中仔细端详，随后使劲按住我的肩膀，眼冒金光，说：“有了皮兄的帮助，一定能成大事。”

罕宝、龙格、丽雅、扎格、纳莫再加上我，六个人影在夜色中穿行，此时，峡谷上的天空已变成了一条蓝黑色的带子，带子上的星星更亮了，像钻石一样闪着光。

在谷中穿行了大概有三四公里路程，来到一处开阔地带。

皓月当空，一道十来米宽的深涧横亘在眼前，深涧之间，悬着一道木桥。

此时，四周一片寂静。

祭虎的土人刚刚苏醒过来，在离他很远的地方，有几个白点在移动，一个、两个、三个、四个，越来越近，越来越清晰——那是四只白虎，两大两小。

土人以手支地，望着夜空中的一轮圆月，显得有些困惑。

眼见白影靠近，土人才明白过来，感觉到死亡的逼近。惊慌之中，他开始四肢并用，爬向深涧边的吊桥。也许是药性未过，也许是吓破胆了，没爬多远又瘫了下去。

面对高悬的吊桥，即使爬上了又有什么用呢，最多能跳下深涧，逃脱虎口但却逃脱不了粉身碎骨的命运。

当白虎近在咫尺的时候，土人再次翻过身来，两手支地面对白虎，此时此刻，可以想象土人的惊恐万状。突然，白虎的一只前爪搭上了土人的胸膛，其他三只白虎也围了上来，随后，一声凄厉的惨叫划破夜空……

面对这惨绝人寰的一幕，我只能将头深埋在两腿之间，恰在此时，一阵风吹来，令我嗅到了血的气息。良久，才又抬起头来，一种奇异的力量将我的视线牵引过去，看着为首那只白虎，有似曾相识的感觉，仿佛就是侵入我梦中的那只大老虎。

享用完美餐之后，老虎们开始相互舔舐身上的血迹，最后，两只大虎叼住剩下的残体，朝峡谷深处拖行而去，大概是要运到洞子里储存起来，慢慢享用这一月一次的美餐。

一阵冷风从背后吹来，像钢刀刺入心脏，我不由得“咦”了一声。

尽管声音很小，但白虎还是警觉到了，只见它转过身来，前肢离开地面，昂身而立，在月光的映照下，眼前的老虎化身成为一个腰围虎裙的高大酋长。

——廪君！

我确信自己看见了廪君！

而这一次，并不是做梦！

第一项发明

第二天醒来，只觉得头晕眼花，全身酸疼，好像是发高烧了。

偏偏这两天，罕宝又不来找我，正无计可施时，王后来了，身边还跟着药师。在喝药师给熬的药时，我心里害怕得要命，可是两天之后，病好了，身体没出现任何异状。于是便想，我对王后并不造成威胁，应该不会害我。再说，她一个妇道人家，能做到王后已是最高境界了，还有什么可企求的？

或许老王后的死、王子的脚瘫也与王后无关，只不过是巧合而已？

但愿如此，这样我在绝谷中就可以平安地活下去，直到某天找到回归之路。

回归之路，猛然想起罕宝要龙格打造的攀岩用具，难道他也想……

对了，龙格有如此高超的手艺，何不请他帮忙也做几样东西，或许今后用得着。在跟董老师学习青铜器鉴别的时候，自己曾钻研过几本铸造工艺的书，还到一家青铜器复制品作坊实习试做，对整个铸造流程还是比较明了的。

想到这里，便向依音要了一块干净的麻布，铺在石床上画了几个图样，随后，又请格曲带路，去找龙格。

到了铜匠坊，将图纸交给龙格，比画着告诉他自己要打造的东西。龙格虽然觉得图样有些古怪，但是一点就通，很快明白了我的意思。

交代完之后，我便信步走出铜匠坊，在峡谷中悠闲地散起步来。来到一块平静的水面，低下头来准备洗个脸，立即看到一个头发蓬乱、胡须满面的陌生人，不觉哑然失笑。

谷中的男人一般是用随身携带的佩剑或短刀刮胡须，但那对从来未用过剑的我来讲，似乎太危险了点，剃须刀是不可能有的，对了，可以找龙格打制一把剪刀，那对他是一件轻而易举的事。

于是转身回到铜匠坊，又画了几个图样，解说一番，叫龙格先把这件东西打造出来。为了不至于弄错，我索性守在那里，现场指导。

看着龙格制作模具和陶范的时候，忽然又一阵心动，如果有蜡就好了，可以制作更为复杂精细的器械。

第二天，我又来到铜匠坊亲自监工。过了一会儿，罕宝忽然来了，看见龙格做出来的剪刀初样，百思不得其解。问我时，我故意笑而不答。罕宝无奈，将我拉出洞外，看看没人，才神秘兮兮地说道：“我正要找你呢，没想到你自个儿溜出来了。”

“什么事儿，这么高兴？”

“明天就是洞神节了，姑娘们都向我打听你呢。”

“洞神节，这和我有什么关系？”

罕宝啧啧道：“洞神节是巴国最重要的节日，你这个廪君使者居然不知道？”说到这里，脸上又露出狡黠的笑容。“晚上会举行隆重的祭祀仪式，而仪式结束后，青年男女们可以……像你这样英俊高大的男人，自然成了姑娘们眼中的一块肥肉。”

“包括已结婚的男女吗？”

“包括。”

“那我就不去了。”

“为什么？很好玩的。”

“可我都不认识她们呀，再说……”

“再说什么，她们没有谷外的女子漂亮吗？”罕宝望着我，显得有点不爽，“对了，你该给我介绍谷外的情况了。”

“谷外的情况……”

面对罕宝充满期待的眼神，我忽然有些慌乱，该怎样回答他呢？

可是如果不回答，又怎么对得起如此信任我的这个兄弟呢？

如果对他据实相告，谷外已进入后工业时代，进入了信息时代，告诉他人们可以制造汽车、飞机、轮船、火箭，还可以制造枪炮、坦克、军舰、原子弹，告诉他飞机可以日行万里，一枚原子弹瞬间可以毁灭几百万人吗？

这些他能听懂，能理解吗？

罕宝是巴国的贵公子，丞相大祭司的接班人，只有巴国才有他的用武之地。如果告诉他外界真相，由此而激起他的好奇心，铤而走险，岂不是害了他。最关键的是，如果没了罕宝，我一个人在这里还有什么乐趣。

想到这里，我摇了摇头，苦笑道：“谷内外没多大差别，只是地域更宽广一点，白昼更长一点，如果不是……我还真想待在巴国不出去了。”

“皮君不愿意讲谷外的情况，我不会勉强你，”罕宝显得很失落，但并没有生气，突然，他眼睛闪亮了一下，似乎又想到了什么主意，“皮君，如果你能留在巴国就好了。”

“至少暂时不想走，”望着绝壁，我有些沮丧，“再说，还不知道怎样离开呢。”

“皮君不是说，只要想离开，就会有办法吗？”

“不谈这些了，谢谢你对我的信任，现在，我回赠你一件礼物。”

与罕宝回到铜匠坊，拿过龙格刚刚打造完成的剪刀，摆弄了几下，结合部稍微紧了点，便自己用工具修正了，活动自如。

罕宝看我摆弄这么个古怪玩意儿，不明所以。我便将一块麻布铺在桌子上，几下就剪断了，一瞬间，罕宝和龙格惊呆。

“皮兄，我就知道你有大能耐！”罕宝一把夺过剪刀，兴奋异常，反复拨弄把玩，又学我的样子，将那麻布剪成几段。

龙格也发出惊叹：“使者真乃伏呙再世呢！”

离开龙格的铜匠坊，漫步在谷间小道上，罕宝还时不时拿着剪刀拨弄几下，神情竟如小孩般天真。

看着罕宝兴奋的神情，倍觉感动，忽然觉得自己已经喜欢上了巴国，喜欢上了这里的空气，这里的水土，这里的人们，包括这里的黑暗。毫无疑问，这是一本鲜活的远古历史教材，有那么多知识可以学习，有那么多谜等待揭开。出去之后，自己也许会成为一个历史考古学家，将我的“理论”公之于众，但却永远不会告诉人们提供这些研究成果的实验基地……

正胡思乱想着，罕宝问道：“皮君，喜欢这里吗？”

我点点头说：“喜欢。”

罕宝又问：“那么你是愿意留下来咯？”

迟疑片刻，我答道：“可是我能做些什么呢？”

罕宝伸手攀住我的肩膀说：“你能做很多事，甚至……可以做丞相，做祭司。”

我惊愕道：“丞相、祭司，宝弟，你开什么玩笑？”

罕宝的手指略微收紧，眼冒金光。“如果要你做，你会做吗？”

慌乱之中，我连连摇头说：“那是你的位子，我怎么可能去坐呢！”

罕宝手抓得更紧，低语道：“如果是我不在巴国呢？”

“你该不会……”

“事情的发展也许并不尽如人意，好比你现在喜欢这里，但不久就会心生厌倦，就……”说话间，罕宝的脸色忽然又晴转阴，沉思了一会儿，才故作轻松的样子，“你看，说着说着，就把正事儿给搞忘啦。”

“什么正事？”

“到我家去，有一件礼物送给你。”

罕宝“家”在绝壁上的一个山洞里，离地面有十多米距离，须走一段石栈，绕过一块突兀的山岩，就到了。

罕宝的家有些与众不同，洞门凿成了方形，还雕出了穿斗和门檐，洞厅里挂着铜灯，呈现出中原一带的风格。

此刻，祭司正趴在石桌上研究我带进来的那幅羊皮图，看得聚精会神，我和罕宝进屋也浑然不觉。直到罕宝轻咳一声，他才猛然惊觉，愣神片刻，皱眉道：“使者突然来访，有什么见教吗？”

我忙以生疏土语答道：“大人说笑了，是罕宝说有东西给敝使看。”

祭司点了下头，说道：“使者来得正好，老夫有事请教。”

我慌忙又深鞠一躬，答道：“敝使惶恐，敢问大人有何事相询？”

祭司指了指石桌上的羊皮图，说：“使者是怎么得到这幅图的？”

我答道：“敝使受廪君启示，在谷外一个山洞中寻到的。”

祭司又问道：“那洞里可还发现什么东西？”

我又答道：“还有一副骨架。”

“只有一副骨架！”祭司凝视着我，似乎不太相信我说的话，又追问道，“那洞子里真的没有别的东西了吗？”

我点了点头。

祭司望着我，沉思不语，良久，才说道：“行，今天就问到这里。”随后，他又将目光移向罕宝，说：“你不要一天只顾着玩儿，闲暇的时候，还应带使者去拜访一下洞主长老们，为使者今后入职巴国做些准备。”

罕宝连忙点头，拉着我逃难似的进入里屋，从木柜中拿出一套绸袍，说道：“这是为皮兄定做的，穿穿看，是否合身。”

穿上柔软的绸袍，听着罕宝的话，心中忽然涌起一阵暖意——罕宝是真的把我当兄弟了，可我却对他有那么多隐瞒，实在有点不够意思。

出来的时候，祭司忽然又叫住罕宝，指了指他腰上所系剪刀，问道：“这是个什么东西？”

罕宝忙将剪刀取下，双手呈给祭司。“回禀父亲，是使者发明的双刃刀。”

祭司端详着剪刀，不明其用。罕宝便将剪刀的功用讲给父亲听，祭司便拿起剪刀，试着将一块麻布剪断，忽然对罕宝说道：“你先出去等一会儿，为父有话问使者。”

罕宝离开后，祭司的眼神立即变得凝重起来。“年轻人，你还假装听不懂我的话吗？”

“启禀祭司大人，敝使有苦衷。”

祭司站起身来，将我上下打量一遍，才说道：“我第一次问你话的时候就知道了，你的眼神告诉了我，你的摇头更证明了我的判断。”

“对不起，敝使当时不知道该怎么回答。”

“你做得对，如果你能听懂中原官话却听不懂巴国土语，便证明你不是廪君使者。”祭司仔细打量着我，目光忽明忽暗，“那么，年轻人，你究竟是谁的人，为何而来？”

我被祭司盯得心慌，支吾道：“我不是谁的人，我是我自己，因为一次偶然事故，不得已来到了这里。”

“老夫无法相信你所说的话，只是希望你的到来对巴国无害，”祭司眉头锁得更紧，开始来回踱步，忽然转过身来，“现在你告诉老夫，罕宝是你朋友吗？”

“是的，罕宝是我最好的朋友，我视他为兄弟。”

祭司接着问道：“那么你愿意帮助他吗？”

“愿意！”

“很好，你是一个聪明人，”祭司坐回椅子上，拨弄着桌子上的剪刀，挤出一丝笑容，接着说道，“老夫会说服王上给你一个适当的职位，如果你愿意帮助罕宝，老夫还可以让尕登吉洞主将他漂亮的女儿丽雅许配给你。”

听完祭司的话，我不觉大吃一惊，连连摇头，说：“谢谢，大人的美意我心领了，但……但我恐怕不能接受。”

祭司惊愕道：“为什么？”

此时此刻，我当然不能说丽雅是罕宝的心上人，只好冒谷中之大忌，忐忑道：“因为我在谷外已有了未婚妻，迟早要回到谷外去。”

听完我的回答，祭司嚯地从椅子上站起来，眼中射出一道寒光，厉声道：“巴国只能进，不能出，今后休要再提‘出去’二字，除非……”

“可是……”

祭司猛地挥了挥手：“行了，你可以走了，记住老夫的话！”

沸腾的欲望

一出门，罕宝便急切地问道："父亲跟你说了些什么？"

"没事，聊了点家常。"见罕宝神经兮兮的样子，为怕他担心，我只好故作轻松状，笑道，"另外，祭司大人还谈了公子在巴国应尽的责任。他要我帮助你。"

话毕，罕宝神情反而更加不自在，于是，我便不再多话，免得一不小心又触碰到他那敏感的神经。

谷中飘洒着绵绵细雨，难见行人，气氛显得有点压抑，见罕宝又变得闷闷不乐，我只得挑个轻松的话题："谢谢你送的衣服，很好看，像这种绸袍，好像没几个人穿呢。"

"是的，谷中桑茧有限，所以只有贵族能穿。"

"哦！原来是这样，那我也成贵族了。"

"你是廪君使者，当然属于贵族。"罕宝瞥我一眼，口气中带有一丝嘲弄。随后，他又径自朝前走去，走了几步，发现我没跟上，才停下脚步，转过身来，问道："可是巴国却织不出你入谷时的那种布料，敢问皮君，那是一种什么植物，谷中可以栽种吗？"

我当然不能告诉他那是化纤，根本种不出来，所以又只好撒谎："那是一种很热的地方生长的植物，谷里的气候种不出来。"

听完我的回答，罕宝又习惯性地眼望崖顶，若有所思。"谷外有好多神奇的东西，比如你那支奇怪的笔，还有那奇怪的巫鸟……真想能出去看看。"

"奇怪的巫鸟？"

"一种长相奇特、鸣声如雷的大鸟，怎么皮君没见过吗？"

"没有，从没见过，也没有听说过。"

“是最近两年才出现的，父亲说，那是一种摄人心魄的巫鸟，所以巫鸟飞临的时候，所有人都必须躲起来，一旦被它发现，巴国就会大难临头。”

听完罕宝的回答，我没有感到诧异，心想，处于远古意识形态的巴国，信奉的是万物有灵，崇拜和敬畏动物也很正常，但所谓鸣声如雷的大鸟还真没有见识过，会是一种什么样的奇特鸟类呢？

罕宝也不说话，只顾埋头走路，走一段路又停下来，时不时地看着天空发呆，神思恍惚的样子，弄得我有些焦心。等到他再一次停步望天的时候，我便说道：“宝弟，我现在是真心喜欢上巴国了，这里风平浪静，与世无争，是外界人梦寐以求的净土啊！”

听完我的话，罕宝低下头来，冷冷地扫我一眼，轻轻叹了口气。我也不管他心意如何，继续做他的思想工作：“所以，我希望你能安心留在巴国，继承大祭司之位。”

罕宝没理我，径直来到溪边，捡起一块鹅卵石，狠狠砸向水面，看着水花和涟漪，喃喃自语道：“当了大祭司又怎样，还是看不到日升月落，看不到外面的世界。”

眼看着情绪低落的罕宝，我有些心痛。“宝弟，谷外可是非常的凶险啊，你身居巴国已久，出去恐怕难以适应……倒不如在谷中安稳得多。”

“可是我觉得这很刺激，”罕宝猛地抬头，眼望远方，显得异常激动，“至于出谷去会怎么个不适应，还请皮君言明。”

面对罕宝的质问，我心里有点发慌，想了想，答道：“外界，人心险恶，尔虞我诈，老人摔倒无人扶，妇幼受欺无人言，贫病潦倒无人助，虽有些稀奇古怪的东西，但远不如谷中祥和安宁，为兄就是因为适应不了外面的生活，才逃到谷里来的。”

“皮君用不着唬我，”说话的时候，罕宝并不看我，而是直视着前方，“自己决定了要做的事，就不会轻易更改。”

见罕宝如此固执，自知再劝也没多大意义，但还是忍不住说道：“宝弟如果出谷，依噶公主怎么办，丞相祭司的位子谁来坐？”

“所以需要皮君帮忙啊，你不是喜欢这里吗？”

“我虽然是喜欢巴国，但不能不出谷呀。”

罕宝转过身来，呆呆地看着我，过了好一阵，才说道："皮君既说喜欢巴国，又说非离开巴国不可，岂不是自相矛盾，再则，你既身负使命，更应该留下来，在巴国大展宏图，如此人生才了无遗憾，难道我说得不对吗？"

"对，不对，可是……"面对罕宝的质问，我一时乱了方寸。

"如果你认罕宝为兄弟，就请你帮个忙，暂时不要离开巴国。"罕宝步步进逼。

"我可以暂时留在巴国，但有一个条件，就是宝弟也得留下来，娶依噶公主为妻。"难以招架之下，我只好旧话重提，"其实公主很不错，你为什么不愿娶她为妻呢？"

"不是告诉你了吗，我已经有了心上人。"说到这里，罕宝又逼视着我，眼冒金光，"如果我执意出谷，皮君会提供帮助吗？"

没想到我苦口婆心，竟然换来如此结果，面对罕宝，一时无言以对。心想，如果帮罕宝出谷，他一个生活在两千多年前的古人怎能适应现代社会，多半被人看成神经病而沦落街头，岂不是害了他。但如果帮祭司强迫罕宝留下来，却又违背了罕宝的意愿，岂不对他伤害更大。

纠结之中，我不得不再次改变话题："宝弟，能再请教你一个问题吗？"

"皮兄，你我之间不用客气。"

"所有的巴人都祭虎吗？"

"不是，只有我们白虎之巴才祭虎。"

"除了白虎，巴人还崇拜其他动物吗？"

"据我所知，巴人只崇拜白虎。"

至此，话题聊死。

洞神之祭在一个巨大的漏斗洞厅中举行，这个厅大到足以容下几千人，中间还有一个温泉池，温泉池的四周是三层台阶。

从洞底望上去，深蓝色的夜空中，一轮明月高悬，恰位于洞顶的正中，像一个硕大的玉盘，散发着银色的光倾泻下来，圣洁而神秘。

这一天，年轻的男女们都穿上了最漂亮的服装，一个个兴高采烈。最兴奋的要数姑娘们，她们的头上、脖子上甚至一直到脚腕手腕上都戴满了彩石或兽牙镶缀而成的饰品，热辣辣的眼光四处扫射，像一团团火焰烧灼在青年男人的身上，而我和罕宝则成了火灾的中心。

大厅四周插满了火把，中间是一个人工砌成的高台，分两级，有台阶。台上放着一排石磬和十二个大小不一的錞于，十来个人在上面敲打。台下的香炉中燃烧着两炷香，两股青烟笔直地朝上蹿去。

在青年男女们的注视下，巴王、祭司、王后、公主以及洞主长老们徐徐来至台前。在他们当中，还有一大一小两个男孩，大的有十四五岁，双腿十分瘦小，像是小儿麻痹症惹的祸，坐在一张木椅上；小的长得白白胖胖，五六岁年纪，眉宇中有三王妃的影子。这便是大王子和小王子了。

我和罕宝站在人群的前面，身后簇拥着丽雅、龙格、纳莫、扎格以及一大群花枝招展的女子。

王后和公主的目光朝我们望过来，迥然不同的含义，王后的眼中洋溢着温暖和笑意，公主眼中则透射出愤怒的寒光，直指丽雅。

鼓乐齐鸣中，祭司一身长袍大袿曳地而行，他手执着一个木匣，缓步登上高台，瘦小的身躯居然显得十分高大。

木匣打开，祭司长而尖的手指从木匣中捧出一件器物，双手高举，那是一件琮，与我在龙桥拾到的那件琮极其相似，只是颜色不同。

大厅中人包括巴王在内都俯身下跪，呼喝不绝，令人感觉到一种震慑心神的力量。此刻，我也同众人一起下跪，凝望祭司手中的神琮，只觉得心潮澎湃，热血沸腾。

祭司的身体不停颤动，在高台上念念有词，台下的人则长跪不起，默默诵念。无意之中，我的目光与王后不期而遇，随即，看见她点了点头，眼中闪出一丝诡异的笑，好似跟我有某种默契。再转头看看罕宝，他的手和丽雅的手交叠在一起，兴奋而紧张。

当台上的香烧到一半的时候，一头活羊被两个土人抬上了高台，祭司扬起手中的剑朝羊脖割去，一股热血喷薄而出，射入玉琮的穿孔中。

人群中又响起呼喝声，磬鼓敲击出有节奏的声音，大厅中的人手牵着手在温泉池子周围形成三层圈子，最原始的舞蹈开始了，最奔放的情欲即将喷发……

欢乐在延续，不知不觉间，在我和罕宝周围形成了一个最紧密靓丽的圆圈。

龙格、纳莫、扎格被挤了出去，身边只剩下衣着暴露的妙龄女子们。而此刻，这些女子正拼命地扑向我和罕宝，新绸袍已被扯破了几道口子，令我无比心疼。我左冲右突，就像是孙悟空撞上了蜘蛛精的丝网，怎么也逃不出这柔韧的圈子。

罕宝比我也好不了多少，只见他紧紧搂抱着丽雅，任凭姑娘们费尽九牛二虎之力也难以分开，但仍有几个不死心的女子拼命往罕宝身边挤，纠缠不休……

忽然，我看见了依噶公主，她手中握着一把短剑，并用剑脊狠狠拍打着圈子外层的姑娘，正怒气冲冲地朝我走来。姑娘们虽然有些不甘心，但看见依噶气势汹汹的眼神，才惊慌失措地让开一条通道。

依噶径直来到我面前，脸上浮现出一种冷冷的笑容，凝视片刻，她抬起了手中的短剑，轻轻地朝前一递，冰冷的剑尖抵住我火热的胸膛。

我有些吃惊，但没有惊慌，低下头来，与她对视着……

突然，依噶伸手抓住了我的头发，使劲一拉，这样一来，我的嘴便迎上了公主的唇，可心却一阵刺痛，胸口渗出血来。

接着，耳边传来一阵惊叫声。

我猛地将头昂起来，朝祭台上望去，只看见祭司脸色铁青。

然而，依噶的疯狂还在继续——她开始舔舐我胸口溢出的鲜血，随后又强行封住了我的嘴。此刻的依噶，真的很像一头发情的母兽。

而此时的我，只觉得身体麻痒难耐，丹田中有一股烈焰升腾。

我努力控制着身体内奔涌的乱流，极力挣脱公主的怀抱，但是，已力不从心。

接着是一阵头晕目眩，身体飘浮起来，犹如云中漫步……

王后的心结

我醒来的时候，感觉到身下松软，睁开眼睛，并非原来简陋的宾室，而是一个“豪华”的洞室。屋内有一张木桌、四个木凳和两盏铜烛台，烛台上燃烧着黄色蜡烛。

此刻的自己，正躺在一张木床上，身下有厚厚的软垫，身上有锦缎绣被，鼻中闻到淡淡的幽香。环顾四周，我有些困惑，看房间的陈设，有点女性味道，莫非是？

记得自己先前是跟依噶公主在一起，好像还做了苟且之事，辜负了罕宝。

公主是罕宝的未婚妻，我怎么能够做下如此丑事，祭司追究起来，或者是巴王追究起来，那还怎么得了！想到这里，我惊出一身冷汗，正欲起床，门被推开了，王后逶迤而入，凹凸有致的身材罩于薄纱下若隐若现，呈现出一种摄人心魄的魔力。她径直来到床前，眼中露出关切的目光，用土语轻声说道：

“使者，好些了吗？”

望着艳光四射的王后，我十分愕然，慌乱中，撑起身体，茫然四顾。

“使者不用担心，您在这里很安全。”王后微微一笑，轻按我的左肩，继续说道，“使者突然晕厥，吓坏了本后，还好，使者身体强壮，没什么大碍。”

听完王后的话，我顿时傻眼，翻身就要下床，却被王后伸手拦住。王后的手十分娇嫩，柔若无骨，搭在我身上，传出一股奇异的电流，令我既舒服又难受。接着，她又从床边柜上端起一个玉碗，递了过来。

望着碗中赤褐色的汤汁，我怎敢去接，只得用生硬的土语说道：“谢谢，我不渴。”

王后愣了一下，眼露嗔意，嫣然一笑，随后，一句非常标准的中原官话从她口中吐出：“使者莫非是听信了外界的传言，不敢喝药？”在我惊愕的同时，王后突然躬下身去，娇滴滴地说道：“奴家给天使请安。”

天使！

王后竟然称我为天使，难道我长得像丘比特？

不对，即使我长得像丘比特，一个生活在与世隔绝的巴国的王后又怎么可能知道丘比特？还有，罕宝不是说谷中只有他和父亲会中原官话吗，怎么王后也会？发生在眼前的事，已经越来越不可思议了！

接着，王后的声音又在耳边响起：“天使，我知道您能听懂我说的话，丽雅都已经告诉奴家了，你放心，这里是十分安全的。”

“天使？什么天使？谁是天使？”惶恐之中，普通话冲口而出，“慢点，请你告诉我这究竟是怎么回事？”

“皮君，您就不要戏弄奴家了。”王后仰头看着我，眼眶中有激动的泪水，“皮君不仅会中原官话，还会用官话唱歌，由此判断，您一定就是天子派来的使者。”

“什么天子，谁是天子？”此时此刻，我真的懵圈了。

“皮君若不是天使，也一定是中原人士，此来巴国，一定背负了重要使命。”王后的表情开始变得严肃起来，随后，她身体前倾，眼波流动，丰满白皙的奶球在我眼前晃荡，声音婉转迷人，“只要皮君肯与本后合作，自然少不了荣华富贵。”

望着性感逼人的王后，看着她故作谦卑的模样，听着她不着边际的话，我彻底晕菜。

看着我傻乎乎的样子，王后莞尔一笑道：“天使，你放心，这里只有你和我，你的秘密也只有我知道。”

“我的秘密？”

“你不是廪君使者而是周天子使者的秘密啊！”

“周天子！”

“对，周天子。”

听到这里，我才算是明白过来，原来王后口中的天子，竟然是周天子，而口呼我为天使，是指天子的使者。

可周朝已经灭亡两千多年了，怎么可能派出什么使者来呢？

一时之间，我又怀疑自己穿越了时光隧道。

恍惚中，又听见王后幽幽说道："我虽贵为王后，却处处受到祭司掣肘，不能随心所欲做事，就好像巴国是他家的，而巴王羸弱，又优柔寡断，但祭司迟早要退位，将由他的儿子罕宝取而代之，但是若罕宝不与依噶结婚，是否能继承祭司之位就难说了，为此，我特意安排了丽雅去勾引罕宝，丽雅果然不负我所望，很快就将罕宝迷得神魂颠倒，将依噶完全忘在脑后。"讲到这里，王后露出神秘的笑容。"现在，依噶好像又迷恋上了天使，如此一来，事情就好办了。"

"依噶，对了，依噶公主呢？"这才想起昨天好像是跟依噶在一起，但后面究竟发生了些什么，却迷迷糊糊的啥都想不起来。

"天使问依噶干什么？"王后脸色略显不快。

"难道我昨天不是跟她在一起？"我喃喃道。

"昨晚吗？"王后又笑了，笑得特诡异，"昨晚是本后在看护天使呢！"

"请问王后，我现在是在哪里？"

"天使身处之地，是本后的别室。"王后含笑看着我，将身体靠近，一股奇异的香味从她身体中散发出来。

听完王后的回答，我吓得滚下床来，惶恐万分。"小人愚钝，不知道发生了什么事，若有冒犯王后之处，还请王后和巴王恕罪！"

"王上吗，他不会知道的，至于奴家，怎会怪罪于天使。"王后娇笑着，伸出手来拉我，"您如果觉得这床睡得舒服，多住几日也无妨。"

多住几日也无妨！

我想，如果不是自己听错了，一定就是面前这个女人疯了！

"尊敬的王后，难道您不怕王上知晓？"

"天使放心，他不会知道的。"

望着笑靥如花、艳光四射的王后，我心中却升起一股寒气，背后冒出冷汗。但是惶恐之后，我还不至于惊慌失措，心中暗暗告诫自己，先搞清楚事情的来龙去脉要紧。还有，为了自己的安全着想，我不得不接受王后强加给自己的身份。

想到这里，我不觉支吾道：“虽然我是周天子的使者，但来巴国并没有什么企图，所以不知道怎么跟王后合作。”

“天使休要戏弄奴家，你冒着生命危险来到巴国，怎会没有重大图谋。”王后仰起头，脸上荡漾着迷人的微笑，自说自话，“要知道，巴国虽然落难于此，但亦是一支不可忽视的力量，若能掌握在你我手中，今后必成大事。”

“必成大事，成什么大事？”听到这里，我暗自心惊。为了自身的安全，同时也为了自己的好朋友不会受王后所制，我必须继续装下去，摸清王后的意图，搞清楚她的阴谋，想到这层，便问道：“你说丽雅是故意安排……”

王后没有觉察到我的失态，也或者并不在意我的失态，喜形于色道：“对，这是我抢班夺权的第一步棋，为的是要让那罕宝心甘情愿地退出祭司之位，气死老头子！”

“可要是罕宝幡然醒悟，最终愿娶公主为妻继承祭司之位呢？”

王后伸出手来，轻抚我的肩膀，说道：“这就要靠天使出手了，凭天使的容貌和胆识，再加上廪君使者的身份，不知强过那罕宝多少倍，连奴家都仰慕得很呢。”王后吐气如兰，声音若蜜。“本后的意思，是希望你能取代罕宝继任丞相之职，这也是巴王希望看到的。而老头子已病入膏肓，不久便将升天，如此一来，天使甚至可以做到摄政王，巴国的江山就是你我二人的了。到那时，我们再脱离巴国这暗无天日的生活，回到阳光灿烂的外界，找到廪君权杖和神器，报效天子，享受甜蜜的生活。”

听完王后的话，我顿时哭笑不得。经过两千多年的时间，莫说周天子早已不复存在，就是封建王朝也已经历了无数个朝代，如今的世界早已不是两千多年前的概念。而眼前的王后，绝谷之中的疯子，居然把我当作周天子派来的使者，要与我合谋取巴王而代之，然后向周天子邀功领赏。

此时此刻，我才真觉得王后的可怕，好后悔刚才喝下的汤药。接下来，她又将向我最好的朋友罕宝下手，如果她的阴谋得逞，罕宝和祭司可就危险了。

事到如今，我还能袖手旁观吗？

为此，我还得与王后周旋下去，争取多套点她的秘密，这样才能想到防范的办法，于是我假装很担心的样子，问道："如果丽雅跟罕宝假戏真做，暴露王后的意图怎么办？"

"天使担心得有道理，"王后点点头，玉葱般的手指在我手臂上划拉一下，"最近一段时间以来，丽雅这小妮子的眼神总是躲躲闪闪的，还很少到我这儿来汇报情况，像是跟罕宝玩真了。哼，如果真是这样，看我不好好修理她！"

看着王后恶狠狠的眼神，我倒抽一口冷气，忽然替丽雅担心起来，不觉说道："丽雅和罕宝如果相爱，也有一个好处，可以套牢罕宝。"

王后摇头，不屑道："我只要丽雅与罕宝做戏，哪要她认真来着。如果假戏真做，死心塌地的跟罕宝，还真有可能坏事，枉费本后一番心机。"

"皮君，你在想什么，身体不舒服吗？"见我沉默不语，王后忽然将她柔弱无骨的手指搭在我的手腕上，眼睛微闭，为我把起脉来，"嗯，脉象有点错乱，但仍强而有力，不妨事，我再熬点药给您喝就好了。"

一股电流经由王后的手指传入我体内，令人神思恍惚，我赶紧将手抽了回来。"没……没什么，只是身体有点不适罢了，不劳王后费心。"我见王后皱眉，便赶紧转移话题，"王后刚才讲到廪君权杖，是一种中间细两头大的玉器吗？"

闻言，王后眼中闪过一丝惊愕，答道："对，怎么，天使见过权杖吗？"

听完王后的回答，心中暗自激动，没想到我在天坑捡到的那根骨头状东西，竟然是廪君权杖。眼见王后露出关切之色，我又胡诌道："敝使曾在天朝见过类似的东西，是天子颁赐给藩王的权力信物。"

听我如此作答，王后叹了口气："如果皮君手中有廪君传下的权杖做凭证，那祭司就不敢为所欲为了，我们也就有了更多的胜算。"

此时此刻，我才想起谷外那两件神器，如果有机会离开巴国回到谷外，首先就是把那两件神器取出来，交给董老师，令他在有生之年少些遗憾。

我在这儿沉思盘算，王后却在自说自话："也用不着太急，需将事情考虑得周全些，尽量做到滴水不漏最好。"说着说着，又将一只纤纤玉手搭在我肩上。"作为天使，你今后还得主动参与巴国事务，博取贵族们的好感，这样才有助于谋夺大位。”

“这……敝使人微言轻，恐怕没有人会听敝使的。”

“天使身为廪君使者，地位在那些洞主长老之上，虽然现在还没有实权，但只要能当上丞相，还有谁敢不听你的？”

丞相、摄政王，这些诱惑对我一个凡夫俗子来讲不能说一点不动心。尽管这只是个一万多人的小国，但如果真做到像王后所说的那样，一来再不必为自己的安全担忧，二来在谷中拥有至高无上的权力，今后可以从容地与外界联系，甚至可以将此地开辟成一个全世界独一无二的旅游景点——巴国历史文化村，我自己任董事长，再把覃婉丽接来当老板娘，那岂不是天下最美的事情？

想到这里，我情不自禁地笑了。

王后见我傻笑，立即露出兴奋的神色，急切地问道：“天使，您怎么笑了，是不是已经有了对付祭司的办法？”

我赶紧收敛笑容，支吾道：“敝使哪能有对付祭司的办法，一切唯王后之命是从。”见王后身体紧靠过来，我赶紧挪挪身体，喃喃道：“我俩独处一室，巴王知道了怎么办？”

“这个你不用担心，王上尽在本后掌握之中，”说到这里，王后忽然紧蹙眉头，“本后担心的只是祭司，他才是一只难以对付的老狐狸。”

一提到祭司，王后便露出咬牙切齿的样子，极大地破坏了美感，令人心悸。我心想，如果老王后之死和大王子的残疾真是被王后做了手脚，那么，我最好还是离她远点才好。想到这里，我不禁说道：“为了不使祭司起疑，今后万不可以天使相称。另外，我俩不能太过于亲密，还得顾及巴王的感受。”

“天使的威仪，令本后着迷，恨不得天天腻在一起，但天使的话亦很有道理，古之成大事者，皆不拘儿女私情，只是……”说到这里，王后叹了口气，“好期待你我能早点成事，然后比翼双飞去天朝领赏。”

听完王后的话，我彻底崩溃。

结盟

离开内宫，我心情十分沉重。尽管罕宝早已提示过，王后是一个阴险的女人，但我却曾经固执地认为，老王后的死和大王子的残并非王后所为，只是一种巧合，但今天跟王后的短暂相处，让我彻底改变了这种想法。此时此刻，我只想立即去见罕宝，让他远离丽雅，娶公主为妻，可又害怕这样一来，会加深他对我的反感，使我们之间日渐疏离的感情无法修补。可如果不告诉他，让王后的阴谋得逞，则他和祭司都会面临危险。可以想象，如果让这个疯狂的女人独掌巴国大权，巴国人民将会陷入水深火热。

在罕宝的友情和巴国前途之间做权衡，我觉得后者更为重要，而要说动罕宝，就只有将王后的阴谋全盘托出。同时，自己也要早做准备，在迫不得已的情况下，还是早点离开巴国为妙。

为此，我还得制作一件东西。

第二天一大早，我带上几张图纸，离开宾室，往龙格的铜匠坊走去。

初秋的绝谷，分外凉爽，树叶儿开始变黄变红，倒映在溪水中，如梦似幻。仰望一线蓝天，洁净得没有一丝云彩，绝谷的秋色，竟然如此美丽。然而，此刻，我却没有心情欣赏这如画的美景，想着要跟罕宝说的事，心情分外纠结。

一方面，丽雅对罕宝是否真情实意，难以判断，但可以肯定的是，罕宝对丽雅已投入百分之百的爱，甚至到了为得到这种爱愿意放弃一切的地步。在此情况下，要说动罕宝放弃丽雅绝非易事。

另一方面，依噶公主对我的示爱，绝不仅仅只是出于对罕宝的报复，而是明显的透露出爱慕之心，加之王后又不断撮合，一时之间要置身事外也不容易。虽然我并不爱依噶公主，但可以预见到的是，如果我接受王后的建议与依噶成婚，对自己今后的安全乃至在巴国做出一番事业是十分有利的。

想到这层，我忽然又没了主意。

不知不觉间，到了铜匠坊，龙格见我来，十分高兴，躬身行礼后即将我带入里间，拿出一柄带有乌木鞘的铜剑双手呈上。抽出来一看，是一柄与罕宝佩剑一模一样的青铜剑，上面刻有四字虫篆“皮君之剑”。接着，龙格又拿出几件东西来，是照我上次给他的图样打造的。这些零件极其精巧，远远超过了我的期望值。

向龙格表达谢意之后，我将随身所带画有图样的布片拿出来，铺在桌面上，详细讲解结构要领和锻造要求。龙格连连点头，虽然不明白我又要发明什么东西，但答应尽力去做。有了“发明”剪刀的先例，龙格对我已崇拜得五体投地。

利用这个机会，我又将自己掌握的失蜡法铸造工艺详细地传授给他，因制作精密机械的几个关键部件需要这种方法来铸造。

过了一会儿，纳莫和扎格也到了铜匠坊，他们是来取攀岩用具的。见我也在，自然要请教一番使用这些器械的方法。我索性好人做到底，带他俩来到铜匠坊外一岩壁下示范一番。

看着纳莫和扎格灵巧的身体，心中不免一动——如果能得到他俩的帮助，就增加了攀岩出谷的可能性。但这样一来，也无异于为罕宝提供了一个出谷的机会，而罕宝如果离开巴国，王后也就不战而胜了。

每次提到祭司，王后都是咬牙切齿的样子，好像有不共戴天的世仇，感觉不仅仅只是为争权夺利而产生的仇隙。所以，在离开之前，我得搞清楚这仇恨的根源。

还有，得弄清楚王后怎么也会说中原官话。

离开铜匠坊，在纳莫的带领下，于洞外一露天温泉找到了罕宝。

泉水从石缝中流出来，冒着热腾腾的蒸汽，形成了大大小小十来个梯级水池。泉眼处有三根粗大竹管连成的管道，一直通到地下去。令我想起绝谷中的“桑拿浴室”，应该就是利用这个温泉的热水建成的，三根竹管就是输水管道。

令人吃惊的是，在腾腾的蒸汽之中，晃动着一个个白花花的身体，男女老少都有，没有一丝遮掩，妙龄女子也不例外，挺立着她们的胸部，毫无羞怯之态。

我们在最高的温泉池中见到了罕宝和丽雅，同样的，丽雅也一丝不挂，性感得令人窒息。看着丽雅，竟似看见覃婉丽，一时之间，令我有些恍惚。

见我看着丽雅发呆，罕宝并没生气，招了招手，说道："皮兄既然来了，就赶紧脱光衣服下来吧。"

见我迟疑，罕宝又说道："使者大人，你这样戳在岸上，反而令大家难堪。"

犹豫片刻，我脱掉了绸袍，但却保留一条内裤。在我脱衣服时，丽雅已经离开罕宝的怀抱，退到了池子的另一边。等我下到池中，罕宝突然问道："皮君，你觉得丽雅美吗？"

"丽雅是很漂亮，可是……"

"可是没有依噶有权势，可是跟丽雅结婚便有可能做不了丞相祭司，对吗？"

"不是这个意思，你知道丽雅是王后……"我尽量将声音压低，害怕丽雅听见，尽管知道丽雅听不懂中原话，但还是提心吊胆。

"嗯，这……皮君是怎么知道的呢？"罕宝显然没有料到我有这一句，轻蹙眉头，望向丽雅，沉思片刻后说道，"不过丽雅全都告诉了我，我一点也不介意，反而很感谢王后。"

"可你知道这样做的后果吗？"

"不就是做不成丞相祭司吗，你可以帮我做啊，而且会做得更好。"

看着罕宝满不在意的样子，心中压力陡增，为此，我不得不加重语气，说道："不做丞相祭司，令尊会答应吗？你有没有想过，一旦王后的阴谋得逞，不仅你和令尊在巴国的日子难熬，就是大王子的性命也可能不保呢！"

"后果会这么严重吗？"罕宝转身望着我，忧郁的眼神重现，"不是有你在巴国吗，还有我父亲的拥趸们。"

"我可从没有答应过你留在巴国，更没有答应过你要做什么丞相祭司，再则，即使我愿意留下来，也斗不过王后，老王后和大王子的命运难道还不能说明问题吗？”接着，我将王后跟我的谈话一五一十地告诉了罕宝，包括王后已看出丽雅不忠，最终可能会危害丽雅也添油加醋地描绘一番。

听完我的话，罕宝神色变得严峻起来，愣神片刻，口中喃喃道：“如果是这样，我……我就早点离开巴国，与丽雅远走高飞。”

见我的话终于起了点作用，我岂肯放过这个点醒他的机会，趁热打铁道：“逃避不是解决问题的办法，为今之计，你必须留在巴国，继任丞相祭司之位，这样才能从根本上挫败王后的阴谋。之后，我可以给你讲些外界的事情，帮助你促成巴国的改变，使你和丽雅以及巴国人民能享受到一种全新的生活。”

“皮君若能助我，我可以答应你暂不离开巴国。”说到这里，罕宝又抬头望天，眼神变得坚毅，语气也十分坚定，“可总有一天，我会去到外面的世界，那是我一生最大的梦想。”

“到了那一天，我和你一起出去。”

“若是这样，就没有克服不了的困难。”

“那丽雅怎么办？”

“到时候再说。”

壁画中的玄机

罕宝接受了我的建议，接下来的十多天，没有与丽雅约会。

利用这段时间，我开始潜心学习巴国语言。期间，罕宝还带我游览了巴国，参观了煤窑、制盐坊、火药坊和织锦坊。

当然，最令人惊喜的发现还是太庙。虽然说太庙的主体是在洞子里，但它的进口却建有一座歇山式门楼，斗拱翅檐，白墙青瓦，门楣上有一块横匾，上书大篆“太庙”二字。

望着这斗拱翅檐，心中便涌起一阵莫名其妙的兴奋，因自入谷以来，还是第一次看见自己能够认识的文字，而绝谷中的巴国虽然说巴族土语，其实是没有文字的，由此便可以推测，太庙里面若存放有历代典籍，那么也一定是用大篆文书写的。而这正是我的强项，除大小篆外，金文和甲骨文也都不在话下。

这些天来，尽管从罕宝嘴里听到了一些白虎之巴的往事，但都过于破碎，关于巴国的源起、发展、消亡都没有涉及，仍然无法解答董老师笔记中的问号。由于罕宝所知有限，却对我的提问总是抱有戒心，再追问下去恐怕会适得其反，倒不如自己进太庙看看。

如此一来，便可通过这些典籍去了解巴国的来龙去脉，破解董老师笔记中的那些问号。不仅如此，若能从这些典籍中发现一些上古史料，甚至可以把中国文明史中缺佚的部分加以补充，岂不是大功一件。

见我伫立于太庙前徘徊沉思，罕宝有些不解，忍不住问道："太庙无非就是祭祖的地方，除了廪君圣像和历代巴王牌位外，也就几幅壁画和几件礼器而已，皮兄为何如此兴奋？"

我没有正面回答罕宝，而是急不可耐地问道："敢问宝弟，可否带愚兄入内一观？"

罕宝摇头答道："太庙乃巴国禁地，寻常人等不得入内，只能贵族才能进入，而且每年只开放三次，除春秋大祭之外，还有一次是廪君的诞辰。"见我露出失望的神色，罕宝连忙补充道："当然，作为廪君使者，皮兄应该是具备这个资格的，而且再过一个月就是秋祭了，皮兄不会急在这一时吧。"

听罕宝如此说，我便不再多言，随着他继续参观下一个"景点"。经过太庙，便是一段 U 形峡谷，但见峡谷之崖壁上，有许多的裂缝，裂缝之中，参差错落着一个个石匣，据罕宝介绍，石匣中存放着历代巴王的遗骸。

晚上，回到宾室，躺在床上，却怎么也睡不着，眼前不断浮现出"太庙"两字。按照罕宝所说，合理合法地进入太庙，要等到一个月之后的秋祭，而自己知道，一个月后，我恐怕已经不在巴国了。

思虑再三，我决定只身犯险。主意一定，便立即行动，待到夜深，穿上探险服，偷偷潜出宾室，朝太庙走去。经过十多天的暗黑训练，我的夜视能力已大为提高，就着月光，在峡谷中穿行，不多会儿就到了太庙。

从口袋中掏出两根铜簪，插进锁孔拨弄了几下，那大铜锁就开了。接着，推开两道沉重的大门，随之响起了“吱吱嘎嘎”的声音，听起来不免让人心里发毛。还好，周围没有什么动静，也没有什么机关，门开了，我松了口气。

这个时候，我取出火石，摩擦几下之后点燃了蜡烛。

由过厅进入大堂，先映入眼帘的是一个古代酋长的坐像，只见他赤裸上身，腰系虎裙，跨坐于一猛虎背上，此刻，他正怒目圆睁，瞠视着我这个潜入者。

坐像后墙上，是一幅壁画，画面分成上下两个部分，上面是五个赤身裸体手持长矛的野蛮人，五个人正奋力将手中长矛掷向山崖上的一个石穴，其中一人腰系虎裙，身材高大，应该就是廪君。下面部分则是描绘五个酋长坐在土船上，其他四个酋长的船都在下沉，只有身着虎裙的酋长将船划向远处。壁画的空白处，写着几行大篆，是壁画的说明——

此壁画讲述了这样一个故事：巴国故地，生活着五个部落，其中一个部落住在红洞子里面，其他四姓部落住在黑洞子里面。五个部落之间，常常为领地和食源发生战争，彼此的伤损都很大，后来，一只老猿出了个主意，建议以投掷石矛和建造土船来决出输赢，结果，住在红洞子的酋长赢得了比赛，被五姓部落推举为共同的首领，而这个首领，就是廪君。

再看大厅左右两侧，各有一个供台。左边供台上有七只青铜大鼎，墙面上画着一幅壁画，右边供台上是历代巴王牌位，墙面上也画着一幅壁画。

先看左边壁画，描绘的是驾着战车的将军和拿着各式武器的士兵，左侧一人高冠长袍，端坐在一辆战车上，手挥长剑指挥作战，其中有头扎独角髻纹身刺面的巴人助阵，巴人身后，有一条头长独角口中喷火似蛇非蛇似龙非龙的怪兽。画面右下角是一辆翻倒的战车，战车下一着黑色长袍的王者正在烈焰中挣扎，王冠在火中燃烧。旁边也有一段大篆，竟然是记录武王伐纣的事。而关于这段战事，董老师笔记中亦有记载，没想到被这幅壁画证实了。

观此壁画，令人惊叹不已，没想到在三千多年前，巴人已拥有一支强大的武装力量，并且参加了牧野之战，为武王伐纣立下奇功。但令人费解的是，如此好战而且实力强大的巴国，到了战国中期怎么会突然就衰弱了，而且在秦军的攻击下，几乎没有进行过什么有效的抵抗就土崩瓦解了呢？为此，董老师也是百思不得其解，在谈到巴国这段历史时，后面打了一个大大的问号。

再看右边墙壁上的壁画，也分成了三个部分，第一部分画的是许多人在崇山峻岭间砍伐大树，平坝中有高大的楼阁正在兴建；第二部分画的是洪水滔天，房屋倒塌，泥石俱流，大江中漂浮着巨木和尸体；第三部分描绘人们在打捞水中尸体和巨木，并将巨木凿成棺材，将尸体纳入棺木后放置于江边岩缝之中。依例，旁边又有一段大篆——

平王东迁四百四十年，巴国以楚人尹干为相，引农桑、革朝政，国力日盛。乃服庸、卢、濮诸国，都鱼邑。又伐大木，立宫阙。未成，天降大雨，旬月不停，屋塌山崩，大江水涨数十丈，巨木浮尸盈江，水不能饮。乃以浮木琢棺，敛尸纳于岩缝，木还于土。又数月，水落江平，尹干曰："南山有洞，迁而居之。"

此文透露了以下重要信息：其一，平王东迁，应指周平王迁都洛阳，那一年是公元前七百七十年，之后四百四十年，应为公元前三百三十年左右。当时巴国聘任楚人尹干为相，引进农耕生产，改革朝政，国力日盛，又征服了邻近的庸、卢、濮、彭等小国，疆域空前广大。其二，以鱼邑（夔城）为都，大兴土木，修建宫阙，但还未建成，天降大雨，几个月不停，以至于山洪暴发，形成巨大的泥石流。房屋被冲倒，山体滑坡形成了堰塞湖，长江水涨几十丈，浮木和尸体铺满了江面，水也被污染了，可能还发生了严重的瘟疫，白虎之巴损失惨重。于是将水中的大树琢成木棺，将浮尸敛入其中，放置在江岸的岩缝中。雨停水落之后，便形成了悬棺。其三，大雨之后，巴人失去了居住的房屋，尹干提出建议，南山有很多洞穴，可以搬到那里去居住。

看完三幅壁画，读完三段文字，一时之间，我沉浸在破解巴国千古之谜的喜悦之中，浑然不觉危险正在逼近。

“看够了没有？”

突然，身后传来一个阴冷的声音，像来自于地狱的声音。

瞬间，我头皮发麻，双腿发软。

回过头来，只见祭司兀立于眼前，手中握一柄宝剑，脸皮不断抽搐着，眼中射出一道寒光，烛光摇曳中，若地狱的鬼灵。

“你来这里干什么，想得到什么？”没待我回答，祭司口中又冷冷地冒出一句，“私自潜入太庙，你可知罪？”

见祭司只是质问，手中并没动作，我逐渐宽下心来，答道：“回祭司大人，仅仅是出于好奇，但不知该当何罪？”

祭司握剑的手颤动了一下，提高了声量，答道：“此罪当诛！”

闻言，我心中一震，不由自主地就摆了个防御的架势，严阵以待。然而，祭司并没有出剑，只是冷冷地看着我，皱眉说道：“怎么，使者难道想与老夫搏命吗？”

见祭司仍如雕像般兀立着，眼神中略带轻蔑，语气中暗含讥讽，忽然觉得自己有些反应过激，连忙俯下身来，深鞠一躬，歉然道：“敝使不知太庙乃禁地，因而抑制不住心中的好奇私自进入，犯下大过，还望祭司大人宽谅，下不为例。”

祭司冷笑道：“哼哼，好一个不知者不罪，难道罕宝没告诉过你，还有，你既以廪君使者自居，却不懂我巴国语言，不知我巴国禁忌，真是岂有此理？”此时此刻，祭司像是抓住了我的要害，脸露得意的神情，继续质问道：“如此看来，你根本就不是什么廪君使者，那么，你究竟是谁，为什么来巴国？”

听着祭司咄咄逼人的话，我并没有心虚，也不知哪里来的胆气，迎着祭司锐利的目光，坦然答道：“祭司难道忘了，我这个廪君使者，难道不是祭司大人赠予的？”

听我如此回答，祭司的脸皮抽动得更加厉害，握剑的手也跟着颤动起来，忽然，他扬起了手中的剑，一刹那就将剑尖抵住了我的胸口，冷哼道：“既然你自己都不承认是廪君使者，那就别怪老夫不客气了。”说完，便将剑往前一递。

探险服被利剑刺破，胸口随之一阵刺痛。

我没有反抗，只是闭上了眼睛，因此时此刻，我心中忽然生出一个荒诞的念头——也许这一切都是梦境，都是假象，这一切的一切，都是自己的幻觉，如果这一剑刺下去，也许我的梦就醒了，一切就会恢复到从前，恢复到掉下龙桥暗湖之前。

臆想中，祭司的声音又在耳边响起："哼，原来你真的不怕死，这更加证实了老夫的判断，所以老夫决定改变主意，暂时不杀你。"

我睁开了眼睛，看着祭司阴晴不定的脸色，淡然道："证实了大人什么判断？"

祭司将剑轻轻往回收了点，但握剑的姿势并没有改变，他紧盯着我，目光随着烛光不停的闪烁，答道："你一定是来自中原，来自天朝，现在你老实告诉我，来巴国究竟为了什么？"

"大人要我说实话，我便说实话。"听完祭司的回答，立即联想到王后对我来历的猜测，心中忽然就有了主意，于是答道，"我是周天子派来的使者。"

这个包袱一丢出去，祭司立即瞪大了眼珠子，惊愕之情状简直无法言状，半晌，他才回过神来，愕然道："如此说来，周朝还在，天子还在！"

我摇摇头，答道："周朝不在了，天子也不在了。"

听完我的回答，祭司更加错愕，道："那……那你怎么敢以天朝使者自诩？"

谎言与密约

此时，我已成竹在胸，侃侃答道："我确实是周王的秘密使者，但却不是由周天子直接任命的，而是……"

“而是怎样？”祭司被我的话题吸引，面露关切。

“谷外早已不是周的天下，而是……”我欲言又止，好有充分的时间考虑答案。

“那么现在是谁的天下，你又是受谁的指派？”祭司神色凝重，但不失好奇。

“大人可知，早在两千两百多年前，秦王嬴政统一了天下，将天子之名更为‘皇帝’，秦的第一个皇帝叫秦始皇，然后一世、二世，至今已历百余世。”

“既然周朝已亡，那你又怎么可能成为周王的使者呢？”祭司满腹疑虑。

“这也要从两千三百多年前说起了，”见祭司听得专注，我开始肆意发挥，“秦灭周前，周天子赧王自感危殆，委派我的先祖皮相如联络各路诸侯抗秦，但诸侯惧怕强秦不愿合纵，反而向秦国告密，最后周为秦所灭，六国也不能幸免，但周王和六国的后人则在先祖的游说下结成秘密联盟，两千年来不断发展秘密势力，伺机而动。”

我一口气将这个弥天大谎扔了出来，祭司却听得全神贯注。眼见祭司终于上钩，我暗自得意，继续信口开河：“我们的秘密组织称之为……厂，按地域划分，有楚厂、齐厂、韩厂、赵厂、魏厂、燕厂、吴厂、越厂、蜀厂等等，由总厂携领，有厂员百二十万人。”

“百二十万，好大的力量！”祭司听得入神，赞叹道。

“可是秦朝更为强大，人口有三千万户，光常备军就有百二十万之多。”

“那是够强大了，有我们巴人组成的厂吗？”

此时此刻，祭司的表情十分急切，看来得出，他还是很关心巴人命运的。

“这就是敝使此行的重要目的了。”我望着祭司，狡黠地笑了。

“什么目的？”祭司追问道。

“秦灭六国之前，有两支巴人神秘消失，其一为鱼邑之巴，其二为酆枳之巴，而巴人英勇善战是颇为出名的，所以若能寻找到这两支巴人，对总厂成就大事是十分有利的。”我把王后这个疯子的想法和盘托出，心想祭司肯定会喜欢这道大菜的。

果然，祭司耸然起身，来到我面前，将一只手搭在我肩上，沉声道：“原来使者背负如此重大的使命，难怪……”此刻，祭司显然打消了顾虑，将对我的称呼改回了使者，接下来的发问，已经属于好奇性质了，“可是使者又怎么知道巴国的藏身之处呢？”

我答道：“祭司大人难道忘了，敝使有一幅羊皮图，还得到了廪君的启示，找到巴国，那是早晚的事。”

“如此说来，老夫的判断并没有错，你既是天子使者，也算是廪君使者。”祭司望着我，语气忽然变得亲切起来，“若使者能不忘初心，与老夫同心同德，当可在巴国干出一番事业，到时候再回报先祖之托不迟。”

听完祭司的回答，我感到，自己又一次化险为夷。

终于打消了祭司的顾虑，我暗自庆幸，但祭司跟我的对话还没有结束。

“自使者入巴国以来，已做出很多奇技之发明，罕宝自是推崇备至，以有使者这样的朋友为荣，只是……”

“只是什么？”

“只是……”祭司开始踱步，欲言又止，思虑良久，才说道，“只是罕宝阅历尚浅，又被丽雅那妖女所蒙蔽，做起事来不顾后果，实在让老夫担心。”

“大人需要敝使做什么，尽管吩咐。”

“老夫要你……”祭司凝视着我，答道，“还请使者帮老夫规劝罕宝，凡事以社稷为重，以巴国大局为重，早日离开丽雅，不要中了王后的圈套。”

“说到王后，敝使有一事不大明白。”

“使者有何事不明白？”

“王后在说到大人时，每每露出恨意，不知大人怎么得罪了她？”

“呃，有这回事？”听完我的问话，祭司略感诧异，随口答道，“也许是她觉得老夫位高权重，凡事又讲究原则，不能让她为所欲为的缘故吧。”

“好像没那么简单，”回想每次在谈到祭司时王后那咬牙切齿的样子，我不由得就说出了这句话，不知是好奇心驱使还是有某种担心，“依敝使看，应该还有更深层的原因。”

“更深层的原因，”祭司眉头紧蹙，若有所思，“或许是因为先王后的死以及大王子蹊跷的残疾，她心中有鬼怕老夫深入调查吧。”

我又随口问道：“大人有深入调查吗？”

“说到调查，”祭司看着我，眼神突然一亮，似乎突然想到什么，紧接着说道，“想请使者替老夫办一件事。”

“大人需要敝使办什么事？”

祭司没有立即回答，又开始踱步。此时，蜡烛已经快燃完了，一闪一闪地跳动得厉害，但祭司却浑然不觉，好似更喜欢在黑暗中交谈：“王后似乎很看好使者，所以老夫需要你……”祭司停止踱步，站在我面前，暗黑的身形随着烛光闪烁，显得有些瘆人。

“大人究竟需要敝使做什么？”

“老夫需要使者更加主动接近王后，了解些老夫想要知道的事情。”

“大人需要知道哪些事情？”

“难道使者不明白？”此时，祭司用尖尖的指甲捻掉蜡烛上的残丝，火苗一下子蹿高了，反而更亮，随后，他回过头来，说道，“难道使者不知道老夫想了解些什么？”

犹豫片刻，我答道：“敝使尽力而为吧。”

闻言，祭司笑了，但他的笑显得更瘆人。接着，他低沉而沙哑的声音再次响起：“但是使者一定要多留心，那王后可不是个善类，想想先王后和大王子的遭遇吧，所以你一定要保护好自己。”

“请大人放心，我定会处处留心。”

祭司点点头，又摇摇头，沉思片刻，说道：“还有，使者正当盛年，血气充盈，而那王后又媚态万千，一般人实在是难以抗拒，所以老夫有些担心使者把持不住，弄假成真。”

祭司的话，令我心中一颤，盖因他的话不无道理，但事已至此，我却不甘示弱，装出很淡定的样子，答道：“大人放心，使者一定做个柳下惠，坐怀不乱。”

祭司闻言，疑惑道：“谁是柳下惠，怎么个坐怀不乱？”

我心想，祭司哪里知道什么柳下惠，哪里知道什么坐怀不乱，自己为表心志胡乱发挥，真是有些过头了，于是赶紧自圆其说，“柳下惠嘛，是敝使的一个朋友，他是个阉人，所以把女子抱在怀里也不会乱性。”

祭司苦笑摇头：“我不要你做柳下惠，也不要你坐怀不乱，只要记住为谁做事就好，前途捏在谁的手中就行。”随后，他又加重了语气，“还有，请使者记住，依噶公主是罕宝的，任何人也休想染指，若是发现你有非分之想，到时就别怪老夫……”

“大人放心，敝使知道分寸。”

祭司这才满意地点头。

与此同时，烛光熄灭。

千年往事

去王后那儿做卧底，其实哪需要我主动。几天不进宫，王后早已按捺不住，派人来召我。

进入王后寝宫，立即被沁人心脾的芳香包围。

王后依然穿着薄如蝉翼的衣服，冰肌浮现，春色撩人，身体内散发出一股奇异的馨香，此时此刻，任你再有定力，也禁不住心跳加速，血脉贲张。

屋内别无他人，王后笑容可掬，亲自奉上一盏香茗，款款问道：“多日不见，天使近来可好，奴家担心得紧。”

“托王后的福，还好。”我手中托着香茗，却不敢入口。

“嗯，天使白里透红，恢复得还不错，看来是奴家多虑了。”王后拉我在椅子上坐下，莞尔一笑，“今日请天使来，乃是商议你与依噶的婚事，我已禀明王上，但王上似乎有些顾忌罕宝与依噶的婚约，没有明确表态。”

我心中记着祭司的警告，赶紧与公主撇清关系：“既然罕宝与公主已有婚约，王上又不允准改弦易辙，依我看还是另谋他途吧。”

王后显然是会错了意，以为我担心巴王的态度，答道：“天使尽管放心，王上那儿奴家有办法说服他，其实王上对祭司专权也心存不满，只是找不到合适的人来分解他的权力，若天使能与依噶成婚，按照巴国惯例，就应该接任丞相这个位子，我想王上也不会有什么异议。”见我端茶不饮，王后轻蹙眉头，自己也倒上一杯，深饮一口，随后说道：“所以当务之急，天使一定要博取公主的好感，尽快取得王上的信任。”

我怕王后起疑，也轻抿一口，说道：“承蒙王后提携，敝使感怀备至，只是敝使对公主完全没有非分之想，而且公主对敝使恐怕也只是逢场作戏，做给罕宝看的，若是罕宝回心转意，公主也定当与罕宝和好如初，此事还是难办。”

王后摇头，笑道：“罕宝是否回心转意，这点我倒不担心，要知道丽雅那小妮子，已尽得本后真传，拴住罕宝那是轻而易举的，本后只是担心……”说到这里，王后又轻蹙眉头，沉思片刻才又说道：“本后只是担心，若祭司窥破此内情而强加阻止，或是对丽雅下手，事情就不好办了，所以天使必须抓紧时间，把公主套牢，早日成婚，到时候即使罕宝反悔，也于事无补了。”

我只好顺着王后的意思，问道：“按王后的意思，敝使应该在什么时候娶公主呢？”

王后答道：“越早越好，最好是在一个月之内。”

我又问道：“为什么如此着急？”

王后答道：“再过五个月，罕宝就将年满十八岁，加冕典礼后，照例罕宝便可以娶依噶为妻，实行丞相祭司之职责，那时就不好办了。”

话已至此，为避免王后起疑，在与公主成婚这件事上，我是无法继续推托了，心想，反正还有一个月时间，尽可慢慢想办法，在这期间，我只要守住底线就够了，现在，我需要了解的是王后另一个秘密。于是问道：“敝使想冒昧问王后一个问题，不知可否相告？”

王后笑答：“都快是一家人了，有什么问题，尽管说来。”

我便问道：“王后怎么会说中原官话，又是怎么跟祭司结仇的呢？”

闻言，王后又习惯性地轻蹙眉头，沉吟半晌，答道：“这是谷中的大秘密，连王上也不知道呢。”说到此处，王后身体侧倾向我，酥胸微露，低语道：“此事嘛，得从武王伐纣说起，牧野之战时，周武王曾请多个方国助力，其中便有巴人。武王登基后，为答谢和安抚诸侯，曾将自己的几个妹妹和女儿下嫁给各诸侯国君，当时下嫁到巴国的是武王的七公主。因其年幼多病，随行还有一御医，一来为公主治病，二来监视巴王举动，防止叛乱，而这个御医，就是奴家的先祖。”

说到这里，王后脸上浮现出愤怒与哀怨交织的神情，不觉潸然泪下。“几百年来，先祖一直享有尊崇地位，可自从巴王聘来尹干之后，事情就发生了根本改变，那尹干以清理医官干政为名，将先祖一家逐出王宫，沦为平民，靠挖药治病为生，这件事没有记载，后来的祭司也不知道，但作为故乡语言的中原官话我家却一代代秘传下来，周王赋予的神圣使命也被我家牢记于心。”此时，王后再也不留意自己的仪态了，咬牙切齿道，“现在有了天使做帮手，本后的机会终于来了，一定要那祭司尝尝本后的厉害，一来报仇雪恨，二来报答周天子知遇之恩。”

王后激动地将这个故事讲完，便将头靠在我胸口，眼中噙满泪水，嘤嘤地哭了起来，仿佛要将积压了两千年的悲伤宣泄出来。

听完王后的故事，我目瞪口呆，没想到仇恨的种子萌发了两千多年。而时间在这里被极度浓缩，两千多年的时间，仿佛只是几年前的事。

“此外，还有一个秘密，”也许是为了赢得我的信任，也许是说上了瘾，王后一发而不可收，“天使从外界来，可曾听说巴国宝藏一事？”

犹豫片刻，我点了点头，随口说道：“敢问那批宝藏，是否藏于巴国？”

王后连连摇头，道：“巴国遭遇危殆之时，早已将宝藏分处隐藏，后因遭外族追击才迫不得已遁入绝谷，随军所带，唯几件神器而已，哪有什么宝藏！”

听完王后的回答，我心中暗喜，如果宝藏藏于谷外，其实比谷内更容易得手，现在王后主动说起，莫非她知道埋藏之处，便忍不住问道：“既然宝藏不在巴国，王后为何提起此事？”

“你呀，真是老实，宝藏不在巴国，不等于埋藏宝藏的地图不在巴国。”说到此处，王后露出讳莫如深的笑容，纤纤玉葱般的手指点在我胸口，“依我看，那地图很可能就在太庙，被祭司那个老家伙藏起来了。”

王后的回答，令我颇为失望，但此时此刻，我哪还有心思惦记宝藏，只想着早日脱身，置身事外，于是说道：“王后已贵为巴国之后，要那些宝藏做什么？”

王后轻蹙眉头，娇嗔道：“做投奔天子的进阶之梯啊，而且……”

“而且什么？”

“据说那宝藏之中，藏有一件神器，可以呼唤大蛇……”

“大蛇？”

“对，大蛇，一条巨大无比的蛇，可以吞噬大象的大蛇。”

听到这里，我不禁哑然失笑。

按照董老师的分析，《山海经》中所记“巴蛇吞象，三岁而出其骨”并非真指有一条可以吞噬大象的巨蛇，而是指以蛇为图腾的巴人东进之时，遭遇到以象为图腾的部落的顽强抵抗，战争经历三年之久，巴人终于消灭了象部落。

“关于大蛇的来历，还要追溯到廪君时代，”但王后却没留意我的反应，开始了绘声绘色的讲述，“据说廪君在射杀盐水女神之后，率军乘船逆大江而上，某日，经过一峡口，忽见乌云满天，狂风大作，廪君急令大军靠岸避风，与此同时，江中巨浪翻卷，掀翻了好几只战船，随后，水中忽然蹿出一条黑身青首的大蛇，张开巨口，一下就将落入水中的将士吞入腹中。”讲到这里，王后又情不自禁地拿眼光来瞟我。我心中虽然觉得荒诞，却不愿扫王后的兴致，而且有关廪君的传说，自己还是有兴趣听下去的，便装出聚精会神的样子。

王后见我听得专注，便继续讲道：“仓皇之中，廪君赶紧弃船登岸，但那大蛇将尾巴一摆，腾身跃出水面跟随到岸边，张开巨口，又把廪君的坐象吞入口中，吓得将士们目瞪口呆，恰在此时，天空中响起爆裂之声，紧接着一火球从天而降，恰巧落在那巨蛇身旁，巨蛇立即匍匐于地，片刻之后，吐出大象。”

不知不觉间，我已被王后的讲述吸引，见她突然打住，急问道：“后来呢？”

王后身体侧倾于我，莞尔一笑："廪君与众将士见状，立即跪倒于地，叩头谢天，随后，又从那火球冲击而出的坑中刨出一星石，将之琢成神器，用以号令巨蛇，从此以后，廪君得那巨蛇相助，一路西征，无往不胜。"见我听得专注，王后面露得色，"除此之外，那神器还有一个重要用途，据说它就是开启巴国宝藏的钥匙。"

听完王后的讲述，虽然觉得荒诞，但还是有些惊喜，所谓星石，不就是陨石吗，原来自己在龙桥裂隙中找到的那块黑乎乎的石头，竟然是用陨石打造而成的神琮。姑且不论其是否具有召唤大蛇的神性，仅就这么大块陨石而言，也是难得一见的宝贝。还有，当我靠近它的时候，确实感受到一股能量，使人真气激荡，热血沸腾，似乎具有某种巫力。但如果说神琮真能召唤大蛇助力巴国，在冷兵器时代，巴国自然是战无不胜，攻无不克，又何至于灭亡，白虎之巴又何至于惨遭追杀而遁入这绝谷之中。

王后似乎猜出了我心中所疑，急忙解释道："天使有所不知，那大蛇平日里都处于蛰伏状态，五百年才现身一次，一次三年，武王伐纣那年，恰逢大蛇蛰伏期满，受那神器呼唤助巴人攻殷，这才取得伐纣的胜利。"

王后这番话，自然会令我想起太庙中武王伐纣那幅壁画所绘场景，其中确实有一条口中喷火的巨蟒助力巴人作战。但仔细一想，古人在描绘上古之事时，为增加其神秘性和趣味性，往往添加许多神怪内容吸引眼球，正如《封神演义》之内容。难道我也要相信里面的故事全都是真的？

而此时此刻，王后还沉浸在对大蛇的无限向往中。"一直以来，那件神器都是巴国至尊之宝。据说巴国分裂之时，大王子不服新王，派人偷了神琮，率领属下自立门户，可奇怪的是，自巴国遁入绝谷之后，那神器却莫名其妙地消失。依本后看，恐怕是被历代祭司藏起来了，如果能找到那件神器，召唤大蛇现身，你我可就天下无敌啦。"

我当然知道王后口中所说神器在哪里，但不愿意说破，另外，那洞子里还有权杖，而王后并没提到，又是怎么回事呢？

想到这里，我又忍不住问道："请问巴国分裂之时，权杖归属何方？"

沉思片刻，王后答道：“权杖是巴国王权的象征，自然在二王子手里，不然他怎么能登基成为新巴王。”

听完王后的话，我愈加糊涂了。按她的说法，神琮在大王子手里，权杖在二王子手里，而大王子和二王子又势不两立，自然不肯合二为一，可怎么两件东西又打了照面，出现在荒郊野外，被一具尸骨拿在手上。

事情越来越扑朔迷离了！

当然，我不可能就这些疑问求教于王后，她也不可能给出合理的解释，当务之急，我只能稳住王后，套取更多的信息。于是，我又问道：“也许好不容易找到神器，那大蛇却刚刚入睡，如此一来，岂不要等五百年，而你我的寿数，恐怕……”

见我语带嘲讽之意，王后叹了口气，嗔道：“天使若不信，本后也不强求，但话又说回来，只要能得到谷外那批宝藏敬献天子，这进阶之礼也已足够。”

此时的王后，已陷入痴迷状态，任你如何提醒启发恐怕也无动于衷。于是，我只好顺着她的思路，将戏演下去。

“敝使有一事不明，还请王后明示。”

“天使有什么话，但问便是。”

“巴国虽处狭地，但物产尚可自足，且风景奇绝、民风朴实，乃外界可遇而不可求之仙境，王后即为巴国之后，享有至尊之位，如何会生发出谷之念？再则，巴国之宝藏，应属于巴国人民，王后却怎么想着要将其献与周天子，甘愿做其奴臣呢？”

听完我的话，王后脸现愤恨之色。“天使有所不知，本后名为巴国之后，却处处受那祭司掣肘，凡事不能率性而为，更可恨的是，祭司还在本后周围安插密探，暗中调查本后，欲将本后置之死地而后快，若本后不积极应对，指不定哪天就中了他的圈套，至于说将宝藏献与周天子，只不过是想借天朝之力除掉祭司，此乃不得已而为之。”说到这里，王后又露出娇羞之色，“若得偿所愿，奴家一定追随天使左右，尽力侍奉。”

看着千娇百媚的王后，我不由得升起一丝怜香惜玉的情愫，萌动出一股莫名其妙的暖流，便有一种想要爱抚的冲动。但此时此刻，理智又告诉我，这是王后惯用的伎俩，自己可一定要把持住，千万不要被她的妖媚所迷惑。

定下神来，摒除杂念，我方以冷静的语气回答王后：“敝使受天子所托，前来寻找失踪之巴国，其主要目的是想倚重巴国之力出谷抗秦，若巴国发生内乱，则得而无用，岂不辜负敝使此行的宗旨。”

王后轻蹙眉头，犹豫半晌，愤然道：“可本后实在不忿那祭司专横跋扈，必欲消其锐气。”见我默然不语，王后又将那花容月貌凑过来，柔声道，“天使放心，若那祭司知趣，能主动分割权力，则本后自会放过他，巴国也不至于发生内乱，望天使助我。”

“王后要我怎样助？”

王后答道：“当务之急，需要使者迅速拿定依噶，早日成婚，谋夺丞相之位，掌控巴国实权。到时候你我再离开巴国，寻得宝藏神器，召唤大蛇助力天子，何愁秦国不灭。”

“离开巴国，难道王后有出谷的办法？”

“天使既然进得巴国，难道还没有出去之法？”

“不错，敝使由龙嘴潜入巴国，但王后知道，再由龙嘴返回外界却是万难。”

“天使难道忘了，深涧彼岸，不是还有一个出谷之口吗？”

“深涧彼岸，不是有四只老虎吗？”

“原来天使也知道，深涧彼岸只有四只老虎，其中两只还是幼虎。”王后望着我，露出狡黠的笑容，“难道举巴国之力，还对付不了几只老虎！”

“可那老虎是……”

“管它是不是……”此刻，王后脸上又露出狰狞之容，“为了天子的大业，为了你我的将来，射杀它来换取大蛇助力，天使以为哪个更合算呢？”

“可王后刚才说过，那大蛇可是要五百年……”

王后点点头，答道：“不错，大蛇每一次蛰伏，以五百年为期，但天使有所不知，今年恰好又到它苏醒之年，所以本后才这么急不可耐。”

听完王后的痴语，我无言以对。

王后的布局

离开王宫，立即便去找罕宝，但是我不想面对祭司。于是，我决定去龙格的铜匠坊，那是我和罕宝都常去的地方。

此时，龙格正在打造一批青铜部件，旁边放着我手绘的图纸。此时，他正一手拿着夹钳，一手拿着扁锤狠狠地敲打。见我来了，并没表现出一如既往的兴奋，也没有像以往一样有问不完的问题，只顾埋头默默敲打。

尽管觉得龙格今天有些反常，但我没有理会，站在旁边静静看着。待龙格把这个青铜部件淬完火，放在隔板上，我才拿起夹钳夹起这个部件仔细端详，接着，又比照图纸给龙格交代需要修整的部位。

龙格还是无话，夹起部件，开始重新过火，又闷声闷气地敲打起来。过了一会儿，也许是憋不住了，也许是觉得这样对待使者大人有些无礼，再一次完成淬火工序后，龙格终于停止手头的工作，躬身行礼道："使者大人，小人有一事不明白。"

我以为他是要问这些发明究竟是件什么东西，有什么功用，为什么神神秘秘地要隐瞒他，便含笑答道："有什么不明白，尽管问。"

"小人不明白，大人为什么要公子离开丽雅？"

见龙格问的是这个问题，我有些吃惊，沉思片刻，答道："若罕宝不离开丽雅娶公主为妻，便不能接任丞相祭司之位。"

龙格表示不解："祭司娶洞主之女为妻，并非没有先例，而宝公子的母亲便是洞主的女儿，丽雅也是洞主之女，公子又非她莫娶，大人何必……何必横加阻挠，再说，即使不能继承大位，公子也并不在意。"

听龙格如此作答，我气恼至极，忍不住加重了语气："继承丞相祭司之位，不仅关乎祭司家族的兴衰，更关乎巴国的未来，公子为何会不在意，莫非……"

听完我的话，龙格瞥眼四顾，见四周无人，才低声答道："正是，公子想离开巴国，小人等也想追随。"

"离开巴国，那可是灭门之罪！"

"灭门，公子父亲乃当朝祭司，怎么去灭门？至于龙格，孑然一身又怕什么灭门？"

"那扎格和纳莫呢，还有丽雅，她离开后，家里怎么办？"

"扎格和纳莫……"龙格一愣，"原来使者已经知道了。"

"你口口声声小人等，小人等，难道我还猜不出来？"我狠狠瞪龙格一眼，"再说了，没有他俩，你们又怎么出得去？"

龙格低首答道："不瞒大人，扎格和纳莫也好办，因为他俩至今未娶，而其父母也已过世，家中并无牵挂。"

我大惊道："怎么扎格和纳莫父母都过世了？"

龙格又环顾四周，虽没看见人影，但还是不放心，又来到洞外查看一番，才说道："实不相瞒，扎格和纳莫的父亲，正是因探索出谷之路不幸罹难，而他俩的母亲……"

"他俩的母亲，怎么啦？"

"他俩的母亲……"看着我，龙格欲言又止，不知道是对我还是对后面要讲的话有所顾忌，踌躇片刻，才露出豁出去的样子，"为了实现夫君未了的愿望，为免扎格和纳莫的后顾之忧，他俩的母亲都先后自尽陪夫君而去。"

"自尽陪夫，乃是烈女所为，可这跟了却夫君愿望又有什么关系？"此时此刻，我无比的惊愕，同时也无比的疑惑。

龙格没有急于解答，反问道："大人可知大蛇传说？"

见我点头，龙格接着问道："大人可知巴国分裂之时，大小二王之间曾有个约定？"

我急忙问道："什么样的约定？"

龙格答道："大小二王约定，以大蛇复苏之年为期，二巴合二为一，祭出神器，召唤大蛇，以图巴国复兴大业，所以我巴国虽遭大难，遁入深谷，但历代巴王仍牢记这个约定，每逢大蛇苏醒之年，即会派人出谷联络……"

此时，我才忍不住发问：“据我所知，大蛇每一次蛰伏，都要经过五百年才苏醒，如此说来，每过五百年，巴王都会派人出去联络寻找小王的下落？”

“正是，除寻找小王遗裔外，还要寻找那遗失的神器。”说到这里，龙格忽然面露凄色，“据先辈们讲，自遁入绝谷以来，以五百年为期，巴国共派出过四次外使，但一次也没人返回！”

“如此说来，每一次都失败了，”说到这里，我不由得叹了口气，接着问道，“外使们是从哪里出谷的？”

龙格答道：“当然是从深涧彼岸，进谷之路出谷。”

我大惊道：“可那边有老虎啊，怎么出得去！”

龙格点点头，神色黯然道：“因历代祭司都说，白虎乃廪君魂魄所化，若知出谷之人身负巴国复兴之命，自会放他出去，若将出谷之人吃掉，则说明时候未到，天意如此！”

“那扎格和纳莫的父亲……”

“今年又逢大蛇苏醒之年，照例要甄选出谷之人，扎格和纳莫的父亲便自告奋勇充当寻蛇使者，还建议祭司改变惯例，攀崖出谷，可没想到双双坠崖，还是失败了。”此时，龙格的声音变得有些哽咽，“自此以后，祭司便颁布严令，巴国人等，以后休谈出谷之事，凡试图出谷者，一律斩首布告，殃及全家。”

“原来扎格与纳莫的母亲，为了能让他俩出谷，实现父辈的愿望，竟然……”

龙格点头，接着又以奇怪的眼神望着我：“祭司大人还说……”

“还说什么？”

“祭司大人说，廪君不让巴人出谷，乃是怕外界知道巴国隐藏栖身之所，招来灭国之灾，若是小王之巴尚存，自会派人入谷联络，只需等待便是，没想到……半年之后，还真的等来了使者大人！”

“可为什么等来了我，你们却急着要出去？”

“公子怀疑……公子说，使者大人虽然来了，却不传达廪君旨意，说话行事也令人费解，恐对我巴国……”说话的时候，龙格一直低着头，神情尴尬，“所以，公子想自己出谷去看看，顺便验证一下……”

听完龙格的话，我是既惊愕又伤感。

伤感的是，自进入绝谷以来，罕宝对我可说是关怀备至，可我却对他有所隐瞒，还劝他离开心爱的女人，导致他不再信任我，一意孤行要离开巴国。而罕宝出谷的目的，除了想亲眼看看外面的世界，寻找那遗失的神器，恐怕还想验证一下我的身份。

惊愕的是，不仅是王后，巴国所有的人都相信大蛇传说，相信有那么一件神器能召唤大蛇，助力巴国重新崛起，实现复兴。为达成此愿，竟有人自告奋勇去充当这个所谓的寻蛇使者，为此甘愿葬身虎口或坠落悬崖也在所不惜。

可在我看来，巴国得白虎引路，遁入绝谷藏身，至今已逾两千多年，实在是难能可贵。而我这个“使者”的责任，就是要保护好这个全世界独一无二的“文化遗产”，使之不受任何破坏。所以当务之急，是要重新赢得罕宝的信任，让他先安心留下来，稳定巴国局势后，再做其他打算。

“使者大人在想些什么？”沉思中，龙格的声音在耳边响起。

“我在想，究竟该不该告诉你们一个真实的外界。”

“真实的外界！”龙格灰暗的脸色一下子变得灿烂起来，“小人等追随公子，正是想出谷看一下外界究竟是个什么样子，现在是谁的天下，巴国是否有实力逐鹿中原，而如果大人肯告知实情，或许公子就不会急于离开巴国了。”

我离开铜匠坊，又去了温泉、陶坊、龙嘴等几个地方，仍然没有寻访到罕宝，怏怏回到宾室，却接到王后的召请，说是有急事相商。

随传召侍卫进入内宫议事厅，发现里面还有四个穿着绸袍的“大人物”，见我到来，王后便兴致勃勃地给我引荐，先指着一瘦削老者说道：“这位是尕登吉洞主，丽雅的父亲。”那老者立即将双手扣于脖颈，低头敬了个礼，我便也将身体深躬下去，却被王后拦住了，低语道：“您是廪君使者，不必回此大礼。”

接着，王后指着一中年瘦子说道：“这位是哈木坎洞主，是巴国族丁最多的洞主。”那瘦子也赶紧行礼，我也回了个礼，比刚才躬身的幅度小了些。随后，王后又指着一中年壮汉说道：“这位是旺顿洞主，巴国大力士。”那壮汉斜眼看着我，只是微微欠了欠身，算是行礼致意，惹得王后皱眉。

最后，王后又拉过一佩剑武士说道：“至于尕多日嘛，是王宫卫队统领。”

被叫作尕多日的王宫卫队统领身材高大，长相俊朗，但目光却很阴鸷。见我向他施礼，也只是略微躬了躬身。

介绍完毕，王后又笑意盈盈地看着我说：“今日将使者引荐给大家，是希望大家多多沟通，相互关照共图大事。”

“共图大事，先得有点儿本事，”还没等我搭话，那叫旺顿的中年壮汉已迈前一步，冲我拱了拱手，“素闻使者才智超绝，来巴国之后，发明了许多好玩儿的器具，令国人趋之若鹜，旺顿自知望尘莫及，可我巴国历来以武为重，故而考量一个人的本事，先得考量其武艺，因此旺顿欲向使者讨教。”

“你想怎样讨教？”王后眉头紧蹙，喝问旺顿。

旺顿答道：“宫室之内，忌讳刀光剑影，所以旺顿只想讨教一下使者的拳脚之术。”

“放肆！”王后闻言大怒，“皮君乃廪君圣使，巴国上宾，岂容你妄加挑衅。”

“王后息怒，旺顿之言并非全无道理，”在旺顿进退两难的时候，尕多日忽然插话，“巴人自古尚武，唯武立名，而所谓才智机巧则无法考量，王后既对使者委以重任，若使者不能在武艺上有所展示，恐怕难以服众。”

尕多日话音刚落，数道目光便齐刷刷射在我身上，王后似乎觉得尕多日言之有理，便不再发怒，反而以目瞟我，观察我的反应。

本以为王后召请，真有什么大事相商，为了洞悉她的阴谋，我不能不来，却不料是要考校我的武功，而我这点气力，怎么应付得了旺顿这壮汉。但若只是一味谦让，必然被他看轻，今后更难在巴国立足。思虑片刻，只得硬着头皮答道：“各位想看敝使献丑，敝使不敢推托，但既为考量拳脚之技，当以技高者胜出，依敝使看，就以一方摔倒算败如何？”

话音刚落，旺顿便迫不及待地答道：“就以使者之说定胜负，不必再啰唆。”说完，撸起袖子，摆了个饿虎扑食的招式。此时，王后又说道：

"使者大病初愈，体质羸弱，旺顿不可尽用蛮力比拼，若致使者受伤……"

王后话音未落，旺顿已经扑至身前，双拳并举，一招黑虎掏心直捣我胸口。我赶紧退步侧身，随即伸出左手扣住旺顿手腕，右手扣住旺顿手臂，同时探出左脚别住旺顿前脚，拼尽全力向后一带。还没等大家明白怎么回事，旺顿已一个趔趄扑倒于地。

旺顿大怒，跳身起来，作势再搏，我赶紧闪身一边，拱手说道："承让。"

随即，王后便大声说道："旺顿已经输了，不可再讨没趣。"

此刻，只见那旺顿那脸一会儿青一会儿白，虽欲罢不能，但王后已经发话，他又怎好挑借口再战。正暗自庆幸之时，尕多日又站了出来道："使者神技，令人佩服，尕多日手痒，也想讨教几招。"

这一次，王后是真的生气了，只见她狠狠瞪尕多日一眼，说道："够了，今日相邀，乃是请各位商讨如何应对燃眉之急，哪里是要你们来向使者讨教斗招的。"

见王后声色俱厉地阻止，尕多日不再多嘴，悻悻然退了回去。

此时，我的后背已被冷汗浸透。

接下来，进入正题。原来是得探子来报，说祭司秘密召集另外四洞长老，加紧训练兵丁，并打算撤换两个王宫卫队副统领，改由祭司心腹担任。同时还放出话来，说王后无德，不仅毒杀了前王后，还使用手段致残大王子，所以祭司决定重启长老会，提出罢废王后的动议。

若只是撤换卫队副统领，王后倒不是太担心，因有尕多日驻镇王宫卫队，卫队大权尚在掌握之中，再使些手段，也不怕那两个新领职的副统领不归顺。王后所虑的是，若是两方公开决裂打将起来，祭司一方尽是精兵，王后一方肯定不是对手。最难以应付的是最后一项，若任由祭司重启长老会议事，而长老中大多都是祭司的人，如此一来，罢废王后的动议就很有可能通过。虽说罢废王后与否最终得由巴王决定，但只要动议一通过，王后至少要被禁足，从此后不能召见洞主长老，更不要说参政议政了。

如果真出现这样的局面，王后一方必然陷入完全被动，所以今天召集自己的几个心腹来商量对策，至于要我来有何用，其实心里还不大明白。

然而他们几个商量去商量来，还是没有想出合适的应对之法，王后便问我有没有什么好办法。我自然是拿不出什么主意，即使有，恐怕也不会透露给王后一伙。正争论不休的时候，王后突然说道：“就目前态势，恐怕只有寄望于使者和依噶的婚事啦。”

此言一出，洞主和尕多日皆目瞪口呆，王后一点也不理会众人的疑虑，继续说道：“若使者与依噶成婚，按照巴国惯例，则可继任丞相之职，而长老会之发起，照例也该由丞相提出动议，如此一来，事情不就解决了吗。”

“这个办法虽好，但却行不通，”听完王后的话，哈木坎连连摇头，“先不说公主是否愿意下……嫁给使者，即使愿意，时间上也来不及，如果祭司在使者和公主婚礼前就重启长老会，提出罢废王后的动议，那这桩婚事便毫无意义。”

王后皱眉道：“所以就要早日促成使者与依噶成婚啊，越快越好。”

哈木坎又摇起了头，“无论怎么快，也快不过祭司的耳目，只要那老家伙有一丝警觉，立即就会召集长老会提出动议，即使是使者与公主按时成婚，恐怕也于事无补了。”

哈木坎一席话，听得另外两个洞主和尕多日队长连连点头，但王后却说道：“哈木坎所言不假，但不管怎样，使者和依噶的婚事还是要办的。”见大家都露出疑惑的眼神，王后忽然露出诡异的目光。“不仅要办，而且要办得隆重，邀请巴国所有的洞主长老们出席，最好是由祭司主持婚礼。”

听完王后的话，洞主们越发感到莫名其妙，只有尕多日露出会心的微笑。至此，我也明白了王后宣我来的目的，就是要拉我加入他们的阵线，而拉我入伙的价码，就是促成我与公主的婚事（姑且不说我愿不愿意），继任丞相之位。就王后一伙而言，这是一个令我无法拒绝的价码，正如祭司之前所言，因为人人都爱权力，量我也会满心欢喜。何况公主很漂亮，足以令每个男人心动。

但令人疑惑的是，如果祭司提前采取行动，提出罢废王后的动议，那么即使我能跟公主成婚，恐怕也不一定能继任丞相之位，如此一来，王后的如意算盘岂不落空。而王后却坚持举办婚礼，还要邀请巴国所有的洞主长老们参加，这背后究竟隐藏着什么阴谋？

事已至此，我该怎么办？

孽缘

再见罕宝，已是三天之后。只见他双眼红肿，面容憔悴，像是一下老了好几岁。这样的情形，令我觉得十分尴尬，也十分担忧，但想到自己此行的目的，身上肩负的责任，有些话我必须得说，只是在说这话之前，先得来些铺垫。

“宝弟，这些天怎么到处都找不着你？”

罕宝没有搭话，目视远方，眼神显得很空洞，令我倍感压力。

“宝弟，有什么心事，说出来听听，或许为兄能帮上点忙。”

良久，罕宝才转过头来，轻叹道：“皮君，自那日别后，我又反复斟酌考量，还是不忍割舍丽雅取悦公主，况且……”

“况且宝弟觉得，即使娶丽雅为妻，亦有继承丞相祭司的可能。”

罕宝摇了摇头，道：“我是觉得，公主对皮君一片真情，皮君何不善意接纳，趁此机会谋取大任，得以施展宏图……”

罕宝没有将话说完，但我已明白了其中的含义，其实也有点心动。但此时此刻，我眼前却浮现出覃婉丽的身影，深知自己内心所向，便不为所动，答道：“公主之所以这样，完全是出于对宝弟的报复，其实她爱的是宝弟你而不是我，况且，我也不爱公主，因我在谷外已有心上人，再说了，若宝弟真能离开巴国，也不一定由我接任丞相祭司之位，其结果可能会使巴国发生内乱，使白虎之巴经历又一场浩劫。”

听完我的话，罕宝耸然动容道：“你是不是有些危言耸听！”

为使罕宝深信不疑，我不得不说道：“因为廪君给了我这样的启示。”

罕宝摇头道：“可你并非真的廪君使者。”

我答道：“但廪君托梦给我是真的，正是按照他的启示我才能来到巴国，这也是真的，至于说是不是真的廪君使者，这并不重要。”

罕宝长叹一声，良久，才低下头来，凝神望着我，目光中流露出一种强烈的期待。“皮君，如果你能告知外界真相，我就答应你，娶依噶为妻，继承丞相祭司之位。”

面对如此困难的局面和罕宝期待的目光，实在不忍心再对他撒谎，于是，我告诉他——谷外早已不是周天子的天下，诸侯国也已灭亡了两千多年，以后又经历了秦、汉、魏晋、唐、五代、宋、元、明、清等十几个朝代，现在的中国叫中华人民共和国，是一个强大而统一的国家，而谷中的巴国，只是一个没被发现的极小的角落。

接着，我又告诉罕宝，外面已进入科学时代，可以制造各种难以想象的工业产品。人们可以日行万里，可以坐在家中观看发生在几千几万里之外的事情。

最后我告诉他自己是怎样来到谷中的，以及自己的“发明”只是现代文明中最微不足道的雕虫小技。当我叙说这些的时候，罕宝的脸上有惊奇，有愕然，但更多的是痴迷。听完之后，他喃喃道：“如此说来，那长着奇怪翅膀的大鸟也是你们的……产品？”

我不知道罕宝所指大鸟为何物，估计是飞机，虽然这一带并非航线所经之地。但有一点可以肯定，知道了谷外那个真实的世界，罕宝原本朦胧的出谷念头更加明朗坚定了，此时此刻，我忽然有些后悔。

“皮君说过，会带我出谷去见识外面的世界，经过这件事，还会信守诺言吗？”讲话的时候，罕宝的眼中一直放光，此时此刻，他的心恐怕早已飞出谷外。

我知道已不能阻止他出谷的念头，只好拿话来稳住他：“等这件事了结之后，我会带你离开绝谷，如果可能，或许会有一只大鸟来接我们。”

“皮兄，我把你当最好的朋友，希望你不会让我失望。”

“离开巴国的前提是，你得先娶依噶为妻，继承丞相祭司之位，先挫败王后的阴谋，把巴国治理好，至于以后的事，我会尽力而为。”

看着罕宝，一个伟大的计划再度在我脑海中浮现——随着现代科技的发展，尤其是探险运动的蓬勃兴起，巴国被外界发现是迟早的事，与其被别人发现，还不如由我主动揭开它神秘的面纱。等罕宝大权在握的时候，再从容地与外界沟通，将这个地方改造成一个全世界独一无二的旅游景点。

到时候，说不定罕宝可以巴国历史文化村董事长的身份出去考察旅游。

接下来几天，我再也没去王宫。只要有空，就在宾室中运气打坐，操练拳术和剑法，一段时间下来，不仅内力渐长，拳术和剑术也有所增进。但奇怪的是，每当运气的时候，身体内总会出现一股乱流，伴之以麻痒的感觉，接着便是欲火中烧。为此，我不得不采取一些自虐措施，才可消停。

这段时间，我没有放松自己的发明，几乎天天往铜匠坊跑。除此之外，还去找过罕宝几次，但总也找不到他，像是故意在躲着我。有一天，龙格忽然传给我一个口信，是罕宝叫转告的，说他无法抛弃丽雅移情公主，而且公主对使者颇有好感，如果真心想帮他，就好好爱依噶公主，娶她为妻。

听了龙格的转述，心中五味杂陈，顿时有上当受骗的感觉，气恼的同时，也深深替罕宝担忧。他现在已完全陷入与丽雅的爱情之中，对自己面临的危险和巴国的未来完全不管不顾，这个时候再去劝他，不但收效甚微，反而加深我与他之间的裂痕。

但是，我还是想做最后的努力，为了信守自己的承诺，同时也是为了巴国的长治久安，我和罕宝都必须做出些牺牲。想到这里，我离开铜匠坊，转身朝温泉走去。来到罕宝常去的温泉池，并没有看见罕宝，正要转身离去，却发现依噶公主拦在身后。

“胆小鬼，你又来找那罕宝吗？”依噶一开口，便觉盛气凌人。

“今天清闲，到处转转，并非找罕宝。”我停下脚步，决定不与她正面交锋。

“没事正好，那就陪本公主练练剑，斗上几个回合。”说话间，公主已拔出短剑，单手平举，做出挑战的姿势。

“公主尊崇，敝使不敢叨扰。”我忙躬身后退，谢绝她的邀斗。

“少来这套，”依噶柳眉倒竖，忽然发怒，“你不仅敢叨扰我，还敢叨扰王后，如此的胆大包天，此刻怎么忽然胆小起来啦？”公主嘴里不停地说着，手中剑也没有歇着，出手毫不留情。

见公主来势汹汹，我哪敢怠慢，赶紧挥剑拆挡，口中应道："所以我现在知错就改，不敢再去叨扰公主和王后了。"

"哼哼，你的鬼心思我还不明白，敢情是怕了那祭司，不敢与本公主往来了，或者是怕影响罕宝继承丞相祭司之位，你这样做，难道就不怕惹恼了本公主，去父王那里参你一本？"公主嘴里说着，手上也不闲着，忽而劈，忽而刺，招招致命。此时，我只能全神贯注，勉力抵挡，再也不敢分心搭腔。尽管如此，亦是手忙脚乱。又打了几个回合，公主突然纵身一跃，手臂前递，剑锋直抵我胸口。我只好连连后退，慌乱之中，脚下一个拌蒜，摔了个四脚朝天。

见我如此狼狈，公主忽然大笑起来："亏你还是廪君使者，竟然如此不济，按照巴国规矩，男子战不过女子，必当领受重罚。"

虽然吃了个大亏，但见公主转怒为喜，我心情顿时放松不少，赶紧起身，躬身行礼道："敝使功力不济，甘愿受罚。"

"甘愿受罚，这可是你亲口说的，"公主歪着头，想了一会儿，忽然露出狡黠的笑容，"那我就罚你做个伺沐使，陪本公主沐浴。"

听完公主开出的罚单，我大惊，连连摇头道："公主尊崇，敝使不敢领命。"

见我拒绝，公主猛地拔出剑来，剑尖点在我胸口上，冷笑道："皮兆寅，你若不识抬举，本公主立刻就杀了你！"

虽已感受到剑锋传来的阵阵压力，但我决定赌一把，赌公主刁蛮的外表下有一颗善良的心，赌她眼中放射出的怒火根本就是爱的烈焰。所以，我没有避让，也没有退缩，迎着剑锋，漠然答道："公主若要敝使性命，拿了去便是。"

我的判断没有错，虽然公主应了一句"你以为我不敢"，但她握剑的手却剧烈震颤起来，随后，耳中听到"哐当"一声，短剑掉落地上。接下来，公主柳眉倒竖，大怒道："皮兆寅，你这个胆小鬼，为什么宁肯死也不想要我！"

见公主如此失态，我一下慌了手脚，慌不择言道："非敝使胆小，实乃公主身份尊崇，小人自惭形秽，不敢高攀。"

没想到我这句话一出口，公主却更加伤心，号啕大哭道："我虽身为公主，却被你召之若婢女，弃之若敝帚，在你心中，我哪里还有一点儿尊崇！"

听完公主的哭诉，我是既惶恐又尴尬，忍不住辩解道："我什么时候召过公主啦，更不要说……"

还没等我说完，公主便抢过话头："对，是我先招惹你的，本公主就是看上你了，可你为什么就看不上我？还有那个罕宝，也看不上我，宁肯要丽雅那个妖女也不要我，难……难道我很丑吗？"

我赶紧答道："公主不仅尊崇，而且漂亮，敝使自觉配不上公主，所以……"

"所以你根本就是不想要我，那我活着还有什么意思！"说完，公主忽然俯身拾起地上短剑，挥剑便往自己脖子上抹。此时此刻，我哪还有心思顾及其他，纵步向前，劈手去夺她手中短剑。就在这一瞬间，公主忽然丢下短剑，张开两条手臂缠住我的脖子，脚下使个绊，还没等我反应过来，两人便一起跌落池中。

温暖的水包围了我，胸前还紧贴着一对精致高挺的乳房，瞬间，只觉得心跳加速，呼吸困难。尽管之前已见过依噶裸体，但是在神志不清雾气弥漫的情况下。现在如此近距离，借着谷中淡淡的光线观摩公主的胴体，宛若透明的精灵，玉脂般的仙女，我哪能把控得住，体内的欲焰一下就蹿了出来。

"不管你喜不喜欢，反正本公主要定你了。"说话间，公主双腿又缠住了我的腰，紧接着，热唇也贴了上来。我拼命后仰，但下身反而贴得更紧，丹田中热流乱窜，在公主柔滑的胴体和蒸腾的水汽包裹中，只觉得一阵眩晕，麻痒难耐，欲焰若岩浆般汹涌。

此时，头脑中又响起两种声音，一个声音说："坚守住，皮兆寅，不要忘记你的承诺，你不能要依噶公主，公主是罕宝的。"而另一个声音却说道："公主爱的是你而不是罕宝，而你也爱公主，只是自己不愿意承认而已，为什么要为难自己的天性，暴殄眼前的天物？"

最后，第二个声音战胜了第一个声音，而眼前的公主也渐渐幻化成覃婉丽。

终于，兽性战胜了理性，原始的情焰在温泉中熊熊燃烧起来……

至此，事态的发展完全走向反面。

接下来一段时间，我的身体和思维都已不受控制，在本能的驱动下，我开始频繁地进出王宫，进入公主的闺房。待在灯火辉煌的内宫，和暗无天日的宾室是有天壤之别的，加上公主的香体和王后的甘醇，这种感觉就像染上毒瘾一样，令我心醉神迷，无法自拔，祭司的嘱托完全忘之脑后。

不得不承认，自己终于没能经受住权力和美色的诱惑，好在这种权力和美色的获得似乎并不太影响罕宝的追求，或者正是他希望我做的事情，但是我还是给自己设定了一个底线，就是事态无论怎样发展，都不能危害到罕宝的安全。

危机四伏

我和依噶公主的婚礼被安排在十天后举行，这并不出乎意料。令人感到意外的是，王后不仅没有对婚礼之事严格保密，反而广发请柬，大有“昭告天下”的意思。当然，祭司也收到了请柬，急忙召我训话。

待我施礼完毕，祭司强抑怒火，晃动着手中的木制请柬，以极冷的口气问道：“请使者解释一下。”

面对恼羞成怒的祭司，我无言以对。

“想当初认你为廪君使者，乃是想你以此身份助力于老夫，共同治理巴国，以图复兴之大业。可没想到你竟然完全没有报恩之心，对老夫托付之事阳奉阴违，不但没能劝阻罕宝离弃丽雅，还与公主暗通款曲，铸成今日之大错，实在是令老夫失望，早知今日，当初……”祭司阴鸷的目光扫射着我，面露杀气，此时此刻，他一定很后悔将我认定为廪君使者，留下祸根。

我依然沉默以对，然而祭司还在喋喋不休。

“老夫早说过，你终会贪恋权力，任何人都得在它面前屈服，但你得明白，如果你想以娶公主谋夺丞相之位，那是万万办不到的。”说到这里，只听得“咔嚓”一声，祭司手中的请柬忽然断成两截，随后被狠狠扔在地上，“老夫早就告诉过你，依噶公主是罕宝的，其他人休得染指，所以，你应该知道一意孤行的后果！”

面对祭司的斥责，我只好忍气吞声答道：“大人息怒，容敝使分辩几句。”

“事已至此，还有什么可分辩的。”

“大人明鉴，今日这个结果，并非敝使一手造成，要知道，如果罕宝不……”

“说到罕宝背弃婚约，老夫倒要问问使者，你究竟是怎样劝说他的。”还没等我话说完，祭司已接过话头，“以前，罕宝还算是个听话的孩子，可自你入谷以来，他就完全变了，变得桀骜不驯，变得大逆不道，这一切都因你而起！”

“大人冤枉敝使了，”面对祭司毫无道理的呵斥，我忍不住答道，“想当初，敝使也是极力劝说罕宝，要他以巴国大局为重，离开丽雅亲近公主，可没想到他……”

“胡说！”祭司脸皮抽搐起来，又一次打断我，“你一方面假意答应老夫劝说罕宝，一方面却对他说什么谷外男女婚姻自由，你……你如此苦心孤诣地开导罕宝，难道不是别有所图吗？罕宝今日之一意孤行，难道不是受了你的蛊惑吗？”

听祭司说出这番话，我猛然觉得自己在劝说罕宝的过程中真的犯了错，虽然这个错跟罕宝爱上丽雅毫无关系，也不足以令他离弃公主，但却给了罕宝坚定自己想法的决心，也给了祭司借以指责我的口实。所以此时此刻，我再也找不出合适的应对之语，只能无奈地叹了口气，说道：“敝使与公主成婚，并非贪恋丞相之位，若是祭司有所顾忌，大不了我不要这个丞相之位。”

没想到我这句话还是惹得祭司勃然大怒：“老夫再一次强调，公主是罕宝的，任何人休想取而代之，至于说丞相之位，也从来没有旁落他家，今日亦是如此。”

见祭司越来越嚣张跋扈，我渐渐有些沉不住气，愤然道：“那祭司大人今日命敝使前来，究竟意欲何为？”

“老夫命你前来，乃是想给你指明一条两全其美之路。”面对我的顶撞，这一次，祭司居然没有发火。

“敢问大人，何为两全其美之路？”

祭司答道：“所谓两全其美，就是你立即离开公主并娶丽雅为妻，同时，为了满足你的权力欲，我会奏请巴王给你安排个射事做，其权力仅次于丞相祭司，如此一来，使者美色与权力仍可兼而得之。”

听完祭司的话，我感觉深受侮辱，勉强克制住内心的怒火，淡然答道：“可是大人知道罕宝爱的是丽雅而不是公主，即使敝使愿意退出，恐怕罕宝也不会接受。”

“只要你答应退出，事情就好办了，至于罕宝接不接受这个安排，那就不关你的事了。”见我如此作答，祭司以为有机可乘，口气忽然变得缓和起来，话锋一转，“皮君，老夫珍视你的才能，愿意扶持你在巴国建功立业，但你得摆正自己的位置，不要利令智昏，更不要一再辜负老夫的厚望。”

所谓以退为进，无非是要我离开公主，而这是我无论如何也办不到的，话已至此，看来没有谈下去的必要了。于是，我只有转身走人。

我的反应再一次激起祭司的愤怒，他终于忍无可忍，下了最后通牒：“给你两天时间考虑老夫的建议，否则……”

祭司没有说完后面的话，但我知道违逆他的意愿意味着什么后果，要知道我也是服软不服硬的角儿，所以我只有这样回答他：“如果拒绝您的建议呢？”

“那你就好自为之吧！”

话毕，祭司凶相毕露。

三天之后，祭司开始了反击。

首先，他撤换了两个王宫卫队副统领，接着，又扬言要立即召开长老会，提出罢废王后的议案。可是，祭司的反制措施并没有让王后感到惊慌失措，她的整个心思，似乎都扑在筹办我和公主的婚礼上。

眼看着婚期一天天临近，我却感到一种莫名其妙的恐慌，首先，已经有好多天没有看见罕宝了，不知道他在干些什么，是否还认我这个兄弟。其次，怀疑自己是否真的爱公主，与公主成婚是否真的没有其他企图。有一件事我实在想不明白，每次与依噶痴缠的时候，总幻想自己抱着的是覃婉丽。还有，我的血液里似乎钻进了无数虫蚁，常常令自己麻痒难耐，必须要通过疯狂的做爱才能解除。

想来想去，麻痒的感觉又悄然来临，而这一次，我决定采取自虐的方式解决，解决完之后，我打算出去会会罕宝，跟他做一次坦诚的交谈。

入夜时分，我悄悄溜出宾室，穿行于峡谷之中，仰望一线墨黑天空，忽然又想到了覃婉丽，夜空中那一闪一闪的星星都变成了婉丽的眼睛，每闪烁一次，仿佛就像婉丽眨了一下眼在问我——皮兆寅你究竟在哪里，为什么不辞而别？

正胡思乱想着，耳边忽听得“嗖嗖”两声，顿感不妙，扭身的同时将青蛇剑拔出，凝目扫视四周，只见不远处站立一个高大的身影，蒙着脸，手持一柄短剑。

“来者何人，为何暗算于我？”我仗剑而立，向那蒙面人喝问。

“嘿嘿，要是成心暗算你，哪还有你站着说话的机会。”话音刚落，那蒙面人一个跳步已到我身前，仗剑便刺。我赶紧一个侧闪，同时挥剑刺向他的后背。蒙面人似早料到我有此反应，突然一个仰身，剑朝后方递出，“哐当”一声，荡开我刺来的剑，随后又来了一个不可思议的翻转，挥剑刺向我腹部。

蒙面人使出的剑法，十分的诡异奇绝，身法亦是飘忽不定，纵使我使出浑身解数也难以招架。勉力支撑了五六个回合，脚步和身法便乱了。这个时候，只要蒙面人加快节奏，我必败无疑。但令人感到奇怪的是，蒙面人却做出了相反的举动，不仅没有趁势紧逼，反而放缓速度给我以调整恢复的机会。

又斗了二三十个回合之后，蒙面人忽然加快了击剑速度，一时间，如光的剑影裹挟着阴冷的杀气朝我袭来。面对这密不透风的剑光，我哪还使得出应对之招，只能一味地闪躲后退，慌乱之中，脚下一个拌蒜。

蒙面人恐没料到我武功如此不济，愣了一下神才又跨步挺剑来刺。危急中，我赶紧来了一个后滚翻，重新站稳脚跟，却发现剑已落在地上。

蒙面人哪会再给我机会拾剑，又是一个大跨步，手中剑直奔我左胸。危急之中，忽然想起自创的太极武功，张开双手，侧步以待。蒙面人见我摆出这个招式，冷笑两声后依然挺剑刺来，在我正欲拿他手腕的时候，忽然收剑立肘，猛地撞向我胸口。刹那间，只觉得胸口如遭重锤，身体一下飞出去老远。

见此情形，蒙面人大为得意，哈哈大笑中，又挺剑朝我刺来。而此时的我已全无反击之力，眼看着剑已临近胸口，眨眼间就要命丧九泉。正在此时，耳中只听见“哐当”一声，刺向我胸口的剑被另一支剑荡了开去，随即，一个矫健的身影闪现眼前。

来的不是别人，正是依噶公主。

而蒙面人看见依噶公主前来救人，撒腿就跑，转眼消失于暗黑之中。

“三更半夜的，不待在宫里，跑这里来干吗？”依噶仗剑而立，英气逼人。

“我……”面对突然出现的依噶，我忽然变得语无伦次，“今日心情烦乱，想去……出来散散心。”

“散心，有这种时候出来散心的吗？”依噶一下就窥破了我的真实目的，面露愠意，“依我看，你又是去找那罕宝吧。”

“找……找罕宝干什么？”我企图抵赖。

“找罕宝倾诉衷肠啊，表达歉意啊！”依噶柳眉倒竖，愤懑之情溢于言表，“你要去找他，本公主本无权干涉，可为什么要偷偷摸摸地去找他呢，难道你就不知道巴国中有多少人恨你入骨，时时想取你性命。”

“谁想取我性命？”

“这就要问你娶的是谁，挡了谁的道。”

不用依噶提示，我已猜出行刺之人应是受祭司所托，可回想那蒙面人身材高大，武功超群，却像是王宫卫队统领尕多日，但尕多日明显是王后的心腹，与我算是利益共同体，又怎么能奉祭司之命前来行刺于我呢？

公主没有说错，在巴国，不待见我的大有人在，而这一次，还是公主帮我解了围。

这天，在去铜匠坊的路上，迎面碰见四位洞主，见我到来，不仅不避让，反而拦在路上。当我试图绕道而行时，却被其中一人喝住，“外来人，请留步。”讲话之人粗壮结实，胸膛上纹着一只猛虎，对我怒目而视。

虽然心中不爽，但我还是克制住了不满情绪，冷冷道：“有什么吩咐？”

“你虽是廪君使者，但来得不是时候，坊间传言，你的到来，乃大凶之兆。”

“此话怎讲？”

“你不该跟公主纠缠在一起，公主是属于罕宝的，丞相祭司之位也是属于罕宝的，所以，奉劝你不要有非分之想，否则……”

“我不懂你的意思，我和罕宝是好朋友，绝不会夺走属于他的东西，我和公主……”面对四位洞主，我实在不想回答这个问题，也不好回答。

“可你的所作所为并不能使人信服。”

“要怎样才能让你信服呢？”

虎胸壮汉手握剑柄，厉声答道：“巴人以武立国，自当以武服人。”

听他之言，自然是在向我挑战，而我又岂肯示弱，被他侮辱，便也手按青蛇剑柄，朗声答道：“但请赐教。”

虎胸壮汉见我竟敢迎战，不怒反喜，瞬间便拔出佩剑，剑尖朝我一点，“如此，老夫就不客气了。”说完，仗剑便刺。

我没想到他来势如此迅猛，赶紧侧身后退，不料身后却闪出依噶来，口中喝道：“你要挑战使者，先过了我这关再说。”

虎胸壮汉见公主突然现身挡在我身前，赶紧撤剑，惶恐道：“公主，你怎可为这个外来人挡剑，他……他怎配公主挂怀。”

依噶怒道：“本公主配谁不配谁，用不着你纳吉操心。”说完，挺剑便刺向虎胸壮汉，虎胸壮汉哪敢应战，立即连退几步，收剑入鞘，愤然而去。

其他三个洞主顿觉无趣，也兴味索然的溜了。

深夜遇袭和洞主刁难之事，尽管我和依噶都没有声张，但还是被王后知道了，为了不再发生意外，王后勒令我在婚礼之前都不能离开内宫。王后的盛情，自然不能推却，但我却不愿就此与罕宝失去联系，所以我向王后请示，住在内宫可以，但能不能偶尔去一下铜匠坊，完成我的最后一项发明。犹豫再三，王后答应了我的要求。

但是，一次意外的召见令事态发生逆转——

秘密召见

这一天，我正在内宫宾室打坐练功，忽见门被推开，然而进来的既不是公主也不是王后，而是巴王的持钺武士。正错愕之时，持钺武士做了个静音的手势，轻声说道："王上要单独召见使者。"

看着眼前的持钺武士，有种莫名其妙的滑稽感，这个始终站在巴王身后一言不发的人，仿佛就是巴王的影子，令你完全不会意识到他的存在，现在却突然闯进我的房间，声言巴王要接见我，实在是有些突兀。

随持钺武士来到巴王寝宫，只见巴王龟缩在床榻上，病怏怏的样子。

见我进来，侍卫们都退了出去，关上门，只留下持钺武士。这时，巴王睁开了沉重的眼皮，连咳几声，用气若游丝的声音说道："使者来了，来了就好。"

我不得不趋前几步，俯首倾听。

"请问王上宣召敝使来所为何事？"

可是，巴王似乎嫌我离得还不够近，招了招手，又指了指身旁的软榻，说道："坐近些才好说话。"见我坐了，巴王才接着说道："谨防隔墙有耳。"

我大惊，忍不住抬头望了一眼持钺武士，却见他目不斜视，面无表情，像一尊雕像般立在巴王身后。那么巴王所谓的隔墙有耳，究竟是防谁呢？

巴王勉力支撑起身体，审视着我，眼睛逐渐变得清亮起来，但说话的声音仍然很小，“你既为廪君使者，竟然不熟悉巴语，实在令寡人费解。”

听完巴王的话，我并没有吃惊，沉思片刻后答道：“其实小人是周王的使者，奉命寻找失踪的白虎之巴。”

听完我的话，巴王摇了摇头，说道：“不，你是廪君使者，就在你进谷的前一天，廪君曾托梦给我，说会派一位使者来寻找他的遗裔，救巴国于危难。”

听完巴王的话，我顿时惊呆，喃喃道：“可为什么卦象却显示凶兆？”

巴王点了点头，声音变得异常沉重，“其实在卜卦之前，寡人已告知祭司，让他无论如何要留下你，以为巴国所用，可没想到……”

至此，我才猛醒过来，难怪在占卦的时候，巴王一直微闭着眼睛，根本不关心卦象，其实心中早已有了结果，而我的命竟然是巴王救下的。此时此刻，面对眼前这个羸弱不堪的巴王，忽然泛起感激和怜悯之意，不觉俯身叩头道：“谢谢王上救命之恩，敝使自当为巴国效劳。”

“如果是这样，使者恐怕就得做出些牺牲了，”巴王吃力地挺直腰杆，眼神突然变得严峻起来，说话也不怎么磕磕绊绊了，“当初留下你，本是想你能以廪君使者的身份，传达圣意，统一巴国日趋分裂的事态……”说到这里，巴王猛咳起来。

待巴王稍停，我才惴惴不安道：“王上需要敝使做出怎样的牺牲呢？”

“恐怕使者得离开依噶，”巴王凝视着我，眼中布满血丝，声音低沉沙哑，“不能与公主完婚了。”

“为何？”听完巴王的话，我大惊失色。

“因为这会造成流血冲突，会让巴国遭受又一场劫难。”

巴王的回答，令我感到错愕和伤心，虽然我还不够爱依噶，但却已将自己以后的命运和她连接在一起。想到这里，我有些不甘心，愤然道：“对不起，王上的命令敝使无法遵行，再说，王后不是已经偃旗息鼓了吗，而且我也打算放弃丞相之位，那还有什么灾难发生？”

“使者，你被蒙蔽了，王后哪会轻易收手，她是想借你和依噶的婚礼，将巴国贵族一网打尽啊，如果她的阴谋得逞，巴国人民将蹈于水深火热之中。”此时，巴王的神情变得极其沮丧，“再说，祭司恐怕也早做好了应对之策，双方如果互不相让争斗起来，这绝谷内恐怕就会血流成河啦！”

“我可以收手，但这样做会牺牲公主的幸福，”望着极度衰弱的巴王，我没有同情，只有愤怒，“难道王上就不爱自己的女儿？”

“寡人自然疼爱依噶，但是比起巴国的命运，只能委屈她了。”说话间，巴王眼眶中溢出一滴泪水，皱纹密布的脸显得极其苍老，“依噶只有嫁给罕宝，才是最好的归宿。”

此时，我已是义愤填膺，激愤之下，早已把生死置之度外，不觉冷笑道：“作为一国之主的巴王，您既娇惯王后毒害自己的妻儿，又纵容祭司弄权，委屈自己的女儿，真令人感到不齿，所以对不起，王上的要求敝使做不到。”

巴王老泪纵横，颓然道：“白虎之巴经历数次大难，好不容易得以在绝谷内休养生息，仅存万人，再受不起折腾，祭司虽然大权独揽，但却对巴国忠心耿耿，是治理国家的良才，而不像王后一帮乱来。”

见我不住冷笑，巴王又叹气道：“使者初来巴国，有所不知，这王宫之内，处处布满祭司眼线，就连王后的亲信当中，也有祭司的人，若按王后的谋划行事，则必败无疑，那时血流成河，后悔就来不及了。”

“真的有那么严重吗？”听完巴王的话，我开始动摇。

巴王闭上眼睛，脸上的肌肉抽搐着，“寡人昨晚做了一个可怕的梦，看见谷中的人们相互残杀，尸横遍野，溪流中的水都变成了血，还看见了使者和依噶的尸体。”

我颓然道：“梦境与现实往往是相反的，敝使不相信这些，还有，王上为什么处处受制于王后和祭司，造成目前难以收拾的局面呢？”

“唉，人老了，都会干些糊涂事，加之王后……”

看着眼前的巴王，他还没满五十岁呢，怎么就老成这个样子了，究竟是什么原因将他变成了现在这个样子？猛然想起，依噶曾提到王后可能用某种方式控制了巴王，以至于事事受制于王后，可那究竟是一种什么样的控制方式呢？想到这里，便不由得问道：“是不是王后使用了某种方法，让王上您……”

巴王低下头去，答非所问：“都是寡人失察，误娶王后入宫，”随后，又抬起头来，摇摇头，“但愿你有足够的毅力，能够摆脱王后的束缚，不受她的控制。”

我还是不甘心，答道：“王上怕祭司，不等于敝使也怕他！”

“求求你，不要干傻事，”巴王勉力支撑着身体，不断咳嗽，嘴角有血丝溢出，说话十分费劲，“现在寡人已是油灯耗尽，时日无多，但请使者念在巴国的命运，不要与依噶成婚，算寡人求你了。”

看着眼前这个衰弱的老头，真不敢相信他是英勇善战的巴国的王，此时此刻，觉得时间在这个绝谷中浓缩得如此厉害，几千年的事仿佛浓缩成几个月，而我所期待的美好未来眨眼间烟消云散。

回到宾室，我开始盘算着怎样去改变这一结果，甚至想到了带依噶私奔，但是，麻痒酸痛的感觉又不期而至，赶紧打坐运气，不一会儿，眼前竟然浮现出白虎的身影，耳边响起那熟悉的声音——

“孩子，你应该听巴王的话，离开公主和王后。”

看着廪君幻象，我十分气恼，“是你把我骗进巴国的，现在又叫我离开，而且你早不来晚不来，偏偏等事情搞砸了才现身。”

廪君摇摇头，心情极其沉痛，“是好奇心让你进入绝谷的，是美色和贪婪让你把事情搞砸的，这可不能怪本王。”

见廪君耍赖，我更加气愤，“您既然能潜入我梦中，为什么不早点提醒我，非得要等到事态发展到不可收拾才来！”

廪君眉头皱得更紧，颓然道：“潜入你的梦中，那是很耗阴功的，次数多了，本王很快就会魂飞魄散。”随后，廪君又叹了口气，“而且本王是人，不是神，预想不到你会把事情办得如此糟糕。”

听完廪君的话，我十分气馁，喃喃道：“就没有别的办法了吗？”

廪君点点头，“只剩下一个办法——离开绝谷，离开巴国，就当这一切从未发生过，若能侥幸出谷，千万不要对外界人提起巴国。”说到这里，廪君长叹一口气，“唉，这帮好斗的家伙，让他们自生自灭好了。”

最后的抉择

刚刚回到外宫宾室，便接到祭司的召见。

所谓召见，其实跟绑架差不多。

四五个手持戈矛的武士将我带到祭司的书房，如临大敌。

“外来人，我们又见面了。”祭司端坐在椅子上，直视着我，又改了称呼。

“敝使很惭愧！”面对祭司的审视，我有点不知所措。

“怎么忽然离开内宫，富贵的日子过腻了？”祭司面带阴笑，有调侃的味道。

“因为敝使不愿意看到巴国内乱。”我逐渐镇定下来，不卑不亢地回答。

“好大的口气，凭你等能耐，就能使巴国发生内乱，痴人说梦罢了。”祭司审视着我，满脸不屑，“再说，你还不一定能娶到公主呢。”

“敝使有预感，如果我与公主成婚，巴国会血流成河。”

“老夫敢保证你的预感不会发生，”祭司由冷笑转为大笑，“哈哈哈，几只蚍蜉，也想撼动大树，真是不自量力。”

看着祭司骄狂的神情，我开始相信巴王的话是真的——内宫中布满了祭司的眼线，这个眼线，可能是三个洞主或尕多日中的某一个。此时此刻，我有些羞愧，但更多的是无奈，在与祭司的较量中，终于败下阵来。

“不管怎样，敝使还是决定采纳大人的建议，离开公主，疏远王后。”

“你这样想就好，”祭司点头，脸上忽然挂起虚假的笑容，接着又开始老调重弹，“那么与丽雅的婚事呢，考虑得怎么样了？”

我毫不犹豫地摇头，“敝使不能娶丽雅，她是罕宝的挚爱——如果可能的话，希望罕宝与公主成婚后，祭司大人可以把丽雅再赏赐给他。”

祭司皱了一下眉头，眼中闪过一丝不易察觉的阴暗，“罕宝只能娶公主一人，你若不娶丽雅，可别后悔啊。”

我答道："恕敝使不能从命。"

"那就不勉强你了，"祭司走近我，语气变得平和了些，"另外，再拜托你件事情，替老夫劝劝罕宝，望他安心与公主成婚，千万不要干傻事。"

"这个自然，敝使会认真去做的。"

"最后给你个提议，希望你能在巴国任职，为巴国的复兴出谋划策。"

"大人的美意敝使心领了，但恐怕敝使不能从命。"

话已至此，我斩断了自己的退路。

通过艰苦卓绝的工作，晓呈利害，罕宝终于接受了我的建议——娶依噶为妻。但我内心强烈地感觉到，罕宝只是在委蛇应付，其实另有安排。更令人揪心的是罕宝看我的眼神，已经变得极其冷漠，我想是自己的反复无常、临阵退缩伤了他的心。

罕宝虽已妥协，但依噶却已经走火入魔，常常偷偷来会我。为了信守对祭司的承诺，也为了使依噶死心，我只有闭门不出，甚至用最恶毒的言语伤害她。有一次，依噶差点破门而入，幸好祭司的人拉走了她。

数数洞壁上的刻痕，已有六十三道，不知不觉中，在谷中已经过去了两个多月的时间，而最近这段时间，麻痒的感觉常常来侵扰我，像有千万只虫蚁在血液中撕咬争斗。我努力静下心来修炼内功，但都无济于事。罕宝、依噶和王后的形象不断在脑中出现，挥之不去，整天浑浑噩噩，萎靡不振，进而发展到天天做噩梦，目光涣散，全身乏力。

不得已，我只有努力克制心魔，运功练气，勉强自己多吃点食物，好有力气逃出去。几天之后，心绪稍稍平静下来，可寂寞快令人窒息。最后，我决定再冒一次险，去洞外看看，并将最后一幅图纸带给龙格。

龙格的技艺没令我失望，制作出来的各个零部件十分精确，我将它们初装了一下，运行正常，随后，我将最后几个零部件的图纸交给龙格，嘱咐了一下要领，就离开了。再过几天，我在谷中的最后一项"发明"便宣告完工，能不能逃出巴国，就看它了。

接下来，还得配制些火药，这个也很简单，因为配制火药的硝石、硫黄、木炭这三样材料随处可见。把这些东西找齐之后，我又去了一趟熬制灯油的作坊，将陶鸭罐装满灯油，正要回去，却迎面碰上罕宝，他明显消瘦了，两眼发暗，见我也没了往日的热情和率真，只是冷冷地点点头，淡淡地问候两句。

尴尬之际，头顶忽然传来阵阵轰鸣，有人高叫道："巫鸟来啦，快躲起来！"

紧接着，便看见人们跑的跑，躲的躲，惊惶四散，瞬间不见了踪影。

仰头望去，透过密集的树丛，只见黑影从头顶飞过，毫无疑问，那是一架直升机，大概是在空中航拍天坑地缝吧。

心中一阵惊喜，直升机的出现，再一次标志着绝谷巴国与外界同步，印证我并没有穿越时空，由此，心中最后一丝疑虑烟消云散。

跟我一样，罕宝也没有躲藏，此时，他正痴痴地望着那一线天空，"这就是皮君所说可以接人的大鸟吗？"接着，他又自问自答道："如此说来，人可以像大鸟一样在天空中飞翔了。"

我随口应了一句，"这没什么大不了的，谷外还有比它更神奇的东西呢。"

听完我的话，罕宝的眼神又开始变得闪亮，"那么，皮君能发明这样的大鸟吗？"

我没答他的话，随手拾来一根竹筒，用佩剑将之破为竹片，抽取一片削成个单叶螺旋桨，中间钻个眼，再将一根小竹棍插入其中，两只手掌合住使劲一搓一抛，竹片便如直升机般飞上了天。

罕宝好惊奇，将竹片拾起来使劲一扔，竹片并没飞旋。我又给他做了两次示范，罕宝学会了，高兴地玩耍起来，在谷中追逐着竹蜻蜓，兴奋得像个小孩。

见"巫鸟"远去，胆大的小孩抢先跑出了洞子，见我和罕宝在玩竹蜻蜓，便围过来看热闹，我于是又做了几个同样的竹蜻蜓，很快被抢走了。我便一个接一个地做，不一会儿，许许多多竹蜻蜓便在谷中飞来飞去。

看着这些单纯而幸福的人们，觉得跟他们有了很深的感情，如果要离开，我会舍得他们吗？

当我环顾四周的时候，又看见了依噶，她手中也拿着一根竹片，并用手中短剑一下一下削着，竹片并没有变成竹桨，而是变成了一柄竹剑，在和我眼神相交的刹那，猛然挥动铜剑削断了竹剑。

我不敢直视依噶的眼睛，心中一阵绞痛。

得知罕宝改弦易辙，愿娶公主为妻，继承丞相祭司之位，王后忍无可忍，亲自杀入宾室，一脸寒霜，白嫩的肌肤里青筋暴起，“使者，你干的好事！”

我只得装糊涂，“尊敬的王后，我不明白自己做错了什么。”

“你和丽雅都是背信弃义的小人，不会有好结果的！”

“我只是不愿背弃和伤害朋友。”

“朋友，谁是你的朋友，罕宝吗？”此时，王后已顾不得维持自己的仪态，咆哮起来，“你以为这样做就不背弃罕宝了吗，岂不知恰恰伤害了他和你自己！”

“我只要做到问心无愧。”

“天使，你好糊涂！”说到这里，王后忽然改变了姿态，一把抱住我的腰，可怜兮兮地望着我，“天子的使命，本后的重托你难道都忘了吗？”

我摇摇头，沉声道：“我其实根本不是什么天使，也从来没有答应过与你合作。”

“就算你不是天使，那么你辛辛苦苦跑到绝谷来干什么？”王后脸上的肌肉扭曲着，尖尖的指甲掐入我的皮肤，“什么叫伤天害理，在这个世界上，你不骑在别人头上，别人便会骑到你的头上，叫你求生不得，求死不能，而作为手无寸铁的弱女子，尤其如此。”

见我无动于衷，王后又露出哀怨的眼神，“你要和罕宝做朋友我并不反对，这对我们谋划的大事也并无冲突，反而成全了他和丽雅在一起，我们要对付的只有祭司，你只需要接过他手中的权力就行了。”

为了让王后死心，我不得不回应道：“可是我厌恶权术，不愿干伤天害理的事。”接着，又补充一句，“跟你在一起，令我感到恐惧。”

“你真天真，真蠢，”王后失望了，随即又咆哮起来，“厌恶权术，亏你说得出来，你这个外来的野心家，难道不是一心想谋夺我巴国的最高权力吗，只不过你错估了形势，害怕了祭司的势力，转而投靠他罢了。”

见我无动于衷，王后的口气忽然又变软了，“皮君，你再仔细想想，如果你不愿意做丞相和摄政王，只是与依噶成婚也行，我不勉强你。”

“可我已和祭司达成协议，不再和公主往来了，”看着王后伤心欲绝的样子，我不禁有点心软，“王后也收敛自己的野心吧，不要再让巴国人自相残杀了。”

听完我的回答，王后无比绝望，“皮君，你太天真了，以为这样做祭司就会放过你，岂不知一山难容二虎，有你在，对祭司父子始终都是一种威胁，待罕宝顺利继位后，祭司便会腾出手来对付你，很快就会安排你去祭虎，你……你现在悬崖勒马还来得及。”

“谢谢您的提醒，可是我已经无法回头了。”

“皮君，难道你真舍得就要到手的权力，舍得本后？”说完，王后又猛扑上来抱住我的腰，泪流满面。

我于心不忍，喃喃道：“谢谢王后这段时间的关心和照料，但我只能让你失望了。”

见我心意已决，王后猛地松开双手，退后两步，凶相毕露，“唉，为了你的病，本后还真花了不少心思，离开我，你会很难受的，想想最近一段时间自己身体中的异状吧，不久以后，你将生不如死。”

听完王后的话，我没有惊慌，朗声答道：“知道你在给我治病时做了手脚，但我自信有足够的勇气战胜它，不会像巴王一样受你支配的。”

“可惜已经晚了，”王后狞笑起来，“你以为本后的茶和酒是那么好喝的吗，岂不知本后在茶酒中早已种下蛊毒，只不过现在还是初期，到蛊毒侵入心脏和脑髓的时候，就有得你受了。”

听完王后的话，暗自心惊，怪不得体内感觉有虫蚁在爬动，麻痒难耐，原来是蛊毒在作祟，但此时此刻，我又怎能服软。于是，我淡然一笑，答道：“我自信能战胜它。”

刹那间，王后又换了一副面容，哀求道：“如果皮君能幡然醒悟，重新考虑和本后合作，本后可以给你提供解药，继续共谋大事。”随后，王后有意将波涛汹涌的乳房挺至我眼前，“除此之外，还可与本后同床共枕，享受本后的甘醇美酒。”

我摇摇头，答道：“谢谢你给我留下的纪念品，这会使我常常想起你，至于说甘醇美酒，你还是自己留着慢慢享用吧。”

至此，王后彻底死心，咆哮起来，“胆小鬼，你会后悔的，本后会让你死得很惨，所有背叛本后的人都会死得很惨！”

第三章

巴国重器

我闭上双目，等待那虎牙咬断我的脖子，虎爪撕裂我的胸膛，很快，立刻，我将变成一个真正的死人……

祭虎

虽然拒绝了王后，但我的心绪却被扰乱了。

自进入巴国以来，除了罕宝，对我最好的就要算王后了，尽管她是为了一己之私，但确实让我体会到了无比的快乐，现在我这样决绝地对她，是不是有些过分？还有，王后声言在我身上种下蛊毒，虽然时间不长，但我已感受到它的厉害，如果就这么跟王后决裂，那就永远失去了祛蛊的机会，也许过不了几年，自己就会变得跟巴王一样老态龙钟，萎靡不振，那我活在这个世上还有什么意思。

犹豫不决中，一个声音又在耳边响起：皮兆寅，你怎么如此优柔寡断，你一个人的命运，跟整个巴国的命运比起来究竟孰轻孰重，你可一定要想清楚。再说了，你身上的蛊毒又算什么，以外界高超的医术而言，还不是药到病除。

于是，我开始静坐练功，不多会儿，纷乱的心绪逐渐平复下来。

又是一个月圆的日子，谁将会成为白虎的美餐呢？

中午时分，纳莫神色慌张地来到宾室，拉着我的衣袖便往外走。随他到达铜匠坊，发现罕宝和扎格都在，罕宝脸色苍白，黯然呆坐在那里，见了我也不言语。随后，龙格道出了事情的缘由——今天一早，从王宫传出话来，王后说廪君昨晚托梦给她，天空中飞翔的巫鸟是白虎的敌人，是灾祸之兆，这巫鸟是丽雅招来的，为了消灾避难，必须将丽雅祭虎。

心如蛇蝎的王后，终于开始了疯狂的报复行动，现在是丽雅，说不定下一个目标就是我。

既然已与王后撕破脸皮，再去求她也无济于事。要想救丽雅，唯一的希望寄托在祭司身上，他毕竟是罕宝的亲爹，而且与王后处于对立面。

目前，丽雅只是祭虎的候选人之一，不是还有另外六个人吗，占卜的结果很难预料，不一定就是丽雅，如果祭司事先做点安排，丽雅是有希望安全脱身的。

我将自己的想法告诉了罕宝，并答应马上去找祭司想办法。但如此一来，大家把拯救丽雅的希望都寄托到了我的身上。

对于我的造访，祭司十分客气，热情地问我担任“射事”之事考虑得怎样了。我一时答不上话来，这事我早已忘得一干二净了，只想早点离开绝谷，摄政王都不当了，还考虑这射事做什么。

“还没做出决定吗，不过这事也不用着急，可以慢慢考虑，趁这段时间好好学习巴语，作为廪君使者，如果不能熟练运用语言，怎么在巴国理政呢？”到了这个时候，祭司还有心思开玩笑，看样子，他并没把丽雅作为祭虎人选放在心上。心想，他毕竟是罕宝的父亲，在这件事情上，恐怕不得不考虑罕宝的感受。

但是，我还是有些不大放心，于是追问道：“听说丽雅被选去祭虎……”

祭司诡异地笑了，调侃道：“原来是为这事，怎么使者又关心起丽雅来了，如果你当初答应娶丽雅为妻，就不会有这么多事情了。”

听完祭司的话，我心念一转，连忙躬身行礼，说道：“如果敝使现在答应娶丽雅为妻，可以将丽雅从祭虎的人选中排除吗？”

祭司轻蹙眉头，答道：“祭祀廪君的人选，都是由长老会认定的，岂可儿戏，至于说最终由谁来献祭，也不是老夫说了算，看卦象吧。”

听祭司这么说，我心里镇定了点，深鞠一躬道：“只是希望大人能够放丽雅一马，这都是王后捣的鬼，她也只是王后的牺牲品。”

祭司脸上浮现出讳莫如深的笑意，答道：“一切自有天意，如果丽雅命不该绝，她自然会好好地活着，到那时，使者再履行承诺不迟。”

祭司的回答虽然模棱两可，但根据他最后一句话来分析，似乎丽雅的性命已可保。于是，我连连点头应诺，随后，告别祭司。

回来的路上，碰到丽雅的父亲尕登吉洞主，他刚去内宫找王后求情，可是被王后骂了出来，这会儿正准备赖着脸皮去求祭司，见我从祭司家出来，便问丽雅的情况，我便将与祭司的谈话以及自己的判断告诉了他，洞主才笃定了点。

回到铜匠坊，又将自己与祭司的交谈告诉了罕宝等人，并由此判断丽雅可保，大家才松了口气，趁此机会，大家就在铜匠坊吃了点东西。

天色渐黑，已有许多人朝祭虎厅汇聚，路上又遇见了祭司一派那四位洞主，他们主动迎上来同我打招呼，虔诚地向罕宝敬礼，所有的迹象都在显示着好的征兆。

王后云鬓高绾，长裙曳地，嘴角漾起冷冷的笑意，在望见我和罕宝的时候，脸皮抽动了一下，显出了深深的眼袋。

依噶并没化妆，一脸默然，憔悴了许多。

巴王一如既往的苍老呆滞，脸皮耷拉着，双眼无神。

大王子没来，只有小王子被一个侍女抱在怀中，憨憨地看着人群。

仪式跟上次没有什么两样，祭司身披长袍登上了祭台，祭台前是七个赤身裸体的男女，跪坐在炭火后，丽雅也在其中。

丽雅的头低垂着，倾泻的长发遮住了苍白的脸和丰满的胸部，看不出表情。与其他六个瑟瑟发抖的人相比，丽雅一动不动，仿佛是一尊雕像，洁白透明的皮肤在火光的映照下闪烁着象牙的光泽。

祭司念动咒语的过程中，罕宝一直紧攥着我的胳膊，指甲深深地掐入我手臂。

“砰”的一声闷响，丽雅面前的卵石首先爆裂开来。

见此结果，我顿时一阵天旋地转，呆若木鸡。

罕宝紧咬住嘴唇，怒目圆睁，忽然大叫一声，一口鲜血喷吐出来，昏厥过去。

丽雅仍然一动不动，仿佛期待着这一刻的来临。

她站立起来，径直朝石床走去，半透明的身体在火光的映照下熠熠生辉。

随后，她转过头来，眼望着倒下的罕宝，露出关切的眼神。

突然，丽雅笑了，一种幸福的无怨无悔的微笑，若圣洁的天使。

愕然之中，忽然觉得此刻的丽雅是那么美！

接下来的事已目不忍睹，我和龙格、纳莫、扎格费力将罕宝抬入铜匠坊，失落无以言表，悲伤挤压得人无法呼吸，心中激起对祭司和王后强烈的恨意。

我太天真了，竟以为祭司会救丽雅一命，却没想到丽雅的死正是祭司求之不得的事。这样一来，便永绝了罕宝反悔的后患，又可起到杀一儆百、以警世人的功效，可谓一举两得。难怪祭司极力撮合我跟丽雅结婚，其真实目的也是为了斩断罕宝和丽雅的情丝，而我却完全没有领会过来，一味从罕宝的角度考虑问题，酿成大错。

可他并没有认识到罕宝对丽雅的爱有多深，常言道：虎毒不食子。祭司这样做，表面上是爱护罕宝，实际上是把他往绝路上推，这一点我比祭司更了解他自己的儿子。

良久，罕宝悠悠醒转，目光呆滞，口中喃喃着丽雅的名字，悲恸欲绝。直到第二天清早，罕宝再一次醒过来，虽然面色苍白，眼睛里却放射出奇异的光。

随后，罕宝很平静地同我告别，并没有丝毫责怪我的意思，可从他异常的平静中，我感觉到了一种火山爆发前的悸动。

果然，不祥的预感很快得到证实。

第二天，传出惊人消息，王后在内宫里身首异处，其状惨不忍睹。

与此同时，罕宝、龙格、纳莫和扎格神秘失踪。

这样的结果，既在我的意料之中，又在意料之外，然而，事态发展得如此迅猛，如此血腥惨烈，是我始料不及的。

我开始痛恨自己的选择。无论是跟王后合作娶依噶为妻，还是听祭司建议娶丽雅为妻，都不会是这个悲惨的结果。我的所谓忠诚和友谊反而害了罕宝，害了依噶公主，当然也间接害死了丽雅和王后。

初来绝谷的时候，以为这是一个风平浪静的世界，地球上最后一块净土。我曾对它满怀憧憬，充满幻想，却不料它比谷外的世界更加残酷，更加血雨腥风。

难道是因为我的乱入打破了这里的平衡？

一个与世隔绝的世界难道真的不能允许“外来人”的侵扰？

该走的都走了，我也该准备自己的行程了。

离开了扎格和纳莫，由龙嘴穿越已无可能，好在我早做了备案。

可不幸的是，第二天，我的脚被毒蛇咬伤了，虽然没有致命，但整个左小腿肿成了大腿。当然，再也别指望药师会来给我治疗，只有自己草草包扎了事。如此一来，我需要拄着两根拐杖才能走路，这是我事先请龙格打造好的，我在这个绝谷中的最后一项发明。

第三天，几个武士将我“护送”至外宫占卜大厅。

“使者，老夫为谷中发生的不幸感到痛心，这一切皆因你而起。”祭司尽量克制自己的愤怒，保持平静的语气说话。

我没有客气，针锋相对道：“这种惨痛的结果正是由你一手造成，如果丽雅不死，事情完全会两样！”

祭司怒道：“罕宝的出走同丽雅没有丝毫关系，完全是受了你的妖言蛊惑。”

我摇摇头，答道：“我答应过大人说服罕宝留下来，与依噶公主结婚，继承丞相祭司之位，并且已履行了自己的诺言，是你一意孤行，欺骗了我和罕宝，非要置丽雅于死地，才把事情弄到这种地步。”

大概是觉得有些失态，祭司迅速调整了语气，冷笑道：“罕宝的出走老夫并不太担心，年轻人出去闯荡闯荡，明白世界的险恶，吃吃苦也好，老夫相信他终究会回来的。”

但此时，我却无法控制自己的愤怒，说道：“做梦去吧，是你亲手夺去了罕宝的至爱，无异于成为他的杀妻仇人，他会痛恨你一辈子的。”

我的话起了作用，祭司青筋暴涨，怒不可遏，但他还是控制住了自己的情绪，假意叹了口气，“使者，老夫曾对你寄予厚望，可你却十分的冥顽不化，现在事情弄到这个地步，你打算如何收场？”

“我会离开这里，永不回来。”

“哈哈哈哈哈……”祭司突然放声大笑起来，逼视着我，厉声说道：“谷中出了这么大的事，身为廪君使者，你难辞其咎。”

“大人想怎样？”

“你到谷中已两个多月，巴国的一切已了然于胸，放你出谷，等于放虎归山，谷外都是巴国的敌人，得知这一情况，群起而攻之，我巴国岂不要遭受灭顶之灾。”说到这里，祭司忽然冷笑起来，“除非……”

"除非什么？"

祭司阴笑道："除非你到深涧对岸去向廪君请罪。"

听完祭司的安排，我暗自舒了一口气，这对我来说并非最坏的结局，为了这个结果，我已作好了充分准备，但是，我还是要装出无可奈何的样子，答道："看样子，敝使只有到廪君那里去诉苦了。"

祭司冷笑，"你即为廪君使者，却不尊廪君圣意，为谋权力富贵，与王后一伙勾结，挑动巴国内乱，罪大恶极，按巴国律，本应受肢裂油烹之罚。"说到此处，祭司忽然停顿下来，微闭眼睛，脸皮抽动，似乎在犹豫挣扎，良久，才又说道："之所以令你去对岸请罪，亦因你是廪君使者，吾等不便僭越处置，至于你这个使者是真是假，廪君自有圣断，望使者心生感念，一路尊重。"

听完祭司一席话，我不仅没有生出感念之心，反而觉得无比恶心。这个阴险狡诈的老东西，先前谎称我为廪君使者，乃是想收为己用，以加强其统治实力。而当知我不为所用之时，便痛下杀手，必欲除之而后快。但若以肢裂油烹之刑处置我，则既有僭越之嫌，又留下出尔反尔之口实。而令我去到深涧对岸请罪，也是死路一条，如此一来，既能置我于死地，又能向巴国人民交代，他这个杀人于无形的如意算盘便可得逞，岂不是两全其美。

见我面露不屑，祭司又长叹一声，"可惜使者不念老夫苦心，一意孤行，酿成今日之大错，实乃罪有应得，而王上经此事打击，已卧床不起，三个月后，大王子将登基继位，同时，老夫亦将娶公主为妻，我们的后代，将成为未来的丞相祭司，对于这样一个结果，不知使者有何感想？"

听完祭司的话，我心如刀割！

可怜的依噶，虽然贵为公主，却不能把握自己的婚姻，嫁给自己不爱的人，而且还是嫁给这个阴险狡诈的糟老头子。而这一切的一切，都是因为我的优柔寡断和出尔反尔，才造成了这样一个不可挽回的惨局。

至此，我也终于明白，原来尕多日就是祭司安插在王宫内的奸细，怪不得祭司那么自信，那么胸有成竹了。

我的请罪之行被安排在第二天傍晚，随行的还有祭司、尕多日、哈木坎以及另外四位洞主，表面上是送行，其实是监督我自入虎口。好在我是廪君使者，又是去向廪君请罪，再加上脚伤行动不便，所以用不着喝迷酒。祭司的这一点疏忽，为我留下了一线生机。

深涧边的吊桥缓缓放下来，涧那端是白虎居住的地方。

初秋时节，谷中的风带着丝丝凉意。

我依然穿着入谷时的服装，随身戴着覃婉丽送的护身符，然后就是两根赖以行走的拐杖——我在巴国的最后一项发明。

其中一根拐杖是灌满灯油的火把，用它来照明，至少可以燃四五个小时；另一根拐杖则是一支双管猎枪。而能够造出这把神奇的拐杖枪，则完全得益于父亲的那支双管猎枪，而我对它的熟悉程度，完全不亚于父亲。

早在一个月以前，我已经开始精心绘制图纸，交与龙格打造，离开的时候，刚好完成，各个机械部位都运转良好，还特别测试了击发装置。当然，我还制作了四颗子弹，其中两颗已经上膛。本来还打算将龙格打造的佩剑一并带上，但祭司说这是对廪君的大不敬而予以扣留，可他哪里知道，真正大不敬的是我手中这根造型奇特的拐杖。

现在，您可能还猜到，所谓被毒蛇咬伤，也只不过是我自编自导的一出苦肉计，咬痕是用陶坊的颜料画出来的，而肿胀的小腿只不过是用羊皮层层包裹后的效果，这样一来，便可以堂而皇之地使用拐杖行走。

向死而生

月亮从山坳间升上来，苍凉而神秘。月光透过高高的绝壁洒下来，凄冷地弥散在崎岖不平的山谷中。深涧中的吊桥已悬在空中，退路已经断绝，当然，我也从没想过会有退路。

对岸是祭司和洞主们的身影，此时，他们正目送我走过深涧，一道寒光从祭司的眼中射出来，使衣着单薄的我更觉寒意。

经过两个多月暗黑生活的磨砺，我的视觉和听觉已变得异常敏锐，虽然谷中的光线很暗，可我却如履平地。

走了一段之后，在一块大石背后坐下来，确信祭司和洞主们看不见，卸下两根拐杖靠在石头上。先解开“肿胀”的左腿，里面裹着一柄小刀、两个火石和两颗子弹。

用小刀把拐杖头上的两个铜盖撬掉，整理下枪托和枪栓，将剩余的两颗子弹放在探险装的口袋里。此时，我还不打算点燃火把，一来谷中的光线勉强够，火把主要是留待洞穴中使用；二来怕祭司发现，率领洞主们来追击，引来不必要的麻烦。

接下来要做的事，是找到通往谷外的通道，全力搜寻出谷的山洞。拐杖火把只能燃烧五个小时，必须保证尽量不犯错误。还有一个更严重的考验，如果遇到老虎怎么办，虽然有把双管猎枪，但是否能应付四只老虎还是个未知数，而且还没有准星，不知道卡不卡膛。

一切的想法都是多余，反正我都已经是一个“死了”的人，再死一次又何妨。想到这里，我已心无所惧。转身望去，已不见祭司和洞主们的身影，他们肯定觉得我已是虎口之物，放心地回去了。

脚踏在凸凸凹凹的鹅卵石上，前行的步子不能迈得太快，以防崴脚。仔细观察谷壁下的灌木丛，搜寻可疑的山洞，不敢过早点燃火炬，依靠自己的摸索探了两个洞，都很小很浅，退出来继续找寻。

就这么探了几个洞下来，感觉不是办法，得认真思考下——

跟随老外探洞总结出来的经验，喀斯特地貌洞穴的形成，水的作用至关重要，只有通过水流的不断溶蚀下切，才可能形成深远的溶洞，但水又不能太大，否则就不能够走人了。所以说，能够通往谷外的溶洞，一定是一个有水而又不多水的洞子，但是要探长洞，就必须点燃火把。

想到这里，再不犹豫，揭开一根拐杖的管口塞子，拉出引信，又撒上点火药，使劲摩擦火石，一会儿工夫，火花点燃了引信，火苗“轰”的一声蹿了出来。

接着开始了又一轮探洞的历程，在火把的照耀下，发现一个洞口，离地面有一米多高，一股涓涓细流从中流淌出来。

不出所料，这个洞子很深，水流在弯弯曲曲高低不平的洞底流淌，洞穴时宽时窄，洞壁四周，间有钟乳悬挂或耸立，十分美丽壮观。然而，这个时候哪有心情去欣赏洞景，凭着洞壁边的台地，疾步向前。走了很长一段路，还看不到尽头，但这样反而使我兴奋，因为洞子越深，表明通往谷外的可能性越大。

走着走着，忽然感觉有一阵寒风拂面而来，寒风中，还裹挟着一种奇怪的声音，像是某种动物的喘息。

会是老虎发出的声音吗？想到这里，身上顿时起了一层鸡皮疙瘩。怎么办，退回去还是继续前行？退回去就意味着功败垂成，而迎上去则不免与老虎遭遇！

越往前走，那声音愈觉清晰，凭直觉，我认为是两只幼虎发出的，像是遇到危险或陷入困境而发出的求救的呼叫。

难道是幼虎遇到了危难？

照理说，在这种地方，老虎是不可能有天敌的，怎么会发出这种奇怪的声音呢？

来不及犹豫，我决定放手一搏。

火光照亮了前方，眼前的场景完全出乎意料——两条蛇，准确的说是两条巨蟒，足有八九米长，身段差不多有水桶粗，此时此刻，正与两只幼虎缠斗在一起。其中一条巨蟒已经缠住了一只幼虎，而另一条巨蟒则与另一只小虎对峙着，身上有被幼虎咬伤的血痕。

被巨蟒缠住的幼虎拼命挣扎着，但却被巨蟒越缠越紧，发出的叫声也越来越弱，另一只幼虎急了，想要冲上去救同伴，但被另一条巨蟒挡住去路，无可奈何中，只能发出愤怒的吼叫。

真是天助我也。此时此刻，我可以什么都不做，只需绕过巨蟒和老虎继续前行，便有很大希望走出山洞，重见天日。就目前的情势来看，巨蟒获胜的几率较高，而当它们获胜并吞下两只小虎之后，恐怕再没有必要来纠缠我。

然而，刚走出几步，我却停下了脚步，忽然有个奇怪的念头驱使我做出一个不可思议的决定——干掉巨蟒，救下小虎。

瞩目而视，被巨蟒裹缠的幼虎已经奄奄一息，巨蟒的大口已然张开，正朝幼虎的头上罩去。我急忙将拐杖火把插入石缝中，架起拐杖枪，瞄向那正准备吞噬幼虎的巨蟒，扣动扳机，“嘭”的一声，枪响了，很庆幸，没有卡膛。

巨蟒和幼虎都被这突如其来的巨响震呆，我自己也呆住了，望向那缠住幼虎的巨蟒，它肚子上裂开一个窟窿，鲜血奔涌出来，一时间，洞内充满血腥之气。我心中大喜，又将枪管瞄向另一条巨蟒。

然而，就在这个时候，几块石头掉落下来，而其中一块正好砸中火把，火把一歪，倒在地上，一时间，我失去了准心。忽然间，一条黑影向我扫来，那是巨蟒的尾巴，我慌忙闪躲，在扭动身躯的同时扣动了扳机。

这次不太走运，子弹没能射中扑过来的巨蟒，闪念之间，我迅速拔出裤袋中的小刀，迎向那巨蟒做近身肉搏。在我将手中刀划向巨蟒身体的同时，巨蟒的下半截身体已经裹住了我。我屏住气息，连续用刀插入巨蟒的身体，然而，大病初愈的我并没有多大力气，几刀下去也没有什么效果，相反，那缠裹的力度却越来越强。逐渐，我的血液上涌、头脑发涨、呼吸艰难，眼睛充血似要爆裂出来。

完了，没有死在王后的石榴裙下、祭司的阴谋诡计下，也没有光荣地战死在跟老虎的搏斗中，而是死在这么个肮脏丑恶的巨蟒身下，成为它的腹中餐，真是好不甘心！

忽然，迷迷糊糊中，觉得被紧裹住的身体有些松动，睁开眼来，发现一只幼虎正死死咬住巨蟒的脖子，巨蟒在拼命挣脱的同时放松了缠裹我的身体。

求生的欲望再次点燃，攥紧刀，用尽全身力气，一刀一刀插入巨蟒的身体，再输出全部内力，划下去。那巨蟒白花花的肉便在眼前一槽槽裂开来，鲜血喷涌而出，刺鼻的腥味使得我胃液翻滚，不禁大口呕吐起来。

又划拉了一阵，巨蟒的身体完全松弛下来，进而瘫软于地——死了。

推开缠绕在身上的巨蟒，捡起被扫落的拐杖枪，从皮囊中掏出两颗子弹便往枪膛里灌，随后，再次举起拐杖枪。

此刻，受伤的幼虎已苏醒过来，趴在那里喘息着，它的哥哥或姐姐用舌头不断舔它的身体，嗷嗷地哀号着。

要干掉两只幼虎，正是时候。

然而，不知是何种心念作祟，我又犹豫起来——心想，好不容易把幼虎从蛇口中救出，怎么忍心再将之射杀。再则，幼虎又从巨蟒口中救下了我，有相互残杀的必要吗？

正犹豫着，寒风又至，这次不是来自前面，而是来自背后，寒气直侵入心脾。

回过头来，顿时惊呆！

两只大虎站在我身后，正瞪着眼睛怒视着我，有两对尖牙的嘴巴不断开合着，呼呼地喷出热气。而此时的我，已经完全忘记了手中的拐杖枪，心脏怦怦地就要跳出喉管，裤裆里一片潮湿——不知是蛇血还是自己的尿液。

心念飞转，也许再过几秒钟，自己将葬身虎口。

突然，那公虎昂身而立，将前爪搭上我的肩膀。

可此时此刻，我眼前出现的却不是老虎，而是一个身披虎袍、手握长矛的蛮族原始部落首领——廪君。

但廪君的身影只是一闪，又变回了白虎！

我闭上双目，等待那虎牙咬断我的脖子，虎爪撕裂我的胸膛，很快，立刻，我将变成一个真正的死人。

而我死后会有魂魄吗？

如果有，会变成什么？

老虎或者蛇或者牛马猪狗？

或者变成一棵树，一根草，一片云？

然而，我的脖子没有迎来灼热的痛，胸口也没有遭受撕裂的伤。

公虎已经变回了四足着地的正常姿势，两只幼虎在它身边哀哀地低叫，似在为我求情，而大虎看见瘫在地上的巨蟒，似乎也明白了刚才发生的事情。真庆幸没有向幼虎开枪，看来好心终有好报，哪怕你救下的是凶恶的猛兽，你也可能会因祸得福，吉人天相。

神奇的事情就这样发生了，那公虎再次走近我，但眼神中已没了杀气，接着，它将头伸过来，开始舔我沾满鲜血的手。当老虎长满肉刺的舌头刺痛手臂的时候，我不由得又是一惊，那虎是闻不得血腥味的，这血腥味会不会触发它的兽性，迷惑它的心智？

我一动不动，连心跳似乎都停止了！

然而我所担心的事情没有发生，那公虎舔完我的手，又去舔幼虎身上的血，舔它的脸、它的嘴，最后是一家人相互地舔来舔去，洞子里洋溢着一种诡异的欢乐气氛。

我放下心来，老虎的这种舔舐，就是我们的握手、拥抱和亲吻。

此时，久违的梦境又在眼前闪现，似在启发我做出更大胆的举动。懵懵懂懂中，我伸出手来，试着去抚摸着幼虎的背脊，嘴对嘴吻起它长满刺须的唇，而幼虎也把我当成了朋友和救命恩人，在我的抚慰下摇头摆尾。

此时此刻，不知道是我变成了老虎还是老虎变成了人。

接下来的发展令人惊喜，那老虎似乎能读懂我的心思，它缓步走过来，抵抵我的腰，然后摆摆头，朝洞穴深处走去。我跟在虎群后面，开始有心情观察洞中的景致，洞穴中时不时会出现一个大厅，钟乳石密布，形态各异，比魔鬼洞和巴王洞中的景观更为旖旎。小溪潺潺地流淌，变成和悦的音符，若曼妙的乐曲，荡漾着我的心旌。

大虎走一段会停下来等我，我这才想起自己的处境，加快了脚步。

大约经过两个小时，前方传来“哗哗”的水声，再前行一段，突然看见了来自外界的亮光，顿时激动万分。

爬过一段陡坡，一个鱼嘴般的洞孔呈现出来，洞外是哗哗流淌的瀑布。

此时，白虎一家站在洞口等候着我。

待我走近，那公虎再次站立起来，前爪搭上我的肩膀，用唇部轻触我额头，似是在跟我道别。我轻拍虎头，喉管中发出一种奇怪的颤音，忽然之间，恍惚自己也变成了一只老虎。接着，更神奇的事情出现了，那大虎似乎明白了我的意思，匍匐在地，打了一个滚，随后又站起来，用脖子摩擦了几下我的腰部，退身而立。

至此，告别仪式进行完毕。

走出洞口，是一条窄窄的石缝通向外面，石缝外是一道壁立的深涧，灌木杂草掩盖下，有一条窄窄的羊肠小道，借着藤蔓的辅助，我得以摸索到深涧的顶脊。

此时，皓月当空，山风迎面吹来，湿透的身体冷得瑟瑟发抖。回望洞口，被瀑布严严实实地罩住，而小路也被丛生的杂草和灌木遮挡，地势险绝，人兽难入，谁又会想得到这悬崖峭壁之上，竟然隐藏着一个通向神秘之境的洞子呢。

看着陡峭的山梁，猛然明白过来，原来那幅羊皮图所标示的位子，正是这个虎洞，也就是说，羊皮图根本就不是什么藏宝图，而是进入绝谷巴国的路线图。

藏宝图忽然变成了路线图，心中多少有些失落，但九死一生后的我还是感到无比庆幸，毕竟自己再一次逃离了死神的魔爪，忽然觉得，原来外部世界是如此美好。

找一块平整的大石坐下，将绑在身上的拐杖枪卸下来，仰望星空，微闭双眼，呼吸着谷外寒冷而清新的空气。

回首往事，两个多月的时间本不算太长，但却像经历了几个世纪，而我的心似乎也一下苍老了好多。不过又一想，一个人可以在如此短的时间内经历男女之爱、朋友之情、宫斗之恶、猛兽之险。虽然有些残忍和伤感，但亦属难能可贵，此生不虚度了。

感叹之后，我开始寻找下山的路，然而山道险绝，根本没有路。

我一只手举着火把，一只手拿着拐杖，分拨开灌木和荆棘，向山下蹚去。

不知走了多久，天蒙蒙亮的时候，到达兴隆镇。

啥都没了

当我敲开冬瓜的房门，当冬瓜看见我的一刹那，整个身体便剧烈地颤抖起来，接着，他腿一软差点瘫倒，好在我眼疾手快，扶了他一把，才不至于一屁股坐在地上。

当感受到我手掌传出的热度，冬瓜才镇定了一些，随后，他一把拨开我的手臂，破口大骂起来——

“狗日的小虎，你龟儿太不够意思啦，悄悄溜了不说，还无缘无故失踪两个多月，成心吓老子是不是，你我两兄弟，即使不经常在一起，可过个十天八天总要通个电话，可老子打你电话，却一直关机，莫不成老子哪里得罪了你，让你恁个不待见，好心给你介绍个女朋友，还不是想你龟儿早点儿结婚生娃儿，你就是不愿意，也用不着躲老子啥。”

见冬瓜怒气冲冲、咬牙切齿，我岂敢插嘴，便递上一支烟，想让他消消气，可冬瓜却一掌将烟打落于地，继续责骂：“对了，说到女朋友，自你龟儿不声不响走了之后，覃婉丽天天到我这儿来打探消息，老子不胜其烦，就告诉她你龟儿死了，没想到只过了两天，探险队那边真的传来消息，说龙桥暗湖淹死了一个人，老子当时就蒙了，认定你龟儿去当龙王女婿了，伤心了好一阵子，你倒好，一声不响又回来了，还把老子吓得个半死。”

原来，冬瓜从夔城返回的当天，也就是我坠入暗湖的第二天，就曾去天地游客栈找过我，听蒋老板说我不辞而别了，当时冬瓜并不十分在意。可是后来覃婉丽又向冬瓜打听我的去向，冬瓜就想打个电话骂我一通，可没想到电话却一直关机。再后来又风闻探险队在考察暗湖的时候淹死了一个人，冬瓜才慌了，经多方打听，说死的是一个山城来的大学青年教师，据此，冬瓜便认定死的人一定是我。而经过两个月之后，我却突然出现在他面前，其惊恐和愤怒自然是难免的了。

当然，我无法向他解释自己为什么不辞而别，为什么一失踪就是两个月，我今天来找冬瓜，只是想第一时间告诉他自己还活着，另外，还想约他一起去趟天地游客栈。

骂了一会儿，冬瓜也累了，但气还没顺，横眉鼓眼地望着我。我只好再递一支烟给他，又低眉折腰地给他点火，这次他没有拒绝，但嘴里却嘟囔道：“狗日的，你回来干啥子，莫非后悔了，又想让老子给你牵线搭桥，告诉你龟儿，休想！”

我苦笑，没有答话。

离开冬瓜饭庄，来到天地游客栈。

蒋老板初见到我的时候，自然也吓得不轻，好在是大白天，又有冬瓜这个活宝压阵，蒋老板才镇定了些，可当我问起那三件东西的时候，他脸色忽然变得不自然起来，磨磨唧唧半天，才吞吞吐吐地说道：“哦……这个……我想起来了，是……专门给你收着呢。”

说完，蒋老板便从柜台下拿出我的背包，可里面只有洗漱用具和几件换洗衣服。见没有那三件器物，我顿时不安起来，便问道：“我要的是寄存在你这儿的那几件东西，而不是这些东西。”

此时，蒋老板的脸色又青一阵白一阵，“噢，那几件东西嘛，被……被我卖给几个收旧货的了。”说完，便从钱包里抽出一沓钱，装模作样地数起来，“喏，既然你回来了，这……这是卖东西的两千块钱，也应该退还给你。”

听完蒋老板的话，我如遭雷击，只觉得心口一阵剧痛，半天说不出话来。我千辛万苦寻到的宝贝，心中的无价之宝，要知道这几件东西的市场价至少在三百万以上，如果再附加上特殊的历史背景，稀有的存量，则三件东西加起来可能达到上千万的价值，被人家两千块钱就打发了。

更重要的是，这几件东西，我本想把它带回山城，亲自向董老师汇报这个假期的考察成果，向他炫耀自己超额完成的田野考察任务，让他在离世之前能为自己的弟子感到骄傲，可是，这些都在顷刻间化为泡影。

冬瓜见我只顾发呆，着急起来，忍不住出手相助，“狗日的蒋老栓，人家寄放在你店里的东西，你啷个不经本人同意就卖了呢，再说了，那几件东西可都是古董呢，至少值两万，你怎么可能两千块钱就出手，明显是糊弄老子撒！”

蒋老板瞥冬瓜一眼，摸着山羊胡子说道：“那几件东西，我本来是没打算处理的，可……可后来听说皮老师出事了，这……这才打开来看，也没觉得好值钱，正好湖北来了几个收旧货的，我一想这都是没主的东西了，所以才把它卖了，还以为两千块钱很划算呢。”

冬瓜又骂道：“狗日的蒋老栓，你龟儿把老子当哈巴儿糊弄呢，皮老师说过，那几件东西可是值大钱的，估两万块已经是便宜你啦，如果不肯拿够钱，就给老子把东西还回来！”

此时，蒋老板已恢复了镇定，瞪眼望着冬瓜，“皮老师在寄放那些东西的时候，自己都说不值几个钱，凭啥到你嘴里就值两万块，冬瓜，你娃才来三角坝几天，就敢耍起横来，你不妨去左邻右舍问问，老蒋我是不是吓大的。”说到这里，又偷瞥我一眼，忽然放缓了口气，貌似很担心地问道：“皮老师，您脸色好苍白，是不是病了？”

我双手扶住吧台，深吸一口气，双眼定定地盯着蒋老板。此时此刻，如果还有力气的话，我一定会扑上去掐住他的脖子扭成个麻花。

冬瓜见我全身筛糠似的发抖，急问道：“小虎，莫非那几件东西远不止两万块？”

我紧闭着眼睛，没有搭话，过了好一阵，才挪步到沙发边，一屁股坐下去，双手抱头直喘粗气。冬瓜连忙来到我身边，一边掐我的人中，一边对蒋老板吼道：“狗日的还傻站在里面干啥子，赶紧找一瓶十滴水来啊！”

见我这个样子，蒋老板也有点慌了，嘟囔道：“不好意思，我真不晓得那些东西对您很重要，要不，我多赔您些钱吧。”说完，又装模作样地数钱，见冬瓜狠狠瞪着他，又放下钱，在柜台下一阵倒腾，拿出一瓶清凉油来，走出柜台递给冬瓜。

冬瓜打开瓶盖滴几滴在手上，接着就往我太阳穴上抹，被我一把按住，憋足气说了两个字：“算了！”

权杖和神琮被贱卖了，再也要不回来了！

这打击让我心力交瘁，此时此刻，真可谓万念俱灰。

巨大的失落扑面而来，心痛的同时，一阵奇异的瘙痒开始侵扰身体，这种瘙痒，不是在皮肤表层，而是在血管中涌动，令人抓狂。冬瓜见势不对，再也顾不得跟蒋老板理论，赶紧叫蒋老板开个房间。

被冬瓜搀扶着进入房间，倒头便睡，浑浑噩噩也不知睡了多久，醒来的时候，冬瓜已不在身边，只得倒头又睡，可一闭上眼，覃婉丽的身影便浮现在眼前，挥之不去，于是，我只好睁开眼睛看着天花板发呆，可看了一会儿，天花板上又出现依噶的面容，我又赶紧把目光转向墙壁，但盯得久了，王后的脸又从墙壁里冒出来。

如此几番，只觉得气血翻腾，冷汗直冒。不得已，只得起身打坐，过了一会儿，终于有所好转，但瞌睡已经全无，便索性走出客栈，在街上信步。

初秋的高原，已颇具寒意，街上少有行人，只听见关门闭户的房屋内传出宫斗剧的对白或综艺节目的嬉闹声。抬头望天，月亮高悬在夜空，冷冷地注视着人间正在发生的闹剧，此情此景，忽然觉得有些滑稽——就在这月光之下，十多公里外的绝谷中，竟然在上演着一出与电视里相似的宫斗剧。而我，就在两天之前，还是这部宫斗剧的男主。

现在，我出来了，巴国内的宫斗似乎也告一段落，然而，似乎有一个声音还在不断提醒自己——皮兆寅，这并不是最终的结局，你的使命也还没有完成。

走着走着，身后忽然传来一个清脆的声音，“喂，小虎哥，真的是你吗？”

闻声转头，赫然发现，覃婉丽站在不远处。

“我……”突然见到覃婉丽，一时之间竟不知说些什么。

覃婉丽望着我，眼睛瞪得老大，但却没露一丝怯意，只见她走近两步，莞尔一笑，“你可能觉得奇怪，我啷个会在这里，见到你一点不害怕。”

“是啊，我死而复活，你恐怕没想到吧？”

“我没想到的是，皮老师消失两个月之后，今天突然出现在这里，竟然还是一副酸相！”覃婉丽不仅不害怕，还扑哧一声笑出声来，“几个小时前，还一直以为你是个死人，如果不是冯老板告诉我……”

真相大白，我说呢，作为铁哥们的冬瓜，居然在我病重的时候悄然离开，原来是给覃婉丽通风报信去了。而覃婉丽守在这里，恐怕也是受冬瓜的指使，想到这里，心中不由升起一阵暖意。再看覃婉丽，瘦了不少，肤色也变白了一些，由此显得眼睛更大。

见我怔怔地望着她，覃婉丽忽然叹了口气，怅然道：“小虎哥，既然你没有遇难，为啥不告诉我一声，害得我好担心，难……难道是再也不想见到我了？”

我连连摇头，“我没有理由不想见到你。”

覃婉丽翻个白眼，“那又为啥不辞而别呢？”

“我……”

“算了，你不想说，我也不好意思追问。”覃婉丽摇摇头，撅撅嘴，“我只是觉得，你这个人好神秘，你来三角坝，究竟想干啥子？”

我想干啥子？

面对覃婉丽的责问，我真想立即回答“就是为了你”，可是这句话却无法说出口，因为我还没从依噶之痛中走出来，最关键的是，我心里隐隐约约有一种暗示——自己就是一个灾星，跟着我的女子都会受到伤害。

“如果这个问题也让你感到很为难，那就不说了，反正我也要离开三角坝了，我俩今后也难得见面了。”见我沉默不语，覃婉丽脸现哀怨之色，叹口气说道：“碰到你这样的人，算我倒霉好了。”

“离开，怎么你不当导游了？”

覃婉丽摇摇头，沉思片刻后说道：“导游还是要当，只是想换个地方。”说到这里，见我没有什么反应，覃婉丽眉头轻蹙，面带嗔意，“在这儿傻站着说话，还不如找个地方喝两杯，不知皮老师意下如何？”

又见艾曼纽

覃婉丽突然改变对我的称呼，令我感到很诧异，也很失落，正不知怎样应对，覃婉丽已做了决定，“前面街角就有个酒吧，进去喝两杯，今天我请客。”

望着覃婉丽恳切的目光，我哪敢拒绝，便点了点头，随她来到一个叫“398”的酒吧，刚来到吧台，就看见一个熟悉的身影——艾曼纽。而艾曼纽也看见了我，然后就目不转睛地盯着我，由惊恐转为惊喜，接着，她高呼起来，“皮，原来你还活着，这……这太令人……难以置信啦！”

与艾曼纽的不期而遇，让我有些手足无措，一时之间，不知该如何应付。而当看见艾曼纽的一瞬间，覃婉丽也阴沉了脸，警觉地瞪视着艾曼纽。而艾曼纽完全没有在意我的窘迫和覃婉丽眼中的敌意，还在顾自兴奋着，“刚刚还跟威廉叔叔谈起你来，还一个劲儿的惋惜呢，没……没想到你会突然出现！”

这时，才发现艾曼纽身旁站着个老外，此刻，正用惊奇的目光打量着我，口中说道：“刚才你提到那个神秘消失的中国人，就是他吗？”

“对，就是他！”艾曼纽打量着我，眼珠子瞪得老大，似乎还没回过神来，“皮，那次探洞，你忽然就不见了，大家都以为你掉进暗湖里淹死了，可没想到过了两个月，你竟然突然出现，这究竟是怎么回事，皮，你可得给我解释一下。”

面对艾曼纽期待的目光，我暗暗叫苦，转眼看覃婉丽，她的脸色已经变得极其难看，为此，我不得不借故抽身，说道：“很抱歉，我要跟这位小姐谈点事情，至于为什么不辞而别，改日再跟您解释吧。”

“不，你今天就得给我解释清楚，”艾曼纽连连摇头，显出很着急的样子，“因为我明天就要离开这里，下一次来还不知什么时候了，而且我刚跟威廉叔叔提到了你，他也对你的遭遇感到很痛心，但没想到的是，你居然能死而复生，太令人感……感到惊奇！”

说话间，威廉已经伸出了手，“哦，原来你就是皮先生，爱娃常在我面前提到你，对你夸赞备至，还为你的不幸遇难伤心难过了好一阵子，你可不能让爱娃太失望哦。”

话音未落，艾曼纽便一把拉住身边的老外，笑道：“对了，忘了给你介绍，威廉叔叔是大英博物馆东方部的研究员，对巴蜀史也很有研究呢。”

至此，我不得不象征性地与威廉握了下手，“对不起，今晚确实不能奉陪，改日再来向您讨教。”

说完，拉了覃婉丽的手，想转身离开。但覃婉丽脚下却像生了根似的拉不动，气鼓鼓地说道：“小虎哥，你搞清楚，这儿是我的国家我的地盘，凭啥子要躲他们。”说完，反拉着我朝里面走去，于一角落坐下，点了两瓶红酒，不由分说，一人先倒上一杯，口中说道，“小虎哥，你老实告诉我，是不是喜欢那个外国女人？”

我赶紧声明，“想哪里去了，我怎么会喜欢她。”

“就怕你是口是心非，”覃婉丽冲我翻个白眼，“其实你喜欢谁都跟我没关系，我只是觉得这个女人不适合小虎哥而已。”说话的时候，覃婉丽露出满脸不屑的样子，接着，她举起酒杯，轻轻碰了一下我桌子上的杯子，“不说这些烦心事啦，来，喝酒，第一杯为我们有缘相识，先干了。”说完，仰起脖子一口喝光。

我迟疑一下，也把杯中酒干了。

接着，覃婉丽又端起了第二杯酒，瞥我一眼，“第二杯为你的复活，也为我们再次相遇。”说完，又一仰脖子把杯中酒喝光。

我没有马上喝酒，口中说道：“这种喝红酒的方式，是不是太生猛了些？”

覃婉丽又翻个白眼，“我们土家族人不管喝啥子酒，就是这种方式，你爱干不干。”

我苦笑，不得已，又把第二杯酒喝了。

覃婉丽马上又赌气似的倒满第三杯酒，举起杯子，黯然道：“这第三杯，为我们有缘无分，再干了。”

我见覃婉丽情绪不对，便去夺她酒杯，口中劝道：“有话好好说，有酒慢慢喝。”见我的手伸过来，覃婉丽拿酒杯的手往后猛一缩，酒便从杯子里飞出来，直泼到后座客人身上。那客人立即站起身来，怒道：“哪个婊子在这儿撒野，活得不耐烦啦！”

还没等我反应过来，覃婉丽已愤然回击，“啥子老子儿子的，没教养。”

那客人怒了，伸手就来抓覃婉丽衣服，我赶紧迎上来，接住他伸过来的手臂，一扣一扭，那手臂就到了他身后，痛得嗷嗷直叫。坐他对面一小弟伸手拿起桌子上的西餐刀，朝我扑过来，我赶紧把手上这位往身前一挪，挡住了他的攻击。

被我扭住手臂的客人使劲拽过身子，拿手来掐我脖子，被我往前一推，扑倒在餐桌上，沾得满脸的菜汁。那小弟立马又手持餐刀，往我腰肋刺来，我侧身后仰，撩起一脚踢中他腹部，那家伙杀猪似的号叫起来，我这才松开手，眼看着两个家伙骂骂咧咧地走了。

经过这一场，心头觉得晦气，便劝覃婉丽早点离开，没想到她竟然将杯中酒倒满，径自往嘴里灌，就这么连干了两杯，一瓶酒已经喝光，接着，又来倒第二瓶酒，红着眼说道：“皮老师，我恨你！”

眼见得这样喝下去不是个办法，只得起身来拉覃婉丽，正在这个时候，传来喧哗声，五六个家伙气势汹汹地直奔我而来，领头的正是刚才被我羞辱的两位，口中骂道：“就是这个小白脸，竟敢在老子的地盘上勾引良家妇女，兄弟伙，给老子朝死里扁！”

我赶紧退后一步，抄起坐下椅子，准备应战，却没料到艾曼纽忽然挡在身前，“明明是这个姑娘勾引皮老师，在这里惹是生非，你们怎么乱冤枉人。”

艾曼纽的乱入，令这帮家伙暂时停止攻击，为首那人说道：“洋妞儿，这不关你的事，一边儿玩去。”另一个也叫嚣道：“别以为你是外国人，老子就不敢动你！”

“他是我朋友，怎么不关我的事。”艾曼纽不买账，依然挡在我面前，那家伙大怒，伸手就是一耳光，但那手掌还没落到艾曼纽脸上，就被一只毛茸茸的大手抓住，随即是一声惨叫——转眼间，那家伙的“爪子”上已经插上了一把餐叉，鲜血直流。

原来是沙克突然出手，在他身后，还站着威利和沃克，他俩的目光，却落在了我身上。也许是在我和覃婉丽喝酒的过程中，艾曼纽通知了他们我还活着，所以他俩的眼神并没有表现出多少惊愕。

挑事的混混们见几个高大威猛的外国人前来助阵，顿时就泄了气。正在这个时候，酒吧里又有人喊“条子来啦”，混混们便一哄而散。

沙克、沃克和威利的及时出现，帮我解了围，但覃婉丽并不买账，尤其当我向艾曼纽表达谢意的时候，更是让她受不了。尽管我只是出于礼貌，但覃婉丽还是怒气冲冲地走了，我待要追上去，却被沙克伸手挡住了去路，“对不起，皮先生，在没有解释清楚死而复生的原因前，你现在还不能走。”

一看见沙克毛茸茸的手，我心中顿时怒火万丈，情不自禁地就用上了覃婉丽那句话，“你搞清楚了，这可是我的国家、我的地盘，凭什么要听你的！”

沙克也发火了，“皮先生，你也要搞清楚，如果不是我们出手相助，你可就要在自己的地盘上栽跟头了！”

威廉接着说道：“皮先生，他们坚持您留下来，只不过是想听您解释一下神秘消失的原因，听爱娃讲，当时您坠入暗湖把大家都吓坏了，为了找到您，还组织了打捞，后面的探险活动也被取消了。”

艾曼纽又插嘴道：“可是我们都没想到，你居然神奇的死里逃生，今天又突然出现在这里，所以大家需要你解释一下也是合情合理的。”说到这里，艾曼纽又瞥了沙克一眼，“沙克挽留的方式也许有些粗暴，但心情可以理解。皮，不如这样吧，就我俩单独聊一会儿，跟你商量一件十分重要的事，希望你不要推辞。”

我有些犹豫，此时，威廉又说话了，“皮先生，爱娃要谈的事，与你的神秘失踪无关，希望你能给我们，同时也是给你自己一个机会。”

但我还是摇头，“对不起，不管什么事，恐怕我都不能帮到你们。”

艾曼纽耸了耸肩，“皮，你都没听我讲，怎么知道不能帮到我们呢，再说，这本是一件互惠互利的事，总得要了解一下再做决定吧。”

看着艾曼纽恳切的目光，我只得答道：“那么，我们找个地方谈谈吧。”

艾曼纽点点头，莞尔一笑，“皮，这才是绅士应该有的风度。”

最后，我和艾曼纽来到一间茶楼，我要了一杯绿茶，正襟危坐。艾曼纽也要了一杯速溶咖啡，凝视着我，笑而不语。

等了一会儿，艾曼纽迟迟不开口，我只得先说话：“请问艾曼纽小姐，您要跟我商量什么事情？”

艾曼纽浅啜一口咖啡，含笑答道：“皮，你当初为什么要救我？”

没想到艾曼纽会提到魔鬼洞的事，我有些尴尬，嗫嚅道：“当时那么危险，如果我不出手相救，你可能就被大水冲走了。”

艾曼纽点点头，“我一直都很感激你，但出于与生俱来的骄傲，当时没有及时向你道谢，这恐怕就是你不喜欢我的原因吧。”

艾曼纽的话，让我顿感十分的不自在，便用生硬的口气说道：“对不起，如果是谈这件事，恐怕我要告辞了。”

艾曼纽抽出一支烟点上，仍然含笑望着我，“请别误会，我今天约你，并不是要向你表达什么爱恋之情，也不是急于跟你谈合作的事，而是要谈谈我的身世。”

“你的身世？”

“对，我的身世。”

“这和我又有什么关系？”

艾曼纽深吸一口烟，缓缓地吐出来，沉思片刻后说道：“请问你有没有看过一位中国考古学家的小说，书名叫《古峡迷雾》。”

“您是说童恩正教授那本《古峡迷雾》吗？”

艾曼纽点点头，随即皱起眉头，“那本小说中，有一个重要人物，叫史密斯，而那个史密斯，原型就是我曾祖父，只不过童恩正先生的小说，因为当时特殊政治背景的需要，做了很多歪曲性的描写，甚至把他的国籍都改了，变成了一个美国文化特务。”

“您是史密斯先生的曾孙女！”我惊呆了。

“是的，我是他的曾孙女，威廉叔叔是他的小孙子。”

原本以为《古峡迷雾》只是童恩正先生杜撰出的一本小说，没想到其中的人物竟然都有原型，而小说中的大反派还是实名实姓，更没想到的是，现在他的重孙女就坐在我面前，这令我大为惊讶，不由得说道：“这个我后来才理解，其实《古峡迷雾》还有一个版本，在那个版本中，史密斯先生变成了一个苏联特务。”

“中国的事情真有趣，竟然可以根据某种需要而改变一个人的国籍。”说到这里，艾曼纽耸了耸肩，“其实曾祖父是一个醉心于巴国历史的探险家，在英国有很多拥趸。”

“可这跟我有什么关系呢？”显然，艾曼纽的身世吸引了我，但我却不想跟她产生什么瓜葛，装出很淡定的样子。

“皮，曾祖父虽然跟你没有什么关系，但我跟你有关系啊！”艾曼纽望着我，露出狡黠的笑容，“因为我要继承曾祖父的事业，完成他未了的心愿。”说话的时候，艾曼纽不停拨弄着杯子里的小勺子，“根据曾祖父的推测，巴国在灭亡之前，很可能在某处开凿了一座地宫，而地宫之中则埋藏了一批宝藏，我想要跟你合作，寻找到巴国地宫和宝藏。”

“地宫和宝藏！”

“对，寻找巴国地宫和宝藏，这是史密斯家族的使命，”艾曼纽点点头，蓝色的眼珠闪射出异样的光芒，“由于你的学识和奇遇，对我们破解这个谜团会带来莫大帮助，所以，如果你愿意与我们合作，史密斯基金会为你提供一笔不菲的研究经费，并且这笔经费可以由你自由支配，除了查阅资料和购置相关设备外，甚至可以用它来买车买房。”

再探暗湖

我没有答应与艾曼纽合作，但是她提出的假设令我心动，特别是失去了权杖和神琮之后，我有些不甘心，希望能找到一批巴国文物向董老师交差，了却老人家的心愿。所以与艾曼纽分手之后，我立即拨通了冬瓜的电话，希望他能提供一只橡皮船，明天再去探一次暗湖。

冬瓜先是骂了我一通，说我真是鬼迷心窍了，但最终他也没能抵挡住宝藏的诱惑，答应了我的提议。同时，他还推荐了一个叫松哥的业余探险发烧友，说只有他能够提供所需要的探险器材。

第二天中午，松哥如约来到兴隆镇。与松哥一同上山的还有一个叫“闷墩儿”的小伙子，高高瘦瘦、机机灵灵的，跟闷墩儿这个称呼似乎很不相称。随车而来的还有一大堆设备，除橡皮船外，探险装、头盔、扩张器、扣环、升降器、工兵铲、射钉枪、卡钳、吊滑轮、望远镜、氧气瓶、对讲机以及 GPS 定位仪等等一应俱全，甚至还有一套潜水装备，一点不比外国人的装备逊色。

交谈中，得知松哥和闷墩儿在同一家企业上班，工作十分轻松，上一天班可以休息三天，又没有女朋友，为了打发时间，便与几个志同道合的朋友开了一家户外用品店，自己也因此成为探险发烧友。

吃过中饭后，租了个面包车，装上设备，四个人一起前往龙桥。

松哥和闷墩儿都是江湖人士，也是一对活宝，一路上侃天侃地，净谈些乱七八糟坑蒙拐骗的趣事，倒也让我听得津津有味。

最有趣的是老鼠赛跑的故事——

七根两米长的透明管子，七只白老鼠，分别放置于七根管子之中，管子底部隐藏有通电的细铜线，还有一个遥控器，分别控制七根管子铜线的电源开关。

因为管子小，老鼠只能往一个方向跑，最先跑出来落在网兜里的老鼠获胜。

闷墩儿管遥控，冬瓜维持秩序，松哥收钱。

夔城人好赌，城乡皆如此。

老乡们各自选择自己心仪的老鼠押钱，最后才是庄家选老鼠，最先跑出管子的老鼠获胜，也就是押对了老鼠的收其他人钱。

最初一切顺利，无论赌客们选多肥多壮的老鼠，总是庄家老鼠获胜的次数多，有的人不甘心，抱一只恶猫来，放在自己选定的老鼠管子面前，那老鼠受恶猫的惊吓，飞也似的往前蹿，竟然比通电管道里的老鼠跑得还要快。

其他人也纷纷效仿，于是不得不重新制定规则，以后不论谁选定的老鼠，都不能拿猫来恐吓，这样一来，又赚回不少钱。

但是不多久遥控器坏了，赌客们先把肥壮的老鼠选了，剩下一只最瘦弱的留给庄家，赚来的钱很快就赔光了，赶紧收摊。

听松哥讲完，我郁闷的心情也得以缓解了些。

快到暗河石壁前的洞口时，却发现已有人先一步到达，一共有四个人，除沙克、威利和沃克外，还有一个亚裔老外，此时，他们刚刚穿好探险装，正准备进洞。

见此情景，我赶紧吩咐松哥和闷墩儿在一块大石后躲起来。松哥和闷墩儿哪知我和老外之间的纠葛，说这是中国人的底盘，怎么会怕这些外国人，要不给兴隆镇老大打个电话，搬点人来当后援。我便随意编了个借口，吩咐他们不要打草惊蛇，耐心等候。

然而，这一等就是两个多小时，我倒耐得住性子，冬瓜、松哥和闷墩儿却待不住了，说与其这么耗着，还不如去附近农家吃个午饭再来。我想也对，便吩咐他们三个先走，吃完后给我带两个烤红薯。

很快，又过去了两个小时，洞口还是没有动静，我也有点儿沉不住气了，如果里面真的藏有巴国宝藏，等那些外国人都弄走了，我们再去岂不是扑个空。不行，得想个办法截住他们，便给冬瓜打了个电话求援。

又过了一个小时，松哥和闷墩儿先一步回来，果然给我带了两个烤红薯。

吃完烤红薯，洞口也有了动静，老外们陆陆续续走出了洞口，但并没有急于离开，停留在洞口叽哩哇啦地争论，凭直觉，那个亚洲面孔的是个日本人。

又等了一阵，老外们才收拾行装，匆匆忙忙往回走。

我还是不大放心，吩咐闷墩儿留下来照看装备，自己和松哥远远地跟在后面。

刚爬上坡道口，就看见俩武警拦在路边，那架势，像是在检查毒品贩子。老外们的情绪显得很激动，大声与武警争辩起来，但双方的交流显然不是很顺畅，直到一个武警抬起了自动步枪，老外们才变得冷静了些，一个个乖乖将背包搁在地上，一层层打开，将里面的东西捣腾出来摊在武警面前。武警翻检了一下地上的物品，似乎不大放心，又亲自来翻老外的背包，里里外外看得仔细，仍然是一无所获，便不耐烦地挥挥手，示意老外们离开。

等老外们走远，冬瓜忽然从林子里钻出来，嘴里骂道："狗日的，不要说古董，连一块破砖头都没找到。"随后，又瞥我一眼，嘟囔道："狗日的小虎，以后干这种事儿，先把情报拿准些，免得情欠下了，还没搞着，划不来。"

听完冬瓜的话，既高兴又失落。

高兴的是老外没有盗掘偷运国家文物，失落的是暗湖中可能并没有藏匿巴国宝藏。但既然来到了这里，怎么也得进去看个究竟，这样也好对大家伙儿有个交代。

初秋季节，天气转凉，水温更低，暗河中水也变浅了。进洞不久，就看见娃娃鱼蹿来蹿去，冬瓜心痒起来就想下手擒拿，被松哥劝阻了，说还是找宝藏紧要些。

闷墩儿是个好奇心很重的家伙，问我为什么觉得这个洞子里有宝藏，我便告诉他，两千多年前，曾有一支巴国部落在这一带神秘消失，与其同时消失的，还有一批宝藏，外国探险家不远万里来到这个偏僻的地方考察，其真实用意很可能就是奔着这批宝藏来的，刚才那几个老外虽然没有带出来文物，很有可能是他们还没有寻到，所以我们还有机会，即使这个洞子里没有，但也可能隐藏有宝藏的线索。

见我说得煞有介事，门墩儿和松哥就来了精神，这时，冬瓜又插嘴道："这个倒有可能是真的，前些时候，我跟小虎还在天坑里发现了一堆骷髅，还有一个青铜器，可惜……"

闷墩儿急问道："可惜啥子？"

冬瓜叹气道："可惜被小虎哥寄放在蒋老栓那里，被他贱卖了。"

闷墩儿大惊，"原来上个月三峡考古队在天坑中发现的那批文物，最先是你和皮老师发现的？"

冬瓜哭丧着脸，点点头。

闷墩儿又转向我，问道："啷个恁个重要的东西，啷个把它寄放在客栈呢？"

还没等我回答，冬瓜抢先答道："狗日的，不晓得他打的啥子主意，恁个值钱的东西，啷个不放老子这儿。"随即，似乎想起了什么，瞪我一眼，"对了小虎，被蒋老板卖掉的那几件东西，究竟值好多钱哦？"见我只是苦笑，冬瓜又追问道："难道不止两万块？"

我无言以对，只有闷声往前走。

再次进入暗河，水位下降了不少，到达暗湖的时候，感觉水面也缩小了，湖岸边的台地已高出湖面很多。

划行了一段距离，猛然发现，在暗湖的左侧，有一股旋涡，心想，这旋涡之下，恐怕就是吸我入绝谷的洞口了，心中不免一惊——要是沙克等人发现这个洞口并寻迹而下，岂不……

到达对岸，踏上一片平缓的坡地，见坡地上有很多凹槽，纵横交错成一个正方形，像是原始人类打造的房舍柱坑。接着，又在坡地边的洞壁上，发现了很多刻画，有动物的图案也有各种图形文字，而这些图案和文字显然已被老外们清理过，特别醒目。

仔细数了下，有三十六个图形文字和五种动物图案，分布在面积约十平米见方的范围，图形文字显然就是巴蜀图语，五种动物分别是虎、蛇、熊、狼、鹰。

闷墩儿见我仔细观察这些图案，有些不解，问干吗不直接寻找宝藏，而是对着这些涂鸦发愣。我便告诉他，既然老外已经来找过，并没有发现什么东西，说明宝藏隐藏得十分隐秘，而这些图案很可能是解开隐藏宝藏的密码。

闷墩儿立马拿出照相机，支上三脚架，打开聚光灯，煞有介事地拍起照片来，嘴里嘀咕道："这个图形，有点像诸葛亮摆的八阵图。"

听他这么一说，我便退后几步，放眼看去，只见五种动物图案位于画面中心，其中老虎居中，蛇、熊、狼、鹰分布其周上下左右四个方位，然后图形文字又分列在其周围，确实有点像伏羲八卦。

我便问闷墩儿道："怎么，你认得八阵图？"

闷墩儿答道："我哪有那么高深的学问，是不久前参观白帝城博物馆的时候，看见过这样一个模型，所以有印象。"

松哥摇头道："不对啊，诸葛亮摆八阵图是在三国时期，而皮老师说这些图形是古代巴人画的，至少有两千多年了，比三国要早好几百年呢。"

闷墩儿撇嘴道："谁告诉你八阵图是诸葛亮创造发明的，文王演周易，有三千多年了，也可能巴人早就会用啦。"

松哥无语，闷墩儿又接着说道："《封神演义》里面就有各种阵法的排布，很可能牧野之战就使用了八阵图，巴人正是在那个时候学会了八阵图，然后诸葛亮又从巴人那里剽窃了八阵图，而夔城正好是诸葛亮摆水八阵的地方呢。"

听闷墩儿这么一说，虽然有些牵强，但还真不敢小瞧了他，巴人助武王伐纣，这事我已通过巴国太庙的壁画加以证实，那么巴人是否会摆八阵图，还真说不清楚。

继续朝前走，洞顶变得越来越低，洞壁也越来越窄，也没有看见岔洞，再勉强前行十来米，路断了。

回到橡皮船上，沿暗湖右岸划行，有意绕开那个水洞，洞壁上也没有出现岔洞或其他可疑的痕迹，看看时间不早了，只好打道回府。

没有找到宝藏，大伙儿都有点沮丧，出洞的时候，我只好放弃自己生态保护的原则，配合冬瓜捉了几条娃娃鱼。

夷陵追踪

一无所获地回到山城，才知道董老师已经走了，就在七天前。

探望过陈姨后，我回到学校，在自己的房间为董老师做头七——用硬纸板立了个牌位，将董老师赠送的笔记本摆在书桌上，它们的左右两边再摆上拐杖枪和拐杖火把，点上三炷香插在一个“宣炉”上，行完三跪九叩之礼后，大哭一场。

本以为这趟奇遇，可以给董老师一点交代，甚至带给他一些惊喜的，然而，他却永远不给我这样的机会了。

接下来一段时间，老是心神不定，常做噩梦，甚至还出现梦游，头痛、血热、手抖、心律不齐等症状接踵而来，严重的时候万虫钻心般难受。我只好去看医生，医院为我做了全方位的检查，什么 B 超、CT、核磁共振，能做的检查都做遍了，并没有发现明显的病因，只是在血液中发现了一种没有见过的成分。

医生给我开了一些止痒药和抗病毒冲剂，吃下去会好一点，但一个星期之后，效果就不明显了，得加大剂量才能控制住。

我又去看了心理医生，医生采用了催眠法和脑波检测仪进行诊断，说我有强烈的臆想症，睡梦中不停地叫着一些人的名字和说着稀奇古怪的话，检测仪中也出现了大量不能识别的乱码，如果单纯从心理学的角度治疗，难度很大。

于是我又请中学同学——在西联医院当办公室主任的赵幽兰为我申请

了一次专家会诊，专家们建议我住院，做一个疗程的“神经性障碍阻隔及心理纠错”治疗，采用中西医药物加催眠相结合的疗法进行治疗。

所谓“神经性障碍阻隔及心理纠错”治疗，就是每天上午输两个小时的液，无非是抗病毒和增加免疫力之类的一些药物，下午跟心理医生聊两个小时的天。

我的心理医生是个六十多岁的老太太，应该是退休之后返聘回来的，估计也是闲得慌没事干，难怪不收我治疗费。她聊的话题跟我始终不在一个频道上，便只好跟着她胡言乱语，最后，老太太又觉得我有轻微的神经错乱和狂躁症，落荒而逃。

于是，医院只好提前结束治疗，安排我出院。

出院后要做的第一件事——追查权杖、神琮和铜戈的下落。为此，我取出了自己所有的存款，去二手车市买了辆牧马人，接着，便向夔城驶去。快马加鞭地赶到兴隆镇，先来到天地游客栈。

蒋老板再见我，怪难为情的样子，又提出赔偿我三千块钱。我强压住心中的不满，向他打听那几个收旧货的情况。

蒋老板见我不收钱，装出怪不好意思的样子，硬塞给我一支烟点上，才开始介绍情况——来收货的是三个湖北人，两个五十来岁，一个三十来岁，口音像夷陵一带的，其中有个腿有点瘸，还有个秃顶，有只眼睛好像是假的；年轻的个子不高，很敦实，手腕上纹了一条龙，像混社会的。

我追问道：“有没有留下电话啊？”

蒋老板连连摇头，“哪有啊，当时只顾关心讲价去了，谁还想到再跟他们联系啊，再说，也没想到你会回来拿这些东西。”

线索有了，但无异于大海捞针，无奈之中，便给冬瓜打了个电话，约好在夔城冬瓜饭庄见面。于是，我又开车回城，一见面，冬瓜就问我跟覃婉丽发展得怎样了，我心中很是失落，支吾道：“这段时间有很多事情要处理，没工夫……”

还没等我把话说完，冬瓜便猛捣我一拳，状极愤怒，“狗日的小虎，你龟儿眼睛是不是长后脑勺去啦，恁个漂亮的女娃竟然视而不见，老子警告你，你龟儿再推三阻四的，老子就介绍给别人啦！”

我硬着头皮答道："感情这东西，讲缘分的，是我的跑不了，不是我的捞也捞不来。"眼见冬瓜又要发怒，我赶紧转移话题，"不说这些烦心事了，我跟单位请了几天假，准备到夷陵去一趟，你有空没得，一起走一趟。"

"去夷陵干啥子？"冬瓜斜眼看着我，问道。

"想把蒋老板卖掉的那几件东西追回来。"我答道。

"狗日的，你老实告诉我，那几件东西究竟值多少钱？"

我伸出食指和中指，冬瓜惊讶道："二十万！"

我摇摇头，答道："两百万。"

"两……两百万！"冬瓜眼珠子一下瞪得溜圆，张开的嘴巴久久不能合上。

"应该值这么多，这还是保守的估值。"我嗫嚅道。

"狗日的，恁个贵重的东西你啷个把它放在蒋老板那儿！"冬瓜瞪眼望着我，恨得牙痒痒，"蒋老栓那龟儿，出了名的奸商，这一单，他至少赚了十万，不行，老子得马上去一趟三角坝，找他龟儿讨个公道！"

"找他没用的，"我连连摇头，"一来他可能真不知道那几件东西的价值，确实只卖了两千块钱，二来即使卖出了高价，无凭无据的，你怎么跟他讨公道？"

"狗日的小虎，你他妈硬是个书呆子！"冬瓜急得直跳，恨不得扇我两耳光，"你寄存在店里的东西，他没经过你同意就私自倒卖了，这件事，无论如何都是蒋老板的错，放在哪里都说不过的。"

"那你打算怎么办？"

"啷个办，不用你操心。"冬瓜狠瞪了我一眼，继续说道："就恁个说定了，你先去夷陵找线索，我去三角坝找蒋老板理论，三天后在夷陵会合。"说完，冬瓜在手机通信录上一阵搜索，复制一个通信页面给我，"这个是夷陵高总的电话，如果在那儿遇到啥子麻烦，就去找他，只要说是我的朋友，一般都会给面子的。"

夷陵的大而繁华令人吃惊，要在这茫茫人海中寻找三个人真如大海捞针。我只好先将酒店订下来，行李放好再做打算。

先从哪里入手呢？

考虑再三，决定把目标锁定在古玩市场。

夷陵古玩市场位于夷陵广场中间一条南北向的小巷里，小巷两边大约有四五十家店铺，以经销瓷器为主，奇石字画有一二十家，杂项有四五家，专门经营玉器的有两三家。另外还有一些摆地摊的，诸如旧连环画、旧人民币、古钱币等等。在这样的市场，多半还是以赝品和现代仿古的工艺品居多，要淘到真东西估计难度大。

先到一家玉器店找线索。目测了一下他店中的陈列品，真是五花八门，样样俱到。从原始古玉器到明清挂件玉佩再到缅甸翡翠都有。一个瘦瘦的中年男人见我进店，忙站起身来，又是递烟又是倒茶，待我站定，便迫不及待地介绍柜架上的宝贝。

我先让他拿一件红山文化的古玉器来端详，店老板便喜形于色，大夸我是识货的人，并喋喋不休地推荐起来，“老板，你看这材质，标准的老岫玉，再看这沁斑，多自然，绝对不是染上去的，再看这土锈，刚出土不久的，绝对靠谱。”一口气说了一大堆，观察着我的反应，见我表现出感兴趣的样子，又补充道：“是那边的考古队员顺出来的东西，来得便宜，你如果想要的话，这个数。”说完用右手拇指和食指比了个“八”。

我没理会他的唠叨，仔细观察这玉猪龙，玉质是没有问题的，造型也还靠谱，但轮廓过于锋利规整，明显现代机床加工出来的，而所谓“沁斑”，只不过选用了一块带杂色的岫玉边角料，玉料内生成的杂色石晶粗看还真有点像沁斑。再看穿孔，很顺直的一个正圆形，也是明显用机床上的管状工具一次钻出来的，为了模仿原始玉器的喇叭形穿孔，而在孔口周围做了一点扩展，内径却是十分的一致。

我虽然不是文物专家，但因为参加过几次文物鉴定培训，自己又买了很多书来钻研，这些低仿的东西还是看得出来的。

店老板见我沉默不语，又用拇指和小指比了个“六”，“这样吧，六万，不能再少了，实在是朋友急需用钱，这东西转个手就可以净赚两三倍，机不可失。”

我手托“猪龙”，装着犹豫的样子，“实不相瞒，我这次是受朋友之托，想买点巴文化的古玉器，朋友正在筹备一个巴文化博物馆，玉器方面比较缺乏，比如这类东西。”说完，将自己事先画好的廪君权杖柄图样递给他看。

店老板看了看图纸，使劲摇头，“从来没见过这东西，看起来像根骨头，叫啥名字啊，恐怕不好找。”

虽然早料到的结果，但还是有点失望，只好对他说道：“这样吧，如果有人来售卖这样的东西，或者你知道哪家有这件东西，就立即通知我，会给你介绍费的。”

“那是一定的，”店老板点点头，但仍不死心，继续推销他的红山“玉猪龙”，“那眼前这件东西呢，真是件靠谱的好货呢，要不要再考虑一下，价钱还可以商量。”

沉思片刻，我答道：“这样吧，我拍张照片，发给朋友问问。”

店老板露出失望的眼神，接着说道：“拍照可以，但不要说出处哦，您知道这个来路的东西，是不能让官方知道的，生意做不成不要紧，影响了朋友的前程和我的饭碗事大。”

拍完照片，留下电话，离开玉器店，又来到一家杂项店。因为是杂项店，所以玉器、陶瓷器、金属器、牙角器、宣炉、钱币、铜镜、鼻烟壶什么的都有点。毫无例外，东西大多是赝品，偶有一两件真东西，也只不过是些不值钱的民间用具。守店的是一个老头，见我进店，并没有起身，装模作样看一本线装老书。

我只好主动点，要老板拿一件清末的五彩帽筒看看。老板见我要的第一件东西比较靠谱，脸色就和悦了些，开始上下打量我，但并不急于开口推销。

看完这件帽筒，又拿了件巴式铜戈来看，却是件赝品，但仿得还算逼真，只是皮色和锈迹露出了破绽，铜皮是用强酸腐蚀了的青黑色，锈是新染上去的，漂浮而艳俗，便交还给他，问有没有这一类的真东西。

老板看我像个识货的主，迟疑片刻，慢吞吞走进里屋，不一会儿，拿出一件报纸包着的东西来，展开一看，是一柄柳叶剑。此剑呈黑绿色，有氧化生成的银锈，与强酸腐蚀的效果大不同。我在龙格的铜匠坊已见到镀水银的剑身，所以经过两千年氧化后就应该是这个样子。另外，剑身两侧有排列整齐的凹坑，剑尾部还刻有掌心纹，这些特征都是巴国的标志，种种迹象表明，这是一把真剑。

老头见我看得仔细，不断点头，知道是个行家，于是伸出两个指头来。

“两万块？”我问道。

“二十万。”老头又用两只手的食指相交比了个手势。

“太贵了，能不能少点？”我继续演戏，为后面的内容做铺垫。

“货真价实的东西，没得少。”老头不为所动，连连摇头。

“我是受朋友委托，帮他置办点巴国文物，尤其是玉器，但具体价钱自己做不了主，请问您能不能帮个忙？”说完这段，接着便把先前跟玉器店老板的话如法炮制一番。

老头不置可否，当我提出拍照时，老头皱眉道：“如果您做不了主，就叫您朋友亲自来看。”说完，将那剑用报纸裹起来放回柜子中。

一计不成，我又心生一计，将绘有三件器物的图纸拿出来铺在柜台上，“老人家看看有没有类似的东西，价格好商量。”

老头看到图纸的时候，面皮抽搐了一下，神情显得十分怪异，沉吟片刻后答道：“不晓得，没有见过这种东西。”

高总

悻悻然回到旅馆，洗完澡后，又感觉身体麻痒酸痛，赶紧吃药，接着，又打坐练气，过了一会儿，痒痛才有所缓减。

第二天早上，醒来后躺在床上，想起离谷前王后那诡异的笑，以及她宣称在我身上种下的蛊毒，初时并不在意，心想出谷后，凭借现代医学技术，怎么也能把它治好，可现实却不是那么回事。看来，要消除病根，还得找到根治蛊毒的解药。

可是王后已死，向谁去要解药呢？

对了，王后的父亲药师一定会有解药。

但找药师要解药就必须回到地缝绝谷中，这是我极不情愿的事，一想到依噶幽怨的眼神就心酸，再一想到祭司阴鸷的眼神就不寒而栗。况且，即使冒险入谷找到药师，他也不会待见我，因王后的死，我也有逃不脱的干系，此刻，说不定正恨我入骨，巴不得我自投罗网，在“解药”中再加点料，那可真是求生不得求死不能了！

——这条路，想都不敢想！

眼前，找到失去的权杖、神琮和铜戈最是重要。若能找到这三样东西，尤其是廪君权杖和神琮，有了这个重要的信物，以廪君使者的身份重新进入绝谷或有可能。可是在夷陵已经待了两天时间，夷陵广场的各种古玩店也都寻遍了，仍然没有发现一点线索，以至于我再去的时候，引起了店主们的警觉，都以奇怪的目光看我，再也不肯拿来路不明的东西露脸了。

无奈之下，才想起冬瓜给的电话号码，不如换个渠道试试。电话接通后，听说是冬瓜的朋友，对方倒还热情，约好下午在他开的“九鼎茶楼”见面。我便下床洗漱，收拾完后就在酒店附近的小街上吃了一顿“早中餐”。

所谓茶楼，实则是个麻将馆。老板叫高建中，长得肥头大耳，穿一件中式对襟衣，左手臂上戴块硕大的欧米茄，右手臂上戴了串紫檀珠，脖子上还套了串蜜蜡珠，大圆头上只中间部分留了一撮头发，十足的土豪样。

茶楼的装修有些不伦不类，厅道中和搁架上放了些瓷器紫砂等工艺品。包房名称倒还取得风雅，什么“水云榭”“松鹤轩”“鹿鸣阁”之类，看来是个喜欢附庸风雅的主。

高总把我领进一间叫“古韵斋”的包间落座，说是自己接待私人朋友用的，一般不对外。屋子里的装饰和物件更讲究些，有各种紫檀、鸡翅、酸枝等红木家具，还有一个根雕的功夫茶台。靠里墙摆放了两个博古架，一个架子上专设紫砂茶具，另一个架子上则放置了牙雕、玉器、瓷器等物件。我表现出很感兴趣的样子，顺手拿了一件青花玉壶春瓶端详起来。见此，高总一脸嘚瑟，情不自禁地夸耀起自己的“宝贝”来。

看着满架子的赝品，心中只想发笑，便不加思考，将手中这件玉壶春瓶点评起来。

“这个瓶子品相很不错，遗憾的是……”

“有什么遗憾，愿闻高见！”

“这件东西器形、纹饰都没有问题，但……”

“老弟，有什么问题，尽管说！”

“瓶子的底款是乾隆，但乾隆朝的青料用苏立麻青……”

“难道这个青料不是苏立麻青？”此时，高总神情略显紧张。

“苏青是进口料，湛蓝而深邃，色厚凝釉处有铁锈斑，”见高总听得专注，我便忍不住卖弄起来，“而这件东西用国产青，颜色浅淡发灰，是光绪仿品的特征，再则乾隆本朝的瓶子胎质细腻，罩釉透润，都是这件东西不及的。”

此时，高总的脸色开始由红变白，无比尴尬。见此状况，我忽然有点担心，便话锋一转，“虽说是光绪朝的东西，但实在是一件很好的老仿品，值得收藏。”

高总却端不住了，恨恨道：“这可是我花五十万拿来的，狗日的中介说保真的。”

我怕他过于失落，立即安慰道：“如果是乾隆本朝的东西，市场价至少是五百万，这件东西虽然不到本朝，五十万其实也值的。”

高总不语，又递给我一件掐丝珐琅器鉴别，也是个高仿，但有了刚才的教训，再不敢实话实说，模棱两可，敷衍了事。

待我把架子上的东西品鉴完，高总脸上的倨傲之色已荡然无存，不觉赞叹道：“想不到老弟还是古玩方面的专家，难怪冬瓜说你是个才子，刚才一席话，真是受益匪浅。”

我回答道：“哪里，粗通点皮毛而已。”

这倒是句实话，我这点道行也只能糊弄下高总这种土豪。但高总却把我当个宝，拍拍我肩膀说道：“老弟有这项专长，不如帮我掌眼，收到好东西，不会亏待你的。”

我谦虚道：“高总有什么需要，当弟的自然愿意效劳，只是古玩一项深不可测，万一看走了眼，让高总蒙受损失，担当不起啊。”

高总微笑道："你只管替我掌眼，实话实说，收不收是我的事，收错了不怪你。"

我答道："尽力而为吧，拿得准的就说，拿不准的您自己拿主意。"

高总不再纠缠掌眼的话题，笑道："对了，老弟来夷陵，打算怎么个玩法，要不要找个妹子陪几天？我名下还有家夜总会，调一两个美女是很容易的事。"

我摇摇头，赶紧转移话题，"谢谢高总的热情关怀，其实我到夷陵，是为了找几件东西才来的。"

"难道也是为了古玩？"高总满脸堆笑，表现出很感兴趣的样子，"冬瓜啥也没讲，只叫多关照，还以为只是来游山玩水。"

见高总已经上路，我便将图纸拿出来，切入正题，"其实我是为找这几件东西。"

看了会儿图纸，高总抬起头望着我，表情有点滑稽，"最近几天，你是不是都在夷陵广场转悠啊？"

听完高总的话，我十分吃惊，"高总怎么会知道的，难道……"

高总抿一口茶，露出了诡异的笑容，"夷陵这块地盘我还是比较熟悉的，也有些多嘴的小兄弟，再说我也算个收藏发烧友嘛。"

听高总如此说，我心中燃起希望，赶紧握住他的手，说道："那我算是找对人了，不知道高总可否帮忙？"

高总笑道："知道夷陵古玩街的摊主们都把你当什么人了吗？"

我诧异道："当成什么人了？"

高总又拍拍我肩，"当成查找一批失窃文物的便衣了。"

我无奈地摇摇头，"原来是这样，难怪他们不愿意跟我多讲话了。"

高总审视着我，虽然带着笑意，但却很锐利，说道："现在我可以确认你不是一个便衣了，警察做事不会那么干的。"

我不由得夸他一句："原来高总对刑侦也有研究！"

高总十分得意，答道："哪里，有些个警界的朋友而已。"

我说道："这几件东西就没有必要请警察出面了吧。"

高总点点头，又露出讳莫如深的眼神，答道："谁说要请警界的朋友帮忙了，警察出面，这些东西即使找到了，你还要得回去吗？"

我尴尬地笑笑，“不知道高总有什么渠道，这几件东西对我很重要。”

高总也笑笑，“肯定是重要了，但我还是有些不明白。”

我问道：“高总有什么不明白的地方？”

高总退后一步，一屁股坐在茶台上，沉默片刻，问道：“你一个大学教师，怎么会跟这些个东西扯上关系的？”

我随口答道：“在一次考察中意外发现了这几件东西。”

高总对我的答复显然不满意，呵呵道：“一次考察活动，就发现这么多好东西，老弟的运气也太好了吧。”

见高总不信，我只得把话说得明了些，“是这样的，前段时间参加了一个中外联合探险队，去天坑地缝一带考察，没想到就发现了这几件东西，实在是运气比较好。”

但我的解释似乎没有起到效果，反而越描越黑，高总的话更是充满质疑，“看来老弟跟古玩还真有缘，几时我也跟你出去考察几次，捡点荒货回来。”

为博取高总的信任，我只好将发现这几件东西的经过以及被住店老板贱价卖掉的事，一五一十地讲给高总听，最后又说道：“其实我也不一定非要收回这几件东西，只是想拿其中的一件东西去办点事。”

听完我的话，高总释然，皱眉道：“原来是这样，这么重要的东西，你怎么可以随便寄放在店里呢，老弟对这些宝贝也太不走心了。”

我苦笑道：“所以到夷陵请高总想办法来了。”

高总点头，说道：“这样吧，时候不早了，待会儿去我山上的会所吃个便饭，顺便请几个客人，帮你打听一下，但愿那三个收货的是夷陵人。”说完，叫来一个小跟班，告诉他要请吃饭的几个人，然后和我继续天南地北地闲侃起来。

差不多又聊了一个小时，高总起身，招呼我一起下楼。

茶楼门口停了辆黑色卡宴 TUPO，引擎盖是碳钢材质制作的，21 寸的铝合金轮毂和巨大的红色夹钳，显示出这是一辆价格不菲的性能猛兽。上车之后，高总不再跟我说话，拿着一个手串，不停地捻动起来。卡宴行驶不温不火，并没有展示它的性能优势，音响播放着一些网上下载的杂曲，好糟蹋这台车的高保真大功率音效。

半个小时后，到达目的地。

高总的会所，是比较简约的现代风格，设计得还有些格调。入口两侧栽满密密的修竹，一条小道弯曲延伸，道路两侧都是水景，水池中道路旁都安装了装饰灯，幽静而深远，私密性很好。不远处是一栋类似小型体育馆的建筑，就是会所了。建筑物的外墙全部用大理石，没有更多修饰，简约而奢华。下车后，随高总步行到会所大门，几个漂亮的礼宾小姐立即迎上前来，一个个笑靥如花，对高总更是格外恭敬。

进门后，有热风扑面而来，高总脱了他的长外套，交给礼宾，只着对襟中装进去。礼宾在前领路，进入一个叫“沧海阁”的豪华包房，早已有四人候在那里，见高总进来，坐在靠门的两人忙躬身而立，而这两人，竟然就是夷陵广场古玩店中那玉器店老板和杂项店老板。

二人见我跟在高总身后，顿显出惊愕的神色，在给高总递烟时，眼光却落在我身上。高总没有接烟，径直走过二人，与坐里座的两人握手致意，坐了主位，拉我坐了旁边，其余人见高总落座，才分别坐下。

高总先是给在座的人简单介绍了我，然后逐一介绍他的饭客——矮矮胖胖的叫刘洪波，是某房地产公司董事长；瘦而精悍的叫李广志，是夷陵某区的刑警支队长；杂项店老板叫“鬼谷子”，玉器店老板叫梁卫东。

寒暄的过程中，一道道做工精致的菜品依次端上来。我对美食不感冒，所以也没关心每道菜叫什么名字，有什么讲究。

见菜上得差不多了，高总叫小跟班拿出两瓶飞天茅台酒来，由礼宾小姐一一斟上，开始发话：“在座的都不是外人，只有皮先生初来乍到，本人今天尽地主之谊，邀请几位来助个兴，这一杯呢大家先干了，然后各了各事。”说完，一饮而尽。

大家跟着也把杯中酒喝干，等高总发话，高总却没有说话，示意大家吃菜。此时，梁卫东忽然站起身来，端起酒来敬高总，“能够得到高总的邀请，享受如此高规格的待遇，我梁卫东真是三生有幸，所以先敬高总一杯。”

高总却不起身，也没有端酒，口中说道：“今天主要是招待皮老师，另外洪波和广志也好久没聚了，趁这个机会大家聚聚。”

见高总不给自己面子，梁卫东甚是尴尬，嗫嚅道：“那是那是，我们哪有资格得到高总的宴请，都是沾皮老师的光，所以这杯我先干为敬，高总随意。”

高总还是不搭理梁卫东，将眼光转向鬼谷子，“怎么鬼老最近发大财了，也不常来走动啦。”

鬼谷子答道：“哪里，常某只是在高总和李队的地盘上混口饭吃，得过且过而已。”

“怕不是得过且过吧，”高总抽出一支烟，等站在后面的小姐点燃后抽了一口，接着说道：“据说鬼老在老城、新城都购置了房产，应该是发大财了。”

“在高总面前，哪个敢说发大财的话。”鬼谷子连连摇头。

讨价还价

“鬼老这话就说得有些不妥了，在座的不仅有刘总，还有李队，哪个混得都不比我高某差。”高总轻蹙眉头，继续拿话讽鬼谷子，像是有什么过节，“他俩一个盖房子的，一个管户口和治安的，难道我还栽赃你鬼谷子不成，再说房子多是好事嘛，难不成是这钱来得不怎么干净？”

听完高总的话，鬼谷子脸皮抽动了一下，“刘总那里是买了两套安居房，还是请高总打电话拿的指标嘛。”说话的时候，鬼谷子眼珠子不停地转动，“一套是我的名字，一套是老婆的名字，其实都是儿子出的钱，公务员嘛，名下房子多了不太好。”

“知道这点就好，”高总撇撇嘴，眼睛紧盯着鬼谷子，“不过嘛，你也不用紧张，不管是你挣的还是儿子挣的，都是好事嘛，我们这里又没有反贪局的，再说，即使有，也反不到你儿子头上去。”

鬼谷子满脸堆笑，点头答道：“说得是，他一个小科员，算老几啊。”

此时，高总看气氛有点僵，才挤出一丝笑容，“大家喝酒吃菜啊，怎么都听我俩说话来了。”随后，端起酒杯朝向我，“来，我先敬皮老师一杯。”

我端起酒正要干，刘总忽然插话，“听高总介绍，皮老师是大学老师，不知是哪所大学，我女儿后年就高考了，到时说不定会麻烦您哟，这一杯就由我先敬皮老师吧。”说完，站起身来，也端起了酒杯。

我忙起身，端起酒杯轻轻与他碰了一下，答道：“西南一隅的一所老学校，叫西联大学，勉强算所名校。”

听我报出校名，刘总顿时来了兴致，“西联大学，听说还不错，有没有艺术类专业啊，最好是播音主持方面的，女儿文化成绩不太好，打算走艺考这条路。”

我答道：“我们学校有个新闻传媒学院，倒是有播音主持这个专业。”

刘总眼睛一亮，追问道：“你们学校招录分数高吗，有没有操作空间啊？”

我愣了一下，回答道：“我们学校，属于211工程院校，录取分数偏高。”

我的回答，显然没有令刘总满意，因为我根本不了解什么叫操作空间，也真不知道这个“空间”怎么操作。刘总却满含深意地望着我，露出狡黠的笑容，“皮老师说话谨慎，我懂得起，只要是钱能搞定的事，都好说。”

这时，梁卫东不识趣的插嘴，“啥叫211工程啰，啷个工程学院还招艺术学生？”

“别理他个土货，”为了女儿，刘总显得有点急不可耐，瞪梁卫东一眼后又望向我，“到底有没有操作空间哦，皮老师？”

我只好应付道：“我帮你打听打听吧。”

刘总立即又端起酒杯来跟我碰杯，满脸堆笑道：“那这事就拜托皮老师了哦。”

酒过三巡，菜也吃得差不多了，刘总、李队先后告辞。临走的时候，刘总拿了张名片给我，满怀深情地说道：“这上面的手机号，24小时开机，有了消息，尽快通知我，需要用钱尽管开口。”

我点点头，接过了名片。此时，鬼谷子和梁卫东也起身告辞，但被高总拦下来，说有私事要协商一下。

送走刘总和李队后，高总重新落座，目光只管在鬼谷子和梁卫东身上扫来扫去，也不说话，看得我心里都有点发毛。过了一会儿，高总吩咐小跟班拿出一个盒子放在桌子中央，打开来却是那件玉壶春瓶。

此时，高总将目光落定在鬼谷子脸上，不冷不热地说道：“今天找二位来，主要为两件事，一件是皮老师的事，另一件是我和鬼谷子之间的事，先说皮老师的事吧。”说完，又转过头来望着我，“你把那三张图纸拿给他俩看看。”

虽然不知道高总葫芦里卖的什么药，但我还是将画有权杖、神琮和铜戈的图纸，展开在桌子上。高总便问道：“你俩见过这几件东西吗？”

“有张图纸我见过，但实物没见过，”梁卫东先回答，“皮老师曾来小店问过其中一件东西，当时已明确答复过了。”

“鬼谷子呢，不要说也没见过这几件东西吧，”高总冷眼看着鬼谷子，似乎拿定他什么把柄，“要知道，夷陵古玩市场我还是有几个耳目的。”

鬼谷子假意查看图纸，余光却瞥向我，迟疑片刻后说道：“这几件东西嘛，倒是见过一眼，但实物不在我手头。”

听鬼谷子说见过，高总身体前探，“怎么见到的，可不可以说具体点？”

鬼谷子答道：“是两个多月前，邵瘸子和黑龙带来的。”

见鬼谷子慢条斯理的答话，高总显得很不耐烦，厉声道：“你可不可以一句话说完，别像个癞蛤蟆似的，戳一下说一句。”

鬼谷子仍然不紧不慢地答道：“事情嘛，是这个样子的，邵瘸子和黑龙还有赖秃子三个，前段时间去夔城收荒，意外发现了这三件东西，除了那件铜戈之外，另外两件都不认得，一来请我帮忙认，二来也顺便介绍个下家收了。”

高总问道：“你怎么不自己收了？”

鬼谷子答道：“他俩开价太高，我哪里拿得动。”

高总追问道：“开价多少，你又怎么拿不动了？”

鬼谷子答道："开价两百万，我就是砸锅卖铁也拿不动啊。"

听完鬼谷子的报价，高总惊讶万分，"两百万，这个价是怎么开出来的？！"

鬼谷子答道："单看那件铜戈，虽然很老，但市场价并不高，值五六万吧。而那件琮形器，恐怕是上古时期的东西，价格应该能上百万。至于另外一件，不大认得，市面上也没有参考价，有些吃不准。"

高总脸现关切之色，紧盯着桌子上的图纸问道："那你觉得三件东西值两百万吗？"

沉思片刻，鬼谷子答道："三件东西嘛，都是很开门的东西，应该能值两百万。"

我急忙问道："那这三件东西后来怎么处理了？"

鬼谷子答道："介绍给一个香港客了。"

高总急问道："怎么不先拿给我看看？"

鬼谷子叹了口气，"他们开价那么高，我以为……"

听完鬼谷子的话，高总十分恼怒，"你以为啥子，以为老子出不起两百万！"

鬼谷子嗫嚅道："通常嘛，高总要的都是价格相对便宜，利润空间大的东西，像这几件东西开价那么高，我想高总是不会感兴趣的。"

话音刚落，高总已经怒不可遏，指着桌子上的玉壶春瓶，"是吗，通常你给我的东西都很便宜吗，利润空间很大吗，那么这件东西呢？"

鬼谷子避开高总的眼神，强作镇定，"这件东西，也是很开门的货色啊，现在市场价都到五百万以上了，高总可是赚大啦！"

鬼谷子话音刚落，高总霍地站起来，俯身向前，逼视着鬼谷子，"你把个光绪朝的东西当乾隆朝卖给我，还说赚大了，成心笑话我吗？"

"谁说是光绪朝的东西了，"也许被高总的气势吓住，也许是做贼心虚，鬼谷子身体不自觉的后仰，嘟囔道："您看这图案，这底款，还有包浆，处处都很靠谱，明明就是很开门的一件乾隆瓶嘛。"

高总一把抓过瓶子，推至鬼谷子面前，"睁大你的鬼眼再仔细看看，这青料灰扑扑的也很靠谱吗，底胎麻粗粗的也很靠谱吗？"

听高总点出破绽，鬼谷子这才有点慌了，结结巴巴道："哪……哪个告诉你青料和底胎不对，行……行内人一看就知道是老料老胎。”

“你吃定我身边没有高人是不是，以为只有你是内行是不是？”说到这里，高总手指着我，使劲一拍桌子，“真正的内行在这里。”

“怎么，皮老师有不同看法？”鬼谷子嗫嚅道。

看着鬼谷子怨毒的眼神，我当然不想蹚这趟浑水，怕引起不必要的麻烦，便支吾道：“我只是胡乱提出点疑问，不当真的，也许是我的判断有误。”

“皮老师是大学考古系的教授，见得的好东西真东西比你多了去了。”

为了印证我的权威性，高总居然把我演绎成了考古系教授，岂不知我们学校根本没有考古系。高总突然将我抬出来当枪使，令我措手不及，但又不好当面戳破他，只好敷衍两句道：“一点浅见，仅供参考，仅供参考。”

高总何等人，一眼就看出我的顾虑，立即出声为我壮胆，“皮老师不要怕，该怎么说就怎么说，夷陵这块场子嘛，我还是罩得住的。”

鬼谷子先瞪我一眼，接着，又偷瞥高总一眼，沉思片刻后说道：“古玩一项，公说公有理，婆说婆有理，也不见得皮老师的话就绝对正确。”

高总见鬼谷子已被镇住，目光变得更加咄咄逼人，“皮老师是古玩专家，他说这东西是假的就是假的，难不成还要你说了算？”

见高总剑拔弩张的样子，我赶紧为鬼谷子解围，“这个瓶子，也不能说完全是假的，即使是光绪朝的仿品也还算是文物。”

此时，鬼谷子已面如死灰，咬牙说道：“如果高总认定这是一件光绪朝的仿品，那我也无话可说，但退一万步说，即使是光绪朝的瓶子，这么好的品相，现在市场价也不会低于五十万，如果高总认为这东西……这瓶子有问题，我把五十万退还给您就是。”

高总冷笑道：“可这东西是三年前拿过来的，你好意思拿现在的市场价评估，三年前的五十万，拿去放水的话，到现在应该也有一百五十万了，你赔五十万还拿得出手吗？”

鬼谷子冷汗直冒，吞吞吐吐道：“那……那高总的意思是……”

“难得我老高大度，给你一个选择，”至此，高总嘴角流露出一丝诡笑，“只要你能把那三件东西追回来，不仅不要你退一百五十万，我反而再给你一百万。”

鬼谷子嗫嚅道：“这个，万一他们跟香港客成交了怎么办？”

“不是我故意为难你，因为这几件东西对皮老师很重要，”高总狠狠瞪鬼谷子一眼，继续拿我说话，“所以，必须把这几件东西追回来。”

“可那东西不是我的，怎么去……去追？”此时的鬼谷子，一脸苦相，舌头越来越不利索了，“要……要不然你把瓶子还给我，我退给您七……七十万，多出来的二十万算……算利息。”

“莫跟老子讨价还价，事情就这么定了，如果能追回来，我补你一百万，追不回来就还我一百五十万。”

说完，高总拿起烟缸拍了下桌子，就像是拍卖师敲定竞拍品的价格。

在高总的凌厉攻势下，鬼谷子终于败下阵来，接着，他眼珠子开始不停地转，最后眼光落在高总的车钥匙上，“可以借高总的爱车用几天吗？”随后，又瞅了我一眼，“最好请皮老师也能一起打个配合。”

“借车借人都可以，”还没等我表态，高总已经代我接了单，“只是皮老师是我的贵宾，若少一根毫发，你自己掂量掂量。”

听完高总的话，我瞬间傻眼。不想蹚浑水，但浑水还是泼到身上来了。

做局

鬼谷子不会开车，所以我坐上了卡宴的驾驶位。

一路上，鬼谷子脸色铁青，一句话不说，只是到了岔路口的时候才报个“左右”，以至于我经常要突然变道并线，引起后车的不满和谩骂。在鬼谷子的“左右”导航声中，我们将卡宴开到了远郊一栋大楼的地下停车场，而这破破烂烂的地方竟然也停着好几辆豪车，居然还有宾利和兰博基尼。

鬼谷子依然一言不发，只顾在前面蹿来蹿去，最后，转弯抹角地来到一个十分隐蔽的小门前，鬼谷子先是左顾右盼一番，随后便敲起门来，先敲三下，又一下，又两下，门就开了，一股刺鼻的烟霉味扑面而来。紧跟着出来两个大汉，看见鬼谷子后面跟个陌生人，直皱眉头。

鬼谷子将嘴凑近一大汉的耳边低语了几句，那大汉便侧过身来让我们进去，经过一个长长的巷道，进入一个烟雾弥漫的大厅，只见大厅内摆了几个台子，有玩百家乐的，也有玩 21 点的，原来是个地下赌场。

鬼谷子贼溜溜的眼睛迅速扫视着大厅，径直来到一个百家乐的台子前，拍一拍正趴在桌前歪着脑袋看牌的壮汉，凑近耳边低语几句，那壮汉的目光便向我扫过来。而我的目光也落在他身上——大冬天的，竟然只穿一件 T 恤，与周围环境格格不入，右手臂上，赫然纹着一条青龙。我想，他应该就是三个收货人中叫黑龙的那个了。

赌客陆续翻开手中的牌，黑龙是个 8 点，闲家中最大的，脸露得色，盯着庄家。庄家慢慢地翻开第一张，是个红桃 7，再翻开第二张，是个方块 2，加起来是 9 点。

全桌一片哀叹声，黑龙愤怒地将面前扑克一扔，拿走剩下的筹码，到柜台换了现金，经过我面前的时候，狠狠地吐出两个字："倒霉！"

随后，我们离开地下赌场，又在鬼谷子"左右"导航声中来到一个杂乱的经营汽车零配件的街道，进入一家配件铺，跟老板打了个招呼，问有没有山城的小车牌照，车行老板点点头，将我们领进里屋，从货架下拖出一个木箱子，里面堆放着各个地区的车牌。

鬼谷子找到一对"渝 AG8668"的车牌，叫车行老板将卡宴的原车牌换掉，放入后备箱的底盖下，将这对山城牌照装了上去。看着鬼谷子的一系列操作，我百思不得其解。

完事后，又开车来到一家老厂的居民区，到三栋二单元底楼的一家门前，敲开锈迹斑斑的防盗门，一个满身油污戴个老花镜的男人来开了门，将我们让进乱七八糟堆满了杂物的房间，这个时候，鬼谷子终于开口说话了，"开哥，有桩生意做不做？"

"啥子生意嘛，劳师动众的。"开哥回答，带山城口音。

"大生意，做成了分你一成。"鬼谷子说道。

“把握大不大哦，别像上次一样搞砸了，害得我白忙一场。”开哥有些犹豫。

“这次把握大得多，但成不成还得看各位的演技。”说完，鬼谷子瞥我一眼。

“那我干啥子？”壮汉问道。

“黑龙还是老本行，司机兼保镖。”

“那我呢？”我忐忑道。

“你也差不多本色扮演，只不过大学教授得改为考古队长，开哥还是扮老板，山城来的民营企业家。”鬼谷子安排着每个人的角色，显得胸有成竹，“事情是这个样子的，前段时间黑龙去夔城收货，发现了三件宝贝，只花了二十万就得手了，拿到我这儿来找下家。”

听完鬼谷子的话，我无比难受，本来属于自己的东西，被贱卖了不说，还被店老板隐瞒了绝大部分收入。正懊恼着，鬼谷子又说道：“但这几件东西原本属于这位老师的，这不，找上门来了。”

“古玩界历来只讲交易，不问来历的，既然成交了，哪有拿回去的道理。”开哥明显偏袒鬼谷子。

“如果说这东西在自己人手头还好，偏偏又卖给了一个香港客。”鬼谷子摇头叹气。

“卖给香港客了，你得了不少中介费吧？”开哥问道。

“行内规矩，百分之十，二十万。”鬼谷子答道。

“百分之十是二十万，那就是卖了两百万了。”开哥求证道。

“如果这次生意做得好，你的收入还不止这个数。”鬼谷子为开哥出马打气。

“那东西都卖出去了，难道还收得回来？”开哥嘟囔道。

“还不只是这几件东西的事情，”鬼谷子又瞪我一眼，咬牙切齿道：“偏偏这位老弟又在高总那儿给捅了我的马蜂窝。”

“怎么了？”开哥和黑龙同时问。

“就是大前年卖给高总的那个乾隆瓶子，皮老师硬说是光绪仿品，这不找我追后账来了。”鬼谷子答道。

“那你还找他来合作，不怕他再次出卖你。”开哥说道。

鬼谷子叹了口气，竟然为我开脱，“当然，他也只是无心之过，事先并不知道我和高总之间的交易，”随后，他话锋一转，“当务之急是赶紧筹集几百万现金，争取把卖出去的东西赎回来。”

“账都分了，难道还要退回来，老子这几天手气背，都输得只剩一点点了！”黑龙狠狠瞪着我，恨得牙痒痒，“高总又怎么了，你怕他不等于老子也怕他，大不了鱼死网破。”

“谁要你退钱了，”鬼谷子瞥黑龙一眼，回到正题，“前天河北来了两个收礼货的老板，而我这儿刚好到了三件高仿的青铜器，所以想把货销给他们。”

“直接拿东西跟他们谈不就得了，这么劳神费事干什么？”黑龙先沉不住气了。

“你龟儿想得美，现在收东西的都贼精了，一般都带有掌眼的同行，不像过去好麻整了。”说到这里，鬼谷子又瞥我一眼，“所以需要设个局，演出戏才行。”

“唉，这行生意越来越不好做了。”开哥发出感慨。

“你龟儿一天躲在屋里摆弄这些破玩意，挣得到几个钱，还不与时俱进，跟鬼老学点本事挣大钱。”黑龙终于可以批评下开哥了。

“这都是厂里报废的零件，扔掉了可惜，拿来做点工艺品还可以赚钱，叫 DIY，高雅艺术，你龟儿懂不懂。”开哥立马展开反击。

黑龙哼一声，不再说话，拿出一支烟来抽。

“这个局如果成功，大家收入都不会少，”鬼谷子继续设计剧情，但我却听得心惊胆战，“还有，顺便把刘家村那几颗地雷取了，一并打发他们。”

我赶紧说道：“首先声明，打家劫舍的事我可干不了。”

听完我的话，鬼谷子愕然道：“谁要打家劫舍了？”

我答道：“你刚才不是说取地雷打发他们什么的？”

鬼谷子冷哼一声，面露不屑，“亏你还是考古学教授，埋地雷取地雷都不懂。”

开哥立即接过话头，开始卖弄，“埋地雷嘛，就是把事先做好的假古董埋在一个古墓里，带买家去现场盗掘，就叫取地雷。”开哥越说越起劲，指手画脚起来，“还有鬼吹灯、碎石流沙、火龙琉璃懂不懂，就是……”

“还轮不到你给皮老师上课，”开哥话还没说完，就被鬼谷子打断，“明天的这出戏，皮老师才是主角，大家一定要好好配合他。”接着，又数了一千块钱递给开哥，“至于你，先去理个发，买套像样的名牌A货衣服，打扮得像个老总才是正事。”

接下来，鬼谷子详细地告知大家各自扮演角色的特点、要素，跟客户说话的技巧、应变以及注意事项等等，每一个细节都不放过，随后又预演了一次，直到深夜才收工。

第二天中午，鬼谷子打来电话，通知我到希尔顿酒店。

怀着万分忐忑的心情，如约来到希尔顿1608豪华套间，却见鬼谷子、黑龙和开哥早已候在那里了。开哥理了发，换了装，还戴了块假劳力士，整出个民营企业家的模样。

地毯上放着三个木箱子，见我进来，鬼谷子吩咐黑龙和开哥把箱子里的东西取出来。是三件青铜器，一件淳于、一件楚式铜鼎和一件铜簋。

“这是陕西岐山做出的货色，皮老师对此有何见解？”鬼谷子开始考我。

“器形做得不错，只是皮色和锈有点问题。”我回答道。

“这几件东西是参照文物发掘报告上的数据，用失蜡法做出来的，外形几乎分毫不差，锈是从旧金属器上刮下来用生漆调和后染上去的，还刷了强酸在地下埋了半年才取出来，土和锈都生得牢实，其中两件还做了铭文，这几件东西光成本就花出去大十万。”

鬼谷子踌躇满志，显然对三件作品十分满意。

而我再看那两段铭文，却是从毛公鼎上截取的一段，顿时哭笑不得。

我首先表达出对铭文的担心，接着又提出第三个疑点，“这三件东西分属两个不同的区域，怎么好以三峡地区考古工地发掘出土的名义给人家解释呢？”

“如果掌眼的人都能看懂铭文，那我们就不用吃这碗饭了，至于说器物的文化差异，就看皮老师怎么运用你的专业知识来说服对方了。”鬼谷子把包袱扔还给我。

“说漏嘴，搞砸了可别怪我。”我先找好退路。

“我们现在是一根绳子上的蚂蚱，谁怪谁呢，搞砸了大家都喝西北风。”

鬼谷子这句话，不知道是给我解压还是加压。

离与河北老板约定的会面时间还有两小时，鬼谷子又交代了一些昨晚没有考虑到的细节，又按照我们所扮演的角色分别以对方的角度提了些问题，好在我的回答还令他满意，但开哥演过了点，遭到鬼谷子批评。

随着看货时间的临近，心情越来越紧张，像第一次登台授课前的感觉。除此之外，还有点内疚感，从小父母就教导自己要诚实做人，现在却要跟这些古董贩子同流合污，干那损人利己的勾当，内心着实不安。但一想到老板们买了这些东西去行贿，也是干见不得人的事，弄些假东西卖给他们也不算罪过，心头稍微好受了点。

收货方一共来了五人，走在前面的两个老板，从行头来看，一个穿了件貂裘，左手腕上戴了块硕大的江诗丹顿腕表，右手腕上还戴了一串链子；另一瘦的打扮稍微潮流点，一件黑色翻皮贴身剪裁的上衣，脖子上围了条浅灰色阿玛尼围巾，手上也戴了块腕表，看不清品牌，手指上只戴了一个戒指，脚下是一双时下流行的古驰豆豆鞋，表情相对另一个的张扬显得要冷峻些。紧跟在他俩后面的那位，穿一件黑色中式立领，右手上拿了串珠子，手腕上还戴了串珠子，贼眉鼠眼的，阴气很重。最后面两人就很好判断了，跟黑龙的角色相似——保镖兼司机。

开哥看五人进来，才慢慢地从沙发上起来，迎上前去，伸出双手，先握住了穿貂衣的土豪，听鬼谷子介绍叫王总；接着又握住了第二个的手，鬼谷子介绍叫阚总，把他们二位让到正座的三人沙发位上，自己坐了靠近王总旁的二位沙发，那个中式立领黑衣人则坐了靠近阚总的单座沙发。

然后鬼谷子逐一给他们介绍了李总（开哥）和我（皮先生）。我不禁有些纳闷：为什么鬼谷子介绍我的时候不是说皮队长或皮老师，而是变成了皮先生，以为他因为紧张而疏忽了。

王总则只介绍了他旁边的黑衣人叫黄大师，我就明白了，原来是个师爷或阴阳先生类的人物。

双方介绍完毕，鬼谷子吩咐黑龙把刚才已收好的三件东西重新拿到沙发前的大理石茶几上，摆上一件，鬼谷子就给他们讲解这件器物的名称和功能价值，三件逐一讲完，再拿出一包至尊黄鹤楼挨个发烟，却没有发给黑龙，黑龙就自己从扔到茶几上的烟盒中抽出一支，叼上点燃。

“这么好的东西，李总为什么不自己留着用？”阚总先发言。

“唉，我何尝不想自己留着哦，留不住哦！”开哥一出口就唉声叹气。

“李总有什么难言之隐吗？”阚总追问道。

“山城最近到处抓人，我哥也进去了，资金也冻结了，可厂子还要运转啊，这不，只好把这些心肝宝贝拿出来筹钱啦！”开哥又露出愁眉苦脸的样子。

“那怎么不把这些东西抵押出去贷款呢？”阚总关切地问道。

“这些个东西都是从考古工地上流出来的，不敢拿出去评估抵押啊，”开哥继续叹气，“唉，家里值钱的东西都拿出去抵押了，原来有三辆车，这不只留下一辆代步了。”说完，瞟一眼茶几上的保时捷车钥匙。

“哦，原来是这样，有没有可能通过关系，疏通官方解决问题呢？”阚总却不着急谈茶几上的东西，反而表现出对李总的事很关心的样子。

“找过了，山城现在这个局势，谁还敢接单啊，事态若进一步发展，这些个东西也可能被查抄，还要连累朋友。”开哥完全进入角色，在阚总的追问下对答自如。

鬼谷子怕阚总继续追问开哥会露馅，赶紧接过话头：“李总是山城著名的民营企业家，以前常从我这儿进货，是爱古如命的人，不到万不得已是不会把这些宝贝出让的，这不前几日委托给我了，本来约好两个香港客来看东西的，这不您二位先来夷陵，就把他们推后了。”

“这几件东西靠谱吗？”王总不耐烦了，瞥阚总一眼。

“电话中不是给您说过吗，是三峡考古工地流出来的东西。”鬼谷子轻声说道。

“可是我看着几件东西，好像类型有点不一致呢，有两件像是楚式的，怎么三峡地区会出土楚国的东西呢？”黄大师终于发声，并且击中要害。

“取地雷”

鬼谷子给我递了个眼色，我便赶紧接话：“一般来说，三峡地区属于巴文化区，少有楚器出土，但春秋战国时候，巴国和楚国之间也是有交流的，比如这件錞于，是巴文化的典型器，可是在楚国区域偶尔也有出土。”

“但是一个工地同时出土两件楚国铜器，可能有点不正常吧？”

看样子，黄大师是翻过几本文物书籍的，对巴楚文化也有一些了解，他的问题，对没有一定历史和考古知识的人来说是致命的。

“关于这个问题……”

“皮老师……”我正考虑怎么回答，鬼谷子插话制止了我。

“这位皮先生是……”

阚总望向鬼谷子，鬼谷子却把眼睛瞟向黄大师以及两个保镖。

阚总立即会意，说道：“都是自家人，不用回避。”

鬼谷子便将嘴凑拢王总和阚总耳边，嘀咕了几句，阚总立即露出释然的目光。我心下便明白了，想来鬼谷子刚才是在介绍我“三峡考古队长”的身份，此刻才明白鬼谷子突然插嘴的深意。

而这一阵嘀咕，又为我赢得了思考的时间，由此不得不佩服鬼谷子的机智。而有了这样一个身份，我便信口胡诌起来：“最初我也不太明白，后来释读了这两段铭文，才明白是怎么回事，”看着阚总敬仰的目光，我的发挥更加自如，“原来这两件楚器是楚王嫁女时给巴王的陪嫁，其实还不止这两件。”

接下来，黄大师和阚总开始仔细端详茶几上的器物，过了一会儿，黄大师又发言了：“这几件东西的皮色怎么这么黑啊，跟正常出土的青铜器有些不一样。”

因为事先对这个疑点进行了演练，所以我马上做出反应，便胸有成竹地答道："巴国的王族墓葬中，大多有注入水银防盗的传统，如此一来，汞蒸气使器物表面氧化生成了一层银锈，见光后就变成了黑色，这种皮色叫水银古或者黑漆古，其实并不少见。"

"有道理，《史记》里说秦始皇的陵墓里就灌注了大量水银，所谓以玄锡做百川大海，就是指这个事，据说既可以防止盗墓，又可以使尸体不腐。"黄大师即兴发表演说，卖弄一下自己的博学，幸好也是个半吊子，要真是个专家就麻烦了。

"那李总这几件东西开价多少啊？"王总终于等得不耐烦了。

"六百万。"李总伸出大拇指和小指。

"太贵了吧。"王总顺口就来了一句。

"要不是急等钱用，起码这个数。"开哥又用拇指和食指比了个"八"。

"两百万。"阚总在王总搭话之前先报了还价。

谈判陷入僵局，双方都不让步，僵持了一会儿，鬼谷子忽然就王总手腕上的串子发表看法："王总手上这串链子，价值不菲啊。"

"当然，正宗良渚文化的东西，黄大师帮我淘来的，皮队帮我看看怎样？"王总高兴之余，忘了对我的身份保密，将戴着链子的手凑到我眼前。

"很开门的东西，绝对值得。"为了讨好王总，我不得不违心地发表看法，其实那东西假得也够可以的，心想，原来这黄大师也不是个善角儿，吃里爬外的。

"你看值多少钱？"王总问道。

"无价。"迟疑片刻，我回答道。

因为不知道他们之间的交易价，也不愿意再违心说假话，这个"无价"其实是不值钱的意思。王总当然会理解成另外一层意思，于是大笑起来，黄大师也尴尬地笑了，对上我的眼神，满意地点点头。

于是我知道，这笔生意成了。

这个时候，鬼谷子去了一趟洗手间。

接下来是阚总和李总之间的讨价还价，最后大致确定为 300 万，阚总咨询黄大师的意见，黄大师连连点头，开哥则连连的唉声叹气，说这个价，相当于白送，要不是急等救命，怎么会舍得如此低价转让。

王总喜笑颜开，马上叫过保镖，将手上的密码箱打开，推到开哥面前，里面码着一沓沓现钞，随后说道："这里正好三百万，要不要仔细数数？"

鬼谷子先大致数了数钱叠的数量，然后从箱子里拿出几沓，抽出几张用荧光笔照照，又捏一捏，对开哥说："没有问题。"重新把密码箱合上，交到开哥手里。开哥便点点头说道："数就没有必要了，王总、阚总这么大的老板，我是信得过的。"

这时，鬼谷子的电话响了，鬼谷子并不回避大家，接起电话来，不断做出一惊一乍的表情，完后又走近王总阚总，耳朵边一阵嘀咕。

王总、阚总听完，又跟黄大师交头接耳，最后阚总发话道："既然有这样的机缘，那不妨一起去看看？"

这个时候，鬼谷子又将嘴凑近我的耳边，用极低的声音说道："今天发挥超棒，晚上的行动也务必参加，还有得钱赚。"

此时，开哥提着手中的钱箱准备告辞，却被鬼谷子留住了，说今晚有个古墓盗掘，希望李总也能够加入，见者有份，顺便也借李总的卡宴一用。同时讲明王总、阚总、李总、黑龙和我只需要在附近等候就可以了，不必深入冒险。

鬼谷子的安排，无疑给大家吃了一枚定心丸，一群人立即下楼，来到门厅，而此时，黑龙开着卡宴已守候在那里了。随后，王总和阚总的司机也开来两辆河北牌照的路虎揽胜。我和鬼谷子、开哥坐了卡宴，王总和阚总坐了路虎揽胜。

先去一家海鲜餐厅用晚餐，席间，开哥和阚总继续聊山城局势，鬼谷子则与黄大师聊阴阳八卦。饭局结束的时候，已是晚上九点，李总假意招呼服务员付账的时候，却被告知王总早已吩咐保镖去结了账。

经过大约一个半小时，车队到达了一个叫刘家村的地方。远远望去，有一个小山坡隆起，那就是今晚行动的目标。

接车的是个秃顶的半老头子，腿有点瘸，正好与天地游蒋老板描述的形象吻合，原来与鬼谷子他们是一伙的。

秃子跟鬼谷子故作神秘地一番耳语，然后鬼谷子分派任务，王总、阚总、李总、黑龙和我以及两个保镖留守，而黄大师和他随赖秃子去盗墓。

第一次经历这种场面，王总和阚总既兴奋又紧张，不停地抽烟。虽然已知是假盗，但我心头也像吊桶打水似的七上八下。

远远传来几声狗吠，王总马上吩咐大家把烟灭了，上车候着。

狗吠了一阵，终于停歇下来，但气氛仍然显得十分诡异。

望着星星点点的夜空，忽然想起了绝谷之巴，想到了依噶公主幽怨的眼神，此时此刻，她是否也如我般凝视着夜空，感叹自己命运的不幸，痛恨我这个薄情郎呢？

还有罕宝，此时此刻你又在哪里，是死是活？

寒风呼呼地刮着，一阵寒意透彻心扉——皮兆寅啊皮兆寅，正是因为你的侵入，才使得平静的巴国顿生变故，丽雅祭虎，王后惨死，罕宝出走，皆因你而起。现在，你竟然又跟着一群坏人干起了坑蒙拐骗的勾当！

又等了好一阵，王总去到阚总的车上，小声嘀咕起来，不一会儿，阚总的保镖来到我们车前，说是王总和阚总准备回酒店去等候消息，有了结果再把黄大师捎上，一同到他们住的酒店会合。

其实我也很想开溜，但正在这个时候，鬼谷子和黄大师赶回来了，接着，赖秃子和两个穿迷彩服民工模样的人也来到车前，端着一顶草帽，里面堆满了“地雷”。接着，赖秃子将一沓钱塞进民工的衣袋里，俩民工就迅速消失在夜色里。

东西被放在卡宴车上摊开，总共十三件，主要是玉器和瓷器，上面覆盖了很厚一层土，不用看就知道是赝品。但因为没有清理，光线暗，又是现场盗掘出来的东西，所以王总和阚总没有丝毫起疑。

因为鬼谷子事先发过话，见者有份，所以这些东西只按市场价的一半处理，除了黄大师帮王总、阚总挑选的“精品”外，我们几个分得的东西也被黄大师说服王、阚二总拿了去，一共一百三十万。

王、阚二总高兴地叫保镖在后备箱数了钱，连声道谢而去。

鬼谷子、开哥、赖秃子、黑龙和我则坐上卡宴回希尔顿分账。

路上，终于忍不住问鬼谷子：“奇怪，那黄大师怎么忽然帮起我们来？”

鬼谷子道："那个崴道士，给他两万块钱就被收买了，岂能不帮我们。"鬼谷子贼眼不停地转动，"记住，凡是这种大师道士，都是依傍这些个狗屁不懂的土豪和官员发财的，只要有利益，怎么会真心帮主子。"随后，又诡笑道："那家伙还特意留了我的电话，说有机会再合作。"

"难怪，我还怕他认真起来把前面的生意连累了，要知道这批东西也做得太那个了。"

想起刚才那批"地雷"，我仍然心有余悸。

"放心，当知道王总手上那串链子是黄大师兜售的，我心中就有数了。"得意的同时，鬼谷子还不忘夸我几句，"当然啦，今天这出戏大家都配合得很好，尤其是皮老师，初出江湖就有上佳表演，可以说是今天最大的功臣，才是我们今后需要合作的对象，哈哈，不知道皮老师意下如何？"

"哪里，都是鬼老编剧导演得好，我们各自演好自己的角色就行了。"当然，我也不得不谦虚一下，听完我的回答，鬼谷子终于开心地笑了，表情有点滑稽，也有点可爱。

回到希尔顿，开始分赃。

按照事先的约定，开哥、黑龙和我各分得 30 万，加上王、阚二总收买我分得的两件东西总共 36 万元，鬼谷子说我表现得好，又给我加了 2 万元奖金，这样我一共得到 38 万现金。赖秃作为提供"埋地雷的成本"和参与了下半场的行动分得 20 万，剩下的则由鬼谷子支配，全力追回香港客购去的三件文物，好给高总交差。

一夜暴富，既兴奋又紧张，还有点愧疚。

冬瓜惹祸

回到夔城，立即拨通冬瓜电话，然而接电话的却不是冬瓜，而是警察，通过短暂的交流询问，才知道冬瓜闯祸了——

原来，冬瓜到了兴隆镇之后，先去找当地道上的老大，叫上一批混混，然后才来到天地游客栈找蒋老板谈判。因为没有谈妥，就将客栈砸个稀巴烂，完了还把蒋老板绑架了当人质，威逼其家属交十万块钱取人。家属直接去派出所报警，于是警察出动，不仅救出了被绑架的蒋老板，还拘留了冬瓜和当地的老大。结果，冬瓜不但没捞到钱，反而被蒋老板提出十万元的赔偿。

冬瓜惹了祸，我怎能不管，于是，又马不停蹄地往兴隆镇赶，先到派出所，送上两条烟两瓶酒，请警察安排会见冬瓜。冬瓜见了我，一脸的垂头丧气，大骂自己愚蠢，低估了蒋老板的抗压能力，结果偷鸡不成蚀把米。接着又老调重弹，埋怨我怎么把这么贵重的东西寄放在蒋老板处，说我天上掉下的馅饼都接不住，看来只有一辈子受穷了。

等他泄完愤，会见时间也差不多了，我赶紧安慰他几句，说争取尽快将他保出去，冬瓜才消停了些。这个时候，来了一个小警察，说派出所所长请我出去一下。

所长在自己的办公室接待了我，先将我所送的烟酒如数退回，接着说了些反腐倡廉的大道理，末了，满怀深意地问道："夔城姓皮的很少，据我所知不超过十个，而我们县政法委书记恰好也姓皮，不知道皮老师跟皮书记是啥子关系？"

我想了想，答道："没什么关系。"

听完我的回答，所长略显失落，抽出一支烟来点上，"听说皮书记的公子也在山城一所大学教书，本以为就是你……"说到这里，所长摇摇头，轻叹一声，"有点遗憾，不过天下姓皮的也不多，就当你是皮书记的亲戚吧。"接着，所长话锋一转，"不过冬瓜惹的这事比较麻烦，说得重了，算是绑架罪，如果蒋老板逮住不放，可能还会判刑。"

听完所长的话，我倒吸一口冷气，真后悔刚才与皮书记撇清关系，不过事情到了这个地步，又不允许我反悔，只得硬着头皮问道："有没有办法脱罪？"

所长离开办公桌，踱到我面前，说道："除非蒋老板不追究，不起诉，但……"

我接过他的话尾巴说道："但得赔偿他十万元财务损失和精神损

失费。”

所长点点头。

“那麻烦所长安排我和蒋老板见个面。”

大约过了一个小时，我与蒋老板在一座茶楼会面，只见他额头上裹着绷带，左手也裹着绷带，被挂在脖子上的绷带吊着，正一脸怒气地看着我，恐怕认定今日之殇，乃是由我幕后指使的吧。

见蒋老板被打成这个样子，老实讲，心头有种很解恨的感觉，但同时也觉得很有压力。好在我是有备而来，又从高总那里学了几招，自认为可以拿捏住他。

望着蒋老板，我假意叹了口气，“没想到事情变成这个样子，都是我的错，没有劝住冬瓜，在这里先代冬瓜向你道个歉！”

蒋老板没有握我伸出来的手，将头扭到一边，貌似愤恨难平。我料到他有此反应，话锋一转，“都怪我当时大意，寄存东西的时候没有给你交代清楚，不过还得感谢你提供线索，帮我追查到那三件文物，”说到这里，我故意停顿下来，观察蒋老板的反应。果然，蒋老板将头转了过来，露出惊讶的神色。于是，我接着说道：“现在那三件东西都被扣押在夷陵公安局，倒卖文物的黑龙、赖秃子和邵瘸子也被收审了，接下来，恐怕就会追查到你这里了，蒋老板也知道，倒卖国家文物是大罪，何况这三件文物都是国宝级的。”

听完我的话，蒋老板脸色唰的一下就变青了，接下来，开始语不成调，“皮老师，这……您是晓得的，我……我不晓得那……那些东西是文物嘛，所以……”

我摇了摇头，“如果你不知道那是文物，怎么可能卖出二十万那么高的价钱？”

蒋老板先是发愣，过了一会儿，似乎缓过神来，眼珠子一转，定神看着我，口气忽然变硬，“皮老师把东西存放到我这儿不上交，是不是也有倒卖文物的嫌疑呢，要说追究责任，皮老师恐怕也脱不了干系吧。”

我点点头，笑道：“你说得一点没错，如果这东西是我卖出去的，确实脱不了干系，但蒋老板恐怕忘了，我是大学考古老师，到这儿本就是奔着发掘文物来的，之所以没有立即上交，是因为第二天还有考察任务，为了保险起见，才临时存放到你这儿的，这跟倒卖文物可是有本质区别，还有，你更应该知道，正是因为我提供的线索，才使得警方迅速破案，追回那三件国宝级文物。”

话说到此处，蒋老板已是面如土色，大冬天的，额头上也冒出汗来，以求助的眼神看着我。为了把蒋老板套牢，我拿出手机，翻出黑龙的照片递到他眼前，“为了追讨这几件文物，本人还客串了一把买家，引得黑龙一伙上钩，这才破了案，所以……”说到这里，我又稍作停顿，观察蒋老板的反应。

不出所料，蒋老板对我的态度已经由敌视变成敬畏，此刻，他正以哀求的目光看着我，等待我接下来要表达的意思。于是，我接着说道：“所以作为破案功臣，本人在警察那里还是说得起话的，但是不是愿意为你求情脱罪，就看你的表现了。”

话音刚落，蒋老板哧溜一下就从椅子上滑下来，直接跪在地上，“求皮老师大人不记小人过，为我……为小人说几句话，你的大恩大德我一定报答。”见我沉思不语，蒋老板又吊着伤肘叩起头来，“求您啦，皮老师，如果不追究小人的责任，那……那二十……”

见蒋老板这个虾样儿，我心中大快，但我还得把戏做足，任他痛得龇牙咧嘴的求饶，待吓得够了，才冷冷说道：“关于赔偿，那是你和冬瓜之间的事，不过事到如今，你应该知道怎么做。”

没等到过夜，冬瓜就走出了派出所拘留室。

因为蒋老板不仅不追究责任，还一个劲儿地为冬瓜一伙开脱。这个结果，不仅冬瓜没想到，派出所所长也没想到，临别的时候，他紧紧握住我的手，连声赞叹，“皮老师，你可真是深藏不露，余某佩服，很佩服！”

走到半路上，冬瓜似乎转过筋来，若有所悟道：“狗日的小虎，老子啷个忘了，你老爸是……”

我赶紧打断，摇着头，答道：“你应该知道，我从来不打老爸的牌子做事的。”

冬瓜咬牙切齿道："狗日的，如此说来，你赔了蒋老板十万块钱！"

我又摇头，"不但没赔钱，说不定过段时间蒋老板还会给你包一个大红包。"

闻言，冬瓜大惊失色，"那……那你究竟用啥子招数让蒋老板认栽的？"见我笑而不语，冬瓜对我劈胸就是一拳，"狗日的，真想不到，原来你龟儿道法比老子高！"

解决了冬瓜的麻烦，我忽然信心倍增，回到夔城，入住诗仙酒店，立即给覃婉丽打电话。很快，覃婉丽接了电话，但语气显得不冷不热，没讲几句就挂了，令我不禁怀疑自己自作多情。可躺在床上，覃婉丽的影子老是挥之不去，便又打了个电话，好说歹说，覃婉丽终于答应邀约——两小时后在杜甫广场边的半岛咖啡厅见面。

时间仿佛过得很慢，不知不觉间，两杯咖啡已经喝完，偏偏覃婉丽姗姗来迟。

眼见覃婉丽清瘦了，白了些，打扮也洋派了些，语气依然是不冷不热："不好意思，让您久等了。"随即又拿起桌子上的菜单，"想吃点啥子，今天我请客。"

"最近发财了吗，突然这么大方？"话一出口，便觉得唐突。

"因为你在这里是客人嘛，所以客随主便。"覃婉丽撇嘴道。

"别忘了，我也是土生土长的夔城人呢。"感觉自己的幽默有些僵硬。

"你现在哪还算是夔城人，光是口音就不伦不类了。"覃婉丽瞪我一眼。

"好了，算你请客，我埋单如何？"我尴尬道。

"所以说你不是夔城人嘛，那么虚伪，谁说了请客还要别人付账的。"覃婉丽抿嘴笑了笑。

"好，好，我虚伪，客随主便，听你的，听你的。"我被她弄得左右不是，只好依她，但明显感觉气氛缓和了些。

于是我点了个"煲仔排骨"，她点了份"铁板牛排"，又叫了个汤和水果沙拉。默默地坐了一会儿，见我不说话，覃婉丽翻了个白眼，"对了，今天怎么想起给我打电话，不怕那个洋妞吃醋啊？"

“洋妞？”我一时没反应过来。

“就是上次三角坝街上，吊你膀子的那个。”覃婉丽撅嘴道。

“吊我膀子哪个？”我假装思索了一下，“原来你指她。”

“怎么，被人家甩了？”覃婉丽做幸灾乐祸状。

“你想哪儿去了，我跟她，半点关系都没有啊。”我急忙辩解。

“都吊膀子了，还说半点关系都没有，鬼才相信。”覃婉丽又翻了个白眼。

“那天我出来散步，正好遇到她，说是一起走走，没想到她突然……”见覃婉丽神色黯然，于是，我及时打住，转而问道：“对了，你现在在哪里上班？”

覃婉丽拨弄着桌子上的餐刀，“想休息段时间，暂时没心情找工作。”

我心念一转，问道：“有没有兴趣去山城工作啊？”

“去山城？”覃婉丽放下餐刀，眉毛上扬，“你别说，山城一个同学邀我到那边去带团，我也正想去看看呢。”

看见覃婉丽愁眉舒展，我暗自高兴，于是鼓起勇气说道：“那明天与我同行吧，一个人开车蛮无聊的。”

“明天就走啊，我一点准备都没有。”覃婉丽又开始拨弄手机。

“要什么准备啊，难道还有什么放不下的东西？”话一出口，就觉得自己缺心眼儿。

“有啥子放不下嘛，爸爸妈妈总该通知一声吧。”覃婉丽瞪我一眼。

“那你究竟跟不跟我走嘛？”话一说完，还是觉得唐突。

“是仓促了些，”覃婉丽放下手机，抬头看我，犹豫片刻后说道：“但在城里久住朋友家也不是一个办法。”

“我住诗仙酒店，要不再给你开个房间，明天好一起上路。”这个时候，我已经不管什么唐突不唐突了。

覃婉丽点了点头，“也行，那我先给爸爸妈妈打个电话，告诉他们一声，然后你载我去朋友家取行李。”

真心话大冒险

用完餐，两人都不知道接下来谈些什么，覃婉丽便提出来送她去朋友家取行李。在覃婉丽朋友家取了行李，快到酒店的时候，覃婉丽突然问我开的大床房还是标准间，我告诉她是标准间，覃婉丽沉默了会儿，对我说就不要再另开个房间了，一来节约钱，二来想跟我多聊聊。

到达酒店，停好车，走进大门的时候，覃婉丽突然停了下来，说："你先上去，我待会儿再来。"可我刚上楼进房不到五分钟，就听到敲门声，一开门，就见覃婉丽立在门外，问："可以进来吗？"

我傻傻的问道："怎么这么快就办完事情了？"

"谁告诉你要去办啥子事，"说话之间，覃婉丽又翻了个白眼，"深更半夜的，一男一女一起走进酒店，被熟人看见了，还以为干啥子呢。"

进到房间，覃婉丽将自己的箱包放在台子上，打开，从里面拿出洗漱用品和睡衣，接着转向我，"小虎哥，我想先洗个澡再跟你聊可不可以？"

我答道："当然可以，你慢慢洗吧，我看会儿电视。"

于是覃婉丽就在房间内开始脱衣服，看着眼前的覃婉丽，还真是个大美女，虽然个子不高，但身材匀称，腿也比较长，皮肤透润，尤其牙齿整齐洁白，头发油亮乌黑，那种健康活力的性感，是城里姑娘比不了的。

覃婉丽脱掉外衣后就进到洗漱间去了，我眼睛盯着电视，头脑中却不断浮现覃婉丽赤裸的画面，回想龙桥石壁下那惊艳的一幕。很庆幸她现在又回到了我身边，而且看得出来她是真心喜欢我的，要不然也不会这么大胆跟我住一个房间里了。

正胡思乱想着，覃婉丽洗完澡穿着睡衣出来了，两手拿着浴巾擦那湿漉漉的头发，边擦边说："小虎哥，要不你也把澡洗了，待会儿躺在床上聊，聊困了就睡觉。"

“好的，我也去洗，那你接着看电视吧。”说完，穿着衣服就进到洗漱间，却发现盥洗台上被覃婉丽弄得湿淋淋的放不了衣服，于是又回到房间，将外衣都脱在床上，覃婉丽看着我的囧样，偷偷地笑了。

我见她一点也不介意，也不再害羞，脱得只剩内衣才进盥洗间。洗澡的时候，听见覃婉丽在外面哼歌，却不是以前的山歌，而是李健的《传奇》，袅袅的歌声穿过门缝传入耳中。

只因为在人群中多看了你一眼
再也没能忘掉你的容颜
梦想着偶然能有一天再相见
从此我开始孤单的思念
想你时你在天边
想你时你在眼前
想你时你在脑海
想你时你在心田
宁愿相信我们前世有缘
今生的爱情故事不会再改变

不得不承认，覃婉丽是有歌唱天赋的，而且有一副天籁般的好嗓音，这也是她最吸引我的地方。今天的相遇虽然不是偶然，但今天的相遇，却催生了我的某种执念，会不会成为我俩爱情故事的开始呢？

洗完澡出来，发现覃婉丽已钻进被窝里，没有唱歌了，也没有看电视，而是在玩手游，见我出来也没有停止，全神贯注的，一直到挂了，才把手机扔一边，转过头来望着我，却不说话。

“你刚才唱的那首歌真好听。”我恭维道。

“好听吗，我只是觉得歌词很有意思。”覃婉丽看着我，若有所思。

“可是我更喜欢听你唱山歌。”我词不达意。

“现在谁还听山歌啊，土得掉渣。”覃婉丽嘟嘴。

“要不你再唱两首吧，我想听。”我脑子转不过弯来。

“夜深人静的，在宾馆房间里唱山歌，脑残吧你。”覃婉丽瞟我一眼。

"那你就小声哼哼吧。"我一根筋。

"山歌哪能哼着唱，你可真会刁难人。"说归说，不过覃婉丽还是开唱了——

高高山上噻——一树槐哟喂
我望槐花噻——几时开哟喂
不是槐花来倒拐哟
手扳栏杆噻望郎来耶
娘问女儿嘛你望啥子噻
我望槐花噻几时开啰喂

唱完，见我痴痴地望着她，覃婉丽顿时羞红了脸，眼睛有些潮湿。

"就这么傻傻的呆躺着，好奇怪哦，"覃婉丽打破沉默，"要不我们玩个游戏吧？"

"啥子游戏嘛，我不一定会玩哦。"为了活跃气氛，我学覃婉丽的口音。

"真心话，大冒险会吧，是人都会玩的。"覃婉丽坐了起来，半个胸部露出被子，"我们玩简单些，剪刀石头布定输赢如何？"说完，也不管我答不答应，就把一条玉笋似的手臂伸出来。

"那就剪刀石头布吧，谁怕谁呀。"我也将个光膀子伸出来，准备应战。

覃婉丽喊声开始就出拳了，结果连续几轮两个都出到一样的，覃婉丽于是又嘟起了嘴，"这样划，啥时决出输赢啊，不如这样吧，下次我出拳头，你出剪刀，你先输一次。"

我故作惊讶状，"凭什么我就该先输？"

覃婉丽瞪我一眼，"女士优先嘛，一点绅士风度都没有。"

我只好点点头，却没有出剪刀，而是出了布，可是覃婉丽也没有出拳头而是出了剪刀，于是我输了，覃婉丽高兴得直拍手，"早知道你不老实，快说，选真心话还是大冒险。"我假装叹了口气，"没想到你如此狡猾，只好认栽，那，就选真心话吧。"

覃婉丽便问道："老实交代，你跟那个法国美女究竟啥关系？"

我大致猜到她有这一问，毫不犹豫回答道："我们只是一般的队友关系。"

覃婉丽追问道："那为什么她会吊你膀子呢？"

我苦笑道："突然之间就发生了，我也不知道为什么。"

覃婉丽眨眼道："如果你说的是实话，那她就是专门做给我看的，果然在打你主意，"停顿片刻，覃婉丽又瞟我一眼，"说实话，那个洋妞真的很漂亮，难道你就没动心？"

我慌忙阻止她问下去，"呃，一次只许问一个问题吧，怎么问了三个问题？"

覃婉丽不依不饶，"都属于一个问题，老实交代。"

我斩钉截铁地回答道："真的一点没动心。"

覃婉丽"哼"了一声，"算你蒙混过关，再来。"

这次是我赢了，便问她，"选真心话还是大冒险？"

覃婉丽想也没想就答道："真心话。"

我以牙还牙，提出了一个非常直接的问题："你喜欢我吗？"

覃婉丽也斩钉截铁地答道："喜欢。"

我岂肯善罢甘休，追问道："为什么喜欢？"

覃婉丽瞟我一眼，"你耍赖，不能连续问两次。"

我狡辩道："跟你学的，属于同一个问题的延伸。"

覃婉丽直愣愣望着我，眼神中充满崇拜之光，"因为你帅，而且有才华。"

我又追问道："你从哪里看出我有才华呢？"

覃婉丽"扑哧"一声笑了，"首先，因为你说话酸得有味道，其次……"说到这里，覃婉丽忽然打住，狠狠瞪我一眼，嚷起来，"都几个问题了哦，你狡猾，不行，我得再问你几个问题。"

"手上过。"这次，我没有迁就她。

"手上过就手上过。"覃婉丽也将手伸出来，划了几轮，又是我输了，于是覃婉丽眼一瞪，"选真心话还是大冒险？"

"大冒险。"我怕她问起失踪的事，变了个招。

“那我要你到我床上来，但不许乱摸乱动。”

覃婉丽回应的这招，更加出乎意料，令我不知所措，愣住了，覃婉丽却把被子掀开一半，露出半截光腿，嘟囔道：“离那么远聊天，怪别扭的，快点过来，别把我弄感冒了。”

我横下一条心，跳下床就钻进她被子里，不免就碰到她的腿，火热火热的。覃婉丽往旁边挪挪，又塞个枕头在我俩之间，说道：“小虎哥，我们开始聊天吧，但是你小心点，不能越雷池一步。”

“刚才不是聊天吗？”我窘道。

“刚才是玩游戏，况且你也没有说真话。”此时的覃婉丽，忽然没了刚才的俏皮。

“那我们开始严肃地聊天吧。”我把外衣披上，跟她保持距离。

“小虎哥，你觉得我漂亮吗？”覃婉丽眨巴着眼睛问道。

“当然漂亮，非常漂亮。”我宣誓似的回答。

“可是你好像……”覃婉丽欲言又止。

“我好像什么？”

“你好像对我不感兴趣。”

“怎会对你不感兴趣，是怕……”我一时找不到合适的答案。

“怕什么呢，是不是你还有别的女人？”覃婉丽侧过身来，盯着我问道。

“没有，绝对没有。”我脑袋摇得像拨浪鼓。

“那就是对我不感兴趣了。”覃婉丽撅嘴道。

“唉，发生了一些事。”我叹了口气，又情不自禁地摇头。

“发生了什么事，是因为那个法国美女吗？”覃婉丽说完，又做出了一个令人吃惊的举动，伸出手来挠我。

“一些不可思议的事。”我有些愕然，但没有躲避。

“如果你不愿意告诉我，我也不想追问，每个人都有自己的秘密。”接着，覃婉丽将头靠在我肩上，而我也情不自禁地将手搭在她肩上，喃喃道：“这不是我一个人的秘密，是一大群人的秘密。”

“一大群人的秘密，你不会是在搞传销吧！”覃婉丽眼珠子瞪得溜圆。

“想哪去了，你看我会是那么愚蠢的人吗？”说完苦笑。

“我看也不像，只是你那么神神秘秘的让人担心。”不知何时，覃婉丽已抽掉了隔离在我们之间的枕头。

“为什么担心我呢？”

“因为我爱上你了。”

“我有什么好，值得你爱？”

“你有学问，有追求，又勇敢。”

“也许都是假象呢？”

“不管真相假象，我觉得你值得人爱。”

“爱我会很辛苦的。”

“我不怕辛苦，而且我自己能够养活自己，不会拖累你。”

“谁怕你拖累我了，我是怕你经常见不到我，没有安全感。”闻着覃婉丽身上散发的诱人体香，感觉到自己血液开始燃烧。

“安全感不是靠整天黏在一起来培养的，是靠心去感受的，只要你心中有我，我就会有安全感。”覃婉丽的眼波迷离，充满期待。

瘙痒不期而至，兽性再次苏醒，此时此刻，我再也无法控制自己，一个虎扑，将覃婉丽压在身下……

晚报头版消息

回到山城，先将覃婉丽送到她同学处，然后回学校报到。

这段时间又是病假又是事假，还有一段失联，让学院领导很是恼火，我赶紧检讨认错，还写了保证书，幸好我只是个上选修课的老师，没有影响到教学，才放我一马。

蛊毒仍不时发作，发作轻微的时候，我便通过练功运气来抵抗。但每隔六七天，都会有一次比较厉害的发作，只能通过吃药来控制。到医院去补充药物时，医生告诫不可太过依赖此类抗生素药物，是药三分毒，总会有些副作用的，尤其对免疫力伤害很大。

正一筹莫展的时候，鬼谷子打来电话，说卖给香港客的货无法追回，因买家已将三件东西委托给苏富比拍卖行，并且已经上了拍卖目录，三件东西的标底价加起来是 1200 万，除非是有 1200 万以上的资金，参加竞拍才有可能追回。

我心想，起拍价都到 1200 万了，拍下来还不接近 2000 万了，我哪有能力去筹集这么多钱呢？再说，即使有这么多钱，又怎么舍得花在购买本属于自己的三件文物上呢？

可如果没有这三件东西中的一件，尤其是廪君权杖，我就没有再次进入绝谷的通行证，那么根治蛊毒的希望就渺茫了，想想巴王才四十多岁就老成那个样子，而且还是在不断服食王后解药的情况下，我这个状况继续发展下去怎么得了。内心来讲，自己是太不愿意回到巴国了，因为那不仅是伤心地，还可能是绝命地。

过了一会儿，鬼谷子又打来电话，问高总那边可不可以帮他通融通融，退还给他 80 万，另外再加上那柄巴国古剑，事成之后再分给我 8 万。接着，又夸我是古玩界和演艺界的双栖良才，希望以后多多合作之类。

我捱不过他的死缠烂打，就给高总打了电话，而高总还真买了我这个面子，同时也向我发出热烈的邀请，说今后收东西请我去掌眼。

看来，我得恶补一段时间的古董鉴别知识了。

又过了几天，经过学校报亭，漫不经心间，忽然被晚报头版内容吸引住，其标题是《山城工商各界发力，香港购回巴国重器》。再看所刊图片，正是我那意外流失的廪君权杖和神琮、铜戈。

神琮被命名为“巴蜀时期兽面纹琮形器”，铜戈被命名为“巴蜀时期花枝纹铜戈”，而权杖则被命名为“肱骨形玉器”。解读其功能可能为巫谶之器，不仅让人哑然失笑。但想想也不奇怪，木棒朽烂后，光剩一个权杖柄是有些让人费解，谁又有我这个能力穿越到“两千多年前”的巴国去了解真相呢！

再看文字部分，介绍的是香港苏富比的秋拍图录出来之后，山城博物馆的专家认为这三件东西属于带有明显古代巴国特征的重器，对研究古代巴国历史和彰显巴国文化有十分重要的意义。为此，在山城博物馆和考古所专家的倡议下，发动山城工商各界筹资回购文物，经与委托人线下协商，以 1200 万底价购回。这三件重器连同前些时候三峡考古队在天坑洞穴中发掘的少量青铜兵器和尸骨，将于三天后在山城博物馆进行为期十天的展览，同时召开“巴蜀文化国际学术研讨会”，对这次的文物发掘成果展开广泛的研究讨论。

这个意外的消息令人振奋，我无助的心里重新燃起一丝希望，虽然不能拿回三件宝贝，但至少有了重新近距离接触的机会，如果有可能……

山城博物馆我是十分熟悉的，不仅因为馆长曾是我们学校的历史学教授，而且我也参加过山城博物馆的文物知识培训班，还留下了副馆长邹古都老师的电话，董老师也曾请他关照过我，所以邹馆长应该对我是有点印象的，于是，便从手机电话簿中翻出邹馆长的电话，立即拨打过去。

“邹馆长您好。”

“请问哪位？”

“我是西联大学文学院的皮兆寅，曾参加过博物馆和考古所组织的文物培训，有幸聆听过老师的教诲。”

“噢，想起来了，你是那个总有问不完问题的学生。”

“不好意思，烦着您了。”

“哪里，当老师是最怕上完课没有学生提问的，皮老师应该也有同感吧。”

电话那头传来邹馆长亲切的声音，这说明他对我还有印象，这是一个好的开端。而有了前面的铺垫，我开始直奔主题，“有件事情想请教邹馆长，不知可有时间？”

“皮老师有什么问题，尽管讲就是，不必客气。”

“今天看了晚报，关于几件巴国重器的问题，学生有点不成熟的想法，希望得到邹馆长的指点。”

“好啊，我们正在发起广泛讨论呢，欢迎您发表意见。”

“问题很多，学生想当面向老师讨教，不知道邹馆长可否拨出时间，一起吃个饭？”

“吃饭就没有必要了吧，见个面倒是可以。”

“那就一起喝个茶吧，新牌坊有家叫‘闻喜’的会所不错，老师定个时间，我们在那里见面如何？”

“我本周三下午有空，就如你所约，在‘闻喜’见面吧。”

刚跟邹馆长通完话，又接到覃婉丽的电话，说已经和阳光国旅签约，主要走新马泰线路，想请我在学校图书馆帮她借几本这三个国家的图书看看，她晚上来拿。我知道她是醉翁之意不在“书”，自然一口答应下来，并告诉她早点来，一起吃火锅。

晚上七点，覃婉丽拖着个崭新的拉杆箱来了。

吃完火锅，覃婉丽提出参观一下我的蜗居，我说家里乱七八糟的就别看了吧，覃婉丽却执意要看，不得已，把她领了进去。

覃婉丽一进屋，就捂住鼻子，说终于明白“臭男人”这个称呼的来由了。然后就开始收拾整理，洗洗涮涮，忙活了半天，我的房间就焕然一新，于是情不自禁地抱着她亲了一口，覃婉丽就提出今晚不去同学家住了，以后带团回来也都借住我这儿。

我心里暗自高兴，但还装模作样地作犹豫状，覃婉丽便说同学只有一间屋一张床，两个人挤在一起不舒服，而且同学还有点“那个”倾向。

我又说了句不合时宜的话：“我这里也只有一张床啊，难道不怕挤了？”

覃婉丽便使劲儿捶我胸，说道：“你要是不愿意的话，我可以付租金。”

我说：“租金就不必付了，给我当免费保姆就可以了。”

于是，覃婉丽就把自己的东西从箱子里拿出来，往我的衣柜里放，还带了洗漱用具，看架势是打算长住了。

位于新牌坊的“闻喜”，是一家以弘扬国学文化为宗旨的中高档主题会所，而它的老板蒲总，也是一位古玩爱好者和瓷艺收藏家，因为参加“闻喜”举办的一次国学活动而相互认识，一来二去就成了朋友。

最主要的原因，还是“闻喜”有一位古典气质的美女经理雨弦，每次我和朋友去那里聚会，雨弦总会亲自担任茶艺师给我们斟茶送水，空闲时还轻抚古琴弹奏两曲。自然，今天雨弦又为我安排了古琴包间，问我要不要亲自斟茶，我摇摇头，婉谢了。

邹馆长是个很随和的人，也比较谦虚低调，所以我们之间的交流十分顺畅。等我对那三件器物尤其是权杖的识别、功用发表了自己的看法后，邹馆长频频点头，表现出欣赏的态度。于是我信心倍增，又对古代巴人的社会形态、白虎图案的文化延伸等都毫无保留地发表了自己的见解。

听完我的陈述，邹馆长便情不自禁地说道："皮老师不从事文物研究工作，真是太浪费人才了。"

我继续保持谦虚低调，"哪里，都只是一些皮毛，还望邹馆长多多指教。"

邹馆长说道："您今天的这些观点和论述，完全可以集成一篇颇有新意的论文，另外，我打算推荐您参加这次巴蜀文化国际学术研讨会，争取在学会上宣读。"

听邹馆长这么说，顿时有受宠若惊的感觉，便答道："这只是我一点粗陋的看法，哪里敢写考古论文，一点理论积淀都没有，您就别抬举我了。"

邹馆长摇摇头，情真意切道："这么有新意的东西，不写出来发表太可惜了。"

我心生感动，但深感自己底气不足，还是不敢接单，于是灵机一动，答道："如果邹馆长认为这点浅见还有价值的话，尽管拿去用。"邹馆长眉头轻蹙，摇了摇头，"那怎么成，这不成剽窃了？"

我答道："要不这样吧，以两个人的名义发表，我排第二位就可以了，反正这种文章对我的专业评分也没有多少帮助。"犹豫片刻，邹馆长点了点头，"这样的话，就太过意不去了。"

"这是只有您才能完成的事情，不必客气，"见铺垫已经做够，我开始导入正事，略一沉吟，说道："只是学生还有一个不情之请。"

"皮老师有什么要求，尽管讲。"

"我在这里纸上谈兵了半天，却连实物都没有见过，可不可以……"

"这个，我可就帮不上忙了，东西都放在库房保险柜里，我也只看过一两次，不过……"邹馆长现出为难的神色，这个结果在我的意料之中，但这个"不过"还是给了我一线希望，我不搭腔，以恳切的目光凝望着邹馆长。果不其然，犹豫片刻，邹馆长接着说道：“不过我拍了些高清细节图片，还绘制了平面图，这些都可以拿给您参考，但不要说出去，因为关于它们的研究成果还没有正式发表。”

“有这些就足够了，真是太谢谢邹馆长了。”我连忙起身道谢，喜不自胜。

第二天下午，我就收到了邹馆长发来的快递，是三件器物的高清照片和平面图复印件，并附有细节尺寸。看着眼前的照片，既高兴又心酸，原本属于自己的三件宝物，竟然要通过这种方式来重新认识它，心中唏嘘不已。

第三天，如约参观山城博物馆“古代巴蜀文物特展”。覃婉丽知道了，也闹着要跟我一起去凑热闹。从我们学校到山城博物馆有近一个小时的路程，为了抢占有限的车位，我起了个大早，覃婉丽却赖着不起床，要我给她煮一次早点。不得已，在冰箱里拿了四个鸡蛋，做了一个最简单的早点——荷包蛋，端一碗在床边，覃婉丽才高高兴兴地起床，在荷包蛋里加了两勺醪糟，吃完后，欢呼雀跃地洗漱去了。

到达的时候才八点半，博物馆还没有开门，停车平台上只有昨晚停驻的几辆旅游大巴。我便先停了车，和覃婉丽在广场上溜达，走着走着，两个奇怪的人影出现在眼前——那是两个戴着口罩和帽子的乞丐，一张脸蒙了个透实，只露出一对眼睛。

我正试图走近了看，俩乞丐转身便走。此时，我心中忽然有种异样的感觉，便顾不得覃婉丽，迈步追了上去。俩乞丐走走停停，还不时回头张望，这越发激起我的好奇心。于是，我加快脚步，跟了上去，俩乞丐始终跟我保持一段距离，令我顿生疑惑，心想，现在的坏人骗术越来越多，莫要好奇害死猫，便停止追赶，回到覃婉丽身边。

“乞丐有啥子稀奇的，还紧追不舍。”覃婉丽为我的举动莫名其妙。

“哪有乞丐戴口罩的，太奇怪了。”我回答道。

“有啥子奇怪的，现在雾霾这么多。”覃婉丽不以为然。

“乞丐戴口罩防雾霾，这也太牵强了吧，”听完覃婉丽的解释，我不禁笑了，“再说，你有见过乞丐躲施主的吗？”

覃婉丽也笑了，自嘲道：“也是哈，饭都吃不饱的人，应该还没上升到这么高的生活境界。”沉思片刻，覃婉丽又若有所悟道：“刚才停车的时候，我见那两个乞丐一直朝这边看，还以为是饿慌了想要吃的，没想到你一走近，他俩反而溜了，实在是有些莫名其妙。”

“你确信乞丐一直盯着我俩吗？”我更加错愕。

“我先下来，你在挪车没有注意，等到你看他们的时候，乞丐就低头了。”

“会不会是……”我心生疑窦。

“是什么呀？”覃婉丽瞪大眼睛看着我。

“打文物的主意啊。”我回答道。

“你是不是侦探小说看多了，一天胡思乱想的。”覃婉丽撅起个嘴。

“反正不是真乞丐。”说完，又忍不住朝乞丐离开的方向看，却已失去了踪影。

“真不真假不假跟你有啥子关系啊，瞎操心。”覃婉丽趁机又挠我一下。

国宝失窃案嫌疑人

特展设在博物馆一楼的临时展厅，先有一个启动仪式。

分管文化的谢副市长、政协王副主席、文化局长以及博物馆黎馆长参加了仪式，因为事先邹馆长给了个嘉宾牌，我和覃婉丽可以从贵宾通道进入。

展厅的中央位置是模拟发掘现场而陈设的立体模型，上面堆放着尸骨和石块，和我在天坑溶洞中发现的现场一模一样，置身其中，有身临其境的感觉。展厅四周分布着许多玻璃展柜，分别陈列发掘清理出来的各种青铜兵器，墙壁灯箱上是现场发掘照片，一个大玻璃柜中还装着一块大石板——那幅巨大的老虎岩画。而正中央的玻璃柜里，则陈列着那三件本属于我的宝贝——神琮居中，权杖和铜戈分列左右。

邹馆长也在参观人群中，给领导们讲解发掘经过和陈列器物。见他忙，便没有打招呼，领着覃婉丽自个儿参观。在我的讲解下，覃婉丽听得津津有味，还吸引了旁观的几个人跟着转，使覃婉丽对我更加崇拜。

主展台前，有两个人看得十分专注，当我讲到所谓肱骨形玉器其实是古代巴王的权杖，而所谓琮形器是古代巴人呼唤大蛇的神器时，那两人便表现出不同寻常的惊讶表情，与此同时，眼睛紧盯着我，像是在审视一件移动文物。

参观完特展，我又带覃婉丽去其他几个常设展厅看了一遍，在听解说的同时，覃婉丽不时拿出手机自拍，还要我搂住她一起拍，脸上荡漾着幸福感，露出自豪的神色。参观得差不多了，肚子也饿了，便提出来出去吃饭，覃婉丽还意犹未尽，被我强拉出来，说以后有的是机会。

走出大门没几步，覃婉丽忽然拉紧了我手臂，嘴巴又往我脸上凑，轻声说道："小虎哥，好奇怪哦！"

"怎么了？"我以为覃婉丽又想自拍，赶紧闪躲，"大庭广众之下，请保持矜持。"

"你想哪儿去了，"覃婉丽瞪我一眼，"本姑娘想告诉你，后面有两对眼睛盯着呢。"

"怎么你后脑勺还长了眼睛，又发现哪点不对头啦？"我还是以为覃婉丽在耍诈。

"就是刚才看展览的那两个人，从出大门起就一直跟在我俩身后。"说完，覃婉丽又偷偷掐一下我大腿。

"跟在后面怎么了，说明人家崇拜你老公嘛。"我耸耸肩，意思是她大惊小怪了。

"跟你说正经事，你别东扯西拉好不好？"覃婉丽加重了手上的力度。

听覃婉丽说得慎重，一点儿不像开玩笑的样子，我不得不转回头去，才发现覃婉丽所说不假，身后果然紧跟着两人，与其眼神相对时，那两人忽然显出惊慌之色，立即停步不前。见二人行为古怪，忽然有种不祥的预感。但又一琢磨，我又不是博物馆工作人员，更没展厅的钥匙，跟着我也打不了文物的主意啊，又觉得是自己多虑了。

可想来想去，还是觉得那两人可疑，又联想到那两个戴口罩的乞丐，心中隐隐感到不安，便给邹馆长打了个电话，提醒他做好安保工作。

回到学校，刚落屋，覃婉丽便缠着要温存。

奇怪得很，自从覃婉丽入住这段时间以来，那种要求越来越多，日耕夜做的也不觉得累，尤其蛊毒轻微发作的时候，这种要求就更强烈。事后，覃婉丽悄悄告诉我，干那事的时候，我就像一头野兽，有时候把她弄得很疼，但尽管如此，还是很享受。我也觉得纳闷，究竟是因为情欲呢还是蛊毒在作祟，这么日以继夜的做下去，不折寿才怪。可是心里又痒，身体也痒，控制不住，偏偏覃婉丽也上了瘾，现在又主动，体内的欲火一蹿就上来了，也顾不得其他的，就开始宽衣解带，可正在这个时候，电话响起来了，是邹馆长打过来的。

“皮老师，跟您商量个事。”

“邹馆长，有什么需要效劳的，尽管吩咐。”

“我考虑了一下，关于巴蜀文化国际论坛的事，我想推荐您去做个发言，我再做点补充。”

“列席会议倒可以，在那么多专家面前发言，我哪敢啊。”

“如果只是作为论文的第二作者，其实没有什么意义，而你在会议上做个发言，我再争取报个国家级课题，就可以算共同研究，这样你在学校的科研成果评分就上去了。”

“如果您一定要赶鸭子上架的话，那我也只好献丑了。”

接完电话，覃婉丽又开始上下其手，但此时我已分了心，想着邹馆长交代的任务十分艰巨，开始构想文章的框架，便挣脱覃婉丽的纠缠，下床穿衣服，嘴里说道：“今天就到这里吧，节省点体力留到下次用。”

覃婉丽岂肯善罢甘休，嘟囔道：“你把人家兴趣吊起来了，又不负责任的溜之大吉，还想有下次吗？”

看着窗外阳光灿烂，忽然心生一计，边穿衣服边说道：“难得今天阳光灿烂，出去散散步吧，学校风景这么好，不能辜负了。”

“看风景也不忙在这个时候，”覃婉丽很不情愿地起床穿衣，嘴里继续喋喋不休，“本姑娘明天就要带团去了，你就是恁个来打发我呀！”

接下来的两天，都泡在学校图书馆里。

我们这个图书馆，可能要算西南地区最好的图书馆了，教师阅览室更是极尽奢华，实木装饰的墙面，地上铺着厚厚的地毯，宽大的沙发，对爱读书的人来说真是享受。

我借了几本巴蜀文化的书，又把董老师的笔记拿出来仔细印证，发现了许多与董老师笔记相悖的地方，难怪董老师把笔记交给我，原来是有很多无法解释的地方，希望我去求证。那么我的这个发言，是以官方说法为依据还是以董老师的笔记为依据呢？

我又打电话向邹馆长征询意见，邹馆长叫我大胆立论，小心求证，我便明白了他的意思。依据董老师的笔记和一些图书资料，再加上自己在绝谷巴国的所见所闻，经过两天两夜的奋战，终于，一篇颇具学术新意的发言稿完成了。

然而，接下来又发生了一件不可思议的事情——山城博物馆特展中的那三件回购文物忽然不翼而飞了。

知道这个消息是在第二天中午，邹馆长打电话来告知——今天上午九点半，山城博物馆都还没有开门，外面的游客等候参观，博物馆的讲解员拍门却没有响应，后来叫人把门打开，才发现馆内所有值班人员都昏睡不醒，便感觉大事不妙。经检查发现，特展厅中的三件巴国重器被盗。但奇怪的是，市刑警大队的人赶过来，发现所有门窗都完好无损，没有撬动过的痕迹。种种迹象表明，盗窃者使用了迷烟，以至于馆内人员全部进入深度昏睡。想起我在参观完后曾打来电话提醒安保，问我事先是不是发现了什么可疑情况，说是已将我的电话告知刑警队长，稍后可能会跟我询问些情况。

听到邹馆长的电话，我整个人都蒙了，头脑中立即浮现出四个人影，一定是那四个人，或许还有人在后面指挥策应，听邹馆长讲述，如此娴熟而天衣无缝的手法，肯定是个有经验的盗窃团伙。可是博物馆值钱的文物那么多，为什么单单对那三件东西下手呢？

想了一会儿，脑袋就疼起来，身体麻痒难耐，可又忍不住不去想。

谁会对这几件东西感兴趣呢？

会不会是鬼谷子、黑龙、赖秃子一伙？

照理，经过我的说和，鬼谷子和高总之间的问题已经解决了，没有必要再来冒这个险。但是反过来一想，那两个乞丐为什么会戴口罩，见我走近又为什么躲开，应该是认识我的熟人，在我认识的熟人中又对这几件文物感兴趣的，就只有鬼谷子一伙了。

可是，还有一点解释不清，鬼谷子怎么知道我要去博物馆而事先戴好口罩呢？只能这样解释，他们是为了不让所有人认出来，既然这样，为什么博物馆内那俩人又不戴口罩呢？难道他们就不怕被认出来？

越想越糊涂，越理越混乱……

正胡思乱想着呢，学院办公室肖主任打来电话，让我赶紧去办公室一趟。我就往学院赶，走到办公楼前，就看见两辆警车和几个全副武装的警察，周围围了很多学生，一派如临大敌的阵仗。

走进办公室，里面也有三个警察，不出所料，他们正是为博物馆文物失窃案而来，叫我来询问线索。我心中顿感不爽，来这么多全副武装的警察是什么意思，搞得我跟个嫌疑犯似的，以至于肖主任关门的时候，看我的眼神十分怪异。

“你就是皮兆寅吗？”一个眯眯眼的年轻警察问我。

“请问有什么事？”我尽量克制自己的不满。

“山城博物馆失窃的事情你知道吗？”眯眯眼直奔主题。

“刚刚知道。”我点点头。

“这么快就知道了，消息蛮灵通的嘛。”眯眯眼口气很不友好。

“你说这话是什么意思？”我有些上火了。

见我态度不好，另一个警官赶紧走过来，绷着脸问道：“不好意思，有几个问题想跟你求证一下。”

我也没给他好脸色，“有什么问题，请讲。”

“既然你已经知道这件事，我就不兜圈子了，事发前，听说你给博物馆邹馆长打过电话，想必是发现了什么可疑的地方。”警官两眼盯着我，十分锐利，让我觉得浑身不自在。

“有这回事。”我点头答道。

“怎么会想到给邹馆长打电话，提醒他注意安保呢？”

警官的眼神，明显是把我这个提供线索的人当成了嫌疑人，使我更加不爽，便冷冷答道：“没有想什么，就是随便一说。”

“你什么态度，队长问你话呢。”眯眯眼警察又忍不住插话，目光中充满敌意。

“我没有态度，心里怎么想的就怎么回答。”我尽量控制住情绪，没有破门而出。

见同伴态度生硬，在旁边做记录的女警官插话了，“皮老师，对不起，这个案子上面很重视，限期破案，专案组压力比较大，所以大家都有点着急。”

“你们着急跟我有什么关系？”我余怒未消，“还问我什么态度，请问有你们这样咨询线索的吗？”

“对不起，我们的态度也有些问题，请你多包涵。”女警官挡在眯眯眼警察身前，挤出一丝笑容，“队长的意思是，有什么征兆，促使你提醒邹馆长注意安保。”

听见女警官和颜悦色的声音，我气顺了些，决定把自己知道的有所保留地告诉他，毕竟这几件东西对我也很重要，便答道：“参观的过程中，看到几个可疑的人。”

“都有哪几个可疑的人？”队长又说话了，表情依然很严峻。

“参观之前，发现了两个乞丐。”我沉住气，平心静气地回答。

“乞丐有什么可疑的呢？”队长表示不解。

“我到博物馆时还没有开门，大清早的，怎么会有乞丐，而且那里也不是居民区，所以觉得可疑。”

“还遇到其他可疑的人吗？”

“在参观过程中，我还注意到，有两个人似乎对失窃的三件文物特别关注，当然，也可能是我多心了。”

“这能算是线索吗？”眯眯眼迫不及待地插嘴，“凡是进去参观的人，谁不知道那几件东西是国宝，仅仅因为人家多看了几眼就可疑吗？”

眯眯眼的话，令我大为反感，于是我干脆闭嘴不开腔了。眼看局面有些僵，女警官赶紧把眯眯眼支开，歉然道：“不好意思皮老师，小李刚入职不久，缺乏经验，你不要多心。”

接着，队长又发话了，“皮老师，如果你觉得那两个人比较可疑，就麻烦你描述一下那两个人的特征吧。”

我答道：“中等个子，体型偏瘦，一个头发长，一个头发短。”

队长露出失望的眼神，“就这些了？”

我点点头，“就这些了。”

沉思片刻，队长又问道：“还有那两个乞丐呢？”

我答道：“离得很远，他俩脸又脏，看不清相貌。”

不知道怎么回事，我没有透露更多的细节，也没有将乞丐都戴口罩和有意躲避我的情况告诉警察，是因为警察的态度，还是怕讲多了惹麻烦？好像都不尽然。是冥冥中的一种预感，磁场般的心灵感应。

接下来，他们又问了我几个无关紧要的问题，然后告辞，没有表达谢意。

离开的时候，眯眯眼警察又狠狠瞪了我一眼。

权杖和神琮、铜戈的失窃，使我参加国际学术研讨会的心情也没了，就给邹馆长打个电话请辞，邹馆长万般劝说，我还是坚持自己的决定。

疑窦丛生

第二天，接到鬼谷子打来的电话，“皮老师，听说山城博物馆在香港回购的几件东西失窃了，皮老师知道是怎么回事吗？”

鬼谷子主动打电话给我，本就很令人吃惊，而他竟然向我打听三件器物失窃的事，就更令人感到意外，惊愕之中，便不由自主地回答道：“得到这个消息的时候，鬼老知道我首先想到的嫌疑人是谁吗？”

话音刚落，电话那头便传来鬼谷子惊讶的声音，“皮老师，这种玩笑可不能随便开啊，您就是给我九个胆，也不敢在太岁头上动土啊，况且……”

见鬼谷子急于辩解，我心中反而升起疑窦，于是再将他一军，“我还没报出人名来，鬼老怎么自己先慌了，莫非是此地无银……”

“皮老师，您可不能冤枉我啊，您想啊，如果是我做的，避之唯恐不及，怎么还敢给您打电话，提醒您注意到我，那岂不真的成了此地无银三百两啊！”停顿片刻，电话那头又响起鬼谷子急切的声音，“朋友圈里都已经闹得沸沸扬扬了，老实说，刚晓得这个事情的时候，我甚至还……”

“甚至什么，你莫非想说是我做的？”

“不好意思，当时还真这么想了，可是后来一琢磨，您一大学教授，不缺吃不缺穿的，社会地位又高，怎么会去干那种事啊，再说，去戒备森严的博物馆偷国宝，也不是皮老师您能干得了的事。”

国宝失窃，我先怀疑到鬼谷子，而鬼谷子竟然也怀疑到我，顿时哭笑不得，联想到先前警方的怀疑盘问，反而释怀下来，但心中还是觉得疑惑，便又问道：“那鬼老这个时候打电话来，又是为的哪出戏啊？”

听我不再跟他开玩笑，鬼谷子声音恢复了正常，“皮老师一下就说到正题上了，今天打电话，正是想请皮老师出马来演出戏呢。”

我答道：“鬼老谬赞了，我哪里是演戏的料啊，您还是请个专业演员吧。”

鬼谷子干笑两声，“皮老师太谦虚啦，哪还有比您更专业的演员啊，上次那个事，全凭皮老师的精彩发挥，要不然还真难说啊。”

我岂肯相信鬼谷子嘴里说出的话，打定主意拒绝他，却又控制不住好奇心，问道：“这次又弄到什么宝贝了？”

见我拒绝得不够坚决，鬼谷子马上发挥他的三寸不烂之舌，兴冲冲说道：“又搞到一批高仿，比上次那几件做得还要精到，操作得好的话，收益应该比上次还高，今天来电话是告诉您，我已经约好山西老板三天后看货，希望皮老师来参一股。”

听完鬼谷子的鼓动，还真有点心动。因我的失误，害得三件宝贝都弄丢了，很对不起冬瓜和覃婉丽，心想，再赚上一笔，补偿一下他俩，便答道：“这种事风险太大，主要是怕人家来找后账，所以……”

好个鬼谷子，立马猜到我的心思，继续游说道：“说到找后账这个事，还得感谢皮老师，上次卖给高总那个玉壶春瓶倒是给我提了一个醒，高仿的东西啊，绝对不要卖给身边人，所以我现在懂了，所有的高仿，一律只卖给外地人，最好是卖给那些送礼的，比如上次那两个河北老板，就不会找后账了。”

我好奇心起，不觉追问道：“为什么呢？”

鬼谷子答道：“您想啊，买家收这些东西，大多都是用来送礼的，而收礼的又有几个真正懂古玩呢，拿着这些东西，又不方便拿去鉴定，通常都是找些个似懂非懂的人来掌眼，自然是叫好的多，即使有真的专家去鉴定，也不好当面说破，一来怕扫了人家面子，二来又怕坏了别人好事，退一万步讲，即使知道有问题，也是哑巴吃黄连——有苦说不出。”

听完鬼谷子的唠叨，心里不免又有点动心，但随即想到中午发生的事，热情马上冷却下来，“谢谢鬼老的信任，可是我真的来不了。”

鬼谷子岂能甘心，赶紧说道：“要不，这次成功了，分给您两成。”

沉思片刻，我答道：“鬼老的好意我心领了，这段时间确实太忙，马上还要参加巴蜀文化国际学术研讨会，我要做大会发言，以后再说吧。”

也许鬼谷子感觉到我的犹豫，立马加大了动员力度，“皮老师不来参一股，真是太遗憾了，我可是指望您来打主力的——要不这样吧，成功了分您四分之一。”

四分之一！

我心中一惊，开始盘算起来，如果成交价以三百万计算，那么我可以分得七十五万，这可真是一笔不小的数目，除分给冬瓜和覃婉丽一部分外，还可以用剩余的钱付个房子首付，为自己和覃婉丽造个爱巢。

心中想的是干吗要跟钱过不去，可说出口的话却是，“谢谢鬼老的美意，可是我真的很忙，恐怕抽不出来时间。”

通完电话，在我的判断中，鬼谷子作案的嫌疑已被排除。那么，会不会是高总？

高总曾对这几件东西很感兴趣，感觉他这人深不可测，似乎有些黑社会背景。但如果是高总的人作案，为什么不偷其他珍贵文物，也只对这三件东西下手，不合情理，而且高总表面上也还是个正当商人，照理不会干这种危险的勾当。

排除了鬼谷子，又排除了高总，那么盗窃国宝的究竟是谁呢？从单单只对权杖、神琮和铜戈下手的结果来看，这三件东西对盗窃者十分重要，以至于对博物馆其他珍贵文物视若无睹，显然看重的并非三件文物的经济价值，而是它的其他功能，而最了解这三件器物功能的，除了我还有谁呢？

对了，会不会是他？脑海中突然闪现出一个人影来。

可是，他一个“古代人”，如果逃离绝谷来到现代社会，生存都困难，又怎么可能有心思有能力盗窃文物，还悄无声息地得手？在谷中也没有听说有迷香迷药这回事，除非谷中还有我没有了解到的秘密和绝技，而这些绝技又被他们当中某人所掌握，联想到他们的突然消失和王后的离奇死亡，也不是没有这种可能。

最大的嫌疑人，自然是那两个戴口罩的乞丐和另外两个盯梢我的人，但是令人费解的是，两个乞丐如果为偷盗而来，有各种方式伪装，为什么会戴口罩，这不是太引人注目了吗？

想久了，麻痒和头痛的感觉就来了，赶紧闭目打坐，运功抵抗。

没有了覃婉丽在身边，生活又回到凌乱。

虽然国宝失窃，但巴蜀文化国际学术研讨会还得按期召开。

开幕前一天，邹馆长又打来电话催请，而我也想趁此机会了解一些巴蜀史的研究动态和众家所长，便改变初衷，决定还是去一趟山城博物馆，按照邹馆长的建议，以列席代表的身份参加国际学术研讨会。

进入会议厅，我找了个角落坐下，眼睛盯着投影屏上不断变换的文物图片，当权杖、神琮和铜戈在眼前定格的时候，心中隐隐作痛。

会议由山城博物馆馆长主持，在介绍各地来宾的时候，忽然听到两个熟悉的名字，转眼望去，见威廉正面带微笑向来宾们致意，在他的旁边，坐着艾曼纽。显然，他俩是以巴蜀文化国际学者的名义来参加研讨会的，可此刻，在我脑海中却立即产生出一个念头——在列举盗窃国宝的人选中，怎么会漏掉了威廉和艾曼纽？

这些外国人到山城，不正是奔着巴国宝藏来的吗？此时此刻，艾曼纽的话语犹在耳边回响——

“那本小说中，有一个重要人物，叫史密斯，原型就是我曾祖父。”

“因为我要继承曾祖父的事业，完成他未了的心愿。”

史密斯的心愿，不就是寻找和拥有巴国宝藏吗，所以在面对巴国重器的诱惑时，作为史密斯家族成员的威廉和艾曼纽显然是会动心的，也就是具有作案动机。不仅如此，他们还掌握了高科技手段，比其他人作案似乎更有优势。如此看来，艾曼纽和威廉很可能就是盗窃三件器物的重大嫌疑人，或者还有沙克、威利和沃克。

不知不觉间，脑海中又浮现出两个乞丐的身影，这两个乞丐，会不会就是沙克、艾曼纽、威廉、威利、沃克五人当中的某两个，而在这几人中，沙克、威利的身材都十分高大，艾曼纽个子也不矮，而乞丐的个子都不高，从体型上判断，沃克和威廉的嫌疑比较大，或者也可能是与沙克、威利、沃克一起探洞的另外那个人。

想到这里，眼睛便不由自主地朝艾曼纽瞥去，而此时，艾曼纽的目光也正朝我射来，满含深意的一笑，在与她目光相撞的同时，我却打了个冷颤。

毫无疑问，艾曼纽的眼神具有某种杀伤力，一方面，它像钻石般晶莹透彻，闪亮迷人；而另一方面，它又像马里亚纳海沟一样深邃难测，令人心悸……

介绍完来宾后，市政协的王主席致辞，接着是学术发言。

学术发言中，山城师大管崇善教授关于巴人逐盐而迁的观点以及西联大学李宇平教授关于巴人多图腾崇拜的观点对我颇有启迪。邹馆长也做了大会发言，还特别提到，他的观点得到了西联大学皮兆寅老师的启示。当邹馆长提到我的时候，艾曼纽眼中射来惊异的目光，我赶紧转头，不与她目光对接。

参加会议的代表中，还有英、美、法、日和韩国的专家学者。其中有个日本代表叫川康彦（就是与沙克一起探洞那人），他的发言十分傲慢，说中国关于巴蜀史的研究，还处于初级阶段，远远落后于日本和英法等欧洲国家。其论据是，中国古代文献中，关于巴蜀的论述只有只言片语，而当代巴蜀史的论著也屈指可数，至于说实物资料，更是少得可怜，远不如欧洲和美国，更不用说日本了。

接下来，他又提出了一个非常有趣的观点——组成日本的早期人种中，很可能包括一支巴人，他们是以白虎为图腾的廪君部落的后裔，可能于战国晚期沿海而上迁徙至日本本土，与当地原住民不断发生战争又相互融合，成为日本民族的一个组成部分。而且武士道的缘起，也很可能与白虎之巴有关，因为巴人英勇好战，崇尚武士精神。最为巧合的是，日本武士道的神兽正是白虎，而日本武士所扎的独角髻，也与古代巴人的发型非常相似。只是他的这个观点还缺乏一个重要的环节，就是缺乏考古发掘证据支持，而他现在正在古代巴国区域和东南沿海一带寻找这样的证据。

如果说他的这个观点成立，那么战国中晚期巴国分崩离析之时，就应该还有支队伍北上到了日本，而如果我能够找到这样的证据，就可以证明川康彦的假设是正确的。但是，如果证明了武士道的缘起与白虎之巴有关，岂不是间接抹黑了巴人，抹黑了自己的祖先。

其后，威廉先生也做了发言，首先，他肯定了邹馆长对于权杖的论述，但是，关于神琮的功能却提出了不同的判断，虽然《周礼》关于“玉作六器”中明确规定以黄琮祭地，但作为蛮荒之地的巴国却不一定有这样的规定，而这件琮形器的年代大大早于周代，加之神琮又是用陨石打造而成的，陨石来自于天，所以它更可能是一件祭天的神器，或者，它还具有其他神秘属性。

接下来，关于巴国的兴亡，威廉先生也提出了独到的见解。按照他的说法，巴国的强大和衰落，除受到历史机遇和环境因素影响之外，似乎还受到某种神秘力量的牵引，抑或是说，当那股神秘力量出现的时候，巴国就会突然变得异常强大，而当那股神秘力量消失的时候，巴国又会突然变得十分衰弱。而秦灭巴国如此轻而易举，正是因为当时巴国无法借助那股神秘力量。

威廉的观点，引起与会代表的热烈讨论，当然，持反对意见的占绝大多数。讨论尽管很热烈，但这次学术会议不可避免地受到失窃案的影响。因博物馆和特展厅戒备森严，布满了警察和保安，使得器物观摩这个环节笼罩在紧张的氛围之中，文物的“过手”环节也被临时取消。当然，没有了那三件巴国重器，代表们观摩实物的兴趣也淡了。

午餐的时候，邹馆长悄悄把我拉到一边，问道："警察找过你了吗？"

"找过，怎么了？"我为邹馆长的奇怪表情感到疑惑。

"他们后来又来了博物馆，跟我谈了很久。"邹馆长皱眉道。

"跟您谈了些什么，关于我吗？"我警觉起来。

"正是，详细询问了你的生活条件和社会关系。"说完，邹馆长抽出两支烟来，将一支递给了我，我接过烟，拿出打火机给邹馆长点上，然后，装出漫不经心的样子，"这跟失窃案有什么关系呢，莫非……"

"早知道他们要调查你的话，我就不该多嘴了，"邹馆长深吸一口烟，猛咳几声，眉头紧锁，"只是觉得事关重大，而作为管理者，我有不可推卸的责任，要知道这几件器物，可是国宝级的文物，如果找不回来，实在是损失惨重。"说到这里，邹馆长又将烟递到嘴边，但是没有吸，盯着我说道："这些警察也是可笑，怎么会怀疑到你——而且你还专门打电话提醒我，这么简单的道理难道他们不明白？"

"随他们去，爱咋咋的。"我没有为自己辩解。

"但是我还是觉得奇怪，你怎么会想到给我打那个电话的？"邹馆长将大半支烟头掐灭，丢入墙角的垃圾桶。

"直觉，仅仅只是直觉。"我答道。

现身的乞丐

邹馆长刚离开，艾曼纽又迎面走来，表现出很兴奋的样子，"皮，又见面了，用中国人的话来说，叫有缘千里来相会。"

不知何故，面对艾曼纽的热情，我却始终觉得寒气逼人，浑身不自在，窘迫中，慌不择言道："中国还有一句话，叫冤家路窄。"

艾曼纽并不在意我的反讽，莞尔一笑，"皮，冤家的意思我略懂一二，好像就是有缘人的意思吧？"

我苦笑道：“您要这么理解，我也没有办法。”

艾曼纽不怒反笑，“皮，你确实与众不同，但这更令人着迷，当然，最令人着迷的，还是你神奇的消失而后又神奇的重生。”

我皱眉道：“我根本就没有死，何来重生。”

艾曼纽摇头，“我没有说你死了，而是说你神奇的消失了，当你再次出现的时候，感觉你已经不是原来的你，似乎变得更加——对不起，我找不到合适的形容词。”

我耸耸肩，“您的话我听不明白。”

“皮，你知道我想表达什么，”艾曼纽走近一步，高耸的胸部直逼我眼前，随之芳香扑鼻，“我认为，那一次神秘消失的两个月期间，你一定经历了某种奇遇，并因此而获取了某种特殊的能力，你的眼神向我传递了这样的信息，现在，你更像一个古代人了，或者你就是一个古代巴人，穿越到了这个时代。”

我退后一步，故作吃惊状，“您越说越玄了！”

此时的艾曼纽，表情诡异，笑容乖张，“皮，跟我合作吧，我可以保证，你会从中得到自己想要的一切，甚至想不到的一切。”

我摇摇头，答道：“对不起，您所谓的一切我不感兴趣！”说到这里，接着又补充一句，“对了，忘了提醒您，对于巴国文物，不要有非分之想，如果拿了不属于自己的东西，最好是将它们完璧归赵，否则会受到惩罚的。”

听完我的话，艾曼纽愕然！

会议结束，在博物馆大楼前集体合影的时候，又远远地看见那两个戴口罩的乞丐。在如此敏感的时候，二人居然还敢在博物馆附近现身，真是胆大包天。

现在，我又开始怀疑自己先前的判断——国宝真是这两个乞丐偷的吗？

这次，我决定弄个水落石出。

合影一结束，顾不上聚餐，便匆匆朝那两人走去。而俩乞丐并不回避我的跟踪，在前面慢吞吞地走，不时还回望一眼。没有覃婉丽在身边，我便无所顾忌。跟了一会儿之后，忽然觉得，俩乞丐绝对不会是外国人，但肯定是自己熟悉的人，而且怀有善意。

乞丐走得不紧不慢，经过大礼堂广场后，直接朝背后小街走去，走着走着，只觉得眼前的背影变得越来越熟悉。于是，我不再犹豫，大步流星地跟了上去。接着，进入一片拆迁区，在一株黄桷树下，乞丐站住了，还把口罩摘了下来。

是龙格和纳莫！

这个结果，既在意料之中，又在意料之外。之前虽有想到，但不敢确认，乃是因为夔城与山城有数百公里之遥，以他们的能耐，怎么能够到这里，又恰好在博物馆等我。

来不及细想，我迎上前去，鼻孔里立即充满了酸臭味儿。龙格和纳莫虽然也很激动，但并没表达出我所希望的亲热度。简单问候两句后，他俩将我带到一栋拆迁房前，推开虚掩的木门，就看见蓬头垢面的罕宝——此刻，他正靠在墙角的砖堆中，啃一个烂苹果。

眼见罕宝这样一个“官二代”竟然沦落到如此地步，我不禁悲喜交加，走上前去，便要与他拥抱。但罕宝并没有起身相迎的意思，忧郁的眼神中充满了冷淡。

尴尬之中，我只好站定，问道：“宝弟，你还好吧？”

迟疑片刻，罕宝抬起头来，表情痴呆，“皮君，没想到还能见面。”

罕宝的木讷反应没有影响到我的激动，他满身的污秽也没有阻止我对他的亲热，情不自禁中，我伸出双手，攀住他的双肩，大声说道：“宝弟，能够在这儿见到大家，你知道我有多高兴吗？”

罕宝凝视着我，眼眶中含着热泪，口中喃喃道：“谢谢皮君还认我做兄弟，只是为兄所做的事情实在是令罕宝心寒。”

听完罕宝的话，我有些愕然，不禁望向龙格和纳莫。而他俩的脸色突然间也变得极不自然，此时，我根本没有心思去揣度他们奇怪表情后面的原因，只想快点知道他们是怎样出谷的，又是怎样来到这儿的。

还没等我开口，龙格倒先问了同样的问题，“使者大人，请问您是怎样离开巴国的？”

我答道：“是祭司安排我出来的。”

龙格大惊，“祭司安排您出来，这……怎么可能？”

见龙格眼中一片茫然，我笑道：“因为我是廪君使者啊，你们出走之后，祭司大人怪罪于我，安排我去向廪君请罪，所以就出来啦。”

“那是一条祭虎的死路啊，难道……”龙格和纳莫同时发出惊叹声。

“你不是说只要我想出来，一定会有办法的。”看着他俩惊愕的表情，我笑了笑，一本正经地说道：“大伙儿难道忘了，我可是廪君使者啊。”

此时，罕宝忧郁的眼神逐渐变得明朗起来，眼神中充满好奇，“我早知道皮君神通广大，既然能够以不可思议的方式进入巴国，也一定会有不可思议的方法出去，但怎么也不会想到你能从深涧对岸出来！”

罕宝的惊讶可以理解，任凭他想破脑袋，也想不通我会从白虎洞出来，更不会想到我跟白虎已经成了生死之交。但我并没有急于说破，而是反问道：“你们又是怎么出谷的，又怎么会来到这里？”

“当然是从龙嘴出谷的。”龙格答道。

“龙嘴，那么强大的水流，怎么可能？”这回该我吃惊了。

龙格抬头看着我，憨憨地笑了，“使者不知道，龙嘴里喷出的水，只有夏季最大，春秋两季会变小，冬季则时断时续，即使是在春秋季，每天拂晓的时候，也总会有那么一小会儿，水流会忽然变小，以至断流，虽然只有半个时辰，但足够我们进入龙湖。”

纳莫接着说道：“小人先攀到龙嘴旁，等到断流的时候进入，再通过一段洞穴进入龙湖，然后游到岸边，就出来了。”纳莫边讲述边比画，兴奋得手舞足蹈，“当然，这全赖使者发明了那些稀奇古怪的攀爬器，不然也到不了外界。”

龙格又忍不住插话，“当看到外面的世界是这个样子时，可把小人等吓傻了！”

“在巴国，当皮君告诉我谷外这些奇特的怪物时，我还将信将疑，没想到亲眼所见，竟比皮君所讲更神奇千百倍。”受纳莫和龙格的感染，罕宝终于说话了。

“早知你一心想出谷，又干出那么惊天动地的大事，我就不告诉你外界的真相啦。”看着罕宝骨瘦如柴、蓬头垢面的样子，不禁一阵心酸，“外界并不是适合所有人的，依我看，新鲜一段时间过后，大家还是回巴国去吧。”

听完我的话，罕宝神情又变得冷漠起来，“是我自己要离开巴国的，与皮君无关，今后要去哪里，也犯不着皮君操心，只是……”

“只是什么？”

“能不能把丽雅还给我？”

“丽雅，”听完罕宝的话，我莫名其妙，“怎么丽雅没有被白虎吃掉！”

“皮君果然深藏不露，”忽然，罕宝的眼神变得极其冷峻，甚至还有点怨毒的成分，“皮君既然能从虎口逃生，就有能力救出丽雅，可我还是想不明白，既然你喜欢丽雅，为什么不明说，反而虚情假意，演那么多戏呢？”

“我什么时候救出丽雅啦，什么时候演戏啦！”此时此刻，我真以为罕宝疯了，备觉心痛，“宝弟，你思念丽雅可以理解，但不能因此而冤枉我吧。”

没等罕宝开口，龙格接过了话题，“使者大人，我和纳莫都看见了，也告诉了公子。”

我愕然道：“你们都看见了什么，又告诉罕宝公子什么啦？”

龙格低下头，嗫嚅道：“看见丽雅姑娘和使者在一起。”

还没待我辩解，纳莫又插嘴道：“是我和龙格亲眼所见，丽雅和使者在一起，坐那个大铁皮车来的，只是头发变成了黑色。”

“那不是丽雅，是我一个朋友，叫覃婉丽。”此时此刻，我才恍然大悟，原来他们把覃婉丽看成了丽雅，难怪罕宝会这么不待见我。

“她不是丽雅，不是丽雅……”罕宝喃喃自语，目光更加暗淡。

“这么说使者没有救出丽雅姑娘？”龙格也表现出深深的失望，“她还是被……”

我点点头，颓然道：“我是几天后才到深涧对岸的，怎么可能救出丽雅。”

话落，气氛降至冰点。

良久，还是龙格打破寂静，“那使者和覃姑娘去那个大房子里做什么呢？”

“我们去看一个展览，一个陈列巴国神器的展览。”这时，我才想他们还没解答我另一个疑问，又问道："可你们又怎么想到来山城的？"

龙格答道："有一天，我们在一张薄布上看见了巴国神器画，公子说如果能拿到这几件神器，就可以回到巴国与祭司分庭抗礼，所以就找过来了。"

我立马握住龙格的手，"如此说来，巴国神器是被你们偷走了？"

龙格摇头，"没有，我们是想拿的，但不敢进那个大房子。"

听龙格说神器不是他们偷的，顿时很失落，一时之间不知道说些什么。

龙格似乎明白过来，惊讶道："怎么，那几件东西不见了吗？"

我叹气道："被人偷走了。"

这时，纳莫突然接过话头，会不会是……"

"会不会是谁？"

"有天晚上，我们在大房子附近转悠的时候，发现另外三个人也在附近，他们几个鬼鬼祟祟的，好像是要偷什么东西。"

"看见他们长什么样子了吗？"

纳莫答道："看得不是很清楚，跟使者的样子差不多，但没有使者高。"

龙格接着说道："我们不敢靠得太近，但依稀听见，那三人说话的口音，竟然是巴国话，还以为是使者从谷中带出来追杀我们的巴人。"

龙格边比画边描述，但等他说完，我却更摸不着头脑了，忍不住追问道："你确信能听懂他们的语言吗？"

龙格点头，"到了外界，只有这种口音我们能听懂。"

龙格的话不无道理——谷中人因特殊的地理环境，视觉和听觉都异于常人，就连我在谷中待了一段时间之后，这方面也颇有长进，因此并不怀疑龙格的判断，惊愕之余，又问道："对了，扎格呢？"

"因为把那三人想成了使者大人的随从，所以……"说到这里，纳莫瞥了一眼罕宝，"所以扎格一直跟着他们。"

我的随从！

心里暗自发笑，这几个家伙，想象力倒是蛮丰富的，竟然以为我会带巴国人来追杀他们，难怪躲躲藏藏的，不敢与我贸然相见，但此时此刻，我并没有责怪他们对自己的不信任，心中只是担心扎格的安危，“外界如此之大，你们对此又十分陌生，怎么保持联系呢，不怕走丢吗？”

纳莫憨笑道：“使者放心，我们有自己的办法保持联络的。”

龙格接着说道：“按照约定，扎格四天后会回到这里和大家会合，到时候就能弄清楚那三人是谁了。”

我叹口气，“那你们现在打算怎么办？”

龙格望着我，露出无助的眼神，“不知道怎么办，或者去找扎格，或者在这里等。”

看着三人污秽狼狈的样子，心酸之余，一种责任感油然而生——我必须照顾好他们，至少让他们能吃饱饭，穿干净的衣服，不再露宿街头。想到这里，便果断说道：“无论在这里等扎格还是四处去找扎格，都不是可行的办法，当务之急，先跟我回去，收拾整理一下，吃顿饱饭再说。”

“谨遵使者大人的安排。”龙格和纳莫齐声回答。

“请不要再叫我使者大人了，”安全起见，我决定纠正他们对我的称呼，“从现在起，叫皮老师吧。”

“皮老师，”龙格和纳莫露出疑惑的眼神，“怎么会有这样的称呼？”

“你只管这么叫，不需要知道什么意思。”我含笑答道。

改头换面

上车之后，龙格和纳莫更加兴奋，特别是坐在副驾的龙格，眼睛瞪得溜圆，关注我操控汽车的每一个动作，而纳莫在后座问这问那，充满惊奇和艳羡之色。其间，我悄悄盯了一眼内视镜，发现罕宝依然脸色阴沉，神思恍惚。

而我此时的心绪则犹如一团乱麻，既高兴又担忧，高兴的是竟然能够与罕宝在谷外相遇，担忧的是罕宝的精神状态，特别是他对丽雅的念念不忘，会成为麻烦。

当然，还担心三件神器的下落。盗窃国宝的竟然是三个神秘人，并非我当初猜测的艾曼纽和沙克，这更令人匪夷所思。这三个人怎么会对文物感兴趣，而且只对三件巴国神器下手，任凭我想破脑袋也搞不明白。

关于外界，龙格和纳莫有问不完的问题，使我没法集中精力来理清头绪，寻找答案，但能够与这几个来自“古代”的人交流，也是一件很有趣的事，因他俩的问话，常常令人忍俊不禁。

现代社会的戏剧文学，倒是写了很多现代人穿越到古代的精彩经历，可是像我和罕宝这样相互穿越又处于同一个时代的事，恐怕人们做梦也想不出来，如果将之写成故事，也是一段令人难以置信的传奇。

回到凌乱的蜗居，我开始做安顿罕宝一行的工作。先收拾出书房让他们歇息，然后去超市采购了一大袋糕点饮料，看着他们狼吞虎咽地吞噬，不时露出龇牙咧嘴的表情，备感欣慰。吃完之后，又把三人带到卫生间，告知马桶和淋浴器的用法。随后，罕宝先进去洗澡，接着，龙格和纳莫也扒光了衣服，一起进盥洗间洗了个澡。趁他们洗澡的时候，我又把他们脱下的臭衣服装进垃圾袋，再把自己的所有衣服翻出来给他们换上。

看着镜子里焕然一新的自己，龙格和纳莫兴奋不已。

接下来，我去理发店买了几袋染发剂，按照说明书调配好，装入一塑料盆中，先将龙格和纳莫的头发挨个染成了黑色，但轮到罕宝时却颇费了一番口舌。接着，我又将浅棕色丙烯颜料调和了一些，把他们脖子以上的部位都涂抹一遍，如此一来，皮肤也变得正常了些。这两件事情做完，龙格和纳莫立即来到镜子前，挤眉弄眼的相互取笑，这多多少少感染了罕宝，这个时候，罕宝终于说话了，“皮君，请问覃姑娘去哪儿了，她没住这里吗？”

听罕宝一开口就问覃婉丽，我顿觉心情沉重，一时不知怎样回答才好，龙格和纳莫也赶紧收声，以十分焦灼的目光看着我，特别是当他们知道人的头发和肤色都可以改变颜色的时候，这种怀疑就更加深了。

见大家都沉默不语，罕宝便自说自话道：“既然覃姑娘不是丽雅，可为什么龙格和纳莫却认定她就是丽雅呢！”

至此，我不得不回答道：“宝弟思念丽雅，可以理解，但覃婉丽是覃婉丽，丽雅是丽雅，她们根本就是两个人，为兄又怎么会骗宝弟。”说到这里，见罕宝仍然露出疑惑的目光，我不得不补充一句，“等见到她时，你就会明白了。”

听完我的回答，罕宝异常失落，又喃喃自语道：“如果丽雅爱上了皮君，那也是好事，至少她活下来了！”

看罕宝这个样儿，我心中越发忐忑起来，罕宝对丽雅的痴情，对我和覃婉丽来说，早晚是个麻烦，想到这里，心情愈加沉重。

我不敢继续与罕宝谈论丽雅或覃婉丽，便打开电视，尽量将话题朝电视中的内容上引，很快，罕宝、龙格和纳莫便被电视内容所吸引，一个个看得津津有味。看了会儿电视，又把冰箱中的速冻饺子拿出来煮一大盆，龙格和纳莫照样是狼吞虎咽，吃得一个不剩。临近深夜的时候，将书房中的书桌挪到一边，打了个地铺，又把所有床单被套拿出来，如此一来，这帮颠沛流离的古代人，今晚可以睡个安稳觉了。

纳莫和龙格立即入睡，罕宝却不愿睡觉，要跟我说话。

“皮君，麻烦您了。”罕宝眼眶通红，神色萎靡，说出的话令人心酸。

“这都是我应该做的，谁叫我们是兄弟呢。”我拍拍他肩，尽量表现出轻松的样子。

“皮……皮兄仍然把我当兄弟吗？”罕宝也伸出一只手，按在我的手上。

“当然，我俩是情同手足的兄弟。”我拿过一瓶红牛，打开，递到罕宝手上，“来，喝点饮料，提提神。”

“谢谢皮兄，外界的一切都很神奇！”罕宝眼光闪亮了一下，热泪盈眶，“可是来到外界，我就像个傻子，只能给你添麻烦。”

我连连摇头，“既然是兄弟，就不必客气，把这儿当自己家吧，再说，我在巴国也没少给你添麻烦。”

“这水的味道好怪异，”喝一口红牛，罕宝露出惊讶的表情，苍白的脸有了点血色，“谢谢皮兄关照，那我就不客气了。”

见罕宝心情好转，我备觉欣慰，不由得又问道："离开巴国，后悔吗？"

"怎么会后悔，能够见到如此神奇的外界，就是立马死也值了！"罕宝望着窗外，忽然又长叹一口气，"只可怜巴国人民，至今仍生活在黑暗和愚昧中，更可怜那些洞主和贵族们，整日为争权夺利而相互倾轧，勾心斗角，对外界的繁华与富足全然不晓。"

望着罕宝，想起他在拆迁房中的狼狈相，心中发酸，不由得轻叹一声，"可是这个外界不适合你生存啊，在我这儿住一段时间，看看外界后，还是回巴国去吧。"

"刚开始会困难些，过段时间也许就好了，"罕宝转过头，微微一笑，"其实也没有皮兄想得那么困难，外界的人，大多都很友善，而且我留意到有些人也讲中原官话，大概明白他们讲的是什么意思。"

我摇头，"这只是表面现象，等你多待些时日自然就明白了。"

"至少在我的眼中，他们都很善良。"接着，罕宝又凝视着我，露出疑惑的眼神，"有一句话，不知当讲不当讲？"

我忐忑道："有什么话，尽管说。"

犹豫片刻，罕宝说道："皮兄生活的外界，比我们想象的天界还要美好，可皮兄为什么还有那么多的不满足，那么多……牢骚？"

我本以为罕宝会提到覃婉丽，却没想到他问出这个问题，一时无言以对，愣了半天，才嗫嚅道："人的幸福感，并非全取决于家什和物用，更在于其内心的感受，比如言行的自由和生活的乐趣。"

罕宝喃喃道："如此说来，外界人比巴国的贵族更贪婪。"

听完罕宝的话，我顿时哭笑不得，只好岔开话题，"你是什么时候决定离开巴国的，出来受这么多苦，真的不后悔吗？"

"当皮兄告知我外面这个真实世界的时候，我便决定一定要出谷来看看。"罕宝眼中放着光，充满神奇梦幻的色彩，"真庆幸自己离开巴国，能见识如此神奇的外界。"

"早知道就不告诉你了，后果这么严重。"我摇头道。

"你是说丽雅的死吗？"罕宝低头沉思，"其实丽雅死的时候并不全都是痛苦。"

“我也看见了她的眼神，可是有些不理解，她最后怎么会笑？”说话间，脑海中又浮现出丽雅那诡异的笑容和无怨无悔的神情。

“那是因为——爱过了，就不遗憾，也不后悔，而且正因为她的死，才促使我下定了离开巴国的决心。”罕宝抬起头来，又一次望向窗外，那眼神，似乎穿透了夜空，去到很远的地方。

“爱过了，就不遗憾，也不后悔……”我默默念叨着罕宝的话，像是对他也像是对自己，不由得又想到了覃婉丽。

沉思中，罕宝忽然又问道：“听说祭司曾建议皮兄娶丽雅为妻，担任射事之职，皮兄怎么没有答应？”

我想了想，答道：“如果那样的话，怎么向你交代？”

“怎么不好向我交代呢，你不是说待我与依噶结婚后再把丽雅还给我吗？”罕宝转过头来，十分困惑地望着我。

我苦笑，“丽雅跟我在一起，难道你不嫉恨，即使我不动她一丝一毫，但每日同室而寝，又怎么对得起兄弟你呢。”

罕宝不以为然，“为什么要嫉恨，如果她跟皮兄生活在一起，但并不爱你，我有什么可嫉恨的，而如果她爱上了你，那也是她自己的选择，毕竟比去死要好。”

罕宝的这段话，犹如醍醐灌顶，把我惊醒了。我怎么就没想到，既然谷中的女子在结婚前可以换来换去，可见古代巴人对于贞洁是并不看重的，我当时也考虑过这个问题，可临到抉择时怎么就忘了呢？

正是因为自己犯糊涂，没有答应祭司的建议才造成丽雅被祭虎，而相对于罕宝来说，丽雅的生命高于一切。想到这里，我羞愧万分，懊恼不已。

“都是我辜负了你，没有把事情办妥，还自以为很聪明，害得……”

“皮兄，这也不怪你，谁也不知道这个结局。”

“没想到巴国的内斗这么残忍复杂，王后和祭司那么狠毒！”

“我早提醒过皮兄，巴国绝不是个风平浪静的地方，但最令我没有想到的……”说到这里，罕宝面部忽然抽搐起来。

“最没想到的是什么呢？”

“一是没想到祭司居然会选丽雅去祭虎，我原以为他会照顾到我的感受。”罕宝眼角含泪，内心痛苦不堪，一边是自己的爱人，一边是自己的父亲，而父亲绝情地杀死了自己的爱人，任谁心里都痛苦折磨。

看着罕宝痛苦的眼神，我满怀愧疚，嗫嚅道：“我也没想到这个结果，去向他求情的时候，还以为丽雅不会死，心想祭司与王后是敌人，怎么也不会帮王后吧。”

“我当时也这样想，虽然很紧张，但心中还存有希望，总以为祭司会放过丽雅。”说话的时候，罕宝的眼中充满迷惘。

“后来才明白，在处死丽雅这个问题上，祭司和王后的利益是一致的，在祭司方面来说，希望处死丽雅使你死心塌地的娶公主。”说话的时候，感觉心里一阵抽搐。

“我总觉得他是自己的父亲，曾经那么慈爱，怎么……”罕宝双手抱头，深埋下去。

“在祭司的逻辑中，权力是高于一切的东西。”

“唉，权力真是个邪恶的东西！”罕宝仰天长叹。

“那么第二个没想到呢？”

“二是没料到皮兄与依噶公主处得好好的，怎么忽然就反悔了，还来劝我迎娶公主。”

“一次意外的召见改变了我的决定。”我不敢正视罕宝，把目光转向一边。

“有这样的事，是祭司的召见吗？”罕宝抬起头来，紧盯住我。

“不，是巴王的召见。”

“巴王，怎么可能，他不是一直听王后的吗？”

“不错，王后以蛊毒控制了巴王，使巴王身不由己，但事关巴国生死存亡的关头，他还是以国家命运为重的。”

“事关巴国的生死存亡，真的有这么严重吗？”

“如果我与依噶公主结婚，接任丞相之位，祭司和王后两派会发生大规模冲突，甚至血流成河。”接着，我将王后的谋划以及祭司的应对之策告诉了他。

话毕，罕宝目瞪口呆。

接下来的几天，我告诫罕宝他们三个，尽量不要出门，不要用土语大声交谈，免得引起不必要的麻烦。而我除上课时间之外，都尽量跟他们待在一起。跟他们聊外界的稀奇古怪，陪他们看电视。他们最喜欢看的节目竟然是自然和科技频道，经常有问不完的问题。夜深人静的时候，我会开车带他们驾临缙云山顶，仰望星空。

到和扎格会合的日子，大家都起了个大早，我把车直接开到楼下，然后把买好的早点分发给大家，边吃边走。到达大礼堂背后的拆迁点还不到八点钟，为了不引起别人的注意，我将车停在了稍远的位置，然后两人一组步行去会扎格。

见街道上的人都匆匆忙忙赶路上班，没有人关注到我们，大家才又合为一路。纳莫和龙格先进到屋里，没有发现扎格留下的记号，表明扎格还没有回来。最后，决定留下纳莫继续等待，我和罕宝、龙格则在附近的宾馆开了个房间，继续看电视。

但是一直等到中午，还是没见扎格回来，到了晚上，仍然没有。我第二天上午有课，因为今年请假太多，不敢再缺课，就到附近商场买了一个老人机，一张电话卡，里面存了我的号码，并教会罕宝使用，约好一有消息就给我打电话，再过来接大家。

罕宝拿着手机，稀奇得很，一定要我出去打个电话试试，龙格坚持要陪我走远些，我只好按他们的要求做了，打完电话回来的时候，罕宝兴奋得不得了。

第二天中午，罕宝打电话来了，说扎格还没回来，接着又说了一些无关紧要的话，无非是舍不得挂电话。我心系罕宝，怕他擅自外出，尽管还有事情没处理完，还是决定再去一趟宾馆，便又买了些食品，开上车直奔大礼堂。

快到的时候，接到罕宝的电话——扎格回来了。

进酒店房间时，扎格刚洗完澡，裹着条浴巾，正瞪着电视机吐舌头，见我进来，忙躬身行礼，身上的浴巾掉落，露出赤裸裸的下半身。

我把食物分给大家后，才想起来应该给扎格也带套衣服来，就吩咐大家先吃东西，我去办点事情再回来。于是，又跑了趟临近的商场，选了一堆内衣外裤，一共五套，除扎格马上要用的外，另外四套给他们换洗。

等大家都穿戴完毕，马上退房，开车回家。

一路上，扎格、纳莫、龙格叽哩哇啦说个不停，我明白了个大概——原来扎格跟着那三个人，换乘了好几个“大箱子车”，来到一深处崇山峻岭中的乡镇，然后又搭乘一种“小箱子车”，来到一个寨子，步行往山里走，周围的地形地貌，与绝谷之巴的外围近似，以至于扎格以为回到了巴国外围。

因为怕被发现，只能远远地跟着，走了很远的路，来到一个山坡就看不见那三个人了，扎格等了一阵，见前面没有动静，才继续往前走，再走一段，爬上山脊，路就断了，眼前是万丈深渊。至于为什么这么久才回来，是因为回来时赶错了车，幸好留有一张印有大礼堂的地图，才在好心人的指点下，辗转反侧地赶回来。

扎格所描述的那三个人的相貌，其中两个恰与我和覃婉丽在展厅遇到的两人吻合，那么极有可能便是这三人偷了国宝。最可能的方式是，那个小个子潜藏在博物馆展厅内，等到了凌晨，所有值班人员都困了的时候再施放迷烟，盗窃宝物后，再由大门出来，外面俩人接应，神不知鬼不觉地实施了盗窃计划。

扎格连连点头，说正是凌晨时分看见那个小个儿背着个包裹出来，他来不及通知罕宝就跟了去，没想到一走就是好几天。

现在，盗宝人虽已确定，但其行踪却不得而知。

令人想不通的是这三个人的来历，为什么会巴国土语，是不是某个土家族群体中保留了这种古老语言？如果是土家族，他们的祖先就是巴人，是巴人，对巴国神器就会有兴趣。

但是这种兴趣会大到铤而走险盗窃国家宝物的地步吗？

如果他们盗窃了国宝，会怎么处理它们？

应该不会卖。

那会拿它去做什么？

供起来？

这么重要的文物，目标这么大，在哪里供？

罕宝却提出了另一种很有意思的设想——会不会在扎格跟去的那个地

方，也有一支隐藏的巴人，而这支巴人，说不定就是二王子的遗裔。既然他们可以在地缝绝谷隐藏两千多年，那么二王子的遗裔便有可能做出同样的事。

接下来的一段时间，我成了罕宝、龙格、纳莫和扎格的家庭教师。

当大学老师最大的好处就是，除上课外，其他时间都可以自由安排，所以只要没课，我就尽量待在家里，除了教罕宝他们说普通话外，还得教给他们一些科学、旅行、汽车等方面的常识。为了使讲授更生动些，我特意去了趟石桥铺电子城，买了套家庭影院，运用多媒体手段进行教学。

罕宝他们在垫子上盘腿而坐，听起课来既认真又投入。作为福利，晚上给大家放场电影。这期间，罕宝没有再提起覃婉丽和丽雅。

杭州之行

临近寒假，上完本学期的最后一堂课，我的教学任务便告一段落。

打开手机，好几个未接来电，全是覃婉丽打过来的。我赶紧回拨过去，电话那头传来覃婉丽惊慌的声音，“你怎么回事，手机一直打不通？”

“刚才上课呢，不能开机的，怎么你回来了吗？”我问道。

“你快过来，吓死我了！”虽然是接电话，也能感觉到覃婉丽惊慌失措的样子。

“究竟怎么回事，你慢慢说嘛。”我忐忑道。

“我刚离开几天，家里怎么就住进来几个妖怪，还问我怎么回事。”电话里传来覃婉丽愤恨不平的声音。

听完覃婉丽的回答，猛然明白了事情的原委——肯定是覃婉丽进屋的时候，突然看见家里冒出四个大男人来，由于没有心理准备，一时被吓到了，并没有什么大不了的事。想到这里，我反而放下心来，便说道：“什么妖怪不妖怪的，那是我的几个朋友，来山城治病，临时在家里住几天，都怪我，忘了事先给你打个招呼，待会儿请你吃大餐赔罪。”

覃婉丽回来了，回家住显然不妥，便带她到学校附近的商务旅馆登记了一个情调单间，覃婉丽十分不爽，说在外面工作天天住旅馆，回到山城了还得住旅馆。我只得留下来，好好安慰一阵，陪她吃完晚饭之后才赶回宿舍。

进屋后，才发现这几天忙于教学，忘了给罕宝他们补妆，脸上白一块黑一块的，一个个看起来像白癜风患者，怪不得会把覃婉丽吓坏。而对我的到来，罕宝完全视而不见，顾自坐在椅子上发呆，看样子还真把覃婉丽误以为丽雅了。

此时此刻，我也不知道怎样安慰罕宝，便去厨房煮饭。跟覃婉丽同居之后，也学会了几道菜，虽然没有她做得可口，但应付这几个粗人已绰绰有余了。饭熟之后，又简单炒了几个菜，招呼龙格、纳莫和扎格一起吃，可罕宝却像个木雕一样呆坐着纹丝不动。

过了一会儿，罕宝突然来到镜子前，伸出双手，使劲抓扯着自己的头发，摸搓着脸上的颜料，喃喃自语，“现在这个样子，难怪丽雅不认我。”接着，他突然站起身来，往卫生间冲去，口中念念有词，“不行，我得把这些脏东西洗掉。”

眼见罕宝已进入疯魔状态，我不禁深深的懊恼，后悔自己带覃婉丽一起去博物馆，后悔没有及时阻止覃婉丽回家，在罕宝还没恢复正常的情况下就碰了面。现在，罕宝潜意识认定覃婉丽就是丽雅，这可怎么办？

正六神无主的时候，罕宝全身湿淋淋地走了出来，脸色苍白，神情憔悴，但眼神却清亮了不少，仿佛已经恢复了理智。

“皮兄，对不起，刚才失礼了！”

尽管不清楚罕宝去卫生间做了什么，经历了怎样的挣扎，但他能从疯魔状态自我解脱出来，又以正常的语气跟我说话，令我备感欣慰，连忙紧握住他双手，“宝弟，都是我不好，没有考虑周全，让你受委屈了！”

“不，皮兄做得很好，住在这里，我们无比愉快，因为学到了很多东西。”罕宝深情地与我对视，目光中透射出温暖，“但是你说得对，也许我应该回巴国。”

听着罕宝前言不搭后语的话，我又疑惑了，“既然愉快，为什么不多住些日子，多感受些外界的文明？”

罕宝摇头，“正因为看到外界的文明繁华，才感受到巴国的野蛮落后，所以我要尽快回到巴国，让巴国人民明白真相。”

“万万不可！”听完罕宝的话，我大惊失色，“要知道，你们擅自离境，已经是犯了杀头之罪，而你竟然还想明目张胆的回去，对那些从未见过外界文明的人胡言乱语，岂不是罪加一等，你这样做，祭司和巴国的贵族们更不会放过你！”

“皮兄说得没错，就这么两手空空的回去肯定不行，但如果我能带着廪君权杖和神琮回到巴国，祭司和贵族们就不敢轻易动我。”说话的过程中，罕宝的眼睛一直闪着光，神情异常坚定，“我要以廪君权杖和神琮号令巴国人民，逼迫祭司交出权力，辅佐王上实施改制，引进外界科技和发明，让巴国人民过上跟外界一样美好的日子。”

听完罕宝的话，我暗自心惊，没想到他瘦弱的身体内竟然蕴含着如此巨大的能量，而他的想法又是如此的大胆，如此的激进，令人心潮澎湃，蠢蠢欲动，便忍不住问道：“权杖和神琮真有这么大的威力吗？”

“当然，廪君权杖是我白虎之巴的信物，象征着至高无上的权力。有了它，标志着王权神授，就是巴王也得俯首听命，至于说神琮，则是巴国最神圣的神器，用它召唤大蛇现身，就有了无坚不摧的力量！”说到这里，罕宝突然伸出双手，使劲攀住我肩膀，“如果皮兄肯以廪君使者身份重返巴国，助我一臂之力，那么成功的把握就更大。”

罕宝的话，显然对我有所触动，然而我心所念，主要是祛蛊治病，而不是要去巴国搞什么逼宫夺权，更不是要搞什么文明革命。因在我心中，巴国是这个世界上独一无二的文化遗产，是一点也不能受到外界文明侵扰的净土。尽管它很封闭落后，但正因为这样，才使得它能够隐藏于尘世两千多年。但是，如果能够扶持罕宝上位，在巴国实行一些人道化的改革，比如取消以人饲虎的陋制，也未必不是一件好事。可是，实施这一切的必备前提是——拥有权杖和神琮。

正沉思中，罕宝又说道：“此时皮兄一定在想，权杖和神琮已无迹可寻，我们已经无法得到它们，凭什么与祭司和贵族们分庭抗礼。”

听罕宝说话，不觉大为惊讶——原来这个罕宝还真是不简单，竟能猜出我的心思，毕竟是祭司的儿子，身上似乎具有某种巫力，他的机智和毅力，完全超乎我的想象，而他的所作所为，亦是令人匪夷所思。

“所以说，我们必须找到权杖和神琮！”

罕宝铿锵有力的话传入耳中，令我备受震动，但我心里明白，找到权杖和神琮谈何容易，与其费力去找，倒不如做一个假权杖和假神琮，反正我也不太相信它们真有什么神力，巴国人也没有见过真东西，但却不能告诉罕宝，免得他认为我亵渎神灵。

“宝弟说得是，这件事就交给我吧。”

罕宝大喜，又一把握住我的手，“如果皮兄肯出手，那事情就好办了，”随即，他又叫过扎格，“你去过那地方，还认得那三个人，不如就陪着皮兄走一趟吧。”

我摇头，“这件事，交给我一个人去办就行了。”见罕宝露出疑惑的目光，我连忙解释道：“别忘了，我可是廪君使者，必要的时候，他会为我指明道路的。”

若是要做假权杖，必找鬼谷子帮忙。然而，鬼谷子的电话却死活打不通。

不得已，便又打通高总的电话，旁敲侧击地问起鬼谷子。高总听我提鬼谷子，口气就变冷了，叫我今后少跟他们接触，说前段时间鬼谷子做局骗人，被买家发现，黑龙和赖秃子折了一条手臂，开哥折了一条腿，鬼谷子见机早，一溜烟跑路了。

打完电话，不由得倒抽一口冷气，心想，如果上次自己经不起诱惑，与鬼谷子合作的话，恐怕现在也变成个残废了。可是，没有鬼谷子相助，去哪里找做高仿的人呢？

按照鬼谷子的说法，他的高仿货主要来自陕西岐山，但岐山的高仿主要是青铜器，而玉器做得好的有哪些地方呢？

就中国原始古玉文化而言，最著名的有四个，分别是红山文化、龙山文化、良渚文化和齐家文化。而仿古玉器做得比较好的有红山文化和良渚文化，红山文化主要分布在辽西和内蒙古东南，而良渚文化主要在浙江杭州一带。

将书架上的古玉图册取下来翻阅，发现良渚文化的玉质和风格与巴蜀比较接近，特别是良渚的玉面具和玉琮，与巴国的神器比较神似，于是决定去一趟杭州碰碰运气。

走之前，我重新租了一套房子，离我家不远，安排罕宝四人入住，将冰箱填满，还把家庭影院设备也搬了进去，并一再告诫他们不要随便出门，等我找到权杖和神琮之后再一起回巴国。随后，我订了机票，直飞杭州。

到达杭州，第一个要去的地方，仍然是古玩市场。

杭州的古玩市场有好几处，但规模最大、品位较高的是吴宅古玩市场。吴宅古玩街交通便利，市场处于市中心，距离火车站、长途汽车站不过几十分钟路程，距离西湖风景区也不过区区 10 分钟车程，在欣赏珍奇古玩之余，顺道观赏西湖美景，也不失为一大快事。

吴宅这座昔日豪门大宅，成为今日寻常百姓观赏小憩之所，置身其间，在欣赏古代珍品的同时，还可领略中国古代建筑艺术。然而，我却没有欣赏西湖美景和精美古建的雅兴，直接把重点放在古玉器店。

古玩街的玉器店着实不少，售卖良渚古玉器仿品的商铺也多。走访了好几家，其所造玉器全为现代机制品，工整有余，拙朴不足，价格也十分便宜，商家连坑蒙拐骗你的兴趣都没有，直接喊价几百元，摆明了都是工艺品。好不容易问到一个小店，老板才摸摸索索从里间拿出件良渚玉面具，上面还抹了些土锈，神神秘秘地编故事给我听。

我见那面具做得也还精巧，造型和纹饰都还靠谱，只是玉材过于平滑规整，线条也工整圆润，但一路看来，也只有这件东西像点模样，便与那老板攀谈起来。

“老板，有件事跟您商量一下？”我不打算绕弯子，直奔主题。

“请问先生有什么要求，不必客气的啦。”店老板操一口吴侬普通话，态度很好。

“不瞒您说，我是内地一所大学的文博老师，受学校委托，需要购置一批高仿的原始古玉器做教学标本，希望您能提供帮助。”说完，还把自己的工作证亮了一下。

“您要仿品，满大街都是嘛，何必要跟我商量呢？”那店主瞟一眼工作证，有点疑惑。

“刚才去各处看了看，只有您这件还靠谱一点，”我摆弄着手上的玉面具，面带微笑，态度诚恳，“但我想要做得更好一些的，不知道您有没有渠道？”

“要更好的，我这里没有得啦，”店主听我说是考古老师，露出尴尬的笑容，“渠道嘛，倒是有的啦，不过价钱可能很贵的啦。”

“价钱好商量，”我轻轻将玉面具放下，手指敲打着玻璃柜，“学校拨了专款，价钱基本我说了算，只要东西做得好。”

“但是我这里确实没有这类高仿品啦，要不……”店主犹豫不决。

“如果您有可以介绍的人，我会支付您一笔可观的中介费。”我开始下套，讲出重点。

“现在做高仿的不多啦，”店主听说有不菲的介绍费，两眼放光，忙给我递上一支烟，随后身体前倾做神秘状，“没有圈内人引荐，哪能找得到，即使找到了，别人也不敢轻易接单的啦。”

“那就拜托您了。”至此，我觉得事情有点眉目了。

“可不可以留个您的电话？”见我懂得起，店主满脸堆笑，“找到人后马上通知您，但按规矩，得先交点诚意金啦。”

“那是自然的，麻烦您了。”我把电话号码抄给他，写了个假名字，又数了一千块钱给他，店主接了，笑道：“就喜欢跟爽快的人打交道的啦。”

离开古玩街，想想既然来了杭州，良渚文化总得去瞻仰一下，便叫个出租，直奔良渚文化博物院。

良渚文化博物馆建筑由英国著名建筑设计师戴卫·奇普菲尔德设计，以“一把玉锥散落地面”为设计理念，由不完全平行的四个长条形建筑组成。建筑外墙全部用黄洞石砌成，置于蓝天白云间，远看犹如玉质般浑然一体。整个建筑凸显简约、粗犷、厚重、大气的特征，注重景观与自然的结合，在依山傍水、野草萋萋的景致中，让人强烈地感受到一种艺术与自然、历史与现代的和谐融合。

良渚文化的藏品内容非常丰富，以新时期玉器最具特色。置身其中，仔细观摩那一件件拙朴而神秘的古玉器，思绪就不由自主地穿越起来。

良渚文化盛期，正处于原始社会末期，是各部落联盟相互争夺鏖战不止的年代，而良渚文化所在地域，处于南方蛮夷首领蚩尤九黎部所在的区域。那镌刻在玉器上的半神半人形象，不由得让我想起这位伟大的战神。

观赏过程中，脑海中不断浮现出一位头戴羽冠手持长矛的古代酋长，率领部族南征北战纵横沙场的画面——石斧石矛的撞击声、冲锋搏杀的嘶喊声、垂死挣扎的哀号声，此起彼伏，不绝于耳。而那蚩尤的形象不断变化着，一会儿变成廪君，一会儿变成巴王，一会儿又变成了人首兽身的怪物。

让人费解的是，古代良渚文明，也在很短的时间内突然破败消失了。究竟是因为地理环境的突然改变而大难临头；还是因为与周围部落常年征战，树敌太多，最后在强大的黄炎部落联盟攻击下分崩离析又或是因为内部王权的争夺而发生内战，土崩瓦解。

也许是这几个方面的因素共同作用的结果。在这一时期，是地质上的一个温暖湿润期，各地都有大洪水的传说，南方尤盛，不断涌来的洪水淹没了九黎部落的村庄和土地，而酋长和贵族们为争夺利益发生内斗，黄帝部落乘机聚合其他部落群起而攻之。于是，不可战胜的战神蚩尤终于落败，昌盛一时的良渚文化也随之消失。

这一切，与白虎之巴的衰落和突然消失多么异曲同工。

琢玉坊

正这么魂驰神荡着，电话响了，是店主打来的，说做高仿的人找到了，约好今晚七点钟在他的铺子里见面。

匆匆吃了一碗鲜肉汤团和几个春卷便往吴宅古玩街赶，到约定的地方时，却只看见店主一人。正郁闷时，店主连忙表达歉意，说先前约好的那个人打电话来，要赶点货，暂时没空过来，希望我在这儿等等，他安顿了顾客再联系。

失约让人不爽，但却无可奈何，便与店主闲扯起来，交谈中得知店主姓陈。

陈老板讲道，良渚文化玉器的高仿品主要产于二十世纪九十年代，那时人们对良渚文化古玉才刚刚认识，台湾和香港地区来了很多收藏良渚文化玉器的，而那时一些琢玉的老匠人还有几个，制作了一批几可乱真的玉器，被台湾和香港人高价收购，据说台北故宫博物院也收购了一批，后来大陆的专家过去交流考察，发现好多这一时期的古玉器都是假的。

我便问道："为什么现在反而不做了呢？"

陈老板摇头道："那批老玉匠死后，很多工艺都失传了，现在的人浮躁着呢，哪有工夫来细琢慢磨的啦，而且收货的人都贼精了，谁还愿意出大价钱买所谓的良渚古玉，所以你在市面上看见的都是这些机制的工艺品啦。"

正聊着，陈老板的电话响了，吴侬软语低语一阵之后，店主用为难的眼神望着我，说做仿品那人叫去他家附近见面。我表示没关系，就地拦了一辆出租，便和陈老板一起去玉匠约定的地儿见面。

这是一个瘦小的中年人，握手的时候，感觉很粗糙，话不多，普通话很差，需要全神贯注才能明白他的意思。

一番客套之后，我便将权杖的图纸拿出来，说先做一件这样的复制品做样品，那人看了会儿图纸，答应可以做，但价格很高，我问多少，他伸出五根手指，便以为他要五万，心想确实有点贵，一时迟疑不决。

正犹豫时，陈老板却发话了，"五千已经是很便宜的啦，如果不是因为你做得多，人家才不会给这个批发价呢，主要走个量的啦。"

那做仿品的听店主说话，不停地点头。听他开价五千，比心理预期低多了，便答应下来，但要求至少做到九成像。最后，我提出来可不可以去他的作坊看看，了解一下玉器制作的加工过程，上课的时候可以生动一些。

那做仿品的有点犹豫，陈老板马上做说服工作，那人就答应了，说过三天再去，这三天内他集中精力做这件东西，等我去的时候差不多就做好了，有什么问题也好当面解决。我答应了他的建议，并预付给他两千元。

离开的时候，陈老板很热心地介绍，说这个做仿品的是一个孤儿，从小被一姓赵的玉匠收养，就随师父姓赵，外号老茧，一来是他满手老茧，二来也是说他木讷、老实的意思。下出租车的时候，我又给了陈老板 1000 元，说取货的时候再给他 1000 元，陈老板高高兴兴接了，说我是个爽快人。

接下来的三天没事，一天去了良渚文化村，一天去游了西湖，一天吃遍了杭州所有的小吃。游西湖的时候，又想念覃婉丽了，便给她打了个电话，覃婉丽初时还装模作样地生气，见我态度比较诚恳恭敬，便说再给我个机会，然后就喋喋不休地讲了很多泰国的趣闻，听得我心里一阵暖和。

第四天，按照陈老板的约定，和他一起前往老茧的作坊。

老茧的作坊在城乡结合部，一个破落院子里，陈老板说是老茧的师父留给他的。院子不大，七零八落地堆放了许多杂物。工作间十分简陋，里面放置了一张车床、一架水凳以及一些坛坛罐罐，靠内墙放了两个架子，架子上摆了许多良渚古玉的仿品。

老茧让我们坐下，用疙疙瘩瘩的手倒了两杯茶，然后就不说话了。陈老板便问起做的东西在哪儿，老茧说还得等会儿才能取出来，然后又不吭声了。陈老板无奈地摇摇头，对我说道："老茧就这个样子，您别介意的啦。"

我答道："没关系的，有特长的人性格都有点古怪。"

话音刚落，老茧突然开口了，"这位老板不是说要了解制作工艺吗？"

我点点头，"是的，劳烦赵师傅给介绍一下。"

于是老茧便开讲，"这台机床是用来切割玉材和进行粗加工的，水凳是用来进行精加工的，要求高的仿品，完全用老方法慢慢磨。现在市场上的仿品，大都用机床来加工，尺寸规整，线条笔直，比如这件琮形管，就像个水管直接头一样。"

"再看这一件，虽然外观不规整，表面还坑坑洼洼的，但却是真器的样子，因为古人很吝啬材料，一般舍不得切割太多，你看就连这些坑洼的地方也刻上了纹饰。”口齿不清的老茧，说起琢玉工艺来，竟然口若悬河，普通话也顺溜了些，仿佛变了个人似的。

“您再看这个玉面具上面的线条，光滑均匀，一看就是管状工具刻出来的。而真正的良渚古玉器，线条是用鲨鱼牙齿刻出来的，底部很窄，表面开阔，还有，刻画的时候全凭腕力，像这种圆形和比较长的线条，一般要几刀才可以刻完整，所以线条有明显的交接点。”说到这里，老茧便拿出一把奇特的弯状刻刀，在一块废料上比画起来。

“老玉器看穿孔最容易发现问题，因为古器的穿孔都是用尖锥器钻出来的，薄器的穿孔是一头大一头小的马蹄形，称为喇叭孔，厚器是一个沙漏形，而低仿品一般用管具一次性钻通，口沿稍稍打磨一下，里面都是笔直的呢。”

老茧打开了话匣子，一发而不可收，可陈老板却不耐烦了，出言制止，“哪个要来听你上课的啦，人家孟老师教考古的，难道还不懂这些，还不赶紧拿东西出来。”

“不碍事，听赵师傅一番解说，真是受益匪浅。”我赶紧阻止陈老板，但老茧却不说话了，放下手里的物件，去里屋端出一个大药罐来。接着，老茧又拿来一把火钳，从罐子里夹出一根骨头状的东西来，正是那权杖仿品。

见我以惊讶的目光看着他，老茧便解释道：“你们来的时候，这物件刚下火，烫得很，现在勉强可以拿了。”

我问道：“好好的东西为什么要把它丢在药罐子里面？”

老茧搓搓手，答道：“您这个物件儿，从照片来看，至少三千年了，钙化得厉害，像根白骨一样，叫作鸡骨白，不用石膏煮煮哪行呢。”说完，又拿出一块湿帕子在权杖上擦拭，擦完之后，摆在案板上，又不说话了。

凑近一看，器形和纹饰都做得相当到位，只是表面略显光润，还是不够沧桑古朴，便忍不住说道：“做得还不错，但玉表的剥蚀度不够，火气也有些重。”

老茧点点头，答道：“孟老师到底是考古的，这些差池都被您看出来了，不过不要紧，待会儿用沙陀磨一下，再用这个药水染一遍就好了。”随后，老茧又从盘子里夹起一颗绿珠子，“另外，您看看这颗珠子，是我从一个老物件上取下来的，与您这照片上的珠子几乎一模一样的呢。”

接下来，老茧又比照图片刮磨机理，全神贯注，一丝不苟，完全视我俩如空气，一派巧夺天工的大师境界。差不多两个小时后，老茧才放下工具，抬起头来说道：“成了，就差涂药这道工序，如果现在涂上，这药水腐蚀性强，得明天干透才好拿，如果急于要走，也可以自己涂，其实剩下这道工序最简单的啦，只是注意不要涂得太均匀最好。”说完，从柜子中取出一个药瓶，摆在桌子上，看着我再不言语。

我怕夜长梦多，便接过那个瓶子，表示自己拿回去涂，亲自体验一下最后一道工序。告辞的时候，给了老茧四千元，老茧把钱收了，也不多话，从中数出一千递给陈老板，搞得陈老板接也不是，推也不是，十分尴尬。

讲到这里，我得说明一下为什么单单做了权杖而没有做神琮，其实道理很简单，因为陨石实在是不好仿，硬要生造一个出来，若罕宝要用它召唤大蛇，岂不马上露馅。

权杖柄既已到手，接着便考虑权杖杆部分。

按当时的情况推断，廪君地处蛮荒，尚未进入青铜时代，所以杖身部分多半用比较坚实的木材，而广大南方地区坚硬的木材就只有黄杨木了。

回到山城后，马上开车到缙云后山，多番问询之后，来到一老乡家，终于找到一根担柴禾的黄杨木叉杆，出 200 元收购，结果老乡高兴得屁颠屁颠的，说没想到这个东西还值钱，你要是晚些来，恐怕就当柴火烧了。

回到屋里，再经过一番加工，一根满含沧桑古意的权杖就诞生了。接下来，我便兴致勃勃地去找罕宝，可一开门，却发现四人都不在，心中便有气，记得自己在离开之前曾对罕宝千叮万嘱，叫他不要出门，可他就是这么不听话。

等了一会儿，忽然感觉有些不对劲儿，衣服、被子都整整齐齐地叠放在床上，给他的一万块钱也分文没用，依然放在书桌上，钱下面压着用铅笔画的图纸——画面描绘着群山峻岭，有四个人在峡谷中穿行，纸的右下角，是罕宝的鸟虫字体签名。

看着图纸，才明白过来，原来罕宝竟然如此心急，还没等我回来，就带着龙格、扎格和纳莫回巴国去了，心中不免感叹——罕宝的任性固执，算是再一次领教了。

正担心罕宝的时候，覃婉丽打来电话，说飞机刚到山城，叫我去机场接她。于是，我又开上牧马人，奔赴机场。

覃婉丽带着一身贵气上了车，为什么这么说呢，因为她身披一件皮草，还化了浓妆，见我十分讶异的样子，还无比的得意，说是带客人去珠宝店购物，老板作为回扣奖励给她的，国内要值好几万呢。

我只好违心地夸赞好看，像个贵妇人了，只是我不是个贵族，走在一起不太相衬。覃婉丽便翻了个白眼，说道："看你愁眉苦脸的样子，就知道你不是真心喜欢，老实说，穿着它我自己也觉得怪别扭的。"说完，便将皮草脱下来，扔在后座，随即又将身体靠过来，两手搂住我的腰，"老公，有没有想我呀，学校放寒假了，有啥子打算啊？"

我赶紧把稳方向盘，支吾道："你有什么安排呢？"

覃婉丽又把脸往我胸口贴，娇嗔道："我最近改带泰国豪华团了，吃住基本都是四星以上酒店，要不你跟我去泰国浪漫一把吧。"

"嗯，是个好主意，可是……"

"又可是啥子嘛，急死人了！"

"今年寒假比较长，我想先拜访几个老朋友，之后再和你一起去泰国，行吗？"

"你一天就只有朋友亲戚什么的，还把我放不放心上？"覃婉丽又开始嘟囔了。

"自然是放心上的，就是因为我俩是一家人，所以才没特别介意。"

"那我们不去泰国了，改跟你一起去拜访朋友怎么样？"

"你这么三天打鱼两天晒网地对待工作，旅行社领导会不会开除你啊？"

"现在反正都是合同制，大不了换一家旅行社。"

"这样不太好吧。"

"有啥子好不好的，你究竟愿不愿意吗？"

"跟我在一起很危险的。"

"拜访朋友有什么危险的，你是不是真的在干坏事啊？"

“你又胡思乱想了，我是说与朋友相约去探险，去的地方很危险的。”

“我最喜欢探险了，只要有你在，我什么都不怕。”

“真的不怕，甚至有生命危险？”

“不怕，只要是跟你在一起，我死都不怕。”

“那你准备迎接一生中最惊险的旅程吧！”

看着覃婉丽，仿佛看见了丽雅，突然，一个惊险的计划浮上心头。

第四章

使者归来

呼啸声继续响起，声声震耳，只见“廪君”身披虎裙，端坐于虎背之上，手握“权杖”，威风凛凛……

穿越之旅

接下来的几天，准备各种物资和攀岩探洞器具，还有就是一只远程瞄准器和一盒双管猎枪子弹，这是从我一个玩飞碟射击的运动员朋友那儿搞到的，这样我的双管猎枪就可以当狙击枪用了，其代价是把牧马人借给那朋友用一个月。

第四天，我买来了染发剂和美瞳，跟覃婉丽做了一次严肃的谈话。

“老婆，你真的决定了要跟我去冒险吗？”

“当然是真的。”

“真的会有生命危险，但不是你想的那种。”

“不管是哪种，只要跟你在一起，我都愿意。”

“记得上次住我家里的那几个人吗？”

“是啊，他们怎么走了，不会是因为我吧？”

“他们不是一般的朋友，而是来自一个神秘古国。”思虑再三，我决定将所有真相告诉覃婉丽，如果真要带她进入巴国，她就必须要了解这一切。

“神秘古国，你不会带我去玩穿越吧！”覃婉丽将信将疑，紧接着又问道：“难道这个世界上真的有穿越这回事？”

“不需要穿越，”我摇摇头，“他们生活在现代，住在一个与世隔绝的地方。”

“看你准备这么多东西，是要去很远的地方吗？”

“一点都不远，就在你家附近。”

“不可能吧，那些外国人把天坑地缝周围都考察遍啦，怎么可能还藏得住人，而且还是一大群。”

“但地缝绝谷还有最艰险的五公里从未有人涉足过。”

“莫非那一次的失踪……”

“你猜对了。”

覃婉丽惊讶得张大了嘴，久久合不拢来。

接着，我将龙桥暗河的探险、坠落，意外地进入绝谷之巴，巧遇罕宝、祭司、巴王、依噶、王后、丽雅以及所有绝谷中发生的事情都一股脑儿告诉了覃婉丽，只是保留了穿越白虎洞的内容。

随着我的讲述，覃婉丽不停地变换着各种表情——惊讶、痴迷、恐惧……

看着覃婉丽一张风云变幻的脸，我忍不住刮了一下她的鼻子，“现在，你还决定跟我去冒这个险吗？”

“当然要去，”覃婉丽斩钉截铁地回答，脸上透出莫名的兴奋，“恨不得马上就走，因为这比穿越剧还精彩呢！”随即，便以一种奇怪的眼神看着我，喃喃道：“只可惜再也看不到王后和丽雅了。”

“王后虽然看不到了，但丽雅却能死而复生。”

“死而复生，你没搞错吧！”

“没有搞错，因为你就是丽雅。”说完，我轻叩她额头，再将染发剂和美瞳拿出来，“只是，还要对你做一番改造。”

“你的意思是，把我装扮成丽雅，难道你还会易容术！”

覃婉丽瞪大眼珠子，以崇拜的目光看着我，接着，在我脸上一阵乱啃。

一个小时后，覃婉丽已经变成了白发魔女，看着眼前神似丽雅的覃婉丽，忽然有种莫名的冲动，便情不自禁地一把搂住，狂吻起来。

有覃婉丽随行，由暗湖进入巴国这条路显然行不通了，唯一的途径，是通过白虎洞，越过深涧，到达白虎之巴。

主意已定，便从床底下取出用油纸包裹着的拐杖枪，接着，又拿出一盒飞碟弹，卡上膛，拨拉几下枪栓，运行顺畅。

见我摆弄这个玩意儿，覃婉丽十分惊讶，忍不住要夺过来把玩，我只得满足一下她的好奇心，为她演示一番。接着，覃婉丽又开始问起巴国的稀奇古怪，问王后和公主长得漂亮不漂亮，我是否跟她俩有一腿。我便告诉她，巴国的女人大多很丑，所以到巴国后必须躲起来，否则巴国人会把她抢了去献给巴王，而巴王是个老态龙钟的丑八怪。

覃婉丽连连咋舌，“难怪你驸马都不肯当了也要逃出来。”

为了掩饰染白的头发和浅色瞳孔，覃婉丽把头发裹起来，特意准备了顶很深的毛线帽子，还戴了一副墨镜，整个扮相，像明星躲避狗仔队似的。

收拾停当，我和覃婉丽便搭乘去夔城的大巴，这次回夔城，没有通知冬瓜。到达夔城后，马上转乘去兴隆镇的大巴，经过金凤山时，只见山上积了很多雪。汽车行驶缓慢，到达兴隆镇时，已是下午五点，便决定在镇上留宿一晚，再做些准备。

晚上，我开始给覃婉丽做穿越知识辅导，告知她一些巴人的礼仪习惯和需要注意的事项，并教会她几句简单的巴族土语，还专门制作了一本简单的《汉巴词典》，把巴语的汉语意思和发音都标注在上面，拿给覃婉丽当教材。

第二天，睡了个懒觉，起床的时候，发现覃婉丽早已收拾停当，显然是迫不及待了。吃过中饭，又去镇上集市买了两只山羊，租上一辆面包车，开始上山。

面包车载着我和覃婉丽再加上两只羊，走上了蜿蜒的山路，一路颠簸，直到白虎洞下的山梁，道路的尽头，我让司机把车停下来，给了他100元钱，叫他不用再等我们了。那司机接了钱，却迟迟不肯离去，心中恐怕在想，一对俊男靓女，扛一根奇怪的拐杖，牵两只山羊，来到这冰天雪地的荒山上，搞什么鬼。

我猜出他心中的疑虑，笑道：“我们只是要做个野放实验，你别想多了，待会儿有朋友来接我。”

眼看面包车走远，便一只手拉着覃婉丽，一只手牵着山羊，朝山上爬去。

山路陡滑，荆棘丛生，加之冰雪覆盖，行进得十分艰难。

大约用了三个小时，才爬上山脊，放眼望去，洞口上的瀑布已经结成冰凌，在阳光的映照下，晶莹莹闪着光。沿着崎岖小道，我牵着山羊在前，覃婉丽跟在后面，尽管道路奇险，但她并没害怕，眼神中流露出某种期待。

到达冰瀑前，我取出冰镐，敲开一层薄冰，一个黑黢黢的洞口便显露出来。这个时候，我忽然有些犹豫，觉得自己太自私，为了实现那莫须有的使命，居然带覃婉丽穿越虎洞去巴国冒险，如果她有个三长两短，怎么向她的家人交代？

覃婉丽见我望着洞口发呆，忍不住说道："快走啊，还在这儿磨蹭啥子。"

我握住她手，说道："忘了告诉你，这洞子里有四只老虎，虽然跟我有交情，但过了这么久，不知道它们还记不记得我，领不领我的情，所以我得先进去探探虚实，如果三个小时后还不出来，你就一个人回去，忘了我，就当是做了一场梦。"

听说洞子里有老虎，覃婉丽脸色一下变得煞白，"不行，要么一起回去，要么一起进去，我不许你一个人进去冒险。"

我摇摇头，笑道："我跟老虎是生死之交，它们一定不会伤害我的，再说了，还有两只山羊献祭呢，你就放心吧。"

好说歹说，覃婉丽就是不答应，我只得赌咒发誓一番，她才咬牙切齿道："给你一个半小时，要是不出来，我就一个人进洞。"

行进在黑暗的洞穴中，头脑中不断浮现出身披虎裙的廪君形象。他眼神中充满焦虑，似在为我的前途担心，这不禁让我感到恐惧。老实说，对于即将遭遇的白虎，我心里其实一点谱都没有，耳边听着两只山羊不停地"咩咩"直叫，更加深了这种恐惧。

正提心吊胆着，一阵凉风拂面而来，还夹杂着一股腥味儿。这个时候，羊叫声更加急促而响亮，牵羊的绳子也变得紧绷起来，我立即意识到，白虎来了！

在头灯照射下，放眼前方，只见四个白点正慢慢靠近。

白虎在离我大约二十米的地方停住了，似乎被我头盔上射出的光柱所震慑，随后，我听见大虎发出一种奇异的声音，这声音令我的心脏狂跳不已。然后，两只小虎向我扑来。惊恐之中，我松开了手中的绳子，下意识地用双手护住面颊和喉管。

几个月不见，两只小虎已经长大了不少，显得强壮有力。它俩将我扑倒在地，但是并没有咬我，而是在我身上一阵乱舔，舔完之后，又躺在地上打滚儿。随后，两只大虎也跑了过来，嘴里发出低沉的颤音，用它那长满坚硬唇须的吻部轻触我额头。

万幸，老虎还记得我，记得它们的救命恩人！

我一把揽住小虎的脖子，张口就舔，紧接着，又抱住另一只小虎的腰，翻滚起来。见我竟然与老虎亲热，山羊也忘记了害怕，“咩咩”的欢叫起来，一时之间，黑暗的洞穴中充满了温馨的气息。

当我将洞外冷得瑟瑟发抖的覃婉丽牵进来，面对四只白虎，她整个人都吓傻了，先是尖叫一声，接着便紧紧地搂住我死不松手，“老公，我是不是在做梦啊！”

两只小虎见覃婉丽紧搂住我，也跑过来凑热闹，吓得覃婉丽又是一声尖叫，双腿往上一提盘在我腰间，口中叫道：“小虎哥，求求你让这两个吓人的家伙走开些，我快要吓出心脏病啦！”

“快下来，和你的虎弟弟、虎妹妹亲热一下。”我轻轻拍打覃婉丽的后背，想让她放松，但她却一口咬住我耳朵，娇喘吁吁道：“你让它们走远一点，我才下来。”

我心想，我又不懂老虎的语言，怎么叫它俩走开，便任由她吊住我脖子，像抱婴儿似的往前走。走了一段之后，覃婉丽才逐渐回过神，滑落地面，一只手拉住我，一只手摸着胸口，提心吊胆地看着老虎，战战兢兢地往前移步。

在白虎的引领下，来到一个宽敞的大厅，那是白虎们的“客厅”。这个时候，覃婉丽终于镇定下来，开始惊叹于洞厅的奇景，摸索着到处看看，渐渐地，也敢跟小虎近距离接触了。而两只小虎似乎成了她的警卫，在身旁一左一右随侍。

忽然，洞子里又响起了覃婉丽的尖叫声，惊愕之中，只见她两眼死盯着石壁下的深坑，莫名的惊慌。我不得不走过去，发现那下面是一大堆白骨。毫无疑问，那是祭虎者们的尸骨——其中或许就有丽雅。

至此，覃婉丽死活不肯待在白虎洞里了。于是，我只得匆匆告别白虎一家，带着覃婉丽离开白虎洞，朝深涧走去。

谷底铺着一层薄薄的雪，在月光的映射下散发出银灰色的冷光，苍凉而神秘。深涧边的吊桥依然高悬兀立在那里，像夜魔伸出的舌头，桥下是无底的深渊，仿佛将现实和远古世界隔成两段。

休息片刻，我将背包取下来，拿出机弩和钢索，拉动弓弦顶上的机钮，将带有钢索和倒钩的弩箭装上去，瞄准吊桥顶端，扣动扳机射出去。钢索呈抛物线越过吊桥顶端，落下来，钩住了桥面上的木板，再使劲拉几下，绷紧。

看着我一系列娴熟的动作，覃婉丽忍不住赞叹道：“老公，你真像个大侠！”

我摸摸她额头，轻声说道：“准备好，你的穿越之旅开始了。”

接着，拿出电钻，在一块大石上钻个孔，铆进扣环，将钢索的另一端挂在扣环上，装上滑轮和升降器，戴上皮手套，握紧钢索，慢慢地往上攀，一米、两米……越升越高。到深涧中段的时候，我扭头回望，只见覃婉丽正跪坐于地，双手相握，对天祈祷。

定定神，控制住身体的晃动，继续向前，双手搭上翘起的桥头，用力一撑便到了桥面上，随后，顺着桥面下滑、触地，到了桥的另一端。接着，解下吊桥的绳索，摇动辘轳，吊桥徐徐下落，不多会儿桥面放平，搭上了深涧另一端，接着，我迈步走了过去，将目瞪口呆的覃婉丽接过深涧。

重新踏上这块神秘的土地，马上就有了身处异域空间的感觉，仅仅过了不到半年的时间，却像是几十年后的回访。从上一次的偶然失落，孤军奋战，到这一次的有备而来，双宿双栖。同一样的地方，不一样的心境，然而有一样是相同的——生死未卜。

当务之急，是需要找到一个落脚点，大致有三种选择——

第一种，去龙格的铜匠坊找罕宝，因铜匠坊不在大洞内，具有较好的隐蔽性，罕宝如果回到巴国，最大的可能便是栖身于那里。

第二种，外宫宾室，可谓熟门熟路，但容易暴露行踪，直面祭司。

第三种，去丽雅的父亲尕登吉洞主府邸，相对来说，这个落脚点最安全。因与我同行的，是已经化身为丽雅的覃婉丽，有了这个护身符，尕登吉洞主便没有理由不收留我，并且会极力保守秘密。

三条路，最好的选择自然是去龙格的铜匠坊与罕宝会合，他们有四个人，其中还有一个是祭司的儿子，加上我这个廪君使者，其合力不容小觑。祭司虽然痛恨我，但对于失而复得的儿子，他毕竟还是会念点血脉亲情的，跟罕宝在一起，相当于有了一面挡箭牌。

于是，再不犹豫，熄灭头灯，关闭手电，拉着覃婉丽的手往铜匠坊走去。

今晚的绝谷，出奇的宁静，出奇的寒冷，但覃婉丽手心却冒出了汗，可见她有多么的紧张害怕。好在铜匠坊是我去过多次的地方，轻车熟路，所以没费多大工夫就到了。我先趴在门边偷听了一会儿，见没有什么动静，又轻轻敲了几下门，还是没有回应。

突然觉得自己很愚蠢，偷越出境，乃是杀头之罪，龙格即使回到巴国，又怎敢公然住回自己的住处。如此看来，他一定是藏起来了，不仅龙格，还有罕宝、扎格和纳莫，也一定躲藏起来了，在某个不为人知的地方。

最后，我决定去找尕登吉洞主，先为自己和覃婉丽找个落脚的地方，然后再悄悄寻找罕宝和他的死党。

好在尕登吉的洞府我去过一次，记得是在离外宫不远的一个石峡里。除内宫和祭司府外，其他洞口一般不设守卫，绝谷中也没有巡夜的人，习惯早睡的巴人也没有夜游的习惯，所以一路上没遇到什么麻烦。至于说洞主所居府邸也比较好判断，因为巴国规定，只有洞主和长老才可以安装门扇，而尕登吉的府邸不仅有门扇，门扇上还镶有两个虎头铺首，所以找到这扇门也没费多大工夫。

壮起胆，轻轻敲打铺首上的铜环，不一会儿，响起了打火的声音，又过了一会儿，门“吱嘎”一声开了，开门的是一个十三四岁的青年，此时，他手里拿一盏青铜小行灯，先是怔怔地望着我，随后，目光便聚焦在覃婉丽身上，紧接着，青年手中的行灯从手中滑落，“哐当”一声掉在地上。

显然，青年被死而复生突然出现在眼前的“丽雅”吓破了胆，只见他两腿发颤，眼神中充满惊恐，呆立片刻，转身朝屋里奔去。

见出来开门的不是尕登吉洞主，而青年又吓成如此模样，一时之间，不知道该不该进屋。正犹豫的时候，屋里又有了动静，灯火摇曳中，一中年妇女朝门口走来，当看见我身边的覃婉丽时，她的全身开始不停地颤抖，接着，便跪倒于地，叩头如捣蒜。

覃婉丽被眼前的景象吓呆，早忘了我之前吩咐她该做的事，于是，我只得代替她完成这个任务，迈前一步，扶起丽雅母亲，告诉她，出现在眼前的并不是鬼魂，而是一个活生生的丽雅。

听完我的话，丽雅母亲才敢抬起头来，揉揉昏花的双眼，颤颤巍巍地走到覃婉丽面前，仔细端详了一会儿，突然一把抱住覃婉丽，放声大哭起来。哭完之后，双手又不停地在覃婉丽脸上摸来摸去，嘴里嘀嘀咕咕个不停。

尽管有所准备，但眼前出现的一幕，还是有些出乎覃婉丽的意料，一时之间，她魂不守舍呆若木鸡。见此情形，我只得急中生智，赶忙给丽雅母亲解释，说丽雅受那白虎惊吓，神志变得有些不清醒。

这个时候，屋里又蹒跚着走出一个老头，不是别人，正是尕登吉。只是眼前的尕登吉，已非原来的模样，不仅十分干瘦憔悴，还异乎寻常的痴呆，直到他看清楚我和覃婉丽时，眼中才冒出一点亮光。

我第一个反应是，由于思念爱女，尕登吉才变成了现在这个模样。可是再看丽雅的母亲，同样是痛失爱女，却并没显得多么憔悴苍老，头脑似乎也比尕登吉清醒很多。那么，恐怕是我离开这段时间，尕登吉遭受了异乎寻常的折磨，而始作俑者，一定是祭司。

青年叫荣格，是丽雅的弟弟，此刻，他已恢复了正常，先是从地上捡起行灯，接着又关好房门，扶着尕登吉坐到石椅上，随后，一家三口便呆呆地望着我，一时之间，屋里陷入短暂的沉默。

这样的重逢场面，是我事先没有预料到的，我不得不打破沉默，询问巴国到底发生了什么，然而荣格的回答，却令我大为震惊。

运筹帷幄

就在我前次离开巴国之后不多久，也就是在给罕宝他们讲课的那段时间，老巴王死了。祭司传令各洞主长老去内宫议事厅议事，商量安葬老巴王以及册立新巴王事宜，作为洞主，尕登吉自然也在应邀之列。可是当洞主长老们到达议事厅时，却没有看见祭司。

出来招呼大家的是尕多日，说是祭司身体微恙，这会儿正在内室休息，要稍晚才到，说完之后就关门离开了。洞主长老们等了好久，还不见祭司到来，觉得事有蹊跷，正打算离开时，才感到浑身酸软无力，继而昏昏睡去。醒来之后，发现祭司还是没到，但议事厅里却多出几个红毛妖怪，正在往他们手臂上扎针，扎完针之后，又每人喂了一颗药丸，一个个便觉得轻飘飘的，有一种难以言状的快感。

接着，尕多日说祭司病重，来不了，委托他主持今天的议事会，而议事主题是册立幼王子为新王，王后监政，红毛妖怪做国师，然后开始投票。云里雾里的，洞主长老们就投了票，签字画押，结果是全票通过动议。

当荣格提到王后的时候，我忍不住打断他的话，问是哪个王后，是不是原来那个王后被刺身亡之后，又册立了一个新王后？而荣格的回答是，这个王后就是原来的王后，根据荣格的说法，王后死讯传出时，大家还有些不信，各洞主长老去内宫查看时，才发现王后果然死了，不仅身上布满刀伤，连面皮都被剔掉了，所以大家都认为是罕宝为报丽雅被害之仇而杀死了王后。但她怎么突然又活过来，洞主长老们也很吃惊。还是后来听尕多日说，祭司无德，逼死王后，惹恼了廪君，所以廪君派遣几位天神下凡，不但使王后复活，还要降罪于祭司和洞主长老，着令巴国人等，必须拥护新王和王后，才能消灾降福。

听到此处，我有些蒙圈，首先，是不明白王后怎么会死而复活；其次，怎么又突然出现几个红毛妖怪？想来想去，不得要领，便忍不住问道：“荣格，你所讲那几个妖怪，其中一个是不是体型高大，高鼻深目，身上长满绒毛的人？”

荣格点头表示认可，接着又说道：“一共四个妖怪，三个红头发，一个黑头发，他们进来之后，就漫山遍野地找东西，不仅掠走太庙许多神器，还打开了历代巴王灵棺，像是在找什么重要的东西。”

我大惊道：“难道祭司就听之任之，巴国中就没有人站出来反抗吗？”

“自从红毛妖怪来到巴国后，祭司和大王子就再也没有露面，尽管如此，还是有巴人出面反对，但那些家伙手中有一种神奇的法器，只需拿着那法器朝抗议者身上一指，那人便倒地身亡。”描述到这里的时候，荣格声音沙哑，气息低沉，满脸惊恐之色。

过了好一阵，荣格才接着说道：“自被扎针以后，洞主长老们一个个都神思恍惚，萎靡不振，每隔两日即被召去内宫服药，接受训诫。”

听完荣格的讲述，我已认定所谓红毛妖怪就是沙克、威利和沃克，而另外一个黑头发的人，则可能是跟他们一起探洞的川康彦。这帮家伙一定对龙桥暗湖进行了详细的踏勘，从而发现了进入巴国的水洞，并寻迹而来，发现并进入了巴国。

还有，所谓王后的死，恐怕只是诈死，那个血肉模糊的尸体，只不过是个穿上王后衣服的婢女，也就是说，这个监政的王后就是原来那个王后。至于说沙克一伙又怎么跟王后和尕多日搭上线并串通一气，则有些令人费解，但这并不是所有疑难中的关键，关键问题是，怎样应付如此复杂而艰难的局面。

见我沉思不语，荣格忽然来到我面前，跪倒于地，“好在使者来了，巴国就有了希望。使者既然能救出阿姐，也一定能救出大王子和祭司，荣格在这里恳请使者了！”

我连忙将荣格扶起，沉声道：“祭司是杀你姐姐的仇人，你怎能求我出手救他？”

荣格摇头答道：“祭司虽然专权狠毒，但他对王上和巴国却忠心耿耿，当此危难之际，只有使者与祭司协力，方可战胜王后和外界的妖魔鬼怪。”

“使者大人，荣格说得没错，”正犹豫不决的时候，尕登吉突然颤颤巍巍来到我面前，“老夫当日糊涂，错与王后一伙为伍，铸下大错，至今悔恨不已，然老夫和其他洞主长老已成废人，心有余而力不足，故而挽救巴国危难之重任，便落在使者与祭司身上，万望使者大人以巴国人民为重，想办法救出大王子和祭司，方能与王后和红毛妖怪们一斗。”说完这段话，尕登吉便瘫倒在地上，抽搐起来，口吐白沫。我连忙从包裹中拿出两颗安神补脑药，也不管对不对症，叫丽雅母亲倒碗水给洞主喝了，扶到床上休息。

见荣格和尕登吉都为祭司说话，我大为震惊，因丽雅之祭虎，虽由王后发起，但真正的决断权却掌握在祭司手里，所以实际上是祭司害死了丽雅，而他们现在却要我营救祭司并与之合作，令我怎么也想不通，无论如何也做不到。

入谷之前，我一直把祭司当成自己的死敌，但怎么也没想到，沙克一伙会寻迹而入，勾结王后和尕多日，绑架了大王子和祭司，并以药物和毒品控制洞主长老们，在巴国胡作非为。如此一来，巴国情势已经发生了不可思议的逆转，所以我事前精心策划的反击祭司的所有预案，也都派不上用场了。

就目前形势来看，只有发动巴国人民奋起反抗，才能挫败王后的阴谋和打败入侵者。然而巴国现在群龙无首，需要有人登高一呼，当然，作为廪君使者，我可以成为这个登高一呼的人，虽然我在巴国的声望远不如祭司，但我可以利用手中这柄“廪君权杖”增加威望，再找到罕宝并与之结盟，就多了几分胜算。

想到这里，我基本有了主意，便说道：“承蒙洞主厚望，本使义不容辞，但仅凭我一人之力，恐怕难以成事，而如果能找到罕宝，就多了几分胜算。”

“怎么，宝公子也回国了吗？”荣格露出错愕的眼神。

我点点头，“据我所知，罕宝应该在几天前就已回到巴国，但因谷内形势发生巨变，公子恐怕也不敢贸然现身，一定跟我一样藏起来了，所以当务之急，应该是找到其藏身之地，精心谋划后方可行事。”说到这里，我将目光定格在荣格身上，“如果荣格肯帮忙寻找，那事情就好办多了。”

荣格立马跪倒于地，斩钉截铁道：“小民但听大人差遣，万死不辞！”

直到此时，我方才有空偷瞥一眼覃婉丽，只见她正望着我吹鼻子瞪眼，一副很不耐烦的样子，因怕她露馅，赶紧说道：“你阿姐受了白虎惊吓，有些神志不清，需要静养，这些天尽量少跟她说话，待她慢慢恢复。”

“多蒙使者搭救，丽雅能活着已是万幸了，我们不会着急的。”说到丽雅，尕登吉洞主忽然挣扎着站起来，颤颤巍巍施了个礼，随后，才吩咐夫人带女儿回房休息。

尕登吉的“客房”比外宫的宾室更小一点，没有“盥洗间”。

很久没有睡在石床上，还真有些不习惯，想到未知的危险，心中不免忐忑。而且我一向有晚睡的习惯，这么早上床，自然睡不着，便起身闭目打坐。懵懂中，听见有轻轻的敲门声，便蹑手蹑脚走到门边，从门缝中望出去，原来是覃婉丽站在门外，手机的荧光照亮了她的脸。

见此情形，我有点气恼，便躺着不动。覃婉丽见没有动静，加重了敲门力度，我怕惊动尕登吉一家，只得去开了门，覃婉丽便像只猫似的钻进来，愤然道：“你怎么搞的，把我一个人丢在那黑屋子就不管了！”说完，就伸出手来挠我。

“你现在是洞主的女儿，罕宝曾经的恋人，我怎么好管。”我躲开她，瞠目望着她，“如果被洞主一家发现，可就坏事了。”

“谁要做他女儿啦，都是你强迫的，我不干。”覃婉丽不依，继续挠我。

“这不是权宜之计吗，你事先答应过我的。”我着急起来。

“答应是一回事儿，做不做又是一回事儿，”覃婉丽一屁股坐在床上，一副你奈我何的姿态，“你也不想想，这些人都长得跟个鬼似的，我一个人哪个敢睡。”

“你看看自己，不跟他们一样吗？”我指了指她的头，皱眉道。

“还真是，我现在是白发魔女，”覃婉丽吐了吐舌头，随即眼珠子一瞪，“但你就这么把我扔一边不管不顾也不行啊。”

“不只是今晚，以后都是各住各屋。”我沉声道。

“人家不干嘛，明天我就跟他们说，丽雅不爱罕宝，改爱使者了。”覃婉丽撒起娇来。

“你怎么跟他们说啊，一句巴语都不会，在外面早叫你学来着，连声阿爹阿妈都不会叫，怎么让人家相信你是丽雅嘛。”我趁机教训她。

“那我马上学，你教我‘不爱罕宝爱使者’怎么说。”覃婉丽不依不饶。

“你别胡闹，不听话就把你交给祭司祭虎。”我使出了杀手锏。

覃婉丽果然不再出声，又吐了吐舌头，做惊恐万状的样子。于是，我只好连吓带哄，才把她支出了房间。

在尕登吉家住了两天，还没得到罕宝的消息，最后，我决定亲自出去冒一次险，这次，打算去陶坊寻寻，那也是我和罕宝常常约会的地方。

刚走出洞口，一阵寒风扑面而来，只觉得冰冷刺骨，原来外面下起了雨夹雪，积雪越来越厚，脚踩在上面发出轻微的“吱吱”声。心想，如此恶劣的天气，洞中的巴人是不会出来的，但走着走着，还是发现了人影，转瞬即逝。

心中暗喜，一定是龙格！

但如果是龙格，为什么会躲着我呢？

想想自己现在这个样子，瞬间明白过来，我现在蒙着面，还穿着夜行衣，龙格自然不敢贸然相认，一定是在暗中观察我，寻找合适的时机相会，正如在山城博物馆时一样。如此看来，罕宝一定回到了巴国，因碍于当前形势不便露面，此时此刻，恐怕正和我一样，躲藏在某个不为人知的地方。

想到这层，我胆子一下壮了些，不再躲躲藏藏，大步朝陶坊走去。走不多远，又瞥见一人影尾随，而这个人的身形，却比之前那个影子更高大一些，貌似尕多日，心中不由得一惊，便加快步伐小跑起来。

经过一段石崖的时候，我猛地转过身来，发现那高大的身影仍在身后，定睛一看，也蒙着面，正嘿嘿冷笑着。

那人见我站住，突然跨前几步，挥拳击来。我扭身侧闪，随之以自创拳法与他过招。蒙面人拳脚并用，虎虎生风，我则从容抵挡，尽力周旋。

如今的我，功力和拳法已比当初精进不少，十几个回合下来，只是稍落下风，而随着自创拳法的逐渐熟练，有扭转被动的趋势。

那人见不能速胜，收拳拔剑，疾风骤雨般刺过来。我的拳法，全凭跟对方身体接触化解力道，怎能与其剑锋相接，勉力支撑了几个回合就乱了手脚。正狼狈之际，旁边忽然又跳出一矮个蒙面人来，顿觉不妙，赶紧飘身跳远，准备逃跑。

出乎意料的是，矮个蒙面人挥舞着手中之剑，扑向了高个蒙面人。其身形灵动，招招致命，无论是身材武功，都与龙格极其相似。见此情形，我心中大喜，抖擞精神，重新加入战团，与矮个蒙面人联手对付高个蒙面人，只十几个回合，高个蒙面人就招架不住，突然闪身后退，一溜烟跑了。

正想感谢龙格，却不料他也飘身而去，只把我一个人丢在寒风里发呆。

没有见着罕宝，却莫名其妙地出现两个蒙面人，从第一个的身形武功来看，有点像上次和我打斗之人，心中认定是尔多日。而另一个身形矮壮，势大力沉，功夫了得，不是龙格还会是谁。

这么近距离的打斗，照理龙格一定会认出我的，不跟我相认，难道有什么难言之隐？

不管怎么说，矮个蒙面人的出现，还是令我异常兴奋。

接连出现两个蒙面人，都武功高强，看来这雪夜才是最危险的，我决定不再冒险，龟缩回安全的洞府里，等罕宝来找我。

又过了两天，罕宝还没有现身。

如此一来，尔登吉和荣格都对罕宝回到巴国产生了怀疑，我也感到很无奈。接下来，尔登吉旧话重提，要我想办法营救祭司和大王子，还提出找旺顿和哈木坎帮忙，被我立即否决。一看他这萎靡不振的样子，心想那两位也好不了多少，而且哈木坎还是个墙头草，指不定王后许点什么好处就把我给卖了。

荣格建议去找找刺木刺罕，我便问刺木刺罕是谁，荣格答刺木刺罕是老巴王身边持钺武士，我方才想起有这么个人，心想，既然是巴王身边持钺武士，一定忠于巴王，而且武功想来也不弱，还熟悉内宫情况，可以作为依托，便依允了荣格的建议，叫他带刺木刺罕来此密会。

见我发了指令，荣格马上丢下饭碗出门，两个小时后，将刺木刺罕带了来，一看，却是两个人，长得太像，原来是双胞胎兄弟。

刺木和刺罕见所会之人是我，也有些惊讶，待荣格说明用意之后，两兄弟便跪匍于地，连声请求营救大王子和祭司。我便问是否知道大王子和祭司被禁锢在哪儿，刺木答道："大王子被禁足于内宫，由侍卫看护，公主也经常去看他，应该没什么大碍。但大王子一向体弱，这样下去，恐怕也撑不了多久。"

听刺木提到公主，猛地一阵心痛，过了一会儿，才问祭司被关押在哪里，刺木想了一会儿，说谷内有一个漏斗可以通往内宫，很可能会把祭司藏在那里，如果有扎格和纳莫在，或可从漏斗顶部进入，但这只是一种设想，没有人尝试过。

听完刺木的讲述，我渐渐有了主意，思虑片刻，我允诺两兄弟想办法救出大王子和祭司，但紧接着又提出了一个令大家意想不到的要求——与兄弟二人分别比试剑术。

尕登吉以为我要测试两兄弟的武功，便慨然应允，没想到弟弟刺木感到有些为难，但耐不住荣格一番挑拨，才勉强答应下来。接着，荣格便将父亲的佩剑拿来交给我，又在屋内多点燃一根火把，站在一旁静候。覃婉丽听说我要和两兄弟比剑，更是兴奋异常，忍不住用刚学会的巴语连声叫好。

哥哥刺罕先出手，走的是刚柔并济的路子，但因怕伤到我，所以出剑留有余地。而我却毫不客气，出剑尽用杀招，斗了几个回合，刺罕渐显狼狈，不得不加大力度，用心比试起来，不多一会儿就扳回劣势，占了上风。

正斗得兴起，我却突然收剑，改向弟弟刺木挑战。刺木只得出剑迎战，走的却是刚猛的路子，每每两剑相交，都发出"哐当"之声，只觉得来剑势大力沉，难以招架，几个回合下来，我很快便落于下风。又勉力支撑几个回合，我忽然跳步后退，收剑说道，"行了，我知道你是谁啦！"

刺木闻言，也赶紧收剑，再次匍匐于地，"使者大人见谅，因不明使者大人身份，又不知使者大人为何与尕多日争斗，故小人不敢贸然相认。”

话音刚落，除刺罕外，其他人都露出茫然之色，我便继续说道：“昨晚相助，不胜感激，但我有事不明，烦请刺木解释一下。”

还没等我说出下文，刺木已猜出我要问的话，答道：“祭司受困于内宫之前，曾与小人言，说夜观星象，白虎暗淡，预感有不祥之事发生，若果如此，必是王后妖魂作祟，命小人等不可与之相争，若要相争，必……”说到这里，刺木忽然抬头看我，目露精光，“若要相争，必等廪君使者回归巴国，以诡谲之术，方可胜之。”

刺木这一番话，令我惊愕不已，纵使你想象力再丰富，也绝料不到祭司有此预感和奇言，如果刺木之言非虚，则说明祭司安排我去祭虎，实际上是放我一条生路，可他又怎知我能从蛇口下救出幼虎，因大虎感恩而安然脱险呢？

不管怎样，听完刺木的话，我对祭司的看法有了一点转变，怨怒也消解不少。如果说之前对搭救祭司还心存疑虑，到了此刻，却逐渐变得坚定起来。但是我还有很多疑问，一时无法解答，忍不住又问道：“即使祭司预料到我会回到巴国，可你又怎知道我何时出现，何时遭遇困境？”

刺木又答道，“自巴国蒙难之日起，小人与阿哥便谨遵祭司大人教诲，隐忍不发，小人每日负责监视尕多日行踪，阿哥负责监视妖怪行踪，昨日见尕多日深夜外出，小人便紧随其后，没想到竟然发现使者大人与尕多日打斗，情急之下，这才出手相助，没想到……”

刺木没有说完后面的话，但大家都明白了事情的缘由，不再追问。可了解到这个情况之后，我却一点也高兴不起来，本以为相助于我的是龙格，若是龙格，说明罕宝已回巴国，现在龙格变成了刺木，那么罕宝有没有回到巴国，便是一个未知数了。

但是反过来一想，有了刺木和刺罕相助，总比一个人单枪匹马的对付王后和沙克一伙要好很多，至于说祭司所言用诡谲之术战而胜之，也对我深有启发，思虑良久，渐渐有了主意。便吩咐荣格和双胞胎兄弟暗暗与洞主长老沟通，散布谣言，说廪君使者不日将回到巴国，领导巴国人民与王后一伙抗争，扫荡妖魔鬼怪。

初试锋芒

接下来的两天，对刺木和刺罕进行攀崖培训，为了提高训练难度，我将培训点安排在一块壁立的山崖边，时间为深夜。刺木和刺罕虽没有扎格、纳莫灵活，但毕竟有武功底子，两天下来，已基本掌握了要领。

第三天深夜，决定实施营救行动。

刺罕打前站，我和刺木随后，保持一段距离，悄悄往内宫行进。不多会儿，临近内宫，发现有两个卫士值岗，我和刺木便潜入对面的灌木丛，神不知鬼不觉地走过内宫，又走一段，在一段山崖边停下来，刺木说，这上面就是漏斗的开口位置了。

从背包中取出攀爬用具，交给刺木一套，又给他强调了一下攀崖要领，便开始攀登。漏斗口位于悬崖上的二级平台上，极其陡峭，而这一片石壁上结了很多冰凌，攀登起来着实吃力，费了老大劲儿，才攀爬到一半的位子，心想，要是纳莫和扎格在就好了。

歇了一会儿，喘几口气，咬咬牙，继续攀登，再上一段，冰凌逐渐减少，攀登变得稍微容易了些。半个小时后，终于登上崖顶，就看见中间有一个坑洞口，趴在洞口探了探，没有什么动静，便打开手电往下照射，只觉得黑咕隆咚的深不见底。接着，我开始打扣环，拴好长绳，再将绳子抛下去，待绳子绷紧后使劲上拉，不多会儿，刺木也登上崖顶。

和刺木来到坑口，再打上两个扣环，穿上绳子，又给刺木交代了一下滑坠的方式，然后开始下滑。坑内壁十分光滑，长满了青苔，并向内倾斜，脚挨不到洞壁，无法着力，身体基本是悬在空中。下滑一段之后，感觉有温暖的水雾蒸腾上来，由于看不见底部的情形，心脏不停地狂跳，恍惚之中，似乎看到王后赤身裸体地躺在平台上，望着我狞笑，尕多日带领一群卫士张弓搭箭，正在朝我瞄射，仿佛下一秒，我周身都会插满箭镞，变成一个刺猬。

万幸的是，一直下到坑底，这一切都没有发生。等了一会儿，刺木也下滑到坑底，满头大汗。稍微喘口气，我和刺木又继续摸索着往前走，不一会儿，就听见了微弱的呼噜声和轻微的咳嗽声，立即放慢脚步，蹑手蹑脚向前。

呼噜声连续不断，咳嗽声时断时续。忽然，刺木将嘴凑近我耳边说道："那咳嗽声像是祭司大人发出的。"

我点点头，轻声吩咐道："只要我一亮电筒，就同时冲上去。"

一时间，空气仿佛凝固，只听见彼此的呼吸声，黑暗中虽然看不清各自的身形，此刻，我和刺木就像是潜伏在黑暗中的豹子，蓄势待发。

呼噜声越来越响，感觉到距离很近了，我突然打开电筒，朝前方射去，与此同时，刺木也猛地前蹿，迅速逼近两个守卫的武士，在他们还没来得及做出反应，醒着的武士已被我用利剑割断脖子，打呼噜的武士也被刺木割断喉管。这一切的发生，可以用迅雷不及掩耳来形容，刺木出手的迅捷和果断，再次让我吃惊。

虽然只发出轻微的响动，但还是惊醒了祭司，此刻，他眼神迷乱，犹在梦中。定了定神，当看清来者是我和刺木时，祭司才回过神来，惊讶之情难以言表。随后，他张了张口，但是没发出声音。

刺木立即跪于祭司面前，解开绑缚在祭司身上的绳子。

愣了一会儿，祭司嘴里才发出微弱的声音，"使者一来，巴国有救了。"

"知道他们把大王子关在哪里吗？"我问道。

祭司努力抑制住咳嗽，答道："大王子被禁足于内宫，由侍卫看护，应该没什么大碍，但他一向体弱，恐怕……"说完，又是一阵猛喘。

眼前的祭司真的老了，不仅骨瘦如柴，而且皮肉松弛，双目无神，他呆望着我，不知是激动还是悔恨，老泪纵横。而此时的我，心中也百感交集——眼前这个人，曾经是自己的死敌，逼我自入虎口的仇人，而现在我却要冒着生命危险来救他，实在有些想不通。

可是，为了巴国，为了我心中的使命，又不能不救他。至于说大王子，此时已无法顾及，只有改待他日另想办法了。

此时，祭司又猛烈咳嗽起来，浓痰中夹杂着血丝。见此情形，我不再犹豫，吩咐刺木背上祭司，立即撤退。走了一段之后，进入一个洞厅，忽然没有路了。我不得不再次打开电筒，往四周一阵扫射，幸运的是，很快发现一道暗门，打开暗门，又是一条通道，洞道中静悄悄的，空无一人。

再次关闭电筒，摸索前行，在快要到达巴王寝宫的时候，见前方有亮光从门缝中漏出来。我和刺木不得不放慢脚步，蹑手蹑脚地前行，在经过洞门的时候，有嘻嘻哈哈的声音传出来，除了外国人的口音，还夹杂着侍女们的尖叫声。

这些来自外部文明世界的老外，他们不仅没有给巴国带来开化文明，反而残害贵族，欺压百姓，淫乱内宫，祸害巴国。猛然间，心中燃起怒火，恨不得一脚踹开房门，冲进去杀他个天翻地覆。

刺木也恨得牙痒痒，双目像是要喷出火来，此时此刻，只要我一声令下，他一定会毫不犹豫地冲进去。但看着虚弱不堪的祭司，我终于按捺住满腔怒火，吩咐刺木赶紧上路。经过巴王寝宫，来到出口附近，这个时候，只剩下一件事——解决掉门外的侍卫，我们就可以出宫了。

然而，就在这个时候，王宫深处有两个侍卫手持火把朝出口走来，火光照亮了洞府，我和刺木已经无所遁形。很快，巡夜的侍卫就发现了我俩，叫嚷着追了过来。守在洞口的两个侍卫也听见了喧嚷声，赶紧关闭洞门。

事已至此，我和刺木只得撒开腿，一起飞奔向洞口，我先一步到达洞口，两侍卫便一起挺矛向我刺来，我一个侧闪，避过刺来的矛尖，身体继续前冲，剑锋贴着矛杆划过去，咔嚓一声，一侍卫手腕立断，鲜血乱喷。

趁另一侍卫愣神之际，我一脚踹开了大门，刺木背着祭司先冲了出去，我则闪身于门外，等洞内侍卫追出来时又冷刺一剑，那家伙闷哼一声就倒下了。而此时，巡夜的侍卫也已追至门口，被闻声而来的刺罕迎个正着，剑光一闪，又一侍卫中剑倒地。剩下一个侍卫见势不妙，拔腿就往回跑，边跑边喊，“不好啦，来刺客啦，祭司被他们救走啦！”

刺木背着祭司在前，我和刺罕断后，一阵疯跑，直奔祭司府邸，尕登吉和荣格早已迎候在那里。不多会儿，祭司的四个死忠洞主也到了，见我救出祭司，都执礼相谢，接着，便嚷嚷着要与尕多日等拼命，为祭司和大王子报仇。

看着四位洞主，我不胜唏嘘，短短几个月时间，这几个曾经身强力壮的巴国武士，如今也变得和尕登吉一般模样，早已今非昔比了。而祭司见洞主们一个个面黄肌瘦，憔悴不堪，也大为惊讶，忍不住又是一阵猛喘，我赶紧拿一颗速效救心丸给他吞了，才缓过气来。

又过了好一阵，祭司才开口说话，"纳吉、格错、旺木、尕乃，你们怎……怎么都变成了这副模样？"

四位洞主立即匍匐于地，你一句我一句地将自己的悲惨遭遇倾吐了一遍，接着，又将王后、尕多日罪行控诉了一遍，再接着，又讲到红毛妖怪的神器如何厉害。只听得祭司目瞪口呆，良久，才仰天叹道："都怪老夫无能，令巴国蒙难，洞主受苦。"说到这里，又抬头看我，羞愧万分，"幸亏使者去而复归，搭救于老夫，在此……谢过，另……还请使者不念旧恶，以大局为重，再施以援手，救救四位洞主。"

祭司之言，好像很是自责，同时也对我深明大义搭救于他表达了谢意，可听起来却很不是滋味。心想，你逼我到深涧对岸请罪，无异于逼我自入虎口，料定我必死无疑，现在却以一句"去而复归"轻飘飘带过。而今日我以德报怨，冒着生命危险来救你，难道还不是以大局为重吗？而且这几个洞主，也是帮凶，心中巴不得他们多受几天苦，才解我心头之恨，想到这里，心中忽然有了主意，便答道："洞主所受之苦，乃外界邪药所致，解起来并不麻烦，但凡发作之时，只需捆绑四肢，以醋水灌其腹，畜尿泼其身，如此数月，则毒性自除。"

我是一本正经的胡说八道，可洞主们却不敢不信，一个个还要言不由衷地夸赞我几句。而祭司见我不计前嫌，也甚为愧疚，免不了又自怨自艾，"唉，都怪老夫太过自负，中了王后和尕多日的圈套，令洞主们受辱，巴国蒙难！"

听到这里，我忍不住又挤兑一句，"以祭司之老谋深算，怎会中那王后和尕多日圈套。"

祭司答道："尕多日出身贱民，由老夫栽培扶持至王宫卫队统领，本想他定会感恩戴德，唯老夫之命是从，没想到……”说到这里，祭司又长叹一口气，“没想到他竟然与王后串通一气，阳奉阴违，而王后诈死，又令老夫放松警惕，竟然听从尕多日的建议，说大王子行动不便而去内宫议事，故而中了他的圈套。”

说到这里，祭司忽然以异样的目光看着我，思虑良久，才又说道：“更没想到，那尕多日竟然能勾结外界之红毛妖怪，淫乱内宫，祸害巴国，先王的噩梦，居然一一呈现，长此以往，国将不国了！”

“放心，有敝使在，由不得他们胡作非为！”

斩钉截铁地说出这句话时，其实心里很忐忑。但这句话无疑鼓舞了祭司，他那昏暗的目光忽然闪亮了一下，“老夫深知使者才智超群，勇力过人，更庆幸当日没有意气用事，置使者于死地，才有使者今日之回归，救巴国于危难。”

听祭司说出这句话，不觉心里又有些来气，便冷笑两声，不予回答。祭司何等聪明，心知我念念旧仇，便挤出一丝笑容，说道：“老夫令使者去深涧对岸向廪君请罪，使者方能脱身出谷，不料使者竟不知老夫此举之意，耿耿于怀。”

我愤然道：“名曰请罪，实乃祭虎，大人如此安排，我何以言谢。”

祭司摇头，“白虎乃廪君化身，自然认得使者，怎会食你。”

见我哑然无语，祭司脸色忽然又变得严峻起来，接着说道：“若使者被白虎吃掉，则说明使者乃假使者，老夫亦没做错。”

听完祭司的话，我暗自心惊，回想当日情势，祭司确可以无数方法置我于死地，但他却单单选了祭虎请罪这条路，看来确实有意放我一马。但我还是有些纳闷，他怎知我会巧遇巨蟒，救下小虎，侥幸脱身呢。难道他心中认定我就是廪君使者，白虎根本不会吃我，既然如此，我何不继续利用廪君使者这个身份，跟他讨价还价。

想到这里，心中顿时有了主意，便说道：“大人可知敝使此次归国，所为何事？”

祭司表示不解，“使者回国，难道不是为了驱妖除魔，挽巴国于即倾？”

我点了点头，答道：“驱妖除魔，挽巴国于即倾，此乃大道，敝使义不容辞。”接着，我话锋一转，“但这件事说起来容易，做起来却很难……”

见我欲言又止，祭司若有所悟，急问道：“需要老夫做什么，使者尽管明言。”

我便答道：“自然有用得着大人的时候，但此时敝使要讲的，是另外两件事。”

祭司心领神会，答道：“使者有何条件？请讲。”

“说不上什么条件，只是为巴国将来着想，”见祭司露出十分忐忑的眼神，我笑了笑，继续说道：“其一，赦免罕宝、龙格、纳莫和扎格潜逃离境之罪，并与之共同抗敌。”

祭司闻言大惊，“怎么罕宝也回巴国了！”

我点点头，“据敝使推测，公子当已回到巴国。”

此时，祭司灰暗的目光竟然一下子明亮起来，但他的表情却仍然紧绷着，强抑住心中激动，将目光扫向四位洞主。洞主们当然知趣，一个个便积极进言，恳请祭司饶恕罕宝之罪，于是，祭司又假意露出为难的脸色，皱眉道：“若他们能戴罪立功，则可免去死罪，但事过之后，仍需鞭杖一百，面壁思过。”

接着，我又提出第二个条件，“改变以人饲虎旧例，以牛羊替代之。”

我这句话一出口，祭司脸皮又抽搐起来，语气突然变得生硬，“你身为廪君使者，竟敢说出如此不敬廪君之妄言，老夫实在是有些怀疑，你是否真的是廪君使者。”

尽管知道提出这个要求，祭司一定很为难，却没想到他落魄到这步田地还强逞威风，心头更是有气。但我并没有把这种愤怒表达出来，而是强压住心中不满，振振有词道：“敝使是不是真的使者，大人心中应该有数，而敝使此言，亦是受廪君指示，并非妄言。”

听完我的话，祭司面色凝重，沉思片刻，答道：“以人饲虎，乃巴国几千年的惯例，非此不能表达巴人之虔诚，若要以牛羊替代，须得廪君明示。”

祭司出此难题，本以为我会知难而退，可他哪里知道我与白虎的交情，又怎料得我为此所做的精心准备，要廪君显灵，对我来说，不过是轻而易举之事。于是，我微微一笑，答道："多则五日，少则三日，廪君即会显灵，若祭司仍然不信，待收拾掉祸乱巴国的妖魔鬼怪之后，也许廪君会现身明示的。"

此话一出，祭司与洞主们尽皆目瞪口呆。

三天后，洞子里的人开始忙碌起来，除准备各种荤素食品外，还扎了很多布人、布猪、布牛、布羊，因为第二天就是廪君的诞辰，这些都是为祭祀廪君而准备的礼物。

听荣格介绍，廪君诞辰之祭每年都是很隆重的大事，程序是这样安排的：首先是浴神祭祖仪式，在太庙举行，由祭司主持，巴王以及各洞主长老们共同献祭，祭奠廪君和历代巴王。但由于祭司是罪臣，所以今年的仪式改由尕多日主持。第二个仪式是浴心，在温泉厅举行，与洞神之祭不同的是，男女可以共浴，但不可以交欢。第三个仪式是献妃，就是在七洞中共同推举的未婚女子中再选出一个，作为廪君的妃子呈奉，这个仪式跟虎祭有些相似，还是在温泉厅举行。

荣格一口气讲完了三个议程，听得我心惊肉跳，头两个仪式都还算合情合理，唯第三个议程让人无法接受，虽美其名曰为廪君选妃，其实却是变相的祭虎，又有一位无辜的少女要成为白虎的美餐了。

没想到覃婉丽偷听了我和荣格的谈话，激发了她的好奇心，强烈要求观看献妃仪式。这可是给我出了个大难题。我把道理讲给覃婉丽听，可她就是不干，问可不可以采用化装的办法，混在人群里偷看，我只好答应她想办法，但要求她这两天要规规矩矩躲在房间里不能乱说乱动。覃婉丽便高兴地答应了我的要求，然后在我脸上啃了两口。

最后，与尕登吉洞主商量，覃婉丽化装成平民混在他的队伍里，而我则独自去办另外一件大事，这次大祭，我准备为使者的现身做点文章。

第二天清晨，我开始为覃婉丽化妆。

先将一段小羊肠撕破，一块块贴在覃婉丽脸上，再分别用赭色、普青、藤黄染上去，一张长满了疙瘩和皮癣的脸就出来了。接着又把头发揉乱，再穿上厚厚的麻布衣服，一个面目全非的覃婉丽就出现了。

覃婉丽迫不及待地拿出镜子，立即露出愁眉苦脸的样子，嘟囔道："恶心死啦，可不可以不要画得这么丑啊！"

我摇头道："告诉我，你是要脸呢还是要命。"

覃婉丽心有不甘，"当然是要命，可是也不至于弄得这么丑嘛，早知道这样，就不去了。"

我笑道："现在后悔还来得及。"

覃婉丽嘴撅得老高，"都画成这样了，算啦，丑就丑一回吧。"

化完妆，走出门来，尕登吉忽然出现在面前，眼神有些怪异，先是夸我对覃婉丽的改造很成功，接着又把我拉到一边，轻声说道："老夫有问题请教使者大人。"

"有什么问题，尽管相告。"我知道自己是个粗心大意的人，考虑事情往往不够周全，以为洞主要提醒我某个关键环节。

"是关于丽雅的事，"尕登吉以诡异的目光看着我，状极神秘，"老夫觉得小女似乎对大人您……"

我支吾道："丽雅受白虎惊吓，有些神志不清，大概是把我当成罕宝了吧。"

尕登吉忽然一把抓住我手，情真意切道："老夫的意思是，如果小女真心喜欢大人的话，使者大人也不必客气。"

"这个我也不好判断，还望洞主不要见怪。"我支吾道。

"但愿她有福气，能够得使者的垂爱。"尕登吉发出感叹。

"我会好好保护她的。"我回答得模棱两可。

世界上的事情真是奇怪，本来我可以真的迎娶丽雅，与她结为夫妻，而眼前这位洞主也可以名正言顺地成为我的岳父。可是造化弄人，偏偏让他失去了一个真女儿，得回来一个假女儿，而他仍然希望我做他的女婿。

从洞主的角度看，是祭司把丽雅送上了绝路，所以丽雅与罕宝结合已根本没可能，并且罕宝本人也杳无音信，倒不如把丽雅交给我更现实些，而我之所以顺水推舟，目的只在于以后跟覃婉丽往来更自如一些，少了许多羁绊。

装神弄鬼

所有人都出去参加大祭了，只有我留在洞子里，准备晚上的“盛典”。

时间一分一秒地过去，瘙痒痉挛又悄然来袭，我不敢大意，赶紧吃几颗药，接着便开始运功抗蛊。过了一会儿，气流在身体内穿梭起来，但每每行至丹田、玉堂二穴处，就被弹了回去。若这两个穴位不能打通，气息就不能上下贯通在身体内形成循环，那么功力就无法达到更高的层次，对蛊毒的入侵也就无能为力。所以这次来绝谷，最好能活捉王后，逼她交出解药，祛除蛊毒。

终于挨到了黄昏，该我上场了。穿上夜行衣，带上拐杖枪和“造神”工具，心情说不出的忐忑。

献妃的仪式要等到月亮升起时才开始进行，这会儿，巴国的男女老少们还在温泉厅参加“浴心”和“选妃”仪式，没有谁会关注我。

穿行于黑暗静谧的绝谷中，忽然觉得很亢奋，仰望绝壁上空的深蓝色带子，有一颗特别亮的星星，我姑且把它当成白虎星，正指引着自己去完成一次神奇的使命，这个使命，不仅关乎我的命运，还关系到巴国的未来。

我躬着身，穿过一片灌木丛，再走一段小道，就看见了高高的山崖上，有一块光滑的大石壁，在星光的映照下就像一块巨大的屏幕，这是我早已留意到的一个“景点”，也是去深涧献妃的必经之道，最理想的廪君“显灵”场所。

接下来，取出攀岩设备，背着拐杖枪，开始攀登陡岩。

差不多用了二十分钟，到达悬崖上最光滑的地方，将工兵铲拿出来，开始把石壁上的杂草铲掉，经过差不多二十分钟修整，一块约 20 平方米的投影屏完成了。然后顺着绳子滑下来，收拾好用具，转移到下一个阵地。

石壁的对面，是一段倒悬着的山崖，对攀爬者是个考验，但这依然难不倒我。经过大约半个小时，登上了与对面石壁等高的位置，那里恰巧有一个大石缝，前面还有一块兀立的大石，是理想的藏身之处。

我斜靠在石缝里，掏出一盒口香糖来，塞两粒在嘴里，慢慢地咀嚼，消磨时间。此时此刻，我唯一担心的是——覃婉丽没有乱来吧？

又等了大约一个小时，远处出现了星星点点的火把光，继而传来喧闹的人声，再过一会儿，就看到熙熙攘攘的人群往这边走来。

时机到了！

从口袋里取出两张透明胶片，扭亮高倍聚光电筒，一束强光穿过夜色中的峡谷，照射在对面的光滑石壁上，特别的刺眼。

很快，绝壁下的人群发现了这束强光，骚动起来。我先将画着廪君的胶片置于电筒之前，调整距离，身着虎皮，骑着白虎的廪君从模糊到清晰，逐渐聚焦在粉白色石壁上。

绝壁下的人群沸腾了，有声音高喊："廪君显灵了，巴国有救啦！"紧接着，期待的场面出现——石壁下的人们，包括王后和尕多日，全部跪倒在地，叩头不止。

接下来，我又拿出权杖胶片，置于电筒光前，于是，权杖的图像投射在石壁上，人群中又有人高呼："权杖，廪君权杖，廪君派使者来了！"

几秒钟后，关掉手电，悄悄从崖壁上溜下来，还好，沙克一伙并没有出现在人群中，否则脱身就不那么容易了。我以最快的速度潜回尕登吉洞府，静等造神之后的效果。几个小时后，"献妃"的人群逐渐返回，虽已夜深，但却有很多人没有入睡，谈论着今天的神迹。不多会儿，尕登吉一家也返回洞府，与他们一同返回的，还有覃婉丽。

"廪君的魂魄终于显灵了，这可是两千多年来第一次。"尕登吉热泪盈眶，还在回味刚才那一幕，当看见我手中拿着廪君权杖时，更加兴奋，"原来廪君权杖已由使者掌握，使者既然拥有这件圣物，自然就是廪君的代言人，如此一来，巴国有救了！"

瘦弱不堪的尕登吉，手抚着这个假的廪君权杖，如获至宝，就像吃了兴奋剂一样，被我好一阵劝慰，才肯进房入睡。又等了一阵，我才敢进入覃婉丽房间，发现她已经卸完了妆，兀自兴奋着，见我进来，一把揪住我，嚷嚷道："难怪你不来陪我，原来演了这么一出戏。"

"我演什么戏了？"我笑着躲开她的手钳。

"你玩一出幻灯戏猴子的游戏，以为我看不出来。"说完，又搂住我脖子。

"你那么聪明，自然看得出来，只是你把自己也比作猴子中的一员了。"我一边笑，一边去掰她紧搂住我脖子的手腕。

"你换着花样来骂我，后果很严重。"覃婉丽一口咬住我手臂，像头小母虎。

"怎么样，谈谈你今天的观感。"我被她咬住，龇牙咧嘴做痛苦状。

"太开眼界了。"一说话，覃婉丽自然就松开了口，看着被她咬过的地方，有一圈牙印，这是她常常虐我的把戏，美其名曰"送表"。

"说说，怎么个开眼法？"

"浴神的环节倒没什么稀奇，就是一群当官的到一个庙里去给那个廪君塑像洗澡，完了一起跪拜念经，之后再把各种好吃的东西献上，最后是大家都坐在坝子里搞野餐。"覃婉丽边说边比画。

"后面两个仪式呢？"

"第二个仪式最好玩，那么多人，男男女女的，脱光了泡在一个巨大的池子里洗澡念经，羞死人了。"说到这里，覃婉丽的脸上现出红晕，又抱紧了我。

"确实好玩，看来把你画成个丑八怪没错，不然就被人拉到池子里去了。"我笑着调侃她，心想，你还没有见识过洞神之祭的火热场面呢。

"第三个仪式就有些残忍了，七个姑娘跪在高台上，听一个家伙念经，后来有个姑娘面前的石头烧裂了，就把她脱光了衣服，架在高台的木板上，灌下一碗药，然后当着大家的面，里里外外的浇水洗，洗完之后，又穿上一件丝绸袍子，被人抬了出去，据说是要送去给老虎做妃子，那不是变相的喂虎吗？"讲到这里，覃婉丽身体微微发抖。

"所以，这样的仪式必须得改变！"

当万事俱备只欠东风的时候，我却突然病了。

这一次蛊毒发作异常厉害，尽管我加大了药量，强行运行内力相抗，还是不能阻拦血液里的瘙痒。继而，我的五脏六腑开始出现绞痛，全身痉挛并出现幻觉，王后的影子不断地在眼前晃来荡去，她的脸剧烈地扭曲着，化身为人头蛇身的怪物，口中念念有词，催动着无数的怪物在我身体内厮杀搏斗，我拼命抓扯自己的皮肤，企图把这些怪物从内体释放出来，可是一切都是徒劳，渐渐的，我连抬起手臂的力气都没有了，只能瞪眼看着漆黑的夜空，等待死神的降临。

不知过了多久，我终于苏醒，眼前是一团漆黑，但瘙痒和痉挛却消失了，接着，听见了轻柔的呼吸声，这声音我十分熟悉，于是，我试着抬了抬手臂，还行，虽然软弱无力，但毕竟能够动，我将手臂摸向床边，搭在了覃婉丽头上，接着，覃婉丽“哇”的一声大哭起来。哭声惊动了洞主一家，不一会儿，荣格拿着行灯来到床前，接着，尕登吉和丽雅母亲也出现在眼前，大家都望着我，一阵唏嘘感叹。

这时我才知道，我已经昏睡了整整三天。

醒来之后，我立即要求会见祭司，但尕登吉和覃婉丽死活都不答应，于是，又调养了两天，见我已行动自如，洞主才答应了我的要求，并派上四个族丁随行，以防不测。

到达祭司府邸，发现周围已经布满巴国武士，还好，祭司遵守了约定，没有提前发动对内宫的攻击。见我来访，守在外面的纳吉前来迎接，看得出来，他这段时间也没少受苦，为了戒毒，不得不采用我开出的药方，不仅手腕上有绑痕，身上也冒出一股尿臊味儿。

祭司的气色倒是好了不少，此时，他一定知道了石壁显灵之事，又见我拿着廪君权杖，不禁欣喜万分，亲自扶我坐下，口中说道：“惊闻使者突染奇病，很为不安，无奈两军对垒之际，老夫无法脱身前来探候，还请使者见谅。”

说话之时，祭司目光一直盯着权杖，我便顺其心意，将权杖递到他手中。祭司手抚权杖，老泪纵横，喟然长叹道：“有此神杖在手，巴国人等莫敢不从，国之祸乱，当可平矣！”

我摇摇头，答道：“仅凭神杖，恐怕还震慑不住王后和尕多日，更不足以威慑那几个红毛妖怪，平定祸乱，还得从长计议。”

祭司不解，朗声道：“神杖一出，巴人莫敢不从，即使震慑不住尕多日和那几个红毛妖怪，也能震慑住王宫卫士，戡乱之时，难道他们还敢助妖为虐不成，想我巴国男丁，人人皆是勇士，取那尕多日和几个红毛妖怪之性命，自是不在话下。”

祭司的话，给几位洞主以极大鼓舞，纳吉便急吼吼道：“王后和尕多日勾结外妖，祸乱巴国，我等早已忍无可忍，恨不得即刻进攻，活捉那些妖魔鬼怪，生啖其肉！”

格错、旺木和尕乃也随声附和道：“纳吉洞主说得是，大家都等不及了，请祭司大人和使者赶紧发布除妖令吧。”

尽管祭司和洞主们都信心满满，蠢蠢欲动，我却异常冷静，不得不对祭司说出心中所虑：“诚如大人所言，神杖一出，巴国人等定会起而响应，奋勇争先，但大人有所不知，王后会施蛊之术，王上之早逝以及敝使所患奇病，就是中了王后所施之蛊，举而推之，尕多日背叛大人，侍卫们胆敢附逆，也皆是拜那蛊毒所赐，若举全国男丁发动对王宫的强攻，则必然遭受殊死抵抗，难免两败俱伤，尸横遍野。”

祭司面色凝重，喃喃道：“幸亏老夫没有贸然发动，否则，先王的噩梦恐怕就变成现实，巴国又会遭受一场大难。”说到这里，祭司眼中忽现凶光，咬牙切齿道，“那些卫士附逆也就罢了，可他们居然还擅闯太庙，开凿历代先王之灵冢，实在是罪大恶极，若这次戡乱成功，必将其全部处以油烹之刑，方可平息民愤。”

听完祭司的话，不由得打了个冷颤，但又不敢劝阻，只得转移话题，说道：“听大人讲，王后常常折磨拷问大人，不知所为何事？”

祭司答道：“除了骂吾之先祖欺凌她家先祖，老夫欲加害于她之外，就是问那呼唤大蛇之神器下落，不仅王后问，那些红毛妖怪也问，以为是老夫把那件神器藏起来了。”

我便不由自主地问道：“那么，那件神器是不是真的被祭司藏起来了呢？”

祭司摇头，叹道：“若是有那神器，又怎由得王后和红毛妖怪如此猖狂。”

我又问道：“那神器果能呼唤大蛇吗？”

祭司看着我，神色忽然变得警觉起来，“使者所问，难道怀疑神器的法力，而使者回归巴国，是否亦是奔那神器而来？”

我淡然答道：“敝使回归巴国，一为解蛊治病，二为驱除妖魔，并非为神器而来。”

祭司摇摇头，脸现疑惑之色，“使者前次来，说是为寻找失踪之白虎之巴，以为诸侯抗秦之用，可在老夫看来，皆是托词，使者真实想要的，恐怕还是那件神器。”

“何出此言？”我问道。

祭司答道：“老夫虽没去过外界，但经此一事，深知以巴国之力抵抗恶秦，便犹如蝼蚁撼大象，其微不足道矣，但若是能找到神琮，召唤大蛇助力，情况恐怕就不一样了，所以老夫推测，使者回到巴国的目的，还在于找寻神琮。”

听完祭司自以为是的推测，我不禁哑然失笑，没想到自己在太庙中撒的那个弥天大谎，祭司至今仍深信不疑，可对于这个一辈子没见过世面却又刚愎自用的井底之蛙来说，我一时还想不出更好的说法为自己辩护，最后，只能这样回答他，“即使真的找到神琮，召唤大蛇助力抗秦，亦如蚍蜉撼大树，不自量力。”

“何出此言？”祭司问道。

话已至此，我决定给他透露点外界的真实情况，于是答道：“因为秦国有一种远比红毛妖怪厉害得多的法器，叫原子弹，一经发射引爆，纵使你有千万条大蛇，眨眼之间，也会不堪一击，灰飞烟灭。”

听完我的话，祭司愕然，良久不语。

正在这个时候，有人前来通报，说尕多日带着几个红毛妖怪到了岩下，点名要我下去对话。洞主们听了，一个个怒火万丈，大骂尕多日一通之后，纳吉便要率手下族丁前去迎战，但却被祭司喝止，并着令人前去传话，他和我即刻下去与之会面。

我当然不能让祭司出面冒险，便极力劝阻，好说歹说，祭司勉强答应由我单独前往，并着令纳吉带一队武士随行。

来到了山岩下，见尕多日身旁四人，果然便是沙克、威利、沃克和川康彦，他们都带着武器，而威利手中，居然是一把冲锋枪。

还没等尕多日开口，沙克先嚷嚷起来：“皮，没想到吧，我们会在这里见面。”

我答道：“确实有些意外。”

沙克干笑一声，接着说道：“皮，你太自私啦，发现这么好的一块活化石，居然不告诉我们，作为一个团体的队员，你难道不觉得羞愧吗？”

此时此刻，我还真的充满羞愧感，但不是为自己，而是为沙克、沃克、威利和川康彦。他们打着科学考察的旗号，可实际上干的是盗窃巴国宝藏的勾当，就因为我不想让他们发现这些宝藏，竟然反咬我一口。但是，面对这伙恬不知耻的强盗，我却无法为自己辩解，也懒得辩解，我只能强抑住愤怒，冷冷答道：“既然你都说这是一块古代文明的活化石，难道还不知道它具有多高的价值。你们不但不爱惜它，反而肆意破坏它，把这块珍贵的活化石搞得满目疮痍，面目全非，你们这样做，难道不觉得自己是在犯罪吗？”

“皮，你不但自私，还很虚伪，”听完我的回答，沙克大怒，“你之所以不愿意分享这个秘密，其实是想独占巴国宝藏，这一点，从你盗窃博物馆那三件巴国神器就看得出来。”

“凭什么说是我盗窃了那三件巴国神器？”

沙克望着我，又干笑几声，答道：“其实在五天以前，我们也不知道是谁偷走了巴国神器，直到你把那个权杖照片投射在石壁上……”说到这里，沙克又哈哈大笑起来，“皮，你这样做，可真是……此地无银三百两啊。”

听完沙克的话，我顿时哭笑不得，但一时之间，竟又无从反驳，正尴尬的时候，川康彦开口了：“皮先生，你就不要抵赖啦——大家之所以想得到那些巴国宝藏，其实都有一个共同目的，就是通过对这批上古文物的研究，揭秘巴国历史上的一些谜团，尤其是那件神琮，其意义更加重大，如果能够得到它，就可用来召唤大蛇……”

听到此处，我不得不答道：“关于那件神器的功能，只不过是一个神话，而经过现代文明洗礼的你们，居然信以为真，实在是令人啼笑皆非。”

川康彦摇摇头，说道：“皮先生，不瞒你说，刚听王后讲起这个传说的时候，我们也怀疑其真实性，可当看到太庙中的壁画，再联想到博物馆展出的几件巴国神器，才发现这个传说有很大的可信度，不知你记不记得，在巴蜀史研讨会上，威廉先生曾发表过一个观点，说巴国的强盛和衰弱，受到一股神秘力量的影响，现在看来，这股神秘力量，应该就是那条威力巨大的大蛇。”

听完川康彦的话，我暗自心惊，猛然想起川康彦曾经在博物馆看到过神琮，也发现神琮是用一块陨石制作成的，心中早已认定神琮便是传说中呼唤大蛇的神器。而我比他们先知道这个传说，便有了盗取神琮的动机，再加上我在石壁上投射的幻灯片，从而认定那三件巴国神器都在我手中。

如此看来，我这个盗宝嫌疑犯的罪名是洗不脱了，但洗不脱也有一个好处，就是可凭此作为跟他们谈判的砝码，拖延时间，寻找破敌之策。

想到这层，我便临时改变策略，说道：“如果你们认定巴国神器在我手里，那么，你们想怎么办？”

沙克答道：“很简单，交出神琮和权杖，另外，还有那幅羊皮图。”

川康彦补充道：“如果皮先生肯交出神琮和羊皮图，我们也不会很贪心，可以考虑将廪君权杖留给你，至于说你是用它来继续愚弄这些贱民，在这里称王称霸，逍遥快活，还是交给你的国家邀功领赏，这就不属于我们关心的范畴啦。”

“如果不交呢？”

“如果不交，就每天杀一个巴人，反正这些巴国人，也没什么值得同情的，即使我们不动手，他们也会自相残杀，如果三天之后还是不交，死的可能就是大王子啦。”

看着这伙穷凶极恶的强盗，我心中生出无比愤怒，本想一口回绝，但又怕双方立即发生冲突，如此一来，巴人将死伤惨重。

再一想，沙克一伙千方百计想得到神琮，无非是为了神琮那莫须有的功能，而这在我看来，完全是无稽之谈。至于说羊皮图，也根本不是什么藏宝图，而是进入绝谷巴国的路线图，既然沙克一伙已经来到这里，也没有保密的必要了。想到这层，心中渐渐有了主意，便答道：“容我考虑一下。”

听我口气有所松动，川康彦脸上浮出笑意，“皮先生既然以廪君使者自居，自当对巴国人民的生命负责，而我们也不愿意伤及无辜，如果能避免流血冲突，又何乐而不为呢？”

话已至此，我不得不答道：“权杖和羊皮图都可以交给你们，但有一个条件。”

沙克立即答道：“皮，有什么条件，尽管开出来吧。”

我答道：“这个条件就是，拿到权杖和羊皮图后，请你们立即离开巴国，并保证不对外泄露巴国藏身之谜。”

听完我的回答，沙克喜形于色，连连点头，但过了一会儿，似乎觉得有点不对劲儿，又追问道：“皮，你刚才只提到权杖和羊皮图，而没说把神琮也给我们，是怎么回事？”

我答道：“因为权杖和羊皮图都在巴国，由祭司暂时保管着，至于说神琮，很抱歉，我并没有将它带回巴国，而是把它放在谷外一个安全的地方，所以想要得到神琮，还得麻烦各位跟我走一趟。”

听完我的回答，沙克一时犹豫不决，川康彦便接过话头说道：“皮先生，我们可以答应你的条件，那么，请问什么时候把权杖和羊皮图交给我们？”

我答道：“三天之内。”

犹豫片刻，沙克答道：“行，就给你三天时间，但如果发现你耍什么花样儿，我们也可以随时撕毁协定，到时候，可别怪我翻脸无情。”

不是冤家不聚头

尽管我与祭司已化敌为友，权杖也是我亲手交到他手里的，但我却并不打算再从他手里要回来（恐怕也要不回来）。因沙克和川康彦所图，主要在于神琮和巴国宝藏，而要得到巴国宝藏，则必先拿到藏宝图。既然他们认定那幅路线图就是藏宝图，那我就给他们一张藏宝图，只不过这幅藏宝图，还是一件伪品。

回到尕登吉府邸，立即着手制作藏宝图。

先找来一块老旧羊皮，用卵石将其打磨几遍，接着，将一块木炭磨成粉末，以明胶搅拌调和成墨汁，再用毛笔蘸上墨汁于羊皮上勾勒山川河谷、天坑地缝，然后，用调和好的赤铁矿粉画出龙桥暗湖，湖心位置再画上一个虎头。接下来，用酽醋将羊皮浸染几遍，置于炭火上烤一烤、揉一揉，反复几次，一幅古旧沧桑的藏宝图便制成了。

制作完藏宝图，便派荣格前去通知祭司，说自己待会儿就去拜会他。临行之时，忽然被覃婉丽拦住，说这几天待在黑暗的洞子里，人都快疯了，希望我带她四处走走，参观一下巴国白天的景色。

我自然是不会答应她，但覃婉丽死缠住我，说如果不答应便不让我出门，无奈之下，只得采取上次一样的办法，在她脸面上做了点改造，再戴个斗笠，蒙上一块面纱。

装扮完毕，覃婉丽先拿出镜子照照，皱了皱眉头，说道："还行，没上次那么丑。"接着，又一把将我抱住，兴高采烈道，"好期待能看见公主哦！"

我苦笑道："若是遇到公主，你可就死定了！"

出于安全考量，我还是带上了刺木同行。

来到洞外，是个晴朗的好天气，一路上，覃婉丽兴致高昂，问这问那，当然，问得最多的还是依噶公主。

说曹操，曹操就到。

当我带覃婉丽参观完龙嘴、梯级温泉、祭虎厅，来到织衣作坊的时候，忽然看见一个熟悉的身影，与其目光相接的瞬间，顿时傻眼。

不错，是依噶公主，几个月不见，那个刁蛮妖冶的蛮族公主不见了，代之以素雅冷漠的形象。此时，她正拿着一块染好的丝绸，跟绣娘们交谈，见我进来，也是一愣。随后，她的目光聚焦在覃婉丽身上，脸色一下变得煞白。

见我和依噶相对而望，覃婉丽岂能不心生疑窦，情急之中，也顾不得出来之前跟她定下的规矩，开口便问："对面那个女子，莫非就是依噶公主？”

我哪敢搭话，只能装作没听到，转身就走，正在此时，依噶说话了，语气冰冷，“胆小鬼，你给我站住。”接着，依噶又冲覃婉丽喝问道：“你又是谁，为什么蒙着面，见了本公主也不施礼？”

覃婉丽自然是听不懂依噶的话，不但没有跪下，反而直愣愣地盯着依噶。见此情形，我赶紧替覃婉丽开脱：“她……她是我从外界带来的婢女，因为脸上生疮，所以蒙了面，加之不懂巴国礼数……”

没等我将话说完，依噶便怒气冲冲打断：“一个婢女，也有那么多讲究，想来也不是什么好东西。”

见依噶柳眉倒竖，手握剑柄，语气严厉，覃婉丽才意识到问题的严重，情急之中，竟一下拉住我胳臂，我又不好把她甩开，一时之间，手足无措。趁我和覃婉丽拉扯之际，依噶突然跳步向前，挥舞手中短剑向覃婉丽刺去，眨眼之间，短剑已逼近覃婉丽脖颈。

惊愕之中，依噶握剑的手并没有前递，而是向上一挑，揭开了覃婉丽斗笠上的面纱，随即，就看见依噶全身发抖，接着，短剑掉落地上。

“丽雅，你……你这个可恶的妖女！”

“她……她不是丽雅，她……她是……”

就在我张口结舌之际，依噶已从地上拾起短剑，剑指覃婉丽，“为什么我喜欢的你都要抢，先抢了罕宝，后来又抢了他，你究竟是人还是鬼，为什么缠住他不放！”

看着歇斯底里的依噶公主，覃婉丽吓得全身筛糠似的抖起来，拽住我胳臂说道：“老公，快走吧，这个公主太可怕了！”

而此时的依噶，已进入疯魔状态，一边愤怒地咆哮着，一边挺剑刺向覃婉丽。情急之中，我一把推开覃婉丽，同时身体一个急转，想去抓依噶握剑的手臂。而此时，依噶也伸出另一只手，猛地朝我面门抓来，由于依噶出手迅速，我竟然没能躲过，随即，脸皮迎来一阵刺痛。

但此时此刻，我怎敢退却，只好迎着剑光，拼死拦截，试图以手夺剑。而依噶却剑下无情，招招致命，眼看覃婉丽性命不保。正在此危急关头，刺木闻声赶到，缠住依噶，我和覃婉丽才得以脱身，仓皇逃回尕登吉洞府。

“丽雅借尸还魂啦，她是来巴国寻仇的。”

“丽雅是个灾星，如果不把她烧死，巴国将大难临头。”

依噶公主与丽雅意外相遇事件之后，这样的说法很快传遍巴国，也传到了尕登吉和我的耳中。这是一个危险的信号，表明覃婉丽已处于极度危险中。

然而，这还不是最糟糕的，最糟糕的是，就在我带覃婉丽四处参观的时候，沙克一伙又当着祭司的面杀了一个巴人。为此，祭司已忍无可忍，决定组织全体巴国人民奋起反击，尽管知道妖怪们有很厉害的武器，但为了维护巴国正统，死多少人也在所不惜。同时，祭司还令人传话给我，让我交出丽雅，否则便不认我这个使者。

如此一来，我在巴国又变成了孤家寡人，再次陷入绝境。为今之计，必须带覃婉丽马上离开巴国。

“丽雅”的死而复返，对尕登吉一家本来是个惊喜，可刚刚失而复得，马上又要面临离别，实在是很残忍，难免有些依依不舍牵肠挂肚。但危险正在逼近，停留的时间越长，出逃的机会就越小。

来不及犹豫，匆忙收拾好行装，告别尕登吉夫妻，赶紧出发。

趁着夜色的掩护，我和覃婉丽悄悄溜出洞府，匆匆出逃。

连续几天的温暖天气，已经融化了绝谷中的冰雪，地下形成了很多大大小小的水坑，不小心踩在里面，鞋子里就渗进了水，冷风一吹，脚下的鞋就变成个冰盒子，硬邦邦的且冰冷刺骨。

偏偏是越急越出错，走出一段路后，才发现忘了带拐杖枪，但怀着侥幸的心理，我没有返回去拿。再走一会儿，覃婉丽又不小心崴了脚。从尕登吉洞府到深涧差不多有三公里左右的路程，路并不算远，但因为都是崎岖的山路，加上大病初愈，脚又僵，身上还背着覃婉丽，走不多远就累得气喘吁吁，只得靠在一块大石上歇下来。

“老公，你那位公主可真够凶悍。”这个时候，覃婉丽居然还有心思倒醋瓶子。

“人家本来就是蛮族公主嘛，自然跟白雪公主有差别的。”我没好气的回答。

“幸好你没娶她，要不这辈子可够受气的。”覃婉丽又说道。

“现在不是你争风吃醋的时候，”说话的同时，我尽量压低声音，还不停的左顾右盼，“被人听见可就麻烦啦，休息一下赶紧走路吧。”

覃婉丽却不着急，闲言碎语个不停：“那个公主，虽然长得还算漂亮，但脾气太烂了，如果天底下的公主都是这副德行，谁还敢当驸马啊！”

回想和依噶公主在一起的那段幸福时光，我心中凄然，忍不住叹气道：“虽然贵为公主，却不能主宰自己的婚姻，依噶的命运也太悲惨了些，她变成今天这个样子，说起来还是我害了她。”

听我如此感叹，覃婉丽十分不爽，愤然道：“你们这些臭男人，就喜欢犯贱，这么糟糕的女人，还恋恋不舍，难怪有人说什么女人不坏男人不爱之类的话。”

听覃婉丽攻击依噶，我心有不忍，便支吾道：“人家身为巴国公主，脾气大点也情有可原，我们莫惹她就是。”

“你还在替那个野蛮公主说话，恐怕是旧情难忘吧，要不然你留下来跟她结婚，我一个人回去好啦。”覃婉丽气急，忽然发起飙来，说话的声音也越来越高昂，“反正我又不是公主，配不上你！”

见覃婉丽醋劲大发，我只得改变策略，说道：“行了，姑奶奶，你小声点好不好，被人发现了把你抓回去，再点上一堆火，很快就会变成烤鸭的。”

覃婉丽拨开我的手掌，忽然又变了一副面孔，嬉皮笑脸地盯着我，“乖点也容易，只是你得答应我一件事。”

此时的我，急得犹如热锅上的蚂蚁，哪管她有什么古怪要求，只顾连连点头，“不要说一件事，十件都答应，你快点说吧。”

覃婉丽趁机揪我一下，皱眉道：“这次出去以后，你不能再管巴国的事，也不能再想念那个依噶公主。”

“好啦，我答应你，以后再不管巴国的事啦，心中只有你一个人。”说完，用手指了指心脏，然后又指了指暗黑的天空。

“好，你这算是对天发誓了，今后就看你的表现。”说完，覃婉丽用手摸着胸口，吐了吐舌头，“赶紧出谷吧，这个巴国实在是太恐怖啦。”

经过一小段休整，气力恢复不少，于是，背着覃婉丽继续前行。深一脚浅一脚地又走了一段，覃婉丽见我累得够呛，要求下地自己走。我便将她放下，靠在一块大石上，先揉揉自己冻僵的脚，活动下筋骨，接着，又帮覃婉丽处理一下脚踝，虽然还有点痛，但勉强可以行走了，便搀扶着她继续上路。

寒风一阵阵袭来，冻彻心骨，但同时也带来一点好处，因为在如此寒夜，是没有人愿意待在外面的。而且经过寒风一吹，地上的水洼又开始结冰，尽管只是表面一层，不足以承受人的体重，但在月光的映照下发出微弱的反光，使我得以躲避陷足之苦。

又走了一阵，放眼望去，深涧已近在眼前。

跨越深涧十分容易，只需要摇动缆索辘轳，放下吊桥就可以了。

这一次绝谷之行，尽管做了充分准备，还是落得个一败涂地，想想实在有些不甘心。好在已经望见远处高悬的吊桥，一路上虽然有些磨蹭，但终于可以安全脱身了，即将到达安全的彼岸。

忽然有种奇怪的感觉，我这一次潜逃出境，似乎太顺利了点，一路上既没遇到追兵，也没遭到拦截，实在是有些令人匪夷所思——王后和沙克怎么会如此轻易放过我？

转念之间，吊桥石墩后突然闪出三个人来，为首一人，正是尕多日，此时，他手握短剑，尖声怪笑道："哈哈，使者怎么不打声招呼就走啊，这可不符合巴国的礼数呢。"

见尕多日突然出现，我赶紧松开覃婉丽，顺手拔出短剑，答道："有什么好打招呼的，作为廪君使者，我自想来就来，要走就走。"

"不辞而别，非君子所为，"说话间，尕多日跨步向前，挥剑朝我刺来，口中还不忘念叨，"哈哈，前两次与使者过招，都没尽兴，今天你我再好好练练。"

我懒得理他，抖擞起精神，挥剑相迎，左来右往，辗转腾挪，二三十个回合过去，竟然不分上下。尕多日斗得兴起，忽然改变策略，拳剑并用，双腿连续飞旋，直奔我下三路扫来。我不由得暗暗叫苦，因刚才鞋中进水，脚踝僵硬，又一路背负覃婉丽，下盘沉重，最怕跳跃，却又要防止他偷袭覃婉丽，再战几个回合，渐渐不支。

又斗了一会儿，脚下突然一软，踉跄之中，手中短剑跌落于地，尕多日趁机撩起一脚，踢中我腹部，接着又跨前一步，一手揪住我头发，另一只手劈胸就是一拳。一时之间，只觉得剧痛钻心，感觉自己的整个胸腔都凹进去了。

见此情形，覃婉丽急了，猛扑到那尕多日身上，像头豹子一般，张嘴咬向他的耳朵。尕多日没曾留意，居然被覃婉丽偷袭得手，痛得杀猪般惨叫，片刻之间，尕多日醒悟过来，突然将手翻转身后，抓住覃婉丽的头发使劲一拽，抛向空中，趁其下落之时又撩起一脚，覃婉丽一声惨叫，吐出尕多日半只耳朵，躺在地上抽搐几下，然后就一动不动了。

见此情景，我心痛欲碎，迅速捡起掉落地上的短剑，拼尽全身气力，头前脚后，顾不得守护自己的门户，挺剑朝尕多日刺去。但奇怪的是，尕多日并没有挥剑迎击，而是发出一声冷笑，口中说道："你死到临头啦！"话音刚落，背心便迎来一阵剧痛，倒地之时，又被尕多日迎面撩起一脚，顿时失去知觉……

悠悠醒转，眼前是无边的黑暗。

由于手脚被捆，气血滞塞，很快，瘙痒便不期而至，血液中像是注入了千万只虫蚁，其痛苦难之状无法形容。接着，五脏六腑又出现痉挛，撕裂般的疼痛令我汗如雨下。

此刻，我开始后悔——好不容易死里逃生，从此就应该在外界安身立命，老老实实的过日子，而自己又偏偏不自量力，要重回巴国来管闲事，不但自己以身犯险，还把覃婉丽带进这虎狼之地，现在我身陷囹圄，万难逃出去，如此一来，覃婉丽怎么办？

正懊悔不迭的时候，耳边听见脚步声，随后，尕多日出现在眼前，嘴角微翘，露出邪恶的笑意，像一匹恶狼在欣赏捕获的猎物。接着，他蹲下身子，抓住捆绑着的绳子一提，拖拉着我朝前走去。不多会儿，来到一洞壁前，将手伸入一石臼中扭动几下，那洞壁就裂开一道门。接着，药师从里面走了出来，看着我也冷笑几声，并不多言，与尕多日一起将我架起，推搡着往前走，到了一个充满水雾的洞厅。

"天使，别来无恙啊！"

一个阴冷的、飘浮的声音从头顶上传过来。循声望去，只见温池中间的石台上，身着薄纱的王后侧身而卧，氤氲之中若隐若现。尽管知道王后之前诈死，但此情此景，亦令我惊愕不已，只觉得眼前的王后，形如鬼魅。

见我一脸愕然，王后笑了，“当本后得知祭司罚你去深涧对岸请罪时，心想恐怕是再也见不到你了，可万万没有想到，你不仅能虎口逃生，而且还敢回到巴国，不知哪来的狗胆……噢，对了，一定是受不了那万虫噬身之苦，想回到巴国寻求祛蛊之方吧，这个嘛，本后倒可以做到，但得看你听不听话啦。”

见我没有吭声，尕多日十分恼怒，骂道：“不知死活的狗东西，王后问你话呢！”

接着，耳边又响起了王后阴冷的声音：“没想到，你这个假天使还真有点能耐，居然能从虎口中救出丽雅这个贱女。”王后怒视着我，眼光忽然变得很狰狞，“但是，这次我不会拿她去祭虎了，我会……慢慢地折磨她，令她生不如死！”

至此，我不得不答道：“今日落到王后手中，要杀要剐，悉听尊便，只是那姑娘并非丽雅，又与巴国之事毫不相干，还请王后放过她。”

王后笑道：“天使要寻死，奴家可舍不得，至于说那个假丽雅嘛，本后可不会轻易放过她。”

听王后如此回答，我心中便燃起希望，接着说道：“王后既知那姑娘并非丽雅，又何必跟她过不去，有什么冤仇，尽管冲我来就是。”

见我不停地为覃婉丽求情，王后脸现妒意：“都冲你来，好大的口气，你现在落在我手上，弄死你就像踩死一只蚂蚁般容易。”王后狞笑着，发出冰冷的声音，“至于说那个贱女，三天之后，本后会让她变成一只烤鸭，作为幼王登基的献礼。”

说完这段，王后向尕多日招了招手，尕多日便来到石台之下躬身伏地，随后，王后将双足踏在尕多日背上，走下石台，款款来到我面前，接着说道：“其实，只要你肯交出权杖和神琮，本后便可饶你不死。”

我答道：“权杖已交于祭司，你可以问他要，至于说神琮，确实没在我手上。”

听完我的回答，王后气恼至极：“本后对你恩宠有加，你却不识抬举，反目成仇，而祭司每时每刻都想置你于死地，你却投奔于他，是何道理。”说到这里，伸手猛扇我一耳光，“你这个忘恩负义的狗奴才！”

我愤然道：“祭司虽然擅权，但他却忠于王上，行事以巴国前途为重，不像你，为了一己之私恨而不惜挑动内乱，祸国殃民，更有甚者，为了寻找所谓的神踪，又疯狂地掘开历代先王灵棺，毁坏太庙，若廪君魂魄有知，岂会容你胡作非为。”

“祭司并非巴人，却窃我巴国大权，将先王置于傀儡之位，若廪君魂魄有知，亦是难以容忍的，至于说你……”说到这里，王后忽然怒目圆睁，“只不过是外界不得志之人，假冒廪君使者，窃我巴国神器，又该当何罪！”说完，王后开始连续不停地扇我耳光，这个貌若天仙的美妇，打起人来一点都不矜持。

打得累了，王后重新回到石台上盘腿而坐，开始念动咒语。在咒语的驱动下，血液中的蛊虫活跃起来，在我体内横冲直撞，瘙痒酸痛的感觉又不期而至。不一会儿，眼前又出现幻觉，无数的妖魔鬼怪在眼前晃来晃去，一个个伸出尖利的爪子，一起向我扑来，撕裂着我的身体，将我的肠肠肚肚掏出来，塞入一张张满布獠牙的大口……

醒来的时候，感觉全身透湿。

绑缚已解开，但麻木疼痛依然。

睁开眼，只见面前站着沙克、威利、沃克和川康彦。

“皮，你可真够蠢，”见我醒来，沙克便开始说话，语带讥讽，“本来你只要交出权杖和藏宝图便可活命，可偏偏要自作聪明，妄图偷偷溜出巴国，你也不想想，没有得到这两件宝贝，我们会让你轻易离开吗？”

川康彦又旧话重提：“早就警告过你不要耍什么花招，没想到你还是执迷不悟，把事情搞砸，如此一来，巴国就会因你而死更多人，皮先生既然以廪君使者自居，就应该对巴国人的生命负责，早点交出权杖和藏宝图。”

沙克又接着说道：“另外，王后还有一个要求，三天之后，就是小王子登基大典，王后要你说服祭司，亲自主持新王加冕典礼，否则，还是不会放过你和那个女子。”

见我默然以对，川康彦以为我已经被说动，从石桌上拿出一捆竹片，说道："另外，还想麻烦你件事——在清理太庙的时候，发现了这个东西，上面一定记载了很多重要信息，说不定就有关于神琮的记载，可惜我们不认得上面的字，听艾曼纽说你在大学研究古文字，那么这上面的字恐怕也认得，所以希望你能帮着翻译一下，最好是出个译文本。"

尽管深处困境，但川康彦的话，还是勾起了我的兴趣，于是，我的眼光便不由自主地落在他手中的东西上，原来是一部竹简，而上面所书文字，竟然是大篆，迟疑片刻，我点点头，答道："可以试一试。"

听完我的回答，川康彦立马换了副脸色，满脸堆笑道："如果皮先生能翻译这些文字，就是你将功赎罪的大好机会……凭我的直觉，这上面应该记载着巴国历史的重要信息，说不定就有神琮的来源和呼唤大蛇的咒语，所以请皮先生看仔细了，一一把它翻译出来，千万不要有所遗漏。"

面对川康彦的变脸，心里直觉得一阵恶心，但在好奇心的驱动下，我还是忍不住仔细看了看竹简上起首两个大字，随后答道："这本竹简，书名叫《周典》，应该是记录周朝礼制方面的内容，恐怕难以如你所愿。"

听完我的回答，川康彦稍感失落，随即说道："即使是周朝的竹简，上面记载的内容，对于关注中国上古史的学者来说，也一定会带来莫大的帮助。"

听川康彦一个劲儿的啰唆，沙克显得有些不耐烦，忍不住插嘴道："如果里面没有记载宝藏或神琮的内容，留它有什么用，不如一把火烧掉。"

"千万烧不得！"听完沙克的话，川康彦大惊，连连摇头，"这竹简必须留着，如果皮先生对我们撒谎，那么等出去之后，便可以找其他古文字专家加以验证，即或是没有我们需要的东西，也是难能可贵的上古史料，绝世的孤本，算是价值连城的文物了。"

沙克耸耸肩，沉声道："既然你这么说，那就把它留着。"随后，又狠狠瞪我一眼，"听清楚了，如果不老老实实翻译，后果会很严重。"

失算

见我伤痕累累独自返回，尕登吉顿感事态严重，但我没做过多解释，只是告诉他，丽雅已转移到安全的地方，无须担心。

接着，我回到自己的房间，拿出竹简，展卷开阅。

开篇即有惊喜，第一卷先回顾上古历史，不仅提到伏羲、神农、轩辕、祝融、蚩尤、颛顼以及尧舜等人物，并且都有一段描述，其中关于蚩尤的描写是这样的——

蚩尤，巨猿所化，陡额深目，力大无穷。炼吉金，制五兵，所到之处，无敢与其争锋，故号兵神。又与轩辕战于涿鹿，累破其军，轩辕使玄女诱蚩尤，破其力，擒杀之，分其七十二支于八方，其后化为僰、濮、苴、樾众蛮。

读完这段，才明白神话描写中蚩尤的七十二条手臂，其实是指蚩尤率七十二个部落与皇帝作战，并多次大败轩辕黄帝，后来皇帝请来九天玄女色诱蚩尤，才取得了胜利，擒杀蚩尤之后，又将其七十二个部落分散处置，最后成为僰人、濮人等蛮族的祖先。

随后，又提到大禹、廪君、蚕丛，而他们三人，竟处于同一时代，其中有关大禹的描述写道——

舜衰，欲传子，禹妒之，乃集众三百，以水功请于舜，遂继舜位。继而溶天下兵，铸九鼎，刻九州图形于其上，以为镇国重器。即无兵，不敢与禹抗，四方皆服。

这段文字，更是破解了上古所谓“禅让”的虚假，原来大禹登位，并非由舜所传，亦非由其父鲧所传，而是大禹召集手下人等，以治水之功胁迫于舜，不得已而传之。至于说浇铸九鼎，其目的更是为了收缴天下兵器，解除民间武装，唯自己拥兵自重，如此一来，就再也没有与他抗衡的力量了，四方不服还行吗？

接着往下看有关廪君的描述，其中写道——

武落钟离山，有赤黑二穴，巴氏务相居赤穴，勇智冠于五蛮，得廪君位。沿清河下，至盐阳阻，乃杀盐姬，遂至大河向东，遇僰蛮再阻，乃转西，得星石大蛇之助，一路披靡，再西，又进至大盆，与鱼凫战于旷野，杀之，不日东返，都于夷阳，历三百七十岁。

这段描写，不仅记载了廪君的发源和征战历程，更明明白白地写出其曾经得到神琮和大蛇的帮助，从此以后，一路西征，所向披靡，最后以夷阳为都。其中的关键，是最后一句“历三百七十岁”颇为令人费解，若是指以夷阳为都城历时三百七十年，似乎不大可能。因据我所知，廪君的一生，四处征战，经常占城为都，绝不可能在一个地方停留那么久；而若是指廪君建立巴国到《周典》成书时恰好是三百七十年，则其上推年代最多到商朝晚期，便跟前面与大禹同时代的描写自相矛盾。那么剩下一种可能，“历三百七十岁”可能是指廪君的寿命，若真是这样，那我就不得不重新审视自己对神琮的判断，同时，心中强烈地意识到，之前的神话已经变成了信史，而神琮的功能，并非空穴来风。

接着，又读关于蚕丛和鱼凫的内容——

蚕丛西来，异族，纵目竖耳，崇邪神，好战，逐羌戎，灭戈蛮。其后两百年，鱼凫继蜀王都盆地，遂弃牧猎，以五谷为食，民尽奢惰，遇廪君伐西，大败，自刎亡。

文中提到，蚕丛由西而来，这当中的西，西得有多远，是否如某些研究三星堆的专家所言，古蜀国人来自于西亚，或者干脆就是犹太闪族的后裔。而蜀国由强变弱，竟然是因为鱼凫王占领成都平原之后，从此放弃牧猎，种植五谷，富足之后，全民安于享乐，荒废了武备，由此被廪君所灭，自刎身亡。

接下来，是记录启承禹位改邦立国以及殷商灭夏的过程，但遗憾的是，与《史记》一样，并没有列出历代王系在位的确切日期，故无法推演出上古历代王系时间表。

再往下看，是记录周朝灭商的过程和几次大的战役，然后是周朝分封诸侯的制度以及关于礼器使用以及乐礼编制规定等。除此之外，还有每年的大祭以及法令方面的内容，可以说是一部周朝典章制度方面的百科全书。

读完《周典》，我已是兴奋莫名，因上古断裂残破的历史细节，正逐渐清晰地呈现在眼前，由此而带来的快感，真是难以形容。高兴之中，早已忘记有所隐瞒，一字不漏地把《周典》中的内容全部抄录在笔记上。

第二天一早，独自去拜访祭司。

见我拄着根拐杖，孤身一人前来，祭司大为诧异，“使者满脸伤痕，步履蹒跚，是怎么回事？”

我故作轻松：“不小心摔了一跤，不碍事。”

“大敌当前，使者怎能如此大意，”祭司眉头紧锁，神色凝重，随后，他又话锋一转，“据说丽雅还魂了，还跟使者纠缠在一起，可有此事？”

我摇摇头，答道：“那女子并非丽雅，只是长得神似而已。”

“有这等事？”祭司面露疑惑，显然不大相信我的说辞，但并没有追问下去，转而问道：“那使者今日前来，所为何事？”

我答道：“敝使想借权杖一用。”

祭司皱眉道：“权杖是廪君圣物，巴国王权的象征，既已归献巴国，自当妥善保管，以待新王登基之用，哪有要回去的道理。”

我答道：“若是真权杖，自然需妥善保管，但实不相瞒，此权杖乃敝使伪造，本意是为了……”

祭司闻言大惊，“此话当真？”

话已至此，我只好请祭司拿出权杖，将伪造制作之痕迹一一指明。祭司看后，大为惊叹，慨然道：“初得权杖时，老夫也怀疑过真假，曾将其与太庙中图册对照，竟然分毫不差，没想到居然还是假的，使者行事之诡谲，实在是出乎老夫意料。”随后，他又皱紧眉头，“只是伪造神器，实乃对廪君大不敬也，若廪君有知，必当怪罪。”

我答道：“伪与不伪，乃在于对巴国利与不利，敝使之所以伪造权杖，其初衷乃是想以此号令巴国民众团结一心，驱除外妖……”

没等我慷慨陈词完，祭司便迫不及待地打断，冷冷道：“使者伪造权杖之初衷，恐怕是为了对付老夫吧。”

被祭司一语道破，我有些尴尬，迟疑片刻，嗫嚅道：“之前是敝使没明白大人的苦心，因而被王后利用，才生出许多误会，还望大人宽谅为怀。”

祭司点点头，答道：“好在使者幡然醒悟，又舍生忘死救下老夫一命，老夫怎能耿耿于怀，只是……”说到这里，祭司忽然停顿下来，沉思片刻，才又说道，“只是权杖虽假，但经使者以外界幻术于石壁上一番演绎，假的也变成真的了，若为王后所用，则小王子登基便成事实，到那时，恐怕覆水难收。”

好一个老奸巨猾的祭司，此言一出，不仅暗示已识破我石壁显灵的伎俩，更是猜出了我借权杖的用途，如此一来，先前编好的那些借口，便不能再用来说服祭司，一时之间，忽然没了主意。

祭司似乎知道我的心思，不但没有责怪，反而语重心长道：“巴国自遁入绝谷，廪君遗裔仅存万余，老夫亦不忍巴国再生杀伐，但王后一伙勾结外妖，祸乱巴国，欺祖谋位，实在是大逆不道，若不举巴国之力予以制止，戡乱扶正，廪君魂魄有知，也是不能容忍的。”

听到此处，我便忍不住问道：“敝使有一事不明，还望大人指点。”

祭司答道：“使者有何疑问？”

我便问道：“王位之继，照理是先长后幼，可大王子身患瘫疾，难以传后，为什么就不能考虑小王子呢？”

祭司愤然道：“大王子虽瘫，可他是先王的血脉，而小王子……”

“难道小王子不是先王的血脉？”

沉思良久，祭司才答道：“使者难道不知，身染蛊毒之男，其精亦废，哪里还能致女子孕。”说到这里，祭司长叹一口气，随即又以诡异眼神注视我，“老夫观那小王子，面相中有那尕多日的影子，必是……若不是使者告知老夫王后会施蛊之术，老夫还想不到这一层。”

“大人的意思是……”

祭司点点头，接着说道：“王后淫乱内宫，辱没先王，残害大王子，至廪君血脉将断，实在是罪大恶极，千刀万剐亦难解其恨。”说到这里，祭司又忍不住叹气，“老夫亦深知外妖拥有很厉害的法器，刀矛难以拒之，只可惜……若得那呼唤大蛇的神琮在手，就不用害怕那些外妖了。”

听完祭司的话，忽然心有所动，“若是廪君亲临，可慑服王后与卫队吗？”

闻言，祭司面露惊愕之色，答道：“若得廪君亲临，巴国人等哪敢不俯首听命，奋勇争先，纵使那外妖再猖獗，亦难敌我巴国人众。”说到这里，祭司再次注目于我，眼神中充满期待，“若使者能请廪君显现真身，则巴国之大幸也！”

我点点头，答道：“如果大人能将权杖借敝使一用，当可做到。”

当我将“权杖”和“藏宝图”带入王宫，亲自交到王后手里的时候，王后却并没有遵守约定，不但没有释放覃婉丽，反而把我也绑了，一阵乱棍之后丢入暗室。

此时此刻，我只能痛恨自己太过天真，低估了王后对我的恨意，正如王后所言——由于我的背叛，致使王后精心策划的阴谋功亏一篑，不得不以诈死苟且偷生，现在好不容易等到我自投罗网，岂肯轻易放过，即使不要宝藏和神琮，也必置我于死地。

千算万算，我还是失算了！

更为糟糕的是，为了引王后上钩，祭司不仅答应出借权杖，还表示愿意主持小王子的加冕典礼。尽管我之前做了比较周全的布置，还和祭司谋划好每一个细节，但这些都要以我能在巴国自由出入为前提。而如果我不能逃出内宫，便帮不了祭司，不但救不了覃婉丽，连祭司和所有洞主长老也在劫难逃。

怎么办？

我陷入绝望！

绝望中，蛊毒再次发作。

蛊毒发作得异常猛烈，除了瘙痒、痉挛外，还伴随着五脏六腑的绞痛，随之，眼前有出现炫光，那光，恍若我坠入暗湖濒死时所产生的幻觉。

炫光摇曳着不断靠近，最后凝聚成一道光柱，照射在我被捆绑着的身体上。此时我才猛然惊醒，眼前的光并不是死亡之光，而是一道希望之光。那么，随之出现在眼前的这个黑乎乎的人影，一定是我的救星。

会是刺木吗？

记得自己曾送给他一只手电筒，而他又知道漏斗进入内宫的路线。

想到这里，心里不由得一阵激动！

但是，我很快推翻了自己的判断，因为这人比刺木个子要高一些，也瘦削一些。那么，会不会是罕宝，他也会攀岩，并且熟悉宫中路线。如果是罕宝，那就太好了，有了他的帮助，只要能逃出内宫，那么我的计划就成功了一半。

惊喜之中，不由得轻声说道："宝弟，你终于现身了。"

那人没有吭声，径直俯下身来，开始解捆绑在我身上的绳索，随着他身体的下倾，鼻孔中立即钻入一股淡淡的香味，而这香味似曾相识，于是，我头脑中又闪现出一个人来，便又轻声问道："是依噶吗？"

那人还是没有搭理我，继续解绳索，解完绳索，才以嗔怪的口气说道："皮，你再乱嚷嚷，我就不救你啦，让你一个人待这里胡言乱语。"

"艾曼纽！"

随着我的轻呼，艾曼纽拉下了面罩，"算你识相。"说完，艾曼纽又拉上面罩，伸手将我从地上扶起，柔声问道："还可以走路吗？"

我伸展了一下手脚，答道："还行。"

刚迈步的时候，双脚有些僵硬，需要艾曼纽扶着，多走几步之后，血脉逐渐畅通，麻木消失，脚步就变得轻盈起来。很庆幸，一路上并没有遇到什么阻碍，最后，我和艾曼纽通过漏斗攀崖逃出内宫。

艾曼纽的出现，令我吃惊不小，但更令人吃惊的是，她竟然对内宫线路如此熟悉，营救的过程又把握得如此精确，竟像是事先演练过一般，由此便可推测到，艾曼纽早已到了巴国——如此说来，艾曼纽应该跟沙克是一伙的。

照理说，艾曼纽现在出面救我，我应该十分感恩才对，可一想到她眼见着沙克一伙在巴国胡作非为而不加劝阻，还是有些心塞。而艾曼纽并不明白我此刻的复杂心理，顾自兴奋着，"皮，对于我的出现，你一定感到吃惊吧。"

"确实有些吃惊，"我点点头，冷冷答道："原以为只有沙克、威利、沃克和川康彦在巴国胡作非为，没想到你……"

直到此时，艾曼纽才觉察到我心中的怨气，但她并没有生气，反而露出狡黠的笑容，“其实，从你死而复生的那天起，我就觉得龙桥暗湖有鬼，只是因为急于回国，没有来得及再次进去勘察，可回到法国不久，就听说了沙克一伙失踪的消息，这就加深了我的怀疑，因此，处理完家里的事情后，我便立即回到这里。”说到这里，艾曼纽凝视着我，钻石般的眼珠闪亮着，“没想到暗湖中果然有一条水道通往谷底，更没想到，谷底隐藏着一个消失两千多年的巴国，要是爹地和威廉叔叔知道这个秘密，不知道有多高兴啊！”

看着艾曼纽兴奋的神色，我却一点也高兴不起来，说出的话也不怎么客气：“可是，当发现这个惊天大秘密之后，你们并没有珍惜爱护，反而……”

“皮，请不要把我和沙克一伙混为一谈，”艾曼纽立即打断我，眼神中流露出不快，“在他们眼中，只有巴国宝藏才称得上财富，才能够满足自己一夜暴富的欲望，而在史密斯家族来说，通过对巴国文物的研究，揭示巴国的缘起和消亡之谜才是宗旨，而这个隐藏两千多年的巴国，正好是研究巴国历史的活化石，只可惜我来晚了一步，尽管如此，我还是劝阻他们停止破坏和杀戮，也正因如此，我才会冒险来救你。”

听完艾曼纽的解释，心中稍觉释然，但不知何故，要我说出“谢谢”两个字却异常艰难，最后，口中吐出的话是，“那现在该怎么办？”

“还能怎么办，赶紧离开这里啊。”

“离开这里，巴国怎么办，覃婉丽怎么办？”

“你现在是自身难保，哪儿还管得了别人。”听我提到覃婉丽，艾曼纽十分不快，“至于说巴国，不论是大王子继位还是小王子继位，都没什么本质差别，你又何必介入到王后与祭司的争权夺利当中去。”

我答道：“巴国的事情我可以不管，但覃婉丽一定要救。”

“皮，现在可不是意气用事的时候。”艾曼纽耸耸肩，面露不屑：“你可要搞清楚状况，王后一伙不仅掌握着王宫卫队，还有枪，而你一个人赤手空拳，怎么救？”见我没有吭声，艾曼纽又接着说道，“还有，现在廪君权杖也落到王后手中，你和祭司就更没有资本与王后叫板了，拿什么跟他们斗，除非……”

“除非什么？”

“除非你能用神琮召唤大蛇现身。”

我摇摇头，答道：“不可能。”

“为什么不可能？”艾曼纽瞪大眼睛，表示不解，“不是说神琮被你藏起来了吗，我们一起出去把它拿来，再回到巴国召唤大蛇，不就可以跟王后和沙克一伙决一高下了吗？”

“神琮并没在我手里，”我苦笑摇头，“即使神琮在我手里，可我也不知道怎么念咒语，即使会念咒语，又怎么能够相信那大蛇能活四千年，一直等候着神琮的召唤呢。”

“原来神琮没在你手里，竹简中也根本没有记载咒语的文字。”说话中，艾曼纽无比失落，“皮，我原以为你是个老实人，没想到你也会骗人。”

看着艾曼纽沮丧的表情，我没有告诉她权杖和藏宝图都是假的，免得她更加失落，同时，心中也生出疑窦——她刚才还口口声声要我别管巴国的内斗，怎么这会儿又突然热心起来，再联想到逃出内宫的时候，完全没有遇到阻拦，似乎太不合理。如此说来，艾曼纽跟沙克和王后还是一伙的。

见我沉思不语，艾曼纽又说道：“既然拿不到神琮，巴国的事也就不用管它了，不如我们再去探探龙桥暗湖吧？”

“为什么还要探暗湖？”

“那羊皮图……”说到这里，艾曼纽自知失言，连忙改口道：“我是觉得暗湖很可疑，既然古代巴人将进入绝谷的通道设置在暗湖，那也可能将宝藏埋藏在暗湖，至于说之前没有发现宝藏，可能是思路出了问题。”

我问道：“您具体有什么想法？”

艾曼纽答道：“按照我的分析，暗湖石壁上的图案和台地上的那些坑洞，一定隐藏着玄机，所以下次探洞的重点，是暗湖洞顶和水底，看有没有与之对应的图案。”

听完艾曼纽的话，基本证实了自己的判断，看样子，艾曼纽确实看了我交给王后那幅藏宝图，并且丝毫没有怀疑它的真假，当然，我也没有必要说破，便顺着她的思路说道：“如果洞顶或水底有相应的图形，那就说明藏匿宝藏的机关在那里。”

艾曼纽点点头，钻石般的眼珠再次闪亮起来。

艾曼纽的分析，毫无疑问是有些道理的，但此时此刻，我一门心思都在覃婉丽身上。如果救不了覃婉丽，我活着还有什么意思，要那些宝藏还有什么意思。再说，陷入危难的除了覃婉丽，还有祭司和洞主长老们，如果我不出手相救，那巴国的所有“精英”就会被王后剪除干净，巴国人民就会陷入水深火热之中。

想到这里，我婉拒了艾曼纽的邀约，只身消失于黑暗中。

大典

告别艾曼纽，先潜回尕登吉洞府，带上拐杖枪，随即又来到深涧边，摇下吊桥，去到深涧对岸。

当我来到白虎洞口的时候，公虎竟然已经在此迎候，待我走近，便像以往一样直立起来，前肢攀于我肩上，以唇须轻触我额头，以示亲热。我则双手拦其腰，自上而下轻抚，表达谢意。

短短十多天不见，两只小虎又长大长壮了不少，但其顽皮劲儿却一点也没有消退，给我的见面礼，照例又是一个扑倒。而小公虎更顽皮，还伸出舌头在我脸上一阵乱舔，留下许多唾液。

当晚，我留宿虎穴，熟睡之后，做了一个神奇的梦——

遥远的蛮荒时代，荒山野林之中，我变为一个高大的酋长，统领的部族有数千人之众，我带领他们驱熊猎豹，捕鱼捞虾。与我相邻的地域也有四个强大的部落，我们之间常常因为水源、食物而大动干戈，相持不下，谁都想成为老大。最后，一只百年老猿为我们五个部落酋长出了两道难题，说如果谁能完成这两个任务便可成为五个部落共同的首领。

第一个项目是投掷比赛，即是五个人站在同样的距离，分别将石矛投入远在 70 米开外山崖上的一个石穴中，每个人只有三次机会，投中多者获胜；第二个项目是划船比赛，但是这个船不是普通的木船，而是用泥土做成的船，以划行距离远者获胜。

五个酋长对此并无异议，于是比赛开始了，第一天比赛投掷。

其他四个酋长都跃跃欲试，迫不及待地开始了投掷，希望先声夺人，我则十分仔细地准备投掷工具，参加过学校标枪比赛的我知道“工欲善其事，必先利其器”的道理，选用最笔直的木棍制作了三根标枪，其长度超过其他四个酋长的长矛。

第一个酋长开始投掷，他是四姓当中力气最大的。

只见他手握长矛，先弯弯腰，再跺跺脚，长臂一展，手中的长矛便射了出去，在空中摇摇晃晃划出一道弧线，插入石穴下三米左右的石缝中；第二次投掷，他加大了力度，奋力将手中长矛投掷出去，长矛依然在空中划出一条晃晃悠悠的弧线，直奔石穴而去，长矛插入石穴上部两米左右的石缝中，还是没有投中；酋长愤怒地骂了几句，再次拿起地下的长矛，先瞄了瞄远方的石穴，再助跑几步，使出全身力气掷出长矛，长矛若离弦之箭飞将出去，带出破空之声，直往石穴奔去，引出一片惊叹声，但是，长矛依然没有投中石穴，而是扎在石穴上面的一棵悬松上，兀自晃个不停。

接着，第二个、第三个、第四个酋长也分别将手中长矛先后投掷出去，或因力道不足，或因力道过猛，或方位偏差太大，都没有投中石穴。

在四个酋长投掷的过程中，我一直不停地用鹅卵石块摩擦着标枪，以使其减少阻力和提高飞行的平顺性，同时，仔细观察风向和他们所投掷的力道。

该我上场了，右手握住标枪的中前部，起步助跑，瞄准目标，将手中标枪奋力投掷出去，直朝着石穴的位置飞去。在场的人都觉得八九不离十了，鼓噪起来，然而标枪还是偏出一点，扎在石穴右边的坚岩上，弹了下来，引来一片惊叹声。

第二次投掷，我先调整了一下呼吸，接着拿起标枪，重新起步助跑，把握好角度，将手中标枪再次投掷出去。标枪在空中划出一条美丽的弧线，直奔石穴而去，正中目标，一时之间，人群中呼声雷动。

稳操胜券的我依然将第三支标枪投掷出去，这次我增加了难度，将目标瞄准了石穴悬松上的长矛，标枪若一道闪电破空而去，带出阵阵风雷之声，刚好扎在长矛同一个位置，生生地将那长矛挤落下来，人群中又是一片惊呼声。

百年老猿宣布，第一局以我的完胜告终。

第二天的比赛项目更加有趣，用泥土制作土船。

那四个酋长的做法都差不多，就是尽量将泥船做深做大夯实，有的还悄悄加了草筋，希望能够在水里保存更久的时间。

我的做法刚好跟他们相反，首先在和泥上下功夫，然后用它做了个体积并不大也不十分厚实的独木舟，但是我做了一道其他酋长都没有的工序，就是把它架在火上烧，当然这个工序没有让其他人看见。

第二天，到了比赛的时间，其他四位酋长的泥船都要四五个人来抬，不然就要散架。而我的小陶舟只需要我一人扛着就足够了，我还做了一支木桨，这样比他们用手划动应该有力得多。

百年老猿一声令下，五只泥船一起出发，我并不着急，跟在后面，不到五米远，已经有一只泥船解体下沉，接着，第二只、第三只、第四只泥船先后解体下沉，我不紧不慢地从这些下沉的泥船旁划过，直到三十米左右的距离方才返回。

于是，百年老猿宣布，第二局仍然是我获胜，在无可争议的前提下，我被五部落推举为大酋长——廪君。

一觉醒来，鼻孔中便嗅到一股血腥味儿，赶紧打开手电，发现公虎站立于我面前，其肩部有一道抓伤，伤口中有鲜血正汩汩流出，滴入其脚下的头盖骨中。此刻，公虎正以奇异的目光注视着我，眼神中所传递出的信息明白无误。

惊愕之中，我赶紧从背囊中拿出绷带药棉，打算替公虎包扎，但被它瞠目摇头制止，接着，它伸出舌头，舔了舔伤口，那血便止住了。随后，它又露出慈祥的目光，以前肢点了点面前的头盖骨，示意我赶紧喝下。

于是，我不再犹豫，将头盖骨中的虎血一饮而尽。在喝下虎血的瞬间，我的血液沸腾了，里面似乎注入了某种新的成分，仿佛廪君魂魄附体，冥冥之中，一个新的皮兆寅诞生了。

随后，我开始盘腿而坐，运气练功，不多会儿，便感觉到一股气流贯穿全身，畅通无阻，将体内的浊流扫荡得无影无踪。

两天后，祭司与王后达成妥协，由小王子继位王位，大王子任摄政王，继位大典将如期举行，地点是太庙前的小院，祭司将亲自主持。

按照我和祭司事先的约定，并没有撤换王宫卫队，只是在卫队的外围增加了一队“民兵”。巴国自古以来尚武好斗，不论男女老少，拿起锄头就是农民，拿起武器就是士兵。而且祭司坚信，以他的威仪，震慑住卫队是一点问题都没有的，尕多日要跳出来鼓动卫队哗变，正好可以治他的罪。

而我和刺木早已蹲守在太庙对面山崖上的一个裂隙中，从这里望出去，正好可以看见整个太庙前院。

不多会儿，石磬敲响，大典时间到，太庙里响起了錞鼓声，洞主长老们鱼贯而入，唯独缺少纳吉。随后是祭司，刺罕紧随其后，接着是大王子坐着轮椅进入。又过了一会儿，一顶由四个侍卫抬着的大轿出现了，轿子上坐着王后和小王子，尕多日紧跟在轿子旁边，他的身后，是几名侍卫。威利端着机关机，但没有看见艾曼纽、沙克、沃克和川康颜。

进入大殿前院后，王后牵着小王子先走上高台，坐在虎椅上，接着，大王子也被人抱上了高台，坐在小王子旁边的矮椅上，随后，祭司也缓步走上高台，开始念颂词。念完颂词，便有人跪递上权杖，祭司双手接过，举目望天，口中念念有词，随后，他开始和着鼓点跳起了奇怪的舞蹈，时快时缓，时刚时柔，在鼓点戛然而止之时，祭司的身体也停止不动。

这时，一只山羊被牵了出来，而祭司手中，也多了一柄短剑。只见他挥剑划向山羊，立时，山羊的脖颈中射出一股鲜血，旁边管礼仪的长老赶紧用一大碗接上，再将羊血分倒入祭台上一排酒碗中，随后，又分发给每一个洞主长老，祭司和大王子以及王后各领一份。至此，一切都按规程有条不紊地进行着，没有出现什么异样。

接下来，祭司以指沾血酒，先往天上弹几滴，默念几句祷词，接着，又以指沾血酒，往地上弹几滴，再念几句祷词，随后，便将手中酒一饮而尽，其后，是各洞主长老依样画葫芦，也饮了自己手中的那碗血酒。

仪式进行到此，忽然有种不祥的感觉，似乎疏漏了某个环节，而这一疏漏，可能使原来的计划遭遇极大的风险。

果然，饮完血酒之后的祭司，神态变得有些迟钝，待念完最后一段颂词，他双手高举着权杖缓步走向小王子，走了几步，忽然转向大王子。

这个变故显然有些出乎王后的预料，她眼中立马射出一道凶光。而此时，祭司脚步忽然蹒跚起来，身体也跟着摇晃起来，在将权杖递到大王子手中的瞬间，突然一个趔趄，扑倒于地。紧接着，各洞主长老也纷纷扑倒于地。

按照大典议程，仪式进行到这里的时候，确实有跪拜新巴王的环节，但祭司和洞主长老们扑倒的姿势，哪里是在跪拜，纯粹是猝死般的倒地，而且也没有下一个动作。看着眼前的情景，我猛然惊醒，明白了自己的疏漏所在——祭酒。

记得自己在和祭司讨论大典议程制定反击方案时，主要是防止王后施放迷烟，所以才决定整个仪式都在露天举行，但万万没有想到，王后会在酒中下药。

最为诡异的是，在祭司、大王子以及洞主长老们倒下之后，王后的身体也突然软塌塌地瘫在虎椅上。在王后倒下的瞬间，尕多日突然冲到院子外，高声叫道："不好啦，大王子、王后、祭司和洞主长老们都中了妖术，全部倒下啦！"

尕多日的叫喊声，立即引起外面人群的骚动，紧接着，一队卫兵冲进院子，分别抱住躺在地上的洞主长老们，七手八脚地拖了出去。随后，尕多日抱起王后，一侍卫抱起小王子，一侍卫抱起大王子，一侍卫抱起祭司，也纷纷来到院子外面。

刺木此刻也傻眼了，看着下面的景象目瞪口呆，全身颤抖，因他的哥哥刺罕也像死尸一样躺着。

与此同时，几个武士押着一个披头散发的女子出现了，那女子不是别人，正是覃婉丽。随后，人群中有人高声叫喊："丽雅被巫妖借尸还魂了，她和那个假廪君使者使用妖法杀害了王后和大王子、祭司和洞主们，幸好被我们发现，必须把她烧死，不然谷中还有更多人被害。"

人群中立即就有人呼应，"烧死巫妖，为王后和祭司报仇！"

一时间，群情激愤，纷纷喊道："烧死巫妖，为王后和祭司报仇，为洞主长老们报仇！”

所有人，包括殿外的卫队和民兵，全都疯狂了，愤怒地呐喊着，奔向覃婉丽，推搡着她的身体，抓扯着她的头发，一个个咬牙切齿，恨不得生啖其肉。

很快，石壁下架起干柴，干柴边有人举着火把，随后，覃婉丽便被人群推搡抓扯着绑上了高高的架子。

一切发展得如此迅猛，如此出人意料，现在这个局面，是怎么也没有料想到的。

我开始恼恨自己——自以为聪明，其实很笨，总是在关键一步走错了棋。

现在该怎么办？

此时此刻，覃婉丽一定很绝望，很想见到我，而我也有马上冲下去的冲动，但是心底有一个声音告诫我——冲下去不但救不了覃婉丽，反而会和她一起变成烤鸭。另外，还有一个声音提醒我——躺在地上的人都没有死，只是被蒙汗药迷昏了，至于说王后，又在表演她的诈死。

事情到了这个局面，我不得不实施最后的挽救措施，端起了拐杖枪。现在，这根拐杖枪还加了瞄准器，袋子里有四十发子弹，从我蹲守的地方到柴堆只有不到 30 米距离，看谁敢点火就射谁，干翻几个再说。

“刺木，你相信我吗？”

我望着刺木，尽量用平静的语调跟他说话。迟疑片刻，刺木点了点头。

“你别着急，祭司和刺罕他们只是被迷昏了，他们没有死，是被药师下了迷药。”我用一只手按着他的肩，眼睛紧盯他。

刺木又点了下头，身体没有发颤了。

“现在需要你帮个忙，蹲在我前面，一动不动，我会把这把枪架在你肩上，发射时会发出巨大的声响，你找个东西把耳朵塞上。”在和刺木说话的时候，我声音尽量保持平静，于是，刺木的情绪也渐渐平复下来。

柴堆下的人群继续激愤着，声嘶力竭地呐喊着，此时，他们的注意力完全在覃婉丽身上，都没注意到昏迷的大王子、王后、祭司和洞主们正被卫队悄悄运走。

这时，有人拿着点燃的火把，走向柴堆。

此刻，刺木已经蹲在前面一动不动，我便将拐杖枪架在他右肩上，通过瞄准器望出去，每个人的身体变得十分的巨大。这个用于远程瞄准的工具用在不到 30 米的距离确实有些憋屈，但对我这个业余射击手来说刚好。我目测了一下角度，把枪管对准那准备点火的武士，他整个背部便填满了瞄准器。

我沉住气，调整了一下呼吸，扣动扳机。“轰”的一声，那巨大的身影就从瞄准器中倒了下去。一时间，人群立即停止了喧哗，不明白发生了什么事。刺木也惊呆了，回头瞠目而视，我拍拍他肩，示意他继续保持身姿。

片刻过后，人群重新喧闹起来，有人喊道：“赶紧烧死她，那巫妖又在念咒了！”

喊声响过，又一名武士举起了火把，战战兢兢往柴堆走去。这一次我瞄准了他的头，扣动扳机，又一声巨响，瞄准器中的头炸裂开了，脑浆和着鲜血飞溅。与此同时，我胃里突然一阵翻滚，从口中涌出，一口喷在刺木背上。

此时此刻，我已经变成一个冷血的杀人犯，这些以前想都不敢想的事，现在操作得如此娴熟，如此平静，然而为了救覃婉丽，为了巴国的未来，我已经顾不了那么多了。于是，我再次顶上子弹，将瞄准器对准捆绑覃婉丽的绳头，平复心情，调整呼吸，扣动扳机。枪声响过，绳子被打断，覃婉丽滑落下来。

人群顿时炸开了锅，有人高喊：“妖魔来了，快跑啊！”人们开始四处逃窜，但一支掉落地上的火把引燃了柴堆。

我赶紧吩咐刺木：“刺木，你先下去，把丽雅救下来。”

刺木立即抓住岩壁上的藤蔓，哧溜就下去了。

接着，我看见了尕多日，此时，他正对着侍卫们拼命嘶喊，让他们坚守原地，接着，他又抽出身上的佩剑，向覃婉丽走去。于是，我赶紧将拐杖枪瞄准尕多日，可由于失去了刺木肩膀做支架，我的手有点发抖，而四散奔逃的人群也不断遮挡我的视线，但我还是果断地扣动扳机。

枪声响过，尕多日身体摇晃了一下，但并没有倒下，随后，他伸手捂住了自己的左肩，惊慌四望，手指向我藏身的地方。而此时，威利也发现了我的落脚处，他端起了机关枪，开始朝我瞄准。而我的拐杖枪也正瞄向威利，但在我扣动扳机之后，并没有发出响声。

糟糕，子弹卡膛了。

与此同时，威利扣动了扳机，“噼里啪啦”一阵响过，无数子弹朝我射来。紧接着，尕多日也驱赶着王宫侍卫，蜂拥着奔向崖壁。

我被密集的子弹压迫在坑洞中，眼看着子弹射到岩壁上，火花四溅。情急之中，我开始拼命拨拉着枪栓，但枪栓也被死死卡住，退不出卡膛的子弹。好在这个时候，枪声突然停歇，我暗自高兴，心想，恐怕是威利一阵乱射，子弹打光了，正试着探出头来，忽然又听见几声枪响，随之，头皮一阵火辣，接着，肩上又是一阵剧痛。

枪声刚停，又是一阵箭雨射向崖壁，于是，我只得再次龟缩于裂隙中，挥舞着手中短剑，一阵乱拨，慌乱之中，手臂上又中一箭。此时，听到了尕多日的叫喊声，便有几根连着绳子的铁爪飞进了裂隙，钩住了岩壁，铁爪晃动中，侍卫们开始攀岩而上。我赶紧挥剑去撬那铁爪，无奈手中乏力，好不容易撬掉两个，待要去撬第三只铁爪时，已有两侍卫登上了崖壁，挥剑向我刺来。

此时的我，哪还顾得疼痛，挥舞着手中短剑，以极快的速度刺向当头的侍卫，那侍卫胸口中剑，大叫一声仰身掉下悬崖。

第二个侍卫见了，便不敢贸然进击，将身体悬吊在半空中荡来荡去，待又上来两个同伴之后，才一起跳入裂隙，同时挥剑持矛发力刺来。

我哪敢怠慢，先用拐杖枪拨开一侍卫长矛，接着，又以手中剑撩开另一侍卫短剑，此时，我已门户大开，第三个侍卫瞥得机会，挺剑便刺向我胸口。我赶紧侧身一闪，那剑从我腰肋划过，带出一条血槽。

危急之中，我忽然一声大吼，居然震住那三侍卫，恰在此时，崖壁下亦传来一声虎啸，震荡峡谷，一时之间，侍卫们呆若木鸡。

讲到这里，你一定会觉得奇怪，白虎怎么会突然出现在这里？

其实很简单，那日与艾曼纽分道扬镳之后，我又潜回到尕登吉府邸，带上荣格连夜来到虎洞，将荣格介绍给白虎一家，同时，还与公虎来了一番心灵沟通，而公虎也明白了我的用意，答应助我一臂之力。

于是，大典之日的清晨，我和荣格带着公虎悄悄来到深涧对岸，藏身于一岩洞中，并将事先准备好的虎裙穿在荣格身上，化装成廪君的模样，约定以枪响为号，荣格便骑上公虎飞速赶到太庙。

听见虎啸，侍卫们自然慌了，趁其愣神之际，我立马拳剑并用，将侍卫逼退，同时大声呼喝道：“王后勾结外妖，祸害巴国，使廪君震怒，亲临戡乱，你等若还不幡然悔悟，反戈一击，死后必受祖先责骂，宗庙遗弃。”

之所以喊出此话，盖因巴人最敬鬼神宗庙，他可以不怕死，但却害怕死后遭先祖唾弃，魂魄入不了宗庙，化作孤魂野鬼，永世不得超生。而此时白虎现身，便犹如廪君亲临，更加重了这句话的分量，侍卫们定会有所忌惮。

不出所料，我的话起了作用，三侍卫闻言立即停止攻击，转身朝崖壁下望去，片刻之后，纷纷撇下手中武器，扑地跪倒在我面前，叩头不止，其中一侍卫哀求道：“吾等受王后和尕统领胁迫，犯上作乱，实非情不得已，还望使者大人体谅，求廪君恕罪。”

我哪有时间理会他们，抓住一根绳索，以极快的速度滑落下崖壁。

呼啸声继续响起，声声震耳，只见“廪君”身披虎裙，端坐于虎背之上，手握“权杖”，威风凛凛。而崖壁下的人群早已跪倒一片，就连尕多日也不例外，其诚惶诚恐之色跃然脸上。

只有一个人没有跪倒，那便是威利，此刻，他正端起枪准备射击，但由于双手抖得太厉害，所以射出的子弹并没有击中“廪君”。但愤怒的巴人已忍无可忍，纷纷拿起手中的刀剑，一起拥向威利，顷刻之间，威利的身体便四分五裂。

尕多日见势不妙，赶紧溜出人群，朝王宫方向跑去。

力挽狂澜

此时，覃婉丽已被刺木救下，兀自惊魂未定，见我现身即号啕大哭起来，死死抱住不肯松手。我轻抚覃婉丽背脊，安慰几句之后，挣脱她的怀抱，来到刺罕身旁，探了探他的鼻息，见没停止呼吸，心中稍定，便告诉刺木，刺罕只是中了王后的迷药，多泼点冷水就会醒过来，不用担心。接着，我又叮嘱他照顾一下覃婉丽以及躺在地上的几个洞主长老，交代完毕，便拾起威利的机关枪，飞奔向内宫。

沿途有四散奔逃的巴人，看见我时，如遇鬼魅，纷纷匍匐于地，长跪不起，我懒得理会他们，只顾撒开腿朝王宫跑去。

内宫里早已乱成一团，虽有几个侍卫，但见我手提机关枪，哪个还敢近身，纷纷作鸟兽散。临近巴王寝宫的时候，又发现几个宫女的尸体，不觉心头一颤。

此时，纳吉已率族丁赶到，便合作一队，朝巴王寝宫赶去。然而到了巴王寝宫，却空无一人，于是又急匆匆赶往内宫议事厅，到达议事厅，顿时傻眼。

只见大王子已倒在血泊中，旁边站着丧心病狂的尕多日，左肩已缠上了绷带，右手握一柄利剑，架在依噶脖子上。尕多日身旁，是垂头丧气的药师，药师的手中，也握着一把短剑，眼中射出阴鸷的光。除此之外，地上还横七竖八地躺着一堆洞主长老，唯独不见祭司。

看着地上的洞主长老们，猛然明白了王后的用心——这个心如蛇蝎的女人，想借我和丽雅的名义，将大王子、祭司以及洞主长老们一锅端，秘密处死，然后嫁祸于我和丽雅。这个女人实在太残忍，为了一己之私，不惜杀害大王子和绝谷中的所有贵族，如此一来，在这绝谷中就再也没有哪股力量可以跟她抗衡，她就可以在巴国称王称霸，呼风唤雨为所欲为了。

而作为王后的帮凶，尕多日也罪不可赦，恨不得立即将其击毙，但碍于其手中的剑正架在依噶脖子上，而我不能不顾依噶的安危，因此没敢举枪。

见我有所顾忌，尕多日颇为得意，大叫道："将法器扔过来，否则别怪我不客气。"说完，手中略一用力，依噶脖子上立即出现一条血痕。

见此情形，我赶紧将机关枪扔向尕多日，但故意减了点力道，枪虽然落在尕多日脚下，但还有两尺距离。就在其躬身拾枪的瞬间，我突然跳步向前，扑向尕多日。

然而依噶反应更快，只见她迅速侧身，避开尕多日剑锋，随即一拳击向尕多日后脑，尕多日慌忙一个侧滚，虽然躲开这一拳，却没有拿到枪。与此同时，我也挥拳直捣尕多日胸口，尕多日慌忙挥剑来斩我手腕，却不料依噶早已撩起一脚，踢中尕多日手腕，其手中剑便飞了出去，被依噶接个正着，顺势挥剑一削，尕多日半个脑袋便耷拉下来。

就在我们解决掉尕多日的时候，药师突然挥剑刺向小王子，纳吉大惊，赶紧挥剑去挡，但还是晚了一步。纳吉哪知小王子是尕多日的种，见药师杀了自己的亲外孙——巴国的王子，顿时怒火中烧，手起剑落，药师也完蛋了。

随后，大家又一起拥向大王子，但此时的他已气若游丝，眼看活不成了，便赶紧将耳朵贴近他嘴巴，聆听其最后的遗嘱。大王子只说了"依噶"两个字，听大王子念叨依噶两个字，以为他是要跟依噶交代，便赶紧喊依噶，却不料依噶已经不在这里，再转过头来看大王子，已经闭上了眼睛。

从接过权杖那一刻到现在，只不过才过去一两个小时，这位第一百九十九代巴王就驾崩了。新巴王的死，令纳吉和他的族丁悲痛不已，一时之间，哀号声一片。然而，我却来不及悲痛，心中牵挂着祭司——这个曾经的仇人，便顾不得料理大王子后事，赶紧离开议事厅，搜寻王后藏身之处。

第一个想到的地方，自然是内宫中那个密室，因我曾从那里救出过祭司，后来，自己也曾被关押在那里，虽然进去的时候被蒙了眼，但大致还记得方位，便按感觉往内宫深处寻去。没走多远，发现依噶在前面，便紧赶几步与她并肩而行。

“你来做什么？”依噶怒目而视。

“找王后和祭司。”我答道。

“巴国的事用不着你管。”依噶冷冷说道。

我没有搭理她，继续往前疾走，依噶也紧赶几步，紧接着说道：“巴国没有你时，一切都好，可自从你出现后，先是罕宝悔婚，接着父王早殁，现在弟弟又没了，你……你简直就是个灾星！”

依噶的话深深刺痛了我，但她说的却是事实，某种意义来说，正是由于我的进入，才改变了巴国相对稳定的局势，加速了内乱。不仅如此，也正是因为我失踪后又神奇再现，才引起沙克的怀疑，并寻迹而来找到巴国藏身之处，造成如此难以收拾的局面。由此而言，自己确实像个灾星。

想到沙克，忽然觉得有些奇怪，在如此重要的时刻，沙克和沃克却忽然隐身，另外，还有艾曼纽也没有出现，难道……此时此刻，已经无暇顾及其他，心中只有一个想法，尽我最大的努力把损失降到最低，以弥补自己的过失。于是，我懒得理会依噶的恶语相向，一心专注于寻找暗室，将电筒照射在石壁上，仔细搜寻每一个可疑之处。

当来到道路尽头的时候，终于在石壁上发现异样——石壁中有不自然的凹陷，且其中间有条缝隙。一阵摸索，又在石壁上发现一个小小的凹坑，伸手进去摸到一个拉环，使劲一扭，石壁上的石门便“吱呀”一声裂开。

进入石门，又走了一小段，路忽然断了，只见洞壁一侧有一道小瀑布，形成一块水幕石壁。我的眼光专注于洞厅四壁，搜寻了一阵，毫无着落。最后，我的眼光停留在水幕上，猛然想起遮掩白虎洞口的瀑布，突然有点开窍。

蹚过洞底的浅水，朝水幕走去，摸索一阵，发现里面也有一个凹坑，将手指探进去，扣住拉环用力一扳，水幕下的石壁便裂开一道门户。我立即探身进去，疾步向前，依噶亦步亦趋跟在后面，直到此时，依噶才不再絮叨。

走不多远，就听见了王后的声音：“老滑头，今天终于又落到老娘手里，而这一次，再也不会有人来救你啦。”

王后的话，无疑表明祭司还活着，这使我稍觉心安，但因怕沙克和沃克也在里面，所以我没有冒进，而是慢慢地往前走，依噶也很知趣，蹑手蹑脚地跟在我后面。再转过一道石壁，就看见了王后，在她脚下，是被捆绑着的祭司，但沙克和沃克并没在里面。

此时，祭司刚刚苏醒，眼神迷乱，犹在梦中。

“老滑头，你死到临头，还有什么话说？”

见祭司闭目不答，王后怒火中烧，伸手就是一记耳光。

这一记耳光，终于把祭司打醒了，见自己被绑，祭司明白了眼前的处境，脸上流露出一丝无奈，“老夫无能，令先祖受辱，巴国蒙羞，无话可说。”

“说到先祖，老娘正要跟你算这笔账呢。”王后怒目圆睁，又扇了祭司一记耳光，“想当年，我先祖身为公主御医，在巴国备受尊崇，却不料来了个尹干，要搞什么清王侧，将先祖赶出巴王宫，降为庶民，地位从此一落千丈。”

一连遭受两记耳光，对祭司来说，自然是奇耻大辱，不觉愤然道：“自你入宫后，先是毒杀先王后，接着又致大王子残疾，犯下种种罪行老夫都没有深究，也算是对得起你了，可你不但不有所收敛，反而变本加厉，施蛊毒残害先王，令先王早殁，又勾结外妖祸乱巴国，种种罪行，皆十恶不赦，廪君魂魄有知，定不会放过你这妖妇。”

听完祭司一番声讨，王后大怒，“你这个老滑头，自老娘封后以来，没有哪天不在盘算老娘，幸好没有让你拿住把柄，否则，会轻易放过老娘么，要不是我技高一招，做得隐秘，没有让你找到机会发难，否则还会有好日子过？”

祭司自知难逃一死，昂首怒目道：“老夫一家，世世代代为巴国效劳，鞠躬尽瘁，死而后已，今日失算输在你手里，只想有个痛快的了结。”

“哼哼，想死得痛快，可没那么容易。”说完，又是一记耳光，此时的王后，整张脸狰狞着，青筋暴跳，毫无美感。接着，她手上一用力，抓扯下祭司一缕头发，“老娘会慢慢折磨你，让你求死不得求生不易。”

“老夫可以被你千刀万剐，但……”此时，祭司忽然想起大王子，才稍许流露出惊慌之色，不觉放软了口气，“但请放过大王子，巴……巴国不能没有他。”

“哈哈，巴国的未来不用你操心，它已经有了一个未来的王，只可惜不是那老鬼的血脉。”说到此处，王后眼中忽然冒出杀气，“本来嘛，在大典的时候，如果你老老实实将权杖献于幼王，老娘也许会减少一点对你的恨意，可你偏偏不知趣，故意戏弄老娘，事到如今，竟然还想死个痛快，做梦吧你！”

“你这样做，会遭受廪君惩罚的，他绝不会允许自己的血脉被玷污。”祭司长叹道。

“鬼才相信有廪君魂魄这回事，哼哼，不是来了个所谓的廪君使者吗，现在怎么不来救你？”说完，王后手握短剑朝祭司脸上划去，祭司脸上顿时鲜血直流。

见此情形，我赶紧从洞道口走出来，与此同时，依噶也闪身进入。对于我和依噶的突然现身，王后无比惊愕，脸皮不停地抽动，但转瞬之间，她又恢复了镇定，“天使，你来了，依噶也来了，好得很，现在巴国的未来就掌握在我们三人手中，这是一个最好的机会，如果天使愿意娶依噶，依然可以做丞相祭司，掌管巴国大权。”

还没等我搭话，依噶抢先答道：“本姑娘嫁给谁，用不着你来操心。”

我也跟着答道：“遗憾的是，我不是天使，而是真正的廪君使者，我来这里的目的，是为了维护巴国正统，造福巴国人民，哪有心思做什么丞相祭司，恐怕会让你失望了。”

王后大怒，立马又咆哮起来，“你根本不是廪君使者，也不是什么天使，只是谷外一个不得志的野心家！”咆哮完后，似乎有些后悔，忽然又露出哀怨神色，“皮君，如此绝佳的机会就摆在你面前，难道你会不动心，如果你不愿意做丞相祭司，也可以做摄政王，世世代代在这谷中逍遥快活。”

我摇摇头，答道：“王后，你还是赶紧放下屠刀投降吧。”

见求我不管用，王后又转求依噶，“依噶，念在本……贱婢侍奉你父王十多年的分上，求求您，饶贱婢一命，为此，我愿移居先王陵寝，禁足不出，终身素食。”

王后不说这句话还好，说出来反而令依噶怒火万丈，不禁又连珠炮似的骂起来："念你什么，念你毒杀父王和母后，还是念你致残王弟，念你辱没先祖还是念你淫乱内宫，你犯下的种种罪行，仅以禁足不出、终身素食就想一笔勾销吗？做梦吧！"

见依噶心肠更硬，王后陷入绝望，仰天叹道："先王啊，怎么生出个如此大逆不道的女儿，你泉下有知，怎能瞑目啊！"

看着王后阴晴不定的神色，听着她的一派胡言乱语，我心中生出无比的厌恶，但尽管如此，我仍不想取她性命，一则我并不是滥杀之人，二则我还想留她为我解除蛊毒，尽管这种可能性极小，但还是想试试。想到这层，便说道："忘了告诉你，在我到达这里之前，已经处理了尕多日和那些外妖，另外，小王子也被他的外公杀死了，所以，不会有人来救你的，而如果你现在放下屠刀，痛定思痛，我可以饶你不死。"

听说小王子已死，王后号啕大哭，边哭边骂："你这个谷外来的妖魔，吃里爬外的叛徒，愚蠢之极的蠢货，没有担当的软蛋，你……你一定不得好死。"说到这里，王后突然将短剑抵住祭司的背心，咬牙切齿道，"本后现在就杀了祭司，然后跟你同归于尽。"

见此情形，我赶紧举枪瞄准，在王后发力之前扣动扳机，"轰"的一声，王后额头上冒出个大洞，鲜血和脑浆喷射出来，洒了祭司一身。祭司哪曾见过机枪杀人的场景，顿时目瞪口呆，半天回不过神来。依噶也没见过这种阵仗，忍不住一阵呕吐。

接下来，我割断了祭司身上的绳索，随后，才将谷中发生的事情告诉了他。当说到大王子已死时，祭司长跪不起，老泪纵横，"先王早殁，新王被害，皆因老夫无能，万死难辞其咎。"说完，捡起地上的剑就要自刎，好在依噶眼疾手快劈手夺下，顺势割掉王后的脑袋，仰天哭喊道："父王，母后，弟弟，依噶为你们报仇了！"

女王

回想刚才这一仗，真可谓惊心动魄，胜得侥幸。

因为按照我原本的安排，当大典进行到敬献权杖这个环节的时候，王后必然震怒，定会指使内宫侍卫控制祭司，或命尕多日刺杀祭司，只要他一亮剑，我便用拐杖枪击毙他。同时，埋伏在威利（包括沙克、沃克和川康彦）身边的武士对其发动突然袭击。但万万没有想到，王后竟然以迷药令所有人昏倒，更没有想到的是，随着覃婉丽的出现，造成群情激愤的场面，打乱了我的布置。因此，安排在威利身边的武士尽管听见枪响，却忘了行刺，直到威利开枪射击白虎时，他们才醒悟过来。

好在荣格及时骑着白虎赶到，才不至于令场面无法收拾，虽说荣格手中的权杖只不过是一根骨头而已，但仅凭这些，已足够震慑住所有巴人。而荣格见局势已定，便立即骑着白虎回到深涧，告别白虎后，立马脱掉虎裙，赶回助战。当然，我并没有告诉祭司这些细节，否则，在他眼中，我这个廪君使者就不具备说服力了。

王后死了，依噶报了仇，但我却失去了祛蛊的最后机会，未免有点懊丧。但事情已经做下，后悔也没有用，接下来，该料理巴国内乱后的残局。

这一仗虽然大获全胜，但遗憾的是，没有保住大王子，巴王血脉从此断绝。祭司与洞主长老们皆六神无主，不知道推举谁来做巴国第二百代王。我便自作主张提出建议，说新王临终时遗嘱立依噶为王，祭司便征求洞主长老们的意见，结果勉强通过。

接下来，又一个严峻考验等着我。

尽管做了充分的心理准备，但面对依噶哀怨愤怒的眼神，我却不知道怎么开口。

“皮兆寅，你又来做什么？”依噶先开口说话，口气生硬而陌生。

“我受廪君的指引，前来解救巴国的危难，但是很抱歉，我来晚了，没有能够救活大王子。”我鼓足勇气，与她对视着，温暖的目光想要融化她心中的寒冰。

“你只不过是谷外一个不得志的野心家，根本不是什么廪君使者。”依噶面若寒霜，冷笑，“还有，你是一个没有担当的人。”

“我是谁不要紧，要紧的是巴国的前途。”我硬着头皮答道。

“巴国的前途关你什么事，你既不是巴国人，也不会留在巴国。”说到这里，依噶眼角冒出两粒泪花，“而且你根本就没有爱过巴国，也没有真心爱过我。”

我摇摇头，叹口气：“我是真心爱过公主的，只是……”

“只是因为你更爱丽雅，你的魂被那个小妖精夺去了，为了救她，你甚至深入虎口，可是为了我……”提到丽雅，依噶越来越气愤，语气也越来越冰冷，“还有，你当初答应娶我，只不过是为了当上巴国的丞相，可当知道这样做并不能得到自己想要的东西，甚至还有生命危险，你就退却了，躲得远远的。”

我本想告诉她覃婉丽并非丽雅，悔婚的原因也并非她所想，但面对义愤填膺的依噶，说什么她都不会相信，因此，干脆闭口不言，任她发泄。

见我无言以对，依噶越发气愤：“还有，你如果真是廪君使者，就不应该逃避对巴国的责任而置身事外，不该在巴国最需要你的时候逃之夭夭。”

“我……我……事情不是……实在是出于无奈。”面对依噶的质问，我语无伦次。

“皮兆寅，无须狡辩，你来到巴国的真正原因，无非就是跟那些红毛妖怪一样，一心想谋夺巴国宝藏，好在谷外过逍遥自在的生活，有无数的美女陪伴，同样，离开巴国，也是因为没有找到宝藏，没有得到你期望的权力。”依噶越说越气愤，又要进入疯魔状态。

面对依噶连珠炮似的声讨，我难以招架，颓然道：“今日跟公主谈话，并非是为了解脱自己的罪责，而是……”

“而是什么？编不出借口了吧，”还没等我说完，依噶便怒不可遏地打断，“你既然都承认了，还假惺惺的跟我谈什么，告诉你，本公主绝不会再听信你的花言巧语。”

话已至此，我不得不说道：“我之所以留下来跟你说话，是为了巴国的前途，因为它需要一个王。”

一提到“王”，依噶顿时想到死去的父亲和弟弟，不禁泪如雨下：“父王走了，弟弟也走了，廪君血脉已断，巴国哪还有王。”

我摇了摇头，答道：“廪君血脉并没断，因为还有公主您。”

“我一介女子，能做什么？”愕然半晌，依噶才明白我的意思，“若立我为王，得答应我一个条件。”

见依噶答应继承王位，我松了口气：“有何条件，公主请讲。”

依噶答道：“你做摄政王，至于丽雅，可以做王妃。”

依噶提出的条件，大大出乎我的意料，好在她并没有提出与我成婚，也没有要求我必须留下来。考虑再三，我只得告诉她，立摄政王是巴国的大事，必须要长老会通过才算数，如此一番言语，将依噶敷衍过去。

关于摄政王，其实我心中有个更好的人选，那就是罕宝，他不仅可以做摄政王，还可以做公主的丈夫，他俩的后代，可以继续做巴国的王。

回到议事厅，祭司还在等我回话，洞主长老们也在。此时，祭司正在训斥王宫侍卫和宫女，扬言要杀他们为大王子献祭，我赶紧为他们求情，祭司余怒未消，但碍于我的面子，着令每人杖五十，鞭一百，禁闭一月，这才了账。

随后，祭司又提到丽雅，我便叫刺木把覃婉丽带到议事厅，当着大家的面，扒开她的头发，露出里面新生的黑丝，接着，又取下美瞳，亮出一对黑黝黝的眼珠。

大厅内的人全都傻眼了，但尕登吉的反应，并没有我想象的那么失落，他脸上呈现出淡定和平静，眼光中充满了慈爱，我读懂了这眼光，似乎他早已知道这个事实。

祭司的反应也不是很强烈，应该也知道了这个事实，之所以这样做，无非是要当着大家的面确认覃婉丽并非丽雅，其用意不言自明。

离开巴国之前，祭司与我进行了一番促膝长谈。

首先，他问到外界目前究竟是个什么样子，谁的天下？

我只得告诉他，现在的外界早已不是他想象中的样子，而这个天下的权力属于人民。

接着，祭司又问为什么外界的“法器”如此厉害？

我便告诉他，现在的外界，早已过了冷兵器时代，而外妖们使用的法器叫“枪”，还有比枪厉害得多的法器，叫“导弹”和“原子弹”。祭司听得似懂非懂，但还是明白了一个事实，喃喃道：“如此说来，即使拥有神琮，与外界之法器比，亦不足为奇也！”

再接着，祭司才切入正题，问起罕宝的情况。我便如实告知他如何与罕宝相遇，怎样安顿他们以及如何分手，本以为罕宝已经回到巴国，却不料至今仍杳无音信。

听完我的叙述，祭司颇感失落，随后，又开始踱步沉思，几番纠结后，才说道：“神琮乃巴国至尊之宝，关乎巴国命运，万不可落在外人之手，所以老夫有个恳请……望使者出谷后，能找回神琮。”

沉思片刻，我答道：“敝使自然知道神琮的重要，但有一事不明，想请大人赐教。”

祭司摆摆手，答道：“使者智慧超绝，老夫自愧不如，怎敢言教，况且使者又有恩于巴国，但有所请，老夫知无不言。”

见祭司性情大变，心态颇好，我便问道：“敝使听人言，巴国分裂之时，神琮尚在大王子手中，可怎么会突然丢失了？”

祭司抬头望天，沉默半晌，答道：“听前辈说，大王子虽然勇猛，但性情暴烈，经常苛责部下，为将士们所不容，故乃有巴蔓子之变，拥立二王子为新王，大王子愤而出走，以鱼邑为都，虽打下一片江山，可惜天灾人祸不断，致使气数耗尽，至此，大王子痛悔当初的决定，入谷之前，曾派其持钺武士携神琮西去，欲约二王子联兵抗楚。可惜持钺武士一去杳无音信，致使我等先辈孤军作战，在楚军和叛军的夹击下兵败如山倒。”说完这段，祭司长叹一声，“幸得白虎相助，遁入绝谷，才保留下廪君血脉。”

我没能控制住自己的好奇心，又问道：“大人口中所指叛军，究竟是怎么回事？”

沉思片刻，祭司答道：“廪君创立巴国时，将其国民分为三等，其中赤洞巴姓为上等，黑洞覃、樊、向、郑为二等，被征服之僰人、濮人等为三等，廪君崩殂后，祭祀之人只在二等和三等人中选取，而将军人选，则只在巴姓人中选取，致使四姓及僰、濮等族心生怨恨，借楚军攻伐巴国之时群起而乱，是为叛军。”

听到这里，神琮遗失之谜和叛军之谜算是破解了，可接下来又出现了新问题，既然大王子的持钺武士只带了神琮西去求援，怎么手中又多出个权杖和一张入谷图来，实在是令人费解。想着想着，瘙痒又至，便定下心来，静听祭司说话。

只听祭司说道：“罕宝心性执拗，缺乏变通，难以容身于外界，望使者多多费心，务必将其找到，带回巴国。”

我自然知道祭司的心思，忙答道：“敝使与罕宝亲如兄弟情同手足，此番出谷，当尽全力寻找罕宝，并劝其归国与公主成婚，接任摄政王。”

祭司激动得眼冒泪花，躬身施礼道：“老夫谢过摄政王。”

见祭司行此大礼，我赶紧将其双手托住，正不知如何作答时，祭司又说道：“摄政王心怀大义，老夫感佩不已，只是老夫寄望罕宝归国，并非为争摄政王位，能传老夫衣钵，便心满意足矣。”

听完祭司这番言不由衷的表达，我心里略有些不是滋味，但念其以一人之下万人之上的身份，能够如此隐晦谦恭地表达心意，实在是难能可贵，便不再跟他计较，只是淡然答道：“敝使之所以答应暂领摄政王位，乃是为公主即位之请，等寻回罕宝，自当卸任，从此不再踏进巴国一步。”

听完我的回答，祭司又深躬一礼，歉然道：“摄政王胸怀天下，留守巴国确实屈才，”说到这里，祭司忽然又注目于我，沉声低语道，“只是要取那宝藏，并非易事，需得那神琮相助，方可成功。”

听到此处，我有些不解，便问道：“神琮乃呼唤大蛇之器，于取宝有何用？”

祭司答道：“摄政王有所不知，宝藏埋藏之处，不仅奇险，更有机关设置，而那神琮，便是开启机关的钥匙。”

听完祭司的话，我兴味索然：“既然如此麻烦，那宝藏还是留待有缘人吧。”

"摄政王万不可看轻那些宝藏，"祭司连连摇头，"想我巴国先祖，东征西战，列土封疆，何其壮哉，但可惜只是过眼烟云，转瞬即逝，唯一路所获之诸国神器，乃巴国硕果仅存，摄政王务必取而得之，于己于国，皆大有用处。"

见祭司说得慎重，我便问道："于己何用，于国何用？"

祭司答道："于己，可富甲天下，无忧无虑；于国，可追宗念祖，教化民风。"

我笑答道："于国，敝使认同大人之说，于己嘛，敝使心存疑议。"

新的一天来临，早上，谷中的空气格外清新。

我和覃婉丽走在前面，手中牵了两只羊，身后是送行的人群。巴国所有的大人物，包括祭司、七位洞主、二十四位长老都来送行，刺木和刺罕紧随我身后。

看着我和洞主长老以及大小官员们一一道别，覃婉丽显得有些不耐烦，不断挤眉弄眼地催我，对如此隆重的送别仪式显得极不尊重。

告别完毕，刺木和刺罕摇动辘轳，将高悬的吊桥慢慢放下，我与覃婉丽并肩而行，背着双肩包，手提拐杖枪，挥挥手，踏上回归之路。

这一次心境大不相同，我朝覃婉丽望去，她脸上满是阳光灿烂。

不出所料，当我和覃婉丽来到白虎洞口时，白虎一家早已列队迎候。面对白虎一家，覃婉丽再没有露出一丝怯意。而两只小虎竟然绕过我先与覃婉丽亲热，似乎知道讨好王妃更能赢得摄政王的欢心。

在白虎洞没做过多停留，因后天就是大年三十了，覃婉丽早已归心似箭。

告别白虎，翻山越岭来到兴隆镇，只见家家户户张灯结彩，喜气洋洋，充满节日气氛。便找到一家尚未歇业的宾馆，开一间房。完事之后，覃婉丽马上起床，又洗了个澡，然后就穿衣服。我问她这是要干吗，覃婉丽边穿衣服边说："回家啊，十几天没见人影没通电话，爸妈还不急成啥样儿。"穿好衣服后，覃婉丽又瞪我一眼，"怎么，你不回家过年啊？"

我答道："最害怕就是过年回家。"

覃婉丽翻个白眼："为啥子啊？"

我答道："怕三舅四叔七大姑八大姨们逼婚啊。"

听完我的话，覃婉丽情不自禁地叹一口气："关于这一点，咱俩是同病相怜，"说到这里，她眼珠子忽然一转，"要不，你跟我到我家吧。"

我摇头："想用我做挡箭牌，办不到。"

覃婉丽又翻个白眼，"你早就是老娘的人了，能算挡箭牌吗？"

我笑道："不小心上了贼船，身不由己了，但这一次，还真不能跟你回家。"

覃婉丽没再说什么，拿上行李急匆匆走了。

纯属意外

之所以没跟覃婉丽回家，并不是怕当什么挡箭牌，而是我心中有种莫名其妙的焦虑，因在巴国戡乱的过程中，沙克、沃克、川康彦和艾曼纽都没有出现，实在是有些诡异。如果说是沙克和沃克听从了艾曼纽的劝说，主动脱离巴国内争，可为什么又要留下威利，显然不合情理。而如果说是沙克和沃克在暗中相助，可直到击毙尕多日和王后，一个个还没现身，就有些说不通了。

那么剩下只有一种可能，沙克以为巴国形势已被控制，有没有他们留守都无所谓，所以急不可耐地离开了绝谷，去干一件他认为更重要的事，而这件事，一定与巴国宝藏有关。于此便可推断，他们下一个目标应该就是——龙桥暗湖。而对于这伙攀岩高手来说，由龙嘴回到谷外易如反掌，想到这层，我决定再去一次暗湖。

事不宜迟，先检修好拐杖枪，再收拾好行装，简单吃了点东西就出发。然而快过年了，家家户户都在准备吃年饭，很难找到出租车，最后，只得拦住一辆送年货的三轮，好说歹说，塞给他五百块钱，才答应送我去龙桥。

不多会儿到达龙桥，发现谷口停着一辆丰田酷路泽，便隐隐约约觉得自己猜对了方向。下到谷底临近洞口的时候，远远望见几个熟悉的身影，除了沙克、沃克和川康彦外，还有艾曼纽。

其实自己早已料到艾曼纽与沙克是一伙的，可不知为什么，心里却很不愿意承认，现在，当见到艾曼纽也在这里的时候，心里不免一阵失落。于是，我赶紧藏身一块大石后，听他们说些什么。

此时，沙克眼睛正盯着手表，嘴里嘀咕道："比约定时间已经过去一个小时了，威利这家伙怎么还没出现？"

沃克又说道："那个色鬼，莫非是被王后绊住了，舍不得离开巴国？"

艾曼纽耸耸肩，皱眉道："你们这些男人，一天就只想着女人，巴国那些宫女，还没让你们折腾够啊。"接着，又瞅了沙克一眼，"早给你说过，不要参与巴国内斗，可你们就是不听，把事情搞得越来越复杂。"

沙克辩解道："我原本的想法是，若是扶持王后掌权，那我们今后进入巴国就容易得多，做起事来也方便得多，没想到突然冒出个皮，这才多出些麻烦，不过最后大家还是尊重你的建议，把他放出去了，可他却并没有按照你的想法去拿神琮。"

川康彦又接着说道："我当初就认为这个办法不妥，那个皮兆寅，其实很狡猾的，如果……"说到这里，见艾曼纽面露不爽，便赶紧住嘴，转而说道，"现在我有预感，威利恐怕被困在巴国了。"

"威利有机关枪，怕什么，"沙克接过话题，说到这里，忍不住瞥了艾曼纽一眼，"至于艾曼纽救皮，其实根本没有指望会得到神琮，她是……"

还没等沙克把话说完，艾曼纽便劈头打断，"我救皮，是因为他遵守了承诺，将藏宝图交给了我们。"

听完艾曼纽的辩解，沙克表示十分不了然，"即使没有这张藏宝图，我们也会把这个洞子作为搜索重点，而且……"

"现在少说这些没用的话，"此时，艾曼纽又打断了沙克的话，"不管威利现在怎么样，反正时间已经过了，设备也齐了，马上进洞吧。"

沙克忍不住又顶了一句："如果说要抓紧时间，由龙嘴进入暗湖的时候，大家就可以开始了，干吗又要出来，耽搁两天再进洞。"

听完沙克的话，艾曼纽很不爽，答道："耽搁两天，是为了等这台探测设备，再说，没有车子，即使发现了宝藏，又怎么能够把宝藏运出去。”

眼看艾曼纽和沙克要吵起来，川康彦赶紧接话：“我认为耽搁两天更安全，因为明天就是中国的大年，这个时候，警察们都在家里看电视呢，错过这个时机，即使发现宝藏，恐怕也不好弄出去了。”

沃克也连连点头，说道：“如果威利能出来，就分他一份；如果出不来，就只能自认倒霉啦。”说完，便站起身来，背上背包，提起皮箱，往洞口走去。随后，沙克、川康彦和艾曼纽也鱼贯而入。

眼见这一干人等进入洞子，我忽然有些心慌。尽管这幅藏宝图是自己胡编乱造的，可现实情况却是，暗湖里不仅有漂浮的木板，岩壁上还绘有奇怪的图案，另外，台地上那些人工开凿的坑洞也十分可疑，种种迹象表明，似乎这里真像是藏宝点。或者换一种说法，巴国宝藏不止一个埋藏点，可能有两个或更多。

想到这里，我决定跟进去看看，但距离不能靠得太近，以免被他们发现，而且不能打电筒，完全依靠自己这段时间的暗黑训练来辨别道路。好在现在是枯水季节，水很浅，而我又穿了水鞋，所以跟进起来并不困难。

一个小时后，到达暗湖。

随后，沃克打开皮箱，取出一台仪器，将其支在三脚架上，接着，又打开电源，仪器中射出红蓝两条光线，红光纵向扫描洞顶，蓝光横向扫描洞顶。不多会儿，连接仪器的电脑上便呈现出洞顶三维图，又过了一会儿，沃克说道：“没有发现什么异常，看来，得有人准备下水了。”

但是，就在沙克穿好潜水服准备下水的时候，艾曼纽忽然叫停，指着手中的藏宝图说道：“沃克，麻烦你把这个位置的图形放大一下。”

沃克便依照艾曼纽手指的位置，滑动鼠标，放大图形，接着，便听见了艾曼纽的声音，“奇怪，这个位置的悬钟乳石好像比周围的要短些。”

闻言，沙克不以为然道：“因为水量和水质的差别，钟乳的发育本来就有长短之分，这有什么好大惊小怪的。”

艾曼纽耸耸肩，答道：“但在这片区域，水量和水质并没有差别呀，不仅如此，短悬钟乳石位置的滴水量似乎更大一些，怎么反而钟乳石更短呢。”随后，她又问道，“沃克，这片短悬钟乳石所对应的下面，应该是什么位置？”

沃克又滑动鼠标，调出另一幅图与三维图重叠，随后说道："正好是台地上坑洞的位置。"听完沃克的回答，艾曼纽面露喜色，说道："这就对了。"

与此同时，沙克也领悟过来，大喜道："原来藏宝图上这个虎头，果然标示着机关的位置，如此说来，皮给的这幅藏宝图居然是真的。"

听完沙克的话，这下该我犯蒙了——自己凭空臆造的一幅藏宝图，不仅指明了正确的藏宝点，居然还标明了机关所在，这……也太不可思议了。

接下来，沙克脱掉潜水服，换上另一套服装，艾曼纽也穿上了一套特制服装，随后，两人又分别拿出一件像机关枪一样的工具，瞄准洞顶扣动扳机，"咔嚓"两声，两根带着钢绳的铁爪便钻入洞顶石壁。

再接下来，艾曼纽和沙克将电动升降器挂在钢绳上，按动开关，升降器带动身体缓缓上升，不一会儿，到达洞顶，随后，沙克用手铲削掉一片悬钟乳石，艾曼纽拿着手电一阵扫射，最后，将电筒光聚焦于洞顶一点，欢呼一声："找到了！"

话音刚落，沙克尔便将手伸向凹坑，这个时候，我急了，连忙从大石后现身，大叫一声："住手，千万不要蛮干！"

听见我的叫声，沙克伸出的手立即缩了回来，而艾曼纽则应声下滑，落地后，走到我面前，眼神有些复杂，"皮，你怎么来了？"

沉默片刻，我答道："如果我不来，巴国宝藏就没了，你们也可能就没命了。"

"皮，你知道怎么开启机关？"说完，艾曼纽钻石般的眼珠闪烁了一下。

我点了点头，"知道，但现在还不能开启。"

艾曼纽问道："为什么？"

我答道："因为还缺少一件东西。"

艾曼纽又追问道："缺少什么东西，是那件神琮吗？"

沉思片刻，我答道："是。"

出乎意料，听见我的回答，艾曼纽脸上浮现笑意，"如果神琮就是开启宝藏的钥匙，那就好办了。”说完，她走向放在地上的背包，倒腾出一件白色的神琮，在我眼前晃了晃，笑道：“虽然这个神琮只是3D建模打制出来的，但其尺寸却分毫不差。”随后，她又对沃克、川康彦和刚刚落地的沙克说道：“皮不仅提供了藏宝图，还指明了开启宝藏的办法，所以我提议，巴国宝藏应该算他一份。”

川康彦连连附和：“应该的，依我看，就把威利那份算到皮先生头上好啦。”

“说到威利，他怎么没出来？”沙克忽然恶狠狠地瞪着我，“是不是你跟祭司勾结，耍了什么花招，陷害了他。”

听完沙克的话，我胸中猛地蹿出一股怒火，“沙克，你可搞清楚，是你们勾结王后，残害巴人，祸乱巴国，我只不过是助祭司一臂之力，帮他拨乱反正罢了。”

沙克大怒，立即拔出手枪指着我脑袋，而我也没有示弱，抬起拐杖枪，将枪管戳在他的肚皮上。眼见得我俩就要发生火并，艾曼纽忽然大叫道：“这种时候，你俩还有工夫打斗，难道是不想要自己那份宝藏了吗？”随即，她又瞪沙克一眼，“沙克，我早告诉过你，不要介入巴国内斗，我们的目的，只是找到宝藏和神琮。”

奇怪，听完艾曼纽的话，沙克居然乖乖落下手臂，这个时候，艾曼纽又将目光转向我：“还有你，也是个死心眼儿，明明可以置身事外，偏偏要冒生命危险去管巴国的事。”

我本想要反驳几句，但觉得自己的那套理论对她根本就不具备说服力，便放下拐杖枪，冷冷说道：“不属于自己的东西，你们休想拿走。”

艾曼纽没有理睬我，拿着她的3D定制神琮，来到钢绳前，重新套上升降器，再一次上升，这一次，沙克没有跟进，手握着枪虎视眈眈地注视着我。

到达洞顶后，艾曼纽将“神琮”按入凹坑，正好与机关嵌合，停留片刻，开始转动神琮，很快，听到“吱吱嘎嘎”的声音，接着，神奇的一幕出现了，暗湖中出现了一个漩涡，越来越大，最后形成一条巨大的裂缝，湖水奔涌着流进裂缝，形成两道瀑布。

见此情形，沃克和川康彦都兴奋不已，沙克也忘了关注我，一对眼珠死死地盯着不断下落的湖水。此时，艾曼纽也从洞顶滑落来到我身边，轻声说道："谢谢你，皮！"

话音刚落，洞顶也裂开一个口子，随之悬钟乳石开始断裂，紧接着，巨大的石块也跟着掉落，这个时候，沙克和艾曼纽才感觉到有些不对劲儿，而此时此刻，我也想起了祭司说过的那句话："没有这幅图，要想找到巴国宝藏，比登天还难。"

闪念之间，忽然有种不祥的预感，于是，我一把拉住艾曼纽，喊道："不好，这是一个假藏宝点！"但艾曼纽却有点不死心，跑几步之后，又转过身来望着开裂的暗湖。当然，不死心的还有沙克、沃克和川康彦，他们一边躲避下落的石块，一边盯着下落的湖水，直到湖水流尽，也没发现什么宝藏。

就在此时，忽然一阵地动山摇，沙克、沃克和川康彦站立不稳，先后滚下暗湖。直到这个时候，艾曼纽才彻底死心，拔腿便跑，可没跑几步，忽然惨叫一声："皮，快来帮帮忙，我的脚卡在石缝里啦！"

看着艾曼纽痛苦的眼神，身体中天性柔软的那一点忽然被触动。来不及犹豫，我立即转身，紧跑几步，来到艾曼纽身边，将拐杖枪管插入石缝，猛一用力撬起石块，跟着，艾曼纽将脚拔出，但却痛得立不起身，于是，我又俯身将她背在身上，深一脚浅一脚地跑。

跑了一段之后，地面的晃动开始减弱，我便放缓了脚步，这个时候，艾曼纽在背上说道："脚好像不怎么痛了，我自己走吧。"

此时，我早已累得够呛，巴不得她说这句话，便将她放下，落地的时候，艾曼纽又尖叫一声，但她咬咬牙，试着迈了几步，随后说道："还行，我自己能走。"

见艾曼纽逞强，我便由着她，自己往前走，没走多远，又一阵地动山摇，洞顶的塌陷更加猛烈，惊慌之中，便对身后的艾曼纽喊道："快跑，洞子要塌陷了！"跑了几步，又回头喊道，"跑得动吗？"

艾曼纽挥挥手，答道："别管我，我自己能行。"说完，也撒开腿跑起来。

跑了一段，见艾曼纽跟得很紧，我便不再回头，放心往前跑，一口气跑到洞口，回头一望，没见艾曼纽，正想反身进洞时，巨石接二连三的落下来，瞬间堵住洞口。

望着尘土飞扬的洞口，忽然一阵心塞。

恐惧、愧疚令我无法自拔，瘙痒酸痛一起朝我袭来，身体内的虫蚁开始左冲右突，五脏六腑撕裂般绞痛，紧接着，头晕目眩，眼前一片空白。

也不知过了多久，耳边听见小孩的声音："我认得这个叔叔，他喜欢钻洞子。"

又一个小孩说道："他还去我家吃过饭，还给爷爷和我照过相。"

接着，是一个成年人的声音："年三十儿的，怎么不回家过年，一个人跑到这里来探洞？"说完，又叹了口气，"现在的年轻人，真搞不懂！"

又一个成年人说道："这洞子好好的，怎么忽然就塌了！"停顿片刻，又说道，"奇怪，这人身上一点儿伤都没得，唧个躺着一动不动呢？"

接着，感觉有人伸出手来探我鼻息，"有出气也有进气，肯定没死。"

闻言，我睁开眼睛，发现还躺在乱石堆中，被一群人围着，蹲在身边的两个小孩，正是覃大爷的两个孙子。

见我睁开眼睛，弟弟拍手道："原来叔叔装死，真好玩儿！"

时空裂穴 2

阿卡 著

中国戏剧出版社
CHINA THEATRE PRESS

目 录

153

第三章　身不由己的差事

无瑕的眼睛显得比禾香还大，眼珠是浅灰色的，总是以怯懦的目光望着我，透射出一种淡淡的忧伤。那忧伤和晶莹剔透的身体搭配起来，形成一种致命诱惑，令我忽然想到荷马史诗中所描述的美丽海妖……

235

第四章　放手一搏

突然，我被一个青玉材质的宝匣吸引住了，它的雕刻极其精美，上面还镶嵌各种宝石，就像法门寺装释迦牟尼舍利子的宝匣，但要大得多……

第二部 魔幻地图

第一章

仙山迷雾

暗河水冰冷刺骨，多划一会儿，手便有些发僵，便索性收手，让橡皮船漂流而行。又前行了几百米，水流突然湍急起来，橡皮船下滑的速度越来越快。随后，耳边响起轰隆隆的声音……

挡箭牌

离开龙桥，回到客栈，立马给冬瓜打电话，叫他赶紧来一趟兴隆镇。

冬瓜听说我在兴隆镇，不问青红皂白就是一顿臭骂——

“狗日的小虎，你龟儿究竟在搞啥名堂，年三十儿的，不在家里陪妈老汉儿，跑到三角坝做啥子？”听我没有吭声，冬瓜更生气，开始翻老账，“还有，你去三角坝，啷个不通知老子一声，是不是发现了宝藏线索，打算一个人独吞，现在觉得一个人拿不下来，才想起通知老子来增援。”

听到这里，我不得不应一句：“你觉得我是那样的人吗？”

冬瓜也不示弱，怼道：“这种事你又不是没做过，上次你和覃婉丽在龙桥发现的那几件宝贝，不就瞒着老子嘛，宁肯寄放在蒋老栓店里，都不愿交给老子保管，后来……”说到这里，戛然而止。

被冬瓜错怪，一点儿也不觉得委屈，因为那三件神器即使没丢，也没打算交给他，所以我没有辩解，只冷冷的问道：“你来还是不来？”

冬瓜又骂道：“从小到大，你龟儿干哪件事离得开老子，老子若不帮忙，你成得了事吗？”说完，挂断了电话。

三个小时后，冬瓜来到了客栈。

当听说叫他来并不是为了宝藏时，冬瓜又叽叽歪歪起来，等他说累了，我才用最短的时间讲述几个老外去龙桥取宝结果导致溶洞垮塌的经过，冬瓜一听就傻了，挤眉瞪眼道：“狗日的小虎，你龟儿硬是命大，洞子垮下来都没压死！”随即，又使劲擂我一拳，“幸好上次探洞没发现那个机关，要不然死的可就是哥几个啦！”

见冬瓜没明白我的意思，我只得提醒他，“但死的是外国人，事情就麻烦了。”

“死几个外国人，关老子啥子事，谁叫他们想打巴国宝藏的主意。”冬瓜眼皮一翻，显得很不以为然，“狗日的小虎，你大年三十儿把老子从家里骗出来，难道就是为了告诉老子宝藏没捞着，还多了几个老外陪葬吗？”

见冬瓜不得要领，我也懒得提示他了，而冬瓜骂着骂着，忽然就转过筋来了，于是又狠狠擂我一拳，气鼓鼓道：“狗日的小虎，老子算是搞懂了，探洞死了人，你龟儿怕脱不了干系，喊老子来，是给你打掩护吧。”

冬瓜的话，说对了一半，但这并不是问题的关键所在，其实我最担心的还不是自己脱不脱得了干系，而是龙桥溶洞的垮塌以及外国人的失踪，可能会引起政府部门的高度重视，从而组织一次大规模的调查活动，如此一来，巴国藏身之谜便可能因此而浮出水面。

我曾经考虑过要不要主动揭示这个惊天大秘密，并借此来扬名立万。但每当动这个念头的时候，脑海中就有个声音不断告诫自己，决不能让外界知道巴国，它是这个世界上独一无二的珍宝，若被外界知晓，用不了多久，这块珍贵的古代文明活化石就会变得千疮百孔，面目全非。所以今天叫冬瓜来，是想跟他商量一下，怎么把这件大事化小，消弭于无形。冬瓜何等聪明的人，不用我开口，已开始发问。

“狗日的，你跑出洞子的时候，有人看见没有？”

“被一群闻声而来的村民看见了。”

“那外国人死在里面，他们看没看见？”

“倒是没亲眼看见，但外国人探洞的事，他们可能知道，况且，外国人乘坐的越野车，还一直停在龙桥谷口。”

“如此看来，你龟儿脱不了干系了！”冬瓜一边嘟囔，一边抓耳挠腮，不多会儿，又说道：“既然村民是在洞外看见你的，你可以说自己路过那儿，恰巧碰见溶洞垮塌。”

我摇了摇头，答道：“这招行不通，我当时昏迷了，躺在洞口。”

冬瓜一听，惊讶得瞪大了眼睛，“狗日的，你浑身上下一块皮都没破，啷个会昏迷的，莫非是吓破了胆？”

我当然不能告诉他自己是因为毒蛊发作而昏迷的，所以只有不吭声。冬瓜摇了摇头，叹口气，“这招确实行不通，即使你没昏倒，也不会有人相信你恰巧路过，谁他妈吃饱了撑得慌，大年三十儿跑到龙桥去游玩，除非……”

话音未落，电话响了，一看，是覃婉丽打过来的，赶紧接了。覃婉丽知道我还在客栈，长长吐了口气，接着便提到龙桥溶洞垮塌事件，说现在整个村子都在谈这件事，听说还死了人，所以很担心我。

等我接完电话，冬瓜也有了主意，“对了，覃婉丽家就住龙桥附近，你俩又是一对，以恋人的身份去龙桥游玩就说得通啦。”

按照冬瓜的意思，要么我去覃婉丽家，要么把覃婉丽叫过来，无论如何，这几天我和她都得待在一起。而我原本的想法是想请冬瓜给我做证人，两个人没想到一处，但冬瓜这个主意似乎更合理一些，便采纳了他的建议，叫覃婉丽马上来客栈一趟。随后，我又写了个电话号码，叫冬瓜查证一下是谁的车。

冬瓜见了我写的号码，尽管不甚了然，但还是点了点头，应承下来。随后，冬瓜似乎想起了什么，猛捣我一拳，“对了，上次从局子里出来没多久，蒋老栓就来找我，一个劲儿的赔不是，走的时候还留下十万块钱，把老子搞懵了，狗日的小虎，这到底是哪个回事？”

……

覃婉丽来的时候，冬瓜已经走了。

她当然不知道我叫她来是为了什么，还以为我想通了，打算去她家过年，高兴得不得了。因此，我不得不复述了一遍探洞的经过及叫她来的目的，覃婉丽一听就火了，“我说皮兆寅，你究竟哪根筋出了问题，大年三十不回家过年跑出去探洞，还弄出几条人命，等到收不了场才想起找我来做挡箭牌。”

覃婉丽生起气来，比冬瓜还没完没了，接下来，她也开始揭我老底，“我看你跟那个外国女人是余情未了，明知道她在打巴国宝藏的主意，不但不阻止，还跟过去帮忙……还有，说好出来后再不管巴国的事，这不，没过一天，又悄悄跑去龙桥，是不是还想去一趟巴国，跟那个公主重续旧缘啊！”

听着覃婉丽毫无道理的责骂，我有些生气，便冷冷的看着她，不再吭声。恰在此时，响起了敲门声，打开门，只见门外站着两个警察，而其中一个，就是派出所的余所长。余所长见开门的是我，也有些吃惊，愣了愣神，才说道："皮老师，怎么会是你？"

"请问余所长找我有什么事？"见警察这么快就找上门了，我有些吃惊，但并没有表现出慌乱的样子。

"找你嘛……"说话的时候，余所长又看见了余怒未消的覃婉丽，于是改口道："那么这位是……"

"覃婉丽，我女朋友，家就在龙桥附近。"我答道。

余所长"嗯"了一声，又看了覃婉丽一眼，露出疑惑的眼神，"大年三十的，哪个不回家过年，跑这里来干什么？"

"本来约好去她家过年的，但……"我欲言又止，一边观察余所长的反应，一边观察覃婉丽的脸色。

"怎么，小两口吵架了？"余所长笑望着我，似乎猜出了我后面要说的话，随后，他将目光转向了覃婉丽，"大过年的，还是心平气和的好，吵归吵，年还是要过的，所以姑娘我劝你一句，皮老师可是个人才，不要把他气跑了，让别的女娃捡到宝哦。"

"他想走就走，本姑娘不稀罕！"覃婉丽气哼哼地回了一句。

"噢，那我就不多嘴了。"被覃婉丽顶撞，余所长有点尴尬，但他很快调整过来，马上转入正题，"今天找皮老师，为的是龙桥溶洞垮塌的事，听当地村民讲，洞子垮塌的时候，看见皮老师恰好在那里，所以想找你来问问情况。"

"没错，我当时确实在那里。"我答道。

"年三十的，一个人跑去龙桥干啥子呢？"余所长问道。

"因为跟女朋友吵了架，心情不好，本打算出去散散心，没想到溶洞就垮塌了。"

"散步？"余所长盯着我，眼神有点冷，"可听村民们说，你当时就躺在洞口，好像是昏迷了，叫都叫不醒。"

我摇了摇头，答道："是睡着了，先听见轰隆隆的声音，还以为谁家在放炮采石，后来听见有人叫我，才知道是怎么回事。"

听完我的话，余所长将信将疑，不觉将目光转向覃婉丽，问道："他说的情况属实吗？"

覃婉丽冷冷答道："我只晓得他跑出去了，至于他去了哪里，干了啥子，本姑娘一概不知，一概不晓。"

在覃婉丽那里撞了个钉子，余所长有些生气，说话间，不觉提高了音量，"我来这里是执行公务，不是来看你脸色的，请你有一说一，有二说二，不要带啥子情绪。"说完，他又将目光转向我，目光又变得柔和了些，"另外，龙桥谷口停着一辆越野车，至今无人认领，我们有些担心，怕有人进了洞子，被埋在里面了，所以找你来了解一下，你去龙桥的时候，看见有人探洞吗？"

听到这里，我的心情有些复杂，沙克、沃克和川康彦葬身暗湖，我认为是罪有应得，但艾曼纽也因我的假藏宝图而丧生，我还是觉得心痛和内疚，犹豫片刻，才答道："进龙桥的时候，我也看见了那辆越野车，至于是不是有人探洞，就不晓得了。"见余所长露出疑惑的眼神，我又补充道："跟女朋友吵架后，我心情很糟，没关心其他人做什么，如果说谷口那辆车至今没人认领，那最好还是挖掘一下，说不定有人被埋在里面了。"

告辞的时候，余所长嘴里轻轻嘟囔了一句："皮老师，你明明就是皮书记的儿子，为啥要矢口否认呢？"

离开三角坝的时候，发现镇上来了很多警车，除本地拍照的警车外，还有几辆山城拍照的警车。另外，还有市环保局和地质局标志的车辆，更为夸张的是，坝子里还停了一架直升飞机。显然，它们都是为龙桥溶洞垮塌而来的，尽管之前预料到龙桥溶洞的垮塌会引起相关部门的重视，但如此大的阵仗，还是令我感到吃惊。

但又一想，溶洞既已垮塌，由暗湖进入巴国的通道便被阻隔，所以要发现巴国藏身之处的难度就增加了，心里略宽。最值得庆幸的是，没有警察再来找我麻烦。

盐水女神

早春二月，乍暖还寒，但并不影响做梦。

梦中的我常常化身为廪君，率领部族们驱熊猎豹，开疆拓土，驰骋疆场。冥冥之中，恍惚自己跟廪君已合二为一，寻巴亦成为我今生的执念。为此，我决定去一趟湖北长阳，除探访廪君故里之外，顺便寻找一下罕宝和三件神器的下落。

因覃婉丽恰好有三天假期，便带上她同行，这一次，我决定驾乘自己新晋的牧马人前往。打开导航，显示山城到长阳的里程为 590 公里，其中大部分路段是山区公路。一路上，只要经过大峡谷，我总会不由自主地停车张望，看着岩壁上的溶洞发呆，覃婉丽直呼我得了“绝谷综合征”。

到长阳时，已是晚上七点，先找一宾馆住下，第二天才去拜谒“廪君庙”。

廪君庙占地广阔，规模不小，除廪君铜塑外，另有多重仿古建筑，鳞次栉比，巍峨雄伟。对于这个地处武陵山深处的国家级贫困县来说，算得上是十分奢华了，由此可见廪君在长阳人心中的地位。

进入廪君殿，只见供台之上，除廪君塑像外，另有一女性塑像，半身赤裸，灵蛇盘头，问解说员此女何人，说便是盐水女神。听完解说员回答，十分不解，因太庙壁画所见，廪君亲手射杀了盐水女神，照理说应该互为仇敌，可在这里却被当成了夫妻来祭祀。再问管理员，也说是廪君射杀了盐水女神，心中更加纳闷，既然是恩爱夫妻，怎么会反目成仇，难道这当中另有隐情？

参观完廪君庙，接着考察三里城山崖下的赤黑二穴，接着又参访了三里城、施夷古道和香炉石遗址。吃过晚饭后，又与覃婉丽来到清江边散步，远远望见一叶扁舟漂漂荡荡而来，靠岸后，船上老翁便问要不要坐船观江景，船钱随便给。先看那摇船的老翁，陡额突吻，晴朗的天气下，居然戴个斗笠，披件蓑衣。再看那船，与河中所有的船都不一样，窄而长，像是一根大木头挖出来的，既不方便载客，也不方便打鱼。

正犹豫时，覃婉丽已跳了上去，说从来没有坐过这么独特的游船，仿佛回到古代，要好好体验一下。我只好跟着跳上船，吩咐老翁划得小心些，不要翻了。老翁呵呵一笑，答道："老头我在这清江打鱼也有些年头了，哪里有块礁石，哪里有个漩涡都一清二楚的。"随后，又露出诡异的笑容，"再说了，别人翻得，你二人却翻不得，谁叫您是长阳的贵客呢。"说完，竹竿水中一点，船儿就离了岸。

坐在船板上，心中又不免犯嘀咕——这老翁说话好奇怪，为什么别人翻得，我和覃婉丽就翻不得，难道他认为我俩都不会游泳？再说，他凭什么说我是长阳的贵客，难道就因为覃婉丽打扮得像个贵妇？

想到此处，便忍不住仔细打量起这老翁来，竟好像梦中的百年老猿。老翁却不理会我的注目，自顾自地解说沿江的景致。来到一峡口时，见左岸崖壁上有一圆润巨石。巨石当中，竟裂开一道石缝，外部呈丹红色，内部呈黑褐色。

正诧异中，老渔翁又说道："据说那个裂缝，就是廪君与四姓酋长掷矛比试的石穴。"

听老渔翁提到廪君，我便说道："原来老人家晓得廪君，真是太好了，就麻烦您讲讲廪君与盐水女神的故事吧。"随后，覃婉丽也说道："听说廪君和盐水女神本是夫妻，还很相爱，既然如此，廪君又啷个亲手杀死了盐水女神呢，难道那个廪君移情别恋了？"说完，忍不住瞥我一眼。

略作沉思，老渔翁答道："据我所知，廪君和盐水女神并非夫妻，而是敌人。"见我和覃婉丽一脸蒙圈，老渔翁又呵呵一笑，"上古时代的事，我们这些现代人又啷个搞得清楚。"

听老渔翁一番说辞，明显自相矛盾，再看他这一身打扮，也实在是怪异，便忍不住说道："在我眼中，老人家不像现代人，倒像个古人。"

老渔翁呵呵一笑，没有搭话，却唱将起来——

花开柳叶叶儿大，
别人怕来我不怕，
我和禹王跑过马，
还和纣王打过架，
武王约我分江山，
我愿逍遥游天下。

一听这歌词，顿时便被惊住，因老渔翁所唱民谣，便是巴国早期历史，其中“花开柳叶叶儿大”暗指巴国特有的柳叶剑，而后几句歌词，与《周典》中内容相符，而这些内容，史料中并无记载，他一个老渔翁怎会知道。心中觉得蹊跷，口中便问道：“请问老人家，您这歌从哪里学来的，我怎么有些听不明白？”

老渔翁答道：“当然是老祖先传下来的，唱的是巴国的事情，客人何必明知故问。”

听完老渔翁的回答，我差点被惊掉下巴，而眼前这个扮相古怪的老渔翁，居然有似曾相识之感，便情不自禁道：“老人家的样子，好像我梦中一个人。”

老渔翁听了，抬头便问：“客人梦中那人是谁？”

我答道：“廪君军师。”

我本只是随口一说，没想到老渔翁听了，神情突然变得十分怪异，脸色一阵青一阵白，像是被揭了老底，头不由自主的低下来，只把那藏在斗笠下的一对眼珠子偷偷瞥我。与我目光相遇的瞬间，尴尬一笑，接着便掉转船头，摇动小舟回划，其间一言不发。直将我和覃婉丽送回岸边，又将竹篙一点，待小船离开一丈有余，才发声道：“今天遇见二位，竟好像看见廪君和盐水女神，老头我今天算是开眼啦。”

见我痴痴地望着远去的渔翁，覃婉丽便说道：“这个老头好古怪哦，居然把我俩比作廪君和盐水女神，我才不想当盐水女神呢，死得不明不白的。”末了，又忍不住挠我一把，“哎呀，老头儿还没收船钱呢，啷个就急急忙忙地走啦！”

当晚，我又做了一个梦——

烟波浩渺、碧水荡漾的清江之上，一阵优美的歌声传来，循声望去，只见无数小舟在水面上漂荡，小舟之上，载着一个个蛮荒时代少女，或手持木桨轻轻划动，或伸展脖子引吭高歌，或扭动身体翩翩起舞。

为首一叶小舟的船头上，有一女子端坐梳妆。她的头上，有一条灵蛇随着歌声舞动，而她的背上，长着一对天鹅般的翅膀。其皮肤玉脂般莹润，头发生漆般黑亮，她就是被称之为“盐水女神”的盐姬。

而化身为廪君的我，正率领着船队顺江而下，两船相遇的时候，盐姬的头发被风吹拂起来，露出娇俏绝美的面容。恍惚间，水停止了流动，空气也随之凝固，我和我的士兵都屏住呼吸，眼珠停止转动，被这惊心动魄的美丽惊呆。

正目瞪口呆时，盐姬嫣然一笑，款款说道：“此地山清水秀，地广物丰，盐鱼所出，宛若天上人间，若不嫌弃，愿与英雄结为夫妻，共享美好时光。”

我被盐姬的美丽和言语感动，但仍强抑心中的激荡，装模作样道：“听说下江还有更辽阔的地域和美丽风景，我愿意追随而去。”

听完我的回答，盐姬露出失望之色，蛾眉轻蹙，“英雄远道而来，舟车劳顿，或可到盐姬寨中歇息几日，补充些给养再行不迟。”

盐姬的话不无道理，连续大半年的征伐奔波，战士们都疲惫不堪，休整一下也是有必要的，于是随盐姬的船队登岸，来到盐姬的寨子，享受丰美的晚餐。晚宴中，盐姬的女侍们纷纷起舞，纤细的腰身婉转扭动，在火把的映照下，一个个恍若美丽的精灵，将我的将士们迷得颠三倒四。

待女侍们舞罢，盐姬亲自来到舞池中，翩翩舞动起来，顿时，全场鸦雀无声，只有盐姬手臂和脚腕上的贝串沙沙作响。盐姬越舞越快，身形渐渐化成一圈光影，突然，她伸展开翅膀，将身体浮在空中，宛若美丽天使，一时之间，惊呆了我和所有将士。

舞罢，盐姬轻扇翅膀，缓缓落地，此时，大殿中只剩下我和盐姬。注目片刻，盐姬轻盈地走过来，接着，她伸出双臂扣住我的脖颈，眼中满含娇羞和嗔怪，柔声道：“廪君，此时此刻，还要拒盐姬于千里之外吗？”

望着盐姬娇俏的双眸，怀抱盐姬婉转的细腰，胸中的凌云壮志瞬间化为乌有，此时此刻，我不得不将头低下来，吻住盐姬甜甜的樱唇。而盐姬则发出雏鸟一样的叫声，扭动身体，火热的胴体贴上来。

环抱着暖玉温香，欲火在身体内燃烧，瘙痒感又不期而至，惹得我兽性大发。盐姬娇喘着，如痴如醉。突然，她双手揽住我腰胯，翅膀猛烈扇动起来，一股强大的气流将我俩提升至空中，在大殿内旋转翩飞，头昏目眩的同时，完成了一次惊心动魄的交合。

“现在，你还舍得离开臣妾远走高飞吗？”盐姬趴在我身上，眼神迷乱。

“我将留在这里，和盐姬厮守一辈子。”我大口喘气，激荡的热情久久不能平复。

队伍在盐姬地盘上驻扎下来，在我与盐姬日夜交欢的同时，将士们也跟盐姬的女侍们夜夜笙歌，一转眼，数十天过去了。这引起了军师百年老猿的不安，趁盐姬不在身边的时候，老猿对我说道：“王上，您不能再这样下去，女色是江山社稷的大敌，现在，您和战士们日日夜夜耽于床笫之欢，完全丧失了战斗力，再也没有争夺天下的雄心壮志，若有更强大的部落来到这里，王上就会吃败仗，沦为奴隶，任人宰割。”

听完老猿军师的话，我有些不以为然，答道：“此地广阔，鱼盐充沛，又有稻米五谷滋养，是休养生息的好地方，为什么不可以多留段时间呢？”

“王上不可为这弹丸之地、儿女之情耽误了大好前程，”老猿直摇头，焦急万分，“从这里顺江而下就是大河，由大河向东是更加辽阔的平原，那里的物产比这里更加丰茂，可以养活百万人、千万人，王上的江山应该在那里。”

听完老猿的话，我沉默了。

回想自己离开故土千里征战的初衷，正是为了寻找更加辽阔的地域，使五姓之巴发展壮大，与其他大部落争夺天下。但是，盐姬的美貌和柔情令我深陷其中不能自拔，战士们也跟我一样夜夜笙歌，长此以往，真的十分危险。

犹豫再三，我决定听从老猿劝告，住回自己的军帐。将士们虽然不太情愿，但也不敢违逆廪君的旨意。

夜深人静的时候，盐姬飞临我帐中，蛾眉轻蹙，“夫君突然不辞而别，是何缘故？”随即，又脱掉衣衫，依偎在我身旁，眼波含泪，“如果是因为臣妾做错了什么，夫君尽可言明，臣妾改正就是！”

我轻抚盐姬香肩，心痛不已，喃喃道：“你并没有做错什么，是寡人这段时间过于劳累，想清静清静，思考下以后的事情。”

盐姬轻抚我面颊，眼中蓄满无限柔情，柔声道：“这里土地辽阔，物产丰茂，养活几十万人都不成问题，又没有外敌滋扰，还有什么令夫君忧虑的事情呢？”

我不愿意欺骗盐姬，将自己的想法说了出来，盐姬沉默半晌，长叹一口气，“你们男人，心中只想着江山，放着眼前的美好日子不珍惜，真是让人伤心。”

看着楚楚可怜风情万种的盐姬，心中真心舍不得独自离开，忽然想到一个自以为两全其美的办法，便对盐姬说道：“盐姬看这样可不可以，带上你的部众，随寡人一起东征西战争夺天下如何？”

盐姬听后，并无丝毫惊喜，摇头道：“臣妾的部落，自古以来都是女子当家，断没有跟从男人东奔西走的道理——最关键的是，如果离开这块土地的滋养，臣妾会很快老去，变得丑陋不堪，那时夫君便会嫌弃臣妾，悔之晚矣。”

听完盐姬的话，我无言以对，强忍住失落，只能以温柔的爱抚和抵死的缠绵来安抚她，作为临别纪念……

盐姬见我去意已定，哀叹道：“那日我西飞巡游，越过数百座大山之后，看见一个巨大的盆形平地，幅员辽阔，鱼米广出，可养活百万、千万之众。而且这一路人烟稀少，没有强敌阻拦，若夫君执意远去，可一直沿河谷向西，即可找到那块地方。”

听完盐姬的话，我心乱如麻，仍不愿放弃最后的努力，忍不住对盐姬说道：“真希望我俩能一起远走高飞，有爱姬在一起，寡人的西进会更加顺畅，更加完满，即使你今后老去，为夫也会不离不弃。”

盐姬摇了摇头，含泪说道：“臣妾离不开这块土地，更离不开自己的族民，即使你不离不弃，臣妾也会于心不安——与其今后双方后悔，不如现在分手，彼此有个美好的念想。”说完，抽出随身佩剑，割下一缕青丝，绑在我手臂上，说，“夫君若想臣妾了，或遇到什么危难，就亲吻这青丝，念着臣妾的名字，臣妾就会尽快来到夫君身旁。”

此时此刻，我愁肠百结，真想放弃自己的理想和抱负，留下来与盐姬长相厮守，在这山清水秀的地方白头到老。但是，我还是做出了与此相反的决定——离开盐姬，争霸天下。

见此，盐姬长叹一声，振翅飞出了军帐。

当晚，队伍开始收拾行装，准备第二天清晨出发。盐姬闻讯，派她的族民送来了粮食和腌鱼，并请女长老转告，未免哀伤，她就不来送行了，希望我一路保重，遇到困难的时候，别忘了亲吻手臂上的青丝。

为了坚定自己的意志，也为了让战士们没有牵挂，我采纳了老猿军师的建议，天不亮就出发，免得盐姬和她的美女们前来送行，消磨战士们西去的决心。

月亮高悬在天上，山脊之上，启明星指引着前行的道路，我通宵未眠，眼睛红肿，怀着对盐姬的无限思念走上西进之路。月光映在水面上，照出船和人的倒影，山水之间，飘着一层薄雾，显出苍凉凄美的冷意。

船队行进在清波荡漾的河中，划出一道道涟漪。我默默伫立船头，不时回望——盐姬的寨子渐行渐远，只留下淡淡的影子和无尽的怀念。现有的美好和温柔已离我远去，剩下的是夜色中未知的前途。

此时，无限静默，除了战士们划动船桨时的“哗哗”水声。遥望远去的寨子，我想，也许有一天，当自己的争斗之心平息下来的时候，终将会回到这里，与盐姬重叙旧情，安享天伦之乐。

船行不到十里，有奇异的声音传来，天空中似飘来一团乌云，遮天蔽月，星光黯淡。抬头望天，只见一群巨鸟，足有数千只，在天空中翻飞盘旋，哀哀地鸣叫，像如泣如诉的催魂曲，惊得战士们停止了划桨。

船队停顿在烟波浩渺的江水中，战士们神色凄然，我也顿时没了主意。

老猿来到我身边，掐指一算，说道：“这是西边来的食人巫鸟，它们唱的是追魂曲，想要夺去战士们的魂魄，啄食他们的皮肉。王上可攀上前方突石，射杀它们的头鸟，其他的就自然散去。”

我听从了军师的建议，命士兵将木船划至岸边突石旁，登上巨石顶部。迷乱之中，拉满弓，搭上箭，借着微弱的星光，朝为首那只大鸟射去。弓弦声响过，那巨鸟身体便晃动起来，高声鸣叫着，直朝我冲来。于是，我再次张弓搭箭，奋力射向飞来的巨鸟，那鸟再次中箭，高声哀鸣着，跌落到巨石下。

与此同时，战士们也张弓搭箭，射向天空中的鸟群，刹那之间，又有几只大鸟中箭，一时之间，大鸟们轰然四散。

我跳下巨石，看着那犹自扑腾不止的大鸟，忽然有种不祥的感觉。

那大鸟奋力挣扎着，口中叫道：“廪君，为什么射我？”

闻言，我心中一颤，疾步向前，拨开鸟翅，发现躺在地下的巨鸟竟是盐姬，胸口和腹部各中一箭，鲜血不停的冒出，流淌在雪白的肌肤上。

见此情形，我悲恸欲绝，一把抱起盐姬，颤声道：“怎么会……会是你？你……你不是告诉我不……不来送行的吗？”

盐姬抬起头来，说道：“臣妾本不打算来的，但深夜时老猿军师来找臣妾，说夫君希望在队伍出发的时候，能够看到臣妾率部众在空中为夫君歌舞壮行。”说到这里，盐姬的身体又瘫软下去，眼中充满困惑，“怎么，难道这不是夫君的意思？”

怀抱着盐姬，我欲哭无泪，慌乱之中，伸出双手，捂住盐姬伤口中不断流出的鲜血。然而一切都是徒劳，一切都已为时过晚。盐姬的气息越来越弱，身体越来越冷。此时此刻，我才清醒过来，明白了老猿的用意——他是想我亲手射杀盐姬，永绝了儿女情长的后患，同时与盐姬部落为敌，没有了回头之路。

见我悲恸欲绝，盐姬反而露出惨淡笑容，轻声说道：“臣妾不怪夫君，只怪臣妾福薄，不能陪夫君周游四海，夫君是有雄心壮志的男人，一定能成就一番大事业，唯一感到痛心的是，夫君射杀了臣妾腹中的胎儿，臣妾本……本打算，等他长大之后追随夫君的。”

听完盐姬的话，我心如刀割！

天哪，我都干了些什么！

不但亲手射杀了自己心爱的女人，还连带射杀了自己的亲骨肉，这一切都是老猿的阴谋，为我设计了这个无比绝情的陷阱。

想到这里，我暴跳如雷，轻轻放下盐姬，迈步走向老猿，一把掐住他的脖子，怒道："该死的猿猴，是你害死了盐姬，现在，寡人要挖出你的心脏为盐姬祭奠。"话完，便将手中玉剑，抵于老猿胸口。

听着我的嘶吼，老猿居然面不改色，朗声答道："如果王上耽于儿女私情，不管族人前途，没有争霸天下的雄心，那就尽管杀了臣吧。"

这时，盐姬挣扎着爬过来，抱住我的双腿，费力说道："亲爱的夫君，饶了他吧，他是为了夫君和部落的前途才这么做的，如果没有军师，你的西进之路将充满险阻，所以，盐姬不会怨他。"说完，她的双眼慢慢闭上。

我丢落手中玉剑，俯身抱起盐姬，大叫不止，"对不起，我太愚蠢，怎么不想想，你是能飞的大鸟，为什么不看清楚了再放箭！"我拼命呼喊着盐姬，希望能够唤醒盐姬，如果她能活过来，我会立即掉转船头，回到盐姬的领地，永远不再离开她。

在我歇斯底里的呼喊声中，盐姬真的睁开了眼睛，但没有坚持多久，也没有说出话来，随后，又慢慢地合上双眼，再也没有睁开。

怀抱着全身冰凉的盐姬，无比的哀伤冲塞胸口，恼怒之中，劈手夺过一名军士手中的皮鞭，狠命朝老猿抽去，手臂挥下的同时，尖叫声在耳边响起："哎哟，痛死我啦！"

我被尖叫声惊醒，这尖叫是覃婉丽发出的。紧接着，我手臂上便传来一阵剧痛，耳边听到覃婉丽愤怒的质问，"为啥打我！"

我回过神来，赶紧赔不是，"对不起，我刚才做了一个噩梦。"

覃婉丽不依不饶，"做噩梦就该打人吗，还以为你发羊癫疯了！"

我吃痛大叫一声，"哎哟，你能不能轻点。"

听见我的叫声，覃婉丽才松开手，打开灯光，瞪眼看着我，满脸疑惑，皱眉说道："做噩梦还流泪，真邪门！"

我慌不择言："梦见盐水女神了。"

覃婉丽闻言大怒，松开的手再次加力，咬牙切齿道："好啊，原来梦中跟别的女人幽会，还动手打我，老实交代，究竟是怎么回事。"

我强忍剧痛，狡辩道："不错，我确实梦见了盐水女神，可盐水女神却长着覃婉丽的面孔，由此可见，我幽会的虽然是盐水女神但其实却是覃婉丽。”

听完我颠三倒四的辩白，覃婉丽翻了个白眼，说道：“好吧，虽然明知道你是花言巧语，但本姑娘听着受用，所以决定放你一马，不过你得给我讲讲，到底梦见些什么鬼东西。”

我哪敢给她描述梦中的情节，继续耍赖，“记不住啦，忘啦。”

覃婉丽不依不饶，“人家说噩梦是记得最牢的，必须老实交代，要不然……”说完，又做出要掐我的姿势。

见状，我只得敷衍道：“就是昨天讲给你的故事，不用再说一遍吧。”

覃婉丽哪肯轻易放过我，答道：“不对呀，昨天那个故事结局很完满啊，怎么会流泪，还动手打人？”

几番争辩，覃婉丽还是不依不饶。万般无奈，只好顾自躺下，然而，再也睡不着了。

一直不明白廪君怎么会忍心亲手射杀自己的女人——美丽无比的盐姬，原来是中了老猿军师的圈套，只为完成开疆扩土争霸天下的梦想。幸好我有这种神奇的穿越能力，以不可理喻的方式洞悉了这件千古疑案。

但同时，我又十分疑惑，这些梦里发生的事，究竟是真是假呢？

回山城的路上，我还沉浸在对盐姬的无限遐想中，仿佛盐姬之死是刚刚发生的事，心中隐隐作痛，后背直冒虚汗。

不速之客

刚回到山城，蛊毒就再次发作了。为此，覃婉丽不得不请假留下来照顾我，连续三天，她都寸步不离，无微不至地照顾我，几乎不眠不休，所以三天下来，我虽然好了，她却累病了，发起了高烧。于是，我这个刚刚痊愈的病人，又转过来照顾她。

又过了三天，覃婉丽刚退烧，便嚷嚷着要回去工作，我便开车送她去旅行社，返回的时候，顺便去书店买了三幅地图。一幅是山城地貌图，一幅是四川地貌图，还有一幅是湖北地貌图。查看地图，发现在古巴国范围内，共有五个大峡谷，分别是夔城天坑地缝，黔隆天坑地缝，巫溪宁河大峡谷，大巴山通江大峡谷以及湖北恩施大峡谷。

回想白虎之巴分裂之时，二王子率领所部逆江而上，去到了一个叫“黔水”的地方，而乌江的古地名中有叫过“黔水”。于是，我决定把下一次的搜寻目标，定在离乌江最近的黔隆天坑地缝。

第二天，正收拾行装，忽然接到鬼谷子电话，说他刚到山城，如果方便的话，希望我去火车北站接他。到达约定地点，便发现一个胡子拉碴、瘦骨嶙峋的糟老头子出现在眼前，如果鬼谷子不先打招呼，我一定会把他当成流浪汉。

见鬼谷子如此落魄，我才猛然想起，之前从高总处得知，鬼谷子伙同黑龙和癞秃设局害人，没想到被别人识破，不仅没捞到钱，反而被收货人一顿痛扁，黑龙被打瘸一条腿，癞秃被废掉一只手，幸亏鬼谷子见机不妙，早早溜了，不然也得变成残废。

等鬼谷子落座之后，我递给他一瓶饮料，装出不知情的样子，问道：“是哪股风把鬼老吹到山城来了？”

鬼谷子先理了理衣领，接着，又捋了捋下巴上的胡子，装出一副若无其事的样子，答道：“无事不登三宝殿啊，常贵宝给皮老师送钱来了。”

我心想，你如此狼狈，一定是躲煞来了，还美其名曰给我送钱来，真是脸皮厚。但是，我并没有说破，而是装作颇感兴趣的样子，问道：“怎么，鬼老又有大生意要做啊？”

听我如此问，鬼谷子当然以为我有兴趣，顿时面露喜色，答道：“谈不上啥子大生意，但是操作得好的话，也能挣个一两百万。”

我顺口答道：“一两百万都不算大生意，鬼老厉害，不得不佩服。”

大概是觉察到我话中有话，鬼谷子略显尴尬，但他还是硬撑着脸皮，说道：“一两百万，对常贵宝当然算是大生意了，但如果皮老师加盟，就只能算小生意啦。”

“怎么个说法？”

“皮老师不仅仪表堂堂，还一脸正气，容易使人产生信任感，更难得的是，皮老师这个身份，鉴定起古玩来，更让人不得不信。”鬼谷子边说边观察我的反应，见我仍无动于衷，以为我是待价而沽，继续蠕动他那三寸不烂之舌，“皮老师所欠缺的，只是机会和历练，而这些，正好是我常贵宝的强项，所以皮老师若肯跟我合作，就如刘备遇上诸葛亮，可以干一番大事业呢。”

见鬼谷子说话跑马，不着边际，竟然以诸葛孔明自诩，不觉暗自发笑，便忍不住挤兑他两句，“谢谢鬼老把我比喻成刘备，但若是这样，应该是刘备三顾夷陵请鬼老出山才对，怎么反而变成诸葛亮来山城拜访刘备了。”

鬼谷子浑然不觉我话中含义，笑道：“还不是因为我求贤若渴嘛，皮老师不肯屈尊来夷陵，只好常贵宝来山城登门拜访啦，顺便约了两个客户到山城来看货，这不，货也带来了。”说完，转身指了指后座上的编织袋。

“如果在夷陵交易，有开哥、黑龙、赖秃几个打配合，轻车熟路的，岂不更稳妥。”见鬼谷子还没明白我的意思，只好继续启发他，“难不成是他们把事情搞砸了？”

“唉，别提他几个，成事不足败事有余。”说完这句，鬼谷子自知失言，话锋急转，“生意虽然谈成了，但基本没赚到钱，唉，他几个那点能耐，怎比得上皮老师万一，所以……不想再跟他们合作了。”

见我不吭声，鬼谷子仍以为我是待价而沽，谄笑道：“上一次得以出货，全靠皮老师成全，我常贵宝最是清楚，所以这次专程到山城请皮老师出山，我俩演一次双簧，当然啦，既然是演双簧，皮老师的演出费也得相应提高，所以嘛，如果这次能成功出货，我打算付给皮老师三成，皮老师以为如何？”

莫说是按成交价两百万分成，单按一百万计，我就可分得三十万，相当于我三年的工资，老实说，鬼谷子给出的价码，确实令人动心。但同时，心中又有个声音提醒自己，害人终害己，想到这层，我便答道：“对不起，鬼老还是另请高明吧。”

但是，鬼谷子还是会错了意，答道：“如果我没有猜错，皮老师是担心这次的货色吧，您放心，好着呢，我马上拿出来，您看看心里就有数了。”说完，就扭转身体，准备去拿放在后排座上的袋子。

“别费事了，”我伸手将他拦住，“之所以拒绝鬼老的美意，跟货色好坏完全不相干，是我不想惹祸上身，一不小心变成个……残废。”

“皮老师为啥这么说？”听我口中讲出“残废”二字，鬼谷子脸色煞白，身体僵住，顿了几秒钟，才沉沉落在座位上，答道：“原来皮老师从高总那儿听了些不实之词，其实事情不是您想的那样，皮老师能不能听常贵宝解释一下？”

见鬼谷子还不死心，我只好说得更明白些，“上次答应跟鬼老合作，是为了追回那几件巴国器物，既然没完成任务，也就没必要再冒险了。”

“冒险？！”

听完我的回答，鬼谷子若有所悟，停顿片刻，接着说道：“其实我常贵宝出货，还是要挑挑人的，一般三种人不出。第一，不出货给圈内人，因为都是行家，即或一时走眼，早晚也会看出来；第二，不出货给跑拍卖的人，因为仿品最怕曝光，一旦上了拍卖图册，就很容易被识破，接下来是扯不完的皮；第三，不出货给黑道中人，因为一旦被看出来，肯定会找后账，退货赔钱不说，还会被……”说到这里，鬼谷子忽然打住，露出十分尴尬的神色，但见我听得认真，才接着说下去，“与之相对应的，其实还有三出，而所谓三出，就是最好出货给老人、官人和商人。”

说到这里，鬼谷子脸色不仅已恢复正常，还流露出几分嘚瑟，“之所以出货给老人，是因为老人不仅有闲钱，而且生活很无聊，总想找点事做，古玩收藏便成了他们眼中既有趣又赚钱的事情，而且老人最容易糊弄，几句话就让他们上路了。而出货给当官的，是因为他们不仅喜欢附庸风雅，收货还不花自个儿的钱，瞧上哪件东西，只需暗示一下，自然有人拿了送上去，即或发现有假，碍于面子，也不好说出去。至于说出货给商人，是因为商人不仅有钱，又不识货，他们收货，除了自个儿收藏之外，其实大多用来送礼，这收礼之人，也大多都是当官的，恰好这次我约的收货人，就是两个董事长，买来送礼的。”

说完这段，鬼谷子又及时打住，观察我的反应，见我皱着眉头不吭声，以为我还在考虑分成比例，便说道："其实关于分成，还可以商量的，"说到这里。鬼谷子咬了咬牙，"这样吧，事成之后，您拿三成半利润，皮老师总该满意了吧？"

至此，我终于不耐烦了，答道："鬼老想多了，我之所以拒绝，既无关分成多少，也不是怕找后账，是因为做这种事，违背了我做人的底线。"

听完我的回答，鬼谷子露出愕然之色，"常言道，人不为己天诛地灭，挣钱的时候谈底线，皮老师是不是有些迂腐了，再说，这些买礼货的人，您不骗他还有别的人骗他，恐怕骗得更多，我们这点嘛，算是小儿科了。"

"谢谢鬼老的好意，还是不谈这事了，"我实在不想跟鬼谷子纠缠下去，只好转移话题，"现在您一定很饿，去吃个宵夜吧。"说完，再不理会他的唠叨，将牧马人停在路边一烧烤摊旁，要了一大堆荤素菜品和两瓶饮料，聊尽地主之谊。

吃饱喝足之后，我才问鬼谷子有何打算，要不要看看山城夜景。鬼谷子面露难色，颓然道："实不相瞒，离开夷陵时，走得匆忙，忘了带卡和现金，能不能请皮老师借点钱，先找个落脚的地方，等生意成交后，再连本带利还给您。"

我问道："鬼老要多少钱？"

鬼谷子没有马上报数，将根牙签拨弄着牙缝中的肉渣，沉思片刻后答道："如果方便的话，我想借十万，待生意成交后还皮老师十五万。"

本以为鬼谷子最多借个一两万，没想到他狮子大张口，令我有些为难。上次的交易，虽然我也有所斩获，但鬼谷子一人分得绝大部分，说起来还是他占了便宜，我怎么也不至于傻到他要多少给多少，而且这钱借出去基本上是肉包子打狗有去无回。想到这层，便答道："不好意思，上个月刚交了房子首付，剩的钱不多了，这样吧，我给你凑五万如何？"

迟疑片刻，鬼谷子答道："可不可以多借点？"

"真的只剩五万了，还望鬼老体谅。"我一点不敢松口，得把新房的装修费留够，作为一个男人，怎能让覃婉丽来出新房的装修费呢。

鬼谷子见我不肯让步，眼珠子转了转，又说道："那我还有一个不情之请，想请皮老师再帮忙找间房子住一段时间，房租我自己付。"

想起谢老师那套房子钥匙还在我手中，一次给了半年租金，现在罕宝他们不在了，倒是可以借给鬼谷子暂时住住，便答道：“这个我倒帮得上忙，只是条件有点差，不要怠慢了您，租金就不必付了。”

“这次来山城，本指望跟皮老师好好合作一次，没想到……”鬼谷子一脸沮丧，但还没有完全死心，“不如这样吧，我给您四成，皮老师啥时候想通了，啥时候通知我。”

本打算去一趟黔隆，却来了鬼谷子这个不速之客，虽与他不是一条道上的人，但怎么着人家远道而来都是客，也不得不应付两天，如此一来，黔隆之行得推迟到下周。接下来几天，除了备课外，就是研究董老师的笔记和巴蜀图语。

提到图语，有必要补充说明一下，在离开巴国之前，我曾专门问过祭司，能否释读巴蜀图语。祭司表示这些都是古巴国文字，入谷之后即已弃用，又因为自己的先祖是楚人，所用文字为大篆，所以并不能释读巴蜀图语。

不得已，我只得搬来甲骨文字典和金文字典与之对照，然而，笔记本中所录二百多个图语，皆无连贯，与甲骨文和金文的结构也相去甚远，看不多久，便觉体内瘙痒，有蛊毒复发之兆，赶紧掩卷静坐，运气练功。

过了两天，忽然接到鬼谷子电话，说是在海王温泉大酒店开了个房间，5026 号房，希望我在晚上八点去一趟，有要事相商。

接完电话，心中不禁有些来气，他现在穷愁潦倒的，这才几天，免费的房子就不住了，跑去海王温泉大酒店开房。那可是五星级酒店，每晚少了六七百拿不下来，这样下去，五万块钱要不了多久就挥霍完，难不成还想向我借钱？

本打算不再理会他，但左思右想也不太妥当，一来人家远来是客，拒人于千里之外属于不仁不义；二来人家两次践行承诺，总共分给我四十万块钱，也算是守信之人；三来人家是非常时期，我若不出手相助未免不近人情，但心中打定主意，多于五万就死活不借了。

晚上八点钟，按照鬼谷子约定的时间，来到海王温泉大酒店，敲开 5026 号房，发现房间里除鬼谷子外，还有另外四个人。正犹豫要不要进去，鬼谷子已迎上前来，连推带拉地将我“请”进房间，紧接着便给我介绍：某某是曾总，某某是姚总，某某是李大师，某某是王大师。

听完鬼谷子的介绍，再看看茶几上的几件“古玩”，顿时便明白了他的用意。原来鬼谷子约我来酒店，并不是借钱，而是配合他演双簧，心中不觉来气，便打定主意，无论如何不再骗人了。

嘴里虽然不言，但还是忍不住瞧向摆放在茶几上的东西，分别是两件青铜器和两件玉器，青铜器是一件铜壶和一件储贝器，玉器则是一件谷纹玉璧和一件龙形玉璜，造型做工都仿得精到，作旧也很到位，比上次那三件青铜器又进了一步，算得上顶级高仿。

“皮队能在百忙之中抽出时间来帮几位老板掌眼，真是难得，常贵宝先向您道谢了。”鬼谷子瞧我脸色不对，赶紧给我端茶递烟，一个劲儿地献媚使眼色。

“之前听鬼谷子讲，今天来掌眼的是一位考古专家，我还以为是个老头子呢，没想到如此年轻，真是大大的出乎意料啊。”姚总接着说道，语带讥讽之意。

见姚总心存疑虑，我又绷着脸不吭声，鬼谷子自然着急，忙说道：“皮队虽然年轻，但已主持过几次重大的考古发掘，发表过很多有学术价值的论文，尤其是对青铜器和玉器很有研究，有皮队掌眼，错不了的。”

“如此说来，能请到皮队掌眼，还真是我们的荣幸。”这时，一直冷眼观察我的曾总也开口说话了，脸上虽然盈着笑意，但目光却有些冷，“好在我们也请了两位专家，等皮队发表完见解后，他俩也可以做些补充，如何？”说完，将目光转向王李两位大师。

“好说，好说。”两位大师忙起身哈腰点头。

“对不起，我今天来，没打算发表什么见解。”我决定表明态度。

“怎么回事，鬼谷子刚才不是说了，专门请皮队长来掌眼的吗，怎么突然又不发表意见了，莫不是有其他想法？”曾总又将目光转向鬼谷子，满脸疑惑。

“因为考古所有规定，对于民间来源不明的器物，一概不能发表意见。”还没等鬼谷子回答，我已胡诌出个理由，帮他找台阶下。

听完我的话，姚总狠狠瞪了我一眼，但他还是克制住怒气没有发火，沉默片刻后说道："哪有这种规定，中央电视台不是专门搞了个民间鉴宝栏目嘛，还有故宫博物院的专家参与呢，人家都可以，为啥到皮队长这儿就不行啦？"

话已至此，我不得不继续耍赖，"反正考古所有这个规定，一来不允许队员私自收藏，二来不允许队员参与各种商业鉴定活动，三来……"

还没等我说完，曾总便打断我，说道："这里都是自家人，不会透露出去风声的，皮队尽管发表意见就是，但是得看准了再说，说得对，就包个大红包给你。"

"是的嘛，皮队长既然来了，就请给常贵宝一个面子，实话实说就是。"说完，鬼谷子便将我推到茶几旁，递上放大镜，随后，又一个劲儿的递眼色。

"那我就实话实说了，"于是，我拿起放大镜，开始验看茶几上的"古玩"，看了一会儿之后便说道："先说这两件青铜器，一件是战国时期的水陆攻战壶；一件是汉代青铜储贝器，这两种器形曾分别在四川和云南出土过，属于国宝级文物，非常珍贵，而就这两件器物来看，器型和纹饰都跟那两件极其相似，应该属于同一类作品，但……但皮色不太自然，锈也比较漂浮，不排除做旧的可能。"

我这种说法，意思就是赝品了，想来在场的人都应该听得明白。话音刚落，只见鬼谷子脸色煞白，冷汗直冒，但我没理睬他，继续说下去，"再说这两件玉器，一件是西汉早期谷纹玉璧，一件是战国时期玉璜，这两件器物造型和纹饰也没有多大问题，但它们都有一个共同的疑点，就是玉质坚硬，皮色如新，这在早期玉器中十分罕见。"

说完这段，鬼谷子已面如土色，而姚总也大惑不解，只有曾总表现得十分镇定，他的目光一直盯着我，耐人寻味。盯了一会儿之后，目光转向王、李二人，说道："皮队已谈过对这几件东西的看法了，你俩也发表一下高见吧。"

见曾总点将，姓李的便拿起放大镜，装模作样地看了一会儿，说道："皮队长到底是专家，说得头头是道。"接着，王大师也拿起放大镜，左瞧瞧右看看，又闭目沉思了一会儿，才说道："这几件东西，都是重量级文物，但是真是假，还不好判断。"

听完李王二位大师的意见，曾总不禁皱起了眉头，便将目光转向鬼谷子，说道："皮队的说法，好像跟鬼老的说法有些不一样，该怎么解释呢？"

此时，鬼谷子一张脸青一阵白一阵的，六神无主，已经傻眼了。过了好一阵，鬼谷子才缓过神来，吞吞吐吐道："这……这四件东西嘛，有两件是鬼货（盗墓所得），有两件是馆……馆子（博物馆或考古队）里流出来的，都是非常靠谱的货色，但如果二位老总觉得没把握，那就……不收了吧。"

听完鬼谷子的话，曾总脸色变得更加难看，沉声道："鬼谷子你什么意思，大老远的把老子叫过来，逗着玩吗！"接着，姚总将手中烟头往地毯上一扔，怒道："鬼谷子，你给老子听清楚了，如果你想坐地起价，或者成心放老子鸽子，可有得你好看！"

面对姚总的愤怒，鬼谷子反而恢复了镇定，只见他眼珠子一转，口气忽然变得生硬起来，"东西都在这里，价钱也还是原来的价钱，至于收不收，那是你们的事，我常贵宝岂敢强求，但如果二位不收，我也许还能卖个更好的价钱。"

曾总看一眼鬼谷子，又看我一眼，默然半晌，再将目光转向李王两位"大师"，问道："你俩再仔细看看，这几件东西究竟靠不靠谱？"

王大师便伸出手来，拿起两件玉器摸一摸，又对着灯光看一看，说道："依我看，玉质没啥问题，沁色也还自然，只是玉质有些偏新。"说完这句，又将目光转向我，"那在皮队看来，早期玉器中，有没有玉质保存完好犹如新玉的呢，比如这两件玉器？"

"一般来说，不太可能，"我本打算实话实说，但话一出口，看见鬼谷子冷汗直冒，忽然心软了，便临时改口："但如果玉器入葬时有丝绸等物包裹，周围又含大量水分且水土中矿物杂质少，则有可能会接近新玉，我曾见过一件龙山文化的三孔石铲，另外还有一柄良渚玉斧就属于这种情况。"说到这里，忽然有些挣扎，不由得又补充一句，"但这只是万里挑一的特例。"

听完我的话，王大师频频点头，又问道："那这两件青铜器呢，有没有跟它们皮色和锈色相似的真器物？"

“对不起，我现在还有急事，先走一步了。”此时，我心中泛起阵阵恶心，也顾不得鬼谷子的感受，向门口走去，出门时又丢下一句，“我已经说过自己的看法了，是真是假，你们自己判断，”说完，抽身便走。心想，经过这次“合作”，鬼谷子再也不会纠缠我了。

三个小时之后，接到鬼谷子电话：“皮老师，您今晚的表演简直太绝了，这招欲擒故纵之计，真是用得出神入化，连我这个老江湖，都佩服得五体投地，今儿真是开眼啦！”

听完鬼谷子的话，我以为他一定是气疯了，在诅咒我呢！

还没完，电话那头继续传来鬼谷子兴奋的声音，“四件东西，共成交一百二十万，除开成本二十万，按先前的约定，皮老师该分四成，加上之前借您的五万，一共该给皮老师四十五万，明天就把钱按上次的账号汇给你。”

稀里糊涂中，电话那头的鬼谷子还在喋喋不休，“皮老师怕是学过心理学吧，把土豪们的心思揣摩得如此准确……通常情况下，由卖方请来的掌眼人，只会打凑和，没想到皮老师却反其道而行之，故布疑阵，竟让他们以为我是奇货可居，约了更好的买主，非要拿下我的货，常贵宝今天算是长见识啦，哪天一定向皮老师讨教几招，您可不要有所保留啊！”

第二天，手机上传来短信通知，建行卡新入账 45 万。

看着短信，顿时哭笑不得——虽然猜到鬼谷子那几件东西的成交价可能远不止 120 万，但毕竟自己完全没有跟他合作的态度，还转弯抹角地提醒那两个买货的老板。无奈二人购货心切，想用较低的价钱买到“高端礼品”，深陷其中不能自拔，而我的一番苦心竟让别人误解，反而被坑。

但是鬼谷子的款已经汇过来，难不成还要给他退回去，即使退回去，我也是间接参与了这次兜售赝品的把戏，就是跳进黄河也洗不清。好在我离开的时候，再三告诫买货的人要自己判断真伪，并没有促成他们成交，如果是要找后账，也算是撇清了一些关系。

三桥天坑

鬼谷子走后，我开始做考察前的准备工作，购置了一些救生和探险用品，比如军用救生包、探险专用头盔、最新式的工兵铲、水下聚光灯、自充气橡皮船、GPS 定位仪。另外，还网购了一根电击棍，作防身之用。

第三天一早，开车上路。山城到黔隆的距离并不远，差不多三个小时就到了。

黔隆天坑又名“天生三桥”，是由连续的三个地缝相连而形成，实为天坑地缝合为一体，地缝的顶部，有三座巨型天生石桥相连接，故名“天生三桥”，分别为“天龙桥”“青龙桥”和“黑龙桥”。

单从规模体量而言，比不上夔城天坑地缝的壮观绵长。但其山势多变，地形奇特，碧水环绕却是另一番姿态。由停车场到天坑，已经修建了直落电梯。但我是来“考察”的，自然不能偷懒，带上几件必要的探险用具，步行下坑。

顺石梯盘绕而下，坑壁坚硬如铁，有杂草灌木点缀其间，石梯较宽阔的地方，有兜售山货和鲜花的当地人，以妇女儿童居多。我在一位老婆婆的地摊前蹲下来，问道：“婆婆，请问您是本地人吗？”

“是呢，祖祖辈辈都生活在这里。”

“这些地名都是老地名吗？”

“不是呢，是后来景区开发时才取的，”婆婆笑眯眯地答，顺手又递过来一个广柑，“老板吃个广柑吧，刚摘下来的，好甜呢。”

我接过广柑，递上五十元钱，又问道：“那这里原来叫啥子名字呢？”

“据老辈子说，这儿以前还叫过巴王谷来着，龙水峡也叫过白虎坳来着。”老婆婆很热心地回答，边说边从塑料袋里取钱找补。

我没接婆婆递来的零钱，说道：“不用找了，留给孙子买几本书吧。”

婆婆又从背篓中选出几个又大又红的广柑塞进我背包里，还一个劲儿地道谢，我便继续发问："那么这个地方曾住过一个巴国的国王咯？"

"只听说过地名叫过巴王谷，但是住没住过国王就不晓得啦。"

婆婆的回答一如我所料，夔城天坑曾经叫过"巴王洞"，而这里曾经叫过"巴王谷"，夔城地缝曾经叫"白虎涧"，而这里的地缝却叫"白虎坳"，名字竟然惊人的相似，由此判断，这一带肯定曾住过一个巴王，而且这个巴王，很有可能跟夔城之巴有关联。

告别婆婆，继续前行，不多会儿下到谷底，转过一道天然石门，就看见了张艺谋拍《满城尽带黄金甲》的外景地——那个赝品"古代客栈"。客栈使用老木头老物件修建并做旧，虽然还不到十年时间，看起来却有几百年的风尘，置身其间，仰望四周绝壁和盆子似的天空，确有一种危机四伏的诡异感觉。

坐在客栈石阶上，把刚买的广柑剥开来吃，忽然，一段曲调传入耳中，循声望去，原来是一个算命先生，手中拿着个签筒，边摇边唱——

花开柳叶叶儿大，
别人怕来我不怕，
驱熊猎豹降虫蛇，
东征西战争天下。
我和禹王跑过马，
还和纣王打过架，
牧野阵前起歌舞，
蚕丛鱼凫都拿下，
武王约我分江山，
我愿山野做老大，
偶尔出来开开眼，
闲来寻人算算卦。

听着这熟悉的曲调和歌词，我再一次被惊到。忍不住仔细打量这算命先生，只见他骨骼清奇，目光锐利，全身虽被厚衣包裹，但亦能感觉到其肌肉虬结，英气逼人。

那算命先生见我注目于他，开口便问："客人要算一卦吗？"

我随口应道："您这个卦是怎么个算法？"

算命先生答道："可测财运婚姻，也可算前世今生，看客人的兴趣了。"

听算命先生说可以测前世今生，我兴趣大增，答道："那就请先生替我算算前世今生吧。"

听完我的回答，算命先生微微一笑，答道："这个贫道最拿手了。"说完，便毫无顾忌地打量起我来，眼神中流露出诡谲之色。

我心想，这些个所谓算命先生大多巧舌如簧，是察言观色的高手，但要算出我的前世今生，恐怕也没那么容易。想到这里，我便故意板起个脸，冷冷说道："先别说大话，算了再说，但是不要净拣好听的说。"

算命先生答道："老板放心，我是实话实说，得罪的地方还请您原谅。"

我点点头，"那我就放心了。"

算命先生呵呵一笑，"您尽管放心，要是生辰八字没错，贫道就能算出个八九不离十，算准了，还望客人多打赏一点。"

我点点头，随后开始报自己的生辰八字，而那算命先生也不再看我，眯上眼睛，嘴里念念叨叨，掐指算了起来，过了一会儿，忽然睁开眼睛，脸泛红光，讶然道："客人是虎年虎月虎时生，八字大得很，前世可不是一般的人物。"

"怎么个说法？"

沉思片刻，算命先生答道："像这种生肖三重叠的八字，实在难得一见，照例说会有封王之命，只不过……"说到这里，算命先生又忍不住上下打量我一番，接着，又左顾右盼一番，身体前倾，以极低的声音说道："以命相推断，客人前世应该做过帝王一般的人物，只不过客人行的是虎命，并非龙命，所以呢……您的前世应该是一方霸主。"

我暗自心惊，但表面还是保持镇定，说道："才说了不要净拣好听的说，怎么您一出口，我的前世就成了一方霸主，接下来该不会说我是项羽投胎转世吧。"

听我挤兑他，算命先生并不在意，略作沉吟，答道：“贫道所说的这个霸主，比项羽早得多，至于说活动区域嘛，就在这方圆千里的范围。”

听到这里，我算是明白了，算命先生口中所说霸主，应该就是指廪君。可是，这个算命先生，又凭什么算出来的呢？老实讲，我对算命卜卦之类的事，一向是不怎么信的，可联想到近段时间的奇梦以及发生在我身上的一切，又令人不得不信。尽管如此，我还是怀疑这个算命先生的来历，心中忽然有种感觉，这个算命先生一定盯梢我好久了，由此看来，他很可能跟偷盗巴国神器的那三个人是一伙的。

想到这一层，我决定不再跟他绕弯子了，单刀直入道：“先生口中所说一方霸主，是否指的是廪君？”

算命先生似乎早料到我有此一问，不慌不忙答道：“我只说客人前世乃一方霸主，并没有指明就是廪君，客人想多了。”

算命先生回答时的语气虽然平淡，但当提到廪君二字之时，还是不由自主地流露出恭敬之态，由此便可判断，眼前这个算命先生，一定属于巴人后裔。想到这层，心中渐渐有了主意，于是趁热打铁道：“不瞒先生，我这次来黔隆，就是为了寻找两千多年前一支神秘消失的巴人，先生既然知道廪君，还请为我指点迷津。”

“客人真会说笑，”听完我的话，算命先生一愣，神色立马变得极不自然，踌躇半晌，又才答道：“那支巴人既已消失两千多年，客人还找他们干啥，又怎么找得到，再说了，朗朗乾坤之下，哪有什么迷津，客人莫非是读《桃花源记》读痴了。”

我笑了笑，答道：“据我所知，那支神秘消失的巴人，他们的后裔，应该就隐藏在这大山深处，另外，这次来黔隆，还有一个目的，就是为了找寻几个失踪的兄弟，敢问先生能不能帮我再算一卦，测测他们究竟去了什么地方，怎样才能找到他们？”

“这个，怎么算得出来，”听完我的话，算命先生连连摇头，“再说了，有人失踪了，应该报警才对，怎么反而来我这里占卦问卜，莫非他们来这里有啥不可告人的目的？”

被算命先生反将一军，有些出乎我的意料，知道自己今天遇到了对手，但我也不是吃素的，稍一琢磨，便有了主意，于是答道：“谈到来这里的目的，其实还有一个，就是寻找前段时间山城博物馆失窃的三件巴国神器，而我曾见过那三个人盗宝人，记得他们的相貌，难道您希望我把这些线索都提供给警方吗？”

我这段话，尽管只是连猜带蒙，还是惊着了算命先生，差不多过了五秒钟，算命先生才恢复了镇定，答道：“您说的这些个事情，跟我有啥子关系，我怎么越听越糊涂了。”

见算命先生装懵，我决定再将他一军，“我不仅认得那三个盗宝人，还知道他们也来了黔隆，躲进了大山中。”

“原来你不是来算命的，而是存心来捣乱的，”算命先生终于稳不住了，他的脸皮轻微抽动，眼神中流露出一丝不安，随后，他摇了摇头，叹了口气，“唉，现在这个世道，混口饭吃还真不容易，算我怕你啦，惹不起还躲得起吧。”

说完，卷起旗幡，揽起签筒，抽身而去。

看着算命先生远去的背影，忽然有些后悔，觉得自己操之过急，吓跑了算命先生，让我失去了追查巴国神器的宝贵机会，甚或是失去了追查罕宝一行下落的机会。

但是，与算命先生的短暂交锋，使我更加明确了自己的判断，在这一带，一定生活着一群巴人后裔，而那被盗的三件巴国神器，也一定与这群人有关。继续深挖下去，也许就会有更多线索浮出水面。而且我有预感，即使我不去找他们，他们也一定会来找我。

看看天色渐晚，便乘观光电梯返回，就在镇上找了家客栈住下。

洗完澡，躺在床上，闭目养神，渐渐，进入梦乡——

梦中的我，穿行在漆黑的溶洞中，走了很久很久，终于到达一个洞厅，洞厅里，聚集着一大群人，洞壁四周的石臼内，插着火把，在火把的闪烁照耀下，映射几个熟悉的面孔，有老巴王、新巴王，还有王后、祭司、罕宝、尕登吉、尕多日、丽雅和依噶等人，他们围坐在火塘前，神情肃穆。只见火塘里面，有一块羊胛骨，过了一会儿，胛骨爆裂，祭司突然将手指向丽雅。

接着，丽雅被几个武士押起来，开始扒衣服。尕登吉大惊失色，忙跪在祭司面前使劲磕头，祭司完全不予理睬，只顾念咒语，王后偷笑。而罕宝则呆坐在那里，两眼空洞无神。不一会儿，丽雅被扒光了衣服，绑起来抬上了木架。与此同时，四只白虎慢慢靠近。

丽雅拼命地挣扎着，但无济于事，她的眼神充满恐惧，无助地望着我，这才发现，眼前的丽雅忽然变成了覃婉丽，顿时大吃一惊。

然而此时的我，不仅挪不动步子，还发不出声音。眼看那白虎越走越近，绝望之中，突然听到轰轰隆隆的声音，随即，洞顶崩塌，大大小小的石块不停掉落，围在火塘边的人吓得四处逃散，但出口的通道太窄，人都挤在一起，谁也不让谁。

新老巴王都被巨石砸中，接着，祭司、罕宝、王后、尕登吉、尕多日、依噶以及覃婉丽都被巨石压在了下面。情急之中，我奋力一蹬，终于迈开了步子，几步跑到覃婉丽身前，去搬那压在她身上的石块，才发现覃婉丽又变成了艾曼纽。

洞顶的石块还在不停的掉下来，溶洞眼看就要完全坍塌。恰在此时，有一块巨石从上方落下，我来不及躲避，被压个正着，顿时感觉到头昏脑涨，不能呼吸。我拼命挣扎着，探出头来，两手往上奋力一推，那石块翻了过去。

起身时，发现盖在身上的被子被掀翻在地。

——原来是一个噩梦。

打开电灯，回忆刚才的梦境，竟然有所领悟——天生三桥原本就是一个巨大的溶洞，很可能就是巴人躲避秦军追杀的避难所。后来，天生三桥和夔城天坑地缝一样，也都坍塌了，那些逃难躲于洞中的巴人都被深深地埋在了地下！

想到这里，不觉一阵心酸。

随即，眼前又浮现出三个神秘人的身影，忽然觉得，或者溶洞垮塌时，并没有埋葬掉所有巴人，有一批人幸免于难，在这一带潜藏起来，一代代生息繁衍，依然把廪君奉为尊神，所以当得知巴国神器再现，这些巴人后裔便实施了盗宝计划。而那个算命先生，很可能就是他们的头儿。想到这里，我睡意全无，越来越觉得来对了地方。

正兴奋莫名之时，忽然停电，只好蒙头再睡。

第二天早晨，还没恢复供电。

出门的时候，听到店老板在发牢骚："这些狗日的偷儿，什么东西不可以偷，偏偏偷电线，害得这一带经常停电，咒他狗日的断子绝孙……"

在店老板骂骂咧咧声中，得知了事情的缘由——昨天深夜，附近电线杆上的电线和变压器被盗了，最近两年，已经连续发生了好几起同样的事。对此，我并没有特别在意，只把它看作是一次普通的偷窃事件，直到接下来听到的一段对话。

当时，我正在街上一面馆吃牛肉面，正吃着，忽见一警车于路边停下，接着，车内走出三个警察，直朝面馆走来。愣神之际，才发现警察并非奔我而来，而是来吃面的，等面的过程中，不停地抱怨。

警察甲先说道："真倒霉，从过年到现在，已经三十多天没睡个好觉了，瘦了十多斤，再这么熬下去，早晚得抑郁症。"

警察乙笑道："樊胖，你娃这个体型，瘦点正合适，说不定老婆更喜欢，只可怜竹竿哥，本来就瘦，这一个月下来，更名副其实啦！"

叫樊胖的警察冲警察乙翻了个白眼，"豌豆尖儿，你娃还有心思开玩笑，再破不了案子，哥几个就要被扣业绩奖咯。"

被称作竹竿哥的警察丙接着说道："扣业绩奖是小事，丢了饭碗才是大事，你难道没听说，市局那个，脾气爆得很，动不动就开除人。"

叫豌豆尖儿的警察随声应和道："是啊，负责前年那起失踪案的李队，就是因为迟迟破不了案，被撤了职，后来继任的向队，也被罚到老高山派出所去啦。"

樊胖摇摇头，叹口气接道："你说这偷电线的，他咋就掐得那么准，辛辛苦苦的蹲守大半夜，你稍一打盹，他就开干了。"

说到打盹，豌豆尖儿忍不住就打了个哈欠，接着，他便抽出两支烟，一支给竹竿哥，一支自己叼上，点燃后，才无精打采地说道："说来也奇怪，蹲守了好几个点，怎么刚好被割电线的地方，值守的人就睡着了。"

竹竿哥接着说道："更奇怪的是，照例睡觉也要留个睁眼的才对，怎么都迷糊了？"

乌鬼传说

“都迷糊了，那有可能中了迷香。”听三个警察谈论案情，不由得想起山城博物馆失窃案，忍不住就插了嘴，接着就觉得自己多事，赶紧住嘴。但话音刚落，三道目光便齐刷刷地朝我射来，我不得不把后面要说的话补上，“据说山城博物馆文物失窃，值班的人也是中了迷香。”

没想到我话一出口，竹竿哥却更加警觉，皱眉道：“那个案子是高度保密的，我们都不晓得，你又是怎么知道的？”

事已至此，我只得如实告知，“我当时在博物馆开学术会议，所以了解到一点情况。”

“经你这一提点，还真是有了启发，会不会……”竹竿哥陷入沉思，片刻之后，又喃喃自语道：“还有前年的两起失踪案，当事人也是在家里睡觉，就莫名其妙的失踪了，勘察时，也没有发现打斗绑架的痕迹，照你这么说，应该是中了迷香。”

樊胖接着说道：“最搞不懂的是，事后既没收到勒索电话，也没发现尸体，而且那两个工程师，一个刚参加工作，地皮都没踩熟，绑架他做啥子，真是搞不懂，至于说另一个，是出名的老好人，更排除了仇杀的可能性。”

听警察们谈到失踪案，我顿时来了兴趣，也顾不得避嫌，便问道：“请问失踪的两个人是干什么的？”

“这都是公开的秘密了，告诉你也没关系，”说到这里，三碗面已经端上来了，竹竿哥扔掉手中的香烟，吃一口面之后说道：“两个都是水电局的工程师，一个中年人，有老婆有孩子，家庭幸福和睦，完全没有理由出走，还有一个外地分来的大学生，刚工作三年，人也挺老实，还没找女朋友呢。”

听完竹竿哥的案情介绍，我忽然有所悟，忍不住说道：“有没有想过，失踪案可能与电线偷盗案有联系呢？”

樊胖一拍桌子，恍然大悟道：“有了，失踪的人正好是搞电力的，搞电力的偷电线和变压器也说得过去。”

豌豆尖儿瞥樊胖一眼，不屑道：“你娃想歪了吧，电力局待遇那么好，一年收入十几大万，会为了一点蝇头小利去做贼？”

“说得是，而且还东躲西藏从此不能见人，”樊胖露出困惑的表情，但还是不肯认输，“但水电工程师失踪与变压器被盗似乎有扯不清的关系呢！”

“你个瓜娃子，嘞个还是恁个不开窍哦！”豌豆尖儿摇摇头，叹口气，有点恨铁不成钢的意思，“作案动机都不成立，后面的分析都当是放屁。”

“但是，失踪的明明就是水电工程师嘛！”樊胖兀自不服，狠狠地吃了一口面，“而且还活不见人，死不见尸的！”

竹竿哥笑道：“你们两个的分析都有道理，但都缺乏说服力，依我看……”

我怕进一步交谈下去会惹祸上身，趁他们争论不休的当儿，赶紧溜了。

到了现在，对三件神器的下落，我其实已经不怎么关心了，唯一担心的是罕宝、龙格、扎格和纳莫的下落。一想到他们风餐露宿、饥不果腹的样子，心中便充满愧疚。特别是警察刚才谈到的失踪案，更使我多了一层担忧。

罕宝啊罕宝，你究竟在哪里？若你在外界有个三长两短，我于心何安！

思来想去，实在没有头绪，最后，我决定去一趟县志办，查找一些地方史料，看能不能搜寻到一点线索。

县志办算是政府中最清闲的部门，办公室里，只有一个人，五十多岁，矮矮胖胖的，头顶中央已经谢顶，此时，他正斜躺在沙发上，懒洋洋地看着报纸。

听见敲门声，那人立即放下报纸，一脸疑惑的看着我。待讲明来意后，他便满脸堆笑，又是让座又是倒茶的。接着，便说县志办是清水衙门，难得有个访客，而且是研究巴国史的，表达出强烈的交流欲望。

闲聊的过程中，又提到董老师，而这位向老师跟董老师也很熟，关系一下就近了。交谈之中，我将自己对早期巴史的一些看法一股脑儿倒出来，向老师听后不断点头称赞，说后生可畏。接着，他也谈了很多当地史料中关于巴人的记载和传说，讲到在明清时期，这里曾遍布老虎，另外，还特别提到，当地曾有“乌鬼”的传说。

“乌鬼以抢劫偷盗为生，居无定所，行如鬼魅。”向老师来了兴致，侃侃而谈，“有种说法，乌鬼就隐藏在深山峡谷的溶洞中，类似于传说中的野人；也有人说，他们是从坟墓中冒出来的，是饿鬼；还有人说，是从水里冒出来的，是水鬼。”

“那究竟有没有人见过这些乌鬼呢？”听着向老师的讲述，我兴奋莫名。

也许是很久没有跟人谈过这个话题了，也或许向老师就是个话痨，更主要的是，他把我当成了巴史专家，所以谈性大起，“据明清史志记载，宣德七年、正德三年、康熙二十六年、乾隆十五年、嘉庆十三年，当地官府都曾展开过大规模地搜捕行动，不仅动用了差捕，还动员了当地猎户，但漫山遍野地搜寻下来，却一无所获。”

听完向老师的话，我便想当然说道：“所谓乌鬼，有没有可能是早期巴人后裔，因为躲避战乱而转入到地下的隐秘生活状态，类似于野人传说。”

沉思片刻，向老师答道：“不是没有这种可能，自古以来，土家族就有祭乌鬼的传统，民间还有种说法，这些乌鬼，就是被秦军杀死的巴国贵族的鬼魂。”

我点点头，又问道：“听当地人讲，天生三桥原来的地名叫巴王谷，会不会这里曾经居住过一个巴国的国王？”

向老师小酌一口茶，答道：“关于天生三桥，史志上曾有过巴王谷和苗王坑两种名称的记载，但并没有充分的证据显示，那里曾居住过巴王或苗王。”

我接着问道：“当年秦灭巴国的时候，会不会有一部分巴人隐藏在深山峡谷中逃过了追杀，在那里传宗接代，一直到现在还有遗留，而这些人可能就是传说中的乌鬼，藏身于某个不为人知的地方？”

向老师摇头答道：“若说是明清以前，这一带地处偏僻，人迹罕至，倒还有这种可能，现在交通这么发达，最近又成了探险热地，国内外探险队来了不少，可以说是走遍了黔隆的山山水水，旮旮角角，哪还有能够躲人的地方？”

说完，向老师从书架顶上拿出一幅五万分之一的等高线地图，地图标示当地最高峰为仙女山主峰，海拔 2033 米，而三桥和龙水峡地缝最深处才不过 300 米，长度也不超过五公里，且全程都被考察过，断没有隐藏人群的可能。

接着，向老师突然想起一件事，说道：“听当地老渔民讲，民国初期，他们的长辈曾在乌江边发现过一具女尸，那女尸全身赤裸，头发是雪白的，身体也是雪白的，但裂开了很多道口子，更为奇特的是，她的脚丫子是连在一起的，像水禽的脚蹼，有人便说那就是死去的乌鬼女子，也有人说，那就是传说中的美人鱼。”

“有这样的事，这些事县志上有记载吗？”

“民国期间，兵荒马乱的，这一时期的县志最为凌乱，所以没有记载到这件事，当然，也可能是讹传。”

听完向老师的解答，眼前便浮现出夔城绝谷中巴人苍白透明的皮肤和面容，而他提到所谓的“美人鱼”，其实有可能是变种的古代巴人，因为长期生活在黑暗之中（也可能生活在暗河里），才变得与众不同。

想到这里，忍不住又问向老师最近都有哪些离奇的失踪事件，向老师照样一一解答，除警察讲到的那起失踪外，还讲起另一起失踪事件。

“五年前，还发生过一起很轰动的事件，当时，有两个英国人在乌江一带探险，也莫名其妙的失踪了，因为失踪的是外国人，政府非常重视，组织了大规模的搜寻活动，但几天下来，连个影子都没见着，当地人传言，说是那两个英国人是被乌鬼捕获吃掉了，这件事，当时传得特别神！”

“您相信这个说法吗？”我问道。

“鬼才会相信呢！”向老师连连摇头。

既然找不到线索，我决定去登一趟山顶，吹吹寒风，使自己清醒一些。

林海、奇峰、草场、雪原并称为仙女山四绝。因此仙女山亦被开发成了著名的5A级旅游景区，被称之为“南国第一牧原”和“东方瑞士”，其旖旎美艳的森林草原风光在山城独树一帜。

早春时节，山顶的皑皑白雪尚未完全融化，山峦与草场参差错落，茫茫林海点缀其间，松林顶部都披挂着一层白雪，勾画出一条条纵横交错的灰白色线条，在淡淡薄雾的遮盖下，像一幅大写的水墨画。放眼望去，有种时空错位的感觉，仿佛是到了北国。

一个人在山上转悠，头脑中不时浮现出三个神秘人和那算命先生的身影，不知不觉间，大半天已经过去，肚子咕噜噜叫起来。心想，像这样漫无目的地乱转，估计很难发现有价值的线索。不得已，又回到半山腰的镇上，到一家叫“黔隆鸡杂”的馆子吃饭。

此时已是下午三点，中饭高峰期已过，而晚饭还没有开始，几个伙计正围坐桌子吃饭，见我进来，一大妈起身招呼，并递过一张菜单。我随便点了几样，在隔壁桌子坐了，吩咐厨师不用着急，等吃完了再给我做菜不迟。

厨师很快吃完了饭，进去给我炒菜，趁等菜的工夫，与伙计们闲聊起来。

“请问，除了天生三桥和芙蓉洞外，仙女山附近还有深山峡谷和大溶洞吗？”

一伙计回答道：“在这附近，除了天生三桥就没得大峡谷了，溶洞倒是有几个，最大的就数芙蓉洞啦。”

这时，一中年大妈插嘴道：“去我老家撒，那儿也有一个天桥呢，还有好多溶洞，据说最长的一个洞有几十里。”

听大妈提到大溶洞，我便问道：“您老家在哪里，离这儿远吗？”

大妈边收拾桌子边回答道：“我老家在土地乡犀牛寨，离这儿不远，但路不大好走。”

我问道：“那儿有深山峡谷吗？”

大妈答道：“听我老汉儿讲，犀牛寨后山深处有一个绝谷，他小时候跟爷爷打猎去过，险得很。”

我又问道：“那地方有考察队去过吗？”

大妈连连摇头，“那片儿都是原始森林，又没得矿，去考察它做啥子？”

我再问道：“有人下到过谷底去吗？”

大妈答道：“里面有狗熊、豹子和大蛇，还有人说里面住得有野人呢，谁吃饱了撑的，要去那里冒险？”

听大妈说峡谷里有狗熊、豹子和大蛇，我兴趣大增，接着问道：“有老虎吗？”

“听说解放前还有好多，现在肯定是没得啰。”说到这里，大妈忽然打住，皱眉道：“你净问这些干啥子哟，莫不是想下去偷猎？”

“只是感兴趣而已，我是搞动植物研究的。”我微微一笑，巧妙遮掩过去。

“噢，那些地方，最好不去，要不又会出失踪事件啦。”大妈嘀咕道。

闲聊中，菜上来了，一份泡椒鸡杂，一份高山腊肉，一份麻婆豆腐，一份松茸汤。不多会儿，居然被我吃光了，还下去两碗米饭。

起身的时候，只觉肚子胀得厉害，不得已，便顶着阵阵寒意，一个人在镇上漫无目的地闲逛起来。

走着走着，忽然觉得身后有人跟踪，不由得加快了步伐。

尾随之人似乎发现我有所察觉，但并不避嫌，也快步跟了上来，瞧那身形，竟然有几分眼熟，脑海中迅速闪过一个人影，难道是他？

瞥眼之中，忽然又觉得不对劲儿，因为从尾随之人的衣着打扮来看，与我想象中那人相去甚远。

既然不是他，那会是谁呢？

难道是三个警察中的一个，因为上午的一番对话和悄悄地溜走，因而怀疑上了我，把我看成了盗窃嫌疑犯或者绑架嫌疑犯？

如果是这样，我大可不必紧张，干脆迎上去，给他们解释一下。想到这里，我放慢了步伐，待尾随之人走近的时候，忽然转身，迎了上去。

那人见我走近，也不躲闪，反而快步向前，愣神之中，他已抓住我胳膊，口中叫道：“神使大人，真的是您！”

“扎格！”

没错，是扎格，穿一身迷彩服的扎格，鼻梁上架着一副墨镜的扎格！

在我的想象中，出走之后的罕宝、龙格、纳莫和扎格，一定是穿着破衣烂衫，住桥洞和废弃的工棚，吃腐烂的水果和过期的食品，满身酸臭，可现在……

“扎格，你怎么变成这个样子了！”

“大人以为小人应该是什么样子？”

“嗯，你现在这个样子有些出乎我的意料，”看着扎格的滑稽打扮和滑稽表情，听着扎格夹生不熟的普通话，心情顿时放松不少，但此时此刻，我还是忍不住要责备他几句，“扎格，你们搞什么名堂，为什么不经过我允许就擅自离家！”

“神使大人……”

我心中着急，没待他说完，便紧接着说道：“罕宝、龙格和纳莫呢，快带我去见他们。”

“神使大人……公子他……”

见扎格吞吞吐吐欲言又止，我心中立即升起一种不祥的预感，情急之中，不由得加重了语气，“怎么，罕宝没跟你们在一起！”

扎格嗫嚅道：“只有小人……和纳莫……公子和龙格不见了，可能是……”

说到这里，扎格便要下跪，我赶紧将他一把拽住，沉声道：“在外界，千万不要称呼大人、公子什么的，更不可随便下跪——至于罕宝的事，我们待会儿再说。”

扎格闻言，不再说话，随我来到客栈，进入房间后才迫不及待地问道：“大……皮老师，您怎么会在这里？”

“当然是来找你们！”听说罕宝和龙格不见了，我十分气恼，忍不住又开始责备扎格，“你们是怎么搞的，如果一定走，至少得给我打个招呼才对呀！”

“大……皮老师，小人有罪，没保护好公子。”扎格面带愧色，神情沮丧，“出走之后，公子也觉得不妥，曾命小人和纳莫回去禀知大人，但等了三天，也没见大人回家，小人和纳莫担心公子，就又回到这里。”

听完扎格的话，我不由得摇头苦笑：“我到巴国去了，你们怎么等得到。”

而扎格听完我的回答，则是一脸惊愕，“怎么大人还敢回巴国，难道您不怕祭司……还有，巴国现在怎么样了？”

“巴国的事情以后再说，”此时，我挂念着罕宝的安危，真是心急如焚，哪有心思回答扎格的问题，“现在，你先告诉我罕宝和龙格是怎么回事？”

还没等我反应过来，扎格已扑倒在地，哭丧着脸答道：“小人和纳莫从山城回来，就……就再也找不到公子和龙格了。”

我后背直冒冷汗，口中喃喃道：“罕宝和龙格，会不会被人绑架了？”

扎格抬头答道：“大人说得是，我们到这儿后，总觉得有人跟踪，那些人一定是趁小人和纳莫不在时，绑走了公子和龙格。”

听完扎格的回答，脑海中立即浮现出那三个神秘人和算命先生的身影，心想，一定是他们干的。但罕宝为什么出走并且来到黔隆，对我来说则有些不解，便又问扎格：“你们来这里，想干什么？”

“公子想追回神琮和权杖。”

“神琮和权杖，罕宝要那东西干什么？”

“公子说，如果拥有神琮和权杖，就可以号令巴国的贵族和人民，剥夺祭司的权力，让巴国过上外界一样的生活。”

听完扎格的回答，我顿时哑然无语。

在一个遗弃的工棚里，我见到了纳莫，也穿一件迷彩服，鼻梁上也架了副墨镜。看见我进来，激动万分，土语和夹生普通话交织着说个不停，待他兴奋得差不多了，领他俩到商场买了些衣服和糕点饮料，带回客栈房间。

看着扎格和纳莫狼吞虎咽的样子，联想到罕宝和龙格不知在哪里受罪，心头又一阵心酸，又忍不住埋怨起扎格和纳莫来，“怎么走之前也不打个电话，还一直不开手机，难道是故意要躲我？”

纳莫苦笑道：“都怪龙格把手机带进茅厕玩，又不慎把它掉进屎盆子里，捞起来洗干净后，就再也打不通了，所以……”

看着摘下墨镜后留下两个白眼圈的扎格和纳莫，我忍不住想笑，只觉得跟这些没见过世面的古代人在一起，就像带小孩一样，煞费工夫不说，还指不定会闹出什么事儿来。

第二天清晨，扎格和纳莫早已起床，还用我送给他们的剃须刀刮了胡子，又一起来到镇上吃早点，吃完早点，再回到客栈收拾行装，接着，驾乘牧马人上路。

高山之晨，空气中弥漫着一层水雾，寒气逼人。地上的水坑还结着一层薄薄的冰，山崖上也挂着冰凌，街上一个行人都没有，忽然又有了穿越的感觉。

设定好导航，启动空调，关闭车窗，开着牧马人，载着扎格和纳莫向犀牛寨进发。一路山高路陡，凹凸不平，路面上洒落着黑色的煤渣，布满了大大小小的陷坑，但这些对牧马人并没形成多大障碍。

汽车在大山中穿行，一路颠簸前行，翻一座山往往要绕几十个弯，导航指令基本处于混乱状态，后来干脆不开腔了。好在只有这一条路，便顺着大路往前开。两个小时后，迎面是一道高高的山梁，翻过山梁，一个氤氲之中的寨子出现在脚下。

樊老板父子

这是一个隐蔽在群山环抱中的古村落，一座座类似于土家吊脚楼和苗楼风格的民居散落在山坡田野间，几缕炊烟从瓦顶上冒出来，融入薄薄的晨雾中，偶尔听见几声鸡鸣，几声狗吠，然后又沉寂下来，营造出一种与世无争的静寂。

然而，在半山腰的小平坝上，却兀立着一栋十分扎眼的楼房，瓷砖做外墙，琉璃瓦做屋顶和翘檐，与周围的苍老古朴极不搭调。

下到山脚，还是看见了早起的人。田坎边，一个乡民正在掏水沟，打个招呼之后，便问他去后山的路，乡民告之，顺着这条路走，只能通往煤场，至于说去后山绝谷，得走寨子后面的小路，过鹰嘴岩和一个垭口，再翻过一道陡峭的山梁就是了。

闻言，我将牧马人停在寨子里，选了些探险设备，开始步行上山。临走之时，好奇心又起，便问掏沟的乡民："请问山坡上那栋楼房，是村公所吗？"

乡民答道："村公所哪有钱修那么漂亮的房子，是煤场樊老板家的。"

我心想，既然是煤炭老板的房子，修成这个样子，也没什么话说了，只是这老板也够自私的，只修了自己门前的路，怎么不出钱把这条烂路也修整修整。

继续上路，走了大概几百米后，山道开始变得越来越窄，坡道湿滑，稍不留心便要摔跤。于是，不得不放慢脚步，手脚并用地行走。又走一段之后，扎格忽然说道，今天这条路，就是上次跟踪那三个神秘人所走的路线。

说话间，扎格已走在前面带路，大约一个小时后，翻过鹰嘴岩，出现一个垭口，垭口对面，又是一道高高的山梁，横过垭口，歇歇脚，才开始攀登对面的山梁。

山坡上去的路更陡更窄，且有灌木荆棘丛生，差不多又走了一个多小时，才登上山梁。而这个时候，天已经大亮了，雾霭随之散去，一道绝谷亘立眼前，绝谷深处，是莽莽苍苍的原始森林。

山崖陡峭，艰险难攀，所幸的是，灌木杂草掩映中，竟有一条羊肠小道往下延伸。我在山崖上打了一个扣环，拴上长绳，然后才依次而下。大约行进了五十米左右，到达一棵悬松，路断了。

悬松之下，有几个凹坑，扎格便利用这凹坑落脚，摸索下行，不多会儿，脸上露出兴奋的神色，口中喊道："下面有个洞子呢！"

来到扎格落脚处，拨开灌木与杂草，果然看见一个洞口。洞口虽小，里面却很宽阔。安全起见，我拿出了电击棍。走不多远，眼前出现上中下三个岔洞，便按照老外们探洞的方式，选择了朝下的路线。越往下走，道路越湿滑。再走一段，听见了哗哗的水声，一道暗河出现在眼前，用探杆测了测水深，漫过人头，便歇下来，点燃汽灯，从背包上取下橡皮船，启动自冲阀，不一会儿，橡皮船鼓了起来。

这是一种小型旅游橡皮船，能坐两个人，便吩咐纳莫原地等候，我和扎格前去探路，以手代桨，朝暗河深处划去。

暗河水冰冷刺骨，多划一会儿，手便有些发僵，便索性收手，让橡皮船漂流而行。又前行了几百米，水流突然湍急起来，橡皮船下滑的速度越来越快。随后，耳边响起轰隆隆的声音，这声音与魔鬼洞的间歇潮有些相似，心中不免发毛。

回头望去，只见黑咕隆咚的一片，并没有白色的浪潮，心中稍定。但过不多久，头盔上的汽灯忽然熄灭，接着，胸口开始发闷，心想，再这么放任下去，恐怕自己和扎格就有去无回了。惊慌之中，赶紧掉头往回划，但橡皮船被激流所阻，不进反退。

绝望中，将电筒一阵乱扫，只见水面越来越宽，水流到前方三十米左右忽然断裂，猛然间惊醒过来——那轰隆隆的声音，并不是间歇潮发出的，而是瀑布的激荡声。

此时，心中又闪现出一个念头——如果任由橡皮船顺水而下，会不会跟龙桥暗湖一个结果，水流的尽头就是谷底，里面还隐藏着一群古代巴人！

我抑制不住这种冲动，停止了无谓的划水，任由橡皮船加速朝下冲去。

但是，这个念头只是闪现了一瞬，就被自己的想法吓到——这条路线，绝对不是谷中之人的出口，如果它的尽头不是谷底而是一个更深的暗湖，那岂不被活活地闷死。这儿不仅水流湍急，而且氧气稀薄，人根本不可能沿这条路径逆流而上。

不行，得回到原地，寻找其他的路径。

但眼前的问题是——怎样从困境中脱身！

水流越来越急，冲击着橡皮船飞速向前，轰鸣声越来越响，说明已接近瀑布了，若是掉下瀑布，就真的没救了。

就在我陷入绝望打算放弃努力的时候，突然出现了转机，只见前方不远处，水道中央，竟然耸立着一根粗大的石柱，像一个桥墩，将河水分成两道。望着这根石柱，立即有了主意，便吩咐扎格，待橡皮船靠近石柱时，弃船抱柱。

转眼间，橡皮船已临近石柱，我口中大喊一声“跳”，随即腾身而起，张开双臂，扑向石柱。扎格也同时起跳，抱住了石柱。

石柱下还有一片台地，落脚于台地上，河水刚好漫过膝盖。惊魂稍定，从腰袋中拔出电筒朝岸边射去，惊喜的发现，岸边有几根石笋，其中一根约两米高，恰似一船缆柱。

天不绝我也！

接下来，我从背上取下绳索，在绳索一端打个活结套圈，双腿叉开，后背使劲抵住柱子，将绳圈扔了出去。

一次、两次、三次，还是没有套上石笋。

这个时候，扎格发话了，“大人，让小人试试看。”

闻言，我便将手中绳子递给扎格，随后又将电筒光照射在石柱上。扎格接过绳子，在离绳圈较近的位置打了几个绳结，随后手一扬，那绳圈便像长了眼睛似的，套住了石笋，随后，又轻抖几下，绳圈便滑落到石柱根部。

此时，扎格转过身来，笑道：“大人忘了，小人可是猎户。”随后，他将绳子在身上绕了一圈，右手在前，左手在后，身体斜倾，紧靠石柱，接着说道：“大人先过，小人在这里为大人拉绳子。”

见扎格已经做好了准备，我没有谦让，伸手抓住绳子，迈开脚步，朝岸边走去。离开脚下的台地，河水渐渐变深，越来越难以立足。而此时手已冻僵，难以抓牢绳子，情急之中，干脆口手并用，大约五分钟之后，到达岸边台地。

待我上岸后，扎格先围绕石柱走了一圈，将绳子绑在了石柱上，随后，双手抓紧绳子，身体倒吊起来，手脚并用交替前移，若一只灵猴般，几下就到了岸边。

接下来，脚踩着岸边的台地，手摸着岩石，沿着洞壁，开始往回走，走不多远，台地消失，但此处的水流，已变得平缓。便又下到冰冷的水里，奋力往回游，也不知游了多久，终于回到出发点，顾不得跟纳莫说话，瘫在地上一个劲儿地喘气。

就这么躺着，贪婪地呼吸，仿佛世间的空气即将耗光，仰望着黑咕隆咚的洞穴，为拥有丰富的空气感到幸运，为自己又一次脱险感到庆幸。

躺了一会儿，才站起身来，顺原路返回，来到三岔路口，再从居中的岔洞进入，继续寻找通往谷底的路径。纳莫自告奋勇打头阵，我居中，扎格殿后。

这一条路虽然狭窄，但比较平缓，最令人震惊的是，随处可见人工开凿过的痕迹。很显然，这洞子里曾经有人来过，而且为了通行的方便，对洞子进行了简单的打理，但令人疑惑的是，洞子里没有发现硝坑，也没有人生活过的痕迹。

见此情形，我心中反而无比激动，因这间接证明了，这只是一条通道。循着这条通道，也许就可以发现迷津。想到这层，心脏不由得怦怦直跳，便在洞子里仔细搜寻起来，然而又折腾了一个多小时，并没有发现什么可疑点。只得稍歇，从背包里拿出糕点饮料，补充些能量再探。

吃完糕点，继续前行，不多会儿，来到一个洞厅，摸索了一阵，找不到有通往更深处的路径。又拿电筒四处扫射一番，还是没有找到迷津。

这个时候，头盔上的汽灯忽然闪烁起来，不一会儿就灭了，而刚才探暗河又丢失了一只电筒，此时的我，虽然心有不甘，但面对如此错综复杂的洞穴，也不敢摸黑冒进，想了想，决定撤离，明天再来探洞。

回到洞口，望着悬崖下莽莽苍苍的原始森林，心中一片茫然。

拖着疲惫的身体，踏上返回之路。

常言道："上坡容易下坡难"，从陡峭的山梁上往下走绝非易事，加之山路湿滑，荆棘遍布，刚才探洞又耗费了太多体力，此时此刻，只觉得两腿灌铅似的沉重，加之浑身湿透，山风吹来，刺骨的冷。

走了一段，纳莫忽然向我示警，说背后有人跟踪，我便趁拉扯荆棘挂住的衣服时转头回望，却并没有发现什么人，只看到山顶上两棵树在迎风摇摆。

到达垭口后，天色向晚，雾气开始蒸腾弥漫，山风吹来，树影摇曳，黑暗中响起十分诡异的声音，令这空寂的山谷更显阴森恐怖，哪里还敢久留，只得加快步伐。

回到寨子，已是夜深。

眼瞅着整个村子里一片黑灯瞎火，只有山坡上的小洋楼有灯光，忽然心血来潮，决定去会会里面的主人。

临近坝子的时候，听到一阵狗吠，接着，就蹿出两条狼狗，张牙舞爪地猛扑而来。我赶紧停住脚步，去摸袋子中的电击棍。然而，那大狼狗却停在离我们几米远处转圈，高声猛吠，再不向前。仔细一看，原来两条狗脖子上都套着链子。

狗吠声中，小洋楼房门打开，一道强光迎面射来，亮瞎了眼睛。接着，走出一个中年胖子，喝止住狗吠，嘴里叫嚷道："你们是从哪儿冒出来的，事先也不打个招呼，被狗咬了唧个办？"

我用手遮挡住那探照灯似的强光，答道："我们是来这里做旅游考察的，车子出了点问题，不能回城了，可不可以在您家借宿一晚，弄点吃的。"

那胖子并不作答，只用眼光上下扫视我们几个，随即，又拿着电筒射放地上的背包，过了一会儿，才说道："都是些穷山恶水，有啥子好旅游的，你们这些城里人，硬是撑饱了没事干。"

面对胖子的无礼，我没有发作，厚着脸皮说道："不好意思，这么晚来打搅您，如果不能落宿，吃顿饭也行，我们会加倍付钱的。"

那胖子听了，冷冷答道："谁稀罕你的钱啦，今儿我家堂客不在，没得人弄吃的，你几个还是去别处吧。"

正进退两难时，屋子里出来个青年，走到胖子身旁，凑近他耳朵嘀咕一阵，那胖子就和悦了脸色，眨眼间，又挤出一丝笑容来，随即说道："跟各位开个玩笑，既然来了，就进来坐坐吧，我儿子喜欢旅游，说有问题讨教。"

那胖子态度突然来个一百八十度转弯，令我丈二和尚摸不着头脑，正纳闷时，那青年已走到我面前，伸出手来提放在地下的设备包，我连忙抢过设备包，自己提了，随青年进屋，客厅入座。不多会儿，一老妈子端出三杯茶来放在茶几上，然后退到一边，樊老板则推开另一扇虚掩的门，开门的一瞬间，瞥见一瘦小的身影一闪而过。

我装作没看见，低头喝茶，这时，青年在我旁边坐下，问道："老师去哪儿旅游啦，一身湿漉漉的？”随后，又拉过一个电暖炉，“用这炉子烤一下吧，待会儿樊婆婆给你们下碗鸡蛋面吃。”

面对热炉，又听见青年暖心的话，心中的疙瘩很快就散了。凝目望去，眼前这个山村里的富二代，身材瘦削，举止优雅，与其肥胖粗俗的老爸相比，真是天差地远，便不由自主问道：“看你的年龄，应该还在读大学吧？”

青年摇了摇头，没有吭声，我便继续问道：“看起来你爸很疼爱你的，怎么不让你读大学，这实在……”

还没等我说完，青年便以一种不耐烦的表情打断：“是的，老爸很爱我，但这跟读不读大学没啥关系。”

我之所以这么说，是觉得这青年机灵，学习成绩一定不错，应该是个大学生，可没想到一提到读大学，青年刚刚还笑意盈盈的脸忽然僵住。这不能不勾起我的好奇心，也不管他高兴不高兴，又继续劝说道：“你这么聪明，不读大学太可惜了！”

沉默片刻，青年答道：“我的未来，早被别人安排了，读不读大学，又有什么两样。”

“被别人安排了？”

见我露出困惑的表情，青年又冷冷说道：“老爸说了，煤矿早晚会交给我来管，所以即使读了大学，也还是回来当个煤老板。”

听完青年的回答，虽然心有疑虑，但仔细一想，有些人虽然看起来聪明伶俐，情商很高，却不一定就是读书的料。而这青年家境优渥，自然娇生惯养，贪玩好耍，考不上大学实属正常，我若一味开导他读大学的重要性，恐怕反而戳到他的痛处，自讨没趣。

正考虑该如何挽回冷场，青年又说话了，“听老师讲你们是来犀牛寨做旅游考察的，可您真觉得这个穷地方有开发价值吗？”

见青年忽然转移话题，我便确定了自己的判断，于是，便不再纠缠该不该读大学的事，直接回答青年的疑问，“犀牛寨虽然地处偏僻，但它有山有水，奇峰怪石迭出，溪流溶洞遍布，加之森林覆盖面积广，负氧离子充沛，离国家 5A 景区仙女山和天生三桥又近，而且还拥有独特的古村落遗存，开发出来，可以分流那里的客人，是夏季避暑和休闲度假的理想目的地。”

沉思片刻，青年摇头说道：“可是在我看来，这个地方如果被开发为旅游景区，大批游客到来，会破坏这里的生态平衡，影响村民们安静的生活环境，不见得是好事，所以，我和老爸对此都持反对意见。”

听青年一席话，顿时明白樊老板为何不待见我们了，撒什么谎不好，偏偏说自己是搞旅游开发的，却错怪了他老爸。想到这里，只得敷衍道：“我们也是受委托，来这里做个前期考察，至于说能否启动旅游开发，还得看招商引资的情况。”

交谈之中，老妈子已经端来了面条，与此同时，樊老板也回到了客厅，满脸堆笑，与之前的冷漠相比，简直判若两人。

吃完面条，樊老板竟然主动跟我攀谈起来，话题直奔犀牛寨的旅游开发。我还以为他突然开窍了，发现了旅游开发中的商机，便不管不顾地大肆鼓吹旅游开发的好处，说现在民俗旅游特别火，如果家里有闲钱，不妨收购几套民房，改造成民俗野奢旅馆，一定大有可为。可我越吹得起劲，樊老板的眉头也皱得越紧，当我谈到犀牛寨最值得开发的除了古村落还有溶洞时，他的脸色已经变得十分难看。

正当我为自己的后知后觉懊恼不已，以为樊老板要赶我走时，他却做出了完全出乎我意料的决定——要求我们留宿。

瓮中捉鳖

樊老板没有任何征兆的大转变，实在让人有些摸不着头脑，但他越是这么热情主动，我越是感到不安。因为就算是瞎子都看得出来，樊老板内心其实是不待见我的，可奇怪的是，他不但不赶我走，反而要求我们留宿，是何道理？

也许原因只有一个，就是趁我们酣睡之际，拿下我们。

此时此刻，我忽然有种感觉，里屋那一晃而过的身影，并不是樊老板的老婆，而是三个神秘人中的一个，或许就是会施放迷烟的那个。

想到这里，我全身直冒冷汗，赶紧谢绝了樊老板的美意，招呼扎格和纳莫准备打道回府。扎格和纳莫尽管已经相当困顿，对我的出尔反尔表现出不理解，但他们还是唯命是从，背上行囊，跟我一起离开了樊老板家。

回去的路上，发现有车跟在后面，凭直觉就知道是一辆普拉多。据此便可判定，蛇已经出洞了。

回到客栈，已是深夜一点。虽然困得不行，但我还是多了个心眼，让扎格和纳莫先回房间，自己则躲在大厅一角落藏身。五分钟之后，两个熟悉的身影进入客栈大堂，左顾右盼一番之后，来到客栈前台，向前台小姐出示了一下证件，似在询问我们所住房间，确认之后，又匆匆离去。

眼见两人如此举动，我不禁有点犯迷糊——莫非这两个家伙是警察，为追踪山城博物馆文物失窃案而来，因我曾当着三个警察提到过博物馆窃案。可仔细一想又不对，刚才那两人，明明就是山城博物馆特展时跟在我身后的那两个，绝不会是警察。

而如果不是警察，就应该是盗宝人，至于说为什么会跟踪我，莫非真是为了实施绑架？从刚才那两个家伙的举动来看，这批人不可小视，他们不仅对外界相当熟悉，还具有高超的侦查与反侦查意识。现在，既已打听到我们的房间号，或者今晚就会实施绑架。

而这，正是我想要的结果！

回到房间，见扎格和纳莫已倒在床上呼呼大睡，看样子确实累坏了，虽然有些不忍心，但还得把他俩弄醒，并告诉他俩今晚有客人来访。接着，从行李箱中拿出三个氧气瓶，接上氧气面罩，教会扎格和纳莫使用方法，然后关灯上床。

大约过了十分钟，窗外传来悉悉索索的声音，随后，一根管子伸进窗缝，管子中冒出一股白烟，三分钟后，窗户被拉开，两个人影翻窗而入，径直走到床前，伸手撩被。

被子揭开的瞬间，我将电击棍挥了出去，一声闷哼，离我最近的那个家伙应声倒地。与此同时，扎格和纳莫也一跃而起，朝另一人扑去。那家伙见势不妙，腾身就往窗户蹿去，但还是慢了点，被扎格一个虎扑抱住双腿，纳莫又飞起一脚，那家伙也被踢趴在地上。

接着，扎格腾出手来，将倒地的两个家伙一起绑了。

随即，我赶紧打开窗户，开窗时，只见窗下两人正翘首以盼，见探出头来的并非同伴，顿觉不妙，撒腿就跑。

回到床边，仔细审视这两个不速之客，一人阔额方面，小眼塌鼻，一人窄脸突颧，獐头鼠目，长得极似电视剧中“鼓上蚤时迁”，他的腰上，挂着个皮囊，皮囊中，插着一根吹管。而这个家伙，就是扎格所说的盗宝人。

随后，我将那瘦子提起来绑在椅子上，拿出电击棍，按住开关，电击端便响起“噼里啪啦”的声音，随后，又将冒着电火花的电击棍在他眼前晃了晃，说道：“听好了，我问一句你答一句，若是不老实回答，就要受些苦啦。”

那瘦子昂着头，瞪着眼，大有一种视死如归的气概，即使刑讯逼供，恐怕也问不出个结果，便临时改变策略，以土语说道：“我知道你俩是巴人后代，还知道你俩偷了巴国神器，藏到了犀牛寨后山绝壁下那个洞子里，如果你再不开口，我就带警察去搜那个山洞。”

听完我这句话，瘦子大惊失色，颤声道：“难道你是警察？”

没待我回答，扎格插嘴道：“什么警察，站在你面前这位大人，是廪君使者。”

瘦子又问道：“您果真是廪君使者？”问完，瘦子便意识到自己犯了个严重的错误，赶紧打住，忍不住看了眼身旁的同伴，而其同伴此时已面如土色，全身发抖。见此情形，我心中更加笃定，趁热打铁道：“如果我不是廪君使者，又怎会知道权杖和神琮的功用，如果没有廪君的启示，我又怎会知道你们的藏身之处。”

至此，俩人已彻底缴械投降，犹豫片刻后，瘦子嗫嚅道：“即使您真是神使大人，但小人们也不会回答任何问题，一切还得大探事作主。”

瘦子虽然拒绝回答问题，但从他的话中我已得到自己想知道的答案，于是，我没有强求，淡淡说道：“如果我没有猜错，那算命先生便是你们的大探事吧？”

瘦子没有吭声，但他的表情已验证了我的猜测，便说道："那就麻烦二位与我们一起，静候大探事光临吧。"

说完，将二人绑在床柱上，躺下继续睡觉。

一大早，就响起了敲门声，先三下后两下再一下。等了一会儿，敲门声再次响起，重复着刚才的节奏，这时，瘦子忍不住开口说道："是探事大人来了。"

于是，我手握电击棍，走向了门边，开门的同时，迅速闪身于门后。随后，一个熟悉的身影走了进来，正如我所料，是那算命先生。进门的时候，先看见了绑在床脚的两人，不禁皱了皱眉头，接着，他转过头来，看见了手握电击棍的我，不觉尴尬道："神使机智过人，在下佩服！"

见算命先生一人前来，手中也没有武器，我才收起电击棍，回之以标准巴礼，口中答道："见笑了，要说机智过人，怎敌得过大探事。"

"惭愧，"见我以巴人之礼致意，大探事脸上流露出一种不易觉察的笑意，也躬身提肘回之以礼："能再见廪君神使，是敝使的荣幸。"说完，目光不由自主地瞥向地上二人。

见此，我便吩咐扎格和纳莫给二人松绑，松完绑，两人立即扑倒在大探事脚下，扣头如捣蒜："恳请探事大人宽恕小人们疏忽！"

"没出息的东西，这点事都办不好，"此时，大探事狠狠盯着二人，目光极其严峻，"幸好遇到的是神使，要是警察，我可就没机会替你俩求情啦，再说，你俩得罪了神使，要求情，也得向神使大人求情才对。"

话音刚落，两人又一个劲儿地朝我叩头，口中说道："请神使大人饶恕小人罪过，以后再也不敢冒犯大人了。"

我伸手扶起二人，说道："你俩只是奉命行事，谈不上什么冒犯不冒犯的。再说，吃亏的是你们又不是我，何罪之有。"说完这句，我便将目光转向大探事，切入正题，"现在，您可以告诉我那失踪的两位兄弟的下落了吧？"

大探事露出尴尬的神色，沉吟半晌，答道："神使大人放心，他们在巴国得到了很好的照顾。"

听完大探事的话，我心中暗自吃惊，本以为这个所谓大探事，只是一个秘密组织自封的名号，而这个组织，也只不过是一小撮人。然而，大探事却明明白白的告诉我，这里也有一个巴国。

如果是黔隆也有一个巴国，那么他们会藏身何处，会是怎样一种状态？

接下来，在谈到何时进入巴国觐见巴王，大探事露出为难之色，说道："邀请神使访问巴国，正是敝使此行的目的，但巴国有巴国的规矩，所以这次觐见，需要神使以及两位下属蒙住眼睛才行，当然，如果神使大人有所顾虑，也可以取消这次觐见。"

大探事的要求，果如我所料，虽然有些强人所难，但见他面相和善，又口口声声称我为神使，便决定冒险一试，于是答道："就按探事大人说的办。"

"神使大人如此爽快，那事情就好办了。"

事不宜迟，说走就走，在大探事的安排下，一行五人登上一辆停在路边的中巴车，大探事坐副驾，我和纳莫坐了司机后面的座位，扎格和果耐坐后排。落定之后，即开车出发，当汽车拐入一条小路之后，大探事拿出了面罩。

面罩很深，从头顶一直套到脖颈，只口鼻处打了几个小孔。我没有多想，先叫扎格和纳莫戴上，接着，自己也把面罩套住了头。随后，汽车开始不停的绕圈，过了一阵才又回到直路，走一段直路之后，又开始绕来绕去，感觉是上了盘山公路，又过了一阵，路面变得颠簸起来，凭直觉，是那条去犀牛寨的烂路。

一路上，大探事问起了夔城巴国的情况，我一一据实回答，但有意隐瞒了入谷的经过，至于说祭司和王后的矛盾，大探事没有问及，我也没有提及，当然，也就更不会主动去讲述之后发生的动乱。

最后，大探事感叹道，想当年诸侯混战，群雄争霸，但都逃不过灭亡的命运，唯巴国以独特的方式得以幸存，实在是天大的奇迹。所以保守巴国秘密，维持巴国现状，使廪君的血脉延续千秋万代，就是当前头等大事。为达此目的，即使封闭落后一些，抑或是做出某些牺牲，也都是值得的。

我不太明白大探事在这个时候讲这种话是什么意思，但心中隐隐泛起某种不安——如果大探事根本不是要带我去觐见巴王，而是要把我们带到一个隐蔽的地方悄悄处理掉，那可就麻烦了。

想到这里，忽然有些后悔，便伸手去扯面罩，无奈全身酸软无力，手已经抬不起来了，待要呼叫扎格和纳莫时，却听见了他俩的呼噜声。

不知过了多久，我醒了过来，没有头罩，没有捆绑，只是还有些头晕。

还没死，我暗自庆幸！

环顾四周，有微弱的、荧荧的光亮，十分柔和，但也十分阴森。

过了一会儿，眼前的景象逐渐清晰，发现那光是镶嵌在洞壁上的玻璃柜发出来的，而那玻璃柜，竟然是一个水族箱。

洞中除我之外，还有四个人，其中一个是大探事，另外两个是侍卫，居中而坐那位——高额鹰目，窄脸钩鼻，穿一件虎纹褂子，戴一个金灿灿的发箍，挂一串兽牙项链。此刻，他正在审视着我，眼神十分严峻。

大探事见我醒来，忙上前一步，微微躬身，说道："以这样的方式邀请神使入国，实在是不得已而为之，还请大人海涵。"

我试图站起来，才发现两腿酸软无力，只得放弃，摇摇头，苦笑道："方式不重要，重要的是我还活着，"说到这里，忽然想起扎格和纳莫，便又问道："请问探事大人，我的两位兄弟呢？"

"神使的两位下属，此刻还没醒来，"说到这里，大探事露出尴尬之色，顿了顿才又说道："一般人嗅了迷烟，需要五六个小时才能醒转，因为祭司大人急于问话，所以就给神使灌了点解药，还望神使体谅。"

闻言，我先低头看了看胸口，一片潮湿，接着，目光又瞥向戴冠者，"请问……"

大探事会意，先躬身向戴冠者致礼，随后转过身来，说道："是祭司大人。"

听完大探事的介绍，大祭司便站起身来，点头向我示意，口中说道："委屈神使了，这都是本座的主意，请不要怪罪大探事。"

"敝使拜见祭司大人，"我用力抬起双臂，向大祭司施了个礼，说道：

“大探事按规办事，敝使不怪他。”

“神使困乏，不必多礼，”大祭司轻移脚步，于我身前两步处站定，“神使乃廪君钦差，巴国贵宾，本不该以如此方式延请，无奈……”说到这里，大祭司话锋一转，“本座愚钝，不知廪君何在，又以何方式传信于神使？”

听大祭司的话，显然是对我身份有所怀疑，这也难怪，廪君已逝三千多年，怎么忽然就派出个神使来，不要说大祭司不信，就是自己也觉得荒唐。但有些事情就是，即使你自己都不相信，却更要说得理直气壮，否则，就是自己为难自己了。

想到这层，我沉着答道：“廪君常潜入敝使梦境，不仅引导敝使找到权杖和神琮，还授予羊皮图，指引敝使找到其夔城之巴遗裔，至于说神使之称，乃是由外使口中说出，敝使并不知其中由来。”

听完我的回答，大祭司微微点了点头，接着说道：“廪君化身白虎，庇佑我等巴人，实乃巴国之幸，但不知廪君遣神使来我巴国，有何旨意？”

话已至此，我不得不继续一本正经的胡说八道，“廪君遣敝使来黔隆，一为寻回神琮权杖，二为找寻罕宝，三为……”

还没等我说完，大祭司便抬起手，不耐烦的打断，“本座的意思，廪君差遣神使，可有启示巴国以后该如何作为？”

“如何作为？”大祭司这一问，对我来说有些突兀，亦不知其意，令我难以回答，但又不得不回答，想了想，仍以原话回答道：“廪君差敝使来，除寻找神琮和罕宝外，就是探访黔隆之巴，除此之外，并无其他指示了。”

大祭司“噢”了一声，不再问话，背起手踱起步来，走了几个来回之后，突然停步，沉声道：“既有差遣，又无明示，廪君圣意又不能臆断，这叫本座如何是好？”

因猜不透大祭司的心意，我岂能贸然回答，眼睁睁看着他在面前晃来晃去，心中惴惴不安。过了一会儿，大祭司终于停止踱步，皱眉说道：“关于这个话题嘛，以后再谈。”随后，他又转向大探事，“想来神使已经累了，歇息一会儿就在这儿用晚膳吧，但本座还有点事，先行一步，不能陪神使用膳了，麻烦大探事照顾一下神使。”说完，抽身离去。

大祭司走后，大探事说道：“神使是巴国的贵客，既然来了，就该多住一段时间，了解下巴国的风俗民情，至于现在，先安心用完膳再说。”随后，他又补充一句，“对了，今天的午餐，除了你我之外，还有罕宝公子。”

趁等待罕宝的时间，我才开始打量起大祭司府的陈设。先看洞壁上那发光的水族箱，其中有一株珊瑚树，那珊瑚，像一棵五彩斑斓的玻璃树，晶莹剔透，荧光正是从树管中发出的。另外，还有一些五彩斑斓奇形怪状的鱼，鱼的鳞片也发着光。

洞壁四周总共安置了四个水族箱，发出的光相当于十几瓦灯泡亮度。而洞壁上，还凿了一个大壁龛，壁龛里竟然供奉着老虎、蛇、熊、狼、鹰五尊兽首人身神像，壁龛下是一个供桌，雕刻精美，古色古香。至于洞室内的其他家具，就没多少亮点了，座椅和桌子都是竹木做成的，跟外面没什么两样，属于现代制品。

第二章
神奇地国

大祭司的身形越舞越快，那圆盘上的木杆也越转越快。渐渐地，大祭司的舞动渐近疯狂，银色的头发披散开来，盘旋在头顶，像一只发光的飞碟。此时，周围似有一股气流在旋转流动，聚向大祭司身体……

洞天福地

不多会儿，罕宝和龙格在两个卫士的陪伴下到达，而出现在眼前的罕宝，则多少有些出乎意料——这位阔别才几个月的大公子，额头上已经出现皱纹，下巴还留一撮胡子，一副饱经风霜的样子。

更让人感到意外的是，罕宝见我，并没有表现出我期待中的热情，这使我不得不收回张开的双臂，改为巴国礼向其致意，罕宝也回了一个巴国礼，相对无言。又过了一会儿，扎格、纳莫也到了，看见罕宝，异常兴奋，嘴里叽叽呱呱说个不停，气氛才活跃了一点。

见人已到齐，大探事吩咐开饭，接着，有女子不断端菜进屋，菜品大多是各种鱼类，但不是平常所见的鲫鱼、鲤鱼、鲢鱼、草鱼，而是一些从未见过的鱼种。除了鱼，还有一些海产品，比如海带和海贝。

看着这一道道海鲜，不觉感到纳闷——在这深山地穴中，哪来如此多的海鲜品，即便是把我们奉为上宾，也还是奢侈了些。而在洞厅四周，总共站着六个侍卫，除了腰间的佩剑外，手上还拿了长矛，与这顿饭的规格实在有些不搭调。

开席前，大探事先做简单致辞："首先，本探事代表大祭司对神使大人的到来表示欢迎；其次，罕宝公子来巴国已有些时日，但因为事务繁忙而疏于接待，在此表示歉意，还望宝公子多多包涵。"说完，便不断为我和罕宝敬酒夹菜，但罕宝却显得很漠然，还时不时的发出冷笑，令大探事有些尴尬。

尽管大探事表现得十分热情，但因为身后站着几个特殊的侍应，所以气氛显得有些沉闷，宴席结束时，大探事又起身致辞："神使和罕宝公子都难得来巴国一趟，一定要多住一段时间，其间有什么需要，尽管提出来，敝使当竭尽全力满足两位的要求。"

听大探事如此说，我忽然有些忐忑，犹豫片刻，答道：“敝使这次来巴国，并没打算久留，只想觐见王上之后，即返回外界。”

“觐见王上的事，大祭司自会安排，催不得的，”见我皱眉，大探事又满脸堆笑道：“不如趁这段空闲，就由敝使带神使大人和诸位兄弟四处参观一下吧。”

“如此，有劳探事大人啦，”见大探事言辞恳切，我便不再纠缠这个问题，来到罕宝面前，轻声说道：“等觐见巴王后，我会带你们出去的，相信我。”

罕宝闻言，露出一丝苦笑，答道：“皮君，你真不该来这里。”

罕宝的回答，等于是把天聊死了，尴尬中，大探事吩咐送客，于是，两侍卫在前带路，我和罕宝四人居中，另四个侍卫殿后，离开大祭司府，即分道而行。我随两个侍卫走了左边，罕宝四人和另外四个侍卫走了右边。

又走了几分钟，来到一精致的木门前，侍卫将门推开，里面倒还宽敞，一侧洞壁上，也嵌了个巨大的鱼缸，里面同样有会发光的珊瑚和鱼，鱼缸下面，放置着一张三人沙发和一张茶几。洞厅里侧左右各有一个门洞，一间是卧室，一间是卫生间，卧室内的床也是现代样式，还铺着床垫。

侍卫走后，我便斜躺在沙发上，看着鱼缸中发光的珊瑚和怪鱼出神，此情此景，魔幻而超现实，令人恍若置身梦境。

与罕宝在巴国相会，竟然有种疏离感，令我颇为失落，不知道离别这段时间，罕宝身上究竟发生了何种磨难。想至深夜，仍未理出个头绪，干脆摒弃杂念，专心闭目打坐，运气练功，而每当真气行至涌泉、丹田二穴之时，即被弹回，无法贯穿周身。

两个小时之后，困意渐浓，便洗漱睡觉，朦胧之中，廪君面容突然浮现，只见他深锁双眉，欲言又止，正要询问之时，他却化作一股青烟，须臾飘散。

一觉醒来，已是早上七点，刚刚洗漱完，就听见敲门声，没待我响应，门已被推开，进来一男一女，男的手里拿着个炉灯，女的手里端着托盘，那女子把托盘放在沙发前的茶几上，然后退至门边与男子并立。

托盘里是一碗鱼汤和两个面包，虽然简单，却还合口。刚吃完，大探事前来探访，面带喜色。寒暄几句之后，大探事告知，觐见巴王的时间已经定下来了，安排在今天下午，但是觐见之前，大祭司想先跟我谈谈。

稍事休息之后，随大探事来到大祭司府邸，进入内厅，又看见大祭司在屋里踱步，见我和大探事进来，微笑点头，口中说道："神使昨晚可休息好？"

我忙躬身敬礼，答道："承蒙大人关照，一切都好。"

大祭司点点头，挥手示意我落座，接着说道："本座已吩咐过大探事尽心款待神使，但巴国条件有限，难免有不周之处，还请神使多担待。"随后，大祭司话锋又一转，"廪君遣神使来巴国，当真没有旨意？"

沉思片刻，我答道："廪君遣敝使来巴国，的确没有什么指示。"

大祭司轻蹙眉头，以诡异的眼神看着我，沉声道："既为廪君神使，必有圣意传达，神使但说无妨，本座一定洗耳恭听。"

听完大祭司一席话，我丈二和尚摸不着头脑，想了想，才答道："昨日廪君曾入我梦，欲言又止，因不明其意，所以不敢妄言。"

大祭司却不肯敷衍了事，继续问道："依神使推断，廪君有何用意？"

见大祭司抓着廪君旨意不放，我心中纳闷，不知如何答复，便随口答道："启禀祭司大人，廪君的确没有说什么。"

听完我的回答，大祭司显得有些失落，沉思良久，才喃喃道："如果王上问起此事，难道神使也打算这样回复吗？"

我答道："自然是如实禀报了。"

"廪君既然没有明示，神使怎么如实汇报？"大祭司凝视着我，神情忽然变得严峻起来，"所以本座才要你安心留下来，好好考察一段时间，了解我巴国的国情，然后，再参详廪君的圣意，才可以如实汇报啊，神使明白本座的意思吗？"

听完大祭司的话，我似懂非懂，茫然道："敝使初来乍到，自不敢胡言乱语，有疑惑之处，还望大祭司指教。"

"神使聪明，一点就醒。"大祭司长舒一口气，接着说道："另外，王上有什么指示，若神使有不明白的地方，也可多与本座商议，万不可自作主张。”

我答道：“一切唯祭司大人之命是从。”

大祭司说道：“神使来自外界，而外界纷乱复杂，奇技淫巧之产品层出不穷，生活方式腐败而堕落，而这些东西，其实对巴国有百害而无一利。”说到此处，大祭司又沉吟起来，似在斟字酌句，“而王上年轻，好奇心重，外界之事，当尽可少言之。”

听到此处，我算是搞明白了，大祭司之所以要在觐见巴王之前与我谈话，乃是害怕我在巴王面前鼓吹外界如何如何好，误导巴王，于是答道：“敝使谨遵祭司大人教诲！”

大祭司点点头，说道：“如此甚好。”

相比于大祭司府邸，王宫更为宽大和规整，不仅有巨大的玻璃鱼缸，还有许多器物陈设。参差错落地排布了许多漂亮的钟乳石和洞壁石，恍若《西游记》中的海底龙宫。最令人惊讶的是，洞顶还吊着一盏水晶灯，只是灯光忽明忽暗，显示出电压不太稳定。

眼观此景，有一种魔幻现实主义色彩。

巴王的长相，比我想象中要年轻帅气得多——雕刻般的面部轮廓，明亮而深邃的眼睛，再加上华丽而修长的虎袍，更显贵气逼人，不怒而威。此刻，他正端坐在虎椅上，身体略微前倾，凝神看着我。

“神使来了，寡人十分高兴，”见我有些手足无措，巴王冷峻的面孔忽然展露笑意，“今日一见，果然风采照人，名不虚传。”

“承蒙王上高抬，敝使荣幸之至。”我单膝跪地，敬了个大礼。

巴王含笑点头，指了指旁边的椅子，示意我起身落座，随即说道：“神使乃巴国上宾，不必过分拘谨，起身吧，坐下来好说话。”待我坐定后，巴王接着说道：“听大探事讲，夔城绝谷中也有一支巴人，他们还好吧？”

我答道：“经历了一点小小波折，现在已经理顺了。”

“波折？”巴王审视着我，露出好奇的目光，接着是一连串的问句，“发生了怎样的波折，也是开禁与封禁之争吗，怎样理顺的，神使在其中又起了怎样的作用？”

沉思片刻，我答道："回禀王上，不是开禁与封禁之争，是王后专权误国，滥杀无辜，但被大祭司拨乱反正了，敝使在其中起了点小小的作用。"

"妇人怎么能够擅权，那个巴王是怎么搞的？"巴王摇了摇头，表现出某种不屑，接着又发出感叹，"看来，哪个巴国都不清净啊！"

眼前的巴王，不仅年轻英俊，而且颇具智慧，令我产生十分好感，但尽管如此，我也不敢表现出十分的亲近，因来之前大祭司的一番训话，已明白无误的告诉我，他才是巴国的实权派，而夔城之巴的教训又提示我，千万不要介入巴国内争，否则，便可能惹火烧身。

见我沉思不语，巴王眉头轻蹙，转而说道："神使先住下来考察一段时间，这个问题，以后慢慢聊。"说到这里，巴王忽然又问出了与大祭司一样的问题，"神使来我巴国，可否带来廪君旨意？"

沉思片刻，我答道："廪君只是让我来做一番考察，考察完了向他汇报。"

"巴国能有今日，全靠廪君魂魄庇佑，今日又遣神使莅临考察，寡人甚感欣慰。"说到这里，巴王话锋又转，"既为廪君神使，当具大智慧，寡人岂能轻慢，必当委以重任，为巴国建功立业。"

听完巴王的话，我大惊失色，忙答道："敝使愚钝，哪敢辅佐王上，只想……"

"此事以后再议，"我话还没说完，巴王便挥手打断，"时候已经不早了，就在这儿用个便膳吧。"话音刚落，一侍卫立即转身出去，安排膳食去了。

不多会儿，几个年轻女子鱼贯而入，手中端着托盘，托盘中有各种冷热食物，依然是以各种怪鱼为主，另有海带、海参之类，还多了几样时鲜蔬菜和野生菌类，与外界的海鲜大餐已经十分接近了。

主宾坐定之后，巴王笑问道："请问神使贵庚几何，可曾婚配？"

我答道："敝使今年三十有一，尚未婚配，但已有未婚妻了。"

"如此说来，寡人应该叫你兄长才对，"巴王看着我，似笑非笑，沉思片刻后说道："但寡人已有一个王后，两个王妃，神使比我年长，却还没有婚配，是何原因呢？"

沉思片刻，我答道：“敝使生性散漫，不喜羁绊，故而耽误了。不过，这次考察结束后，就要婚娶了。”

“噢，原来如此，”巴王先点点头，接着又摇摇头，“神使难得来趟巴国，就多住些时日吧，寡人还有很多问题要求教于神使呢。”

“王上有话尽管吩咐就是，敝使怎敢示教？”我忙起身敬礼，做惶恐之态。

“兄长无须多礼，大可轻松地聊，轻松地用膳。”

听巴王称我为兄长，这令我既惊又喜，不由得放松了心态，便不再客气，贸然问道：“敢问王上怎知有敝使，又怎知敝使会来到这里？”

略作沉吟，巴王答道：“这要从半年前廪君托梦开始。”

我又问道：“那究竟是一个怎样的梦呢，可否请王上讲与敝使听听？”

“关于这个梦……”巴王忽然收起笑容，声音变得凝重起来，“去年祖祭之后，寡人于宫中午寐，昏昏沉沉中，忽见一苍龙于空中飞过，扔下一头白牛，随即，虎、熊、蛇、狼等蜂拥而至，为争白牛而撕咬缠斗，老鹰不但不劝阻，反而于旁教唆挑逗，致使缠斗愈演愈烈，跟着，又涌入一群猛兽加入战团，一时之间，哀嚎四起，血流成河……”

说到这里，巴王脸现悲戚之色。见巴王忽然打住不语，我心中着急，便情不自禁问道：“后来呢？”

“后来……”巴王凝视着我，沉思片刻后答道：“正在此时，廪君骑着白虎突然现身，他的身旁，站着一位青年，只听廪君对寡人说道——此乃神使，将帮助寡人解救巴国危难，至于怎么找到神使，怎样解救巴国危难，廪君并没言明，寡人待要细问，廪君却化作一股青烟，突然消失不见，因此，寡人告诉大祭司，一定要找到你——后来，就出现了巴国神器，再后来，外使又在博物馆看见了神使。”说到这里，巴王露出尴尬的笑容，“尽管如此，为安全起见，寡人还是采纳了大祭司建议，以非常手段将神使请入巴国，委屈神使了。”

听到这里，我大为震惊，不由得就想起夔城老巴王的梦境，与其何其相似，便问道：“关于王上这个梦，大祭司是怎样解读的呢？”

巴王答道：“他的解读是，虎、熊、蛇、狼、鹰分别代表巴族五姓的主神，也就是巴国各氏族，龙则代表强大的外界，其他怪兽代表外部人群，他们想入侵巴国。”

我又问道：“那么大祭司有何建议呢？”

沉思片刻，巴王答道：“大祭司讲，现在外界对巴国的威胁越来越大，尤其是近几十年来，不断有稀奇古怪的东西由外使带入国内，引起巴国人民的好奇和攀比之心，各部族之间也常常为争夺外入物资的分配产生纠纷，出现了不和谐的声音。因此，为避免纷争，大祭司建议，应尽量减少外使们的活动，减少外界财物的引进，并勒令外使们禁言外界之事，这样才能杜绝巴国内部的分歧，避免混乱。”

“那王上自己的看法呢？”

巴王没有回答，把球踢回给了我，“寡人现在还没有成熟的想法，这不正好神使到了，正想征询你的意见呢。”

有了大祭司的关照，我哪敢接球，支吾道：“敝使初来乍到，不了解巴国内情。再说，廪君也没有给予启示，所以不敢胡言乱语。”

“那神使就安心住下来，了解国情后再发表意见吧。”巴王凝视着我，面露微笑，语重心长，“神使见多识广，智慧超群，又代表着廪君的意志，如果能以巴国人民利益为重，安心辅佐寡人，寡人是不会亏待神使的。”

地海奇观

第二天，刚用过早餐，大探事即来拜访，先询问了我觐见巴王的情况，接着便说今天造访的目的，乃是带我四处转转。

尽快熟悉巴国，特别是各个通道，是我迫切需要做的事情，听到大探事提出这个建议，我自然十分高兴，便答道：“那就麻烦探事大人了，但是，走之前，有几个问题想请教大人，不知方便作答否？”

大探事答道：“神使有什么问题尽管问，敝使会知无不言的。”

我便问道：“请问巴国共有多少人口，主要生活来源靠什么？还有，巴王宫中的电灯又是怎么回事？”

“看来神使大人的问题还不少啊，”大探事拍拍我肩，表现出很亲热的样子，说道：“这样吧，敝使先回答您第一个问题，其他的问题嘛……”

见大探事欲言又止，我连忙说道：“不好意思，如果这些问题探事大人不方便问答，那就算了。”

“没有什么不方便的，敝使是想，耳闻不如眼见，只要住得久了，看得多了，神使自然就明白了。”说完这句，大探事便开始回答我第一个疑问，“巴国之内，共有十万人。”

“十万人！”听完大探事的回答，我无比惊愕，不由得说道：“就在这深山洞穴中，生活着十万人，探事大人是在开玩笑吧？”

“敝使怎敢戏弄神使，”大探事连连摇头，随即，便露出讳莫如深的笑容，说道：“神使可别小瞧了这洞穴，其地域之广，物产之丰，远非您想象，所以敝使才不急于回答神使的问题，而是要神使参观之后自己判断。”

听完大探事的话，我暗自吃惊：夔城之巴有地缝五公里，洞穴十来个，还有大片谷地和稻田，才勉强养活一万人，而此巴国单靠一小段绝谷和山下的洞穴，居然可以养活十万人而不为外界所知，真是太让人难以置信了。尽管此处地域辽阔，可也辽阔不到哪去，可在这见不了阳光的地方，能出产什么？十万人的吃穿用度，可不是个小数目，从何而来？难道全部靠偷靠抢？

大探事似乎明白我在想些什么，接着说道：“这几座大山之下，有无数洞穴串联相通，其中可容纳万人的洞穴不下十个，绵延百余里，单靠步行，非三日之功不可以走完。再说，巴国虽无稻田谷地，却另有物产，已足够养活巴国，待会儿您就明白了。”

见大探事如此说，我便不再多问，专注于洞中景致，但见洞内钟乳交错，石笋林立，玻璃鱼缸遍布其间，足够照亮通道。而每转入一个大厅，都摆放着供人休息的座椅，洞壁上绘有壁画，远比夔城洞穴梦幻迷离。

一路下行，转弯抹角地走了一段之后，感觉到湿气加重，洞壁上有水滴渗出来。再行一段，听见了哗哗啦啦的水声，走近一看，只见一道高悬的水瀑倾泻而下，溅起水花。水瀑的旁边，一根粗大的管子斜插上去，水缸般粗，足有百多米长，管道的底端，竟然是一个发电机房，机房内，有两人正在进行设备调试。

此时，大探事已迈步走进机房，对那二人说道："王工、李工，辛苦啦！"

见大探事来访，两人便停下手中的活，转身敬礼道："谢谢探事大人关照！"

大探事拱拱手，算是还礼，接着问道："王工，电压不稳的问题，大概多久可以解决？"

年长的那位答道："仅凭现有设备，恐怕解决不了问题，"说到这里，目光不由自主地朝我瞟过来，见此，大探事便说道："噢，忘了介绍，这位是廪君神使。"

听完大探事的话，年长的工程师便要躬身行礼，被我一把拦住，说道："既然大家都来自外界，就没有什么尊卑贵贱之分，用不着巴国这些虚礼。"

可能是听出我话外之音，大探事轻蹙眉头，转而对另一位较年轻的工程师说道："李工，对巴国生活还习惯吧，有什么不方便的地方，尽管提出来，本使尽量满足。"

"刚来的时候不大习惯，现在好些了，只是……只是有些想家，不知道啥时候能回去？"李工一边回答一边偷眼瞥我，掩饰不住对我这个神使身份的好奇，愣了一会儿神，才接着说道："记得大人曾说过，等电站建好之后就送俺们出去的。"

大探事摇摇头，答道："这不是电压还没调好吗，即使电压稳定了，也还有很多安装任务呢，除了王宫之外，其他如大祭司府邸，左右射事府邸，以及各洞主长老府邸都等着用电呢，一时半会儿哪能完工，依我看，你还是先想着把工作干完，其他的事，以后再说。"

"说到安装问题，"见李工还想申辩，王工赶紧打断，"请问探事大人，上次开列出的那批设备，采购到了没有，如果加上这套设备，电压就稳定了。"

大探事答道："已经交给外使们去办理了，估计很快就到。"回答完王工，大探事又将目光转向李工，"李工一表人才，又是单身，要不就在巴国找一个女子吧，这样就不会想家了，在巴国结婚，好处多着呢，既不要你准备房子，也不需要车子、彩礼什么的，岂不省事。”接着，又转向年长的工程师，“还有，王工如果想家，也好办，可以考虑将家人接入巴国生活，这样一来，可谓两全其美，你看如何？”

听大探事说要接家人进巴国，王工顿时慌了，连连摇头，“这件事，还是不要麻烦大人了，我之所以想家，无非是因为女儿正在读书，没有人辅导，怕学业跟不上。”

大探事呵呵笑道：“那就只接女儿吧，在巴国，不用读书，也不用工作，就可以活得很快活，等女儿长大了，我再介绍个好人家给嫁了，岂不省事。”

说到女儿，王工的眼眶潮湿了，哽咽道：“女儿是外公外婆的心肝宝贝，如果再不见了，岂不是要了他们的老命。”

“真是难为你了，但巴国离开你也不行啊！”说到这里，大探事装模作样地叹了口气，“这样吧，难得你俩为巴国的光明事业做贡献，本使就破个例，给下面交代一下，安排几个鱼女慰劳一下二位，权解想家之苦。”

离开电站，又朝更低处走去，湿气更重，大约一个小时后，忽见远处有闪烁光影，五彩斑斓的，像都市中的霓虹。

不知不觉间，我加快了步伐，紧接着，一片神奇景观呈现眼前——

一个巨大的地下湖泊，湖中耸立着许多奇形怪状的巨大石柱，形成一个个分隔的空间。更为神奇的是，这大湖中到处闪烁着五颜六色的荧光，反射到洞顶，便形成了闪烁变幻的光影。而产生这些光的光源，竟然是湖中的珊瑚和鱼群，那光影迷离变幻，一直向远处延伸，望不到边际。

顷刻间，我惊愕得合不拢嘴，被眼前反常识的存在惊呆了——沉重的大山底下，怎么能够出现这么大个湖泊，不禁又怀疑自己是在做梦，反正这段时间的遭遇，现实与梦境已经分辨不清了。此时此刻，我终于明白，原来自己这些天所享用到的海鲜，皆出于此。

见我呆若木鸡，大探事脸上便浮现出自豪感，只见他指点着水面，说道：“这便是巴国引以为傲的圣海，除了提供食物来源之外，还为巴国带来了光明。另外，流入圣海的暗河，还有几道盐泉，所以除了水电站之外，巴国还有一个盐厂，盐厂生产出来的食盐，除满足巴国民用之外，还有多余的外销。当然，今儿带神使来，并不只是为了观光，接下来，该用圣海的另一种美味款待大人了。”

说完，大探事叫过一个侍卫，耳语几句，那侍卫便走向湖边，来到一巨大铜钟前，取下挂在架子上的鼓槌，敲打起来。因为铜钟有一小部分在水里，所以在侍卫的敲打下，会发出两种不同频率的声音，随之，一圈圈涟漪随着声浪向远处传播开去。不一会儿，一条条白影忽隐忽现，从远处汇聚过来，展眼望去，像飘飞在夜空中的云絮。

待白影来到岸边，我才看清楚，原来是一群人鱼，均为女性，赤身裸体，一个个欢呼雀跃，在水中上蹿下跳，前呼后拥地来到岸边。

这情景，再一次惊呆了我。

看着惊愕得合不拢嘴的我，大探事更加嘚瑟，又拍了拍我的肩膀，笑道：“神使看上哪个，自己挑吧。”见我呆立不语，大探事又露出会心的笑容，“神使如果客气的话，本使就替您代劳了。”说完，径直来到水边，选出两个面容姣好的鱼女，带至我身旁。

尽管全身赤裸，但鱼女却无羞涩之态，伸出她那湿漉漉的手臂，一把将我挽住，顿时，我全身若中电击。懵懵懂懂中，随鱼女走向岸边一帐篷，掀开帘子，便看见一个冒着热气的池子，而尺子旁边，也放着一个发光的玻璃鱼缸。

直到此时，我才回过神来，仔细观察这鱼女，外形跟正常人并无多大区别，只是体型更为流线，皮肤更为光滑，乳房小巧而坚挺，腹部纤细而婉转。最大的区别在于——鱼女半透明的身体中有细密的发光晶体，另外，脚趾之间，有肉蹼相连。

毫无疑问，站在我面前的是一条美人鱼！

此时，我已经手足无措，思维也变得有些迷乱，听凭鱼女的摆布，随她进入温池，斜躺于池边。

随着鱼女的抚弄，我周身血液沸腾，瘙痒难耐，早已干渴的身体，哪还控制得住这熊熊燃烧的欲焰。我开始放任自己，响应鱼女的挑逗，随后，两个躯体纠缠在一起……

“你叫什么名字？”完事之后，我问鱼女。

“鱼……宝……儿。”鱼女开口说话，声音细小，显得吃力。

“鱼宝儿，这个名字不错，”看着鱼女晶莹如玉的身体，我心念一动，不由得说道：“但我想叫你无瑕，可以吗？”

“无……下。”鱼宝儿点头，但神色有些茫然。

“无瑕，就是没有一点瑕疵的玉。”我解释道。

“无瑕，”鱼宝儿瞪大眼睛，神情中忽然露出一丝羞怯，“大人……喜欢……鱼宝儿吗？”

“喜欢！”说完这两个字，内心却涌起一阵酸楚，忽然想起覃婉丽，犯罪感油然而生，赶紧松开怀抱中的鱼女，穿好衣服，怅然走出帐房。

此时，大探事已守候在帐房外，见我神色慌乱，便问道：“怎么愁眉苦脸的，莫非是鱼女不懂事，怠慢了神使？”

仓皇之中，我答道：“没有，鱼女做得很好，是我自己的问题。”

“自己的问题？”大探事皱了下眉头，表示不解，接着又关切地问道：“敢问神使大人有何问题，可否说给本探事听听？”

羞愧之中，我不由得答道：“鱼女虽好，但背着未婚妻偷欢，总觉得心中有愧。”

话音刚落，大探事便是一阵大笑，笑完说道：“原来大人还未结婚，却有了这么多自我约束，敝使真是受教啦，受教啦！”说完又笑。

听大探事语含讥讽之意，我心中不爽，但又不好发作，便转移话题，说道：“没想到这圣海之中，居然还有如此美丽生灵，实在是大出意外。”

大探事含笑点头，说道：“神使称鱼女为美丽生灵，这就对了，因在巴国，鱼女并不被看成人，其地位比平民还低贱，只是用来供贵族们享乐的玩物，所以神使全然不用把她们放在心上，更不可有愧对未婚妻的想法。”

望着正一步步离开帐篷怅然而去的鱼宝儿，一时之间，纠结无比。

大探事不知我心思，继续说道：“其实这些鱼女，原本都是罪奴，被发配到水里捕鱼捞虾，没想到一代代繁衍下来，就变成了现在这个模样。”

听到这里，我更加愤恨不平，不由得说道：“敝使只是觉得，鱼女既然是人，就应该过正常人的生活，组建自己的家庭，而不应该被呼来唤去。”

“神使言过其实了，您看刚才那些鱼女们踊跃的样子，难道感觉不到她们是心甘情愿的。”大探事瞥我一眼，十分的不以为然，接着便开始说教，“神使对敝使说这些不要紧，但切不可在大祭司面前信口开河，巴国不比外界，不仅建制不一样，民风也迥异，在巴国，贵族就是贵族，平民就是平民，鱼女就是鱼女，不可一概而论的。”说到这里，见我面露不爽，大探事又叹了口气，“冒昧说了这么多，敝使也是为神使着想，望神使斟酌。”

鱼凫之死

离开圣海，今天的参观告一段落。

回到宾室，望着发光的玻璃鱼缸，水中的鱼儿恍惚间都变成了无瑕，不知不觉间，神志迷乱起来，眼前浮现出这样的场景——

廪君含泪埋葬了盐姬，怀揣着盐姬赠送的青丝，重新踏上征程。

此时的廪君，已经变成了一头嗜血猛兽，他率领族人，一路从盐阳杀奔夷陵，再转而向西，沿江而上，残杀当地土著，抢夺他们的财物和女人，一路征战，所向披靡。若干年后，来到盐姬所描绘的成都平原，并接连攻下蜀国外围数座城池，直奔蜀国腹地。

那时，蜀国的首领被称之为鱼凫，他双目突鼓，长着一对巨耳，孔武有力而好战。鱼凫身边也有一位军师，叫管鹤，见廪君大军气势汹汹而来，便给蚕丛出了个主意：“听说廪君部长居山地，惯于驱虎猎豹，勇猛非常，但应不善水战，依愚臣见，王上不必与其正面交锋，应以水攻之。”

鱼凫赞许，问道：“军师认为应该怎样用水？”

管鹤答道：“目前正当雨季，可命军民填塞河道，抬高水位，蓄势以待，两军对垒之时，先命老弱病残之军上前撩战，自不能敌，廪君必率师追击，此时再凿开河堤，引水灌之，如此一来，廪君必败。”

鱼凫大喜，便命人安排筑堤引水之事，为防廪君以船御水，又训练善泳之女子，准备潜水凿船。几天后，廪君率部于蜀都前三十里平阔处驻扎，与蜀军相望。此时，天空下起瓢泼大雨，几个时辰之后，水漫军帐。

眼见大雨倾盆，老猿军师眉头紧锁，掐指算来，忽然大惊失色，对廪君道：“大事不好，王上可速速撤退至高地，五日之内，不可与蜀王战。”

廪君诧异道：“我军一路攻城掠寨，势如破竹，难道会怕了一个鼓眼睛大耳朵的蜀王？”

老猿军师苦劝道：“愚臣见暴雨不停，隐隐有奔雷之势，恐蜀军以水攻我，我军必败，为今之计，王上还是撤退为好，待来日再战。”

廪君沉思，“以军师之言，当何以拒之？”

老猿军师靠近廪君，一番耳语，廪君点头，立即下令撤退。

三日之后，雨停天晴。

又过三日，两军再次于蜀都三十里外坡地下列阵，廪君和军师于高地指挥，巴军首先发动攻击，蜀军以老弱病残之军迎击，很快溃不成军，巴军奋起直追，一路掩杀，蜀军丢盔弃甲仓皇逃散。

正当此时，远处有一条白线迅速靠近。

那是一排巨浪，犹如千军万马滚滚而来，很快淹没了逃散的蜀军，并挟摧枯拉朽之势向巴军裹来，顷刻之间，巴军前锋部队尽没水中。

还好巴军追击之师不多，且尽都是通晓水性之人，但面对如此滔天巨浪，任凭你浪里白条也难以施展，不一会儿，三百骁勇所剩无几。

巨浪之后，是一排排蜀军战船逐浪而来，那水势不减，继续向廪君所驻高地涌来。但廪君所居高地前，也有数百只巨大竹筏，连成一排，迎着强弩之末的洪水，若一道浮桥。

此时，廪君的精兵强将已全部乘上竹筏，并乘水遇高地所阻的回流，掩杀向蜀军。顺水推舟突然变成逆水行舟，蜀军哪曾料到有如此逆变，只能仓皇应对。巴军竹筏虽矮，但因连成一排，抗浪的能力却比蜀军的高大战船强。

正在此时，蜀军船上，跳下一群手持短匕的女子，潜入水中，从底部乱割捆绑竹筏的绳缆，顷刻间，一排排竹筏顿时散了架，蜀军的狼狈稍微缓解。

岂料巴军个个也都是通晓水性之人，纷纷跃入水中，与女子搏斗厮杀。不一会儿，水下便咕噜噜地冒出一个个血泡，有蜀军女子的，也有巴军骁勇的，血红的颜色弥漫开去，染红了大片水面。

解决完水里的蜀女，巴军骁勇们又凿漏蜀军战船，趁蜀军慌乱之际，纷纷跃上蜀军战船，横劈竖砍，一个个都杀红了眼。此时，廪君在竹筏上张弓搭箭，射向指挥船上的蜀将，那蜀将应声而倒。廪君便继续发箭，箭箭射向蜀军统军将领，很快，又有几名蜀将中箭落水。一时之间，蜀军群龙无首，被巴军杀得个昏天黑地，几乎全军覆没。

江水退去，平地上散布着七零八落的水泡尸体，大部分是蜀军的。

经此一战，蜀军损失惨重，元气大伤。

鱼凫将惨败归罪于军师管鹤，命人将其绑了，实施“象踏之刑”。

管鹤被钉在王城的中心广场上，周围是观刑的士兵和民众，当日晷的阴影指向正中，鱼凫一声令下，象奴便牵着一头大象进入广场中心，随之，惨叫响起，大象粗壮的腿踏上了管鹤的身体，片刻之间，鱼凫军师变成一堆肉泥。

五天之后，鱼凫集结镇守边关的将士，亲率大军三万余人，与廪君在城外旷野决战。鱼凫的军队人数虽少于廪君，但他有一百多头大象助阵，其声势并不弱。鱼凫所骑的那头大象，足有三米高，七八吨重，他手持长矛，威风凛凛，气势凌人。

廪君的军队分成五个纵列，在旷野上一字排开，居中的是廪君的虎部将士，左右分别是蛇、熊、鹰、狼部，一个个纹身刺体，披头散发，状若野兽。

战鼓擂响，鱼凫催动象阵，开始发起进攻。一百多头大象联排推进，使整个大地都颤抖起来。而廪君这边，祭司高举神琮，口中念念有词，须臾，军列中忽然蹿出一条巨蛇，它头长独角，口喷火焰，阻吓住大象。随后，老猿军师令旗一挥，五个纵列中忽然冲出千万头“野兽”，咆哮嘶吼着迎向象阵，冲在前面的“野兽”，手中抛出一根根长短不一的“绳子”，那些“绳子”缠绕在骑象人身上，钻入大象的鼻孔，象阵更乱成一团。

原来这些“野兽”，全部是戴着猛兽头、披着猛兽皮的廪君将士，而他们手中挥舞的绳子，则是一条条毒蛇。连老虎棕熊都不怕的大象，最怕的就是蛇，惊慌中，它们开始掉转身体，狂奔乱窜，一时间，鱼凫军自相践踏，哀号之声不绝于耳。

鱼凫见势不妙，赶紧下令撤退，在武士们的死命掩护下，退回城中，清点人数，所剩残军不足三千。无奈，鱼凫派神使前来议和，并送来大批财宝女子。廪君鞭笞议和之使，夺了财宝女子，却不允和，坚持要鱼凫开城投降。不得已，鱼凫搜罗残剩之军，闭门坚守。

廪君采纳老猿军事计谋，将蜀都四面围了，却不强攻，只断绝粮食供应。

十余天过去了，城内渐渐粮绝。

八月的成都平原，一片金黄，恰逢收割季节。

巴军们押解着当地的农夫在田间收割成熟的稻谷，随后，他们在城墙外架起锅灶，熬制新米做成的粥，那粥香直飘上城楼，引得守城的士兵馋涎直流。

一天过去了，没有什么动静；两天过去了，还是没有动静；第三天晚上，开始有守城的蜀军士兵吊下城楼偷粮食，被埋伏的巴军捉拿；第四天，巴军与头晚被捉拿的士兵一起在城楼下共享大餐；第五天，守城的蜀军终于熬不住了，打开城门向巴军讨要粮食，巴军趁机掩杀进去，见人就杀，见东西就抢。此时，城里的守军已乱成一锅粥，被巴军一路砍杀，血流成河。廪君亲率士兵杀向鱼凫王宫，蜀国残兵惊慌四散，最后只剩下百多名贴身侍卫，手持皮盾，将鱼凫围在中间，做殊死搏斗。

鱼凫的侍卫异常勇猛，巴军士兵射出的箭都被皮盾挡住，而掩杀过去的巴军也被挡了回来，死伤不少。见此，廪君亲搭强弓，拉满弦，朝围成一圈的士兵射去。那离弦之箭劲道十足，穿透了侍卫手中的皮盾，射入侍卫的胸口。巴军见盾墙出现缺口，立即奋勇向前，但缺口很快被另一名侍卫堵住，攻上的士兵仍然被挡在阵外。

廪君又取出三只箭羽，连续射将出去，圈子外层立即又倒下三人，巴军再次蜂拥而上，冲开条口子，但鱼凫侍卫拼死反击，牺牲多人之后又迅速合拢。

就这么冲开又合拢，合拢又被冲开，不多会儿，鱼凫侍卫仅剩数人。鱼凫见状，拔出利剑，亲自加入战团，斩杀巴军将士无数。廪君见状，也拔出剑来，大步向前，巴军士兵见王上亲临，闪开一条路来。

廪君向前，巴军将士簇拥其周，将鱼凫与最后三名士兵围得水泄不通。

廪君大喝道："鱼凫快快投降，可免你一死。"

鱼凫瞠目道："蜀国只有断头的王，没有投降的王。"

廪君高声道："你若不投降，城中军民的性命便不保。"

鱼凫长叹道："寡人唯以死谢罪于蜀国军民了！"

廪君高声道："你若战死，则城内蜀民亦难保命。"

鱼凫突目喷出血来，大怒道："廪君今日若滥杀蜀国军民，则天理难容，鬼神公愤，他日亡巴者，必蜀人也！"说完，挥剑自刎，死后，高大的身躯犹自兀立不倒。

廪君杀性大起，不听老猿军师劝阻，命巴军杀光城中男人小孩儿，唯留蜀王宫妃侍女及蜀国少女做为奴隶，犒劳巴军将士。

当晚，廪君歇蜀宫，忽梦鱼凫率蜀国巫妖及众神前来索命，受此惊吓，廪君头痛欲裂，汗如雨下。廪君大祭司听闻，疑是鬼魂作祟，急赶赴蜀国太庙，见太庙之中所塑青铜人像数十人，正如廪君梦中索命之人物形象，忙命巴军士兵挖一个大坑，将太庙中的青铜塑像及祭祀礼器尽皆推入坑中，堆上柴禾，放火焚烧之，廪君的病痛才稍微缓解。

至此，廪君再不敢宿蜀宫，搬回军帐，歇息休整。

老猿军师进一步建议：蜀中之地太过平阔，没有高山险阻作为屏障，难守易攻；又没有猛兽可供驱杀，富庶有余而艰险不足。若长留此地，恐军民懈怠，祸害无穷，加之鱼凫鬼魂常来作祟，于王上身体不利，王上应撤离蜀地，回到拥有高山峡谷的根据地。

受到惊吓后的廪君，只得遵从军师意见，休息数日后班师，同行者，便有蜀国女子数百人及蜀国珍宝无数。

发光的怪鱼在玻璃缸中悠然的游动，看着它们，恍惚看见了被廪君俘获的蜀国罪女，然后一个个又幻化成鱼女，她们的眼睛美丽而又充满哀怨。

长老会

第二天，大探事没有来带我继续参观。第三天，第四天，依然没有动静。

第五天一早，大探事来了，告诉我，巴国今天举行内阁长老会议，巴王提议要我列席，但大祭司希望我最好不要发表意见。

长老会议在巴王寝宫附近的一个大洞厅里举行，洞顶上也挂着两盏吊灯，但是灯光已经不闪了，想来是水电站已经安装好了新的稳压器。

洞壁的正墙上雕刻着廪君神像，两面侧墙上画有壁画，内容跟绝谷之巴太庙中的几幅壁画类似，大厅中央是一个长方形的木桌，周围坐着参加会议的人，大概有三十位。

巴王坐在廪君塑像下的高台上，旁边站着持钺武士；他的前方，长方桌的主席位置，坐了大祭司；其他三面坐的，应该都是洞主和长老们了。大探事也列席了会议，和我一起坐了桌子的后排。

大祭司主持会议，先给大家介绍了我——廪君神使。参会人员以各种注目礼表达了态度，有诧异，有关切，有抵触，还有木然。

介绍完毕，大祭司站起身来，开始了演讲："近十多年来，外界对我巴国的侵扰愈演愈烈，已严重影响到巴国之生存环境，更有甚之，外使言行越来越缺乏约束，不仅妄言外界邪恶之生活方式，更私带外界奇技淫巧之产品，扰乱巴人视听，造成极恶劣之影响。有鉴于此，本座建议，应减少外使数量，规范外使言行，同时，适量减少外部物资之引进，使人少受外界之诱惑，无奢淫之妄，无攀比之心，只有如此，方可维护巴国的安宁与稳定。”

趁大祭司发表演说的时机，我挨个打量列席会议的“代表们”——有的低头沉思，有的窃窃私语，有的表达赞赏的态度，有的则流露出不满情绪。

“愚臣赞成祭司大人的提议，应该适当减少外使的数量和外部物资的引入，这样才能恢复巴国的稳定秩序。”一肥胖的中年汉子站起来发言，重复大祭司的论调。

“樊多木洞主既执此论，首先就应该减少自己洞族的配额，给大家做个表率。”一精瘦的中年汉子站起来挤兑胖洞主。

“覃望日洞主此言错了，如论物资配额，就应按族人数量来加以配给，而不是之前的每族定额分配。”叫樊多木的洞主提出反驳意见。

“樊多木洞主既表示支持大祭司的议案，又不以身作则，反而要变相增加配额，无异于自欺欺人。”另一洞主冷笑发言。

“尕乃让洞主也大错特错了，祭司大人既然提出了建制方案，我们就应该不折不扣地遵守，不应该讨价还价，至于说名额和物资的配给，也应该祭司大人说了算。”樊多木继续扯虎皮做大旗，拿大祭司来堵住别人的嘴。

“祭司大人只是提出了议案，今天不是交由大家讨论吗，怎么就成了定制呢？”覃望日洞主反驳道。

“再说王上还在这里呢，怎么也得王上说了算吧。”叫尕乃让的洞主立即附和。

樊多木哑口无言，狠狠地瞪了尕乃让洞主一眼，此时，另一个洞主站起身来说道：“微臣建议，在减少外使数量和外界物资配给的同时，并在巴国实行禁言令，对胡乱传播外界消息的加以严惩。”

坐在大条桌左侧的一个官员立即站起来反对，“郑莽洞主此言更错，减少外使数量，无异于自绝视听，巴国本来深处暗穴，若再缺了外使，如何能够了解外界威胁，防患于未然，杜绝外患。至于说禁绝言论，更是大错特错，人之生有耳口，若强行堵塞，必隐藏决堤之患。”

覃望日洞主立即表示支持，“左射事大人说得对，如果不是外使及时发现山外的开发，堵塞暴露在外通气的漏斗，恐怕我巴国早已大白于天下，国之不存了。”

这时，坐在大条桌右首的官员站起来发言，“祭司大人只是建议减少外使数量，并没有说完全不用外使，大家的理解是不是偏颇了些？”

大祭司点点头，皱眉说道：“右射事说得对，我只是建议适当减少外使数量，并没有说要完全撤销外使的配置，关于这个建议，大家还可以讨论。”

“其实外使的数量和物资的引入，跟巴国的安稳并没有必然联系，相反，还杜绝了隐患，改善了我们的生活，比如现在开会用的电灯，不是比以前的油灯好多了？”左射事据理力争，覃望日、尕乃让洞主随声附和。

“左射事此言差矣，数十年前，巴国与外界相比，并没有什么差别，反而许多方面更比外界优越，人民安居乐业，以生活在巴国为幸为荣。但是现在外界改变极大，所做物资产品千奇百怪，生动诱人，加之外界之人不尊礼法，不守伦理，若再任其开禁，则国内民心必乱，安稳不再。”右射事站起来慷慨陈词，樊多木、郑莽等洞主亦起身附和。

“至于说禁言令，也只是禁绝传播外界那些邪恶的生活方式和产品，以正视听，并不是要人把嘴巴捂住，耳朵塞住不说不听了。”右射事又补充道。

听到此处，我基本搞清楚了——黔隆巴国与夔城巴国的宫廷斗争真是异曲同工，竟然也分成了三派，即以大祭司为首的保守派和以左射事为首的改良派以及不知道谁是领袖的中间派，那么，巴王究竟站在什么立场呢？而这个射事之职，相当于副丞相，位置在大祭司之下，洞主长老之上，之所以分设左右射事，是为了让他们相互制衡的。

正坐山观虎斗的时候，巴王忽然发话了，“神使从外界来，眼界和学识俱与众不同，关于这个问题，可否听听他的见解？”

没料到巴王会点我的卯，慌乱之中不知如何应对，踌躇半晌，才支吾道：“右射事和左射事说得都有道理，对于外界物资和生活方式，一定要加以仔细甄别，并不是说外来的都是好东西，如果由此对巴国的稳定造成影响，是需要认真权衡的。”

听完我的发言，巴王露出不快的神色，皱眉道：“那神使究竟是赞成左射事的意见还是右射事的意见呢？”

见巴王逼我表态，一时愣住，为难之中，不由得说道："敝使刚来，对巴国内情没有了解，对外界物资引入对巴国造成的影响也没有调查评估过，所以不敢胡乱发表意见。"

见我闪烁其辞，巴王明显感到不快，追问道："关于这个问题，难道廪君就没有什么明示吗？"

沉思片刻，我答道："廪君只是派敝使来巴国考察，并没有做出具体指示，或者还没有到做出指示的时候。"

这个时候，大祭司及时出面帮我解困，"正是，神使对巴国内情还不太了解，也许再待一段时间，就会得到廪君新的指示，再来发表意见不迟。"

接下来，大家开始议论纷纷。通过激烈的讨价还价，最后达成一个折中的协议——维持外使数量不变，但适量减少外部物资的配给，至于说禁言令，他日再议。

我的表现得到了大祭司的赞许，会议结束后，他特别要大探事告诉我，需要做什么样的考察，可以通知大探事或者侍卫，随时配合我的要求。

这标志着，我在巴国，基本上可以自由走动了。

我先来到罕宝的住所，一开门，便发现五六个打扮得花枝招展的巴国女子，正围在罕宝身边叽叽喳喳，而罕宝的心情似乎也不错，与她们有问有答，有说有笑，像是聊得蛮开心。见此情景，不禁暗自替他高兴，正打算悄悄离开，不料一个姑娘已经看见了我，张开嘴就嚷起来："啊哟，姑娘们快快接驾，又来了一个帅哥呢！"

话音刚落，又一个姑娘尖叫起来，"哎呀，莫非他就是传说中的廪君神使，怪不得长这么英武，这么帅！"

见姑娘们已经发现了我，只得迈步进入房间，龙格马上迎上前来，先敬了个礼，接着说道："对，这位大人就是宝公子刚才提到的廪君神使。"

闻言，正和罕宝说话的女子便嘟起了嘴，面露不屑，"听宝公子讲廪君神使英明神武，我还以为长得三头六臂来着，原来跟巴国男人也没有什么差别嘛。"

“皮君来得正是时候，”见我进退两难，罕宝连忙替我解围，“今天是立春，吉娜姑娘带了些食物来，打算热闹一下，我还正想叫龙格去请您呢。”

见罕宝兴致勃勃，我岂能扫他兴，但又惹不起这群姑娘，便支吾道：“我只是顺路来看一下宝弟，既然你有约会，那就不打扰了。”随后，又对那叫吉娜的女子说道：“是宝公子夸大其词，让吉娜姑娘笑话了。”

吉娜听了，并不买账，继续揶揄道：“啊哟，原来神使架子好大的，不仅不买姑娘们的面子，也不买宝公子面子，大家说，该怎么才能把神使大人留下来呢？”

一姑娘立即接口道：“依我看，神使是觉得姑娘们不如外界的女子漂亮，配不上他，没兴趣在这儿耽误时间罢了。”

“哪里，姑娘们都很漂亮，是敝使自觉惭愧，配不上姑娘们，扫了大家的兴。”见这女子说话越来越刁钻，我更不敢久留，“再则，大祭司有要事相召，小人不敢不从命，路过这里，本想打个招呼就走的。”

没想到一提大祭司，吉娜更不领情了，“原来是大祭司的人哪，姑娘们怎么高攀得起，还是别煞费心机了吧。”

龙格忙说道：“神使是个顶天立地的英雄，这一点小人最清楚。”

吉娜还是不买账，挤眉瞪眼道：“不给面子就是不给面子嘛，找那么多理由干吗。”

此时，罕宝也看不过去了，终于出声相救，说道：“吉娜，请别挤兑神使了，他若有事，便放他走吧。”

吉娜本只是做戏，见罕宝和龙格都来劝解，才放缓了口气，说道：“如果神使大人肯留下来与姑娘们一起吃个饭，那才是给大家面子，否则……”

正左右为难时，罕宝说道：“看样子，皮兄今天是不能不买吉娜郡主面子了。”

虽满心不悦，但罕宝发了话，我不得不照顾他情绪，便找了个角落坐下，看姑娘们穿梭忙碌。不一会儿，桌子上便堆满了各种食品，琳琅满目，精巧得很。排座位的时候，我特意坐了下座，身旁是个娇小玲珑的女子，刚落座，这女子便问道：“听说神使是廪君派来的，那么神使是见过廪君的了，廪君长什么样呢？”

我答道：“我只是在梦中与廪君相见，他长得高大魁伟，十分英俊。”

闻言，吉娜又忍不住抢白，“高大魁伟，十分英俊，神使大人是在形容自己吧！”

我立即正色道：“廪君神貌，敝使是不敢乱形容的。”

身旁女子趁机说道：“那神使大人给大家讲讲廪君的故事吧。”

“从哪一段讲起呢？”

见我答应讲故事，姑娘们一下就围拢来，纷纷表达自己想听的故事——

“就从投矛入穴和土船竞赛讲起吧。”

“不，我要听廪君射杀盐水神女的故事。”

“是啊，神使大人快讲讲这一段吧，廪君怎么会忍心杀死自己的情人？”姑娘们齐声附和，“讲讲吧，长辈们可都没有把这个问题讲清楚呢。”

提到这段，我眼眶就红了，描述这段故事，就像是在揭自己伤疤一样，痛不堪言。但面对姑娘们不依不饶的眼神，又不得不揭，便不由自主地叹了口气。

“神使大人快讲嘛，究竟是怎么回事啊，急死人了！”见我扭捏犹豫，吉娜哪肯干休，“答应了的事，可不能耍赖啊！”

沉思片刻，我答道：“廪君和盐水女神本是非常相爱的，但是，为了完成称霸天下的雄心壮志，加之受军师的蒙骗，在……在不知情的情况下错杀了盐水女神。”说完这句，盐姬满身是血的画面又呈现眼前，不由得心如刀割，但我还是努力抑制住悲伤，将廪君射杀盐姬的经过陈述给她们。听完，满屋子人都陷入沉默。

过了一会儿，姑娘们开始七嘴八舌的议论——

“真是搞不懂，你说男人为什么都想称霸天下呢，再说了，要称霸天下也用不着杀死自己心爱的女人啊！

“廪君也真是糊涂，怎么不看清楚了再放箭！”

“我最恨的是那个军师，要不是他使坏，廪君怎么会误杀盐姬！”

“最不可理喻的是，男人都是些酷爱权力，重利轻情的怪物，在他们眼中，女人只不过是玩物。”

“是啊，大多数男人都是这样的，为了权力可以说是无所不用其极，甚至不惜灭绝人伦，牺牲儿女亲情。如果为了争夺权力可以失去那么多，那么拥有这个权力又有什么意义呢？”这次接话的是罕宝，姑娘们的议论，一定勾起了他对丽雅的怀念和对父亲的怨恨，他的眼中虽然没有泪，但是却有道寒冷的光。

趁姑娘们黯然神伤的时候，我赶紧一走了之。

左射事来访

回到宾室，心中稍宽。

总的来说，罕宝目前的状态，比我预想的要好得多。那叫吉娜的洞主女儿，虽然有点刁蛮古怪，但对罕宝好像还有那么点意思，而罕宝对她的印象似乎也不错，这更令我感到欣慰。心想，但愿他能够在这个巴国找到属于自己的爱情，尽快抹去思念丽雅的痛苦和父亲给他带来的创伤。

正胡思乱想的时候，忽闻左射事来访，慌忙拾整衣服，出来迎接。刚到门外，左射事已到，忙施礼道：“敝使给射事大人请安。”

左射事忙扶住我双臂，做仓皇之态，说道：“应该是下官给神使大人请安才对。”

见他弯腰施礼，我也赶紧伸出双臂将其扶住，领他于客厅沙发上坐了，问道：“不知射事大人亲临寒舍，有何指教？”

左射事忙答道：“下官受王上的委托，想请教神使一些问题，怎敢授教于神使。”

见他说得慎重，心想是不是昨天开长老会时说错了什么话，让巴王感到不悦，让这个左射事指点来了，便惶惶然道：“敝使愚钝，恐让王上失望，忐忑得很。”

左射事望着我，凝神片刻后说道：“神使不必过谦，王上对大人赞赏有加，说您是有大智慧的人，到巴国来，一定会有所作为。”

没想到左射事一开始就给我戴高帽子，倒猜不出他的用意了。而我最害怕的就是，这里的人把我当成聪明能干的人，从而成为各方势力争夺的对象，深陷其中而不能抽身事外，这样一来，离开巴国就遥遥无期了。想到这里，便淡淡道：“是王上看走眼了，敝使真是个愚钝的人，在巴国恐怕难有作为。”

左射事摇摇头，笑道：“神使就不必过谦了，下官这次来，是有几个具体问题想跟大人讨教，不需要神使大人选边站的。”

见左射事如此说，我不好意思再推托，答道：“射事大人有什么问题，敝使如果知道，定会知无不言的。”

见我表了这个态，左射事便不再客气，说道：“是这样的，数十年前，巴国之外界，原本是荒野之地，人口稀疏，贫穷落后，但近几十年，却忽然变得十分富裕，又多出成千上万的人来，对我巴国生存环境造成巨大威胁，为此，巴国不得不关闭了几处通风口。而随着外界物资的引进，巴国贵族为争外界物资配额而互不相让，更加剧了各方矛盾，神使从外界来，见多识广，可知有解救之法？”

没想到左射事说出这个话题，一时不知怎样应答，想了想，只得支吾道：“现在外界已被开发为旅游度假区，来往人群有增无减，恐以后对巴国的影响还会加大，至于如何应对破解，敝使倒没有想到什么好办法。”

左射事并不急于追问解救之法，继续摊开话题，“现在巴国有些人想借这些事，减少巴国与外界的联系，除减少物资配给外，还想实行封禁，不知神使对此有何看法？”

说来说去，左射事这一番言论，其实还是想我选边站，为他们说话，而我早已打定主意不介入巴国内斗，所以不能顺着他说，但即便如此，我也不愿得罪他，只得把皮球踢回去，“关于此事，不知王上有何看法？”

左射事答道：“王上嘛，还在犹豫不决，所以才让下官来征询神使的意见，可……”

“还是王上考虑得周全，”没待左射事说完，我赶紧堵住他的嘴，

“以目前的情形来看，能够维持现状是最好的结果，符合巴国的实际情况。”

我的回答，显然令左射事感到失望，但他还不死心，继续游说道：“可现实的情况是，巴国不是想维持现状就可以做得到的，从外部因素来讲，随着旅游开发的深入，巴国藏身是越来越难，而从内部因素来讲，外使们带入的物资和见闻，已在国内产生巨大影响，此时再不让人们去听去想已经不现实了。尤其是年轻一代，都有到外界去增广见闻的强烈愿望，在这种情况下，神使以为，巴国还能够维持现状吗？”

左射事这番话，对我还是有所触动的，但我有自己的顾虑，因在我看来，巴国能在这深穴中隐藏两千多年，靠的就是严格的保密制度和与世无争的心态，一旦开禁，必然人心大乱，矛盾加剧，真如大江决堤，洪水倒灌，巴国岂不命悬一线。想到这层，我更加坚定了自己的态度，于是答道：“不久前王上与敝使说梦，谈到有一苍龙送一白牛到巴国，引起各方争斗，造成血流成河的惨状，现在看来，那条苍龙，便如外界之思想，而那头白牛，恰如外界之物资，如果不加鉴别的大量引入，定会在巴国内造成混乱，如此一来，王上的噩梦岂不就会变成现实。”

听完我的话，左射事长叹一声，自知再也无法说动我，只得转移话题，“就算神使说的有理，可如果不引进外界的技术，又怎能治理圣海越来越严重的死鱼现状呢？”

“圣海死鱼？”

“对，近些年来，圣海不断出现死鱼，有愈演愈烈之势，敢问神使，可有解决之道？”

沉思片刻，我答道：“刚才射事大人曾提到，为避免外界发现巴国行踪，曾关闭了几个通风口，如此一来，圣海内供氧量必然减少，自然就会产生死鱼了，若要治理，必须在圣海内安置增氧设备才行。”

左射事听了，连连点头，顺口说道：“说来说去，还是要引进外界设备才行。”说完这句，左射事又忽然转变话题，问道：“下官偶听外使言及外界，皆是只言片语，支离破碎，不得要领，以神使眼光看，外界究竟如何？”

我想也没想，便答道：“以敝使看，巴国外界现在是天下太平，国泰民安，丰衣足食，算是几百年来最好的一个时代。”

话音刚落，左射事便以为抓住我的破绽，趁机将我一军，“如此说来，加强对外界的接触，更多引进外界物资与发明，应该是有百利里而无一害的事了。”

我岂肯上他的当，话锋一转，“敝使刚才所讲，主要就经济富裕社会安定而言，但其实很多方面还不够完善的，若不加鉴别地盲目引进，其实也可能对巴国造成伤害。”

左射事故作惊讶状，问道：“神使此言，下官就不明白了，请大人明示？”

我沉声答道：“外界几十年的高速发展，也造成了很多遗留问题，比如环境污染，贫富不均，信仰缺失，尤其是人与人之间缺乏关爱和信任，其情状远不如巴国和谐。”

“难道这就是外界留给神使的印象，”听完我的回答，左射事不但不知难而退，反而步步紧逼，“神使刚才所言，似乎有些自相矛盾，试想，一个物资财富如此丰富的国度，怎会出现如此不堪的事情，下官无论如何不信，还有，神使言道巴国和谐，不知是怎样得出这个结论的？”

“敝使所言句句属实，但大人信不信是另一回事，”尽管觉得自己的辩解很苍白，但我不得不说下去，“廪君遣敝使来巴国，其主要目的，亦是要敝使洞察国情，找到一条适合巴国发展的道路，致使其族裔能平平安安地生活下去。”

听完我扯虎皮做大旗的一番辩白，左射事顿时哑口无言。

左射事的拜访，没有得到他想要的结果，悻悻的走了，但是，我的心情，却被他扰乱了。的确，随着仙女山的旅游开发和仙女山镇的房地产开发，再加上国际地质学家和探险家纷纷前来此地考察探险，这个深处地下的魔幻地国被发现是迟早的事，而随着通风天井的减少，圣海内将会出现更多的死鱼，巴国人民赖以生存的食物来源就会告急。那时，隐藏了两千多年的神秘之巴不得不浮出地面，保存了两千多年的古代文明活化石不得不异化消失，而随之遭受灭顶之灾的，可能还有圣海以及那些奇怪的生物。这种损失，是几千亿、几万亿也挽回不来的！

可是，面对这样的现实，我又能够做些什么？

如果我想在这里有所作为，就不得不陷入巴国内斗，而这是我最不擅长又最深恶痛绝的事情。如果说两个不同巴国的祭司为了争夺和保护自己的权力而无所不用其极，那么我又在追求些什么呢？

是为了事业，还是为了名利？

是为了挽救巴国的困境，还是为了找到治疗蛊毒的解药，保住自己的小命？

可不论是为了什么，我都远离了父母，远离了覃婉丽。我这样做，不仅让父母和婉丽担心，甚至连自己也说服不了自己。此时此刻，我真担心，这一次的失联，说不定会失去自己的工作，甚至失去覃婉丽。

玻璃缸中的珊瑚，依然发着荧荧的光，慢慢游动的鱼，也荧荧地发着光，似在嘲笑我这个所谓的“神使”——你还真的把自己当神使了，以为自己是廪君化身，可以决定巴国的未来。人家已经在这里生存了两千多年，也许还会继续安安静静地生活很多年，你来了或者没来，都一样，你只是一个小角色，既创造不了巴国历史也改变不了巴国命运，你还是想办法早点离开这里，过自己的小日子去吧！

出去，怎样才能出去？

若是巴王和大祭司不让我出去，自己想办法出去可以不可以？

按常理推断，巴国至少有两个出入口，除绝谷溶洞那个危险的出入口之外，应该还有一个隐秘的但相对行走方便的出入口，要不然我们这些外人就不会这么容易被“请”进来了，那些庞大的水电设备也不可能顺利地运进来了。

所以，应该利用目前相对自由的时间，以考察为名，寻找到那个出口。主意一定，便叫来值守的侍卫，讲明意思后，两侍卫乐不可支，答道：“请问神使大人想去什么地方？”

“是不是想去什么地方都可以？”

“大探事吩咐了，这洞穴之内，除了两个进出口，都可去得。”一年轻侍卫不假思索冲口而出，另一个侍卫想阻止时，已经来不及了。

“进出口有什么好看的，”我装出毫不在意的样子，拍拍那年轻侍卫的肩膀，说道："我只想看看洞子里的美景，顺便活动活动筋骨。"

"神使大人想去哪里转，小人乐意带路。"年纪稍长的侍卫答道。

"整天待在这里，无聊透了，小人和覃达也想到处转转。"年轻侍卫随声附和。

"那我们就边走边聊天吧，这样就不无聊了，"接着，我又问年轻侍卫："刚才听你叫他覃达来着，那么你又叫什么名字呢，多大年龄了？"

"启禀神使大人，小人叫纳日炳，今年十七岁。"年轻侍卫答道。

"去过外界吗？"我问道。

"没去过，听果耐说，外面的世界太神奇了！"

"启禀神使大人，巴国有严格的规定，普通民众不允许谈论外界的事情，而到外面去也只是外使的特权，我们是没有机会的。"相比于纳日炳，覃达显得小心谨慎。

我又问道："除了外使，巴王和大祭司也不能出去吗？"

纳日炳答道："大人如此问，小人还真不知怎么回答，但据小人所知，历代王上和大祭司好像都没去过外界呢。"

此时，覃达又忍不住插话："听说外面很危险的，所以……"

见覃达总是小心翼翼，欲言又止，我决定不再为难他俩，换回刚才的话题，问道："除了圣海，巴国之内还有没有其他神奇好玩的地方？"

纳日炳答道："启禀大人，除了圣海，就数灵泉最好玩啦。"

我答道："那我们就去灵泉瞧瞧吧。"

覃达忙说道："启禀神使大人，灵泉有点远，走得快也要两个时辰。"

纳日炳面露不爽，"神使大人发了话，难道还要征求你的意见？"

走了一段之后，纳日炳控制不住好奇心，不顾覃达的劝阻，坚持要我给他讲外面的世界，看来，好奇之心大有人在。

我故意卖个关子，"你俩不是听果耐讲过吗？"

纳日炳答道："果耐那家伙，讲点事情就要这要那的，还总是藏着掖着，没劲！"

我又问道："他都给你们讲了些什么啊？"

纳日炳答道："也就是外界有会自己跑的大车，会飞的大铁鸟之类的。”

讲到外界，覃达也终于控制不住好奇心，接话道：“他说了，还有很高很高的房子，很宽很长的大桥。”

我笑道：“既然都知道了，还要我讲些什么呀？”

纳日呙着急道：“大人一定知道得比果耐多，讲得也更动听。”

我答非所问：“你们俩有女朋友没得？”

纳日呙、覃达齐声问道：“何为女朋友？”

我笑道：“就是娶妻子没有？”

纳日呙答道：“巴国要年满十八岁才能婚娶，所以小人没有女朋友，但覃达有了。”

我又问道：“你们可以和鱼女交往吗？”

纳日呙答道：“只有洞主、长老、射事这些贵族们才能享受鱼女的服侍，平民除非立了大功得到特许，以前有个平民悄悄跟一个鱼女偷情，被发现后双双祭了鱼龙。”

“鱼龙，那是一种什么东西？”

“就是生活在圣海里的大蛇。”

“大蛇！”

“对，大蛇，每月的鱼龙祭就能看到。”

听他俩讲鱼龙就是大蛇，我无比惊愕，原来还真有“大蛇”这种生物，并且就生活在圣海中，难怪大祭司千方百计要得到神琮了。那么，鱼龙究竟是龙还是大蛇呢？

如果是龙，那一定是这个世界上唯一活着的真龙，而如果是蛇，是否就是传说中那条可吞象的大蛇呢。

想到此处，我心痒难耐，便有改弦易辙去圣海的打算。

但去圣海是一路下行，而我们出门之后却是一路上行，现在如果改道，必然浪费不少精力，更引起纳日呙和覃达的怀疑，心想，反正多的是时间，等选个更好的时机再去，最好是驾船游海。

灵泉

就这么边聊边走，也没觉得花了多长时间，灵泉到了。

跟在纳日呙和覃达后面，拾级而上，有几十个大大小小冒着蒸汽的池子，一层层、一圈圈，错落有致。蒸汽中，隐约可见一个个晃动着的躯体，老人和小孩全裸，年轻女子半裸，只觉得一片春光乍泄。

来到最高处，就看见了无数喷泉。喷泉冒着热气，由地下喷射而出，有大有小，有高有低，最高可达十多米。最神奇的是，这些喷泉不是一直不停地喷，而是间歇性喷射，富有节奏感。

正惊奇之中，忽听得一声尖叫，“啊哟，姑娘们快看，是谁来啦！”

这一声呼喊，让我不得不停下步来，接着，耳边又响起各种各样的尖叫声：“是神使大人呢，他怎么来啦！”

“神使大人是在体察民情呢！”

“大人可真会选地方体察啊！”

循声望去，只见一片白雾中，晃动着一个个白花花的身体，虽然看不清面貌，但已觉察到是吉娜和她的伙伴们，一时之间，不知所措。正进退两难时，耳边又响起姑娘们七嘴八舌的声音——

“既然是来体察民情的，裹得这么严实，不够有诚意呢。”

“是啊，神使大人既然来体察民情，就得脱光了衣服进池子才算是体察嘛。”

“禾香，你是不是喜欢上神使啦，居然要神使脱衣服，可人家不一定领情哦。”

“禾香和神使，好像不大般配哦。”

“谁说不般配啦，禾香虽然不是贵族，但药王却备受巴国人民尊崇，不是贵族胜似贵族，依本姑娘看，很般配呢。”

最后这句话，听得出是吉娜的声音。耳听着姑娘们露骨的挑逗，不知何故，我反而不再退缩，把心一横，几步走到池子边，就开始脱衣服，口中说道：“我是怕自己一个粗人，扫了姑娘们的雅兴，既然郡主跟禾香小姐不嫌弃，那我就冒昧了。”

我的到来，使这池子几乎沸腾，一时间，姑娘们更加口无遮拦起来——

“原来神使大人是奔着吉娜与禾香来的，姑娘们，看样子我们没戏啦，不如都撤了吧，把机会留给吉娜和禾香。”

“吉娜已经有了罕宝公子，只有禾香才有机会。”

“谁不知玛苏雅和更甦有一腿，当然会帮禾香说话啦，把姐妹们都排除在竞争范围之外，可真够狡猾的。”

“好啦好啦，你们这群酸萝卜，别在这里瞎嚷嚷啦，难得神使大人光临，可别被你们给吓跑了，还想不想听神使讲外界的事情啦。”

吉娜这一声叫嚷，终于让姑娘们安静下来，随后，一个个便围在我身边，做出各种期待的表情。事已至此，我索性逗她们一逗，于是答道：“不是有外使吗，怎么不向他们打听？”

见我想踢皮球，姑娘们便开始表达对外使的各种不满——

“外使们都守口如瓶，把牙齿撬开都不肯说，哪能指望他们？”

“除非那个姑娘愿意给他点甜头吃。”

“恶心死了，谁愿意为了听点稀奇就被那些脏手糟践啊。”

等姑娘们控诉完毕，我又说道：“听说巴国有规定，不许乱说外面事的。”

吉娜撅嘴道：“大人可是大祭司跟前的红人，谁能奈何得了您。”

见吉娜又要挤兑我，只好应付道：“其实外界的人跟巴国也没什么不一样，都是一样的脑袋身子。”

见我推托，一女子立马说道：“可本姑娘听说，外界的女子穿很奇怪的衣服，很高的鞋子，画很浓的妆，漂亮得不得了。”

我摇摇头，答道：“以我的看法，她们矫揉造作得很，没有姑娘们漂亮。”

另一女子不依，反驳道："神使大人撒谎，有外使曾悄悄带回来几幅外界女子的画片，一个个长得像仙女似的，美极了！"

我继续敷衍，"都是画出来的，怎么能算数。"

那女子直摇头，"听外使说，那是用什么机器照出来的，跟真人一模一样呢！"

一姑娘接着说道："对了，请神使大人给我们讲讲外界那些神奇的机器吧？"

眼见着姑娘们如饥似渴的眼神，看样子今天不说点实质性的内容是脱不了身的，踌躇再三，我不得不开口说道："外面是有很多奇怪的机器，还有一种制造机器的大作坊，那些会自己走路的车子和会飞的铁鸟都是那些机器造出来的。"

吉娜又问道："神使有那种会自己走的车子吗？"

我点点头，答道："我也有一辆这样的车子，里面可以坐五个人。"说到这里，忽然想起自己还停在仙女山客栈的牧马人，可千万不要被别人偷去了。

接下来，姑娘们又是一阵抱怨——

"好想出去坐外界的大铁车，好想穿外界的奇装异服，可惜……"

"外界这么神奇，可我们却看不到，为什么规定只能外使才能出去呢！"

"这些该死的臭规定，何时才到头啊！"

"听阿爹说，恐怕以后连外使都不能随便出去，得有大祭司的特许才行。"

"我也听阿爹讲，今后巴国还要实行禁言令，不许任何人谈论有关外界的事情。"

闻言，吉娜愤然道："玛苏雅，不是说你阿爹正积极推行开禁嘛，怎么反而要实行禁言令，那岂不是一天不如一天了。"

叫玛苏雅的姑娘答道："阿爹虽然身为左射事，但大权都掌握在大祭司手里，右射事又处处唱反调，所以……"接着，玛苏雅又转向我，央求道："神使贵为廪君钦差，又深得大祭司信任，可不可以帮姑娘们说几句话啊？"

我苦笑道：“敝使人微言轻，能够说得起什么话呢。”

“玛苏雅你还真够天真的，”吉娜瞥我一眼，充满挑战的味道，“这些规定也影响不了神使大人，干吗要帮我们说话？”

听着吉娜的挤兑，心里不觉一阵难过，她哪里知道，身为廪君神使的我，其实也身不由己，不能乱说乱动的！

在姑娘们的软磨硬泡下，不得已，给她们讲了些外界的事物，便看见一只只瞪大的眼睛和吐出的舌头，随后，是异口同声的惊叹：“外界的世界简直太精彩啦！”

看着姑娘们热烈的反应，我忽然有些后悔，为了激发她们的爱国热情，便信口说道：“其实外界的人活得很辛苦，房子得自己挣钱买，家用、衣物、一日三餐也得自己掏钱，看病还得自己掏钱，如果失业了，可能饭都吃不饱，更没钱治病。”

听完我的回答，叫禾香的大眼睛姑娘眼睛瞪得更大，“什么叫失业，外界那么富裕，怎么会吃不饱饭？”

为了给她解释清楚，我只好以最幼稚的语言说道：“失业，就是找不到事情做，没有事情做，就没有钱，没有钱，就吃不饱饭，治不起病。”

“钱是什么东西呢，难道外界做什么事都离不开钱？”说完这句，禾香做庆幸状，又自问自答道：“幸好巴国没有失业这一说，也没有吃不饱饭的人，还有，不管是谁得病了，阿爹都会给他治。”

听完禾香的回答，我笑道：“所以巴国其实有很多方面都比外界好，而且……”

还没等我说完，吉娜便急不可耐道：“神使大人，无论您怎么变着花样儿夸巴国，可本姑娘还是觉得外界好。”

“我们也觉得外界比巴国好。”

“是啊，如果能去一趟外界，就是少活几年也愿意！”

见姑娘们越来越崇外媚外，我不得不加些砝码，装出愁眉苦脸的样子，说道：“外界不仅有生病没钱医治的，还有饿死和冻死的，姑娘们晚上也不敢随便上街，否则非杀即奸，而且人心特别险恶，尔虞我诈，稍不留神就被诬陷，倾家荡产。”

正当我搜肠刮肚地寻找有关险恶的词汇来形容外界的时候，吉娜又插嘴了，“哼，尔虞我诈，难道神使认为巴国就没有尔虞我诈，是一片净土吗？”

“对了，过几天就是鱼龙大祭了，姐妹们都有什么打算呢？”见我被吉娜责难，禾香赶紧转移话题，替我解围。

“鱼龙祭，何为鱼龙祭？”

“鱼龙祭当然就是拿活人来祭鱼龙咯，身为神使，居然连这都不晓得。”

“据我所知，巴人历来都是祭虎的，怎么到了你们这里，变成祭鱼龙了？”

“按照大祭司的说法，鱼龙是大蛇的化身，圣海中的神灵，掌管着我们的食物和福祉，如果不虔诚地祭祀，巴国就会遭殃。”

“就是，最近几年圣海内经常出现死鱼，大祭司说是贡品选得不好，鱼龙生气了，所以以后要用童男童女来祭祀。”

“是啊，大祭司说，是鱼龙托梦给他，必须选择八岁以下的童男童女献祭，以后才不会出现大量死鱼。”

听着姑娘们关于鱼龙祭的描述，虽然身在温水中，心中却一阵阵发冷，不由得说道：“圣海中有那么多鱼，难道还不够鱼龙吃吗，这实在是……”惊叹之余，忽觉自己失言，赶紧改口，“那这童男童女又怎么来选择呢？”

吉娜答道：“这个还不简单，先由十个大洞各选出一对童男女，再由大祭司占卜决定哪个洞的族人该献祭。”

我又问道：“这样做，岂不打破了人口平衡吗？”

禾香答道：“不会的，阿爹有办法让失去儿女的父母再生一胎。”

话音刚落，吉娜忽然使劲把禾香往我身边推，嘴里说道：“是啊，我们巴国几千年来能够保持生育平衡，就是药王家世世代代的功劳，他是巴国最值得尊重的人，神使可要好好对待他的女儿啰。”

尴尬中，我只得支吾道：“那是应该的，我们都应该对禾香好才对。”

听完我的回答，吉娜莞尔一笑，“但愿神使能够说到做到。”

回到宾室，忽然感到胸闷。

夔城之巴有白虎之祭，而黔隆之巴有鱼龙之祭，21 世纪的今天，居然还有如此残忍的人祭制度，实在是有些不合情理。但反过来一想，这里是处于远古意识形态的巴国，而人祭制度是巴国几千年形成的传统，也可以说是巴国人民敬仰鬼神维持心理平静的内心使然，你若硬要去改变它，说不定就会酿成更大的灾祸。

正胡思乱想着，忽听见敲门声，起身开门，只见大探事站在门外，他的脸上，挂着神秘的笑容，“大祭司命敝使给神使请安来了，大人这些天过得可好？”

我赶紧回礼，答道：“谢谢大祭司和探事大人关照，敝使过得很好。”

大探事进屋，环顾四周，忽然摇起头来，“可依大祭司看来，神使过得还不够好，所以，特命敝使为大人带来两件礼物。”

“礼物，什么礼物？”望着大探事热情洋溢的笑容，我有些困惑，不由得说道：“自进入巴国以来，敝使毫无贡献，却收到大祭司礼物，于心何安。”

“神使大人过谦了，”大探事俯身前倾，又习惯性的伸手拍我肩，露出狡黠的目光，“大祭司赏赐神使，自然有他的道理，大人是个明白人，用不着敝使点破吧。”

刚刚敷衍了左射事，现在又被大祭司拉拢，看来作为“神使”的我，想逃避站边置身事外实在是有点难度。这不，刚来几天，左射事和大祭司就纷纷做工作来了，可是我却实在有些搞不明白——自己对他们究竟有什么用处。

见我沉思，大探事拍了两下巴掌，门被再次推开，进来的是覃达，他的身后，跟着两个鱼女，其中一个便是“无瑕”。

“大祭司要敝使送的礼物，便是这两个鱼女，”说到这里，大探事又露出讳莫如深的笑容，“那日神使似乎没有尽兴，所以今日带她俩来做个补偿，望神使笑纳。”

我慌忙说道：“敝使一个人蛮自在的，请探事大人把她们送回去吧！”

见我拒绝，大探事摇头皱眉道：“大祭司怕神使寂寞，送两个暖床的，有什么使不得的，领不领情，神使自己看着办。”说完，留下两个鱼女，大步朝门外迈去。

大探事走后，无瑕和另一鱼女便来到我面前跪下，扑闪着大眼睛，费力地说道："鱼女……听从……大人……安排。"

我慌忙扶起他，指了指旁边的沙发说道："没有什么安排，坐下来说说话吧。"

另一鱼女急道："鱼女……是……来……侍寝的，请……大人……吩咐。"

听这鱼女开口说话，口音跟无瑕如出一辙，这才明白，原来这是鱼女们共同的发音特点，可能是长期在水中生活，语言已经退化了。看着眼前两个奇特的尤物，我感到十分窘迫，情急之中，竟然大声说道："我不需要你们侍寝，如果不想聊天，你俩就在这里睡吧。"

无瑕以为我发怒，大惊失色，立即跪在地上，惊恐地瞪大眼睛，战战兢兢道："鱼女……不会……聊天，只……会……侍寝。"

见状，我只得压低声音说道："自己的名字总知道吧？"

另一鱼女回答道："贱婢……名叫鱼……娇儿。"

听这个鱼女回答，我总算是搞懂了，原来每个鱼女的名字前都有一个"鱼"字，于是，我又没话找话道："那我就叫你玉娇吧。"

"玉娇？"鱼娇儿仰头望着我，点点头，接着，就要为我宽衣解带。我赶紧按住她手，不让她剥我衣服。玉娇吓坏了，滑下地来，跪在沙发前，惶恐之极。无瑕也跟着下跪，眼眶含泪，显得惊慌失措。

"你们这是怎么了，赶紧起来。"我伸出双手分别来拉无瑕和玉娇。

"大人……若是不……要贱婢……侍寝，鱼女……会受……责罚的。"无瑕哭了。

"我不是不要你们，我是心疼你们。"我摇头叹道。

"大人……如果……心疼……我们，就让鱼女……为大人……侍寝吧。"无瑕哀求道。

"我今天有些疲倦，不需要你们侍寝，赶紧回去吧。"看着眼前两个楚楚可怜的鱼女，实在心存不忍，随后又补充道："放心，我明天会告诉大探事，你俩服侍得很好。"

"探事……大人……交代了，今晚……鱼女……不能……回去。"

“那就这样，今晚你们睡里面的大床，我睡这里就是了。”说完，指了指卧室。

“大人……是不是……不喜欢……鱼女？”无瑕和玉娇花容失色。

“不是你们想的那样，我非常喜欢你们，非常喜欢。”情不自禁中，用手摸摸她俩的头，万分爱怜又万分矛盾。

“那……罪女……就……放心了。”无瑕颤声回答，难掩失落之情。

鱼龙之祭

三天之后，就是鱼龙大祭。

一大早，大探事便来到宾室，亲自邀我列席仪式。虽然对这个人祭仪式充满反感，但出于尊重和好奇，又不得不参加，便随大探事一道前往。

祭坛设置在圣海边的一块平地上，坛上立着一个架子，架子上挂着一排石磬，石磬下是一排錞于，錞于后面是一个巨大的石香炉，香炉前面坐着手持廪君神杖的巴王，他的后面是持钺武士。巴王的两边，是一群妇女儿童。通过大探事的介绍，得知这就是巴国第一家庭，分别有王后、两个妃子以及两个小儿子和一个小公主。在他们的后面，还站着一个面容憔悴但仍不失雍容华贵的中年女人，那是巴王的姐姐，巴国的长公主。

高台之下，站着左右射事和洞主以及长老们，圣海岸边，是身着盛装的巴国群众代表，罕宝、龙格、扎格、纳莫和吉娜以及禾香也夹杂在人群中。

场地四周还竖立着二十四根大木柱，木柱上雕刻有各种奇形怪状的动物和人物，而柱子的顶端，则雕着一个个兽头，其中十二根柱子上是虎头，而另十二根柱子上是一个类似鳄鱼的头。每根柱子前燃烧着一堆篝火，火光与圣海中的发光珊瑚交相辉映，若天上人间、海底龙宫，场景辉煌而壮观。

随后，大探事又介绍道："这是今年的春季大祭，也是迎回两件巴国重器之后的第一次大祭，所以特别隆重。"

我轻声问道："怎么没有看见献祭的童男童女？"

大探事附耳答道："这会儿他们不用出来。"

我又问道："还有大祭司呢？"

"大祭司三天前就开始沐浴斋戒，接受神谕，要等会儿才出场。"大探事很热心地为我解说，生怕我搞不明白，"神使别急，在这之前，有很多精彩的节目呢。"

辰时整（即寅时），祭祀大典开始了，十几个鼓手一起敲响錞于，錞于响过一阵之后，十几个女子又敲起了架子上的石磬。錞于声厚重结实，石磬声清越悠扬，两种声音交错而鸣若乱石崩云、金戈互击。随后，百来个壮汉由人群中杀出，一个个披头散发，纹面刺体，手持戈矛，排成五个纵列，步调一致，吼声如雷，同时做出劈、刺、砍、扎、钩等冲杀动作，刹那间，场地中顿时被一种惊天动地般的杀气笼罩。

此时，大探事又说道："此乃巴渝战舞，牧野之战时，担任前锋的巴方将士就是以这个舞阵吓傻了纣王的军队，为武王伐纣立下首功。"

看着这威武雄壮的战舞，确有一种摄人心魄的气势，一时之间，头脑中便浮现出金戈铁马，血肉横飞的战争场面，不禁一阵心惊肉跳。

战舞表演完后，又是一阵号角齐鸣，随即，香炉中冒出一股青烟，笔直地蹿上去，至洞顶时，分化成五道，彼此纠缠，状若云龙。接着，錞于和石磬再次敲响，响声中，一群戴着面具、扮着各种怪物猛兽的傩人出现在场地中，疯狂地舞蹈起来。他们时而盘旋翻转，时而相互打斗撕咬。打闹声中，一群壮汉又顶着一个怪兽出现在场地中，那怪兽头部硕大，张着犬牙交错的血盆大口，追逐着场地中的傩人，傩人们则在场地中来回翻滚，躲避着怪物的追击。随后，那怪物嘴里喷出火来，傩人赶紧将两个戴大头娃娃面具的人抓住献上，怪兽张口咬住大头人，才停止了喷火。

刹那间，人们欢呼起来，紧接着，傩人取出插在广场周围的火把，在鱼龙周围游走跳跃，做讨好之状。随后，十个洞主神情肃穆地进入场地中央，盘腿坐在一个巨大的圆盘前，圆盘中间是一根有沟槽的木杆，木杆的中心部位也塑着一个怪物的头，其形状跟那傩戏中的怪物如出一辙。

表演至此，场地中一直充满着既诡异又喜庆的气氛，让你很难把它与残忍的杀人仪式联系起来，倒像是在举行一场盛大的节日聚会。

此时，大祭司缓步进入场地，双手捧着那偷来的神琮，来到场地中央，口中念念有词，忽快忽慢，时而闭目念咒，时而仰天呵斥。念了一会儿咒语，大祭司又开始旋转舞动起来，随之，那圆盘中的木杆也开始转动起来。

大祭司的身形越舞越快，那圆盘上的木杆也越转越快。大祭司越舞越疯狂，银色的头发披散开来，盘旋在头顶，像一只发光的飞碟。此时，四周似有一股气流在旋转流动，聚向大祭司身体，一时间，整个祭祀场地被神秘的气氛锁住，鸦雀无声。

突然，大祭司旋转的身体停顿下来，开始念咒语，念了一会儿咒语，又突然跪在场地中央，双手高举神琮，仰天低吟。与此同时，那飞快旋转的木杆也慢慢停下来，随后，怪物头张开大口，吐出一颗硕大的夜明珠，夜明珠顺着木杆中的沟槽，滚落在圆盘边的一位洞主面前，洞主立即匍匐于地，长跪不起。

同时，我看见站在罕宝身旁的吉娜张大了口，一派惊愕之状，便猜到，可能是他们洞“中彩了”。果不其然，我看见跪地的洞主慢慢抬起头来，面色苍白，两眼发直，果然是吉娜的父亲——尕乃让洞主。

尕乃让洞主举手向天，跪于大祭司身旁，接过大祭司手中的夜明珠。随后，又是钟鼓齐鸣，欢声阵阵，同时，人群中走出一对成年男女，手里分别牵着一男一女两个小孩。小孩的脸上，是好奇的目光，看见欢呼的人群，那个小男孩竟然笑了。

紧接着，巴王和他的王妃儿女们，所有的洞主长老们，以及场地周围的人群也开始了念诵，他们双手掩面，发出若经咒般的呢喃，嗡嗡之声不绝于耳。

大祭司念叨完毕，其他人也停止了念诵，两个小孩被带到了圣海边，送上一只铺满食品的小木船。随后，一赤膊力士敲响了大钟，其节奏与力度与召唤鱼女有所不同。伴着钟声，水波迅速地向四周扩散开去。随后，岸边力士便将木船推入水中，当父母握住小孩的手不得不松开时，小孩终于感受到危险的临近，哇哇大哭起来。

小船借着武士发出的力道，往圣海深处漂去。突然，水面上出现一个巨大的漩涡，那漩涡越来越大，越旋越快，紧接着，一个漆黑的巨大的头颅由漩涡中冒出来，张着血盆大口，瞪着皮球大的眼睛，像一条巨大鳄鱼。

但那不是鳄鱼，而是一只水里的龙，只不过它的四肢长得跟海狮海豹一般，另外还有一条锯齿状的尾巴，毫无疑问，这是一只真真正正的龙——早已灭绝的沧龙。

我再也不忍目视接下来发生的惨剧，低下头来，捂住胸口，只感觉气血翻腾，头晕目眩，心中充满无比的震惊与愤怒——这是一场残忍的杀人闹剧，天真无辜的小孩即将葬身鱼龙腹中，而这杀人的仪式居然演绎得如此神圣，如此的辉煌壮观！

我的身体开始麻痒难耐，血液中似有千万只虫蚁在撕咬冲突，四肢痉挛。我知道，是自己体内的蛊毒又一次凶猛发作了。

接下来，感觉自己被吸进一个黑洞，盘旋着不停下坠，周围有人影憧憧，围着我不停旋转，一个个血肉模糊、龇牙咧嘴，发出震耳欲聋的狞笑，其中有脖子断裂的鱼凫，胸腹中箭的盐姬以及头部洞穿的王后，口中高喊着："皮兆寅，还我命来！"

我拼命捂住耳朵也无济于事，那声音不但没有减弱，反而愈来愈响，撕心裂肺。紧接着，黑洞中又长出许多尖齿，尖齿上还插着一对童男女。此时我才明白过来，这哪是什么黑洞，而是鱼龙的大口，它尖利的牙齿，正在撕裂着自己的身体……

醒来的时候，发现自己躺在一张石床上，周围环境十分陌生，但眼前出现了两张熟悉的面孔，一个是大探事，一个是那大眼睛姑娘禾香。

"这是在哪里？"望着自己不熟悉的环境，我有些茫然。

"这是在药王的府邸，他的病床上，"见我醒来，大探事长舒一口气，"神使终于苏醒，可把敝使吓坏了！"

"谢谢探事大人关照，谢谢……"待要感谢禾香的时候，才发现她已不见了。

"敝使也没出什么力，不足言谢，神使最该感谢的应该是药王，是他治好了您的病，当然，还得感谢禾香姑娘，她可足足守了大人两天两夜呢！”大探事答道。

“两天两夜！”

“对，两天两夜，”大探事点点头，随即又说道：“神使所得何病，来无影去无踪的，可真够古怪！”

“禾香姑娘，就是刚才那位小姐吗？”我答非所问，故意岔开话题。

“对，她是药王的女儿，”见我不愿回答病因，大探事也不再追问，脸上露出诡异的笑容，“禾香姑娘对神使好像有特别的好感，大人可不要辜负了人家。”

听大探事说出这没头没脑的话，我一时不知如何作答，正斟字酌句的时候，门口忽然传来一洪亮的声音，“神使这病，确实有些古怪，竟让小民有些无处着手呢。”话音刚落，一满面红光的中年人出现在床前。

“感谢药王救命之恩！”我努力撑起身体，向他施礼。

“救命之恩，哈哈，言重了，小民其实也没做什么。”药王轻按我欲起的身体，接着，又将手搭在我腕脉上，沉吟半晌，脸露诧色，“奇怪，昨日为神使把脉的时候，还觉得脉象紊乱，危机四伏，现在再测，竟然一切如常了。”

大探事忙问道：“依药王看，神使得的什么病？”

药王微闭双目，迟疑片刻，答道：“小民愚钝，还没参详得透。”

大探事紧锁眉头，满脸疑惑，“神使的病，怎么连药王也瞧不出来吗？”

“小民刚才讲了，神使所患之病，十分的古怪，小民还……”没等药王说完，禾香不知何时闪身于病榻前，说道：“阿爹，神使刚刚醒来，需要好好休息呢，你们就不要在这里七嘴八舌了吧。”

见禾香突然插嘴，大探事便以为这病有什么难言之隐，忙顺着禾香的话说道：“禾香小姐说得对，神使需要好好休息，有药王帮助医治，还用得着我这个门外汉瞎操心吗，还是知趣点离开吧。”说完，便站起身来，我欲起身相送，大探事连忙阻止，“神使留步，若不小心又受风寒，大祭司怪罪下来，敝使怎么担待得起。”

听到大探事如此说，我心里泛起一阵暖意，忙拱了拱手，答道：“谢谢大祭司的垂爱，请探事大人带敝使表达谢意。”

“那是自然的，神使好好休息吧，敝使走了。”

说完，大探事便转身离去，一点也不拖沓。

待大探事离开房间后，药王又使了个眼色，禾香也知趣的离开了，现在，房间内只剩下我和药王，而此时的药王，不仅神色严峻，语气也变得有些冷，只听他说道：“现在，可以谈谈神使大人的病了，如果小民没断错，大人恐怕是中了蛊毒。”

对于药王的话，我并没有感到吃惊，毕竟他是神医，能瞧出我的病因也属正常，既然如此，我也就没什么好隐瞒的，便答道：“确实中了蛊毒，已有大半年了。”

药王点点头，接着说道：“而且这个蛊还是女人种下的。”

听完这句话，我开始明白药王神色严峻语气变冷的原因了，一定是认为我辜负了某个女子，才落得如此恶果，而这种病是不便与外人道的，所以他才在大探事面前装糊涂，假装说还没有参详出来。如此看来，这个药王不仅医术高明，而且情商极高。

见我沉吟不语，药王又问：“方便透露一二吗？”

话已至此，我不得不答道：“是夔城之巴的王后种下的。”

回答药王的时候，忽然有一种强烈的羞耻感，完全不敢直视药王的眼睛。药王心知我意，也有意回避我的眼神，接着说道：“肯定是神使大人伤了王后的心，要不然，她不会给大人同时种下两种蛊毒！”

“两种蛊毒！”

“对，情蛊和恨蛊。”

听完药王的回答，望着药王锐利的目光，我羞愧万分，慌不择言，语句凌乱：“算是那样吧，但不是您想的那样。”

药王皱眉摇头，“什么这样那样的，那不重要，重要的是，可以找到她吗？”

“她已经死了，被我杀死了！”我不由得长叹一声，此时此刻，真恨不得有个地洞可以钻进去。

“罪孽！罪孽！”药王眉头深锁，脸上现出厌恶之色，“神使大人身体欠佳，需要静养，小民今天就问到这里。”说完，他转过身去，脚步沉重的离开了房间。

再一次昏睡中醒来，忽见禾香坐在床前，手撑着下巴，正痴痴望着我。

“禾香小姐，这几天辛苦了，真是过意不去！”

听见我说话，禾香忙伸手端过床柜上的汤钵，口中吹着气，说道：“神使大人，我给您熬了碗汤，快趁热喝下。”

“谢谢禾香小姐了，我自己来吧。”我撑直了身体，接过汤钵，“别管我叫神使大人了，怪别扭的，叫我小虎吧。”我喝了一口汤，看着禾香的黑眼圈，异常感动。

“那我叫您小虎大人吧。”禾香答道。

“小虎后面还加个大人，更别扭了，直接叫小虎吧。”

“那就叫您小虎哥好了，这下不别扭了吧。”说完，禾香眨巴眨巴眼睛。

听着小虎哥的呼唤，看着眼前的禾香，忽然就想起覃婉丽，一种莫名的惆怅涌上心头。见我忽然发呆，禾香又说道：“生病的时候，小虎哥常念叨一些人的名字。”

“我都念什么名字啦？”

“比如盐姬、婉丽、依噶什么的？”禾香不停眨巴着眼睛，流露出强烈的好奇，“她们都是谁啊，是小虎哥的情人吗？”

“没有，她们都是我曾经梦中的人，只有婉丽是我现实中的朋友。”

“那个婉丽，一定很漂亮吧？”

“她叫覃婉丽，是个女孩，我的……女朋友。”

“这么说来，你会娶她咯？”

“还……没有结婚，不过……快了。”

听完我的回答，禾香低下头，眼中闪现出一丝不易觉察的失落，但她很快又装出若无其事的样子，说道：“我明白了，您放心，我不会跟婉丽姐姐抢小虎哥的。”待我把汤喝完，禾香伸手接过汤钵，又说道：“小虎哥，您先休息一下吧，我待会儿再来看您，还想听您讲外界的事呢。”

看着禾香离去的背影，心里荡起一阵涟漪——虽然自己不算是个情种，但再眼瞎的人，也不会读不懂禾香眼中的内容。

“我不会跟婉丽姐姐抢小虎哥的。”禾香这句话是什么意思，是她打算斩断情丝，还是另有图谋？在爱情方面，我算是个幸运儿呢，还是个不幸者？

在如此短的时间里，前前后后经历了覃婉丽、依噶公主和王后三个女人，这还不算鱼女无瑕，现在，禾香又掺和进来。

神啊，快救救我吧！

药王

正胡思乱想中，听见吱嘎一声，药王推门进来，拉把椅子坐在床边，说道：“本想等神使大人休息一会儿再来打扰的，但心中有些疑问，如鲠在喉，不问不快。”

迎着药王的锐利目光，我答道：“药王有什么疑虑，请问便是？”

药王便问道：“王后是怎么给大人种下蛊毒，大人又为什么会杀死她？”

我答道：“王后想大权独揽控制巴国，为达到目的，她先后害死了前王后和巴王，还想暗害大祭司和洞主长老们，在我进入巴国后，她又给我种下蛊毒，希望我以神使的身份助她一臂之力，不得已，我才杀了她。”

“原来是这样，”药王听完，冷峻的脸色逐渐转为红润，喃喃道：“依小民看，大人也不像那心狠手辣的人。”

我深怕药王不理解我的苦衷，接着解释道：“我曾经想过一走了之，可又不忍心看见王后阴谋得逞，巴国人民受难，所以才和祭司联手，挫败了王后一伙的叛乱。”

药王心领神会，说道：“有人的地方，就会有勾心斗角，有权力之争，就会有阴谋诡计，而事关王权的争夺，就会更加残酷，若不是情非得已，相信大人不会杀那王后的。”

“这个是我后来才明白的。”听完药王的话，我稍觉宽心。

药王又问道：“那大人来这里又是为了什么？”

我答道：“来这里是为了寻找我的几位兄弟，他们被外使绑架进来了。”

药王便问：“神使口中的兄弟，可是罕宝公子和龙格等人？”

我答道：“正是。”

药王又皱眉问道：“可神使既已找到罕宝，怎么还不离开巴国？”

我叹了口气，答道：“您以为我不想离开，可大祭司和巴王……”

药王点点头，答道：“小民明白了，看来权力之争又找上了神使大人。”见我沉吟不语，药王便接着说道：“依小民看，大人既已进入巴国，再想置身事外恐怕不大容易，小民只希望大人凡事本着善心，做事留有底线便可。”

我答道：“请药王放心，我心里有数。”

药王手捋银须，微微一笑，说道：“但目前最重要的事，还是治病。”

我也不想谈那些烦心事，见药王转而说到治病的事，以为他一定有办法，便强压住兴奋之情，问道：“药王有治疗蛊毒的办法吗？”

沉思片刻，药王答道：“小民已观察过大人的脉象和舌苔了，神使是被种了蟒蛊，好在小民这里也还有蟒蛊的母体，但种在大人身上的情蛊，要解起来就有些麻烦。”

“没关系，如果能解除恨蛊，我已经很满意了。”听完药王的话，看着他亲切的面容，心中涌起强烈的亲情感，感动之余，不由得说道：“药王，请不要再以小民自称好吗？”

“称呼不重要，只要神使不看低小民，”药王抬头笑了笑，随后又露出凝重之色，“可惜那个王后已经死了，要是她还活着，或许就好办了。”

看着药王为难的神色，我便说道：“若此事令药王为难，就不勉强了。”

药王答道：“若只是恨蛊，并不难解，只要我请来母蛊招来子虫，再念动驱蛊咒，将那些恨蛊排出体外应该没有太大问题，只是这情蛊……”

见药王欲言又止，话中藏话，我不由得问道："药王有什么顾虑吗？"

"这个以后再说吧，大人先好好调养几天，祛蛊很消耗体力的。"说完这句，药王又面现纠结之色，"不知大人愿意在寒舍还是自己的宾室进行调养呢？"

我答道："还是回宾室调养吧，这两天已经很麻烦药王和禾香小姐了。"

药王答道："若大人执意要走，小民不会勉强的，只是要注意多休息，不能……"

我答道："已经好多了，不如现在就走吧。"

见我欲起身，药王赶紧一把按住，笑道："神使不用着急，容小民再观察半天，用过晚膳再走吧，禾香和她母亲已经在准备了。"

"这样的话，又要麻烦药王夫人和小姐了，真是过意不去。"此时此刻，感觉自己眼眶有些湿润，嗓音也有些哽咽。

"谁说要走了，没有本姑娘的同意，谁也不许走。"说话声中，禾香闪身进来，原来她根本没有去做饭，而是躲在门外偷听。

"是神使大人自己说要回去休养的，阿爹可没有赶他啊。"药王赶紧申诉。

怕禾香怪罪药王，我赶紧说道："是我自己要求回去的，这两天已经很麻烦药王和禾香小姐了，再留下来，怎么过意得去。"

禾香冲到床前，生气地望着我，"那些侍卫狗屁不懂的，既不会熬药，也不会熬汤，怎么能够回宾室去调养。"

"神使尊贵，怎能下居贫舍，"药王摇了摇头，无助地望着我，"况且，神使大任在身，随时都有很多公务和会见，住在这里不方便的。"

禾香眼一瞪，嘴一撇，"还说不赶他，回去又是公务又是会见，怎么能够安心调养，都病成这样了，还处理什么公务。"

药王无奈地望着禾香，苦笑道："行啦，就照我家小祖宗说的办，但你得答应我，吃过晚饭后，自己先睡个好觉，可别把神使治好了，自己却病了。"

"本小姐还没那么脆弱吧。"说完，禾香便强挽药王胳膊，朝门外走去。

刚刚躺下不久，药王又回到病房，说是左射事前来探访，问我见还是不见。我赶紧整理衣服，准备下床迎接左射事，此时，左射事已推门进来，药王便拿把椅子放在床边，请左射事坐了，然后关门离开。

“神使不必下床，躺着说话吧。”坐定后，左射事眼露关切之色，“听说神使突患重病，王上十分挂念，命微臣前来探望。”

我答道：“偶染小恙，得蒙王上和射事大人挂念，惶恐得很。”

左射事摇头道：“神使的身体安好，有关我巴国前途，自然是很大的事了。”

听左射事说得如此慎重，我不得不起身敬礼道：“射事大人言重了，敝使人微言轻，对巴国无关紧要的，望大人转告王上，不必挂怀。”

“当然重要，否则也不会受到王上的牵挂了，”左射事赶紧回之以礼，随即又话锋一转，“可是，下官有一事不解，神使大人明明好好的，怎么突然就病了，而且早不病，晚不病，偏偏在鱼龙大祭时病了，还病得如此厉害。”

听完左射事的话，我暗暗吃惊，难道他看出了我的病因。于是，我不得不装作若无其事的样子，答道：“老毛病了，刚好那个时候发作，跟祭祀大礼没关系。”

“还以为是神使慈悲，见那童男女被鱼龙所食，心怀感伤，急火攻心，所以病倒。”左射事感叹道。

此时，我又回想起鱼龙之祭，也不管左射事话中有话，直言道：“也可以这么说，是祭礼触发了敝使的发病。”

见我面露愤懑之色，左射事觉得我已上钩，接着说道：“以活人祭祀，是巴国几千年的传统，虽说以前祭虎，现在祭龙，其实质是一样的，只是以往多以病老之人为祭，但自从死鱼多了之后，大祭司便改以童男女换祭，确实有些残忍，对此，神使可有意见吗？”

我答道：“那为什么不继续像过去一样，以病老之人祭之呢？”话是这么说，可转念一想，其实病老之人也是人，也是一条活生生的命啊，怎就会觉得比童男女献祭好点呢。想到这层，我一时郁闷难言。

左射事趁机说道：“这都是大祭司的主意，其实王上和下官都有些意见的。”

明知道左射事以此事为着力点来拉拢我，但我还是控制不住自己，想趁这个机会做点人道努力，便回答道："敝使去夔城之巴时，他们也曾以人祭虎，后来在廪君的启示下，改为牛羊之祭了。"

左射事大惊，"怎么，夔城还有白虎吗？"

我答道："夔城绝谷中还有四只白虎，其中公虎乃廪君化身，正是他亲自现身启示巴人，才改变了以人祭虎的旧例。"

听完我的回答，左射事沉默不语，凝视着我，半晌才说道："如此说来，神使是想在这里也做一些改变了。"

我情不自禁道："依左射事看，是否行得通？"

"神使何不与王上亲谈，他可是一个开明的王，"见我认同他的想法，左射事脸现兴奋之色，身体前倾，附耳低语道："只是话要说得巧妙些，毕竟鱼龙之祭，是国之大事啊！"

见左射事又想利用我与大祭司做对，忽然有些后悔，便想从他的套子里钻出来，于是赶紧改口，"可是，有时候又觉得尊重巴国的传统更稳妥。"

闻言，左射事顿感失落，叹道："如果廪君能够显灵，亲临巴国就好了！"

可是，说者无心，听者有意，左射事有意无意的一句感叹，倒让我心动了一下——既然我能在夔城之巴造神，又何尝不能在黔隆之巴再现呢。眼见我沉默不语，左射事认为已达目的，随即起身告辞，说道："神使大病初愈，即来打扰，真是不该，神使好好休养，他日再议此事。"说完，便起身出门，兴冲冲离去。

左射事一走，困意又至。

朦胧中，忽听见床边有响动，接着有香味飘进鼻孔，感觉是有人送饭菜进来，可是我还不想马上睁开眼睛，继续闭目沉思。

只觉得一团热乎乎的东西贴到脸上，鼻孔中闻到香香的味道，以为是药王在用毛巾给我做热敷，睁开眼，却是禾香红彤彤的脸。

禾香见我突然睁眼，吓了一跳，愣神片刻，才掩饰窘态，装模作样道："小虎哥，我给你送吃的来了。"说完，指了指床边木架上的饭菜。

“开始用晚膳了，怎么不叫我。”

“您还在睡觉，怎么叫，所以，本姑娘只好把饭菜端进来咯，”此时，禾香已恢复了镇定，眨巴着大眼睛，好像刚才的贴脸没有发生过，口中说道：“小虎哥身体虚弱，哪能去外面，就在这儿吃吧。”

“在这里吃不礼貌的，还是出去和大家一起吃吧？”说完，我准备下床。

禾香笑道：“您要出去吃我也没意见，只是外面只剩残羹剩汁啦！”

我只得依她，接过禾香递来的饭钵，吃了几口，见禾香目不转睛地盯着我，有些不自在，便没话找话道：“初见药王时，差点认成了另一个人。”

“另一个人！”禾香作惊讶状，“是小虎哥在外界的朋友吗？”

“那个人不是外界的，但与你阿爹长得很像。”

“那他究竟是哪儿的人呢？”

“他是另一个巴国的药王，王后的父亲。”

“他也是巴国的药王，会这么巧？”

“就是，所以我感觉好奇怪的。”

“那你把他请进来，仔细对照一下，问问是怎么回事？”

“但是那个药王已经死了。”

“你不会认为阿爹就是他吧！”说完，禾香忽然伸出手来摸我额头，“没有发烧啊，怎么胡言乱语的？”

“你想哪里去了，他刚死不久，怎会是你阿爹。”

“原来你逗我玩儿呢。”说完，禾香便拿手来扭我。

看着禾香的举动，不觉心里一动，眼前的禾香，简直就是另一个活脱脱的覃婉丽。愣神之间，禾香已经揪住我手臂，瞪眼道：“老实交代，究竟有没有骗本姑娘。”

“真的没有骗你，要不待会儿问问你阿爹，究竟是怎么回事儿？”

“神使大人醒了，有什么事情要问小民啊？”话音刚落，便见药王进屋，他的身边，跟着一个青年。

禾香一把挽住药王胳膊，答道：“是小虎哥说，在另一个巴国有一个长得跟阿爹很像的人，正问究竟怎么回事儿呢。”

“谁是小虎哥啊？”药王瞪禾香一眼，“神使的名讳，岂是你可以乱叫的。”

禾香撇撇嘴，指着我说道：“是神使自己让我这么叫的，怎么啦？”

我点点头，说道：“是我告诉她这样称呼的，药王大人勿怪小姐。”

药王倒不十分在意，接着刚才的话题问道：“刚才谈什么来着？”

我便把夔城药师的情况简单讲了一下，药王沉思了一会儿，恍然大悟道：“听父辈们说过，巴国原本有两个药师的，他们是一对孪生兄弟，巴国分制之时，一个跟了大王子，一个跟了二王子，而我的先祖，就是跟二王子的那个药师。”

禾香便问道：“那后来怎么一个叫药师一个叫药王了呢？”

药王笑道：“那是先王尊重先祖，说先祖救死扶伤，深明大义，为巴国立下大功，应该叫药王才对，”说到这里，捋了捋银须，“在我看来，不过是个称呼，不必在意的。”接着，药王又拉过身边的青年介绍道：“这是小民的儿子，禾香的哥哥，叫更甦，今年十九岁，刚采药回来，顺便给神使大人引荐一下。”

我惊讶道：“怎么这洞穴中还有草药可采？”

“不是在洞穴中采集的，是……”更甦回答，但话没说完，被药王打断了，“这个以后再聊吧，神使累了，我们就不打扰了。”

我赶紧答道：“刚刚睡醒，精神好着呢，正想问问有关药物的问题。”

药王被我这一将，便不好离开了，尴尬道：“这洞穴中虽然没有草药，菌类还是蛮丰富的，而暗黑中的菌类，有些是很滋补的，先前小女给神使熬的汤中，便加了些。”

我微微一笑，装傻道：“难怪，刚才那汤喝过之后，感觉体力恢复了不少，想不到这洞穴中除了发光的珊瑚和鱼，还有这么多我不知道的东西。”

“神使如果对医药感兴趣，小民倒是可以和您聊聊。”见我没有追问更甦究竟去哪里采药，药王松了口气。

我便说道：“关于怎样控制生男生女这个问题，我颇感兴趣，要知道两千多年了，巴国的人口还恒定在十万人左右，真是奇迹。”

药王答道：“这也是先祖们传下来的，小民只是照方抓药罢了，没什么了不起。”

见药王不肯直接告诉答案讳莫如深的样子，心想，这应该是药王家的不传之秘，岂可轻易让外人知晓，便不好意思深入下去，于是改口道：“还有外使们使用的迷烟，也是药王帮忙调制的吧？”

闻言，药王皱了皱眉头，答道：“那些下三滥的东西，自祖父开始，就不传它了，外使们会用，或许从别的渠道掌握了这门功夫。”

我想若一味问药王这些隐秘的问题，可能会引起他的反感，便转移话题，问些轻松的事情，“更甦兄弟应该结婚了吧，怎么没见弟媳呢？”

可没想到这个问题，令现场气氛更加尴尬，药王的脸色忽然严峻起来，更甦也显得很不自在，禾香悄悄给我使眼色。沉寂了一会儿，药王叹气道：“这都怪更甦，谁家的姑娘不可以喜欢，偏偏要去高攀人家左射事的女儿。”

听到此处，我有些不解，忍不住问道：“左射事的女儿我见过，蛮不错的一个女孩，药王怎么反对？”

药王摇头答道：“人家是贵族，小民家是平民，历来只有贵族家男子可以娶平民家女子，没有平民男子娶贵族女子，这门不当户不对的，怎么能成？”

听完此话，我有些愤懑，不顾禾香使眼色，说道：“更甦身为药王之子，哪点配不上射事的女儿，只要射事大人没有意见，我看您就不要反对了。”

药王看看我，又看看儿子，说道：“其实更甦去年就到了娶妻之年，但因他眼里只有玛苏雅，人家父母又不答应，这事就拖下来啦。”

我又问道：“平民男子娶贵族女子，以前有先例吗？”

沉思片刻，药王答道：“古代倒是有过先例，平民战士如果立了军功，可升为将军，再由王上出面赐婚，女家又不反对的话，还是可以结合的，可现在整个巴国都龟缩于深穴之中，哪有军功可立。”

见药王为难，我心有不忍，于是答道：“这件事，我或许可以帮上点忙。”

听我如此说，禾香脸上立即露出惊喜之色，也顾不得阿爹和哥哥在场，就挽住我的手臂，叫道：“对呀，小虎哥是神使，又是王上和左射事倚重的人，如果由小虎哥出面提亲，哥哥的婚事就有希望啦。”

闻言，更甦立即跪在床前，“有劳大人相助，更甦跪谢了！”

我忙扶起更甦，“更甦不必多礼，我这也只是一说，还不知道能不能成？”

更甦却不起身，叩头道：“万望神使大人成全，若今后有用得着更甦的地方，万死不辞！”

见此，我不得不加点力，使劲扶起更甦，斩钉截铁道：“难得更甦如此痴情，我定当竭尽全力促成你和玛苏雅的这段姻缘。”

牵线搭桥

事不宜迟，为更甦能迎娶玛苏雅，我决定立即去拜访左射事。

接到我回访的消息，左射事很高兴，早早便守候在门外，一见我即躬身致礼，“神使大病初愈，便不辞劳顿光临寒舍，下官荣幸！”

我也回礼道：“射事大人先后两次探候敝使，感怀备至，早该回访表达谢意了。”

“神使有恙在身，本该静养休息的，”左射事轻托我手臂，满面带笑，“却不料竟然抱病前来回访下官，是下官的荣幸，特备粗茶简餐以表心意。”

客套一番之后，便随左射事进屋，但见其室内陈设精巧雅致，毫无奢靡之风，屋内家具台案大多利用天然钟乳石和洞壁石制作，沧桑古朴中透射出主人的学识修养。屋内还有一个十三四岁的少年，正在伏案看书，见我进来，忙站起身来，深鞠一躬，左射事便介绍道：“这是犬子蒙通，是个爱读书的孩子，今后还望神使多多指教。”

我走近蒙通，拿起桌案上的书，却是一本《电机原理》，便苦笑道：“这种科技的东西，敝使一窍不通啊，恐怕帮不上忙了。”

见我推辞，左射事并不在意，笑道：“下官也想他学点文学和历史，将来能够为治理巴国多做贡献，可他说巴国真正需要的是外面的科学技术，硬是不把下官的话当回事！”

我把书放下，赞赏道：“年轻人有这样的钻研精神，值得鼓励，要是能够……”

话还没说完，左射事似乎已猜到我的用意，答道：“神使的意思，要是能够到外界去学习就好了，这不，他天天拗着为父，要求当外使呢。”

我答道：“这是好事啊，难道射事大人不支持吗？”

左射事立即露出为难之色，答道：“全巴国的外使，总计不过三十余人，各洞主长老的儿子就占了大半，剩下几个名额要留给那些有特殊才能的民众，犬子不过十三岁，又没有特殊才能贡献，怎可贪占指标？”

没想到身为巴国重臣的左射事如此大公无私，不由心生敬意，忽然间想起两个人来，适合做蒙通老师，便说道：“巴国不是引进了两位水电专家吗，何不让蒙通跟他们学。”

左射事摇摇头，答道：“这个下官早已想过，王李二人皆为水电专家，当可为蒙通师，无奈其为外界之人，若家人频繁与其接触，恐让人闲话，留下话柄。”

听完左射事回答，忽然觉得他做人太过拘谨，今后难以共谋大事，想到这里，言不由衷地说道：“大人身为巴国重臣，王上爱卿，从不以权谋私，真是令人敬佩。”

左射事苦笑道：“下官虽身为左射事，排名大祭司之后，其实很多事都只有建议权，如今形势复杂，更不敢假公济私了。”

我便问道：“大人官居左射事，又深得王上信任，怎么说凡事只有建议权呢？”

左射事面露愤懑之色，答道：“神使大人难道不知，巴国的传统，国之大事，都得由大祭司占卜决定，而大祭司又特别擅权，加之长老会中他的人数占优，所以我这个左射事其实起不了什么作用的。”

左射事表面似在诉苦，实则是在探听我的立场，然而我却深知，与夔城之巴一样，这个巴国的实权也掌握在大祭司手里，而大祭司一直待自己不薄，我又怎能站在他的对立面呢。何况，我早已打定主意不介入这场内斗，所以遇到选边站这种事，我还是虚与委蛇最好，想到这里，便对左射事说道："敝使认为，就目前形势而言，巴国能做到维持现状已属不易，当务之急应着力于解决圣海鱼类死亡问题。"

"神使想得简单了，"闻言，左射事脸色更加凝重，语气也变得激昂起来，"如果不加大开禁力度，治理圣海的人才和设备就无法进入巴国，而若不及时了解外界，又怎能防患于未然，更何况外界之科技日新月异，生活水平蒸蒸日上，巴国若不与时共进，则与外界之差距便会加大，与外界比更无优势可言，长此以往，定会人心浮动，动乱不已。"

听左射事讲得慷慨激昂，我不忍心反驳他，便问道："不知射事大人有何打算？"

左射事等的就是这句话，而他似乎早已成竹在胸，便答道："巴国所缺，并非外界之机器设备，缺的是人才，因机器设备可以引进，而人才却难以引进，若按以往之方式，则稍有差池，便会暴露巴国藏身之地，到那时，王上之噩梦就会变成现实，为避免此类事情发生，下官心中有个计划……"说到这里，左射事忽然停顿下来，观察我的反应，见我听得专注，才继续说道："拟在国内选择聪慧好学之少年十余名，授予他们少年特使身份，派往外界学习现代科技和经营管理，学成归来后即可报效巴国。"

听完左射事一番长篇大论，我心竟然有所触动，但同时觉得风险也不小，便又问道："少年心性，极不稳定，难道大人就不怕他们被外界花花世界所迷惑，学成而不归呢？"

左射事答道："正如神使先前所说，外界虽然繁华，亦有饥不饱腹之人，衣不裹体之人，老无所养之人，病无钱医之人，而巴国虽不富裕，但却衣食无忧，居有定所，老无所弃，病有所治，又有洞海、玉田、灵泉等奇景，若再引进些外界的先进技术与电器，譬如电灯电视，如此一来，巴国便不亚于人间天堂，国民岂有贪念外界的念头。"

听到此处，我不禁问道："射事大人怎么知道外界这些事情？"

左射事笑道："身为管理国家的重臣，如果没有一两个心腹外使，就成瞎子了。"

听完左射事这番表白，我心想，既然你明知道我先前所说不假，怎么当时却跟我胡搅蛮缠，为了说服我而不惜掩耳盗铃。想到这里，我不由得说道："看来在巴国，只有敝使才是真正的瞎子，不仅是瞎子，还是哑巴和瘸子。"

闻言，左射事以惊讶的目光注视我，表示不解。

我苦笑道："敝使有眼而不能尽观，有嘴而不能直言，有脚而不能乱走，岂不等同于瞎子、哑巴和瘸子。"

"大人乃廪君神使，岂可妄自菲薄，"听完我话，左射事连连摇头，"之所以造成如此局面，乃在于大人心有顾忌，谨小慎微所致，而王上招神使入国，乃是为己所用，而神使迟迟不表明立场，亦令王上有所顾虑，故不敢授实权予神使。"

左射事的话虽然有些刺耳，但还是说出了实情，也点醒了我，原来巴王不敢授我大权，乃是因我言行不合圣意，同样，大祭司不敢用我，也是一个道理。归根结底，若想能在巴国有所作为，必须选定一个靠山，除此以外，别无他途。

想到这层，我渐渐有了主意，进而问道："大人这个方案可咨询过王上意见？"

左射事答道："王上早已首肯，并令下官在议会中提出，但依下官愚见，若这个议案由神使大人首倡，成功的机会就大得多。"

我装糊涂，问道："为何？"

左射事答道："照以往经验，凡下官所提之议案，不管对错，大祭司多予以否定，而神使秉廪君意志，又得王上和大祭司赏识，于情于理，都是最合适人选。"

我暗想，好个狡猾的左射事，你这样做，明显就是把我当枪使，若议案得以通过，便是他的首功，若是不能通过，则是我的过错，而且这样做，很可能因此而失去大祭司的信任，那我便没有退路了，只有死心塌地的跟定巴王，岂不中了左射事的圈套。但反过来一想，如果一味拒绝左射事所请，得罪于他，那么我这个月老就当不成了。事已至此，不得不暂时应诺他，便答道："射事大人，您看这样好不好，敝使先私下与大祭司商量一下，若他对此没有异议，敝使再找合适时机在议会上提出，如何？"

听完我的回答，左射事喜形于色，躬身致礼道："神使大人肯出面，这事就有希望！"

见左射事心情转好，我便适时导入正题，"依敝使看，蒙通这孩子很有灵气，若早做培养，假以时日，必定能够成就大器。"

左射事笑道："蒙通这孩子，就是爱读书，对外界的事情充满好奇，但下官其实更希望他能学点为人处世之道。"

我摇头道："孩子还小，不用着急学那为人处世一套，那些东西学多了，反而令人生厌。"见左射事皱眉，我又适时转移话题，"怎么射事大人就这一个孩子吗？"

左射事答道："下官还有一个女儿，叫玛苏雅，整天与尕乃让洞主的女儿吉娜混在一起，也不让人省心。"

我又问道："大人爱女芳龄几何，可曾婚配？"

闻言，左射事脸露愁容，沉思片刻后答道："女儿今年已经十八岁了，按照巴国的规矩，十六岁即可婚嫁，但……"

我继续发问："怎么，有什么为难之处吗？"

犹豫片刻，左射事答道："玛苏雅这孩子，也是从小被宠坏了，放着那么多洞主长老的儿子不选，偏偏喜欢上药王之子更甦，却叫人为难了。"

我假装不懂其中关节，讶然道："更甦是个不错的青年啊，玛苏雅眼光不错。"

左射事连连摇头，"可下官早已答应覃望日洞主的聘约，不能变卦的。"

我再问道："令媛可愿意嫁给覃望日的儿子呢？"

左射事答道："她自然是不愿意，可巴国的规矩，贵族女儿是不能嫁入平民家的，再说，如因此事得罪覃望日洞主，于我们的联盟十分不利。"

听完左射事一番话，我顿时明白了，原来这桩婚姻，不只是门庭方面的问题，还牵扯到政治联姻，倒让我有些为难了。但想到药王的恩德，又想到更甦执着的眼神，便不忍心退缩，接着说道："如果玛苏雅非更甦不嫁，此事又该怎么办？"见左射事面露苦涩，我便趁热打铁，"假如王上出面赐婚，射事大人可有意见？"

见我对此事如此上心，左射事自然以为我是为了报答药王的救命之恩，没有多想就答道：“这样的话，覃望日洞主自然是没有话说，心里其实很有芥蒂的，但如果神使能坚定地站在巴王一方，那么这点损失就不足挂齿了。”

听完左射事的话，顿时无语。更甦和玛苏雅的婚事，说来说去，还是离不开政治斗争，离不开选边站。看来要帮到更甦，就得跟左射事做些交易——我帮他达成某些政治目的，他帮我完成月老任务，事情就是这么简单。在政治斗争中，没有什么亲疏人情可以讲，一切都以利害关系来权衡。

离开左射事家，心情变得有点沉重，由于没得到左射事的明确答复，不方便回药王话，便临时决定去会会罕宝。

到了罕宝住处，却被告知与吉娜去了一个叫玉田的地方，想想自己也没去过，正好去参观参观，便又和纳日呙、覃达转向玉田。

这一路都是上行，道路略微狭窄，少钟乳而多砂岩，弯道也多，光线也暗，走着走着，忽然想起一个问题，便问覃达：“我见巴国有覃、郑、樊、相、尕、木、纳等几大姓，怎么独独缺了巴姓呢？”

覃达答道：“巴国有覃、郑、樊、相四大姓不错，但尕、木、纳却不是姓，而是名字，凡是没有这四个姓在前面的，其实都是巴姓。”

我随即又问覃达：“覃达既然姓覃，应该就是覃望日洞主的族人了，但不知覃洞主平日待人怎样？”

覃达答道：“洞主待族人非常好，小人们都爱戴他。”

听完覃答的回答，我心念一转，说道：“可否为我引荐下覃洞主？”

覃达连连点头，“那是小人的荣幸，要知道覃洞主对神使也很仰慕的。”

覃达的话，让我产生了一个新的想法——与其与左射事谈交易，还不如直接去做覃望日洞主的工作，如果能说服他主动取消与左射事的聘约，那事情就变得简单了，我也就不必参与到这复杂的权力斗争体系中去了。

交谈中，玉田到了。

原以为玉田只是个地名，却不料又是一处神奇景观——巨大的洞厅中，从上到下，一层层像梯田一样的地形呈现眼前，那梯田里并没有水，而是一片片晶莹剔透、白里透绿的玉一般的镜面。

走近一些，感觉到寒气袭人，才发现那镜面是冰，冰层下面还有一些黄褐色小晶体，像玉石，又像琥珀蜜蜡。

仔细想想，不大可能是玉，因玉的形成环境与冰川没有关系，而且玉一般是包裹在石头中，不会这么裸露，那么一定是琥珀了。

如果是琥珀，那么巴国就有了一个宝贵的财源，要知道现在外界对琥珀的购买收藏已经达到近乎疯狂的地步，价格不断上涨。如果这些琥珀能够被开采一部分，巴国就有了引进外界机器设备的丰厚资金，再也用不着去偷盗了。

正痴痴地想着，听见有人叫我，却是罕宝从远处过来，后面跟着龙格、纳莫、扎格和吉娜郡主。“听说您当月老去了？”罕宝还没走拢，就大声叫起来，看起来心情不错。

“只是做个礼节性的回访，没有谈到别的事。”因为没有把握，我不想声张出去。

“我也是听吉娜郡主转诉，她听禾香小姐说的。”罕宝解释道。

“这事有很大难度，暂时还没有想到可行的办法，慢慢来吧。”我回答道。

“只要神使大人肯当这个说客，一定会成功的。”吉娜赶了过来，激将我。

“我会尽力而为的。”为了安抚吉娜，我只好表个态度。

“玛苏雅都快十八岁了，怎么可以慢慢来啊？”吉娜撇嘴道。

“郡主还是着急自己的事情吧，如果有需要，本使愿意效劳的。”我笑答。

“本姑娘的事用不着神使大人操心，您还是把禾香照顾好才是正事。”吉娜反戈一击。

“我不是替您操心，是替我的罕宝兄弟操心呢。”我也针锋相对。

“他的事也不用您操心，我们心中有数。”吉娜说完，小脸儿立即红了。

罕宝倒也识趣，连忙上来打圆场，“姑娘们在叫吉娜郡主呢，不如你先过去陪她们，我同皮兄到处看看。”

吉娜趁机下台，嘟囔道：“真是见异思迁，见到神使就不管本姑娘了。”说完，还是发觉用词不当，赶紧溜了。

我转过身来看罕宝，发现他正痴迷地看着吉娜背影，便笑道：“我这才明白，宝弟为什么不急于离国了？”

罕宝不正面回答我，有意转移话题，“皮兄和覃姑娘怎么样了，现在身陷巴国，有什么打算？”

看到罕宝快有了归宿，我也就不再隐瞒和覃婉丽的关系了，于是答道：“我是早晚要出去的，出去后，也许会娶覃婉丽为妻。”

说到覃婉丽，罕宝眼神已不再黯淡，令我倍觉欣慰，但罕宝接下来的话，还是让人有些伤感，“丽雅虽然走了很久，但我是不会忘记她的，我也知道皮兄想早点出去见覃姑娘，但大祭司和巴王都倚重您，所以，您一时半会儿是出不去的了，覃姑娘又怎么办？”

我苦笑道：“目前是有点身不由己，看看再说吧。”

“皮兄想在大祭司和巴王之间玩平衡，难度实在有点大，”罕宝凝视着我，关切之情溢于言表，“但愿皮兄不要陷入太深，否则会难以自拔的。”

我拍拍他肩，装出若无其事的样子，“感谢宝弟操心，为兄心里自有分寸。”

罕宝又道：“皮兄深得大祭司和巴王的倚重，这个我倒不太担心，我所担心的是，在禾香与覃姑娘之间，皮兄将何以取舍？”

我立即正色道：“我只是把禾香当作妹妹，没有别的想法。”

罕宝摇摇头，感慨道：“男女之情，真是微妙得很，往往是在对的时间遇到错的人，而错的时间又会遇到对的人，真真是愁煞人呢！”

闻言，我不由得问道：“宝弟现在应该是在对的时间遇到那个对的人了吧？”

“造化弄人，昨天如此，今天亦如此，”罕宝凝视前方，淡然说道：“不过很多事我都想开了，有什么挫折，也能够经受得住。”

正为罕宝的话感到纳闷，忽见禾香赶来，高声叫道：“小虎哥，你害我找得好苦。”随后，又转头对罕宝说道：“怎么罕宝公子也在啊？”

见禾香叫我小虎哥，罕宝便露出神秘笑容，说道：“皮兄刚离开你家，就追过来了，看来今后约皮兄，得征求禾香小姐的意见咯。”

见罕宝取笑她，禾香嘴上也不饶人，回怼道：“宝公子别笑话别人，整天跟着吉娜屁股后面转，害得我们姐妹聚会的时间也少了。”

自离开巴国以来，第一次看见罕宝有了好心情，还开起了玩笑，本应该替他高兴，但与禾香斗嘴，肯定是讨不了什么便宜的，为了保护他的自尊心，我只得赶紧转移话题，“禾香，你急匆匆赶过来，有什么事情吗？”

可禾香哪里知道罕宝面薄，兀自喋喋不休，“自认识宝公子后，吉娜就整天宝公子长宝公子短的，也不大理睬姐妹们了，敢情巴国所有的男人都是粪土，小虎哥在她眼中也都上不了台面呢。”

话音刚落，罕宝脸色唰的白了，转身就走，可禾香仍不知轻重，挤眉瞪眼道：“没见过这么小气的男人，吉娜真是……”

听到此处，我忽然有些上火，“够了，你少说两句行吗？”

见我声色俱厉地打断她说话，禾香更加来气，“嘴巴长在本姑娘嘴上，爱说多少句就多少句，难道还要经过你许可不成。”说完，也扭身就走，走没几步，又回过头来，愤然道：“叫你回家治病，却把人家好心当成了驴肝肺！”

身体内的战争

来到药王家，并没有马上安排祛蛊，而是先调养，除了吃饭，还要喝些药王熬制的汤药，说是祛蛊前必不可少的程序。禾香看我的眼神也很正常，并没有特别亲热的举动，这让我稍觉心安。

第三天，药王开始为我祛蛊。

进入病房，药王先从一个深棕色罐子里舀出一些粉末状的东西，倒入一汤钵中，接着，又从一个黑色罐子里掏出些颗粒状物质，放入刚才那个汤钵中，搅拌一阵后，汤水变成褐色，接着，药王命我喝下了这碗药汁，脱光衣服躺在石床上。

躺下之后，药王又递给我一块湿布巾咬在口里，随后说道："驱蛊的后期会很难受，出于需要，小民会把大人的四肢固定起来，神使信得过小民吗？"

我咬住湿布巾，点点头。

随后，就见更甦拿出六根一尺左右长度的木棍，插入分布于石床四周的孔眼中，铆实之后，再将绳带绑紧在木棍上。接着，药王将汤钵中的药汁涂遍我全身，尤其不放过身上有孔洞的地方，譬如耳朵、鼻孔、肚脐、肛门。涂完药，更甦便在上面搓揉起来，药王则念念有词，似咒语，又似催眠曲，不知不觉间，我闭上眼睛，进入睡眠状态……

恍惚中，自己变成了一只白虎，在无边的黑暗中穿行，既像洞穴，又像夜空，隐隐约约看见有一道光，不断变换着形状，像动物，又像人。

突然，前面的光变成了廪君，不断呼喊着我的名字，朝无穷无尽的黑暗深处狂奔，我想奋力追赶，却被一种无形的力量牵制住了。

然后，廪君不见了，出现了很多发光的猛兽，除豺狼熊豹外，还有大蛇。它们先是相互追逐嬉闹，接着就打斗撕咬起来，有的被咬断了腿，有的被咬断了脖子，一只只猛兽伤痕累累，鲜血淋漓，狰狞而无助地望着我。

这个时候，出现了一群游客，人人手里都拿着一台巨大的照相机，相机上装有闪光灯，噼里啪啦不停地对着受伤的猛兽拍照，闪光灯每闪一次，猛兽就消失一只，连闪几次，就消失一群，不一会儿，猛兽消失干净。

接着，游客们又冲入洞穴中拍摄，闪光灯乱闪，依然是闪一次，消失一块钟乳石，闪一次，消失一个玻璃鱼缸。最后，又来到圣海一阵乱拍，圣海中的水便由绿色变成了红色，海里的鱼惊慌乱窜，鱼女们痛苦地挣扎，无瑕也在其中，她全身是血，惨不忍睹。

游客们不但毫无怜悯之情，反而觉得刺激，一个个兴奋得大呼小叫，不停地拍照，到后来，圣海里的水没有了，发光的珊瑚和鱼也不见了，只留下海滩上鲜血淋漓的鱼女。

见此情景，我的心紧缩起来，只觉得周身疼痛，血液中，肌肉中，各种器官中，似有千万只虫蚁在爬行撕咬，它们左冲右突，从我身体中的各个通道往外面狂奔，通道口一时容纳不了这么多的虫蚁通过，把血管和器官撑得鼓鼓囊囊的，像要爆炸掉。

终于，有一只虫蚁从我的耳朵里挤出来，接着，一只又一只，从耳朵里，鼻孔里，肚脐里，甚至肛门里爬了出来，贪婪地吞噬涂抹在身上的液体。

疼痛使我醒过来，发现自己被牢牢地捆绑在石床上，身上流动着某种液体，像一条条蚯蚓在蠕动。随着药王口中念念有词，那些黑色液体便像听到号令似的，一起朝床边的黑色罐子流去，最后汇成一股黑水，进入到罐子中。

此时的药王已是满头大汗，似乎比我还累，更甦见了，拿起一块毛巾，擦擦药王满头汗水，接着，又解开捆绑在我手脚上的布带。

看着药罐中的液体，药王长舒了一口气，俯身说道："幸亏神使大人体质强健，又懂得运功疗毒，要不然这么厉害的蛊毒，早使大人的内脏器官萎缩了。"

望着药王，我感动不已，嘴里却只憋出一句话："辛苦药王了！"

药王摇摇头，答道："举手之劳，何必言谢，"接着，又命更甦拿一块毛巾在我身上擦拭一遍，随后说道："神使先洗个澡，然后再喝一碗汤药，祛蛊虽消耗了一些元气，但无大碍，休养几天就没事了。"

这一觉睡得特别舒坦，醒来的时候，发现禾香坐在床边，见我睁开眼睛，傻傻地笑了，随后说道："终于看见小虎哥的笑容了。"

我情不自禁地拉住她手，问道："我睡觉时会笑吗？"

禾香将身体靠近，答道："至少比上次愁眉苦脸、龇牙咧嘴的样子好看多了。"

我便问道："那究竟笑了没有呢？"

禾香说道："我认为笑了就是笑了吧，就像现在这个样子。"

感觉到自己光着身子，虽然盖着被子，还是觉得有些不自在，而禾香的眼睛，又始终不离开我的身体，窘迫中，不禁问道："更甦在家吗？"

禾香答道："出去采药了。"

我灵机一动："更甦除了在洞中采药，还会去洞外采药吧？"

禾香答道："洞里哪有什么药可以采，自然是去洞外。"

我又问道："那他可以自由出入外界了？"

禾香点点头，又摇摇头，说道："阿哥采药的时候都有外使跟着，采完药就回来，不能在洞外久留，所以不算是真正到了外界，但听阿哥说，洞外有一道深谷，里面除了草药外，还有大蛇和狗熊、野猪。"

听禾香讲到深谷，我便猜到那一定就是犀牛寨后山的绝谷了，而进入深谷的出口，肯定就是上次探测过的那个溶洞，所以今后考察的重点，就是找到这个出口。

沉思中，禾香忽然问道："小虎哥是不是想家了？"

我当然不能告诉她自己在想怎么出去，便顺着她的话答道："是啊，进来这么长时间，确实想父母了。"

禾香撇嘴道："既然想家了，怎么不回去看看，巴国待久了，挺闷的。"

看着禾香天真无邪的样子，我不打算告诉她实情，免得她担心，但也不想撒谎，便反问道："怎么，禾香小姐也想去外界看看吗？"

禾香答道："小虎哥若愿意带我到外界，就跟你出去。"

看着禾香渴望的眼神，我一时不知道怎样回答，忽然为刚才的提议后悔，正在此时，更甦敲门进来，通知吃饭了。吃完饭，药王把我叫到病房，将门闩上，沉声道："小民已为神使大人祛除恨蛊，暂时不会发生严重的病痛了，但是情蛊还残存在体内。"

我答道："辛苦药王大人了，您的恩德我一定会报答的。"

药王忙躬身致礼，说道："大人言重了，区区小劳，不必挂怀的。"停顿片刻，忽又皱起了眉头，"情蛊虽对内脏没有什么损害，但对脑部伤害却很大，轻则失眠多噩梦，重则失忆脑瘫。"

我淡然答道："难得药王妙手驱蛊，我已经很知足了，至于情蛊，就由它去吧。"

听完我的回答，药王轻叹一声，接着说道："要祛除情蛊，也不是完全没有办法，但这事还得另一个人协助才行，只是这协助之人，可不是很容易找到的。"

见药王面露难色，心知祛除情蛊不会那么简单，特别是他说到需要另一个人协助才能完成，那么协助之人必做出很大牺牲，若是把自己的康复建立在别人的痛苦牺牲之上，这是我死也不愿意的。想到这里，便毅然回答道："情蛊就不要管它了，我自会运功抵抗。"

"好在大人体质强健，可能蛊毒的后遗症会比常人轻微一点，但也不可掉以轻心。"说到这里，药王望向门外，迟疑片刻后又说道："有些事，还是顺其自然吧，如果发展到那一步，就是天意了。"

这个时候，我若再不就更甦的婚事表表态就不够意思了，于是便说道："我已就更甦与玛苏雅的事询问过左射事，他主要担心与覃望日洞主的聘约，所以我打算找个机会跟覃洞主谈谈，希望他能主动解除婚约，然后再请巴王赐婚。"

药王敬礼答道："神使的心意，小民心领了，但这件事确实很棘手，不仅只是双方的信誉人情问题，还关系到他们间的政治同盟，恐怕这才是难点所在，如果神使因此而为难的话，小民不会强求的。"

药工一席话，让我不得不佩服，没想到这个身为"平民"的人竟如此睿智，将官场间的那些勾当看得比我还清楚。

尽管如此，但我还没有死心。

回到宾室，还没来得及拜访覃望日洞主，即接到大祭司召见，在与大探事同行的过程中，我先试探道："关于减少外使数量的问题，探事大人对此有什么看法？"

沉思片刻，大探事答道："我们这些具体做事的人，只要忠实执行上方的命令就可以了，千万不要去议论政令。"说完之后，似乎觉得有所不妥，又改口道："当然神使大人就不同了，您代表的是廪君意志，自然是可以发表意见的，但最好也要三思而后行。"

本以为减少外使数量会影响到大探事的权力和利益，多少会有点意见，没想到他这样回答，但我相信这不是他的真实想法，便进一步试探道："探事大人与大祭司过从甚密，又身居要位，在巴国具有举足轻重的地位，所以敝使很在意大人的意见。"

被我一阵胡吹乱捧之后，大探事终于不再藏着掖着，笑道："其实巴国之内，无论何方势力，都是希望增加外使数量和物资配给的，但若应形势发展的需要，不得不减少外使和物资数量，甚或暂时做些牺牲，也是值得的，这叫作以大局为重。”

虽然没完全明白大探事的意思，但我还不得不恭维道：“探事大人一句话，顿时点醒了敝使，所以什么场合该说什么话，还望大探事多多提点。”

“神使大人过谦了，”见我如此谦卑，大探事很受用，尽管如此，他还是做出谦恭之态，答道：“神使大人与敝使不同，不仅王上看好，祭司大人也甚为器重，以后还望大人多多提携才是。”

我趁机问道：“那么王上的意见呢，要不要尊重？”

迟疑片刻，大探事答道：“王上的意见自然要尊重，至少态度上要做到。”

与以往有所不同，大探事将我领进大祭司府邸后便退了出去。

此时此刻的大祭司，心情似乎不错，一改过去的冷峻面容，对我问长问短，显得特别亲切，让你很难将他和一个身居要位、精通权谋的重臣形象联系起来。

待我落座后，大祭司将桌子上剥好的广柑递过来，随后说道：“听说神使在鱼龙大祭那天突然病了，本座特别委托大探事来看望你，不知可否康复，吃个脐橙降降火气吧，这还是你家乡夔城运过来的脐橙呢。”

我双手接过脐橙，躬身敬礼道：“承蒙祭司大人关怀，敝使已完全康复了。”

大祭司微笑道：“听说神使已经考察了几个地方，可有什么收获？”

“已经参观了圣海、灵泉和玉田等处，”见大祭司心情好，我岂能扫他的兴，便净拣好听的说，“想不到这深山洞穴之中，有如此壮观的景象，犹如瑶池仙境，人间天堂。不仅如此，巴国民风淳朴，老少无欺，是为理想国之境界。”

听完我的回答，大祭司露出狡黠的笑容，说道：“神使既然觉得巴国如此美好，何不长住下来，在这里生儿育女，颐养天年。”

我当然明白大祭司的用意，赶紧说道：“感谢大人美意，若不是有婚约在身，又要回去给廪君汇报，敝使还真愿意留在这里不走了。”

大祭司似乎早已料到我会如此回答，微微一笑，接着说道：“那就把新娘接进来，由本座和王上亲自给你举办个隆重的婚礼，神使以为如何？”

我故作感激的样子，站起身来，对大祭司施礼道：“若能由大祭司亲自主持婚礼，真是三生有幸，那敝使过些天就回夔城之巴给廪君汇报，禀明此事如何？”

听完我的回答，大祭司笑容立即僵住，愣了一会儿才答道：“可神使刚到巴国不久，民情尚未体察清楚，怎么向廪君汇报呢，还是多待些日子再说吧。”

我心想，你所谓的多待些日子，其实是无限期，若不在巴国生儿育女，恐怕一辈子都出不去。但明知如此，我还不能跟他硬顶，便答道：“敝使就对廪君说，巴国大祭司治理有方，国泰民安，没有什么可忧虑的。”

大祭司摇摇头，答道：“可事实上，本座还真有些十分忧虑的事情。”

“但不知大人有何忧虑之事，可否讲与敝使分担？”

“这才是本座想听到的回答，”大祭司忽然站起身来，走近我，面露忧虑之色，“神使恐怕已经知道此事，最近圣海鱼类死亡严重，虽以童男女祭祀，似仍无好转，所以想咨询神使，有什么办法？”

说到这里，我算是明白了，大祭司既然宣称鱼类的死亡是因为祭礼不够庄重，而换成童男女后若仍不见好转，就会影响他的威望，所以宣我来咨询解决方案来了，而这个问题，我还真认真思考过，便不再谦虚，回答道：“敝使认为，圣海鱼类死亡，应是污染缺氧所致，敝使有两个不成熟的建议，若祭司大人不降罪，敝使就说了。”

听我说有办法解决圣海死鱼问题，大祭司深锁的眉头一下舒展开了，说道：“神使有什么建议，尽管说来，怎么会降罪于你。”

我便答道：“若要减少圣海鱼类死亡，可有大小两个方案选择，祭司大人是要先听大方案还是小方案？”

大祭司眯着眼，露出颇感兴趣的样子，道：“那你就先说大方案吧。”

“所谓大方案，”为了圣海的治理和巴国的福祉，此时此刻，我已抛开了所有顾忌，信心满满道：“就是建造一座污水处理厂，对进入圣海的生活废水进行净化处理，同时增加洞内的空气流通装置，但这个工程量十分巨大，耗时也长，但可一劳永逸。”

大祭司微闭双眼，沉思片刻后说道：“那你再说小方案。”

我答道：“所谓小方案，就是在圣海各处分置一批增氧器，暗河入海口再设置几道滤网，虽然水质没有得到根本改善，但因为增加了供氧量，也可减少鱼类死亡。”

听完我话，大祭司连连点头，夸赞道：“神使的建议，应该可行，可立即传言大探事，先实施小的方案吧。”说到这里，停顿了一下，以不解的神情望着我，“奇怪，这么好的办法，为什么说不降罪于你才肯说呢？”

我答道：“因为在议会上，大祭司曾提出减少引进外界物资的议案，而敝使这两项措施，都必须从外界引入设备。”

“原来是为此事，神使考虑得周到，”大祭司眯眼望着我，沉思片刻后说道：“本座有一个想法，神使提到的那个什么……增氧器，可不可以做成像一个祭祀装置。”

若按大祭司的想法实施，虽然会增加些成本，但这样一来，既解决了鱼类死亡问题，又强化了祭祀的必要性，真是一箭双雕，我当然明白大祭司的心思，但却不能说破，于是答道：“这个容易，只需将这些增氧器上做个鱼龙雕塑就可以了。”

“看来本座没有看错你，”大祭司听完，连连点头，喜不自胜，“神使的建议，深合本座心意，就按神使说的办。”接着，大祭司又来回踱步，转了几圈，突然停下步来，问道：“听说左射事曾两次造访神使，可有交流巴国事务，他都有些什么看法？”

迟疑片刻，我答道：“左射事第一次来寒舍，乃是礼节性拜访，第二次去药王家，则是探望敝使病情，敝使亦曾回访于他，礼尚往来而已。”

听完我的回答，大祭司点点头，答道：“神使来巴国考察，与官员接触交流是很正常的事，这也是本座所希望的，但这种交流应该更加广泛全面。除了左射事之外，还有右射事和洞主长老们都可以拜访，或者本座让他们多来向神使求教亦可。”

我忙答道：“祭司大人说得是，敝使一定照办，但求教之说敝使切不敢当，大人就不要吩咐各洞主长老了，待敝使有空自会去拜访他们。”

见我推托，大祭司并不勉强，又问了一些关于配置增氧器的具体细节，然后告诉我，等这件事情完成之后，会安排我出去向廪君汇报，同时欢迎我将未婚妻接到巴国成亲，他一定亲自为我主持婚礼。

临走的时候，我忽然想起一个问题，对大祭司说道：“参观玉田时，见那冰层之内，似有众多琥珀蜜蜡，如果采集出来，拿到外界售卖创汇，获利颇丰。”

大祭司眼睛一亮，急问道：“何为琥珀蜜蜡？”

我答道：“琥珀蜜蜡是一种松柏树脂形成的化石，这在外界是十分珍贵的宝物，现在好的琥珀蜜蜡已经达到数万元一块，若开采拿出去售卖，其获利远远超过食盐，可以用这些钱购买增氧设备，剩余的还可充盈巴国国库。”

“神使真乃全才，巴国有你，真是捡到宝贝了。”大祭司听完，兴奋异常，高兴之余，情不自禁地按住我肩膀，“既有此等好事，本座会立即安排人手组成一个采集小队，由神使指导，全权负责。”

我心中暗喜，趁机问道：“敝使可以自己挑选人吗？”

沉思片刻，大祭司答道：“采集之事，必会用到力大技巧之人，本座会给神使安排三个这样的人手，另外的人嘛，可由神使自己挑选，但总数不宜超过六个。”

听大祭司如此安排，心想，这大祭司果然狡猾，先给我安排三人，又控制住总人数，剩下让我挑选的就只有两个名额了，我的行动仍然在他的掌控之中。但既觅得如此良机，我也懂得见好就收，便爽快答应下来，这样一来，至少在巴国的行动就更方便了。

遍地是宝

最后，我指定龙格和更甦做助手，加上大祭司安排的三人，共六人组成了一个“琥珀开采队”。之所以选择龙格和更甦，是因为二人都是自己人，信得过，而且龙格会打造攀爬用具，更甦知道去后山绝谷的路径，这些今后都用得上。

经历了如此多惊心动魄的事情后，未雨绸缪已经成为一种习惯。

而大祭司为我挑选的三人，一个叫尕左木，一个叫蔓乃，一个叫樊云天，个个身板结实，肌肉虬结，眼光犀利，一看便是武力深厚之人。

上次来玉田，刚到一会儿就被禾香叫回去了，没来得及细观。重来此处，才发现玉田范围其实很大，而且还不止梯田一种形态，在冰川的边沿地带，分别还有冰褶、冰铸、冰缝等，蔚为壮观。

在一块大约两百平米的冰田内，粗略地数了一下，大概有琥珀蜜蜡原石几百块，大小不一，估计总重量在一百公斤左右，按目前市场最低价每克两百元计算，一块田的产出大概在两千万左右，是个不小的数目！

先试着用冰镐在冰面起挖，没想到那冰面忒硬，像铁板一样，老费工夫的。即使离冰面最浅的一块琥珀，也花了一两个小时才取出来。心想，得有专业的冰钻才行，否则，像这样蛮干下去，冰田可就不成个样子了。于是，我便吩咐队员们停止挖掘，开始做进一步考察，欣赏下这世界最神秘的冰川奇观。

冰田层层叠叠大大小小共有七十二块，总面积大概在两万平方米左右，除琥珀蜜蜡外，还有一些叫不出名字的古生物遗骸和植物标本，虽然我不是一个生物地质学家，但也意识到这些都是珍贵的古生物标本，拿出去变卖，其价值丝毫不会比琥珀蜜蜡便宜。

考察完冰田，接着勘察冰褶、冰铸和冰缝，放眼望去，让人不得不惊叹大自然的鬼斧神工。

先说这冰褶，像黔东南苗族的百褶裙，层层叠叠，密密麻麻，沿梯田边沿堆叠下来，其中又有宽窄深浅的变化，既像富有韵律的线条，有油画的肌理效果，又像是强弱不同的音符，演奏着无声的乐曲。

再说这冰铸，间插在冰褶与冰田之间，整体看像石林，单独看像各种各样的动物和人物。有的桀骜不驯傲然独立；有的恩恩爱爱相拥成双；有的呼朋唤友成群结队。这些冰铸组合在一起，像一个造化天趣的冰雕广场，让人目不暇接，目瞪口呆。

冰缝位于冰川底部，沟壑纵横，龇牙咧嘴，强光电筒射进去，黑咕隆咚的，不知道有多深。探近洞口，有丝丝的冷风吹拂，好像互相通达。终于按捺不住心痒，便吩咐由龙格、更甦和尕左木随我进去探缝，蔓乃和樊云天在外守候。

以前自己是编外队员，可以跟着专业人士亦步亦趋，但现在自己是队长了，要对属下的生命安全负责，得多长几个心眼，所以我吩咐大家小心从事。

先选了上层一个较大的缝口进入，先进入一个三十度左右斜下坡，因为没有穿抓钉鞋，所以十分溜滑。安全起见，我又吩咐每个人在腰间都系上带挂环的皮带，用一根很长的绳子将所有人串联起来。龙格打头，我和更甦居中，尕左木殿后，每走一段便在冰墙上打两个扣环，小心翼翼地摸索前行。

冰壁内随处可见各种古生物遗骸，大都比较完整，还看到类似巨大甲虫的的动物和带壳的两栖动物，甚至还发现了一只与鱼龙形态差不多的怪物，只是体型要小得多。几乎是每走十米，就会有一个惊喜的发现，每到这个时候，我都会发出程度不同的惊叹声，搞得队员们也跟着我莫名地兴奋起来。

想起以前自己千辛万苦采集得来的那些三叶虫化石、螺丝虫化石、贵州龙化石，跟这洞内活灵活现的一幕相比，简直不可同日而语。

再往前行进约三百米，眼前出现两个岔道，想了想，决定往右边较宽的冰洞进入，走没多远，坡度变陡，洞壁上有很多裂隙，地下亦有裂隙，便更加小心地一步步挪动。艰难的走过一段路之后，豁然开朗，眼前出现了一个大冰洞。

队员们将电筒光聚在一起，朝周围射去，不约而同地惊呼起来——只见洞壁四周壁立着无数的冰柱，呈多菱形，纵横交错，参差错落，而脚下好似一个冰湖，里面分布着各种奇形怪状的鱼类，冰层中甚至还有水草和其他水生动植物，全部被生动地凝固了。

最为生动的是一大一小两只猛犸象，大象怒目圆睁，后腿跪缩，身体下蹲，前腿直立撑开，将小象紧紧地护在两腿间，两头象不仅身体完整，就连牙齿毛发都完好无损。由此可以想象，这灾难发生得多么突然，多么惨烈。冰川冲来的时候，一定裹挟着雷霆万钧之势，将正在湖边饮水的动物瞬间吞没冻结。

在冰壁里，甚至冰洞顶上都分布着各种类型各种姿态的史前动物，多做痛苦挣扎状，好似瞬间遭受到突如其来的灭顶之灾。如此看来，史前的某个阶段，地球上曾经发生过一次大的冰冻期，甚至在纬度较低的南方也没有躲过这场灾难。

正惊喜万分，忽听到一声惊叫，便以为又有人发现了更大的惊喜，结果相互打量，才大吃一惊——更甦不见了！

就在离更甦刚才站立不远的地方，冰面上有一个很大的裂隙，莫非更甦是从这个裂隙中掉下去了，惊呼声正是更甦掉下去时发出的。我顿时懊恼不已，因为到了较为平缓宽阔的冰面，所以大家都解开了扣在皮带上的钩环，没有注意到下方的危险。

我的心猛的收紧，暗叫不妙，这裂隙深不见底，掉下去肯定是凶多吉少，不由得对着裂隙大声呼喊起来，喊了一阵，底下没有一点回应，顿时没了主意。想了想，我决定下去探探裂隙，看有没有可能实施营救。龙格却自告奋勇，坚持将绳子绑在他身上，说自己个子小，体重轻，便于操作。我争不过他，便在冰面结实处打上三个铆钉，将绳子穿过三个扣环，一头系紧，然后我和尕左木两个人抓住绳子，将龙格一点一点地放下去。

按照约定，龙格每敲一下冰壁，我们就将绳子下放一米，一连放了二三十次，差不多下行了二三十米，听见龙格连续敲击冰壁的声音，知道不能再放了，只得把龙格拉上来。

龙格上来之后，神情沮丧，说冰缝越往下行越宽，最后听到了哗哗的水声，是地下河，但因为没有探杆，不知道有多深，再也没有办法下行。看样子，更甦是彻底没救了。

药王刚刚祛除我身上的蛊毒，就把人家的儿子搞丢了，回去怎么交代，想来想去，心有不甘，最后决定亲自下去看看。

我将敲击的速度加快，所以绳子下放的速度也很快，不多会儿就到达裂隙底部，接触道水面。我继续敲击冰壁，绳子继续下放，整个身体进入冰冷的水中，还好不是很深，刚刚漫过腰际，只是水流太急，站立不稳。更甦掉下来的时候，一定是被急流迅速冲走了，但愿他会游泳。但即使他会游泳，谁知道这暗河的尽头又是哪里呢，会不会是更深更远的暗河，如此看来，更甦还是凶多吉少。

无奈，只得回到冰洞上面，龙格见我浑身湿淋淋的，直打冷颤，赶紧脱下自己的外衣，尕左木也脱下外衣，给我换上。

我将下面的情况告知二人，他们两个也面面相觑，不知道怎么办。最后，只能原路返回，到外面再想办法。

当回到冰缝外面时，蔓乃和樊云天已经等得不耐烦了，正商量要不要回去搬救兵，见我们出来，方才放下心来，当听说更甦失踪了，又着急起来。

接下来，我带着队员们来到冰川边沿底部，寻找有没有水流出的裂隙，找了一会儿，冰缝倒是有几个，却没见有水流出，差不多都是斜向下方的干冰缝。抱着试一试的想法，我们选择了一个较大较深的裂隙进入，依然采取先前的方式，步步为营，再也不敢冒失了。一路上，照样会发现古生物化石，可已完全没有先前的心情，只想快点往里走。

终于到达又一个洞厅，却没有看见更甦的身影。于是，又从洞厅的两个岔道进入搜寻，其中一个是条死路，而另一个岔道则从另一个冰缝走出来了。又连续搜索了两个冰缝，几乎所有的冰缝都搜索完了，只剩下一个极小的冰裂，探近裂口，有微弱的风流，要不要搜寻，大家等我拿主意。

我看了看冰缝，下达了继续搜索的命令，于是大家齐心协力用冰镐把裂缝扩大，然后依次钻了进去。

这裂缝进口十分狭窄，得匍匐前进，挪动了二三十米，裂缝才逐渐宽阔起来，又走了很长一段，龙格忽然停止前行，说前方好似有声音。大家便屏气凝神，仔细倾听，果然听见远处有微弱的敲击声，顿时精神一振，在这个时候这个地点，不会有别人，只会是更甦，于是，我们也使劲敲击冰壁作回应，接着便听见了更甦的呼救声。

我抖擞精神，加快前行的速度。不多会儿，来到一处冰崖前，探头下望，惊喜的发现，更甦正在下面招手。赶紧把绳子放下去，将更甦拉上来。

原来，更甦掉下去时，也吓懵了，初时拼命想攀住冰壁，但那冰壁若玻璃一般光滑，怎么抓拿得住，一直到快落水时才想起呼救，刚叫了一声，身体已落入水中，幸好会游泳，但那水流湍急，游不回来，只好顺水下行，到了一个平缓的浅滩，方努力站起来，摸着洞壁朝高处走，一路走一路喊，也不知走了好久，来到这块冰崖前，嗓子都喊哑了，只好将身上的挂钩取下来，敲击冰壁。

今天的踏勘，远远超过了预期，不仅琥珀蜜蜡非常多，而且还发现了数不胜数的史前动物标本，而且这些标本就像活着一样，一个个栩栩如生。这些东西要是运到外面，可都是无价之宝啊！

但是，此刻我又想起了祛蛊前的梦境，觉得这些东西要是在外界出现，一定会引起轰动，若就此追查来源，则神秘巴国将可能被外界发现，大量游客蜂拥而入，后果不堪设想。而且，财富的突然暴增，必然引起巴国内各利益集团的矛盾，从而使内斗加剧，那么梦境中预示的那些血腥场面就可能出现。

为了避免这些悲惨后果的出现，我觉得自己应该留下来，力所能及的做些工作。

第二天，我主动要求觐见大祭司，将玉田勘察的结果告知了他，但隐去了古动物标本这部分。听着我的讲述，大祭司频频点头，并立即吩咐大探事，着手安排购置挖掘机械，联系销售渠道，同时注意保密工作，琥珀蜜蜡的事，暂不告知洞主长老们。

分派完毕，大祭司将我单独留下来，共进午餐。餐间，大祭司以深邃目光注视着我，开口说道：“神使的到来，于我巴国来说，是一件大好事，若只是派你去采集琥珀蜜蜡，实在是大材小用。”

听到大祭司的夸奖，我自然十分高兴，但却不得不表现出十分谦虚的样子，说道：“敝使在外界居留的时间较长，所以知道得比一般巴国人多点，其实任何一个巴国人在外界住久了，都可以办得到。”

听完我的回答，大祭司连连摇头，“我巴国外使数量不少，在外界待的时间也不短，怎不见他们提出些有用的建议。”

我答道：“那是因为没有安排他们去学习一些专业知识。”

大祭司闻言，又频频点头，继而问道：“难道神使还有建议？”

见大祭司如此问，我便想起左射事的提案，何不跟他谈谈，探探他的想法，于是回答道：“敝使有个不成熟的想法，不知道当讲不当讲。”

大祭司笑道：“神使说话怎么有那么多顾虑，你尽管说，说错了本座不怪你。”

见大祭司心情好，我便将左射事的方案讲述了一遍，讲述的过程中，大祭司一直认真地倾听，并没有表现出丝毫的不耐烦和反感。大祭司听完，陷入沉默，良久不语，接着，他又开始习惯性的来回踱步，走了几步，忽然又转过头来，问道：“神使确定这个方案是自己的想法？”

“都是敝使自己的想法，这样做，对巴国的未来有很大好处。”我答道。

“有什么好处？”在没有任何征兆的情况下，大祭司突然爆发了，“十三四岁的少年，心智极不成熟，哪里受得了外界花花世界的诱惑，要是有几个出去了不回来，暴露巴国行踪怎么办？”

听到这里，觉得十分郁闷，是你大祭司让我提建议的，还申明说错了不怪我，而我才说了一半，还没来得及讲后续的防范配套措施，就被你否决了，还大发其火，实在是有些小题大做。想到这里，心中十分不爽，便忍不住顶了一句：“既然是这样，只要把巴国的大门关起来就行了，又何必设置外使频繁出入外界呢？”

也许是觉得自己的口气太严厉，伤了我的自尊心，大祭司忽然又放缓了口气，叹气道：“外使一职，乃是两千多年的定制，外出探风，可以知己知彼，防患于未然，只是没有……没想到外使们不受约束，不仅私带外界物品，还又口无遮拦，致使副作用越来越大，造成今日两难之局面。”

大祭司的解释，当然不能令我信服，疑惑之中，忍不住又顶一句，“既然是巴国几千年的定制，而且祭司大人也肯定了它的作用，怎么今天忽然又想改变呢？”

听完我的问话，大祭司眉头紧锁，沉思片刻后答道：“没错，在过去两千多年的时间里，外使的作用显而易见，但没想到的是，近几十年来，巴国之外界发生了天翻地覆的变化，不仅人口暴增，奇技淫巧之产品更是层出不穷，还没反应过来，那些有害的思想和机器就像洪水猛兽一般涌入，挡都挡不住，长此以往，巴国……”

大祭司一番长篇大论，竟然对我产生了一些作用，令我不得不重新思考开禁与封禁之利弊。试想，巴国能隐居地穴两千余年，靠的就是严密的防范措施和对人们思想的控制，若按我的主意往外界派驻学生，即使他们都能够学成归来，那外界的思想岂不也会跟着进来，必然会在巴国引起很大的争论，如此一来，巴国人民的生活还会如往日般安宁吗？

想到这里，我不禁答道：“祭司大人说得是，敝使的想法确实简单了些，但是，如果撤销或减少外使设置，又怎么能够了解到外界的威胁而防患于未然呢？”

大祭司答道：“这就要靠本座和神使共同来想办法应对了。”

我不解其意，便说道：“请祭司大人明示。”

此时，大祭司又露出亲切笑容，答道：“巴国的治理，最需要的是神使这样的精英人才，而对于其他人来说，则无关紧要。”

听大祭司这样一说，我似乎明白了，大祭司的意思，是想在巴国内实行精英管理，而我的作用，除了为他出谋划策之外，还可以廪君神使身份，假传圣旨，欺骗民众，以廪君意志统一巴国思想。细细想来，大祭司的想法也不是全没道理，至少对于保护巴国的秘密和稳定而言，是行得通的。

想到这里，我便答道：“敝使明白了。”

见我回答得诚恳，大祭司面露笑意，继续说道：“神使刚来巴国不久，对巴国的内情还不是特别了解，所以才会提出这样的建议，但本座不会怪罪于你，只是神使自己要小心，别受别有用心之人蛊惑，乱了心智。”

我立即答道：“祭司大人说得是，敝使谨记了。”

“神使也不用惶恐，今后有什么想法尽管对本座讲，本座会帮你提出更合理的建议，只要你我同心同德，巴国就会永远祥和安宁。”停顿片刻，大祭司又循循善诱道：“神使虽为廪君钦差，但在巴国却没有什么具体职务，行事不便，所以本座准备给你安排个合适的职位，不知神使意下如何？”

听完大祭司的这个提议，老实讲，我有点心动，如果说要在巴国有所作为，能够有个一官半职，操作起来自然容易得多，对我的身份合法化也有帮助，甚至今后自由出入巴国也有好处。但转过来又一想，如果接受这个任命，就不得不选边站队，这样一来，难免陷入巴国的权力斗争之中，可谓是作茧自缚。

犹豫再三，我还是决定不接受任命，便回答道：“祭司大人的提携敝使心领了，但敝使生性闲散懒惰，恐怕不适于担职理政，大人还是另请高明吧。”

听完我的回答，大祭司颇感失望，“没想到神使如此轻视权力、淡泊名利，但作为廪君神使，这样做就不合适了。”见我沉默不语，大祭司又说道：“本座原打算奏请王上，给神使安排个外射事的职务，统管巴国对外事务，亦可兼理内政，职级与左右射事相当。”

我心想，若自己真能当上由大祭司提议巴王亲自任命的外射事，权力便非同小可，在巴国的作用就不能等闲视之。而且外射事的主要职能是管理外事，出入巴国就更加顺理成章。还有，以这个身份去做覃望日洞主的工作，也应该更有把握，于是又有些心动。

人龙大战

趁等待开采设备这几天，我以考察之名走遍了巴国“领土”。

巴国地下洞穴之多、之大、之奇，及其错综复杂，真是让人吃惊。虽然有更甦和尕左木等带路，但转来转去几天下来，我仍然不知道东西南北、前后左右，如果让我一个人在里面行走，要不了多久一定迷路。

巴国之内，最令人惊奇的景观莫过于玉田、灵泉和圣海，玉田和灵泉已经考察得差不多了，那么圣海还有哪些令人意想不到的惊喜呢？

我决定驾船一游。

这天，我带上全部挖宝队员，一起前往圣海。

离祭台不远，拐过一个大弯就是码头，码头上停泊着三只大船和十几只小船。其中一只船头雕刻有一巨大虎头，周身饰有彩绘，更甦告诉我，那是巴王的楼船。

我们上了旁边的一只大船，大船的船沿很宽，四周围有木栏杆，形成一个可以环行的通道，船舱隔成三个区域，亦分别用木栏隔开，因为不需要避雨，所以没有船篷，像一辆巨大的敞篷巴士。至于说船的动力装置，是安装于船身两侧的一对水车状木轮，每个木轮由两人相向踩踏驱动，木轮转动就带动木船行走起来。

站立船头，有微风轻拂，低头下望，水面清澈透明，除了海里的珊瑚和鱼类会发光，还有很多会发光的东西，有些似海星、海葵，有些似海带、水母，还有的如蛇鳗，有的如魟鳐。这些发光的精灵在谜一样的圣海里潜伏，游动，如梦似幻，仿佛布满五彩霓虹的夜空，让人感觉这船不是浮于水面，而是飘在夜空。

船行不远，船舷两侧出现了一团白影，迅速游动，拉出一道道涟漪，定睛一看，是一群鱼女围着船上蹿下跳，若海豚一般鸣叫着，其中便有无瑕和玉娇。

无瑕和玉娇也看见了我，见我向她俩招手，便将身体一摆，腾空而起，又一个翻转，就上了船头。见她俩一丝不挂，我便命尕左木找来两块布条，裹好之后，命她俩站立船头，担任向导。

放眼望去，有巨大的拱桥状的天生石桥横跨于水面，石桥上还有巨大的石柱，有的石柱高耸直接洞顶。这种大大小小的天生石拱桥共有十几座之多，而与洞顶相连的巨大石柱亦有几十根之多，这些石桥和石柱把圣海切割成了无数精彩的空间，每穿过一个桥洞，便有不同的景观呈现眼前。

突然，坐于船头的无瑕和玉娇神色不安起来，正要问她俩为何惊慌，却见更甦手指远方，惊叫道："看，鱼龙！"

随即，尕左木也应声道："糟糕，忘了准备喂鱼龙的生鱼！"

眼望前方，只见有个黑影正在向木船靠近，其露出水面的部分，足有七八米，临近船前，突然潜行下去，不多会儿，便形成一个巨大的漩涡，将我们所乘木船裹住，使之不停地旋转起来。

木船越旋越快，船身跟着下沉。

而我们对此束手无策，一个个只能抓紧栏杆，眼睁睁地看着木船下沉。幸亏这木船够大，也还结实，一时半会儿还不至于被那漩涡吸进去。

转了一阵儿之后，船身逐渐稳定下来，过了一会儿，漩涡也随之消失，但还没来得及高兴，便听见船底传来"嘭嘭"的撞击声，随后，船身又左右摇晃起来。

伴随着鱼龙的撞击，船身越晃越厉害，倾斜也越来越厉害，此时此刻，就像是坐在游乐园的海盗船上，或是大摆锤上，令人的五脏六腑都翻转起来。

过了一会儿，也许那鱼龙撞累了，也许是玩够了，撞击声突然消失，跟着，船身也渐趋平稳。趁此机会，我赶紧命令艄公奋力踏动木轮，赶紧逃离这片海域。

然而，船行还不到十米，又响起了猛烈的撞击声，这一次不是船底，而是在船身左侧。此刻，那鱼龙已经浮出水面，正用自己小山似的身体，一次一次地撞向船舷。每撞击一次，船身便生出一道裂痕。如此撞下去，不过三分钟，这船就得散架。

危急中，我一手扶住栏杆，一手拔出长矛，趁鱼龙再次冲到船舷的时候，拼尽全身力气，狠狠地刺了下去。

鱼龙哪曾料到有这一刺，负痛中一个转身，从船侧滑过。趁此机会，我忙招呼大家快找称手的兵器，斗那鱼龙。可呼来唤去，发现并没有人响应，更甦呆呆地望着我，显得手足无措，而尕左木、蔓乃和樊云天，不仅没有拿武器，反而跪倒在船板上，使劲地叩头，口中念念有词，只有龙格手上拿了长矛，蓄势待发。

再看无瑕和玉娇，已不见了踪影。

转瞬间，那鱼龙又一次冲了过来，而这一次，它显然是铆足了劲，打算一撞就掀翻木船。无奈之下，我只得握紧长矛，准备再一次搏刺。

鱼龙来了，瞪着灯笼似的一对大眼睛，正狠狠地盯着我，要报一矛之仇。而我没有胆怯，也没有犹豫，在鱼龙撞击到船舷的一瞬间，飞身跃了起来，在下落的过程中，将长矛刺入鱼龙的头部。

鱼龙中矛，但势头不减，还是撞上了木船，随之，船身裂开一个豁口，巨大的震动将只顾叩头的尕左木和樊云天抛入海中。

在长矛扎进鱼龙头部的同时，我张开了双手，在下落的过程中抓紧了船舷，随后一撑，回到了船上。

海面上，忽然蹿出两个发光的影子，那是无瑕和玉娇，各自手中握着一柄短匕，闪转腾挪中，扑向鱼龙，趁鱼龙瞪着我的时候，将匕首刺入鱼龙身体。鱼龙受此一击，猛地将头一甩，把无瑕和玉娇抛向空中。

无瑕和玉娇十分灵巧，身体在空中几个转折，像蹦床运动员一样，又稳稳落在鱼龙头上，舞动短匕一阵猛刺。鱼龙负痛，头一摆，再一次将鱼女高高抛起。

无瑕和玉娇一点儿也不慌张，在空中做出滚翻动作，落在了鱼龙背脊上。鱼龙立即转过头来，张口就咬。无瑕与玉娇则在鱼龙背上翻起筋斗来，令鱼龙无法下口，还乘机又在它背脊上又划了几刀。

那鱼龙怒不可遏，将整个身体跃出水面，将无瑕和玉娇甩落水中，在落水一瞬间，无瑕和玉娇立即摆动身体，一下蹿出去老远，逃脱鱼龙大口。

鱼龙气急败坏，朝鱼女游动的方向拼命追去，眼看马上就要追上，张口咬时，无瑕和玉娇立即腾身而起，再次让鱼龙袭击落空。鱼龙依然穷追不舍，但每到危急时刻，无瑕和玉娇却总能够化险为夷。

就这么你逃我追，鱼女和鱼龙很快消失在远方。

待鱼龙走远，尕左木和樊云天也浮出水面，上船之后，尽管惊魂未定，还是一个劲儿的朝着远方叩头。

见船已破烂不堪，我们不得不掉转船头，打道回府。

两天后，我接受了大祭司的推荐，由巴王亲自任命为主管外事的“外射事”。当然，原则上还是举行了议会投票仪式，结果全票当选，大祭司很开心，笑着对我说："神使真是众望所归啊，这样的事，以前好像还没有出现过。"

我于是做忐忑状，回答道："敝使才疏学浅，被委以重任，都是大祭司栽培的结果，今后还望大人多多指导。"

大祭司点点头，随即又把大探事叫过来，吩咐道："今后你要多配合外射事的工作，凡事都要和外射事协商后方可定夺。"

大探事答道："敝使谨听祭司大人吩咐，一定好好配合射事大人的工作。"

见大探事如此谦恭，我倒有些不好意思起来，忙躬身致礼道："大探事从事外务工作多年，经验丰富，今后要多向探事大人学习才是。"

大探事也躬躬身，答道："射事大人休要折煞敝使，以后还望大人多多指教。"

大祭司笑道："你二人不要相互谦让了，只要同心协力，做事时充分考虑巴国的稳定和福祉，剩下的事就好办了。"

就职之后的第一件事，去拜访覃望日洞主，为更甦当说客。

讲明来意后，覃望日洞主很爽快地答应了我的请求，说不仅不会因为左射事的毁约生气，而且在更甦和玛苏雅举行婚礼的时候，还会奉上一份厚礼。这可大大出乎我的意料，不禁为覃望日洞主的深明大义感动万分。

接下来，我便着手安排圣海治理之事。

先将画成鱼龙形状的增氧器图纸交给大探事打理，让他安排人按图在外界订购打造十二套，除此之外，还引进购置了一些非常适合家庭使用的小电器，这一部分全部由我私人出资购买，分送给巴国的左右射事以及洞主长老们。等这些事情都一一落实后，我向大祭司提出了到外界去的申请，理由是：考察彻底解决圣海死鱼的办法和设备。

两天之后，大探事前来通报，大祭司已经答应了我的申请，但有两个条件和一个要求，两个条件是：其一，为保证巴国的秘密，神使怎样的方式进来，还应怎样的方式出去；其二，由大探事、果耐和尕左木陪同考察，时间以三日为限；一个要求是，希望神使将未婚妻接进巴国完婚。

听大探事转达完大祭司的指示，我心顿时凉了半截，没想到自己兢兢业业为大祭司办事，却还是得不到他的信任，而自己美其名曰外射事，居然不能自由进出“国境”，不仅要遭受蒙面之辱，还要被外使监视控制，至于说将覃婉丽接入巴国内完婚，无非是将婉丽扣为人质，正如巴国其他外使一样，有妻子儿女父母在国内，就不怕你“投敌叛国”了。

尽管觉得憋屈，但我还是答应了大祭司定下的规矩，无论如何，走出去才是硬道理，只要出去了，还怕摆脱不了你的控制。再想想很快就能和分别多日的覃婉丽见面，心里的那份激动，便远远超越了失落。

升任外射事之后，我的待遇也有所改善，不仅添置了新家具，还配备了一名做家务的专职侍女。第二天，就不断有洞主长老们来访，名为礼节性朝贺，其真实目的是要求关照他们身为外使的儿子，当然也还有一个重要目的，就是希望我能够成为其所在阵营的一员。

一天的接待应酬下来，忙得连吃饭的时间都没有，居然比步行几十里路还累，才觉得当官原来是件很辛苦的事。

刚刚消停，又接到巴王召见。

巴王坐在虎椅上接见了我，脸上充满笑意，待我落座后说道：“神使对寡人安排的这个职位还满意吧？”

“敝职才能疏浅，得王上提携就此大任，惶恐得很！”嘴里这样回答，心里却老糊涂，大祭司不是说这个职位是由他给巴王推荐的吗，怎么巴王又说是他给我安排的？他们两人中，究竟是谁说了谎呢？

接着，巴王又说道：“外射事不要谦虚，你比巴国内很多官员都强多了，但寡人这样安排的用意，你可知道？”

“敝使愚钝，请王上明示。”我越来越觉得奇怪，巴王说话似乎暗藏玄机，他葫芦里究竟卖的什么药呢？

巴王凝视着我，缓缓说道：“巴国立国近四千年，备尝艰辛磨难，幸亏天佑巴国，得以隐藏地国两千余年，能平安快乐的生活，全是仰仗廪君魂魄保佑，但随着外界产品的引入以及流言的广泛传播，巴国内也发生了很大的变化，可谓是人心浮动，矛盾重重，自从上次廪君托梦之后，寡人心中便潜藏着一种巨大的不安，不知如何化解？”说到这里，巴王稍作停顿，脸现忧虑之色，没等我回答，又自顾说道：“寡人派外使到处寻找神使，就是想神使能利用胸中所学和所见，参透廪君旨意，为巴国指点迷津。但你身为外界来人，若在巴国要有所作为，须有一个适当的职位，寡人想内政已有左右射事分担，外事则无有识之士主持，外界之音讯亦无法准确传达。寡人命你为外射事一职，正是让你能直接听命于寡人，发挥所能，为巴国目前的困境出谋划策。”

听完巴王一席话，我才明白了外射事这个职位，其实是巴王力推的结果，大祭司并不是很情愿的，因为这样一来，就多了一个分权的人。但迫于压力，又不得不答应了巴王的要求。最重要的是，大祭司认为我已是他阵营中人，如果廪君神使这个身份运用得当，也相当于在自己的阵营中增加了一个重要的砝码，所以大祭司马上转而极力拉拢我，将外射事的任命说成了是自己举荐的结果。

那么，巴王究竟需要我为他做什么，大祭司又需要我为他做哪些事呢？

此时，我深感自己的头脑不够用，不知道怎样来应付这个复杂的局面，我的太极推功似乎在这里失了效，觉得心有余而力不足，突然有了打退堂鼓的念头，便对巴王说道：“敝使十分愚钝，不善管理之事，恐有负王上栽培，还望王上另请高明。”

听我如此回答，巴王露出失望的脸色，说道：“廪君遣神使到来，乃是为解救巴国危难，岂有退缩之理。”也许是觉得自己的话太过严厉，片刻之后，巴王又改变了语气，“巴国狭小，并没有多少复杂的政务处理，神使不要过于忧虑，只需小心从事，自然可以胜任。”

真没想到，我这个自由散漫的闲人，到了巴国居然被强行要求做官，而且是不做不行。面临这样的局面，我只有硬着头皮，抱着试一试的心理，回巴王道：“谢谢王上信任，只是不知道敝使应该怎样做，又从何做起？”

巴王恢复了笑容，说道：“听大祭司说，神使已建议引进治理圣海死鱼的机器，又勘察了玉田的什么宝贝，为巴国出谋划策，这样做不是很好嘛。”

我想，既然推不掉这顶乌纱帽，倒不如从巴王这儿多争取些权力，便又说道：“可这些都不是外射事做的事情，敝使是想请教巴王外事方面的事情应该怎么做？”

不知是巴王没领会到我的话外音，还是巴王装作没听懂，只见他笑了笑，答道：“谁说这些不是外事了，机器的引进，宝物的售卖，都要牵涉到外界，再则你这个外射事，也兼有内政监理和提出建议的职责，怎能说不是你的事呢？”

听完巴王的话，我更不得要领了，追问道：“依王上的意思，敝使目前究竟把重点放在内政还是外事上呢？”

巴王笑道：“你的主要任务，自然在外事上，寡人这次宣你来，正想听听你对外事都有些什么打算呢？”

我答道：“已向大祭司申请了到外界考察和采购设备的任务。”

巴王问道：“可获大祭司批准？”

我答道：“大祭司已经批准了，还派了三位外使与我同行。”

巴王点点头，笑道：“神使刚到巴国不久，大祭司自然还不能完全信任你，慢慢来，待做出些成就就好了。”

见巴王如此信任我，觉得正好提提更甦与玛苏雅的事，继而说道：“敝使有一事相求，但请王上恩准。”

巴王道：“不知神使还有什么要求，尽管提来就是。”

我便说道：“敝使这件事，既不算外事，也不是内政，是为药王的事相求于王上。”

巴王问道：“药王治好了神使的病，是为他请赏吗？”

我答道：“其实不是药王本人的事，而是他儿子更甦的事。”

巴王皱眉道：“你这么绕来绕去，究竟是什么事，何不一次说明白。”

我答道：“药王儿子更甦，与左射事女儿两情相悦，但巴国传统，贵族女儿一般不嫁平民儿子，除非……”

巴王笑道：“怎么自己的问题还没解决，倒帮别人当起月老来。”

我答道：“实在是因为药王有恩于敝使，他儿子的事自当要出点力的。”

巴王问道：“神使是想由寡人出面赐婚？”

我答道：“正是此意。”

巴王答道：“这事容易，只要男女双方和他们的双亲没有意见，寡人就来做这个月老。”

听完巴王的回答，我高兴至极，起身深鞠一躬：“如此叩谢王上了。”

此时，巴王好似猛然想起一件事，说道：“对了，大祭司说，神使已经有了待娶之女，建议带回巴国成婚，不知你可有此意？”

我答道：“这事还得与女方长辈商量后决定，自己不敢专断。”

巴王疑惑道：“难道女子父亲也是外界贵族，神使不能左右自己婚配？”

我答道：“正是，她父亲是市长，管辖的臣民有三千万之众。”

巴王瞪大了眼睛，“三……千……万，一个市长的臣民就有三千万！”

看见巴王惊讶的目光，我差点笑喷，但还得努力克制住，做出垂头丧气的样子，说道：“所以这件事敝使不能专断，还得岳父大人允准方可，但这个难度很大。”

巴王叹了口气，答非所问：“三千万，这城市得有多大啊！”

节外生枝

按照与大祭司的约定，只待第一批增氧器安装到位后，我就可以出去考察了。趁这几天有空，我便以考察为名四处游荡，一天，在巴王宫附近发现一座神庙，青瓦翘檐，上书大篆“太庙”二字。而这个太庙远比夔城太庙大，心想里面的东西也应该比夔城太庙多，最好是收藏有巴国图语书写的书籍。

想到这里，一时心痒难耐，便准备再去一趟王宫，请求巴王准予参观太庙，顺便再提提罕宝与吉娜的事，如果罕宝能娶吉娜为妻，在黔隆巴国安家落户，那便了却了我一大心事，从而也减轻了自己的负疚感。

然而，还没等我提出觐见申请，接下来发生的事让我伤透了脑筋。

这一天，大祭司的二公子不请自来，跟我谈了两件事。

第一件事，他是外使中的副探事，对外界十分熟悉，希望我能将琥珀蜜蜡买卖的事交给他来负责。

第二件事，他喜欢左射事的女儿玛苏雅，之前因其已与覃望日洞主儿子有了婚约，所以有些顾忌，现在听说在我的调解下双方又解除了婚约，希望我能再给左射事做工作，成为他和玛苏雅的牵线人。

接着，又暗示我有今天的成就，全仗着他父亲的功劳，希望我能够知恩图报，满足他这“小小的要求”。

按照我以前的脾气，遇到这样的事情，立即一口拒绝并把他轰出去，但经历过这么多风浪之后，多少有了点城府。最后我给他的答复是：第一件事可以商量，因这是我职权范围内的事，应该可以做到；第二件事有点麻烦，因为更甦已与玛苏雅相恋，双方父母也已达成协议，不日就要完婚了。

听完我的回答，二公子满脸不爽，说道：“据本使所知，左射事和药王之间，并未达成婚约，即使达成婚约，贵族家的女儿也不能嫁给平民家的儿子。”

听完二公子的话，我有些恼火，答道：“既然双方已达成默契，巴王亦答应予以赐婚，二公子还是另择佳偶吧。”

二公子很生气，冷笑道：“别忘了，你虽名为外射事，但到底是个外人，凭什么管巴国贵族的家务事，似乎越权了吧。”

我也很生气，答道：“二公子要我去左射事家做说客，难道不是要我管你的家务事吗？”

二公子大怒，气哼哼道：“给你个机会立功，你却不识抬举，要跟本使做对，告诉你，不管你帮不帮忙，这玛苏雅我还要定了。”

到此时，我已是怒火中烧，忍无可忍，也不管他是谁的儿子，毅然决然道：“要是这样的话，琥珀蜜蜡的事你也休想染指了。”

话已至此，二公子立即翻脸，拂袖而去。

又过了两日，左射事急匆匆来访，像是有什么要事相商，我请他屋内坐了，他却不说话，刚坐下又站了起来，在房间里来回踱步。

“射事大人匆匆前来，所为何事？”

听见我问话，左射事才停止踱步，在椅子上坐了，还是不开口。我便由着他，吩咐侍女倒茶，又摆了一个果盘，然后也坐下，静等左射事开口。过了好一阵，左射事才开口，说道："神使大人可知，尕吉格托人来找过下官了？"

"尕吉格！"

"就是大祭司的二公子！"

"呃，原来是他。"至此，我大概明白了是怎么回事，但见左射事慌慌张张的样子，还是有些不解，便问道："奇怪，大人和二公子素不往来，他托人找你所为何事？"

左射事答道："为玛苏雅。"

我假装不知情，讶然道："为玛苏雅，什么意思？"

左射事答道："二公子说他喜欢玛苏雅，向下官提亲。"

前日二公子大怒而去，我并没有放在心上，没想到他还真跟我较劲起来，马上就去找了左射事提亲，如此一来，这件事就变得有些烧脑了。但我想，左射事一向痛恨大祭司，该不会答应二公子的无理要求吧，便问道："关于此事，不知道射事大人作何打算？"

左射事答道："就是没有主意，特来咨询神使的意见。"

我又问道："那么射事大人可有想过与大祭司家联姻？"

沉思片刻，左射事答道："这事有利有弊。弊者，若与大祭司联姻，则支持我方的洞主长老定会以为我趋炎附势，投靠强权；利者，若能够得到大祭司的支持，我方的想法和建议便容易得到通过和实施，于巴国有好处。"

我心想，你恐怕更多还是想攀上大祭司家的高枝吧，找我的目的，并不是要听我的建议，只不过是怕得罪我这个月老，想两全其美而已。想到这里，我有些心塞，冷冷说道："射事大人既已应诺药王的提亲，王上也答应了给予赐婚，现在反悔，岂非不信之举。"

听完我的话，左射事脸色暗淡下来，支吾道："下官只是分析了此事的利弊，并没有就要与大祭司联姻的意思，神使若有更好的主意，下官愿洗耳恭听。"

见左射事并没答应二公子的求亲，我松了一口气，但看着左射事这犹犹豫豫的态度，心头还是捏了一把汗。鉴于此种情况，我觉得自己必须表明态度，坚定他的信心，于是答道："其实前日二公子已经就此事找过敝使，被敝使当面回绝了，因在敝使看来，遵守与药王的婚约，对射事大人以后的事业更重要。"

听完我的话，左射事脸色反而更加难看，沉默半晌，才说道："这么说神使已经有了决定，大人不怕因此而得罪大祭司吗？"

此时，我只有强作镇定，淡然道："敝使这样做，也是为大祭司的声誉着想，相信大祭司能深明大义，不会怪罪于你我的，放心好了。"

左射事琢磨我的回答，似乎悟到了什么，喃喃道："如果神使能够坚定地站在王上一边，那就用不着太担心大祭司了。"

我笑道："敝使是坚定的站在维护巴国利益一边的。"

听完我的话，左射事还是不甚了然，摇摇头，叹口气，走了。

左射事刚走，大探事又来了，神色十分慌张，失去了一向的镇定，刚一见面就急匆匆说道："射事大人可知罕宝公子去哪里了？"

我答道："不久前敝使也去找过罕宝，没曾见到，怎么了？"

见我如此回答，大探事更慌了，连说大事不好，在我的追问下，大探事才支支吾吾道："罕宝公子与他的三个随从，还有吉娜郡主，已经失踪两天了。"

见大探事如此慌乱，我心中顿时感到一阵不安。罕宝的任性我是见识过了，别看他平时温文尔雅，谨小慎微，做起事来却一点也不含糊。想到此处，我不由得也紧张起来，说道："究竟是失踪了还是没找到，巴国这么大，还有很多隐秘的地方，比如说玉田。"

大探事答道："已派尕左木、蔓乃和樊云天组织了十几个人的队伍，去玉田里里外外搜寻了好几遍，也没见着他们一点踪迹，如此看来，罕宝一定是带着他的随从和吉娜，悄悄地溜出了巴国。"

其实在大探事说罕宝失踪的时候，我心里便隐隐有了这种预感，但令人百思不得其解的是，他们怎么能找到出口，又怎么能在严密的监视下偷越出境的呢？而且还带了个郡主，这也太不可思议啦！

本以为他有吉娜作伴，已经喜欢上了这个巴国，打算落地生根了，没想到突然间不声不响就走了，而且早不走晚不走，偏偏我这里有了点眉目就出走了。这样一来，我出去考察的计划恐怕又要泡汤了。

罕宝啊，你可走得真不是时候！

情急之中，我不由得问道：“这事大祭司知道了吗？”

大探事答道：“现在来找大人，就是为了做最后的确认，所以还没有告知大祭司。”

“罕宝是我的兄弟，他失踪了，敝使也有责任。”见大探事如此慌乱，肯定是怕大祭司责怪于他，想起大探事平日里对自己的关照，便想与他分担责任，“事情既然已经发生，不如敝使和大人同去大祭司府，禀明此事，看大祭司如何定夺。”随后，又不忘补上一句，“也许罕宝并未离境，只是虚惊一场。”

走进大祭司府邸，感觉强光刺眼，原来是大祭司府已安装了电灯。

大祭司听完大探事的汇报，神色凝重，又习惯性地踱起步来，同时，鹰隼般的眼睛在大探事和我身上扫来扫去，突然问道：“罕宝失踪，潜逃出境，你们可知此事态的严重？”

听完大祭司的话，大探事顿时变得六神无主，全身发抖。见此情景，我赶紧站了出来，答道：“罕宝的失踪，作为外射事的我也有责任，但以敝使对罕宝的了解，即使他已潜出国境，亦不会暴露巴国行藏。”

大祭司目光转向我，失去了一向的温和，脸上有青筋暴起，恼羞成怒，“这不仅是巴国的秘密问题，而是藐视巴国奉行了两千多年的法纪，他这样想来就来，想走就走，若今后巴国人人都效仿他，岂不乱了套，而且他还带走了洞主的女儿，更是无法无天。”

发泄一通之后，大祭司又开始踱步，过了一会儿，他停在了鱼缸前，眼望鱼缸中的发光体，陷入沉思，良久，情绪才平复下来，转过头来，对我和大探事说道：“这件事若有人问起来，就说是本座授予罕宝公子秘密使命，至于说什么使命，只有本座知道，务必不要让人们产生出他擅自逃离的想法。”

见我和大探事点头不语，大祭司又接着说道：“同时，封锁所有进出口，没有本座的许可，谁也不能离开巴国。”

听完大祭司的安排，我心想，这下完了，这个罕宝，自己走了不要紧，可把我给连累惨了，本以为再过三五天就可以离境，这一戒严，不知道何时才能出去了。

大祭司似乎了解我的想法，又特别嘱咐我，暂时不要考虑外出考察的事，可着力组织挖掘玉田的琥珀，同时在玉田周围设置一个警戒区域，闲杂人等不得进入。我只得表态，说愿意做好琥珀挖掘工作，暂时不会着急考虑出去的事。

我走时，大探事却留了下来。

今天，可以说是最倒霉的一天，先是二公子索要琥珀经营权，强夺更甦恋人玛苏雅；接着是罕宝、吉娜失踪，大祭司颁布禁出令，害得我这个新官上任一把火还没有放出来，就差点烧着自己的屁股。

看样子，短时间内是不可能出去了，接下来还可以挽回的，是更甦和玛苏雅的婚事，我打算再去一趟左射事家，一定要把左射事的决定拿稳，顺便就当前的形势请他出主意。

左射事见我到来，有点惊讶，问道："怎么神使大人这么快就来回访？"

我拉他进屋，关上房门，轻声道："出大事了！"

左射事急问道："难道是二公子在大祭司那里参了你我一本，大祭司发怒了？"

"大祭司还不至于为二公子的事与敝使翻脸，"我摇摇头，苦笑道："是另一件事，罕宝带着他的几个随从失踪了，一起出走的还有尕乃让洞主的女儿吉娜。"

听完我的回答，左射事脸色煞白，"神使是说，罕宝他们潜逃出境了，这可是巴国从没有发生过的事，大人是怎么知道的？"

我答道："是大探事告诉敝使的，大祭司也知道了，敝使刚从他那里出来。"

左射事问道："大祭司怎么说？"

我答道："大祭司要敝使等不要声张，若有人问起此事，就说是他派罕宝执行秘密使命去了，另外这段时间不允许任何人外出。"

左射事又问道："大祭司难道没有安排人追捕罕宝一行？"

我答道："敝使曾向大祭司保证，罕宝是个守口如瓶的人，绝不会把巴国的秘密说出去，以敝使的判断，应该不会安排人手追击。"

"大人太天……太轻信了，"左射事大惊，连连摇头，"以前有一个外使，爱上了外面一个女子，两人打算私奔，被大祭司知道后，不仅派人把那个外使和女子杀了，还杀害了女子全家，并将外使的家人都祭了鱼龙。"

我惊讶道："探事大人的意思是，大祭司不会放过罕宝他们？"

左射事答道："肯定不会放过他们，下官很清楚大祭司的为人。"

听到这里，我背后直冒冷汗，左射事说得对，大祭司在交代任务的时候，大探事并没有任何反应，在我告辞的时候，他也没有跟着告辞，一定是等待大祭司的进一步安排，而这样的安排，一定是不会让我知道。如此看来，罕宝危险了，可是我又出不去，怎么给他传递这个危险的讯息呢？

左射事见我沉默不语，又问道："神使刚才说尕乃让洞主的女儿也失踪了，是跟他们一起走了吗？"

我答道："应该是。"

左射事连声叹气，"真是祸不单行，祸不单行啊！"

我便问道："怎么叫祸不单行了，还发生了什么事？"

左射事答道："大人怎么不明白，私自潜逃，是会连累家人的，那个吉娜自己走了不要紧，尕乃让洞主可就麻烦了。"

听左射事这一说，我方才明白过来，要知道尕乃让洞主可是左射事阵营的人，如果因此事而受到牵连，那么就会极大的削弱巴王一派的力量，这是左射事最在意的事。如此一来，祭司一派的势力会更加嚣张，左射事的日子就不好过了。想到这里，我不由得问道："以射事大人看，大祭司会把尕乃让洞主怎么样？"

左射事长时间低头不语，看样子也十分为难，思考的过程中一会儿点头，一会儿摇头，似在做出某种选择，最后，转过头来，盯住我，想要说什么，又犹豫不决。

我心里着急，忍不住说道："射事大人有什么主意，不妨说出来，你我共同探讨一下，看能不能找到妥善的解决办法。”

良久，左射事像下了很大决心，终于开口了，“大祭司既然要求严防走漏消息，那么暂时不会对尕乃让洞主怎么样，但可能会将他们一家监视起来。接下来最主要的问题是，大祭司主张的减少外使数量和物资配给可能很快会施行，甚至禁言令也可能会实施。这样的话，王上和下官在巴国这么多年的努力就白费了。”

面对这样的局面，左射事首先考虑的是巴国前途，这倒让我有些感动，于是自告奋勇道：“要不敝使去给大祭司求求情，再请王上出面调解一下，将事情尽量低调处理。”

左射事连连摇头，“没有用的，大祭司好不容易逮住这样的机会，趁机杀杀我方锐气，怎肯善罢甘休，除非……”

见左射事说话吞吞吐吐，我更加着急，便忍不住催他，“射事大人有什么为难，不妨说出来，有用得着敝使的地方，绝不推辞。”

沉思片刻，左射事答道：“目前的形势，于我方十分不利，看来不得不主动做出些妥协和牺牲，以此换取大祭司的宽容。”

我说道：“怎么个妥协，怎么个牺牲，请射事大人讲明白些。”

左射事叹了口气，低头说道：“为今之计，下官打算这样做，首先，可以利用二公子托媒这件事，答应他的要求，主动示好大祭司；其次，神使大人与下官一起到大祭司那里去为尕乃让洞主求个情，建议贬为平民，或可逃过一死。”

听完左射事的话，我心里顿时凉了，暗骂这个老狐狸，终究还是想与大祭司家联姻，却冠冕堂皇的拿巴国利益说事，看来当官的都没几个好东西，嘴里唱着国家利益，心里打的全是自家小算盘。

表面来看，这个方案似乎都是左射事在做出牺牲，可是仔细一想，左射事要是与大祭司成了亲家，从此就可以位高权重，那么牺牲原来的政治联盟就无足轻重了。所以，我一定要阻止左射事产生这种想法，于是，便说道：“别的都好说，唯牺牲更甦和玛苏雅来成全二公子这事，敝使不同意，射事大人可以高风亮节，但自己的女儿未必愿意，而且更甦和玛苏雅的婚事，敝使已经禀明王上亲自赐婚。至于说二公子，敝使可以将琥珀经营权交给他，也可以对交易账目睁一只眼闭一只眼。”

听着我的回答，左射事显得十分气恼，但当我提到琥珀的时候，他又露出了困惑的目光，问道："何为琥珀，琥珀经营权又是怎么回事？"

事到如今，我哪管与大祭司之间的保密协定，答道："琥珀是敝使最近在巴国发现的一种宝石，若开采加工出来销往外界，将获利甚丰，是一笔很大的生意。"

闻言，左射事沉默不语。

第三章
身不由己的差事

无瑕的眼睛显得比禾香还大，眼珠是浅灰色的，总是以怯懦的目光望着我，透射出一种淡淡的忧伤。那忧伤和晶莹剔透的身体搭配起来，形成一种致命诱惑，令我忽然想到荷马史诗中所描述的美丽海妖……

逍遥游

照左射事的说法，对于罕宝的出走，大祭司绝对不会善罢甘休，必定会安派人追杀罕宝，如此看来，应该赶紧想办法通知他。可是大祭司已颁布禁出令，防备比以往会更严密，通过正常渠道是没有办法出去了。

当然，我心中也还存有一种侥幸，就是罕宝能躲过外使们的追杀，那么接下来的问题就是，他们怎么回到巴国。因为龙桥溶洞已经垮塌，那么进入绝谷就只剩下白虎洞这条通道，而这条通道，莫说是他们不知道，即使知道了恐怕也难以通行。所以无论如何我还得出去一趟，找到罕宝，将其送回巴国。

怎么出去，从哪里出去，想来想去，我决定去一趟药王家，请他想想办法。

禾香见我突然来访，很是高兴，药王和更甦也忙着端茶送水，此时，他们还沉浸在更甦的婚姻大事得以顺利解决的喜悦中，不知事情已经发生了变化。

要不要告诉他们实情呢？

我想还是不告诉他们好，一来左射事还没有拿定主意，二来也不忍在他们高兴的时候突然浇盆冷水，现在，我得先把罕宝潜逃出境的事告诉他们，以便早想办法。

当药王听说罕宝带着吉娜外逃，大祭司已经颁布禁出令，立即意识到问题的严重性，紧锁眉头不语。而这个时候，我也不想转弯抹角，直奔主题，“接下来，大祭司还会派人追杀罕宝一行，得想办法尽快通知到他们。”

禾香惊叫起来：“啊，有这么严重，那吉娜姐姐危险了！”

我望着药王，问道：“请问药王，有什么办法没有？”

药王何等精明，立即明白了我的用意，答道：“神使大人是想由绝谷出去？”

我点点头：“正是想请药王带我出去，一旦通知到罕宝，就马上回来。”

沉思片刻，药王答道：“大人刚才说大祭司已经颁布禁令，那现在的看守一定比以往更严密，没有特别的办法，休想出得去。”

我答道：“相信药王会想到办法的。”

药王抬起头，问道：“神使怎么知道小民会有办法？”

我凝视着药王，说道：“我知道药王的本事，比如说用迷烟。”

药王摇摇头，说道：“小民还真不懂怎样配制迷烟，所以这个方案行不通。”

听药王这样回答，倒有些出乎我预料，不禁有些失望，但看他望着我的眼神，似笑非笑，便知道他还藏有后手。

果然，药王接着说道：“虽然没有迷烟，但小民家祖传有另一道秘方，叫‘逍遥游’，人服此药后，形同梦游，会在三个时辰内失去意志，听凭别人摆布。”听药王讲完这段，我心想，这个迷幻药比迷烟还管用，给守门的喝了，叫他怎样就怎样，省得我自己去找出口，岂不更好。但药王却接着说道：“但祖先有家训，如此阴损之药，一代人只能用一次，非生死存亡时刻不可用。”

听完药王的话，我并没有死心，问道：“请问药王，此药服用后，可会致命或致人伤残？”

药王摇摇头，答道：“既不致命亦不致残，仅仅对脑力有点伤损。”

听药王如此回答，我顿时有了信心，接着说道：“既然服食此药既不致残亦不致命，却可救五人性命，应该不违背祖训吧。”

“也对，祖训说此药非到生死存亡时刻方能用，却并没有说明用来救助何人，罕宝和吉娜虽非小民家人，但神使为更甦与玛苏雅的婚事费尽心机，又为朋友之事两肋插刀，乃真英雄气概，小民自然不能袖手旁观。”说到这里，药王又稍作停顿，露出为难之色，“只是要那守卫心甘情愿服药，却要些设计才行。”

见药王同意使用逍遥散，我悬着的心基本落了下来，接着，便谋划怎么用药，药王提了一个方案，乃是以采药为名诳侍卫上当，再让我潜出国境。但被我拒绝了，坚持不让药王露面以免牵连到药王及其家人。

最后，我决定只身犯险。

刚回到宾室，正收拾行装，却忽然接报巴王相召，要我立即前往。

急匆匆地赶到巴王宫，见巴王眉头紧锁，神色严峻，我的第一个反应就是，罕宝潜逃出境的事，巴王一定也知道了，急招我来，一定是要拿我这个外射事问责。此刻方才想起，自己这个外射事，其实是巴王御封的，所以应当向巴王负责才对。可每当有事情发生的时候，我第一个想到的却是向大祭司汇报，请大祭司拿主意，实在是有负于巴王。

“你这个外射事是怎么当的？”果然，巴王见到我，显得很生气。

“我……敝使……”

“听说大祭司颁布了禁出令，大探事也宣召不来，出了什么事？”正当我考虑如何向巴王汇报的时候，巴王已急不可耐地打断我的话。

从巴王口中得知，大探事不能奉召，说明他已不在巴国，如果他不在巴国，那一定是率领外使追击罕宝去了，如此看来，情况万分危急。但此时此刻，我还得应付巴王的质询，一时无法脱身，怎么办？

“大祭司颁布禁令，恐怕是因为罕宝失踪的事，”思来想去，我只得长话短说，“按大探事的说法，他可能潜逃出境了。”

“罕宝潜逃出境，这怎么可能？”巴王大惊。

“是……是的，除……除罕宝之外，还……还有他的四个随从以及……”慌乱之中，我开始结巴起来。

“以及什么？”巴王急迫地问道。

“以及尕乃让洞主的女儿吉娜。”我提醒自己，一定要保持镇定。

“还有尕乃让的女儿？”巴王凝神望着我，似乎有些不解，沉思片刻，才恍然大悟道：“罕宝既然喜欢吉娜，可以在巴国结婚成家啊，何必非要出去，不仅不辞而别，还把洞主的女儿也带走了，真是胆大妄为。”

巴王虽然恼怒，但并没有责备我，令我稍觉宽心，但我却不能不主动承担责任，于是，我单膝跪地，对巴王行了一个大礼，说道：“罕宝出走，作为外射事的我难辞其咎，所以敝使愿意率外使出去追回罕宝，戴罪立功。”

“罕宝擅自离境，一定是因为思家心切，这本无可厚非，但他又带走了尕乃让洞主的女儿，就有些过分。”出乎意料，巴王并没有就我的建议表态，而是顾左右而言他，“好在罕宝身上亦背负重大秘密，谅他不会将巴国藏身之地告知他人，寡人稍觉宽心。”

听巴王如此回答，我这个以退为进的路子便封死了，但我还不甘心，接着说道：“巴国秘密大于天，只要有人私自逃出巴国，我这个外射事便有不可推卸的责任，所以……”

“罕宝离境，与神使无关，所以你也用不着担责。今天找神使来，本意是询问颁发禁令的原因，既已清楚，就此为止吧，神使该干嘛干嘛。”出乎意料，巴王不仅又一次打断我的慷慨陈词，紧锁的眉头也忽然变得舒展开了，“说到罕宝想家，神使可将夔城之巴讲与寡人听听，与我巴国有何异同？”

巴王的回答，不仅没宽慰我心，反而使我更加焦虑。为何？因为有人潜逃出境，这可是逆天大罪，无论是大祭司或者巴王，都不可能泰然处之，而巴王在得知此消息后，不但不问责，反而要跟我聊夔城巴国的事，实在是让人丈二和尚摸不着头脑。但巴王问话，我又不能不答，便简明扼要地将巴国情况做了个概述。

不料巴王听完，仍没有放我走的意思，接着说道：“夔城之巴如此封闭，竟然还频生乱事，如此说起来，我巴国算是不错了，只是寡人觉得巴国尚有不足，特别是近年来，内忧外患加剧，故而不敢高枕无忧。”说到这里，巴王陷入沉思，显出矛盾纠结的样子，良久，才又说道：“依神使看，巴国究竟是完全封闭好，还是像现在一样，与外界略作接触好，或者是……更进一步好？”

见巴王忽然就治理国家的大政方针垂询于我，顿时让我哭笑不得，但见巴王态度诚恳，不像在做戏，我只得小心翼翼地答道：“依敝使看来，巴国已与外界有所接触，并且从这些接触中得到好处，则不宜再回到封禁状态，但跟外界究竟接触到何种程度，却是一个很难把握的问题。”

巴王点点头，说道：“关于开禁与封禁，现在巴国有三种主张。一种主张是维持现状；一种主张是扩大与外界的接触，使巴国的生活水平与外界接近或同步；还有一种主张是尽量减少与外界接触，以防止外界物资和生活方式对巴国的侵蚀。依神使看来，何种主张更符合巴国实际？”

话已至此，我不得不答道：“以巴国现状而论，封禁锁国实属不智之举，因巴国各方已从开禁中得到好处，岂肯放弃既有之利益，不仅不愿意放弃，反而会奢求更多。但与外界接触，又必然会引起人们对外界的好奇和猜想，产生一些混乱的想法，这也是不可避免的。关键是怎样来疏导他们，使之纳入一个有序的轨道。”

巴王点点头，追问道：“神使能够设计这条有序的轨道吗？”

眼看时间一分一秒的过去，已到了跟药王约定的时间，我是心急如焚，偏偏巴王谈兴正浓，而为了应付巴王的好奇心，我本只是信口开河，没想到巴王却听了进去，所以，我只得硬着头皮说道：“国家之安定与否，并不全在于经济和物质条件的改善，乃在于国之人民有所敬畏，有所信仰，同时富者不贪不恶，贫者不卑不贱，那么人民的生活就井然有序，国家的治理就容易多了。”

说完这一段，本以为巴王该停止提问了，可巴王接着又问道：“可是如何予人民以敬畏，又如何予以他们以信仰呢？”

着急归着急，可巴王的问题还不得不回答，于是，我努力控制住焦躁情绪，继续信口开河：“所谓敬畏，是要巴国人民懂得，任何东西的获取，都应取之有道，而不能没有道德，没有底线，超越了这个底线，必将会遭受神灵的惩罚和国法的制裁。所谓信仰，乃是要培养人民对神的敬仰，对王上的绝对信任，相信王上对待自己的子民宽谅仁爱，公平正义，能为他们的福祉不遗余力。如此一来，巴国自然就稳定了。”

听完我的一番豪论，巴王沉吟良久，终于不再提问，只在临别之时叮嘱了一句，“值此非常时期，神使更要审时度势，遇事须三思而后行。”

离开巴王宫，回到宾室，马上着手实施潜逃计划。

支开纳日呙和覃达后，我悄悄来到约定地点，药王和更甦早已等候在那里，药王将一个特制的铜壶递到我手里，交代使用方法之后，又叮嘱我小心从事，如果一个人实施遇到困难，就撤回来，按他拟定的方式办。

交代完毕，我便跟更甦一起上路。

路上，更甦问我为什么没谈起他跟玛苏雅的婚事，是不是遇到麻烦了。我只得告诉他，事情可能比预想的复杂点，但我已禀告过巴王了，巴王已答应赐婚。

对于我的话，更甦将信将疑，说按他对神使的了解，如果事成了，一定不会遮遮掩掩，但假如办不成，他也有心理准备，万不得已的话，他想学罕宝的方式，将玛苏雅带出巴国。之所以迟迟没有付诸行动，一来是怀有希望，二来是怕连累双方家人，但父亲身为药王，巴国离不开他，因而不会治他死罪，而左射事有巴王庇护，也不至于被处死，至于说禾香，最好神使也把她带出去。

更甦一席话，听得我心惊肉跳，心想，如果他这么做了，不仅两个家庭遭殃，整个巴国人民也要跟着受连累，我这次冒险，如果不是关系到罕宝一行五人的性命，这个节骨眼上，是怎么也不会离境的。

说话间，到了一个岔路口，更甦停下来，指着右边一条道，说前面再没有岔路了，顺着这条道一直上行，再走半个时辰，就到了绝谷出口那条通道。

和更甦告别时，我又再三叮嘱他不要干傻事，说出去最多三天就回来，他和玛苏雅的事，我回来后一定抓紧办，争取在最短时间内让巴王颁布赐婚诏书。随后，我加快脚步，争分夺秒，感觉罕宝的生命似乎已危在旦夕。

不多一会儿，来到一个大厅，大厅里有四个腰挎短剑手持长矛的侍卫，其中两个居然是尕左木和蔓乃，二人见我进来，立即躬身行礼，另外两个侍卫见尕左木和蔓乃对我毕恭毕敬，也忙跟着行礼。随后，尕左木和蔓乃便齐声问道："神使大人怎么来了？"

虽然我已被任命为外射事，但因为尕左木和蔓乃并非外使，加之平时叫习惯了，仍称呼我为神使，而在挖宝期间，我也很照顾他俩，还给他俩各送了一个剃须刀，所以尕左木和蔓乃对我还是蛮敬仰的。而敬仰往往意味着信任，所以我心里更有底气了。但是，我仍然不能着急，不能暴露自己的真实意图，所以我便告诉他们，今天来这里乃是受大祭司之命，前来慰问一下大家。

对于我此行的目的，尕左木和蔓乃不但没有表示怀疑，反而表露出受宠若惊的样子，而为了使他们深信不疑，我又装出很严肃的样子，说道：“临行之前大祭司还告诉我，巴国最近人心不稳，怕有人潜逃出境，所以各位一定要小心，千万不能疏忽大意。”

尕左木答道：“神使大人放心，小人们保证以最好的状态值守。”

我点点头，表示赞赏，随后又强调道：“只有四个人值班，还是显得单薄了些，万一有人困顿瞌睡，怎么办？”

蔓乃答道：“大人放心，其实共有八人值守，四人一组，三个时辰一轮换。”

我又问道：“你们这班岗已经值守多长时间了？”

蔓乃答道：“刚刚轮换，才半个时辰吧。”

听完蔓乃的回答，我暗自高兴，心想，刚刚过去半个时辰，也就是一个小时，那么等到下一班轮换还有五个小时，时间还来得及。所以，为了诳他们喝药，我一定得把戏做足。于是，我便装出很轻松的样子，坐下来与侍卫们聊天，问问他们的年龄，婚配与否，最后，我开始把话题往外界引，侍卫们顿时来了兴趣。

讲了一阵，假装口渴了，便向侍卫借了个水杯，拿出铜壶，倒一大杯饮料在杯中，一仰头，咕噜噜喝掉，然后把盖子盖上，接着聊。过一阵子，再打开盖子倒上一杯，又喝了，侍卫们看我喝得很享受的样子，一个个不由得舔起嘴唇来。

我见时机已到，便将铜壶盖子上的按钮按下去，又把铜壶倒置于腿上，等一会儿，再倒上一杯，刚递到嘴边，忽然停住，对尕左木和蔓乃说道：“这是外界的一种饮料，叫‘红牛’，喝了特别提神，你们要不要尝尝？”

尕左木和蔓乃连忙施礼道：“神使大人的东西，小人们不敢分享。”

我站起身来，拍拍二人肩膀，笑道：“这东西也不是什么宝贝，外界多的是，喝了它，提神，值守三个时辰也不会犯困。”

听我如此说，尕左木便躬身行礼道：“承蒙神使大人抬举，小人就不客气了。”说完，接过杯子，一口喝了，接下来，蔓乃也喝了一杯，啧啧叫好。于是，我又将铜壶中饮料倒上一杯，问另外两个侍卫：“二位要不要也尝尝？”

巴国等级森严，一般人都渴望得到上司赏赐，能分享神使大人的饮料自然是一种荣幸，何况这二人见尕左木和蔓乃喝下去没事，便放心接过杯子，一人一杯喝了，再接着听我讲外界的神奇。

其实他们喝的哪是什么红牛，而是药王特意配制的“逍遥游”，那么我为什么也敢喝呢，原来那“逍遥游”药粉就藏在铜壶盖子里，之前喝的两杯，还是没有加药粉的纯净饮料，等他们喝时，按动盖子中间的机关，那药粉就撒进去了，至于将瓶子倒置，则是为了让药粉溶解得更快。

十来分钟之后，先是看见尕左木和蔓乃眼光迷乱起来，再过几分钟，另两人也开始神思恍惚，似吸了迷幻药一般，说出话来已不得要领。我见时机已到，便对尕左木说道：“大祭司不放心外面的透气天井，吩咐我出去检查一下，谁愿意陪我去看看？”

尕左木立即表态愿意随行，可刚刚迈开脚步，忽听洞厅外传来急促的脚步声，心中不免叫苦——且不说来人是谁，但凡是个清醒的人，看见我外出，必然全力阻止。一时之间，心乱如麻。

脚步声越来越近，闪念间，一个小小的身躯出现在眼前，只见她头上戴个瓜皮帽儿，背上背个小皮囊儿，对着我一个劲儿地眨眼——原来是禾香。

对于禾香的出现，我是完全没有心理准备，不由分说便将她往外推，禾香作势便要大叫，我又赶紧去捂她嘴。禾香眼一瞪，将手指向我后面，转身一看，侍卫们正惊讶地望着我俩。我不得不收手，对侍卫们说道：“药王让我顺便带点草药，派禾香来帮忙。”

说完之后再看侍卫们的反应，实在是多此一举，眼看着尕左木向前方走去，我哪还顾得了禾香，赶紧跟上，不一会儿，来到一木梯前。尕左木爬上木梯，将手伸上去，抓住一个机关，转动几下，再向上一推，就出现一个黑咕隆咚的洞口。

尕左木先爬了上去，我也跟着爬了上去，正准备关上盖子时，禾香的双手也已攀住洞沿，此时若强行关上门盖，必将她手压伤，愣神之际，禾香手一撑就蹿了出来。

进入洞厅，有似曾相识的感觉，仔细一看，果真就是自己带扎格、纳莫探过的那个洞子，现在所处的位置，应该是位于第二层最里面。

走了一段之后，便找了个理由将尕左木打发回去。

尕左木刚走，我便对禾香说道：“你怎么来了，差点害我走不成！”

“帮小虎哥采药啊，”见我恶狠狠地望着她，禾香立即做委屈状，“怕你一个人完不成任务呢，所以来帮个忙。”

“我不过是编个借口骗那些侍卫，你还真以为要采什么药啦！”见禾香装糊涂，我更加气恼，又忍不住补上一句，“再说了，你能帮什么忙，帮倒忙还差不多。”

我这句话显然激怒了禾香，只见她哼了一声，冷起个脸只顾往前走。我才想起这是个服软不服硬的主，便紧赶几步，换一种口气说道：“禾香听话，我出来不是为了好玩，而是救人，有你在，我会分心的，趁现在侍卫们还迷糊着，赶紧回去吧。”

见我软语相求，禾香脸色好看了点，答道：“我知道你出来是为了救人，我出来是帮你救人，一点儿不矛盾。”

听禾香如此回答，我心中鬼火冒，一把将她拽住，说道：“你手无缚鸡之力，能救什么人，拖后腿还差不多！”

禾香使劲甩开我手，继续往前走，边走边说道：“我虽然手无缚鸡之力，但不一定就是累赘，到时候，指不定谁帮谁呢！”

碰瓷儿

半个小时后，我和禾香一起走出洞口。先解下缠在腰间的绳索，将绳子绑在悬松上，拉起禾香，登上崖顶。

此刻，正值夕阳西下，太阳就像一个巨大的橘红色气球，悬在高高的山梁上，映射出漫天彩霞。禾香眯缝着眼，指着一轮红日说道：“小虎哥，那就是太阳吗？”不待我回答，她的目光又开始下移，望着郁郁葱葱的森林，发出一声尖叫："哇，还有好多好多的树，外界真是美极了。小虎哥，谢谢你带我出来，真是高兴死了！"

禾香欢呼着，跳跃着，兴奋之情难以言状。而我心里却忍不住发笑——你这个没见过世面的井底之蛙，只看见个太阳和森林就兴奋成这样，若再走出去，看见外界的摩天大楼，还有那汽车飞机，岂不兴奋得发狂。

恰在此时，耳边传来巨大的轰鸣声，接着，天空中出现一架直升飞机，禾香见了，露出惊恐的神色，问道："小虎哥，那是什么怪物啊，嗓门如此之大？"

看着禾香兴奋莫名的癫狂模样，我心中更加不安，心想，有这个小丫头跟着，怕是什么事情也干不成，得想办法甩掉这个跟屁虫，让她知难而退。于是我故作惊恐状，一把将她拉在身后，说道："那是山里的大雕，正在搜寻猎物呢，这种大雕啊，最喜欢吃细皮嫩肉的小女孩，若被它发现，可就麻烦啦！"

听我这么说，禾香反而不怕了，歪头想了想，眨眨眼说道："想起来了，这恐怕就是外使们所讲的大铁鸟吧。"

接下来，我用尽各种方式来恐吓她都无济于事，便知道这个包袱是甩不脱了。因为心系着罕宝的安危，便不再跟禾香啰嗦，赶路要紧。

禾香走路的速度并不比我慢，翻过山梁，到达犀牛寨，只用去两小时，来不及休息，继续赶路，又经过几个小时，到达仙女山镇。此时，已是凌晨一点。

来到客栈，庆幸的是，牧马人还静静地停在坝子里。

掏出钥匙，打开车门，将钥匙插入锁孔，发动汽车，第一次没有打着，再试两次，发动机终于响应，发出连续而沉闷的低吼，但胎压灯却一直亮着。检查轮胎，发现前后各有一个轮胎有点扁，好在后备箱有充气泵，赶紧插上电源给轮胎补气。

趁我给轮胎打气的时机，禾香爬进驾驶位，东摸摸，西瞧瞧，好奇得不得了。我赶紧拉开副驾门，将她塞进去，扣上安全带，声言不准乱动，否则就不带她了。禾香眨眨眼睛，吐吐舌头，一脸怪相。

十分钟左右，充气完毕，挂入D挡，松开手刹，开上公路，深踩油门，车子猛地前蹿，在推背感的刺激下，禾香又尖声惊叫起来。

禾香的尖叫，无形中刺激了我的肾上腺素。现在，得来点更刺激的东西，于是，我按下音响开关，汪峰的《一起摇摆》从十个高低音喇叭中嘶吼而出，又把禾香惊吓一次，惊吓之后，是盖过了音响分贝的尖叫，“我的天，小虎哥的铁牛还真厉害，不仅跑得快，嗓门也大得吓人！”

此时此刻，看着手舞足蹈、兴奋无比的禾香，我还真的有点来气，因她的乱入，彻底打乱了我之前的安排。本打算一出来先给覃婉丽打个电话，可现在有了这个小魔头在身边，电话是不敢打了。至于说找罕宝，禾香不但帮不上忙，反而成了负担，若遇到紧急情况，不拖累我才怪，不免心中又气又急，便恨声说道：“有你的嗓门吓人吗？”

听到我满含怨气的回答，禾香并不生气，先做个鬼脸，接着又伸手将音响调小，歪着脖子看着我，没头没脑的来一句，“小虎哥，你昨天都吃什么啦？”

“我昨天吃什么，关你什么事！”我也瞪她一眼，便没好气的回答。

“如果我没猜错，小虎哥一定吃了很多辣椒，说不定……”

“说不定什么？”

“说不定还吃了一大盘生姜！”说完，禾香自顾自拍着手，哈哈大笑起来。

至此，我不敢再惹这个小魔头，闷声闷气开车。

牧马人像一匹脱缰的野马，飞驰在渝黔高速上，不断并线超车，直把越野开成了跑车。开着开着，忽然觉得有点不对劲，看看后视镜，只见牧马人后面两百米左右，有辆车跟着，虽然看不清车型，但凭直觉，应该是个大家伙。

于是，我开始深踩油门，再看后视镜，那车还是紧追不舍，有跟牧马人比试的意味。接着，我又狠踩油门，转速已超过6000转，牧马人开始疯狂前蹿，时速直逼180公里。再看后视镜，还是有道炫目的灯光。

180公里，已是牧马人的速度极限，而后面那车，似乎还有余力，仍不紧不慢地跟着，完全没有超车的意思。我便将车速突然放慢，后面那车迟疑了一下，稍微减低点速度，随即并线，从我车旁掠过，从身段来看，是一辆福特猛禽大皮卡。

从绝谷洞穴爬上山脊，再从山脊下到垭口，又从垭口到达犀牛寨，再从犀牛寨到仙女山镇，差不多用去六个小时，在这段时间里，大探事恐怕已经发现我的外逃，因此从另一个更近的出口派出外使跟踪追击。

但是，如果说是追击我的外使，怎么又没有实施拦截呢？

或许是他们认为我知道罕宝的去向，甚至是去跟他会合，便跟在我的后面，借此寻找罕宝的踪迹，好一网打尽。想到这里，索性将速度降下来，拐入綦江服务区，休整一下，思考下一步该怎么做。

在服务区泡了两碗方便面，买了些腌腊食品，与禾香一起吃起来，禾香见我不再生气，吃东西的时候又做出很多表情。

吃完东西，重新上路，没见了那辆福特猛禽。

临近夔城，已是凌晨四点，此时的我，早已困顿不堪，路过云阳服务区时，就把车开了进去，将后排座放倒，铺上一条毯子，叫禾香在后面躺躺，我就在驾驶座休息一下。禾香却亢奋得很，死活不肯去后座，缠着我问这问那，恨不得在天亮前要搞懂这未知的世界。

有禾香在，我是睡不成个好觉了，心想，还是想办法先找到罕宝，亲自护送他们到夔城之巴，解除危险再说。于是，稍作休整，又发动汽车，音响开大，继续往夔城进发。此时，禾香又开始唠叨了，“这个男人唱歌怎么像哭丧一样啊，难听死了！”

我愤然答道：“这是外界最当红的歌手，也是我最喜欢的歌手，他叫汪峰。”

“你这么凶巴巴的，像一条乱叫乱咬人的大恶狗呢！”禾香嘴里一点也不让人，手上也不干净，使劲扭我的手臂。

我负痛大叫，“哎哟，你怎么动手动脚的，小心我把你丢下车喂路边的野狗。”

“那我就伙同路边的野狗来吵死你。”说完，禾香又汪汪两声，见我不吭声，只顾开车，又忍不住问道：“小虎哥，我们这究竟是要去哪里啊？”

我怕她胡搅蛮缠，只得答道：“找罕宝。”

禾香见我搭腔了，分外高兴，但紧接着又翻个白眼，嘟囔道：“黑灯瞎火的，像个没头蝙蝠一样乱跑，怎么能找得着他们呢？”

禾香一句话，倒是提醒了我，是啊，这么黑咕隆咚的，高速路上一阵乱跑，怎么找得着罕宝。与其一阵瞎追乱跑，倒不如在车上安安稳稳睡上一觉，明天清晨再出发，到兴隆镇去守株待兔。

好不容易说动禾香到后排躺下，终于可以耳根清净一会儿了。

禾香很快就进入梦乡，脸上浮现出笑意，我便将羽绒衣搭在她身上，然后自己将座椅放倒些，躺平身体开始睡觉。

刚合上眼皮，眼前便出现罕宝的身影，哪里睡的着，便喝了几口红牛，发动汽车出发。为了不惊醒后排那个小魔女，我再也不敢开音乐，控制住车速，不紧不慢地行进，两个小时之后，到达兴隆镇。

将车驶入一露天停车场，继续在车上待着，闭目养神。直到九点左右，街上才渐渐有了行人，我便将车驶出停车场，在一家餐馆边停下，买了两笼包子和两杯豆浆，再回到车上。此时，禾香已经睡醒，正东张西望着，口中问道：“小虎哥，这是到哪儿了？”

我告诉她，已经到了夔城巴国外围，接着又告诫她不要乱说话，免得引起怀疑。禾香便一个劲儿地挤眉弄眼地扮鬼脸，我搞不懂她这些鬼把戏，忍不住问道：“你有话好好说，干吗这么多稀奇古怪的动作？”

禾香答道：“是你不让我说话的，打颜语你又看不懂，那怎么办？”

我被她弄得哭笑不得，皱眉道：“只是叫你小声说话，没叫你挤眉弄眼来着。”

禾香吐吐舌头，答道：“噢，你把个手指挡在嘴巴前，我以为是不要我说话，这是你没交代清楚。”

我辩不过她，径直发动汽车，漫无目标地在镇上转起圈来。乡镇很小，不多会儿就转了两圈，禾香又忍不住问道：“这些房子街道都差不多，你这么转来转去干什么？”

我答道：“让你多看几眼，待会儿就送你回去。”

禾香眨巴眨巴眼睛，假装没听懂，说道：“你不是说带我去另一个巴国玩吗，怎么马上就要回去了？”

我答道：“我只是告诉你这儿是另一个巴国的外围，什么时候说带你进去玩了？”

听完我的话，禾香便从后排爬到副驾驶座位，撇嘴道：“我才不稀罕另一个巴国呢，好不容易才出来，你还是带我四处转转吧。”

我不搭话，只顾关注街上的行人，然而，哪里找得到罕宝的影子。心想，罕宝一行的离开，已经是两天之前的事了，或许他们已攀岩回到巴国，即使没有，外使们要找到他们也不会那么容易，我这么自作多情地乱窜，会不会弄巧成拙，不但帮不了罕宝，反而误事，倒不如回山城，先去会会覃婉丽。

正犹豫中，耳边传来禾香的惊呼，紧接着听见“砰”的一声，一个人影倒在车下。片刻之后，一大群人便围拢过来，齐声叫道：“出事啦，轧到人啦！”

闻言，我连忙下车查看，分开众人，只见那人侧躺在右前轮下，双手抱头，正要上前去搀扶时，那人却抬起头来，望着我笑——竟然是扎格！

将他扶起来时，众人又叫：“原来没轧到，不然就摊上大事儿啦！”还有人叫道：“肯定是故意的，想骗车主钱！”

扎格便望着周围人傻笑，众人皆恍然道：“原来是个癫子！”

看着扎格，想想还是有些后怕——扎格这个碰瓷儿，实在是险了些，要是我车没刹住，他就完蛋了。

扎格上车后，一股腥味立即弥漫了整个空间。心想，恐怕又住垃圾场了，但这个时候，我没心思关心他们一路的遭遇，只是牵挂罕宝的安危，便急切地问道：“你怎么会在这里，罕宝呢？”

扎格答道：“是宝公子让小人在这儿等神使大人的，初时还不相信大人会来，直到看见大人的车在这镇上转来转去，才信了。”

听完扎格的话，我又大吃一惊，这个罕宝，实在是有些让人捉摸不透，难道他也有未卜先知的本领？

禾香见到扎格，比我还高兴，急问道：“吉娜呢，还有罕宝哥在哪里？”

扎格惊奇地望着禾香，又看看我，会意的一笑，“原来神使大人把禾香小姐也带了出来，这下可热闹了。”

我哪管他话中有话，又问道：“你们到这里多久了？”

扎格答道："小人昨天下午到的这里，本来打算通过原来那条暗道返回巴国，可没承想到达那里时，才发现洞子已经坍塌了，我和纳莫、龙格都很沮丧，但宝公子却说，不如在这里待几天，说不定使者大人会跟来，再由大人带我们由白虎洞回巴国。小人等都不相信，可万万没有想到，今天果然看见大人！"

在扎格的指引下，将车驶入一片新开发的楼盘，在还没有完工的一栋商场楼房里，我们见到了罕宝和吉娜。罕宝和吉娜身上也有那股奇怪的腥味儿，便想，可真难为这个郡主了，为了爱情，跟罕宝一起在垃圾堆里摸爬滚打。

罕宝见扎格带着我同禾香前来，万分高兴，迎上前来就和我抱在一起。他这种亲热的方式，以前可从来没有见到过，倒让我有些不知所措。只觉得以前那个忧郁文弱的公子不见了，换了一个成熟开朗的新罕宝。

"皮兄来了就好，我们可以一起到巴国，您任丞相，我任祭司，在巴国来一次大的改变，我想让他们生活得比黔隆巴国还幸福。"

罕宝抑制不住激动的心情，描绘着自己的理想蓝图。看来他的出走，是早已谋划好了的，并且在这个计划中，把我也当成了其中一份子。

我等他说完，拍拍他的肩膀，说道："谢谢宝弟的安排，我这次来，并不是为了跟你到巴国做什么丞相，而是要来通知你，那边的大祭司已经秘密布置了人手来追杀你，所以才急急忙忙追来，现在看到你们安然无恙，我就放心了。"

罕宝退后两步，显得很失落，喃喃道："怎么，你不是来助我一臂之力的？那为什么又追来，还把禾香小姐带出来了？"

我赶紧解释道："是她自己悄悄跑出来的，我这就马上带她回去。"

正和吉娜聊得高兴的禾香，听见我这话，立即反驳道："就是你带我出来的，还说要带我到这里的巴国去玩，怎么又耍赖了？"

我被禾香抢白，不知道怎样应答，心念飞快的运转，开始考虑罕宝的建议——如果真的与罕宝一起进入夔城之巴，大祭司自然十分高兴，一来我曾经救过他和巴王的命；二来我又把罕宝带回来了，了却他最大的心病；再则因为廪君的现身，绝谷之巴的人民已经对我佩服得五体投地，这样看来，还真能够在这里大展宏图。

可是，吉娜与禾香的同时出走，无疑会给尕乃让洞主一家和药王一家带来无穷的麻烦，甚至会有人因此而殉难。而且，因为此事件，黔隆之巴今后会施行更严厉的封禁政策，好不容易看见的开禁成果将毁于一旦，代价未免也太大了。

正犹豫不决之际，耳边忽闻一声怪叫："公子打得如意算盘，只可惜功亏一篑！"

话音刚落，只觉四周人影晃动，窗外忽然飘进十来个蒙面人，为首那人，身形十分熟悉，凭直觉，便可判定是大探事。

惊慌之后，我迅速淡定下来，沉声道："探事大人，你意欲何为？"

沉默片刻，大探事答道："大祭司请神使和罕宝公子回去说话。"

我又说道："大探事和兄弟们远道而来，又都是自己人，有话好好说。"

闻言，大探事扯下面罩，但右手还按在剑柄上，说道："神使与罕宝公子不辞而别，不合我巴国礼数，敝使奉大祭司的命令，请各位回去，以尽礼数。"

还没等我答话，罕宝已抢先道："多次恳请大探事放我等回家，你却置之不理，便只好自己想办法出来了，既然出来了，哪还有回去的道理。"

大探事答道："祭司大人说，公子刚到巴国不久，若匆匆辞别，显得我巴国待客不周，须多待些时日再走不迟。"

罕宝冷笑不语，我见二人言语僵持，很快就要撕破脸面，便插言道："大探事可否听本使一言，让你回去对大祭司有个交代。"

大探事答道："不知神使有什么主张，若能说动罕宝公子与小人一同回去最好。"

我见大探事语气缓和，稍微宽心，说道："罕宝、龙格、扎格和纳莫本不属于黔隆巴国，他们想要回去，自然是天经地义的事，而且他们本身也背负着巨大的秘密，绝不会将两个巴国的藏身之地公之于众。所以，请大探事放他们一马，我带禾香、吉娜与你们一道回去复命如何？"

没等大探事答话，吉娜先嚷了起来："神使要回自己回，不要扯上别人。"

罕宝随后说道："皮兄带禾香回去复命吧，我与吉娜郡主已有婚约，恕不能从命。"

大探事发怒道："公子欺人太甚，我巴国岂容你想来就来，想走就走，更不要说拐走尕乃让洞主的女儿了。"

禾香此时也来凑热闹，"想得美，吉娜若是回去，按你们那些臭规矩，不喂鱼龙才怪。"

大探事冷笑道："如果罕宝公子不与我们回去，敝使只有用强了。"

说话间，所有蒙面人都亮出了武器，将圈子围拢过来。

碧血飞龙

我见事态已成僵局，只能表明立场，站在罕宝一边，放声道："我乃王上与大祭司亲命外射事，负责统领你等外使，各位应该听我调度才是，休得乱来。"

大探事冷笑道："神使不辞而别，即是自愿放弃外射事职责，若是能规劝罕宝公子与我们回去，大家还认您这个射事，若是不能，就算神使也是不认得了。"

外使们听他这么一说，也没有了顾虑，手持武器，将包围圈缩小，作势欲动。没想到大探事来这么一招，我只好从衣袋中拿出电击棍，与罕宝等人背身而立，将吉娜与禾香围在中间，做出防御的姿势。

我仍不死心，对大探事说道："大家都是巴国人，何必要拼个你死我活，你若再苦苦相逼，我就不能保证维护你们巴国的秘密了。"

大探事不为所动，冷笑道："那就休怪我等手下无情，赶尽杀绝了。"

我怒道："你们难道连廪君神使也敢动，不怕廪君迁怒于巴国！"

大探事答道："神使既然身为廪君神使，就该深明大义，规劝罕宝公子与我们一同回去复命，免得伤了和气。"

我答道："如果不答应你的要求呢？"

至此，大探事眼露杀机，再不搭话，一声呵斥，外使们一起动手，四面八方向我们攻来。罕宝、龙格、扎格、纳莫和我也抖擞精神，奋力迎战。一时之间，屋子里刀光剑影，铿锵之声不绝。

罕宝、龙格、扎格、纳莫各持短剑，闪转腾挪，格挡砍刺而来的兵器，英勇异常。没想到罕宝虽然面相文弱，身子却十分灵活，武功并不比其他三人差，又让我吃惊不小。倒是我没有称手的兵器，又不能用肉手去拆解，反而需要他们四人帮衬。

大探事一行共十二人，分成两组，手持刀剑，轮番进击。而我们五个男人闪转腾挪，也不落多少下风。龙格尤其勇猛，以一敌二还可以分身来帮我，而我则瞥得一个空子，抽出一根钢管，左劈右挡，逼得外使们近不了身。

但我这一招却让外使们受到启发，有几个外使收起刀剑，也捡起几根地上的钢管，向我们下盘扫来。

这样一来，既要挡拆上三路的砍杀，又要躲闪横扫下盘的钢管，片刻之后便处于下风。又过了一会儿，我们一行七人被压迫成一个小圈子，不能一味躲闪了，否则，里层的禾香和吉娜就得遭殃。

大探事见我等窘困，便叫道："请神使大人闪开，这不关您事，刀剑不长眼睛。"

很快，圈子被冲散，吉娜与禾香都没了保护，激斗之中，龙格小腿被钢管扫到，跪倒于地；紧接着，纳莫也被刺中左肩，鲜血直流。我待要去救援，无奈被两个外使牵制住，腾不开手脚，趁此机会，俩外使一拥而上，将吉娜控制住。

危急时刻，禾香一声唿哨，刹那间，只见她背囊中窜出一道绿光，定睛一看，那绿光竟是一只长着翅膀的怪物——身体像蜥蜴，头部像变色龙，尾部有个尖刺，像蝎子。

那会飞的小怪物速度极快，电光火石般射向去抓吉娜的那个外使，还没等他反应过来，脖子上就被咬出一个口子，外使待要伸手去抓时，那怪物又腾身而起，迅速飞向另一个外使，外使慌忙用手中短剑去削，那怪物空中一个翻滚，绕过剑光，一口咬在外使手上，也留下一个齿印。

见状，大探事大叫道："小心，那是碧血飞龙，有剧毒，莫要被它咬到！"

说话间，舞动手中之剑，化着一道光轮，向小飞龙逼来。同时，又有两个外使也舞动短剑，三道光轮向小飞龙裹过来。

禾香又是一声唿哨，那叫"碧血飞龙"的怪物在空中一个360度翻转，飞入禾香背后皮囊中。很快，被碧血飞龙咬伤的两个外使，变得步履蹒跚起来，踉跄几步之后，突然倒地。见两个外使倒在地上，翻滚号叫，痛苦不堪，大探事赶紧命令外使们停止攻击，守住包围圈，随后大叫道："禾香，快拿解药来！"

禾香答道："想要解药吗，等你们放下武器，把自己绑了再说。"

大探事哪肯照禾香的要求做，情急之中，又要发动猛攻。眼见得两个外使在地上翻来滚去，痛苦不堪，我也急了，便对禾香说道："快拿解药来，弄出人命来就麻烦了！"

禾香答道："拿解药可以，除非他们放罕宝和吉娜走。"

大探事答道："放走其他人可以，吉娜不能跟他们走。"

禾香见大探事不肯让步，冷笑道："你不放吉娜也可以，待会儿本姑娘将三条碧血飞龙都放出来，看你怎么办。"

眼见得二人停止翻滚，全身抽搐起来，大探事忙叫外使将二人扶起，拉开面罩，发现两人面色铁青，口吐白沫，呻吟不止。

见此情形，我心中暗自焦急，若任由二人死去，大探事必命外使与我们拼命，而若禾香再放出碧血飞龙，外使们必然死伤惨重，这样一来，仇隙就无法解开了。想到这里，我再也不怕惹怒禾香，大吼道："禾香，快拿解药来！"

我这一吼，把在场所有人都吓了一跳，禾香也被我的威势震住，赶紧从衣袋中拿出两粒药丸来，递到我手上，但嘴里忍不住要嘀咕一句："你这个敌我不分的家伙，究竟是救谁呢。"我瞪她一眼，说道："这药怎么用？"

禾香也瞪我一眼，"塞进嘴巴里就可以了。"

闻言，我急忙叫外使们把倒在地上的二人按住，掰开嘴巴，将药丸塞进二人口中，使劲拍进去，又拿来一壶水，灌入口中。之后，禾香又拿出一个药瓶，从药瓶中倒出些粉末，抹在二人伤口上。过了一阵，两人脸色渐渐缓过来，停止了抽搐。

眼见被碧血飞龙咬伤的外使已没有生命危险，我松了口气，也因为突然出现的这个变故，现场敌对情绪也缓和了不少。趁此机会，我便对大探事说道："恳请探事大人放过罕宝和吉娜，敝使与禾香随您回去复命，一切过错由敝使承担。"

大探事摇头道："罕宝公子回去可以，但吉娜必须留下，否则我等无法复命。"

"现在还由不得你来提条件，"禾香见大探事不让步，做势又要放出碧血飞龙，"若不放过吉娜，我就要放小飞龙出来开斋了。"

大探事大怒道："尽管放出来好了，大不了同归于尽。"说完，便拔出剑来，搁在吉娜脖子上，同时，侍卫们也纷纷拿起武器，做出殊死一搏的姿态。见此情状，我心急如焚，情急之中，只得对罕宝说道："宝弟，你知道的，如果吉娜郡主不回去，其整个家族便会受到连累，甚至人头落地。宝弟，如果信得过我，就暂时依了他们，等我回去向巴王请命，为你和吉娜赐婚，有朝一日，我定将吉娜郡主送还于你。"

我的话，对罕宝多少有点触动，但并不足以说动他。就在僵持不下之时，禾香突然说话了，只听她说道："宝公子，神使没骗您，以前有个外使爱上一个外界女子，打算带她私奔，被大祭司发现，不但派人将那个外使和女子杀掉，还将外使一家都喂了鱼龙。还有，神使说请巴王为你和吉娜赐婚，也是真的，我阿哥和玛苏雅的婚事，就是神使帮的忙。"

万万没有想到，禾香会突然站出来帮我说话，更万万没有想到，罕宝竟然听从了禾香的劝告，答应暂时与吉娜分开，由我带回巴国。至此，方才还你死我活的局面，因为碧血飞龙的出现以及禾香的几句话，竟然得以化解。

此时此刻，我才猛然想起出洞时禾香说的那句话："到时候，指不定谁帮谁呢。"

当我带着罕宝、龙格、扎格和纳莫来到白虎洞，当他们见到四只白虎时，其惊讶之状可想而知。

几个月不见，两只小虎又长大不少，但它俩亲热我的方式却一点没变，先是一个扑倒，接着便伸出那带有毛刺的舌头在我身上一阵猛舔。这一举动，自然把罕宝他们吓得不轻，好在我早已打过招呼，才不至于刀剑相向。

穿过白虎洞，将罕宝送过深涧，我又马不停蹄地赶回兴隆镇，与大探事和外使们汇合，一起返回黔隆。这一次，我的车上多了两个人，除禾香外，还有大探事和一个外使，而吉娜被安排上了福特猛禽。到达犀牛寨的时候，我做了一个决定，让大探事将我绑起来，还戴上了眼罩。

当眼前一片黑暗的时候，忽然有些后悔——好不容易出来了，还没来得及跟覃婉丽见面，怎么又乖乖的跟他们回去，我这样做，究竟是为什么，值不值得？

当大祭司望着被捆绑着，背上还插着几根荆条的我，一时大惑不解，嘴里说道："你们这是玩的什么把戏？"

大探事忙上前一步，躬身答道："回禀祭司大人，是神使自己要求这样做的。"

"一帮蠢货，神使要你这么做，你们就当真这么做！"此时此刻，大祭司貌似十分愤怒，说完这句，又狠狠地盯着两个外使，大吼一声，"愣着干吗，还不赶紧替神使松绑！"

待松绑完毕，我立即对大祭司躬身行礼，"是敝使要求大探事这么做的，罕宝不辞而别，敝使深感难逃其责，惶恐之极，便学古人负荆请罪之法，恳请祭司大人治罪。"

"大探事已告知本座，罕宝潜逃与你无关。"话虽这么说，但大祭司还是余怒未消，紧接着又瞪我一眼，"但你又擅自行事，偷越出境，私放罕宝，实在是目无法纪，有负本座重托，事已至此，叫……叫本座怎样处置你才好。"

我又鞠了个躬，答道："敝使担心罕宝安全，怕他被外人所擒，暴露巴国行藏，故无暇深思熟虑，擅自离宫，还请大人治罪。"

"胡说八道！"听我说完，大祭司怒气更盛，但他并没有大光其火，而是呵呵冷笑道："如此谋划周密，诡计多端，将我巴国侍卫玩弄于股掌，竟然说是无暇深思熟虑，神使以为这些鬼话瞒得过本座吗？"

明知道自己的辩解苍白无力，但还是忍不住狡辩几句，"敝使此次外出，实在是担心罕宝等被外人所擒，故无暇虑及其他，贸然行事。好在罕宝一行已回到夔城巴国，便不至于暴露巴国行藏，还望祭司大人明察。"

"你出去的真正用意，恐怕是担心罕宝为外使们所擒吧，"此时，大祭司脸上青筋暴起，恼怒至极，下巴上的胡须也随之颤动，但他还是把这股怒火生生压住，摇摇头，长叹一声，"可惜你如此聪明才智，尽用在无当之处，实在是有负本座一番栽培。"

正惶恐不安之时，大探事忽然插话："神使亦深知祭司大人器重，故没对敝使等痛下杀手，见外使被禾香飞龙所伤，又逼她交出解药及时医治，否则，事情就更难收拾了。"

没想到大探事这句话，更加激怒大祭司，只见他狠狠瞪了大探事一眼，怒道："一帮蠢货，居然连个小怪物都对付不了，要你等还有何用。"

闻言，大探事和外使赶紧跪地请罪，大祭司没有理会，径直走到我面前，沉声说道："还有，本座一直对你寄予厚望，希望你能以廪君神使身份，传达廪君旨意，统一巴国内纷乱的思想，为巴国的稳定做出贡献。可是没想到你也这么糊涂，不仅不理会本座的苦心，反而肆意妄为，如此无脑，若被别有用心之人利用，悔之晚矣！"

见大祭司如此情真意切，我竟然有些感动，便躬身施礼道："敝使知错了，还望大人不吝责罚，使敝使痛定思痛。"

大祭司摇摇头，叹道："事情都已经过去了，罚你何益。目前看来，尚没造成严重后果，但此事应到此为止，并严禁让外人知晓。"说完这句，大祭司又习惯性地踱起步来，转了几圈之后，忽然停在我面前，说道："但你知错犯错，也不得不罚，暂撤你外射事职务，罚你专心挖掘琥珀，还有那个禾香和吉娜，也禁闭七天，责令她们闭门思过。"

吩咐完毕，大祭司这才命大探事和外使起身，大探事和外使又赶紧谢恩。就在这个时候，二公子忽然走了进来，大祭司便拉过二公子，对我说道："这是本座次子尕吉格，原为外使副统领，但这只是个虚职，做不了什么事，所以现在本座将他配置在你身边做个挖宝副使，望你戴罪立功，教他些本领，以不负本座重托。”

听完大祭司安排，虽然有些别扭，但我还是松了口气。因为这个处罚结果，比我预想的要轻微很多，虽不能继续行使外射事职权，但终究没有失去自由。

接下来，大祭司为“挖宝队”重新安排了人手，除更甦留任账务之外，另派了五个身强力壮的武士做队员。而我这个外射事，又变回挖宝队长，整日两点一线的来回奔波，除了挖掘琥珀蜜蜡，就再没别的事可干了。

由于没有专业的采掘设备，挖掘工作进行得非常缓慢，一天下来，只能起出十来块琥珀蜜蜡，且对冰层破坏极大，本以为倒点冷水在挖破的冰洞中能够重新冻结，可这水流进去，却怎么也结不了冰。

看着残破不堪的冰田，我于心不忍，便命令大家歇下来，等外界订购的专业工具运进来再复工。二公子不同意我的建议，坚持要求队员们继续挖掘，我只好再次拜谒大祭司，申明情况，大祭司同意了我的要求，但并没有答复我何时引进专业工具，何时继续开工？

如此一来，我彻底变成了一个闲人。

这人一闲下来，反而觉得周身不适，身体内残留的蛊毒也蠢蠢欲动，只好经常在宾室内练功休养，幸运的是，剩下两个没打通的穴位似乎有了松动。这天，正在练功，忽听见敲门声，打开门，禾香像一只猫般窜了进来。

禾香一进屋，就嘟起个嘴，冲我撇嘴道：“小虎哥，你怎么回事，人影儿都见不到，只有本姑娘亲自上门来捉拿了。”

几天不见，禾香清瘦了点，但眼睛反而显得更大，也更调皮。见她没什么大碍，便忍不住取笑她：“怎么样，这些天闭门思过得如何？”

禾香眨眼道：“还说呢，整整七天不让出门，一天只吃一顿糙米饭，人都整疯了，还有心情闭门思过吗，小虎哥也忍心不来看看我。”

眼见禾香虽然吃了苦，却很乐观，一如既往地刁钻古怪，我心情顿时好起来，便继续逗她，“小虎哥也被大祭司勒令闭门思过了，哪能来看你。”

禾香连连摇头，貌似十分不信，答道：“怎么可能，你这么大个官，比不得我们平民老百姓的，是不是你怕惹麻烦，所以才不来看我。”

怕禾香真生气，我不得不辩解道：“哪里，我被安排去玉田挖宝，再说，你不是被关禁闭了嘛，我又怎么来看你。”

禾香眨眨眼，答道：“也是，好几个侍卫把门，一副如临大敌的样子，敢情他们还怕了我一个弱女子。”

我笑道：“他们是怕你的碧血飞龙吧。”

禾香摇摇头，叹口气道：“飞龙早被他们没收了，还不知道现在怎么样，如果饿死了本姑娘的小飞龙，早晚要跟他们算账。”

我诧异道：“三条飞龙都被收去了吗？”

听完我的话，禾香不觉愣住，眨眨眼问道：“啥时候变成三条飞龙啦？”

见禾香如此回答，我猛然明白过来，苦笑道：“好个鬼灵精怪的本姑娘，你当时对大探事说要放三条碧血飞龙出来，小虎哥还真信了。”

听完我的话，禾香莞尔一笑，“你真是头……猪，如果有三条飞龙，不早放出来了，还由得他们把吉娜带走？”

我也笑了，接着问道：“你那碧血飞龙真是厉害，敢问哪里得来的？”

见我提到小飞龙，禾香便喜形于色，摇头晃脑道：“你以为这飞龙可以随随便便得到么，本姑娘可是下了大功夫，冒着生命危险才得到的。”

我好奇心起，说道：“那姑娘就给小虎哥讲讲这个经过吧。”

禾香倒也不卖关子，答道：“听好了，这碧血飞龙极为罕见，专以洞中吸血蝙蝠为食，本姑娘之前也只是听说，从未见过。那日我和阿哥去蝙蝠洞附近采灵耳，不听阿哥劝阻，坚持要到蝙蝠洞一探究竟，看有没有传说中的碧血飞龙，结果惊醒了洞中的蝙蝠，先是三五只，后来一大群朝我和阿哥扑过来……”

禾香回忆起当时的情景，神情紧张，一只手情不自禁按住胸口，语气发颤，“当时我就吓傻了，都不晓得逃跑，阿哥见状，赶紧过来保护我，拿出采药的弯刀拼命抵挡，虽砍死几只，但更多的蝙蝠扑上来……”

听着禾香的描述，我不由得也紧张起来，急问道："后来怎样？"

禾香定了定神，惊恐万状地继续讲述："那吸血蝙蝠一层层的压过来，有几只还在阿哥手臂上咬了几口，我吓得抱住头一阵尖叫，两腿发软，瘫在地上！"

见禾香身体发颤，我便情不自禁握住禾香的双手，发现竟是冰凉的，可见当时情景之险恶。

"本姑娘当时只有一个念头，就要变成吸血蝙蝠的盘中餐了，想到被它们吸干了血，只留下一个皮囊，整个人就傻了。"讲到此处，禾香忽然又露出兴奋之色，手舞足蹈起来，"正在这个时候，忽然看见吸血蝙蝠一片混乱，接着，就看见一道绿光在蝙蝠群中翻飞，仔细一瞧，竟然是那传说中的碧血飞龙，那黑压压的吸血蝙蝠顿时被碧血飞龙冲散，我和阿哥才得到喘息机会，但我还在犯傻，眼睛只盯着碧血飞龙，忘记了逃命。"

禾香一边讲述，一边拍打着自己的胸口，似乎还沉陷于当时的险境中，"可是，没过多会儿，那被冲散的蝙蝠又重新集结起来，一起冲向那碧血飞龙。那小飞龙真是英勇，上下翻飞，独自对抗着一大群蝙蝠，片刻工夫，被它咬死了好几只……"

讲到此处，禾香的脸色逐渐恢复正常，脸现红晕，似被当时小飞龙大战蝙蝠群的场景感染，但接着，她胸口又剧烈起伏起来，"正在这个时候，突然飞来一只巨大的吸血蝙蝠，冲向小飞龙，小飞龙独自应付蝙蝠许久，现在又来了个巨无霸，顿时有些吃力，不一会儿，就被大蝙蝠咬到，眼看就要变成蝙蝠的食物……"。

听到此处，我的心也随之揪紧，但不只是为小飞龙，而是为禾香和更甦的安危。

"就在这个时候，阿哥忽然从衣袋中掏出一个瓶子，拔掉塞子，使劲在空中飞舞，只觉得一股难闻的气味扑鼻而来，我还以为阿哥也吓傻了，但不料发生了奇迹，那些凶恶的蝙蝠们，闻到这个气味，立即逃得远远的……"

我掩饰不住好奇心，又问道："瓶子里是什么东西？"

禾香眨眨眼，答道："本姑娘当时也不知道是什么东西，后来阿哥告诉我，那是一瓶蛇胆粉，听阿爹说对治疗吸血蝙蝠伤有特效，当时也没想那么多，就把它拿出来乱撒，不想竟然收到奇效。”

此时，我已被禾香吊足了胃口，追问道：“那碧血飞龙怎样了？”

禾香脸现哀凄之色，答道：“小飞龙也受了重伤，在地上挣扎扑腾，我不忍心把它留在洞子里，用皮囊装了，带回去给它疗伤。”

听小飞龙得救，我松了口气，让禾香在凳子上坐下，给她泡上一杯热茶，笑道：“后来那小飞龙就被你治好了，成了你的神奇保镖。”

“哪能那么容易，”禾香撇撇嘴，瞪我一眼，接着说道：“开始它死活不肯敷药，不吃不喝，眼见得一天天瘦下去，我好心疼，便不听阿爹和哥哥劝阻，整天把它抱在怀里，和它一起睡觉，亲手给它喂蝙蝠肉吃。”说到此处，禾香脸上已经浮现出笑容，“兴许是本姑娘的举动感化了它，小飞龙终于配合治疗，一天天恢复起来。”

我不由得夸道：“还是禾香姑娘有灵气，这么不通人性的东西，居然能够听命于你。”

“谁说小飞龙不通人性哪，它聪明着呢，”禾香瞪我一眼，对我用词不当表达不满，“小飞龙虽然不会说话，但是能跟本姑娘交流，小虎哥你信吗？”

我笑道：“自然是信的，因为你的有些话也只有飞龙能听懂的。”

禾香没有听出我的弦外之音，眨巴着眼睛笑了。

听完禾香的讲述，我真是百感交集，看来这飞龙和白虎一样，都是通人性的动物，只要你能真诚对待它们，就可能相互感化，甚至成为莫逆之交。

想到蝙蝠洞，心里又多了个心眼，那吸血蝙蝠，专以家畜和动物身上的血为食，可这巴国除鱼和蛇之外，哪还有其他动物，那么这蝙蝠洞必然能通往外界，只是因为人们害怕招惹这些凶猛的吸血蝙蝠，才不敢进去一探究竟。而罕宝能神不知鬼不觉地逃离巴国，或许就是通过蝙蝠洞实现的。

如此看来，说不定巴国还有第三个出口。

神秘大公子

由于罕宝的出走，巴国封禁更严，虽然没有减少外使数量，但进来的物资却大量削减，更为严峻的是，禁言令开始悄无声息地实施了——凡平民百姓，有三五成群窃窃私语者，鞭五十；有背地里非议国政者，一经举报，仗鞭一百，禁闭七天；有传言外界奇物异事蛊惑人心者，一经举报，鞭两百，禁闭十五天；屡教不改者，直接送去喂鱼龙。

为此，左射事再次来拜访我，问我对目前局势有什么看法和应对之策。这一次我学乖了，不表达自己的看法，先问左射事有什么考虑和打算。左射事提出两种方案：其一，与大祭司妥协，先稳住局势和阵脚，再伺机反扑；其二，联络原有开禁派，争取中间派，在巴王的主持下召开议会，重新议定巴国当前政策。

听完左射事的陈述，联想到自己在夔城之巴的所作所为，其实这两种方案自己都曾经尝试过，最后都以惨败而告终，现在左射事又提出同样的策略，我是完全不抱希望的，但为了不打击他的信心，我假意向他垂询相关细节。

“先说第一个方案，神使曾经提到，二公子要求成为琥珀销售负责人，您不妨答应于他。”左射事抬眼望着我，观察我的反应，见我点头，便继续说下去。

“其次，这段时间，二公子多次派人来寒舍提媒，示爱于小女，这个神使也是知道的，下官虽然于心不忍，但碍于目前形势……”讲到这里，左射事再次拿眼瞥我，见我没有明显态度，便放心说下去，“另外，大祭司尚有一个女儿，待字闺中，长相尚可，若神使不嫌弃，当可善加利用，如果被大祭司招为翁婿，则……”左射事边说边观察我的反应，总是吞吞吐吐，欲言又止。

听左射事讲到这里，我心中已是无比反感，这家伙不仅想牺牲玛苏雅，居然还打起我的主意，希望我去勾兑大祭司的女儿，作为晋升之阶，实在让人厌恶。要照我以前的性格，肯定断然拒绝。但转过来一想，这些官场人士，每每考虑问题都是这种模式，并想当然地认为别人也是势利之人，而作为同处官场的我来说，就更应该能够认同这样的思维模式了。

心里虽然厌恶，但我还是努力控制住自己，没有表达出愤慨情绪，只是淡淡地问道："照左射事的做法，岂不等同于同流合污，让自己一派心寒，又谈何稳定和扭转局势呢？"

左射事见我反应并不强烈，继续说道："神使有所不知，我方目前势单力薄，无力与大祭司抗争，与其以卵击石，不如潜于势强者内部，并伺机进行分化瓦解，以为我方之用。即如小鱼潜于大鱼之腹，藤蔓缠于大树之干，势弱者必须有所依托，方能安全茁壮的成长。"

听闻左射事一番高论，似乎觉得有些道理，但又总觉得差点说服力，特别是这完全有悖于我的道德底线和行事风格，于是便说道："左射事所言有理，但具体操作起来却难。最担心的是，这样一来，不仅分化不了大祭司阵营，恐怕反被他挟持，作茧自缚。"

左射事见我如此回应，有点出乎意料，叹了口气，说道："那神使大人有什么更好的主意没有，下官洗耳恭听。"

沉思片刻，我答道："目前情势，可静观其变，切勿操之过急。封禁太久，必然引发各方矛盾，甚至大祭司一方的既得利益者也会按捺不住，生发怨言。所谓入奢侈易，回贫穷难，长此以往，必生动荡，那时我方再伺机而动，分化瓦解之，方为上策。"

左射事闻言，低头沉思道："神使到底是见过世面的人，问题看得深远，所言极有道理，但这样一来，巴国人民要多受很多苦难了。"

我这一段话，本来是要稳住左射事，怕他趋炎附势，早早把玛苏雅转嫁给二公子，便无法给更甦和药王交代，没想到却说服了他。至于说怎么样伺机而动，怎么样分化瓦解，我是一点谱都没有。尽管如此，我还是装出胸有成竹的样子，以免他心生顾虑，接着，我话锋一转，问道："敝使有一事相询于射事大人，不知大人可否解答？"

左射事还在低头思考我刚才提出的方案，见我提问，半晌才反应过来，问道："神使有什么问题，请说就是。"

我便问道："大祭司身边，怎么只见二公子而不见大公子？"

见我问这个无关紧要的问题，左射事有些失望，漫不经心答道："大公子早先曾做过副探事，后来又被安排去外界读书，再后来又说被安排执行秘密使命去了，常年在外，所以见不到他很正常。"

我摇摇头，又问道："大公子突然不做副探事，却被安排去外界读书，既然是读书，怎么忽然又去做很辛苦的秘使，射事大人不觉得奇怪吗？"

沉思片刻，左射事答道："据说是借用了一个外界人的身份去大学读书，另外还有一个家奴做陪，却不见得辛苦，至于说为什么又被安排去做密使，这……下官就不明白了。"

我再问道："可知大公子在何方读书或在何方做密使，在巴国有婚娶的对象吗？"

左射事见我问得详细，似乎觉得有文章可做，便认真答道："早前应该是在山城学习治理圣海死鱼的办法，至于说做密使，则居无定所，无法判断，但做密使也是要回国述职的，怎么都两年多了，却见不着个人影。而且他早已过了娶妻年龄，却没有听说礼聘哪位长老洞主的闺女，现在想来，确实有些古怪。"

我心想，大祭司一方面封禁国人，另一方面又安排自己的儿子长居外界，以秘密使命之名，行营私舞弊之实，现在又安置二公子做挖宝副使，还想负责销售，完全是只许州官放火，不许百姓点灯。而如果大公子在外界学习污染治理，应该很容易找到减少死鱼的办法，却要我来提出建议，可见那大公子并没有用心学习，或者根本就没有在外界读书。想到这里，顿生疑窦，便又问道："照理说，大公子早已到了婚娶年龄，却没有在巴国礼聘哪位姑娘，射事大人以为可能发生了什么事？"

左射事闻言，若有所思，但脸色却一片茫然。

我只好继续启发道："大祭司迫不及待地闭国、禁言，难道就不会是另有所忌吗？"

左射事没太听懂我的意思，皱眉问道："大公子的秘密使命和婚娶，与闭国禁言究竟有什么关系，神使可不可以说得明白些？"

不知道左射事是装傻还是真不明白，但为了把这个问题搞清楚，找出大祭司的破绽，我还是决定把自己的想法告诉他，于是答道：“在敝使看来，大公子是一时半会儿回不来巴国了，而且大祭司不愿意让别人知道这个情况。”

直到此时，左射事才露出兴奋的神色，问道：“神使的意思，大公子在外面出事了，所以暂时回不了巴国，大祭司怕人知道，影响自己的威信权力？”

我点点头，接着说道：“倒不敢肯定大公子在外界已出事，但可以肯定的是，他暂时不会回到巴国，或者根本不想回到巴国。”

听到此处，左射事算是明白了我的用意，紧接着说道：“如果能够调查到大公子为什么不归国，找到大祭司的痛处，或可反戈一击？”

见左射事已被我的话稳住，我便故意隐住不言，让他认为我已找到大祭司破绽，随后便把更甦与玛苏雅的婚事提出来。左射事见我胸有成竹的样子，也没有犹豫多久，便点头答应下来。

第二天，正打算去药王家道贺，却见大祭司派人前来急召，说是有要事相商，我心想，我刚离开左射事家，这边大祭司就召我入见，莫非是二公子知道了左射事来我处做客，因而参了我一本，想通过大祭司来给我施加压力，便心怀忐忑地赶到大祭司府邸。进去时，发现他又在来回踱步，我便伫立一旁，静候他的指示。也许是没看见我，也许是故意要晾着我，大祭司走来走去的，就是没招呼我，于是我只得先开口，问道：“请问祭司大人，招敝使来有何指教？”

“噢，原来神使已经到了，”说话间，大祭司转过身来，眉头紧锁着，显得十分焦虑，“自春祭以来，圣海仍有死鱼出现，请神使来，乃是问问有什么应急方法没有。”

见大祭司问圣海死鱼的事，我悬着的心落了下来，答道：“敝使已说过，圣海出现死鱼，一为缺氧所致，二为污染所致，若说是应急，只需早日引入增氧设备，安于圣海之内，若说是治本，则还需引进更先进的污染处理设备，将生活废水处理后才能排入圣海。”

听完我的回答，大祭司又踱步起来，走了三个来回之后，又忽然停下，问道：“利用巴国现有的设备不可以解决问题吗？”

我想了想，实在没有别的办法，还是老老实实回答道："巴国现有的设备，只能提供增氧器的动力，没有办法解决氧气输送，大祭司何不……"

还没等我说完，大祭司不耐烦地打断，挥挥手，说道："就按你说的办，将先前订购的那批增氧器运进来，若还不能解决问题，拿你是问。"

我可不想当这个冤大头，立即答道："安装增氧器，只是权宜之计，敝使不敢保证圣海以后就不会出现死鱼现象，若要根治，还需引进大型污染处理设备才对。"

没想到大祭司听完我的回答，忽然生气，愤愤然道："以前巴国没有这些狗屁设备，照样水清鱼欢，民心安定，现在开禁了，反而引出如此多烦心事，真是……"说到这里，大祭司已意识到自己失态，及时打住，挥挥手，示意我可以走了。

三天之后，增氧设备运进巴国，同时购进的，还有几台电动冲击钻，有了这些冲击钻，挖掘琥珀就容易多了。

但是，增氧设备的数量只有六套，比原定计划少了一半。偌大个圣海，只靠这数量有限的增氧器，是否管用，心里着实没底。因此，我把这六套设备重点部署在了近海区域，同时，将生活废水进入圣海的入口处都增设了几道滤网，尽可能的减少污染源进入。同时给大祭司提出建议，各大洞族都要挖掘几个大型化粪池，将生活粪便全部排入化粪池，不允许直接排入圣海。

对增氧器上的鱼龙雕塑，大祭司表示非常满意，直夸我是一个设计天才，进而希望我今后多指点一下二公子，把他培养成一个具有现代科技知识的管理人才。我这个学文科的，哪里有什么科技知识，最多只是有点好奇心和喜欢动脑筋动手的习惯罢了，在大祭司眼中居然成了科技人才，还要担任别人的老师，真让人哭笑不得。

安装完增氧设备后，又开始了挖掘琥珀的工作，虽然只有三台冲击钻，但挖掘效率却比以前提高了五倍以上，而且对冰层的破坏面积小，一天下来，居然起出了百来块。

"想不到这些黄色石头居然是宝贝，依神使看来，这堆东西能值多少钱？”二公子看着今天的成果问我。

虽然二公子直呼我为神使，没有加上大人二字，但他毕竟是大祭司的儿子，犯不着跟他一般见识，所以我还是很认真回答道：“若是单以原石出卖，价格可能会低些，大概每克值一百元，如果加工成艺术品，价值就高多了。”

二公子听后，眼中立即放出光来，惊讶道：“这一堆大概有二三十公斤，也就是说单以原石出售，就可以卖到两三百万！”

“应该是这样的。”

“那如果加工成神使所说的艺术品，能卖到多少钱呢？”

“那要看加工工艺的好坏了，一般来说，增值五倍没问题。”

“五倍！两百万的五倍应该就是……应该就是……”二公子眯着眼睛，开始计算得数，但却迟迟不报答数。

“应该是一千万。”看着他着急，我把得数报了出来。

“依我来看，最多能值五百万。”二公子的回答有些出乎意料。

“一千万还是保守估计，如果加工得好，还能卖出更高的价钱。”我纠正道。

“不可能有那么高的价钱，神使大概是算错了，最多只值五百万。”二公子却不理会我的话，坚持认定只值五百万，让我一时半会儿摸不着头脑，心里烦透——到底你数学好还是我数学好——你是专家还是我是专家啊？

郁闷之后，宣布今天的挖掘告一段落，收工。而挖掘得来的这些琥珀，则由两个队员送到巴国内库保存。第二天，继续挖掘，五名队员已经能够熟练的使用冲击钻了，结果收获更多琥珀，有近两百块，称了下重量，五十六公斤。

收工的时候，二公子将我拉到一边，脸上露出罕见的笑容，以亲热的口气说道：“神使大人，今天有一事相商？”

奇怪，今天二公子不仅在称呼上加了大人二字，态度上也恭敬了不少，倒让我有些意外。我想，你无非就是想做琥珀总经销，为了能够让他不再骚扰玛苏雅，我早已决定做出妥协了，便淡淡的说道：“公子有什么要求，尽管提来就是。”

然而，二公子并没有直接提琥珀经营的事，开始给我戴高帽子，“神使大人知识渊博，多才多艺，又深得父亲信任，是我巴国难得的人才，巴国内的许多事情都离不开您。”

听着二公子的刻意吹捧，我只觉得阵阵恶心，但忌于他是大祭司公子，还得与他虚与委蛇，便客气地答道：“我哪算什么人才，二公子今后才是巴国的栋梁。”

二公子以为我很受用他的吹捧，十分高兴，接着说道：“若大人能够安心留在巴国辅佐父亲，多多关照本副使，则一定会前程无量。”

我深知，二公子说这些言不由衷的话，表面是在恭维我，实际上是在提醒我的前程掌握在他父亲手里，哪知道我根本不在意做什么巴国的官，一心只想出去过自由自在的生活。只不过现在是寄人篱下，又有事求助于大祭司，就不得不做些妥协，只得答道：“二公子有什么要求，尽管说来。”

见我说得透彻，二公子也不绕弯子了，拱手说道：“还请神使大人不计前嫌，在巴王那里美言几句，推荐本使做个琥珀销售总管，也让我有机会为巴国做点贡献。”

伪君子，明明想从这个职务中捞油水，反而美其名曰“做贡献”，真是恬不知耻到极致了。我强忍住恶心，冷冷说道：“二公子愿意亲力亲为，正是求之不得的事，敝使自然会向巴王推荐的。”

二公子见我懂事，呵呵笑道：“其实这件事情父亲早已有了内定，只是需要神使大人出面正个名而已。”

听二公子这一说，顿时怒火万丈，恨不得就要发飙，心想，既然你老爹都已经定了，还来问我干什么，这不是存心来挖苦我吗？

圣海新景观

接连又挖掘了三天，累积的琥珀已近三百公斤。这个时候，大祭司通知我去一趟他家，说有事情找我。

不出意料，大祭司见了我，态度显得极其友好，不仅给我设置了座位，还破天荒准备了水果和糕点饮料，待我坐下后，大祭司开口说道："神使近来辛苦了，休息几天吧。"

我答道："都是队员们在劳作，敝使一点都不辛苦。"

大祭司又说道："上次私自离境，本座狠狠责备了你，还在生气吧？"

我赶紧起身施礼，答道："大人如此宽谅，敝使怎敢心生怨气。"

大祭司点点头，脸上露出笑容，说道："今天叫神使来，乃是有点事情跟神使商量。"但接下来，大祭司却并没有说明要跟我商量什么事，而是延续了前面的话题，"本座早知神使是心胸宽广识得大体之人，故而用重锤敲打了几下，现在看来，效果不错。"

我不知他葫芦里卖的什么药，哑然以对，大祭司还是笑而不语，接着，他又从桌子上拿来一个苹果，递到我手上，以诡异的口吻说道："次子每次回家，都说神使英明睿智，是我巴国难得的人才，这些天跟神使在一起学到不少东西。"

听大祭司的话，心里觉得十分别扭，因每天挖掘的时候，二公子都是躺在一边打瞌睡，除了关心琥珀的数量价值外，哪有问过我什么其他知识，怎么会跟大祭司说在我身上学到很多东西，明显是撒谎。尽管这样，我还不得不违心地恭维二公子几句，"二公子天资聪颖，才是真正的可造之才。"

大祭司摇摇头，表示不认同我的看法，皱眉道："他年少轻狂，哪有什么真本事，本座这样做，只不过是想让他在神使身边多多历练，你可不要事事都依着他。"

听到这里，我又迷糊了，呆呆地看着大祭司，等待他究竟想表达些什么。果然，大祭司见我沉默不语，话锋又一转，"正因为吾子顽劣，更要给他身上压压担子，这样才能达到锻炼的目的。"

话说到此处，我就是再傻，也听明白了，虽然心里十分不屑，但还是恭恭敬敬地答道："大祭司有什么安排，敝使会尽力而为的。"

大祭司见我明白了他的意思，再一次绽放笑容，说道："尕吉格希望能够到外界负责琥珀销售，增加历练的机会。听他说，加工过后的琥珀可以卖到原石价格的两倍以上，这可是一笔不小的财富呢。"

大祭司的打算，早在我意料之中，可是有什么必要跟我这个没有实权的神使沟通呢，难道只是为了照顾我的情绪？而这个二公子也很过分，明明加工后的琥珀可以卖到原石的五倍以上，他却硬要说成两倍，无形当中又降低了琥珀的价值。这才明白了他当初为什么坚持说二十多公斤琥珀只值五百万的道理了，无非是为自己今后的贪污埋下伏笔。

“祭司大人既然这么安排了，敝使自当服从照办，没有必要跟敝使协商了吧？”

说完这句话，我是无比的沮丧，无比的恶心自己，觉得现在的自己，简直就是个小人。然而大祭司的回答，则更让人恶心。

“神使是分管外务的官员，而琥珀销售主管，则属于外事任命，其人选也还得由你举荐，然后在长老会上通过方可。”

此时此刻，我才真正领会大祭司的用意，啰唆了半天，原来还是要我这个挂职的外射事给二公子的任命提供一个合法渠道，同时也回避自己任人唯亲的事实。

但我是身在屋檐下，怎能不低头，即使明知道被大祭司当遮羞布来用，也只能忍气吞声俯首帖耳地照办。我心中唯一的愿望，是希望更甦和玛苏雅的婚事不要被二公子搅黄了，对了，还有送吉娜到夔城之巴，如果得罪了大祭司，也万万办不成。

离开大祭司府邸，我决定去一趟药王家，了解一下更甦和玛苏雅的婚事筹备得怎样了。禾香看见我来，欢呼雀跃，挽住我的臂膀说道：“好多天没见小虎哥，想死我了，阿爹又不许我去玉田找你，说是要离那个二公子远点，凭什么啊，我又不怕他。”

禾香今天穿得艳丽，像个五彩鹦鹉，说话又叽叽喳喳的，看着十分滑稽，可就因为这种滑稽感，令我心中的郁闷开解了不少，有了这份心情，说话就俏皮了些，“你说话像鸟儿似的，我笨得很，反应不过来呢。”

禾香眨巴着眼睛，歪着头，对我左瞧又瞧，然后说道：“嗯，我原以为你只是听不懂小飞龙的话，现在居然连本姑娘的话也听不懂了，看起来是变笨啦。”

被禾香呛声，但我一点也不生气，只是不敢跟她继续这个话题了，便转而问道："怎么就姑娘在家，药王和更甦呢？"

禾香见我服输了，便不再继续挤兑我，答道："他俩去给尕乃让洞主瞧病去了，恐怕一时半会儿回不了家。"

听禾香提到尕乃让洞主，我便问道："怎么，尕乃让洞主病了？"

禾香嘟嘴答道："可不，连关十几天禁闭，谁还不憋出个病来。"

听禾香说尕乃让洞主只是关了一阵子禁闭，我反而放心下来，接着问道："对了，他们把碧血飞龙还你了吗？"

听我提到小飞龙，禾香神色突然暗淡下来，撅嘴道："饿得个半死才给我送回来，还把毒牙给拔了，可怜的小飞龙。"

我只得安慰她道："只要活着就好，就当养个宠物吧。"

禾香抬头望着我，问道："宠物，什么叫宠物？"

我想了想，答道："宠物，就是把动物当自己家的孩子养。"

禾香歪着头，眨巴眨巴眼睛说道："就是，那小飞龙就像我女儿一样，"说到这里，禾香眼泪忍不住掉下来，"只可惜它不能保护自己了！"

见禾香伤感，为了转移她的注意力，我便提议道："既然你阿爹阿哥不在，不如我们去圣海玩玩？"

禾香立即破涕为笑，一把拽住我胳膊，说走就走。看着这个阴晴转换如此之快的小姑娘，心中不禁升起一股暖流。

突然觉得，禾香就像自己的妹妹一样。在家里，我只有一个姐姐，心里还真想要个妹妹。而这个禾香，活泼俏皮，鬼灵精怪，和我心目中妹妹的形象完全吻合。这样想来，她做出些亲密的动作，就当妹妹在哥哥面前撒娇，也就泰然处之了。

圣海的祭坛边挤满了人，他们都是来看新安装的增氧器的。

按照大祭司的意图，我在每台增氧器上设计了一个鱼龙的玻璃钢雕塑，不仅如此，还让这些鱼龙口中喷出水柱来。在祭坛周围的海边，按三角形排列了三台增氧器，这个设计灵感，是从圆明园生肖喷水钟和西湖三潭印月得到的启发。现在这些增氧器成为巴国的新景观，而且是"现代化"景观，所以吸引了很多巴国人来参观，对于他们来说，圣海的壮观和玉田的绮丽都不如这几个喷头来得有趣。

此时，王工和小李正在做调试，看见我来，急忙迎上前来施礼。我赶紧一把拦住，说道："我们又不是巴国人，少了这些个礼节吧。"

与初次见面相比，王工的心情似乎还不错，而小李更是容光焕发，令我感到十分不解，在好奇心的驱使下，不由得问道："小李这是怎么了，不仅长胖了，精神似乎也不错？"

小李先取下手套，和我握了下手，接着，又羞涩一笑，答道："每天饭来张口，衣来伸手，工作又没压力，想干多少干多少，不长胖才怪。"

听李工如此回答，王工窃笑道："恐怕还不止这个原因吧？"

听王工话中有话，我更觉奇怪，又问："怎么个说法？"

王工不答，目光瞥向禾香，禾香这个机灵鬼，马上就明白了王工的用意，撅嘴道："你们这些男人真没趣，本姑娘自个儿玩去。"说完，就跑跳着离开了。

见禾香走远，王工才说道："小李的日子过得可香艳了，不仅有长老家的漂亮姑娘追求，还经常和鱼女偷情，自然是乐不思蜀了！"

话毕，小李便红了脸，以山东口音还击王工："你莫说俺，你自个儿也干了不少坏事儿，经常莫事儿就要大探事的人敲钟。"

听完二人对答，心酸的同时，也为二人感到些许欣慰。巴国比起外界来，确实有许多优越的地方，尤其对刚工作的年轻人来说，除了没有工作压力，每天还"洞珍海味"，更有鱼女抚慰，难怪不怎么想家了。

与王工和李工聊了会儿，又独自来到海边散步。

塑钢鱼龙喷着高高的水柱，向人们展示着现代文明。轻柔的凉风吹来，虽然带着一丝鱼腥味儿，却觉得分外清新。看着圣海边熙熙攘攘的人群，不免又心生感慨起来——在这个与世隔绝的地方，要是没有权力纷争该多好。

即使它仍然很落后，很愚昧，但依然称得上是世外桃源。

对了，如果再没有残酷的鱼龙祭，这个巴国就堪称完美了。

正胡思乱想着，忽听见圣海边的人群发出一阵阵欢呼声，循声望去，原来海边游来一群鱼女，她们围着三个增氧器游动跳跃，高高的落入水中，溅起一片片水花，洒在离岸边较近的人身上。

放眼望去，一个熟悉的身影出现在水中，那是无瑕。此刻，她在一个角落舒展身姿，轻轻地旋转扭动，摆动双臂，像晶莹剔透的精灵。过了一会儿，也许是有心灵感应，也许是她忽然看见了我，无瑕迅速地朝我游来，探出半个身体，一滴滴水珠从头发上滑落下来，经过脖颈，再滑过饱满圆润的胸部，美丽的眼睛略带忧郁，流露出万种风情。

愣神之中，无瑕忽然开口说话："晚上……等……我。"说完这几个字，便扭转身体，迅速没入水中。

望着无瑕留在水面上的一圈圈涟漪，我怅然若失……

"那可真是个漂亮的鱼女！"

身后突然传来说话声，我惊醒过来，发现禾香和玛苏雅站在身后。此刻，禾香正瞪大眼睛，歪着头，露出疑惑的眼神，"那鱼女对你说了些什么？"

"没……没什么。"

"什么没什么，"看着我丧魂落魄的样子，禾香戏谑道："小虎哥，你说话好怪，神情也怪，莫不是被那鱼女勾去了魂魄？"

听禾香如此说，忽然有种偷东西被逮住了的感觉，慌乱之中更是言不达意："我有什么好奇怪的，倒是你很奇怪。"

还没等禾香反击，玛苏雅忽然插话道："有什么好奇怪的，依我看，神使是看上了这鱼女，所以有些魂不守舍，既然如此，让大探事安排侍寝就是。"

听完玛苏雅的话，我心头又气又急，忙答道："谁要想她侍寝来。"

玛苏雅看了看我，又看了看禾香，忽然露出会心的笑容，说道："神使不用辩解，鱼女只是男人们的玩物，禾香不会介意的。"

禾香不仅不生气，反而顺着玛苏雅的话说道："就是嘛，她们连小虎哥所说的宠物都不如，本姑娘干吗生她的气！"

听完禾香的话，只觉得头脑嗡嗡作响，强烈的耳鸣，随之，神思恍惚起来，眼前出现了无瑕赤裸的胴体和忧郁的眼神，然后是无数的人影，有大祭司、大探事、二公子、左射事、右射事，甚至还有王工和小李，他们围绕在无瑕周围，狞笑着，伸出长长的手，肆意地蹂躏无瑕洁白透明的身体。

接着，这些手臂变成了一条条毒蛇，紧紧缠绕住无瑕，有几条甚至钻进了她的身体。无瑕痛苦不堪，无助的眼神望向我。

麻痒、痉挛开始侵扰我的身体，毒蛇同样缠住了我，不能呼吸。

久没惊扰的蛊毒，再一次猛烈发作了……

醒来的时候，发现自己睡在一张架子床上，禾香在床边趴着，看样子，正在熟睡。环顾四周，雕栏绣帐，很显然是女性卧房。再看看手表上的日历，又过去了两天，也就是说，禾香已经四十八小时没睡觉了，一直在照料我。

看着眼前的禾香，百感交集。这个漂亮的、精灵古怪的姑娘，无疑是非常可爱的，而且可以肯定，她对我怀有爱慕之心。可是，我是一个生活在现代社会的人，进入巴国，乃是不得已，岂敢再生贪念，尤其是经历了依噶公主和王后的惨痛教训之后，再也不敢对其他女人心怀爱意了。现在，我的心只对覃婉丽开放，至于禾香，只能做妹妹。

正胡思乱想着，门“吱呀”一声开了，药王走了进来。

他面带倦容，神色疲惫，心情显得十分沉重，走到床边，先看了一眼禾香，接着又扫我一眼，递上一碗汤药，随后说道：“还以为取出恨蛊，剩下这情蛊已无足轻重，怎么发作起来还是这么厉害，如果不及时治疗，恐怕后患无穷。”

待我喝下汤药，药王又皱眉说道：“照理说，施蛊之人死了之后，蛊毒会逐渐变弱，即使偶有发作，也不至于如此凶残，所以，我怀疑那王后临死的时候，许下了阴咒！”

“阴咒？”

药王点点头，接着闭目沉思，过了一会儿，才说道：“这阴咒为极恶毒之咒，临死之人宁肯不再投胎转世，甘愿化为孤魂野鬼也要缠住被施蛊之人，如此看来，不用非常手段，已经无法破解了！”

“非常手段？”

“要化解情蛊阴咒，必须满足两个条件，”说完这句，药王情不自禁地看向禾香，“首先得要找到一个能够通阴之人，劝阻那游荡的王后阴魂……”

“通阴之人？”

药王又点了下头，接着说道：“所谓通阴之人，即是指那生于极阴之时极阴之地的人，或者有过濒死之事，曾经遁入鬼门之人。”

“遁入鬼门之人？”

作茧自缚

听完药王的话，我越来越震惊，要知道，我原是不太相信阴阳鬼神之说的，可经历过无数亦梦亦真的事情之后，早已变得不那么笃定。而想起王后死前那怨毒的眼神，令人又不得不信，不由得说道：“即使能够找到这样的人，恐怕也阻止不了王后。”

“所谓阻止，只是要拖住她的鬼魂不再能够顺利施念咒语，然后……”药王说到“然后”两字，不由得又瞥禾香一眼，眉头紧锁，不再说话。

见药王如此举动，我隐约感觉到“然后”后面的内容，心中大为不安，便答道：“若祛除情蛊需要别人为此做出牺牲，我是万万不会答应的！”

沉思片刻，药王答道：“神使心怀仁爱，义薄云天，使老朽肃然起敬，但愿神使能得神奇造化，以自身功力阻止情蛊蔓延。”

看着药王焦虑不安的神情，以及他情不自禁瞥向禾香的眼神，我隐隐约约感觉到，祛除情蛊可能会伤害禾香，便忍不住说道：“生死祸福，岂是我等能支配的，奇迹造化，也不是一般人能际遇的。我这一生，已经历了太多奇迹，再不敢奢望更多了，面对生死，我定能泰然处之，请药王不要忧虑，也不要想为了治我的病而牺牲他人。”

听完我的慷慨陈词，药王舒展开眉头，说道：“神使年纪轻轻，已然领悟了人生的真谛，小民受教了！”

“瞎嚷嚷什么啊，把我的美梦给惊醒啦！”正在这个时候，禾香忽然醒来，揉着惺忪的睡眼，满脸不爽。

看着禾香，药王露出慈爱的目光，笑道：“我家丫头做什么美梦啦？”

禾香眨巴眨巴眼睛，答道：“人家正趴在大铁鸟脖子上，在云雾中飞翔呢，那个铁鸟啊，可比小虎哥的铁车大多了，还有吉娜、罕宝和好多人也都在上面，正打算飞到云层上面去，就被你们吵醒了，真是扫兴！”

听完禾香的话，我和药王都禁不住笑起来，这时，更甦带着大探事进屋。大探事见我已从床上坐起来，便说道：“怎么神使又病了。药王啊，看来你还得多费点心，将神使的病根治掉才是。”

药王面露尴尬，答道：“小民正在想办法，但这病确实难治。”

大探事便问道：“神使究竟得了什么病，药王瞧出来了吗？”

药王正要回答，却被禾香抢了个先手，“即使告诉大人什么病，难道你还有办法治？”说完，也不等大探使回答，便气嘟嘟的走了。望着禾香的背影，大探事一阵苦笑。

见此，药王忙说道：“小女不懂事，望探事大人不要见怪！”

大探事摇摇头，答道：“都是下官处事不当，弄伤了碧血飞龙，惹小姐生气了。”

“大人不记小人过，还望大人海涵。”见大探事有些难堪，药王又补了一个礼，接着说道：“神使的病，小民已经瞧出些端倪了，应该是水土不服所致。”

“药王阅病无数，应该不会看错，”大探事嘴里认同药王的说法，可神情却表露出疑惑，但他没纠缠这个话题，而是将头转向我，说道：“好在近日无甚大事，趁此闲暇，神使大人可好好静养，还有药王有什么需要，随时可以通知我。”

药王连连摇头，施礼道：“怎敢劳烦大人。”

大探事笑笑，接着说道：“神使大病初愈，经不起折腾，敝使前来叨扰，实在是因大祭司关切之故，现在敝使要去回话了。”

我忙挽留道：“不妨，探事大人既然来了，就多待会儿吧。”

大探事答道：“神使既然不介意，那敝使就奉命多坐一会儿了。”听大探事如此说，药王立即会意，便对更甦使了个眼色，一起告退。

待药王和更甦关上房门，大探事才继续说道："正好敝使也有几个问题向大人请教。"

我问道："不知大探事有何事相询？"

迟疑片刻，大探事答道："还不是为二公子的事。"

听大探事说为二公子来，我顿时忐忑起来，急问道："为二公子什么事？"

大探事没留意我神情的变化，答道："还不是关于玉田琥珀的事。"

听他没有提玛苏雅，我松了口气，大大方方说道："敝使已经答应在长老会上推荐二公子作琥珀销售代理，请大探事放心。"

大探事点点头，对我的回答表示满意，接着说道："大祭司很欣赏射事大人的态度，并请带他向射事大人表达谢意，但是……"

我见他说话吞吞吐吐，有些着急，"但是什么，请大探事明示。"

大探事将头凑近床边，轻声说道："二公子认为射事大人对那琥珀的估价过高，怕完成不了销售任务，建议调低一些。"

听完大探事的话，我无比反感，原来二公子不满足已有利润，还想捞更多的油水，真是个贪得无厌的家伙。但为了更甦的婚事，我只好按捺住心中的怒火，答道："既然二公子有这个想法，就照他的意思办吧。"

大探事闻言，轻拍我肩，喜形于色道："跟聪明人说话真是一种享受，小人一定向大祭司美言，使大人能够尽快行使外射事大权。"

见大探事甘为大祭司一家作鹰犬，先前对他的好感便烟消云散，此时此刻，去意更浓，便答道："办完这件事，我就打算辞职，如果大探事对外射事一职有兴趣，敝使一定不遗余力地推荐。"

大探事连连摇头，脸露惶恐之色，"神使想歪了，"大探事忽然站起身来，来到桌边，倒上一杯茶，递到我手上，"大人不仅是廪君钦使，还是大祭司和王上所倚重的栋梁之材，敝使巴结还来不及呢，又岂敢有非分之想。"

我摇摇头，叹口气，无言以对。但是，大探事还在喋喋不休，"敝使今日来，还有一事请教，听大祭司说，那琥珀若加工成饰品，价值可增长数倍，但不知怎样加工才好，神使大人可否指点一二？"

听完大探事这番说辞，我心里更来气，心想，这个二公子，不仅什么都不会，还特别虚伪，贪心不说，还要别人来给他当垫脚石，什么事情都为他安排好，只管收钱。但我现在是寄人篱下，又承诺了罕宝和更甦的婚事，哪敢得罪他父子，只好敷衍道：“这个我也不大懂，要不就不加工了吧，直接卖原石吧。”

“这样的话，就太浪费这些宝贝了，”说到这里，大探事低头沉思起来，过了一会儿，嘴里喃喃道：“如果能在外界引进几个珠宝匠，代为设计加工，是否可行呢？”

“万万不可，现在正值封闭禁言期间，引进外界人员，容易扰乱人心。”我听他提“引进”二字，还不是跟“绑架”同义，立即联想到王工和李工的遭遇，情急之中，只好毛遂自荐，“不如我来滥竽充数，当这个设计师，利用巴国现有的工匠来加工算了。”

听我如此回答，大探事便露出会心的笑容，说道：“我就知道神使有这个本事，有大人在此，真乃巴国之幸啊，哈哈！哈哈！”

大探事这一笑，我便知上当受骗了，他哪里是要引进外人，只是要激我出头，我这一出头，一时半会儿就出去不了了，岂不是作茧自缚。

琥珀挖掘队重新开工，大祭司又为我增加了两个名额，一个作挖掘队员，一个负责称量登记，而原本负责称量的更甦改为随队医师。我自然明白这是二公子的主意，他不仅想在价格上做文章，还想在产量上做文章，而我对此自知无可奈何，加之早已心死，也就睁一只眼闭一只眼，由他去了。

好在二公子从此再没提起玛苏雅，也并没有对更甦表现出明显的敌意，这让我感到少许欣慰。心想，也许是他对钱财的贪欲远远超过了对女人的兴趣，在巨大的利益诱惑面前，终于决定放弃玛苏雅了。

为方便工作，我在玉田安置了一套桌椅，再加上一盏台灯，一有空闲，就开始琥珀饰品设计。本来琥珀加工的样式，最简单莫过于各种大小珠串，可是我去看过饰品作坊了，里面只有水凳而没有机器磨床，加工圆珠状的器物比较麻烦，而工匠们的长项是精雕工艺，因此，我尽量选择能够体现雕工的样式，并加上些金属镶嵌，又将各个时期的玉器纹饰和三代青铜礼器纹饰运用在设计上，可谓别具匠心。

这样一来，我又变成一个珠宝设计师了。

闲暇，我还会去各处视察，先看看琥珀加工情况，再看看化粪池挖得怎样了，完后，又去圣海边的几个暗河口检查了一下过滤装置，所到之处，备受尊崇。忙活着这些事，忽然觉得，干这种事，比苦思冥想的写什么学术论文有趣得多，很有成就感。

因此，每天回到宾室，我还经常挑灯夜战，搞完一幅设计图，再打坐运气。自从上次蛊毒复发以来，我增多了静坐修炼的时间，每天保持在两个小时以上，再加上药王特别配制的汤药辅助，症状似乎有减轻的迹象。

一晚，正在打坐，忽然听见敲门声。看看手表，显示的时间是凌晨一点半，尽管洞穴内没有白昼黑夜的分别，但人们还是沿用了外界的作息时间，一般晚上十点左右就睡觉了。那么，这么晚了，还会有谁来呢？

打开门，一个苗条的身影闪进来，以为是禾香，但定睛一看却是无瑕。此刻，她头发上还在淌水。

因为脸颊很窄，所以无瑕的眼睛显得比禾香还大，眼珠是浅灰色的，总是以怯懦的目光望着我，透射出一种淡淡的忧伤。那忧伤的眼神和晶莹剔透的身体搭配起来，形成一种致命诱惑，令我忽然想到荷马史诗中所描述的美丽海妖。

“你……怎么来了？”

“那天……我……看见……您……倒下，好像……病了。”

见无瑕全身透湿，说话又很吃力，我忙递给她一块干毛巾，拉她在沙发上坐下，但接下来却不知该说些什么。

擦完身上的水珠，无瑕斜躺在沙发上，用略带羞怯的口气说道：“大人……病好了吗，要贱婢……侍寝……吗？”

玻璃缸的光漫射下来，形成一幕绿莹莹的背景，而台灯的红光，照射在无瑕的胴体上，与身体上的光斑交相辉映，形成一层暖色光晕。就像是一块美玉落在寒冰上，投射出一种奇异的诱惑，召唤着我身体中的欲望。

毫无疑问，身体开始瘙痒起来，一种久违的气流在身体内穿梭，这气流就像一团火，在身体内燃烧蔓延，令我不能自控。恍恍惚惚中，只觉得眼前的无瑕不断幻化，一会儿变成了婉丽，一会儿变成了盐姬，一会儿又变成了依噶。身体内的瘙痒被这种电流激化，丹田中的火焰也随之熊熊燃烧，带动我一会儿潜入深海，一会儿又直入云端，然后以雷霆万钧之势，冲击着身体上的各个穴道。最后，火焰包裹着岩浆，从深渊中喷射而出……

完事之后，无瑕终于露出笑意，上扬的眼角冲淡了忧伤，侧卧于我身旁，闪耀着光斑的身体带着余温，熨帖而光滑，分泌出一种奇异的芬芳。

回味着刚才的一幕，忽然有种奇怪的感觉——为什么跟无瑕在一起，那蛊毒引发的瘙痒会突然停歇，身体内的其他不适也消失得无影无踪，难道鱼女身体内有消解蛊毒的因子？

如果真有这种功效，那么就用不着找什么通阴之人和牺牲另一个女人的身体了。

望着眼前的无瑕，一个念头涌上心头——向大祭司提出恳请，要求无瑕作为自己的专职侍寝，这样既可医治蛊毒，又可避免无瑕被无数的男人欺凌。

主意一定，第二天即叩见大祭司，讲明来意。

大祭司望着我，露出诡异的笑容，沉思了一会儿，开口说道："你这可是给本座出难题了，自古以来，鱼女都是巴国贵族们的共有财产，从来没听说供一个人专享的。"

听见大祭司的说辞，我也早想好了应对之策，答道："如果大祭司觉得为难，那敝使就不要鱼宝儿了，恳请大祭司准几天假，敝使到外界去把未婚妻接来巴国成亲如何？"

果然，大祭司听完，脸上立即露出严峻的神色，"现在正值封禁期间，而神使又身兼挖宝治污等多项重任，此时出国，非合适时机——不如这样吧，为避免他人闲言，可每天派一鱼女轮流为神使侍寝，岂不美哉！"

大祭司如此作答，倒教我一时不知道怎样应对，忽然看见桌子上加工的琥珀蜜蜡样本，心中顿时有了主意，便躬身说道："敝使和那鱼宝儿在一起，脑中便产生很多设计灵感，与别的鱼女就没有这种感觉了。"

"有这样的奇事，"闻言，大祭司深表不解，再次用奇怪的眼神看我，沉思片刻，答道："那本座就只有冒举国之大不韪，给神使开个先例了！"

我心知这对大祭司只是举手之劳的事，却被他故意说得庄重，好像卖了我多大个人情，但现在有求于他，只得装模作样地表现出受宠若惊之态，躬身行礼道：“祭司大人的恩惠，敝使没齿难忘，当会更加恪尽职守，也会在长老会上鼎力推荐二公子，请大人放心！”

话音刚落，就看见大祭司脸上露出会心的笑容。

而此时此刻，我却为自己的所做所为感到无比的恶心！

二探圣海

有了无瑕的陪伴，我的生活变得规律了一些，体内的蛊毒也没再复发，而无瑕因为刻苦地练习发音，说话也顺溜了一些。其实我把无瑕留在身边，还有另外两个目的，一个目的是可以打消禾香进一步亲近我的念头，而另一个目的是希望能够在圣海中找到一条通往外界的出路。

依照常识和经验，这么大片圣海，不可能只有进水口而没有出水口，而这个出水口，应该就在圣海中某个不为人知的地方，正如龙桥暗湖一样，唯一不明确的是，这个通道是否会通向外界。

鉴于目前局势，寻找另一条出路已迫在眉睫，这对于我至关重要，可是这样做会伤害到禾香吗？我已管不了那么多，至少无瑕待在我身边时是高兴的，脸上洋溢着幸福感，而我能给她的，是别的男人给不了的尊重和体贴。

在一个夜深人静的时候，我和无瑕悄悄离开宾室。

洞穴内的生活基本是黑暗的，可是圣海却显得那么光明，平静的水面似一面巨大的镜子，而镜子中有各种发光的珊瑚和生灵，它们一起用五彩的荧光点亮了这片区域，好似圣海里装的不是水，而是一片斑斓的夜空。

码头附近，仍然停泊着三只大船。水面上，三个增氧器上的鱼龙喷射着高高的水柱，所幸的是，由于已司空见惯，加之夜深，周围没有看稀奇的人群了。

我和无瑕沿着圣海的岸边往深处行走，沿路观察是否有深邃的泄水口。路断了就游泳，有路了则继续行走。

看到我对洞子的兴趣，无瑕有些不解，我不得不告诉她自己的打算。明白我的意图后，无瑕告诉我，这周围的水下洞穴，她和姐妹们大多都游玩过了，并没有发现有特别深邃通往外界的出口。

当到达珊瑚密集的地方，无瑕会带我下潜，而经过长时间的气功修炼，我在水下的憋气时间越来越长。面对如此奇幻的海底世界，我不由得暂时放弃了探洞的努力，随着无瑕东游西荡，探索这梦幻迷离的世界。

在海里，我看见了许多隐藏在五彩珊瑚中的各种奇异生物，譬如一种长着像蛇纹一样触须能变换各种形状的章鱼，还有通体发着金色光芒的大螃蟹，以及像羊脂白玉一样的大龙虾、有着像女人的红唇身体却像蝴蝶的鱼、浑身长满毛刺的金色海星和身体透明可以看见内脏的海参。

廪君没有说错，我是一个好奇心极强的人，无论是巴国之谜还是自然之谜，对我来说都是极大的诱惑，而身临这奇异的海底世界，我不得不竭尽身体潜能，尽可能的多看看、多游游，以至于对即将来临的危险浑然不觉。

正当我沉浸在无比的喜悦中时，却突然被无瑕推了一把，从她眼中流露出的惊慌神色判断，危险即将降临。此时，我脑中闪现的第一个念头是——鱼龙来了！

我赶紧蹬脚划水，全力上浮，却并没有发现鱼龙，只看见远处有一条光带在蜿蜒移动。那光带，像一条水中的霓虹，绚丽夺目，此时，无瑕正迎向那条光带。

光带迅速靠近，不断变换着形状，当距离足够近时，我才看明白了，这哪是什么光带，而是一条电鳗。它身体足有七八米长，头部硕大，见无瑕迎面而来，毫不躲避，一时恼羞成怒，便张开长满利齿的大口，扑向无瑕。

无瑕并不惊慌，待那电鳗张开巨口咬向她的时候，身体一弓，像弹簧一般弹射出水面。

电鳗一击落空，并不甘心，又将尾巴甩起，去击腾空的无瑕，与此同时，它的尾部射出一道电光，划破“夜空”。而无瑕的身体，正落向电鳗的尾巴，就在此时，无瑕忽然在空中做了一个滚翻，横身飞了出去，躲开电鳗的第二轮攻击。

这场景，直看得我心惊肉跳，不禁为无瑕捏把汗，情急之中，也扎入水中。

无瑕巧妙地上窜下潜，朝远离我的位置游去，一边躲避着电鳗的攻击，一边手持利刃与电鳗周旋，并大声鸣叫催我离开。可眼见着无瑕费力地闪躲，体力渐渐不支，凶险万分，此时此刻，我也顾不了那么多了，情急之下，不退反进，手持短剑，要协助无瑕斗那电鳗。

电鳗哪会把我放在眼里，腰身一抖，巨头一甩，就把我弹出去老远。紧接着，它又摆动尾巴，追身而来。我暗叫不妙，转身就逃。见此情景，无瑕猛地划动手臂，朝前一窜，扑向电鳗硕大的身躯，同时，伸直手臂，将利刃刺向电鳗腰身。

电鳗没想到无瑕如此亡命，大意之下，竟然没有躲过，身上被划开一条口子，流出绿色的液体来。电鳗负痛，怒目圆睁，不得不撇开我，转身再次扑向无瑕，趁此机会，我也挥舞着手中短剑，刺向电鳗。就在短剑将及其身之时，电鳗尾巴已经飞速扫过来，而此时我却是前扑状态，又是在水里，哪里来得及后撤，被那电鳗扫个正着，一股巨大的电流轰击而来，顷刻之间，便失去了知觉……

依然是漂浮的状态，身体好像很重，又好像很轻。

一种似曾相识的感觉再次光临——远处有一道光环，不断变幻着形状，一会儿像人，一会儿像羊，一会儿像狗，一会儿像云……

少顷，那光环忽然一分为二，一段变成了覃婉丽，一段变成了罕宝，他俩手拉手站在一起，望着我笑。然后，覃婉丽说话了：“对不起，小虎哥，其实我是丽雅，根本就没有覃婉丽，现在罕宝重新回到巴国，我们再也不分开了，你好自为之。”

覃婉丽变成了丽雅，还跟罕宝在一起，这是怎么回事？

就在我百思不得其解的时候，覃婉丽和罕宝都消失了，那光环又幻化成了盐姬，她赤裸身体，胸口和腹部流淌着鲜血，背后一对大翅膀在挣扎扇动。然后，她也说话道："我的夫君，你为什么那么糊涂，在射出利箭的时候怎么不想一想，除了臣妾，还有谁会这么早来给你送行，早知如此，还不如随你一起浪迹天涯。"

盐姬身上的血越流越多，染红了整个身体，眼神中充满了绝望和不甘，"夫君啊，臣妾现在后悔了，不是后悔没随你征战，而是后悔没有阻止你大开杀戒，你看，死人的血把天空都染红了。"说完，她的目光越过我的肩膀，望向天空。

听完盐姬的话，我不禁抬头望天，才发现，天空真的变成了一片血红。再低头看盐姬，不知何时，她已闭上了眼睛。我悲恸欲绝，欲哭无泪，后悔没有听盐姬的话，留下来和她长相厮守，才铸成如此大错。

我紧紧抱住盐姬，呼喊着她的名字，忽然发现，她的身体竟然还是温暖和柔软的，随后，耳边响起一个声音："神使，你……醒了，吓死……贱婢了！"

起初，我还以为是盐姬在说话，可仔细一想，不仅声音不一样，语调也不对，便努力睁开眼睛，循声望去，才发现这声音来自头顶，虽然也是个女子，但一定不是盐姬。正疑惑的时候，那声音再次响起："幸好……姐妹们……来得及时，否则……"

终于听清楚了，也看清楚了，这声音是无瑕发出的，此时此刻，我正躺在她怀中，所感受到的柔软和温暖，原来是无瑕的身体。不用说，刚才发生的一切又是幻觉，但这之前发生了什么，我却有些迷糊。

望着黑咕隆咚的四周和荧荧发光的鱼女身体，努力清理头绪，思维逐渐苏醒，终于想起来了——我和无瑕一起潜入海中猎奇，忽然遇到一条电鳗，我被电鳗带电的尾巴击中，昏了过去，按照无瑕刚才的说法，幸好鱼女们及时赶到，我才又一次死里逃生。

"这是什么地方？"尽管明白了事情的经过，我还是忍不住发问。

"是贱婢……的家。"无瑕答道。

"无瑕，请不要再以贱婢自污了。"此时，心中除了感激，还有一种莫名其妙的心酸，经历了那么多的波谲云诡和磨难，此时此刻才深刻意识到，这个世界上，其实人心是最险恶的，尤其是那些权贵们，一个个既自私又虚伪，远不如“小民”和“贱婢”真诚。

“贱……无瑕……知道了。”

“这就对了，”见无瑕终于改口，我露出欣慰的笑容，随即拿开她的双手，脱离她的怀抱，坐在她身旁，接着说道：“无瑕辛苦了，我已经没事了。”

无瑕没有搭话，低着头，貌似忽然羞涩起来，其他鱼女也没搭腔，都怔怔地望着无瑕，似在替她惋惜。见鱼女们如此作态，我心里觉得有些奇怪，当无瑕把自己抱在怀中的时候，没有丝毫羞怯，怎么我挣脱出来，她反而不自在起来。

正当我考虑接下来该怎么说话的时候，无瑕说话了，“神使……喜欢……无瑕的家吗？”

我点点头，答道：“喜欢，就是黑了点。”

无瑕露出兴奋的神色，“喜欢的……话，那神使……今晚……就住……这里吧。”

“今晚，”说话时，我不由自主地看了看手腕，才发现没有戴手表，“可是我还想再找找圣海出水口。”

“出水口？”鱼女们一起鼓起了眼珠子。

“对呀，出水口，”见鱼女们都露出疑惑的眼神，我不得不解释道：“如果没有出水口，圣海的水就流不出去，就会把整个巴国淹没，所以，圣海一定有个出水口。”

听完我的话，鱼女们终于明白过来，一个鱼女便答道：“神使……莫非……是……想……去……鬼洞？”

“鬼洞？！”

“对，鬼洞，”无瑕忽然抬起头来，接过话头，“海边有……三个洞口，水大……的时候，就……流进那……三个洞里。”

十几个字，足有半分钟才说完，但却令我惊喜万分，为了让无瑕歇口气，过了一会儿，才又问道：“那么你进过这三个洞子吗？”

听完我的话，鱼女们脸上立即呈现出惊慌失色的眼神，过了好一阵，无瑕才答道：“没人……敢进去的。”无瑕边说边捂住胸口，由于紧张，说话显得更吃力，“有一年……发……大水，两个……姐妹……不……不小心……被……被吸进……鬼洞，就……就再也……没有……出来。”

听完无瑕的回答，我立即明白这就是圣海泄流的水道了。水大的时候，不易察觉，洞口的吸力十分巨大，若不小心被吸了进去，肯定就游不出来了。而向老师讲到乌江边发现的那具女尸，就是属于这种情况。但有一点还是想不明白，鱼女憋气的能力那么强，怎么冲到江里的不是活人而是死尸，这鬼洞中，难道还有鬼怪？

想到这里，我又忍不住问道：“大家为什么这么怕鬼洞，难道里面有妖怪？”

“鬼洞里……当然……有鬼怪！”休息了一会儿，无瑕讲话又流利了点，但眼神中流露出的惊恐，却更加强烈，说完这段，无瑕再也无力说话了。也真是难为她，这一小会儿说的话，可能比平时一个月说的还多。

听无瑕说完话，我又接着问道：“可以带我去看看吗？”

无瑕看着我，没有回答，玉娇接话道：“那里面……听得见……鬼叫呢，贱婢……劝神使……还是……不要去……好！”

玉娇的回答，却激起了我更大的信心，因我压根儿就不相信鬼洞中有鬼怪，所谓鬼叫，一定是潮水冲击崖壁和岩石的回音，这我在魔鬼洞中已经见识过了。至于说鱼女没能活着出去，则可能是被乱石所伤，只要多带几根绳子，小心进洞就能避免。反正我已经好几次闯入鬼门关了，再闯一次又何妨。

想到这里，我信心倍增，说道：“我想进鬼洞去看看。”

看着我坚定的目光，无瑕点了点头，“无瑕……带……您去。”

在无瑕的感召下，玉娇和另一个鱼女也加入了探险队。其他鱼女也跃跃欲试，但被我劝阻住。

鬼洞离无瑕她们的住地并不远，当然去到那里对我来说也并不容易，因为水路比旱路多，大多路段需要游泳，所以到达鬼洞时花去了一个多小时。

三个鬼洞并不全在一处，但有两个紧紧挨在一起，并置于一块凸岩上，电筒射过去，就像一对骷髅眼儿，而另一个洞口距离骷髅眼有几十米距离，是一个扁平的洞口，洞口上有一排悬垂的钟乳石，就像是长满獠牙的大口。这三个洞，一对像骷髅眼，一个像骷髅嘴，难怪叫“鬼洞”了。

此时，水面刚好位于三个鬼洞下端，所以水流进去的速度十分平缓，这为我进入鬼洞增加了点信心。

无瑕抢着要先进去，我当然不干，刚才能够死里逃生，全靠无瑕的舍命相救，这种时候，我再不表现出男人的担当就说不过去了。但为保险起见，我将绳子一头捆在腰上，一头紧紧捆在洞外一块凸石上。临近洞口，就听见里面传来“嗡嗡哇哇呱呱”的声音，真像是有千百只厉鬼在里面嘶吼，着实吓人。

这种声音，既不像风声，也不想水流裹挟石块冲击河床发出的声音，更不是间歇潮发出的声音，溶洞我也探过不少，还从来没有遇到这样的情况，难道里面真的有鬼？

可是已经到这步了，没有退回去的道理。壮起胆，牵着绳，一步步朝洞口移动，离洞口愈近，那声音愈加响亮，令人毛骨悚然，心都跳到了嗓子眼。

我先选择左边的洞口进入，那鬼哭狼嚎的声音扑面而来，好似已近在眼前。无瑕跟在后面，屏气凝神，呼吸急促，努力掩饰心中的惊恐。眼见她在面临鱼龙和电鳗的攻击时都没有这样的表情，怎么现在什么也没见着却吓破了胆。忽然明白一个道理，其实人类在面临未知的恐惧时，才是最害怕的，一旦危险真的来临，已全然没有时间去想东想西了。

进入洞口才五六米，就是一段陡岩，呈五十多度的下坡陡转直下，用强光电筒射下去也望不到底。我吩咐无瑕留在上面，将绳子拉住一点点下放，嘴里咬了微型电筒，大电筒留在上面给无瑕，两手拉住绳子，一步步下探。

下去十米左右，石壁旁又现出一个洞口，根据位置距离判断，应是右边洞口通到这里，原来两个洞是连在一起的子母洞，但凡有一点声响，便会因为回声而扩大。想到此处，我又镇定了点。

继续下行，感觉有丝丝微风吹来。有风，说明这个洞子是通的，无疑是极好的现象，为我的推测增加了砝码。

再下行约五十米左右，便是一个平台，平台上有几十双绿莹莹的眼睛，见有人下来，立即“呱呱”“哇哇”地叫个不停，电筒一照，原来是几只“娃娃鱼”和一群大蛙在叫唤，至此，“鬼叫”的声源已经找到，不觉长舒一口气。

下到平台，感觉风力更加强劲，平台石崖边出现了一个洞口，强风正是从这个洞里吹过来的。平台之下便是一条暗河，传来哗啦啦的流水声，和着娃娃鱼和大蛙的叫声再加上风的作用，用这个像音响一样的双孔通道传递到洞口，不发出“鬼叫”才怪呢。

娃娃鱼和大蛙们并不害怕我的到来，反而像迎接稀客一样围在我周围，叫得更欢。于是，便用事先约定的信号，拿着手电朝上面划了三道圈，又使劲抖了抖绳子，很快，看见上面也有个亮点上下来回划拉了三下，表示知晓了。

鬼洞惊魂

绳子已不够长，我把它拴在一块石头上，并俏皮地对娃娃鱼和大蛙们使了个鬼眼，告诉它们不要乱动我的绳子。娃娃鱼和大蛙们好似明白了，又“呱呱”“哇哇”地叫起来。此时，我心中已无所顾忌，迈开步朝劲风吹来的洞口走进去。

洞内湿滑，时宽时窄，有许多白玉般的钟乳石和水晶，在电筒光的照射下，反射得洞内晶莹剔透，放胆前行，不多会儿，就来到一个大厅。大厅中间有根石柱，一直连接到洞顶，另外，厅内还有三个岔洞，犹豫片刻，我朝有风吹入的洞口进去。

伴随劲风，有一股奇怪的味道传过来。前行约三十米后，看到了两具骨架，其中一具骨架上还残留有皮肉，并发出阵阵腐臭，从残存的一只脚掌来看，是鱼女的尸体！

骨架并不完整，像被什么东西撕扯过，支离破碎的散落。联想到圣海中的鱼龙，心想，在这奇异的洞穴秘境里，什么样的怪物都可能出现。可心中的期待更加强烈，顺着这个洞子往前走，说不定就能到乌江边。但刚走几步，我就犹豫了，因鼻孔中忽然传来一股腥味儿，这种腥味儿，与鱼女尸体的腐臭有天壤之别。

就在我踌躇不前的时候，前方出现了几对绿莹莹的眼睛，从亮度和大小来判断，这可不是娃娃鱼和大蛙的眼睛。

一二三四五六七……一共有七对这样的眼睛，定定地盯住我，一动不动。

我用电筒射过去，立即倒抽一口凉气，眼前是一群类似于科摩多巨蜥的怪物，最大的一只，身长足有两米。大嘴张开似鳄鱼，犬牙交错的缝隙中，拉下来一条条黏液，若被它咬着一口，那唾液就如毒液，肯定活不成了。

七条怪蜥呈扇形排列，当它们看到突然出现的猎物后，开始一步步逼近。

濒临绝境的我，反而越发淡定，即所谓“置之死地而后生”。环顾四周，只有生根在地下或洞顶的钟乳石柱，没有可以取来抵挡的武器。电筒的强光虽然对它们有点阻吓作用，但怪蜥一旦发动攻击，则连根烧火棍都比不上。为今之计，还是走为上策。

可是一路过来，洞中有许多狭窄之处，若论跑步，怪蜥速度自然不如我，可是到了狭窄低矮的地方，速度就远不及怪蜥了，若被那洞窄处卡住身体，岂不成了瓮中之鳖。

一筹莫展之际，领头的怪蜥已渐渐逼近，看着洞中的钟乳石，忽然有了主意。回想自己进来的时候，曾经过一个洞厅，洞厅中央有一根石柱，若是能爬上那根石柱，便可以躲避怪蜥的攻击，接下来……

已经来不及考虑接下来怎么办了，头蜥已发动了攻击，摆动着身体向我扑来，其他怪蜥也尾随其后，蜂拥而上。

我赶紧转身，撒腿就跑……

慌乱之中，咬在口中的电筒掉落，也顾不得去捡，全凭长期黑暗生活的空间感觉，低着头，遇到狭窄的地方，就爬行前进，其间不知磕碰了多少次，逃命要紧，因而也顾不得疼痛，连滚带爬朝前蹿，不多会儿，到达洞厅。

此时，七对绿眼睛也跟进了洞厅，黑暗中就像十四盏索命灯。虽然周围是一片漆黑，但我知道它们的眼睛是靠热度来判断猎物的，而在这冰冷的洞穴中，人的身体对它们来说无疑就是一团火光，照亮了怪蜥们的眼睛。

我已来不及细想，张开双臂，不顾一切地朝前方跑去，猛地碰上一根坚硬的柱状物，知道那就是救命的钟乳石柱了。于是，顾不得疼痛，环抱石柱，两手合拢，双腿用力下蹬，拼命往上爬去。

那石柱甚是光滑，爬一尺掉半尺，而此时怪蜥已来到石柱下，七对绿莹莹的眼睛围成一圈，盯着自己的猎物。

我赶紧收腿，单靠两只手的臂力往上提，更加吃力。就这么勉力提升了一米左右，感觉两臂发软，几乎把持不住，好在石柱忽然变细了些，两只手可以圈起来扣合在一起，两腿也能盘住石柱，手臂上的负重因此而减轻。

估算一下脚与地面只见的距离，大概有三米，实在不是一个安全距离，要知道领头的那只怪蜥，若将身体立起来就接近三米，若再轻轻一跳——

好在怪蜥长得虽然像跃龙，却是不会跳跃的动物，心里稍微安心。

但是我似乎高兴得早了点，眼见脚下的情形起了变化，一对绿眼睛正顺着石柱望上移动。仔细一看，原来是怪蜥们开始叠罗汉，也不知叠了几层，最上端那对绿眼睛离我的屁股越来越近。

不行，我还得继续往上爬，一直要爬到它们叠罗汉也够不着的高度。可是，刚往上爬行半米不到，感觉到这石柱又开始变粗了，越往上越粗，每上去半尺，都得使出吃奶的力气，再上行半米，实在爬不动了。

好在怪蜥们的罗汉塔也到了极限，那对绿眼睛在离我屁股半尺距离堪堪停住了，我甚至感觉到它的长舌头在我屁股上扫来扫去。

僵持了一会儿，我手臂和双腿的支撑到了极限，要不了三分钟，一定会因为力乏掉下来，而这一掉下去，肯定会被怪蜥们一拥而上，大卸八块。

想到这里，心中不寒而栗。转念又一想，与其筋疲力尽后掉下来，还不如另辟蹊径想办法逃离。

可是这黑咕隆咚的，辨不清方向，往哪里逃。

焦虑中，手臂开始不停地颤抖起来，额头上也有汗珠子冒出来，现在，我不得不做出弃柱而逃的决定。于是，拼尽最后一点力气，双手抱紧石柱，将腿收拢，抵在石柱上，然后用力一蹬，松开双手，身体后仰，空中一个翻转，在将要落地的瞬间，双腿微屈，落在地上，再就地一个后滚翻，离怪蜥已有六七米距离。

怪蜥一时半会儿还没反应过来，依然堆叠在一起，我便利用这点时间寻找洞口。

黑暗中，并不敢迈开大步，只好两手前探，当体感动物的触须用。过了大约十秒钟，终于摸着洞壁，再横向运动，摸到一个洞口，也不管是不是刚才进来的那一个，就钻了进去。进去之后，又连滚带爬地往里面跑，但还没跑多远，迎面碰上硬邦邦的石壁，再横向移动，仍然是石壁，糟糕，路断了！

但我这样一阵吓跑，也暂时脱离了怪蜥的视觉范围，至少我的目光所及，只是漆黑一片，没有看见那七对绿莹莹的眼睛。

一分钟两分钟过去了，没有动静，五分钟十分钟过去了，依然没有动静。又等了一会儿，还是没有动静，我开始提起胆，摸索着往外面走。

又回到刚才的洞厅，怪蜥已失去了踪影，我放下心来，继续摸着石壁横向移动，又摸到一个洞口，是不是进来的洞口呢？

冷静思考一下，这个洞口没有感觉到空气的流动，应该也是个死洞。便继续摸索，又到了一个洞口，终于感觉到风了，心中狂喜，毫不犹豫地钻了进去。

没走多远，又看见了绿莹莹的眼睛，暗叫不妙，狡猾的怪蜥，居然知道这个洞是我逃跑的必经之路，早已恭候在此了。

然而，情况比我估计的还要糟，当我返身准备逃回大厅继续刚才的攀柱表演时，后路又出现了几对绿莹莹的眼睛。

这些丑陋的冷血动物，远比人们想象的要聪明得多，居然会采用计谋，对我形成了合围之势，而我现在，还真成瓮中之鳖了。

搅动脑汁，忽然想起儿时的一种攀爬游戏——找到两堵平行狭窄的墙壁，两手伸开抵住，再伸开双脚抵住，双手双腿同时用力下撑，身体上耸，像蛙跳一样上移。

主意拿定，我伸出双手，可以触到洞穴两壁并有富余。此刻，也顾不了洞有多高，会不会撞头，开始使劲往上攀，情急之中，也不知哪来的力气，几个蛙跳，就蹿上去两三米高，再接着往上跳，头部一阵剧痛——碰到洞顶了。

强忍剧痛，心中默念——这个时候，可千万不能掉下来。

此时，怪蜥也反应过来，迅速围拢过来，这次怪蜥们却懒得叠罗汉了，好似知道猎物支撑不了多久，早晚会成为自己口中的食物，一个个盘着身子，抬起头来，瞪着贪婪的眼珠子，伸缩着开叉的舌头。

怪蜥们的偷懒是有道理的，因为我现在这种支撑，比刚才盘在石柱上还要吃力，它们只需守候在这里，用不了几分钟，猎物就会掉下来。

我咬紧牙关，勉强坚持着，不再关注下面的怪蜥。此时此刻，头脑中竟然浮现出覃婉丽的形象——她站在窗前，凝视着漆黑的远方，嘴里不断念叨着我的名字，像是呼唤，又像是咒骂。

随后，我又想起了这段时间的遭遇，真可谓险象环生，步步惊心。这一次，还能够逢凶化吉，死里逃生吗？

随着四肢的麻木颤抖，体力极限的临近，心中逐渐绝望——与其现在命丧这丑陋的怪蜥之口，倒不如先前被电鳗击毙了来得痛快。

四肢抖动的频率加快加大，身上汗如雨下。

将近绝望之际，又看见了光亮。不是濒死状态下的幻觉，而是真实的光芒，一道刺眼的强光——那是电筒射来的光。

我知道，是无瑕赶来了。

不只是无瑕，还有玉娇以及其他几个鱼女，一个个手持利刃，正朝我这边摸索过来，我拼尽最后一口气力，大声呼喊："快来，我在这里！"

鱼女们循声跑步而来，看见地下的怪蜥和高悬在洞顶的我，顿时惊呆。

来不及犹豫，鱼女们挥舞着手中利刃，朝盘踞在洞里的怪蜥们砍去，怪蜥们眼看到手的猎物被不速之客抢夺，岂肯干休，纷纷张开巨口，撑起身体，迎向鱼女。

见怪蜥们并不后退，我急得大叫：“火，用火攻！”

无瑕明白了我的意思，拿过一个鱼女手中的火把，挥向怪蜥。果不其然，没有见过火的怪蜥开始后退，但并没有逃窜，蹲伏着，分叉的舌头不断伸缩，蓄势待发。

而这个时候，我也已力尽，跌将下来，落地的瞬间，一个侧滚，没有摔得很惨。随即，我从玉娇手中抢过火把，发疯似地向怪蜥挥过去，听见了“吱吱”的声音，也不知是烧灼怪蜥皮肤还是黏液发出的，怪蜥们终于被吓退了。

阻吓住怪蜥后，我和无瑕殿后，鱼女们开始依次撤退。但是，怪蜥们并不情愿轻易放弃到手的猎物，当我们撤退的时候，依然步步紧逼。

终于退到了陡岩边，鱼女们一个一个地攀绳而上，而怪蜥们也跟了来，当看到只剩我和无瑕两人时，便放开胆，加快了爬动频率。

然而，绳子只有一根，怎么办？

无瑕坚持要我先上，自己殿后，这对我来说肯定行不通。我知道这根绳子虽然细，但负担两个人是没有问题的。

眨眼间，怪蜥已经逼近到一米左右的距离，再犹豫不决的话，两个都难以逃脱。闪念之间，我将火把朝怪蜥扔去，随即搂住无瑕的细腰，一把抓住长绳，奋力上攀。

怪蜥被火把所阻，只是片刻工夫，突然又争先恐后朝陡坡扑来。而无瑕两手搂住我的腰，并没有来得及抓住绳子，就在这个时候，一头怪蜥蹿上陡坡，咬住了无瑕的光脚丫子，接着，又一头怪蜥蹿上来，咬住了无瑕另一只脚。我手中顿觉沉重，不仅不能往上半步，反而往下滑落。

无瑕痛苦的挣扎，我也渐渐支持不住，眼看就要一起掉下去。

就在这个时候，玉娇和另一个鱼女从陡坡上滑落下来，手持火把抵住怪蜥的腹部，同时手持利刃刺向怪蜥的眼睛。腹部和眼睛是怪蜥最脆弱的地方，怪蜥不堪疼痛，方才松口，无瑕才得以脱身。

我费力将无瑕拽上去，玉娇和另一个鱼女一直挥舞着火把，将怪蜥逼退到离陡坡较远的距离后，才迅速飞奔到陡坡下，抓住绳子，轻灵地往上攀登，顺利脱险。

无瑕已不能行走，我背负着她，迅速回到鱼女洞，查看无瑕的伤势。虽然双脚并没被咬断，但血流不止，疼痛难忍，发出痛苦的呻吟。

我心急如焚，猛然间，想到了药王。

先割下两段绳子，将无瑕的两只小腿绑紧，阻止毒血上移，又撕下两块布条裹住流血的伤口，和几个鱼女一起，往药王家赶。好在鱼女们一个个泳技高超，一群鱼女潜入水中，将无瑕托在水面上迅速地游动，反而比陆地行走更快。

即使这样，赶到药王家时，两三个小时已经过去了。

敲开药王家的门，见我和一群鱼女一起，药王一家惊讶万分。禾香先看见了我，还有点高兴，但当她看见一群鱼女以及受伤的无瑕时，脸色马上阴沉下来。

此时的无瑕，小腿肿得更粗了，已经陷入昏迷。药王吩咐将无瑕抬到病床上，解开包扎的麻布，皱眉问道："她是被什么东西咬伤了，怎么会肿成这样？"

我回答道："是被巨蜥咬伤了，可能还中了毒。"

药王露出迷惑的眼神："巨蜥？是一种很大的毒蛇吗？"

我摇头道："不是毒蛇，是一种很大的爬虫，那毒是它的唾液。"

药王眉头皱得更紧了，"大爬虫，我都没有见到过，医书上也没有提到过，岂敢乱用药。"

没想到药王居然不知道巨蜥，我顿时六神无主，心想，每种毒物都有相应的血清或解药来控制，用错了药，轻者瘫痪，重者猝死，这可如何是好？眼看无瑕已经陷入深度昏迷，小腿的红肿和乌紫正在上移，如果不马上治疗，不死也得瘫痪，或者变成植物人。

我心想，就目前情况，还是救命要紧，于是不管三七二十一，便对药王说道："先保命要紧！"

药王双眉紧蹙，沉声说道："只有马上锯掉两只小腿，或可活命。"

锯掉两只小腿，无瑕岂不变成残废。

情况万分危急，已容不得半分迟疑，每耽搁一秒，无瑕的生命危险就加重一分，事不宜迟，保住无瑕性命，才是当务之急，其他的留待以后再说。

我咬咬牙，答道："请药王快动手吧！"

药王便吩咐更甦拿来手术器械，又吩咐把无瑕手脚固定在床上，然后在无瑕红肿的腿上用药水擦洗一遍，再抹上一层白色粉末，接着开始用锯子为无瑕截肢。

我扭转头，不忍目视，仿佛这锯子不是锯在无瑕腿上，而是锯在我的心上，每听到锯子拉动一次，我的心脏就剧烈收缩一次，心如刀割。

这大半年来，凡是与我亲近的人，都先后受到伤害，有的还失去了性命。我的到来，不仅不能增加巴国的稳定，反而会激起他们的内部矛盾。难道我就是个灾星，对于巴国来说，真是"大凶之兆"？我的身体又麻痒起来，头晕目眩……

也不知过了多久，耳边听见药王的声音，好像是说无瑕的手术做完了。然而，我的身体却再也不能支撑，瘫倒于地……

情蛊

不知过了多久，也不知是醒着还是睡着，头脑昏昏沉沉的，眼前又出现幻像——

灰蒙蒙的天空中，一只大鸟由远而近，最后落在一块高耸的巨石上——那是盐姬。她轻轻地扇动翅膀，向我招手，身上没有羽箭，也没有流血，只有无比动人的身姿。

我惊喜地迎上去，奔向巨石。

盐姬张开双臂，投入我的怀抱，呢喃道："怎么一去那么久，过了三千多年才回？"

我满怀愧疚，歉然道："都是那该死的雄心壮志分隔了你我，让爱姬久等了！”

盐姬露出甜蜜的笑容，双手环绕我的脖子，仰头说道：“其实天下那么大，人的一生又那么短，怎么能够征伐得完。”

我满心苦涩，说道：“我现在明白了，今天回来，应该还不算太迟吧？”

盐姬笑笑，将脸贴上来，轻语道：“有句话怎么说来着，浪子回头金不换，累了，倦了，知道回家就好！”

我答道：“这次回来，哪儿也不去了，只和你厮守到老。”

盐姬答道：“其实你我一起，至少在有生之年可以看遍天下，”说完这句，又踮起脚，吻一下我脸颊，“这个世界上有很多好东西，看看就够了，不一定要独占的。”

见盐姬不再怪我，我也放轻松了心情，笑道：“你若带着我到处飞，不怕再次激发我的雄心壮志，哪天又离你而去？”

盐姬答道：“对于一个走遍天下、历尽人生百味的男人来说，已经没有任何东西能诱惑他了，这样的男人其实是最安全的，这也是我当初宁愿你离开的原因。”

盐姬的话，让我备受感动，可是心中又充满疑惑——三千多年，这么长的时间，怎么我的感觉只是须臾？

盐姬看着低头沉思的我，问道：“夫君在想些什么呢，难道尘世间还有令你牵挂未了的事？”

“牵挂未了的事？”

我还有牵挂未了的事吗？

好像还有，又好像没有。

盐姬放下环抱我脖子的双手，轻吟道：“过去的事就让它过去吧，现在我带你看看没去过的地方，你是想走东方还是西方？”

东方还是西方？

沉思片刻，我回答道：“东方好看还是西方好看啊？”

盐姬又笑，答道：“东方有东方的好，西方有西方的好，不过是旅行而已，你不必纠结该去什么地方，飞到高空就知道了。”说完，盐姬便揽住我的腰际，猛烈扇动翅膀，双脚一蹬，便飞了起来。

先是感觉到风，接着看见了云，一朵朵像棉花糖一样挂在空中，然后都落到了我的脚下。先看见了东方广袤的平原和大海，后来又看见了西方俊秀的群山和雪原，最后，我看见了整个亚洲大陆。

渐渐，眼前的大陆变成一个圆球，蓝蓝的，还有些白色、绿色和黄色点缀其间。

越飞越高，忽然感觉好冷，身体快要冻僵了。盐姬见我冷得发抖，急忙迅速下降，回到盐姬的寝宫，将一条又软又暖和的羊毛毯盖在我身上，然后自己也钻进被窝，用发烫的身体温暖我。

身体瘙痒，血脉贲张，僵硬的身体被盐姬融化，麻痒也随之减轻，血液像是燃烧起来，将那些虫蚁往身体外面赶。就在这个时候，远处出现了一团光影，飘飘荡荡地靠近，最后变成了王后，手中还拿着一柄短剑，猛地刺向盐姬。

盐姬正陶醉在爱的痴狂中，完全没有留意王后的偷袭，我急得大叫，可嗓子却哑了，发不出一点声音，身体也像是被绑住了，不能动弹。

可怜的盐姬，眼看就要遭王后毒手，我不禁焦急万分——难道三千多年后的这一次相会，又成永别？

在王后短剑将及盐姬后心的刹那，一柄利刃斜挑过来，荡开了王后的短剑。王后老羞成怒，转身挥剑刺向那不速之客，而那个不速之客竟然是无瑕。

王后挥舞短剑，异常凶猛，剑剑刺向无瑕要害。而无瑕却只能摇晃身体闪躲，并不能跳跃腾挪，处境十分狼狈。见此，我不禁有些纳闷——无瑕轻灵的身体，怎么忽然变得僵硬了？

王后完全是搏命似的拼杀，无瑕晃动身体拼命躲闪，我大惊——原来她是坐在地上与王后过招。然而无瑕还是不能起身，只能被动的左摇右晃，以此躲避王后刺来的剑。

而此时的盐姬，依然沉浸在爱的愉悦中，对来临的危险浑然不顾，我想挣脱盐姬，却浑身上下使不出一点力气，最恼人的是，手和脚都无法抬起来。

身体内的千万只虫蚁像被某种东西吸住，纷纷朝我的下身奔去，挤出来后又争先恐后地进入到盐姬体内。

盐姬的脸开始痛苦地扭曲，但依然趴在我身体上不肯下来，全力保护着我，整个后背暴露在王后的剑光之下。

王后的搏杀一招强过一招，无瑕身上已被刺中几剑，嘴角流出血来。

危急关头，又飘过来一团光影——是丽雅。

丽雅没有武器，手中拿了缕长长的头发作武器，舞动之时，就像一片黑云，遮挡了王后的视线，使之不能继续攻击盐姬。

黑云飘下来，套住了王后的脖子，王后挥剑砍向套住脖子的头发，可那头发坚硬得像金刚蚕丝一样，怎么也割不断。

王后脸涨得通红，怒吼道："丽雅你个小妖精，又来坏老娘的事，再不退下，看本后做鬼也不会放过你！"

丽雅笑了，说道："你本来就是个鬼，我也是个鬼，谁怕谁呀。"

王后无言，只得抛开无瑕，转身挥剑砍向丽雅。丽雅却轻灵得像一片柳叶，在王后身边飘来荡去，气得王后七窍冒烟。

眼见王后和丽雅一路拼杀，渐渐飘远，最后化成两道光飞走了。

此时此刻，我忽然意识到，刚才发生的一切，又是幻觉。当明白这个事实之后，我奋力睁开了眼睛，发现自己全身赤裸，被绑在一张石床上，左右两侧分别躺着禾香和无瑕，令人惊奇的是，她俩也都一丝不挂！

怎么会这样，我再次陷入迷惑之中。

"小虎哥，好些了吗？"见我醒来，禾香长舒一口气，苍白的脸上绽放出笑容。

"刚才是怎么回事？"我问道。

"为小虎哥祛蛊啊，"说话间，禾香伸出玉葱般的手指，轻点我胸口，"你个大笨蛋，难道连这都看不出来？"

"祛蛊，"看着香汗淋淋的禾香，我猛然明白过来，刚才所经历的幻境，其实是药王在为我祛除情蛊，禾香就是那个转移蛊毒的载体——药王之前说需要一个女子做出牺牲——原来是这样一种方式。

此时此刻，我痛苦万分——为了不让禾香陷入感情纠葛，我曾经千方百计地阻止她的靠近，可是今天，为了疗治我身上的情蛊，她仍然如飞蛾扑火般贴近我的身体，以一种殉道的方式，完成了对我的拯救。

如此看来，我的蛊毒又被转移到了禾香的身体中，而我刚才却一直把她当成了盐姬。

那么无瑕为什么又在旁边呢？

对了，药王曾说过，祛除情蛊的时候，还需要一个“通阴”之人，无瑕刚刚经历了濒死状态，又是生活在极阴的水中，正是那个千载难逢的“通阴”之人。

幻境中无瑕与王后的搏斗，正是因为王后的阴魂想要阻止药王为我祛蛊，但被无瑕拦截，而无瑕刚刚被截去了双腿，无法站立，再加之身体虚弱不堪，完全不能抵抗王后的攻击。正在这千钧一发的时候，丽雅的阴魂赶来帮忙，才使无瑕大难不死，逃过一劫。

想到这里，我羞愧难当，可由于手脚被绑，身体无法动弹，只能口头表达谢意，却词不达意，“禾香，你这是何苦，为我做出如此大的牺牲！”

“哪个为你牺牲了，本姑娘不是活得好好的吗，还占了你便宜。”禾香眼波流转，娇羞中带着点顽皮，“不好意思，小虎哥，因为时机难得，本姑娘和阿爹没经过你的同意，就擅自作主了。”

禾香虽然说得轻描淡写，但我知道驱蛊是极耗损身体的事，而且她一个黄花闺女，把第一次献给了我，令我情何以堪。于是答道：“为了给我祛蛊，却把蛊毒都转移到了你身上，真是罪过！”

禾香又伸出手来，轻扭我耳朵，“什么罪过罪过的，酸死人了。阿爹说，那个王后又没对本姑娘下咒，情蛊在本姑娘身上不起作用的，喝点药，念念驱蛊咒就好了。”随后，她又指指旁边的无瑕，问道：“小虎哥，你很喜欢这个鱼女吗？她比我好在哪点？你怎么宁肯让她侍寝也不来找我？”

禾香一连串的问号，令我无法回答，总不能告诉她说，我亲近无瑕就是为了疏远她，让她死了这条心。而禾香的疑惑，使我意识到自己又犯了夔城之巴同样的错误——在远古意识形态里，喜爱一个人就应该跟她相亲相爱，而不是千方百计地要保护她的贞洁。

见我无言以对，禾香也不追究，穿好衣服后，对我说道：“小虎哥先躺着，我去叫阿哥来替你松绑。”说完，便斜身下床，穿上木屐，带着一串马蹄音出了房间。

再看无瑕，脸上苍白，牙关紧闭，嘴角边残留着血丝，此刻还处于昏迷状态。心想，本来已极度虚弱的她，竟然还被药王借用来为我祛蛊，可见在药王心中，仍是把鱼女当作非人对待的，她们的生命，不仅对于巴国贵族轻如鸿毛，就是对于贫民来说，也是无关紧要的。正如禾香所言，鱼女甚至还比不上一个宠物。

但是，我却并不能因此而责怪药王，因为在巴国，这种想法很自然，而且他为了替我祛蛊，竟然牺牲自己女儿的身体作“药引”，对于我来说，更是无私而伟大。

正自怨自艾中，门“吱呀”一声开了，药王和更甦走了进来，径直来到床边，先默默地拔掉石床上的木棍，接着又解开我四肢上的布带，自始至终都没有说一句话，可见其心情之复杂沉重，实在是难以言表。

接下来，继续在药王家服药调养，三天之后，只觉得气血畅通，身体已完全康复。而禾香经过几天调养，脸上也有了血色，只是身体尚显虚弱。药王讲，禾香还需要吃几天药，调养几天后就可以驱蛊了。

探望禾香的时候，她总是表现出很轻松的样子，还给我扮鬼脸，但我知道，这次为我吸蛊，她耗损了很多元气，甚至因此折寿几年，心中不免感伤——当一个女子真心爱上一个男人，其疯狂程度实在让人咋舌，而“古代”女子的爱则更加无私执着。

第四天，我向药王提出了离开他家回到宾室的要求，药王并没有强加挽留，只是叮嘱我要注意静养，近段时间也不要运功练气。

但走之前，还有一件事情要做，就是怎样安顿无瑕。她这个情况，至少还要在药王家观察治疗半个月。而无瑕见我要走，挣扎着也要离开，我和药王都没有同意。为了让她安心养病，我便告诉她，在这期间，我会每天都来看她，等好些了再接她回宾室住。无瑕不肯答应，说再疗养几天可以，但不回宾室住了，因为她现在已是一个废人，不能再为大人侍寝了，好在虽然没有了双脚，但大半截腿还在，并不影响在水里游动。

听着无瑕的话，心中无限酸楚与感动，无瑕是为了救我才变成了现在这样，我一定不会亏待她。打定主意，等她伤好了一定接回宾室，专门找个侍女来服侍，如果她怕寂寞，再叫玉娇等鱼女经常来陪伴她，现在却不与她争论。

临别的时候，药王告诉我：更甦与玛苏雅的婚期定下来了，就在下个月中旬，也就是二十天之后。我便向药王道贺，说到时候我会送一件特别的礼物。

在纳日呙的陪同下，回到宾室，覃达见我就说，这两天大祭司派人来找过我，听说我好几天没去玉田了，又没在宾室搞设计，有点生气。我一听就来气，自己在药王家治病，大祭司应该是知道的，不但不派人来问候，反而三请四催地要我立即投入工作，巴国也不差这点钱，犯得着这么着急吗？

心情烦乱，哪能静下心来画图，也不想去见大祭司，干脆躺在沙发上，冷静地思考一些问题。

这次探路，失去了无瑕的两只脚，代价可谓惨重，尽管离光明的出口不远，但想到盘踞在鬼洞里的那群怪蜥，心里就泛起一阵恶心。虽然还有一个鬼洞没有探索，但实在不知道里面还隐藏着什么怪物，而自己又没有什么强大的武器和帮手，即使有鱼女愿意帮忙，也不忍心让她们跟我去冒险了。

但是，罕宝他们是怎样神不知鬼不觉离开巴国的呢？

应该不会是通过鬼洞。因为要到达鬼洞，则必须要游泳，先不说圣海里危机四伏，单是游泳一项，罕宝等人就过不了关，如此看来，他们很可能是通过蝙蝠洞出去的。可如果要通过蝙蝠洞，就必须遭遇吸血蝙蝠，而那些吸血蝙蝠恐怕比怪蜥还难应付。

忽然想起在兴隆镇遇到罕宝时，他们四人身上都有一股刺鼻的腥味儿，当时并没在意，现在想起来，这种味道自己曾经十分熟悉，就是蛇血的腥味儿，那日跟大蟒搏斗时可没少闻，而禾香在描述蝙蝠洞遭遇时曾提到吸血蝙蝠不喜欢蛇胆的味道，那么罕宝他们会不会……

所以，下一个目标应该是蝙蝠洞。

狡猾的巴王

第二天一早，正打算去一趟药王家，邀约更甦一起去抓几条蛇来，然后去探探蝙蝠洞，却忽然接到巴王召请，便随侍卫来到王宫。

巴王的脸色，有些难看，待我施礼完毕，也没有赐座，只冷冷地问道："外射事，如果寡人没记错，你履职已近十天了，怎么一次都不来向寡人述职？"

见巴王质问，我满心惶恐，忐忑道："启禀王上，不是敝使不想来述职，而是……"

"而是什么……"

"启禀王上，由于敝使私自出境，被大祭司解除了外射事职务，所以无颜前来述职。"

巴王长叹一声，"唉，你可记得，那日罕宝失踪，寡人曾叫你前来问事，对坐长谈，你可知寡人用意？"

见巴王忽然问到这个问题，我有些蒙圈，想了想，答道："王上召敝使来，一来问为何封禁，二来想与敝使商谈治国良策。"

巴王摇了摇头，答道："非也，召你来时，寡人已得到消息，说罕宝一行潜逃出境，至于说探讨治国之策，寡人倒确有此意，但却不是寡人召你来的真实意图。"

听完巴王一席话，我更加丈二和尚摸不着头脑，一时不知如何应答，便呆呆地望着巴王。巴王又叹了口气，指了指台下的座位，待我坐下后，接着说道："那日你得知罕宝失踪后，马上去了一趟左射事家，接着又去了药王家，寡人就猜到你要干傻事，便派人招你来，原本是想稳住你，结果……"

听到此处，我算是明白了——那日我去见了左射事之后，左射事马上就去向巴王汇报，其后又见我去了药工家，由此推测到我可能冒险出境。为阻止我干蠢事，巴王便以议事为名召我来王宫，临别之时，还特别叮嘱我遇事三思而后行，可当时我哪想得到那么多，即使想得到，恐怕也不能阻止我潜逃出境的决心。

“好在你知错就改，不仅自己回来了，还把吉娜和禾香也带回来了，要不然，寡人还真不好替你说话，大祭司也不会轻易放过你了。”说到此处，巴王捋了捋下巴上的胡须，语气忽然变得亲切起来，“要知道，寡人对神使一向都是寄予厚望的，而巴国也确实离不开你，听说圣海安装的那些设备，就是神使的建议。自此之后，死鱼现象逐渐减少，那几个什么机器还成为圣海的一道景观，寡人也去看过了，着实有趣。”

见巴王不再责备自己，我不禁松了口气，忙答道：“这些设备，都是外界最简单的产品，敝使只是按大祭司的要求增加了鱼龙的配置，算不得敝使的设计，只是安置的设备太少了，仍然有死鱼出现，若要治本，还得引进更大更先进的设备。”

巴王表示疑惑，问道：“既然要购置设备，怎么不一次备齐？”

迟疑片刻，我答道：“大祭司说现在正值封禁期间，若贸然引进大批外界设备，恐引起巴国人心动荡，应该循序渐进才好。”

听完我的回答，巴王露出不以为然的神色，说道：“治理圣海死鱼，乃是巴国头等大事，怎能与人心动荡等同起来，真是无稽之谈。”

其实关于这个问题，我也觉得有点蹊跷，报计划的时候，明明开列了 12 套增氧器，并说明是最低限额，怎么结果只购买了 6 套。反正都要运进来，12 套与 6 套有什么区别？而在对大祭司强调这些设备对治理圣海污染的重要性时，大祭司却反复询问利用巴国现有设备能不能解决问题，难道是资金不足造成的，想到这层，我便试探性的问道：“是不是资金方面有困难，一下购买不了这么多设备？”

“巴国财务都是右射事和王姐在掌管，具体情况寡人也不大清楚，照理说买十几台设备不成问题……”巴王若有所思，停顿片刻后问道：“怎么，那些设备很贵吗？”

我答道：“仅仅只是购买增氧器，是花不了几个钱的，但若要引进大型除污设备，花费就大了。”

“这事寡人得问问王姐，怎么把钱管得那么死？”说到这里，巴王忽然皱起了眉头，不知是对我的回答不满意还是对长公主不满，过了一会儿才继续提问：“对了，玉田的宝贝开采得怎样了，不是说很值钱的吗？”

我答道：“琥珀开采还比较顺利，每天可以产出一百多公斤，已累积了大量的货，深度加工也顺利进行着，剩下的问题是对外销售。”

巴王点点头，问道：“关于销售，神使有什么看法？”

我想了想，答道：“销售是一个复杂的系统，得有专门的人才去经营，最好是有一个熟悉外界并懂得销售的人。”

巴王便问道：“巴国外使中有这种人选吗？”

出乎意料，巴王并没有直接提名让我担纲这个任务，让我有点失望，而如果在外使中选择，推荐谁好呢？

按照事先与大祭司达成的协议，应该是推荐二公子担任这个职务，可是我知道，他其实不适合这个职务的，但如果不推荐他，必然与二公子反目成仇，还会与大祭司之间出现裂隙，这样一来，我出境将更加困难，答应罕宝的事情也就不好办了。

考虑了一下利害得失，还是决定暂时对大祭司妥协，走一步算一步，便对巴王说道：“外使中，副探事尕吉格比较适合去做这件事。”

“尕吉格，神使说的是大祭司的二公子吧，怎么会想到推荐他的？”很显然，我这个推荐似乎有点出乎巴王意料，所以他看我的眼神有点异样。

“二公子一直跟随敝使在玉田挖宝，比较了解琥珀的情况，加之他本身就是副探事，对外界情况应该也比较熟悉吧。”见巴王表露出疑惑，我不得不找点理由搪塞一下。

巴王听完我的解释，稍许释然，但紧接着又说道：“大祭司的长子外出学习，已经有好长时间了，从未回国效力，于巴国毫无贡献，国人亦多有议论，现在又委派二公子担此重任，恐怕……”

巴王话没有说完，但我已明白了他的意思。难怪大祭司坚持让我在长老会上推荐二公子，原来还有这个难以启齿的原因，现在巴王又提出异议，却叫我有些为难了。内心来讲，我是一点也不想推荐二公子的，但因为答应了大祭司，我总不能出尔反尔，现在巴王提出异议，我又该怎么来说服他呢？

左思右想，不得要领，最后，只能搬出一个连自己都觉得很牵强的理由，“巴国用人，应以能者任，目前看来，二公子是比较合适的人选。”

听完我的话，巴王还是表现出不理解，皱眉说道：“可是听说他不仅贪财好色，为人还十分霸道，神使凭什么说他才是最合适人选呢？”

巴王语气，明显带有质询的意思，但此时的我已是骑虎难下，只得硬着头皮答道：“尕吉格虽然有缺点，但他学习能力很强，人又聪明，依敝使看，还是比较适合的。”

“销售特使一职，事关重大，寡人担心他难以胜任。”很显然，我的回答没有说服巴王，所以他皱起了眉头，满怀疑虑地看着我。

“单是尕吉格一人，确实难以完成这个任务，所以还应该给他配个副使，而这个副使，必须是王上信得过的人。”我只得补充道。

巴王点点头，接着问道：“作为分管外务的射事，难道神使就没有事情可做了吗？”

话已至此，我觉得是时候推销自己了，于是答道：“店铺的选择，货物的陈列，还有销售渠道的开拓，都需要一个熟悉外界的人去打理，敝使虽然不才，但愿意竭尽所能，为王上分忧。”

听完我的话，巴王露出狡黠的笑容，答道：“神使愿意出力，那是再好不过了，关于这个话题，就到此为止吧，现在寡人想听神使讲讲外界。”

外界！

听完巴王的话，我心念一动，一个大胆的计划浮出水面，想了想，答道：“外界地大物博，纷乱复杂，难以描述，若要了解清楚，王上何不自己出去看看？”

“自己出去看看！”巴王琢磨我的话，喃喃自语。

“对，王上若想准确真切地了解外界，就必须亲自出去看看。”

听完我的话，巴王眼中忽然放出一道亮光，但这道亮光瞬息即逝，接着，他又陷入沉思，露出为难之色，“要知道两千多年来，历代巴王还没开过这个先例，寡人若出去，大祭司和洞主长老们是不会同意的。”

见巴王如此回答，我感到有些失望，但我岂肯放过如此良机，接着又说道：“五十年前，外界看或不看都无所谓，但是现在的外界，高楼林立，车船如流，其富足与繁华，已远非昔比，实在是值得一看。”

听完我的话，巴王的眼睛再次闪亮起来，情不自禁地答道：“寡人也听外使们讲到，外界最近发生了翻天覆地的变化，有很高的楼宇，很多自己会跑的铁车和铁船，还有会在天上飞的巨大的铁鸟。”

见时机成熟，我便从衣袋中拿出手机，打开来给他看图片，看视频，放歌给他听，身后的持钺武士也忍不住伸长了脖子。

谈话结束的时候，巴王叫我明天一早到内宫，准备出境。

第二天一早，到达巴王内宫，却见巴王依然戴着王冠，穿着虎袍，那个持钺武士也是一身古装打扮，不像是要偷偷出境的样子。最令人意想不到的是，大探事也在。

巴王见我到来，便笑呵呵道：“很久没走动了，今天请神使和大探事二位陪着寡人，到处看看。”

听完巴王的话，我和大探事都是一脸茫然。巴王却不着急出去，吩咐我们坐下用餐，说今天打算多走几个地方，吃饱了好走路。看着大探事手足无措的样子，不知道是从来没有与巴王同桌因而紧张的缘故，还是因为不知道巴王今天葫芦里卖的什么药。

吃完早饭，巴王提出先到玉田看看。这又大出我的预料，心中纳闷——难道是巴王已经改变了主意，只是打算在这洞国中巡视一番？

巴王发了话，我和大探事便不得不执行，于是，大探事在前面领路，我和巴王居中，持钺武士殿后，径直朝玉田走去。沿路有巴国贵族民众，见巴王盛装出行，纷纷跪倒于地。这阵势，哪像是微服私访，更像是招摇过市。

到了玉田，看到武士们正在采掘琥珀，却没有见到二公子。巴王走上前去，武士们立即跪地拜见。巴王拿起几块刚采掘出来的琥珀原石，饶有兴致地观看，我立即递上一只电筒，照射在原石上，给他讲解琥珀的特点和珍稀的原因，当巴王问到琥珀的价值时，我犹豫了一下，按二公子的报价做了答复。

离开玉田，又往灵泉方向走，此时我已经完全死心，心想原来这是个胆小怕事又说话不算数的巴王。而大探事的心情也越来越放松，担当了接下来行程的导游和讲解员。当到达第三个景点水电站时，四五个小时不知不觉过去了。

电站内只有王工在值班，看见巴王驾临，也跟其他巴人一样匍匐在地，巴王亲切地将他扶起来，微笑道："你是外界的专家，巴国的功臣，属于巴国上宾，不必拘于巴国礼节。"把王工激动得泪流满面。

接着，巴王又参观了电站的设备，详细询问电站的运行原理，王工则不厌其烦地讲解，也不管巴王能不能听懂。

参观完电站，巴王居然让持钺武士拿出糕点饮料，就地吃起午餐来。吃完午餐，巴王忽然提出去煤场看看，这个时候，我看见大探事面露为难之色，支支吾吾说煤场太过脏乱差，劝巴王不要前往。

而我抱着出境的满腔热情，却陪着巴王在这洞子里溜达，着实也没什么兴趣参观煤场了，可巴王却执意要去，我和大探事便不好劝说了。

往煤场的路与玉田差不多，凹凸不平却黑暗泥泞，只不过玉田是一路上行，煤场却是一路下坡。走进煤场坑道的时候，又过去了两三个小时。可是这个坑道里却没有煤炭，也没有采煤的工人，只有几个武士来回巡视，看见巴王时，立即匍匐于地。

这个时候，巴王突然叫住大探事，说道："大探事今天辛苦了，可是寡人还意犹未尽，既然来了这里，大探事何不领寡人去外界看看？"

大探事听见这话时，脸色唰地白了，忙说道："祭司大人有令，没有他的许可，任何人不得外出离境。"

巴王冷冷道："这任何人也包括寡人吗？"

大探事全身发抖，又拿眼睛瞥我，见我无动于衷，顿时没了主意，无奈道："王上虎体安危，关系我巴国千秋事业，万一有个闪失，小人担当不起的！"

巴王佯怒道："寡人身为一国之主，还没有自由出入国境的权利吗？"

闻言，大探事连忙跪地，战战兢兢道："小人既不敢阻止王上离境，亦不敢私允王上出境，若有个闪失，小人怎么担当得起，劝王上三思而后行。"

巴王冷笑道："寡人只是出去看看，很快就回来，难道还会投敌叛国，你若怕在大祭司处不好交代，回来后寡人亲自代你去向他请罪如何！"

巴王话还没说完，大探事再次伏地，战战兢兢道："王上若执意出去，可否由小人禀告祭司大人后再行定夺？"

巴王这次是真生气了，只见他怒目圆睁，逼视着大探事，大喝一声："岂有此理，寡人堂堂一国之主，竟然命令不了你一个下人，这不是反了吗！"

至此，大探事再也不敢劝巴王了，只见他缓缓站起身来，神色凛然道："小人永远忠于王上，为王上护驾，是小人的荣幸！"

巴王点点头，微微一笑，答道："难得大探事深明大义，有你相随，寡人就多一个贴身卫士了。"

大探事答道："小人愿随侍王上左右，万死不辞！"

听完巴王的话和大探事的回答，跪在周围的武士们个个面面相觑，无所适从。此时巴王又吩咐武士起身，朗声说道："诸位失职之过，寡人定会亲自向大祭司解说，保你等不受鞭笞责罚。"说完，瞥我一眼，脸上浮现出狡黠的笑。

大山城

接下来，还有惊喜。

巴王脱掉虎袍后，露出了穿在里面的中式立领，而持钺武士也脱去甲胄，里面穿的是一套黑色西服。巴王先将脱下来的衣冠交给武士，然后转过身来，似笑非笑地望着我。

"请神使瞧瞧，寡……我这身打扮，可像外界之人？"

在我愣神的时候，大探事已抢先作答："王上英明，如此打扮，小人放心了。"

没想到巴王听完大探事的恭维，反而皱起了眉头，说道："可大探事如此称呼，我反而有些不放心了。"

大探事何等聪明，立即醒悟过来，答道：“至进入外界那刻起，我自会改正。”

话音刚落，巴王便哈哈大笑起来，笑完，马上一脸肃穆，说道：“各位，到了外界，就用不着拘泥巴国礼节，一切入乡随俗。”说完，便将右手伸向我，做出握手的姿势，我只好也伸出手，与他轻握一下，相视而笑。

握完手，心中暗暗吃惊——这个巴王远不如我想象的那么孤陋寡闻，其实外面好多事情都知道，而且也是个聪明有趣的人，不知道后面还有没有惊喜不断制造出来。

大探事可高兴不起来，此刻，他心情沉重，默默地在前面领路。不多会儿，来到一铁门前，打开铁门，还是坑道，又转弯抹角地走了一段，才来到坑道尽头，又出现两扇巨大的石门，石门前还站着八个武士，见巴王身着“奇装异服”，尽皆目瞪口呆，但因有大探事同行，一个个便瞧出了端倪。八个人立即分成两组，一左一右，使劲推动石门，“吱吱嘎嘎”声中，石门缓缓开启。

走出石门，回头一望，只见一片漆黑，原来石门这面镶嵌着黑色石块，与洞壁合为一体，不仔细分辨是看不出来的。

此时，大探事找来几顶安全帽，请大家一一戴上。走过一段坑道，又有一道铁栅栏，上了一把铁锁，大探事亲自打开，然后又默默前行。走出铁栅栏，才是真煤矿，一切都按技术标准设计，洞顶安装有通风设施和照明设备，洞壁安装有灭火器及逃生指示灯，地面是运送煤车的轨道，也真的有人推着车在运煤，对于我们的出现，没表现出丝毫惊讶。

十分钟后，来到矿井口。

矿井外面是个大坝子，除了几大堆煤炭和装载设备外，还停着几辆车子，两辆运煤大卡，一辆福特猛禽，一辆面包车，当然，还有我的牧马人，但是换了一个车牌，窗户都贴了深色膜。

巴国的这个出口，真是大大出乎意料。我事先曾经设想过，那个洞口会不会是隐藏在某个农家院子里，或者是某个老庙子里，又或者是某个隐蔽的溶洞里，但怎么也没有料想到会在煤窑里。

我说呢，增氧器那么大的设备可以轻而易举地运进来，一定得有一个宽敞的进出口，而这个出口还得特别隐蔽。但万万没有想到，竟会潜藏于一个真实的煤矿里。既然是煤矿，不断有人有车有设备进出就太正常不过了，丝毫不会引起外人怀疑。

大探事拿出车钥匙，径直走向牧马人，遥控开锁后，先拉开后车门，让巴王和持钺武士坐了后座，迟疑片刻，才极不情愿地把钥匙递给我，冷冷说道："请神使慢慢开，别吓着王上。"

"现在，您应该叫我皮老师，至于说王上，最好叫董事长。"说完，我接过钥匙，将钥匙插入锁孔，发动汽车，开着我的马儿轻柔地上路了。就这样，牧马人载着一个"古代国王"和几个巴国武士，开始了神奇的"穿越"之旅。

这次我换了张碟片，音量调到适中的位置，喇叭中传出古琴曲——我想这音乐比较适合巴王的胃口。接着，我打开空调，车内很快温暖起来，巴王开始脱掉外衣，露出了里面绣着老虎图案的紧身绸袍。

与我的估计有点偏差，行驶过程中，巴王并没有左顾右盼问这问那，而是专注于前方，一言不发。一路上，巴王努力控制住身体的姿态保持端正，也难怪，人家是一国之主，仪态是一定要注意的，如果表情过于夸张，就显得太孤陋寡闻了。

走不多远，大探事从内衣中拿出手机，一根手指在上面划拉着，见我望向他，尴尬地笑笑，继续着手上的动作。半个小时之后，后视镜中出现了一辆若即若离的大皮卡车，我知道那是受大探事命令前来保驾护航的福特猛禽。

我按捺住内心的激动，不紧不慢地开车，也许是快要见到覃婉丽了，有点兴奋，忙碌了一整天，居然一点也不觉得困。再说，车里坐着一个超重量级人物，怎么可以犯困。

当车子驶临山城市区，看到森林般的高楼大厦的时候，巴王显得亢奋起来，终于抑制不住好奇心，问道："皮老师，这就是那个可以住下三千万人的大城市？"

我恭谨地回答道："这个城市叫山城，它的地域几乎包括了古代巴国的疆域，现在这个地方叫南岸区，是这个大城市的一部分。"

"只是一个南岸区，就这么大，真是了不起！"巴王发出由衷的赞叹。

穿越无数立交和桥梁隧道，进入市区，山城这个巨大的立体城市逐渐呈现眼前，从内视镜中发现，巴王的嘴终于张开合不拢了。于是，我索性像个导游似的给巴王介绍起山城来，巴王倒也听得津津有味，在穿越长江大桥的时候，天色渐暗，桥上的路灯和楼宇的装饰灯忽然亮了起来，把渝州半岛和江北城照耀得犹如琼楼玉宇，把巴王看呆了。

此时，巴王又忍不住说道：“这个叫山城的大城市，莫非是外界最大的城市吧，娶这个城市市长的女儿作妻子，压力之大可想而知了。”

听完巴王的话，大探事一脸茫然，我这才想起曾撒谎说过覃婉丽是市长的女儿，所以自己做不了婚姻大事的主，现在巴王既然当真了，我也只好继续装下去。于是回答道：“压力自然是大些，但总体来说，外界的婚姻是男女双方自己说了算，只是要把市长千金带到巴国去生活，我还真做不了这个主。”

“这次出来，寡……我能够见到这位市长千金吗？”

“如果不出意外，应该能够见到吧。”

回答巴王的时候，还真有点担心婉丽出去带团了，如果失去了这次机会，以后就不知何时能相见了。

我心系着婉丽，经过江北城时并没有走繁华的观音桥环道和北城天街，而是直接上华新分流道，切入渝合高速，朝学校奔去，不知不觉间，加快了车速。随着学校的临近，心跳也开始加速起来，虽然与覃婉丽才分别一个多月时间，但她却一直得不到我的消息，不知道心情有多么焦急，多么恼怒。

这个时候，大探事也忍不住说话了：“请问皮老师，我们现在是去哪儿，奔波了半天，是不是应该找个地方安顿董事长休息了。”

还没等我回答，巴王便抢先答道：“我一点都不困，坐在这铁车上蛮舒服的。”

大探事只得转头望向巴王，问道：“请问董事长，这次出来，打算待多久，游览哪些地方？”

沉思片刻，巴王答道：“难得出来一次，就多看几天吧，至于说游览哪些地方，就全凭皮老师做主，因为只有他最熟悉外界。”

听完巴王的回答，大探事一脸尴尬，愣了会儿神，才说道：“外界之人，住店都要出示身份证，这个我们外使都有，但董事长和格猛却没有，如何是好？”

原来这个持钺武士名字叫格猛，是个闷葫芦，我的印象中，从来都没见他说过一句话，难道是个哑巴？不过巴王和格猛都没有身份证，这倒是个问题，想了想，便说道：“这个倒不难，我目前有两套小房子，应该可以挤得下，就不用出去开店了，只是条件简陋，恐怕董事长住不惯。”

说话间，到学校了，福特猛禽并不避嫌，也紧跟我开进了学校。这个时候，大探事忽然又问道：“怎么，皮老师也住在这所学校里？”

对于大探事的问话，我并没感到惊讶，因为之前并没有告诉过他我的真实身份，现在不得不说明一下，“对不起，忘了告诉大家，我在外界的身份是大学教师。”

巴王立即接话道：“原来皮老师是大学教师，怪不得那么有学问了。”

我连忙谦虚道：“在这个学校里，我算是学问最浅的一个了。”

说话间，车已经到谢老师住房楼下，车还没停稳，大探事便打开了车门，下车后立即打开后车门，恭候巴王落地。与此同时，皮卡车上的人也下来了，一共五个，其中有果耐，另外两人就是与他一起盗取神杖的搭档，还有两个不认识。

自从罕宝出走后，我还没来得及将谢老师的住房归还给他，现在正好又用上了。说来也怪，谢老师这套房子仿佛是跟古人结了缘，上次接待了罕宝他们，现在又要接待黔隆巴国的王上。

打开房门，家当都在，只是上面都蒙了一层灰。冰箱里也还残留了一些糕点和速冻水饺，便全部拿出来，分给大家吃。

吃完糕点、饺子，大探事马上吩咐外使们收拾打扫，自然，主卧给巴王用，其他几个人只好在客房挤一挤了。

我心系着覃婉丽，便向巴王和大探事道别，却被大探事叫住，说道：“这屋子太挤了，所以有个不情之请，可否由我带个外使随皮老师同住？”

我知道他怕我借故逃脱，不好向巴王和大祭司交代，便笑道：“但不知道大探事准备安排哪个外使与本人同住？”

大探事答道：“就让果耐与你同住吧，他睡觉安静。”

我摇摇头，答道："谢了，我可不想睡得太死起不了床，耽误董事长游览。"

大探事没有坚持，只是尴尬一笑，果耐也尴尬地笑，只有巴王不明就里。

最后，大探事叫了一个叫郑宝旺的外使与我同往，因为谢老师楼房离我家很近，所以到我家并没有开车，而是把钥匙交回给大探事，这样也可以让他更安心一些，因为我看见猛禽上还留了一个外使，大概是用来监督牧马人动向的。

开门的时候，也不知什么原因，心跳得厉害，手居然抖了起来。

深吸一口气，打开房门进入房间，只见书房内有暖暖的台灯光透射出来，此时，覃婉丽还没睡，正伏在桌子上奋笔疾书，见此情形，心里顿时燃起一股暖意——这个小妮子，怎么既没看电视，也没玩手游，突然爱学习起来？

当我蹑手蹑脚来到书房门前，才发现婉丽眼睛是湿的，脸上也挂着两行泪，桌子上扔了好几个纸团，看见我出现在门前时，突然"哇"的一声大哭起来。还没等我明白怎么回事，婉丽已扑上来，粉拳使劲捶打我的胸口，然后又抱住我，一会儿笑一会儿哭。这个阵仗，把大探事搞傻了，便不敢进屋。待婉丽情绪平息点后，我才拍拍她肩，轻声说道："有客人，矜持点，不要让人家笑话。"

婉丽方才看见我门口还站着两个人，抹了抹眼泪，不好意思地笑了，随后说道："你这个坏东西，这一个多月跑哪里去了，也不打个电话，我恨死你了！"骂完，马上给客人让座、倒茶、削苹果。

看着覃婉丽忙前忙后，真是一个懂事的姑娘，心里顿时荡漾起一股暖意，又找到了家的感觉。

一个多月不见，婉丽明显消瘦了，略显憔悴。也难怪，遇到我这种神龙见首不见尾的老公，内心再强大的女孩也吃不消。

削完苹果后，婉丽又赶紧把桌子上的几个纸团扔到垃圾桶里，这才把我拉进卧室，关上门，问道："怎么，这两个人今天住家里吗？"

我刚点完头，婉丽又一拳捶过来，嘟囔道："谢老师那套房子不是还没还吗，怎么不让他们住那里？"

我答道："那套房子已经住满了，不得已才带他们过来的。"

"如果不了解你，还以为你是在搞什么秘密组织呢，"说到这里，覃婉丽又使劲掐我手臂，"这次来的又是些啥子人吗？"

这次，我决定告诉她实情，便用不着费尽心机地解释失联的原因了，于是捧着她脸蛋说道："他们是来自另一个巴国。"

"另一个巴国？"覃婉丽瞪大了眼睛，表情夸张，"你可别逗我玩儿，他俩的样子，跟我们没一点区别，哪像地缝中那些怪物。"

我只好解释道："他们是巴国的外使，经常待在外面的，所以跟我们没有什么区别，但还有很多人是隐藏起来的，样子跟那个巴国人差不多。"

"我怎么感觉像听神话似的，"听完我的话，覃婉丽傻眼了，"地缝中藏着一个巴国已经很不可思议，怎么忽然又冒出一个巴国来？我看，你是不是神经了？"

我懒得给她解释，答道："待会儿慢慢给你讲，先安顿好客人吧。"

来到客厅时，大探事和外使正窃窃私语，见我和覃婉丽出来，便说道："不好意思，给皮老师添麻烦了！"

我摇摇头，带他和外使进入书房，把书桌挪到一边，从柜子中拿出一个充气垫，又取出一些床上用品铺在上面，安排他们歇息。再次回到卧室，覃婉丽脸色变了，问道："老公，你怎么早不回晚不回，偏偏今天回来了？"

我吻了吻她额头，说道："怎么啦，我今天回来的不是时候？"

覃婉丽趴在我怀里，突然抽泣起来，"我也不知道是不是时候，但是如果你今天不回来，恐怕是再也见不到我了。"

覃婉丽的话，令我大吃一惊，不禁问道："宝贝，怎么了？"

覃婉丽一把推开我，说道："你知道我刚才在写啥？"

我又一把将她拉进怀里，问道："你刚才写什么了，难道不是给家里写信？"

覃婉丽翻了个白眼，答道："现在谁还写信啊，想家了，打个电话问候一声就是了，你们这些男人，神经嘟个都恁个大条。"

我越发好奇，问道："那你刚才写什么了？"

覃婉丽擦擦眼泪，说道："我刚才，算了，不说了，反正你回来就好了。"

覃婉丽不说，我也懒得追问，只想早点休息，便开始上下其手。但覃婉丽制止了我的举动，“你这次回来，还走吗？”看我半天没回答，覃婉丽又大声问道：“老公，问你话呢，这次回来，还走不走啊？”

我答道：“恐怕还得去巴国一趟，但不久就可以回家了。”

听完我的话，覃婉丽立即露出失望的眼神，愤然道：“怎么你那些屁事没完没了，早知道这样，还不如今天不回来。”

我想再次抱住她，却被她挣脱，气氛马上变冷了，不得已，只好说道：“因为这次出来，不仅有外使，还有巴王。”

覃婉丽又瞪大了眼睛，惊讶道：“巴王，你是说那个巴国的老大也跟你一起出来了，住在谢老师房子里？”

“就是，是我教唆他出来的，所以得把他送回去。”

覃婉丽又翻了个白眼，愤然道：“他们又不是没长腿，难道不会自己回去，再说，还有啥子……外使呢。”

话已至此，我不得不使出杀手锏，一把抱住她，说道：“巴王这次出来，除了考察外，还有一个目的。”

“有啥目的，你不可以好好说吗？”

说话时，覃婉丽拼命扭动身体，想要挣脱我的怀抱，我岂肯让她挣脱，不但不放手，反而抱得更紧，嘴也贴了上去，亲了一口她的脸蛋后才说道：“巴王这次来，是要亲自邀请你到巴国参观访问，还说要在巴国给我俩举办一个隆重的婚礼，他亲自当主婚人。”

“我才不想到那个黑咕隆咚的什么巴国举办婚礼呢，要去你自个儿去。”覃婉丽口头这么说，嘴角却藏了笑意。

“这个巴国与那个巴国不一样，人家有电站的，还可以玩手游，只是没有通信信号。”说话间，覃婉丽已经不再扭捏了，瞪大眼珠子听我鼓动，“你老公我现在是巴国的外射事，也就是管巴国外务的官儿，所以巴王才给面子亲自主持婚礼。”

我这一招，果然说动了覃婉丽，但她还装模作样地说道：“我才不稀罕玩手游呢，哪有你那么有趣。只是担心你一个人回去，又被什么王后公主缠住，岂不是亏大了。”

我见覃婉丽上路，趁机给她加把火，“还真被你说中了，那巴国美女如云，热情似火，加上你老公还勉强算个高富帅，追求的人还真有，你就不怕……”

我这一激，覃婉丽果然上钩，挠我一下，说道：“你这一说，我还真想去见识一下那个巴国都有些啥子狐狸精。”

我进一步挑逗她，说道：“巴国不但有许多美女，还有许多奇观妙境，看了一定让你叹为观止。”

覃婉丽歪着头，似乎在想想那会是怎样的景观，过了一会儿才问道：“对了，你还没告诉我那个巴国在啥子地方，不会又是在某个绝谷里吧？”

我笑道：“哪有那么多绝谷来隐藏，他们住在地下。”

“住在地下，那岂不是比绝谷还黑暗。”

“不是告诉你他们有电灯吗，再说了，里面还有一种比电灯更神奇的照明工具。”

说到这里，覃婉丽眼睛开始放光了，于是，她又歪着头，假模假样地想了想，随后又挠我一下，说道：“看来，我还不得不去一趟了。”

见覃婉丽不闹腾了，我才想起另一个问题，“对了，你怎么没去带团呢？”

覃婉丽吐了下舌头，答道：“前几天病了，请了一周长假，明天就到期了，这不正准备给你写辞职信吗？”

“给我写辞职信，有没有搞错？”

“就是写给你的，打算辞去给你当见习老婆的职务，从此各奔东西。”

“那我现在回来了，你这个辞职信还要递交吗？”听到此处，才算搞明白了，原来她刚才伏在桌子上写这个，难怪一把鼻涕一把泪的。

“这个……要看你今后的表现。”覃婉丽说完，又在我手臂上狠狠咬了一口：“再给你送块手表，好让你长点儿记性。”

久别胜新婚，这话一点没错，而祛除了情蛊的我心中再没有忌惮，也开始疯狂。

婉丽的舌头带点香蕉味儿，香甜而浓烈。婉丽的身体，就像久旱逢甘雨的沃土，生长着奇异的果实，并迅速发酵，浓烈得像久酿的甘醇。我很快醉倒，变成了一头醉兽，肆意践踏这丰盛的果园……

云雨之后，才突然想起隔墙有耳！

第四章

放手一搏

突然，我被一个青玉材质的宝匣吸引住了，它的雕刻极其精美，上面还镶嵌各种宝石，就像法门寺装释迦牟尼舍利子的宝匣，但要大得多……

被跟踪了

早上七点半，闹钟响了，我赶紧起床，穿好衣服后去卫生间，发现大探事斜躺在客厅沙发上，神情萎靡，双眼布满血丝，可见一夜都没睡好。这也难怪，与巴王和神使来外界，而且是“偷渡”出境，其压力可想而知。

“皮老师早，”大探事先问候一声，见我目光在屋里环视，接着说道：“我让郑宝旺出去买早点了，一会儿就回来。”

听完大探事的话，我没有特别在意，因为巴国人一向都早睡早起，不足为奇，何况此次出行，他们还得照顾巴王，更不敢睡懒觉了。只是让客人自己去买早点，有点过意不去，正待要向他表达歉意，大探事已抢先说道：“皮老师与夫人久别重逢，自然是免不了一场大战，需要好好休息，所以我便自作主张，派郑宝旺出去买早点了。”

听到此处，我开始生疑了，心想，外使早起买早点，本不值得大惊小怪，为何大探事却反复强调，倒有些此地无银三百两的意思。再说，他们第一次来这儿，人生地不熟的，怎么知道去哪里买早点？

大探事显然是看出了我心中的疑虑，不由得又补充一句：“皮老师放心，宝旺是个贪吃的家伙，闻到空气中的味道，就知道哪里有好吃的东西了。”

说话间，覃婉丽穿着睡衣出来了，见客人已经起床，就去开冰箱，准备弄早点。我便告诉她，已经有人抢先一步了，覃婉丽瞪我一眼，嘟囔道：“好意思让客人去买早点。”我忙把她推进卫生间，让她洗漱去，免得在这儿添乱。

可是过了很久，郑宝旺却还不回来，我不禁有点担心，问要不要出去找找，大探事一把拉住我，说郑宝旺一向嘴馋，恐怕要先把自己肚皮塞满后才会回来。

差不多又等了一个小时，郑宝旺才提了一大袋食物回来，打开来，还热气腾腾的，都是些包子、发糕、麻团什么的，另外，还有几杯豆浆和几袋泡菜。大探事便问郑宝旺巴王起床了没有，早点拿过去了没有，郑宝旺回答刚刚拿过去，正吃着呢。

吃完早点后，我和大探事、郑宝旺一起来到谢老师楼下，没见了那辆福特猛禽，最初也没在意，直到大探事无缘无故地对郑宝旺发火，才觉得有点蹊跷。

进入谢老师房间，见其他几个外使都不在，屋子里只有巴王和格猛，已经吃完了早点，正在看电视，神情十分专注，见我们进来，也顾不得打招呼，待出现广告的时候，巴王才转过头来，问道："可以出发了吗？"

大探事摇摇头，答道："启禀董事长，车子出了点问题，修理去了，恐怕要等一会儿才能出发。"

巴王并没有责备大探事，很显然，此时此刻，他的兴趣点是在电视上，而他此刻正在看一部古装魔幻连续剧，当看着那些身着奇装异服的人在屏幕里打斗，不禁惊讶万分，忍不住问我，这些人又没长翅膀，怎么却能飞来飞去。我只得给他解释，其实那些飞来飞去的人身上都挂着一根绳子。闻言，巴王便将眼睛贴近电视屏幕，去找飞人身上的绳子，找来找去自然是找不着，便转过头来，一脸茫然地盯着我。

这一次，我懒得给他解释了，因为无论你如何解释，他也明白不了电影特技的原理。好在巴王也不再问了，口中喃喃道："要是我巴国也有这样的铁盒子该多好，足不出户便能领略天下奇事。"

又等了一会儿，大探事手机响起了短消息提示，大探事看后说道："车子已经修好了，请董事长出发吧。"

下得楼来，看见覃婉丽提了个包等在车子边，还精心化了妆，我便问她："你这是要干什么，怎么还不去上班？"

覃婉丽就扭我一下："你昨天说的，我们一起去那个巴国，难道你想耍赖？"

我这才想起昨天为讨她欢喜说的话，现在还真有点后悔了，如果婉丽跟着去巴国，很可能被大祭司扣为人质，那我倒真有可能一辈子为巴国服务，终老洞中了。想到这里，我便敷衍道："你先去上班，我们还要在山城待几天呢，走的时候通知你不迟。"

覃婉丽笑道："反正这些天也不想工作，正好和你们去散散心，你知道我最喜欢凑热闹的。"说完，眼睛却盯着我后面，原来巴王下楼了。

我只好把覃婉丽介绍给巴王，覃婉丽便大咧咧地打量巴王，巴王并不在意，用夹生半熟的山城话说道："大市长的女儿，果然气度不凡。"

覃婉丽马上皱起眉头，瞪我一眼道："这是说谁呢，谁是大市长的女儿，莫非……"

我怕谎言戳穿，忙对巴王遮掩道："这不为去巴国的事，跟她阿爹吵嘴了，还在生气呢。"

覃婉丽却不识趣，追问道："谁跟谁吵架了，莫名其妙的，你给我说清楚。"

见此情形，巴王却笑起来，说道："市长的女儿，脾性果然大，皮老师要受累了！"

覃婉丽还想争辩，见我一个劲儿地给她使眼色，才不说话了。

因为有覃婉丽加入，大探事不得不坐了后排，而巴王一上车就瞌睡，不一会儿还打起了呼噜，不由得暗自好笑——这个巴王，昨晚大概是看了通宵的电视吧。

开到学校一号门，发现福特猛禽停在路边，一个学生模样的年轻人刚从车上下来，手上还提着个包，正朝我们这边张望。无意中，发现大探事眉头紧皱，摇头叹气，我便不由自主地问道："请问大探事，那个年轻人是谁，怎么会在我们的车上？"

大探事神情立马变得极不自然，迟疑片刻，才支吾道："可能是带路的学生吧？"接着，又摇了摇头，"这些外使们，越来越没用了。"

我再把目光转向那年轻人，只见他提着包，走向路边停着的一辆保时捷 911，打开车门将包扔进去，坐上驾驶位，点车轰油，安全带都没系，便驾车疾驰而去。

现在的学生，富二代很多，开好车来上学的也大有人在，但像如此嚣张的在学校飙车，倒是十分罕见。

接下来，我开始考虑去什么地方参观。白公馆、渣滓洞这几个教育景点是不用去的了，肯定巴王毫无兴趣；大足石刻虽然是世界文化遗产，但过于庄严肃穆，也不对巴王胃口；三峡太远，又是自然风光，恐怕不是巴王的菜。想来想去，还是城市景观适合巴王一些，而说到城市景观最集中壮观的地方，莫过于渝中半岛。于是，决定先去山城博物馆和人民大礼堂，然后再去山城大剧院。

一路上，覃婉丽居然用蹩脚的英语跟我对话："老公，坐在后面那个真是巴王？"

我本想不搭理她，但又怕她在车上胡闹，只得用同样蹩脚的英语回答她："是的，非常是的。"

"嗯，这个巴王长得还不错，"话题一打开，覃婉丽便不想歇嘴，"作为一国之王，他应该不止一个老婆吧？"

我答道："据我所知，巴王有三个老婆，三个孩子。"

"天，他这么年轻，就有三个娃娃了，"覃婉丽做出夸张的表情，"难怪你恁个喜欢巴国，莫非也想讨三个老婆？"说完，又趁机挠我一下。

我摇摇头，苦笑道："就你一个都受不了，哪敢讨三个。"

覃婉丽撇嘴道："我看你是嘴里说一个，心里想三个吧。"

下高速时，巴王醒了，眼看着鳞次栉比的高楼，忍不住说道："外界人实在是厉害，建造如此多、如此高的房子，那得用多少年时间啊，还有如此宽阔的道路和如此多的铁车……还有这巨大的桥梁，巨大的铁船，真是不看不知道，一看吓一跳！"

听着巴王的感慨，这一句一句的，怎么听起来像某个综艺台的广告语。正当我忍俊不禁的时候，巴王忽然问道："皮老师，你说廪君知道外界这些事吗？"

我想了想，答道："廪君深处大山绝谷之中，从来没有出来过，恐怕不知道这些事。"

听完我的回答，巴王陷入沉默，过了一会儿，又不禁喃喃自语道："既然廪君不知道外界发生的事，那他根据什么来启示巴国的未来呢？"

这下，我是真的不知道怎么回答了，好在大探事反应得快，答道：

“廪君不是有神使吗，他可以向廪君汇报外界的情况，从而做出圣谕。”

巴王便接着问道：“神使，你会向廪君禀报这些情况吗？”

我答道：“禀报是一回事儿，亲眼所见是另一回事儿。”

巴王点点头，目光直射大探事，“神使说得是，你们禀报的外界，可是跟这个真实的外界天差地远了。”

在去博物馆的路上，我在一个大药房旁停下车，买了几种蛇药产品，说是送给药王的，大探事没有表示异议。

到博物馆前，我们约定以巴国土语交流，这样似乎更保险。

说话间，山城博物馆到了。

两个外使在前，我和巴王以及大探事居中，格猛以及另外两个外使殿后，还有一个外使留在皮卡车上。一行八人，缓步走上台阶，到达玻璃龙骨前厅时，巴王忽然停步，瞩目而观，又忍不住发起了感慨：“外界之神奇，远超寡人想象，若非亲历，怎知其妙！”

进入展览大厅后，巴王再也掩饰不住好奇心，问这问那，我则是有问必答，加之大家都对他唯唯诺诺，终于引起周围人的关注，心里便有些发毛。可是巴王正在兴头上，这个时候离开也不合适，只有硬着头皮陪巴王一层层楼参观，担任他的专职讲解员。

巴王对器物不怎么感兴趣，倒是对巴史陈列评头论足，当看到伏羲女娲蛇身相缠的画像石，居然角色反转，主动解说起来：“其实伏羲和女娲本是一对兄妹，并非夫妻，按古书记载，伏羲和女娲都是地神的儿女，因为火神和水神打架而将天撞破，天降大雨数月，洪水滔天，把地上的人都淹死了，为了繁衍后代，伏羲和女娲才从兄妹变成了夫妻，不久之后，女娲生下一个肉球，以为是妖怪，便以刀将之砍碎，肉球里的东西一落到地上，就变成了无数的男人和女人。”

见巴王讲得兴起，我不忍心打断，接着说道：“可敝使听到的传说，地上的男人女人是女娲用黄土捏出来的。”

听完我的话，巴王不置可否，笑道：“试想，一个女人若没有男人的帮助，就能够生儿育女，岂不是违背天道，谁对谁错，岂不是一目了然。”

巴王的话，自然是不能反驳，况且他说得也有道理，而我又是一个爱刨根问底的人，便忍不住接上一句：“伏羲女娲既为兄妹，可怎么又变成人首蛇身了呢？”

见“无所不知”的神使向自己提问，巴王更加得意，答道：“兄妹相交，毕竟有悖人伦，于是天神把他们转化成人首蛇身，人首代表伦理智慧，蛇身代表交配繁衍之本能，故而以人首蛇身赋之。”

听完巴王一席话，我暗自佩服——想不到这个“古代”巴国的王，居然如此博学通达，这是他给我的第二个惊喜。

见我点头称道，巴王更加得意忘形，接着说道：“这些故事，太庙的典籍里都有记载。另外，我还知道这个展览里没有的内容，譬如这个展览只讲到巴人的蛇崇拜和白虎崇拜，其实巴人分很多支，他们有的崇拜熊，有的崇拜狼，有的崇拜鹰，还有的崇拜天鼠和地龙。”

听巴王提到太庙，我暗自高兴，不由得说道：“启禀王上，敝使有个不情之请。”

巴王正在兴头上，想也不想便答道：“神使有何请，但说无妨。”

我答道：“回国之后，敝使恳请去太庙一观。”

巴王答道：“太庙的开启，每年都有固定时间，但神使若有此要求，则可破例。”

交谈中，周围气氛已发生了变化，隐约感觉到，有那么几个观众，他们关注的焦点并不在于讲解，而在于我和巴王。大探事也感觉到了这种变化，悄悄给我递眼色，于是我用土语向巴王表达了这种担心，巴王才意犹未尽地结束讲解。

直到此时，我才发现，覃婉丽也不见了踪影。

可疑的观众共有三个，如果我的判断没错，他们应该都是便衣警察。犹豫片刻，我决定采取兵分两路的方式将他们引开，随后，我把这个主意告诉了大探事，大探事又用手机短信发布了命令。

不多一会儿，果耐和另外四个外使陆续撤离，在他们的牵制下，便衣被调离走一个。然后，我将车钥匙交给大探事，让他先走一步。大探事迟疑了一下，还是接过了钥匙，先行一步。

便衣目送大探事下楼，并没有跟下去，而是拿出了手机开始拨打电话。此时，我并没有慌乱，与巴王言谈自如的下楼，没走几步，迎面便碰上一个熟人，是邹古都老师，他身边还跟了两个年轻人。

“皮老师，好久不见，到博物馆参观，怎么不打个招呼？”

这个时候被邹馆长叫住真是要命，要知道大探事恐怕已经发动车子，正等着我和巴王撤离呢，这一耽搁，麻烦了。而此时紧跟在我们身后的便衣正在打电话，他这救援一来，想要摆脱可就难了。

但事已至此，我也不得不应付一下，便答道：“来了几位福建朋友，带他们随便看看，因为时间紧，就没跟您打招呼了。”

邹馆长答道：“刚好，我过几天要去福州开个会，请问你的朋友是福建哪里的？”

来不及细想，我随口答道：“德化来的。”

邹馆长依然不肯放过我们，又说道：“德化是个好地方啊，不仅山美水美，还有名扬天下的德化窑白瓷，改天……”

此时，我是心急如焚，但又不得不应付邹馆长，只得打断邹馆长的话：“这两位朋友祖籍虽是福建的，却是旅居澳洲的华人，刚回国不久，连普通话都不太懂呢。”

邹馆长才了然道：“怪不得你们用闽南语交谈，福建一省的方言真是太难懂了！”

邹馆长把巴族土语听成闽南语，这下算是遮掩过去了，正在庆幸，邹馆长又追问一句：“皮老师怎么懂福建方言呢？”

没想到邹馆长有此一问，好在最近撒谎已成习惯，我想也不想，顺口就是一句：“邹馆长忘了我是学文字学的了，为了方便采风，各地的方言都要懂一点才好。”

邹馆长笑了：“没想到皮老师还这么有语言天赋。”

见我没有介绍两位“华侨”给他认识的意图，邹馆长不再答话，我便趁机告辞，可是邹馆长又把我叫住了：“上次文物失窃的事，给你添麻烦了，真是抱歉！”

我急忙答道：“不碍事，不碍事。”

可邹馆长似乎意犹未尽，握住我的手说道：“我的巴文化课题申报上去了，第二负责人写了你的名字，这两位也是课题组成员之一。”说完，又要介绍身边的两位年轻人。

此时的我，已经急得像热锅上的蚂蚁，匆匆跟他们握了一下手，急急说道："幸会幸会，我的几位朋友还要急着赶飞机呢，下次再聊吧。"

听我这样说，邹馆长才松开手，答道："那就不耽误你们了，以后多联系，课题下来之后还得经常聚聚。"

我只好边下楼梯边回答："那是一定的，改天聊。"

这一下耽搁，几分钟又过去了。当我们走到大厅时，感觉盯梢的便衣又多了两个。到了路边，大探事早已开着牧马人恭候多时，后面跟着福特猛禽。就在我们上车的时候，几个便衣也登上了停在路边的一辆本田雅阁。

在过大礼堂立交时，大探事突然将车逆向左转进入隧道，差点与顺出隧道的一辆小车相撞，害得对方一个紧急制动，惹来一阵臭骂。福特猛禽则押住后面的雅阁，并没有逆向左转，而是顺直进入开往两路口的大道，这一招，使得牧马人甩掉了跟踪。

此时的大探事显得异常冷静，快速切回方向再给油，牧马人屁股往右边甩了出去，让我和巴王体验了一把漂移。

大探事驾驶着牧马人，在城市道路中飞速行驶，令我心惊，同时也十分纳闷，要知道我这个在山城生活了十多年的人，也不见得熟悉这些道路，他却是如此的穿梭自如，这只能说明一个问题——他非常熟悉山城。

忽然想起，大祭司的大公子既然在外界读书，会不会就在山城？而山城最著名的大学无外乎山城大学和西联大学，会不会是这两所大学中的一所？

据左射事讲，大公子是到外界学习治理死鱼的方法，那么最有可能是环境工程或者动物科学专业。山城大学在环境工程方面比较领先，而西联大学在生物和动物科学方面比较领先，并且还有两位鱼类专家。

如此看来，大公子选择西联大学的可能性相当大。

想到此处，一个人影突然闪现在脑海——今天离开学校的时候，福特猛禽上曾经下来过一个公子哥儿模样的人，大探事解释说可能是给外使带路的学生，而以公子哥儿当时的作派来看，恐怕是不屑于给人带路的。

还有，福特猛禽昨天还好好的，今天怎么突然就坏了要修理，既然是修理，怎么那么快就修好了？还有，当大探事没有看见福特猛禽守候在楼下时的愤怒表情，看到那个学生下车时的紧张状态，这些情况，现在回想起来都充满疑点。

会不会福特猛禽根本就没坏，而是去见大公子耽误了，没有按照事先约定的时间守候在楼下，所以大探事很生气。

会不会那个公子哥儿模样的学生就是大公子，而那包东西正是外使带给他的土特产什么的？

如此看来，大公子可能就在西联大学读书。

正胡思乱想着，大探事忽然猛踩油门，加快了车速，不断并线变道，近乎疯狂地在车流中穿梭，开得十分暴烈。

从后视镜望出去，一辆福特蒙迪欧紧跟在后面。

辣妹子

此时，电话忽然响起，是覃婉丽打过来的："喂，你跑哪儿去了，啷个车和人都不见了，又玩失踪游戏啊！"

我连忙接了，却不知怎么回答才好，正考虑措辞的时候，电话那头又传来覃婉丽的声音："搞啥子鬼名堂嘛，难道是要偷偷去见市长的女儿吗？"

"什么市长女儿、区长女儿的，你还真敢想。"话已至此，我不得不搭腔了，"我是……这里出了点紧急状况，回头再给你解释。"

"听你的口气，我怎么感觉是做贼心虚啊。"听我吞吞吐吐、遮遮掩掩，覃婉丽疑心大起，不由得嚷嚷起来，"不行，你现在就给我说清楚！"

"给你说了嘛，遇到点紧急事，"听覃婉丽发火，我越发心烦意乱，慌不择言，"你又跑哪去了嘛，怎么一点都不守规矩？"

“谁不守规矩了，”电话中，覃婉丽口气越来越不耐烦，“我好心好意去帮你挑选礼物，你反而放我鸽子，究竟是哪个不守规矩啦。”

听完覃婉丽的话，我这才想起昨晚曾跟她商量送更甦什么结婚礼物比较合适，覃婉丽说最好是送个 iPad，在黑暗的洞子里既可以学习又可以娱乐。原来是趁我们参观的时候买这个东西去了，难怪她突然不见了。

就在我准备给她解释的时候，覃婉丽的愤怒又像机关枪一般响起：“你啷个不说话，是不是去干啥子见不得人的事去啦，整天东躲西藏的，太过分啦！”

正在这个时候，鼻孔中传来一股刺鼻的酸臭味儿，回头一看，原来是巴王在后座上吐得一塌糊涂。我只好挂断电话，从扶手箱中拿出纸巾递给巴王，口中说道：“王上辛苦了，都是我的错！”

巴王接过纸巾，擦拭着身上的呕吐物，一脸尴尬。

尽管如此，大探事却不肯放慢车速，一如既往地飙车。

牧马人发疯似地往前蹿，一见这个阵势，前车都吓得纷纷闪躲，转眼之间，将后面的蒙迪欧越拉越远，不见了踪影。

过了一会儿，巴王才止住呕吐，狠狠地瞪大探事一眼，嘟囔道：“你这车怎么开的，还要不要寡人好好坐车啦！”

大探事铁青着脸，不敢置答，我连忙帮大探事解围，“大探事心系王上安危，因而把车开快了些，请巴王体谅。”

巴王木然道：“神使乃市长的乘龙快婿，即使被他们追上，又能怎样？”

听完巴王的回答，我顿时哭笑不得，只得再编个理由来搪塞他，“这些警察，他们可认不得敝使，况且，覃姑娘还没嫁给敝使呢，算不得数的。”

于是，巴王才露出释然的眼神，喃喃道：“也难怪，这个城市的人实在是太多了，他们认不得神使，也是情有可原的。”

说话间，蒙迪欧又出现在后视镜中，与之前有所不同的是，车子上多了一个警灯，在刺耳的警笛声中，后车纷纷避让，蒙迪欧渐行渐近。

于是，电影大片中疯狂追车的场面出现了，大探事把车开得横冲直闯近乎疯狂，前车避让不及的，轻者擦刮，重者屁股撞裂、后视镜刮掉。

一辆玛莎拉蒂总裁挡在前面避让不及，被牧马人顶住屁股，生生往前挤开一个空当，然后迅速左转变道，从玛莎拉蒂左侧拉出一道巨长的凹槽，直到把后视镜一起铲掉；接着，又一辆大奔惨遭追尾，把我和巴王吓得目瞪口呆！

车道上不好超车的时候，就从路肩和人行道上超，吓得人群惊叫连连；或者骑上隔离带，加高了车身的牧马人更显示出优势，像坦克一样碾过去。

还好牧马人车身高，前面又加了防撞杠，倒没受多大伤害。但经过这一场追逐，车子肯定要被列入警方的黑名单，这家伙，要是被警察逮住，还不把我罚得倾家荡产。如此一来，我这马儿从此只能销声敛迹了。

牧马人引起的一连串交通事故，终于把后面的蒙迪欧挡住了，大探事这才转入内环，朝渝合高速狂奔。巴王胃里的食物再次喷射出来，并引起格猛的连锁反应，一阵怪味弥漫在整个车内。

然而，追逐还没有结束。

当车转上渝合高速时，路口早有两辆警车严阵以待，好在山城的城市道路与内环高速的连接并没有收费站，牧马人得以冲上高速，急驶向前。

两辆警车迅速跟上，一前一后，形成合围。但眼见着牧马人横冲直闯，异常凶猛，警车也很忌惮，不敢挡在前面拦截，只好一前一后押着牧马人，护送前行。

车内虽臭，但大探事并没有打开车窗的意思，这样一来，既可以保持车速，又可以使警察认不出车内乘客。为此，我不得不佩服大探事的做法，具有很高的反侦察能力。

尽管巴王和格猛已经吐得一塌糊涂，但大探事却显得异常镇定，他的目光，不时扫向路肩。临近三溪口的时候，大探事忽然放慢了车速，把挡杆拨到四驱位置。还没等我反应过来，大探事突然右打方向，牧马人便呈三十度角冲上路肩，开出了高速公路。后面的警车也想如法炮制，但却没能攻上路肩，滑落下来卡在排水沟里。

爬上高坡，放眼望去，远处有一个湖泊。

大探事想也没想，便驾着牧马人朝湖边冲去。

临近湖边，才慢慢踩下制动。车还没有停稳，大探事便推开车门一跃而下，随即打开后车门，沉声说道：“为了王上的安全和巴国的秘密，请王上和格猛移步。”

我和巴王、格猛刚下车，还没反应过来，只见大探事又一跃上车，接着又打开所有车窗，挂入D挡，轰一脚油门，再从车上纵身而下，牧马人则继续向前，冲入湖中。

加装了高位进气孔的牧马人就像一艘潜艇，进水后犹自不停，迅速下沉，很快淹没在湖水中。最后，一点影子都看不到了。

眼见这个场景，我彻底惊呆，心痛不已！

大探事刚才这一系列举动，没有丝毫犹豫和纠结，直把牧马人当成了巴国的公共财产，丝毫不考虑我的感受。

接下来，大探事来到巴王面前，跪地叩头道：“小人让王上受惊了，回巴国后甘愿领受重罚！”接着又来到我面前，深鞠一躬：“事出紧急，迫不得已将神使爱车驶入湖中，以免后患，在这里向神使大人请罪了！”

此时，我才回过神来，心痛之余，不免暗自庆幸，比起巴国的秘密来说，损失一辆车自认是微不足道的，而且如果保留这辆车，我的损失更大。所以大探事刚才的处理，乃是最为机智合理的方式，将车沉入湖中，可谓毁尸灭迹，让警察难以查找，免去了我成为重大嫌疑人的麻烦。

更主要的是，我哪来那么多的钱赔偿这次追逐中无辜车辆的损失。

想到这里，我心情平复了点，哼了一声：“不碍事。”

这时，覃婉丽的电话又响了：“喂，你啷个回事，居然挂断电话！”

我是有苦说不出，心中烦躁不已，但还是强忍住没有发火，深吸一口气后答道：“给你说出了紧急状况，你先搭车回家，回头再给你解释。”

手机里传来覃婉丽愤怒的声音：“皮兆寅你给我听着，如果不马上开车过来接我，从此后就别想再看见我！”

我也上火了，愤然道：“车子都没了，拿什么来接你。”说完，挂断了电话。

大探事神色严峻，巴王看着我直摇头，格猛嘴里终于蹦出一句话：

“原来外界的女子如此烈性，神使不如在巴国物色一个算啦！”

看着这个“哑巴”突然开口，我却没有心情搭理，与大探事商量了一下，决定赶紧撤离这片危险区域。于是，我们沿着湖边走了好长一段，来到大道上，运气不错，很快拦下一辆出租，四个人挤了，吩咐司机由省道开往学校。

一路上，大家都沉默不语，巴王和格猛的身上还散发着呕吐之后的异味，司机便把车窗全部打开，寒风吹进车里，气味儿顿时散了。

还好，一路上并没有受到什么盘查，临近北碚城区的时候，大探事叫司机停车，然后又转乘环城大巴，经过入城的路口，果然看见有警车驻扎，盘问过往的出租车，再次佩服大探事的机智老到、料事如神。

看来，他客串算命先生是有道理的！

总算安全回到学校，大探事心事凝重，巴王亦沉默不语，大家都心悬着果耐和其他几个外使，即使饿了，也没有心情吃东西。

然而，一个小时、两个小时过去了，大探事哭丧着脸呆坐于墙角，不时查看手机，然而，他的手机始终没有响。巴王在卫生间洗了个澡，却没有换洗的外套，我只好将自己的衣服再贡献一套。

焦急的期盼中，却等来了覃婉丽。气冲冲地进屋，见谁也不打招呼，直冲进卧室，把门反锁，然后就听见翻箱倒柜收拾东西的声音。

过了一会儿，卧室门开了，覃婉丽一手拖个拉杆箱，另一只手拿了个坤包，背上背个双肩背，怒气冲冲往外面走，嘴里嚷道：“给你朋友买的礼物放在床上了，我们两个从此分道扬镳！”

覃婉丽这句话说出来，前后不搭调，我便知道她是留了后路的。而这个时候，我也顾不得面子了，使劲把她抱住，仍凭她拳打脚踢，就是不松手，把巴王等人搞得面面相觑、不知所措。

终于，还是大探事开始说话了：“神使夫人，今天的事，不怪神使大人，是我不小心将车开进了湖里。”

此时，覃婉丽像一只发怒的母虎，开始咬我的肩膀，虽然隔了几层衣服，但也感觉到疼痛难忍。但我仍死死抱住她，不让她挣脱我的怀抱。

挣扎了一会儿，覃婉丽叫嚷起来：“你个坏蛋，既然没把我放在心上，又不让我走，我恨死你了！”说完，号啕大哭起来。

见此情形，大探事赶紧过来劝解，“神使夫人息怒，都是本使的错，请放过神使大人，我在这里向神使夫人赔罪了。”

覃婉丽瞪大探事一眼，嚎道：“谁是神使夫人了，我配不上，只有市长的女儿和公主才配得上这个家伙！”

覃婉丽这句话，又搞得大家莫名其妙，此时，巴王再也忍不住，竟然也挺身而出，出言相助：“小覃郡主息怒，今日之事，完全因寡人而起，神使的损失，当由巴国承担，请郡主看寡人薄面，饶过神使。”

按照巴国的体制，市长与洞主同级，所以巴王把覃婉丽称为“郡主”，却不料婉丽完全不领情：“谁要你封郡主了，我就是个农民的女儿，爱要不要！”

巴王却还沉得住气，继续劝道：“不管谁的女儿，若嫁与神使，便是我巴国的贵族，这次出境，便是想邀请覃姑娘郡主与神使到巴国共结连理，在巴国享受荣华富贵。”

“谁要跟他连理了，臭美得不得了！”覃婉丽话虽然这么说，气却消了不少。

我见覃婉丽已平息下来，方才松开她，信誓旦旦道：“千错万错都是我的错，不该挂你电话，不该不来接你，今后再不敢了，晚上认罚！”

经过我不懈的努力，再加上大探事和巴王的劝解，覃婉丽终于破涕为笑。覃婉丽的性格，就是典型山城辣妹子的性格，爱憎分明，刚和柔都表现得很极端，心情差的时候歇斯底里，谁都不认；心情好的时候知书达理，温柔贤惠。

接下来，覃婉丽开始为我们做饭炒菜，我在旁边准备给她打下手，却被她骂了出来：“假心假肠的，这里没你的事，一边儿去。”

见她已经雨过天晴，我也懒得在她旁边碍脚碍手，知趣地出来和巴王、大探事待在一起，给他们泡茶削水果。吃过晚饭，我和巴王以及大探事转移到谢老师的房间商量对策，独独将覃婉丽留在家里收拾。

然而，大探事的电话始终没有响，我便把大探事叫到一旁，问道：“若是果耐他们几个被警察抓住，继续住这里是否安全？”

沉思片刻，大探事答道：“这一点我倒是不太担心，相信他们有办法脱身，即或被警察抓住，也不会暴露我们。”

大探事的回答，并没有完全消除我的顾虑，不知道外使们有什么办法可以逃脱警察的追捕，若是被擒，又怎么能够保证守口如瓶。由此我开始担心，巴王的这次微服出行，恐怕要变成“昭示天下”了！

大探事的眼睛几乎就没离开过手机，到晚上十点钟的时候，他终于烦躁不安起来，口中念念有词，几次想拨电话，但最后又打消念头。

“这么久没有消息，是不是他们已经落入警察手中？”明知道这句话很犯忌，我还是不由自主地问了出来。

“目前看来，这种可能性很大。”

“如果他们真的被警察抓住，怎么办？”

“如果真的被警察抓住，他们会……”

巴王又开始说话，却是另外的话题：“神使，怎么外界的女子都这么大脾性，这要是在巴国，会嫁不出去的。”

这个巴王，到了这种时候，还有兴趣探讨外界女人的性格脾气，真应了那句“皇帝不急太监急”的俗话。但又不得不回答他，于是便苦笑道：“外界的女子，并非都是这样，即使这个覃婉丽，平时也不是这样的。”

巴王又问道：“那覃姑娘口口声声说只有市长的女儿和公主才配得上神使，莫非她不是市长的女儿？”

这巴王，真是哪壶不开提哪壶，但这谎言既然已说出去了，怎么也得圆回来，只得硬着头皮继续撒谎：“这不，就是为了要嫁给我这个平民，与市长阿爹闹翻了，相互都不认了。”

巴王听了我的话，这才释然，点头道：“这样看来，这个覃姑娘倒是个烈女，值得迎娶。”随后，又捋了捋下巴上的胡子，“当然，也是神使太过讨女子喜欢的缘故。”

见我这个谎言居然骗过了巴王，于是趁机说道：“为了我，父女不相认也不是个办法，所以我打算暂时不考虑婚姻大事了。”

我这样说的目的，乃是不想带覃婉丽入巴国，免得生出诸多羁绊。巴王却会错了意，说道：“如果神使不想娶覃姑娘，我巴国洞主长老中倒是有几个合适的女子，对了，大祭司也有个女儿，年已及笄，姿色也不错，要不要寡人给你撮合撮合？”

“王上美意，在下多谢了，实不敢领受。”听巴王要乱点鸳鸯谱，我哪敢应召，赶紧声明道：“敝使只是说暂时不考虑结婚，并没说不喜欢覃婉丽，敝使是想，是等巴国的事情告一段落之后，再来了结此事。”

巴王又显出疑惑的神色，说道：“这就奇了，男大当婚，女大当嫁，神使已过而立之年，却不娶妻生子，父母那里怎么交代？”

巴王这一句算是戳中了我要害，心想，谁不愿意结婚了，还不是因为你巴国的事情把我拴住了，这次陪你回到巴国后，立即想办法出来，把覃婉丽娶了，再不管你巴国那些个劳什子事了。

直到第二天凌晨五点，才听见有节奏的敲门声，大探事绷紧的面部肌肉立即松弛下来，急忙就去开门。

与果耐一起进屋的，只有两个人，少了郑宝旺和另一个外使。一个个神情沮丧，疲惫不堪，一进房间，马上跪倒在巴王和大探事面前，战战兢兢道：“奴才没能保全郑宝旺和覃勇，请王上、大探事治罪！”

大探事脸色铁青，急忙问道：“郑宝旺和覃勇怎么啦？”

三人跪趴在地上，头都不敢抬起来，结结巴巴地讲述事情的经过——

原来果耐等五人乘坐福特猛禽，由郑宝旺驾驶，在大礼堂立交分道之后，并没有转上嘉陵江大桥经拥挤的观音桥大道上渝合高速，而是在两路口分道转向了沙坪坝方向，打算走滨江路，然后从老路回到学校。

这一路车多路窄，猛禽车身又十分宽大，超车非常困难，虽然一路上如牧马人般横冲直闯，但终没能逃脱雅阁的跟踪，到磁器口时被警察设置的路障扎破车胎，后面的退路又被武警的装甲车堵住，最后郑宝旺一咬牙，开车冲出马路，跌入嘉陵江中。

车子翻滚到江中之前，覃勇被甩出车外，摔得头破血流，跌入江中就再也没浮起来。剩下四人中，郑宝旺憋气能力较差，浮出水面换气时，被射来的子弹击中，果耐等人本想营救，但宝旺怕连累同伴，取出塞在耳朵中的毒囊，咬破吞服自尽。

果耐三人靠着长久的憋气功夫，躲藏于一货轮底部，顺江而下十来公里后方才敢脱离货轮，潜行至岸边，又不敢搭乘出租和公交车，又不敢沿江而上，只能翻山越岭辗转大半天才回到这里。

五个外使中，除果耐外，我对郑宝旺印象颇好，没想到刚刚认识他不久就出现这样的情况，心中不免感伤——为了保守巴国的秘密，损失两辆车不说，还牺牲了两条人命，付出这样的代价真的值得吗？

大探事听完果耐的讲述，瘫倒在沙发上，巴王也沉默不语，屋内气氛降至冰点。不用说，巴王的外界之行提前结束了，接下来回到巴国也不容易。两辆车，一辆沉入湖中，一辆跌入江底，而巴王和格猛又没有身份证，也不敢搭乘出租或者其他公共交通回去。

正苦闷中，覃婉丽打电话催我回家，这次大探事没有跟随，也许是因为今天损失惨重，没有心情再来关注我，也许是要留下来保护巴王，只好“抓大放小”。

回到自己家，覃婉丽早已等得不耐烦了，见面就抱怨：“人家巴国的事，关你屁事，真不明白你是啷个想的，这下车子也没了，看你怎么办。”

我心情比她还遭，但却不能发脾气，只得说道：“这次送巴王回去，一定不会再管巴国的事了。”

覃婉丽马上翻个白眼，撇嘴道：“你还真要陪他们回巴国啊，他们不是还有个车吗，不会自己开回去？”

我想也没想就答道：“那个车也掉江里去了。”

覃婉丽顿时惊恐万状，嚷道：“老公，你们今天都干什么啦，刚才看山城新闻，直播了一段视频，说是今天上演了一部现实版的警匪大战，其中一辆车在大街上横冲直闯的，好像是我们的牧马人。”

事到如此，我也不想隐瞒她了，实话实说道：“就是我们的牧马人，为了躲避警察的追击，开到湖里去了。”

覃婉丽张大了嘴，但却说不出话。我也累了，懒得解释，洗澡上床睡觉。

可是怎么也睡不着，脑中不时闪现出一个身影——那个开保时捷 911 的学生。

他是谁？

会是大公子吗？

外界的诱惑

思来想去，我决定给动物科学学院的团委书记龚智杰打个电话，他是我读研究生时校学生会的战友。

待覃婉丽睡熟之后，我悄悄溜下床，来到书房打电话：“龚兄，不好意思，这么晚了打搅你，睡了没有？”

“噢，是皮兄，还没睡呢，赶个稿子，明天学生工作检查会上要用。”

“能向你打听个学生吗？”

“现在不鼓励老师跟学生谈恋爱，你可别打什么歪主意。”

“你想哪儿去了，打听个男生，不过是不是你们学院的还不肯定。”

“都不晓得是哪个学院的，我怎么给你打听去，全校有五万多学生呢。”

“是你们学院学生的可能性比较大，即使不是，这个学生也好打听。”

“你快点把他的情况讲讲，打不打听得到我可不好说。”

“中等个子，皮肤特别白，最重要的是，他开一辆保时捷 911 新车。”

“噢，你是说樊怀国吧，我们学院大三的学生，好像是黔隆那边来的。”

“对，应该就是他了。怎么，你认识他？”

“你若说是他，那么张扬，我们搞学生工作的怎么会不认得，听说他老爸是那边的煤老板，所以才有钱开保时捷来上学嘛。”

“既然你熟悉，再向你打探点情报，他车上坐了一个美女，是不是他女朋友啊？”

“这个我就不太清楚了，莫非他哪里得罪你了，或是抢了你的女朋友，如果是这种事，我可就不便插手了哦。”

“没有的事，我最近在黔隆有个旅游策划项目，想认识点那边的学生，搞个调查。”

“你莫扯淡，搞调查，需要了解人家女朋友吗？”

“没你想得那么复杂，省点心写你的报告吧，改天聊。”

听完龚智杰的情况汇报，几乎可以肯定那个叫樊怀国的学生就是大公子了，想不到就在我们学校，心里暗喜。可是，了解到这些又有什么用呢？我都不打算再管巴国的事情了。

可是不管行吗？

是我把巴王撺掇出来的，郑宝旺和覃勇还因此而付出了生命，也可以说是我间接害死了他俩，如果就这样撒手不管，良心过意得去吗？还有，更甦的婚事，罕宝的婚事，巴国的污染治理，我都可以置之不理吗？

再则，无瑕为救我失去了双脚，禾香为祛除我身体内的蛊毒牺牲了处女之身，我能不心中有愧吗？

不行，我还得回趟巴国，完成自己许下的承诺。

但是，在没有想到安全的回国办法前，巴王和大探事只得继续住在学校，这为我调查大公子提供了时间。

第二天上午，先制作了一个所谓《山城周边地区最佳旅游目的地》的调查问卷，然后在动科院查到樊怀国他们上课的教室，征得老师的同意，在上完课之后发放这个调查问卷，趁机观察了解樊怀国。

然而，好不容易等到老师上完课，走进教室，目光搜寻一番，并没有发现自己要找的目标。显然，大公子没有来上课，但还是装模作样地把问卷程序走完。

教室没有，再去寝室找，然而寝室依然没有见到大公子，问同寝室的同学，说樊怀国早在上学期就租房在外面住了，很少回寝室。

但是他没在也有一个好处，可以向他同学了解下情况。于是，又开始了自己的即兴表演：“不好意思，麻烦同学们一下，我是樊怀国的老乡，他爸委托我给他带了一样东西，你们谁知道他的住处，麻烦给指个路。”

一个同学马上抢答：“不是昨天才带了东西的嘛，还给我们分发了福利，怎么今天又送东西来啦？”

第二个同学抢白道：“人家家里有钱，有钱就可以任性，爱啥时候送东西就送，犯得着你操心！”

我立即解释道：“我不是来给他带吃的，是给他带 iPad。”

第三个同学又露出惊讶的眼神：“他不是刚买了一个苹果 iPad，怎么又要换了，看来真是有钱就任性。”

第二个同学马上又提出自己的见解：“也许是送给他女朋友的，樊同学为了追新传媒的院花，可没少下工夫！”

我马上跟进道：“怎么樊怀国交女朋友了，怪不得他最近老向家里要钱。”

第二个同学显然比较八卦，撇嘴道：“那个院花，可不是个善角儿，一身奢侈品，没有点代价，轻易是拿不下来的，好几个富二代都盯着呢。”

第一个同学应声道：“就是嘛，有同学看见那女生还跟其他人约会呢。”

第二个同学感叹道：“以他那个智商，恐怕樊同学到最后是赔了夫人又折兵啊。”

真没想到，我随意下了个饵，就钓了这么多条鱼上钩，这些信息，已经足够了，于是假意问了樊怀国租房位置，心满意足地告辞了。

走出学生宿舍，只见校园里春光明媚，姹紫嫣红，令人耳目一新，过久了穴居生活的我，忽然有了踏青的兴致。

身不由己中，我跟着两只画眉儿，钻入柳林小径，听它们叽叽喳喳地谈情说爱，暂时忘记了那些烦心的事，顿觉神清气爽。就在此时，柳林深处有激烈的争吵声传入耳中，而这声音的辨识度极高，竟然是这段时间最为熟悉的语言——巴国土语。

一个声音正是大探事发出的，虽然低沉，但中气十足；而另一个声音，稚嫩漂浮，不是那几个外使的声音，会是谁呢？

我立即停下脚步，隐身在一株大树后面，透过柳树叶缝隙，看见大探事和一个年轻人在激烈地争吵，而这个年轻人正是名叫樊怀国的大公子。

大探事站着，情绪有点激动，大公子则斜靠在一块假山石上，嘴里叼了一支烟，两手插在裤兜里，极不耐烦的样子。

此时，只听大探事说道："祭司大人下了最后通令，若大少爷今年暑假再不回国定亲，将大幅减少你每个月的费用，收回刚刚购买的车子。"

"不要吓我，我也不是吓大的，"大公子耸动着肩膀，一只脚颠来颠去，"你告诉老头子，我还有一年多就毕业了，怎么说也不能放弃学业，半途而废吧。"

"你要完成学业，没有人反对，但回个家定个亲就会影响你的学业吗？"

"当然会，我现在只想好好复习功课，英语四级还没有考过，要花很多时间的，若再考不过，拿不了毕业证的。"

"你要是真心学习也就罢了，可是大多时间在谈情说爱，去年要你拿个治理圣海死鱼的方案，到现在都还没有拿出来。"

"我学的动物科学，又不是环境科学，怎么晓得污染治理。"

"你们的课程中不是有水产养殖和生物工程吗，难道就没教过如何治理死鱼？"说到这里，大探事情绪越来越激动，"我问了你们同学，说你根本就没怎么去上课。"

"我对这个专业不感兴趣，想换个专业。"

"你刚才说不想半途而废，现在又说对专业不感兴趣，岂不是狡辩，人家一个学文科的都知道怎样治理死鱼和圣海污染，你……"说到这里，大探事长叹一口气，"真搞不懂，你在学校究竟学了些什么。"

见大探事如此无礼，大公子生气了，一只手从裤袋中抽出来，指着大探事鼻子说道："给我搞清楚，你这个大探事的职位是谁给的，要不是老头子提携，会有你的今天，所以你最好还是识趣点，不要动不动就来教训我。"

争吵陷入停顿，不过这段对话竟然印证了我对大公子的判断——他确实不想回巴国了，其中的原因可能跟那个女子有关。

良久，又响起大探事无奈的声音："上个月，还是我帮你说动祭司大人，为你买了这辆保时捷，满足你所谓最后一个要求，好让你安心学习，回国效力，没想到你却拿它来追女子，害得治理圣海污染的资金短缺，设备只引进了原计划的一半。"

"一辆保时捷花得了多少钱，不过是煤矿几天的收入，所谓资金短缺，不会是你这个大探事谎报价格，中饱私囊了吧！”

听完大公子的话，大探事又长长地叹了口气，“你难道不知道，外界为了治理环境污染，大量减少火力发电，煤炭都卖不出去了，哪来的钱用，现在巴国的开销都在透支过去的积蓄，长公主和右射事对此都很有意见，如果让别人知道这些钱有一半是供你读书和买了车用，国内还不闹翻了天。”

“这些事我管不着，反正你若减少我每月的开支，我就更不回巴国了。”

“你不知道，祭司大人为此伤透了脑筋，为了隐瞒资金亏空和你读书的巨额花费，只好以封禁言论和减少外界物资配给来保守秘密，一旦被对立派发现，可能出大事的。”

“你把我当三岁小孩吗，真是危言耸听，以老头子的权威，巴王都忌惮，其他人还敢把他怎样，我现在要上课去了，懒得听你啰唆。”

没待大探事回答，就看见大公子将烟头朝湖里一扔，竟顾自走了，把个大探事晾在那里，气得直跺脚。

无意中听到大探事与大公子这段对话，让我又惊又喜。

惊的是，在巴国财政处于十分困难的情况下，大探事为讨好大祭司，居然挪用治理圣海污染的公款来为大公子买豪车，难怪原定十二套增氧设备变成了六套。

喜的是，终于找到了大公子的下落，抓住了大祭司的把柄。有了这个把柄，必要的时候，可以作为跟大祭司谈判的砝码，有了这个砝码，我就有了更多的话语权，就可以阻止巴国进一步的闭关锁国，就可以尽快促成罕宝和吉娜的婚事。

尽管如此，我还没打算跟大祭司翻脸。

因为他的两个儿子虽然糟糕，但大祭司待我不薄。

在学校又待了三天，估计检查已经放宽了，和大探事商量后，准备上路。但两个车都丢了，只得租了个金杯面包车回巴国，心想，总比坐公共交通安全些。由于没能阻止覃婉丽前往巴国，这样，加上巴王、大探事、格猛和三个外使，车上一共坐了八个人，对于十一座的金杯来说还算宽松。

一路上，大探事脸色阴沉，满怀焦虑。也难怪，接连损失两辆车、两个人，再加上大公子的不懂事，他心里一定很惶恐，不知道回去怎样向大祭司交代。

巴王也显得心事重重，并没有来时的好奇和健谈，不知是为牺牲了两条生命而懊悔，还是为巴国的前途焦虑。

只有覃婉丽，一如既往的阳光灿烂，一会儿哼歌一会儿没话找话，最后，终于把大家都感染了，车内的气氛才轻松了点。

外环高速车很少，路又宽，不知不觉车速就变快了，还有三公里就到渝黔高速的路口。就在这个时候，旁边忽然传来警笛声，一辆警车并肩而行，示意我靠边停车。然而，这并不是一辆交巡警车而是一辆公安标志的警车，顿觉不妙。

刚踏到刹车上的右脚便不自觉移到油门踏板上，打算轰油加速，可是一脚踩下去，一点儿提速反应都没有，才想起这不是牧马人，更意识到这样做的严重后果，于是，右脚再次回到制动踏板，轻轻踩下去，慢慢靠边停车。

车上下来两个警察，一男一女，更令人心惊肉跳，正是上次在学院办公室盘问我的那两个警察——年轻的眯眯眼警官和中年女警官。

心里暗道：完了，真是冤家路窄！

两个警官也认出了我，女的先打招呼："原来是皮老师啊，幸会幸会。"

眯眯眼也上来打招呼，面带笑容，本来就小的眼睛合成了一条缝："皮老师这是要去哪儿呢？"

心想，人家既然先礼后兵，我也不能失了风度，于是便挤出点笑容，答道："学校刚开完学术会议，陪几位专家到黔隆去旅游几天。"

眯眯眼又说道："怎么没开你的牧马人，那个车开起来威风。"

我一听就傻眼了，这不是明知故问吗？

看来他们是有的放矢，跟踪追击而来的，今天逃不过这关了。

尽管心慌，我还是强作镇定，答道："牧马人坐不下，而且私车公用也不好报账。"

眯眯眼却不在意我的回答，来到打开的驾驶窗口，朝里面张望，先看见了覃婉丽，眼睛一亮，露出诡异的笑容，说道：“对不起，上次闹了点误会，后来无意中跟新来的领导郑大队谈起你，原来你们是老乡，关系也不错，改天请你和郑队喝酒赔罪。”

听完眯眯眼的话，我又傻了，猛然想起曾请冬瓜约过两个警察老乡，本来想打听点神器被盗案的进展，顺便问问有没有抓到嫌疑人，没想到其中一个竟然成为他们的新队长，而眯眯眼现在居然给我赔罪了，真是有些喜出望外啊。

我强按住内心的激动，答道：“哪里，还是警察工作辛苦，性子急点是难免的，那天是我态度不好，应该我给诸位赔罪才是。”

眯眯眼更加笑逐颜开了，不再关注车内其他人，临别时还不忘叮嘱一句：“皮老师，一路上开慢点，外环高速装了很多摄像头，超速了处理起来很麻烦的。”

女警官见眯眯眼忽然跟我客气，也百思不得其解，疑惑地望着我们俩，吐出一句：“你俩可真是不打不相识啊，看样子小李子进步了。”

眼看着眯眯眼和女警官回到警车上，闪着灯继续上路，而此刻，我的整个后背已完全湿透。

待警车走远，巴王终于说话了：“如果他们要抓我们，神使会怎么办？”

没想到巴王有这么一问，也没想到真遇到这种情况我会怎么办，正考虑怎样回答，覃婉丽却抢答道：“干吗要抓我们啊，我们又不是坏人，警察就可以随便乱抓人吗？”

巴王笑笑，并不理会覃婉丽，也不等待我的回答，喃喃自语道：“如果他们要抓我们，我会跟他们走，不想再逃避了。”

“不想再逃避了！”

巴王这句话是什么意思，是愿意俯首就擒还是另有深意？

此时，大探事接过了话头：“王上放心，敝使不会让他们把王上带走的。”

巴王沉默不语，我也不知道怎样回应，覃婉丽又不识趣地插话：“你们这些人，又没干什么坏事，干吗要躲躲藏藏的，还为此损失了两辆车，真是想不通！”

昨晚，我并没有告诉覃婉丽死了两个外使的事，要不然还不把她吓死。于是，赶紧对覃婉丽说道：“巴王身为一国之主，怎么可以被警察抓去审讯。”

没想到巴王却不领情，接话道：“覃姑娘说得对，我们又不是坏人，干吗要躲躲藏藏的，也许该是重见天日的时候了！”

重见天日！

巴王的话怎么越来越玄乎，难道他想将神秘巴国的面纱揭开，把他的子民带出黑暗的洞穴，融入到这个纷乱的世界？

难道只是短短三天的见闻，就改变了巴王的整个世界观？

如果真走到这一步，对巴国是福还是祸呢？

一路上再没有遇到盘查，随着仙女山的临近，心情又开始矛盾起来。

真的要陪他们回巴国吗？

回去又能干些什么？

更甦与玛苏雅的婚事已成定局，不用我再操心了，只剩下罕宝和吉娜的事还没有解决，要不现在就禀明巴王，请他将吉娜赐予罕宝，回头就把她带走，以这几天跟巴王的相处，感觉到他是一位非常开明的国王。

至于说巴国是奉行封禁还是开禁的政策，就由他们自己去决定，用不着我在这里咸吃萝卜淡操心。到巴国后把更甦的礼物交给他，带覃婉丽游览一下圣海、玉田等洞内景观后就出来，甚至更甦的婚礼都不用参加了，免得夜长梦多。

打定主意，就想在车上向巴王禀明罕宝和吉娜的事，却发现，巴王已经睡着了。

转眼间，到了煤场，进入巴国后，我和大探事先将巴王送往寝宫，安顿好覃婉丽，然后再到大祭司府邸请罪。

“混蛋！蠢猪！”

还没等大探事将情况汇报完，大祭司已经开骂，随着骂声，大祭司的右手狠狠朝大探事脸上扇去，“啪”的一声，响彻洞室。

大探事跪在大祭司面前，嘴角流出血来，停止了讲述。

“这次的事，我也有责任，没有能够阻止王上外出，请祭司大人责罚。”见大探事被扇耳光，我心里内疚，立即挺身而出分担责任。

“还有你，我看王上这次出去根本就是你的主张，两个人合演了一出双簧！”大祭司凌厉的眼光射过来，咬牙切齿地盯住我，但没有动手。

“敝使只是简单介绍了一些外界的情况，没想到王上……”

“没有你的胡言乱语，王上会起这个心思，本座让外使们把你迎进来，本指望你能为本座出谋划策，分忧解难，为巴国多做些好事情，没想到你却接二连三地捅马蜂窝，早知道……”说到这里，大祭司已气得全身发抖。

虽然知道大祭司的话有些言过其实，但这时候与他争辩肯定是徒劳无益，于是我躬身而立，耐心听候他的训斥。

“神使，你究竟是怎样领受廪君旨意的，难道就是为了把我巴国人心搞乱，造成人财两失、鸡飞蛋打才肯罢休！”

大祭司怒气冲冲，不停数落着我的罪状。但我心里却愤恨不平，为了这次巴王出行，自己也付出了一辆车的代价，而这几乎是我半个身家了。

也不知道他又说了些什么，耳边只有嗡嗡的声音，心里一个劲儿地后悔。然而，大祭司接下来这句话更让我目瞪口呆。

“还有，更甦失踪又是怎么回事？”

故布疑阵

更甦失踪了，怎么可能？

还有不到十天他就将和玛苏雅结婚了，这个时候怎么会突然失踪？

辞别大祭司，我立即飞奔药王家。

药王家正乱作一团，不知所措，连平时镇定自若的药王也乱了方寸。

禾香看见我，像看见了救星，立即拉住我的手，急切地问道：“这几天神使都去哪儿了，到处都找不到你，怎么只有你一个人回来，哥哥呢？”

等她一口气说完，我方才答道：“更甦没跟我在一起，怎么，他真的失踪了吗，玛苏雅小姐还在吗？”

药王答道：“只是更甦不见了，玛苏雅小姐还在，起先还以为和神使一起去了外界，到处去打听也没个准信，现在看来，问题严重了。”

以我对更甦的了解，他是个极重情义的人，绝不会抛下玛苏雅一个人逃到外界，虽然他曾说过，如果不能跟玛苏雅在一起，有可能一起私奔到外界去。但现在问题已经解决，很快就要举行婚礼了，怎么会突然不辞而别？

再说，他如果要出走，也得带上玛苏雅才合理啊？

想到这里，我逐渐冷静下来，问道：“更甦失踪之前，有什么异常吗？”

沉思片刻，药王答道：“并没有什么反常现象，还是每天到玉田去劳作，挖掘那琥珀蜜蜡，晚上回来早早睡觉。”

此时，禾香忽然插话道：“有一天阿哥曾对我说，他总觉得自己和玛苏雅的婚事似乎太顺利了些，有点不太相信是真的。”

听完禾香的话，我心中有点恼怒——为了更甦和玛苏雅的婚事，我没少下工夫，先是做左射事和覃望日洞主的工作，接着又恳请巴王赐婚，还断然拒绝了二公子的媒托，其实得来一点都不容易，只是自己没有把这些情况告诉他就是，现在他这么不负责任地突然消失，让我的努力完全付之东流。

但是，冷静一想，始终有点不对劲儿，更甦绝对不会那么薄情寡义的，一定有什么迫不得已的原因。

难道是受到了某种特别的威胁？

还有，现在巴国的各个出口戒备森严，他又怎么能够出得去？

越想越不合理，越想越觉得害怕，难道是……

我并没有把自己的猜测告诉药王和禾香，打算先去玉田了解了解情况。

要去玉田，得顺便把覃婉丽带上，若是久久看不到我，又要发飙了。

回到宾室，发现覃婉丽早已与纳日呙和覃达混熟了，正给他俩看iPad，还一边比划着示范讲解，看见我回来，也懒得打个招呼。覃达和纳日呙见我进来，连忙起身，恭立两旁。覃婉丽这才开口说话：“你一回来，搞得别人都不自在了，哪来那么大架子。”

我哭笑不得，又不得不稍微解释一下：“他们是巴王派给我的勤务兵，这是巴国的规矩，我想不要都不行呢！”

覃婉丽撇嘴道：“不过是个挂羊头卖狗肉的神使，要当了国王还得了！”

幸好她说的是山城话，要不然我这脸皮就被她抹黑了。但是，好不容易把她骗来巴国，我又怎么敢得罪她，只得强作笑颜，说道：“我就是做了宇宙霸主，在你面前也只是个小角儿，现在小角儿带你去观赏下洞景好不好？”

见我唯唯诺诺的样子，覃婉丽把头一仰，笑道：“嗯，这态度不错，本神使夫人钦准你护驾前往。”

于是，我把覃达和纳日呙也叫上，更甦的失踪，让我觉得这洞国越来越不安全了。到达玉田时，覃婉丽立即尖叫起来：“我的妈，这是到黄龙了还是到了瑶池！”

我虽然心系着更甦，但有覃婉丽在，还不得不充当下导游，便给她介绍道：“这里叫玉田，是古冰川留下的遗迹，冰缝中还有更多神奇的景观呢，别着急大呼小叫。”

覃婉丽看见了正在梯田中挖掘的武士，眼中又流露出疑惑：“好好的冰面，干吗把它挖得乱七八糟的，真是造孽！”

我又解释道：“他们在挖琥珀蜜蜡，都是些宝贝呢。”

覃婉丽想了想，点点头说道：“蜜蜡就是那种黄澄澄的东西吧，我在泰国的寺庙里常看见大和尚们一串串戴在脖子上，那个东西有啥子好？”

我答道：“蜜蜡是佛家七宝之一，常用来供奉诸佛，善男信女们都认为它蕴藏着一种神奇的力量，经和尚法师佩戴过的更是无价之宝。”

听完我的解说，覃婉丽咋了咋舌头，佛教方面的问题她不敢乱说话。

武士们看见了我们，停了手中的工作，躬身行礼，却无人说话，我便叫其中一个记账人过来问道：“尕木哈，现在已经挖了多少？”

尕木哈躬身答道：“差不多有一千公斤了，只剩十几块田没挖了。”

我招呼大家歇下来，说道：“今天就挖到这里，有几个问题想问问大家。”

武士们都放下手中的工具，聚到我的小桌旁，等候我问话，覃婉丽则和覃达、纳日呙到处溜达去了。

“更甦失踪了，究竟是怎么回事，你们回忆一下，他是哪天开始没来玉田的？”

尕木哈答道：“从前天起就没来这里了，还以为神使派他做别的事去了。”

我接着问道：“那么在这之前，更甦有没有做什么古怪的事或说什么古怪的话？”

武士们面面相觑，然后一起摇头。

“那么失踪前一天他有什么反常举动没有？”

武士们还是一起摇头。

“更甦失踪的头一天，二公子来过玉田没有？”

武士们再一次摇头。

摇完头，尕木哈说道：“最近二公子都很少来玉田，只是叫我每天回去汇报产量。”

听完武士们的回答，我无比沮丧，宣布今天收工，接下来大家休息两天。只剩下十几块完好无损的冰田了，实在不忍心继续糟蹋它们。

覃婉丽玩得非常开心，时不时用手机拍几张照片，感叹道：“真没想到这个地下洞穴中有如此美丽的景观，算是开了眼界了，可惜不能发微信让朋友们分享。”

我答道：“就是有信号也不能发微信，要不这两千多年的秘密就被你揭发啦。”

覃婉丽马上就翻个白眼，撇嘴道：“你一天就晓得秘密秘密，我看哪天等你变成个穷光蛋的时候，这个秘密还是被人发现了，那才叫冤枉呢。”

知道她是变相埋怨我为此损失了牧马人，心头有些怄气，但又无法反驳，只好怏怏地埋头走路，好在覃婉丽没有在这个问题上纠缠不休。

“时候不早了，我们回去吧。”我的心思不在游览上，想回去后再找几个人打听下更甦的情况。

“我看不出时间有什么早啊晚的，”覃婉丽不理会我，继续朝玉田边沿走去。“人家正在兴头上，你又来煞风景。”

覃婉丽说的没错，如果不看表，根本分辨不出时间早晚。这个地穴中的巴国，就像是冬天里的北极圈，早晚都是那么暗。

为了让覃婉丽尽兴，我只得陪她往玉田边沿走去，到达冰裂缝的位子，覃婉丽就要往里钻，被覃达和纳日呙拦住了。覃婉丽便转而求助于我：“老公，来就来了，不如一起参观了吧。”

我摇摇头，答道：“里面很危险的，一掉下去就没得救，得准备好探险工具才可以进，现在已经很晚了，该回去吃饭睡觉了，明天再来吧。”覃婉丽才嘟起个嘴，极不情愿地从冰洞口退了出来。

回到宾室的时候，发现禾香守候在那里，看见我回来，口中叫道“小虎哥”，便扑将过来。

就在此时，覃婉丽忽然从我身后蹿出来，抢先拉住了禾香伸过来的手臂，口中说道：“巴国的姑娘，还真是又靓又大方呢，见个帅哥就往身上扑。”说完，使劲扣住禾香的手臂，还拿眼睛来瞟我。

禾香听不懂覃婉丽的普通话，手臂又被覃婉丽抓住，十分恼怒，生气地望着我，问道：“小虎哥，她是谁呀，这么没规矩？”

我尴尬万分，又不得不实话实说，便答道：“她就是我给你说过的覃婉丽。”随后，又转过头对婉丽说道：“她叫禾香，是药王的女儿。”

覃婉丽瞪大了眼睛，故意装疯卖傻：“药师的女儿，可不就是王后吗，原来还活着，被小虎哥藏到这里来了。”

我瞪她一眼，纠正道：“禾香是这个巴国药王的女儿，不是那个巴国药师的女儿，更不是那个巴国的王后，你别胡搅蛮缠。”

覃婉丽又翻个白眼，拉住禾香的手一点也没放松，接着说道：“谁胡搅蛮缠来着，你说起话来像绕口令似的，才叫胡搅蛮缠呢。”

禾香听不懂我们的话，又甩不开覃婉丽的手，这个平日里古灵精怪的小姑娘居然拿覃婉丽没办法，只好用求助的眼光看着我。于是，我只好再向禾香说明一次，“她就是覃婉丽，我的未婚妻，随我到巴国来玩几天。”

然后又对覃婉丽说道："我已告诉了她，你就是我的未婚妻，现在可以松手了吧？"

覃婉丽等的就是这句话，又将一只手搭上了禾香的肩膀，十分亲热地说道："啊哟，多水灵的妹妹，我都爱不释手了，难怪我们的神使大人待在这里都乐不思蜀了。"说完，又瞪我一眼，"傻站在这里干什么，给我翻译啊。"

此时，禾香终于忍无可忍，开始采取反制行动，一只手扣住了覃婉丽搭在肩上的手臂，另一只手已经反转握住了覃婉丽的手腕。要知道，巴国尚武，不仅男子们都会武功，女子们一个个也不弱。眼见得覃婉丽就要吃亏，我赶紧分开二人，插身其间，一只手拉了禾香，一只手搂了覃婉丽，对覃婉丽说道："你们两个，一个是未婚妻，一个是妹妹，说起来还是姑嫂关系，应该亲热些才对吧。"

覃婉丽趁机下台，笑道："好吧，既然禾香是小虎哥哥的妹妹，我这个当嫂子的只好高风亮节，不跟她计较啦。"

禾香听不懂我和覃婉丽的对话，急得直把眼睛来瞪我。

这一场遭遇战，覃婉丽稍占上风。

接下来两天，我又在覃达和纳日呙的陪同下，带覃婉丽游览了圣海和灵泉，按照原来的计划，明后天就可以回去了，可是更甦的意外失踪，使我不得不继续留下来。就在这个时候，左射事忽然来访。

"神使大人，终于找到您了！"左射事满脸疲惫，神情沮丧。

"哦，对不起，这两天陪未婚妻游览巴国景观，忘了前来拜谒射事大人了。"

"都什么时候了，神使还有兴致游洞玩水。"左射事话语中隐含责备之意。

"发生了什么事？"心头虽然有点不爽，但猛然想起他可能是为更甦失踪而来，眼看举办婚礼的日期日渐临近，怎能不焦急，于是又歉然道："更甦失踪，我也是很焦虑的，正在查询他的下落呢。"

左射事摇摇头，说道："下官此来，不是为更甦失踪的事，而是为巴国目前的情势。"

“巴国目前的情势怎么了？”回来之后，我光顾着陪覃婉丽游览和调查更甦失踪的线索，并没有关注巴国内的局势。

“火烧眉毛了呢，神使居然还不知道，”左射事皱眉看着我，流露出满脸的不爽，“一方面，大祭司已经颁布了禁令，全面禁绝引进外界物资；而另一方面，巴王则在积极推行进一步的开放引进，组织力量反对大祭司，两派都快打起来了。后天就要召开长老会公开表决，而我方的力量明显处于劣势，下官都不知道怎么办才好，急着找神使出主意呢。”

听左射事为巴国局势而来，我反倒有些失望，便冷冷道：“巴国的事情，我真是无能为力了，你们自己看着办吧！”

听完我的回答，左射事极度失望，几乎就要恼羞成怒，但他还是按捺住自己的情绪，愁眉苦脸道：“如果是神使不帮我们，那就只有跟大祭司妥协了。”

我冷冷问道：“请问射事大人，您想怎么个妥协法？”

左射事这次没有犹豫，很干脆地答道：“第一个妥协是，反正更甦失踪了，二公子又多次托人说媒，看样子只能将玛苏雅嫁给他了。”果然，左射事还是旧调重弹，拿女儿做牺牲，谋取自己的政治利益，但这一招却正中我要害。

“第二个妥协是，推荐二公子做大探事兼琥珀专使，”见我面露惊惧之色，左射事又叹了口气，说道：“唉，这也是不得已而为之，希望通过这两个妥协，能够保有原来的外使数量和物资引进量。”

“推荐二公子作大探事，那原来的大探事怎么办？”

“怎么神使连这都不知道，”左射事瞪大了眼睛，脸色极其难看，“大祭司已将大探事提名为内阁副射事，说是大探事在外面工作太辛苦了，回国做休假式履职，表面上职务是擢升了半级，可实际上是被剥夺了实权，在家赋闲罢了。”

休假式履职？

我玩味着这个奇怪的名词，心中不禁百感交集——对大祭司忠心耿耿的大探事，因为没有阻止巴王出境，再加上大公子回国的事情也没处理好，终于被大祭司问责了，只是处理得比较巧妙，名为休假式履职，实为贬责，如此看来，大祭司开始怀疑大探事了。

然而，对我来说，这个事件实际上是有利的，具体怎么个有利法，我暂时还没有想出个所以然，但总觉得可以善加利用。但是，对于眼前的左射事，我却越来越鄙视。

“你确信通过这两个妥协可以达到我们需要的结果？”

“目前的情形，也只有寄希望于此了！”

“依敝使看来，这两个妥协只会助长大祭司一方得寸进尺，极大折损我方的锐气，敝使的意见，我能做出的最大妥协，仅仅是推荐二公子作为琥珀特使，其他的不用考虑。”

左射事表示不解，惊讶道：“神使这个建议，恐怕于事无补吧。”

我望着他，冷笑道：“仅只是这个妥协，对于大祭司来说肯定是远远不够的，但我目前能给他的只有这些。”

左射事连连摇头，答道：“后天就要开长老会了，希望神使能想个管用的办法，不然巴国真的麻烦了。”

我耸耸肩，没有答话。

送走左射事，本来还想去鱼女洞看看无瑕的，但一来因为路不好走，二来覃婉丽跟在身边也不方便，加上意识到暗藏的凶险，所以放弃了，但此时，我心中已经有了主意。

第二天，我去拜谒了巴王，做了长时间的交流，交谈结束之后，巴王又不断会见了各洞主长老和大小官员，准备在长老会上有所作为。

刚离开巴王宫，立即又受到大祭司的单独接见。

出乎意料，大祭司丝毫没有责备我的意思，也没有谈到有关大探事解职和巴王微服私访的事情，只问我关于琥珀特使的人选考虑好了没有，我十分肯定地告诉他，只会推荐二公子作为琥珀特使。

大祭司满意地笑了，还褒奖我两句：“听说神使把夫人也接回了巴国，这真让本座宽心，如此一来，没有谁会怀疑神使对巴国的忠诚了。”

两天后，长老会如期举行，作为副射事的大探事也列席了会议，他面容枯槁，像一下子苍老了许多，见谁也没打招呼，找一个角落坐下。巴王依然坐了廪君神像下的王座，其他人围长桌分列四周，我作为外射事坐了长桌右边第一个位子，旁边是右射事。

大家坐定之后，议长宣布今天会议的三个议程——

第一个议程：推举并投票产生琥珀特使；第二个议程：投票通过大探事的新任命，推举并产生新的大探事人选；第三个议程：确定外使的数量和是否继续引进外界物资。

首先开始第一个议程：推举并投票产生琥珀特使。

我看了一眼巴王和大祭司，先站了起来，朗声说道："敝使推荐尕吉格为琥珀特使，理由有二。其一，尕吉格曾为外使副探事，了解外界的情况，方便开展工作；其二，在玉田挖宝的过程中，尕吉格作为副使参与了整个过程，熟悉并了解琥珀的价值和特点。"

在我发言的过程中，左射事的脸色忽青忽白地变换着，大祭司则用赞许的目光看我，而巴王端坐在椅子上镇定自若。

接着，樊多木洞主站起来发言："外射事的推荐十分在理，巴国现有的外使中，唯有尕吉格公子最合乎资格。"

覃望日洞主立即提出异议："二公子虽为副探事，却只是个虚职，并没有涉及真正的指挥和管理，恐怕难当其任。"

郑莽洞主起身表示反对："覃望日洞主错了，琥珀特使乃是经营买卖方面的职务，与指挥外使收集情报和执行特殊使命有本质区别，而且，以下官的眼光看，二公子聪明能干、勤奋好学，假以时日，一定能干出一番事业。"

郑莽发言完毕，右射事马上起身附和："郑洞主言之有理，尕吉格是个人才，如果大家提不出更合适的人选，就可以开始投羽了。"

以覃望日和尕乃让为首的反对派并没有提出竞争人选，于是，投羽仪式开始了。

在巴王王座前有两个陶罐，将箭羽投入左边陶罐的表示赞成，投入右边陶罐的表示反对。不出所料，唱票完毕，左边陶罐的箭羽比右边足足多了七根。

此时，左射事面如死灰。

接着，开始第二个议程。

覃望日洞主首先发言："下官有点不明白，大探事的工作干得好好的，怎么忽然就要免职，要知道外使大探事的工作非常重要，随便换人是很不妥的。”

郑莽洞主立即站起来反对：“大探事连日操劳，疲惫已达极限，再任其勉力而为，一来不合情理，二来也不利于培养新人。”

此时，大祭司终于站起身来，说道：“大探事为巴国做出很多贡献，劳苦功高，他的离职和副射事的任命，是本座的建议，应该让他好好休养休养，做点轻松的工作了。”

大祭司发话了，其他人便不好呛声，于是，又举行第二轮投羽，结果以微弱多数通过了大探事新的任命。但是关于新大探事的任命，发生了激烈的争吵。

覃望日洞主先站起来，提出异议：“既然尕吉格已经作了琥珀特使，就该专注于琥珀的买卖，怎么可以身兼二职，一心两用。”

樊多木洞主也站起身来发表反对意见：“尕吉格公子既然做过外使副探事，升任大探事更是顺理成章的事，难道还有其他更合适的人选？”

一时间，全场开始议论纷纷，争执不下。这时，覃往日洞主又站了起来：“既然是这样，我心中倒有一个合适的人选，”说到这里，覃望日目光望向巴王，见巴王点头，便接着说道，“这个人选，就是祭司大人的大公子，曾做过副探事在外多年的哈日勒。”

听到覃望日的发言，大家同时露出惊讶的神情，左射事的脸色更加难看了，大惑不解地望着我，心中恐怕在想——原来神使所谓的后手，只不过是更想巴结大祭司，让大祭司一家内政外交大权统揽。而我却在想，大公子原来还有一个巴族名字叫哈日勒。

见大家都流露出困惑的眼神，覃望日继续说道：“大公子在外多年，不仅比二公子更了解外界，而且还具有更安全的身份，由他来执掌大探事，最是合适不过。”

此时，一直没有吭声的尕乃让洞主也忽然起身附和：“大公子在外多年，学了很多专业技能，也该回到巴国述职了。”

听完覃望日和尕乃让的发言，全场从闹闹腾腾突然变成鸦雀无声。现在，是大祭司的脸色变得青一阵白一阵了，而左射事的脸开始有了点血色。

接着，巴王开始发言了，只见他捋捋下巴上的胡须，目光扫视全场，沉声说道："作为一国之主，虽然在长老会上没有表决权，但建议权还是有的，关于大探事这个职务，我心中其实有个更合适的人选。"于是，大家的目光又齐刷刷转向巴王。

蝙蝠洞奇遇

巴王接着说道："寡人心目中的这个人选，就是神使，若说是了解外界，没有人比得过他，而要是论到能力，所有外使中更没有人能望其项背，再论到知己知彼，在座的恐怕也都没有神使这个特殊身份，大家觉得……寡人这个人选还算合适吧？"

见大家又开始议论纷纷，巴王便补充道："当然，神使本身已是外射事，做大探事只是兼领，不然反倒降职了，但目前情况下，这是最佳人选，各位有什么意见？"

令人意外的是，大祭司第一个站起来表示支持："以本座对神使的了解，虽然兼领大探事委屈了些，但巴国没有比他更合适担任此职的了，所以，本座支持王上动议。"

大祭司的这个态度，令所有人吃惊，也与我之前的判断有很大出入，本以为会是最激烈的一次博弈，却如此轻而易举、顺理成章。他既然表示支持，其他人还能有什么意见，巴王一方的人更不用说了。

于是，我全票当选大探事。

接下来，举行第三个议程。

大祭司首先发言："现在的巴国，已经到了一个非常危险的时刻，正如王上的梦境一样，那些外界的恶魔，正在觊觎和吞噬巴国，它们化身成外界的产品，毒害和侵蚀巴人的头脑，企图在巴国引起内乱，从而分化瓦解并消灭我们，所以我们必须要奋起反击，坚决抵制它们的进入，已经进来的也要逐步淘汰直至彻底消灭，让巴国回到过去那个宁静而安居乐业的时代。”

大祭司发言完毕，会场内又展开了热烈的讨论和激烈的争论，巴王的眼光和大祭司的眼光也同时望向了我，等待我最后的选择。

然而，此时的我已经迷乱了，因大祭司的发言，极具煽动性，甚至触动到我灵魂深处，产生共鸣。而回想廪君给我托付的梦，以及两个巴王的梦，似乎也暗示了这些危险，而我现在所做的，却与此背道而驰。

此时此刻，我内心挣扎着，既并没有站起来支持大祭司的发言，也没有按照与巴王事先的约定做出反击的示意，头脑中只有嗡嗡的声音，身体内有轻微的麻痒感觉，以至于开始怀疑身上的蛊毒还没有清除干净。

但是，巴王已经等得不耐烦了，他率先发动了反击：“寡人刚从外界回来，外界给我的印象，似乎不是大祭司所描述的那样，寡人也看到并使用了外界的产品，它们不仅神奇，还很安全，有种产品叫电视机，从里面可以看到各种稀奇古怪的事物，让人足不出户就可以了解到大千世界，令人震撼。由此，寡人产生了一个梦想，要巴国人民每家每户都可以用上这种电视机，让巴国在这个昏暗的洞穴中也能够知道外面发生的事情。”

巴王的发言同样震撼而具有穿透力，这是他给我的第三个惊喜，我混沌迷乱的头脑渐渐清晰，心想，有这样一个精明而强有力的人领导巴国，什么样的洪水猛兽不可以战而胜之。而且，梦境毕竟是梦境，说明不了正在发生的改变，正如人们所说，梦境和现实往往是反过来的，而巴王的做法更能够代表巴国大多数人的利益，同时也代表了历史前进的方向。

于是，我坚定了信心，做出了反击的手势，双手高举，握紧拳头。

覃望日洞主应势而起，射出了最强劲的一箭：“作为廪君的子民，巴国曾是一个战斗的民族，从来没有屈服于任何一个强大的部落或国家，现在却龟缩在这个暗无天日的洞子里不思进取，天下大乱的时候我们没敢出去，天下太平了我们仍然不敢出去，这不是廪君之巴的性格！”

樊多木洞主霍地站了起来，手指覃望日吼道：“大胆，竟敢对祭司大人如此不敬，什么龟缩不出，两千多年来，巴国正是谨守先祖的遗训，才得以保全至今，你看过去那些强大的国家和部落，哪一个还存活下来。”

话音刚落，尕乃让洞主也突然站了起来，他双手撑住桌子，朗声道：“樊洞主此言错了，两千多年前的国家和部落虽然都已经消亡，但是他们的血脉保存下来了，并且变得更加强大，你敢说现在外界的人不是由秦国、楚国、齐国、赵国、魏国、韩国、蜀国和巴国的血脉融合而成的吗？”

停顿了一下，尕乃让洞主又继续说道：“两千多年以前，正是我们英明的新王摒弃偏狭的传统，与四姓化干戈为玉帛，才重新走上复兴之路，创立了强大的鄷枳之巴，这些难道诸位异姓洞主长老都忘了？”

尕乃让洞主的发言同样振聋发聩，他的这个观点，印证了一个民族的成长，一定要经过不断的战争和相互融合，大胆接受各种挑战，才可以变得强大。真是很有新意，可以作为民族学的一个重要论点。

我在这里仔细品味他们几个发言时，场上的局面已经乱成一团，祭司一派和巴王一派公然在会场上撕扯打闹起来。

最后，忍无可忍的大祭司站起来厉声呵斥：“岂有此理！你们这些巴国的贵族，哪还有点高贵的样子，还说没受外界的影响，以前敢这个样子吗？”等场面稍微安静下来之后，大祭司又继续说道：“今天是让大家来讨论表决的，不是让你们来打架闹事的，如果没有建设性的意见，现在开始投羽。”

全场鸦雀无声，此时，巴王开始说话了：“说到物资引进，寡人有一个建设性的意见，巴国的财务管理和财产分配，历来都欠透明，昨天寡人问了王姐，她说现在国库吃紧，可寡人就不明白了，巴国以前积累了那么多的财富，那些钱都到哪儿去了，是否请相关人员说明一下。”

说完，巴王的眼光扫向右射事，接着，又看了大祭司一眼，“圣海污染的治理，原定引进十二台设备，后来却只引进了六台，致使死鱼之事仍有发生，所以就目前情况而言，断然封禁一切物资引进是完全行不通的，建议这个议案延后表决。”

话音刚落，全场又开始了窃窃私语，我看见大祭司锐利的目光向我扫过来，然后又扫向大探事，在我俩之间游移，最后定格在我身上，透出一股寒气。

第三个议案无疾而终。

长老会还未结束，大祭司已气冲冲地拂袖而去，左射事把我拉到一边，轻声问道：“神使的后手真是神出鬼没，而王上与几位洞主的配合又可谓天衣无缝，可是，这么重大的事情，怎么单单只是下官一个人蒙在鼓里呢？”

我笑笑，轻声解释道：“你是王上的左膀右臂，本该第一个让你知道，但大祭司奸细密布，恐怕走漏了消息让大祭司警觉，提前准备。于是与王上商定，故意隐瞒了你，让他们由你的状态造成错觉，猝不及防，这一招叫故布疑阵，攻其不备。”

左射事恍然大悟，连声称道：“神使的谋略让下官大开眼界，佩服！”

我装出歉然的样子，答道：“只是这个做法让射事大人受惊吓了。”

接着，左射事又露出疑惑的眼神，问道：“当覃望日推举大公子做大探事的时候，下官都吓懵了，可万万没想到，此提议竟让大祭司感到为难，不敢接招，又是什么缘故呢？”

我笑道：“这次出去见着大公子了，知道他不愿意回到巴国，所以故意拿大公子说事，戳中他的要害，这一招叫欲擒故纵。”

听完我的话，左射事更惊奇了，追问道：“神使这么快就找到大公子，而且还了解到他不愿意回巴国，这些难道真是受到廪君的启示？”

我笑笑，答道：“只是碰巧罢了。”

面对左射事，我也开始玩心机了，心想，让他有点神秘感更好，今后对我存有敬畏之心，免得像根墙头草，形势一不对头就想牺牲玛苏雅。

可是，左射事一定要打破沙锅问到底：“那王上怎么又提到财务问题和圣海设备引进问题，当说到要相关人员加以说明的时候，那右射事和大祭司就傻眼了呢？”

刚想回答他，马上又觉得还是留点悬念更好，于是答道：“这个敝使就不明白了，也许是大祭司和右射事花了许多不该花的钱吧？”

至此，左射事终于住口，流露出对我的钦佩之色。

另外，还有一点点失落。

离更甦的婚礼只差七天了，更甦还没下落，此时，我心里像是有一块东西梗着，十分不舒服。考虑再三，决定再去一趟药王家，了解一些可能被忽略的细节，但又怕覃婉丽跟着，便授意覃达和纳日呙带她去圣海玩。

两天不见，药王似乎又憔悴了不少。

我抓紧时间，直奔主题：“失踪那天，更甦临走时有没有留下什么话或是东西？”

药王想了想，摇头答道：“一切跟平日没有两样，吃过早饭就出发了，没有多说话，也没有留下什么特别的东西。”

禾香插嘴道：“本以为和你一起去外界了，可是见你一个人回来，才知道不好了。”

听他们如此说，差不多可以判断更甦离家之前并没有要长期消失的打算，那么主动失踪的动机就不存在。此时，我忽然又想起一个疑点，罕宝的失踪，也发生得十分突然，而我所了解到的两个出口，平时都戒备森严，没有守卫帮助开门，根本就出不去，那么他们是怎么出去的呢？

难道还有另一个不为人知的通道？

两个鬼洞我已探索其一，也是惊险万分，而且到达鬼洞除了走很远的路还得游泳，估计罕宝和更甦走这个出口的可能性极小，那么，还有什么被忽略的可能出口吗？

对了，蝙蝠洞。

按照禾香的描述，洞内至少栖息了成千上万只吸血蝙蝠，而吸血蝙蝠是靠吸食牲畜身上的血为生的，但是洞穴之巴哪来的牲畜，只能飞到外面去猎食，这就说明蝙蝠洞是能够通往外界的。想到这里，便问药王：“更甦近来有没有准备特别的服装或药物什么的？”

药王想了想，猛拍一下脑袋，随后便带我进入更甦房间，翻箱倒柜一阵，从柜子里翻出两套羊皮连体服装，一大一小，除了露出眼睛、鼻子和嘴巴外，其余部分都严严实实罩住，与连体衣放在一起的，还有两双皮手套和两副潜水眼镜以及两个药瓶子。

看着眼前的道具，药王说道：“前段时间总看见他在屋内神神秘秘地倒腾，原来是这个，神使有什么看法？”

我一看这些东西，联想到禾香讲的故事，一下就明白了——更甦肯定是在打蝙蝠洞的主意。可仍有不合理的地方，更甦之前准备这些东西，可能是为了应对不时之需，也就是当他和玛苏雅的婚事没有指望的情况下才会使用，希望通过蝙蝠洞双双私奔。但现在这个假设已不成立，婚礼马上就要举行，万万没有突然消失的道理。

其二，既然只有通过蝙蝠洞才能出去，怎么又把装备留下，既然准备了男女两套服装，更没有一个人消失的理由。

一个念头浮上心来，我告诉药王，自己打算去蝙蝠洞一探究竟。禾香强烈要求加入，我自然极力劝阻，但看到禾香恳切的眼神以及药王坚定支持的态度，就没再多话。

既然眼前就有两套现存的装备，我与禾香正好用上，而且禾香还有一个对蝙蝠来说的致命武器——碧血飞龙，虽然被拔了毒牙，但对吸血蝙蝠应该还是有些阻吓作用，再说我这里也带了很多蛇胆胶囊和颇具杀伤力的喷雾。

接着，我将连体衣装做了点改进，缝了几个袋子和挂环上去，在袋子里和挂环上装上电筒、喷雾剂，再带上一柄短剑和两捆长绳，禾香背上装有碧血飞龙的皮囊，一起出发。

禾香走前面带路，我紧跟在后面，不多一会儿到了蝙蝠洞口，将两个药瓶的瓶塞拔掉，蛇胆粉倒在手上，然后往衣服上抹一层，再戴上手套和潜水眼罩，开始探洞。刚进去十来米，就听见“吱吱吱吱”的声音，挂在洞壁上的蝙蝠立即躁动起来，叫声凄厉而恐怖。

随后，有几只蝙蝠飞翔起来，在我和禾香身边环绕，像是它们的侦察兵。接着，又有几十只离开洞壁飞近我和禾香，有两只几乎贴着我俩身体飞过，但很快回转，发出频率很高的凄厉叫声，其他飞动中的蝙蝠似乎收到危险的信号，纷纷飞回洞壁上。我想是衣服上的蛇胆味儿起了作用，这些吸血蝙蝠果然闻不得蛇胆粉的味道。

于是，我放开胆子，继续前行，洞底有很多坍塌的砂岩，地上还铺了一层厚厚的蝙蝠粪，酸臭难闻不说，走在上面软绵绵的特别湿滑，行进速度非常缓慢。

随后，我又看见地上躺着十几只死蝙蝠，另外，还有凌乱的脚印，说明有人来过。

会是罕宝和更甦留下的吗?

不管是谁留下的，但起码可以说明，这个洞是能通往外界的。

继续前行，听见哗哗的水声，不多会儿来到一条暗河前，水流平缓，将伸缩探杆拉出来，测量水深，不到一米二，我可以直接蹚水过去，但禾香却不行。为了保险起见，我先在暗河边的大砂岩上打了个扣环，拴上绳子，打上绳结，套在腰上，慢慢蹚水过河。暗河并不宽，很快到了对岸，再找到一块大砂岩，打上扣环，将绳子另一头穿进去绑紧。

然后回到对岸，将禾香腰带上的挂环钩住安全绳，拉着她的手慢慢过河。

顺利到达对岸，歇息片刻，重新上路。

走着走着，感觉有丝丝凉风迎面吹来，再走一段，看见了微弱的亮光。但就在这个时候，又听见“吱吱”的叫声，又一群蝙蝠出现在前方洞壁上，密密麻麻足有几千只。同样，几只侦察兵开始靠近我们，初时还保持一定距离，后来越飞越近，发出跟刚才频率有所不同的鸣叫声，洞壁上的蝙蝠立即响应，凄厉的叫声此起彼伏。

百来只蝙蝠开始在空中集结，分成几个梯队向我们扑来。

看着蜂拥而来的蝙蝠，我顿时傻眼！

这一批吸血蝙蝠，怎么不害怕蛇胆粉的味道？

惊愕中，吸血蝙蝠已飞临眼前，我猛然醒悟过来，一定是刚才过暗河时，涂在衣服上的蛇胆粉被水冲洗掉了，而过河之后，忘了重新涂上。

我这个马大哈，粗心大意又坏事了！

转念间，第一批蝙蝠已经发动攻击，慌忙中，从袋子里取出一瓶辣椒喷雾，向吸血蝙蝠喷去，刹那间，扑在最前面的几只立即像没头苍蝇似的乱窜起来。

但是，蝙蝠并没有退缩，一批倒下，另一批前赴后继而来，我这辣椒喷雾却只有两瓶，很快喷完了。

突然，一道绿色的闪电从禾香背囊中蹿出，碧血飞龙出击了。绿光闪烁中，蝙蝠队形开始凌乱，我趁机抽出短剑，砍杀这些凶恶的吸血蝙蝠，几只蝙蝠葬身剑下。然而，这种局面并没持续多久，吸血蝙蝠开始重新集结。因它们看见只有一只碧血飞龙，欺负它势单力薄，最要命的是，它们发现，这只碧血飞龙并没有致命的毒牙。

又一批吸血蝙蝠扑过来，其中一只体型特别巨大，那是蝙蝠王，也是它们的总指挥。

慌乱之中，只得挥舞手中短剑硬挺。

此时，禾香已蜷缩在地上，抱住头尖叫，而碧血飞龙紧紧围绕在禾香周围翻飞，攻击靠近禾香的吸血蝙蝠，飞龙在蝙蝠群中翻飞腾跃，不时发出“咕咕”的叫声。

好在全身被衣服包裹住，但如果被那吸血蝙蝠层层裹住，要不了多少时候就会被咬穿，这样下去不行，得把装在衣袋里的蛇胆胶囊取出来。说干就干，从衣袋中拿出一板胶囊，学禾香样身体蜷缩起来，将拿着胶囊的两手置于双腿之间，任凭蝙蝠扑在身上撕咬。

突然，只觉得背上一阵刺痛，一只吸血蝙蝠的利嘴钻穿了皮衣，开始吸血。我没有管它，用手使劲搓烂胶囊，捧起一把药粉就往禾香身上抹，但却不见任何效果，蝙蝠仍然成群结队地扑过来。

脑袋中立即闪现一个念头——药是假的。

第二个念头是——自己与禾香也要变成人形胶囊了！

绝望之中，幸运之神再次降临，不远处，几道绿光同时闪现，箭一般飞临眼前，一、二、三、四、五，一共五道绿光，准确地说是五只碧血飞龙同时降临。

五只碧血飞龙就像五道绿色闪电，冲击着蝙蝠群，很快，层层叠叠的蝙蝠开始四处逃散，禾香此时方立起身来，看见还赖在我背上的那只蝙蝠，将它拔出来，两只手捏住使劲一扯，蝙蝠身首分离，一股鲜血喷出来。

那是我的血呢！

姜是老的辣

驱散了吸血蝙蝠，禾香的那只碧血飞龙与另外五只胜利会师，禾香的小飞龙和五只中的其中一只显得特别亲热，“咕咕”地欢叫着，像久别重逢的恋人。

禾香这只像是雌的，体型略小，被那雄飞龙不断亲来亲去，显出害羞的样子，突然脱离开来，绕着禾香身边飞，而另一只小飞龙只当我俩不存在，也绕着禾香飞起来，欢快地追逐着。

禾香拉住我的手，看着追逐的小飞龙，笑道："它终于找到伴了。"

我答道："如果是这样，你的小飞龙可能回不去了。"

禾香一时没明白过来，想了想，露出了笑容："没关系，你看飞龙王子对它那么好，它一定会过得很幸福的。"

有了六只飞龙环绕在身边，哪还有吸血蝙蝠再敢靠近。

微弱的光逐渐变得明亮，一道石壁亘立眼前，光是从石壁上端漫射下来的，离我们站立的地方足有 30 米高。

还好，石壁上钉有扣环，一条长绳从石壁上直挂下来——毫无疑问，罕宝他们是从这里出去的。想想遇见他们时身上的怪味，正是蛇血和蛇胆的味道，而这洞国中除鱼之外虽然没有多少动物，但各种蛇却不少。

也可能他们听过禾香蝙蝠洞死里逃生的故事，知道蛇血和蛇胆粉对吸血蝙蝠的威慑作用，事先做了充分的准备，神不知鬼不觉地从蝙蝠洞出境。

罕宝的谋略和藏而不露再次让我惊叹！

电筒扫射四周，忽然听见禾香的尖叫声，循声望去，一具尸体蜷缩在两块砂岩形成的夹缝当中，十分恐怖。

会是更甦吗？

心脏顿时紧缩起来！

提起胆子将尸体拔出来，很轻，是一具被吸干了血的人体皮囊，禾香见状，瘫倒在地。

将尸体的身体翻过来，不由得长舒一口气，因这尸体骨骼特别粗大，身高至少在一米八以上，比更甦高大许多。再看头部，极度扭曲，眼珠整个爆裂出来。高高的额头，高高的眉骨、高高的鼻梁，是个不折不扣的外国人，便告诉禾香，这个人不是更甦。

衣服虽然撕扯得很破碎，但依然看得出是专业的探险装，衣袋中还装有一个钱夹、一本护照和钢笔等杂物，收起来一并放入自己口袋，作为以后辨认的物证。接着，在石壁下的石缝中，又发现了一具尸体，头上还戴着探险头盔，身形同样高大，也是个外国人，形态跟刚才那具差不多，死状极惨。此外，手中还握着一把砍刀，身边有几只吸血蝙蝠尸体。

从两具尸体的情状来看，死前一定是受到大群吸血蝙蝠的攻击，慌乱之中躲入石缝，活生生地被吸干了血。而从石壁上的扣环分布来看，具有非常专业的水平，显然是这两人留下的。猛然想起地志办向老师曾说过，有两个外国人在乌江探险时神秘失踪，莫非正是这两人？于是摸出他们的护照来看，果然是英国人，一个叫强森，一个叫尼尔德。

尼尔德衣袋中还有一本笔记，除了英文字母外还画了很多图形，大多是巴国青铜器图形，另外还有一些地形图和标记，其中有一张纸被折叠起来夹在笔记本封套中，展开一看，竟然是一幅地图，只不过是印刷品。

地图的一边参差不齐，应该是从某本杂志上撕下来的，看样子，这两个英国人也是奔着巴国宝藏来的。

继续搜寻石壁四周，没有发现第三具尸体。如此说来，更甦还有活着的可能！

利用石壁上现成的悬索，套上攀爬扣环，套上升降器，用了不到半个小时就登上了崖壁顶，远处有更强烈的光照射过来——那是通往外界的出口。

抑制住激动的心情，仔细辨别脚下的道路，稳步前行。临近洞口，强劲的风迎面吹来，洞口并不大，有一些灌木遮掩，但因为是白天，所以光线足够刺眼。

拨开洞口的灌木和荆棘，一道更深的悬崖出现在眼前，脚下是滔滔的江水。原来这个出口，竟然是在乌江峡谷的悬崖上，离崖顶和水面都有百多米高。再一看，向上的峭壁上也有扣环，四周壁立千仞，猿猴难攀，难怪搜寻的人到不了这里。

即使找到这个出口，没有专业工具和伙伴的配合要攀登出去也是有难度的，现在基本可以确定，更甦一个人是不能从这里出去的。而罕宝一行四人中，有两个飞檐走壁的猎户，又有专业的攀爬用具，要登上此悬崖，自然是不在话下。

观察了一会儿，担心禾香一个人在石壁下面等久了害怕，便不敢在洞口久留，匆匆返回，发现六只碧血飞龙围绕在禾香周围，而禾香正在跟它们说话。

“你跟它们说些什么，它们都听得懂吗？”我笑着问她。

“它们当然能听懂，我告诉它们要好好照顾我的小飞龙，不能欺负它，否则我就不把小飞龙留下了。”禾香眨巴着大眼睛，煞有其事地告诉我。

“这个嘛，我持保留意见。”我蹲下来望着这群小飞龙。

“你个大老粗，自然是不明白我和小飞龙的话咯，你只会听懂那个覃姑娘的话啦。”禾香瞥我一眼，不屑的样子。

听她提覃婉丽，我便不敢开腔了，女人吃起醋来，惹不得的。见我不应答，禾香更来劲儿：“说中了吧，表面上看起来器宇轩昂的，实际上就是外界来的椰子。”

“这个怎么讲？”从来没有听过这种比喻，却不知道下文是什么。

“外面硬邦邦，里面水汤汤啊。”说完，禾香顾自拍起手笑起来。

“我这叫好汉不跟恶女斗。”我反击她一句。

“哈哈，你自己都承认斗不过那个恶女吧。”禾香这一句，倒将我一军，我本意是不跟她一般见识，却被她反过来形容覃婉丽，知道说不过她，任她怎么挑拨，死也不开口了。

禾香便以胜利者的姿态吆喝飞龙们上路。

很快回到洞口，禾香的小飞龙不断“咕咕”地鸣叫，禾香马上明白了它的心意，将它托在手上，嘴里嘀咕道：“我知道你想回自个儿的家了，加上还有一个可爱的王子保护你，看来呢，是留不住你啦，只是呢，记得要经常回来看我哦，我也会常来看你的，现在我们就分手吧，祝你幸福。”

小飞龙好似真的听懂了禾香的话，伸长脖子，将自己的额头触上禾香的额头，像是在行告别礼，此时，禾香的眼眶潮湿了，小飞龙的眼眶也潮湿了。

突然，小飞龙飞了起来，绕着禾香转圈，小飞龙的白马王子也跟着转圈，就这么转了几圈之后，像两道绿色闪电一样向洞子深处射去，其他四只碧血飞龙紧随而去，六道闪电很快消失在黑暗中。

禾香忽然“哇”地一声大哭起来。

虽然没有追查到更甦的线索，但却意外发现了两个失踪英国人的尸体，还得到这么一个笔记本。随后，通过查询手机电子词典，连猜带蒙了解到个大概意思。

原来上世纪初期，有一位叫史密斯的英国探险家，曾经在三峡和乌江的溶洞里找到一批巴国青铜器，通过对文献的考查和田野走访，史密斯认为巴国在临近灭亡的时候，分批隐藏了大量宝藏，而他找到的这些青铜器，就属于这批宝藏当中的一部分。后来著名考古学家、川大教授童恩正就利用这个题材写了一本小说叫《古峡迷雾》。

而笔记中所绘制的青铜器草图，可能就是史密斯先生发现的那一批。而在对罗家坝第一次考古发掘中，又出土了一幅羊皮地图，董老师以此写了一篇论文，认为这是一幅巴国躲避秦军追击的秘密迁徙图。

后来这篇文章被转载在英国《考古学》杂志上，大量的外国学者认为这不是什么迁徙图，而是一幅藏宝图，联系到上世纪初期史密斯的发现，更加确认了这个观点。

随着古蜀国三星堆遗址和金沙遗址的相继发掘面世，外国考古学家普遍认为在古巴国地区应该也有一个类似的遗址，其规模甚至会超过三星堆和金沙。而史密斯所发现的零星青铜器正是解开这个神秘遗址的密码。

如果能够找到这个遗址或这批宝藏，不仅能够拨开早期巴国的历史迷雾，甚至对更加准确地了解整个中国先秦史都有所帮助。而强森和尼尔德，正是这种论点的坚定支持者和史密斯的忠实拥趸，同时还是狂热的探险寻宝信徒，他们依据史密斯的探险足迹，寻宝考察到这里，只差一步就发现魔幻巴国这个千古秘密了，却被吸血蝙蝠阻止了脚步。

事情发展到这一步，在我来说，对宝藏的追寻已经没有以前那么上心了，但若是真有这么一个遗址，我倒是很有兴趣去找找，因为拼凑出一幅完整的巴国历史地图，似乎已成为我责无旁贷的使命。

回到宾室，马上吩咐侍女做饭，屁股还没落下，大祭司派人来找，可怜肚子饿得咕咕响，又不得不赶紧去大祭司家，心想，这个时候被大祭司召见，恐怕没什么好果子吃。

果然，大祭司的脸色十分阴沉，背着手低头沉思，我进来的时候居然没有发现。我只得主动敬礼，忐忑道："敝使给祭司大人请安。"

"神使来了，请坐。"大祭司抬起头来，没有表现出特别的愤慨。

我并没有落座，问道："祭司大人有什么吩咐？"

"嗯，找你来了解了解情况。"大祭司微闭着眼，似乎仍然在思考。

我问道："祭司大人要了解哪些方面的情况？"

大祭司抬眼看着我，并没有马上说话，来回走了两步，才问道："这次出去，你见着哈日勒了吗？"

"哈日勒？"我假装一时没反应过来。

"他在外面的名字叫樊怀国，正好在你的学校读书。"大祭司停止踱步，锐利的目光扫射在我身上。

"樊怀国，好像没听说过这个名字，我们学校有好几万学生呢。"我努力克制自己的惊慌，保持镇定。

"你真的不认识哈日勒，没见过他，可大探事怎么说你见过？"大祭司眼光继续逼视着我，像一柄利剑。

"大探事说我见过，怎么可能，莫非是……"我假装努力回忆，头脑中浮现大公子开保时捷飞驰而去的画面。

"莫非是什么？"大祭司逼视着我，等待答案。

"莫非是离开学校的时候，从外使车上下来那个年轻人，可大探事说他只是个带路的学生啊。"我装得很无辜，因这段时间的生死考验，已磨砺出我沉着冷静的心态和死不认账的厚脸皮。

"哦，这么说你没见过他了。"大祭司收回目光，又开始踱步，随后又停下，"本座有一个很不争气的儿子，就是受到外界的坏影响，整个儿都变了，所以你现在知道本座为什么主张禁国了。"

"大公子怎么了，能够到外界读书是好事情啊。"我继续装懵。

"唉，这个不孝之子，不想回巴国效力了，亏为父的还给他取了个名字叫怀国，却没想到他如此不争气，如此不爱国。"大祭司连连摇头，连声叹气。

"大公子只是暂时被外界的花花世界迷惑了，过些时候或许会想国想家的。"看见大祭司这个样子，我也有点于心不忍，毕竟他待我还算不薄，不由得劝慰几句。

“过些时候？过些时候回来有什么用，重要的位置都被别人占了。”大祭司说完，忽然意识到自己的口误，连忙补充道：“幸好由你兼领了大探事职权，要不然就麻烦了。”

“不是还有二公子吗？”我继续宽慰他。

“尕吉格，他也好不到哪里去，胸无大志，不务正业……”

听我提到二公子，大祭司突然发火，真是让我始料不及。此时，大祭司忽然意识到自己失态，停顿片刻，改换话题道：“现在巴国有股势力，总是唯恐天下不乱，好趁机浑水摸鱼，他们利用王上的年轻幼稚，图谋不轨……”

停顿了一会儿，大祭司再次看着我，语重心长道：“神使，你知道本座一直器重你，把你迎进巴国，也是为了能够打破这种平衡，抑制邪恶势力，为巴国的稳定做贡献，这次推举你兼领大探事，也是给你更多施展才华的机会。”

大祭司这一席话，怎么听起来这么别扭，敢情大探事这个位子，好像是故意为我留下来似的。我按捺住心中的不快，问道：“敝使有一事不解，大探事在这个位子干得好好的，为什么突然把他撤了？”

沉思片刻，大祭司答道：“大探事工作是干得不错，但最近仗着有些功劳，竟然越俎代庖，自作主张干了几件蠢事，铸成大错。”

大祭司所说几件蠢事，第一件事，毫无疑问是指大探事私随巴王出境；第二件事，应该指挪用公款为大公子买保时捷；而第三件事，也是他最不能容忍的，恐怕就是泄露了大公子不愿意回国这件事。如此看来，大祭司还真的把泄密之事怀疑到大探事头上。

大祭司的声音继续在耳边响起：“而神使的胆略是有目共睹的，所以本座才这么器重你，只要你我同心同德，一定能够力挽狂澜，将巴国纳入正确的方向，所以过一段时间，本座打算给王上建议，重新恢复丞相一职，由你来担任。”

听到大祭司嘴里说出丞相二字，我大吃一惊！

丞相，对企图改良巴国的我来说，可谓一招必杀技，怎能不心动！

我抬眼看着大祭司，他的脸上露出神秘的笑容，这种笑容，既包含了无微不至的关怀和信任，同时又包含了唯我独尊的霸气和自信。除此之外，我还看到了隐藏的祸心。他既然抛出了这个饵，我不能不接招，而且我已知道怎样来应付他的拉拢腐蚀了。

于是，我装作诚惶诚恐的样子，躬身行礼道："大祭司的拔擢，令敝使深感荣幸，但敝使才疏学浅，难堪大任。不过，敝使当竭尽全力，在现有职务上为巴国人民服务，但是，在下还有个不情之请，不知祭司大人可否允准？"

"你有什么请求，说出来听听？"大祭司笑问道。

"敝使想恳请祭司大人将吉娜郡主赐予罕宝，成二人之美事。"我忐忑道。

"本座还以为是什么大不了的事，既然他二人你情我愿，就通知罕宝回到巴国，本座与他俩主持婚礼就是，对了，还有你跟覃姑娘的婚礼。"

大祭司目光依然含着笑意，但我听起来却直冒冷汗。这个老奸巨猾的家伙，表面上答应了我的请求，实际上是要让罕宝归案，明知道我做不到，但人情他却做到了。

看来，姜还是老的辣！

下海经商

回到宾室的时候，覃婉丽与覃达、纳日呙已经回来了，覃婉丽正跟侍女学做巴国饭菜，见我回来，从厨房端出一盘烤鱼要我尝尝，说是她做的第一道巴国菜。我夹一块尝了，竟然比侍女做得好吃，于是连连夸奖，覃婉丽便得意洋洋地跑进厨房继续发挥去了。

覃婉丽到来没有几天，周围立即聚集了大批粉丝，其中铁杆粉丝就是那群洞主长老们的千金，而覃婉丽说话又没遮拦，幸好她那巴语说得实在不怎么样，但通过 iPad 演示，也在巴国内掀起了崇外媚外的波澜，很快沸沸扬扬地传播开去，引起大祭司的不满，让人传话给我，让覃婉丽略做收敛。

显然，祭司大人现在开始后悔覃婉丽的到来了。

我虽然好几次提醒覃婉丽这里是巴国，又是封禁期间，说话做事小心一些，她也表示尽量遵守纪律，可被周围人一捧，马上就把承诺忘得一干二净。最后，她没有被惩罚，但覃达和纳日吕受到连累，每人鞭笞 50，禁闭三天，覃婉丽才有所收敛。

要让覃婉丽不说话，那真是比不吃不喝还难受，没有两天就受不了了，缠着我要回去。我也想把她送出去，免得在这里惹祸，更不想她变成人质，便去拜谒大祭司，找个理由出境。

“覃姑娘刚来几天就要离开，显得我巴国待客不周，你让本座这老脸往哪搁。”大祭司眉头轻蹙，表现出很为难的样子。

我答道：“敝使是怕她在这里惹是生非，对巴国人心造成不良影响。”

大祭司含笑对我说道：“她刚来不懂规矩，这两天不是好多了吗？依本座看，还是举办婚礼之后再说吧，这也是本座的一番美意。”

见大祭司不肯让步，我只好提出另一个出去的理由：“琥珀加工制品已经完成了一批，可以开始销售了，敝使打算出去一趟，联系一下店铺和外销渠道。”

大祭司笑了笑，答道：“难得神使这段时间的操劳，巴国也正是用钱的时候，你放手去做吧，覃姑娘自会有人好好照顾的。”

“那敝使就选几个人手着力安排这件事情，二公子如果肯屈尊的话，就一起出去吧。”

心知即使我不提议，大祭司也会这么安排，毕竟他被委以“琥珀特使”的身份，怎么也撇不开的，倒不如做个顺水人情，让他安心。

果不其然，大祭司听我提这个建议，立即眉开眼笑：“难得神使肯扶持犬子，这是他的福气，就让他做你的副手吧。”

从大祭司家出来，虽然有点沮丧，但也心存侥幸，终于可以自由出入了，这也算一大收获，从现在开始，我这个外射事兼大探事可以真正行使职责了。

除了二公子，我还挑选了果耐和另一个叫郑运来的外使，也就是盗宝三人中的一个，他们都算是万事通，又各有奇能，安全且方便办事。

我还去拜访了大探事，他的情绪依然十分低落，但对我的到访还是很感动，说离职以来，我是第一个来看望他的巴国官员。临走的时候，大探事嘱咐我，不要小瞧了二公子。

关于店长的人选，我第一个想到的是冬瓜，他也早想到山城发展，一直在找寻机会，如果由他来做这个经理，是最合适的人选了，关键是他愿不愿意转行。

电话一打过去，冬瓜立即来了精神，说马上赶车到山城，正好手头有个现成的门面，而且是装修好了的，马上就可以用。

果然，我才到山城没多久，冬瓜就到了，直接约到火车北站动力国际门面处见面，相互介绍完毕，我开始讲琥珀蜜蜡生意的好处。还没等我鼓吹几句，冬瓜已经迫不及待地要看样品，看完样品就开始发表意见。

“这个项目蛮好，老子周围有好多老板和当官的都在收藏把玩这些个东西，只是好东西和真东西太少了，狗日的，你是唧个想到这个主意的？”说完，在我胸口上擂了一拳。

于是，我又根据从网上了解到的知识，发挥起想象力胡编乱造一通：“一个朋友在波罗的海做生意，由他提供货源，那边的价差和这边有三倍以上。”

“一看都是好货色，肯定能大卖，狗日的你早干啥子去了。”冬瓜开始数落我。

“你餐厅干得好好的，怎么忽然对这个感兴趣了？”我不理会他的数落，反问道：“这可是跨行经营，你凭什么这么有把握？”

“狗日的你龟儿不晓得，现在反腐倡廉，餐厅生意太不好做了。这个门面，原先买来打算开餐厅的，看到这个阵势，哪还敢上，幸好你送来这个项目，还不一拍那个合。”

手舞足蹈中，冬瓜开始回答我第二个问题：“卖珠宝虽然和开餐馆不是一个行业，但买卖的道理是相通的，要不然唧个有生意经这种说法嘛。信我，保证错不了。”

见冬瓜如此自信，我开始切入正题：“这样吧，朋友归朋友，生意算生意，就用你这个门面，租金照付，你来当经理兼店长，每月工资八千元，加销售提成如何？”

冬瓜摇了摇头，答道：“狗日的小虎，你晓得老子也是一个不喜欢受约束的人，这店长嘛，你还是另找个人来当，不过恁个好的项目，老子也舍不得丢，”说到这里，他眼珠子转了几转，“要不这样，门面装修和前期费用我来出，算入股投资，你看如何？”

见冬瓜提出这个要求，是我事先没预料到的，想了想，答道：“这是朋友的生意，我做不得主的，”见冬瓜露出失落的神情，我又安抚道，“先就这么干着，股份的事，等我跟朋友商量以后再说。”

冬瓜点点头，答应下来。接着，我取了十万现金交给冬瓜，用于购置柜架、布置橱窗、收银设备什么的，总而言之，一切都交给冬瓜来办，也不管二公子有没有意见。好在二公子也还有自知之明，不愿意插手自己完全不懂的事情。

随后，冬瓜又说道；“至于说店长，老子心中倒有个人选，你也熟。”我没有搭腔，静听冬瓜下文，于是冬瓜便说道，“松哥刚刚辞了职，止找事做呢，虽然没干过这行，但那家伙聪明，一点就透，不如就喊他来做这个店长，老子再带一段时间，保证称职。”

我点点头，表示没有什么异议，安排妥帖之后，冬瓜提议去吃宵夜，二公子借口有事先走了，于是我和冬瓜以及果耐、郑运来四人去吃烧烤。

出门之前，已与果耐和郑运来交代好，都用外界的名字称呼，对我只称皮老师，二公子称樊怀家或樊经理。巴国的秘密事关重大，即使是冬瓜也得隐瞒。

吃完烧烤之后回酒店歇息，又看了一会儿电视，还不见二公子回来，心里便有些着急，但果耐和郑运来却显得十分轻松，并不在意二公子走失。

过了很久，都快一点了，仍然没见二公子踪影，我便吩咐果耐给二公子打个电话，果耐只得拨打过去，响了老半天，无人接听。

果耐打完电话，摇摇头，对我神秘地笑笑，说不用担心二公子，他自会回来的，就要回自己房间睡觉，被我拦下来，说必须等二公子回来才能睡觉，二人才勉强留下来。

直到凌晨三点，二公子才醉醺醺回来，脸上还印了两个红唇印，一身香水味儿。

第二天，松哥应约来到山城，同行的还有闷墩儿，在冬瓜的指导下，二人跑腿打杂，忙得个不亦乐乎，琥珀蜜蜡店的进展十分顺利，我们只在山城待了三天就返回巴国，一来给大祭司做个汇报，二来安排发送第一批货品。刚安顿完毕，又见左射事拜访。

“神使最近都忙些什么，找您两次都不在？”

“去了几天外界，安排琥珀销售的事情，怎么，射事大人有急事？”

“这不，还有三天就是小女与更甦约定的婚期，他却连个人影子都没有。”

左射事终于为这事着急了，稍微让我宽心，但更甦不出现，我也没有办法。于是，我问左射事：“敝使已在尽力查找更甦的下落，但不得要领，射事大人看这事该咋办？”

“没有更甦，总不能玛苏雅一个人参加婚礼，看来这桩婚事只有取消了。”左射事露出无可奈何的表情。

我想了想，答道：“这样吧，婚期暂时延后，毕竟玛苏雅的婚事是王上亲赐的，随便取消似有不妥。”

“就按神使的方式办吧，唉！”说完，左射事又叹了口气。

此时，我脑中忽然生出一个念头，正好用得上他，便对左射事说道：“对了，若是射事大人有空，一起去拜谒一下王上吧？”

“神使吩咐，下官自当随行。”左射事说话的语气，突然变得很谦卑。

巴王在寝宫接见了我们，他的气色相当好，见我与左射事同至，笑声朗朗道：“寡人的左膀右臂到了。”

“王上精神矍铄，是巴国的福气！”左射事躬身敬礼道。

“有了长老会上的初战告捷，寡人当然高兴咯。”巴王抑制不住内心的喜悦，接着又指着我说道：“这可都是神使的功劳啊。”

“是王上谋略得当，敝使只是按部就班而已。”在巴王面前，必须谦虚些。

“哈哈，神使就不要谦虚了，”巴王见我和左射事落座后，话锋一转，“二位相携前来，有什么事啊？”

我躬身回答道：“敝使去了两天外界，将琥珀销售的事落实了。”

“嗯，神使真是个全才，看来任你做外射事兼领大探事没错，只是辛苦你了！”巴王虽然年轻，说话却非常得体，也很暖心。

还没等我回答，左射事抢先道：“前日下官受王上委托，与长公主和右射事对账，发现很多问题。”

巴王问道：“有些什么问题？”

左射事答道：“主要是账目混乱，开支缺乏明细，没有注明费用开销条目和支领人，支出大大多于收入等。”

巴王皱眉，问道：“王姐和右射事怎么解释？”

左射事答道：“他们说最近煤矿亏损，进少出多，至于说缺乏明细和支领人，是因为最近大祭司为了维护国内稳定和外使们的秘密使命，命大探事前来支取了大量费用，而这些费用，很多是不能提供票据报销的。”

“秘密使命？有什么秘密使命，那个哈日勒出国快三年了，说是学习什么污染治理，怎么也没见他回来为治理圣海死鱼出谋划策？”说到这里，巴王眉头锁得更紧了，“还有王姐，寡人早提醒她不要跟那个右射事裹得太紧，她偏不听。寡人也是可怜她早年丧夫，没有过多管她，没想到她竟然把巴国财政搞得如此混乱。”

巴王显然生气了，他的话似乎表明长公主跟右射事有点不明不白的关系，肯定被右射事和大祭司利用了，而巴王在我面前并不回避家丑，显然把我当成了心腹。

见我没有吭声，左射事又说道：“还有他们所引进的增氧设备，其价格比下官所了解到的也高了一倍以上。”

“有这样的事？这个右射事，简直无法无天，仗着大祭司的支持，肆意挥霍巴国的民脂民膏。”巴王愤怒了。

左射事嗫嚅道：“右射事假公济私，对巴国造成损失，是不是……”

巴王气愤地说道：“寡人也考虑过要撤换他，但这事得通过长老会，而提交长老会显然又通不过。”

左射事接着说道：“现在琥珀特使又被授予二公子，巴国的财政基本都掌控在大祭司手里，长此以往，恐怕不妥。”

我心想，这个左射事怎么回事，最先提议让二公子担任琥珀特使是你，现在表达异议的也是你，而且让二公子担任琥珀特使，我还另有深意。但这些又不能告诉他。还有，在长老会上，如果不与大祭司达成妥协，后面的决议就难以通过，这是明摆着的事，怎么又来后悔，还间接来诋毁我？

还好，巴王并没在意左射事的话，想了想，答道：“这也是迫不得已的事，幸好神使兼领了大探事，分管琥珀销售，谅他尕吉格也搞不出什么名堂。”看了看我，巴王接着说道，“对了，早前神使曾提过想去太庙一观，寡人已知会了大祭司，他说只要不是犯忌之日都可以进去，明天乃是吉日，神使可否随寡人一起去拜祭拜祭？”

听了巴王的建议，真是大喜过望，我来时已有这个打算，没想到巴王主动提出来，心里充满期待，于是喜不自禁道：“如此最好，敝使还想听巴王讲故事呢！”

回到宾室，覃婉丽见我第一句就是：“老公，这个巴国太不好玩了，我们早点回去吧，我是一天也待不下去了。”

我被覃婉丽折磨得有点控制不住情绪了，忍不住说道：“不叫你来你偏要来，来了没几天又要走，我还有事没办完呢，再等几天吧。”

见我发火，覃婉丽也提高了音量：“你一个大学老师，跟这个洞子里的巴国有啥子关系，有你没你人家照样过日子，要你瞎操心，死赖在这里不走。”

覃婉丽一发火，我只得服软，便旧调重弹：“巴王和大祭司说，要给我俩举办了婚礼才放你走呢。”

覃婉丽撇嘴道：“谁稀罕在这里举办婚礼啊，黑灯瞎火的。”

见覃婉丽气消，我便说道：“明天带你去个地方，包你满意。”

覃婉丽听说还有好玩的，立即来了兴趣，但还装作毫不在意，答道：“纳日呙、覃达都陪我把这洞子走遍了，哪还有啥子好地方没去？”

我故意卖个关子：“这个地方他们没有资格去，要巴王和大祭司特准才行。”

覃婉丽挠我一下，终于不再装了："看你神神秘秘的样子，难道这里面还有一个金碧辉煌的皇宫内院？"

"差不多。"此时此刻，能赖一天算一天。

寻找线索

尽管猜想过太庙里面的样子，但是大门打开的一刹那，还是有点吃惊。

首先，从规模上来说，这个太庙就比夔城巴国大得多。进门先有一个前厅，中间挂着一盏大型铜吊灯。墙壁上画着壁画，前厅有三道门，通过三道门才是大厅，足有两千多平左右，洞顶中央是一溜铜吊灯。墙壁上也画满了巨幅壁画，左右两侧纵列分布着几十根柱子，但这柱子并不是用来支撑洞顶用的，而是像圣海祭祀广场上的图腾柱，但更为粗大。

令人惊奇的是，这些柱子全部由巨大的砂岩垒叠雕刻而成，在柱子上，不仅看见了各种动物的形象，也看见了各种稀奇古怪的人物形象，包括伏羲和女娲蛇身交缠的形象以及蛇、熊、鹰、狼的兽首人身像。

大殿的最后两根柱子上雕刻的形象最为让人动容，左边是廪君张弓搭箭，脚下踩踏着各种半人半兽的动物，其中便有蚕丛和鱼凫的形象；右边是折断翅膀胸腹各中一箭的盐水女神，她的周围，是各种惊恐万状同样长着翅膀的女子。

我自然不会放过这个解密的机会，迫不及待问巴王："请问王上，这些半人半兽的形象是谁，还有那鼓目大耳的是蜀王蚕丛吗？"

巴王望着石柱，露出了自豪的目光，答道："他们都是被廪君征服过的部落，那鼓目大耳的正是蜀王蚕丛，神使难道不知道吗？"

我忙转移话题："启禀王上，敝使有一点不明白，难道上古时代真的有半人半兽的人和长着翅膀的鸟人吗？"

巴王答道："按巴国的史书记载和歌谣传唱来看，是真有其事的。"

这时，覃婉丽也控制不住好奇心，问道："那么盐水女神真是廪君的妻子吗，廪君真的亲手射杀了盐水女神吗？"

覃婉丽没有使用对巴王的尊称，但巴王并不在意，微笑着回答道："盐水女神并不是廪君的妻子，最多能够算情人吧，廪君先后有过十八个妻子、十九个儿子和十七个女儿，廪君射杀盐水女神也是迫不得已的。"

"什么叫迫不得已的，简直无情无义。"覃婉丽口无遮拦。

"婉丽，王上面前不得无礼。"我赶紧阻止她。

"没关系的，她不理解先祖所处的时代和他的雄心壮志。"巴王并没有责怪覃婉丽，但覃婉丽却不知趣，还想继续反驳，我赶紧使眼色制止了她。

大殿里墙中央依然是廪君的塑像，坐像下是密密麻麻的巴王牌位。廪君身披虎裙，跨骑白虎，眉宇中居然跟我有点相似。

巴王也注意到这点，忍不住说道："神使的样子，看起来真有点先祖的影子，莫非我们真是兄弟？"

覃婉丽也拍手道："是的是的，确实有点像，难怪那老虎不吃你。"

巴王闻言，更加惊奇，忙问道："覃姑娘曾看见白虎？"

我怕覃婉丽乱说，赶紧接过巴王问题："我在给廪君神魂汇报情况时，她曾远远看见过，但只是廪君的化身。"

巴王脸上露出兴奋的表情，喃喃自语道："难道廪君真的在一直保佑巴国，派你来指引道路？"

听了巴王的话，感觉有点愕然，只好硬着头皮答道："廪君只是以托梦的方式嘱托于我，但并没有指明巴国何去何从。"

说实话，巴国的未来，是继续开禁还是原封不动，或者如巴王所说走出黑暗投入光明外界，我心里还真没底。

此时，格猛递过来三支大香烛，巴王拿了其中一支，跪倒在廪君台座下的锦垫上，行跪拜大礼，我和覃婉丽忙拿了另外两支香烛，在巴王后面跪了，学他的样子行三跪九拜叩大礼，巴王起身后，我们才敢起身。

大厅两侧各有一个偏殿，一个存放各个时代的礼器，以玉器和青铜器为主，很多器物都具有上古遗韵，而偏殿面壁的台案上，则摆放着那两件朝思暮想的东西，一件是神琮，一件是权杖，当看见两件神器的时候，顿时像打翻了五味瓶，酸甜苦辣涩一起涌上心头。另一个偏殿则存放着各个时期的典籍，有刻在石板上的，有刻在甲骨上的，但是，没发现巴蜀图语写成的书。

突然，我被一个青玉材质的宝匣吸引住了，它的雕刻极其精美，上面还镶嵌各种宝石，就像法门寺装释迦牟尼舍利子的宝匣，但要大得多……

巴王看见我注意到了这个玉匣，便介绍道："这个匣子还从来没有被打开过，曾听先王说，这里面隐藏着一个秘密。"

秘密！这会是一个什么样的秘密呢？

凝视着青玉宝匣，我开始搅动脑汁。

会是廪君的遗骸吗？

或是一把开启地宫之门的钥匙？

望着宝匣，我终于没能控制住一探究竟的好奇心，问道："请问王上，这个宝匣是从没打开过还是根本不能打开？"

巴王答道："是没有人能打得开，怎么，神使想试试吗？"

我心痒难耐，跃跃欲试："如果王上不介意的话，我倒想试试。"

巴王望着玉匣，沉思片刻，忽然改变了主意："这个，等时机成熟再说吧。"

琥珀店顺利开张，二公子也走马上任。

冬瓜确实有办法，他请旅游局的领导给几家旅行社打了个招呼，把这个琥珀店搞成了旅游团的旅游产品购物点，营业额噌噌就上去了，超过了预计的好几倍。

二公子很高兴，大祭司听了也很高兴。

但我却高兴不起来，后天就是原定为更甦与玛苏雅举行婚礼的时间，仍然没见更甦的踪影。药王与禾香都来找我想办法，想来想去，我决定去拜访一下大探事，在巴国，只有他算得上是刑侦专家。

"神使大驾光临，敝使受宠若惊。"大探事自称敝使而没称下官，看样子他心中根本没把副射事这个职务当回事儿。

"大探事清闲自在，令人羡慕！"我继续以大探事称呼他。

“神使嘲笑我了，谁都知道神使现在是王上和大祭司身边的红人，令人钦羡啊。”大探事躬身行礼，显得极其谦卑，但语气却有些酸溜溜的。

我赶紧揽住他下躬的身体，慨然道：“大祭司不知道用人，是他的损失。”

大探事摇摇头，叹口气说道：“祭司大人心疼敝使劳累，给敝使个闲职让敝使好好休息，怎能埋怨于他？”

听大探事的口气，自是心口不一，我便趁机说道：“大探事对大祭司忠心耿耿，令人感怀，但人在仕途，孰能无过，大探事为巴国呕心沥血，岂能因为一点瑕疵就……”

还没等我说完，大探事马上打断：“敢问神使今日为何事而来？”

没想到大探事不愿意把话题深入下去，可见大探事对大祭司是忠诚有加，亦可想见大祭司对下属的威慑力。

我也不打算绕弯子了，直说道：“我是为更甦失踪的事情而来。”

听我提到更甦，大探事脸色立即阴沉起来，沉声道：“更甦不愿意做新郎，还玩起了失踪游戏，其他人有什么办法。”

“探事大人确信，更甦是自己消失的？”我审视着大探事，发现他的表情十分不自然，“试想巴国内各个出口戒备森严，他又怎能轻而易举地逃出去。”

大探事迎着我的目光，并不躲避，答道：“神使上次能够潜出国境，难道不是用了药王家的幻药，谁知道他家还有些什么稀奇古怪的药物，能神不知鬼不觉地出境。”

我摇头答道：“更甦对玛苏雅爱恋至深，不可能无缘无故消失的。”

大探事眉头轻蹙，答道：“我看神使最好不要管这档事，免得惹火烧身。”

我立即警觉起来，问道：“惹火烧身，大探事可否把话说得明白些？”

大探事摇摇头，长叹一声：“神使，您现在为王上和大祭司同时倚重，这可是千载难逢的机会，自当把精力用在巴国的福祉上，断不可为了更甦的事断送大好前程。”

看着大探事闪烁不定的眼神，忽然意识到这背后似乎隐藏着一个阴谋，便忍不住追问道：“难道大探事知道更甦的下落，或是有什么难言的苦衷？”

大探事埋下头，躲避我的眼光，摇头道：“敝使是真不知道更甦的下落，”说到这里，忽然又抬起了头，盯着我说道，“但神使若深究此事，肯定会惹上大麻烦。”

我逼视着大探事，斩钉截铁道：“大探事不愿意帮忙，敝使也会把这件事追查下去。”

大探事连连摇头，叹道：“神使真是个固执的人。”

知道在大探事这里问不出个所以然，我只得告辞，但此时，心中已有了朦胧的线索，于是，我决定再去找一个人。我要找的这个人是尕木哈——琥珀开采队的统计员。

“神使大人光临，小民受宠若惊！”尕木哈行深躬礼。

“向你了解点情况。”

“神使有什么需要小民回答的，尽管问。”

“每天劳作完后，你是否都要向二公子汇报？”

“二公子吩咐过，每天都要向他汇报开采出的具体数量。”

“你仔细回想一下，更甦失踪那天，你也向二公子汇报了吗？”

“那天……那天也向二公子汇报了，但是……”说话的时候，尕木哈有些迟疑。

“但是什么，二公子那天不在家吗？”

“那天……那天二公子在家，但是……等了很久他才回来。”

“大概等了多久？”我警觉起来，“二公子是一个人回来的吗？”

“大概等了两个时辰吧，”回答的时候，尕木哈忍不住左顾右盼，声音也很小，“二公子是和他的两个家奴一起回来的。”

听到此处，我感觉抓到点蛛丝马迹了，追问道：“家奴，什么家奴？”

尕木哈低声说道：“大祭司家有四个家奴，个个武艺高强，是大祭司的忠实卫士，”随后，又惊愕地看着我，“怎么神使连这都不知道吗？”

听完尕木哈的回答，忽然感觉背后有些发凉，便又沉声问道：“如果二公子让他俩杀人，他俩会干吗？”

尕木哈神情开始变得慌张起来，嗫嚅道：“这个……这个……不大好说。”

我顿感事态险恶，赶紧嘱咐尕木哈：“今天问你的事，不要对任何人说起。”

更甦失踪那天，二公子比平时晚两个时辰回家，还带了两个武功高强的家奴。

两个时辰加两个家奴可以干很多事，包括让一个人失踪。

如果是二公子控制或杀害了更甦，大祭司会不会知情？

应该是先前并不知情，但后来也知道了，所以那天我去拜谒大祭司，当提起二公子的时候，他怒气冲天。想到这里，背后一阵透凉！

看来这个二公子比我想象的要阴险毒辣得多，表面好像贪财胜于贪色，以退出玛苏雅的竞争换取琥珀特使的身份，其实暗中布置，等待机会除掉更甦，而更甦一除，玛苏雅自然就唾手可得了。

难怪大探事叫我不要小瞧了二公子！

而做了这么大的事，家奴们自然要向大祭司汇报，所以大祭司知道此事之后，非常恼恨二公子，骂他“胸无大志，不务正业”。

那么，更甦还活着吗？

时间紧迫，我打算直接找二公子要人。

琥珀店的销售业绩十分喜人，让大祭司分外高兴，特许我不需要经过他的批示就可以自由出入国境。当然，这还得满足一个重要条件——“神使夫人”得留下来做人质。所以，出去之前，我费了九牛二虎之力才做通覃婉丽的工作。

到了琥珀店，客人还真不少，尽管请了两个女店员，但因为业务还不太熟，冬瓜得亲自上阵，而松哥负责旅行团的接待，闷墩儿负责打点，只要有钱赚，松哥和闷墩儿干得都很开心。

“辛苦了，”看着忙得不亦乐乎的冬瓜，我递给他一支烟，“怎么，樊经理不在？”

冬瓜把我拉到一边，埋怨道：“狗日的，你请的个啥子经理哟，狗屁不通不说，还懒得像头猪。”

我耸耸肩，答道：“这个没办法，他老爹是大股东。”

冬瓜眼珠骨碌碌转了几圈，问道：“说到股东，老子入股的事进展得怎样了？”

看着猴急的冬瓜，我敷衍道：“刚开业才三天呢，先这样干着吧，照这个势头，门面费加提成，你每月收入差不多七八万，应该够用了吧。”

冬瓜急了，争辩道：“狗日的，你不晓得，这不是钱多钱少的问题，而是有没有主人翁感觉的问题。”

我假装不解，搪塞道：“你只管挣钱，要那些感觉有什么意思。”

冬瓜瞪我一眼：“狗日的，你懂不懂，有了股份像老板，没有股份就是给别人打工的伙计，挣再多钱心里也不是个滋味儿。”

我为难了，嗫嚅道：“怎么也得等到干满三个月才能提加股东的事吧。”

“狗日的，你我两兄弟，我给你明说，”冬瓜看了看四周，压低嗓门，“生意再这么红火下去，入股的价码就会越来越高，三个月之后再谈入股，至少得花现在两倍的价钱。”

我心里急着找到二公子，没工夫跟他纠缠，便答道：“嗯，我尽量早点儿提出来，现在你告诉我，樊经理去哪儿了？”

一提到二公子，冬瓜就恨得牙痒痒：“狗日的不来还好些，头两天倒是在店里待了小半天，但只顾跟女店员闲聊，走的时候还顺手牵羊，拿了几件头等货品，老子都不晓得啷个做账，今天根本就没见人影儿。”

听完冬瓜的唠叨，我并没觉得很气恼，淡淡地说道：“你把樊经理拿走的货品名称、价格都给我单独记个账。”

冬瓜余怒未消，骂道：“从来没见过这样的经理，龟儿子根本就是个败家子！”

败家子

本来冬瓜这个店面空高超过六米，隔成了两层，阁楼上一应设施俱全，完全可以住人，可二公子就是要住宾馆，一个月要多出一万多的费用。所以这个阁楼，就安排松哥和闷墩儿住了。

于是，来到二公子租住的宾馆房间，按了很久的门铃，里面才有回应，又等了很久，才有人来开门，却不是二公子，而是他的哥哥大公子樊怀国，也就是哈日勒。

大公子衣衫凌乱，脖子上挂了个蜜蜡项坠，正是我设计的款式，恐怕就是二公子从柜台中拿出来的东西了。看到大公子疑惑的眼神，便自我介绍道："我是刚刚上任的大探事，找尕吉格有急事，请问他在房间里吗？"

大公子并没让我进房间，而是走出来带上门，冷冷答道："他出去办事去了，不知道什么时候回来。"

我怎肯放过这样的机会，对他说道："可否请你给他打个电话，说我在这里等他，"见大公子不耐烦的样子，我又强调道，"真的是很紧急的事情。"

大公子犹豫了下，很不情愿地拿出手机，但没有打电话，而是点开微信，发送了一条留言，然后望着我问道："你真的要在这里等他吗？"

我点点头道："如果方便的话。"

大公子耸耸肩，从裤袋里掏出一包天子烟，抽出一支点上，吐一个烟圈，然后斜眼望着我，问道："听尕吉格说，你在外面的身份是大学教师，是哪所大学啊？"

看见大公子如此没有教养，真不想回答他，但想到要在这里等二公子，暂时不想得罪他，只好低声答道："西联大学。"

大公子听到"西联大学"几个字，眼睛就亮了，连忙再抽出一支递过来并给我点上，满脸堆笑："太巧了，我也在那所学校读书。"

我也做惊讶状："是吗，真的很巧。"

"这可真是踏破铁鞋无觅处，得来全不费工夫，"大公子脸色立即变暖，露出媚笑，"大探事老师，可不可以帮我个忙啊？"

看大公子瞬息万变的态度，心里直犯恶心，强抑住情绪，淡然道："不知大公子有什么事需要我效劳？"

大公子却不忙开口，敲了敲门，一会儿，一个美女来开门，正是那天坐保时捷 911 副驾位上那位，脖子上也戴了个琥珀项坠，是有两个虫的虫珀，市场价两万多的上等品。

那女子看见我，脸上露出诧异的神色，大公子连忙介绍道："这是我们学校的老师，我请他帮个忙，也跟你有关。"然后又给我介绍道，"陶艳虹，陶然居的陶，艳丽的艳，彩虹的虹，也是我们学校的学生，传媒学院大二的，我女朋友。"

女子撇嘴道："你介绍这些搞什么嘛，烦得很。"

大公子一把揽住女子细腰，媚笑道："你上学期不也挂了两科嘛，我想请皮老师给相关老师打个电话，帮你摆平嘛。"

听大公子如此说，我连忙摇头道："哎呀，樊怀国同学，这个忙我可能帮不了！"

大公子闻言，立即又变了脸色，皱眉道："这对你来说，不过是小事一桩嘛，皮老师不会不给这个面子吧？"

我窘道："这种事我还真没有做过，不知道怎么操作。"

大公子双臂交叉，答道："这个好办，由你出面，邀请几位主课老师吃个饭，我买单，再给他们每人送件礼物，基本上就搞定了。"

话已至此，我只好敷衍道："那等我回学校问问再说。"

见我如此回答，大公子立即喜形于色："有皮老师这句话就够了，回头我打听一下，尽快把挂科的课程和几个老师的名字交给你。"说完，又掏出电话拨打给二公子，"樊怀家，快点回来，我们老师等你好久了。"

不多会儿，二公子回到房间，手上也戴了串蜜蜡珠，将保时捷钥匙扔给大公子，口中说道："嗯，这个车子不错，好拉风，可不可以借我用几天呀？"然后又对我说道，"啊，大……皮老师大驾光临，有何贵干啊？"

我瞥了大公子和那女子一眼，说道："公司有重要事情要跟你商量一下，可不可以单独谈谈？"

大公子立即会意，答道："你们在这儿聊吧，我和艳虹回学校了，皮老师，别忘了答应我的事情哦。"

二公子好奇道："皮老师能帮你什么忙？"

大公子答道："不关你的事，你就别瞎操心了，"然后指了指脖子上的吊坠，"对了，麻烦你再帮我搞五件这种货色的东西，我要送几个老师。"

二公子看着我，脸色有点尴尬："这个……以后再说吧。"

大公子走后，二公子望着我，问道："你该不是为了这几串东西来找我麻烦吧？"

我单刀直入："我是为更甦的事情来的。"

二公子愣了一下，警觉道："更甦，更甦失踪关我什么事？"

我步步紧逼："更甦失踪那晚，有人看见你带两个家奴和他在一起。"

二公子脸色陡变，愤然道："胡说，谁告诉你的。"

我答道："别忘了我是大探事。"

二公子强作镇定，反戈一击："别忘了，你能当这个大探事，还不是因为阿爹抬举你，你不但不知恩图报，反而管起我的闲事来。"

我逼视着他，怒气汹汹地说道："你把更甦弄哪儿去了？"

二公子瞥我一眼，十分不屑道："我没有把他弄哪儿去，你要有本事，自己找他去。"

我捏紧了拳头，怒目圆睁："你若不把更甦交出来，就别想再做琥珀特使！"

二公子冷笑道："你若爱管闲事，小心丢了乌纱帽和小命。"

我怒不可遏："若你明天还不把更甦交出来，拼了这顶乌纱帽也要把你拉下马。"

二公子怒道："咱们走着瞧！"

现在可以断定，更甦的失踪，肯定是二公子所为，但接下来该怎么办呢？

情急之下，我准备去拜谒大祭司，希望利用大祭司来压压二公子，逼他交出更甦。

“神使，你来得正好，后天就是大吉之日，极宜婚娶，我和王上已经商量好了，准备就在巴国给你和覃姑娘举办婚礼，你看如何？”

我本是打算来告状的，大祭司却热情洋溢地送我一份大礼，顿时僵在那里，不知所措。

“怎么，难道神使不肯赏我和王上的脸？”大祭司觉察到我脸色的异样，吃惊地望着我。

眼见大祭司关切的面容，我思维忽然变得混乱起来，支支吾吾道：“这个……这个……一点准备都没有，再说，覃婉丽那边也没有准备啊。”

大祭司笑道：“覃姑娘那边已经派人通知了，她好像很高兴呢，说按本座的主意办，至于说你，应该早就准备好了吧。”

我忽然惶恐起来：“这个……这事……我想……”

“这个那个什么，就这么定了，到时候，本座当主婚人，王上当证婚人，”大祭司不但没有注意到我的异常，反而显得分外热情，“要知道，巴国以前还从未有过这样隆重的婚事，神使还有什么不满意的？”

忽然想到此行的目的，我退后一步，躬身行礼道：“谢谢祭司大人的厚爱，不过，敝使今天来，是有一件重要的事向祭司大人禀告。”

大祭司不悦道：“神使有什么事，尽管说就是，干吗吞吞吐吐的？”

看着大祭司的眼神，我心乱如麻：“更甦，二公子他……”

闻言，大祭司脸唰地变了色，厉声道：“更甦怎么啦，尕吉格又怎么啦？”

此时此刻，心里像挂了个吊桶打水，七上八下，慌乱之极，挣扎纠结中，我还是鼓足勇气说道：“更甦的失踪，可能跟二公子有关。”

当说完这句话的时候，发现自己的冷汗都冒出来了，而大祭司看我的眼神，也瞬间发生了改变。此刻，他青筋暴露，目光凶狠，与刚才已判若两人。

“谁告诉你的，你有什么证据？”

“敝使亲自问过二公子，他间接承认了。”

“什么叫间接承认了，”大祭司气得胡须都颤动起来，怒吼道：“你才当了几天大探事，就以为自己很会断案了，道听途说，一派胡言！”

我心陡然一紧，原本以为大祭司多少有点公正感的，怎么样也得问问事情的经过，断不会如此护短，没料到完全不听我分辩，大发雷霆。但我也是个吃软不吃硬的角儿，不由得抗辩道：“二公子已经认了，祭司大人怎可不分青红皂白，敝使不是想要追究二公子的责任，只要他交出更甦就可以了。”

“大胆，这里还轮不到你来发号施令，”大祭司气得眼睛都绿了，用发抖的手指着我，“你给我退下，好好回去面壁思过，仔细想想刚才说的话，多么的荒唐无礼！”顿了一顿，还没消气，接着吼道：“本座如此抬举你，没想到却养虎为患，反咬本座一口，是何道理，岂有此理！”

大祭司近乎咆哮的愤怒令我吃惊，一种不祥的预感笼罩心头，更甦一定凶多吉少，而我这莽撞的举动，也将失去大祭司的信任。

闷闷不乐地回到宾室，看见覃婉丽竟然一个人在研究巴国菜，见我回来，兴奋地跑过来，吊住我脖子说道：“为什么不自己来通知我，反而叫个侍卫来传达，一点儿都不浪漫。”

我一时没明白过来，问道：“什么事情要我亲自通知你，什么叫不浪漫？”

覃婉丽挠我一下，娇嗔道：“你就别板起个脸装模作样了，大祭司已经派人告诉我了，就是后天的婚礼啊！”

“后天的婚礼？”

“你不会说你不知道吧？”覃婉丽瞪大了眼睛。

“噢，后天的婚礼，刚才听大祭司说起过，不过可能有点变化。”我嗫嚅道。

“有变化，什么意思？”覃婉丽松开手，退后一步望着我。

“刚才为更甦的事和大祭司闹翻了，可能会影响到我们的婚礼。”说话的时候，我不敢看覃婉丽的眼睛。

“更甦的失踪，关你屁事，怎么还没完没了啦。”覃婉丽声音变大了。

“更甦不是自己跑的，可能被别人绑架或陷害了，作为大探事，我有责任调查真相。”我也把声音提高了点。

“皮兆寅，你给我搞明白，你的真实身份是大学老师，而不是什么巴国的大探事，我看你想当官都想疯了！”覃婉丽情绪激昂起来。

“其他人失踪也许不关我事，但更甦失踪了我一定要调查清楚。”我牛劲儿上来了。

“你倒是给我明说，后天的婚礼还要不要举行？”覃婉丽怒视着我。

“婚是要接的，但不是后天，你想想，后天原本是更甦和玛苏雅的婚礼，现在更甦失踪了，药王一家正心急如焚，我们却在这个日子举行婚礼，别人会怎么想。”我压制住情绪，企图给覃婉丽讲道理。

“你恐怕是在意那个禾香怎么想吧，”覃婉丽发起火来，一发而不可收，“怪不得之前一到巴国就不愿回家了，连个电话都不舍得打，果然是被那个小妖精迷惑了！”

“不许你这样说禾香！”我被激怒了。

“看看吧，击中你的要害了，”醋劲一起，覃婉丽又开始歇斯底里了，“好吧，我总算明白了，你就是不想当着她的面跟我举行婚礼，好跟那个小妖精保持不明不白的关系，”说完，将桌子上的菜盘子扒拉在地，“行，你留下来，我走！”

“求求你，不要胡闹了好不好。”覃婉丽一发飙，我顿时六神无主了。

“谁跟你胡闹了，当初我不愿意来，是你说巴王和大祭司要在巴国给我们举办一个特别的婚礼，我才勉强来的。现在婚礼近在眼前，你突然又变卦了，找些啥子狗屁理由来敷衍我。”吼完，覃婉丽开始抽泣起来。

“当初是这样想的，可是现在情况有了变化嘛。”我支吾道。

“我看是你的脑子起了变化，你一边吃在碗里，一边又望到锅里。”覃婉丽一边咆哮，一边踩踏着地上散落的饭菜，“哼，我明天就走，一辈子也不愿意看见你！”话一说完，马上冲进卧室，收拾东西去了。

我推推门，被闩上了，敲敲门，也没有回应。怎么会弄成这样，眼看诸事顺利，正朝着有利于我和巴国的方向发展，突然一下又被我搞糟了。

心中纠结起来——算了吧，更甦的事情就到此为止。可是，这关系到一个人的生死，而且这个人还是我救命恩人的儿子。

我该怎么办？

如果对此不管不顾，明天一早再去向大祭司道个歉，或许可以得到他的原谅，重新赢得他的信任，事情会向好的方向转变。我会和覃婉丽在巴国举办婚礼，继续风风光光地做外射事兼大探事，一旦时机成熟之后，再回到外界，做回我的大学教师。或者既做大学教师，又做巴国的官，自由穿越于现代文明与古代社会之间，慢慢思考巴国的前途。但如果继续追查，则可能使我陷入被动，苦心孤诣营造出来的大好局面毁于一旦。

望着玻璃鱼缸发神，头脑中不断闪现出药王与禾香焦急的面容，感情的天平渐渐倾斜，终于有了决定。

在沙发上躺下来，久久不能入睡，突然感觉到房门外有异响，正犹豫要不要开门看看，那声音很快就消失了。

心想，也许是覃达和纳日呙听到吵闹声，在外面偷听吧，要知道他俩就住在我隔壁。不由得朝门口望去，猛然发现门缝下似乎塞了个什么东西，便走了过去，抽出来一看，是一张画在麻布上的图画。

麻布上的图案呈暗红色，仔细辨认，像是用血画的，一人一兽，兽一眼可以看得出来是鱼龙，人是谁，却无法辨认。

仔细推敲，那人头上结了个与众不同的角髻，上面插了根簪子，猛然想起来，二公子在某些场合有过这种打扮。

二公子和鱼龙，这是个什么意思？

难道是要我留意二公子，但这跟鱼龙又有什么关系？

还有这张图是谁画的，又是谁塞进来的？

大探事曾经提醒我不要小瞧了二公子，但他有必要以画血画的方式来提醒我吗，显然不是大探事画的。

用血画来提醒一个人，至少有两个含义，一是画画的人可能不方便使用纸和笔，二是画画之人或被提醒之人处于极度危险之中。

如果是后者，我至少目前还没感受到生命危险，虽然得罪了大祭司，但他还有要用我的地方，而且我坚信大祭司的气量也不至于那么狭窄。

而如果是前者，会是谁？

不管怎样，我觉得首先要稳住大祭司。

死里逃生

第二天一早，来到大祭司家请安。

大祭司眼睛里充满血丝，神色疲惫，但看见我来时还是挤出了笑容。

“怎么一大早就来了，不在家多陪陪新娘子？”大祭司说道。

“敝使昨晚冒犯了祭司大人，前来领罪的。”我诚惶诚恐地作答。

“知错就改，善莫大焉，本座就喜欢神使这样的聪明人。”大祭司凝视着我，满含深意。

“感谢祭司大人宽宏大量，敝使感激莫名，但有一事恐怕还得辜负祭司大人了。”我斟酌词句，考虑怎样不让他生气，“敝使想，关于后天与覃婉丽的婚礼，实在是仓促了些，可不可以稍微延后几天？”

果然，听到此话，大祭司皱眉道：“本座知道你顾忌药王一家的感受，要错开这个日子，”接着，又做出为难的样子，“只是此事本座已告知王上，大家也在为此张罗准备，忽然取消婚礼，恐怕有些不妥吧？”

“敝使并没有说要取消婚礼，只是想暂缓几天而已。”

“没想到你这么固执，”大祭司摇摇头，表现出极度失望的样子，“错过明天的大吉之日实在可惜，但愿神使不要因此而后悔！”

“对不起，辜负了祭司大人的美意！”我深鞠一躬。

辞别大祭司，回到宾室，不见了覃婉丽。

问覃达和纳日呙，他俩也不知道覃婉丽的去向。

真是屋漏偏逢连夜雨，更甦还没找到，覃婉丽又突然失踪了。此时此刻，我一下就蒙了，一个劲儿地后悔，觉得自己真不该取消婚礼，不仅使覃婉丽负气出走，还因此而得罪了大祭司。

我冲了个冷水澡，努力使自己保持镇定，清理一下头绪，心情逐渐平复下来——覃婉丽并不熟悉巴国错综复杂的道路，一个人出去，要不了三分钟就会迷路。即使能够侥幸找到出口，也根本出不去。如此看来，覃婉丽可能是在她那群粉丝中躲藏起来了，过几天就会觉得无趣，自会回来。所以，当务之急，仍然是寻找更甦。

于是吩咐覃达和纳日呙，帮我办两件事。

安排妥当之后，我决定再去拜访一次大探事。

“神使，你犯了大忌！”当我说明来意后，大探事发出惊呼。

“此话怎讲？”我问道。

“在巴国，胆敢直接挑战大祭司权威的，绝对没有好下场！”大探事望着大我，露出惊愕的眼神。

“可敝使只是想通过大祭司给二公子施加点压力，并没有直接挑战他的权威啊。”我辩解道。

“你当着大祭司的面，把更甦的失踪归罪于二公子，逼他交出更甦，这还不叫挑战他的权威。”大探事急得直跺脚。

“可是敝使并没有说他包庇护短啊，而且今天一早还特地给他道了歉，就是表明对他的尊重。”我继续辩解。

“神使大人，你以为自己的那点伎俩能瞒得过大祭司，”大探事嘴角微颤，表露出极度不屑，“我真搞不懂，神使有如此尊崇的地位，竟然会为了一个平民去冒犯大祭司，真是糊涂，太糊涂啦！”

“平民也是人，他们的生命和财产也应该得到公平对待，”我也激动起来，“反正不搞清楚更甦失踪的原因，我不会善罢甘休！”

“神使是不是爱上药王的女儿了？”大探事凝视着我，忧心忡忡。

“没有的事，我只是觉得药王一家待我恩重如山。”我坦然答道。

“神使难道不觉得大祭司也很看好你，一直提携你？”大探事厉声问道。

“大祭司看好与提携谁，全在于利益的考量，当一个人对他没有利用价值的时候，他会毫不犹豫地一脚踢开。”我逼视着大探事，一语双关。

果然，大探事发亮的眼神逐渐变得灰暗，摇摇头，没有答话，而我则开始趁热打铁：“探事大人曾经为大祭司一家的事费尽心机，鞠躬尽瘁，到头来却因为一点小事没有处理好就被扫地出门，这样的主子有必要对他尽忠吗？”

大探事摊摊手，故作轻松的样子：“大祭司心疼敝使劳累，让敝使歇下来休养休养，这也是敝使早有的愿望。”

我冷笑道：“探事大人以为自己的这点伎俩，能瞒得了众人的眼睛？”

大探事低垂着头，神情极为疲惫，叹口气说道：“瞒得了瞒不了都不重要，重要的是你我谁也斗不过大祭司！”

“如果再加上王上呢？”我见大探事心思活动起来，追问道。

“王上？王上近来的表现确实让人不敢小觑，没想到他竟然在我的心腹中布有眼线，对外使的行动了如指掌，而且又有高人在背后指点，确实让人意想不到。”大探事抬头看着我，眼光闪烁了一下。

“王上还掌握了大祭司一家更多的贪腐证据，你觉得凭借这些证据可以扳倒大祭司和二公子吗？”我充满期待地凝望着大探事。

“难！”大探事想也没想，十分干脆的回答。

离开大探事家，一种空空荡荡的感觉袭来。

不知不觉中，来到圣海边，整个洞穴中的巴国，只有这里让人感觉到放松。

风中裹挟着淡淡的鱼腥味，弥漫出一种淡淡的忧伤。

三台增氧器呈品字排列，塑钢鱼龙静静地喷着水，湖边已没有了以往的热闹，这几台千篇一律机械动作的假鱼龙再也引不起人们的好奇，倒是有几个小孩拾起岸边的小石块打水漂玩得起劲。

忽然觉得，现代文明之于巴国，或者并没有我想象的那么可怕，也许刚刚进来时会引起一些好奇和动荡，但只要人们习惯了这一切，好奇心自然会随之消失，一切又将归于平静。

沿着圣海边漫步，思绪随着水浪一波一波涌来——

人生总有许许多多的无奈，当你费尽心机想去做好一件事情时，结果却往往朝反的方向发展，你总想内外兼顾、八面玲珑时，往往是两边不讨好，最后自己落得孤家寡人。

脑中不断浮现出一个个身影——罕宝、丽雅、王后、无瑕、禾香，还有覃婉丽，自从我出现之后，原本稳定的次序仿佛突然被打乱了，原本平静的生活突然起了波澜，继而都间接因我而受到伤害，有的还失去了生命。

我这个所谓的廪君神使，给巴国带来的，莫非正如卦象所示——大凶之兆。

或者是廪君的魂魄，本身就带有巨大的破坏性，正如那上古时代一样，廪君所到之处，一路征伐掠夺，血流满地，哀鸿遍野。可是，廪君却被巴人奉为尊神，神圣不可侵犯。而我，竟然成为他的代言人，扰乱了这里的宁静。

是不是我真的不适合这里？

看着微波荡漾的水面，头脑中的人影逐渐定格为无瑕。

无瑕现在怎样了，她的腿伤好了吗？

巨大的铜钟悬挂于水中，只需要拿起鼓槌敲响铜钟，鱼女们便会鱼贯而来。

鼓槌悬停在空中，莫名其妙的焦虑铺天盖地而来。

收拾烦躁的情绪，信步朝圣海深处走去，隐隐约约的海岸线弯曲延伸，没有浪花，没有涛声，死一般的宁静。

掏出口袋中的血画，借着微弱的光，陷入沉思。

心中希望是更甦画的，这样他便可能还活着，但是又为什么不来见我呢？

鱼龙代表什么？通常的联想是代表危险，正如绝谷中的白虎一样，是有去无回的象征，但是以我现在所处的地位，怎么样也不至于被选去祭祀鱼龙吧？

不知不觉间，已远离了祭坛，越往里走，更甦的影子越清晰，望着五彩斑斓的平静水面，感觉到自己快要找到答案了。

突然间，一声怪笑划破寂静，循声望去，五个黑影分布于我的四周，全部黑衣蒙面。

这几个人是什么时候来的，我怎么一点感觉都没有，看他们站立的位置和姿势，显然来者不善。

我警觉四顾，厉声问道：“来者何人，想干什么？”

为首一人冷笑道："只是想来会会神使，看你是不是人们说的那样神奇。"

听那人声音，再从身形上判断，有点像二公子，便试探道："尕吉格，我待你不薄，怎么却恩将仇报？"

那人耸耸肩，继续冷笑："哈哈，什么你待我不薄，你有今天的地位，全是我家老头子赏赐的，可你不但不知恩图报，反而与我为敌，是何居心？"

那人的回答，已完全证明了他的身份，正是二公子本人，那么这四个黑衣人，就是大祭司的四大家奴了。以现在的情势，我以一敌五，明显处于劣势，若是硬拼，肯定不是对手，只有用计分化瓦解他们，才有机会脱身。

想到这里，我沉声喝问道："来的可是大祭司的家丁，没有大祭司的命令，谋害神使，可是杀头之罪！"

四人就像聋子一样，无动于衷。二公子嘿嘿笑道："他们就是我家养的四条狗，叫它咬谁就咬谁，现在他们咬定你了！"

说服不了四个家奴，只有说服二公子了："尕吉格，你不要肆意妄为，越陷越深，只要你交出更甦，我保证一点都不追究，你还可以继续做琥珀特使。"

"你以为我会相信你的鬼话，"二公子扯下面罩，拿手指着我："好你个阴险狡诈的家伙，一面向我父亲请罪，一面安排覃达和纳日呙收集我的证据，幸好他俩是自家人，否则就被你算计了。"

我闻言一惊，心中懊悔不迭，怎么这么糊涂，居然安排大祭司指派给我的勤务兵去做损坏大祭司一家利益的事，这还不等于搬起石头砸自己的脚吗？

但事已至此，我只能严阵以待，准备迎敌，幸好带了一把电棍，就用它来拖些时间，也许还有机会。

忽然间，前后位置的两个家奴先发动了攻击，赤手空拳向我扑来。我身子侧倾，底盘微微下沉，两手张开呈怀抱状，待前面那家奴挥拳击来时，身体侧转，并迅速以右手从其肘下穿过，抓住其手臂一领，那家奴收势不住，朝前一个踉跄。

后面袭来的家奴个子较矮，拳脚直奔我下盘，我便将重心再降低一点，沉着迎敌。但这矮子臂力奇大，桩子也稳，虽然能够拨开他的拳脚，但两臂被震得酸麻。

高个家奴再次加入战团，两人一个攻我的头胸，一个攻我的腰腹。上三路倒还好应付，虽然高个家奴以灵动见长，但拳脚并不沉实，轻轻一拨即可化解；而矮个家奴出招虽然缓慢，却招招劲道十足，难以化解。

几十个回合过去，感觉自己手臂发麻，双腿发颤，便从腰袋中取出电击棍，当矮个家奴再次击出右拳时，将电极端搭上他的手臂。那家伙浑身一震，赶紧闪开，脸露惊异之色。高个家奴见状，并没停止攻击，盯着我手中的电棍，围着我绕圈，不时偷袭几拳。两人因为忌惮我的小型秘密武器，不敢靠得太近，几十个回合下来，竟然不分胜负。

此时，又一个家奴也加入了战团，三人呈品字形排列，在我周围流转围攻。我沉住气，每到危急时刻即以电棍将他们逼开，又缠斗了几十个回合，累得大汗淋漓，渐渐不支。

二公子嘿嘿阴笑道："原来你还真有点能耐，所幸我一下带了四条恶犬来，看你还抵抗得了多久。"说完，手一扬，"二嘎，让他也见识下你的能耐吧。"

那站在旁边观战被称作二嘎的家奴，将手伸入腰间袋子，摸出什么东西来，扬手一扔，一道劲风急至。我闻风闪躲，一阵轻风从耳边吹过。与此同时，三个家奴迅速闪开，为二嘎的暗器开放场地。

二嘎再次将手伸入袋子，又一扬手，这次却是两道风声，两小团黑影迅速飞至，直奔我的面门，我急忙朝后一仰，两团黑影贴着面皮飞过。

见我竟然躲过暗器，二嘎哼了一声，又将双手一起伸入袋中，身体随之转动起来，无数黑影随着风声而至，看那黑影的飞行形态，像是无数小块的鹅卵石。那鹅卵石如雨点般袭来，就像是哈雷彗星的尾巴，把我紧裹在其中。

接着，身体好几个部位同时中弹，最致命的是额头和胸口也没能幸免，鲜血从额头上流下来，遮住了眼睛。

见我手忙脚乱，三个家奴认为时机已到，同时扑上来，一个抱腰，一个抱腿，一个锁住脖子，将我撂倒在地，二公子扔过来一条绳子，很快将我捆成一个粽子。

二公子狠狠踢我一脚，说道："你不是要我交出更甦吗，现在给你一个机会，你自己到圣海里去找吧，不过我不敢保证你能找得到他，也许他早躲到鱼龙的肚子里去了。"说完，发出阴险的奸笑声。

鱼龙，二公子。终于将血画破解了，可为时已晚。

二公子嘿嘿冷笑道："为了让神使潜得更深一些，再帮你加几块石头吧。"

紧接着，一块沉重的大石块被绑在身上，此时的我再次陷入绝望。

"尕吉格，你这样做就不怕祭司大人都知道吗？"

二公子又踢我一脚："有些事他可以知道，有些事他不必知道，只要最后的结果对他有利就行，知不知道都一样。"

"加害神使，难道你不怕廪君怪罪！"

二公子突然哈哈大笑起来："哈哈，神使，狗屁神使，除了巴王之外，你以为大家真的相信有什么神使，给你加这么个头衔，只不过想利用你，你还真把它当回事了。"

接着，二公子将我头提起来，扇一耳光，继续数落道："本来你可以好好做你的神使和大探事，成为几人之下万人之上的大人，却偏偏要来管我的闲事，不但不撮合我和玛苏雅，还叫冯老板记我的烂账，以为自己做得隐秘，哪知道那美女店员只跟我上了一次床，收我两千块钱就全吐出来了。"

此时我已彻底绝望，痛恨自己的幼稚和草率，我死了不要紧，覃婉丽怎么办？她可能会永远羁留在黔龙之巴，甚至成为二公子的玩物！

二公子好像明白我的心思，开始调侃我："不过还得谢谢你，一来帮我顺利当选了琥珀特使，二来还带进来一个天仙般的美女，我定会帮你好好照顾她的，这个你可以放心！"

听到此处，我心如刀割，强忍怒火向二公子恳求道："我死不要紧，但请你放过覃婉丽，这些事与她无关。"

二公子冷笑道："别以为只有你才是情圣，那小娘子跟了我，说不定比跟你还快活，至少有花不完的钱。"

接着，二公子又给我面门一拳，顿时鼻梁碎裂，鲜血直喷。但此时此刻，心中的血喷涌得更猛烈，充溢了我的整个心胸，似乎要爆裂开来。

在这个过程中，四个家奴全都面无表情，冷得像玉田里的古冰，他们甚至比狗都不如，不仅完全没有是非观点，没有悲悯之心，甚至连吠声都没有。

数落完我的“罪状”，二公子命家奴把我扔上了一只小木船，两个家奴一起用力划向圣海深处。二公子没有上船，而是径直走向铜钟，敲响之后，脸上绽放出邪恶的狞笑。

木船到达深水区，我被两个家奴提拉起来，身体悬空，抛入平静的散发出荧荧之光的海面。扑通一声，冰凉的海水包围了我的身体，刺得脸上的伤口生疼。

屏住呼吸，睁开眼睛，最后看一眼这奇幻的景观，冷冷的幽默感冉冉升起——发光的珊瑚礁就是我的阴宅，透明的水母就是我的招魂幡，闪着鳞光的鱼是飘散在空中的纸钱。死在这样的地方也不算特别委屈，我甚至觉得，从这里可以直达阴曹地府，都不需要通过什么奈何桥了。

绑着石块的身体迅速下沉，水压开始刺痛眼睛和耳膜，我不得不把眼睛闭上，屏住呼吸，不放弃临死前的思考——

自从和廪君的魂魄沟通以来，曾经有一段时间真的认为自己就是廪君，具有通天的神力和化险为夷的运道，觉得自己能够带领这个魔幻地国走向更加光辉灿烂的未来。然而，随着水压挤压大脑，我终于明白过来，自己只是一个再普通不过的人，甚至连一点特异功能都不具备。

再一次努力睁开眼睛，周围的珊瑚和鱼群都变得模糊了，形成了无数个大小不一的光环，最里层是白光，然后是蓝光、绿光和红光，光环的外层是一圈像刺一样的毛边。

胸腔被压扁，呼吸急促起来。

渐渐地，身体失去了知觉，心跳似乎也要停止了，只有思想顽强地延伸着，企图穿越无边的冰凉。

忽然，感觉到身体停止下沉，被某种东西托住，紧接着一个软软的东西贴在嘴上。

我本能地将嘴张开，感觉有空气灌注进来。

贪婪地吸吮，空气中带着甜味，被捆绑的身体也松弛开来。

我是在天堂吗，还是地狱？

能够感觉到身体的完全放松，一定是灵魂已经脱离了羁绊，开始自由的漂浮了。但奇怪的是，灵魂怎么可以感受到香甜的味道？

压力继续减轻，身体似乎在水中迅速地移动，终于可以睁开眼睛了。

五六条大鱼围绕在我周围，其中一条的嘴对着我的嘴，那是空气和甜味的来源。忽然间明白过来，是无瑕和鱼女们，不是什么大鱼，她们簇拥在我周围，无瑕正用自己的嘴在为我灌注空气。

真的发生了奇迹，我又一次死里逃生！

鱼女们轮流用嘴为我灌注空气，当确认二公子走远后才浮出水面，像上次无瑕受伤后一样，我被鱼女们托举着向圣海深处游去。水波在我的身体边荡漾，犹如飘浮在空中，无比的自由惬意。

然而，远处的水面荡起涟漪，一个巨大的漩涡正在靠近，鱼女们的神色开始变得慌张起来——糟糕，那是鱼龙闻声而来了！

危机之中，玉娇和一个鱼女手持短匕迎向鱼龙。

此时的我，已经缓过神来，和无瑕等鱼女迅速朝岸边游去。

到达岸边，除无瑕外，其他三个鱼女也反身朝鱼龙游去，昏暗的水面上，鱼龙巨大的头颅蹿出来，咬向腾在空中的鱼女，若鲨鱼猎食海豹的场面。

鱼女们比海豹更加灵活，不断地上蹿下跳，避开鱼龙的一次次攻击，还不时在它身上刻上几刀。那鱼龙气急败坏，潜入海底，狼狈而逃，鱼女们欢呼雀跃着游向岸边。

转过身来，眼前的无瑕，瘦了，眼神里依然带着淡淡的忧伤，没有脚的双腿蜷缩在身下，似有意回避我下探的目光。

“无瑕，谢谢你又一次救了我！”我抚摸她小小的脸颊，万般爱怜。

“今天……好险！”无瑕仰着头，眼中噙满泪花。

“你怎么知道我要来这里，又怎么知道我可能遇害？”心中充满好奇，暗想，莫非是无瑕画的血画，通知我提防二公子？

“我，我……”无瑕眼望着远方，神情紧张而专注，并没有留意我的问话。

突然，我听见无瑕一声尖叫，眼睛瞪得滚圆，巨大的惊恐出现在脸上……

血的代价

回头望去，一个黑乎乎的东西从水下蹿起，原来是鱼龙去而复返，张开血盆大口咬向落在最后的鱼女玉娇，当玉娇感受到危险，腾身而起之时，已经晚了。

玉娇的整个下半身落入鱼龙口中，被鱼龙死死咬住，鱼女们待要回身相救，那鱼龙一个猛子扎入水中，水面激起巨大的水花，顷刻间消失不见。其他几个鱼女也潜入水中，奋力追赶，过了一会儿，无功而返。从她们的眼神中，我知道玉娇已经遇难。

无瑕双手蒙脸，痛哭不止，鳃裂中渗出血来。

为了我，又一个鱼女献出了生命！

心口刺痛，犹如锋利的尖锥刺破胸膛。悲伤铺天盖地袭来，比身处高压的深海还难受，让人无法呼吸。

无瑕痛苦地抽搐，悲恸欲绝，而我也不知所措，脑中一片空白，整个胸腔被某种情绪填满，似要爆裂开来。

过了好一阵，无瑕才停止哭泣，虽然脸上还挂着泪痕，但眼神却透亮而坚定，她双腿从身体下抽出来，移动到我身旁，将头靠在我胸口，一只手抚摸我的脖颈。

“对不起，都是我的错！”我紧搂住无瑕柔软的身体，懊悔不已。

“不怪……你，是那个……坏蛋的错！”无瑕抹掉泪水，忧伤的眼神转化为愤怒。

“我一定为玉娇报仇，我向你保证，绝对不会放过那个坏蛋！”我为无瑕擦掉泪水，自己的嘴唇已咬出血来。

“我相信……你能……做到，现在……带你……去……见一个人。”无瑕抬起头，深情地仰望我。

不用问，我知道无瑕要带我见谁，也知道了血画的作者就是他。

我背起无瑕，尽量靠岸边行走，再也不敢涉足深水区，好像圣海里到处都潜伏着鱼龙。

更甦站在岸边焦急地等待，看见我时激动地跪下来，鱼女们簇拥其周，神色悲戚。

听完更甦的讲述，我了解了事情的经过。

那天更甦与往日一样，一早出发，带着午餐到玉田。他负责琥珀开采后的坑洞回填工作，所以比其他人都要晚一个小时才能下班。

随着婚期的临近，更甦的心情却越来越忐忑不安，不相信事情会这么顺利，总感觉每天回家的时候，有几双眼睛紧盯着自己。而在我随巴王出境的这几天，没能到玉田视察，更甦的这种不安更加强烈，为了防患于未然，每天上班的时候，更甦都在腰间偷偷藏一把短匕，走路也特别快。

然而，不幸还是发生了。

那天更甦填完最后一个坑洞，匆匆忙忙回家的路上，忽然被人用一个大布袋罩住了，捆绑着运到了圣海边。揭开布袋，更甦看见了二公子阴冷的脸和两个家奴冷漠的眼神。

二公子一拳打在更甦脸上，狠狠骂道：“狗东西，敢跟我抢女人，活得不耐烦了！”

更甦被打得头晕眼花，鼻子和嘴角都流出血来，二公子还不解恨，继续骂道：“还有那个神使，竟敢为你出头，以为我不吭声是怕了他。哼，哪天看他不顺眼，照样灭了他！”

听说二公子还想加害于我，更甦恳求道：“小民和玛苏雅的事，不关神使的事，神使为了公子能当上琥珀特使，也没少花功夫，请不要为难神使大人。”

二公子冷笑道：“我当琥珀特使，关他什么事，除了我还有谁敢坐这个位子，你一口一个神使的，我听到都来气，哪天一定让他到这圣海来陪你。”

更甦继续哀求道：“贱民得罪了公子，甘愿去做鱼龙的祭礼，但请放过神使！”

二公子哈哈笑道：“你还不配跟我谈交易，如果那神使知趣，我自当放他一马，如果他继续与我作对，哼！”

打累了，二公子方才收手。接下来，更甦同样被架上船，绑上大石扔进圣海里，只不过没有敲钟，二公子这一个疏忽，救了更甦的命。

那天恰巧有两个鱼女在附近捕鱼，发现二公子谋害更甦，便悄悄潜入深水中，用同样的方式救下更甦，待二公子一行远去，偷偷潜回鱼女洞。

更甦自知回家凶多吉少，说不定还连累家人，只能潜藏于鱼女洞，悄悄打探我的消息。为了提醒我留意二公子，事先找了块麻布，画了幅血画请鱼女悄悄塞进门缝，虽然被我发现，但可惜没有窥破其中的含义。

同时，鱼女们这些天也潜伏在圣海祭坛附近的水域，密切关注圣海周围的动静。果不其然，今天看见了我一个人来到圣海，二公子一行尾随，预感到不妙，立即通知鱼女们在海中潜伏。

接着就发生了这惊心动魄的一幕。

令人疑惑的是，二公子一个人怎么有这么大胆量，神使失踪了，他就不怕大祭司追究？记得大祭司知道二公子杀害了更甦时，还愤怒地骂了几句，看样子这事乃二公子背着大祭司所为，不过这个二公子也够丧心病狂的了。

我现在终于明白大探事要我提防二公子的道理了，这个家伙，气量狭窄，凶残任性，杀起人来，实在太冷血了。

如此看来，覃婉丽也不安全了。

电击棍被二公子收了去，我向鱼女要了一柄短匕，决定和更甦一起去找覃婉丽。

虽然贵为外射事兼大探事，我却再也不敢依托任何人，除了鱼女和药王一家。

有更甦在，找路便不成问题，我们先去了尕乃让洞主家，三更半夜敲开门，尕乃让和吉娜看见失踪的更甦突然出现，吓了一跳。我并没有告诉他们真相，只问看见覃婉丽没有，都说没看见。

告别尕乃让洞主和吉娜，叮嘱他们不要向别人透露看见过我俩，蒙上脸，悄悄地上路。接着，又去了电站，值班的老王也说没看见，再去玉田和灵泉找寻，依然不见覃婉丽踪影，折腾了大半天，直到第二天凌晨五点，还是没有得到覃婉丽的消息。

不愿意让更多的人知道我和更甦死而复返，决定不再找寻，到药王家去商量接下来该怎么办，然而一到药王家，立即迎来惊喜，覃婉丽居然在他家。

难道是覃婉丽把不能结婚的原因归结到禾香头上，专门找她理论来了？然而，看见她俩亲密无间的样子，完全像是久别重逢的闺蜜，正热烈的比画交流着呢。

禾香看见更甦突然出现在面前，惊叫一声，向小鸟样扑腾过来，投入哥哥的怀抱。覃婉丽却假装对我视而不见，顾自玩她的手机。

药王听见动静，从卧室出来，看见更甦，顿时惊呆。

趁他们一家相拥在一起喜极而泣的时候，我拉拉覃婉丽的衣服，轻声问道："你怎么会在这里？"

覃婉丽撇撇嘴，使劲儿掐我，白眼儿一翻，答道："你以为只有你们男人可以喜欢美女，我就不能来跟她亲热亲热？"

听覃婉丽如此说，我更加糊涂了，怯怯道："你该不会是个拉拉吧？"

覃婉丽更加用力掐我，娇怒道："你个神经病，净想些乱七八糟的东西，什么叫拉拉，谁是拉拉，我看你倒像个飘飘呢！"

我便不敢说话了，这时禾香走过来，拉住覃婉丽的手，望着我俩笑道："你们俩聊些什么，又扭又掐的，再这样的话，我可要收回小虎哥了！"

说完，禾香就来拉我的手，我大惊，赶紧后退，瞥眼去看覃婉丽，但令人吃惊的是，她一点生气的意思都没有。心中便想，莫非是她俩达成了二女共侍一夫的协议？

我正胡思乱想着，禾香又说话了："小虎哥，你还不好好抱抱婉丽姐姐，要不是我的小飞龙们搭救，你可就见不着她了。"

我越听越糊涂了，惊愕道："禾香，你从头说，究竟发生了什么事，怎么又和小飞龙扯上关系啦？”

禾香将覃婉丽的手拉过来，搭在我的手上，说道：“昨日我送小飞龙夫妇回家，刚进洞口，就听见尖叫声，赶紧冲进去，看见一群吸血蝙蝠围着婉丽姐姐转，正要发动攻击，幸亏我的小飞龙及时出现，才把她从蝙蝠口中救下来。”

听着禾香的讲述，我吓得心惊肉跳，轻声责备婉丽道：“你怎么那么糊涂，哪里不去，偏偏去蝙蝠洞寻死！”

覃婉丽甩开我的手，又翻一个白眼，愤然道：“谁要去蝙蝠洞寻死了，我是被你气糊涂了，跑出去也不晓得东西南北，不知怎么就闯进了那个鬼地方，幸亏禾香妹妹及时出现，要不然你就得逞了！”

我气不打一处来，瞪她一眼：“我得什么逞，你看看人家禾香，不但救了你，还极力撮合我们，哪像你那么小气。”

覃婉丽又使劲在我手臂上掐一下，娇嗔道：“禾香妹妹大气，不等于你大气，谁知道你心里有没有打人家主意呢。”

望着这个刁蛮的小妮子，我哭笑不得。

不过，她现在还能够活生生地站在面前，是我最大的欣慰。

所谓——痛并快乐着。

蝙蝠洞，对了，如果要远离巴国的内争，现在正是时候。

只需穿上更甦留下的两套特制衣服，依仗禾香的小飞龙们，就可以从蝙蝠洞出境，尽管攀崖的难度很大，只要精心准备，小心从事，还是蛮有希望的。

但是，我这一出去，更甦就再也没有出头之日了，也不能完成对罕宝的承诺了。又想到二公子如此草菅人命，为非作歹，心中的怒火就燃烧起来。

不行，怎么也得把二公子扳倒了才能走！

而且，今晚就是原定我和覃婉丽以及更甦和玛苏雅举行婚礼的日子，既然覃婉丽这么看重，我想完成了婚礼再走也不迟。

于是，一个大胆的计划在脑中酝酿生成。

来到巴王内宫的时候，巴王还没有起床，侍卫来开了门，将我引至外厅等候，然后继续站岗，不再吭声。

过了一会儿，格猛手持斧钺来到了外厅，见我早已在此等候，很是吃惊。

“神使来得这么早？”格猛终于说话了，如果没有记错，这是他第二次开口。

“有急事禀告王上，可否为我通报一下。”我急道。

格猛没有答话，走向一扇门，握住门上的铜环敲打了几下，然后双手持钺，站在门边，又变成了闷葫芦。

看见格猛淡然自若的样子，我也只好平稳心态，打破沉默，主动跟他搭话：“怎么持钺武士就你一个？真是辛苦！”

格猛看我一眼，不得不回答道：“能当持钺武士，是格猛无上的荣耀，一点都不辛苦。”

我又没话找话：“这次随王上去外界，看了很多稀奇古怪的事情，有什么感想啊？”

格猛答道：“没有什么感想。”

格猛的回答，完全是要把天聊死的节奏，我只好又打出亲情牌：“格猛今年多大了，有心仪的姑娘了吗？”

“禀告神使，格猛今年十九岁，已经有妻子了。”

格猛总是问一句答一句，倒叫我一时没了招数。于是，我不再问话，仔细考虑觐见巴王时的应答。

过了一会儿，格猛所站洞口的门打开了，巴王走了出来，看见我在客厅等候，立即露出惊诧的神色。

“敝使叩见王上。”我忙躬身行礼。

“新婚将临，神使不在家陪新娘，一大早跑过来有何贵干？”巴王抬手示意我落座，含笑望着我。

“敝使有要事禀告王上。”受格猛影响，我也开始简明扼要。

“神使来得正是时候，寡人也正想与你仔细谈谈，你们都退下吧。”巴王立即明白了我的意思，真是聪明绝顶。侍卫和侍女们一起退下，屋内只剩下持钺武士格猛。

“神使双眼红肿，神情疲惫，看样子没休息好？”巴王关切地望着我。

"敝使是从鱼龙口中逃生来此觐见王上的。"我直奔主题。

"神使还真会开玩笑，是晚上做噩梦了吧？"巴王依然满含笑意，没有在意我的话。

"敝使真的差点被喂了鱼龙，不敢在王上面前开玩笑。"我提起衣袖，将手臂上的捆痕亮出来。

"谁这么大胆，敢捆绑神使，简直无法无天了！"巴王露出难以置信的表情。

"这个人之前还谋害了更甦。"我加重了语气。

"你不会说是……"巴王神情凝重，眼中射出锐利的光芒。

"是他的儿子尕吉格。"奇怪，才跟格猛交谈了几句，怎么说话就变成了他的风格？

"你亲自举荐他做了琥珀特使，又帮他打理生意，他怎么反而恩将仇报？"巴王不解。

"都是因为撮合更甦与玛苏雅的婚事而惹恼了他，另外……"

"另外什么？"巴王急切地问道。

"我还知道他很多罄竹难书的罪行。"我迅速切入主题。

"神使有什么想法？"巴王的眼神更加严峻。

"现在有一个扳倒大祭司的机会……"我上前一步，单膝跪地，抬头凝视巴王，"就看王上有没有决心。"

"神使请讲。"巴王淡然道。

我与巴王足足密谈了两个小时，辞别的时候，看见巴王目光炯炯，斗志昂扬。

接下来，我回到药王家，与覃婉丽、更甦、禾香一道去玉田，听说二公子带了两个家奴去那里了。

覃婉丽、更甦以及禾香，他们每人都背了一个行囊，而我则拿了一把工兵铲和一把强光电筒。我们一行，就像是一队驴友，轻松愉快地朝玉田进发。

到达玉田的时候，看见二公子正在训斥统计员尕木哈，其他队员则一个不见，可能是被二公子支走了。

尕木哈跪在二公子身前，不停地叩头求饶。二公子手拿一条皮鞭，问一句抽一鞭，俩家奴站在旁边无动于衷。

二公子打得兴起，并没有留意我们的到来，当我打开强光电筒，将一束光如利剑般刺向二公子脸上的时候，才听见二公子气急败坏地号叫："他妈的，谁这么大胆，不想活了！"

我不理会他的号叫，从容走近，然后将电筒下移。

二公子被强光所射，半天睁不开眼睛，等到缓过神来，看见我和更甦站在面前时，如遇鬼魅，从凳子上跌落下来，摔了个狗吃屎。

"你……你……你是人是鬼？"

二公子胆再大，也被死而复返的我和更甦吓尿，但两个家奴仍面无表情。

"我不是人，更不是鬼，我是神，神的使者。"我故意夸大其词，逼视着二公子，从心理上给他以极大威慑力。

站一旁的覃婉丽则忍不住扑哧一声笑了："我可听见了，你说自己不是人，今后不要怪我叫你神经病咯。"

覃婉丽不合时机的抢白，把我营造出来的神秘气氛一下子冲淡了，二公子胆子也壮实了点，颤抖着声音说道："怪我疏忽，没有把你俩大卸八块之后再扔下海喂鱼龙，大概是被那鱼女救了，不过你们现在自己找上门来送死，我也就不客气了。"

说完，给两个家奴使了下眼色，自己也抽出了腰间的佩剑，将我围在中间，完全没把其他几个人放在眼里。

尕木哈吓呆在原地，不知所措。

三个人同时向我发动进攻，企图一击致命，完后再解决其他人。

更甦也手持短剑加入战斗，没想到文弱的他武功并不弱，辗转腾挪的功夫一点不比我差多少，不禁感叹巴国尚武的传统，过了两千多年，仍然人人皆兵。

我的工兵铲十分合用，可砍、刺、削、锯、钩、拽、砸，一器在手，像拥有了七件不同的兵器。但是两个家奴的武功实在太强，二公子也不弱，刚交锋时，他们还不大适应我的工兵铲，应付起来有点狼狈，十几个回合之后，很快扳回劣势。

几十个回合下来，我和更甦逐渐处于下风，可见昨日圣海打斗时，几个家奴都没有尽全力，只是逗我玩。正手忙脚乱时，禾香一声呼哨，三个背包中各闪出两道绿光，分别射向两个家奴和二公子，还没等他们明白过来，绿光已射到他们身体的暴露部位。

禾香那只飞龙虽然没了毒牙，但也习惯性地扑到一个家奴脖子上咬了一口，随后又飞回禾香肩上。另外五只飞龙各自完成任务之后，在空中盘旋几圈，落回禾香、覃婉丽和更甦的肩膀上，得意地等待即将发生的后果。

勉力支撑几招后，二公子和两个家奴猝然倒地，口吐白沫，在地上打起滚来。眼见他们已无力抵抗，更甦从背囊中取出三根绳子，把三人分别绑个结实，然后禾香拿出解药与他们吞服，再撒点金疮药，半个小时后，蒙了头，塞住嘴，押解上路。

此时此刻，我真想把二公子扔入海里，以其人之道还治其人之身，让他也成为鱼龙口中的美食，但我努力克制住了，因为我还要拿他做一次人证。同时吩咐尕木哈，刚才的事，就当没发生过。

有了小飞龙的帮助，任务完成得异常轻松。

捉拿二公子和两个家奴之后，我再次拜访了大探事，并出示了巴王的手谕。开始大探事还犹豫不决，当我告知他二公子不仅谋害更甦，还差点使我也葬身鱼龙之腹后，事情才出现转机，而直到他亲眼所见被擒拿的二公子和两个家奴，才坚定了信心。

盛大的婚礼

在这个一年四季似春天、一天到晚如黑夜的巴国，即将举办一场盛大的婚礼。

婚礼的场地安排在巴国的议会大厅，婚礼的主持人是巴国最大的官——大祭司，证婚人是巴国的国王。巴国的所有官员和洞主长老们都将出席这场婚礼，因为婚礼的请柬是以巴王的名义发布的。

我站在议会大厅门口迎接来宾，左射事第一个到达，他紧握住我的手，连声道贺，好似对今天这个本应该是自己女儿结婚的特殊日子并不太在意。接下来是覃望日，然后是尕乃让、樊多木、郑莽、右射事、大探事，等等。

他们一个个满脸堆笑，毫不吝啬颂扬之词，其中右射事、樊多木和郑莽表现得尤其亲热，纷纷贴耳轻语道："由于大祭司刚刚颁布了禁奢令，请柬中又言明不让送礼，所以朝贺神使大喜之心意，只有等方便的时候另表了。"

我便虚与委蛇道："大祭司倡导的，敝使与各位大人都应谨遵，不要令大祭司为难才对。"

右射事媚笑道："神使大人独享王上和大祭司的恩宠，又亲掌琥珀销售大权，自是不缺钱花，但微臣等的薄礼，乃是一番心意，神使却不能不纳。"说完，露出讳莫如深的笑容。

樊多木也将嘴凑拢我耳边，说道："神使大人智慧高绝，多才多艺，在巴国又能做到左右逢源，是我等学习的榜样，他日还当登门求教，些许薄礼，只当是交学费罢了。"

正恶心时，只见大祭司缓步而来，神情显得有些不自然，径直走到我跟前，责备道："神使先前还说婚礼改期，怎么忽然就想明白了，打本座个突然袭击。"

我忙躬身道："由祭司大人和王上亲自主持的婚礼，这样的荣耀敝使怎敢辜负，回去想了想，不敢再拖延了。"

大祭司这才挤出一丝笑容，答道："这样就好，神使到底是深明大义的人。"

我躬身施礼，心里暗忖道：我深明大义，你可就要吃苦头啦！

在与大祭司交谈的过程中，跟在其身后的两个家奴尽都露出惊愕的眼神，好在二人实在是太过木讷，又或者是有恃无恐，竟然没有阻止大祭司进入内殿。

最后是巴王驾临，他身后除持钺武士格猛之外，还跟了两个贴身卫士。

巴王神采奕奕，目光如炬，稳步来到我面前，先理理我的衣领，再拍拍我的肩膀，沉声道："今天可真是个不同寻常的日子，神使准备好了吗？"

我点点头，躬身行礼，回答道："一切准备就绪，王上等着看好戏吧。"

巴王露出会心的微笑："神使的婚礼，对巴国来说也是一个重要的日子呢。"

我躬身答道："托王上的福，巴国定会越来越光明的。"

随后，我陪巴王走进会场，分享来宾们的深鞠躬大礼。

19点整，大祭司宣布婚礼正式开始，首先有请新郎新娘出场，一时间，鼓乐齐鸣，喝彩阵阵。覃婉丽在一大群姐妹们的簇拥下来到会场，她今天穿了一件崭新的红底绣花旗袍，脚上蹬一双恨天高，脖子上挂了串珍珠项链，耳朵上也吊了对珍珠，美若天仙。而我则穿了一套巴国贵族的节日盛装，这是巴王馈赠给我的结婚礼服，镶金带银的，特别沉重。

接下来，大祭司极力吹捧我的才能智慧以及在巴国做出的"丰功伟绩"，直听得我汗如雨下，羞愧万分。不知道他是真心还是假意，但这种歌功颂德的话，每个人听了都会很受用，不由得担心自己稍后的做法是否有些太过分。

介绍完我的事迹，又介绍覃婉丽，说她是外界最大城市市长的女儿，她父亲所辖的臣民有三千万之众，能嫁给神使做夫人，不仅是神使的荣幸，也是整个巴国的荣幸。大祭司的演讲十分精彩，下面不断响起热烈的呼和之声。

大祭司讲的是巴国土语，覃婉丽听得云里雾里的，只是看到场面如此壮观热烈，兴奋得脸上飞出一片桃红。

接下来是敬天地神灵的环节，先是大祭司诵读祭词，叩天谢地，然后礼宾们齐声唱诵，鼓乐齐鸣，礼花四溅。

稍后，大祭司抽出一把锋利的短剑，将左手食指划开个小口，血顺着手指流下来，滴进家奴递过来的酒杯里，又念了一段颂词，然后端起来，一口喝了。接着是巴王和众臣以及洞主长老们依样画葫芦，都喝了自己的血酒。

最后，大祭司把短剑递到我手中，宣布第三个议程，夫妻双双歃血盟誓，我拿剑先割了自己的手指，忐忑地望着覃婉丽，害怕她拒绝。没想到覃婉丽迫不及待地接过短剑，毫不犹豫将剑尖划向自己的手指，整个过程，连眼睛都没眨一下。

两只流血的手指合在一起，血液交融，再滴入一个大酒杯，合饮而尽。

全场欢声雷动。

此时，巴王走上前来，将两根红绳和一根绿绳轻轻捆绑在我和覃婉丽的手腕上。红绳代表男孩，绿绳代表女孩。也就是说，如果我居留巴国，可以被允许生两个男孩和一个女孩，这是一等贵族的待遇。

全场又响起欢呼声。

巴王系好绳子，轻声说道："接下来，就看神使的表演了。"

看神使的表演——我知道这句话意味着什么，巴王的声音虽然不大，但我听起来却如雷贯耳。转头朝大祭司望去，他慈祥的目光正凝视着我，充满祝福的善意。

瞬间，我犹豫了，自进入巴国以来，大祭司待我可谓不薄，尤其最近，不断提拔和重用我，可我却处心积虑想要扳倒他。可是，不扳倒大祭司，就不能治二公子的罪，不能治二公子的罪，就不能替玉娇报仇，我的目标只有一个，就是要治二公子的罪。再回头望望巴王，睿智而坚定的目光也在凝视着我，从那目光中，我读到了巴国的希望和未来。

我终于有了决定，朗声说道："感谢王上、祭司大人亲自为敝使主持婚礼，也感谢各位洞主长老们大驾光临，鄙人备觉荣幸，但是今天，我还有个不情之请……"

话一出口，喧闹的场面立即安静下来，每个人的脸上都充满了好奇的目光。

我扫视全场，待大堂内稍静，说道："大家知道，今天这个日子，本是更甦与玛苏雅结婚的日子，可是因为更甦的突然失踪而不了了之。”此时，全场响起一片唏嘘之声，我稍作停顿，继续说道，“但是很庆幸，敝使把他找回来了。”

话音刚落，我看见大祭司的脸色开始变了，赶紧避开他的目光，接着说道：“所以敝使恳切地希望，在敝使的婚礼之后，能够继续举行更甦与玛苏雅的婚礼。”

左射事的脸色也开始变了，青一阵白一阵的，不知道是高兴还是失望。我没有理会他，目光朝大探事望去，他犹豫了一下，点了点头，我便继续说下去：“在举行下一场婚礼之前，想来大家都很想知道更甦失踪的原因，这件事，还是由当事人自己来陈述吧。”

话音刚落，更甦从帷幕后走了出来。

大祭司还努力保持镇定，而他的两个家奴，神情却有些痴呆。

接下来，更甦开始声泪俱下地陈述被害经过：“那日小民从玉田返家，被二公子和他的两个家奴绑架后扔进圣海，万幸为鱼女所救，幸免一死……”

“谁让他来这里胡说八道的，简直是岂有此理，来人啊，给我拉下去鞭笞一百。”没等更甦说完，大祭司愤怒地打断，并呼叫侍卫拿人。可是侍卫们没有一个响应，大祭司只得转向两个家奴，又吼叫道：“二嘎，莽四，听见没有，给我拿人！”

却见被称作二嘎和莽四的两个家奴也无动于衷，目光呆滞，真像傻子一样，竟然无动于衷。

“就在昨天晚上，二公子还企图谋害神使大人，也幸亏被鱼女搭救。”更甦目光坚定，字字句句振聋发聩。

“神使，怎么会有这样的事？”此时，大祭司才有些慌神了，开始向我求助，“你赶紧告诉大家，这完全是一场误会。”

现场的官员和洞主长老们开始议论纷纷，目光集中在我身上。

“很不幸，这些都是事实。”我冷冷回答。

大祭司怒目圆睁，大吼道：“大胆，纯粹是诬陷捏造，来人啊，把这个忘恩负义的假神使也给本座拿下。”但环顾四周，没有人响应，只有郑莽、樊多木等几位洞主附和了几声，看着身边挟持自己的卫士，又看见巴王冷峻的目光扫过来，立即噤声。

大祭司立即走近巴王，躬身道：“一群小人正在诬陷臣下，请王上明鉴，严惩动乱之徒，替臣下做主。”

巴王站起身来，目光扫视全场，铿锵之声随之响起：“这件事情，孰对孰错，今晚必须调查清楚，大祭司放心，寡人会给你一个交代。”

大祭司听完巴王的话，心里稍微镇定下来，再次走近我，眼中冒出愤怒的火焰，狞笑道：“大胆狂徒，你无缘无故、无凭无据地诬陷本官，可谓罪大恶极，按巴国律法当斩首示众。”随后又环顾四周，放缓口气说道，“但本座想你一定是被人利用，利令智昏，才有如此疯狂之举，现在如果能悬崖勒马，供出背后指使，本座会禀明王上，从轻发落的。”

大祭司的疯狂作态，使我失去对他的最后一丝怜悯和愧疚，于是，我高声答道：“祭司大人，我没有受人指使，也没有陷害你，真正陷害你的恰恰是令公子。”接着，我招了招手，喊了声，“带人。”

话音刚落，二公子以及另外两个家奴被五花大绑带了进来，全场又是一片唏嘘声。

二公子看见老爹，气焰顿时嚣张起来，大叫道：“他们诬陷我，请阿爹做主！”

大祭司看见如此场景，气得全身发抖，目光扫向被捆绑着的两个家奴，厉声道：“呆大，蛮三，这究竟是怎么回事，你们两个赶紧替尕吉格澄清！”

这个时候，大探事走了出来，先来到呆大面前，眼睛对着眼睛，几秒钟后问道：“你们四人是否于昨晚绑架神使并把他丢入圣海？”

呆大点头回答：“是。”

然后，大探事又走到蛮三面前，同样凝视片刻，问道：“你们四人是否于昨晚绑架神使并把他丢入海里？”

蛮三也点头，回答：“是。”

现场几乎所有人都没有料到会是这样的结果，往日忠诚如狗的四个家奴，竟然一起背叛大祭司。就连巴王也觉得惊讶万分，十分不解地望着我。而关于这一点，只有我和药王一家清楚，这都是“逍遥散”的功劳。

大祭司瞠目结舌，二公子哭天抢地，郑莽、樊多木等洞主长老也不知所措，只有巴王脸上浮现出微笑。

“祭司大人，连你的家奴都承认了，这可怪不得寡人了。”巴王目光射向大祭司，嘴角扬起一丝不易觉察的冷笑。

接着，四个家奴被架下去，大祭司此刻已彻底崩溃。

我继续控诉大祭司一家的罪行：“祭司大人不仅纵容二公子行凶，还以执行特殊使命之名，派大公子外出读书，一年花销超过百万，前月又挪用圣海治理之公款，为大公子购置豪车，只此两项，就占巴国全年财政收入的三成。

“二公子身为琥珀特使，不仅隐瞒实际销售收入，还盗用琥珀蜜蜡送人，短短七天时间，就拿走珍贵货品十六件，价值外币五十多万元。这些货品，计有錾金镂雕镶琥珀项坠一条，价值外币三万五千元；金银错镶蜜蜡手镯一对，价值外币五万二千元；圆雕十二生肖蜜蜡项串一条，价值外币六万三千元……”

这都是冬瓜帮我记录下的二公子的罪证。

“够了，你这个忘恩负义的东西，我如此抬举你，却吃里爬外，诬陷本官，我恨……”大祭司已完全失态，慌不择言，乱了阵脚。

这个时候，巴王又发话了：“大探事，你身为大祭司近臣，可知神使所言是真是假？”

大祭司把最后的希望寄托在大探事身上，哀恳的目光倾注在大探事脸上，然而大探事的回答却让他彻底死心。

“启禀王上，神使所言句句属实。敝使身为外使统领，有失职之过，甘受王上责罚，但大祭司用人失察，乃无心之过，二公子陷害神使，大祭司并不知情，恳请王上念在大祭司克己为国的份上，宽厚处理。”

巴王铿锵的声音再次响起：“大祭司身为国家首辅重臣，任人唯亲，耗费国家财物为私人牟利，又堵塞言路，排斥异己，唯我独尊，着令革去大祭司职务，禁闭思过，三日后在各洞族祭司中另行甄选。尕吉格谋财害命，罪大恶极，着令革去琥珀特使职务，押入死牢待审。右射事公私不分，乱支国饷，着令革去右射事职务，禁闭七日面壁自省。”

巴王目光扫视每一个人，不怒而威，全场鸦雀无声。

“至于说大公子哈日勒，学而无功，浪费国饷，着令尽快押解回国，永不重用。”

巴王讲完话，坐回王座，大祭司和二公子瘫倒于地。

可惜更甦的婚礼，经过这场铺垫，完全失去了欢乐气氛。

但药王一家仍然欢天喜地，左射事脸色也不再难看了。

这一仗，我再也不像过去那么优柔寡断，顾此失彼。不仅事先经过了充分的盘算，还与巴王一起进行了精心的谋划，并将参加婚礼的侍卫全部换成了巴王的贴身卫士。这样一来，即或是“逍遥散”没能按预期发挥作用，也可以武力控制大祭司和他的两个家奴。

事态的进程甚至有点出乎意料，超出了预期，没有使用一刀一枪，也没有流一滴血（当然，喝血酒除外），就解决了战斗。

但是，扳倒大祭司，权力重归巴王，我心里并没有轻松多少，反而愈觉沉重。

短短不到一年时间，经历了那么多生死考验和权力斗争，感觉到自己也在慢慢变化，少了一些单纯和善良，多了一些城府和狡诈，心中恶的部分似乎正在蓬勃生长，与原来的自己渐行渐远。

我觉得自己真的该离开这里了，继续下去还不知道会变成什么样子。

第二天，我向巴王请辞外射事和大探事职务，巴王坚拒不允，而且还要另加给我一个新的吓死人的职务——丞相。

好说歹说，才辞去大探事职务，同时我向巴王提出了就任丞相的四个条件。

第一，覃婉丽并非巴国人，若她无故失踪，不仅不方便我在外界开展工作，甚至可能在地毯式搜查的情况下（因为她老爸是市长）暴露巴国行藏。

第二，我这个丞相和外射事，只是兼领，只对巴国政策性问题提出参考意见和建议，并不参与实际事务的管理。

第三，可以自由地出入巴国，也可以任意调派巴国外使为我所用。

第四，我希望在合适的时候能够带吉娜离开巴国，完成对罕宝的承诺。

听完我的四个条件，巴王并没表示反对或者赞同，而是微笑着对我说道："这次扳倒大祭司，神使立了奇功，你的要求寡人会尽量满足。"

我躬身道："都是巴王谋划得当。"

巴王急忙扶住我的手臂，笑问道："但不知神使还有何要求，可否一次说完？"

我琢磨片刻，说道："敝使还有一个不情之请。"

巴王微笑道："请讲！"

我答道："敝使想再去太庙看看那个玉匣。"

时空裂穴 3

阿卡 著

中国戏剧出版社
CHINA THEATRE PRESS

目 录

第三部　鬼城神宫

第一章

图语之谜

如此高规格的宝剑，居然没有用于殉葬，而是把它藏在封箱峡悬崖上的裂缝中，其用意又是什么呢……

青玉宝匣

这是一个四十公分见方的匣子，由整块青玉精雕而成。匣子分为上下两个部分，盖子和匣体之间，没有扣件，没有插销，但无论如何也揭不开。

匣子的四个立面都有精美雕刻，记载了巴国早期历史上的几大事件：分别为廪君与四个酋长掷矛入石穴的画面、廪君射杀盐水女神的画面、巴人助武王伐纣的画面，以及新王与四姓部落歃血盟誓的画面。除此之外，图案之间还有三个椭圆形小孔，看着这几个小孔，不由得联想到魏晋南北朝时期的魂瓶，上面也凿了几个小孔，据说是为灵魂出行用的，而这个匣子打造得如此精美，莫非里面装的是廪君遗骸？

但仔细一想又觉得不对，如果说是廪君遗骸，历代巴王定会知晓，断不会孤零零地将其搁置在这里，而是把它供奉在灵位上享受香火祭拜。再从玉匣的雕刻工艺来看，已使用锋利的金属锐器，几何尺寸也很规整，不像是原始时期绳割石凿的产物。最后，结合雕刻故事内容推断，此玉匣制作年代应不早于战国中期。

再看顶盖，其边沿饰有一圈回纹，内饰分成五个部分，中间部分是个+号形，里面雕刻有五个动物图语，蛇居上、鹰居下、熊居左、狼居右、虎居中。五兽四周，是各缺一角的四个长方形凹框，每个凹框分为十一个小格，但只嵌入了九个图语，图语雕刻在一块可以上下左右移动的玉片上。四组图语合数为36。之所以有这样的设计，乃在于各长方形中空出的两个小格，是用来移动嵌于其中的九块图语玉片的。

由此便可推断，这个玉匣，乃是由古代能工巧匠打造而成的拼图机关盒。要打开这个玉匣，只需将图形拼对便可，根本不需要钥匙。这对我来说，根本不是问题，因为龙桥暗湖岩壁上的岩画，为完成这个拼图提供了答案。

于是，我拿出手机，将拍有暗湖岩画的那幅图片找出来，按照图片中图语的排列次序移动宝匣顶盖上的玉片，不多会儿就排列到位。紧接着，玉匣内传出咔嗒一声，像是保险箱对上了密码的声音。

接着，揭开盖子，探头一看，惊出一身冷汗。

只见匣子的中央部分，分布着十二枚骨针，中间有机簧连接，骨针三枚一组，分别朝向前后左右四个方位，与此对应的位置，就是四个立面上的三个椭圆形穿孔。如果靠蛮力打开宝匣，必然触发机簧，四个方向的骨针将由宝匣上的十二个穿孔弹射而出，匣子周围的人都不能幸免。

再看那骨针的尖部，呈现出黑棕色，像是抹了剧毒。

匣子的底部是一块羊皮，大小与我在龙桥裂隙石缝发现的那幅羊皮图差不多。在匣子内侧四壁，分别开有一个小孔，小孔被一个发黑的骨质塞子堵住，塞子上有一根细线连接到机簧上。也就是说，如果靠蛮力打开宝匣，不仅骨针会从十五个孔眼中射出，同时亦会触发连接小孔的拉线，如此一来，小孔中可能会有液体流出，淹没羊皮图，腐蚀掉羊皮图上的图画，瞬间人死图亡。

看到这里，我不禁暗自庆幸，由于对古代物质文明的尊重，不仅挽救了自己的一条小命，也挽救了放置在宝匣里面的这幅羊皮图。

想不到两千多年前的设计竟然如此巧妙精致，让我对古代的能工巧匠有了更加深刻的认识，原来古代巴国也有鲁班一样的神匠。

接着，开始撤除机关。

安全起见，找来四个托盘将宝匣四面封住，然后小心地拔掉触发开关，取下骨针，剪断连接小孔塞子的拉线，取出羊皮图。

在没打开羊皮图之前，原本以为会是一幅与龙桥裂隙发现的那幅羊皮图差不多的线状图，可现在呈现在眼前的却是几幅山水图。

羊皮图画的左上部分画着一座山峰，山脊有一光轮，光轮中有一人，山峰陡岩下有一个洞子，洞子中有一只熊；右上部分画的是一道陡峭的峡谷，峡谷峭壁上有几道裂隙，其中一裂隙旁有一株悬松，悬松上站一只鹰；左下部分画的是一大片怪石嶙峋的石山，石山下有很多弯弯曲曲的线条，状若溪流，其中有两条盘绕着的小蛇；右下部分画的是江边一座小山，小山下河滩上有一堆奇形怪状的石头，围成一圈，正中画着一匹狼。而在四幅图画之间，画了一个圆圈，圆圈之中画有一塔型建筑。

望着圆圈中这座塔型建筑，只觉得热血上涌！

根据艾曼纽曾祖父史密斯的推测，古代巴国应该存在一座巨大的宫殿，董老师也有同样的推测。但是，随着山峡清库工程的完结，始终没有发现大型宫殿的影子，由此，董老师开始怀疑自己的判断。可现在这张羊皮图，却明确揭示出巴国确实存在一座宫殿，而且这座宫殿很可能建筑在地下。为什么会得出这样的结论，原因很简单，因此时此刻，身处地下王国的我，很自然会产生这样的联想。

再看羊皮图背面，又有惊喜，虽然没有图画，但却写满了图语。大致数了下，共有一百多个字符，分成四段，毫无疑问，这应该是四幅图画的说明。若巴国中有人认识这些图语，宝藏之谜就迎刃而解了。

于是，我问巴王："请问王上，这些图语，巴国中有人认得吗？"

沉思片刻，巴王答道："据父王讲，图语乃上古文字，历来为祭司一脉所掌握，据说自巴国遁入地穴之日起，即以弃用，所以在巴国，恐怕不会有人认得了。"

听完巴王回答，顿时感到一种深深的失落。

过了一会儿，又听见巴王说道："神使，依你所见，这羊皮上的图画是何意思？"

"如果我没有猜错，应该是一幅藏宝图。"

"藏宝图……"

听完我的回答，巴王有些震惊，显然，他是真不知道这个秘密。所以看着巴王露出惊诧的表情，不由得使自己的对宝藏的判断产生了怀疑。

沉思中，只听见巴王说道："父王曾说起过，这个玉匣是在秦军攻打巴国时打造的，里面隐藏着一个秘密，并告诉我千万不要使用蛮力去破坏它，得等到有缘人来才能打开，但万万没有想到，里面竟然藏着一幅藏宝图，更没想到的是，神使居然轻而易举就打开了它，如此看来，神使就是这个有缘人。"

"如果这真是一幅藏宝图，而我们又能够根据这幅藏宝图找到宝藏，那么治理圣海的经费就不用发愁了，不仅如此，多余的经费还可以用来引进外界物资，改善巴国人民的生活，王上的梦想就可以提前实现了。”

“若真能彻底治理圣海污染，引进外界产品，这当然是好事。”听完我的话，巴王并没表现出有多少惊喜，反而显得有些忧心忡忡，只见他微蹙着眉头，沉思片刻后说道：“可寡人同时又有些担心，随着外界产品的引进，巴国人定会更加艳羡外界生活，而随着财富的暴增，贵族们因利而趋，势必再起纷争，如此一来，岂不适得其反。”

巴王此时说出这番话，一定是又想起了那个噩梦，其实不仅巴王有这个顾虑，我也有同样的顾虑，因我也做过类似的梦。但面对地宫和宝藏的诱惑，我又怎么控制得住自己急迫的心情，所以接下来，我又得来一番慷慨激昂的陈词，以此消除巴王的顾虑。

“巴国内的纷争，并非因外界产品而起，究其根源，还在于法令不明，分配不公。若王上以扳倒大祭司为契机，统一巴国内纷乱的思想，同时昌明法令，施行仁政，自可消弭纷争，化解危机。再则，巴国宝藏中，有很多上古重器，王上可以此驯化国民，使之尊祖宗，守礼仪，则民心自然归附，最重要的是，当巴国人民过上富足的生活之后，谁又还会去艳羡外界呢。”

“嗯，神使说得有道理，但要做到这些恐怕不会那么容易。”巴王微微一笑，表现出不置可否的态度，但他没有再纠缠这个话题，而是说道：“可仅凭这幅图画和几段上古文字，就一定能找到巴国宝藏吗？”

巴王说得一点没错，这四幅山水图，除了能辨别地貌特征，并没有给出更多的信息，至于说背面的图语，虽然推测为几幅图的说明文字，但因为一个都不认得，怎么去寻宝。心里虽然这么想，但嘴里却说道：“不试一试，又怎么知道能不能找到。”

巴王点了点头，没再说什么。

接下来，我将羊皮图摊在桌子上，打上灯光，拍摄整体和局部，不放过每一个细节，再用一张薄纸盖在羊皮上，将图画和图语按原尺寸描摹下来。

做完这些之后，我将目光转向洞厅一角的木架。那上面堆放着一些简牍类的东西，于是移步过去，一卷卷的拿起来观看。

这是一批竹简和帛书，皆为大篆书写。竹简内容多为规章典籍，帛书内容多为诏命敕令，其中也有一部《周典》。逐一翻阅之后，没有发现图语书写的典籍，颇感失落。

我原本的打算是，如果能从太庙中找到一本图语文字的书，将文字连贯起来看，或许能找到破译的方法，即使不能完全释读，只要能够猜对羊皮图上图语的大概意思，或许就能猜出图形所描绘的四个地点。

所以接下来的工作，是想办法破译羊皮图上的图语。

小田溪

离开巴国后，先直奔山城二手车市，领取巴王奖赏——一辆与牧马人等值的汽车，作为我失去爱车的补偿。

结果看一圈下来，还是觉得牧马人比较合乎自己的口味，而现场有一辆双门短轴版的红色牧马人准新车，比我原来的四门版好看，越野性能更强，关键是覃婉丽也认定了它。

于是，不再犹豫，试驾后立马下单，直接开走。

回到寝室后，还没来得及休整，就被覃婉丽拉上床云雨一番。

完事之后，我点燃一支烟抽起来，回想这段时间的遭遇，百感交集——

短短一年多的时间，自己竟然有如此奇遇，可谓有喜有悲。喜的是正义终于战胜了邪恶，恶贯满盈的王后和沙克一伙得到应有的惩罚，夔城之巴以人祭虎改成了以牛羊祭虎，而罕宝也回到属于他的天地。这个沐浴了现代文明的青年，一定会在巴国做出一番成就，所以夔城巴国的前途已没什么可担忧的。至于黔隆巴国，扳倒大祭司这一仗，兵不血刃，大获全胜，令人很有成就感，而在开明巴王的领导下，相信他们巴国的生活也会越来越美好。悲的是夔城之巴拨乱反正，死了那么多人，令人痛心，而最为遗憾的莫过于艾曼纽，只差十几米就逃出洞子了，却终被大石所埋。为此，我心中有一种莫名其妙的自责。

正感怀莫名之际，忽然接到大公子的电话，约我见面，说是商量一下如何解决他和女朋友挂科的事，心情顿时暗淡下来，这才想起巴王交给我的另一个重要任务——尽快将大公子弄回巴国，免生后患。

这个大公子虽然不长进，但并不像二公子那么残忍暴虐、作恶多端，现在他老爸被审查，弟弟被打入死牢，已经变成孤家寡人了，自己还蒙在鼓里，怪可怜的。心想，但愿他回到巴国后，能够从中吸取教训，好好改造，重新做人。

和大公子约在一号门旁的樟树林见面，按预定时间到达时，大公子并没有露面。我在路边的铁椅上坐下，看着林间盛开的迎春花，忽然觉得现实的世界原来也很美好。

大约等了二十分钟，才看见保时捷911飞驰而来，一个急刹停在路边。随后，大公子从车上走下来，在我身旁坐下，大咧咧的问道："尕吉格最近没在外面吗，怎么人也找不到，电话也打不通，还有那些外使呢，忽然也都消失得无影无踪，太他妈不靠谱了。"随后，他又点上一支烟，转过头来，瞥我一眼，"最近花销比较大，搞得我入不敷出了，可不可以先借点钱应急？"

"打算借多少？"

"借两万吧，请老师喝酒搞定挂科成绩，规格低了不好说话。"

大公子身子后靠，深吸一口烟，然后张开嘴，一串烟圈冒出来。

"请老师喝酒的事暂时不着急，等我跟他们联系好了再说，我现在手头也很紧，先借五千给你吧。"

虽然有些心烦，但想到他此刻已经孤家寡人，我同情心又开始泛滥。

"你掌管那么大个肥缺，还会差钱用？"大公子瞥我一眼，貌似很气愤，但见我眉头紧蹙，才赶紧改口："行，照你说的办，我先把送几个老师的礼物交给你，如果方便的话，请皮大探事转交给他们。"

说话间，大公子又从古驰挎包中取出几件精美的包装盒，一一递到我手里，随即，又露出狡黠的笑容，说道："只要事情能搞定，你把东西留着自用也行。"

我见这些东西，全都是琥珀店里的一等品，价值不菲，而他竟让我拿它们去贿赂老师。心中顿生反感，开始后悔答应借给他钱。

“知道这些礼品值多少钱吗？”

大公子将烟头随手一扔，露出不以为然的表情，说道：“听尕吉格说值十几万吧……反正巴国多得是，大探事不会因此而心疼吧？”

虽然心中厌烦至极，但我还是将五千块钱数给他，同时说道：“十几万可以买两台增氧器，救活无数条鱼，我自然是心疼的。”

“你可别忘了，这大探事位置是谁让你坐上去的。”大公子伸手接了钱，嘴上却一点不饶人，“再说啦，谁又晓得你有没有拿这些东西中饱私囊。”

“这就是你请我帮忙的态度。”此时，感觉胸中怒火在燃烧。

“这个忙你爱帮不帮，说个明话。”大公子倒先发火了。

“好吧，我先把礼物收着，方便的时候再拿给他们，有了这些东西，也许用不着请客吃饭了。”我按捺住情绪，保持克制，心想完成任务要紧。

“这还差不多，等你的好消息。”此时，大公子眼光表现得和善了些。

“对了，你老爹让我带话给你，下周跟我回家一趟，有重要的事情跟你商量。”我强压怒火，决定尽快实施巴王的“召回”计划。

“老头儿就想变着花儿骗我回去，我偏不回去，”大公子又抽出一支烟来点上，抬头望天，“真搞不明白，那个黑咕隆咚的地方有啥子好。”

此时，看着大公子骄横无礼的样子，我心中残存的那点怜悯已飘散到九霄云外。心中暗忖，再让你猖狂几天，过了这几天，恐怕你就看不见天空蓝了。

送走覃婉丽之后，我开始静下心来研究羊皮图。当然，我手中的这幅图形，是一张描摹版，而真正的羊皮图，还放在黔隆巴国太庙的玉匣中。

四幅图画中，第二幅描绘的场景有似曾相识之感，但一时半会儿也没想起来究竟是哪里。至于其余三幅图，除看出其具有典型熔岩地貌特征外，也不明就里。考虑到羊皮图产生的历史背景，大致可以推断出图中所描绘的四个地点不会超出巴国疆域范围。

按照《华阳国志》记载，巴国最盛时期的疆域，其东抵鄂西，西达滇北，北迄汉中，南及黔西。但到了临近灭亡的时候，疆域恐怕已大不如前，搜索范围基本可以锁定在大山城范围。可即使在这个范围之内，找到这四幅图所描绘的地点恐怕也很难，因为这几幅古代地图既没有经纬度，也没有等高线，并且还缺乏细节。

唯一可以确定的是，四幅图中的熊、鹰、蛇、狼四兽，代表了巴国四大部落，其在图中的含义，有可能表示这四个地方分别埋藏了四个部落的某种信物，只要集齐这四件信物，就能拼凑出一幅地宫地图。

思来想去，仅凭这四幅图画要判定藏宝位置可能行不通，归根结底，还得破译图语。

怎样才能破译图语呢？

对了，请博物馆邹馆长帮忙。

事不宜迟，马上给邹馆长打电话。

电话接通后，邹馆长语气显得很兴奋，说他此刻正在涪陵小田溪发掘一座巴国时期大墓，有很多珍贵文物出土，如果有空的话，希望我马上赶过去。

邹馆长原本是山城考古所领导，虽然被抽调到博物馆工作，但凡是山城范围内有重大考古发掘，他一般都会亲临现场。所以，有这样的机缘，我怎肯错过，于是快马加鞭，赶往涪陵小田溪。

小田溪巴人墓葬群位于涪陵白涛镇陈家村乌江西岸的小山坡上，穿过一片麻柳林，就到了工地。此时已是下午五点半，考古队员们已经准备收工了，但因为我的到来，邹馆长便吩咐几个民工把已经掩盖起来的篷布揭开，指点着墓室解说起来——

其实，在发现这座大墓之前，这里曾经发生过一场火灾，这场大火烧毁了整个周家大院，损失了一座古建筑，但不幸中的万幸是——在清理火灾现场的时候，发现其东侧水田内出现几根大木，推测下面可能有墓葬，于是赶紧上报考古所组织发掘。果不其然，在水田下两米深处，发现一座比以往该地区发现的古墓都要大的战国墓。

值得庆幸的是，此大墓没被盗过，其椁室长约 8 米宽约 6 米，棺木长约 3.5 米宽约 1.6 米。遗憾的是，由于此处产生过多次塌方，棺椁皆被压烂，棺内的尸骨也化作齑粉，无法采集墓主人的身体数据，但墓中出土的文物还是让考古队员们感到吃惊。

在棺椁内和墓主人尸骨周围，堆满了各式各样的随葬品，其中最为珍贵的五件已清理出来，现在，它们被摆放在一块门板上，分别是一件虎钮錞于、一件青铜錾、一件虎纹铜钺、一只青铜神鸟和一柄玉具剑。

邹馆长先指着门板上的古剑，说道："你看，这柄玉具剑十分独特，铸造得如此精美的剑，以当时的规格来看，恐怕王族才能够佩戴。"

听完邹馆长的介绍，我开始仔细观察这把剑，只见它长约 70 公分，宽约 5 公分，整体呈黑褐色，隐约可见金银错纹。不仅剑首、剑箍、剑格上都有嵌玉，剑身上还隐约可见金银错图案，彰显此剑之主人身份非同寻常。更为难得的是，剑身毫无锈蚀，隐隐浮出剑光，竟如一柄新剑。

但是，看了一会儿，我却疑窦丛生，忍不住问道："邹馆长，我有点不明白，这把属于典型楚越剑式的玉具剑，怎么会到了巴国墓中？"

"我知道你要问这个问题，"邹馆长眼望墓坑，眉头轻蹙，"但关于这个问题，我也是一头雾水，所以才请你过来看一下，希望你发挥天马行空的想象力，分析一下原因。"

"岂敢。"

明知道邹馆长的话带有开玩笑的成分，但我还是开始认真思考起来，只不过此时想到的并非此剑的来历，而是那张羊皮图。

毫无疑问，蛇、熊、狼、鹰是巴国四大部落的图腾，分别置于四幅图画之中，是表示四个部落的发源地吗？

若说是表示四个部落的发源地，显然与史实不符。因这四幅图画描绘出的四种地形，应分别处于四个不同的地理位置，而巴族四姓部落却源于同一处。

那么，这四种图腾会不会还有别的什么意思？

想到这里，我的目光又忍不住扫向玉具剑，忽然就有了灵感——这四个图语，会不会代表了四把古剑，分别是蛇剑、熊剑、狼剑和鹰剑，分置于四个地方，而找到这四把剑，然后凭这四把剑提供的线索，就能够找到地宫。

思索中，邹馆长的话音又在耳边响起："关于这柄剑的来龙去脉，可以暂时放一放，现在，你再看看这件器物。"说话间，邹馆长手指向了门板上的另一件器物，"你电话中不是说想破解图语之谜吗，这上面的图语，与以往单一的图语有所不同，你仔细看看，会不会产生一些灵感。"

邹馆长口中所说的器物，是那件青铜鍪，也就是巴国贵族烹煮食物的锅。它的造型并没有什么特别之处，但鍪刻在腹部的图语却别有一番意趣，令人浮想联翩。

这是一个组合图语，中间部位是老虎纹，其上是一只帆船，船体两侧是险峻的山体，山体间有祥云缭绕。与其说这是一个图语，倒不如说这是一幅画，画的是巴人乘船穿行在峡谷中。而老虎是巴王的象征，那么这个大墓，会不会就是一个巴王的葬身之地呢？至于说帆船，则可能表示巴王死于都城江州之后，被运上这船，顺长江而下到乌江，再溯江而上来到小田溪，落地安葬。

“皮老师，你的想法还真是天马行空，十分独到，不过讲得很有道理。”当我把这个想法告诉邹馆长后，邹馆长脸上浮现出笑意，随后，他又拿起放大镜，仔细观察了一会儿鍪上的图语，沉思片刻后说道：“关于巴蜀图语，在我看来，应该属于一种象形会意文字，可能有一些基本图形，表达某些相对固定的含义，但同时又可组合起来，表达一些复杂的意思，正如你刚才分析的一样，可能几个图语连缀在一起，就能表达出一段话。”

“可惜这种连缀的图形太少了，不然……”

“是啊，巴国自立国到消亡有一千多年时间，照理说应该有自己的文字，可依据现有图语资料来判断，还不具备说服力，而要谈到破译，更是难上加难。”说到这里，邹馆长抬头望了望天空，随后说道：“这个问题太深奥，三言两语扯不清楚，时候不早了，还是打道回府吧，如果你不着急回家，今晚就住镇上，等吃过晚饭后再慢慢探讨这个话题。”

听邹馆长提到了有关图语破译方面的问题，我本想马上将那张描绘着四段图语的纸张拿出来求教于他。可眼看天色向晚，队员和民工们都等着收工回家，再说，这么重要的东西，我也不想让更多人知晓，便忍住了。

随后，又分别查看了床板上的另外三件东西，之后，邹馆长说道：“时间有些晚了，天黑之前，还得把几件文物打包装箱，之所以叫你赶过来，就是想能在装箱之前让你一睹为快，不然就得等很长一段时间才看得到啦。”

说话间，民工们已经搬来一个大木箱，随后，用旧报纸仔细包裹着床板上的器物，一件件装入木箱。在这个过程中，又来了一队武警，围成一圈，将整个墓地封锁起来。

古墓魅影

白涛镇虽然地处偏僻，人口却不少，大量八十年代建筑充斥于街道两侧，这都拜816建设项目所赐。吃饭之后，邹馆长为我选定了一家内饰较新的客栈，随后，又陪我进入房间，闲聊中，邹馆长谈起了小田溪墓群发现的经过——

上世纪六十年代中期，出于战略考虑，国家开始实施大规模的三线建设，在广大西南山区和西北荒漠地带建设一批国防、科技、军工工程，而当时白涛镇乌江边的大山坳，被选定建设成一座核工业基地，其代号叫816。

地址一经选定，接着就是修路、开洞、建房，顿时，冷冷清清的白涛，一下子变得人满为患。前来建设的工程队员，除了科研人员和民工，还驻守着一支4000人的军队，一时之间，哪来那么多房屋供人住。于是，建房就成了当务之急。

建房，就需要就地取土烧砖，而陈家村土质厚实，就被选定为烧砖取土点。结果刚一开工，便挖出来许多坛坛罐罐，怀疑下面有古墓，连忙联系山城博物馆前来踏勘。勘察一段时间后得出结论，陈家村所在区域不仅有古墓，而且还不止一两个，恐怕有数十个，是一个由大大小小的土坑墓组成的墓群，其年代属于战国时期。

既然属于战国时期，那必然就是巴人的墓，而如此大规模的巴人墓葬群，在古巴国区域尚属首见，其意义非同寻常。于是，博物馆赶紧打报告要求停止该区域的建设取土，实施抢救性发掘。然而在那个年代，考古工程怎比得了国防工程的重要，申请虽获批准，但取土照样进行，只是避开了墓群中心区域。

随后，一场激烈的政治运动开始了，刚刚启动的考古发掘不得不终止。属于国防工程的816项目虽然还在建设，但不可幸免受到这场运动的影响。许多人参与其中，抓革命却没有促生产，斗来斗去，建设速度就放慢了，及至运动结束，基地还没有建成。

在取土的过程中，时不时会挖出来一些坛坛罐罐，但因为当时人们文物意识淡薄，加之又是坟地里出来的东西，所以也没当回事。往往是土陶罐敲碎就地掩埋，遇到金属器就拿到废品收购站去卖，而废品收购站拿到这些东西，又转手卖给铁厂、铜厂。如此一来。小田溪出土的大量珍贵文物毁于熔炉。

接下来，发生了一件奇怪的事——

某日，三个民工挖出来一个青铜器，因为里面有很多土，废品收购站不收，民工们一气之下，将青铜器敲碎，用水冲洗干净了，这才拿到废品收购站去卖。随后，民工用卖废品的钱，在镇上沽了几斤烧酒，炒几盘下酒菜，海吃海喝一顿，不料全都酒精中毒，其中两人虽然抢救过来，但却变成了弱智，而手握大锤敲碎青铜罐那人，则七窍流血而亡。

自此事件之后，当地便流传一种说法——其实那三个民工并非酒精中毒，而是因为那件青铜器是巴人的神器，上面刻有咒语，作为巴人后代的民工却敲碎了它，所以不得好死。如此一来，取土的民工再也不敢靠近墓地。

八十年代初期，国家政策也发生了重大转变，816项目被撤销，由原来的军工转为民工。国防项目停摆，反而为考古发掘提供了契机。八十年代中期，小田溪考古发掘得以重新启动。在考古发掘的过程中，既有惊喜又有失落。惊喜的是，墓群的规模比原先的预估还要大，取出的文物数量也很惊人。失落的是，由于大规模的建设取土，古墓群不可避免的遭受破坏，被损毁和盗掘的文物不可估量。

话题谈到这里，才回到今天的主题——周家院子大墓。

"在这之前，虽然学界推测这个墓群就是战国时期的巴国王陵，但依据已发掘的墓葬规格和出土的文物等级来看，还不足以证明这片墓群就是巴国王陵所在地，直到这个大墓的出现。"说到这里，邹馆长不由自主的转头望向我，"而皮老师对那件錾上图语所作的分析，更启发了我对这个大墓主人的猜测。"

“邹馆长，您意思是这个大墓的主人是个巴王！”

“只是推测，但还需要寻找更有说服力的证据，最好再出土个印章什么的。”

“《华阳国志》中有记载，巴国的王陵位于枳，而枳，指的就是涪陵，所以小田溪墓葬群很可能就是巴国王陵所在地，而依据墓中出土的文物来看，规格相当高，所以您的判断应该没错。”我附和邹馆长的观点。

“考古虽然要借助文献考证，但又不能完全依赖文献，因为文献都是后人写就的，出于某种目的，很可能有违背史实的地方。”说到这里，邹馆长忽然话锋一转，“对了，你在电话中曾提到发现了一段图语文字，不知带来没有？”

我等的就是邹馆长这句话，赶紧从背包中拿出羊皮图描摹件，铺在桌面上。

“这可真是个好东西！”看着这一大段图语，邹馆长顿时两眼放光，“这东西是哪儿来的，我怎么从来没见过，还有，你确定它们是依序连缀书写的吗？”

“我很确定，它们是四段连缀书写的图语，至于……”

我先回答了邹馆长后面一个问题，但关于它的来历，还是决定暂时隐瞒其出处。

“至于它的来历，是大英博物馆东方研究所一个朋友提供给我的，据他说，这四段图语分别刻在四件錞于上。”

“刻在四件錞于上……”邹馆长露出狐疑的眼神，“在国内出土的巴国青铜器上，连缀刻写的图语最多不会超过五个，怎么在那四件錞于上，一下会出现这么多，难怪那个川康彦说中国的巴蜀史研究赶不上欧美和日本，就考古资料而言，国内确实欠缺了不少。”

听邹馆长提到川康彦，我忽然有些不自在，但邹馆长并没留意到我的神情，此时，他的眼神，完全聚焦在巴蜀图语上。

“我数了一下，在这四段图语中，共有一百零六个图语，其中大多都是以前从未出现过的符号，真是个了不起的发现，仅凭这一点，就足以证明巴国和蜀国确实存在自己独有的文字，也就是巴蜀图语，而如果能破译出这些文字，那就更好了。”

“能破译吗？”

“很难，但可以一试。”邹馆长低头注视着图语，陷入沉思，脸色忽明忽暗，过了一会儿，忽然抬起头来，说道：“你有没有从这些图语中看出些什么？”

“我觉得有几个图语像是数字符号。”

“对，应该是表示数字的符号。”邹馆长指点着桌面上的纸片，“传说上古之民以结绳记事，小事系小结，大事则系大结，而这两个图语，一个是单绳结，一个是双绳结，是不是代表数字五和十呢？”

“好像是那么回事儿，”听完邹馆长的分析，我若有所悟，“如果确定是数字，那这几段图语会不会是描述几个地理方位，而数字则是标示到达该方位的里程。”

“方位和里程……”邹馆长先点了点头，接着又摇了摇头，沉思片刻后说道：“古代器物上的铭刻，以记事、颂祷、占卜方面的内容为主，偶有关于地理方位的描述，但从来没见过精确到里程的描述。而錞于是巴国礼器，上面铭刻的图语，照理也只会记载上述内容，怎么可能会出现方位和里程？”

听到这里，我有些哭笑不得，后悔刚才撒了谎，将邹馆长的思路带偏了，然而此刻我又无法及时更正，只有由着他不着边际的错下去。

而此时，邹馆长已被自己的思路困住，完全偏离了方向，最后他推测这四段图语可能是记载巴国举行的几次重大祭祀活动，而那些类似数字的符号，是指祭品的数量。

接着，邹馆长又跟我聊了会儿上次申报的国家社科课题，临走之时交代个任务给我，就是多收集国外巴蜀青铜器上的图语，并尽可能破译阐释出部分图语含义——道理很简单，因为我的专业就是古文字，并且先前对青铜鍪上那一组图语的解释也很独到。

我心里暗暗叫苦，这次来小田溪，原本打算请邹馆长帮我指点迷津，没想到他却把这个皮球踢回给了我。

邹馆长走后，一个念头忽然涌上心头，既然要参观古墓群，何必等到明天，干脆今晚就去瞧瞧，让自己置身于那个神奇的空间，说不定会激发出灵感。

说干就干。

凌晨时分，我换上夜行衣，溜出宾馆，往墓群方向走去。

由镇上到古墓群，只有两公里路，一路疾行，半小时就到了。

此时，一弯残月悬于山坳，惨淡的月光铺洒在大地上。而小田溪墓葬群，则被笼罩在一层薄雾之中。夜风拂来，雾气随之流动，脚下的墓坑时隐时现，显得十分诡异。

放眼望去，只见墓群的东头有几顶帐篷，帐篷中漫射出猩红色灯光，在灯光的照射下，有值班武警荷枪实弹而立，毫无疑问，那是大墓所在地。

为避免不必要的误会，我尽量远离大墓，于墓群西部边沿巡视。

墓群沿坡地铺开，大大小小、纵横交叠。墓坑中的器物虽已被清理运走，但尸骨尚存，虽然大都支离破碎，但有的还比较完整。

凝视良久，眼前突然出现幻觉——

墓地中一具骨架开始蠕动，随着骨架的蠕动，泥土随之下陷，下陷到一定程度后，整个骨架就暴露出来，形成了一个完整的骷髅人。这还没完，又见那骷髅人扭动身体，抖落身上的尘土，随后双手支地，艰难的站了起来。

与此同时，那些支离破碎的骨骼也开始蠕动，然后互相串联组合在一起，也组合成一个完整的骷髅人。接着，其他墓坑中也出现了相同的情景，从三五具到数十具，最后汇聚成一大群。

我被眼前的景象惊呆，惊愕得不知所以。

然而，这些骷髅人却无视我的存在，交头接耳一阵之后，一起朝坡地下方走去。

坡地下方便是乌江西岸，此时，一艘帆船刚刚靠岸，船上招魂幡迎风飘舞。只见十条大汉抬着一具巨大棺木，正迈着沉重的步子，缓步上岸后。上岸后，将棺木置于一排圆木上。而此时，骷髅人已聚集在岸边码头，排成两列，在一个高大将军的指挥下，齐心协力地拉动绑在棺木上的绳索。棺木缓缓移动，沿坡而上，在这个过程中，有骷髅人不断往棺木下塞圆木，有来不及抽身的，被棺木碾压而过，又变成了支离破碎的骨骸。

过了一会儿，棺木被拉上坡地，于平阔处落定。平阔之处，有一座殿宇，殿宇之中，是一个条石砌就的深坑，那便是棺木主人的墓室。稍息片刻，骷髅人在高大将军的指挥下，将捆绑棺木的绳子搭上深坑边的木架，再一起拉动绳索，棺木缓缓上升，悬于深坑正中。

下落的过程中，那棺木发出噼里啪啦的响声，棺盖裂开了一条缝隙，随后，一戴着王冠的头颅从裂缝中冒出来，赫然便是夔城巴国那老巴王。平日里睡醒惺忪的眼睛此刻却瞪得老大，看着呆若木鸡的我说道："使者，你跑这里来干什么，还不赶紧去拯救我巴国危难。"

惶然之中，我答道："放心，巴国已经没事了。"

听完我的回答，老巴王长长舒了口气，但随即又皱眉说道："既然没事了，那你怎么不留在那里，娶依噶为妻，帮寡人治理巴国啊，跑这里来干什么？"

听完老巴王的话，我有些来气，本想回答："你自己种下的祸根，又撒手不管，如今我帮你平定了祸乱，不仅不表达谢意，反而责备起我来，是何道理。"可仔细一想又觉得不合情理，老巴王刚死不久，怎么会安葬在这个两千多年前的墓穴中。

想到这里，猛然觉得有些不对劲儿，赶紧伸出双手，使劲按住自己的太阳穴，刺痛之中，我清醒过来，但眼前的场景也随之消失，不禁有些后悔。

再看看脚下，发现自己仍立身于原处，其实一步都没移动过，接着，我又放眼四望，这一望又大吃一惊，只见侧后方约三十米处，麻柳树下，竟然有个人影。

我的第一反应是——这是个鬼！

可仔细一想又不对，据说鬼是没有影子的，而在月光的勾勒下，这人不仅轮廓分明，其前方还投下一条影子，所以这是人而不是鬼。

在这深更半夜，阴森森的墓地，突然出现个人，只有一种可能——盗墓贼。

若说是盗墓贼，就没有什么好怕的了，因为贼总是怕人的。但很快，我又否定了自己的判断。因为这片墓地早已被清理干净，已无东西可盗。当然，这个家伙也可能是盯着大墓来的，可大墓已有重兵把守，再胆大的盗墓贼，恐怕也会避之唯恐不及，断不会在这个时候往枪口上撞吧。

既不是鬼，也不是盗墓贼，那么此人究竟是谁，三更半夜来此有何目的？

此时，心中忽然冒出一个奇怪的念头，这个人，也许知道一些古墓中不为人知的秘密，找到他，说不定就能解开心中的谜团。

于是，我决定去会会他，迈步朝人影走去。

那人显然没料到我会有如此惊人之举，所以他愣住了，站着一动不动。但随着我俩之间的距离越来越近，他终于做出了反应，迅速转身，朝麻柳林跑去。

迟疑片刻，我也迈开步子，追进林子。

那人见我紧追不舍，也放开步子奔跑起来，只见他飘来荡去，身形灵动，在麻柳林中腾挪闪躲，如履平地。

眼见此人身形如此鬼魅，我忽然有些犹豫，停止了追赶。

就在这一瞬间，那人已不见了踪影。

当晚，我做了一个梦，一个很长的梦——

峡江边，薄雾中，一叶孤舟翩翩而来。

孤舟之上，站着一头戴斗笠身披蓑衣的渔翁。待孤舟靠近，那渔翁揭开斗笠，露出一张皱纹密布的老脸，口中说道：“使者想游清江吗，可愿上我这小船？”说完，老渔翁轻点竹篙，船儿便靠了岸。

眼见这老渔翁面善，我没有迟疑，跳上船的同时，说道：“只是这么大的雾，看不了景色呢。”

“不要紧，雾一会儿就散了。”

话毕，老渔翁一点竹篙，船儿轻摇一下便离了岸，随即，嘴里便唱将起来——

花开柳叶叶儿大，
别人怕来我不怕，
我和禹王跑过马，
还和纣王打过架，
武王约我分江山，

我愿山野做老大，
耕田打鱼两不误，
快活胜过帝王家。

听着这熟悉的歌谣，我心中已有了答案，于是问道：“请问老人家，您可是清江边那个渔翁？”

“正是，”老渔翁含笑作答，“我已经在此恭候使者多时了。”

“老人家怎么知道我要来这里？”

“你要解密，不来这里，还会去哪里？”

听着老渔翁的话，看着他狡黠的笑容，便问道：“请问老人家，您这是要带我去哪里？做什么？”

“去哪里，做什么？”老渔翁眯眼一笑，“使者来这里，不就是为了破解大墓主人和那玉具剑之谜吗？”

“难道您知道大墓的主人，还知道玉具剑的来历？”

“我是晓得一些，但要了解其中的来龙去脉，最好使者还是亲自走一趟。”

“亲自走一趟？”

“对，亲自走一趟，但得冒点风险。”

“冒点风险就冒点风险，只要能破解大墓之谜。”

说话间，大雾已经消散，前方出现了一支船队。

船队

这是一支古船队，约有十数只。

木船木桅，竹篷竹栏，鼓帆破浪而行。

正诧异中，老渔翁已轻点竹篙，摇动小船直奔船队而去。

抬眼望去，只见船上有身着古装的武士来回巡视，一副如临大敌的阵势。见此情景，我有些心虚，赶紧阻止老渔翁，可此时尾船上的人已经发现了我们，其中一人立于船舷，喝问道：“来者何人，可是来打探头的？”

老渔翁笑答道：“你见过如此大胆的窃盐贼吗？”

那人瞥了老渔翁一眼，皱眉道：“既不是窃盐贼，靠近船队作甚？”

老渔翁收起竹篙，搁于船上，随即双手相抱，行了个巴礼，“小民今天载了个客人，说是要去楚国长长见识，这不，正好遇见你们，可否搭个便船。”

那人便望向我，露出狐疑的眼神：“这人一身奇装异服，非我族类，还说不是探子。”

“说是探子也没错，但他不是楚国的探子，而是我巴国的探子。”老渔翁微笑作答，“实话告诉你吧，这位贵客乃王上钦使，此去楚国，一来嘛，是为了探听楚国虚实；二来嘛，是协同你们完成出使任务。”

“既为王使，可有王令？”

“王令自然是有的。”

说话间，老渔翁从内衣中掏出一虎纹铜牌，递了上去。

那人双手接过铜牌，仔细查看后又递回给老渔翁，随即冲我躬身行礼：“果然是王上钦使，小人巴木吉有礼了。”

随后，那人便命左右放下绳梯，拉我上船。

待我上得船来，转身回望，老渔翁和他的小船已消失得无影无踪。

被老渔翁扔在船上，我心中有些忐忑，正如巴木吉所言，我这一身夜行服，看起来十分古怪，明显非同时代人。好在巴木吉并没有深究，言行之中，对我表现出极大的尊敬，令我稍觉宽心。

进入船舱后，我便忍不住问道：“敢问木吉，船队此去何地？”

“先去夷陵卸盐，再去荆州……”说到这里，巴木吉眼露疑惑，“钦使大人身负王命，难道会不知道行程安排，怎么反倒问起小人来。”

听巴木吉这么一说，我顿觉失言，赶紧闭口。

好在这巴木吉乃是粗心之人，又敬我这个钦使，并没有多疑。

一阵寒暄之后，我才将目光转向船舱，只见里面堆满了大大小小的陶罐，均以羊皮封盖，心想，里面装的恐怕就是盐了。再走近看那陶罐，分大中小三个型号，腹部写有图语，小罐上的图语是两个并列的楔形竖条，大罐上的图语是一个双环绳结，中罐上的图语是一个单环绳结。再估摸三种陶罐的体量，大罐约为中罐的两倍，小罐的五倍，如此看来，大罐上的图语可能表示数字十，中罐上的图语可能表示数字五，而小罐上的图语则可能表示数字二。

看着这些图语，心里已有些明了，但还是忍不住问巴木吉："木吉，这些盐，每罐可换楚币多少？"

"禀告钦使大人，"见我发问，巴木吉立即躬身作答："大罐巴盐，可换郢爰一枚；中罐巴盐，可换楚布五枚；小罐巴盐，可换楚布两枚。"

听完巴木吉的回答，我心里顿时亮堂起来——郢爰是楚国金币，属于大币，楚布是楚国青铜盾形币，属于中币，按照巴木吉的回答，一郢爰应相当于十楚布，如此一来，自己的判断没错。

破解了这几个图语的意思之后，心中大快，于是又问："此行任务艰巨，木吉心中可有底？"

巴木吉丝毫没有意识到我在套他话，又躬身答道："此去郢都，由巴戊将军带队，钦使大可放心。"

我本想问这个任务究竟是什么，又怕巴木吉起疑，便只得压住心中的好奇，把想说的话吞进肚里，不再吭声。

过了一会儿，雾霭散尽，而此时船已行至峡谷尽头，只见远处有一关隘，以巨石垒于两岸，形成堤坝，坝上有人驻守，堤坝之间，有两根铜链锁于江面。

"钦使大人，前面就是捍关，过了捍关，可就是楚国的地界了。"

说话间，船队已驶进关口，依次排列，各船将缆绳系于堤边石柱上。此时，为首那只船上走下一人，虽身着布衣，扮成盐商，但器宇轩昂，不怒自威，看气势，恐怕就是巴木吉口中所说的巴戊将军了。

果不其然，巴木吉见那人下船，便附耳低语道："大人中途上船，还没禀告过将军，烦请大人移步，与小人同去参拜一下。"说完，也不管我愿不愿意，便命手下搭上跳板。

我心想，那巴戊既为将军，一定经常在巴王身边走动，而我则是个冒牌的钦使，还穿着一身不得体的衣服，这一见面，三言两语便可能被戳穿身份，还是不去的好。

正犹豫时，巴木吉已走上跳板，说道："容小人先去禀报一声，还请钦使随后就来，千万不要让巴戊将军久候。"

此时，我已是骑虎难下，见巴木吉已经下船，也只得跟在后面，亦步亦趋。而此时巴戊将军也看见了我和巴木吉，目光中明显透露出不快，还没等巴木吉说话，便皱眉道："此乃何人，什么时候上的船？"

巴木吉忙趋前一步，躬身答道："此位大人乃王上钦使，中途上船，说是要随同将军出使楚国，因船行江中，不便与将军禀报，现特来请罪。"

巴戊轻哼一声，眼中射出两道剑光，锁定在我身上，凝视片刻后说道："既是王上钦使，身上可执有凭信？"

巴木吉又深鞠一躬，答道："是一渔翁送他上船的，上船时，出示了王牌。"

巴戊捋了捋胡须，目光仍停留在我身上，说道："敢问钦使大名？"

"皮……"说完头一个字，我已有些后悔，但话已出口，已无法更改，只得硬着头皮蹦出后面两个字——"兆寅"。

"皮……兆寅……"巴戊低头沉思，随后望着巴木吉，"巴人中有这个姓氏吗？"

"皮姓乃中原姓氏，非巴人姓。"我答道。

"如此说来，钦使并非巴国人。"巴戊盯着我，目光中充满疑惑，"既为中原人，来我巴国作甚，怎么又成了王上钦使？"

见巴戊心中生疑，我不得不撒谎答道："敝使此来巴国，乃是受天子之命使巴，欲联络各方诸侯，以抗强秦。"

"强秦，何来强秦之说？"

"因秦国……"我本想说"因秦国自商鞅变法以来，日益强大，不仅有吞并诸侯之心，更有欲僭越天子之志"，但随即又一想，我现在身处的时代，也可能商鞅变法尚未开始，此时给他说强秦，是不是早了点，于是改口道："秦国目前是不够强大，但……"

听完我的话，巴戊一声冷笑，"秦国地处北境，地不过千里，民不过数百万，我巴国即可与之抗力，何须联络诸侯，尔等游方说客，专爱夸大其词，欺世盗名，尔欺蒙得了王上，可骗不了我巴戊，若再胡言乱语，定当以扰乱军心论处。”

见巴戊发怒，我哪敢多言，便施礼别过，却被巴戊叫住，冷冷道：“尔既为王命而来，巴戊也不能轻慢，可随本将上帅船，但休得轻举妄动，钦使可明白？”

巴戊说完这句，又狠狠瞪了巴木吉一眼，巴木吉本想借引荐我这个钦使的机会向巴戊将军示好，没想到却自讨没趣，连忙躬身行礼，怏怏的去了。

帅船比其他船略大，有两个客舱。

巴戊命手下将我领入后舱，自己却进了前舱。

后舱里有三人，两人站立，一人枯坐，见我到来，并不言语。

此时，船已起缆，缓缓驶出江关，行不多远，站立中一人忽然对我说道：“快到鳖王滩了，那儿是江贼经常出没之地，大人可要小心。”说完，便和同伴拿起靠在船壁下的皮盾，走出船舱。

待那二人出去之后，枯坐之人才将目光扫向我，说道：“钦使可有称手的护具？”

我耸了耸肩，表示没有。

那人见我做出如此奇怪的动作，眉头轻蹙，默然不语。

过了一会儿，船身忽然变得十分颠簸，显然是遇到激流险滩了，与此同时，外面传来船工号子。又过了一会儿，船外忽然响起呼啸之声，随后，一支利箭穿篷而入，从我身边飞过，扎在对面舱篷上。正惊愕时，“嗖嗖”又是几支利箭穿篷而入，其中一支直射向枯坐之人头部，我待要出声示警时，只见那人手往空中一扬，那支箭便到了他手中。

眼见有利箭不断射入，而我哪有枯坐之人那等身手，便抄起地上一木板靠住篷壁，同时龟缩身体，抵住木板。

利箭不时射在木板上，发出乒乒乓乓的声音，而那枯坐之人却气定神闲，两只手不停在空中翻飞，不多会儿，面前已堆积了十余之箭。

须臾，箭停。船外又响起喊杀声，而枯坐之人仍不为所动。

又过了一会儿，呼喝之声渐渐远去，恐怕是江贼已被击退，我这才敢放下木板，转眼望去，见那人冷冷望着我，流露出鄙夷的目光。

“大胆江贼，居然敢劫我巴戊的船，真是活腻了。”

尴尬中，舱外传来巴戊雷鸣般的声音，随即，巴戊大步迈了进来，目光越过我，对枯坐之人执礼道：“江贼窃船，可曾惊扰到侠士？”

“小小毛贼，还不至于。”

说话间，也没见那枯坐之人怎么的，身子却站了起来，对巴戊拱手还礼。

“侠士武技冠绝天下，小小毛贼侵扰，其实不必担忧，是巴戊多虑了。”

大笑声中，巴戊才将目光扫向我，冷冷说道：“看钦使的样子，恐怕吓得不轻。”

我没有吭声，直把眼睛望向枯坐之人，只见他面相清癯，身材瘦削，骨格朗俊。若不是经历刚才那一幕，绝不会将其与冠绝天下的武功高手联系在一起。

刺楚

两日后，船到夷陵，卸盐收钱后再换取珠宝玉帛，继续东向，泊荆州，上岸换马北行，第二天到达楚国都城——郢都。

进城后，船上之人皆入住一座大宅，我和巴木吉被安排住同一个房间。一进门，巴木吉便叮嘱我：“巴戊将军交代，没有他的指令，谁也不能走出店门。”

“不能出店门，这房门总能出去吧？”

“房门自然是能出的，不然去哪儿出恭。”

虽然遭到巴戊冷遇，但巴木吉对我这个“钦使”还是毕恭毕敬，而为了从他口中套取情报，我也表现得十分“平易近人”，所以到了晚上，两人间便无话不谈了。但因巴木吉职级太低，也没套出什么有价值的东西，至于说这次的任务究竟是啥，更是无从知晓。

入夜不久，巴木吉便上床睡觉，不多会儿，响起沉重的呼噜声。而此时的我，哪有心思睡觉，静坐了一会儿，实在抑制不住心中的好奇，便打开房门，悄悄溜了出去。

此时，四周已是一片漆黑，但中厅的油灯还亮着，闪闪烁烁，发出诱人的暖光。

踌躇片刻，我轻轻移步过去，靠侧窗落定，用手指蘸了点口水，戳破窗户纸，贴近破孔，眼前出现两个身影，一个是巴戊，另一个是那侠士。

二人相对而坐，面前是一个矮几，上面放着一坛酒。此时，巴戊正端起手中铜觥，对侠士说道："此举即使得逞，侠士亦难全身而退，更可能血溅大殿，您可想好了？"

"想好了，"侠士举起手中铜觥，答道："不诛楚王，难平杀亲之仇，灭国之恨，"随即，将手中酒一饮而尽，与巴戊对视片刻后说道："护孤所虑，只怕完成不了将军重托，更怕巴王怪罪下来，令将军从此难以立足。"

"侠士勿虑，"巴戊也将铜觥中酒一饮而尽，朗声说道："巴楚之间的仇隙，在那处之战时早已种下，几百年来，相互征伐不止，死伤无数，岂是他楚国一柄玉具剑所能化解的，可恨朝中奸佞之人，听信楚国奸细游说，竟然以割让巫郡来换取巴楚修好，实在是可笑可叹，而割让巫郡，丢失的不仅是宝源山盐泉，还有巴国东土门户，如此一来，楚国可由夔门逆江而上，则巴国亡之不远矣，故而巴戊请此行此举，正是要阻止朝中那些鼠目寸光之人的痴心妄想，坚定王上抗楚的决心，即使不能成功，巴楚修好也再无可能，战事一起，王上又怎离得开我们这些能征惯战的武将。"

"既如此，护孤放心了，只是巴王派来的那个钦使，将军还得小心应付。"

"侠士只管放手一搏，至于那钦使……谅他一文弱说客，有什么好担忧的。"说话间，巴戊又干了一杯酒，随即发出冷笑，"他若知趣，自会知难而退，若执迷不悟，阻我大事，那可就别怪巴戊无情了。"

听到这里，我不由得退后一步，倒吸一口冷气，哪里还敢久留，赶紧抽身回屋。

客房内，巴木吉鼾声如雷，睡得很沉。

回想巴戊与护孤的对话，心里明白了一个大概——原来巴王派巴戊来楚国，本意是为了两国修好，却不料巴戊却反其道而行之，私带护孤同行，扮成同行使者，伺机行刺楚王。而我的突然登船，则被巴戊看作是来督促他执行巴楚修好的任务，难怪巴戊对我心存偏见，视为羁绊。

面对这样的窘境，我该怎么办？

思来想去，我决定不蹚这滩浑水，因无论如何，历史结局早已注定，巴国的灭亡也早已注定，我又能奈其何。

而不蹚这滩浑水的最好办法就是抽身事外，抽身事外的最好办法就是溜之大吉。

然而，不知是因为没有想好脱身之计，还是因为对接下来要发生的事太过好奇，我没有开溜，留了下来。

第二天一早，巴戊、护孤和我，一行三人，前往楚王宫递交修好文书。

此时，我们都已换上巴国使节服装，一路上并没什么话说。当到达楚王大殿前时，我忽然有些后悔，心想，过不了多久，护孤就要实施刺杀楚王的计划，不管成与不成，护孤都将死于楚王侍卫刀剑之下，而同为使臣的我，恐怕也难辞其咎。

然而，此时抽身已经来不及了，楚国礼司已出门相迎，宣召进殿。

忐忑中，我随巴戊和护孤进入大殿，环顾四周，除了文武百官之外，只有几个侍卫，没有佩带兵器。见此情景，我的心情并没有因此而放松，反而更加沉重。因如此一来，护孤刺杀楚王的成功几率将大大增加，而若是护孤真的刺杀成功，那么出于激愤之中的楚人，哪还顾得了两国之交不斩来使的规矩，定会将我等三人砍成肉泥。

“来者可是巴戊将军？”

正惶惶不安之时，端坐于高台之上的楚王，开始发话了。

“回楚王，在下正是巴戊。”

巴戊举手施礼，表现得很谦恭。

“这就奇怪了，”楚王俯身前倾，眼盯着巴戊，脸上浮现出冷冷的笑意，“寡人曾听人言，关于楚巴修好，将军最是反对，怎么近日却愿做这修好之使，亲来楚国，倒是令寡人感到有些意外。”

巴戊答道：“在下思虑良久，深感巴楚之间年年征战，百姓不堪其苦，将士们也疲惫不堪，如此僵持下去，终非长久之计，故而痛改前非，自请来做这修好之使。”

本以为巴戊会说出十分决绝的话，以此激怒楚王，趁乱刺杀他，没想到巴戊却说出这番话，多少有些出乎我的预料。心想这个狂傲的将军，怎么忽然变得谦卑起来，难道他忽然改变了主意？但略一沉吟，便明白过来，巴戊这样做，只不过是为了麻痹楚王，表明自己对其后将要进行的刺杀并不知情，如此一来，不管之后的行刺是否成功，巴戊皆可置身事外。由此可见，这个巴戊，并非自己之前所认识的莽撞武夫，而是一个有勇有谋的将军。

这时，楚王又将目光扫向我和护孤，问道：“那么将军身后二位是谁？”

巴戊施礼道：“二位乃在下同行使者，一名召越，一名皮寅。”

“将军肯亲使楚国，楚巴之间的结就好解了。”楚王点点头，露出得意的笑容，随即话锋一转，“将军此来，可如约带有巫郡堪舆图？”

“带来了。”说话中，巴戊指了指护孤手上的布卷。

“既带来了，可否呈上与寡人瞧瞧。”

“且慢，”当护孤正要移步上前呈现地图之时，我脑中忽然闪现出荆轲刺秦的画面，猛然间明白护孤接下来要干什么，一时情急，忙趋前一步，慌不择言道：“巴楚修好，乃百年大计，而索要巫郡三地，却是短视之举。”

“外使何出此言？”见我忽然说出这番话，不仅楚王吃惊，巴戊也大为震惊，不觉怒道：“楚王殿前，哪容得尔胡言乱语，还不赶紧退下。”

我止住了脚步，但却没有后退，正犹豫不决之时，楚王发话道：“巴戊休怒，且听他下文，若说得出道理，寡人自当以礼相待，若说不出道理来，定不会轻饶。”

“楚王且听在下言，”虽然觉得有些莽撞，但此时此刻，为了救护孤的命，同时也为了救巴戊和自己的命，我不得不冒险一试，“楚王索要巫郡，无非是为了盐泉，而盐泉乃巴国命脉所系，即使王上肯，巴戊将军肯，恐怕巴国的大多数将军们也不会答应，为夺盐泉，巴楚之间势必再起战事，且比以往更甚，如此一来，岂不违背了巴楚修好的初衷。”

听完我的回答，楚王大怒，“割让巫郡三地，乃楚巴修好之前提，为表诚意，寡人亦将心爱之宝剑赠予巴王，而外使如今巧舌如簧，意在毁约，该当何罪。”说到这里，楚王怒视巴戊，“此番说辞，可是你授意的？”

巴戊正要回答，我抢前一步回答道：“此番说辞，与将军无关，亦与巴王无关，乃敝使一家之言，敝使受巴王之托与楚修好，也曾答应割让巫郡以结巴楚之好，无奈巴国众将不服，私下串通，意图死守巫郡，若草率签订合约，只怕楚国还是得不了巫郡，那时战事又起，岂非一发而不可收拾。”

听完我的话，楚王大怒，目光直视巴戊，喝问道：“外使刚才所言，是否属实，死守巫郡，巴戊将军可有此意？”

我这番说辞，巴戊自然是没有料想到，但却是他想对楚王说的话，所以并没有喝止我，而面对楚王的诘问，也没有立即为自己辩解。

于是，我接着说道：“当前群雄并起，列国纷争，皆不足虑，唯所虑者，乃强秦之崛起，而若巴楚和诸侯之间征伐不断，正好为强秦提供可乘之机，如此一来，不仅诸侯危殆，巴楚亦危殆。”

“强秦，何谓强秦？”楚王冷冷一笑，说出的话，竟与巴戊如出一辙，“秦国军力虽强，但其地狭人少，国力有限，纵使再有野心，又怎能吞并诸侯，伤我大楚。”

听完楚王的回答，忽然意识到自己犯了一个严重的错误，战国中期，秦国才刚刚崛起，其后发之势还没有显露出来，此时给楚王讲强秦，实在是有些操之过急，但话已至此，我却不得不说下去。

“秦国虽然地狭民少，但秦王之志却不小，民风也很强悍，自修建郑国渠以来，国力日盛，军力更猛，用不了多少时间，必成诸国大患，故在下之谋，不仅巴楚之间应化干戈为玉帛，更应广结诸侯，联合……”

“大胆狂徒，休要再胡言乱语，若不是考虑到今天乃楚巴修好之日，定将尔斩首示众，以泄寡人心头只恨。”没等我把话说完，楚王手拍桌案，厉声制止：“今日巴楚修好，不就是为了化干戈为玉帛吗，至于割让巫郡之地，乃是寡人与巴王早已议定之约，莫非是巴王后悔了，派外使前来鼓簧饶舌，得了寡人的玉具剑，却又不愿割让巫郡，还想楚巴修好，岂不是痴人说梦。”

说完这段话，楚王便将目光转向护孤，护孤见机会已到，连忙双手托着巫郡地图卷轴，疾步走向楚王。我本想阻止，但见巴戊两道锐利的目光扫过来，只得住口。

护孤走上台阶，躬身将卷轴放于楚王面前的桌案上，然后又扯开绳头，将地图缓缓展开。

接下来，意料之中的情景出现了，当最后一层被打开的时候，一柄短匕显露出来。

转眼间，那匕首已到护孤手中，而此时，楚王已经感觉到了护孤的用意，但其正在俯身看图，一时之间哪来得及躲闪，眼看着护孤手持利刃，刺向楚王胸腔。

说时迟那时快，位于楚王身边的近侍，赶紧抓起案上一木匣横挡过来。而此时，利刃正如闪电般刺到，插入那木匣之中。

趁护孤使劲拔那匕首之际，楚王赶紧抽身后退，与此同时，侍卫们也奔上了台阶，一起涌向护孤，护孤虽奋力抵抗，无奈寡不敌众，不一会儿，便被侍卫们扑倒在地。

此时，楚王顺手拔下插在木匣上的匕首，刺向护孤的心脏。随后，楚王又一把抓住护孤的头发，拿起匕首往护孤脖子上一抹，护孤的头便掉了下来，喷泉般的血柱从护孤脖子中喷射而出。

随后，楚王又提溜着护孤的脑袋，挥舞着手中的匕首一阵乱戳，戳完之后，又将它扔下台阶。护孤的脑袋翻滚着，正好落在我面前，一对眼珠子定定地看着我。

惊吓之中，忽然醒了过来。

回忆刚才的梦境，尚心有余悸。

来自法国的邀请函

第二天，大墓中又清理出来许多文物，分别有玉器、骨器、漆器、陶器和青铜器，在这些出土器物中，最令我感到震惊的是一块铜牌，而这块铜牌，恰与我梦中所见那块巴王铜牌一模一样。

看着这块铜牌，心中暗暗吃惊，想起梦中的老渔翁，忽然有些开窍。

接下来，我向邹馆长辞行，决定去一趟长阳。

回到学校，却收到一封挂号信，打开一看，是一份邀请函。

邀请函来自法国，内文是这样的——

尊敬的皮兆寅先生：

仅代表卢浮宫博物馆东方艺术馆向您发出邀请，恳请您前来参加由我馆举办的东方文化学者年会，今年的主题是“巴蜀文物探秘”，相关手续已为您办妥，望您于百忙之中抽出时间，务必参会。

卢浮宫博物馆东方艺术馆主任　怀特·史密斯

随函寄来的，除了会议日程安排附表，还有去法国的签证手续以及山城至巴黎的单程机票。再看会议日程，发现年会将于四天后举行，前后一周时间，而机票上的出发日期则是两天之后，如果此时去长阳，时间实在有些紧张。

看着这些东西，我有些茫然——自己什么时候忽然变成了声名远播海外的东方文化学者了，我怎么一点也不知道。不仅如此，还被邀请到法国去参加年会，并为我办好了一切手续，其待遇之高，实在是令人咋舌。

印象中，教学科研的表格虽然填写了不少，可从来没有填写过学术会议申请表，更别说由卢浮宫发起的文化学者年会申请表了。

那么，会不会是教委安排下来的任务，因学校一时找不出合适的人选，所以被我捡了个大漏。但仔细一想又不对，卢浮宫举办巴蜀史学术研讨会，应该邀请历史学院的学者参会才对，怎么也轮不到我这个半路出家且没发表过任何相关论文的人。更何况学校为了鼓励青年教师走出去，在评定职称时设定了出国访学方面的要求，为此，青年教师们纷纷提出访学申请，排都排不过来，这样的好事，无论如何也不会落在我头上。

那么，剩下还有一种可能，这个机会是邹馆长帮我争取到的，因他申报的国家级社科课题就是巴国出土文物研究，我被列入此项目的第二负责人，邹馆长又抽不出时间，所以这个名额就落到了我头上。但奇怪的是，我刚去了小田溪，邹馆长却丝毫没有提起这件事，如此看来，邹馆长也不知情，更不会帮我提交申请表。

再看一次落款，忽然有所悟。

怀特·史密斯，不就是艾曼纽的父亲吗，他一定是从艾曼纽口中知道了我，或是从威廉口中知道了我，所以才寄出了这个邀请函。但令人疑惑的是，她的父亲向我这个从未谋面的人发出邀请，这其中有什么用意，实在是匪夷所思。

推敲了很久，还是没得到一个令人信服的解释。但如此良机，我又怎能错过，想来想去，我决定去一趟法国，会一会怀特·史密斯先生，至于说有没有这个所谓的巴蜀史研讨会，倒在其次。

由于有了这个邀请函，再加上法国方面已通知领事馆，所以我的出国手续办理得异乎寻常的顺利，按期登上了去巴黎的航班。

由于这段时间身体劳累加之熬夜太多，所以落座之后我倒头就睡，闭上眼睛不久，很快就迷迷糊糊的进入梦乡——

梦里的自己，走进入一个黑黢黢的洞子，除我之外，洞子里还有几个人，都穿着探险装，头盔上射出一道道光柱，晃晃悠悠的走在我前面，看身形，应该是沙克、沃克、川康彦和艾曼纽。

不多会儿，一行人来到了暗湖边，随后，沃克在一块坡地上支起三脚架，又在架子上安上一台扫描仪，只见一红一绿两条光线从扫描仪中射出来，在洞顶来回游走。过了一会儿，忽然听见艾曼纽兴奋的叫声："停，机关就在那里！"

闻言，沙克便手拿射弩，将钢爪射向洞顶，当钢爪插入洞顶的时候，洞顶上的悬钟犹如利剑般的落下来，与此同时，地面也剧烈震动起来，接下来，湖底开裂，湖水下泄，再接下来，一块块的巨石由洞顶崩裂，劈头盖脸的砸下来。此时此刻，沙克、沃克和川康彦还不明白发生了什么，艾曼纽也呆呆的看着下泄的湖水舍不得离开。见此情形，我赶紧从隐身处闪身而出，口中吼道："你不要命了，还不赶紧跑。"说完，便一把拉住艾曼纽，夺路狂奔。

眼看巨石不停的崩落，可艾曼纽还三步一回头，眼见她如此贪恋巴国宝藏，我心中气愤不过，便松开她手，独自朝前方跑去。没跑几步，后方突然传来艾曼纽的尖叫声："皮，快来救我，我被大石压住了。"

心头虽然有气，但眼见艾曼纽身处危难，我不得不转身跑到艾曼纽身前，双手撑开大石，不由分说，一把捞起艾曼纽，背在身上，撒开腿又是一阵狂奔，可跑了一阵，始终不见光亮。这个时候，耳边忽然传来艾曼纽的惊呼声："皮，好像跑错方向了！"

听完艾曼纽的话，我大吃一惊，正打算转身再跑，可此时地面的震动更加剧烈，与此同时，黑暗中忽然传来更多的尖叫声。正疑惑万分的时候，耳边响起空中小姐的播报，先是英语，接着是国语——刚才的震动，是因为一股强烈气流引起的，请乘客们不要惊慌，各自坐在座位上，系好安全带。

十个小时的航程，说快不快，说慢也不慢。

当我再一次睁开双眼，巴黎已在脚下。

因为时差的关系，早上出发的航班，到达巴黎时正是下午时光。天空很蓝，上面飘着如棉花糖般的云朵，看着这蓝莹莹的天空，心中的阴霾不觉一扫而光。

走出戴高乐机场大门，就看见一人手持写着我名字的纸板，便走了过去，简单交流之后，被他领到停车场，进入一辆捷豹车中。

这是一辆老款皇家版捷豹，车子虽然很老，但内饰却较新，而这个接机人便是司机，除了会说英语和法语，还会几句汉语。

然而，车子驶上高速之后，并没有开往巴黎市区，而是驶向郊区，中途下道又驶入乡间小路，其间司机打了个电话，说的是法语。此时，我心里不觉忐忑起来，随之，心中升起一种不祥的预感——这个所谓的文化学者年会，恐怕根本就子虚乌有，怀特·史密斯以此名目骗我来法国，恐怕是为了艾曼纽之死而向我兴师问罪。

捷豹不紧不慢的开着，穿越一片田野后，在一座别墅前停下来，随后，司机从后备箱中取出行李，领我走向别墅大门。此时，已有一位老者守候在门口，见我和司机同来，便推开门，侧身让我进屋，随后吩咐司机将行李放于沙发旁。

见老者面容慈祥，我心略宽，忍不住问道："史密斯先生，我有些不明白，这次……"

“对不起，勋爵还在楼上，”还没等我说完，那老者便含笑打断我，“不过他很快就下来，请先生稍候。”

说完，老者径直走向吧台，为我冲咖啡。

借此机会，我才得以观察屋内摆设，发现客厅很大，其家具多为木作，以中国古典家具为主，其中有官帽椅、罗汉床、象腿案之类，可见主人对中国文化喜爱之深。

“贵客到了。”

说话声中，只见一五十多岁的高大男人由旋转楼梯上缓步而下，其脚步不紧不慢，沉稳有力。他的头发有些蓬乱，但下巴上的列宁胡却修剪得十分齐整。

毫无疑问，他就是怀特·史密斯勋爵。

“两天前，我跟威廉打了个赌，以一百英镑为赌注，赌您会不会来巴黎，很庆幸，我赢了。”

说话声中，勋爵已下完楼梯，来到我面前，伸出手来。

我连忙上前一步，握住勋爵伸过来的手，说道：“能得到勋爵的邀请，是我的荣幸。”

勋爵使劲握住我的手，没有松开的意思，“以前爱娃常在我面前提到您，今天一见，果然气质非凡。”

听到勋爵的夸奖，我有些不自在，同时又提到艾曼纽，则更令我不安，一时之间，不知如何作答。

勋爵也注意到了我脸色的变化，拍拍我肩膀，笑道：“很抱歉，为了能让您来，我撒谎了，根本没有所谓的巴蜀史研讨年会，但这不重要，重要的是，您来了。”

“如果我不来呢？”

“不来也没关系，我们会去中国找您。”

“我们，请问除了勋爵，还有谁？”

“除了我，还有威廉啦，也许还有……”说到这里，勋爵突然停住话语，随即，脸上露出讳莫如深的笑容。

我不知勋爵葫芦里卖的什么药，但眼见他此刻的表情，似乎深藏着某种用意，心中不觉更加惶恐。

“皮，此刻的您，心中一定充满疑问，”勋爵虽面带笑意，但眼神却特别锐利，“而我心中同样充满疑问，所以才邀请您来巴黎，共同来解答这些疑问。”

“如果您是指艾曼纽遭遇的不幸，我会做出解释，”面对勋爵似笑非笑的眼神，我心情忽然又紧张起来，但我努力控制住不安，强自镇定，“如果这些疑问是关于巴国的，我也会尽量配合，至于说能不能找到答案，可就说不清楚了。”

“艾曼纽遭遇的不幸，这确实……”听完我的话，勋爵脸上的肌肉抽搐了一下，神情显得有些不大自然，“其实我更关心答案这个话题，这也正是我邀请您来的目的。”

见勋爵只对破解巴国之谜感兴趣，而对艾曼纽的死表现得如此淡然，忽然觉得这个人实在有些冷血，尽管他表现得彬彬有礼，但我还是觉得有些心塞，便答道：“关于巴国秘密，我是知道一些，但这些秘密，艾曼纽也知道啊，难道她之前没告诉您？”

“关于绝谷巴国，艾曼纽曾给我透露过一些，我本打算处理完手头的事之后立马赶过去，但没想到不久之后便出现了溶洞垮塌事故，这实在是一件令人感到万分遗憾的事……”说到这里，勋爵忽然打住，露出释然的笑容，“但好在您顺利出来了，有您在，就有可能再次进入绝谷，所以事情还没到无法挽救的地步。”

“再次进入？”

“对，再次进入。”勋爵凝视着我，神情十分古怪，“皮，您难道不知道，巴国的发现，对于您，对于史密斯家族所具有的重大意义。”

听到此处，我算是明白过来，原来勋爵骗我来巴黎，其目的是想进入绝谷巴国，即使艾曼纽因此而遇难，也不能阻止他进入巴国，而这样做的目的，恐怕也是为了完成其所谓家族的梦想。但勋爵的愿望，则是与我的想法背道而驰，因我实在不想外界进入这片神秘之境，破坏那块珍贵的活化石，为了保守这个秘密，即使付出一些代价也在所不惜。

“可溶洞一垮，再次进入绝谷巴国就难了。”

“皮，您这么说，是什么意思？”

“我的意思是，既然难以进入，勋爵就不要勉强了。”

“皮，您的想法有些古怪，”勋爵面露诧异之色，“要知道绝谷巴国的发现，无论是对于人类学还是历史学，都具有极其重大的意义，而作为揭开这个千古之谜的当事人，则无疑会对您的前途带来极大的好处，可您现在却说不想外人去打扰它，实在是令人感到费解。”说到这里，勋爵有些激动，“皮，我不管您在巴国经历了什么，也不管您对巴国怀有怎样的情怀，但这不能成为阻止我们进入巴国的理由，我这次请您来，就是想请求您的帮助，而有了您的帮助，我们才能安全的进入巴国。”

“如果是这个要求，我恐怕无能为力。”

“皮，关于这个问题，我们以后再讨论。”虽然感到不快，但勋爵脸上还是挤出一丝笑容，“不管怎么说，您来了，就是我们的客人，而对于客人，我从来不会强人所难，这样吧，您先住下来休息，明天我带您去参观一下卢浮宫，然后再去一趟英格兰的约克郡，到那时，也许您就会改变自己的想法。”

除了意外还是意外

卢浮宫之大，藏品之丰，实在令人叹为观止，单是东方艺术馆就有 24 个展厅，其中陈列有来自印度、埃及、伊拉克、伊朗、叙利亚、黎巴嫩、巴基斯坦等国家的艺术品，以雕塑、绘画为主。其中印象最为深刻的是《汉谟拉比法典》，它陈列于东方艺术馆第四馆，以楔形文字刻在一块黑色玄武岩上，高两米多，共 282 条，看着这些楔形文字，眼前便浮现出巴蜀图语中的某些字符，尤其是其中的数字字符，竟然有相似之处。

再看中国馆，除陈列大量古代绘画和雕塑外，还有一批青铜器，其陈列之精，规格之高，非国内馆藏所能比。但看来看去，属于巴国时期的文物却很少。而勋爵也瞧出了我这份失落，说道：“卢浮宫收藏的中国文物艺术品，何止于这一点，绝大部分都锁在库房里呢，但如果说到巴国文物，世界上任何一个博物馆，也比不了我家的私人珍藏。”

见勋爵如此说，便想起邹馆长交代的任务，一时心痒难耐，便答道：“很期待参观勋爵的珍藏。”

“会让您如愿的，这也是我邀请您来的另一个目的，”勋爵露出讳莫如深的笑容，“既然来了，就不要急着回国，静下心来，我们一起来研究这些文物。”

“一起研究……”

“对，一起研究！”

第二天，继续参观卢浮宫。

第三天，出发去英国。

为什么会去英国？

原因很简单，应为勋爵的私人珍藏并不在法国，而是放在其位于英格兰约克郡的家中。这次来接机的是一位老者，开的还是一辆老款车，不过由捷豹换成了宾利。宾利不急不缓的开着，先驶向高速，然后又驶入乡间公路。

在宽阔的公路上行驶了一会儿，宾利又转入乡间小道，再转入一片牧场，道路越来越窄，路面上还有一些小坑，但宾利良好的避震性很好地过滤了坑洼，并没有显得颠簸。然而，坐在这极尽奢华的移动行宫里，却没能让我有受宠若惊之感，反而心生出更多的不安。

忐忑中，我望向窗外，忽见一道白影从车旁闪过。

白色的影子是一匹骏马，而骑在马上的骑士则是一位金发姑娘。那姑娘一边策马飞奔，一边回头张望，脸上透露出兴奋的神色。

“凯雅这个丫头，总是这么疯！”

听勋爵如此说，猛然想起艾曼纽曾提到过，威廉叔叔也有一个女儿，比她小两岁，好像就叫凯雅。一时之间，不由得又联想起死去的艾曼纽，又是一阵惴惴不安。但勋爵的神色仍十分淡定，而这种淡定，在我看来，多少有些不合情理。

虽然自己还没有儿女，但回想起艾曼纽谈到父亲时呈现出的自豪感，父女之间的感情一定十分深，可勋爵对艾曼纽之死表现出的淡然，又实在是让人捉摸不透。想来想去，觉得勋爵费尽心思骗自己来英国，应该还藏有某种险恶的用意。

忐忑不安中，宾利停在一座古堡前。

古堡以砖石砌就，十分宏伟，大约有二十米高，四个尖塔拱卫四角，居中还有一个更大的尖塔。砖墙上分布着箭孔，还分布着窗户，粗粗算来，至少有三十个房间。眼望这壁垒森严的中世纪古堡，心中不由得升起一阵寒意。

“到家了。”

耳边传来勋爵平和的声音，随后，一位老者走近宾利，拉开了车门，勋爵先下车，随后返身望着我，做出“恭请”的手势。

看着勋爵似笑非笑的眼神，我头皮有些发麻，觉得此行一定凶多吉少。但事已至此，只有横下一条心，管他三七二十一，下了车再说。

脚刚落地，便听见一阵银铃般的笑声，笑声中，刚才那个金发女郎已扑了上来，在我还没反应过来的时候，抱住我就是一个贴面礼。

众目睽睽之下，被如此喷火的女郎抱住，我顿时有些手足无措，正难堪时，勋爵笑道：“凯雅，别吓坏了皮，他可是一位中国绅士。”待凯雅松开我，才又问道：“威廉呢，怎么不出来迎客？”

凯雅虽然松开了手，但眼睛还在我身上扫描，过了一会儿才回答勋爵：“爹地去叙利亚了，说是要抢购一批战乱中流失的文物。”

“噢，原来是这样，还以为他赌输了，不敢见我……”说话间，勋爵脸上又浮现出诡异的笑容，“现在，我们要给皮先生另一个惊喜了！”

“那是，某些人早已等不及了！”

听着勋爵和凯雅一唱一和，眼见勋爵和凯雅如此开怀，哪像是刚刚失去亲人的样子，顿时有些丈二和尚摸不着头脑。

忐忑中，古堡大门已被推开，然后，门前出现了一个再熟悉不过的身影。

艾曼纽！

对，没错，是艾曼纽。

此刻，她身着一袭晚礼服，坐在轮椅上，望着我，表情有些复杂。

看着突然出现在眼前的艾曼纽，惊愕之情难以言表。

回想那日龙桥取宝，触发机关，造成山崩地裂，湖水下泄，溶洞垮塌。沙克、沃克和川康彦俱落入暗湖裂口，死无葬身之地。艾曼纽虽然跟在我后面，但却崴伤了脚，没来得及逃出洞口，被垮塌的石块淹埋。按当时的情况，即使不被巨石砸死，也会被土石方封堵在洞子里，绝无生还的可能。可此刻她却突然出现在眼前，怎能不令我惊讶万分。

“皮，在你看来，我一定不应该出现在这里，而是被埋在龙桥洞子里，对吧？”在我发愣之际，艾曼纽开口说话了，“那天，就差十几米就到洞口了，可前面却突然落下无数块大石，堵死了洞口，其中一块正好压在我腿上，痛死我了，心想，自己非死在里面不可……”

听着艾曼纽的讲述，就好似听禾香讲她在蝙蝠洞的遭遇一样，心头若悬着个吊桶，七上八下的，焦急万分。

“当时，可把我吓坏啦，可冷静下来一想，你不是出去了吗，一定会找人来营救我的，可是没想到……”说到这里，艾曼纽以困惑的眼神望着我，眼现嗔怪之色，“没想到在里面一待就是六七天，如果洞子里没有水，我可就真要死在里面了。”

我本想告诉她，自己当时也昏死过去了，醒过来之后，根本就没想到她还可以生还，所以压根儿就没想到找人来营救。心里这样想，但嘴里却问道：“那么，后来又发生了什么，使您得以死里逃生？”

没等艾曼纽回答，勋爵抢过话头，“连续几天没有联系到爱娃，我和威廉都觉得不对劲儿，赶紧乘专机飞往山城，又日夜兼程地赶到夔城兴隆镇，最后，依据爱娃所带 GPS 的微弱信号，才在龙桥找到了她……如果再晚几天，后果不堪设想！”

听到这里，我不由得长长吐了一口气，但同时也觉得有些愧疚，因而不敢直视艾曼纽的眼睛，也不知怎么接勋爵的话。

或许是看出了我心里的微妙变化，勋爵微微一笑，接着说道：“当救出爱娃的时候，她已经奄奄一息，可嘴里念叨的却是皮先生怎么样了，有没有看见皮先生，回国治疗期间，还经常念叨着您，这不，身体还没康复，就不听我和威廉的劝阻，非要去中国，说是要当面向皮先生表达谢意。”

我尴尬道：“可是我并没做什么……还有……再说，也不是我把艾曼纽小姐救出来的。”

“皮，你这样说就不对了，”艾曼纽连连摇头，“如果不是你把我吼醒，还背着我走了那么长段路，我也就到不了洞口，到不了洞口，爹地和威廉叔叔也就搜索不到 GPS 信号，搜索不到 GPS 信号，那我可不就完蛋啦。”

艾曼纽说得不假，当时，如果不是我撬开巨石，将她从陷坑中拉出，如果不是我背着她一阵疯跑，她恐怕早已被崩塌的巨石压得粉身碎骨，又何来得救的机会。但最令我懊恼的也就是这一点，好事都做完了，就差最后几步，可自己却撇下了她，独自跑了出来，出来之后，又没有喊人来营救。所以此刻听艾曼纽这样说，心里很不是滋味，总觉得是在挖苦我。

“爱娃行动不便，怎么能长途旅行，可她又不肯给您打电话，也不让我打电话告诉皮先生她已安全脱险，于是我就出了这么个主意，以卢浮宫召开国际巴蜀史研讨会这个名义邀请您来法国，为此，还与威廉打赌，说您肯定会来，说是这么说，可心里其实没底，没想到您居然就来了，实在是有些出乎意料。”

听着勋爵的话，我百感交集，心想，你这个馊主意，可把我害惨了，一路上担惊受怕的，总想着勋爵用意不善，差点没中途逃跑。再则，因为沙克一伙在巴国的所作所为，我心中对艾曼纽其实是存有芥蒂的，但随着她的死，心中的怨结也跟着烟消云散，而现在她又突然出现在我面前，个中滋味，真是一言难尽。

尽管如此，艾曼纽能够死里逃生，我还是感到由衷的高兴。

古堡里的宝贝

艾曼纽和勋爵的陈述结束之后，接下来的话题就转移到我身上，艾曼纽先发问：“皮，我们走后，巴国究竟发生了什么，你是怎么出来的？”

这一次，我没有撒谎，将自己如何与祭司合谋，如何以拐杖枪射杀点火的士兵，营救下覃婉丽，后来又击毙了尕多日和王后等经过一一讲述给他们听，当然，在讲述的过程中，隐去了白虎现身助阵以及自己如何进出绝谷的环节。

听完我的讲述，勋爵一家皆啧啧称奇，凯雅更是惊得合不拢嘴，随后，做出十分夸张的表情，说道："听爱娃说到皮如何勇敢机智，我还不大相信，现在听你亲口说出来，才觉得爱娃没有夸大其词。"说完这句，她忽然一把搂住艾曼纽，眼睛却瞟向我，"难怪爱娃对中国这么痴迷，原来是遇到了皮，如果皮也喜欢爱娃，不如赶紧移民到英国做我姐夫吧。"

话音刚落，艾曼纽脸上浮起一片红云，而我也羞愧到了极点，恨不得马上在地下打个洞钻进去。

"凯雅，不许乱说，"看到我的窘态，勋爵赶紧制止凯雅，"我们把皮先生请来，是有正事请他帮忙，你可不许胡言乱语，吓跑了皮先生。"

"勋爵大人，难道我刚才说的不是正事，"凯雅不但不住嘴，反而对着我一个劲儿的挤眉弄眼，"皮，你来英国，难道就没这个打算？"

"凯雅，别闹，"见我坐立不安，脸色阴沉，勋爵的口气忽然变得凝重起来，"你先去自己房间待会儿，我和爱娃要跟皮先生谈点事情。"

凯雅哪里肯依，索性一屁股滑下来，落在沙发上，生气地盯着勋爵。见此，勋爵无奈的摇摇头，说道："你要死赖在这里也行，但在我和皮先生说话的时候不要打岔。"

凯雅耸了耸肩，不再吭声。

于是，勋爵接着说道："听爱娃讲，进入绝谷巴国，可能不止龙桥暗湖一个口子，而皮先生很可能是由另外一个口子进入的，可否告诉我们，是否存在这样一个口子？"

"是有这么一个口子，"我点了点头，随即反问道："勋爵问这个口子，想要做什么？"

"要做什么？"听完我的话，勋爵颇感诧异，"因为找到这个口子，就可以再次进入巴国，进入这个在现实世界中唯一的古代社会遗存，因为它具有极高的研究价值，而作为东方文明史基金的负责人，我更是将其视为人间无与伦比的珍宝，现在，这块珍宝就在我眼前，我岂能不想去触摸它，研究它。"

"珍宝，原来勋爵只是把它看成一块珍宝。"

“不是珍宝，还会是什么？”见我面带愠怒之色，勋爵表示不解。

“对我来说，他们是一群人，活生生的一群人。”

“您说得对，这块珍宝是由一群人组成的，所以它才显得与众不同，弥足珍贵。”勋爵显然没明白我话中的含义，按照自己的理解继续说下去，“试想，在科技日新月异的今天，居然还生活着一群古代人，是多么的不可思议，多么的伟大，而如果能亲身进入这片神奇之地进行田野考察，其意义更是非同寻常。”

“意义是很重大，但我并不希望外界去打扰它，破坏它。”

“原来您担心的是这个，”听完我的回答，勋爵恍然若悟，“所以我们才请您来，因为只有您才能神不知鬼不觉的进入巴国，同时，由于您对巴国所做出的贡献，这种进入才会更加安全，更加……”

“勋爵，我的意思是，不希望任何人再次进入巴国，包括我自己。”

“包括您自己，”勋爵脸现惊愕之色，随即，他陷入沉思，脸色忽明忽暗，过了一会儿才喃喃道：“皮先生，如果这个请求让您感到为难，我们不会强求，但您有没有想过，随着探险事业的深入，绝谷巴国被发现是迟早的事，如果这一天真的到来，你我岂不坐失良机？”

“如果那一天真的到来，国家一定会做出相应措施的，这个不用勋爵担心。”

“相应措施……”勋爵发出冷笑，脸色十分难看，“爱娃在提到皮先生时，曾说您很固执，现在看来，果不其然。”

“皮，爹地想进入巴国，是出于研究保护，请别误解了他的好意。”见我和勋爵话不投机，艾曼纽及时插话，“要知道，从曾祖父那代开始，史密斯家族就对巴国情有独钟，我们对它的爱，超过了任何一个国家或团体，所以，如果由我们把它公之于世，并给贵国提供保护方案，相信被采纳的可能性也更大。”

“谢谢你们的爱，”此时，我又不由自主的联想到沙克一伙在巴国的所作所为，心中忽然升起一股莫名其妙的怨气，冷冷道：“可如果没有这种爱，巴国也许会更加安宁和平静，这块珍宝才会更加无瑕。”

话题聊至此处，已死。

不仅艾曼纽尴尬，勋爵尴尬，我也很尴尬，只有凯雅瞪大眼睛，表现出十分的不理解。但勋爵可不愿意把话题聊死，他轻轻的叹了口气，站起身来说道："如果皮先生不愿意配合，我们也不强求，但皮先生远来是客，我们可不能不尽地主之谊，现在，请我们暂时放弃争执，一起用餐吧。"

古堡中的餐厅很大，餐桌也很大，以一米的间隔围坐，至少可以容纳三十个人，而现在坐在桌子旁的，却只有四个人，即勋爵、艾曼纽、凯雅和我，站在我们身后的也是四个人，四个侍应。

不知道英国人用餐时不讲话或是此时大家都无话可说，现场气氛显得有些尴尬。而我的心绪也不在吃饭上，端上来的无论是主菜还是甜点，吃在口中都有一种苦涩的滋味，窖藏几十年的红酒，入口也带着苦味儿。

直到最后一道甜点用完，勋爵才站起身来，随后，又用餐巾擦了擦嘴角，说道："吃完饭，就该参观我们的家族珍藏了。"

我跟着站起身来，说道："感谢勋爵的热情款待，更感谢勋爵能向我这个外人展示自己的私人珍藏。"

"皮，你可不是外人，说不定哪一天……"凯雅接过话头，正要借题发挥，猛然看见勋爵尖锐的眼神，才耸了耸肩，改口说道："皮，你说对了，勋爵那些宝贝，可不是轻易对人展示的，就连我和爱娃也不例外。"

说话间，就到了勋爵的珍宝馆。

与古堡陈旧的格调相左，珍宝馆陈列文物的方式与卢浮宫很相似，十分具有现代感和科技感。展厅四壁是联排落地玻璃柜，陈列规格较小的文物，共分三层，展厅中央部分，是几个大型落地玻璃柜，陈列体积较大的文物，听勋爵说，这样的展厅，共有十二个。

第一个展厅陈列着巴国早期文化层出土的文物，主要有石器、玉器和陶器，陶器中有红陶、灰陶和印纹陶，在灰陶中，有几个刻有数字的图语。

第二个展厅是青铜器，陈列有巴式矮足鼎、簋、鍪、觚、觥、斝等烹煮用具和酒器。

第三个展厅还是青铜器，陈列有錞于、铜鼓、编钟等乐礼器，其中一套编钟，共计十三枚，件件镶金错银，十分精致。

第四个展厅仍然是青铜器，陈列的是各种兵器，计有巴式铜钺、巴式铜斧、巴式铜戈、巴式铜矛等。其中间部分只有一个柜子，里面存放着一柄青铜剑，其表面呈青绿色，剑身有羽毛状暗纹，剑柄以乌木包裹，隐隐透出漆光，剑刃透出银光，像是镀了层锡。

看着这柄纹饰怪异的青铜剑，我心中充满疑惑。因就自己在巴国的经历，从未见过这等剑式。再看其完整如新的成色，似刚刚打造出来不久，不觉心生疑惑。

见我沉默不语，勋爵笑道："看皮先生的眼神，似乎认为这是一柄新剑，然而，它确实是一柄古剑，祖父发现它时，就是现在这个样子。"

"请问勋爵，这柄剑是在哪里发现的？"

"夔门封箱峡。"

夔门，封箱峡！

听完勋爵的回答，我心里猛地一震，脑袋中立即浮现出羊皮图上的第二幅画，可不就是封箱峡吗，我去过不下十次，难怪觉得有些眼熟，但怎么当时就没意识到呢！

"您说这柄剑是在夔门封箱峡发现的？"

"千真万确。"

勋爵显然不明白我追问的意思，还以为我在怀疑这把剑的来历，再次重复道："是上个世纪祖父在封箱峡考察悬棺时意外得到的。"

"可以拿出来看看吗？"

"拿出来看……"勋爵望着玻璃柜中的古剑，有些犹豫，"难道这灯光还不够亮？"

见勋爵露出警觉的眼神，心想他恐怕是多心了，毕竟这把古剑是勋爵家的至宝，而我却让他当面打开，确实会令人感到诧异。但我看古董有一个习惯，不仅要近观，还要用手去触摸，似乎只有这样才能感受到古董散发出的讯息，解开其背后隐藏的秘密。

见我忽然提出这个要求，艾曼纽也觉得有些奇怪，但丝毫没有责怪之意，反而以恳切的目光注视着勋爵。反观凯雅，一副漫不经心的样子，显然，她对这些东西并不是很感兴趣，对我提出的要求也没有什么想法。

就在我忐忑不安的时候，勋爵俯下身去，将大拇指按在柜子触屏上，随后，又快速按动几个号码。很快，展柜木体一侧缓缓上升，而随后，支撑古剑的木板逐渐外移，不多会儿，伸出了柜体。

见抽板已经到位，勋爵递给我一副手套，自己也戴上手套，然后才小心翼翼地拿出古剑，轻轻地放在玻柜上。

我俯身下探，目光直视剑格与剑身相交之处的那个图语，随后，轻轻抚摸着剑脊，不觉“咦”了一声。

“皮，看出什么了！”

“这是个鹰纹！”

“鹰纹有什么好奇怪的，我们早就看出来了。”对我的大惊小怪，艾曼纽表示不解。

“鹰纹并没有什么奇怪，奇怪的是……”接下来，我本打算说“曾在某件器物上看见过蛇、狼和熊的图语”，但如此一来，岂不等于告诉勋爵我还知道有另外三把古剑，从而泄露巴国地宫的秘密，为自己寻宝之路平添一个强劲对手。于是赶紧改口：“奇怪的是，在巴国出土的古剑中，以前只发现过虎纹和手心纹图语，从来没出现过鹰纹图语。”

“如此高规格的宝剑，居然没有用于殉葬，而是把它藏在封箱峡悬崖上的裂缝中，其用意又是什么呢……”

勋爵摸着剑格处的鹰纹，喃喃自语，过了一会儿，他又抬起头来望着说，说道：“按说巴国兵器中出现的动物图语，以虎和蛇居多，那么除了这把鹰剑，是不是应该还有一把虎剑和蛇剑，而如果能找齐这三把古剑，是不是就能找到巴国地宫线索呢？”

羊皮书

接下来参观第五间展厅，而这个展厅，与之前四个展厅有些不一样。

进入展厅，并没有看见玻璃柜，而是一排排铁柜，柜子上布满抽格，抽格上贴着编号，每一个抽格里都存放着一本古籍，除了甲骨文、竹简、帛书和拓片外，还有很多彝文经卷。看过之前四个展厅后，我对勋爵这些收藏已不再感到吃惊，然而对于他为什么会收藏彝文经卷还是有些不解。

“皮，您不要小瞧这些彝文经卷，它可能是解开图语之谜的钥匙。”

“解开图语之谜的钥匙？”

“对，解开图语之谜的钥匙。”勋爵从抽格中拿出一卷彝经，铺在展厅中的工作台上，指点着上面的文字，接着说道：“自发现巴蜀图语之时起，祖父便认定它是一种古文字，可却无法破解，直到我深入彝区，看到这些古彝文经卷之后，才豁然开朗。”

“您是说，巴蜀图语与彝文有相似之处？”

“不仅是有相似之处，而是有些巴蜀图语与彝文基本一样。”

“如此说来，只要能找到会古彝文的人，就能够破解图语了？”

“您猜对了，”此时，勋爵脸上又浮现出得意的笑容，“当发现这个秘密后，我便在彝区住下来，到处寻访认得这些古彝文的人，结果还真被我找到了几个。”

“如此说来，巴蜀图语已经被勋爵破译了！”

听完勋爵的话，我大吃一惊，心想，如果勋爵能够释读巴蜀图语，那么就能够破译出羊皮图上的图语，从而，我也就能知道埋藏四把古剑的地方，看来自己是来对地方了。

“在彝区，我一共寻访到六个认得古彝文的毕摩，通过一段时间的研究，总共释读出大约五十个图语。”

“如此说来，巴蜀图语还是不能完全破译！”

“正因如此，所以就把您请过来了。”

看我露出疑惑的神色，勋爵笑了笑，说道：“接下来，再给您看一件宝贝。”

说完，勋爵走向展厅中一个独立的保险柜，先按指纹，再输入密码，打开柜门，从里面捧出一卷羊皮书，随后，将之展示于工作台上。

羊皮书并不厚，只有十来页，但其封页上的两个图语，却深深吸引了我。并非自己认得这两个图语，而是看着这两个图语，让我想到了另一本古籍。

“这卷羊皮书，也是在封箱峡发现的，被置放于存放鹰剑的同一个石匣中。”说到这里，勋爵脸上又浮现出狡黠的笑容，“听艾曼纽说在绝谷巴国的太庙中曾发现过一卷《周典》，只可惜没带出来，被埋在溶洞中了。”

“勋爵的意思是……”

“我的意思是，您曾看过那本《周典》，还把它翻译出来了，而这本羊皮书封页也是两个字，所以我们有理由怀疑这是一本图语版的《周典》，而如果这真是一本图语版的《周典》，那么破译图语就变得容易多了，听艾曼纽讲，皮先生在大学研究的专业是中国古文字，现在，甲骨文和金文都破译得差不多了，只剩下巴蜀图语还没有太多进展，这对于皮先生来说，可是一个难得的机会。”

勋爵的猜测，跟我的想法不谋而合，而面对这样的机会，我又怎肯错过，因此再也按捺不住内心的激动，爽快答道：“我可以试一试。”

从第六个展厅开始到最后一个展厅，陈列的是来自印度、巴基斯坦、伊拉克、伊朗、叙利亚、黎巴嫩等南亚和中东地区的文物。因为时间已太晚，改在以后再参观。

勋爵为我安排的工作室位于古堡东端塔楼的顶楼，是一个套间，里面是卧室，外面是书房。因处于古堡的转角处，所以有很多窗户，站在不同的窗户前，就有一个不同的视角。尽管已是深夜，但我却没有一点睡意，也没有心思观看窗外的风景，一门心思，只在这本影印版的羊皮书上。

先数了一遍羊皮书上的图语字符，一共是 3017 个，而我清楚的记得，竹简《周典》一共有 9648 个大篆。虽然字数不对应，但这并不表明它就不是一本《周典》。通过这段时间对图语的研究，我已认识到，图语的每一个字符，其实不只表达一个字义，往往有多层含义，如果连缀起来使用，则可能表达更丰富的内容，就如小田溪大墓出土的那件鍪上的图语，简单一个组合，就能揭示出如此丰富的内容。如此看来，3017 个字符所隐含的内容，至少不会少于 9648 个字义。

接下来，打开手机照片栏，翻到大篆版《周典》卷首，再对照羊皮书封页上的两个图语字符，只见右边那个图语，像青铜器中鼎的造型，而鼎为上古礼器之首，周朝又设有列鼎制，以此来“明贵贱，辨等列”，是周朝典章制度的核心。那么这个鼎形图语，用来代表“典”字是说得通的。

再看左边那个图语，是个环璧状图形，璧是周朝祭天的神器，排六瑞之首，代表天子受命于天，此处用来代指“周”，似乎也说得通。

接下来，开始研究羊皮书内文，先找到勋爵已破译出的图语，找到相应的图语将其替换。接着，再检索自己比较熟悉的字体，仔细浏览一遍，又有惊喜。只见图语中竟然夹杂有少量大篆字体，尽管书写方式略有不同，但大体字形一样，跟日语书写中夹杂有汉字情况类似。而这些大篆中，竟然看见了“黄”“炎”“禹”“启”等字样。

既然有这些字，那么会不会有“廪君”“蚕丛”呢？

于是，我又按《周典》的叙述顺序仔细查找，虽然没有看见“廪君”和“蚕丛”的大篆，但却发现在应该出现这些字的位置，有两个值得推敲的图语，一个图语是老虎的简笔画，虎头上加了两横和三个三角形，看起来像一顶王冠，而这个图形跟梦中那块巴王铜牌上的图语相同，对此我有很深的印象。老虎头上加王冠，不就是“廪君”吗？而另一个图语是条蚕的简笔画，蚕的双眼十分突出，头上也有个王冠图形，双眼突出的蚕加上王冠，可不就是“蚕丛”吗？

按照这个思路，终于发现，原来图语有一些基本图形，在其基础上添加特定的笔画，就组成一个词义。由此看来，邹馆长的分析不错，巴蜀图语实际上是一种以象形文字为基础的组合会意文字。了解到这一点，就等于找到了破译图语的突破口。

至于说表现动物的图语则更简单，一般是以该动物最突出特征部分加以夸张，比如“猪”，强调了它突出的吻部和两颗上翘的獠牙；比如“狼”，强调了它的楔形头部和三角形眼睛；再比如“象”，强调了它的长鼻和长牙；再比如“羊”，则强调了它的一对弯角。

最后，再回忆起巴国船上所载陶罐上的图语，数字符号也迎刃而解：一二三四用楔形竖条来表示，有几根竖条就表示数字几，“五”是一个单绳结，绳结上加一楔形竖条就是“六”，加两条是七，以此类推，到了“十”，则是一个双环的大绳结，而“一百”则是在大绳结外画个圆圈，明白了这些规律，剩下的事就好办了。

破译出羊皮书上部分图语后，已然确定，原来这部羊皮书，其实就是一部《周典》，因为有了大篆版《周典》做对照，所以只花了三天工夫，就把羊皮书上大约三分之二的图语破译出来了。在这个过程中，我基本是足不出户，因为三顿饭都会有人按时送到，并且每天的饭菜都很丰盛。

第四天，正打算破译羊皮图背面图语的时候，艾曼纽来了。

此时，她已脱离了轮椅，但行走间还是显得有些吃力。

“皮，辛苦你了。”艾曼纽靠在书桌旁说道。

“您怎么来了？”话一出口，便觉得有些不妥，“您伤还没好，不宜走动，应该多休养才对。”

“皮，你说话怎么还是那么见外，”艾曼纽露出嗔怪的目光，“那次龙桥遇险，要不是你背着我跑了那么远，我可就出不来了，难道不应该亲自来表达一下感谢？”

“您已经表达过了，”听艾曼纽提到龙桥遇险的事，我又有些不自在，于是赶紧转移话题，“经过几天的努力，我已经把羊皮书上的大部分图语破译出来了。”

“皮，你真是个天才，爹地知道了，一定会非常高兴的。”艾曼纽脸泛红光，“但我来这里，并不是为了图语的事，而是……”

见艾曼纽欲言又止，我不禁有些紧张，也不敢随便搭话，便拿起桌子上的破译稿，递到她面前。

艾曼纽瞥了一眼纸稿，没有伸手接，钻石般的眼珠盯着我，轻轻叹了口气。沉默了几秒钟，才开始说话。

“皮，你明知道那封邀请函是假的，为什么还要来？”

“因为我想当面给勋爵解释一下，没想到……”

“有件事我一直不明白，为什么你明明知道我就在洞口附近，却没有通知人来救我？”

“我……”

“也许是沙克一伙在绝谷巴国的所作所为，让你对我产生了不好的看法，可是，我跟沙克他们真的不是一路人。”

“这个，您不用解释，我心里明白。”

“既然明白，为什么还是不救我？”

看着艾曼纽哀怨的眼神，我更加手足无措，慌乱中，埋下头去，胡乱翻弄着桌子上的草稿。但此时，艾曼纽的脸色却忽然阴转晴，露出了笑容。

“皮，看样子，你真是一个不会撒谎的人，也不会讨女人喜欢，但这样的你，更令我着迷。”

“艾曼纽小姐，我们不谈这个话题好吗？”

“看把你紧张得，好像我会吃了您，”艾曼纽耸耸肩，“我今天来是要告诉你，破译工作暂时放一放，该休息一下，去外面活动活动了。”

“离开学校的时候，只请了十天假，恐怕……”

“那你就打个电话到学校，再请十天假。”

“这样不好吧，要知道……”

“有什么不好的，既然来了我家，我可不会轻易放你走，”见我扭扭捏捏的，艾曼纽皱起了眉头，“明天爹地安排了一场狩猎，你务必参加。”

“狩猎？”

“对，狩猎。”

狩猎

听说狩猎，我还以为只是在勋爵家牧场附近转转，打打野兔什么的，可实际情况却是要去很远的地方，而这一次的交通工具是直升飞机。

参加狩猎活动的共有五个人，除了勋爵、艾曼纽、凯雅和我外，还有一个中年大汉，是那天吃饭时站在我们身后的四个人中的一个，勋爵叫他雅各。

直升飞机起飞后，直飞正北方。机上共有两排座位，勋爵和雅各坐一排，艾曼纽、凯雅和我坐一排，把我夹在中间。

老实说，既然难得来一趟欧洲，我也舍不得马上回去，但并不是想借此游山玩水，而是想早点将图语破译出来，我也就早一点知道羊皮图上另外三个藏剑的地方。如果有时间，再去参观一下大英博物馆，可没想到勋爵却在这个节骨眼上安排了一场狩猎活动，不知打的什么主意。

螺旋桨巨大的轰鸣声不停地传入耳中，阻止了我的思考，而我也懒得去思考，既来之则安之，况且，打猎这个活动也不错。

一个多小时后，直升机降落在一片草地上，草地之上是山峦，周围是密林。

走下飞机后，雅各从一个大背包中拿出三把猎枪，其中有一把双管猎枪。勋爵径直将那把双管猎枪递到我手上，自己和凯雅挎了两把单管猎枪。艾曼纽因为腿伤没有痊愈，不参加今天的狩猎，与飞行师在直升机旁守候。

接着，我们一行四人进入密林中。

凯雅的确是个疯丫头，一路大呼小叫，引得勋爵直皱眉。等到了密林深处，终于忍不住提醒凯雅："你这哪儿像是在狩猎，倒像是在驱赶猎物。"

于是，凯雅伸了伸舌头，不说话了。

凯雅一停止聒噪，周围顿时安静下来，剩下的只有风声和树枝摇曳的窸窣声。随后，勋爵开始交代狩猎要领，特别叮嘱狩猎者不能埋伏在彼此相对的方位，以免将人当成了猎物，造成误伤。虽然自己早已明白这些道理，但还是很认真地听，而凯雅则显得漫不经心。

说起狩猎，其实跟钓鱼有些类似，就是要耐得住寂寞，只不过钓鱼是守株待兔，而狩猎是要先搜寻猎物，然后埋伏在其附近，等待时机扣动扳机。

在树林里转悠了一大圈后，还是没有发现猎物的踪迹。此时，凯雅又沉不住气了，开始嘟嘟囔囔起来。最后，勋爵决定和雅各去前面搜索猎物，我和凯雅殿后，说万一有猎物逃过来，便实施拦截。

勋爵刚走，凯雅便已急不可待地问道："皮，你喜欢爱娃吗？爱她吗？"

我没有吭声。

凯雅又说："可爱娃回家后，经常在我面前念叨你，看样子她是爱上你了。"

听完凯雅的话，我心烦意乱，答也不是，不答也不是，只得将食指置于嘴边，随后又指了指前方，意思我们今天是来狩猎的，请噤声。

凯雅可管不了那么多，扑哧一声笑道："我和爱娃只是借打猎为名拉你出来活动下筋骨，你还真当回事了。”说完，她又瞪我一眼，“喂，爱娃那么漂亮，你不会不动心吧？”

至此，我不得不回答道：“我已经有女友了。”

“女友，哪种女友？是同居女友还是相爱女友？”

“相爱女友。”

“皮，你骗我。”听完我的回答，凯雅一愣，随后又露出不以为然的样子，耸耸肩说道：“即使你已经有了女友，但只要爱娃介入竞争，你就一定会离开那个女友。”

我答道：“在中国，一个男人如果和一个女人相爱，就会一辈子不离不弃。”

“一辈子不离不弃，笑话，这些中世纪的誓言，亏你一个现代人说得出口。”凯雅不怒反笑，“皮，你口是心非，一点儿也不诚实。”

见我不吱声，凯雅以为有机可乘，又问道：“如果爱娃明确表示爱你，你会离开那个女友吗？”

我摇了摇头。

凯雅狠狠瞪我一眼，不再絮叨了。随后，她仰天躺在草地上，戴上了耳机开始听歌，一边听歌，一边小声哼哼。

凯雅哼歌的声音很小，然而我的心却很乱很烦躁。艾曼纽对我的爱意，其实我早就看出来了，原以为这种爱意，只是因为我救过她两次而产生的感恩，可今天听凯雅这么一说，似乎没那么简单。

以艾曼纽的形象，以她的家世，本可以找到一位社会地位和经济实力都很强的男人，可她却偏偏爱上了我这样一个土包子，实在是有些不可思议。而如果能跟艾曼纽在一起，除了享不尽的荣华富贵，还会对自己的前程带来莫大的助益。作为一个凡夫俗子，要拒绝这个巨大的诱惑，还是需要一些定力的。

然而，我却并不爱艾曼纽。况且，我已经有了爱人，而且还爱得那么深，所以自己无论如何是不会接受艾曼纽的感情的，这一点毋庸置疑。

时间一分一秒的过去，树林里还是静悄悄的。此时，凯雅已取下耳机，以一种莫名其妙的眼神看着我，就好像是我成了她的猎物，被捕获后正在慢慢玩弄欣赏。

我决定离凯雅远一点，借口去看看前面的情况，刚刚站起身，忽然听见一声枪响。十几秒钟后，一只野鹿跑过来。我下意识地举起了枪，而此时野鹿也发现了站在对面的我。

野鹿屁股上挨了一枪，正在流血，因为没有伤到要害，还勉强跑得动，但见我突然出现在面前，拦住去路，顿时露出惊慌的眼神，赶紧转身，却不料脚下一滑。

看着倒在地上的野鹿，我有足够的时间冷静瞄准，然而在扣动扳机的瞬间，我却突然有点犹豫。不知是因为它那水灵灵的大眼睛，还是心中的某种执念，说不出是为什么，反正不想射杀它。

当野鹿再次站起来的时候，枪响了，并不是我扣动了扳机，而是另外的人开的枪。

野鹿重新倒在地上，挣扎了几下就一动不动了。

与此同时，勋爵和雅各出现在眼前。

“皮，既然已经瞄准了猎物，为什么不开枪？”在雅各收拾野鹿的时候，勋爵问我。

“我想……”

“你是怕抢了我的功劳？”勋爵拍了拍我的肩膀，笑道：“要知道，我本打算把这个战利品让给你的，所以故意没击中它的要害，没想到你却不领我这个情。”说完，勋爵哈哈大笑起来。

“我看呢，他的心思根本就没放在狩猎上。”凯雅插嘴。

“为什么这样说？”勋爵一愣，“凯雅，你对皮胡说了些什么？”

“也没说什么，就问了下他喜不喜欢爱娃。”凯雅笑答。

“狩猎的时候，提爱娃做什么。”勋爵皱起了眉头。

“人家是替姐姐担心嘛，”凯雅也皱起了眉头，“皮这么优秀的男人，可不能轻易让给别的女人。”

“什么让不让的，越说越离谱了。”这次，勋爵是真的不爽了，口气变得有些严厉，“爱娃的事，用不着你操心。”

狩猎回来后，我又开始埋头工作，经过两天的努力，连猜带蒙，又破译出三十多个图语。接下来，我开始破译羊皮图上的图语。因为有了前面所取得的成就，所以不到两天，又破译出羊皮图上的大部分图语，按照古语书写方式，四段文字如下，不能释读的图语以□表示。

第一段文字：

金阳之山，仙人隐现，龟山之□，玄鸟聚□，对望五百步，□□之中，内百二十步，□熊剑出，置上穴。

第二段文字：

大河两岸，巨山为门，高三百丈，裂隙□□，船木□□，巨松悬，□穴之中，□鹰剑出，置左穴。

第三段文字：

江州之南，三百里，石□密布，百兽群集，巨蛇卧其下，□人□鼓□，□□之处，□蛇剑出，置右穴。

第四段文字：

巴子之城，大河之岸，枯水之际，鬼石出□，□狼□居□，东南相交，纵十步，□狼剑出，置下穴。

译文出来，答案不言而喻，这四段文字，果然描述了四个地点，而这四个地点都藏有一把古剑，分别是熊、鹰、蛇、狼四剑。而第二段文字所描述的地点，则毫无疑问指向夔门封箱峡，其中所藏，正是史密斯家族得到的那把鹰剑。难能可贵的是，这几段文字不仅描述了四个藏剑地点，还描述了具体方位和距离，如此一来，藏剑之地已有迹可寻。

现在，只需要取出剩下的三把古剑就行了。

古堡中的宴会

“皮，您可真是个天才，仅仅只花了六七天时间，就把图语破译了。”当勋爵拿到翻译出的图语版《周典》时，脸上洋溢着无法抑制的兴奋，但这种兴奋色彩只在他脸上停留了很短的时间，忽然就变得有些难看。随后，他轻轻地将译本放在桌子上，问道："除了这本《周典》，就没别的什么了吗？"

"还有《周典》大篆版原文，如果勋爵需要，等我整理好后就交给您。"

"有了这本译文，还要大篆版做什么？"勋爵脸上流露出深深的失望，随后，他叹了口气，说道："皮，您累了，应该好好休息几天，至于接下来的工作，我们慢慢商量。"

"慢慢商量，您的意思是？"

"我的意思是……"说到这里，勋爵又习惯性的停顿，沉思片刻后说道："等爱娃康复之后，陪您到处走走，参观一下欧洲各国的著名博物馆，然后……"

"勋爵，您的好意我心领了，但恐怕我没那么多时间。"

"没有时间，"我的回答，显然出乎勋爵的意料，所以他又皱起了眉头，"难道您对我的款待不满意，或是对寻找巴国地宫不感兴趣？"

"当然感兴趣，但……"说完这一句，我又后悔了，但话已至此，不得不接下去，"但以目前掌握的这一点点线索，寻找地宫，谈何容易。"

"皮，据我的猜测，你应该已经掌握了寻找地宫的线索。"说话中，勋爵的语气显得有些严峻，也有些无奈，"皮，我邀请您来，是怀着万分的真诚，也希望您能以同样的真诚对待我，这对于你我来说，都是有百利而无一害的事。"

听完勋爵的话，我有些蒙，同时也十分震惊。照理说我在如此短的时间内能够破译图语，是一件非常了不起的事，他应该感到万分高兴才对，可此时此刻，勋爵脸上流露出的表情，却含有深深的责怪，难道是……

难道是勋爵知道我除了有大篆版的《周典》之外，还知道我有一张羊皮图，并且已经破译了羊皮图上的图语，可我却只把翻译出的《周典》给了他，而没有交出那篇翻译出的羊皮图文稿，所以很不高兴。

可是，他又是怎么知道这些的呢？

不管勋爵是从何种途径知道的，我还是决定守口如瓶，打死不认。

"勋爵，我不懂您的意思。"

“皮，我错看您了，”勋爵脸皮绷得很紧，“但总有一天，您会改变主意的。”

勋爵没有继续挽留我，随即当着我的面，订好了第三天晚上伦敦直飞山城的机票，第二天，又陪我参观了大英博物馆。

从大英博物馆回到古堡，只见古堡前的空地上布满了花架和彩灯，按照艾曼纽的说法，是为我践行。而这所谓的践行，是要在此举行一场盛大的宴会。

看着这隆重的排场，我有些发蒙。然而，更令人不解的是，参加这次宴会的人员，除了艾曼纽家族人员之外，还有四方嘉宾。

这些嘉宾，有欧洲文化名流，有演艺界人士，这些平时只能在电影院屏幕上仰望的明星，此刻均以普通宾客的身份出席。除此之外，在这些金发碧眼的人群中，还夹杂着几个亚裔面孔的男女。

看着这个阵仗，我哪敢现身，站在书房窗口，注视着下面熙熙攘攘的人群和无数的豪车，心中疑窦丛生——这个怀特勋爵，究竟是啥来头，竟然能邀请到如此豪华的明星阵容前来赴宴。还有，他这么做，目的又是为了什么？

此刻，艾曼纽和凯雅已站在大门外迎客，在灯光的映射下，身着晚礼服的艾曼纽和凯雅显得格外的光彩夺目。

宾客们走上前去，分别与艾曼纽和凯雅拥抱执礼。而艾曼纽和凯雅则表现出主人的热情，与宾客们笑意寒暄。偶然间，我发现艾曼纽扭转身体，抬起头来，瞥一眼站立在古堡最高一层窗户边的我，顿时一惊，赶紧缩回头。

过了一会儿，我控制不住心中的好奇，再次探出头来，此时，艾曼纽已坐回了轮椅，而凯雅也不在艾曼纽身边了。

正觉得纳闷，忽然背后传来银铃般的声音：“皮，该你出场了！”

说话间，凯雅已来到我身旁，不由分说，一把拽住我胳膊，说道：“爱娃行动不便，只有我来请你这个宴会的主角，你不会不高兴吧。”

“我一个土包子，哪里应付得了这种场面，您还是饶了我，让我待在这里好了。”我慌忙推辞。

“土……包子？”凯雅一愣，大概是没听懂土包子的意思，但还是紧拽住我胳膊，说道：“这场宴会，是勋爵和爱娃专门为你举行的，缺了你这个主角怎么成。”

说完，连拉带推的把我“请”出了书房。

当凯雅拽着我胳膊出现在古堡大门的时候，立即吸引了众多嘉宾的目光。有人开始窃窃私语，令我更觉窘迫，但凯雅表现得落落大方，她高昂着头，牵引我走下楼梯，走到艾曼纽身旁，接着，拉着我的手将之搭在艾曼纽肩上。

一时之间，人群中传出一阵骚动。

此时，勋爵走近，一把握住我刚刚抽离的手，随后又转向宾客，高声说道：“女士们，先生们，现在，给大家介绍一位史密斯家族的贵宾，他是艾曼纽在中国结识的一位青年才俊，一位巴蜀史专家，他最大的研究成果，是仅仅花了七天时间，就破译了被称为千古之谜的巴蜀图语，所以我们为他举办了这场宴会，以示庆贺。”

听完勋爵的介绍，人群中响起掌声，接着又是一阵窃窃私语。

此时此刻的我，脸涨得通红，茫然不知所措。

“我们这位来自中国的皮先生，有些不大习惯这种场面，所以有点紧张，请大家多理解，同时还望各位尽情享用今天的晚餐。”见我紧张得一塌糊涂，凯雅忙替我解围。

参会的宾客都以异样的目光看着我，就像是在看一只马戏团的猴子，被人们观来赏去，评头论足。此时此刻，恨不得地上马上出现个洞，哧溜一下钻进去。

正惶惶不安的时候，勋爵拉住我手臂，将我领到一亚洲面孔青年男子面前，说道：“皮，给您介绍一位贵宾。”

那男子见我过来，主动伸出手来，脸上浮现出略带讥讽的笑意。但我却不得不伸出手，与他轻轻一握，本打算马上松开，但那只细弱的手掌却捏定了我，口中说道：“能做勋爵的座上宾，何其荣幸。”

“您能大驾光临，也是我的荣幸。”勋爵笑了笑，接着说道：“皮先生也来自山城，所以您俩更该认识一下，在山城，还没有你父亲办不了的事，所以要请您多关照。”

“如果他真像勋爵说的那样有才华，自然应该关照。”青年松开了手，目光转向勋爵，“只是我老爸怕是在山城也待不久，他早晚是要回北京的。”

“回北京好啊，”勋爵满脸堆笑，对青年表现出异乎寻常的恭敬，“你父亲是做大事的人，前程无量，我们都等着他上位的喜讯呢。”

“但愿如您所愿。”青年回答完勋爵的话，又将目光转向凯雅，“冒昧问一句，这位皮先生与你和艾曼纽小姐是什么关系？”

“猜猜？”凯雅笑而不答。

“该不会是……”青年做诧异状。

“普通朋友关系。”回答的是勋爵。

“既然是普通朋友关系，为什么举办一场如此隆重的送别宴会？”

“刚才勋爵不是说了吗，皮是我们家族的贵客，至于说以后，说不定还会……”

“凯雅，别瞎说。”勋爵厉声禁止。

青年男子离开后，接着又是其他嘉宾上前问候打探，而对于我和艾曼纽到底是什么关系，凯雅回答得模棱两可，勋爵也讳莫如深。这让我更加的不自在，便想借故离开，但凯雅死死地跟定了我，而艾曼纽也以求助的目光望着我，令我无法抽身。

等众宾客一阵寒暄之后，勋爵宣布冷餐会开始。其间不断有人向我举杯致意，而此时的我也横下了一条心，心想既然今天当了猴子，就做一只死不要脸的猴子，便来者不拒，一阵豪饮，反正喝不喝酒猴子屁股和脸都是通红的。

结果，我很快就醉了。

烂醉如泥。

醒来的时候，已是第二天上午。

发现自己和衣而卧，再摸摸内衣口袋，羊皮图译稿还在，这才松了口气。

第二章
动物凶猛

正险象环生的时候，外围又响起啸叫声，与此同时，几条黑影从树林中蹿出，其体形比野狼更为强壮。我心中暗暗叫苦——狼群尚难以应付，现在又多出几头猛兽，看样子今晚是走不出这黑森林了……

组织寻宝队

从法国回来后的第一件事，着手组建寻宝队，目标是三把古剑。

三天之后，大探事、果耐、禾香、冬瓜、闷墩儿齐聚山城。

接着，开始为期两周的强化训练，训练的内容主要有三项：一项是攀岩，一项是潜水，还有一项是熟练地使用各种电子探测设备。

为此，我花高价聘请了几个教练，一对一进行强化培训。上午在攀岩俱乐部训练，下午在潜水俱乐部训练，晚上在谢老师的房间内培训。

我每周只有四节课，全部安排在周一上午，因而也能参加培训。

本以为禾香对这些训练项目会有抵触，但没想到她却特别来劲儿，而且聪明灵活，除了电子设备运用稍稍落后外，其余科目都名列前茅。

电子培训专家名叫常昆，是一个怪才，读大学时就参加过各种机械设计和电子设计大赛，取得过不俗的成绩，还拿过机器人竞技大奖。毕业后分配到一家中日合资汽车企业当产品设计师，但进去没几天就心生绝望。

所谓产品设计，无非是把国外现存的技术拿过来消化，然后进行国产化改造，使之更加适合中国的国情和道路。换言之，就是在降低成本的同时满足国内对汽车的基本需要，性能和安全其次。

这与常昆的期许相去甚远，所以上了三个月的班，这家伙就辞职了，邀约两个朋友开了家汽车配件厂，专门研发和生产替代进口产品的各种车载电子配件。因为是创业初期，需要的研发经费很高，便通过在网上销售一些特殊渠道的电子产品筹集资金，同时自己也开发一些邪门歪道的产品，也做一些产品培训和指导方面的工作。冬瓜和闷墩儿就是在购买电子赌具时，跟常昆交上了朋友。

常昆很瘦，才 24 岁，因为长期熬夜，脸色苍白。

而禾香因为语言方面的障碍，学习电子设备显得困难一些，比不得攀岩和潜水全靠身体协调性和悟性。但是，常昆却对禾香很有耐心，除了专业培训，还主动教她学普通话，所以培训结束的时候，禾香已经能够用普通话跟大家简单交流了。

接下来，我开始潜心研究羊皮图上标示的三个地点。

先看中国地形地貌图，立马晕头。虽然地图尺寸足有一米二见方，但山城在其中只占很小一块，更不要说看清楚上面的山川细节了。

再展开四川和山城地形地貌图观看，有了山川河流的大体轮廓，但要在上面找到羊皮图上描绘的地理特征，仍然如大海捞针。

仔细审阅各区县地图，因为没有地形地貌和等高线标示，要找到符合羊皮图所描绘的地貌特征，还是一筹莫展。于是，我改变思路，按照巴国灭亡时的行军路线仔细查找，终于有了点眉目，又上谷歌地图搜寻查找，圈出了十六个可疑区域。

再根据羊皮图和文字描述缩小范围，首先查找第一个地点——“金阳之山”。

然而翻遍了历代地图及地名录，都没有一个叫金阳山的地方。考虑到这可能是个古地名，现在或许换成了别的名字，便转而从带有“金”字名称的山查找。

大山城区域带金字名称的山并不多，有金剑山、金佛山、金凤山、金刚山和金刀山。其中金刚山只是个小山岗，金刀山是一条高山峡谷，与羊皮图上的图画严重不符，基本可以排除在外。剩下金凤山、金剑山和金佛山筛选。

金凤山位于夔城兴隆境内，离天坑地缝不远，仅从地理位置来判断，具有很大的嫌疑，但我手里就有金凤山的照片，拿出来一对照，与羊皮图描绘的山形相去甚远。还有，既然怀特勋爵已经在封箱峡找到了鹰剑，那么，在同一片区域，应该不会出现第二把剑，所以也应该排除。

山城叫金剑山的地名有两处，一金剑山位于璧山，森林茂密，地势平缓，也不符合羊皮图所描绘的山形特征，基本可以排除。另一金剑山位于北碚区嘉陵江温汤峡东岸，山峰陡峭傲立，与图中所绘山峰近似。

而关于这座金剑山，还有一段传奇的历史故事——

十三世纪中叶，蒙古铁骑在被称为“上帝之鞭”的蒙哥大汗率领下，分兵四路进击南宋王朝，很快就占领了大半个中国，眼看着南宋王朝摇摇欲坠。

蒙哥亲率四万（号称十万）精兵，主攻四川，一路势如破竹，攻城略地，四川危殆。余玠临危受命，镇守川东门户江州（今山城），余玠采纳播州（今遵义）贤士冉琎、冉璞的建议，于嘉陵江中游合川修筑钓鱼城，扼守江州咽喉。

1259 年初，蒙哥兵临钓鱼城下，扬言十日内破城。但城中守将王坚、张珏沉着应战，城中军民万众一心，把个钓鱼城守得像铜墙铁壁似的，蒙哥竟然无可奈何。

结果这一战役打下来，不仅久攻不下，持续数月之久，还损兵折将，连蒙哥自己也被炮矢所伤，据说是退至这座金剑山避暑养伤，不日而终。蒙哥之死，延碍了蒙古大军对南宋和西亚的进攻，可以说改变了当时世界抗蒙战争格局。

由此来看，这个金剑山名气虽然不大，但其意义却非同小可，而且又有一个“剑”字，是今后关注考察的重点。

再观金佛山，山势陡峻，最高峰海拔 2238 米，日出日落之时，映得山峰金光灿烂，最吻合“金阳”二字。曾见摄友拍得金佛山佛光照片，光轮之中，似有神佛现身，金佛之名即由此而来，符合文中**“仙人隐现”**的描述。

感觉自己似乎找对了路子，只需要实地验证就可以了，不觉兴致高涨。

吃过晚饭后，正待继续考证，电话响起，是覃婉丽打来的，刚刚带团回来，要我去机场接驾。

覃婉丽情绪很好，脸上飘浮着两块红晕，皮肤水嫩，眼睛发亮，春潮荡漾的样子，一回家就开始索爱。

一番肉搏之后，覃婉丽气喘吁吁地望着我说道：“老公，我想跟你们一起去寻宝。”

我支吾道：“你工作得好好的，收入也不错，干吗要跟我一起吃苦受累？”

覃婉丽挠我一把，娇声道：“人家离不开你嘛。”

我捏下她鼻子，苦笑道：“人家说距离产生美，你这样整天看着我，就不觉得腻吗？”

“才不会呢。”覃婉丽翻个白眼，手指在我胸口上画着圈，“反正我已经打定主意了，而且已经请好了假，跟你一起潇洒一段时间。”

闻言，我大吃一惊，支吾道：“你这一年都没上几天班，现在又请长假，不合适吧。”

覃婉丽又瞅我一眼，嘟起个嘴，“就许你带着一大群跟班到处游山玩水，还有个小情人跟着贴身照顾，人家啷个放心嘛。”

我赶紧解释道：“带上禾香，是因为她有一对小飞龙，遇到危险可以当保镖用，哪里像你想的那样包藏祸心。”

覃婉丽不依，又挠我一下，“谁知道你是打小飞龙的主意，还是打它女主人的主意……反正我这段时间跟定你了。”

我立即明白了覃婉丽的真实用意，原来是不放心禾香，这下我倒不好出言相劝了，女人一旦起了那种心思，若一味劝阻，反而有做贼心虚之嫌疑。

培训结束前一天，常昆忽然提出加入探险队，我当然不想接收他入伙，极力劝阻——

“您为什么想加入探险队？”

“想跟你们出去冒险，体验不一样的人生。”

“我们只是一群业余探险爱好者，没有组织机构，没有经费来源，也没有任何安全保障，死了也没有任何赔偿。”

“这正是我感兴趣的地方，自由自在，无拘无束，很刺激。”

“你难道不打理自己的公司了，听冬瓜说，你现在还处于创业阶段。”

“还有两个股东呢，他们会帮我打理的，再说管理也不是我的强项，我只是负责产品研发就可以了。”

“虽然是自发组织的探险队，但我们也有自己的纪律和规则的，并不像你所想的自由自在、无拘无束。”

“皮老师，反正你提什么条件我都答应你，只要让我参加探险队就行。”

“那我得跟你约法三章。”

“不要说三章，三十章都没问题。”

“首先，所有探险考察内容，必须严格保密，不能对任何人讲，包括自己的朋友和父母；其次，队员之间要相互关爱信任，亲如一家，不得做任何有损团结的事，说任何有损团结的话；最后一点，关于每一次探险制订的行动方案，必须严格执行，有异议可以提出来讨论，大家投票表决，然后再决定是否修改调整。”

最后，我一口气提出三个要求，心想，你不是喜欢自由自在吗，有了这些规矩，看你怎么自由自在，还不知难而退。然而，常昆的回答依然坚定：“皮老师提出的这些要求，我保证全部做到。”

最后，我动摇了，心想，这家伙对电子探测设备很熟悉，也许有用得着的地方，因此就答应了他。但是，我还是有一种说不出的担心。

要知道，我们这个队伍中，有几个“古代人”。

另外，还有一个需要保守的千古大秘密。

意外收获

第一个考察目标——北温泉温汤峡东岸的金剑山。

这个目标离我们学校只有二三十公里，理所当然地成了首选。

八个人，两辆车，大探事、果耐、禾香、常昆、闷墩儿五人乘坐三菱帕杰罗，我这辆车后排很窄，只坐了三个人，除我之外，还有覃婉丽和冬瓜。

从学校出发，开车经过东阳大桥，半个多小时就到了金剑山脚下。

山并不如想象的那么高，从山脚到山顶，相对高度大概六百米，但山顶部分却十分险峻，裸露出赤红色的岩壁，在阳光的映射下，发出金黄色的光芒，我想这恐怕就是“金剑”之名的由来了。

我决定步行上山，特别告知大家注意搜寻岩洞。

走了一段之后，道路逐渐变得崎岖起来，但覃婉丽和禾香却一点不拖后腿，矫健得像两只小鹿，只有冬瓜一路气喘吁吁。

山上真的有山洞，但大多都很浅，稍大点的洞子里还有烟熏火燎的痕迹，有的还被农民圈起来养猪。每进到一个洞子，常昆、禾香就拿着金属探测仪东探探西找找，青铜宝剑没有找到，破铁锅烂锄头倒找到几个。

一共搜寻了三个山洞，一无所获，冬瓜有点气馁，忍不住嘟嘟囔囔。我只得告诉他，金剑山与城市距离不远，周围又有农民居住，哪能那么容易找到宝贝，我们这趟最多算是实习练兵，艰难的探险和寻找还在后头。

离山顶还有百来米，路断了，但是，就在那壁立的陡岩上，却露出了一个洞口。于是拿出攀爬器具，我和果耐一人一套，开始攀登陡岩。

果耐就像个灵猿似的，没费多大工夫就上去了，而我才刚刚收拾停当。

果耐上去之后，将一根绳子放下来，我这才将升降器装在果耐扔下的绳子上，顺利到达洞口。

洞口虽小，里面却很深邃，打开强光电筒，发现地上有烟熏火燎的痕迹，还散落着几件破碎的陶瓦罐。如此陡峭的地方居然有人居住过，我有点期待。

继续往里走，多是下坡，有深不见底的感觉，不觉心中暗喜，这样的地方，完全有可能藏着古剑什么的。于是，打开金属探测仪，上上下下的扫描，仔细观察数据的变化，然而，金属磁场造成的蜂鸣声一直没有响起，又走了很长一段下坡，前方有微弱的亮光，再走一段，一道悬崖呈现眼前，路断了。

悬崖足有两百米高，下面是滚滚的嘉陵江水，已经走到了这个洞子的尽头，继续探索下去已没有必要。

再次回到洞口，不知不觉已过去了两三个小时，大家都在岩壁下翘首以盼，见我俩空手而回，不免露出失望的表情。

悻悻然下山，覃婉丽提议去山脚小溪边捉螃蟹，冬瓜、禾香首先附议，闷墩儿也积极响应，只有常昆神色黯然。

金剑山之行，本没抱多大指望，见大家有这个闲情逸致，我也乐得放松一下。得到许可后，覃婉丽与禾香欢呼雀跃地向小溪跑去，我也跟他们一起下到溪沟里，冰凉的溪水立即化解了身体的暑热。

冬瓜和闷墩儿是抓螃蟹的高手，不多会儿就有所斩获，覃婉丽便把他俩最大个的据为己有，向我炫耀其胜利成果。

常昆懒懒地跟在后面，仍然拿着个金属探测仪东探西探。

玩了一会儿水，我有些困了，便躺在一块阴凉的大石上抽烟。

仰望辽阔天空，思绪万千。这一年时间里，见识了波谲云诡的权斗，经历了情爱欲火的折磨，体验了跌宕起伏的人生，难得有如此轻松愉快的时候，心想，要是人生就这么风平浪静的度过也是很不错的。

然而，我暂时还不能够享受这种生活，我这个巴国的丞相还肩负重任，也许还需要一两年的时间，就可以辞掉官职，和覃婉丽过逍遥自在的生活了。

正胡思乱想着，忽然听到一声惊呼，是禾香发出的。

第一个反应是——禾香被螃蟹夹住脚了。

但仔细一听，禾香的叫声中带着兴奋，不像受伤后发出的声音，不觉扭身望去，只见她手上拿着块长方形的牌子，在阳光的映照下，那牌子发出金灿灿的光。

这是一块长约 25 公分，宽约 8 公分的金属片，整体呈长方形，一头齐整，另一头有个隆起的穿孔，晃眼一看，像一把锄头。但是，它显然不是一把锄头。

“在哪里找到的？”我问禾香。

回答的是站在禾香身边的常昆，他举着手里的金属探测仪，得意洋洋，“我在附近捣鼓这东西，忽然它就响起了提示音，越往水边走就越急促，起先还以为是机器出了故障，没想到在这淤泥里一挖，就出来了这个东西——会是金的吗？”

我接过禾香递过来的牌子，颠颠重量后说道：“很像是金的，但也有可能是紫铜的。”

听完我的回答，常昆喜形于色，接着问道：“如果是金的，会值不少钱吧？”

我点头答道：“如果是文物，就更值钱了。”

说完，我将金属牌子浸入水中，洗去上面的淤泥，黄澄澄的，上面有类似于西夏文或梵文的字迹显露出来。随后，闷墩儿又拿出弹簧秤来一称，足有 625 克。

“可能是金的，而且还是件文物。”

“狗日的，这真是踏破铁鞋无觅处，得来全不费工夫啊，本来都歇菜了，忽然冒出个金灿灿的牌子，而且还有文字，莫非是清朝皇帝颁赐的免死金牌？”冬瓜乐得手舞足蹈，一拳砸在我胸口，“小虎，你龟儿还真有些道行，这种地方也能发现宝贝！”

听完冬瓜的吹捧，常昆显得有点不爽，嘟囔道：“是我跟禾香找到的好不好，首功应该记在我俩头上才对。”

冬瓜正要反驳，闷墩儿抢过话头：“首功肯定归皮老师，如果不是皮老师带队来这里考察，你去别处拿个探测仪到处晃悠，最多也只能找到些破铜烂铁。”

见大家都在争功，覃婉丽也不甘示弱，撇嘴道：“如果不是本姑娘带你们来溪边捉螃蟹，能发现这个宝贝吗？”

闷墩儿笑道：“对，首功应该归嫂子，再说螃蟹也是她捉得最多。”

听闷墩儿这一说，大家都不再计较谁的功劳更大了。

第一次探险就有所斩获，我请大家在骑龙吃火锅，以示庆贺。

吃火锅之前，冬瓜先打了个电话，随即高声宣布：据一个金店朋友估算，这块金牌按照目前黄金价格兑换，值人民币 143750 元。

听完冬瓜的报价，大家又是一阵欢呼雀跃，频频碰杯。

而我更关心的是，它究竟是件什么东西？

第二天一早，迫不及待地赶到博物馆，找到邹馆长，将金牌双手呈上。

看着金牌，邹馆长立即露出惊愕的眼神。

“这东西是哪里找到的？”

“金剑山下的小溪边捡到的。”

“金剑山，你是说北温泉对面的金剑山？”

“对，北温泉对岸的金剑山——昨天与几个朋友在那里郊游捡到的。”

“你知道这上面是什么文字吗？”

“不知道，所以向您请教来了。”

“这上面所刻的八思巴文，是早期蒙古国的文字，也就是说，它的历史至少在忽必烈建立元朝之前，而且从质地上看，这是一块金牌。”

“你的意思是……”我的小心脏开始狂跳。

“对，它可能是蒙哥生前留下的东西，有一种说法，蒙哥受伤后曾经在金剑山避暑疗伤，最后死在那里，如果真是蒙哥的东西，有可能解开这段历史悬案。”邹馆长摸搓着手上的金牌，爱不释手。

“邹馆长意思是，只要能释读这两段八思巴文，就可以确认它的主人了，而如果这块金牌是蒙哥的，那么蒙哥之死这个悬案也大致搞清楚啦？”

此时此刻，感觉自己的眼睛也放出了金光。

“对，就是这个意思。”邹馆长答道。

“博物馆里有认识八思巴文的研究员吗？”我问。

“你别着急，博物馆虽然没有认识八思巴文的，但我有一个朋友认得。”邹馆长说话的时候，根本就不看我，眼睛只盯在金牌上。

“什么时候可以知道结果？”我又问。

此时，邹馆长的眼睛才离开金牌，走到柜子边，拉开抽屉，从里面拿出一包烟来，抽出一支递给我，笑道：“你别着急，有了彩信这玩意儿，马上就可以见分晓。”

说完，邹馆长又拿出一支粉笔，往金牌上涂抹，接着，又用毛巾在金牌表面擦擦，如此一来，金牌上的文字变得清晰毕露。随后，他把金牌拿到窗台边拍照。

拍完照，邹馆长回到桌子边，泡上两杯茶，似笑非笑地望着我，说：“老弟，我怎么觉得你有些神秘，总能做出一些令人意想不到的事。”

我装糊涂，答道：“邹馆长的话我有些不太懂。”

邹馆长笑道：“先是对权杖的准确判断，接着又是这块金牌，我们博物馆和西联大学历史学院都曾在金剑山一带考察过，一无所获，而这么重要的文物，怎么就被你发现了，你莫非有什么特异功能？”

“我哪有什么特异功能，只是碰巧罢了！”

对于我的回答，邹馆长不置可否，随后，他也抽出一支烟点上，陷入沉思，过了一会儿，才抬起头来，凝眉问道：“你是不是在寻找传说中的巴国地宫？”

我没有吭声。

邹馆长深吸一口烟，又陷入沉思，过了好一会儿，才再次开口："关于巴国地宫，董老师也曾提出过这种设想，另外，有几个研究巴蜀史的老外也有类似猜想，可是……"

我还是没有吭声，静等邹馆长下文。

"可是我们在山城区域进行了大规模发掘，还是没有发现任何线索。"说到这里，邹馆长目光又望向金牌，停顿片刻后说道："以现有资料来分析，不足以证明巴国建造过地宫，如果你有兴趣去求证，这是好事，但不要寄予太多希望。"

"不管有没有，我打算找找看。"

"在这个问题上，我没有资格阻止你，但在寻找地宫的过程中，一定要注意安全。另外，如果有什么发现，希望与我们考古所通个气，千万不要自己去蛮干，"说话的过程中，邹馆长显得心事重重，随后，他又望向金牌，说道："还有，国家对考古发掘管理得很严格，稍不留意，就有盗掘国家文物的嫌疑。"

我点点头，心里却不是很了然。

转战金佛山

过了一会儿，邹馆长手机亮了，有微信传达，邹馆长阅读微信后，喜不自禁道："刚才的微信是内蒙古大学道尔基教授发过来的，说这就是蒙哥大汗的金牌，上面的八思巴文翻译过来是这样的意思——祈求万能的长生天，保佑英勇的蒙哥大汗。"

"这么说蒙哥真的死在金剑山！"

"千真万确，而且蒙哥在金剑山养伤期间，还进行了祈祷仪式，说明他是过了一段时间才死的。"邹馆长手握金牌，如获至宝。

“可这么重要的东西，怎么会丢失在荒郊野外呢？”

邹馆长摸搓着金牌，喃喃道：“或许是蒙哥死后，这件东西已成为忌讳之物，所以把它埋起来，后来经山洪的冲刷，留在小溪中，也或许是在慌乱之中而不慎丢失的。”

刚说到这里，电话响了，邹馆长并不避嫌，当着我的面与道尔基教授通话，差不多交谈了十多分钟，邹馆长的脸色突然变得凝重起来，半晌不说话。

“怎么了？”我问道。

邹馆长坐回沙发上，又抽出一支烟来点上，眼中的光泽忽明忽暗，“这件东西对于蒙古历史非常重要，所以道尔基教授希望内蒙古博物馆能够得到它，但同时，这件东西对于钓鱼城也非常重要，特别是钓鱼城正在申遗，而我又是钓鱼城申遗项目的顾问，从内心来讲，我希望钓鱼城博物馆能得到它。”

“原来这件东西如此重要！”

邹馆长抽一口烟，猛咳几声，沉声道：“首先，关于金牌的归属，先得征求你的意见，目前来说，你算是这块金牌的所有者，但严格地说，野外发现的文物，都应该归属国家，所以希望你能够把它捐献出来，这对大家都是一件好事。”

邹馆长说话的语气特别慢，特别凝重，让我感受到极大的压力。

“当然，名为捐献，但政府相关部门是可以拿出一笔奖励金的，刚才道尔基教授就明确表示，这笔奖励金，至少不会低于目前黄金的市场价，而如果你愿意捐献给钓鱼城，我想同样也不会低于这个价格。”

“容我考虑一下行吗，因为它并不只属于我个人。”

“当然可以给你考虑的时间，但这样重要的文物，一定要注意它的安全。”

邹馆长望着金牌，连眼睛都舍不得眨一下。

“可以把它暂时寄放在博物馆。”我想了想，答道。

开车回家的路上，我一直在考虑蒙哥金牌的归属，经过一番思想斗争之后，我打电话告诉邹馆长，决定捐献这件文物，至于说它的最终归属，由邹馆长定夺。

五天后，收到了一笔十八万的汇款，是由钓鱼城申遗办公室汇过来的，由此推断，蒙哥金牌属于钓鱼城博物馆了。

支票兑现后，我从中抽出三万奖励给常昆，剩下的留为公用。

第六天，蒙哥金牌见报，按照我的要求，没有公布捐赠者的名字。但是，报道的内容还是让我有点担心，文中不仅对蒙哥金牌的文物价值进行了评估，而且对金牌的市场价值也进行了评估，估价是一千万以上。

这个报道，为我以后的工作埋下隐患，这里暂且不表。

初战告捷，队员们都信心倍增，急不可耐的转入下一个目的地——金佛山。

金佛山位于山城南部南川区境内，动植物种类很多，刚刚入选了世界自然遗产名录。从北碚开车出发，经渝黔转渝湘高速，再走一段国道，差不多三个小时就到了。

金佛山面积非常之大，光是景区就有十几个之多，而山峰也有十几座，我们到达时刚好太阳落山，十几座山峰在夕阳映照下，就像一座座巨大的金身佛像并排而立，而其中两座山峰，竟然跟羊皮图所绘山峰有些近似。

进入金佛山后，先在一个叫“碧潭幽谷”的景区住下来，商量接下来的行动方案。覃婉丽首先发表意见：说大家都是第一次来金佛山，这里风景优美，气候凉爽，应该边游玩边搜寻目标，找到了古剑固然好，找不到也不留遗憾。

禾香和闷墩儿立即表示支持，大探事、果耐和常昆不置可否，只有冬瓜表示反对，说既然主要目的是奔着巴国古剑而来，就应该把这个目标放在首位，完成任务之后再玩不迟。

我本来的打算，也倾向于先寻找古剑，再游玩，但又不好拂逆大家的兴致，便提议举手表决。结果覃婉丽、禾香、闷墩儿、果耐投了赞成票，我和冬瓜投了反对票，大探事和常昆投了弃权票，以四票对二票通过了覃婉丽的方案。

为了使游玩和搜寻工作两不误，我又采纳了冬瓜的意见，雇一个当地采药人做向导，步行穿越金佛山，走一条不同寻常的线路。

按照采药人的建议，探险队由碧潭幽谷出发，走山间小道一路向西，经过一片原始森林和岩溶洞穴区，再走绝壁栈道到达金佛山北坡主峰风吹岭。

一行九人在山间小道中穿行，除冬瓜和常昆稍感吃力外，其他人都轻松自如。队伍出发后，先进入一段植被茂密的峡谷，峡谷中，随处可见奇花异草，飞瀑流泉，灵猴攀岩，青鸟鸣唱。

这如仙境般的景致，直把禾香迷醉了，渐渐的，她和常昆落在了后面。

“小虎哥，可以走慢点吗？”禾香赶上来后说道。

“走累了吗，那就地休整一下吧。”

我把走在前面的采药人叫住，其他人也停下来，在一片小水潭边集中。

“走这点路哪里就累着本姑娘了，我是想好好看看周围的风景呢。”禾香紧挨覃婉丽坐下，“说好了边旅游边寻宝嘛，一个个猴急的。”

“这也算风景？”覃婉丽面露不屑。

“你是真没见过世面呢还是真没见过世面呢。”闷墩儿也笑话禾香。

“就你见过世面，还不是个土包子。”禾香冲闷墩儿撇嘴。

闷墩儿正要反击，冬瓜气喘吁吁地赶过来，冲我嚷道：“狗日的小虎，你龟儿这种走法，哪里是来寻宝，分明是在搞越野比赛嘛。”

闻言，采药人有些纳闷，说道：“寻宝，寻啥子宝，这山上除了野兽就是各种花花草草和药材，哪有啥子宝？”

见我皱眉，冬瓜赶紧改口：“我们在玩一个游戏，看谁能在最短的时间里找到三件老物件，谁就赢得比赛，可以享有免费旅游的待遇。”

听完冬瓜的回答，采药人更迷惑了，“要找老物件，应该去附近农家找啊，这荒郊野岭的，哪有啥子老物件？”

冬瓜又解释道：“我们所说的老物件，古生物和动物化石也算，还有原始人用过的石头工具也算的，而且这些东西只能在野外找到才算数。”

采药人又问：“那古人熬硝用过的陶罐算不算呢？”

闷墩儿答道：“这个自然算的。”

至此，采药人才恍然大悟道：“那这个就容易找了，山里的溶洞中，有好些都有古人留下来的硝坑，最大的硝坑就在金佛洞，我还在那里捡到过两个陶罐呢，放在家里当夜壶用。”

闷墩儿笑了笑，又问道："请问大叔，洞子里还发现过其他什么东西吗，比如青铜器之类的？"

采药人想了想，说道："听说有人在里面发现过镰刀、锄头什么的，但大多都是铁的，好像没听说过有铜器。"

说话间，只见禾香又蹦又跳地跑过来，手里拿了一把野草，如获至宝。常昆赶紧走过去，问道："禾香，发现什么宝贝了，这么高兴？"

禾香瞥一眼常昆，说道："这是雌雄仙草，好难找的。"

常昆又问："什么叫作雌雄仙草，有什么用？"

禾香又瞥一眼常昆："雌雄仙草就是雌雄仙草嘛，至于说有啥子功用，暂时保密。"

见禾香卖关子，闷墩儿着急，追问道："到底有啥用嘛，说一下又不掉肉。"

"这个雌雄仙草呢……"禾香拖长语音，故意折磨闷墩儿，等闷墩儿显得极不耐烦了，才接下一句，"可以决定生男还是生女。"

闷墩儿又问："同一种草，一样的功用，嘟个去控制生男生女？"

禾香瞥一眼闷墩儿，面露不屑，但想了一想，还是答道："如果是要生男呢，就用仙草的根茎部分熬药；如果是要生女呢，就用仙草的嫩叶熬药。"随后，又故作神秘状，"当然，还得加点阿爹特制的药物才行。"

身为采药人的向导，听完禾香的话，连连摇头，"这不过就是一种野生蕨菜嘛，我们叫它千足虫蕨，如果说药性，最多有点滋养脾胃的作用，还从来没有听说过有调理生男生女的功效呢。"

"你不晓得，不等于别人做不到，亏你还是个采药人。"禾香冲采药人翻了个白眼。

那采药人顿时涨红了脸，待要申辩，我赶紧插话："禾香出身医药世家，她的话必定是有些道理的，大叔不必与她争辩，还是赶路要紧。"

说话时，闷墩儿也采折了几枝千足虫蕨，塞入背包中。

过完峡谷，开始进入原始森林地段，道路变得越发崎岖艰险，冬瓜走得更加吃力，我便将他的行李拿过来，背在自己身上。

又跋涉了一段，天色渐晚，冬瓜又喊肚子饿了，于是找到山崖下一块平地，取出四顶帐篷，安营扎寨，生火做饭。

做饭是冬瓜和覃婉丽的强项，闷墩儿与禾香打下手，大探事和果耐做策应，我和常昆插不上手，坐下来研究图纸和文字描述。

先看第一幅画，首先需要确认是哪座山峰。

金佛山面积广阔，有山峰十几座，主峰为风吹岭，海拔 2238 米，山势险峻，与图纸所画山峰近似。参照第一段文字中“**金阳之山，□熊□居□，**”应理解为：金阳之山这片地方，是熊部落聚居的地方，**“辰时有奇光，仙人隐现”**应理解为早晨六七点钟日出之时，有佛光出现。然后**“有奇石奇洞，玄鸟聚□”**也好理解，就是“奇怪的石山上有一个燕子洞”。而**“对望五百步”**和**“内百二十步”**应该指进洞后的距离和方位，也好理解。

看来，寻找有燕子聚居的岩洞就成了关键，至于说洞子中那只熊，我想应该就是指“熊剑”，而不是说里面真的有一头熊在守护。

刚有心得，忽听到覃婉丽与禾香发出的尖叫声，循声望去，只见几十个幽灵似的怪物从山崖上冲下来，最前面几只已经来到覃婉丽面前，惊吓之中，慌忙钻进帐篷里。

接着，冬瓜也钻了进去，顺手拉上拉链。

那幽灵似的怪物浑身漆黑，个体并不大，才六七十公分高矮，尾巴的长度远超过身体的长度，头上耸一撮黑毛，像剪了个莫西干发型；腮帮子两侧各飞出一撮白毛，长相十分怪异，心想，这莫非就是传说中的山魈？

这群黑猴子（我姑且这么叫它），共有四五十只，“呜哇、呜哇”地叫着，在为首一只强壮黑猴子的带领下，不仅掀翻了我们的锅灶，抢夺食物水果，还拉扯我们的帐篷。更过分的是，其中几只黑猴子，开始爬到一株大树上，把抢来的水果当手雷向我们砸过来，而且那水果手雷还砸得特别准，劲道失足，眨眼间，每个人身上都挨了几下。

这个时候，禾香打了一个响哨，背囊中飞出两只碧血飞龙，朝为首那只猴王扑去，那猴王不知厉害，竟然挥臂来抓，两只碧血飞龙在空中一个腾挪，躲开猴王劈来的手掌，一前一后继续朝它攻去。

那猴王腹背受敌，但并不惊慌，一边灵活的躲闪，一边嘴里“呜咔呜咔”地叫唤，立即又围拢来几只黑猴子，帮那猴王的忙。

此时，两只碧血飞龙忽然停止攻击，掉头回飞，那猴王不知是计，扑将过来，伸展长臂就想擒拿碧血飞龙。

碧血飞龙就像背后长有眼睛似的，突然一个 360 度大翻转，两道绿光闪过，一只碧血飞龙张嘴咬在了猴王的手臂上，一只碧血飞龙张嘴咬在了猴王的肩背上。

那猴王不知飞龙牙齿有毒，继续负痛来抓。碧血飞龙却无心恋战，把身体悬停在空中，等待检验战果。

那猴王只跑了三五步，忽然步履蹒跚，全身痉挛，紧接着倒在地上，口吐白沫。其他黑猴子见猴王受伤，蜂拥上前，抢夺猴王。

我赶紧扑上去，紧紧按住猴王，见我出击，大探事、果耐和闷墩儿也立马响应，把手中木棍树枝乱舞，挡住前来救援的猴群。

我将猴王抱起，叫冬瓜开帐篷，随后，禾香也跟着进来，这个古灵精怪的小妮子，马上明白了我的意图，立即拿出一颗药丸，使劲掰开猴王的嘴，用矿泉水给它灌服，随后，又取出金创药，敷在猴王伤口处。

此时，帐篷外不断传来猴群“呜哇呜哇”的啸叫声。

月亮熊

帐篷被拉扯得非常厉害，不多会儿，篷布便被黑猴子尖利的爪牙撕开了几道口子，通过撕开的缝隙望出去，大探事、果耐、闷墩儿正奋力阻击，但因我下了命令，不能打死一只黑猴子，所以只是被动地阻拦，显得有些狼狈。

那黑猴子却不管这些，拼命地往帐篷边扑，此时，大探事和闷墩儿身上都被划破了好几条口子，终于忍无可忍，对扑在前面的猴子狠狠抽了几棍子，形势才有所好转。

过了一会儿，那猴群在一只大母猴的带领下，发动了新一轮的攻势。大探事和果耐也被抓伤了，不得已也加重了手上的力度，才将黑猴子逼退。

过了一会儿，猴群又开始进攻，这次它们改变了战法，站在稍远的地方朝队员们扔石头，个个都像是《水浒传》里的没羽箭张清，那石头扔得又准又狠，劈头盖脸地飞过来，打得帐篷外的队员狼狈不堪。

禾香见形势危急，又想放碧血飞龙出击，被我拦住了，我把扭转战局的希望，寄托在猴王身上，等待奇迹的发生。

危急时刻，猴王睁开了眼睛，迷蒙的眼光四处扫视，看见我和禾香近在眼前，惊恐万分，无奈药性未过，身体发软，站起又倒下。

过了一会儿，猴王再次从地上挣扎着爬起来，“嗷嗷”乱叫几声，摇摇晃晃便往外冲，被冬瓜使了个绊脚，又跌倒于地。

此时，我轻轻按住猴王，摸了摸它的小脑瓜子，递给它一个苹果。冬瓜看着我的举动，百思不得其解，一个劲儿地吹鼻子瞪眼。

猴王没有接苹果，但停止了吼叫和挣扎，呆坐在地上茫然四顾，接着，它看见了包扎在自己手臂上的布条，逐渐明白了眼前发生的事，见我没有恶意，也没有要继续扣留它的意思，惶惶然望着我与禾香，挣扎着想站起来。

于是，我再次递过苹果，另一只手搭在自己胸口，我也不明白自己为何要这样做，只是感觉这是一种友好的表示。不出所料，猴王将毛茸茸的手臂伸向苹果，但有些迟疑，将及苹果的时候，又缩了回去。

我将苹果放在它面前，指了指苹果，又指了指它的胸口，再指指自己的胸口。这次，猴王没有退缩，慢慢地，它从地下捡起苹果，拍拍胸口，拍拍额头，然后两臂相交望着我。

我心中暗喜，知道自己的苦情计终于成功了，于是，也学它的方式，拍拍胸口再拍拍额头，然后两臂相交，微笑着看着猴王。

随后，奇迹出现了！

只见猴王慢慢挪身过来，将额头抵在我手背上，发出“嘎喔嘎喔”的声音——我知道，这个声音相当于罢战求和的意思。

看着我和猴王之间的互动，冬瓜傻眼了，覃婉丽也傻眼了，只有禾香淡然面对。

紧接着，猴王蹿出了帐篷，但并没有逃离。只见它朝着山上的猴群“嘎喔嘎喔”的叫了几声，猴群立即停止了攻击，回之以“嘎喔嘎喔”的声音，接着，有几只大胆的猴子迟疑着走过来，迎接猴王。

猴王蹒跚着走向猴群，猴群立即迎上前来，匍匐在猴王脚下，“喔喔”地叫，看架势，是在等待猴王的指令。

猴王又“嘎喔嘎喔”叫了几声，紧接着，几只黑猴子把抢去的食物和还没扔掉的水果捧过来，放在一张芭蕉叶上，捧到我们面前，似乎已经从猴王那里得到指令，与我们化干戈为玉帛了。

那猴王回到自己的队伍中，转过身来，两臂高举，然后又拍拍胸脯，拍拍额头，“啊喔啊喔”连叫几声，然后再转过身，带领猴群进入密林中，消失不见。

看着眼前的一幕，大家都傻眼了，不知道我对猴王施了什么魔法。此时，吓得面如土色的采药人开口说道：“该死的黑叶猴，啷个突然攻击起人来啦。”

冬瓜瞪他一眼，骂道：“狗日的，你啷个带路的，明明知道这里面有野兽，还带老子们进来。”

听完冬瓜的责骂，采药人显得十分委屈，“黑叶猴能算野兽吗，它们比兔子还胆小，平时见了人，都躲得远远的，今儿个不晓得中了啥子邪，简直……”

冬瓜不依，又嘟囔道：“狗日的，它们刚才那个阵势，像是怕人的样子吗？”

采药人摸摸额头，又挠挠后脑勺，茫然道：“也可能是最近修建索道和栈道，侵占了它们的领地，好不容易找到一块新地盘，又看见一群人在这里搭帐篷，以为又要霸占它们的新家，所以才发了疯——常言道，兔子逼急了也会咬人嘛。”

“你说得对，兔子逼急了也会咬人的，”此时，冬瓜忽然诡笑起来，眼光瞥向闷墩儿，“你莫看有些人平时胆小怕事，但逼急了也会咬人的。”

“喂，冬瓜，我又没惹你，你啷个损起我来啦。”见冬瓜含沙射影，闷墩儿岂能服气，立即还之以牙，“我虽然胆小，但还在外面坚持战斗呢，不像某些人，一见这鬼脸猴子出现，立马就溜进帐篷里去了。”

闷墩儿这一句，击中了冬瓜的要害，但冬瓜反应也足够快，只见他呵呵两声，答道："狗日的你看懂没得，老子是跟小虎进去教训猴王去了，效果你也看见了。"

闷墩儿也不是好糊弄的，也呵呵两声，答道："我是看见了，看见你先进帐篷做准备工作去了，只不过……"

眼看打嘴仗斗不过闷墩儿，冬瓜立马转向，夸奖起禾香来，"还是禾香那对怪物厉害，转眼之间，就把猴王收拾了，只是动作太快，没有看清楚……"说到这里，冬瓜便凑近禾香，踮起脚伸长脖子探出头去看禾香皮囊中的碧血飞龙。

禾香身子一扭，说道："冯老板，碧血飞龙最喜欢喝胖子的血，你可要小心。"

闻言，冬瓜赶紧缩回脖子，此时，采药人说道："皮老师，您是怎么制服那只猴王的，简直神了，还有禾香姑娘背囊中那两个怪物，是哪个地方出产的哟，恁个厉害！"

闷墩儿和常昆也是第一次见碧血飞龙，听采药人这么说，便纷纷把目光扫向禾香。禾香也不吭声，只顾得意地眨巴着大眼睛，拿个苹果在袖口上擦几下，大口吃起来，对大伙儿的好奇置若罔闻。

冬瓜、闷墩儿顿觉无趣，收拾残局，重新生火做饭。

吃完饭，夜已深，凉风习习，万籁俱静，该睡觉了。

重新架好四顶帐篷，我和冬瓜住一顶帐篷，大探事和果耐住一顶帐篷，覃婉丽与禾香住一顶帐篷，常昆、闷墩儿和采药人挤一顶帐篷。

覃婉丽对我的分配有点不满意，但又不好当大家面发作，只狠狠瞪我一眼，早早钻进帐篷玩 iPad 去了。禾香却不着急入睡，一个人坐在帐篷外，从皮囊中拿出蝙蝠肉开始喂碧血飞龙，常昆看见禾香在外面，便凑过去没话找话，禾香却爱理不理。

过了一会儿，山里忽然刮起大风，帐篷被吹得呼啦啦响，几乎要连根拔起，大家又赶紧用钢钉加固。但过不多久，又下起雨来，雨水从帐篷破裂口飘进来，使人无法入睡。半个小时之后，雨水顺着山坡流下来，在我们搭帐篷的地方汇聚成一个小水塘。

山里的天气，只要连续下几个小时的雨，气温会骤然下降十几度，马上跟过冬似的。不得已，大家只得收起帐篷，往山上转移，寻找岩洞躲风避雨。

不多会儿，在采药人的引领下找到了一个岩洞，大伙儿便欢呼着跑了进去，把气垫铺在一起，连成一个通铺，又把一顶帐篷堵在洞口，再搬几块石头压住，以此抵抗寒风。

收拾完毕，正打算睡个安稳觉，却看见禾香从洞子深处抱出两个黑乎乎的东西来，那两个小东西在她手里挣扎着，"嗷嗷"地叫。当大伙儿看清楚她手里抱着的是两只黑熊幼崽时，全都惊呆了。

"月亮熊，糟糕，这里是个熊窝！"采药人立即发出惊呼，"既然洞子里有小熊，肯定还会有大熊，这会儿可能是出去觅食了，看样子，这个洞子待不得啦……趁它们还没回来，赶紧溜吧！"

没找到熊剑，先进了熊窝，感到不妙的同时也有些兴奋。

怎么办？

出去吗？

外面风雨交加，寒风刺骨，而且这个时候出去，还可能遇到山洪。

继续待在洞里？

如果真如采药人所说，待会儿大熊回来怎么办？

当队员们都慌作一团的时候，禾香还在逗弄着两个熊崽子，或许是她太喜欢这两个小家伙，也或许是不知道大熊的厉害。更令人惊讶的是，不知她使了什么魔力，居然让两个小熊崽安静下来，跟她互动起来。

环顾四周，只见洞子里有许多大石块，便吩咐大家赶紧把石块搬到洞口，一层层堆叠起来，将洞口堵死，只留下一个透气口。

刚完事，就听见洞子外面传来粗重的喘息声，通过透气口望出去，只见两只大熊蹒跚而来，当看到洞口已被石块堵住时，立即发出愤怒的吼叫。

叫了一阵，一只大熊站起来，将头贴近透气口，"嗷嗷"两声，那两只小熊崽听见大熊的召唤，也叽里呱啦叫起来，朝洞口跑去。那大熊闻见幼熊的气息，叫得更凶，同时，开始拼命撞击石墙。

见此情形，队员们赶紧加堆石块，而此时，另一只大熊也加入了撞击石墙的行动。此时此刻，两头大熊为了营救小熊，使出了全身力气，其冲撞力非同小可，堵住洞口的石墙渐渐松动，摇摇欲坠。

以我和大探事的武功，加上果耐和闷墩儿等几个青壮汉子，并非不能与两只大熊一搏，况且我还带了两把电棍，大探事和果耐也带有锋利的刀械。但是，我们是来探宝的，并非来打猎的，而且据我所知，月亮熊又名黑熊，本是十分温顺的熊科动物，要不是感受到幼崽的危险，一般是不会发怒攻击人的。

还有，我们是来找熊剑的，居然阴差阳错地闯进了熊窝，会不会冥冥之中有某种指引，又或者说，熊剑就在这洞中。想到这一层，就更不愿意伤害黑熊了。

于是，我一边叫大家加固石墙，一边吩咐常昆和闷墩儿仔细搜索洞中的裂隙，看有没有可以藏东西的地方。冬瓜不大了然，但闷墩儿和常昆却积极响应，常昆还拿出金属探测器，煞有介事地探测起来。

黑熊的撞击越来越凶猛，堆垒在洞口的石墙已经松动，随时都会倒塌。

这时，我脑中又产生一个念头——放碧血飞龙出去斗熊。但转念一想，那大熊皮糙肉厚，飞龙的利齿未必能够咬穿它的皮肉，而且有一只飞龙还被拔掉了毒牙，此举实在是没有获胜的把握。而假如飞龙得手，此种情景，我们也不敢贸然出去施救，那两头大熊可就完蛋了，看着两头嗷嗷待哺的小熊崽，实在心有不忍。

正犹豫之时，果耐拿出了吹管，大探事会意，立马抱起一只小熊来到洞口，将熊崽递近透气孔，又捏得熊崽“嗷嗷”地叫唤。外面两只大熊立即停止撞击，其中一只将头趴在透气口处往里面张望，就在这个时候，果耐将管子凑近大熊鼻孔，一口烟吹了出去。

那大熊不知道迷烟的厉害，稀里糊涂就吸了进去，不多会儿，那熊眼开始迷糊起来，接着，它的身体开始滑落，倒在地上。另一只大熊见同伴倒地，猛地发出哀嚎，一边哀嚎，一边撞击石墙。但一只熊的力量有限，不足以撼动厚厚的石墙。

趁此机会，大家又加码了几块石头，而这个时候，外面的撞击力度也越来越小，连续撞击了这么久，看来那只大熊也筋疲力尽了。

大探事与果耐都望着我，等待命令，我想他们是想冲出去，杀了这头筋疲力尽的熊。沉思片刻，我下达了与他们期待不一样的指令——吩咐果耐和大探事往洞子深处走，找寻另外的出口。

犹豫片刻，大探事和果耐打开电筒，往洞子深处走去。一个小时后，果耐返回，告诉大家，找到另一个出口了。

熊剑

最后，大家从接近山顶的一个洞口钻出来，这个时候，雨已经小了，风却没有停，那风刮在身上，刺骨的冷，覃婉丽开始口吐怨言了："你也是，好好的宾馆不住，偏要出来野营，吃苦受累不说，还步步惊心。"

见覃婉丽口吐怨言，我赶紧从背包中拿出一件薄羽绒衣给她，又拿出一件抓绒外套递给禾香。在山梁背风处找到一块平地，本想生个火，但这山上全部是透湿的树枝，试了几次都没有成功，只好打开一个最大的帐篷，大家钻进去，紧紧围坐在一起，相互取暖。

此时，队员们已疲累到极点，但却不敢入睡，害怕又遇到什么虫蛇猛兽、妖魔鬼怪。我便安排大家轮流值守，两个小时一班。我和果耐站第一班岗、冬瓜和闷墩儿站第二班岗、大探事和采药人站第三班岗。

等大家熟睡之后，我裹了一条羽绒毯出来，果耐也跟着走出帐篷，站在我旁边，看着我，欲言又止。于是，我只得没话找话，先向果耐提问。

"后悔跟我出来受苦受累吗？"我问果耐。

"跟大人办事，非常有意思，小人求之不得。"果耐答道。

"真的这么认为吗，你不觉得现在所做的事有点无聊吗？"我又问。

"王上和探事大人都交代过了，我们现在所做的事，关乎到巴国的未来，务必听从丞相大人的指挥，只是有件事情小人不太明白。"说完，果耐露出困惑的眼神。

"请叫我皮老师，"我先纠正果耐的称呼，接着问道："有什么不明白的地方？”

“皮老师待人宽厚，心地仁慈，但今天两次遭到猛兽围攻，陷入危险境地，可皮老师却不下令猎杀那些黑猴子和黑熊，这是为什么呢？”

果耐的问题出乎意料，倒叫我一时难以回答，想了想，感叹道：“动物一般是不会主动攻击人类的，都是因为人把它们逼到绝路上去了，比如那些黑叶猴，本是十分胆小的动物，要不是我们占领了它们的领地，它们怎么会攻击我们，还有那两只大熊，如果不是我们占了它们的窝，威胁到幼崽的生命，它们又怎么可能与我们为敌？如果我们不分青红皂白，反而把它们猎杀，岂不是跟强盗无异，这样动物对人类的仇怨会越来越深，这个世界就永远没有和谐了。”

听完我的长篇大论，果耐十分不解，接着说道：“它们只不过是一些不懂感情的动物，有什么好顾惜的？”

“谁告诉你动物没有感情，你看看禾香的碧血飞龙，它们不但有感情，而且比人类更重感情，”不知为何，听完果耐的回答，我忽然心生感慨，“没有动物的世界，人类终有一天会寂寞死的！”

“小人冒昧，还有一事不解。”对于我的回答，果耐有些不了然，此时，他脸上浮现出一丝不快，“皮老师对动物尚且仁慈宽厚，可对大祭司一家却为何痛下杀手呢……据我所知，大祭司之前对皮老师也是很器重的。”

听完果耐的话，心情忽然有点沉重，便点燃一支烟，吸两口后说道：“噢，在这件事情上，倒是我变成了那些黑叶猴和黑熊……大祭司器重我不假，但前提是对他唯命是从，而一旦我的做法违逆了他的旨意，就马上要将我置于死地，唉，我也是不得已而为之！”

“大祭司为什么要置皮老师于死地，小人不明白。”说这话的时候，果耐的神色有些怪异，“小人只是觉得皮老师做事，神出鬼没的，往往出乎人意料。”

见果耐疑惑，我不得不解释道：“果耐以平民身份晋升外使，在大探事和大祭司下面办事多年，深得大探事和大祭司重用，对大祭司尊崇有加，这个我是理解的，你也不必隐瞒，但大祭司与二公子不除，巴国则无前途无未来。”

“这个小人不懂，”听完我的回答，果耐抬头看天，似乎有所触动，“但皮老师的做法得到王上和大探事的支持，想必是有些道理的。”

我不免又感叹几句：“在这个世界上，其实人是最可怕的动物，他们的自私和贪婪是与生俱来的，而且往往口是心非、笑里藏刀。尤其牵涉到权力斗争时，更是六亲不认、你死我活，没有任何妥协的余地，必置对方于死地而后快。反而动物最重感情，最明事理，比如今天我们先是与黑叶猴为敌，但当我们救活猴王之后，事情就变得完全不一样了，所以我对动物的怜悯并不代表对人的博爱。”

“小人越听越糊涂了。”果耐眉头紧锁。

“你慢慢就会明白的。”我没有继续解释。

“可是，小人说了这些糊涂的话，皮老师会怪罪小人吗？”果耐惶然问道。

“我怎么会怪罪你，你能提这样的问题，说明你没有心机，比那些只会阿谀奉承的人更令人放心。”接着，我对果耐说道：“对了，以后请不要自称小人，相对于尊重而言，巴国的秘密更为重要。”

两个小时后，我叫醒了冬瓜和闷墩儿，该他俩值班了。

回到帐篷，我在最角落处打坐，很快进入梦乡——我们刚走，昏迷的大熊便苏醒过来，与另一只大熊合力撞开了石墙，两个熊宝宝扑在父母的怀里撒娇。一只大熊来到洞口探头探脑，确信周围无人之后，来到洞子的一条裂缝边，从里面掏出一根长长的乌黑发亮的东西，赫然就是那把熊剑……

当大家被大探事和采药人叫醒时，山谷中仍然是云蒸雾绕，而我们立足的位子，就像是在云端之上。

但天色已亮，山雀也睡醒了，不停地鸣唱。

接下来，开始寻找下山的路，然后继续原始森林穿越之旅。突然，采药人手指远方密林，说道：“看，那里有一只金钱豹！”

我拿出望远镜，顺着采药人手指的方向，只看见郁郁葱葱的绿色。

“仔细看，在那根大树的第二节上。”采药人手指前方。

移动望远镜，先看见了粗大的黛色树干，再慢慢地上移，越过第一节树丫，到达第二节树丫位置，一团黑褐色相间的大猫样的动物正在伸懒腰，它身上的花斑呈铜钱状。采药人没有说错，这是一只金钱豹。

伸完懒腰，金钱豹开始环顾四周，最后，它的目光停留在我们站立的方位，注视片刻，它开始下树，先从第二节树丫跳到第一节树丫，接着，再往下跳，消失在茫茫丛林中。

“它会袭击人吗？”我问采药人。

“不会，金钱豹本来是很凶猛的野兽，但因为被大量捕杀，现在数量已经很少了，也变得胆小起来，一般看见人就躲得远远的。”采药人答道。

“你不是说黑叶猴也是很胆小的动物吗，见人就躲吗，可事实上它们还是攻击了我们！”冬瓜立即出言反驳。

“这个，这个嘛，我也糊涂了。”采药人一脸窘相。

随着天色放晴，浓雾散去，一片姹紫嫣红的杜鹃林呈现眼前，覃婉丽心情大好，一边欢呼雀跃，一边采摘各式各样的杜鹃花，随后，禾香也加入。不多会儿，两人手里已各有一大捆，接着，覃婉丽又开始玩花样，她先将杜鹃花编成一个个花冠和花环，然后交给禾香，让她分发到每一个人手里，要求大家头上戴花冠，脖子上挂花环。常昆第一个响应，闷墩儿虽有些不情愿，但见禾香天真烂漫的样子，也把花冠和花环分别戴到了头上和脖子上，大探事和果耐当然不能接受，冬瓜也死活不干，而我则以影响视线为由得以幸免。

蹚过杜鹃花海，再转过一个山口，便可望见金佛山主峰，此时，一轮红日破云而出，照射在主峰赤褐色的峭壁上，幻化出一片金黄。而在阳光照射的山脊线上，一轮五彩异光若隐若现，那光轮之中，幻化出一个人形轮廓，若佛祖端坐莲台，缥缈奇幻至极。

“看，佛光！”覃婉丽手指远方光轮，兴奋得大叫起来。

“啊，佛光里真的有仙人！”常昆随声应和。

“今天运气好，这种天气，居然可以看到佛光。”采药人发出感慨。

“这个功劳还是应该记在我头上，因为刚才在给你们戴花环的时候施了魔法，祈祷今天有好运气，结果好运气还真来啦。”覃婉丽总是语出惊人。

“是的，我都听见了，婉丽姐姐在给你们戴花环之前说了，如果今天能看见佛光，那么男人们就会变成耙耳朵。”禾香眨巴着大眼睛，想要印证覃婉丽没说假话。

不想禾香话一出口，大家纷纷取下身上的花环交还给禾香，搞得她不明所以。覃婉丽见了，忍不住埋怨禾香，“你个傻妞，不该说的话嘞个张口就乱说呢。”

“我没有乱说话啊，你是这样说来着，”禾香一脸无辜状，“怎么耙耳朵不好吗？”

覃婉丽哭笑不得，气得直跺脚。但常昆并没有取掉花环花冠，仍然把它戴在身上，一脸幸福状。

再转过一个山口，一座奇特的山峦耸立前方，山峦分为两个部分，大小两山交错重叠，大山坡恰似椭圆形的龟背，极为饱满，小坡较为狭长，很像龟的头部前伸，其中更有一条狭长的赤壁，像眯着的龟眼，而下沿绝壁正好构成了龟板的边缘，若一只体形硕大的神龟，伸长脖子，探望着远空中的云霞。那姿态，就像是在等待一个千万年的约定，虽然充满期待，却淡定而从容。

突然，一群黑色的鸟儿从石龟下的山岩中蹿出，密密麻麻，遮天蔽日，有数千只之多，盘绕三圈之后，朝远处飞去。

“燕子！”不知是谁兴奋地叫了一声。

燕子洞

放眼望去，只见龟背之下，壁立的高岩之上，隐约可见一个洞口，成千上万只岩燕正是从那洞子里飞出来的，而这个时候，正好是它们出去觅食的时间。

“去过那个燕子洞吗？”我问采药人。

“老板如果问其他山洞，我还不一定去过，但是这个燕子洞，我还真上去过两次。”采药人答道。

“那燕子洞很陡的，你上去做什么？”我追问道。

“还不是听别个讲燕窝值钱，我就和村子里另一个采药人上去采燕窝，劳神费力地弄了两麻袋下来，结果……”说到这里，采药人忽然打住，嘿嘿傻笑。

“个哈儿呢，人家说的燕窝，指的是印尼产的金丝燕窝，你龟儿弄一麻袋土燕窝，恐怕猪都不吃。”冬瓜笑道。

“但是最近两年，也有人开始收岩燕窝了。”见冬瓜出言不逊，采药人有些不爽。

“既然不值钱，还收它做啥？”我不解。

“是有些福建人来收，据说加工后当金丝燕窝卖，”见我皱眉头，采药人急忙解释道：“这事我可没干，太缺德了，会遭天打雷劈的，我宁肯冒点风险采些岩耳灵芝来卖，都比干那种事心里踏实。”

“可以带我们上去看看吗？”我不再纠缠这个话题，免得他啰唆个没完。

“这燕子洞又高又陡，好危险呢，”采药人扫视了一眼队员们，露出鄙视的眼神，“再说了，我上去都不容易，你们这身子骨……嗯，还是算了吧。”

“你只管带路，至于说上不上得去不用你操心。”被采药人蔑视，果耐很不爽。

见采药人面露难色，我赶紧掏出300元钱，递给采药人，说道：“这三百块钱，算是新增项目的费用。”

“你们全都要上去吗？”采药人有点迟疑，没有接钱。

“只上去三个人，其他人在下面等。”我答道。

“丑话说到前头，要是有个三长两短，我可不负责任咯。”采药人还是不接钱。

“你放心，我心里有数，”我边说边把钱塞进他手里，接着，又拍了拍他肩膀，“你只要保证自己不受伤就好了。”

“皮老师，不用他带路，我们自己上去吧，还省了这三百块。”见采药人扭扭捏捏的，果耐早已不耐烦了，率先朝悬崖下走去。

“安全起见，还是我带大家上去吧，毕竟客人就是上帝。”采药人赶紧将钱揣入裤兜，从背上取下长绳，跑步向前，边走边说，“我先爬上去，拴好绳子后，你们再一个个上来。”

当我和闷墩儿将攀岩器具穿戴好，来到崖壁下时，果耐已经登到半山腰，仅仅只是利用崖壁上的藤蔓和裂隙，若猿猴般灵动上攀，把采药人远远甩在身后。

不过一支烟工夫，果耐已经登上岩洞，从上面抛下来两根绳子，我和闷墩儿套上绳扣和升降器，也很快到达洞口。

“今天丢死人啦！”采药人上来时，已累得气喘吁吁，神情无比尴尬，“想不到您几位有恁个好的身手，这钱我都不好意思要了。”说完，从衣袋里掏出那三百块钱。

我推开他手，笑道：“这是给你的辛苦费，不是带路费。”

洞子高而窄，进去大约三四十米，就是一个大厅，洞壁上有许多蜂巢似的小坑洞，那就是燕子居住的窝了，而每一个坑洞里面，都有一个燕窝。

我的关注点自然不是燕窝，从进洞开始，就在丈量脚步，从洞口到大厅差不多 50 步，而大厅呈不规则椭圆形，大圆直径约 50 米，也就是大约 70 步，小圆直径约 35 米，也就是大约 50 步，羊皮图中的内一百二十步，究竟是应该从洞口算起还是大厅算起呢？

若说是从洞口算起，到达大厅直径顶端刚好是 120 步左右，而如果从大厅算起，则需要向大厅里面的洞子延伸，也就是要越过大厅，继续往里面行走 50 步左右。

我们决定先从洞口测步，从大厅入口直线行进 70 步左右，刚好到达大厅的缘边，再往前是一个岔洞。

闷墩儿从背包中拿出金属探测仪，靠近地面探测，仔细观察洞底是否有裂隙，然而，期待中的电子蜂鸣声没有响起。于是，我和闷墩儿继续往岔洞中走，又走了 50 步，拿出金属探测仪靠近地面以及洞壁，电子提示音仍然没有响起。

此时，我开始怀疑，会不会我们的测量有误？

古时的一步也许没有现在的一步那么大，特别古代巴人是山地居民，人种相对矮小，他们的一步也许比我的一步要小，特别是我的腿长，平均一步有70公分以上，要是换作巴人，也许就只有60公分了。

于是重新测算，洞口到大厅算60步，再从大厅往里面走60小步，拿出探测仪四周测定，探测仪上的提示音仍然没有响起。

采药人看着我和闷墩儿的举动，万分迷惑，不由得问道："两位老师，你们这哪里是旅游，是在搞地质勘探吧？"

闷墩儿答道："对，我们在探测金矿。"

采药人连连摇头："这一带只有煤矿，铜矿，哪里来的金矿嘛。"

闷墩儿继续作弄采药人："没有金矿，啷个能叫金佛山呢。"

采药人愕然："你们一会儿说寻宝，一会儿又说探矿，到底是搞啥名堂哦？"

闷墩儿懒得搭理采药人了，继续俯下身子，将探测器贴近地面爬行。我也开始调整自己的测算方式，从大厅内侧的岔洞往里走，将探测器靠近洞壁探测，然而，一直往里走了一百多米，算起来差不多有150多步了，提示音依然没有响起，此时，已走到洞子尽头。

随后，果耐又拿着探测器沿整个大厅搜索探测一遍，还是没有响起提示音。又折腾了一会儿，用各种方式来演算探测，依然毫无所获，终于死心。至此，三个人已经把洞子的各个角落都探测遍了，还是没有听到金属提示音，这个时候，我开始怀疑图纸上的描述，可能并不是这个洞。

回想起自己在月熊洞做的那个梦，猛然惊醒，图纸上明明画得有一只熊，是否暗示要找的洞子里正好居住有熊，而我们又恰巧阴差阳错到了那个洞子里，岂非天意，怎么就没想到用探测仪仔细探探，而匆匆忙忙就出来了，真是糊涂。

可是单按文字描述中的场景来判断，却是毫无疑问指向现在这个洞。至于说后面的**"对望五百步，□□之中，内百二十步，□熊剑出"**则是指示具体的位置，可是我们几乎把整个燕子洞都探测遍了，怎么也没有找到"熊剑"的蛛丝马迹呢？

最大的疑点在于**"对望五百步"**是什么意思？按照常理来推测，应该是与看见佛光相对应的距离五百步就是奇山奇洞所在地，但是也有一个问题，按照目测，燕子洞所在位置，与佛光出现的山脊远不止五百步距离。

而且按照文字位置关系来看，若是描述奇山奇洞的位置，则应该在

“有奇山奇洞”之前，现在位于其后，无法理解。

再则，**“对望五百步”，**若说是指进洞以后的方位距离，则无论往任何方向走，都没有五百步，难道这个**“对望五百步”**是另有所指？还有**“□□之中”，**这两个空格应该是什么字？也许正是这两个未解之字隐藏了关键的方位信息。

此时，采药人早已等得不耐烦了，本以为收三百块钱只是带我们进来参观一下，没曾料到一进来就耗掉这么多时间，忍不住提醒道：“老师们，已经三个多小时咯。”

我看了看手表，进来的时候是十点一刻，现在已经下午一点半了，覃婉丽在下面一定等得很不耐烦了，便吩咐闷墩儿、果耐收拾出洞。

再次来到洞口，只觉得强光刺眼。而此时雾霭已经散尽，站立洞口望出去，峡谷的对面是一座苍翠的山峰，植被茂密，古树参天。而在茂密的植被掩盖之中，隐约显出一道小小的裂隙，目测了一下，直线距离大约三百米。

三百米，以 60 公分一步测算，正好五百步。

就是它了！

望着远处的裂隙，瞬间明白过来。

金钱豹

下到崖脚，就地休整，生火做饭，养精蓄锐。

而在等我们这段时间，覃婉丽与禾香去采集了一些野菌，再加上自带的罐头食品，所以这一顿主菜是野菌煲汤。由于有冬瓜这个大厨在，弄出来的味道自然鲜美。虽然还没有发现熊剑的影子，但大家的兴致并没受到影响，真把这趟探宝之旅当成自助旅游了。

吃完饭，接着登山，目标是燕子洞对面山峰上的裂隙。

经历黑叶猴袭击这场风波后，我变得极其谨慎，安全起见，将队员分成三组，我和果耐以及采药人打头阵，覃婉丽、禾香、常昆居中，大探事、冬瓜和闷墩儿殿后。

山峰虽不是很陡，但因山坡上长满灌木和荆棘，且根本没路，需要披荆斩棘才能开出一条路来，所以进展很慢。为提高效率，我不得不再次调整队伍，将大探事调入前队，第二组和第三组合并，待前队开辟出简易道路后再跟进。

行进的过程中，偶尔会遇到野鸡惊飞或野兔乱窜。

艰难地上行了几十米之后，本已破烂的衣服又被荆刺拉出几条口子，再这么走下去，很快就会衣不蔽体了。此时，采药人开始抱怨："你们这群游客，真是稀奇古怪，好好的路不走，偏要挑这没路的地方登山，比那些驴友还难将就。"

我没有理他，继续开路，大探事和果耐也只顾埋头干活，但采药人却不歇嘴，嘟囔道："还有好长一段路要赶呢，再恁个耽搁下去，今晚又得在山里露营啦。"

接着，到达一片缓坡，两队合二为一的时候，我召集大家歇下来，开了个会，提出由我、大探事以及果耐继续登山，上去探洞，其他人则沿路返回。但我这个提议，只有冬瓜响应，禾香和闷墩儿都不干，而常昆见禾香坚持登山，也临时改了主意。如此一来，冬瓜孤掌难鸣，只有硬着头皮继续登山，一路唠叨。

好在没走多久，灌木丛消失了，代之以松林草地，此时，队员们再一次就地休整，养精蓄锐以备再战。

大家集中在一片林荫下，围圈而躺，经历了昨晚的惊吓和刚才的一番折腾，队员们早已疲惫不堪，刚刚躺下，冬瓜就打起了呼噜。

山风吹来，分外凉爽，四周出奇的安静，除了轻柔的松涛，连鸟雀的声音都听不到，安静得有些异乎寻常。不知是心有灵犀还是条件反射，见我起身，大探事也跟着起身，手握刀柄，放眼四顾。接着，他又叫起躺在草地上的其他人。

见大探事如此举动，我立即意识到出状况了，目光不由自主地扫向四周，只见草地边沿的芦苇丛中，左右两个方向，各潜伏了两只动物。那动物有琥珀色的眼睛，带刺须黑斑的白唇，圆圆的耳朵，身体上有黑褐色铜钱状斑纹。

"金钱豹！"

采药人低声惊呼，从他那无比惊愕的眼神和久久不能合拢的嘴可以判断，这次旅行对他来说实在是太不可思议了。

采药人没有说错，隐藏在芦苇丛中的果然是金钱豹，一共四只，左右各两只。此时，它们已经钻出了芦苇丛，前肢伏地，后腿弓起，即将发动攻击。

金钱豹是仅次于狮虎的猎食猛兽，处于食物链的上端，一般都是单独行动捕食，而且在内地已十分罕见，这一下子就出现四只，还将人类作为攻击目标，实在是不可思议。由此想到，这一次的寻剑之旅，充满了太多的诡异事件，先是受到胆小的黑叶猴攻击，接着又遭遇温驯的月亮熊攻击，现在又出现了四只金钱豹。

想了很久也没明白，我们是怎么跟这些野生动物结下梁子的！

九人当中，具备较强战斗力的只有三人，即大探事、果耐和我，冬瓜不用说了，草包一个，闷墩儿虽然年轻，但不够强壮，且没怎么见过凶险场面，昨天的黑叶猴已经让他狼狈不堪，现在四只豹子同时出现，不吓尿才怪。常昆、覃婉丽可以忽略不计，采药人的神态已经表明是个废物。

至于禾香，对了，她有两只碧血飞龙，有了它们的助阵，或可一战。

但这金钱豹可比不得黑叶猴，若想在不伤害其性命的基础上驱离，基本上不可能，看样子，今天要大开杀戒了。

闪念之间，左边两只豹子已经发动了攻击。十几米的距离，只两个跳步就来到身前，直奔禾香与覃婉丽。看样子，豹子也是欺软怕硬的货色，这也是猎食猛兽的天性，先攻击弱小的动物，并把其他的吓跑。

我和大探事立即挡在她俩身前，挥舞刀棍迎上去。两只豹子没料到猎物们会如此无惧，临时改变主意，在临近我和大探事身前时腾身而起，跃过我俩的头顶，然后迅速转身，攻击对象变成了另一侧的常昆和果耐。

与此同时，右侧两只豹子也冲了过来，分别扑向常昆和果耐。常昆顿时吓得面如土色，抱头伏地，若一只撅着屁股的鸵鸟，恨不得把头钻进地里。果耐则不慌不忙，挥剑迎击，我和大探事也跳步向前，支援果耐，冬瓜和闷墩儿缓过神来，也拿起棍棒做出自卫姿态，但全身却筛糠似的抖。

豹子一击没能得逞，迅速散开，形成包围之势，分别从四个方向发动攻击。与此同时，我和大探事也迅速分开，守住两个方向，果耐守住一个方向，冬瓜和闷墩儿守住一个方向，把覃婉丽、禾香、常昆以及采药人围在中间。

转了几圈后，豹子们似乎看出冬瓜和闷墩儿的方位是个弱点，迅速靠近这个方位，并立即发动攻击。就在此时，禾香一声呼哨，碧血飞龙从背囊中蹿出，迎向两只豹子。那豹子被突然出现的碧血飞龙惊着，略一停顿，随后跳跃起来，前肢在空中挥舞，拍击飞来的碧血飞龙。碧血飞龙立即直线上升，躲开豹子一击，在两头豹子的头顶盘旋，伺机下口。

另外两只豹子见伙伴的攻击受阻，立即前扑，向我和大探事发动攻击。我岂能退缩，迎着扑面而来的豹子，抡起了手中木棍狠狠劈过去，那豹子一个横跃，躲开我这一棒，就地转了一圈，再扑。

这次，我改变了应敌之策，待豹子扑到身前时，挥棒迎击，照例，豹子又会横跃躲闪，而此时我突然改劈为刺，豹子哪曾料到我这棍子可以在空中拐弯，一时躲闪不及，颈部中招，还好那豹子灵活，侧身一个翻滚，化解了部分力道，只受点轻伤。

另一只扑向大探事的豹子，似乎知道刀锋的厉害，不敢硬迎，俯身用尾巴来扫。那长尾若鞭子似的扫向大探事手腕，大探事竟然没有躲过，手腕吃痛，短刀落地。豹子见袭击得逞，腾身跃起，扑向大探事。

我待要去救援，却被面前豹子缠住，一时不能挪身。

眼看扑向大探事的豹子已近身前，前肢朝大探事肩上搭去，张开大口，咬向他的脖颈。而面对扑面而来的豹子，大探事竟然没有闪躲。见此情形，我心中暗叫不妙——大探事莫非被吓傻了！

千钧一发之际，只见大探事侧身后仰，张开双臂，掐住豹子脖颈，双脚使劲一蹬，空中一个侧翻，竟然将那豹子掀翻在地，接着又骑上豹身，左手按住豹头，右手挥舞铁拳，朝那豹头猛击。

与我缠斗中的豹子见伙伴窘困，想过去帮忙，被我挥舞长棍挡住，急得高声咆哮。攻击果耐与常昆的两只豹子也来驰援，却被碧血飞龙缠住。两只豹子见同伴危急，再不管那碧血飞龙，径直朝大探事扑来。而这个时候，飞龙终于觅得机会，迅速下冲，在两只豹子的肩背上各咬一口。

那豹子不知飞龙毒牙的厉害，只当是被蚊子叮了一口，继续扑向大探事。此时，我已顾不得自身安危，赶紧转身，挥舞长棍来戳扑向大探事的豹子。冬瓜和闷墩儿虽然各拿了一根棍子，但却不敢向前主动攻击豹子，于是，那豹子便舍弃冬瓜和闷墩儿，径直扑向大探事。见此情形，大探事只得放掉身下豹子，一个侧滚，躲过豹子的前扑，接过禾香递来的短剑，起身再战。

缠斗了一会儿，被雄飞龙咬伤的那只豹子，身形逐渐变得迟钝起来，又过了十几秒，突然一阵痉挛，摇摇晃晃倒在地上。而另一只被雌飞龙浅咬一口的豹子，中毒则较轻，继续朝我扑来。

见一只豹子倒地，冬瓜和闷墩儿终于从惊慌中缓过神来，挥舞棍棒狠击与我缠斗的另一只豹子，那豹子对同伴却不离不弃，迎着棍棒，奋勇前扑。

雄飞龙瞅准机会，又将这只豹子咬了一口，不多一会儿，被咬的豹子也中毒倒地。最后，只剩下一只豹子了，但却对同伴不离不弃，绕着圈游走咆哮。

此时，我恻隐之心又起，立即吩咐果耐和大探事收了刀剑，只以棍棒打击豹子，并瞅准机会，扑倒一只受伤不轻的豹子，吩咐冬瓜拿根绳子来绑了，接着，又把受伤倒地的另一只豹子也绑了。

两只没有中毒的豹子，兀自挣扎不已，眼光中充满哀伤和绝望。我读懂了这种眼神，它们在向我发出祈求。

犹豫片刻，我吩咐禾香拿出解药，禾香有些迟疑，覃婉丽也很不能接受，冬瓜和闷墩儿也劝我不要干傻事，但不知为何，我没有听他们的话。

不得已，禾香开始给中毒的豹子喂服解药，又拿出金疮药和纱布条，为受伤的豹子涂药疗伤，这个过程中，感觉到豹子的眼神在发生变化。

秘穴取剑

登山途中发生这样的意外，不得不改变原来的计划，商量之后，决定兵分两路，只我和果耐、闷墩儿继续上山，其他人原地待命。

松林之中，堆积了很多腐殖质，走两步滑一步，攀登起来并不比灌木丛轻松。最后，果耐想了一个办法——拿一根长绳，在一端绑根短木棍，朝前方树丫上扔，待木棍卡住树丫后再拉住绳子往上攀爬，这样一来，果然提高了攀登速度。

大约一个小时之后，终于来到裂隙前。

这是个高五六米、最宽处才不到一米的岩缝。十分有趣的是，岩缝两侧的岩石圆润而光滑，并略微往外鼓突，上端有一股涓涓溪流往下流淌，岩缝周围长满了茅草，与我在清江边看见的那个石穴有异曲同工之妙。眼观此裂隙，状若女阴，顿时便明白了图语中**“口口之中”**两个没有释读的空格的字义。

进口十分狭窄，勉强可以通过，果耐打头阵，我跟在后面，闷墩儿留守洞口与下面保持通话联系。

洞内也有流水，隐隐冒着蒸汽，还有一股硫黄味儿，触手微烫，洞壁也十分潮湿光滑，但行走起来不成问题。

我以平均每步 60 公分左右的距离往前行进，遇到障碍，则做适当调整，差不多到一百二十步的时候，将金属探测仪拿出来探测，然而，并没有响起提示音，便打上一个记号，继续往前走，又行进了十来米，探测器还是没有响起提示音。

再往前走一小段，到了尽头，期待中的声音还是没有响。不得不又往回搜索，临近第一个标示点的时候，走在前面的果耐忽然趴在地上，兴奋地叫起来，“皮老师快看，这里好像有个记号呢！”

果耐说得没错，只见洞壁下沿，隐约可见刻画痕迹。赶紧刮剥掉洞壁上面的青苔，那刻痕便显露出来，一看，原来是图语中的“熊”字。立即拿出工兵铲，沿着图语周围凹陷处一阵猛刨，不多会儿，出现了一条裂缝，再接着刨，一块大方石显现出来。再掏去裂缝中的泥土，使劲一摇，方石开始松动。惊喜之中，又一阵猛刨，再用铲柄一撬，方石便往里缩，再用脚使劲一蹬，方石掉落，出现一个洞口。

探身进洞，刚走几步，金属探测仪就有了反应，而越往里走，提示音越急促，我的心跳也跟着加速。随即便发现在洞子里端，摆放着一个长方形的石匣。

此时，果耐就忍不住要往前冲，被我一把拦住，提醒他小心机关。随后，我用工兵铲敲击了几下地面，感觉很沉实，接着，又刨去一块表层的泥土，没有发现异常，这才小心翼翼地走过去，捧起石匣。

石匣大约有六十公分长，二十公分宽，没有什么刻画，是个比较简陋的石匣子，匣身和盖子之间被一种白色的膏状土密封起来。

本想出洞后再启封，但果耐已急不可耐的拿起随身所带小刀，向封泥划去。我只好由着他，但叫他小心些，不要触碰到什么机关。

果耐嘴上答应，手上的动作却非常快，很快就刮剥掉封泥，用小刀撬动石匣盖子，再小心谨慎地把它揭开，一块丝绸包裹的长条形物体呈现眼前。

那丝绸见光之后，迅速发黑，轻轻一扒拉即化为碎片。碎片散开，露出了剑鞘，剑鞘以髹有生漆的皮革制成，上面镶嵌有七枚云石，之后是赭色乌木剑柄。拔出剑柄，一柄发出幽光的柳叶古剑呈现眼前。令人惊讶的是，经过两千多年的时间，此剑竟然完整如新，不仅剑身毫无锈迹，剑柄亦无丝毫缺损，与勋爵家的鹰剑无异。

细看剑脊中间的凹槽，隐隐有一道暗红，顿时想起龙格以血淋剑的场景。剑脊两侧，分布有凹凸不平的斑纹。再看剑刃，似有寒光流动，隐含杀气。在剑脊与剑格相交处，刻有图语，毫无疑问，那是一个“熊”字。

看着这寒光闪闪的剑刃，我好奇心顿起，顺手便将手中木棍往剑刃上一按，那木棍立即段为两截，再吩咐果耐拿出一块麻布，轻轻朝剑刃上一拉，麻布也立马分成两段，见此情形，果耐咋舌不已。

由于此剑太过锋利，我不敢大意，十分小心地将其插回剑鞘。离开的时候，搬回方石填塞洞口，又重新用泥土塞住，直到痕迹不太明显之后，方才出洞。

出来的时候，闷墩儿见我手上多了一样东西，喜不自禁，喊道："到手啦！"

回到山腰间的小平坝，留守的队员们正翘首以盼，当我告知大家已得到想要的东西时，队员们都抑制不住心中激动，早忘了保密条例，当着采药人的面便大声欢呼起来，而冬瓜和闷墩儿表现得尤为兴奋——

"狗日的，原来那山洞子里还真藏有一把古剑！"冬瓜一边发表感慨，一边不停的摇头表示难以置信，"当初答应参加寻宝队，本来只是闲得无聊，想找点刺激，没想到……"

"没想到要发财了，"还没等冬瓜把话说完，闷墩儿已迫不及待地抢过话头，"但这只是万里长征第一步，接下来，还有三把古剑呢，兄弟们还得努力。"

只要闷墩儿开口说话，冬瓜哪有不跟进的，紧接着便说道："说老实话，之前在金剑山发现那个金牌，老子还以为只是碰巧，现在看来，小虎那张图纸，还真是……"

"行啦，本来只是玩个游戏，没想到你俩却越来越当真了。"眼看着大探事眉头紧锁，采药人惊讶得合不拢嘴，心想，再任由他俩说下去，就毫无秘密可言了，我不得不及时打断，边说边给他俩使眼色。

闷墩儿心领神会，说道："其实，金剑山那块假金牌和金佛山这把假古剑，都是游戏组织者事先藏好的，我们把它找出来，只不过是为了享受免费旅游的奖励。"

冬瓜是何等聪明的人，听完闷墩儿的话，立即就住口了。

接下来，是怎么处置这四头凶猛的豹子。

现在，两只受伤的豹子正低声哀嚎，眼角有潮湿的泪痕，四肢在地上不停地抽动。中毒的两头豹子也逐渐苏醒过来，目光呆滞，神色哀戚。此情此景，又惹得我博爱之心泛滥，便吩咐大探事和果耐给四只豹子的前肢松绑。

尽管有过制服黑叶猴王的先例，但这次的对象完全不一样，换成了凶猛的豹子，所以对于我的命令，大探事和果耐都有些犹豫，迟迟不动手。于是，我只好亲力亲为，先解开那头受伤稍重的豹子的前肢。

绳子刚一解除，那豹子立即就想开溜，无奈后肢还没解除束缚，加之捆绑太久血液阻塞，刚一立身便又倒下。于是，我躬下身，伸出手，试图去摸它的脖颈，那豹子眼中立即流露出惊恐之色，挣扎躲避，又想要站起来。此时，我又改变姿势，四肢触地，慢慢地爬向那只豹子，与它对视着，直到它眼中的惊恐慢慢消退。随后，我再次伸出右手，摸向豹子的一只前腿，那豹子立即把腿缩回。我没有死心，再次改变策略，转而去摸它被捆绑的后肢，这一次，豹子没有挣扎躲避，任由我的手搭在它被捆绑的后肢上。

此时此刻，我还不敢解开绳子，而是将手平移，抚向它的腰肢，此时，豹子的眼神变得有些疑惑。接着，我的手开始滑向豹子的颈部，开始自上而下的抚摸，而豹子的头部也跟着我的手上下摆动，同时，它的嘴微微张开，露出四颗尖利的獠牙。这个时候，我看见大探事手握刀柄，屏气凝神，随时准备发动致命一击。

我抬起一只手，在空中轻轻摆动了两下，示意大探事不要妄动，而另一只手，重复先前的动作，我的眼睛并没有看自己的手，一直紧盯着豹子的眼睛，鬼使神差般，我喉管中忽然发出一种莫名其妙的低颤音，这声音对豹子产生了影响，随后，我看见它眼神中的兽性开始淡化。

我不断重复着这个动作，这是我跟两只小虎亲热时经常会做的一个动作，我相信同为猫科动物的豹子能够领会这个动作的含义。果然，豹子低下了头，接着，它闭上了眼睛，尾巴轻轻摆动了几下。

过了一会儿，豹子又睁开眼睛，头部向我的手臂移动，先是唇须触到了我的手，然后是整个唇部，在我的手臂上轻轻滑动，眼巴巴地看着我。我读懂了它的心意，果断将手伸向它的后肢，解开了捆绑在上面的绳索。

当我停止手上动作的时候，豹子伸展了一下后腿，随后，它站了起来，抖动几下身体之后，迟疑着来到我面前，前肢趴地，后肢弓起，以头触碰我的双手。

通灵

眼看着奇迹又一次发生，我增强了信心，接下来，依次解开另外三只豹子的绑缚。不出所料，它们没有向队员发起攻击，也没有立即逃离，而是懒懒地躺在地上，用舌头舔着前肢和后肢。过了一会儿才站起来，用琥珀般的眼睛望着我，迟疑不决。

我感到，这个时候，它们不再是凶猛的金钱豹，全部变成了温顺的大猫。于是，我主动靠近它们，挨个抚摸它们的脖颈和背脊。整个过程中，其他人都用难以置信的目光望着我。而大猫们没有躲避，似乎很享受这个过程。

忽然觉得，这四只豹子变成了夔城绝谷中那四只白虎。

它们听不懂我的语言，但是能够感受到我眼中的善意，它们不是一般的猛兽，而是有情感有智慧的动物。

最后，四只豹子开始在我周围走圈，常昆和采药人吓得面如土色，冬瓜也吓得全身发抖，这个话痨，此时此刻竟然张不了口。而大探事和杲耐并没放松警惕，他俩手握刀剑，注视着豹子的一举一动，而表现得最为镇定的，居然是覃婉丽与禾香。

转了几圈后，豹子再次蹲卧在我面前，像是要接受什么指令。

我想是时候跟它们告别了，便招了招手，那四只大猫立即围拢过来，摇动尾巴。接着，我又朝外挥了挥手，于是，四只大猫开始慢慢倒退，嘴里发出低吼声，与我对视片刻，突然转身朝灌木丛奔去，消失在莽莽森林中。

“我看见了，你在用眼睛跟它们交流，就像我和小飞龙说话一样。”禾香突然嚷起来，“还有，当小虎哥趴在地上的时候，就像一头大豹子，眼光跟它们一模一样。”

“狗日的小虎，你喉管中发出的那种声音，啷个听起来怪怪的，就像一只野兽！”久未说话的冬瓜终于开口，眼神中既有惊叹又充满疑惑，“你龟儿莫非是老虎变的？”

“是啊，那声音确实奇怪，”冬瓜一开口，闷墩儿马上接嘴，而且出口惊人，“我感觉，皮老师有通灵的特异功能。”

“啥子叫作通灵嘛？”覃婉丽问道。

“所谓通灵，就是有跟世间万物交流沟通的能力。”闷墩儿一本正经的胡说八道。

“哪有你们说的那么玄乎，我只是觉得它们被人类逼得怪可怜的，也许这座山中，就剩下这几只豹子了，再也不忍心伤害它们罢了，所以才决定冒一次险，只是……让大家担惊受怕了。”此时，我不得不谦虚一下，“好在这几只豹子终于被我感动到，暂时收敛了兽性。”

“这就是通灵的前提，当你把它们看成朋友，以万物有灵的心理对待这些豹子，你就掌握了与它们沟通的能力，而据我观察，皮老师身上有某种特殊的磁场，这种磁场就是通灵的能源，一个眼神、一个动作，都能够与它们产生共鸣。”闷墩儿忽然像个哲学家似的高谈阔论起来，着实吓我一跳。

冬瓜可不愿闷墩儿抢了风头，瞪眼道：“狗日的闷墩儿，你龟儿越说越玄了，我跟小虎从小玩到大，还不了解他，他就是一个爱钻牛角尖的家伙，凡事都要做到与众不同。”说到这里，冬瓜似乎觉得这番解释不具说服力，停顿片刻，才又补充道：“其实那些豹子更怕禾香的碧血飞龙，才让他龟儿冒险得逞。”

“碧血飞龙是厉害，但我们现在说的是另一回事。”闷墩儿瞥一眼冬瓜，继续发表他的高论，“所谓通灵之人，就是身上具有一种奇异的磁场，这种磁场可以和万物沟通，甚至可以预知将要发生的事，而皮老师就具备这种能力，大家想想，要不是他有了这种预感，我们又怎么能找到蒙哥金牌和熊剑。”

冬瓜见闷墩儿越描越神，自然是不服气，可又找不出反驳的理由，气得干瞪眼，这个时候，覃婉丽忽然插嘴道：“他哪有啥子通灵的本事，照我说，他不过就是个神经病，做起事来不管不顾的，还有，那些豹子、猴子也是够蠢的，居然被他蒙混过关。”随后，又瞪冬瓜和闷墩儿一眼，“至于你们两个，只有老鼠胆。”说完，便是一阵开怀大笑。

覃婉丽的笑声，在黑暗的森林中显得有些诡异，但还是冲淡了大家的恐惧。我便趁机说道：“你俩别在这里瞎扯了，如果不想在野外露营，赶紧收拾走路吧。”

熊剑已经到手，但旅行并没有结束。

接着，我们沿着山谷，朝金佛山主峰挺进。看起来并不太远的主峰，走了两个小时也没见距离缩短多少，而天色已经渐暗，采药人脸色也变得有些阴沉，说接下来的路程大多都是密林和绝壁小道，晚上行走太不安全，只能在野外露营了，明天一早再赶路。

但是，到了晚上，野外的温度会非常低，而经过与黑叶猴一战，扯烂了一顶帐篷，熊洞一番折腾，又丢失了一顶帐篷和部分衣被，要在这山风肆虐的野外露宿，实在是个考验，而且这个季节，山里随时会下雨，若是又来个水漫金山，如何是好？于是，我问采药人：“附近有山洞没有？”

采药人答道：“再走几里路，山崖上就有个山洞，但我也没上去过，不知道里面有没有黑熊豹子什么的。”

此时，冬瓜插嘴道：“狗日的，山里到处都有野兽，你是啷个带路的？”

“是你们要走野路的嘛，”对于冬瓜的责问，采药人表示不满，“以前走这条路，只要有三个人以上，那些黑熊、豹子都会躲得远远的，没想到这回闹出恁个多古怪，连胆小如鼠的黑叶猴都敢攻击人，我也实在搞不懂是咋回事儿嘛。”

冬瓜嘟囔道：“我看是你有些古怪！”

采药人气急，不再搭理冬瓜，自顾自埋头走路。

又走了一段时间，眼看主峰是越来越近了，但天色也越来越暗了，临近主峰的时候，又进入一片密林，此时，已基本看不清脚下的道路了，这个时候，不得不打开头盔上的探灯。

在幽暗的密林中穿行，更觉阴森恐怖，稍有点动静，就会引得冬瓜和闷墩儿一阵惊慌，反倒是弱不禁风的常昆表现得比较镇定。

在密林中穿行了半公里左右，天色已完全暗下来，即使有探灯照路，还是觉得周围一片漆黑。就在这个时候，响起了“噼噼啪啪”的声音，一听见这声音，冬瓜和闷墩儿更是惊慌失措。

“噼噼啪啪”的声音来自于队员们脚下，电筒一照，是几枚野果。但奇怪的是，与其说这野果是掉落，倒不如说是砸落，就在我们低头下望的时候，又有几枚野果斜斜飞来，刚好落在脚下，才觉得有鬼。于是，又抬头上望，头上便传来“嘎喔、嘎喔”的声音，原来是黑叶猴在捣乱。

可在这漆黑的夜晚，它们不在自己的领地睡觉，反而跑到这里来向我们扔野果，这也太离谱了吧？或者，这是另一群黑叶猴，因为遇到“外敌入侵”以扔野果表示抗议，但还是有点奇怪，若以黑叶猴扔野果的技术，断不会扔出如此准度。

“嘎喔、嘎喔”的声音继续响起，然后是急促的啸叫声，这种声音，倒不像是恐吓，更像是在提醒我们前方有危险。

再仔细一看，就在我头上，有几只黑叶猴，为首那只，正是黑叶猴王，此刻，它正抓耳挠腮，好像是在向我示警。随后，凄厉的嚎叫声在树林中响起，此起彼伏，而这种嚎叫，显然不是黑叶猴发出的。

紧接着，前方的树林中，突然同时出现了十几对血红的眼睛。

野狼围攻

“野狼！”

采药人发出惊呼。

没错，是野狼，总共有十几匹之多。

那瘦长的体形，狭长的下颌，尖立的耳，直直下垂的尾巴，尤其是一对贪婪凶狠的三角斜眼，都昭示着它们是一群真正的狼。

这十几匹野狼分布于前方，形成一个半圆形的包围，而居中那匹野狼，除了体形健壮之外，眼光也格外凶残犀利，不怒而威。毫无疑问，它就是狼王。

此时的我，并没有被吓到，但还是非常吃惊，要知道，金佛山虽然地处偏僻，但还从没听说发生过野狼袭击人的事件，而这一次，居然同时出现了黑叶猴、黑熊、金钱豹、野狼连续围攻的状况，叫我怎能不诧异惊愕！

难道是……

“皮兆寅，你发啥子呆，赶紧想办法啊！”

耳边响起覃婉丽的尖叫声，随后，我看见大探事和果耐迅速拔出刀剑，侧身并肩而立，冬瓜和闷墩儿也手持木棍，叉着双腿面对狼群。而冬瓜强作镇定道：“狗日的，看来这次金佛山的野兽们都成心跟老子耗上了，幸好这山中没有老虎、狮子。”

闷墩儿回应道：“十几匹野狼加在一起，可比老虎、狮子还要凶险呢！”

此时此刻，覃婉丽反而比较镇定，不断给大家打气：“大家别忘了，我们这儿还有一只大老虎，两条小飞龙呢。”

覃婉丽话一出口，果然有效果，冬瓜和闷墩儿拿棍的手就不抖了，常昆和采药人也不惊叫了，我也回过神来，吩咐大家站好队形，严阵以待。按照对付豹子的阵法，我和大探事、果耐、冬瓜、闷墩儿分布于四周，将覃婉丽、禾香、常昆和采药人围在中间。

狼王见我们围成一圈，有九人之多，手持武器，似乎有些忌惮，只在远处来回走动，寻找突破点。趁它犹豫的时间，赶紧点燃一支火把，叫采药人举着。

狼王往前走了两步，观察我们的一举一动，它的眼睛没有豹子明亮清澈，但更为狡猾凶残，它的鼻孔舒张着，似在探测敌人的实力。来回游走几步之后，狼王突然发出两声低嚎，狼群中便有两匹狼同时蹿出，奔向果耐把守的方位。

显然，狼王打错了算盘，它大概是以为果耐身体瘦小，因而最弱，其实果耐一点儿也不弱，他瘦小的身体几乎可以任意伸展扭曲，以不可思议的姿态躲避野狼的进攻，又同样以不可思议的方位进击野狼，虽然同时遭受两匹野狼的夹击，但并不落下风。

紧挨果耐的大探事移动身位，抽身挥刀支援，很快逼退那两匹狼的进攻，还占据了一点优势，但与此同时，在我和大探事之间，形成了一个空当。

狼王又发出两声低嚎，立即又有两匹野狼窜出来，奔向我和大探事之间的空挡，我便将木棍横扫，挡住缺口，使得这两匹野狼近不了身。

狼王再次发出嚎叫，身边又窜出两匹野狼，直扑冬瓜和闷墩儿方向。冬瓜和闷墩儿赶紧举起棍棒，一阵乱扫，慌乱之中，没有打着野狼，倒让果耐吃了两棒，果耐不得不分身来帮他俩，一时间有些狼狈。

狼王似乎看出了我们阵形的弱点，再次低嚎两声，又有两匹野狼同时蹿出，再次奔向冬瓜和闷墩儿方位，二人更加慌乱，完全没了章法，门户大开。

此时，又一匹野狼扑向覃婉丽，吓得她惊声尖叫起来，采药人连忙挥舞火把去挡。我待要去帮忙，无奈被两匹野狼缠住，无法分身，心急火燎之时，禾香背囊中两道绿光蹿出，碧血飞龙飞在空中，冲向这匹野狼。

那野狼不知飞龙是何怪物，刹住前扑之势，转身退出圈外，另一匹野狼赶来救援，两匹狼同时跳起来抓咬那飞龙，飞龙立即腾身高飞，在野狼头上盘旋，寻找机会。但那野狼也十分灵活，左躲右闪，并不时发动反击，竟让那飞龙无从下口。

而攻击冬瓜和闷墩儿的那两匹野狼十分凶猛，片刻之后，冬瓜和闷墩儿已累得气喘吁吁，慌乱之中，冬瓜手中的棍棒也弄丢了。我见势不妙，手持长棍，瞅准机会，奋力向一匹野狼劈去，眼看长棍将及其身，却被那野狼就地一滚，避开了长棍。而我用力过猛，收势不住，那长棍直劈到地上，折成两段，手中只剩下两尺长的一节。

两匹野狼见我的长棍变成了短棍，更加无所顾忌，同时前扑。慌乱之中，只听大探事大叫一声：“皮老师，快用熊剑！”

大探事的喊声惊醒了我，这才想起从背包中拔剑，剑还没有拔出，一匹狼已经跳跃起来，直奔我面门而来。等到那野狼高高跃起，扑向我面门之时，熊剑也刚好拔出，便顺势向前一挥，那狼身体跃起在空中，无法躲闪，没来得及哼一声，已经急坠于地，低头一看，狼头和身体已经分离。

另一匹野狼见我只是手臂一挥，同伴便身首分离，而我则满身鲜血，昂然挺立，顿时愣在那里，龟缩不前。趁它愣神之际，我跨步前突，挥剑刺向那野狼，那狼赶紧转身后退，被剑尖刺到屁股，“嗷”的一声惨叫，仓皇逃窜。

那逃窜的野狼刚到狼王面前，便被狼王咬住脖子，挣扎几下之后，被狼王扔开，趴在地上抽搐起来。

被激怒的狼王再次发出嗥叫，观战的几匹野狼同时扑出，支援另外几匹狼。而狼王则径直朝我扑来，眼睛中冒出血红的光。

狼王虽然威猛，但见我满脸是血，一只手在空中挥舞，也不敢近身前扑，只在离我两米左右的位置来回转圈，指挥其他野狼攻击。

同时遭受十几匹野狼的围攻，局面十分凶险，我和大探事、果耐虽然奋力抵抗，但却只能勉力支撑，不能分身支援。冬瓜和闷墩儿手脚已完全凌乱，濒临崩溃。而那两只碧血飞龙又迟迟不能得手，迫使禾香也手持短剑加入战团。

正险象环生的时候，外围又传来几声啸叫，与此同时，几条黑影从树林中蹿出，其体形比野狼更为强壮。我心中暗暗叫苦——狼群尚难以应付，现在又多出几头猛兽，看样子今晚是走不出这黑森林了。

然而，那几条黑影并没奔向我们，反而猛扑向狼群。一时间，狼阵大乱，紧接着，狼王一声长啸，围攻我们的野狼立即停止攻击，转而跟四条黑影搏斗。

“是那四头豹子！”不知是谁大叫一声。

豹子的加入，顿时鼓舞了大家，一个个抖擞起精神，帮助豹子斗狼。

任那狼王再聪明，也搞不懂眼前的状况，本以为只是赶来夺食的另一群猛兽，却不料是我们不请自来的救兵。

缠斗一阵之后，又有一匹狼被豹子咬死，狼王见势不妙，长啸一声，群狼四散，丢下几个死伤的同伴，顷刻间消失得无影无踪。

豹子并没追击，而是不断发出低吼声，把倒在地上的野狼用嘴叼着，拖行到我们面前，然后来回转圈，我知道，这是在向我邀功请赏。

“狗日的，原来这些豹子是来帮老子的，这，这简直是天降神兵啊！”冬瓜惊呼道。

“所以我说皮老师有通灵的本事，预见到这场恶斗，所以事先救了这几只豹子，好让它们赶来当救兵。”闷墩儿总能想出别具一格的恭维之词。

“他哪有你说的那么神乎其神，是他那把熊剑太厉害了！”听见闷墩儿吹嘘我，冬瓜自然要反着说，边说边比画，“就见这剑往空中一挥，那狼头和身子就不在一起了！”

覃婉丽笑道：“我看你当时正手忙脚乱着，怎么就看见他拿剑在空中一挥了？”

冬瓜尴尬道：“老子用余光瞟一下不可以吗？”

覃婉丽哈哈大笑：“还是冯老板会说话，死的都可以说活。”

欢笑声中，清理战果，共有三匹野狼死亡，两匹受重伤，正要吩咐禾香将受伤的野狼包扎疗伤，大探事和果耐抢先一步，用手中刀剑结束了两匹野狼的性命。

我没有责怪他们，而是吩咐大家把四匹死狼拖到四只豹子跟前，又摸摸它们的脖颈，拍拍它们的屁股，那四只豹子很快明白了我的用意，居然还很客气，叼回两匹狼到我们跟前，我摆摆手，指了指剩下的那匹狼，再次摸摸其中一只豹子的脖子，于是，豹子们不再客气，各叼起一匹野狼，进入黑暗的丛林中。接下来一段时间，豹子和它们的幼崽都可以不用为食物发愁了。

待四只豹子走远，我吩咐果耐重新点燃火把，捡了些树枝，在空地中架起火堆，将剩下的一匹野狼开膛破肚，架在火堆上烧烤。

刚才还危机四伏的森林，一阵奇异的香味飘散开来。

覃婉丽的心思

吃完宵夜，决定就地扎营，将剩下的两顶帐篷铺在林间空地上，安全起见，队员们仍然采取轮流值守的方式休息，这次，我把覃婉丽分到自己一组。此时，大家都已疲惫不堪，也不管有没有危险，也不管那狼群会不会杀个回马枪，倒在帐篷里就睡了。

我和覃婉丽在火堆旁坐下，覃婉丽紧靠着我，挠我一下，说道：“老公，我怀疑你根本就是一只老虎，要不啷个那些豹子、猴子都听你的？”

我点燃一支烟，拉着她手说道：“要是我是一只公老虎，你就是一只母老虎，我们以后再生两只小老虎如何？”

覃婉丽嗔道：“你又变着花样儿骂我很凶是不是，后果很严重。”说完，加重了手上的力度。

我揶揄道：“幸好你没有老虎那么尖利的爪子，要不然我可就遍体鳞伤了。”

覃婉丽翻个白眼：“别人说打是亲骂是爱嘛，要是哪天不这样对你了，就说明人家不怎么在乎你啦。”

我摇头道：“这样的话，那我只有让你勤剪指甲了。”

覃婉丽笑了，趁我不注意，把头移过来，张口就咬在我手臂上，瞪眼说道：“光剪指甲不管用的，除非你把我牙也拔了。”

我苦笑道：“虎口拔牙，你以为我傻的呀！”

覃婉丽得意地瞥我一眼，接着又说道：“老公，你老实告诉我，有没有打过人家禾香的主意？”

我没料到她有这一问，一时不知道怎么回答，嗫嚅道：“你怎么老想这些乱七八糟的事，是不是闲得慌了。”

覃婉丽翻个白眼：“你们男人那些个鬼心思啊，别以为我不了解。”随后，又扳过我脑袋，眼对眼说道：“以前你与她有什么瓜葛我不管，但是现在你可得老实点。”

我问道：“现在怎么了？”

覃婉丽又翻个白眼：“还说自己不傻，瞧那个怪物常昆，一天像个跟屁虫似的绕着禾香转，明显在打她主意，你再跟她亲近，不但我不答应，常昆也会很不乐意的。”

听覃婉丽这么一说，联想到常昆最近的所作所为，确实像在追禾香，但是禾香似乎并不了然，对他爱理不理的。

覃婉丽见我沉思，问道：“怎么看见别人打禾香主意，心里不爽了？”

我回答道：“我不是为这个事不爽，而是……”

覃婉丽追问道：“而是什么呢，看你魂不守舍的，心里一定有鬼。”

我辩解道：“我在想，禾香是巴国人，而常昆是外界人，如果禾香与常昆好，巴国的秘密难免不保，我怎么向巴王交代。”

覃婉丽撇嘴道：“你少扯虎皮做大旗，自己心痛禾香与别人好，还拿巴国的秘密说事，那罕宝与吉娜的事，你那么不遗余力地撮合，难道就不怕暴露巴国秘密了？”

我答道：“这根本就不是一码事儿。”

覃婉丽逼问道：“你倒是说说，怎么就不是一码事儿了？”

我答道：“罕宝是夔城巴国人，吉娜是黔隆巴国人，他们不仅有共同语言，还都有秘密要严守，自然与常昆禾香不是一码事儿了。”

沉思片刻，覃婉丽答道：“就算你说得有理，但若是人家真要在一起，你又能怎么办呢？”

我深吸一口烟，皱眉道：“这倒是件麻烦事儿。”

覃婉丽又露出狡黠的笑容，“你要是为这个事儿担心，我倒是有个解决办法。”

我搂过她肩，问道：“老婆大人有什么高见？”

覃婉丽把我烟掐掉，说道：“满嘴烟味儿，你现在烟瘾越来越大了，可不可以为了我们的下一代少抽几支？”

我做出无辜状，说道：“人家问你正事儿呢。”

覃婉丽瞪我一眼，说道：“这还不简单吗，把禾香送回巴国不就得了。”

原来覃婉丽还是不放心我与禾香在一起，但又不敢表示反对，只好敷衍道：“等这次回去后，我跟她商量商量。”

覃婉丽嘟嘴道：“有什么商量头，你身为巴国的丞相，连这点权力都没有吗，我看你还是舍不得禾香。”

沉默片刻，我答道：“可禾香若离开，就缺少碧血飞龙这两件致命武器了。”

覃婉丽不屑道：“什么致命武器，我看它们也只能对付那些笨蛋动物，今天遇到这群狡猾的狼就不管用了。”

我摇头道：“今天情况不一样，那野狼太多了，天又黑，飞龙一时无从下口，若再斗一会儿，它们一定能找到机会的。”

覃婉丽撇嘴道：“牵强，若再斗一会儿，没有那豹子来帮忙，我们恐怕都缺胳膊少腿了。”

我想了想，答道：“其实让常昆离开也不失为一个好办法。”

覃婉丽又挠我一下：“你这么推三阻四的，其实真的想赶走的人是我吧？”

正难以应对的时候，大探事从帐篷中走出来，说道：“皮老师，该我和果耐值班了，您和夫人进去休息吧。”

我趁机起身逃离，覃婉丽狠狠瞪我一眼，转身进入帐篷。

醒来的时候，已是第二天清晨，清点人数，一个不少。

短短两天，经历如此多的险境，总害怕有人丢失，让我有了清点人数的强迫症。

穿越密林之后，金佛山主峰已近在眼前，但迎面又横亘着一道高耸云天的绝壁，所幸的是，绝壁上有一条人工开掘的栈道。

清晨时光，山谷中云雾弥漫，能见度不到十米，但登临到栈道最高位置，置身于一观景台上的时候，眼前豁然开朗，放眼望去是一片云海，犹如天界。见此情景，禾香便忍不住尖叫起来：“小虎哥，现在走在云上，个个都像是神仙呢！”

冬瓜诡笑道：“是啊，我都看见王母娘娘和七仙女了。”

听冬瓜如此说，禾香便瞪大了眼，引颈而望，“在哪里，快指给我看看？”

“冬瓜逗你玩儿呢，说你是七仙女，我是王母娘娘。”说完这句，覃婉丽忽然觉得有些不对劲儿，瞥冬瓜一眼，“哼，有这么比喻的吗，本姑娘有王母娘娘那么老吗？”

见覃婉丽生气，冬瓜赶紧改口，“依我看，婉丽像年轻时候的王母娘娘。”

本来冬瓜不接招，也就没事了，没想到这么一解释，覃婉丽反而不高兴了，冷冷道：“谁看见过年轻时候的王母娘娘了，电视剧中的王母娘娘，哪一个不是老态龙钟的，即使有年轻时候的王母娘娘，也没有七仙女漂亮嘛。”

被覃婉丽抢白，冬瓜一时不知如何作答，正为难的时候，闷墩儿接过话头，“冬瓜把嫂子比喻成王母娘娘，主要是形容您地位高，拥有领导众神仙的权力呢。”

被闷墩儿这么一说，覃婉丽脸色和悦了点，此时，禾香又不合时宜的接过话头，“这样说来，本姑娘愿意当王母娘娘，让婉丽姐姐当七仙女吧。”

“本姑娘是谁，用得着你来安排吗？”望着头上插满杜鹃花，脖子上也挂满杜鹃花的禾香，覃婉丽脸上露出坏坏的笑容，“还王母娘娘呢，我看你就像个花痴。”

禾香不解花痴为何意，傻傻问道：“花痴是哪个仙女，我怎么没听说过？”

“花痴嘛……”闷墩儿正想照实作答，被覃婉丽狠狠瞪了一眼，立即改口，“花痴就是掌管百花的仙女。”

听完闷墩儿的解释，禾香表示受用，笑道：“那我就当花痴好了。”

话音刚落，全场大笑。

……

谈笑而行，队员们一点也不觉得累了。云开雾散的时候，我们也刚好走完了近两公里的栈道，再穿过一片方竹林和杜鹃林，攀登一段陡坡，就到达了金佛山的主峰风吹岭。

此时，阳光灿烂，碧空如洗，又是一番景象。

在山顶吹了一会儿风，采药人忽然问道：“皮老师，您说这次旅游以探洞为主，风吹岭上也有几个洞穴，还要不要去看看？”

虽然已取出熊剑，但对于探洞，我依然没丧失兴趣，因一提到洞穴，便不由自主地想到地宫和地宫宝藏，于是答道：“来都来了，进去看看吧。”

听说还要去探洞，覃婉丽不爽了，挤眉瞪眼道：“你一天就晓得钻洞，我们都跟着你变成耗子了，路过那么漂亮的花海和竹林也不肯多待一会儿，扫兴得很。”

我没有搭理她，叫闷墩儿分发食品，吃完中饭后准备探洞。

按照采药人的建议，先探测古佛洞。

古佛洞最大的特色，是其独特的石壁景观，它是古潜河水流激荡的结果。在洞的顶部，潜河水流形成的痕迹宛如一条脊梁随洞形蜿蜒，采药人说当地人称这为“龙脊”。

随着这条支流往深处走上约百米，古潜河巨大的主河道赫然眼前，一个高约 10 多米、面积约标准足球场大小的古潜河回旋区呈现于眼前，其高耸的石壁上清晰可见古潜河在远古时期随岁月流逝所刻下的波动“水纹”，仿佛一幅连绵不绝的抽象水墨壁画。

那水纹纹路清晰，变化多端，既似名山大川，又似飞禽走兽、高山峻岭，栩栩如生，惟妙惟肖，与圣海相比，又是一种不同的感受。

此时，常昆又把金属探测器拿出来东探西测，并不时给禾香讲解。冬瓜和闷墩儿倒是饶有兴致，一路指指点点，就画壁上的纹路更像什么东西发表各自见解，争执不下。覃婉丽对洞中景观毫无兴趣，拿出 iPad 玩游戏，渐渐落在后面。

走着走着，忽见迎面来了两个外国人，一男一女，手里也分别拿着一个探测器，走近一看，心头不禁为之一振——

来者不是别人，正是艾曼纽和威廉！

与此同时，艾曼纽和威廉也看见了我。

再遇艾曼纽

“你们怎么也到这里来了？”

“你们能来，难道就不许我们来？”艾曼纽白我一眼，脸上浮现出笑意，“再说，探洞本来就是我们的本行。”

“那是，”看着艾曼纽，忽然有种莫名其妙的恐慌，词不达意，“您来山城，怎么也不事先通知一声，好让……”

“事先通知你，就不会在这里相遇了，也就不好玩了。”艾曼纽露出狡黠的笑容。

正不知如何作答，威廉接过话头，“本打算跟皮先生同来中国的，可有些事情耽误了，等我赶回英国，皮先生却等不及先走了，所以干脆在英国又待了一段时间，等艾曼纽腿伤完全康复后才赶过来，走前给皮先生打过一个电话，可显示停机，所以我们就自主行动了，没想到在这个地方相遇。”

听完威廉的话，我更加尴尬。回国后，为了不再受到勋爵的骚扰，我特意换了个号码，没想到还是被他们找到，岂不令人沮丧。

“皮，你该不会是故意躲我吧？”

“我……我……”见艾曼纽偏偏哪壶不开提哪壶，我更加惶恐，语不成调，“不是要故意躲您，是……是因为……我想和朋友们出来放松一下，为了不受外界打扰，所以把之前的号码停机了，回去后就恢复。”

“你可真会找放松的地方。”艾曼纽笑道。

“我们去哪里放松，难道还要征求别人的同意？”

说话间，覃婉丽忽然出现在眼前，她的目光，警觉地盯着艾曼纽。

“这是哪里蹿出来的野丫头，说话没轻没重的。”见覃婉丽出言不逊，艾曼纽立即针锋相对，也不是个善角儿。

“这……这是我们的地盘，你……你一个外国人，跑到这里来……来撒野，你才是野丫头。”覃婉丽气急，也变得跟我一样语不成调。

“皮，她是谁呀，这么没教养？”艾曼纽装作没认出覃婉丽，转而向我发问。

“她……她是我女朋友。”

“我不是他女朋友，是他老婆。”覃婉丽瞅我一眼，同时一把挽住我胳膊，另一只手也不闲着，狠狠掐我一下。

“老婆？老婆是什么东西？”艾曼纽歪着头，似乎在琢磨老婆是什么含义，随即她淡然一笑，“哦，老婆就是麻烦的意思，难怪你来法国旅游不带着她。”

艾曼纽使出这个杀手锏，覃婉丽哪里受得了，立即瞪大眼睛，以极恶毒的目光注视着我，狠狠说道：“原来你去法国，根本不是开什么学术会议，而是为了去见这个女人。”

“我……我……”

艾曼纽见覃婉丽中计，更加得意，继续说道：“皮，住我家还习惯吧，只可惜时间短了点，今后有机会再去，我一定陪你多去几个地方。”

“你……你混蛋！”

覃婉丽这声吼，不知是冲我还是艾曼纽。说完，更不给我解释的机会，一把甩开我胳膊，怒冲冲而去。

此时，我哪还有心思理会艾曼纽和威廉，更没有心思探洞了，便召集队员们打道回府。

回到碧潭幽谷景区宾馆，打开房门，没有看见覃婉丽。我也没有十分在意，放下行李后便召集大家吃晚饭。

禾香见我便问：“小虎哥，刚刚看见婉丽姐姐气冲冲走了，怎么回事？”

“走了！”我有些诧异，“走哪儿去了？”

“我哪晓得她去哪儿了？”禾香脸上一片茫然，“只看见她拦了一个出租车，急匆匆走了，跟她打招呼也不理。”

“是不是你欺负她了？”见我苦笑摇头，禾香又追问道。

“是覃姑娘家里有急事，所以先走了。”大探事见我有些难堪，急忙接过话头。

“不对呀，”禾香连连摇头，“即使有急事，也该大家一起走啊，反正我们在这里的事都办完了，也不在乎多住这一晚。”

见禾香一个劲儿的追问，大探事也不知如何作答，常昆便出来解围，“也许是家里出了大事，覃婉丽急坏了，没空跟大家打招呼。”

禾香哪里肯信，连连摇头，嘴里嘟囔道：“她家里出事了，我们大家都应该跟着去帮忙才对，怎么你们还有心思在这里吃饭？”

常昆又说道：“也许是很急的事，大家都帮不上忙，或者……”

“你少跟我也许、或者什么的……”禾香瞪常昆一眼，“一定是小虎哥欺负婉丽姐姐了，怕我骂他，才合起来骗我。”

“谁敢骗你，事实如此嘛。”我狠狠瞪了禾香一眼，使出杀手锏，“你要再这么纠缠不休，就送你回家。”

禾香吐了吐舌头，不再吭声。

因为覃婉丽的突然出走，晚餐显得特别压抑，我也懒得解释，匆匆吃完晚饭，简单交代了一下明天的安排，便逃回房间。

回到房间，我本想打个电话给覃婉丽，可觉得她正在气头上，恐怕也由不得我分说，再说，她已经走了，打电话也无济于事。况且我去法国是事实，住艾曼纽家也是事实，关于这一点，实在找不出合适的理由去对她解释，倒不如先由着她，等她冷静一段时间再说。

想清楚这个道理之后，我逐渐平静下来，走出房间在宾馆庭院中漫步。

走着走着，忽然身后传来一个声音："皮，我们可真是冤家路窄。"

闻言转身，便看见艾曼纽伫立于路灯下。此时，她已经换了装扮，穿了一件高开衩的旗袍，曲线毕露。

"皮，我们应该谈谈。"

"谈谈？谈什么？"

一想起艾曼纽今天的恶作剧，我气不打一处来，口气十分冷淡。

"谈谈四把古剑的事，谈谈寻找巴国地宫的事。"艾曼纽面带微笑，似乎今天的事根本就没发生过。

"四把古剑！"听完艾曼纽的话，我大吃一惊，"您怎么知道有四把古剑？"

"我不仅知道有四把古剑，还知道你有寻找这四把古剑的地图。"

"地图！"我心中更惊，原以为她先前那句话只是臆测，而听完刚才这句话，使我顿时警觉起来，愤愤然道："原来那场晚宴是为了把我灌醉，等我醉了，趁机搜身？"

"谁搜你身了？"艾曼纽收敛笑意，也露出愤懑的神色，"谁也没劝你，自己要喝那么多，再说了，爹地举办那场晚宴，纯粹是为了你今后的前途着想，为此，他还特别邀请了山城那位公子哥儿介绍给你认识，目的也是为了给你的事业铺路。"

虽然艾曼纽的解释勉强说得通，但还是改变不了事实，这个事实就是，他们要么是趁我烂醉的时候搜身发现了羊皮图译稿，要么是在书房内设置了监视器，通过这个监视器了解了我在书房里的一举一动，从而知道了我的秘密。难怪我在交给勋爵《周典》译稿的时候，他表现得那么失望，因为我还有一份更重要的译稿没有交出来。

"皮，我确实没有搜过你身，相信其他人也没有搜过，关于你有埋藏古剑地图这件事，是爹地告诉我的，至于说他是怎么知道的，我也不清楚。”

说这句话的时候，艾曼纽紧绷的脸已经放松了些，同时，她那一对忽闪着的大眼睛似乎也证明她没有说谎。但即使真如她所说，是勋爵用手段窥探到我的秘密，对我来说，也是不可原谅的。所以我不想搭理她，转身就走。

“皮，就算是你对爹地或我有成见，但为了我们共同的事业，也不应该这么意气用事。”艾曼纽紧跟几步，继续说道：“所以，请你务必冷静下来，听我解释。”

“你们用卑劣手段窃取他人秘密，还有什么好解释的。”

“皮，我们就事论事好不好，”艾曼纽锲而不舍，“搜寻巴国地宫，不仅是你的心愿，也是我们家族孜孜以求的事业，再说，我们手里已经有了鹰剑，而你手里有寻找另外三把古剑的地图，二者缺一不可，如果不合作，大家都不能成事。”

艾曼纽说得不假，虽然我手里有寻剑图，也已经找到了熊剑，但如果没有鹰剑，即使找到了另外两把古剑，还是不能开启地宫。所以，要完成这个愿望，还真缺不了史密斯家这把鹰剑。但尽管如此，我还是不打算跟他们合作，因而冷冷答道：“对不起，我没有兴趣。”

“皮，你真是个死脑筋！”艾曼纽急了，“离开英国时，我好不容易说动爹地，让他不要再打绝谷巴国的主意，满足你的心愿，可爹地提出了一个交换条件，说，除非你答应和我们一起寻找地宫。”

艾曼纽的话击中了我的软肋，由此，我不得不停下脚步，问道：“您打算怎么合作？”

“这么重要的事，不应该在这里谈吧。”艾曼纽见我松口，脸上露出欣喜，“你看这样好不好，你住东楼，我住西楼，为了避免不必要的误会，去我房间谈吧？”

听艾曼纽的口气，好像是为了避开覃婉丽，可她哪里知道，这个误会早就产生了，并且造成了恶劣后果，所以去哪里谈都无所谓，但我还是决定去艾曼纽那里，做出这个决定，是因为我害怕队员们看见，认为我与艾曼纽真的有一腿。

谈判

艾曼纽的房间是个豪华套间，卧室门半开着，有散乱的衣物扔在床上，在床头灯的照射下，弥散出一种神秘的情调。

见我迟疑不决，艾曼纽不由分说，将我推到沙发上坐了，随即从酒柜中拿出一瓶红酒，放在茶几上，又拿来两个红酒杯，兴致盎然道："正好这里有瓶拉菲，不如我们喝两杯，庆祝我们的重逢和合作。"

"对不起，我还没有答应跟您合作。"我生硬的回答道。

艾曼纽嫣然一笑，并不在意我的态度，轻轻放下酒杯，抽出一支烟来点上，吞吐几口之后说道："皮，其实在我的心目中，你不仅仅只是一个普通的大学教师，更是一个才华横溢、勇于进取的有为男人，只是……眼界小了些。"

"说到这里，还得谢谢勋爵邀骗我去法国和英国，参观了卢浮宫和大英博物馆，开阔了一点眼界。"听完艾曼纽的话，我十分不爽，不觉反唇相讥。

"你去法国和英国，也不是没有收获，"艾曼纽不为所动，依然笑意盈盈，"比如你依据爹地提供的羊皮书，破译了巴蜀图语，这可是一件了不起的学术成就。"

"关于这一点，是得感谢勋爵。"虽然话说得有些生硬，但却是事实。

"所以嘛，如果我们能够合作，对大家都有好处。"说完，艾曼纽顾自倒上一杯红酒，轻摇几下，慢慢喝下去。随后，她身体微微后仰，尖尖的指甲划拉着酒杯口沿，默默地望着我，却不说下文。

眼前的艾曼纽，被旗袍包裹下的双峰傲然挺立，由于开口很低，一对白晃晃的乳波有三分之一露在外面，淡淡的香水味儿从深深的乳沟中冒出来，混合着浓浓的红酒香飘散在房间内，在昏暗的灯光配合下，营造出一种慵懒而神秘的氛围。尽管自己身上的蛊毒已被祛除，但面对如此性感逼人的艾曼纽，仍然不敢直视。

过了一会儿，艾曼纽才放下酒杯，说道："你一定觉得很奇怪，既然我曾祖父是英国人，而我怎么又变成法国人了呢？"

没待我提问，艾曼纽又接着说道："其实我还有四分之一的中国血统呢，因为我的祖母是一个上海人，在中日战争时期移居到了英国。"

显然，艾曼纽的话题引起了我的兴趣，不知不觉中，有了探索她家世的冲动，"您是说你祖母在抗日战争时期移居到了英国，嫁给了你祖父？"

"嗯，"艾曼纽点点头，"我是祖母带大的，所以从小会说中文。"

"那怎么后来又成了法国人呢？"

艾曼纽莞尔一笑，站起身来，走到酒柜边，拿来一瓶酒店免费赠送的矿泉水递给我，随后才说道："卢浮宫建立东方艺术研究部的时候，祖父作为东方文物专家被邀请到卢浮宫协助建立这个部门，后来，父亲也跟随到了法国，再后来，我和母亲也到了法国，所以我们实际上是旅居法国的英国人。"

"原来是这么回事，难怪你们一家对东方文化这么感兴趣。"

"但最感兴趣的还是中国文化，尤其是巴蜀文化。"

说到这里，忽然觉得偏题了，但通过这一段的交流，我对艾曼纽一家的看法已经有了些改观。

"关于寻找地宫，请问艾曼纽小姐打算怎样合作？"

"很简单，我们出资金出设备，另外，双方各出几个人，组成一个联合探险队。"

见我默然不语，艾曼纽又说道："皮，我知道你心中的顾虑，怕我们独占地宫宝藏，关于这一点，有必要说明一下，我们寻找巴国地宫的目的，是想要完成曾祖父的心愿，证明他生前的伟大猜想，至于说地宫宝藏，对我们来说，只有研究价值，而没有经济价值。因此，我可以向您保证，如果地宫中真有巴国宝藏，它将完全属于你和你的国家。"

听完艾曼纽的话，我不禁有些心动，经费赞助倒在其次，关键是他们能够提供更专业的技术装备，这有利于古剑的发现。而根据羊皮图文字描述，其中一柄剑可能已深藏江底，单靠我们这群乌合之众是怎么也取不出来的。最要命的是，他们已经掌握了鹰剑。为此，我不能不跟他们妥协，但在达成协议之前，有两件事必须加以强调。

想到这层，我便说道："你们真的不想独吞巴国宝藏？"

艾曼纽连连点头，答道："这是毋庸置疑的，就我们家族而言，可以说钱已经到了花不完的程度，所以并不在乎是否能拥有那些宝藏。"

尽管觉得艾曼纽说得有点言不由衷，但我有自己的考虑，于是又说道："在进入正式合作之前，有一件事我必须再次强调一下。"

"皮，有什么顾虑，你尽管说。"

"您曾答应过我，如果合作寻找地宫，则严守巴国秘密，这个约定还算数吗？"

"皮，我会遵守约定的。"

此刻的艾曼纽，眼睛清澈透明，不像是在敷衍我，但这还不足以打消我心中的顾虑。于是，我再次强调道："我所说的这个约定，是永远保守秘密，不管找不找得到地宫。"

"皮，您放心，关于这个秘密，其实我们也不想让其他人知道，尤其是不想让贵国人知道。"说到这里，见我直皱眉头，艾曼纽微微一笑，"因为以贵国处理历史遗产的方式，我们实在不敢恭维。"

听到这里，我心中忽然冒出一团火，忍不住冷笑道："难道像沙克一伙那么干，才算是正确的处理方式？"

"皮，这只是个意外，"艾曼纽耸耸肩，"要知道，我们和沙克一伙根本就不是一路人，我们寻找宝藏是想加以研究，揭示巴国之谜，而沙克一伙则是一心只想靠宝藏发财，不过……好在他们已经得到了应有的惩罚，而龙桥溶洞也已经垮塌了，别人再想进入巴国，也没那么容易了。"

犹豫片刻后，我终于下定了决心，跟她合作。并不是因为艾曼纽的辩白说服了我，而是我心中已经拿定了主意。接下来，我得跟她谈一些具体的事项。

“如果要合作，得答应我几个条件。”

“皮，只要你愿意合作，一切都好谈。”

考虑再三，我决定跟艾曼纽合作，不仅是因为她能够提供经费和后勤保障，最重要的是，现在已经不是史密斯先生在中国时那个兵荒马乱的时代了，即或他们对巴国宝藏有所觊觎，只要我不答应，他们就休想拿走任何一件东西。

想到这里，我不再犹豫，答道：“我可以和你们合作，组建一个联合探险队，但这个探险队必须由我方队员为主，统一听从我方安排。”

艾曼纽耸耸肩，答道：“这就是你提出的条件吗？”

“目前就这个条件。”

“还以为你要提出多苛刻的条件呢，如果就这条，我和威廉叔叔都不会有什么异议，爹地也应该没有什么异议，只是……”

“只是什么？”

艾曼纽答道：“只是每一次行动之前，我们需要知道去哪里、找什么东西以及实施这个方案的合理性，至于那幅寻找古剑的地图，我们可以不要求查看，但你得保证能够带领我们找到正确的方向，减少不必要的时间浪费。”

“我尽量做到吧。”让艾曼纽和威廉加入我们的探险队，这不是一件小事，因此，我不得不补充一句：“另外，这件事还需要跟队员们商量一下。”

艾曼纽脸上浮现出笑意，“我相信你能搞定！”说完，起身就要跟我拥抱，我赶紧退后一步，伸出了自己的右手。我的这个动作并没让艾曼纽有多难堪，只见她莞尔一笑，也伸出手与我轻握一下，随口说道：“等你的好消息。”

临出门的时候，我提出了一个与合作不相关的问题问艾曼纽，我和她在金佛山相遇，难道真的只是巧合吗？

艾曼纽没想到我有这一问，顿时一愣，但她还是如实回答道：“由于打不通你电话，我和威廉便决定去学校找你，可没想到你居然背着我们独自组建了一个探险队，这才决定跟来金佛山。”

覃婉丽的辞职信

最后，我没有征求队员们的意见，而是擅自做了决定，吸纳艾曼纽和威廉加入探险队，之所以这样做，是因为我一旦表达出商量的意思，大探事一定会反对，如此一来，我将陷入被动，与其这样，倒不如先斩后奏。

果然，艾曼纽和威廉的出现，让大探事大吃一惊，接着眉头紧蹙，表现出忧虑的神色。我当然知道他忧虑的是什么——我们这个背负巴国神秘使命的探险队，本来有冬瓜、闷墩儿和常昆的加入，已经不大妥当，现在又新增了艾曼纽和威廉这两个老外，他自然会忧心忡忡了。

接着，冬瓜又把我拉到一边，说道："听说覃婉丽负气出走了，是不是为了这个外国美女？"说完这句，又擂我一拳，"狗日的小虎，你究竟在搞啥名堂？"

与冬瓜和大探事形成鲜明对比的是，闷墩儿和常昆表达了热烈欢迎的态度，从他俩色眯眯的眼神可以看出，艾曼纽的出现，为这两个屌丝提供了大饱眼福的机会。而这一次艾曼纽也一改以往的冷淡风，表现出的热情洋溢令人吃惊。她先是的跟每个队员打招呼，接着又开始一口流利的普通话做自我介绍——

"感谢皮老师接受我和威廉叔叔加入你们的队伍，从大家的眼光中，我感受到了家庭般的温暖，作为两个热爱中国文化的外国人，希望大家能把我们当作普通中国人来看待，对了，我和叔叔都有一个中国名字呢，我的中国名字叫唐曼丽，叔叔的中国名字叫秦伟宁，我们的姓分别代表了中国两个伟大的朝代。"

"艾曼纽，这个名字有点耳熟呢，"听完艾曼纽的自我介绍，闷墩儿先是一阵念叨，接着猛拍一下脑袋，"想起来了，我在网上看过一部法国电影，那个女主好像就叫艾曼纽，怎么叫艾曼纽的都长得这么漂亮呢。"

“你说的那是法国情色影星艾曼纽吧，”听完闷墩儿的恭维，艾曼纽忽然大笑起来，笑完之后，又径直走到闷墩儿面前，扭动一下身体，说道：“那么请你仔细看看，我跟你的女主角谁更漂亮呢？”

艾曼纽的豪放，让闷墩儿手足无措，脸唰地红了，但他还是情不自禁地说道：“当然是你更漂亮，最关键的是，普通话还说得这么溜。”

听着闷墩儿的恭维，艾曼纽立即喜形于色，答道：“这个中国朋友好会说话，皮老师可要学着点。”说完，深情款款地瞥我一眼。

禾香见了，立即把我拉到一边，踮起脚将嘴凑近我耳边说道：“婉丽姐姐突然离开，是不是因为这个高鼻梁蓝眼睛的女人啊？”

我轻声回答道：“不关她的事，你别瞎猜。”

禾香眨巴着眼睛说道：“你要是敢乱来，小心我告诉婉丽姐姐，让你吃不了……”

我瞪她一眼，威胁道：“你再胡说八道，看我不把你送回家去。”

禾香立即做出惊恐万状的样子，不再啰唆了。

熊剑既已找到，金佛山之行便算是大功告成，当天下午，威廉和艾曼纽与我们一起返回山城，入住海王大酒店，约好两天后商量下一个目标。

当我急匆匆赶回学校时，发现覃婉丽并不在家，她的拉杆箱也不见了。书桌上留了一个信封，信封上写着“辞职信”三个字，打开来一看，里面有两张潮湿的信笺——

皮兆寅：

我走了。

感谢这大半年来你对我的照顾和帮助，也感谢你带给我一段梦幻般的美好时光，可是现在我想走了，离开你一段时间，我不知道，这一段时间是多久，或者几个月，或者一两年，也或者是一辈子。

你也许觉得我心胸狭窄，也许觉得我小题大做，不错，我曾经说过，男人为了事业在外奔波应酬，偶尔逢场作戏、沾花惹草属于情非得已，我也不会介意，只要他心中能够坚守底线，时刻想着我就行了。

也许是我还不够了解你，也许是我把你想象得太完美，渐渐的，我对你有了更多的期望，为我们的未来有了更多的规划，甚至觉得，自己是这个世界上最幸福的女人。

对，你确实给了我这样的错觉——在我们携手走过绝谷深渊的那一刻；在我被你从火堆上救下的那一刻；在巴王为我俩主持婚礼的那一刻。你是一个机智勇敢又有担当的男人，或者说你是我心目中的英雄。

你确是一个有英雄情节的人，也许真的只属于古代，属于那里，在那样的时代那样的地方，你肯定是一个令所有女人为之倾倒的男人。但是，我毕竟生活在现代社会，有属于这个时代的情感和人格尊严，尽管在我们身边发生了那么多不属于这个时代的事情，而你身边又出现过那么多不属于这个时代的女人，但回到现代，你还是你，我还是我，逃不过现代伦理和情感的约束，在这个问题上，我不是依噶，也不是禾香，更不是那个丽雅。

不错，我曾经告诫自己，与你生活在一起，可能会承受很多别的女人无法承受的东西，包括与别人分享自己的男人。但是，唯一不能接受的是一个不尊重自己的男人，一个充满谎言的男人。而你就是这样的男人，一个滥情的人，见个女人都爱的人，为了追求一个女人，甚至不远万里去往欧洲。

还有一个让我困惑的地方，你已经掌握了这个世界上最大的秘密，不错，正如你所说，它是这个世界上最宝贵的财富，可是，这个财富现在已经遇到很多问题，甚至有灭绝的危险，你为什么还要以一己之力，勉为其难地来挽救它，支撑它？

你本可以把它公诸于众，让国家来对它进行抢救和管理，而作为一个伟大秘密的发现者，你可以享有更多的荣誉，逃避更多的责任，而这种逃避，只可能让他们变得更好。

我怀疑，你的真正目的并不在于对它的责任，而是隐藏在内心深处的私欲，你所做的这一切，只不过是一种畸形的自我价值实现，并且在这个过程中，还可以享有三妻四妾般的古代生活方式，而在你的眼中，我不过是你众多妻妾中的一个。

你上次的不辞而别，已经使我警觉、犹豫，但我宁愿相信那只是一个意外，一次迫不得已的分离，在我濒临崩溃的时候，看到你忽然出现在眼前，顿时觉得所有的等待都值得，所有的犹豫都是那么可笑。

直到昨天，看到那个外国女人，亲口告诉我真相，才终于使我惊醒，自己并不是你必不可缺的女人，也永远不可能成为你唯一的女人。

也许我俩根本就不是生活在同一个时代的人，我始终进入不了你的世界，而你也会越来越理解不了我的世界。

我也不清楚自己是怎么了，为什么对你的独占欲望会突然那么强烈，原来那个洒脱的覃婉丽到哪里去了？

好想找回原来的自己！

我不想成为你的附庸，更不想成为你的累赘，所以我决定离开，寻找属于我自己的更真实的人生。

最后，请你放心，你的秘密也是我的秘密，我不会说出去的。

覃婉丽

覃婉丽离家出走了，不知道还回不回来。

我无力地躺在床上，辗转反侧，万般懊悔——

或许覃婉丽说得对，巴国的事情，真的该交给国家去处理，交给一个更强大更有实力的机构去保护它，挽救它。

但是，国家真的能够重视它，从而精心地呵护它吗？

联想到已经面目全非的北京古城和西安古城，还有众多的历史文化遗迹，都在大建设的洪流中消失，便不由自主地想起巴王梦中的情节，我又怎么敢放心地把它交给国家呢？

那么我这么不遗余力地保守巴国的秘密，是不是真的在这件事情上怀有私心呢？或者正如覃婉丽所说，我其实更适合古代，向往三妻四妾的生活，想在巴国享有现代社会中所不能享受到的待遇呢？

在巴国，我现在是一人之下、万人之上的大丞相，手中握有巨大的权力，可谓风光无限。而在现实世界里，我却什么都不是，可有可无。

百兽群集之地

覃婉丽走了，音信全无，我将自己关在屋里两天，痛定思痛。

第三天早晨，才想起与艾曼纽的约定，只得强打精神，展开图语译文和地图，开始研究下一个目的地。

先看第二段文字：**大河之间，巨山为门，高三百丈，裂隙□□，巨松□，苍鹰□居□，竖穴之中，有船木其间，□鹰剑出，置左穴。**

参照这段文字描述和图示，这个位置最好判断，是我非常熟悉的地方，长江三峡的第一道关口——夔门，我至少去过不下十次。

而这里所描述的“鹰剑”，无疑就是史密斯先生在上世纪二十年代所找到的那把剑，这个地方不用我们再去劳神费力了。

再看第三段文字：**江州之南，三百里，石□密布，百兽群集，巨蛇卧其下，□□之处，有□穴，深十步，□蛇□居□，□石□蛇剑出，置右穴。**

前一句：**“江州以南，三百里”，**这里的“江州”，应该是指市中心附近的巴国江州古城，而江州之南，有巴南、綦江、南川、万盛、江津几个区县，古代的三百里，比现在的三百华里要短，应该在一百公里以内。从距离来判断，南川、万盛、江津比较符合**“江州以南，三百里”**的描述。

南川是金佛山所在地，在那里已经发现了熊剑，基本可以排除在第三段文字描述的场景之外，剩下只需在万盛和江津之间来选择。

再看后面：**“石□密布”**，应该是描述地理环境的字句，石后面这个没有释读的空格究竟是个什么字，至关重要。

至于说**“百兽群集，巨蛇卧其下”，**应该是描述生态环境的字句，说明在古剑埋藏之时，那里是一片野兽聚集的原始森林，还有巨大的蟒蛇生活在山里面。但时过境迁，现在哪里还有这些野兽大蛇。最令人疑惑的是，两千多年以前，在巴国疆域内，恐怕到处都找得到**“百兽群集，巨蛇卧其下”**类似的环境吧，怎么会以这样的特征来描述一个地域呢，莫非还有其他的含义？

再往后面看：**“□□之处，有□穴，深十步，□蛇□居□，□石□蛇剑出，置右穴。”**已经是描述埋藏蛇剑具体方位的文字了，对于地理位置判断没有任何帮助。

研究了一会儿，不得要领，干脆阅读第四段文字：**巴子之城，大河之岸，枯水之际，鬼石出□，□狼□居□，东南相交□□，纵十步，有石匣，□狼剑出，置下穴。**

“巴子之城”，应指酆城，酆城古称“酆”或“酆都”，又号“巴子别都”，是巴国的核心区域，巴国分裂之时，也许新巴王曾迁都于此，因此“酆都”就是“封都”的意思。

“大河之岸”，则毫无疑问指长江岸边，**“枯水之际，鬼石出□，”**应是指到了枯水季节的时候，有鬼怪一样的石头冒出来。它实际描述的内容，应该是指奇形怪状的礁石冒出来，如炸毁之前耸立在夔门口的滟滪堆。

再参照羊皮图画则更加明了，就是一堆环形排列在江岸边的巨石阵。然而据我对酆城的了解，即或是在三峡工程蓄水之前的枯水季节，都从来没有在江岸边看到过这么一堆巨石，也从来没有听说过曾经有过这么一堆巨石。

难道这个**“巴子之城”**另有所指？

正百思不得其解的时候，艾曼纽打来电话，说到约定时间了，希望我遵守约定。于是，我只好丢下图纸，赶到海王温泉大酒店，来到咖啡厅的时候，艾曼纽和威廉已经等候在那里，他俩相对而坐。今天，艾曼纽穿一件低胸晚礼服，头发裹起来盘在头上，使得细长的脖颈和丰满的胸部更加突出，邻座客人的目光不时瞥过来，落在她胸口上。

“谢谢你能很快赶来，这让我感到非常高兴。”

艾曼纽望着我，依然深情款款，身体往旁边挪了挪，留出一个空位。我分别跟艾曼纽和威廉握了握手，但是，却没有在艾曼纽留出的空位入座，而是在威廉旁边坐下，眼见得艾曼纽眉头轻轻一皱。

威廉装作没看见，问道：“我和爱娃在这里已经住两天了，还没得到下一步行动方案，不知皮先生是怎么打算的，我们还需要在这里住多久？”

看着威廉急迫的眼神，我不禁有点为难，迟疑片刻，答道：“关于下一个搜寻地点，还没理出头绪，可能还要花些时间。”

“是不是图纸或文字描述的地点不够明确，一时破解不了？”闻言，艾曼纽将身体凑过来，“威廉叔叔对古地图是有一些研究的，或许他能想到办法。”

话已至此，我只得答道：“是有几段文字描述，但没有破译完整，所以具体地点确实还没有搞清楚。”

听完我的回答，威廉露出兴奋的神色，追问道：“既然有这样的文字描述，可否请皮老师提供出来一起研究，多一个人就多一种思路，用中国人的话来说，三个臭皮匠赛过诸葛亮嘛。”

艾曼纽点点头，接着说道：“我们不是有心要刺探你的秘密，但这关系到共同利益，而且既然是合作考察，早晚都会知道要去的地方，大家一起研究，可以节省时间和精力，少走弯路。”

艾曼纽和威廉的话都很在理，如果在这个问题上一意孤行，确实有悖合作精神，无谓地浪费时间精力，也不好给队员们交代。想了想，我拿出了羊皮图译文。威廉接过译文，立即将它铺在桌子上，专注地研读起来。

我提示他道：“可以直接研究后面两段文字，第一段文字指的是金佛山，我们已经根据指示在那里找到了熊剑，至于说第二段文字，应该描述的是夔门风箱峡，史密斯先生已经在那里找到了鹰剑，现在还剩下两把剑需要找到，分别是蛇剑和狼剑。”

“皮老师，你已经找到了熊剑？”

在我说到“熊剑”已经找到时，威廉的眼中立即放射出奇光异彩，而艾曼纽则猛地站起身来，激动得就要拥抱我，饱满的胸部直逼我眼前。看着她和威廉的反应，我立即意识到自己有些冲动。但又想想，既然决定合作，他们早晚也会知道，便硬着头皮答道：“不错，已经找到了熊剑。”

见我拒绝拥抱，艾曼纽略显尴尬，黯然坐回沙发。

此时，威廉用奇怪的眼神看了我和艾曼纽一眼，摇了摇头，继续埋头研究图语译文。过了一会儿，他突然问道：“皮先生，您是怎么理解这两段文字的？”

我没有推托，将自己今天钻研出来的结论全无保留地告诉了他。威廉仔细地听我解说，不时点头赞许，待我说完，他又思考了一会儿，然后开始表达自己的看法——

“在中国古语的语法中，常常有很多省略，而名词又常常直接用来做形容词，所以第三段描述的百兽群集，巨蛇卧其下，不一定实指有很多野兽和巨蛇，而可能是指像野兽遍布和巨蛇盘绕的地形特征。”

没想到威廉居然对中国文言文都有钻研，让我这个学中国母语出身的人感到汗颜，而这句话被威廉这么一解读，就比较好理解了，不由得对威廉肃然起敬。

“您的意思是……”

威廉望着我，会心地笑了，答道：“如果我的判断没错，这个百兽群集，巨蛇卧其下是指一片怪石分布的石林，石林下面可能是一条蜿蜒曲折的溪流，而这个位置，应该在山城以南一百公里左右的地方。”

“会不会是万盛石林？”

“反正不会是路南石林，”说到这里，威廉笑了笑，接着表达自己的看法，“关于第四个地点，皮老师前面分析得都很正确，我也认为在酆城的可能性比较大，至于说鬼石，现在没有不等于说以前没有，我们可以到当地实地寻访考察一下，也许就能找到答案。”

经威廉这么一说，真是茅塞顿开，更加佩服这个中国通了，不由得赞叹道：“威廉先生对中国文化领悟之深，实在是令人钦佩。”

威廉看着我，脸上流露出会心的微笑，继续说道：“如果说第四把剑在酆城的江岸边，那么现在一定淹没在水下了，要找到它，必须要有专业的水下勘测和作业人员，需要些时间来做准备，所以我们下一个要去的地点是……”

“万盛石林。”我和艾曼纽齐声应答。

石林初探

两天后，队员们重新集结，威廉和艾曼纽开来一辆黑底牌照的悍马H2，那像装甲车一样巨大的车身一出现，立即引起队员们一阵惊呼。

霸气的H2车身长度达五米多，高两米多。离地半米高的车身配上不锈钢的迎宾踏板使得H2的气势更加撼人。另外，这辆车还做了一些专业性的改装，不仅马力更强大，电子设备也十分丰富，它的中央信息中心配备了通用的ONSTAR卫星定位导航系统，其他高科技配置包括RAYTHEON夜视系统，互联网连接，笔记本电脑和移动电话工作台等，另外还有各种充电插孔和多媒体接口。整个车底都有挡板保护，这些挡板不是装饰品，而是保护工具。它们的任务是保护车底的所有机件不受损坏，让车子刀枪不入。正如悍马广告所说——道路的尽头就是悍马的起点。

与悍马H2同时到达的，还有各种专业探测设备，另外还有七台最新款的微软平板电脑，这是艾曼纽赠送给队员们的见面礼。

艾曼纽穿一身军用冲锋服，脚蹬高筒皮靴，英姿飒爽得让人目瞪口呆。我看见，冬瓜和闷墩儿的嘴已经合不拢了。而威廉也换了一套猎装，形象顿时硬朗不少。

有了悍马的加入，我这台空间局促的牧马人就暂时用不上了。我和艾曼纽、威廉、冬瓜以及闷墩儿坐了悍马，其他人坐了帕杰罗。

艾曼纽把我推上了驾驶座，笑道："希望它能给我们带来好运气。"

我并不掩饰自己对车的喜爱，答道："谢谢你让我来驾驭它，我想男人们都应该喜欢性能强大的悍马吧？"

艾曼纽笑道："那可不一定，威廉叔叔就对车不感冒。"

威廉也笑道："我们这个家族很奇怪，男人都很宅，女人却爱到处跑，爱娃更是喜欢操弄各种交通工具……她还会开飞机呢。"

听完威廉对艾曼纽的夸赞，闷墩儿忍不住插嘴：“怪不得艾曼纽小姐如此英姿飒爽，原来骨子里有一颗男人心。”

出乎意料，听完闷墩儿别具一格的赞美之词，艾曼纽反而摇起头来，“你可别这么说，我也有温婉可人的小女子时候呢。”说完之后，又深情款款地瞥我一眼。

话音刚落，闷墩儿又挤眉弄眼道：“说得对，艾曼纽小姐就像我们山城女子，既可以狂暴如火，又可以柔情似水。”

艾曼纽笑道：“如果这句话出自皮老师之口我就高兴了。”

没等我开腔，闷墩儿抢先答道：“皮老师只会用这句话来形容嫂子。”

沉默片刻，艾曼纽问道：“怎么没见那位覃小姐呢？”

我怕闷墩儿乱说话，赶紧接过话头道：“她回旅行社上班去了。”

艾曼纽不说话了，脸上浮现出诡异的笑容。

到达万盛石林，顿时明白了**“百兽群集”**的含义。

由高处望去，只见一组组奇形怪状的石山石堆、石柱石笋，纵横交错于山野之间，其状若牛若马、若虎若豹。更有石峡、石门、石塔参差其间，若一座巨大的石雕动物园。

见此情形，威廉说道：“我们的推测没错，应该就是这里了。”

艾曼纽也掩饰不住内心的激动，接着说道：“皮，难得你对山城地理这么熟悉，让我们省了很多工夫。”

我摇了摇头，答非所问道：“怎么没有看见石林中有弯弯曲曲的溪流呢？”

听我这么问，艾曼纽便露出失落的眼神，讶然道：“是啊，水塘倒是有两个，但没有看见溪流啊？”

沉思片刻，威廉答道：“出现这种情况，有两种可能，一种可能是蛇剑埋藏之时，这里的水文环境跟现在不一样，另一种可能是巨蛇不一定指弯曲的溪流。”

此时，我想起了金佛山的巨型石龟，不由得说道：“还有一种可能，巨蛇有可能指某种山体或石林组合起来的特征，而这条巨蛇的尾部，就可能是埋藏蛇剑的位置。”

“皮先生分析得有道理，”听完我的分析，威廉若有所悟，紧接着说道：

“这个好办，我们马上就可以求证一下。”

听完威廉的话，艾曼纽径直朝山下停车场走去，不多一会儿，提着一个箱子回来，打开箱子，里面是一架四旋桨的遥控飞机，上面安装有高精度照相机。艾曼纽将遥控飞机放在平地上，熟练地操纵遥控器，飞机迅速升高，离地面有三四百米左右，悬停在空中。接着，威廉打开手中的平板电脑，很快，屏幕上出现了整个石林的鸟瞰画面，但遗憾的是，电脑屏幕中并没有出现看起来像巨蛇的石林。

无人机在天空中转着圈，直到电量即将耗尽，还是一无所获。而此时天色渐暗，便决定先订酒店住宿吃饭，明天再深入景区仔细考察。

吃过晚饭后，我照例出来散步，刚走到宾馆门口，就碰到艾曼纽，看样子，她早就守候在这里了。此时，艾曼纽已换了休闲装，薄施粉黛，随之而至的还有那股熟悉的香水味。

艾曼纽问道：“皮，可以跟你一起散步吗？”

这次，我没有迟疑，答道：“可以，没问题。”

艾曼纽莞尔一笑：“难得你这么爽快一回，真是受宠若惊了！”

我尴尬一笑，说道：“能与您一起散步，应该是我的荣幸才对。”

这一次，艾曼纽既没有挽我的胳膊，也没有与我靠得很近，两只手插在裤兜里，慢慢地在我旁边走，偶尔瞥我一眼。

几天相处下来，我对艾曼纽的印象稍有改变，正如闷墩儿所说，艾曼纽的性格，其实跟覃婉丽颇为相似，一会儿热情似火，一会儿又柔情似水，对于大多数男人来说，艾曼纽身上具有某种非常诱惑人的东西，如果没有覃婉丽，我想，自己也许会对她动心的。

走着走着，艾曼纽忽然问道：“覃小姐没有来，不会是因为那件事吧？”

我没料到她会问这个问题，一时不知道怎么回答，埋着头，继续往前面走。艾曼纽紧追两步，并肩而行，低声说道：“很抱歉，没想到我的一时冲动，给覃小姐造成那么多困惑，要不要我出面给她解释一下。”

我摇摇头，苦笑道：“没有必要，会越描越黑的。”

艾曼纽耸耸肩，又问道：“你很爱她吗？”

面对艾曼纽的追问，我只有苦笑，加快步伐，继续往前走。艾曼纽紧追几步，跟上来说道："真不理解你们中国人，爱一个人，却有那么多烦恼，如果我是你女朋友，一定让你每天都高高兴兴的，还允许你跟别的女人做爱。"

话已至此，我不得不说道："这就是东西方文化的差异，中国男女之间的恋爱，是以彼此忠诚为前提的，破坏了这种忠诚，就破坏了爱情的基础。"

艾曼纽又耸耸肩，表示不屑于我的辩白，"你所谓的忠诚，非常的反人性，男女之间的相爱，是因为彼此爱慕才产生的，试想一下，人的一生怎么可能只爱慕一个人，而两个人之间的感情，又怎么可能没有淡去的时候。"

沉思片刻，我答道："两个人相爱了，就不能三心二意，感情淡去了，还有亲情维系，这种相濡以沫的感情才珍贵。"

艾曼纽笑道："最珍贵的亲情，是具有血缘关系的亲情，其他的都随时会发生变化，正如你们古语所说，夫妻本是同林鸟，大难临头各自飞，你又何必为了跟一个没有血缘关系偶然组合在一起的人而信守忠诚呢？"

见我无语，艾曼纽继续借题发挥："按照你的说法，如果两个人在一起，是以牺牲自己的本性和自由为代价，就相当于彼此成为对方的奴隶，那么这种关系不能称之为爱情，而应该叫作占有。"

艾曼纽一席话，驳得我哑口无言，想了想才答道："照您这么说，男女之间如果连忠诚都不需要信守，那生活在一起还有什么意思，就失去了爱情的价值。"

"如果爱一个人，信任他给他自由是最可贵的，"就在我不经意之间，艾曼纽忽然挽住了我的手臂，"试想，如果她因为性欲而跟另一个男人做爱，但心里爱的是你，只不过是肉体上背叛你而已，你又何必伤心，而如果她不爱你，但却对你守身如玉，其实精神上已经背叛了你，你会选择哪种背叛好呢？"

我答道："我会选择肉体和精神都不背叛。"

听完我的回答，艾曼纽又哈哈大笑起来，"皮，你是一个不诚实的人。"

民谣中的玄机

第二天，我们决定先实地踏勘石林，在游览的过程中寻找蛛丝马迹。

与路南石林相比，万盛石林规模略小一点，但却有自己的特色，而且这里也有“三峡”，是由三段高耸对峙的石壁形成的，分别称为莲花峡、鸟鸣峡、听泉峡。

三峡中最引人入胜的当数听泉峡，长达300米左右，宽度在1-2米之间，最高最深处80米左右。站立其中，仰头观望，只见一线蓝天，深邃而神秘。两边悬崖若削，高耸壁立，气势恢宏。两面绝壁，均由重达数十吨的巨石块组成。石块间缝隙规矩，有若人工砌成的古城墙一般。穿行的过程中，不断有水滴从岩壁上滴落，凉意袭人。

这个时候，最高兴的莫过于禾香了，一路上都听见她的尖叫声。在整个过程中，常昆都紧跟在禾香身边，可以说是寸步不离。

看着这样的场景，我开始担心起来，生怕禾香爱上常昆，从而暴露巴国的秘密。另外，还有一种说不出的酸溜溜的感觉。

行进过程中，威廉会很仔细地观察和触摸石壁，手上拿了个指南针一类的仪表，时不时看看上面的数据，很像个地质学家。

艾曼纽一直紧挨着我走，当禾香又一声尖叫传来的时候，不由得皱了皱眉头，轻声说道：“这个禾香，好奇怪，怎么像没见过世面似的？”

我摇摇头，答道：“禾香是北方平原地区的人，没有见过南方这些稀奇古怪的风景，大惊小怪是难免的了。”

艾曼纽追问道：“可是她的口音好奇怪，比我们外国人说中国话听起来还别扭。”

见艾曼纽对禾香起了疑心，我不得不撒个谎：“她的家在中俄交界的一个小山村，属于少数民族，所以讲普通话会吃力些。”

可是艾曼纽还不善罢甘休，追问道："这个小姑娘，长得倒是乖，可是什么都不会，她加入探险队，能起什么作用呢？"

我本想随便编个借口，将艾曼纽搪塞过去，但又一想，既然探险队是以我为主，就用不着你来说三道四，所以对于艾曼纽这一问，我决定不予理睬。艾曼纽见我感到不耐烦，也就不再多说，但脸色有点不爽。

穿过听泉峡，登上香炉山，就看见一座与金佛山神龟相似的石龟山，龟山长约 500 米，其头南望，其尾向北，背部隆起，石山上有很多龟裂的纹路，与金佛山神龟有异曲同工之妙。

到了龟山下，突然围拢来十几顶滑竿，热情洋溢地拉生意，一轿夫说道："这石林大着哩，像老板们这种走法，一整天都看不完的，还容易迷路，坐我们的轿子，不但轻松自在，还可以免费给你们当导游。"

威廉抢先问道："请问你们都是本地人吗？"

一轿夫答道："当然是本地人，外地人谁会来这儿下苦力。"

接着，另一轿夫又说道："那个外国朋友普通话说得比我们还好，就凭这一点，价钱给你们打个八折吧，每顶轿子一百二十元，逛完全程。"

我待要继续推辞，威廉先答话了："这个我没意见，但是有个要求。"

轿夫忙答道："啥子要求都好说，给钱就行。"

另一轿夫揶揄道："你龟儿话莫说大了，叫你杀人干不干。"

威廉笑道："放心，我不会提什么过分的要求，只是在参观途中喊停就停，可能要耽误些时间，另外，如果你们知道这里的传说或故事什么的，也可以讲给我们听听。"

轿夫们商量了一会儿，提出如果耽误的时间太久，今天就做不了别的客人生意，恐怕价钱就不能优惠了。威廉的答复是不仅不需要轿夫优惠，反而可以把价钱加到两百块钱一顶轿子。轿夫们听了，一个个欢呼雀跃，争先恐后地涌上前来，把队员们架上了滑竿。

看看大家都上了轿，当头的轿夫便喊起了轿歌："哎嗨，起轿子啰！"后面一个应道："喔呵，看清前面路咯！"接下来一个轿夫喊道："天上明晃晃噢。"下一个轿夫便应道："地下水凼凼噢。"第五个轿夫又高喝道："小心崴着脚噢。"第六个轿夫又应道："摔倒跑不脱喔。"第七个轿夫又喊道："堂客不依叫噢。"第八个再应道："要钻床角角喔。"第九个高声总结道："工钱都出脱哦。"从头到尾，每人一句，此起彼伏，煞是有趣，令得艾曼纽和威廉哈哈大笑不止，直言这轿歌有趣。

经过一奇石前，威廉吩咐轿夫们歇轿，落定后，一轿夫介绍道，那个景点叫石鼓，关于它，还有一首千古传诵的民谣，说完便唱：**"石人对石鼓，黄金五万五，谁能猜得着，买下山城府。"**

只见那石鼓高约4米，直径不过1.4米，由上下两部分组成。上面一截略短，中间像被拦腰砍了一刀，上下两截衔接处仅为接触面积的四分之一。乍看去，似乎随时都会掉落，险象环生。然而这么多年过去了，它仍然纹丝不动地屹立在风雨之中，毫不动摇。

听完轿夫所唱民谣，威廉显得有些兴奋，拿出随身所带笔记本，将20字的歌谣记下来，然后问唱歌的轿夫道："这石鼓下面，以前有过大蛇吗？"

轿夫答道："多得很呢，这块地方在没有开发之前，石林本来没得恁个突出，下半截都埋在土里，到处都是蛇窝窝，不只是石鼓下面才有蛇。"

威廉又问道："那么这个地方挖出来什么宝贝没有，比如说铜剑之类的？"

那轿夫笑道："那不过是老辈子传下来的歌谣，客人不要太当真了，当年掏土的时候，我也参加了，蛇和穿山甲倒是掏出来不少，黄金却半两都没捞着。"

听完轿夫的话，威廉陷入沉思，艾曼纽也皱起眉头望着我。此时，我头脑中不断浮现出羊皮图中的第三幅画面：一大片怪石嶙峋的石山，石山下有很多弯弯曲曲如溪流状的线条，有一段线路位于石山之下，如长蛇蜿蜒，临近蛇尾处有一对蛇盘绕其中，那应该就是埋剑的地方。

既然轿夫说这些石林道路是开发后才掏出来的，那么那弯弯曲曲的线条就不应该是指道路，也不应该是溪流，而应该是别的什么景象。再则，如果说原先石林下是溪流，就不会存留那么多土壤，而应该是鹅卵石。

那么，那些弯弯曲曲的线条究竟指什么呢？

正苦思冥想的时候，忽听禾香说道："吹着凉风，听着歌谣，可比成天钻洞好玩多了。"

说者无心听者有意，禾香的话，犹如醍醐灌顶，猛的浇醒了我，恰在此时，艾曼纽也跟我产生了同样的顿悟，目光相接，不由得相视一笑，随后，就听艾曼纽说道："禾香提醒得对，那些弯弯曲曲的线条，恐怕是指溶洞。"

与此同时，威廉也领悟过来，一边点头，一边向禾香伸出大拇指，"还是这个小姑娘聪明，我们怎么就没想到呢。"

见威廉夸奖禾香，一直闷声不响的常昆终于有了发言的机会，"其实禾香昨天就看出来了，只是怕说早了，影响今天的游玩。"

本来艾曼纽还想表扬禾香几句的，听常昆这么说，反而皱起了眉头，"就想着玩儿，也不看看时候……等完成了任务，我请大家去巴黎玩几天。"

听艾曼纽说请大家去巴黎玩儿，闷墩儿立即欢呼道："太好啦！"

不知道禾香是没听懂，还是成心跟艾曼纽作对，只见她也噘起了嘴，冷冷答道："谁稀罕你的笆笠了，我家有的是，只是一股药味儿，不晓得有啥好玩的。"

禾香口中所说"笆笠"，乃是指她家装草药的竹编小筲箕，正好与巴黎谐音，艾曼纽、闷墩儿如何懂得，所以禾香话一出口，这二人只能是目瞪口呆。

还好闷墩儿见机得快，及时转变话题，"没想到我们整天都在钻洞，到头来反而没有想到这个环节，要不是禾香提醒，还不晓得啥时候能找对方向。"停顿片刻，又说道："这就叫思维定式，当第一感觉认定那些线条是溪流的时候，连自己最熟悉的事情都想不起来。"

见闷墩儿喋喋不休，冬瓜忍不住挤兑道："狗日的，你龟儿恁个有才，早干啥去了。"

闷墩儿答道："我属于善于提问和总结的人才，皮老师和艾曼纽小姐才是善于思考和开拓的人才，各是一码事。"

眼瞅着冬瓜和闷墩儿这对活宝，艾曼纽忍不住又笑了，"中国有种相声，叫双簧，我看你俩特别适合。"

我怕他们继续为难禾香，赶紧将一轿夫叫过来，问道："这周围有溶洞吗？"

轿夫答道：“你要问溶洞，那儿可多了去，有金龟洞、金龙洞、蘑菇洞、天门洞，还有好多没有名字的洞，不晓得你们要看哪个洞？”

没等我搭话，威廉已抢先答道：“请问哪个洞离石林最近？”

轿夫答道：“要说离石林最近的洞子，肯定是金龙洞，就在我们脚下，进口也不远，但是那个洞子没有开发，里头黑咕隆咚的，没啥看头，如果说要好看，那就去开发了的天门洞。”

威廉点点头，又问道：“金龙洞以前还有过别的名字吗？”

轿夫想了想，答道：“其实金龙洞原来叫金蛇洞，开发公司的人说金龙洞比金蛇洞响亮，就改成现在的名字了。”

听完轿夫的回答，威廉面露喜色，接着说道：“今天的轿子就抬到这里了，接下来麻烦你带我们去探探那个金龙洞。”说到这里，见轿夫面露难色，威廉微微一笑，补充道：“放心，这个项目另外付钱。”

艾曼纽会意，便给每个轿夫发了200元钱，只留下两个轿夫带我们去金龙洞，其他轿夫则一哄而散，找下一趟生意去了。

初探金龙洞

回到停车场，从车上拿出探洞设备，立即向金龙洞开拔。

轿夫们才完成一半的工作量，就领了全额工钱，而且接下来还有钱赚，自然十分高兴，但对于我们舍弃灯火辉煌的天门洞，偏要去看黑咕隆咚的金龙洞还是有些不大理解。为此，我不得不给他们解释，说两位外国专家是熔岩洞穴专家，只对没开发的溶洞感兴趣，轿夫才不继续这个话题。

接着，轿夫又说洞子里有毒蛇，所以不能保证是否能探完整个洞子。听到这里，我反而有些高兴，同样，威廉和艾曼纽也比较兴奋，恐怕都在想——如果是有蛇，那就对了。

随轿夫离开石林，来到山脚下，那里倒是有一条溪沟，然后又沿溪沟上行，最后，在一道崖壁边停下来，手指崖壁上一洞口说道："就那儿啦。"

接下来，队员们开始做入洞前的准备工作，穿戴完毕后就开始攀岩，两个轿夫打头阵，我和艾曼纽、威廉随后，常昆、禾香、冬瓜、闷墩儿居中，果耐和大探事殿后。眼看着大家的动作都很熟练，艾曼纽的神情才变得轻松了些。

洞子并不高，只不过一支烟的工夫便来到洞口，与大多数南方溶洞一样，入口虽然狭窄陡峭，走进去一段距离后就变得宽敞，灯光所照之处，有零星的钟乳分布。再走一段，就到一个大厅，出现了两个岔洞。轿夫开始介绍情况，说这两个岔洞，走左边的洞子是一路朝下，沿途有很多钟乳石，还有一条阴河，水很深，他们都是到此为止。而走右边洞子则是上坡居多，没有什么景色，不仅路难走，还有毒蛇，建议我们走左边的洞子。

可我考虑的是，图纸中标示洞穴的线条，一直是往石林中延伸的，若是走左边岔洞，则会离石林越来越远，错开了搜寻的范围。而右边的洞子一路向上，则正好穿行于石林之中，说不定还会与那石鼓相交，联想到民谣中的歌词，应该更接近目标一些。

正犹豫不决时，威廉却答应了轿夫的建议，决定走左边的洞子。见我有些困惑，艾曼纽便不停地给我使眼色，虽不明其意，但也不再多言。

越往下走，钟乳越多，与古佛洞相比，又有不一样的形态，而钙化瀑布和石幔是这里的特色，像一座冰晶玉透的水晶宫。看到如此景观，闷墩儿不免又开始做白日梦，只听他喃喃自语道："这个地方，如果装上彩灯，那简直就成了神仙洞，好想贷点款，把这儿的经营权盘下来，自己开发了收门票，晚上收工后就住在里面，冬暖夏凉，好不爽快。"

闷墩儿虽然声音很小，但还是被冬瓜听见了，这次，他终于没有反驳闷墩儿，反而点头称道："闷墩儿，你龟儿这个建议不错，现在饭馆不好做，但旅游生意却越来越好……就恁个说定了，老子也入个股，我俩合作把这个事搞起来。"

"如果合作，哪个管事？"闷墩儿煞有介事地问道。

"当然是哪个出钱多哪个管事。"冬瓜答道。

"如此说来，我还是安心跟着皮老师寻宝算了。"闷墩儿摇头叹气。

“为啥恁个说？”冬瓜不解。

“你跟别人合伙开的那个蜜蜡店，才营业几天，就丢失了好多件上等货，像你这种经营法，搞不了几天就得关门。”

“狗日的那不怪我，要怪就怪小虎……”冬瓜正要辩解，听见我的咳嗽声，才想起我跟他约定的保密协定，于是只得改口，“拿走货品的是董事长的公子，我这个经理管得着吗，再说了，反正羊毛出在羊身上，我又没得损失。”

见冬瓜和闷墩儿突然扯到琥珀店，我赶紧插话，转移话题：“对了，闷墩儿，你长得这么帅，怎么还没找女朋友。”

听到这里，艾曼纽忍不住接话道：“是啊，闷墩儿先生不仅帅，还很幽默，怎么会没有女朋友呢？”

闷墩儿叹了口气，答道：“如今这个世道，帅有啥子用，关键得有房有车。”

“噢，原来在中国找老婆，还有这么多讲究，”听完闷墩儿的回答，艾曼纽讶然一笑，“既然这样，不如找个外国老婆吧。”

话音刚落，闷墩儿顿时来了精神，“艾曼纽小姐，不如您给介绍一个吧？”

“嗯，这个可以有，”见闷墩儿一脸殷切，艾曼纽居然很认真地点点头，“刚好威廉叔叔有个女儿，蛮漂亮的，不如下次带她到中国来，介绍给你吧。”

“艾曼纽小姐这么漂亮，威廉叔叔的女儿肯定也差不了，”听艾曼纽这么说，闷墩儿脸上乐开了花，但随即又露出愁容，“只是凯雅小姐那么优秀，我恐怕高攀不上吧，而且我一句外语都不会，无法勾兑呢。”

“在这方面，法国女人和中国女人不一样，她们只注重内在。”说话的时候，艾曼纽努力忍住笑，“至于说语言嘛，你放心，凯雅的中文也很不错。”

听完艾曼纽的回答，众人皆笑，唯有威廉不笑，不仅不笑，还一本正经的拿着把小尖镐，不时敲敲打打，一会儿敲下片石笋看看，一会儿撬出个化石瞧瞧。眼看着时间一分一秒的过去，威廉似乎一点儿也不着急，真把自己当成了熔岩洞穴专家。为此，连艾曼纽也有些不解，便问威廉为何瞧得如此认真。

威廉停下手中活儿，拿起一片化石说道："这是一个三叶虫化石，它最早出现于寒武纪，在古生代早期达到顶峰，此后逐渐减少至灭绝，最晚的三叶虫于二亿五千万年前二叠纪结束时的生物集群灭绝中消失，也就是说，这个洞穴至少形成于二亿五千万年前。"

艾曼纽表示不解，问道："可是它跟我们寻找巴国古剑有什么关系呢？"

威廉先望艾曼纽一眼，接着又望我一眼，随后说道："它跟寻找巴国古剑是没什么关系，但是对于我们了解神秘地宫的所在有关系。"见我和艾曼纽尽都露出不解的神色，威廉微微一笑，接着说道："洞穴的大小走向，地质结构，与它形成的时代有很大关系，如果真有这么一座地下宫殿，我估计巴人会把它建造在一个地质结构稳定同时又足够宽大的洞穴里面，而这种钟乳石多的古老洞穴，属于比较稳定的结构，用来建造地宫的可能性是很大的。"

听到此处，闷墩儿忍不住赞叹道："威廉先生不仅学贯中西，而且文理皆通，实在是厉害……既然威廉先生都这么厉害，他的女儿肯定也知识渊博，看样子，我是不敢打凯雅小姐的主意啦。"

见闷墩儿情绪低落，艾曼纽笑道："说起凯雅，她和我一个样儿，整天在外面跑，哪有心思读书搞学问，你不必有心理压力，只要保持这份幽默感就行了，这才是法国女人最看重的。"说到这里，艾曼纽忽然瞥我一眼，"千万不要学皮老师那样，整天板着个脸，女人就全都吓跑了。"

对于艾曼纽的揶揄，我自然是不放在心上，但是禾香不干了，只见她眨眨眼，撇撇嘴说道："小虎哥这个人嘛，是有些不近人情，但也得分人，若是遇到我和婉丽姐姐呢，自然爱笑，若是遇到某些女人呢，那就得看心情啦。"

听完禾香的话，艾曼纽不怒反笑，"原来这里还有个争风吃醋的小姑娘，暗恋皮老师好久了吧。"

禾香不但不辩解，反而理直气壮道："我就喜欢小虎哥，怎么着，不像某些人，吃不到葡萄就说葡萄酸。"

话音刚落，冬瓜和闷墩儿便忍不住偷笑，艾曼纽和威廉也笑，只有常昆黯然神伤。

说笑之中，前方传来水声，阴河到了。

阴河不宽，水也不是很湍急，在威廉的带领下，大家装模作样地对洞穴做了一番测绘，随后打道回府，没有继续探测另一个岔洞。

自从艾曼纽和威廉加入探险队之后，我们的生活待遇提高了不少，突出体现在食宿方面，不仅住当地最好的宾馆，每人一个单间，还天天大餐，红酒相伴。

吃过晚饭，独自留在宾馆房间钻研图文，又将轿夫所唱民谣拿来推敲，再联系到今天所考察的金龙洞，终于理出点头绪。心想，那民谣中的“石人对石鼓”的石鼓，所对应的并非其周围有个石人，而是指其下方的山洞中有个石人。如此说来……

正兴奋莫名，门铃响了。

我心想可能是艾曼纽来了，便有些犹豫要不要去开门。

过了一会儿，门铃再次响起，我只得将图纸收好，把门打开，果然是艾曼纽。

艾曼纽穿着探险装，表情严肃而警觉，不像是要骚扰我的样子，见我开门，也没有进来，只轻声说道：“麻烦你跟我去一下威廉叔叔房间，有事商量。”

听说是去威廉叔叔房间，我落下心来，取下房卡，跟在艾曼纽后面，迅速来到威廉的房间，发现威廉也已换好了探险装。

“今天晚上去探另一个岔洞。”一见面，威廉直奔主题。

“不是说明天再去吗？”我有些不解。

“大白天探洞，您就不怕打草惊蛇吗？”威廉反问道。

“您的意思是白天目标太大，找到东西……”虽然明白了威廉的意图，但我却有些迟疑不决。

“对，就是这个意思，”威廉点了点头，随即，又补充一句，“再叫上两个得力的队员，马上行动。”

听威廉如此安排，我才放下心来，接着说道：“可天色这么暗，不大好找地方啊。”

此时，艾曼纽忽然露出狡黠的笑容，说道：“怎么你没看见威廉叔叔埋下的 GPS 定位仪吗？”

听完艾曼纽的话，我才忽然想起，进洞的时候，威廉好像在洞口埋了个东西，原来是定位仪，不仅如此，好像在石鼓下也埋了一个。

见我领悟过来，艾曼纽又说道：“威廉叔叔说，蛇剑很可能就埋藏在石鼓正下方。”

金龙洞里的死尸

按照威廉的要求，我只叫了大探事和果耐。会合后，五人悄悄离开宾馆，朝金龙洞走去。威廉手机上安装了跟踪定位软件，根据定位仪传来的位置显示，找寻洞口并不难。为了不引起景区管理人员的主意，所以没有打手电。

大探事、果耐和我都是夜行高手，艾曼纽和威廉也不弱。五个人在夜幕中穿行，竟然如履平地。没多大会儿，就到了金龙洞，这才开启头盔上的灯光和电筒，果耐、大探事走前面，我和威廉、艾曼纽随后，小心翼翼地往前探路。

再次进入金龙洞，忽然有种异样的感觉，这种异样，威廉和大探事也感觉到了。随后，威廉吩咐大家放轻脚步，慢慢前行，刚走到岔洞口，就听见前方传来凄厉的惨叫声，紧接着，有灯光摇摇晃晃地靠近，随后，惨叫声逐渐变弱，灯光也摇晃得更厉害，然后就看见一个人影在离洞口不远处倒下，惨叫声戛然而止。

是谁在里面？

倒下的那个人是不是死了？

气氛顿时变得异常紧张，大探事和果耐分别拔出了刀剑，我也将电棍攥在手中，屏气凝神，停止前行。

过了一会儿，再没听见动静，大家又才迈开脚步小心翼翼往前探索，走进洞口，只见地上果然躺着一个人。

那人穿一身迷彩服，头上戴一个矿工头盔，灯光还亮着，脚上是一双解放胶鞋，面目特别狰狞，眼珠似要爆裂出来，探探鼻息，全无。

果耐轻轻叫了一声："是那个轿夫呢！"

随后，大探事说道："没错，他鼻子旁边有个肉痣。"

听说是轿夫中的一个，威廉和艾曼纽顿时松了口气，立即着手查看死者身体，翻来翻去，也没看见有刀剑之类的致命伤，不要说致命伤，连一道流血的口子都没有。

从那狰狞的面孔和几乎爆出的眼珠分析，死者生前肯定看到了非常恐怖的场面，竟像是被吓死的，这诡异的死法，使威廉和艾曼纽的脸色又变得凝重起来。此时，大家都屏住了呼吸，谁也不说话，想象是什么样的场景会令人吓破胆而死！

还是大探事和果耐胆大，在我们都心惊胆战的时候，他俩还在仔细地翻看尸体，并找到了死因。

只见果耐将死者的裤腿扒开，指着小腿上的齿印说道："是被毒蛇咬死的。"

威廉查看伤口后也说道："不错，齿印呈三角形，周围乌青，确实是毒蛇咬的。"

死因既已明确，大家反而放下心来，因为我们都穿了探险用的长筒靴，并带有防止毒蛇的血清，还有喷雾，只要不是什么妖魔鬼怪，相信还应付得过来。

继续往前走，基本是向上的道路，十分崎岖难行，走了一段，果耐突然停下来，惊呼道："这儿也有一个死人！"

果耐说得没错，在他脚下还躺着一个死人，也是穿迷彩服戴矿工头盔，脸朝上望着，眼球爆裂出来，手上紧攒着一把尖锄，身上有被毒蛇咬伤的痕迹，而且不止一处，翻过头来一看，是另一个轿夫。

再次见到死人，我心里变得忐忑起来，但威廉却镇定自若，说道："看样子，前方一定有个蛇穴，而且毒蛇还不少，先前那个轿夫之所以跑得远些，是因为他只被咬了一口，而这个人被多咬了几口，所以就跑不远了。"

看着这惨烈的场面，我十分内疚，不由得说道："是我们害了他们，要是不请他俩带路，不在他们面前讲起寻找地宫宝藏的事，他们也不会深更半夜跑这里来送死了。”

“谁会想到他们会来探洞，”听完我的话，艾曼纽表现得很不以为然，“都是那首民谣害了他们，贪心是每个人的天性，但自不量力的贪心就是自取灭亡了。”

见艾曼纽如此没有同情心，我有些心寒，忍不住说道：“刚刚还活生生的两个人，突然就没了，他们是因为我们而死的，这笔账应该算在我们头上。”

艾曼纽耸耸肩，答道：“我们叫他们带路，是给了双倍价钱的，可他们偏偏不满足，在没弄清危险的情况下，擅自进来探洞，怎么怪得了我们。”

见气氛有些僵，威廉赶紧接过话头，“贪心是每个人都有的欲念，但如果不学会克制，不量力而为，就可能铸成大错。今天下午探洞，我故意没走右边这个岔洞，就是怕他们发现什么蛛丝马迹，鲁莽从事，没想到他们还是起了贪念，酿成大错。”

随后，大探事又说道：“他们妄想得到本不属于自己的东西，硬是要来送死，也怪不得别人，皮老师不必自责。”

大探事的话在我听起来，明显是含沙射影，只是威廉和艾曼纽听不出来，艾曼纽还不忘附和一句：“谭老师说得对，他们这是咎由自取。”

接着，大探事又问道：“皮老师，还要继续往前走吗？”

没等我说话，威廉便迫不及待地答道：“从定位仪显示来看，离石鼓只有两百多米的距离了，怎么也得过去看个究竟，”见我有些迟疑，威廉又拍拍腰间挂着的袋子，“皮先生发心，不仅大家都带着武器，我还带了防蛇喷雾和血清，足可以应付几条毒蛇。”

我望了一眼大探事，见他点头，又望了一眼果耐，见他也镇定自若，便点了下头，说道：“一旦发现危险就及时撤退，出去后再想办法。”

继续向前，威廉手机上的 GPS 信号越来越强，再行百来米，前方隐约可见一根石柱，晃眼看去，像个戳在那里的石头人。

“石人！”

“天啦，那下面还有个死人！”

第一声惊呼响过之后，艾曼纽又再次发出惊呼，而这声惊呼，不是对石人发出的，而是对石人下的死尸发出的。不错，这里还有一具尸体，尸体身上有无数条蛇在蠕动，它们是在啃噬倒在地上的尸体。那蛇并不大，只有一米左右长度，但全身呈金色，有黑色环状纹，头上有个像鸡冠一样的肉瘤。

蛇一般吞噬老鼠、蜥蜴、青蛙等小型爬行动物，但啃噬人肉，还是第一次看见。见此情形，全身顿时起一层鸡皮疙瘩，胃里跟着一阵翻腾。

与此同时，金蛇也发现了我们五个人，立即盘绕身体，昂起头来，在那尸体的后面，还不断有金蛇冒出来，从先前的几条，迅速增加到几十条，源源不断。

那尸体后面显然是个蛇穴，不断有金蛇从里面冒出来，不多会儿，已经增加到上百条了，威廉见势不妙，吩咐大家撤退。

在我们转身的时候，金蛇如潮般涌上来，发动了攻击。

威廉赶紧喷射防蛇喷雾，但那些蛇只是稍做迟钝，迎着喷雾奋勇向前，一层叠一层，铺满了整个地面，迅速朝我们逼近。

“快跑！”

不知是谁叫了一声，大家闻声而动，迅速转身，撒开双腿，夺路狂奔。

因为来时果耐和大探事位于最前面，回跑的时候，变成了殿后的两个人。我紧跟在艾曼纽和威廉后面，本可以很快超过他俩，但眼见威廉脚步踉跄，只得放慢脚步，不时伸出援手，到一个窄口时，把大探事和果耐堵在后面。慌乱之中，威廉又跌一跤，还把艾曼纽也带倒了。

此时，金蛇已经蜂拥而至，万分危急之中，大探事和果耐果断转身，挥舞着刀剑朝那蛇群砍去，刹那之间，鲜血飞溅。

但大探事和果耐的举动，丝毫没能阻止金蛇的进攻，反而更加奋勇，有几条还越过大探事和果耐，朝我游走而来。我手中无刀无剑，便用脚去一阵乱踩，无奈金蛇越来越多，赶之不尽杀之不绝，就像是中了魔咒似的，前赴后继，勇往直前。但大探事和果耐也神勇异常，手中的刀剑，被他俩舞成了风火轮，直朝那金蛇裹去，寒光所到之处，一片腥风血雨。

在大探事和果耐的奋力阻击下，金蛇前扑的势头得以放缓，而后面的路逐渐宽阔起来，大家一阵疯跑，终于甩掉追击的毒蛇。

来到岔洞大厅时，发现金蛇已失去了踪影，而自己的皮靴上还镶嵌着两个蛇头，原来是金蛇的身子虽然被大探事砍掉，但牙齿却深深嵌入皮靴中。

刚松了一口气，忽见大探事的脚步踉跄起来。一查看，发现他左右大腿上各有一个齿印，艾曼纽立即从药盒里拿出两管针药，吸入后对大探事实施注射，又用两根胶皮带用力捆住大腿上部，防止毒液上行。

接着，令人吃惊的一幕出现，只见果耐忽然趴在地上，张开嘴就来吸大探事伤口处的毒血，威廉劝阻无效，直摇头。

吸了一会儿毒液，果耐嘴唇很快变成乌紫色。我赶紧把他拉开，背起大探事，在威廉和艾曼纽的帮助下，跌跌撞撞地出了金龙洞。

出洞之后，威廉才告诉我，刚才虽然给大探事和果耐各打了一针抗蛇毒血清，但这只是一种普通抗毒血清，虽然能起到延缓毒血蔓延的效果，但却阻止不了蛇毒攻心，若要保命，恐怕还得找到相应毒蛇的血清，在最短的时间内实施救治，才有希望。

六神无主之际，艾曼纽忽然提出一个方案，说她在山城的一位朋友有一架直升机，可以让他专机运送血清，但问题是，不知道这是种什么蛇，用什么样的血清。

听完艾曼纽的话，威廉立即拿起手机，对着我鞋子上的一小截金蛇拍了几张照片，微信传送出去，接着又拨打电话，但却无人接听。

直升机驰援

回到宾馆时，威廉的电话还没人接听，微信迟迟没有得到回复，眼看大探事一双腿肿得水桶般粗，果耐整个脑袋也大了一圈，痛苦地呻吟，呼吸急促。艾曼纽虽然说动了朋友动用私人直升机运送抗毒血清，但却不知道用什么血清，去哪里买。

忽然想起西联医院办公室主任赵幽兰同学，一个电话拨过去，赵主任正好在医院值班，听完我的描述后，也叫我发几张照片过去，她马上请专家鉴定蛇种。

一个小时后，赵主任打来电话，说医院的蛇科专家认出了这种毒蛇，叫冠瘤蛇，分布在中国南方地区，但现在已近绝迹，医院没有这种蛇的血清，听老专家说，金环蛇和这种蛇属于一个大系，或许可以用它的血清来替代，但有一定风险，最好先做个血清稀释皮试。最后，还有一个问题——这么晚了，你又在那么远的地方，恐怕时间上来不及。

我急忙告诉赵主任，将派直升飞机到医院取血清，同时我们开车从石林出发，与直升机在半路上会合。交代完毕，立即和威廉、艾曼纽合力将大探事、果耐抬上悍马，加速朝山城驶去。

悍马虽然车身庞大，但是在强大马力的驱动下仍然能风驰电掣。同时将悍马的定位跟踪系统打开，连接到直升飞机的波频，保持通话，以使双方都清楚对方处于什么位置。当悍马行驶到高速路綦江服务站时，直升机刚好到达。

此时，大探事呼吸已变得十分急促，两条腿也变成了象腿。相比于大探事，果耐中毒反而更深，不仅全身乌紫，头肿得像皮球，人更是昏睡不醒，呼吸时有时无。

在直升飞机上，医生本已将用于皮试的稀释血清配备好，但见果耐情势如此危急，随时可能停止心跳，便临时决定不用皮试，直接注射血清。料理完果耐，才赶紧给大探事做皮试，十分钟后，大探事手臂上的皮试点没有出现异常，于是，马上实施血清注射。

艾曼纽的朋友是一位美国人，中文名叫高纳德，在山城一家外企做副总裁，三十多岁年纪，一米九的大高个，见大探事和果耐已无大碍，忽然一把抱住艾曼纽，说道："爱娃，你可欠了我个大人情。"

虽然被高纳德抱住，艾曼纽却一点也不害羞，反而把脸贴上去，亲热地说道："难得你这么懂事，接到电话就立马出发，如果晚来几分钟，这二人恐怕就完蛋啦。"

"爱娃，我对你可是召之即来，可是你……"说到这里，高纳德忽然皱起了眉头，“一直想约你打场高尔夫，可你却千呼万唤不出来。”

艾曼纽莞尔一笑，“我这不是有重要事情嘛，等忙完了，下次我请你吧。”

高纳德摇摇头，“还是在为你曾祖父那些猜想折腾吧，我看你们整个家族都着魔了。”

“总比你一天无所事事好，”说到这里，艾曼纽忽然意识到我在旁边，赶紧从高纳德的搂抱中抽身出来，娇嗔道：“你若是多尊重曾祖父和我们家族一些，懂一点文化艺术，我就更喜欢你了。”

高纳德耸耸肩，做出无奈的表情：“我最喜爱的艺术品，就是工厂的产品，还有我车库里的收藏品，比如你现在驾驶的这辆特制悍马。”

“算了，不跟你争论了，说了你也不懂。”艾曼纽也耸耸肩，“不过嘛，这悍马倒是好用，算我欠你一个人情吧。”随后，艾曼纽又将高纳德拉到我面前，露出狡黠的笑容，“现在，给你介绍一位朋友，西联大学的青年才俊皮老师，若是你有他一半的学识修养，我一定会对你着迷的。”

高纳德将目光转向我，极不情愿的伸出右手，面带不屑，“我倒要看看，你究竟有哪些地方让爱娃着迷。”

我本不打算跟他握手，但见艾曼纽以殷切的目光注视着我，也只得伸出手，与他握在一起，随后说道：“请不必介意，艾曼纽说笑的。”

听完我的话，高纳德忽然大笑起来，接着，加重了握手的力度，口中说道：“你别气馁，我们可以公平竞争。”

高纳德的手掌很大，又加了力度，一般人被他这么握着，多半会痛得直咧嘴。但我也不是吃素的，暗暗催动内力，虽然没使多大劲，但却令高纳德再也不能收紧手掌。随后，我又不忘跟进一句：“请别误会，我没有要跟您竞争的意思。”

高纳德没占到便宜，神情略显尴尬，但稍一愣神，却更加肆无忌惮地大笑起来，笑完之后，对艾曼纽说道：“爱娃，看样子你的中国朋友不怎么领情呢。”

大约过了半个小时，大探事和果耐相继睁开眼睛，伤口周围的肿胀和乌紫也开始消退，我心里的一块石头终于落地。

见大探事与果耐转危为安，高纳德便要告辞，同时问艾曼纽：“他们已经没事了，爱娃，你现在有什么打算，要不要跟我一起回山城？”

艾曼纽将头转向我，似乎在征求我的意见，我装着没有看见，顾自和大探事说话，艾曼纽便露出失望的眼神，和高纳德一起朝直升机走去。在他俩登上飞机的一刹那，忽然有种酸酸的感觉，心似乎被什么东西刺了一下，隐隐作痛。

怎么会出现这种感觉，难道自己……

我不敢想下去，为自己头脑中的怪念头感到羞耻。

艾曼纽和高纳德走后，我、威廉、大探事以及果耐驾车重返石林，在我的请求下，医生答应留下来观察伤员，明天再一起回医院。

回到宾馆，给大探事和果耐重新开了个套间，安排医生与他俩同住，以便随时观察他们的伤情。安排妥当后，我才回到自己房间洗漱，但躺在床上却无法入睡。

这一次的寻剑之旅，十分的诡异，正如冬瓜所说，一开始似乎便与野生动物结下了梁子，似乎有某种神秘的力量驱使着这些动物与我们对抗，它们就像是受了某种诅咒，从害怕人类到主动攻击人类，实在是有些反常。

还有那段民谣，明明在暗示石鼓附近藏有神秘宝物，千百年来却没有人能够破解，我们刚到，就差点把这个谜底揭开了，是不是也有某种神秘力量在暗中指引？

还有，谁编唱了这段民谣，他的用意何在？

正苦思冥想的时候，又听见了敲门声，打开门，原来是威廉来访，向我表达歉意：“很抱歉，由于我的误判，差点损失两名优秀的队员。”

我摇摇头，答道：“也不都是您的责任，大家都没预料到有这么厉害的毒蛇……只是三个轿夫突然失踪，恐怕很快会追查到我们身上来，依我看，这里不能久留。”

“这确实是一个棘手的问题，但我的想法与皮先生刚好相反，”说完这句，威廉开始低头沉思，过了一会儿，忽然抬起头来，说道：“我的想法是，在警察没有注意到我们之前，赶紧行动。”

听完威廉的话，我大为震惊，震惊的同时，又有些困惑，不禁问道：“谭老师和果耐都受了重伤，现在还躺在床上，其他几位队员也都没有对付毒蛇的经验，怎么行动？”

“只要有决心，就没有办不成的事，其实要对付这些毒蛇，也并非没有办法。”这次威廉回答得十分果断，显然，他一定是做好充分准备才来见我的。

见威廉胸有成竹，我不由得问道：“您有什么办法？”

威廉答道：“或则用火，或则用毒气。”

“不行，”我想也没想，立即摇头拒绝，“我不认为这是一个好办法，这样做，肯定会坏事的。”

见我回答得如此决断，威廉感到有些意外，但他不但没有改变自己的决定，反而拍拍我的肩膀，说道：“我这样做，并非出于冲动，而是之前就与艾曼纽商量过的，她今晚与高纳德一起到山城，其实是为了准备对付毒蛇的东西。”说到这里，威廉忽然又露出狡黠的笑容，“看得出来，艾曼纽和高纳德上飞机的时候，你有些很紧张，其实没有这个必要，因为我知道，艾曼纽真正在乎的人是你。”

威廉最后这段话，令我十分尴尬，为了不让他误会，我不得不重申自己的立场，“威廉先生您想多了，我对艾曼纽没有一丝半点儿那种想法，我们现在要讨论的是，用火或毒气来杀害冠瘤蛇是否恰当。”

威廉问道：“为什么不恰当呢？”

我答道：“我有一种不祥的预感，这样做的后果很严重。”

威廉凝神望着我，再问：“请说出你担心的理由。”

“我也说不清楚是为什么，反正觉得这样做不妥，非常不妥。”

盘问

第二天下午，艾曼纽从山城赶回石林，与她一同到达的，还有两个大箱子。一个箱子里装的是喷火器和液体燃料，一个箱子里装的是防火服和防火面罩，看见我惊愕的表情，艾曼纽露出得意的神色，说道：“我在山城有很多朋友的，不止高纳德一个，昨天一到山城就准备这些东西去了，让高纳德失望了一个晚上。”

“拿来这些东西做什么？”我口气依然生硬。

艾曼纽瞥我一眼，反问道：“难道威廉叔叔没有告诉过你？”

“如果是用它来对付冠瘤蛇，我不认为这是一个好主意。”

“我辛辛苦苦跑一趟，你就以这种态度回报我？”听完我的回答，艾曼纽显得十分不爽，口气也非常冷淡，“还有，你凭什么说这不是一个好主意，难道还有比这更好的办法？”

“我有一种预感，杀死冠瘤蛇未必就能得到金蛇剑。”面对艾曼纽的质问，我没有退缩，但为了使她信服，我又不得不说出自己固执己见的理由，“因为在寻找熊剑的过程中，也遭遇到各种动物的阻挠，就好似那些动物被施了魔咒，所以，我认为杀死金蛇也不能解决问题。”

“皮，你如果想不出别的办法，就不要拿这些奇奇怪怪的理由来说服我。”听完我的话，艾曼纽皱紧眉头，“如果你不赞同这个办法，可以待在宾馆里，我和威廉叔叔去。”

“爱娃，别冲动，也许皮先生说得有道理。”就在我无计可施的时候，威廉接过了话头，“记得祖父曾经说过，在获取鹰剑的时候，天空中忽然飞来两只巨鹰，向祖父和他的助手发起攻击，当时，两位助手以为这只是巨鹰捍卫领地的一种正常反应，因而射杀了老鹰，结果，他们站立的那块巨石突然垮塌，祖父和他的两个助手也同时掉下悬崖，幸运的是，祖父抓住了悬崖上一根树枝才侥幸脱险，可是他的两个助手，却没有那么幸运，双双罹难。当时，还以为只是巧合，现在看来，莫非那巨鹰真的被下了诅咒？”

“我看你们两个，都是被中国的巫术吓怕了，”听完威廉的话，艾曼纽兀自不肯服输，气哼哼说道：“我就不信烧死那些毒蛇，那溶洞还会垮塌不成。”

威廉摇摇头，叹口气，虽然没有说法，但看得出来，他也否定了这个方案。

接下来，我去探望大探事和果耐。

此时，大探事和果耐的伤势已有所好转，大探事腿上的乌紫消退了些，果耐的脸上也有了一些血色，但还是头晕，不能下地行走。禾香、冬瓜以及闷墩儿也在，按照之前的约定，没有告诉他们大探事和果耐受伤的真相，只是说他俩出去散步的时候，不小心被蛇咬了。

吃晚饭的时候，威廉告诉我，他已经说服了艾曼纽，在没有想到万全之策的情况下，探洞取剑的事，暂时搁一搁。

因为大探事和果耐的意外受伤，饭局显得有些沉闷，而禾香似乎看出些端倪，老是对我挤眉弄眼表达不满。

刚刚吃完饭，正打算回房间，餐桌旁突然出现一个警察，先向威廉点头致意，接着便直奔主题："听说之前你们雇过三个轿夫，之后又雇了其中两个一起去探金龙洞，可是他们之后就再也没有回家，你们知道是怎么回事吗？"

幸好之前已考虑过这个问题，所以我没有慌乱，站起身来答道："不错，我们昨天确实雇了十几个轿夫，后来又雇了其中两个轿夫一起去探金龙洞，然后又一起出洞，至于说他们至今没有回家，为什么没回家，我们就不得而知了。"

对于我的回答，警察显然有些不满意，追问道："奇怪，你们放着好好的天门洞不去参观，怎么偏要去探那个黑黢黢的金龙洞呢？"

"天门洞已经被别的学者考察过了，并且发表了相关学术论文，所以我们这次考察的任务是尚未开发的金龙洞，这对于威廉先生来说……"

"你住嘴，"没等我说完，警察便急不可耐地打断，随之，目光转向威廉："这个问题，好像应该由这位外国朋友来回答才对吧。"

威廉微微一笑，答道："如果您问我，我的回答会跟他一样。"

见威廉的普通话如此标准，警察有些吃惊，便开始仔细打量威廉，过了一会儿，才说道："我们欢迎外国专家来考察，这对地方的旅游发展很有好处，但若是要去未开发的危险区域，最好还是到公安局来备个案，如果有必要，我们还可以派人员协助你们工作，在中国有中国的规矩，当然，这也是为你们的安全着想。"

威廉点点头，答道："如果有这样的规矩，我们一定会照办。"

见威廉态度良好，警察变得和颜悦色了些，随后，他拉过一把椅子，坐在威廉面前，接着问道："那么您可以回答三个轿夫都去哪儿了吗？"

警察的询问颇有技巧，先给你一个好脸色，接着便突然将你一军，但威廉也不是等闲之辈，只见他轻轻叹了口气，露出十分为难的神色，答道："我一个外国人，怎么可能了解中国的人情世故，不过按照我的推测，那几个轿夫挣了钱，说不定躲在哪里吃宵夜，喝醉了回不了家，或者是……唉，这个还真不好说。"

面对威廉的沉着应对，我不禁暗自佩服，同时，心里也多了一层担忧，这个威廉，不仅是个中国通，还非常的机智老辣，他的城府，绝对在我之上，今后的合作，还得多长个心眼儿才是。

此时，又听那警察说道："据轿夫家人说，那三个轿夫平时不怎么喝酒，收工后也都是马上回家，从来不敢在外面鬼混，可现在，一天一夜过去了，还没见个踪影，而他们又曾经给你们打过工，所以才找你们了解一下情况，希望……"

话还没有说完，就见一警察气喘吁吁地跑过来，二话不说，把盘问我们的警察拉到一边，耳语一番。随后，那警察的目光便向我和威廉扫射过来，紧接着，他又来到我和威廉面前，说道："三个轿夫都找到了，全部死在金龙洞里，是被毒蛇咬死的，我们派去寻人的也有两个被蛇咬伤了，现在正送往医院抢救。"说到这里，警察的神色越来越凝重，"这件事虽然与你们无关，但还是希望你们引起警觉，不要再去探那个洞子了。"

听完警察的话，威廉便流露出吃惊的表情，连声惋惜。而那警察刚走几步，忽然又转身回来，嘴里嘀咕道："奇怪，照理说，带完了路，他们应该回家才对，怎么又返回去，还多邀了一个同伴，这，有点说不通啊？"沉思片刻，又喃喃自语道："莫非是相信了那民谣，加上外国朋友又去考察，以为里面有黄金，鬼迷心窍啦。"

话音刚落，那赶来报信的警察便随声应和道："没错，三个轿夫都死在右边岔洞里，而那个岔洞，刚好通往石鼓底下。"

于是，警察摇摇头，叹口气说道："看样子，那三个轿夫还真是鬼迷心窍了，为了一段不着边际的民谣，莫名其妙地把命丢了，真是太不值啦。"说完，又对前来报信的警察说道："那我们赶紧回去，安排好中毒队员的抢救工作。"

鬼城迷踪

警察已经发现了金龙洞中三个轿夫的尸体，恐怕会马上封锁金龙洞，如此看来，这几天是无法探洞了，再加上大探事和果耐行动不便，只能打道回府。

回到山城后，就地解散。

大探事、果耐以及禾香一起回巴国，向巴王汇报寻宝工作的进展，冬瓜和闷墩儿各回各家等待下一次召集。而我和威廉以及艾曼纽，着手寻找第四把古剑，我的任务是推断出狼剑的埋藏点，而艾曼纽和威廉的任务，是积极筹备水下勘探设备和招募水下作业人员。

但是，在寻找下一个藏剑点之前，我还需要做一件事，就是找到覃婉丽。而搜寻的主要目标，自然是山城各大旅行社。

当我急匆匆的来到阳光旅行社时，被工作人员告知，覃婉丽已经递交了辞职信，离开旅行社了。于是，我又去了她原来供职的那家旅行社，被告知覃婉丽早就没来上班了，接着，又分别询问了几家旅行社，答复说不知道有覃婉丽这个人。

找了一整天，想了一晚上，还是不得要领，无奈之下，我决定暂时把这件事搁一搁，先去一趟酆城，为下一次行动做些准备。

山城到酆城，一百七十多公里，开着牧马人，三个小时就到了，吃过中饭后，径直来到县志办。自从黔隆县志办得到意外收获后，采访县志办就成为我获取线索的一条重要途径。

与黔隆一样，县志办算是比较清闲的单位，上班的人不多，而接待我的，是个快退休的老人，照例，也很热情。

“不知皮老师需要我帮什么忙？”相互介绍过后，这位姓王的老先生问道。

“是这样，我在学校研究的课题是神秘文化这块，而鬼文化是酆城最大的特色，到酆城来，就是想了解一下鬼城的起源传说之类的。”我用早已想好的托词来应付他。

“若说是了解这方面的内容，可就多了，历代地方志都有记录。”王老师边说边给我泡茶。

“可否请王老师先介绍一下这些说法？”

“关于鬼城的由来，可以说众说纷纭，但最基本的说法有三种。”王老师笑着点了点头，随后，他在椅子上坐下来，沉思片刻，开始讲述——

一是道教之说，在东汉末年，张道陵创立“五斗米”教，吸收了不少巫术，成为后来的“鬼教”。公元 198 年，他的孙子张鲁在酆城设立道教“平都治”，这里就成为了道教的传教中心。后来，道教又杜撰出一个“罗丰山”，并把这个罗丰山安置在酆城，说它是北阴大帝治理的鬼都，这便是鬼城的由来。

二是阴、王成仙之说，这是酆城最广为流传的说法。传说在汉朝时候，有两位方士，一位叫阴长生，一位叫王方平，因不满社会现状，先后来到酆城修炼，于魏青龙初年，成仙而去，讲故事的简称其为阴、王二人。到了唐朝，他们二人被人讹传成了“阴王”，而作为阴王居住的地方，自然就成了鬼城。

三是鬼帝之说，战国时，酆城曾为巴子别都，随着巴蜀两族的不断交往，政治、经济、文化、思想、习俗相互渗透，于是产生了一个共同信仰的宗教神——土伯，也就是巴蜀鬼族的鬼帝。而传说这位鬼帝就住在幽都，也就是酆城。

王老师的讲述，没有透露出我想了解的信息，于是，我开始转移话题，“史料中，有记载酆城曾经是巴子别都吗？”

王老师答道：“关于巴子别都，史志中倒是有记载，但不够详尽，有说是酆城的，也有说是山城的，还有说是阆中的，根据我的理解，所谓巴子别都，应该指江州之外的另一个都城，而在当地土家族的传说中，有一种说法，说是巴国曾派一个王子逆江而上，曾经在酆城建都，所以，酆城的可能性比较大。”

关于酆城就是巴子别都，其实我心中已有答案，但能从王老师口中得到验证，心里会踏实一些。而当王老师提到土家族传说时，我又有了新思路，于是接着问道："那么，在土家族传说中，有没有关于鬼城由来的传说呢？"

听完我的话，王老师轻拍脑门，答道："想起来啦，土家人中，还真有这样一个传说，"说到这里，王老师喝了一口茶，"说是名山下的江岸边，曾有一堆礁石，前来靠岸的船只，稍不留神就会触礁，船毁人亡，所以这堆礁石被称为鬼石。秦始皇有一年乘船巡游至此，忽遇江上狂风大作，致使两只大船触礁沉没，惹得秦始皇很生气，杀了当地前来迎接的地方官。后来，随船的方士又出了个主意，说这是巴国人的鬼魂在作祟，应将礁石削掉，开凿成石人锁之。于是，等到了枯水季节礁石露出江面的时候，便命人将岸边礁石切割成小块，雕刻成一个个巴人的模样立于江岸边，并用铁链锁上，因为这个缘故，名山就被称之为鬼山了，后来酆城也因此而称为鬼城。"

"这个传说，更有意思。"听完王老师的解答，我喜不自胜。

接下来，王老师又提到，据说在同治年间，人们在建造码头的时候，还挖出来过几个长相怪异的石人。

地志办的收获，远远超出了预期，至此，线索越来越清晰，目标指向越来越明确。接下来，我要上一趟名山，拜谒一下各路鬼神，祈求它们能助我顺利取剑。

军师后裔

八月上旬，正置旅游旺季，到名山来旅游的，大都是乘船路过的客人。哼哈殿、寥阳殿、玉皇殿、百子殿、无常殿、报恩殿、阎罗殿外无不人头攒动，黄泉路、阴阳界、奈何桥沿途亦是人声鼎沸，名为鬼城，却没有一点阴气，倒像是一个人间闹市。

但是，进入几座大殿内，气氛便有所不同。

先看天子殿。

殿堂高大而阴森，殿中央，身高六米的鬼城天子赫然高坐，神目如电，左右朝臣俯首听命；坐前四大判官或捧生死簿，或持勾魂索；堂下十大阴帅，威风凛凛相对而立，殿两旁的东西地域是阴曹地府行刑的场所，上刀山、下火海、甑子蒸、油锅炸、磨子碾、锯子割、车马裂、恶狗咬等酷刑，令人毛骨悚然，冷汗直冒。

接着，又去哼哈殿、寥阳殿、玉皇殿、无常殿、黄泉路、阴阳界匆匆游览一遍，因为人太多，没找到感觉，便悻悻然下山，来到江边。

三峡水库蓄水之后，再也没有所谓的枯水季节了，一年中的最低水位也会比蓄水前高出几十米，水面也扩大了很多，不仅“鬼石”的位置难以确定，就是能够确定大致范围，要深入几十米的水下探测，并且还要进行钻探挖掘作业，谈何容易。

第二天一早，发动牧马人，前往长阳，寻找老渔翁。

酆城到长阳只有三百多公里，四个小时就到了。

登记好住宿后，就出来吃饭。不知不觉间，就逛到了上次和覃婉丽共进晚餐的那个餐馆，点了几个菜，独自品尝。

正吃着，店老板走了过来，说道：“老板，您又来了。”

“您认得我？”

“您这么有贵气的人，怎会不认得。”说话间，店老板抽出一支烟，递给我，露出讳莫如深的笑容，“只不过上次是两个人，今儿倒是一个人。”

“噢。”

“咋样，找到项目没有？”

“记得上次跟您说过……我只是个游客。”

“是呢，记得。”店老板脸上依然保持着笑容，但并没有就此打住，“长阳这个地方穷，但发财的机会却不少，有很多矿藏，只是缺少人来投资，而我一看您啦，就是个有钱人，要不我给你介绍几个官员认识吧。”

我只顾吃菜，没搭理他。但店老板还不住口，接着说道：“我刘老二在长阳混了这么久，上上下下还是认识几个人的，如果您有兴趣……”

见他一个劲儿的喋喋不休，我终于忍无可忍，答道：“没兴趣。”

店老板见我油盐不进，十分扫兴，摇摇头，吹着口哨走开了。

吃完饭，又到清江边。

上次来是早春二月，天气寒冷，万物萧瑟，但因为有覃婉丽同行，反而觉得温暖。现在虽然树木葱茏，又是盛夏时光，心中却充满寒意。

在江边游荡了一会儿，感觉酷暑难耐，便欲返回。无意中一回头，就看见江峡之中，缓缓漂来一只小船，脚便挪不动了。

待那船儿靠近，看得更真切，只见船上那人，头戴斗笠，手拿竹篙，轻轻滑动而来，不觉兴奋难抑。

不多会儿，船儿靠岸，船上之人揭开了斗笠，是一个中年渔民。

见来人不是老渔翁，我有些失望。

就在这个时候，渔民忽然开口，唱将起来——

花开柳叶叶儿大，
别人怕来我不怕，
我和禹王跑过马，
还和纣王打过架，
武王约我分江山，
我愿山野做老大，
耕田打鱼两不误，
快活胜过帝王家。

听着这熟悉的歌谣，我心里有些激动，便走近小船，仔细打量，只见此人也是陡额深目，有些老渔翁的影子，便问道："向您打听一个人。"

渔民听了，答道："打听谁，船上来说。"

我便上船，说道："上次驾这船的，是一个老人，您认得他吗？"

渔民答道："他是我老爸，他病了，所以这段时间我掌船。"

我又问："除了刚才这首歌谣，还会别的吗？"

渔民笑道："您究竟是打听人呢还是想听曲儿？"

我也笑道："先听曲儿吧。"

"想听哪种曲儿？"说话间，渔民一点竹篙，船儿离岸，随后又左边一划拉，右边一划拉，船儿便悠悠晃晃的驶入江中。

“只要是有关巴国的，都可以。”我答道。

“听曲儿可是要加钱的，船钱一百，听曲儿五十。”说话间，渔民收起了竹篙，将之横搁于船舷上，任由小船在江中漂荡。

“只要曲儿好听，可以多算钱。”我斜靠在船舷上，微笑着望着他。

渔民不再啰唆，开始唱曲儿——

天地荒
众神忙
三皇五帝开疆土
尧舜禹汤制规章
群雄逐鹿中原
怎能缺我巴方
歌舞凌殷人
威名震四方
柳叶剑出夔门开
战鼓声响军威壮
兵锋所向
莫不降

曲调沧桑古老，似吟似唱，与之前的曲风大不一样。

渔民见我目不转睛地盯着他，一点儿也不在意，放开喉咙，继续吟唱——

夜有梦
心神伤
亿往昔峥嵘岁月
叹今朝世道沧桑
巴山埋忠骨
峡江锁古道

千古英雄事
等我来揭晓
年年月月翘首盼
世世代代不敢忘
只待有缘人
共图强

听完整曲，我心里已明白了几分，于是问道：“您刚才说您老爸病了，我打算去看看他，方便吗？”

“那敢情好，我家离这儿很近呢，带您去看就是。”说完，渔民拿起竹篙，划将起来，边划边说：“如果老爸晓得有贵客来看他，一定高兴得不得了，说不定病就好了。”

老渔翁家就在离江边不远的小山坡上，背山临水，墙是青砖墙，顶是青瓦顶，一进两出，中间是个坝子，周围是菜地，那菜不仅长得茂盛，而且很齐整，就像是修过一样。

走近堂屋，迎面墙上立着一个供桌，供桌之上，是一幅中堂立轴，画的是一只卧虎，立轴两旁，是一幅对子——**若能收拾旧山河，岂甘久卧茅草堂**。

看着这幅中堂和对子，我心里又明白了几分。

进屋后，渔民先喊了一声：“老爸，贵客到了！”接着便给我安座倒茶。

说话间，老渔翁由侧门走进了堂屋，红光满面，神清气爽，哪像是生病的样子。

“还真是个贵客，今儿啷个有闲心光顾寒舍？”

很明显，老渔翁一眼就认出了我。

“听说您老病了，所以前来探望。”

说完，我双臂相抱，施了一个标准的巴礼。

老渔翁先是一愣，随即心领神会，也双手相抱，身体微躬，回了个巴礼，同时说道：“承先，看来你今儿是请对人啦！”

我上前一步，轻托老渔翁手臂，说道：“是我找对人了。”

老渔翁松开双臂，握住我的手，拉我到椅子上坐下，然后开始上下打量。

我被他瞧得有些不自在，问道：“老人家，您为什么要找我？”

老渔翁反问我道：“那您为啥要找我？”

我答道：“心中有些疑团，想向老人家请教。”

“是有关巴国的陈年旧事吗？”

说话时，老渔翁的手还搭在我手上，眼里充满慈爱。

“是，也不是，”一时之间，不知道从哪里说起，还有些犹豫不决，“老人家，我最近在做一件事，可遇到了困难，想……”

“您是在寻找巴国地宫吧？”

听完老渔翁的话，我大吃一惊，本以为这是个很隐秘的话题，没想到他却毫不隐讳。

老渔翁似乎看透了我心思，虽然有些激动，但语气却很淡定：“我俩虽只是第二次见面，但承先却见过您多次啦，所以对您还是比较了解的。”

“见过我多次？”

听完老渔翁的话，我不禁再次打量他儿子，同时搅动脑汁搜寻记忆中的库存，可还是没有任何印象。

“您记不记得，上次见我时，您说自己做了个梦，还说我像某个人？”老渔翁又问道。

“像廪君的军师，”我脱口而出，“后来又梦见了您，还梦见了……”

“还梦见了谁？”

“还梦见了……”我本想说还梦见了巴戊、护孤、楚王等等，可临时却改了口，说道：“梦见您拿着一块巴王令牌。”

“巴王令牌！”这次，该老渔翁脸现惊惧之色，“您见过真的巴王令牌么？”

“见过，”我点头作答，随后又补充道：“在做梦之后的第二天，小田溪大墓中就真的出土了那么一块令牌。”

“是小田溪出土了一块巴王令牌，还以为……”

“怎么，老人家也见过同样的令牌？”

“看样子，到揭开谜底的时候了。”

老渔翁不直接回答我的问题，而是对儿子使了个眼色。于是，他儿子便向内屋走去，不多会儿，双手捧出个石匣。

石匣不大，但雕刻得很精美，打开石匣，掀开绸子布，一块长方形铜牌显露出来。

“对，就是这样的铜牌！”我发出惊呼，随即心头升起疑云，“这是巴王令牌，据我所知，恐怕全世界都只有这么一块，可……可您家怎么会有？”

“这是巴王赏赐给先祖的铜牌，两千多年来，还是第一次跟外人见面。”老渔翁凝视着铜牌，眼角含泪，语气沉重，“但愿它今天没认错人。”

“莫非您是……老军师的后代？”

看看老渔翁，再看看铜牌，我忽然产生一个大胆的猜想。

“对，您没有说错，先祖就是廪君军师，跟随廪君东征西战三十多年，他老人家死后，其后辈五代也都曾做过廪君军师，到巴国灭亡之前，当时巴王的军师恰好也是我家先祖，我家祖祖辈辈受廪君和历代巴王隆恩……”

“等等，您老刚才说……曾有六代先祖做过廪君军师？”

“对，六代。”说到此处，老渔翁忽然露出得意的神态，“廪君得神琮之助，享年三百七十五岁，到归天之时，我家先祖已历八代。”

听完老渔翁的回答，我不禁目瞪口呆。

试想，在平均寿命只有三四十岁的上古时代，廪君竟然可以活到三百七十五岁，这是一件多么恐怖的事，难怪巴人把他奉为神。而造成这种一切不可思议的来源，其实是一块自天而降的陨石。

而我曾经得到过由这块陨石打造而成的神琮，在与它短暂相处的几天时间里感受到它神秘的力量，原来它不仅能使人长寿，还能令兽类归附。我之所以能够降服黑叶猴王和金钱豹，恐怕也是由神琮所赋予的神力所助，并非自己的心血来潮。如此看来，到取蛇剑的时候，只需带上……

“对了，忘了告诉您，我叫袁继祖，他叫袁承先。”

老渔翁的话打断了我的思绪，令我不得不暂时将心中的念头搁置一下，回到正题。

“您刚才说承先兄曾多次见过我，又是怎么回事？”

“自打上次遇到您之后，我就多了个心眼，”说到这里，袁继祖喝了一口茶，清了清嗓子，“回家后，赶紧叫上承先，一路跟追到您的落脚之处……”话说到此处，袁继祖脸上露出了尴尬之色。

“随后，我一路跟踪您，不仅查到您的姓名、单位和住址，还了解到您近段时间的所作所为。”袁承先接过话头，“其实在老父亲见您之前，我俩早已打过照面。”

“早已打过照面？”

“第一次照面，是在山城博物馆举办的巴蜀出土文物特展上，当时，您正在给覃姑娘解说巴国神琮和权杖的真正用途，自那时起，我就留意到您。第二次，是在小田溪巴人墓葬群，不过……那次不是跟踪，而是因为听说小田溪挖出了大墓，出于好奇，我扮成民工去了那里，可没想到您也在现场，到了深夜，您又偷偷溜进墓地……”

袁承先话没有说完，但我已经了然，原来那夜在小田溪遭遇的鬼影，竟然是他。

“当我把了解到的情况告诉老爸后，老爸认为，您就是我们要找的那个有缘人，所以就决定……”

“两千多年来，我家祖祖辈辈都坚守着一个秘密，”袁承先话还没说完，袁继祖又接过了话头，“可因为一直没有找到有缘人，所以这件事就一直拖下来，直到您出现。”

“为什么您认定我就是那个有缘人？”

“一来是因为您能看出神琮和权杖的功用；二来是因为您不仅行事果敢，还沉着机智，是可堪大任之人；三来嘛，因为您长得实在太像廪君，乍一看就像是他的化身。”说到这里，袁继祖又抬起头来打量我一眼，随后说道：“最重要的是，神琮既已现身，说明揭示巴国千古之谜的时候已到。所以我们决定对您敞开胸怀，完成先祖的遗命。”

“先祖的遗命？”

“对，完成先祖的遗命，但要讲清楚这件事，还得从两千年前讲起。”此时，袁继祖眉头紧锁，语气低沉，恍惚之间，像是回到了两千年前那个烽火连天的年代。

“秦军进攻巴国之前，巴王预感到大难将至，便派他的军师，也就是我的先祖，去做一件事……”

千年使命

正说着话，忽然有人破门而入。

来的是两个小孩，一男一女，一般大小，像是一对龙凤胎。俩小孩先冲袁继祖叫了一声“爷爷”，接着，又冲袁承先叫了一声“爸爸”，望向我时，露出腼腆目光，不知怎么叫。随后，又进来一个妇女，见家里有客人，便吩咐小孩去里屋做作业，自己去厨房烧火做饭。待屋里只剩下我们三人后，袁继祖才继续讲述。

“巴王命军师铸造了四把剑，分别是苍鹰剑、紫狼剑、黑熊剑和金蛇剑……其中苍鹰剑象征眼见，黑熊剑象征心胸，金蛇剑象征隐忍，紫狼剑象征团结。”

“怎么没有虎剑？”

“虎象征勇敢无畏，这是巴人与生俱来的东西，所以用不着铸虎剑。”

“照您这么说，巴人缺乏的是眼见、心胸、隐忍和团结？”

“对，正因为缺少这几样东西，巴国才由盛到衰，最终走向灭亡。”

“说到巴国灭亡，我一直有些不明白，巴国曾参加牧野之战，在武王伐纣中充当先锋并立下头功，后来，又多次打败楚国和蜀国，直到秦军进攻巴国的时候，也还拥有几支强大的武装力量，怎么突然就土崩瓦解了呢？”

听我如此问，袁继祖脸色又变得凝重起来，沉思片刻后答道：“秦军进攻巴国之前，巴国当时确实有三支强大的武装力量，只不过因为巴国内部不团结，加上大王子和三王子的决裂，造成了巴国军事力量分散，这才给了秦国可乘之机。最重要的是，当时还没到大蛇苏醒的时候，但即使这样，由于巴国西部有蜀国阻隔，北部有苴国做屏障，本不至于那么快就灭亡的，没想到……”

"没想到什么？"

"没想到秦军先借道苴国灭了蜀国，又顺势灭了苴国，致使形势大变。"

袁继祖说的这件事，《华阳国志》上有记载——当时，秦惠王一心想攻占蜀国和巴国，以占有蜀国的良田和巴国的盐泉，可是苦于蜀道艰险难以用兵。于是，张仪便出了个计谋，命手下打造五头石牛，以黄金塞入石牛屁股，赠送给苴侯，为了迎接这五头石牛，苴侯命人扩展了通往秦国的道路。待石牛运到苴国之后，张仪又派人四处宣扬，说秦国送给苴国的石牛是神牛，拉出来的屎是黄金，传到蜀国之后，引起蜀王杜芦的嫉妒，派兵攻打苴国。不仅如此，还征发民工扩建道路，准备迎接神牛，苴国急忙派使向巴国求救，可巴国拒绝了，建议苴国转求秦国，秦惠王求之不得，立即派兵助苴国灭了蜀国，而后又顺道灭了苴国，至此，巴国门户大开。

"照理说巴国与苴国关系不错，又与蜀国世代交恶，应该施以援手的，可巴王却拒绝了。"说到这里，袁继祖忽然低下头来，长叹一声，默然不语。

过了一阵，袁继祖才继续说下去，"当蜀国进攻苴国的时候，其实巴国是可以施以援手的，当时离苴国最近的巴国军队，便是驻守阆中的精锐部队，由巴王长子巴钺统领，可巴钺也嫉妒苴侯得到的神牛，想趁蜀国和苴国相争之时渔翁得利，因而引兵不发，当秦军借道灭了蜀国和苴国的时候，巴王又突染奇病，以至病入膏肓，不得不考虑后事。最后，在大臣们的建议下，决定立三子巴戈继任新巴王，却不料招到巴王长子巴钺和次子巴矛一致反对，巴钺不但不留守阆中防止秦军入侵，反而自立为王，挥师南下，讨伐巴戈。新王得知这个消息，激愤而亡，而巴矛也在将领们的撺掇下，只留少量军队驻守山城，率领大军东进，逼近巴王所驻守的中都酆城，伺机夺位。而就在这个时候，秦军打过来了，巴矛才慌忙回撤，一时之间，巴国危在旦夕。"

"就在这个时候，巴王命您的先祖铸造了那四把宝剑？"

"对，铸造完四把宝剑后，巴王又命先祖将其分别埋在四个地方，说如果巴国不幸灭亡，便令巴国军民隐藏于大山洞穴之中，待以时日，寻找一拥有眼见、心胸、隐忍和凝聚力四种品质的巴人，授之以四把宝剑，开启地宫，取地宫宝藏招兵买马，东山再起。”

“那么，有没有找到这样一个人呢？”

“没有。”这次袁继祖回答得很干脆，“秦灭蜀国和苴国之后，又趁势南下，很快攻克山城，进入巴国腹地。”说到这里，袁继祖两眼含泪，再次沉默不语。

我心中着急，不得不问道：“难道三个王子就没有进行抵抗？”

袁承先答道：“巴钺率部南下不久，就失去了音讯，现在看来，很可能在某个地方遭到秦军伏击，全军覆没，而巴矛也不愿听从巴戈的调度，率残部南下，据说到达了百越地区，并派人回来通报，说如果巴戈愿意让位，可前去投奔他，再合力抗击秦军。”

“那么，巴戈愿意让位吗？”

袁承先又摇了摇头，“巴戈当然不会让位，只得孤军奋战，但失去了巴军主力的协助，怎么应付得了秦军，不得不通过地宫转移到南岸，隐藏于大山洞穴中。”

“那么巴矛呢，也被秦蜀联军消灭了吗？”此时此刻，我已感觉到大事不妙，心急如焚，仿佛三个王子都成了自己的亲兄弟。

“巴矛见巴国元气大伤，不得不驾船由海路北上，寻找岛屿栖身，躲避秦军追击。”讲到这里，袁继祖竟然哽咽起来，潸然泪下。

听完袁承先这段讲述，我猛然明白了，镇守阆中的巴王长子巴钺率领巴军主力南下，当队伍行进到宣汉罗家坝时，遭到秦军的包围夹击，全军覆没。此时，眼前不断闪现出巴人被秦军围歼的惨烈画面——

巴钺的军队被围困在一块洼地，乱箭纷飞，巴国将士一批批倒下，在血泊中挣扎。而在围剿大王子的秦军中，打头阵的大多是蜀国降兵，他们特别卖力，一个个冲入洼地，挥舞着手中的刀剑，劈杀倒在血泊中的巴军将士，割裂他们的身体，砍下他们的头颅，嘴里高喊着：“为鱼凫王报仇，为蜀国的先祖们报仇！”

鲜血流淌，洼地变成了血池。巴钺虽然勇猛，但因为身中数箭，怆然跪地，被蜀军一拥而上，刀剑加身，惨死在血泊中。

这就是现在发掘的罗家坝遗址中，为什么几乎所有尸骨身上都有刀剑砍伤的痕迹，还出现了那么多无头尸。而另一支，驻守鄷城的三王子巴戈，则通过地宫安全转移到了长江南岸，藏身于仙女山犀牛寨下的溶洞中。

那么由山城向南转移到达沿海的那一支巴人，最后究竟去了哪里呢？

难道真如川康彦所言，他们沿海而上到达日本，与当地土著融合而成为日本列岛先民之一，后来又发展成为日本武士道的鼻祖，而武士道的尊神恰恰就是白虎。

听完袁承先的讲述，巴国灭亡时的情景浮现眼前，同时也把这段时间我所了解的巴国历史碎片连缀起来，巴国的神秘面纱正被层层揭开。但是，好奇心还没有消失，我又开始了发问："那么您的先祖，巴王的军师后来又到哪里去了呢？"

"先祖埋藏好四把古剑，经过千难万险到达约定地点时，却……"

此时，我已预料到袁承先的先祖看见了什么样的景象，但我没有发问，也没有急于告诉他自己惊人的发现，静等他慢慢诉说。

"天亡我巴国啊！"袁继祖揉了揉潮湿的眼眶，接着说道："当先祖到达约定地点时，发现原来用来隐藏巴国军民的巨大洞穴已经变成了一个大坑，巴国军民已被大山所埋，无奈之下，先祖只好满怀悲伤回到廪君故里，隐居在长阳的武陵大山中。"

见袁继祖悲痛欲绝，我实在不再忍心让他继续讲下去，决定告诉他我所知道的一切，便使劲握住他的双手，说道："如果我现在告诉您，两千多年前逃亡到黔隆的三王子巴戈和他的臣民并没被大山所埋，而是转移到了另外一个地方，并且他们的后代现在还隐居在那个地方，您会相信吗？"

袁继祖猛地抬头，惊讶地望着我，不明所以。

于是，我接着说道："而且分裂时期那个大王子也没有被楚军所灭，躲进了夔城的深山绝谷中，他的后裔也还在那里与世隔绝的生活，您会相信吗？"

听完我的话，袁继祖已是泪流满面。

神琮和权杖都是我发现的，等袁继祖情绪稳定些后，我才提到另一件事，"我去夔城天坑地缝考察时，曾在洞穴中发现一具尸骨，神琮和权杖就在那具尸骨手上，可至今都没搞明白这么重要的东西，怎么会出现在一个偏僻的洞子里。"

“原来神琮和权杖都是您发现的，可它们怎么到了博物馆，后来，又听说被盗了，难道是您……”

我摇了摇头，一脸苦相。

袁继祖没有追问，继续讲述：“正在秦军攻打蜀国之际，巴矛接到了伪王派来的使者，说愿意献出神琮，奉巴矛为王，借兵抗楚，可巴矛当时自顾不暇，加上父辈结仇，不肯派兵增援。眼见秦军一路势如破竹，不仅攻占了蜀国，还顺势灭了苴国，巴王才接受先祖建议，派身边持钺武士率一队亲兵，带着神琮和权杖前往，沿途招募巴国境内四姓百姓和僰人、濮人以壮大声势，收复东巴失地，联合抗击秦国和楚国，没想到……”

“没想到四姓巴人和僰人、濮人不但不奉召，反而起兵叛乱，与楚军合在一起追杀新王派去的持钺武士，抢夺神琮和权杖，而龙桥裂隙中的那具尸骨，就是持钺武士的一个部下。”见袁承先突然停止讲述，我不得不帮他补齐后面一段。

讲完这段，心里忽然涌起一阵酸楚，夔城之巴称新立巴王为“伪王”，而黔隆之巴又称负气出走自立为王的大王子为“伪王”，每一届王的更替，都会造成巴国内乱，长此以往，巴国不衰败才怪呢。

“这……您又是怎么知道的？”袁承先问道。

“梦中知道的。”我答道。

“梦中知道的？”袁承先表示不解。

“算是吧，”我点了点头，没做过多解释，因为一时半会儿也解释不清楚，我现在关注的是，如何尽快找到获取金蛇剑的正确方法，于是话锋一转：“现在四把剑我已经找到了两把，另外，金蛇剑也知道了埋藏点，但里面有群毒蛇守护，不知道怎么办才好。”

“神琮和权杖是您找到的，四把宝剑也得到了其中的两把，看来老头儿我真没选错人。”袁继祖凝视着我，难以抑制内心的激动，“既然发现了金蛇剑的埋藏点，那取它也不是什么难事。”

“可金蛇剑周围有群毒蛇，怎么取？”我以为袁继祖没听清楚我刚才说的话，不得不再重复一遍。

袁继祖微微一笑，表示听懂了我心中所虑，答道：“先祖在埋藏金蛇剑时，还顺带放生了一对从小养大的金蛇，只要有外人靠近，金蛇就会发起攻击。”

“现在，它们已经是儿孙满堂了。”

“没事儿，我们可以用金蛇咒来驯服它。”袁继祖猜出我说这话的用意，淡然一笑。

“您老的意思……”

袁继祖点点头，答道：“除了这块巴王令牌，先祖们还传下一段金蛇咒，说如果遇到那些金蛇，只要念咒语就可以了。”

听完袁继祖的解答，我心中的石头总算落了地，但另一种好奇心又升起，不由得问道：“如果使用蛮力，比如用火或毒气杀死金蛇，然后取剑，成吗？”

“万万使不得，”听完我的话，袁继祖脸现惊惧之色，连连摇头，“先祖在埋藏蛇剑时，除了施念咒语外，还设置了一个机关，如果蛮干硬取，比如采用火攻，那一段洞子立即被石缝内布满的火油点燃，神鬼难逃，即使侥幸有人活下来，也取不了剑，剩下的金蛇会触动机关，使金蛇剑掉入裂缝下的阴河。”

听到此处，我不禁打了个寒颤，心想，要是采用艾曼纽和威廉的方式取剑，那么不仅取不了剑，我们还会变成北京烤鸭。不禁庆幸自己的执着，没有酿成大错。

感叹之余，不禁说道：“这四个藏剑的地方，充满奇险与诡谲，单凭您军师先祖一个人就能完成，真是奇迹！”

袁继祖摇摇头，答道：“先祖藏剑的时候，随行还有蛇、鹰、熊、狼四族中各一名勇士，藏完宝剑回来的路上已牺牲了两名勇士，另外两名勇士跟先祖到达黔隆看到巨洞垮塌时，万念俱灰，自刎而亡，军师先祖因为领受复兴巴国的重任，才没有自决。”

听完这段讲述，心如刀割，感怀古人的忠贞和壮烈，与父子二人相望无语。

唏嘘了一阵儿，我才问道：“既然您的先辈们都知道这四个藏剑之处，怎么不自己取了古剑寻找地宫获取宝藏呢？”

袁继祖答道：“军师先祖埋藏四把古剑之前，早已考察好这四个藏剑的绝佳地点，并绘好了一幅羊皮地图，把它装入一个机关玉匣交给新王的大祭司保存，叮嘱玉匣得等到有缘人来打开。但是先祖并没将这幅地图传承给我们，只告诉了儿孙们万盛石林这一处藏剑之地，恐怕也是害怕后人中有不肖子孙心生贪念，所以我家世世代代并不知道古剑的具体埋藏地点，只知道一个大概位置和一段金蛇咒。”

我又问道：“除了咒语，那段石鼓歌也是您先祖编唱的吧？”

袁继祖答道：“那已经是明清之交了，一位先辈游历到万盛石林，感怀当时人口凋零、民不聊生而作了这首歌谣，希望以此激励起当地人民对生活的信心，顺便也为今后寻找金蛇剑的有缘人提个醒。”

说到这里，袁继祖忽然一拍脑门，忽然问道：“上次您来是两个人，这次怎么变成一个人了？”

“我……她……”听袁继祖忽然提到覃婉丽，我一时语塞。

“闹别扭了吧？知道她去哪里了吗？”

我先点了点头，接着又摇了摇头。

“说来也巧，”袁继祖望着我，脸上露出诡秘的神色，“那天我和承先去参观恩施新落成的廪君庙，忽然看见跟您同游清江的那个覃姑娘，发现她神思恍惚，面容憔悴，便多了个心眼儿，一路跟着，直到她进一家旅行社。”

我急忙问道：“那后来呢？”

袁继祖答道：“我在门口盯了一会儿，发现她又出来了，有一男一女陪着，大概是里面的工作人员吧，带她出去吃饭，我觉得没啥大问题，就走了。”

覃婉丽到了恩施，这确实让我打破脑袋也想不到，一定是去那里当导游了，看来是成心躲我，好在知道了她的落脚点，我悬着的心终于放下来。

当晚，宿袁继祖家，与父子二人彻夜长谈。

第二天第三天，袁承先陪我再游廪君庙、三里坪、赤黑二穴和另外几个巴人遗址。期间，我本打算去一趟恩施，可仔细想了想，打消了这个念头。

定位

刚回到山城，就接到艾曼纽的电话，约我到心境大酒店一会。

于是，我没顾得洗漱，又驱车赶到心境大酒店，停好车，来到自助餐厅，就看见艾曼纽和威廉早已守候在那里了，与他们同桌的，还有两个老外。

威廉看见我，立即迎上前来，先握了握手，接着向我介绍两个老外，一个叫皮埃尔，说是目前世界自由式屏气潜水纪录的保持者，另一个叫雷阿，是水下探测定位专家。

听威廉介绍完，我已经知道他们接下来几天准备干什么了。

待我分别跟两个老外握手后，威廉接着说道："除他们二位外，还请来了英法两国最厉害的水下作业人员，随时待命。"

这时，艾曼纽插话道："威廉叔叔，皮在外忙碌了好几天，先不谈寻剑的事，等吃好玩好后再商量不迟。"

威廉拍拍脑门，尴尬道："你看我都忘了，皮先生刚刚回来，是该好好休整休整，还是不忙谈事，先吃饭吧，艾曼纽专门为您准备了好酒呢。"

闻言，艾曼纽便从桌子上拿过两瓶酒来，兴致勃勃道："这一瓶是波尔多最著名的拉菲酒庄路易王朝系列，非常难得的珍品，是威廉叔叔提供的，而这一瓶是玛高酒庄波拿巴系列珍品，是我爹地收藏的，今天拿出来，专为你接风。"

见艾曼纽说得如此隆重，我只得起身道谢："这么珍贵的酒，拿给我这个不懂品酒的人喝，真是暴殄天物了。"

艾曼纽愣了下，似乎没有明白暴殄天物是什么意思，但是威廉很快接过话头，笑道："怎么能叫暴殄天物，皮老师堪称青年才俊，在座的人也都配得上的。"

艾曼纽明白过来，笑道：“你们俩别在这里咬文嚼字了，我早饿了，先拿吃的去，皮，你喜欢吃什么？我顺便给你带点来。”

我起身答道：“还是我自己去拿吧。”

艾曼纽便和我走在一起，边走边说：“这里的自助餐，可是山城内我吃过最好的，值得品尝，还有，我已经给你开好了一个套间，泡完温泉后就在这里住下，至于说寻找古剑的事情，明天再商量。”

我答道：“谢谢您费心，我已经很久没回家了，有许多事情需要处理，明天一早还得去一趟学校，不然就要失业了。”

艾曼纽眼中闪露出一丝不快，但随后又一笑带过。

皮埃尔是个特别搞笑的家伙，在吃饭的过程中不断做出各种夸张的动作，用法语开玩笑，我不明白他们说些什么，只是看见他不时看我，而艾曼纽也常常用略带娇羞的眼光瞥我几眼，我便大致明白了他们开玩笑的内容。

吃完饭，我又提议温泉就不用泡了，可以先商量一下之后一段时间的任务。但艾曼纽坚持让我先到酒店房间洗个澡，又从衣柜中拿出一件外套和内衣递给我：“不知合不合身，你先将就穿，不行的话，明天再重买一套。”

我接过衣服，看那上面有阿玛尼标签，价码是1280欧，便不肯接了。

艾曼纽将衣服一把塞入我手中，佯装生气道：“对于我们法国人来说，拒绝别人的礼物是很不友好的行为，尤其是这礼物还是女士送的，所以，请尊重我们的习惯。”

我无奈的接了，说道：“谢谢。”

艾曼纽嫣然一笑，答道：“洗完澡就把新衣服换上，我等着看效果呢。”

目送艾曼纽离开，心里竟莫名其妙的涌起一股暖意，自覃婉丽离家出走后，还没听到过这么暖心的话，收到这么暖心的礼物，难免有点感动。

卫生间内有个小温泉池，便索性进去躺一躺，松弛一下僵硬的肌肉和紧张的神经。

闭上眼，眼前忽然浮现出依噶和无瑕的面容，心中愁肠百结。

某种意义上来说，是我令依噶嫁给了自己不爱的人，毁了她的人生。

送别罕宝的时候，之所以不想再次回到绝谷，最主要的原因还是害怕面对依噶，一看见她那幽怨的眼神，我便心如刀割。

而对于无瑕，我也满怀深深的内疚，她是为了救我才变成了残废，而我的离开，恐怕又将使她回到卑微的身份。

朦朦胧胧中，听到电话声，是温池边的房间电话在响。赶紧爬起来接电话，传来艾曼纽的声音："皮，你怎么样？累了的话就先休息吧，我们明天再商量事情。"

我答道："对不起，刚才睡着了，请再等十分钟，我很快过来。"

赶紧从池子里爬出来，穿好衣服，头发都没有吹干，就去到隔壁房间敲门，艾曼纽端详着我身上的新外套，笑道："难道你还打算把这件衣服退给我吗？"

见我站在门口不知所措，艾曼纽指了指我的脖子，说道："这东西还挂在上面呢。"接着，将手伸向我脖子，把露在外面的吊牌塞进去，又顺势拉住我手，走进了房间。

威廉和皮埃尔以及雷阿都在房间内，正围坐在茶几边研究地图。见我进来，威廉便去开窗户，艾曼纽给我递烟，我摆摆手，表示不用，艾曼纽便转身去冲咖啡。

威廉指着茶几上展开的地图说道："这是山城区域长江一线的水文地质图，从有关方面获知，这个季节长江的平均水位是海拔一百五十五米，江底的平均高度是海拔一百米，也就是说江面到水底的平均深度是五十五米。"

听完威廉的话，我立即明白了他的用意，不由得问道："这个深度，水下探测和作业的难度大吗？"

威廉点了点头，说道："雷阿先生刚才讲了，五十五米的水深还远远够不上难度，但水下探测定位的面积不能太大，否则会花很多时间，如果挨个把这段水域探测完，至少需要一年的时间。"

接着，艾曼纽又说道："也就是说，最好能够确定几个可靠地点进行定向探测，不然的话，就如同大海捞针了。"

我说道："关于定点水域的问题，我已经对照文献做过仔细的分析，基本确定狼剑埋在酆城名山脚下。"

威廉见我一副胸有成竹的样子，面露惊讶之色，说道："还有一个难题，按照文字说明，那把狼剑应该是埋在江底六米左右的深度，经过两千多年的泥沙淤积，真正的深度应该不会少于十米，而雷阿先生发明的水底探测技术能穿透泥沙的深度最多不超过九米。"

我问道："也就是说，用目前世界上最先进的水下探测技术也接收不到古剑发出的反射信号，不能够直接探测到古剑的具体位置？"

威廉点点头，说道："这正是我们无从着手的地方。"

"如果增加探头数量和发射频率会不会有所改观呢？"

此时，雷阿接过了话头，答道："探测设置的发射矩阵最多只要十六个点就够了，增加发射器也没用。"

我暗自心惊，原来威廉和艾曼纽早就着手寻找狼剑的工作了，只不过是在寻找的关键环节遇到了困难，要不然早就行动了，还用得着等我来商量，难怪迫切地要把我弄出来。但是，归根结底，我与他们之间就是相互利用的关系，幸好我手中还掌握了一幅地形图，暂时处于主动地位。

"其实只要探测到那堆鬼石所在的位置就行了。"

"鬼石，江底下那么多乱石，怎么知道鬼石在哪儿？在您离开这几天，我和爱娃去山城下游几个地方走访了一下，打听的结果是，只有云阳县城江边有一堆怪石，没听说酆城江边也有一堆怪石，而您现在却十分肯定的告诉我们说鬼石在酆城，您这个推论是怎么得出的？"

见威廉满脸疑惑，我只得答道："是从酆城县志办了解到的情况，那堆怪石就在名山脚下，不过现在已经没有了。所以要确定鬼石的位置，还得依靠水下探测，如果把十六个探测器的分布面积缩小，那么矩阵所发射的能量就会有所增强，应该还可以增加探测深度。"

"还是您聪明，找对了地方！"

威廉抬起头来，吃惊地望着我，伸出大拇指，随后，他又望了一眼艾曼纽，露出狡黠的笑容，"原来皮老师早就着手寻找狼剑的工作了，而且对水下探测也如此精通，真了不起，怪不得爱娃一个劲儿地夸您！"

我摇摇头，说道："我只是知道一点皮毛，至于说水下探测方面的技术问题，还得多向威廉先生和两位专家请教。"

这倒说的是实话，为了了解水下探测和水下作业，我专门跑图书馆去查阅了一些专业书籍，了解到一些基础理论。

听完我的回答，雷阿脸上开始露出曙光，接着，他又用法语叽里咕噜地给艾曼纽讲了一通，艾曼纽不时兴奋地点头，又去柜子上拿瓶红酒来，斟了一小杯递给我，说道："刚才雷阿博士告诉我，他这次来中国，实际上还有另一个任务，山城船舶厂刚刚建成一艘水下考古专用船，探测设备是从法国引进的，而这套设备正好是雷阿先生设计的，所以聘请他来做测试指导，他可以趁此提出建议，将这艘考古船的测试场所设置在酆城，也许就能把古剑的位置确定下来。"

"这样一来，岂不是把我们的意图暴露了。"

艾曼纽瞥我一眼，露出狡黠的笑容，回答道："如果探测到古剑的位置，难道雷阿博士会蠢得告诉船上所有的人？"

见艾曼纽胸有成竹，我也就不再担心，补充一句道："如果探测不到古剑的位置，记得把江底地形扫描图带给我看看。"

大祭司跑了

第二天，处理完学校的事情，我又来到琥珀店。

琥珀店里有三五个客人在看货，松哥正在殷勤接待，见我突然到来，忙将我拉到商店里间，关上门，问道："皮老师，前几天你去哪儿了？问冬瓜说不晓得，问闷墩儿，也说不晓得，可把我急死啦！"

见松哥一脸愁色，我便问道："出了什么事这么紧张？"

"也没出啥子事，就是心里有些不踏实，"松哥点燃我递过的烟，深吸一口，缓了口气，接着说道："前几天工商局来检查，说进口产品需要提供报关单和清关单，可我……我找了半天也没找到啥子单，问冬瓜，冬瓜说问您，可……"

听松哥只提到报关单和清关单，我反而松了口气。因说到产品来源时，为了不引起冬瓜怀疑，我把琥珀蜜蜡的来源说成波罗的海，所以冬瓜就把这些产品的原产地标注为波罗的海，既然是进口产品，工商局要求必须提供报关单和清关单，这件事说大不大说小也不小，如果认真追究，小则停业整顿，大则没收产品并追究来源，终究还得认真应付才是。于是我对松哥说道："这件事，还是交给冬瓜去办，他鬼主意多。"

松哥答道："我已经打过电话了，冬瓜答应马上来一趟山城，但……"

"但什么……"见松哥说话总是吞吞吐吐，我有些着急。

"冬瓜在电话里大骂皮老师，说……"松哥欲言又止，脸色有些难堪。

看松哥的脸色，我自然知道冬瓜骂了些什么，都是因为这段时间我为了专心调查古剑埋藏点，用了另一个电话号码，又没主动跟他联系，所以冬瓜想歪了。

正说着，听到外面店员敲门，说有人找经理，松哥便下楼，不一会儿，将大探事领了上来，随后又立即出去，返身关门。

自组建探险队以来，我便将琥珀店设立为第二个联络点，由于是商业场所，人来人往的不会引起人的警觉，所以比较安全。之所以用松哥做门店经理，是因为他不但机灵，还很稳重，所谓"一脸猪相，心头明亮"，对于自己管辖范围之外的事，从来不过问，也不胡言乱语，这一点比冬瓜强。

大探事是接到我电话后赶到这里会面的，所以看见我并不意外，但他脸上还是流露出一丝紧张，这令我感到有些纳闷，正准备发问，就听他说道："皮老师，这些天您去哪儿了，急得我……"

"什么事这么着急？"

"巴国出了一件大事……大祭司逃跑了。"

"有这种事！"听完大探事的话，我有些吃惊，但并没有惊慌，接着又问道："只是大祭司跑了吗？"

"不只是大祭司，还有大公子、二公子和他的家眷以及四个家奴。"大探事答道。

"都跑了！"听说大祭司全家和四个家奴都跑了，我再也冷静不下来，急问道："怎么跑的，不是有侍卫看守吗？"

"看守的侍卫都被杀了，手法相当利落。"

"即使侍卫被杀，可出口处戒备森严，怎么会让他们跑了的？"

"我也觉得纳闷，但盘查了所有守卫进出口的武士，都说不知道，实在是奇怪。"

听完大探事的回答，顿感事态严重，同时心中疑窦重重，忍不住说道："依我看，巴国中的大多数侍卫恐怕都是大祭司的人。"

沉思片刻，大探事摇头答道："大祭司经营巴国多年，内应肯定是有的，但如果说所有侍卫都是他的人，也不大可能。"

说这句话的时候，大探事神色十分凝重，看样子，他心里也没底。

"那么依您的看法，大祭司是怎么出去的？"

"也许在巴国还有一个神秘出口？"

"神秘出口？"

大探事点了点头，"从大祭司和罕宝神秘消失的情况来看，巴国应该存在一个秘密出口，可这个出口，不仅大祭司知道，罕宝也知道，独独我这个大探事不知道，这……这也太不可思议了！"

大探事口中所说的这个神秘出口，其实我是知道的，那就是蝙蝠洞。可如果要通过蝙蝠洞出去，就得战胜成千上万的吸血蝙蝠。不仅如此，还得身负攀岩绝技，这些能力，不要说大祭司和他的两个公子不具备，他的家眷们更不可能具备。

那么，这个神秘的出口究竟在哪里呢？

我努力回想，隐隐约约有点线索，但又理不出头绪，不知道缺少了哪个环节。想了一会儿，还是不得要领，便问大探事："熊剑保管好了吗？"

"熊剑倒是在，但……但神琮不见了。"

"神琮不见了！"

"对，神琮不见了，应该是大祭司逃跑的时候带出了巴国。"

听完大探事的话，只觉得脑袋疼得厉害，耳朵也嗡嗡作响，类似蛊毒发作的征兆。大探事见我脸色不对，急问道："皮老师以为……"

我深吸一口气，感觉头疼耳鸣有所减轻，接着，又喝了一口水，才对大探事说道："你可曾听说过，那神琮是召唤大蛇的神器，而今年又恰巧是大蛇苏醒之年。"

大探事点点头，答道："在巴国，所有的人都相信这个传说，我年轻的时候也信，但现在不是很信了。”

“为什么现在不是很信了？”

“因为两千多年来，大蛇再也没有出现过，恐怕早……即使那大蛇还在，也对外界造成不了多大威胁。”

听完大探事的回答，我稍觉欣慰，既然陶冶在神秘文化中长大的大探事都不信这个邪，我还有什么可担忧的。但话又说回来，大祭司一家和四个家奴逃离巴国，对我们仍然是一个潜在的威胁，绝不能掉以轻心。

大探事一眼就看穿了我的心思，说道：“大祭司一家逃出来，很可能找您寻仇，大人可要多加防范。另外，跟那个艾曼纽一起，也应该小心些才是。”

我答道：“没事，你放心，到了外界，可由不得他们猖狂，至于说艾曼纽，我心里有数。”

目前，跟威廉和艾曼纽在一起，我没有什么好担心的，尽管没有自己的人在身边，但他们需要我才能找到古剑，等到四把剑集齐，再带上我的人与他们一起寻找地宫。我现在担心的只是大祭司一家。大探事说得不无道理，他们一家沦落到如此地步，我算是始作俑者，他们逃出来后，很可能会向我寻仇。大祭司和二公子都是心狠手辣的角色，四个家奴又武功高强，这点不得不防。

可是怎么防？

现在是我在明他在暗，如果那四个家奴发动突然袭击，还真是难以应付。但在大探事面前，我不能流露出丝毫胆怯，以免影响军心。

临别的时候，我告诉大探事，回去之后，重点搜寻大祭司宅邸，寻找古剑的事，暂时不用他帮忙。另外，如果遇到禾香，就告诉她我很安全，不用担心，至于巴王那边，就告诉他等找到狼剑后再回巴国复命。

大探事刚走不久，冬瓜又破门而入，见我就骂：“狗日的小虎，你龟儿一天神出鬼没的，究竟在干啥名堂，莫非是发现了地宫线索，又想背着老子单干？”见我不吭声，冬瓜更气，继续骂：“还有那块金牌，专家估价一千万，你却说只卖了十八万，连个零头都不到，你龟儿究竟吞了多少？”见我还是不吭声，冬瓜火冒三丈，也顾不得兄弟情面了，破口大骂：“狗日的小虎，你龟儿变了，变得无比的自私，无比的贪婪，无比的狡猾，无比的……”冬瓜只顾骂得痛快，直到找不到合适的排比句才歇口。

不管冬瓜怎么骂，我还是沉住气，等他骂累了，才说道：“那个金牌，不是卖了，是捐献了，山城日报和晚报都有报道，难道你眼睛瞎了。”

冬瓜又骂：“狗日的，老子晓得你捐献啦，你龟儿高尚，可高尚之前，嘞个就不问问兄弟们的意见，尤其是松哥和闷墩儿的意见，他俩还指望着跟你寻宝发财，好用这些钱去买房讨媳妇呢。”

听完冬瓜这段话，我再也无话可说了，但冬瓜还没歇气，“还有，你叫老子来管这个蜜蜡摊，说这些货都是从波罗的海来的，可报关单和清关单呢，在哪里，你给老子拿出来。”

“是从海运渠道悄悄带进来的，没有通过海关，可以多赚点。”说到这里，见冬瓜直瞪眼，我皱起了眉头，“这些事情，你就不要操心了。”

冬瓜答道：“老子不操心行吗，工商检查、税务检查、质检检查，都得应付，若得罪了哪方财神爷，追究起来，提供不出相关材料，这些货都得扣押。”

见冬瓜越说越来劲儿，我只得奋起反击，说道：“你以为请你来当这个总经理，只管卖货收钱就完事了，自然是看好你有全方位的协调能力。”

冬瓜啐道：“狗日的，原以为你龟儿老实，没想到比老子胆儿还大，走私虽然会省些关税，但如果被查没，终究得不偿失，这东西本来利润就高，犯不着冒险走水路。”

我心知冬瓜有办法解决这些难题，却不能明说，于是答道：“这件事我也跟股东们提过，他们说等有点积累后再补办相关手续，通过海关渠道正常进口。”

听我这样回答，冬瓜才消了气，随后，点燃一支烟，深吸一口后说道：“狗日的小虎，我总觉得有些地方不对劲儿，这些货的来源，你是不是跟老子打了埋伏？”

“叫你来管事，问那么多干吗？”话已至此，我只得顽固到底，以攻为守，“退一步说，即使东西没收了，你拿的是干股，没出一分钱，也不受半点损失，操那么多心干吗，这可不像你平时的为人。”

冬瓜气得跺脚，怒道：“好你个小虎，有你这么糊弄人的吗，商业合作，最讲究知根知底，买卖无欺，可你却尽给老子打埋伏，究竟你我还算不算兄弟？”说到这里，猛地一拳砸在我肩上，“你恁个干，还把老子当兄弟吗？”

听冬瓜如此说，我反而有了底气，笑道：“既然你认我这个兄弟，就不要疑神疑鬼的，那么多废话。”

冬瓜“哼”了一声，脸憋得通红，但不再乱骂了。

考古 1 号

第二天，接到艾曼纽电话，雷阿博士的建议已经得到中方采纳，测试地点就安排在鄞城名山一带水域。另外，雷阿还向中方推荐了四个技术顾问，威廉、皮埃尔以及我和艾曼纽都将以技术顾问的身份登船。

第二天，起了个大早，坐艾曼纽的悍马到达指定地点。

码头上停泊着一艘雪白的大轮船，乍一看还以为是艘游轮，长度大约有 60 米，船头有几个醒目的大字——中国考古 1 号，单从外观来看，并没有什么特别之处，只是多了很多奇形怪状的支架，表明它是一艘科考船。

雷阿昨晚已到了，只待我们四个登船，轮船马上起航。

登船后，大副先带领我们参观新船，认真介绍舱位布局以及各项设备功能，除皮埃尔外，我和威廉、艾曼纽都听得很专注。

这艘船共有三层，不仅有门字吊、救助艇、减压舱、文物保护实验室、潜水工作室等专业设施和舱位，还设有船员房、贵宾室、会议室、食品间、厨房、餐厅等。

还有一点与众不同，这艘船采用全电力 Z 型推进动力方式，不仅环保节能，且配备大量考古设备，可对水下遗存进行测绘记录、摄影摄像、遗址清理等。而其中关键的探测设备，正是由法国引进的一套定位探测图像系统。

考古仪器设备间还预留了一处可装置6人作业的潜水器，时速20海里，考古人员可乘坐潜水器潜入水中寻宝。但这个设备，得到上海后才装船。

除此之外，还有一个布满液晶屏的数据采纳分析室，水下的情况会以不同的色彩和形状展示在这些屏幕上，并以数字的形式进入计算机建模制图。

参观完毕后，大副将我们领到贵宾室用餐，船长亲自在那里迎候我们。

贵宾室里除船长外，还有这艘船的业主代表——中国水下考古队的王队。雷阿也在那里，作为“技术顾问”，我们五人享受到很高的待遇，餐点、水果、红酒和各种小吃饮料应有尽有。

在相互介绍的过程中，艾曼纽担任临时翻译，她把我介绍为山城博物馆的皮先生。王队便用奇怪的眼神望着我，问道：“山城博物馆的人我大多认识，怎么没看见过皮先生？”

闻言，我只好把这个谎言再扯大些，答道：“我是从大英博物馆来这里交流访学的，刚到几天。”话一说完，就看见艾曼纽赞许的目光。

王队拱了拱手，说道：“原来是大英博物馆的皮博士，失敬了。”

我暗自庆幸，幸好王队没说大英博物馆的人他也认识不少。

介绍完后，王队又向雷阿敬酒，说道：“谢谢雷阿博士能够不远万里光临指导，中国的水下考古才刚刚起步，很多方面都还处于摸索阶段，比如这一次的水下矩阵探测，我和同事都是第一次实践，还望雷阿博士不吝赐教。”

待艾曼纽翻译完，雷阿又叽里咕噜用法语说了一阵，艾曼纽翻译道：“这个矩阵探测，有点类似于体育比赛中的鹰眼技术，通过不同方位的探测器，可以把水下物体的形状和所处的位置精确到毫厘之间，并绘出模拟图像显示在大屏上，如此一来，不用下水就可以判断出该物体是什么。”

听完艾曼纽的介绍，我不由得暗暗心惊，要是这个矩阵探测系统真的这么厉害，狼剑又恰好在它的探测范围之内，岂不容易暴露目标，如果被考古队潜水下去捞起来，岂不是竹篮打水一场空。

想到这里，不由得抬眼朝艾曼纽望去，不料她却会错了意，望着我嫣然一笑。

大约经过五个小时的航行，考古 1 号到达指定水域，我们移步到数据采纳分析室，雷阿开始坐镇指挥。

不多会儿，大屏上呈现出该水域的三维地图，接着，雷阿手持一个特制的三角尺在上面比画，先确定四个基点，然后用计算器算出另外十二个探测器的位置，每进行一个步骤，就给王队和他的两位助手讲解几句。

所有基点确定后，开始分派任务，先是放下小艇安放探测器，然后在屏幕上校正定位，定位完成后，启动 16 个探测器的声呐和红外发射，开始对水底进行扫描。

这个时候，船长又派人送来了午餐，吃饭的过程中，我的眼睛不时要向那屏幕瞥几眼，既期待又担心那古剑的形状从里面跳出来。

一个多小时后，扫描完成，再经过一段时间的计算机处理，一幅线网状多色块的水底面貌图呈现眼前，数据显示出江平面到水底的深度为 32.6 米。

随后，雷阿将红外光笔投射在一个深色的点上，探测器便同时向这个物体发射声呐和红外扫描，几分钟之后，一块长条形的物体呈现在屏幕上。

见此情形，大家不由自主地鼓起掌来，王队惊叹道："太神奇了，有了这个东西，那水下的文物就无所遁形了。"

这时，王队的助手忽然叫道："咦，这是个什么东西，会不会是沉船部件？"

王队凑近屏幕，仔细看了看，说道："看形状，有点像门古炮。"

听他俩一叫嚷，大家的目光便都盯在屏幕上，王队问艾曼纽："可不可以请雷阿博士将那件物体再放大些？"

艾曼纽翻译后，雷阿便亲自来到电脑前，敲动键盘，不一会儿，屏幕上出现连续的扫描线，那物体便比先前清晰了些，再一放大，一个凹凸有致的长方形物体便呈现眼前，接着，雷阿又报出了物体的长度——大约在两米二。

见此，王队露出得意之色，说道："果然是一门古炮。"

这个时候，我虚荣心又作祟了，虚荣心一起，警觉心就放松了，忍不住发表自己的见解，“我的看法是，这件东西不是一门古炮，而是一个石人。”

听我忽然冒出这句话，大家的目光又齐刷刷射在我身上，但王队显得有些不以为然，皱眉道：“皮博士凭什么断定，这是一个石人而不是一门古炮。”

见王队质疑，我没有立即列举自己的依据，反问道：“那么王队又凭什么断定这是一门古炮呢？”

“蒙古军队攻蜀时，曾派水师顺长江而下，肯定就经过了这片水域，我之所以判断这是一门古炮，基于它可能是被击沉的战船上的物件。”

王队对自己的判断自然是深信不疑，而给出的依据也颇有些见地。所以大家纷纷点头称赞，他的两个助手更是同声称道。

我本来只是发表一下自己的见解，没想到王队较起真来，便也当仁不让，答道：“蒙古水师到达酆城时，酆城早已闻风而降，并没有在这里进行水战。”看着王队尴尬的眼神，我又补充道：“当然，这并不能排除其他朝代曾经在这里进行水战的可能。”

听我的解释，似乎倒是在印证王队的说辞，只是时代背景不一样罢了，威廉和艾曼纽也用不解的目光看着我。

于是，我接着说道：“只是有一点很重要，这个物件所处的水域，在三峡大坝蓄水以前，并不是我们现在看到的可以行船的深水区，而是临近江岸古代码头的位置。”

听我这么一说，王队和他的两个助手傻眼了，但一个助手还是忍不住申辩道：“皮博士凭什么说这个地方以前是码头，而不是可以行船的水域？”

我答道：“上船之前，我调阅了三峡大坝蓄水之前这一线的水文数据，也查阅了酆城的几代地方史志，自然了解它以前是什么样子。”

王队不服，接着说道：“即便如皮博士所说，这个物体所处的位置以前是码头，那么它也可能曾经是个古炮台，依然有可能是古炮。”

此时，我又看见了艾曼纽殷切的目光，似在等待我更有说服力的答辩。于是，我又说道：“古籍中早有记载，人们常在江边雕刻石人石兽用以镇江辟邪，并顺便用它来拴套船缆绳，如果我没有猜错，这个石人就是这样的用途，可能还不止这一个。”

我这段话一出口，王队和他的队员便不再反驳了，但艾曼纽却不肯善罢甘休，说如果要证明谁对谁错，最好的办法是把这附近的水域再选取几个点定位扫描一下，看有没有同样的物体出现，当然，如果能打捞一件起来就更说明问题。

艾曼纽的这个建议，居然得到大多数人的附议。于是，雷阿又在屏幕上选取了几个疑似同样物体的点，经过一段时间的扫描，果然又出现两个类似形状的物体。

这个结果，让大家对我刮目相看，更激起了大家的好奇心，纷纷要求打捞一件上来瞧瞧，王队更是跃跃欲试。

此时，我忽然有些后悔，害怕他们下去发现狼剑的踪迹。可艾曼纽和威廉却一点也不紧张，眼看着王队和他的一个副手开始穿潜水服，皮埃尔也穿上了潜水服。

穿戴完毕之后，皮埃尔和王队往甲板走去，其他人也跟着来到甲板上，目送他们坐上小艇，向目标区域进发，我待要跟去，被艾曼纽叫住了，拉着我回到数据分析室，这才发现，里面只剩下雷阿一人。

按照我的提示，雷阿开始重新设定扫描区域，并重新设定扫描深度，经过几次定位扫描，仍然没有发现自己需要的图形，时间一分一秒的过去，分析室随时都有可能进来其他人，我有些心慌起来。

雷阿却不慌不忙，将发射频率调高，搜索水底以下三米到四米深度，终于发现了一堆环形分布的不规则物体轮廓。它们的排列，像英国巨石阵一样，大小形状各不同，形成一个不规则的椭圆，与羊皮图所绘图形吻合。

最关键的是，扫描得出的数据告诉我们，其上端处于同一平面上。

此时，我心中已经有了答案。

随后告诉艾曼纽，找到埋藏狼剑的位置了！

雷阿立即在电脑上插入 U 盘，拷贝数据，然后交给艾曼纽放入随身所带的挎包中。

艾曼纽的机智，再次让我感到佩服，同时也有点隐隐的不安。

正在这个时候，冲进来两个船员。

石人

“捞起来了，真的是个石人。”

听见船员的报喜，我和艾曼纽相视一笑，便随着这两个船员来到甲板上。

此时，王队和他的两个助手正在清理石人身上的附着物，看见我来，便大声说道：“皮博士快看，您的判断完全正确，这石人身上还有船缆绳拉扯留下的槽痕呢。”

我的判断没错，石人呈轮柱形，双手相抱，双膝跪地，左右肩各有一个穿孔，腰腹部有几道弧形凹槽，头顶有个明显的独角髻，瞠目阔唇，正是古代巴人的形象。

“咦，这种装扮的石人，以前从没见过，怎么不像汉人？”

看着石人，我不禁有些得意，说道：“这是古代巴人的造型。”

王队抬起头来，露出惊喜的目光：“如果是古代巴人雕刻的石像，那么它至少有两千多岁了，据我所知，国内目前还没发现过同类造型的石人，够评上一级文物的！”

见王队如此推断，我又忍不住卖弄一番：“我说这石人是巴人造型，但却没说它是巴人雕刻的。”

听见我这样回答，大家又露出了疑惑的眼神，而艾曼纽的眼里似乎包含了更多的内容。于是，我决定不再卖关子了，解释道：“我这样判断的依据是，这个石人虽然是古代巴人形象，但制作粗糙，面相丑陋，而且是双膝跪地，又做船缆石之用，有刻意矮化的用意，所以说不是巴人自己雕刻的。”

听完我的解释，王队心生敬佩，不由得说道：“皮博士的意思是，这石人是由征服他们的人所雕制的？”

我点点头，说道："对，可能是秦灭巴国后雕刻的。"

王队停止手上的工作，拿出手机边拍照边说："即或是秦代所制的石人，也有很高的文物价值，我想给上面打个电话，趁各位专家都在，干脆就在这里进行一次水下发掘，说不定还能出土更多有价值的文物。"

一个助手接话道："这样的话，会不会耽搁南海一号的发掘。"

沉思片刻，王队答道："反正南海一号的发掘已耽搁了那么久，也不急在这一两天。"

话音刚落，威廉和艾曼纽脸色一下就变得煞白。

晚餐准备得十分丰富，不仅是因为探测实验取得圆满成功，而且还有意外收获，所以这顿饭有庆功的意思。

席间，王队告诉我，他刚才给上级打了电话，就地发掘的申请没有获得批准，主要有两个方面的原因，第一个原因是考古发掘事先都要经过立项审批，一来二去会花很多时间，就算是能够通过特别立项审批，这里是山城的区域，在没有与山城相关部门协调好的情况下贸然行动有些不妥；第二个原因是，南海一号的发掘实况直播，时间早已定下来，媒体已经炒得沸沸扬扬，绝不可能改动时间。所以当务之急，考古一号完成测试任务后应尽快赶到上海与各方人马会合，奔赴南海一号沉没水域。

尽管发掘申请没有得到批准，王队仍然很高兴，对我也青睐有加，频频敬酒，艾曼纽想过来替我挡几杯，都被王队拒绝了。

王队的酒量惊人，再加上他的两个助手推波助澜，我很快就招架不住，败下阵来，不一会儿，便逃到卫生间里狂吐起来。

艾曼纽并不避嫌，跟着来到卫生间，全然不顾刺鼻的呕吐物，替我收拾擦拭。一瞬间，我差点又把她当成了覃婉丽。收拾完后，又叫两个船员将我扶到贵宾间，将我安顿好后才离开。

不多会儿，我沉沉睡去。

……

我坐在一只小船上，划船的是一只老猿。

薄雾弥漫，清波荡漾，微风拂来，略带一丝凉意。

老猿见我不停地瞅他，忽然开口道："大王，好多年不见了。"

听见老猿称我为大王，不由得看看自己的穿着，顿时愕然——我赤膊露腿的，只腰间围了条虎皮裙，怪不得有点冷。

见此，我大惊道："您是谁？"

老猿跪下叩头："我是大王的军师啊，大王怎会不认得呢！"

我便问道："如此说来，你就是袁继祖、袁承先的先祖？"

老猿答道："袁继祖、袁承先是谁，微臣不认识。"

听完老猿的话，我有些诧异，但随即一想，袁继祖、袁承先虽是他后代，但前后相差几千年，自然是认不得，便又问道："你怎么到这里来了？"

老猿答道："微臣隐居在长阳山中，一直等待大王归来。"

看见老猿，猛然想起一个人，便又问道："你在山中，可曾见过盐姬？"

老猿跪地叩头道："大王真是糊涂，她不是被你射杀了吗？"

我怒道："我那么爱她，怎么会杀她？"

老猿答道："大王心怀天下，为了族人的前程而射杀了盐姬。"

我逼视着老猿，恨恨道："如果不是你的阴谋诡计，我不会射杀盐姬的。"

老猿迎着我愤怒的目光，昂首说道："其实大王在搭上弓箭射向那只大鸟的时候，应该想到她是盐姬的，只是大王自己不愿意承认而已。"

我被老猿的话激怒了，又想去拔身上的玉剑，可是什么东西也没有摸到。

老猿似乎被我锐利的眼神吓到，趴伏在地，再也不敢吭声，而我也浑身上下使不出劲儿，拿他无可奈何。

半晌，老猿再次开口，颤声道："盐姬虽然死了，可覃婉丽还活着啊。"

对了，还有覃婉丽，我怎么忘了她，便问道："难道你知道覃婉丽在哪里？"

老猿摇头道："我看见她泪流满面，一个人往东南方向去了。"

我叹气道："如此说来，我又要失去覃婉丽了！"

闻言，老猿露出惶恐不安的神色。这时，江面上忽然出现一个巨大的漩涡，紧接着一个黑色的背脊冒出来，我大叫道："不好，鱼龙来了，赶紧往岸边划！”

老猿闻言，奋力划动船桨，我也将手伸向水面使劲划水，可是那船却半点儿也不能前进，只在江面转圈，才发现是自己划水的方向与老猿相反，赶紧调整过来，可是已经来不及了，那鱼龙已到跟前，张开巨口，将我和船一起吞了进去。

那鱼龙的腹腔好大，深不见底，只感觉独木舟载着我和老猿不停旋转下坠，刚开始是黑漆漆的，渐渐有了亮光，亮光所照之处，却不是在鱼龙肚子里，而是在一个巨大的溶洞里。这个溶洞不只有钟乳石，还建筑有金碧辉煌的宫殿，宫殿里摆满了古代的玉器和青铜器，很多器形都见所未见闻所未闻。

见此，我惊喜万分，终于找到了，原来巴国地宫在鱼龙肚子里。正高兴着，大祭司和他的两个儿子突然出现在面前，后面是四个家奴。

大祭司狞笑着朝我走来，很生气的样子，凝视片刻，吼道：“神使，老夫如此栽培你，没想到你却不识抬举，恩将仇报，专门与老夫为敌，是何道理？”

虽然有些心虚，但我还是硬着头皮答道：“你身为巴国重臣，却不为巴国谋福利，假公济私，任人唯亲，为了巴国的未来，我才决定与你为敌。”

大祭司大怒，咬牙切齿道：“你以为自己是什么好东西，侵吞我巴国琥珀蜜蜡还不够，还想来地宫谋夺我巴国祖先留下的宝藏，却不巧被我遇上了，哈哈，你死期到了！”接着，大祭司又望向老猿说道：“还有这个老猴子是谁，怎么会跟你在一起？”

不待我回答，老猿怒斥道：“大胆，站在你面前的是廪君，作为巴国人，你们几个还不跪地谢罪！”

二公子哈哈大笑起来：“什么狗屁东西，捧你做个神使已经算是抬举你了，还想自封为廪君，我看你真是丧心病狂了！”

大公子也笑道：“阿爹抬举你做外射事兼领大探事，你不但不好好为老子卖命，反而百般陷害老子，今天落到老子手里，看不把你千刀万剐。”说完，招了招手，二嘎把手伸进了口袋，准备发射石弹，其他三个家奴也气势汹汹地扑上来。

仓皇之中，我只好摆个太极架势，准备迎敌。

刹那间，二嘎的石弹箭矢般射出，我身中数弹，还没来得及出招，四个家奴蜂拥而上，将我扑倒在地，随后，又把老猿绑了。

我拼命挣扎，大叫道："大祭司，这是我俩之间的事，请你放过军师。"

大祭司和他的两个儿子狞笑着，张开满布尖牙利齿的血盆大口向我扑过来。

……

猛然惊醒，感觉有刺眼的亮光，睁开眼睛，发现艾曼纽坐在床边，瞪着钻石般透明的大眼珠，惊愕万分，问道："谁是大祭司，谁又是军师？"

水下作业

问话的是艾曼纽，此刻，她正坐在床边，脸上浮满疑云。

"怎么，我又说梦话了？"

艾曼纽笑了笑，随即将手搭上我的额头，过了一会儿说道："你不仅说了梦话，手脚还不停地乱动，以为你发高烧呢，可刚才摸了摸，一点也不烫。"

"您一直都在这里吗？"

艾曼纽摇摇头，语气略带嗔怪："我等他们都睡了才过来的，看你刚才吐得一塌糊涂，不放心，过来看看，你也是，不能喝酒干吗还来者不拒。"

见艾曼纽没有追问我所说的梦话是什么意思，我也松了口气，答道："王队那番热情，我拒绝得了吗？"

"那个考古队长，后来把自己也喝醉了，吐得满地都是，"说到这里，艾曼纽不由得皱起了眉头："你们这些中国男人，喝起酒来，怎么那么没有节制。”

我答道：“这叫酒逢知己千杯少呢。”

艾曼纽苦笑：“还酒逢知己呢，我看你是想把自己灌醉吧。”见我不语，艾曼纽又问：“你这个梦还真够香艳的，有很多女人吧？”

“很多女人？”

“看你这魂不守舍的样子，”艾曼纽脸浮红云，语带娇嗔：“又是盐姬又是婉丽什么的，还敢不承认，对了，那个婉丽是你女朋友，可盐姬又是谁啊？”

听艾曼纽提到盐姬，一时之间，我愁肠百结，惶然道：“盐姬……她是上古时代的一个女神。”

“上古时代的女神，这也太有趣了吧！”听完我的回答，艾曼纽一脸愕然，惊讶之余，好奇心暴涨，随即说道：“那你快给我讲讲，你们是怎么相爱的，最后又是怎样的结果呢？”

“结果嘛……结果我把她杀了！”

“我没听错吧，你是说，你亲自把她杀死了，这也太不可思议啦！”听完我的回答，艾曼纽露出难以置信的神色，随即说道：“皮，我不相信你有这么冷血，这其中一定隐藏着什么秘密，对了，是不是跟那个大祭司有关？”

见艾曼纽苦苦追问，而我又无法逃避，只得答道：“是……是大祭司用阴谋诡计诱骗我射杀了盐姬。”

“大祭司诱骗你杀死心爱的女人，这可不大好理解？”艾曼纽凝视着我，脸上写满问号，忽然，她一把抓住我手，讶然道：“皮，莫非你真是一个古人，穿越到了现代世界？如果不是这样，怎么会做出那么古怪的梦，还入戏那么深？”

“不过是一个梦罢了，您怎么这么较劲。”我摇了摇头，以此来掩饰自己内心的不安，同时转移话题，“今天真险，要是那个王队的申请被批准，这艘船停在这里打捞个十天半月，我们暂时又没事情可做了。”

“好吧，既然你不想继续这个话题，只有改天再来探讨了。”艾曼纽知道我是有意回避这个话题，知道再问下去也没什么结果，便及时打住，随后，又递过一杯咖啡，说：“醉得这么厉害，喝点咖啡醒醒酒吧。”

我接过杯子，喝了一口，心里顿时暖和了不少。

沉默片刻，艾曼纽说道："先前扫描的那堆石头，你能肯定就是鬼石吗，如果错过这次机会，以后再要寻找可就困难了。"

"我事先做过走访，还查阅了一些古籍资料，上面的描述与屏幕上的图形非常吻合，至于说那些石人，是秦始皇将鬼石切割后打造出来的。"

听完我的回答，艾曼纽掩饰不住内心的激动，说道："皮，我越来越崇拜你了！"

我苦笑，顾左右而言他："明天是怎么安排的？"

见我不领情，艾曼纽有点失落，答道："明天一早，上岸去酆城，相关设备和人员也都到了那里，很快就能检验你的判断是否正确了。"

第二天，来到江边，除威廉、雷阿和皮埃尔外，还有两个皮肤黝黑的老外，威廉介绍道：他们是专程从法国赶来从事水下作业的技工，一个叫保罗，一个叫克雷奥。

一艘巨大的奇形怪状的船停靠在名山脚下，它最为特别的地方，是置于船身两侧的粗大管道，听艾曼纽介绍，这是专门用于建筑桥墩的水下作业特型船，船身两侧的管道每分钟可以从水底吸出 30 吨泥沙。

从船上走下来迎接我们的竟然是高纳德，他径直走向艾曼纽，照例来一个热情洋溢地拥抱，同时大声说道："爱娃，你总交给我一些难以完成的任务，我可是都为你办到了，接下来，你打算怎样还这个人情呢。"

见我望着她，艾曼纽赶紧从他的怀抱中挣脱出来，笑道："这都是你父亲以前欠我家的人情，现在你替他老人家还罢了。"

高纳德面露失望之色，皱眉说道："不错，父亲创业的时候，是找你家借了很多钱，可他早就连本带利还清了，轮不到我来还了吧。"

艾曼纽笑道："我说的另一件事，你父亲当时到我家怎么说来着？"

高纳德满脸疑惑，不由得耸了耸肩，问道："他说了些什么，我怎么不知道？"

艾曼纽答道："你父亲亲口对祖父说，等艾曼纽长大后，无论向你们家提出什么要求，都得无条件答应。"

高纳德摸摸脑袋，装出恍然大悟的样子，答道："是的，父亲曾告诉过我，"说到这里，他又模仿老人的声音，一本正经的说道："儿子啊，你长大之后，一定要把艾曼纽娶进家门哦，无论她提什么要求，都得无条件答应。”

艾曼纽也装出生气的样子，皱眉说道：“你耍赖。”

眼见他俩当着大家的面，肆无忌惮地调情，心中实在不是滋味，正想绕开他俩早早上船，却被高纳德拦住了，语气带有挑逗的成分：“原来这位中国帅哥也来了，怎么比上次瘦了不少呢，被爱娃折磨了吧？”

正一筹莫展的时候，艾曼纽走过来，拉了我手说道：“别理他，我们上船。”

这时，威廉走上前来，攀住高纳德的肩说道：“辛苦了，你为我们做的这些事，我会向你父亲表达谢意的。”

高纳德又耸耸肩，做出无可奈何的表情，对威廉说道：“您都看见了，不是我不努力，是爱娃根本就对我没感觉，父亲责怪下来，您可得为我申诉。”

威廉笑道：“那是肯定的，我一定向你父亲转达。”

来到控制室，艾曼纽将U盘插入手提电脑，不多会儿，屏幕上显示出鬼石堆的三维立体图，并有详细的尺寸数据和坐标参数，虽然当时没来得及缩小矩阵排布以更强的功率直接搜索到狼剑，但有图文做参照，我自信找到它并不难。

我先让艾曼纽在鬼石阵的东西向和南北向各画一条参考线，接着，手指屏幕上两根线的相交点，说道：“就是这里。”

位置确定后，船长指挥开船，向指定目标位移。到达指定位置后，皮埃尔穿上潜水服，开始下潜，同时，他在水下的位置会有一个红点在屏幕上显示出来，如果需要调整位置，则通过电脑把指令发送到皮埃尔的特制腕表上。

两分钟后，皮埃尔到达江底指定区域，安装上三个GPS定位器，三个定位器呈等腰三角形分布，等腰三角形的中心点，就是水下作业船抽取泥沙的位置。

看着眼前的场景，我忽然有些庆幸自己的决定，如果不是与艾曼纽合作，要从这几十米深的长江水底获取一把古剑，凭我和大探事、常昆等一帮杂牌军，简直就是痴心妄想。

等到皮埃尔回到船上，船长下令开始作业，船身一侧的管道开始向水下延伸，十分钟后，到达指定位置。当船长按下红色按钮时，一阵巨大的轰鸣声响起，伴随着轰鸣是船体高频率的颤动，半分钟后，金黄色的泥沙从高悬于空中的管道中喷射而出，进入巨大的船舱。

控制室的仪表数据不断变化，显示出已抽取泥沙的数量和所挖坑道的垂直深度。一米、两米、三米，到达第六米时，船长命令停止作业，保罗和克雷奥开始下潜，他们手上各拿着一个水下金属探测仪。

两分钟后，从视频中看到保罗和克雷奥到达了深坑里面，开始拿出探测器插入坑底进行探测。我的心跳开始加速，身体出现了轻微的抖动，感觉手心有点发凉。

一只温暖的手掌递过来，握住了我的手，那是艾曼纽的手掌，但我并没有松开，反而把她握的更紧，这才感觉心跳平缓了点。

时间一分一秒的过去了，并没有得到期待的信号，整个控制室里鸦雀无声，感觉自己的手心开始出汗。

半个小时后，保罗和克雷奥回到船上，通过步话机告诉我们，没有找到东西。

船长命令继续抽沙作业，伴随着轰鸣声和船身的抖动，感觉自己的心跳似乎比这船身抖动的频率还高。

几分钟后，深度达到七米，船长命令停止工作，然后保罗和克雷奥再次下潜，重复刚才的水下探测，半个小时之后，依然一无所获。

我们与船长商量了一下，决定继续增加挖掘深度。

于是，重复之前的操作，到达八米的时候，船长告诉我们，吸管已经触到了江底的坚岩层，不能够继续下探了。

保罗和克雷奥再次下潜，然而，半个小时之后，仍然是一无所获。

威廉和艾曼纽的目光向我看过来，威廉的目光中充满怀疑，而艾曼纽的目光则充满鼓励和期待。

我抽出一支烟点上，默默思考——怎这个位置的确定，是我参照图语和羊皮图仔细推敲出来的，应该没有什么问题，按照古人的脚步测量，深十步大概也就六七米的距离，现在已经达到八米深度了，不可能更深了。

或者是位置出了偏差？

我再次向船长提出建议，扩展深坑的范围进行搜索，深度以触及江底岩石为限。

船长接受了我的建议，命令将下插的吸管移动位置，在深坑的旁边再打三个坑，将深坑底部的面积扩展到四平方米左右。

于是，轰鸣声再次响起，我的心脏也跟着船体一起颤动起来。

狼剑

一个多小时后，江底鬼石阵的中心位置，已经出现了一个深度八米、底面积约四平方米的大坑，保罗和克雷奥开始第四次下潜，这个时候，我有一种缺氧窒息的感觉。

半个小时后，保罗和克雷奥依然两手空空回到甲板上。

我的脑袋犹如遭受雷击，疼痛欲裂，冷汗都冒出来了。艾曼纽赶紧递给我一块热毛巾，劝慰道："别着急，也许是哪个环节搞错了，再仔细想想。"

擦了下头上的汗，稳定一下心态，我问艾曼纽："这艘船可以在这里工作多久？"

艾曼纽答道："最多能租用到下午四点。"

我问道："租这只船的费用很贵吧？"

艾曼纽答道："是很贵，一个小时差不多六万人民币，但钱不是问题，问题是这艘船下午四点后还有其他任务，高纳德做了很多工作才得到这八个小时的使用权。"

这个时候高纳德插话了："我看爱娃你也是鬼迷心窍了，听这个家伙胡言乱语一番就相信江底有什么宝贝，现在死心了吧。"

艾曼纽佯怒道："你就别在这里泼冷水了，已经过了吃中饭的时间，餐厅里给你准备了两瓶好酒，何不一边喝酒去。"

高纳德耸耸肩，无可奈何道：“你是不是被中国鬼迷住了心窍，整个人性情都变了。”

听高纳德含沙射影的骂我，威廉赶紧插嘴，说道：“对了，已经快两点了，大家还是去餐厅吃饭吧。”

听完威廉的话，许多人都离开了，控制室里，除大副留下值守外，只剩下威廉、艾曼纽和我。此时，威廉走近我，压低声音说道：“皮老师还不肯把图纸拿出来吗？”

我点燃一支烟，吸了一口，坐回椅子上，一只手撑住额头，低头沉思，究竟是哪个环节出了问题？

按照图语和羊皮图的标示，狼剑所埋之处，千真万确就在鬼石阵的中心，不可能发现不了，除非长江边还有另一处一模一样的鬼石阵，但这种假设几乎不可能成立。而威廉向我要羊皮图，显然是认为我有所保留或判断失误，现在四剑已出二剑，剩下的狼剑和蛇剑也都露出了端倪，继续向他们隐藏羊皮图似乎没有必要，如果此时还不拿出来，反而引起不必要的猜忌。

虽说羊皮图放在巴国太庙的玉匣里，我手头只有一幅原尺寸的描摹图，但即使是描摹图，也算是巴国的秘密，我仍然不愿示人，他们要猜忌，就任凭他们猜忌去。所以我没有理睬威廉的提示，两眼仍死盯着显示屏。

因为昨晚酒喝得太多，仍然有些头晕，又没有休息好，眼皮不停地跳，抬起头来，深吸一口烟，望着电脑屏上弯弯曲曲的线条，似乎在不停地流动，突然就有了灵感。

掐掉烟头，转过头来，对威廉说道：“狼剑埋藏在江底泥沙中，经过两千多年，会不会发生了位移？”

威廉望着我，沉思片刻，点了点头说道：“你分析得很有道理，鬼石是生根在江底坚岩上的，自然不会移动，而泥沙则会随着水流的冲击向下游移动，只是不知道经过两千多年的冲刷，狼剑向下游移动了多少，如果距离太远，探测起来就困难了。”

这时，艾曼纽又接过话头：“如果是向下游移动，一定是由西向东方向，现在鬼石阵在西方边沿的位置正好有个大缺口，夏季涨水的时候冲击力一定很大，恐怕移动的距离不短。”

威廉指了指屏幕说道：“而石阵的正东面恰巧比较封闭，只有一个小口，如果运气好，下移的狼剑会被东边的巨石挡住。”

艾曼纽接着说道：“所以说接下来的探测，应该在鬼石阵正东面的巨石下。”

威廉点头：“只有孤注一掷了。”

船长吃完饭回到控制室，已经是下午三点，只剩下一个小时时间了，我们把调整后的探测位置告诉他，做最后一次尝试。

抽沙机再一次轰鸣，此刻，我的心已经提到了嗓子眼。

半个小时后，水底深坑到达八米，船长告诉我，吸管已经接触到底层坚岩了。于是，保罗和克雷奥开始第五次下潜，十分钟后，他俩相继浮出水面，膨胀气囊下，吊着一个长方形的东西，那是一个石匣。

我认得那个石匣，它和装熊剑的石匣一模一样。

还没有看见狼剑，艾曼纽已抑制不住激动，将我紧紧抱住，情不自禁的强吻起来。我使劲挣脱她的怀抱，擦擦脸上的吻痕，走出控制室，向甲板跑去。接着，艾曼纽和威廉也跟着冲了出来。

然而，石匣的盖子已经破损了，我有些紧张，生怕狼剑已经锈蚀破损，然而很庆幸，那破口很新，是被刚才吸管的强大旋转力损坏的，石匣内的剑身依然完整，并且光亮如新，只是木柄有些破朽，剑身表面，布满密集的凹槽，整体呈棕褐色，剑首处刻一个狼字图语，看着这把剑的色泽，我也就明白了每把剑前面那个图语的意思应该是指剑的色泽，所以之前的那两把剑应该分别叫“苍鹰剑”和“黑熊剑”，而这把剑应该叫“紫狼剑”。

经历了先前的期待和失落，真正将“紫狼剑”拿到手上的时候，反而镇定了许多，但是威廉和艾曼纽却抑制不住内心的喜悦，毕竟这是他俩亲自找到的第一把古剑。

“我们赶紧上岸吧，别耽误船长的时间。”高纳德提醒道。

“对了，马上回山城，今晚好好庆贺一下，租船的八万美金我会很快打到你账上。”说完，艾曼纽轻拥高纳德，给了一个贴面礼，“这次真谢谢你了。”

来到岸边，悍马 H2 和一辆凯雷德早已恭候在码头上，威廉、艾曼纽、高纳德和我坐了悍马，雷阿、皮埃尔、保罗和克雷奥上了凯雷德。这次是高纳德开车，威廉坐副驾，我和艾曼纽坐后座。

一路上，艾曼纽一直沉浸在喜悦中，而她对我的亲热也越来越肆无忌惮，完全视高纳德如空气，令我十分难堪，但高纳德似乎并不十分在意。

“威廉叔叔，今天我要住南滨路的喜来登总统套房，好好庆贺一番。”艾曼纽提议道。

“是个好主意，要不要多约几个朋友搞个 party？”高纳德附和道。

“你们去玩吧，我得回学校，不然就要失业了。”我立马打退堂鼓。

“不行，今天的大功臣不参加，这 party 还有什么意思，你若不喜欢热闹，我们安安静静庆祝就是。”艾曼纽强留我。

“爱娃可从来没对我这样热情过，你还这么不识抬举，太扫兴啦！”高纳德居然帮艾曼纽挽留我，实在出乎意料。

“要是祖父和爹地能看见这把剑该有多高兴。”艾曼纽小心抚摸着放在石匣子里的狼剑，用绸布轻轻擦拭，兴奋之情溢于言表。

“发张照片回去不就得了。”高纳德酸酸的口气。

“你懂什么，照片和实物完全两回事。”艾曼纽瞥高纳德一眼。

“回去之后得赶紧把狼剑放进密封箱，对了，皮老师可有那把熊剑的照片，我们都还没有看过它的样子呢。”威廉不失时机地插话。

“有，但是在家里另一个手机中，我还画了细节图，等回到学校再传给您吧。”

为了安全起见，我手机中跟巴国有关的重要照片全删除了，它们都深深印在我的脑袋中。

“现在四剑已有其三，我们离成功已经越来越近了。”艾曼纽喜不自胜。

“恐怕没有那么简单，我看要取得那把蛇剑，并不比这把狼剑容易，既不能用火，又不能用毒，我还真没什么主意，不知皮老师想到什么办法没有？”威廉回过头来，把眼睛望向我，其用意不言自明。我没有搭理他，将眼睛闭上，假装睡觉。

总统套房

我真的睡着了，醒来的时候，已是在喜来登大厅门前。

艾曼纽果然订下总统套房和一个豪华套间，看样子，我想开溜是行不通了。

“我也是第一次住这里的总统套房，这都是托你的福。”艾曼纽紧紧挽住我的手臂，笑逐颜开。

“您这样说，我就更不敢上去了。”我企图挣脱艾曼纽的手臂，但没有成功。

“你放心，如果你不愿意，我不会吃了你的。”艾曼纽娇笑盈盈。

“这样吧，我陪你们玩一会儿再回去，明天还要上课。”我继续找借口推托。

“如果你今天晚上一定要回去，无论多晚，我负责开车送你，这样可以了吧？”见我态度坚决，艾曼纽终于让步。

总统套房位于酒店顶层，除一个临江的大卧房外，还有三个小卧房以及客厅、舞厅、书房、酒吧、视听室等，差不多有近300平方米面积，其奢华程度令人咋舌。置身于这样的环境，我还真有点手足无措。

一进入套房，艾曼纽就开始张罗，打电话安排各种服务，过了一会儿，就有各种酒水、餐点、果盘等陆陆续续送来。

舒缓的音乐播放出来，艾曼纽将嘴贴近我耳边说道：“今天这个套房就是你的家，你是这里的国王，想做什么就做什么。”

我无法拂逆她的盛情，回答道：“谢谢，您招呼客人去吧，我先听听音乐。”

艾曼纽望着我莞尔一笑，招呼雷阿和皮埃尔等人去了。

威廉见我一个人站在吧台旁，走过来递上一杯红酒，说道：“皮老师，今天幸亏你关键时刻的灵光一现，要不然这狼剑就失之交臂了。”

我小酌一口红酒，答道：“全靠威廉叔叔弄来如此强大的专业设备，又请来这么多专业人士，要不然想从如此深的江底起出古剑真是难以想象。”

威廉微笑点头：“所以要干成一件事，整合资源是很重要的。”接着又靠近我轻声说道：“我看爱娃对你越来越迷恋了，你难道就没有一点想法？”

听完威廉的话，我感到十分窘迫，立即摇头道：“艾曼纽那么高贵，我怎么配得上，再说了，国籍不同，文化有别，这件事不用考虑。”

威廉轻蹙眉头，沉默半晌，又对我耳语道：“爱娃是个任性的孩子，如果您不爱她，也请不要伤害她，她是个自尊心很强的姑娘。”

我没有回答，也不知道怎样回答，如果没有那件事，抑或者没有覃婉丽，我也许会对艾曼纽产生兴趣，毕竟她惊人的美丽和华贵的气质让很多男人都无法自控。

又闲聊了几句，威廉离开我，和雷阿聊天去了。

高纳德真的邀请了几个朋友，他们是一男三女，都是中国人，不过这个男人的言谈举止简直就是个女人，进来给高纳德打个招呼后，就扭着腰肢朝皮埃尔走去，而皮埃尔竟然旁若无人地把他抱在怀里。

三个女子的身材都很高挑，面容姣好，像是活跃在夜场的常客，脸色苍白，衣着名贵，她们直奔高纳德而去，七嘴八舌地发嗲，举止轻浮。只见高纳德正在和其中一个女子窃窃私语，片刻之后，那女子扭转脖子扫视，眼光落在我身上，然后使劲摇头，高纳德又跟她耳语几句，那女子才不情愿地转过身，款款向我走来。

“帅哥，第一次见面，交个朋友好吗？”女子挤出一丝笑容，朝我身体靠过来。

“对不起，我想一个人静静地听听音乐。”我朝旁边挪了挪，与她保持一定距离。

“啊呦，还蛮高冷的呢，怎么，觉得本姑娘配不上吗？”那女子从餐台上拿过一杯红酒，轻佻的眼光瞟过来。

“对不起，我真的只是想一个人静静地听音乐。”我继续礼貌地回绝她。

“在这种场合听音乐，你怕是太装了吧？”女子语气中带着轻蔑。

“那依您看，哪些场合才能听音乐？”我不温不火回敬她一句。

“如果真喜欢听音乐，你可以到对岸的大剧院去听，何必到这里来丢人现眼。”女子瞪我一眼，口气有些恶毒。

“既然觉得我丢人现眼，那就请离我远点，那边有几个老外，出身高贵，气质不凡，您去和他们聊吧。”我也不再客气了。

那女子皱皱眉头，从手包中抽出一支烟来，叼在嘴上，白我一眼，说道：“啊呦，还生气了，蛮有个性的嘛，惹得本姑娘欲罢不能了，”随后，又将头凑过来，“有打火机么，借个火。”

我从衣袋中掏出打火机，递向她，女子却不接，将头凑得离我更近，娇嗔道：“一点儿绅士风度都没得，还在这种场合混。”

我只好把火机打燃，给她点了，女子抬起头，深吸一口烟，吐出一串烟圈，随后，又将嘴凑拢我耳边说道：“要不是高帅分配了任务，我才懒得搭理你呢。”

我问道：“高纳德给你分配了什么任务？”

女子又白我一眼，冷笑道：“你是真不懂还是假不懂——意思是本姑娘今晚交给你安排了，而且是免费的。”

我倒抽一口冷气，连退三步：“你开什么玩笑？”

那女子撇嘴道：“见过比你装的，但没见过比你傻的，如此无趣的人，也不知谁瞎了眼，把你带进来，好意思在这种场合混？”

“你错了，他是个很有趣的家伙，”不知何时，艾曼纽突然来到我和女子面前，体态婀娜，眼波流转，“并且还是这间套房的主人，今天的国王。”

此时，艾曼纽已换了服装，一袭拖地长裙，上面绣了一只白孔雀，胸背都开得很低，将她的身材塑造得更加高挑完美。

“皮，这件晚礼服好看吗，我是看了杨丽萍的孔雀舞受到的启发，请中国最著名的设计师制作的。”艾曼纽用手拨弄着裙摆，展示绚烂的孔雀裙。

“真漂亮！”我不由自主发出惊叹。

“那么我们跳舞吧，免得辜负了这件礼服。”说完，艾曼纽已伸出双手搭上了我的双肩，望着那女子莞尔一笑：“对不起，你错过了机会，他现在属于我了。”

我不由自主地搂住艾曼纽的纤腰，伴着音乐进入舞池中央，转过头来，看见那女子惊讶无比的眼神。

“谢谢你解救了我。”我轻声对艾曼纽说道。

“为什么要谢我？”艾曼纽抬起头，看着我狡黠地笑，“刚才你身边那个女子很漂亮啊，怎么不和她多聊聊。”

“您觉得我跟她会有什么可聊的吗？”我淡淡地反问道。

“那就好，我还怕打扰你们了呢，不过，你对她的无视让我很高兴，高傲而专注，这正是你最吸引我的地方，这样的男人对女人很有杀伤力。”艾曼纽抬头看着我，钻石般的眼珠子又开始放电。

“艾曼纽，你和高纳德才是天造地设的一对。”我赶紧转移话题。

“高纳德，那个花花公子，我怎么会喜欢上他？”艾曼纽轻蔑地瘪瘪嘴。

“我觉得他不错，长得帅，又有钱又有事业，比我强过百倍。”说这话的时候，感觉到自己有些言不由衷。

艾曼纽摇摇头，脸色有点古怪，“是吗？也许大多数中国人都这么认为吧，你看他身边围绕了数不清的中国美女，而他嘛，只是把她们当成了自己的收藏品，我要是嫁给他，至多不过是这些收藏品中最贵重的一件罢了。”

我又言不由衷地说道：“不管怎么说，他可比我强多了，而且你们两都出身贵族，又是世交，用中国话来说，叫门当户对。”

艾曼纽继续摇头，眼神中带有责怪，“他至多算个富二代，用你们古代的形容叫纨绔子弟，跟你可没法比，离贵族的要求更是差得远。”

“那要怎样才算贵族？”

“在欧洲，真正的贵族是有爵位的人，比如说我曾祖父、祖父和父亲都封有爵位，才是传统意义上的贵族，而以现代眼光来判断，要成为一个合格的贵族，不仅是要有钱，更要有良好的学问和修养。”艾曼纽侃侃而谈，脸上浮现出高贵的笑容。

我无言以对。

一曲舞罢，浑身燥热难当，便对艾曼纽说道："我有点热了，想去阳台上透透气。"

艾曼纽笑道："今天你是国王，一切你说了算。"

从阳台正面看出去，对岸就是长江与嘉陵江的交汇处，那里耸立着一栋奇特的巨大建筑——山城大剧院。它是参照山城的地形而设计的，高低错落，巨大的墙面上不停变幻着五光十色的画面，倒映入江中，绚丽而神秘。

两江之中，众多彩虹般灿烂的桥梁横跨南北，昭示着这是一个繁华的大都市，也彰显出总统套房独特的视角和它的价位。

看了一会儿大剧院，艾曼纽挽住我的手臂说道："你们中国虽然没有真正意义上的贵族，可是我在你身上看到了贵族气质，还有一种令女人迷醉的东西，就像对面的大剧院一样，独特而充满艺术气息。"艾曼纽凝望着我，眼波中闪烁着迷人的光彩。

"就我这个土包子，怎敢与大剧院相提并论。"我尴尬地摊开手。

"皮，你还是没明白我的意思，也许我以前的某种行为伤害了你，但那也是基于对你的爱慕，而且这种爱慕越来越强烈。"说完，艾曼纽将头靠过来。

此时此刻，闻着艾曼纽身上散发出的香味，我却想到了覃婉丽，忽然有种强烈的负疚感，不行，再这么相处下去，恐怕永远也不能挽回覃婉丽了，于是，我冷冷地答道："您并不真正了解我，当然，也没有必要了解我，对了，现在我想回去了，您继续招待客人吧，谢谢您的盛情款待。"

听完我的话，艾曼纽的眼神瞬间变暗了，"你真的要回去？"

我点点头，说道："为了我，害您破费了，真是抱歉，您慢慢玩，我自己打车回去吧，这么晚，就不麻烦您送了。"

此时，艾曼纽眼眶湿润了，显现出无比的失落，沉默片刻，无奈的耸耸肩："我送你回去吧，事先答应过你的。"

回到学校的时候，是十点二十，下车后，正准备跟艾曼纽挥手告别，但艾曼纽也下了车，又来挽我胳膊，我机智的闪开，说道："辛苦您了，赶紧回去吧，总统套房还有客人等您招呼呢。"

艾曼纽摇摇头，答道："我要跟你上楼去看看。"

"跟我上楼？"我慌忙摇头，"有什么好看的？"

"看熊剑啊，"艾曼纽耸耸肩，"你不久前答应我的，怎么这么快就忘了？"

"熊剑没在我手里，楼上只有照片。"我冷冷答道。

"照片也行，"艾曼纽脸色泛红，眼珠子放光，"反正我想看。"

艾曼纽提出的要求并不过分，但她一个外国人，又穿得如此隆重如此暴露，若被邻居看见，实在不好解释。可如果一味在楼下纠缠，则可能被更多人看见，影响更不好。想来想去，只有满足她的好奇心，赶紧上楼。

偏偏楼道中的路灯坏了，见我急匆匆上楼，艾曼纽可不依，一把拉住我，口中说道："黑灯瞎火的，把一个女人扔在后面，一点绅士风度都没有。"说完，也不管我愿不愿意，一手提裙子，一手挽住我胳膊，贴身上楼。

黑暗中，大热天的，艾曼纽身上散发出的香水味格外浓烈。上完一楼，二楼的路灯亮着，心情更紧张，生怕此时忽然冒出个人，那我可就无从遁形了。所幸现在夜已深，没有人出入，登上三楼，就到家了。

走到门口，拿钥匙的时候，手又不停地抖，心中想着，要是覃婉丽想通了，忽然回来，看见我和浓妆艳抹的艾曼纽在一起，那可是跳进黄河也洗不清了。

抖抖索索打开门，屋里没有灯光，我稍觉安心，再打开灯，还是原来的样子，我心中的石头才落了地。

"唉，这房子好小。"艾曼纽一进屋就嚷起来。

我赶紧将门关上，示意她小声点，艾曼纽抿嘴一笑，说道："怎么回到自己家还像做贼似的。"

"我们本来就是贼。"心情放松之后，幽默感忽然冒出来。

"为什么这么说？"艾曼纽问道。

"这段时间做的这些事，都是偷偷摸摸的干，不是像贼一样吗？"

"哦，原来你说这个。"艾曼纽又抿嘴一笑，"还以为……"

"还以为什么……"

"还以为你说我们俩来这里偷情。"

艾曼纽冒出这句话，把我吓了一跳，哪里还敢继续跟她开玩笑，赶紧到书房摸出藏在书堆中的手机，打开后翻到熊剑照片，递到她眼前。

艾曼纽看着手机中的照片，眼珠子又开始发光，“真漂亮啊，比鹰剑狼剑都精致，连剑柄都完整如新，中国两千多年前就有如此高超的铸剑技术，真是让人吃惊，难怪曾祖父对中国古代青铜器那么着迷了！”

“看够了没有？看够了的话就可以走了。”尽管艾曼纽盯着熊剑神不守舍，但我却一心只想催她早点走。

“这么晚了，你叫我回去，一个人，而且还是个女人。”艾曼纽满脸不屑，“皮，你可真不够绅士。”

“我本来就不是绅士嘛，不如那个高纳德。”这话说出来，怎么感觉酸酸的。

“皮，请你不要再提高纳德，我压根儿就瞧不起他。”艾曼纽皱眉。

“不管您瞧上谁，都不关我的事。”我又做出了请的手势，“您现在要做的正确的事，就是马上离开这里。”

“马上……离开？”艾曼纽脸色暗淡下来，“你说的是真的？”

“真的！”我加重了语气。

艾曼纽把手机扔给我，不再说什么，猛的开门，头也不回地走了出去。

半分钟后，楼下传来悍马发动机巨大的轰鸣声。

疲于奔命

第二天一早，开上牧马人，去恩施。

下午三点半，到达恩施，来到袁继祖所说的那家旅行社，被工作人员引荐给一个姓宋的经理。那经理见我问起覃婉丽，十分不悦，支支吾吾的，说什么要对员工的安全负责，不能随便告知她的去向。

从经理室出来，听见员工们窃窃私语，心中便惴惴不安起来。

走出大门的时候，忽见一女子追出来，悄悄问道：“覃婉丽是你什么人？”

我便答道：“她是我女朋友。”

那女了便说道：“覃婉丽带团去大峡谷了。”

看着女子诡异的笑容，心中便升起不祥的预感——

覃婉丽来恩施，难道是为了那个宋经理？

离开旅行社，才觉得饿了，便到街边一小餐馆坐下来，点完菜，吃不多会儿，就看见店里进来两人，一高大肥壮，满脸横肉，脖子上挂一条粗大的金链子；一矮小精瘦，鼠眼壑鼻。两人进来后，扫了我一眼，不坐旁边的空桌，却坐了我这桌。

两人离得这么近，我不得不瞧上几眼。那胖子见我瞧他，凶巴巴的目光便射过来，开口骂道：“看啥子看，没见过大爷吗！”

那瘦子也跟着骂道：“这家伙一脸晦气，一看就是被人戴了绿帽子！”

我心中正郁闷着，哪受得这口气，便冷冷回敬道：“我只看见一肥一瘦两条恶狗，没有看见什么大爷。”

话音刚落，两个家伙猛地站起身来，各抽出屁股下面的条凳，嘴里污言秽语地骂着，手中劈头盖脸地向我砸来。

我心中一惊，这两个家伙，一言不合，竟然就使出如此凶狠的招式，明显是来找茬的，便不敢怠慢，急退两步，也拖过一根条凳，双手一举，先将胖子手中条凳挡开，随后又一脚撩向胖子腹部，随后，那胖子就窝下了身体。

瘦子见状，有些发怵，但还是举着手中条凳，劈头盖脸地砸过来。我侧身闪过，顺势一皱，击在瘦子胸口，那瘦子闷哼一声，也趴在地上。

二人见我出手狠辣，哪里还敢近身，嘴里嘟嘟囔囔的骂了一阵，灰溜溜的走了。

大峡谷旅客接待中心离恩施市有七十公里左右，到达那里时，已是晚上九点，本打算先住下来，明天再去寻覃婉丽，可当我走进一家度假酒店时，却意外看见了自己朝思暮想的人——覃婉丽。

此时，覃婉丽正站在酒店大堂里给团员们分发房卡，而她旁边站着另一个熟悉的面孔，是那个宋经理。正当我发愣的时候，覃婉丽转过身来，脸色顿时僵住了，半晌，才皱眉道："你跑这儿来做啥子？"

我回过神来，紧走几步，企图拉她的手，被她挣脱，板着脸说道："请你自重，不要在这儿影响我工作。"

我赶紧缩回手，忐忑道："别闹了，跟我回去吧。"

覃婉丽白眼一翻，冷冷道："你是谁，凭啥子让我跟你走！"

见我与覃婉丽拉扯，那宋经理想过来推我，被我一把推开，差点摔倒。与此同时，周围的客人鼓噪起来，覃婉丽便狠狠地瞪我一眼，"看来你是没事找事来了？"

见覃婉丽貌似要发火，害怕事情弄僵不好收拾，我只好消停，等她发完房卡，我才走过去，说道："可以跟你谈谈吗，就一小会儿。"

"我现在要忙工作，不像你一天游手好闲，"覃婉丽态度依然很冷，但发现宋经理正在偷笑的时候，似乎改了主意，说道："如果你有闲心，就在这大堂里等一夜吧。"说完，径直朝电梯走去。

呆立片刻，我决定在这儿住下，伺机而动。

便去前台开了个标准间，一进房间，也没心思洗漱就躺在床上，望着天花板发呆。

既然睡不着，还不如去外面透透气，于是，我翻身下床，来到大厅外，点燃一支烟。

这次来恩施，原本只是想看看覃婉丽，没打算劝她回去，因大祭司一家逃出了巴国，可能还到了山城，如果这个时候带她回去，无异于作茧自缚。可现在看见宋经理跟覃婉丽在一起，我却忽然没有了主意。

想来想去，觉得还是让覃婉丽待在恩施，尽管这样会冒失去她的风险，但相对于失去生命的代价来说，我觉得后一种结果更不能让自己接受。

一阵风吹来，透着阵阵寒意，但头脑逐渐清醒，心中拿定了主意。

"守在这里干什么，不会是在等那个外国女人吧？"

身后响起覃婉丽的声音，转过身来，覃婉丽已站在面前。

"你来了，看来我没有白等。"我抑制住激动，呆呆地望着她。

"啷个烟瘾越来越大了，手指头都熏黄了，满身烟味儿。"覃婉丽嗔道。

“这不是想你睡不着觉嘛，抽烟好打发时间。”说完，赶紧把烟扔掉。

“谁信你的鬼话。”说话间，覃婉丽手已伸出来，猛地掐我一下，“想我的话，为什么几个月都不打个电话，给你打电话也打不通，是怕我纠缠你吧？”

被掐得手背有些疼，但心里却荡起一阵暖意，于是答道：“换手机号码，就是为了避免艾曼纽的骚扰，至于你，原本以为过不了几天就会回来的。”

“换手机号码，你就不怕我找不着你，永远不回家啦。”

“你找不着我，我可以找你呀，你看，这不就来了吗？”

“奇怪，你是啷个找到我的？”

“那么大的事情都干得了，找个人算什么。”见覃婉丽消了气，我又有了油嘴滑舌的勇气。

“可我这边刚签了合同，不能马上跟你走，至少要干到月底才能离开，不然要赔钱的。”覃婉丽露出为难的神色

“那就干到月底吧。”听覃婉丽这么说，我松了口气，但一松气，就失去了警觉，说话也不得要领。“这次来恩施，本只是想看看你，你现在好好的，我就放心了……对了，那个宋经理可不是什么好东西，最好离他远点。”

话音刚落，覃婉丽猛地甩开我手，冷冷道：“原来你不是来接我回家的，既然这样，那又去管别的男人是好是坏干啥子？”

我支吾道：“我是想把手头这点事情办完，等新房装修好了之后再接你回家，安安心心的过我们的二人世界。”

没想到我的一番辩白，反引起覃婉丽误解，愤然道：“我晓得你的意思了，在你心中，我还是没有巴国那些劳什子事情重要……现在，我要回去睡觉了，明天还要带团，没工夫跟你瞎耽搁。”说完，愤然转身，朝大堂电梯间走去。

我没有在恩施久留，也没有继续劝说覃婉丽。

第二天一早就赶回山城，因为后天就是跟艾曼纽约定的取剑时间。

回到山城，立马给艾曼纽打电话，可是电话打过去，却没人接听，再

给威廉打电话，也没有接听。于是，我又来到海王大酒店，敲威廉和艾曼纽房间门，没有响应，再到大堂问前台，说两个房客已于今早结账。

此时，我心里升起一种不祥的感觉——要是威廉和艾曼纽背着我行动，以火烧蛇，那可就麻烦了。

想到这层，赶紧发动牧马人，朝万盛方向飞奔。

下午4点钟，到达万盛石林，直奔上次住的宾馆，询问前台，艾曼纽和威廉并没有入住。又去另外几个较好的宾馆查询，仍然是查无此人。

这个时候，我有些慌乱了，心想，他们是不是没有入住宾馆，直接去金龙洞了！

事不宜迟，又直奔金龙洞。

到达金龙洞，发现洞口立着一个木牌，上面写着——此洞有毒蛇出没，严禁进入。除此之外，洞口还横七竖八钉了很多木板，把洞口封了起来。木板并没有撬动的痕迹，一切迹象表明，威廉和艾曼纽还没有来到此处。

于是，我又急匆匆开车返回，一路上，我百思不得其解，艾曼纽和威廉都不接电话，这在以前还从来没发生过，本以为他们会背着我盗剑，可事实上却并非如此，那么，他们究竟干什么去了，为什么不接电话？

正胡思乱想着，接到艾曼纽电话，要我第二天去喜来登会面。

第三章

金蛇护宝

金蛇的神奇表演还在继续，几分钟后，蛇穴中开始冒出一个长条形的石匣，被一圈圈一层层金蛇盘绕卷曲着顶在上面，并且不断升高，在灯光的映照下，变成了一个金光闪闪的蛇塔……

勋爵驾临

对于艾曼纽约到喜来登会面，我有些抵触情绪。

因按照之前的约定，艾曼纽来山城，一般都住海王大酒店，不仅离学校近，又是五星级，商量做事比较方便。可她现在却退掉了五星海王，选择了六星喜来登入住，追求奢侈的同时，却不顾及我的感受。要知道我们学校位于山城最北，而喜来登则位于山城南端，一个单程就是 50 公里，虽然油费可以报销，但消耗的体力能报销吗？再则，她昨天又不接我电话，害得我东奔西走，虚惊一场，脾气再好的人，也受不了。

到达喜来登的时候，艾曼纽已在大厅里等候，见我皱着眉头，便问道："谁又惹你啦，脸拉得长长的？"

我绷着脸，没有吭声。

"是为昨天不接电话的事吧？"见我还是绷着个脸，艾曼纽却扑哧一声笑了，"你电话来的时候，我跟凯雅正在健身，健完身，又去游泳，游完泳，又回房间冲澡，冲完澡，才看电话，看电话，才知道你打了电话。"

听完艾曼纽这饶有风味的辩解，我气已消了大半，便问道："那威廉怎么又不接电话？"

"威廉，"艾曼纽耸耸肩，"他的电话丢了。"

"丢了！"我有些吃惊。

"丢了就丢了，干吗那么大惊小怪的。"艾曼纽又耸了耸肩。

"您刚才说，跟凯雅一起健身，她来山城了？"

"不仅她来了，爹地也来了，点名要住山城最好的酒店，所以……"

听到这里，我无话可说了。

这次，艾曼纽一家入住了仅次于总统套房的部长行政套间，当艾曼纽挽住我手进入房间的时候，凯雅先迎上来，照例又是一个贴面礼。

接着，勋爵伸出了手，与我紧紧握在一起，同时说道：“皮，没想到才离开两个月，您又干出几件惊天动地的大事情。”

我先谦虚一番，接着又恭维勋爵几句，正聊着，艾曼纽切身而入，一把拉住我，说道：“你俩先别着急相互恭维，跟我来，给你看一件好东西。”

我身不由己，随艾曼纽来到内室一个壁柜前，艾曼纽拉开壁柜，里面是一个很大的保险箱，艾曼纽并不避讳，当着我的面按动密码，旋动暗锁，打开保险柜，从里面取出一个精美的长条形木盒，掰开锁扣打开木盒，里面躺着苍鹰剑和紫狼剑。

“都在这里。”我淡淡说道。

“鹰剑虽在我家存放了八十多年，可爹地看都不舍得让我们看，更不要说摸了。”艾曼纽没理会我的冷淡，戴上白手套，小心地将苍鹰剑捧出来，轻轻地抚摸，边摸边说：“但自从得到狼剑之后，爹地忽然变得大方了，不仅让我随意看，还允许摸。”说话间，艾曼纽又拿出了狼剑，递到我眼前，“你仔细看这把狼剑，是不是比以前更亮了，因为父亲不仅仔细清理过，还做了防氧化处理，现在四把剑已经拿到三把，只等蛇剑一取出来，就可以开启地宫了，原以为多么艰难的事，竟然……得来全不费工夫。”

“看把您高兴得，地宫的影子都还没有摸着呢。”虽然艾曼纽很兴奋，但我却忍不住给她泼冷水。

“有你、威廉叔叔和爹地在，找到地宫是迟早的事。”艾曼纽不为所动。

此刻，我凝视着苍鹰剑和紫狼剑，它们正散发出诡异的光泽，令人目眩神迷。不知不觉之间，眼前又闪现出刀光剑影，血雨腥风。

“怎么样，漂亮吧。”见我看着苍鹰剑和紫狼剑发呆，艾曼纽却会错了意，接着说道：“不着急，今后有的是时间看，现在，该吃饭了，爹地说要吃山城最有特色的中餐，所以我预订了南滨路德庄的一个包间，让他品尝一下山城的火锅。”

为了照顾到大家的口味，艾曼纽安排了鲜辣分置的鸳鸯锅底，当一盘盘牛毛肚、牛喉管、牛筋头、猪脑花、猪腰子、鸭肠、鸭舌头、鸭血、鸡肝、鸡爪子以及各种山珍菌类端上桌子的时候，凯雅和勋爵都看傻眼了。

凯雅望着我问道：“皮老师，你们中国人，怎么什么东西都吃？”

我笑道：“应该是我们山城人什么东西都敢吃。”

凯雅又望着艾曼纽说道：“姐姐，我强烈抗议你今天安排的午餐。”

艾曼纽笑道：“你先别急着发表反对意见，我刚来山城吃火锅时，看见这些东西也觉得怪别扭的，但是吃几次之后就喜欢上了，现在至少每周都要吃一次呢。”

勋爵道：“是我让爱娃安排的，你就将就吃点吧，吃不饱我们再去别的地方吃。”

艾曼纽笑道：“除了这些东西，也有一些中国式的糕点和饮料，如果凯雅和爹地吃不饱，再加点这些东西吃吧。”

凯雅不吭声了，十分小心地夹起一块毛肚，放在清汤锅里，二十秒钟之后，艾曼纽帮她夹起来放进油碟里，凯雅试探着把毛肚塞进嘴里，嚼了几下，吞进肚里。

艾曼纽又给她夹了一块红汤里的毛肚放进油碟，凯雅又试着吃了，脸上露出惊讶的表情，说道：“我想这顿能吃饱了！”

中饭足足进行了两个小时，不仅吃光了桌子上的菜，还增加了两份毛肚，吃完之后，凯雅突然说道：“我想到了一个好主意，火锅餐桌上这些动物的内脏，都是我们欧洲人不吃的东西，怎么不把它运到中国山城来，说不定是一笔好生意。”

我笑道：“凯雅小姐确实出了个好主意，只不过您这个生意早已有人在做了。”

凯雅先望着我，又转头望向艾曼纽，问道：“真的吗？爱娃，难道你到山城来就是为了这个生意，顺便找个中国男人做丈夫，了结祖母的心愿？”

听完凯雅的癫语，威廉和勋爵都笑了，但艾曼并没生气，瞥凯雅一眼，说道：“你如果喜欢中国男生，皮刚好有个小伙伴，我曾给他俩提起过你，人家很感兴趣呢。”

凯雅笑道：“那太好了，这样我们就可以经常一起吃火锅了，不过我有点担心，他是否像皮一样，缺乏幽默感。”

艾曼纽笑道：“这个家伙，最不缺的就是幽默感了。”

威廉接话道：“这样一来，祖母她老人家可高兴了。”

听完威廉的话，大家又哄堂大笑起来，只有我略显尴尬。

回到喜来登，艾曼纽征询我的意见，“这个套房除主卧外，还有三个客房，你如果愿意留下来，我可以和凯雅住，你单独住个房间，如果你觉得不方便，我也可以另外给你开个房间。”

我想了想，答道：“不用浪费了，我就跟你们一起住这个套房吧，不过我睡客厅沙发就可以了。”

话音刚落，艾曼纽便一把拉住我的手，喜不自禁道：“难得你肯赏光，怎么会让你睡沙发，今晚一定得遵守我的安排，不然爹地会怪我怠慢了他的贵客。”

艾曼纽把我说成是她父亲的贵客，不知道是何含义，但我今天留在这里，其实有另外的安排。

勋爵很健谈，而且很幽默，让我这段时间紧绷的神经逐渐舒缓下来。

在谈到中国历史，尤其是中国的艺术史，怀特勋爵的知识广度和厚度令人惊叹，他深入浅出，娓娓道来，如长江之水绵绵不断滔滔不绝，让我这个龙的传人十分汗颜。

接着，又谈到了获取狼剑的经过，威廉讲述完毕后，艾曼纽又说道：“皮对工程设计和水下探测方面也很有研究，这次能够侥幸发现狼剑的位置，就是皮老师利用流体力学推测出来的。”

听艾曼纽夸大其词，我不得不谦虚一下，答道：“为了寻找四把古剑，我临时学习了一点水下探测方面的知识，离研究还差得太远，能够找到狼剑，威廉叔叔和艾曼纽也出力不少，包括高纳德先生，如果不是他借来水下作业船，也取不出狼剑。”

听我提到高纳德，勋爵便将头转向艾曼纽，说道：“对了，怎么没有邀请高纳德共进午餐？”

艾曼纽撅嘴道：“我们一家人聚会，喊他来做什么？”

勋爵轻蹙眉头，说道：“我们两家毕竟是世交，你又经常请人家帮忙，我现在来山城，考斯特先生也是知道的，不见见他儿子怎么说得过去。”

凯雅也是个添乱的主，听勋爵这么说，马上插话道：“勋爵，听说考斯特先生曾经向祖父提过，想娶爱娃去他家做儿媳，有没有这回事啊？”

勋爵正要回答，被艾曼纽劈头打断："你就爱胡说八道，因为考斯特开工厂缺钱，要向祖父借钱，考斯特的父亲曾经做过祖父的管家，祖父才答应借钱给他，这跟我和高纳德有什么关系。"

凯雅笑道："我不过是问问清楚，你怎么这么敏感，恐怕是怕皮介意吧？"说完就望着我哧哧地笑。

见话题越扯越远，威廉忍不住说道："对了，可否请皮老师讲讲取得熊剑的经过，我想这个过程一定很有趣吧？"

威廉的这个倡议，立即得到大家的追捧，我的虚荣心也得到激发，便将寻找熊剑的过程给他们描述一遍，除隐瞒小飞龙助战的情节外，其他部分都如实相告。

当讲到与黑叶猴对垒、深陷熊洞、驯服金钱豹以及血战丛林狼时，凯雅忍不住大呼小叫，等到讲完，艾曼纽看我时的眼神变得更加痴迷。

"皮先生真是一个奇人！"勋爵听完我的讲述，发出感慨。

"太神奇了，您怎么会想到要去驯服那几头豹子，又怎么知道它们会服从于您？"凯雅脸上的表情异常丰富，与艾曼纽的冷傲形成鲜明对比。

"是啊，难道皮先生以前在动物园工作过，有过驯兽的经验？"威廉也跟着追问。

"我也不知道当时怎么了，只是觉得不能杀害它们，完全没有要驯服它们的意思，更没想到之后发生的奇迹。"说这句话的时候，自己都感觉到荒唐。

"恐怕不会那么简单吧，按我的推测，你能够驯服这些猛兽，一定是你身上潜伏着某种特殊能力，只不过你自己都不知道罢了。"威廉凝视着我，眼中充满狐疑，"对了。是不是你随身带着神琮，才具备了这种魔力。"

"我早说过，神琮没在我手里。"

"那么它在谁手里？"艾曼纽追问道。

我摇了摇头，表示无可奉告。

艾曼纽不死心，追问道："很难想象，如果没有神琮，你是怎么制服那些凶猛的动物的。"

威廉跟进道："为什么我们一提到杀蛇取剑，您马上就予以否定，该不会用对付豹子的方式去对付那些毒蛇吧？”

“用咒语。”我答道。

话音刚落，大家的目光便投射到我身上，充满着好奇和疑惑。

过了一会儿，勋爵开口道：“在东方的古老传说中，一直都有咒语这种神奇的法术，祖父也相信真有其事，在获取鹰剑时，由于没能劝阻助手射杀两只苍鹰，结果差点坠入万丈悬崖，后来祖父还常常告诫我，今后在探险寻宝的过程中，如果发现有灵异的动物守护，一定不能蛮干，而蛇剑周围有灵蛇护卫，采用毒杀和火攻的方式肯定是不可取的。”随后，勋爵将目光转向我，“若是皮先生会施念驯服毒蛇的咒语，那事情就好办了。”

我摇了摇头，答道：“我根本不会什么咒语，也没有神琮，但是，找到了一个会金蛇咒的奇人。”

我这句话一出口，凯雅马上瞪大了眼珠子，惊呼道：“真有咒语这回事，简直太不可思议了，取蛇剑的时候，我一定要亲眼见识一下。”

见凯雅一惊一乍的，艾曼纽笑道：“你的任务是观光旅游，寻找蛇剑可没你什么事，我已经委托了高纳德，他明天就会来接你。”

听完艾曼纽的话，凯雅十分不爽，嘟嘴道：“好狡猾的爱娃，想把自己不要的东西塞给我，我可不会上你的当。”

见凯雅和艾曼纽斗上了嘴，勋爵赶紧插话：“爱娃安排得对，我们家已经出了个天不怕地不怕的野孩子，不能让你也跟着姐姐学坏，女孩子，还是安安静静的好。”

听勋爵这样说，凯雅更不答应了，马上来到勋爵身后，一把搂住他脖子，娇嗔道：“不行嘛，这取剑行动，我一定要参加。”

“我们说正事呢，你别打岔好不好。”威廉先瞥了凯雅一眼，接着又转过头来对我说道：“您刚才说已经找到了那个会蛇咒的人了，他现在在哪里？”

我答道：“我们约好凌晨一点在火车北站见面，到时候我会开车去接他。”

艾曼纽立即说道：“那我陪你一起去。”

我面露难色，支吾道：“说好我一个人去接他的，突然多一个人，不大好吧。”

艾曼纽恳求道："我就假装是你的司机，一句话也不说，行吗？"

沉思片刻，我答道："既然这样，麻烦威廉先生也跟着走一趟吧。"

见我答应与她同行，艾曼纽欣喜万分，随后宣布下一个节目是游览山城夜景。

路上，应凯雅的要求，勋爵开始讲述史密斯先生二十世纪二三十年代在中国的探险经历，说到他最大的成就，是在三峡地区发现了一批刻有巴蜀图语的青铜器，还有鹰剑和羊皮书。回去之后，史密斯先生又写了一本叫《巴国密码》的书，吸引了大批粉丝，有些粉丝还沿着史密斯当年的探险路线到中国来探险，其中就有自己的两个学生，一个叫强森，一个叫尼尔德，前些年在乌江一带探险时神秘失踪，至今都不知所终。

听完勋爵的讲述，威廉便说道："看来山城这块区域，隐藏了太多的秘密，除了绝谷巴国，还有许多奇人异士，皮也算其中的一个。"

我最害怕别人提绝谷巴国，现在威廉又哪壶不开提哪壶，我心情又郁闷起来，便不再搭理他们，闭目养神。到达一棵树观景点后，也不下车，赖在车子里装睡。折腾到夜里十点，大家才返回宾馆，在艾曼纽的坚持下，我去她的房间休息两个小时。

然而，躺在床上，我却睡不着了。

强森和尼尔德的失踪，沙克和威利一行四人的失踪，还有山城博物馆两件国宝文物被盗，早已引起山城警方的高度重视，如果他们发起全市大范围的搜索行动，特别是有针对性地对天坑地缝区域和仙女山区域展开搜寻，两个隐藏的巴国恐怕终究会浮出水面。

我不得不开始考虑覃婉丽的建议，把自己掌握的秘密报告给国家相关部门，由国家组织专家论证，对两个巴国加以全面保护和有限开发，最好是只允许极少数人进入这两块区域，使之成为世界上独一无二的历史遗产保护地。

但是，心中为什么会有个声音强烈反对自己这么做呢？

我百思不得其解。

正纠结的时候，闹钟响了。

金蛇剑

零点三十分，我和艾曼纽、威廉一起出发，沿南滨路走一小段后转上长江大桥，穿过石黄隧道，再跨越黄花园大桥，12 点 50 分，到达火车北站约定地点。

五分钟后，袁承先出现在斯坦利酒店门外，我让艾曼纽将悍马开过去，迅速下车，将袁承先拉上车，到后排就座。

袁承先看见开车的是一个外国女郎，副驾还坐了一个外国老头，吃惊不小。

上车后，我问威廉："威廉先生，探险设备都在车上吧？"

威廉转头看着我，有些疑惑，问道："在车上，皮老师的意思是……"

我答道："事不宜迟，今晚就行动。"

艾曼纽惊愕道："就我们四个吗？"

"人多反而容易坏事，再说，我们有金蛇咒。"

"这样做是不是太冒进了些？"听完我的决定，威廉显得有些犹豫，"虽然大多探险设备都在车上，但是没有准备喷雾和血清，万一金蛇咒对毒蛇不起作用，毒蛇发动攻击，我们一个都跑不脱。"

威廉的担心不是没有道理，但此刻，我更相信袁承先和他的金蛇咒，于是答道："这次探洞，我和这位先生打头阵，您和艾曼纽跟在后面并保持一段距离，如果遇到金蛇攻击，立即撤退，不用管我们。"

艾曼纽摇头，说道："我跟你们一起去取金蛇剑，威廉叔叔守在岔洞口。"

威廉也摇头："如果一定要去，还是皮老师的方案稳妥些，我和爱娃留在岔洞口，如果感觉到有什么不对劲儿，至少有人跑去外面求救。"

两个多小时后，到达石林。

今天恰好是农历七月十五，天空中挂着一轮满月，银色的月光洒在怪石嶙峋的石林中，神秘而诡异，非常有魔幻色彩。

下车后，威廉从后备箱拿出探险装备分发给大家，随后，凭定位手机在前面领路，我、袁承先、艾曼纽紧随其后，虽然是夜深人静，但大家依然保持警觉，一声不吭，小心而迅捷地前行。

洞口的木板钉得并不牢实，很容易就撬掉了几块，入洞之后，我和袁承先走前面，艾曼纽和威廉殿后，亦步亦趋。

不一会儿，到达了岔洞大厅，只见左边上行的岔洞口也被钉了木板，用工兵铲将其撬掉后，我示意艾曼纽和威廉留下，自己和袁承先继续往里走。

走一小段后，发现那具轿夫的尸体还在原处，上面生满了蛆虫，散发出一股刺鼻的尸臭，顿时一阵恶心。转过头，看见袁承先的神情略有些紧张。

又走一段之后，发现后面有灯光闪烁，原来艾曼纽还悄悄跟在后面，不多一会儿，威廉也跟了上来。我立即停止前行，回走一段将艾曼纽拦住，说道："说好了你和威廉先生在岔洞口等的，怎么又跟来了，出了事，我怎么担待得起！"

艾曼纽撇嘴道："我在后面保护你，你还不领情。"

见艾曼纽如此执拗，我手上略加了点力，沉声说道："您怎么保护我，不给我添麻烦就谢天谢地了，"见艾曼纽不以为然，我加重了语气，"您就不要添乱啦，如果您和威廉先生再失踪，警察又会找我麻烦，到那时，我可是跳进黄河也洗不清了。"

艾曼纽笑道："如果我和威廉叔叔都死在这里，难道你和这位先生还跑得掉。"

我着急起来，便伸手要强推她往回走，却被艾曼纽趁机抱住，轻轻在我耳边说道："你真蠢，如果你死了，我一个人出去还有什么意思。"

艾曼纽这句话，如同一声惊雷，把我吓呆了，愣在那里不知所措。这时，威廉跟了上来，也劝艾曼纽道："爱娃，听皮老师的话，你可是史密斯东方文化基金的继承人，重任在肩，千万不要任性。"

艾曼纽也急了，不再分辩，挣脱我的手，径直往前走，我赶紧蹿前几步，把她挡在后面，无可奈何道："这样吧，临近蛇穴大约一百米的时候，你和威廉先生停下来，看见我们晃动电筒再过来。"

艾曼纽没有吭声，但点了点头。

再走一段，发现了第二个轿夫的尸体，准确地说是发现了他的骨架，那骨架扭曲着，头盔还戴在上面，头骨上两个黑黢黢的洞朝上瞪着，着实吓人。这时，袁承先停了下来，将电筒射在头骨位置，头上有细密的汗珠冒出来，说道："太不可思议了，这些金蛇竟然吃人肉！"随后，擦了擦脸上的冷汗，"但愿它们还记得金蛇咒。"

袁承先话一出口，大家都打了个冷颤，威廉再次劝说艾曼纽止步，艾曼纽犹豫了一下，停止了前行的脚步。

没有艾曼纽和威廉跟着，我和袁承先行进的步伐加快了点，走了一段，看不见后面的灯光了，这时，袁承先开口问道："使者，您怎么会跟这些外国人在一起？"

我答道："一言难尽，这样说吧，四把剑中的苍鹰剑早已在上世纪二十年代被艾曼纽的曾祖父得到，而埋在水底的狼剑，也是靠他们提供专业设备才取出来的，所以寻找地宫恐怕也离不开他们的帮助。"

听完我的解释，袁承先说道："您难道不怕他们觊觎巴国宝藏？"

袁承先的担心，也是我的担心，但这又有什么办法呢，心想，找齐四把古剑再说。于是，我摇了摇头，答道："他们这样做，只是为了完成老史密斯先生的心愿，想要印证巴国地宫的存在，至于说巴国的宝藏，如果我们不答应，相信他们也拿不走。"

袁承先也摇头："使者千万不要轻信这些外国人，近百多年来，中国的宝贝，他们通过各种方式盗窃出去的还少吗？"

"您提醒得对，跟他们合作，是得加倍小心。"话已至此，我不得不应付两句。

袁承先虽然长得其貌不扬，但目光深邃而坚定，语言朴实而诚恳，让人觉得心里踏实，我之所以敢于冒险取剑，便出自于他给我带来的这种感觉。

再走一小段，袁承先停了下来，说道："我已经闻到了金蛇的气息，恐怕前面不到五十米就是金蛇的巢穴了。"

我点点头，说道："对，从第二具尸体到蛇穴的距离差不多三百米，我们又走了两百多米，应该离蛇穴很近了。"

紧接着，袁承先从身上掏出药瓶，倒出一些药粉，抹在裸露的脸上和脖子上，随后对我说道："您留在这里，我一个人过去，如果一个小时后还没返回，就带着两个外国人撤出，回去后找我老爸再想办法。"

我轻声说道："我和你共进退，到了蛇穴附近，您专心念咒语，我从旁协助，这件事没有商量的余地。"

闻言，袁承先拍了拍我搭在他肩上的那只手，沉声说道："待会儿无论发生什么情况，都不要动手杀蛇，哪怕是它们主动向我发动攻击，也不要动手，只管往回跑。"说完，转身朝前面走去。

我一手拿电筒，一手握工兵铲，紧跟在他后面，此时此刻，仿佛听见了彼此的心跳。

再走一小段，一股奇异的腥味扑面而来，令人窒息。此时，我突然有点好奇，将手指插入洞底石缝中一掏，果然有一层油腻腻的类似于沥青的泥土。袁继祖说得没错，洞子里确实铺了一层火油泥。

打开电筒，照射在人形石柱上，它的下面，就是蛇穴，十几条冠瘤蛇已经等候在那里，下身盘曲，上身昂立，不断伸缩着舌信，在它们身下，是第三个轿夫的骨架。

袁承先虽然放慢了脚步，但仍毅然决然地迎着金蛇走去，在离它们约十米远的距离才停下来，盘腿坐在地上，双手相握，嘴里哼出一个长调——那声音是从喉管中发出来的，长音之中又伴随着颤音，像蒙古族的呼麦和长调发出的混音。

金蛇不断地从蛇穴中冒出来，从十几条到几十条再到上百条，有几条金蛇开始向袁承先游动，我立即迈步向前，立于袁承先身侧，手握工兵铲，严阵以待。

袁承先微闭双目，犹如老僧枯坐，一动不动，嘴里的长音逐渐转化成短促的音节，时断时续、忽高忽低。

听见咒语，金蛇放缓了爬行速度，逐渐呈现出迷醉状，但后面仍有金蛇不断地涌上前来，蹚过前蛇的躯体，继续朝我们逼近。

而此时，咒语反而变得舒缓起来，那声音，既像是和尚的经咒，又像是情人间的呢喃。后来的金蛇也变得迟缓起来，开始绕行，在我和袁承先周围围成一个包围圈。我估量了一下，至少有两百条金蛇。

此时此刻，如果金蛇群起而攻，我和袁承先插翅难逃。

咒语连绵不绝，渐渐的，所有金蛇都出现迷醉状。我全身不断冒出鸡皮疙瘩，后背心冷汗直淌，心脏跳动的频率就像高速转动的引擎，早已越过了红线区，快要拉缸了。

袁承先额头上有密集的汗珠，其内心的紧张丝毫不亚于我。这个时候我对他的鼓励，就是努力保持镇定，像他一样一动不动。

袁承先微闭双眼，不断念诵金蛇咒，声调和节奏又发生了变化，时而急促、时而舒缓，时而高亢、时而低沉，间以先前的长调和颤音。

接着，神奇的一幕出现了，所有的金蛇都开始盘绕下身，伸展上身，随着咒语的节奏摇晃摆动起来。

听着袁承先口里念出的魔咒，看着金蛇奇怪的举动，我的心绪也渐渐平复下来，不但不害怕金蛇，还有一种想与金蛇共舞的冲动。但我还是控制住了这种冲动，紧握工兵铲，目视这些如痴如醉的金蛇，严阵以待。

就这样持续了约十分钟，外层的金蛇开始撤退，向蛇穴爬去，紧接着，一层层的金蛇也开始向蛇穴爬去，像是得到了某种指令，缓慢而有序地撤退，直到所有的金蛇回到它们的巢穴中。

此时，袁承先睁开眼睛，望了我一眼，露出了一个舒心的微笑，接着，又开始催动咒语，而这种咒语，与先前的节奏又有所不同。

金蛇的神奇表演还在继续，几分钟后，蛇穴中开始冒出一个长条形的石匣，被一圈圈一层层金蛇盘绕卷曲着顶在上面，并且不断升高，在灯光的映照下，变成了一个金光闪闪的蛇塔。

忽然，那蛇塔在洞底平移起来，在离我们几十公分的距离停住，然后，最下面一层的金蛇开始抽离，紧接着是倒数第二层和第三层抽离，随着下层金蛇的抽离，蛇塔逐渐变矮，最后，石匣接触到了地面，群蛇依次退去。

“太神奇了，简直像是神话！”背后传来艾曼纽的惊呼声，不知何时，她和威廉来到了我们身后，离我们只有七八米的距离。

金蛇听见艾曼纽的叫声，立即去而复返，把石匣包围起来，更有几条金蛇绕开我们，向艾曼纽和威廉爬去。

袁承先大吃一惊，赶紧催动咒语，但金蛇们不肯离开石匣半步，并继续有金蛇向艾曼纽和威廉涌去。

艾曼纽和威廉被眼前的景象吓呆了，撒腿便跑，但几十条金蛇也尾随而去。

袁承先额头上的汗珠流淌下来，滴落在眼睛里和手上，但嘴里的咒语仍然不急不缓，婉转而飘忽，绵绵不断，忽高忽低。

几分钟后，有金蛇陆续返回，袁承先继续催动咒语，紧闭双目，终于使金蛇们停止追击。我发现，此时此刻，他衣服已经湿透了。

等到艾曼纽和威廉消失不见，环绕石匣的金蛇才散去，回到巢穴中。袁承先立即抱起石匣，转身就走，我也挖了一点石缝中的火油泥包上，装入衣袋，随袁承先迅速撤离。来到金蛇洞口的时候，才看见艾曼纽和威廉，他俩正虔诚地在胸前画着十字，口中念念有词，直到我们来到面前，才松了口气。

刚走出洞口，艾曼纽便猛地抱住我，喜极而泣："谢天谢地，你终于出来了！"

我尴尬万分，费力地从她的拥抱中抽身出来，忍不住数落她几句："艾曼纽小姐，您怎么搞的，差点坏了大事。"

见艾曼纽傻呆呆地望着我，威廉赶紧接过话头："对不起，都是我不好，没有阻止爱娃跟来。"接着，又盯着袁承先手中的石匣，掩饰不住内心的激动，"金蛇剑拿到了？"

此时，艾曼纽已经冷静下来，说道："皮，对不起，我实在抵抗不住金蛇咒的诱惑，想一看究竟，差点害死你们，不过这一看，更崇拜你了。"

威廉长舒一口气，说道："皮老师这位朋友也真是神奇，口中的咒语，就像一首神曲，而那些金蛇，则像是他从小养大的一样，乖乖地跳起舞来，最后又乖乖的把金蛇剑献出来，如果不是亲眼所见，真难以想象。"

艾曼纽又说道："皮的定力也实在惊人，任凭那么多毒蛇围上来还一动不动，要是我，早跑了。"

威廉笑道："关于这一点，已经不需要再印证了。"

艾曼纽开心地大笑起来，而袁承先，又变成了闷葫芦。

威廉的疑问

刚回到车上，艾曼纽已迫不及待地刮掉了石匣上的密封胶泥，打开石匣，随即惊呼道：“天哪，这把金蛇剑上面还镀了黄金呢，是四把剑中最漂亮的一把了。”

威廉看了一眼金蛇剑，说道：“这是金银错工艺，剑脊和蛇鳞分别镶嵌着金片和银片，剑刃部分则镀了一层水银，这原本是越剑才有的技术，没想到巴人也会。”

艾曼纽便要用手去摸金蛇剑，被威廉拦住了，说道：“小心，别割伤了手，”随后，又忍不住赞叹道：“一眼看去，金蛇剑与越往勾践剑有几分相似，但其锋利程度，恐怕比勾践剑还有过之而无不及。”

闻言，艾曼纽诧异道：“难道这把金蛇剑比熊剑还锋利？”

威廉笑道：“我不敢说金蛇剑一定会比熊剑锋利，但用削铁如泥来形容是不为过的。”

仔细观察这把金蛇剑，果然与勾践剑有几分神似。另外，与其他三把剑有所不同的是，剑首处并没有一个图语“蛇”字，但是在剑身两面镶嵌的那条金脊，却像一条蛇一样，由细到粗向上延伸，到剑格的位置冒出一个蛇头，十分怪异。

见威廉和艾曼纽目不转睛地盯着金蛇剑，我不得不催促道：“天快亮了，如果被警察撞见就麻烦了，还是赶紧撤离吧。”

听完我的话，艾曼纽才回过神来，拍拍额头道：“我真是得意忘形了，对了，还是赶紧离开这里吧，”说完，发动汽车，又回头望向威廉，“威廉叔叔，您说要是爹地知道我们已经取得了金蛇剑，会是一种什么样的表情呢！”

威廉笑了笑，没有作声。

回到山城后，先把袁承先送到火车北站，然后再返回宾馆。回到喜来登，才早上八点钟，勋爵和凯雅都还没起床，艾曼纽就要去敲卧室门，被威廉拦住，说让勋爵和凯雅倒倒时差。

闻言，艾曼纽便去泡咖啡，威廉在我面前坐下来，目不转睛地盯着我，搞得我有些不自在，便拿上一本观光画册，装模作样地看起来。

“如果不是亲眼所见，怎么也不会想象到是这样一种方式取得金蛇剑。”威廉不理会我的逃避，还是向我发问了，“今天发生的一切，现在都还难以置信，如果您不介意的话，我想请教几个问题。”

我不得不放下画册，忐忑道：“请教不敢，威廉先生有什么疑问，尽管问？”

威廉便问道：“作为一个大学教师，您的那些神奇的本领究竟是怎样具备的，还有，那个会金蛇咒的人，你是怎么把他找到的，他又怎么会对您言听计从呢？”

威廉的问题，早在我意料之中，沉思片刻，我答道：“一直以来，我都对神秘文化特别感兴趣，也结识了一些这方面的奇人异士，所以找到会金蛇咒的人也就不足为奇了。”

出乎意料，威廉摇了摇头，说道：“本来我们之前有过约定，只要是牵涉到寻找巴国地宫之外的秘密，您可以拒绝回答，但我实在控制不住自己的好奇心，想向您提几个问题。”

“叔叔要向皮提什么问题，我可以听听吗？”艾曼纽忽然来到身边，把冲好的咖啡递给我和威廉。

威廉笑笑，示意艾曼纽坐下，然后问道：“我的第一个问题是，单从图语描述来看，四把宝剑的埋藏位置非常难以判断，可皮老师对此却了如指掌，就像是他亲自埋下了这几把剑似的。”

我笑道：“若是我亲自埋下了这四把剑，岂不是个老妖怪，因为从时间来判断，这几把剑至少埋藏了两千三百多年。”

艾曼纽也笑道：“也许你就是个老妖怪，才有那么多不可思议的本领。”

威廉喝了一口咖啡，沉思片刻，接着说道：“当然，一个人活两千多岁是不可能的，如果没有什么特别的原因，我甚至会相信前世今生这种说法，也就是说，你的前生就是那个埋下宝剑的人。”

我笑道："威廉先生真是有趣，杜撰出这样一个神奇的解释，如果真能像您说的那样，我又何必要跟你们合作寻找古剑和地宫。"

威廉并没理会我的嘲弄，接着问道："我的第二个问题是，皮老师为什么坚决反对用火或毒气杀死毒蛇获取金蛇剑，试想一下，如果是我们用这两种办法取剑，也许就不必经历先前的惊险了。"

见威廉喋喋不休，我笑了笑，从衣袋中取出一个纸包，打开来摊在桌子上的金属托盘上，随后说道："要回答这个问题，我们先来做一个实验。"

见我如此举动，威廉和艾曼纽更是百思不得其解，忍不住把脸凑近来，威廉还嗅了下泥土的味道。

等他俩抬起头来，我才从口袋中拿出打火机，点燃，靠近那团油泥，一团火苗立即蹿上来，把威廉和艾曼纽吓一跳。

但威廉还是没明白我做这个实验有什么动机，又问："这是什么东西，与我们取金蛇剑有什么关系？"

至此，我不得不答道："这块泥土，是从蛇穴附近的裂隙中取出的，试想一下，如果我们用火焰来喷射那些金蛇，那段洞子就会燃烧起来。"

听完我的解答，艾曼纽面露惊恐之色，说道："你的意思是，如果我们用火攻，大家都会变成北京烤鸭。"

我点了点头，说道："威廉先生还有什么疑问，不如一次问出来。"

威廉尴尬地笑笑，说道："皮老师的应对，真是令人佩服，不过把事情问清楚了，有利于相互间的信任。所以我的第三个问题是，两千多年前埋下的金蛇剑，怎么能够请来一个现代人用一段咒语破解，除非这个念咒人就是当年那个施咒人。"

至此，我有些生气了，不觉冷笑道："照威廉先生这么说来，今天的这个念咒人也活了两千多岁咯。"

威廉也阴沉着脸，皱眉说道："还有一种可能，就是这些金蛇本来就是那个念咒人喂养的，这把金蛇剑也是刚刚放进去的，还有刚才这些奇怪的油泥也是事先准备好的，您和您的朋友共同演了一出戏。"

听完威廉的话，艾曼纽大为不满，讶然道："这怎么可能，干吗那么费事，把找到的剑又埋藏进去，还差点搭上几条人命。再说啦，皮和那个念咒人演这出戏有什么意义？”

威廉答道：“这也是我想不通的地方，可发生的一切太令人费解了。”

“有什么令人费解的，为了取蛇剑，我在下面可没少下功夫。”见威廉还在怀疑自己，我真生气了。

“所以我怀疑这不仅仅只是巧合，而是有某种特别信号的指引，皮先生正是按照这种指引找到了三把古剑。”威廉也是个倔老头子，不仅倔，好奇心还很重，这点倒是跟我有点像。

“那么您认为这种指引具体是指什么？”

“也许皮老师是由神琮得到了法力和启示？”

“随您怎么想。”

我不想再解释了。

这时，勋爵走了出来，口里说道：“难道神琮真在皮手里？”

艾曼纽立即迎上去，挽住勋爵手臂，娇笑道：“神琮在不在他手里还不清楚，但今天一早起床，就发现另一件宝贝飞进这屋里来啦！”

勋爵满脸诧异，问道：“什么宝贝飞进来了？”

艾曼纽本打算卖个关子，但见勋爵着急的样子，便把石匣打开，指着里面的金蛇剑说道：“是这件宝贝飞进来啦。”

“啊，是蛇剑！”勋爵紧走两步，盯着石匣里面的金蛇剑，如痴如醉。过了一会儿，他才抬起头来，将目光转向我，问道：“皮，难道您早已得到了这把金蛇剑，故意隐瞒我们，今天又悄悄把它放在这里，给大家一个惊喜。”

“爹地真是天真，”听完勋爵的话，艾曼纽更得意了，“这把剑是我们刚从万盛石林取回来的，可惜您没看见那个场面，简直太神奇了！”

“这么快就把金蛇剑取来了，好像并不是很难嘛，我怎么能够想象得到那场面有多么神奇呢。”勋爵含笑望着艾曼纽。

此时，威廉插话道：“剑虽然侥幸取回来了，但从我们所经历的过程来看，实在是惊险万分，如果没有那个念咒人的精彩表演，我们可就回不来了……当然，皮的表现也足够镇定。”

勋爵问道：“真有这么一个念咒人，怎么不带他来这里？”

我答道：“他是一位江湖隐士，不喜欢抛头露面，这个……我也没办法。”

勋爵略感失落，说道：“这样的隐士高人，没能够见上一面，实在是遗憾，不过，我很奇怪，皮从哪里找来的这个念咒人，如果有机会，真想去拜访一下他。”

我想了想，答道：“他父亲是一个寨子里的巫师，二十年前，被定为一桩谋杀案的嫌疑犯，是我父亲受理的这个案子，父亲顶住压力，坚持以证据不足将他父亲无罪释放，所以他家算是欠了我家一个人情，勋爵提到诅咒这件事，我才想起他来，恳求之下，他答应帮我办这件事情，而办完这件事情，从此两不相欠了。”

我这段话一说完，勋爵、威廉和艾曼纽尽皆露出将信将疑的目光，我没有继续解释，心想，你爱信不信。

随后，勋爵又将目光重新聚焦到金蛇剑上，说道：“这把金蛇剑，工艺精湛，不仅有镀铬，还运用了错金银工艺，颠覆了之前对中国古剑的认知。”

威廉接话道：“现在四把古剑已经聚齐，至少证明祖父的猜想是正确的，接下来就是寻找地宫了。”

勋爵点点头，说道：“没错，找到这几把古剑，就证明了地宫确实存在，但遗憾的是，它却没有为我们标示出地宫的确切位置。”说到这里，勋爵忽然将目光转向我，“如果有一幅标明地宫所在的图就好了。”

我摇了摇头，答道：“我确实没有这样一张地图。”

金蛇剑中的秘密

“怎么一大早就闹腾开了，还让不让人睡个好觉啊。”说话间，凯雅穿着睡衣出来了，一眼就看见了桌子上的金蛇剑，嘟囔道：“好呀，你们早就把金蛇剑取出来了，故意隐瞒我一个人，害得我昨晚做梦都跟着你们去冒险呢！”

艾曼纽答道：“是皮今天才把蛇剑拿出来，我们也是刚知道。”

凯雅答道：“原来皮并不像外貌一样老实，也是个喜欢作弄人的角色，怪不得爱娃对他着迷呢。”

艾曼纽答道：“我原来也以为皮老实，可是最近也开始怀疑自己的判断了。”说完，便看着我笑。

见他们只管说笑，不入正题，我便提醒道：“请问大家看够了没有，我还等着收回这把金蛇剑呢。”

闻言，勋爵以不解的目光看着我，然后又转过头去看威廉和艾曼纽。威廉便给勋爵解释，按照之前的协议，蛇剑和熊剑应由我保管，狼剑交由他们保管，待查找到地宫具体位置后再四剑归一，开启地宫。

听完威廉的话，勋爵沉默不语，过了一会儿，才说道：“既然有这样的协议，就应该按照协议办，可是我很担心，皮老师是否有能力保障这两把剑的安全……因此，我有一个建议，这两把剑暂时由我方保管，当然，为了让您放心，会支付给您一笔保证金，这笔保证金的数目，将不低于两百万美金。”

勋爵话一说完，威廉便会意一笑，艾曼纽也以恳切的目光望着我，但是我还是摇头答道：“关于两把剑的安全，这个不用勋爵操心，我有足够的能力把它们保管好，所以对不起，我不能答应您的条件。”

见我态度十分坚决，艾曼纽略有不爽，但也不敢发火，便以恳切的眼神望着我，说道：“爹地说得很有道理，以你现在的条件，实在是很不安全，要不就照父亲说的方式办吧，找到地宫之后，不仅熊剑和蛇剑归你，就连狼剑也归你保管，到时你要怎么处理它们，我们再商量？”

我摇了摇头，答道：“对不起，这件事情没有商量的余地，如果没有别的事，我们过三天再会合，商量寻找地宫的事。”

威廉还想劝说，被勋爵制止了，说道：“我们尊重皮先生的决定，但是请您务必保管好这两把剑，为了防止它氧化，我会先对它进行一个简单的防氧化处理，同时给您提供一个带密码锁的真空箱，艾曼纽会教您如何使用。”

我点点头，回答道：“谢谢勋爵先生。”

离开喜来登，我立即打电话给大探事，约他一同前往巴国，向巴王汇报寻宝进展。

半个小时后，大探事来到指定地点，两个小时后，到达犀牛寨，由煤场通道进入巴国，觐见巴王。

巴王从虎椅上起身，迎上前来，关切地问道："几个月不见，丞相瘦了。"

我躬身行礼，答道："承蒙王上挂念，虽然有点辛苦，但收获不小。"

巴王笑着点点头："我知道丞相的能耐，有什么好消息，说来听听？"

我答道："四把宝剑都找齐了。"

巴王惊讶道："这么快，快拿出来给我看看。"

我便将手中箱子打开，从里面取出一个玻璃管子，旋开气塞盖，将金蛇剑取出来放在巴王面前。

巴王审视片刻，问道："真是漂亮，不是说还有四把剑吗，怎么只看见两把？"

我答道："另外两把剑是被别人发现的，由他们暂时保管。"

巴王闻言，皱眉道："如此说来，还有外界人知道地宫这件事？"

我答道："他们只是为了印证地宫的存在，对地宫宝藏并没有谋夺之意，王上大可放心，敝使这次回来，就是跟王上商量寻找地宫的事。"

沉思片刻，巴王说道："丞相仁厚耿直，这是一大优点，但听说外界之人，惯于花言巧语，言行不一，丞相当谨而慎之，"见我面露忐忑之色，巴王又笑道："当然，成大事者，当大度待人，丞相的所作所为，我是信得过的。"

我躬身答道："敝使受教了。"

巴王点点头，又问道："只是单凭四把剑，怎样去寻找地宫所在呢？"

我答道："地宫所在的位置，已基本确定在酆城。"

巴王说道："可酆城那么大，怎么找？"

"应该找得到。"

说出这样的话，也不知哪来的底气，但冥冥之中，我似乎已经看见了地宫，看见了地宫中那些宝贝。

见巴王默然不语，我又说道："对了，目前琥珀销售业绩超过预期，现在已有一千多万销售额了，钱已存入一个特别的账户中，随时可以取用。”

巴王道：“幸亏丞相发现了这个宝贝，要不然巴国就举步维艰了。”

我又说道：“这次离境，还有一个惊人的发现。”

巴王问道：“丞相又发现了什么？”

我答道：“发现了先王军师的后代，并在他的帮助下取得了这把金蛇剑。”

巴王愕然道：“有这么神奇的事，那可一定得带他来巴国一趟。”

我答道：“等找到地宫就带他来拜谒大王。”

巴王感叹道：“两千多年前发生的事，怎么感觉只是须臾。”

离开巴王宫，又去拜访左射事，向他咨询巴国的近况。

相比于从前，左射事现在是大权在握，踌躇满志，谈到巴王新政，眉飞色舞，有无休无止之势，我耐着性子听完，表达了一些鼓励之类的话，匆匆离开。

随后，我又去拜访了药王一家，却不容易脱身了，药王和更甦还好，只是那禾香有说不完的话，提不完的要求，归根结底是想跟我出境，我不得不敷衍一番，便借故要去觐见巴王而溜之大吉。

稍后，我约上大探事，来到圣海边，敲响铜钟。

不一会儿，一群鱼女出现在面前，但无瑕却不在其中，问一鱼女无瑕怎么没来，那鱼女说道：“无瑕……说，不……见……神使。”

大探事看着我，也有些不解，讶然道：“那鱼宝儿已经残废，不能侍寝，大人难道忘了？”

“只是想看看她，和她说说话，”见大探事不解的眼神，便又解释道：“另外，我想量量她腿部尺寸，给她订制一对义肢。”

默然半晌，大探事感叹道：“丞相大人情深义重，属下感佩不已。”

我没有答话，望着辽阔的湖面，怅然若失。

回到宾室，发现房间里已安装上了电灯，不禁为巴王的用心感到欣慰。我想，如果哪天真的在外界待不下去了，或许这里就是自己最好的归宿。

第二天，我带上大探事和更甦去巴国各地视察。出乎意料的是，我得到了所有巴国平民的友好接待，但是贵族们却大多给了我冷脸，甚至包括原来巴王一派的长老和洞主也不怎么待见我，只有覃望日和尕乃让洞主一如既往。

在交谈中，两位洞主叮嘱我，改革不能操之过急，因为按照新的分配原则，贵族们都大大缩减了收入和物资分配定额，自然对新政有意见，应该循序渐进才好。

考察完毕后，我又连夜觐见巴王，提出一个新的分配方案——贵族所得按照原来的比例发放，平民供给的部分另筹资金补充，这部分资金的来源就是琥珀店的部分收入。出乎意料，巴王很爽快地答应了我提出的新方案。

离开的时候，我又提出将两把剑拿回宾室研究一下。

回到宾室，打开台灯，将黑熊剑和金蛇剑并排放在一起，仔细对照，发现金蛇剑似乎更厚实一点。

再看剑脊部分，一条金蛇由细到粗，蜿蜒而上，快到蛇颈处忽然断掉，蛇颈到蛇头部分变成了宽扁的一块，像一条眼镜王蛇，而蛇头冒出的部分，像是一个按钮，便觉得这可能是个机关。

想到这里，立即用手捏住蛇头，用力去拔，但却纹丝不动。我没有气馁，松开手，再仔细观察蛇头，发现那蛇眼鼓突出来，活灵活现，忽然有所领悟，便用车钥匙往那蛇眼上使劲一顶，那蛇眼顿时陷了进去，又按住另一只蛇眼，也陷了进去，随之响起“卡塔”一声，整个蛇头部分就松动了。摇动几下之后，使劲一拔，蛇头和蛇颈从剑身上剥离出来，一条暗槽出现了，槽缝中似乎还夹着东西。

急将那东西撬出来，竟然是块布条，展开布条，一段图文呈现眼前——虎头图形的眼睛、嘴巴、鼻子位置上有蛇、鹰、熊、狼四个图语，老虎图形之后还有十几个巴蜀图语符号，翻译过来应该是：**□都之东□河□□洞□□剑□虎穴□□□**。

这个意外的发现，令我喜出望外，立即改变原定计划，第二天一早，我吩咐大探事，两天后带上黑熊剑和金蛇剑，在酆城待命。

随后，孤身一人匆匆离开巴国。

寻找寒冰洞

回到学校后，马上拿出自制《图语词典》，仔细查找比对，于是又破译出几个空格中的图语，如此一来，金蛇剑中的字条变成了以下文字：**新都之东夔河寒冰洞□□剑入虎穴□转之**。

随后，我开车来到喜来登，与勋爵、威廉一起推测地宫所在。

“新都之东”已经确定为酆城东部，大家都没有什么异议，“夔河寒冰洞”应该是某个地方的一个洞，并且可能就是地宫的入口，这一点也没有什么异议。

可是查遍了《酆城史志》中的地理名称，均没有“夔河”和“寒冰洞”这两个地名，顿时一筹莫展。沉思良久，勋爵说道：“图语中所言夔河和寒冰洞，应该是古地名，恐怕早已改了名字，所以我们得改变思路，从巴国最有可能把地宫建在哪里着手。”

威廉接话道：“据祖父的《巴国密码》所载，秦军进攻酆城之时，巴国尚有十万军民，而当秦蜀军进入酆城时，城中军民却消失得无影无踪，因此，这个地宫很可能建造在古酆城之内。”随即，他又露出迷惑的眼神，“但令人疑惑的事，后来他们又去哪里了呢？”

听到此处，我不由得说道：“威廉先生说得对，巴国灭亡之前，应该早已在都城之内建造了一座地宫，当秦军攻来的时候，巴国军民很可能又通过这个地宫转移到了长江南岸。”

“噢，买噶！”凯雅听后连连摇头，“以那个时候的技术和人力，建造一座跨越江底的地宫，根本就不可能吧。”

对于凯雅的质疑，勋爵表现出不以为然，说道：“皮的这个假设，有可能成立。”

威廉也赞许道：“虽然南北两岸地质结构有所不同，很难想象有一个洞能够横贯长江南北，但并不能排除利用南北两岸各一个溶洞将它们贯穿的可能，巴人的智慧和能力，往往超出了我们的想象力，这四把古剑高绝的工艺就是一个很好的证明。”

凯雅便做出夸张的表情，愕然道：“照爹地这么说，早在两千多年前，巴国人就建造了世界上第一条江底隧道？”

勋爵答道：“也可以这么说，但现在还只是猜测。”

“噢，买噶！”凯雅又尖叫起来，“我已经迫不及待要去参观这个两千多年前的江底隧道了。”

“可是现在还不知道入口在哪里呢？”见凯雅兴奋得不能自已，艾曼纽似乎存心想泼她冷水，装出垂头丧气的样子，说道：“还有，如果地宫真的建在长江之下，经过这么长时间，会不会已经坍塌了呢？”

勋爵答道：“两千多年，对于几千万年前形成的溶洞来说，只相当于在时钟刻盘上移动了一小格，所以我并不担心它会坍塌——目前的难题是，怎样才能找到地宫入口。”

威廉接着说道：“如果祖父的推测没错，巴国军民被秦军包围之时，尚有十万军民，这么大规模的转移，一定是在城内进行的，不然肯定会被秦军发现，所以我们应该把搜索重点放在酆城古城内，看是否有这样一个溶洞或人工地道。”

迟疑片刻，我答道：“可以想象，巴国军民转移之后，为了堵绝敌人的追击，一定会对地宫进口进行破坏，由此看来，在古城寻找地宫入口难度很大。”

勋爵点头称道：“皮分析得很有道理，古酆城里的这个进口，肯定是找不到了，而如果地宫通往南岸的假设成立，那么进入地宫的机关就可能设置在南岸某处洞穴深处，而这个洞穴应该位于酆城东面长江的某条支流，这样才不容易被敌军发现。”

我不得不佩服勋爵的智商，尽管没有我这么一段特殊经历，但他的分析可谓丝丝入扣，精辟独到，令人茅塞顿开。所以我们下面要做的工作是，在酆城以东长江南岸寻找一条小河，然后沿这条小河上溯寻找一个深邃的溶洞。

为此，我建议勋爵从酆城旅游局入手。

来到旅游局，讲明来意，一位姓文的副局长热情接待了我们。

他将大家带到一个小会议室，还没等我们开始问询，便主动开启投影播放起鄷城的溶岩洞穴照片。

巧得很，文局长不仅是摄影发烧友，还是个溶洞迷，他收集的鄷城溶洞照片不少于一千张，在播放幻灯的过程中，还担任起义务讲解员，直把我们乐得心花怒放。

一个小时过去，文局长还没有停止演示。

“这个是雪玉洞，它位于新城以东十七公里的龙河上，现已探明的洞穴长度有两千多米，洞内钟乳密布，主要以碳酸盐晶体组成，就像是一座由冰雪构建而成的水晶宫，所以取名叫雪玉洞，是目前鄷城发现最大也最有开发价值的溶洞。”

当听到“龙河”这两个字的时候，我心中暗惊，羊皮图语中的“夔”，其实就是龙的一种，而“夔河”演变成“龙河”也十分顺理成章。想到这里，不觉朝勋爵和威廉望去，见他俩也发出会心的微笑。随后，只见威廉问道：“请问那条龙河和这个雪玉洞以前还有过别的什么名字吗？”

文局长答道：“龙河是老早以前的名字了，至于这个雪玉洞，以前倒是有过其他称呼，比如什么盐巴洞、玉龙洞、雪花洞等等，旅游开发后，根据专家的建议，改名为雪玉洞。”

威廉又问道：“我们在古籍上查到过一个寒冰洞，不知道是不是这个洞？”

沉思片刻，文局长答道：“这个我就不清楚了，中国历史时期的地名经常都有变化，也许某个时期曾经叫过这个名字也说不定。”

威廉再问：“刚才听文先生讲到，这个雪玉洞似乎已经开发了？”

文局长答道：“早在几年前就开始开发了，但目前只完成了一千多米游客通道，最深一层据探测，可能远低于江平面，而且发现有许多坍塌，出于安全考虑，暂时还没有向深处开发，今天难得有几位溶洞专家光临，正想听听各位的高见呢。”

勋爵点点头，答道：“溶岩洞穴的形成，大多有几千万年以上的时间，已经形成了比较稳定的结构，一般不会垮塌，但若进行人工开发，则有可能破坏这种稳定结构，特别是三峡大坝蓄水抬高水位之后，可能会对周围地质结构造成影响，若再进行深度开发挖掘，恐怕会进一步破坏这种结构，很危险。”

听完勋爵的话，文局长面色凝重起来，说道：“理工大学的万教授也曾提醒我们，溶洞的开发，不宜向低于附近水平面的深度发展，看样子他说得有道理。”

威廉接着问道：“酆城旧城在建设过程中，有没有挖出过什么人工洞穴呢？”

文局长答道：“七十年代，响应毛主席深挖洞的号召，据说曾经在县政府大院内挖出来一段人工地道，但因为里面坍塌得非常厉害，又有大火焚烧的痕迹，还有几具尸骨，有人说这个地方地质结构不稳定，也有人说不吉利，就没有继续挖下去了。”

当文局长讲到这里，勋爵、威廉齐齐向我望来，此时，凯雅又对我悄悄伸出大拇指，而艾曼纽也朝我投来深情的一笑。

“这个地方现在还可以看到吗？”威廉紧跟一句。

“早已填埋修成了楼房，看不到了。”文局长答道。

“我们可以去参观一下这个雪玉洞吗？”勋爵忽然问道。

“当然可以，顺便请几位专家仔细考察一下，提出科学的建议。”文局长答道。

巴国鼎锅

地宫的方位大致确定后，勋爵一家突然决定回一趟法国，像是家里发生了什么变故。至于说何时再来中国，一时说不准。

趁这个空闲，我又去了一趟长阳，接上袁继祖、袁承先父子，再会同大探事，一起去巴国觐见巴王。这一次，我把车留在了学校，和袁氏父子一道，乘坐大探事的三菱帕杰罗，一起前往巴国。

巴王在自己的寝宫接见了我们，当看到袁继祖父子时，激动万分，没待他俩行礼，就将二人的手牵了，一左一右坐下，上上下下打量一番。末了，说道："想不到两千多年后，还能够见到老军师的后代，先王在天之灵知道了，也会唏嘘感伤的！"

袁继祖和袁承先赶紧起身叩谢，齐声说道："能够在有生之年发现廪君族裔，觐见王上，是小民做梦都没想到的，死都值了！"

"刚见面，怎么就谈到生啊死的，"巴王连忙伸手扶起袁氏父子，说道："你我能够相见，说起来还是托神使的福，正是因为他的到来，为巴国打开了一个崭新的窗口，使寡人看到了巴国的未来。"

见巴王如此抬举我，我赶紧起身致礼，口中说道："是王上英明神武，扭转乾坤，在王上的领导下，巴国人民一定会走向美好的未来。"

"哈哈，神使太谦虚了，"巴王又轻抬我手臂，满怀深意地望着我，说道："神使连日奔波劳累，寡人很是不安，这次归国，应该多待些时日，寡人有好多事情要向神使讨教呢。"

听完巴王的话，我刚落下去的屁股不得不再次离开座椅，躬身行礼道："王上有事相询，只管吩咐就是，何言讨教，敝使不敢当。"等巴王示意我坐下，才继续说道："启禀王上，这次带两位袁先生来，还有一个目的，就是治理圣海污染，而两位都是这方面的专家，有他俩出面，圣海污染治理将有根本性的改观。"

巴王大喜，竟起身向袁氏父子致谢，感动得袁继祖和袁承先热泪盈眶，手足无措。待巴王落座，二人方敢坐下，随后，袁继祖说道："圣海治理，必先从粪便治理开始，而粪便治理的第一步，是通过发酵技术使之变成沼气，提供用于燃烧的能源，如果条件许可，还可以和垃圾一起燃烧发电。"

巴王不解，讶然道："粪便和垃圾还可以发电！"

袁继祖点点头，答道："从巴国目前所具备的条件来看，用粪便和垃圾来发电还有一定困难，但制造沼气是很容易的事。"

听完袁继祖的话，巴王惊喜万分，又起身致谢，说道："有了二位的加入，巴国的未来就更加光明了。"

在巴国待了两天，主要是陪袁氏父子参观巴国各处景观，并顺道拜访了覃望日和尕乃让等洞主长老。左射事闻讯赶来，一定要拉我去他家吃一顿饭，为了袁氏父子今后好开展工作，我勉为其难地答应下来。

第三天，我向巴王请辞，随后离开巴国，回到山城后才打开手机，随即便接到邹馆长电话，说有要事面谈。接完电话，心情顿时忐忑起来。

这一年多来，邹馆长对我可说是信任有加，提携着力，可我却对他处处设防，事事隐瞒。所以一见到他，心里便又说不出的不安。

犹豫再三，我还是决定跟邹馆长碰个面，顺便向他透露一点地宫的事。

第二天，我开车出发，目的地是邹馆长指定的一家叫“环球集市”的会所。

市中区是我不常去的区域，加之很多道路都变成了单行道，结果绕来绕去找了很久，才在鲁祖庙花市的一个小巷内找到了这间会所。进口虽小，内堂却十分宽大，装修也很特别，古今中外的家具和艺术品混搭在一起，很别致的一个空间。

到达会所时，邹馆长早已在一间雅室中等候，见我到来，热情地招呼我坐下，倒上一杯茶，随后说道：“今天邀你来，主要是品尝一下巴国鼎锅美食，这里面除了牛肉外，还有好些补血的食品。”

“巴国鼎锅？”

“对，巴国鼎锅，这里的老板陶总是我朋友，也是一位巴国古法食品的探索者，这是他根据巴国文化创制出来的新式火锅。”言谈中，邹馆长露出满含深意的眼神，“你看这个砂锅，上半截是个鼎的样子，下半截却没有三只脚，为什么没有三只脚呢？因为巴国被秦所灭之后，已经没法鼎立一方了，所以巴人便把国之重器的鼎足砍掉，以此来表达宁折不弯的骨气。”

见邹馆长没有追问我寻找地宫的进展，我稍觉安心，这才开始留意那铁砂锅的造型，果然与其他砂锅有所区别，虽然有腹有耳，但却缺少了下面的三只足，为了表示这足是被砍掉的，还特意在立足的位置保留了三个桩桩。

接着，邹馆长又说道：“听陶老板讲，他设计这个造型的用意是，巴国虽然灭亡了，但它的精神还在，用来表达怀念之意。”

“那邹馆长认为巴国的精神是什么呢？”

邹馆长答道：“巴国的精神，就是尚武好斗，耿直坦荡。宁折不弯的精神，从某种意义上来说，这也代表了山城人的性格。”

我刚经历了两个巴国的权争和那么多血雨腥风，又联想到巴国一路征战的血腥历程，不由心生感慨，说道：“可是巴人的性格中，也有很多残暴、血腥的成分，关于这一点，邹馆长怎么看？”

沉思片刻，邹馆长答道：“上古时期，国与国之间，族群与族群之间相互间的征伐、残杀和掠夺是经常发生的，没有尚武的传统和开疆拓土的勇气，便没有活下去的机会，那个时候，生存下去才是硬道理。”

接下来，邹馆长又谈了很多巴国史中的谜题，出于良心，我发表了一些自己的见解，令邹馆长赞叹不已。

不多会儿，一阵奇异的香味飘过来，邹馆长说道：“谈了许久，肚子也饿了，鼎锅里的美味在召唤我的肠胃了，边吃边聊吧。”

吃惯了重庆的暴力麻辣火锅，突然品尝到这种醇香、浓郁而又不温不火的味道，不觉胃口大开。

吃着吃着，邹馆长的脸色突然又变得凝重起来，接着，他开始发问：“皮老师，今天请你来，除了享受美食外，还有几个问题想请教你？”

“邹馆长有什么问题，尽管问。”我放下筷子，准备好迎接拷问。

邹馆长也放下筷子，抽一支烟递给我，说道：“前不久，中国水下考古队的王队给我打了一个电话，说是他们在酆城名山水域对考古一号探测系统进行测试的时候，意外发现了一批石人，你知道这件事吧？”

我答道：“知道，当时我也在船上。”

邹馆长点点头，接着说道：“那就对了，王队告诉我，说船上有一个大英博物馆的访学博士叫皮兆寅，水下石人就是他最先推断出来的，并且把石人的来源也说得头头是道，当时我就纳闷，你什么时候又成了大英博物馆来博物馆的访学博士了。”

看着邹馆长大惑不解的眼神，我有些心虚，硬着头皮答道：“为了争取以专家的身份登船，负责测试指导的雷阿先生为我伪造了这样一个身份。”

邹馆长又问：“为什么要伪造身份呢，以你本人的身份登船不好吗？”

我答道："恐怕上不了船，这个邹馆长您应该懂的。"

沉吟片刻，邹馆长答道："这个我还真不懂，也不想去弄懂，我只想问，你是怎么判断出这些水下的物体是石人，而不是别的什么东西？"

见邹馆长抓住石人不放，我反倒比较放松，答道："在调查地宫位置的时候，我去过一趟酆城地志办，听王主任讲到一个传说，从而推断出石人的来历。"

邹馆长点点头，笑道："皮老师进行文献收集和田野考察的方法很独到，这个今后还要向你多请教，但现在我要问你另外一个问题……"说到这里，邹馆长突然打住，沉默了很久，才又问道："那天我检索国外发表的巴蜀史论文，忽然看见一篇报道，说你已经破译了巴蜀图语，这么大的事，怎么国外报道了，国内却没有一点动静，是不是这其中有什么玄奥？"

看邹馆长的脸色，一定是以为我沽名钓誉，把根本不可能完成的事对外面乱说，欺负人家外国人不懂巴蜀图语。为此，我不得不将勋爵邀请我去法国，在他家发现一本图语版《周典》，再根据自己检索到的大篆版《周典》加以对照，从而破译出大部分图语的事告诉了他。

邹馆长听后，默然不语，良久，才叹了口气，说道："这么重大的科研成果，你回国后居然秘而不宣，究竟有什么用意？"

我强自镇定，答道："我想等找到巴国地宫后再一起发表。"

邹馆长大惊，紧接着问道："你确信真有巴国地宫？"

看着邹馆长殷切的目光，我再也不忍心隐瞒，将那张羊皮图上的译文拿出来，呈现在饭桌上。

邹馆长看着图语，目光不停的闪烁，末了，说道："这些东西，也是从勋爵那里得到的吗？"

我躲开邹馆长的目光，点了点头。

邹馆长"哦"了一声，继续阅读图语，读完之后，又思考了一会儿，才指着图语说道："那么，根据这几段图语，判断出古剑的埋藏地点了吗？"

我又点了点头，答道："基本判断出来了，其中……"

"其中什么？"见我吞吞吐吐，邹馆长急问道。

"其中那把鹰剑，已于上世纪二十年代被勋爵祖父找到，现在就存放在他家里。”

“已被找到，存放在他家里！”邹馆长大为震惊，随即又紧盯着我，眼神凌厉：“如此说来，你目前正在和勋爵合作，想找到其他三把古剑，从而发现地宫？”

我没有吭声，心里一阵局促不安。

“皮老师，我曾再三叮嘱过您，如果发现地宫线索，一定要先通知我，可您……”说话间，邹馆长连连摇头叹气，“要知道，私自发掘国家宝藏，那是违法的事，而且你还和外国人合作，就不怕他们把地宫宝藏偷运到国外吗？”

“是有这个担心，所以我打算在合适的时候告诉您。”

“合适的时候，何时才算合适的时候，如果我不问，你会告诉我吗？”

面对邹馆长一连串的诘问，我心乱如麻，但还是坚持自己的决定，于是，硬着头皮答道：“打算确认地宫位置的时候就告诉您。”

“那么，位置确定了吗？”

“目前还没有。”

“那好，我们一言为定。”

说完，邹馆长把手伸向我，我迟疑了一下，也伸出手去，握住邹馆长的手。

第四章

开启地宫

令人不解的是，死者身体各部位没有一点伤痕，更没有下毒和他杀的迹象，只是在房间书桌上发现了一件玉面具……

憋气

两个月后，接到艾曼纽电话，说他们已经到山城了，叫我去海王大酒店会面，同时告诉我，已经确定了考察雪玉洞的时间。

见面时，艾曼纽一如既往的热情似火。

威廉和勋爵也神采飞扬，信心十足。

凯雅照样送给我一个热烈的贴面礼。

吃过自助餐后，艾曼纽又安排游泳，并不急于谈论寻找地宫的事。

艾曼纽和凯雅的泳技都很好，又都有一副好身材，在水中就像两条美人鱼，看着她俩，不由得就想起鱼女无瑕，好长一段时间没看见她了，不知道为她订制的义肢是否合用。心想，等这些事情告一段落之后，应该向巴王提出一个特请，免除无瑕侍寝的义务，把她安排到宾室住，让她能够轻轻松松地度过剩下的时光。

游了一会儿，艾曼纽忽然提议，由她、凯雅和我一起玩一个游戏。

我没敢马上答应，让她把游戏的规则说明后再决定参不参加。

“放心，我不会坑你，”此时，艾曼纽露出狡黠的笑容，“游戏的规则是这样的，我们三个人，一起沉入深水区憋气，威廉叔叔当裁判，最先浮出水面的算输，输了的晚上请大家吃宵夜。”

凯雅笑道：“好你个狡猾的爱娃，谁不知道你是圣约翰中学的女子游泳冠军，憋气的功夫自然比我和皮好，这不公平。”

艾曼纽笑道：“你从小都好强耍赖，这样吧，公平起见，我和皮先下水，半分钟后你再下水，总可以了吧？”

凯雅摇头，答道：“不行，四十秒后我再下水。”

艾曼纽不答话，转过身来看我，我点了点头。

十分钟准备活动之后，大家来到深水区，威廉一声令下，我和艾曼纽同时跃入水中。入水之前，我深深吸了口气，慢慢地下沉，放松身体，闭上眼睛，学袁承先念诵金蛇咒的样子，屏住呼吸，老僧入定。

入水之后，我开始把自己想象成一块石头，置身于圣海，被温暖的水轻柔地抚摸，水下有发光的珊瑚，还有鱼女们在周围嬉戏。

无瑕也在其中，义肢与她的身体已融为一体，在水中翩翩起舞，不断变换身姿，像一个透明的精灵。

忽然，无瑕发现了水下的石头，露出诧异的眼神，然后慢慢地向石头靠近，在石头周围转圈，脸上浮现出笑意，好像是告诉我：别把自己扮成石头了，我已经认出了你。

鱼女们也游过来，她们把无瑕围在中央，然后把她托举起来。无瑕扭动腰肢，两臂伸展开来，在空中做出孔雀梳理羽毛的动作，然后她的面孔开始变化，先是幻化成覃婉丽，然后又幻化成依噶，最后定格为盐姬。

盐姬哀伤的眼神凝视着石头，幽幽地说道："廪君，你的心真像这块石头，再怎么温暖的女人都不能融化你，非要离开我远走高飞，难道……江山社稷对你就那么重要吗？"

此时，我好想告诉她，自己的心态跟以前已经不同，如果时光可以倒流，我一定会留在她的身边，与她白头到老。然而我却不能开口，身体似乎真的石化，已经变不回原来的样子了，只感受到盐姬滚烫的泪水滴落在自己身上。

忽然，远处有一个黑咕隆咚的东西冒出来，是鱼龙，张开血盆大口朝盐姬咬来，盐姬来不及躲闪，被那鱼龙一口咬住。紧接着，二公子出现在水中，他一屁股坐在石头上，狞笑道："上次没能把你淹死，便宜你了，这次你自己变成了石头，怪不得我了。"

我觉得呼吸困难，血液直冲脑门，头痛欲裂，拼命挣扎着变回原形，双脚猛蹬，舞动手臂，终于浮出水面，睁开眼便看见艾曼纽和凯雅呆若木鸡的眼神。

"四分二十九秒，不可思议！"岸上传来威廉的声音。

"太神奇了，你是怎样做到的？"艾曼纽和凯雅异口同声问道。

听见威廉的报数，自己也感到震惊，不知道这个四分二十九秒意味着什么，是我自己与生俱来的天赋还是虎血注入身体后产生的异能。

沉思中，又听见艾曼纽的惊叹声："皮，你这些神奇的能力，真不知道是怎样训练出来的，要知道如果下水前不吸氧，皮埃尔也坚持不了这么久。"艾曼纽痴痴地望着我，高耸的胸部剧烈起伏，令人感到一阵眩晕。

定了定神，我答道："小时候在长江边学游泳，先得从练习憋气开始，自己又喜欢潜泳，不知不觉就有了这些能力，但如果不经过这次测试，也不知道自己究竟能憋多久。"

此时此刻，凯雅也对我佩服得五体投地，说出的话更加夸张："在没有吸氧的情况下能够坚持四分二十九秒，远远超出了正常人的能力范围，皮，你可以申请吉尼斯纪录了。"

威廉接着说道："这个成绩，离吉尼斯纪录或许还有点差距，但在没有经过特殊训练的情况下，能够在水下停留如此之久，也确实够惊人了。"

凯雅又说道："皮身上有这么多不可思议，难怪爱娃喜欢他了。"

见凯雅又胡说八道，我赶紧问道："刚才的比赛谁输了？"

艾曼纽答道："凯雅输了，今天该她请客。"

凯雅笑道："今天输得心服口服，想吃什么，尽管开口。"

吃过宵夜后，正打算告辞，艾曼纽将我留下，"皮，有件事想跟你谈谈。"

我点点头，语气柔和，"正好，我也有话想对您说。"

闻言，艾曼纽露出欣喜的目光，"皮，你想要对我说什么，我很期待。"

见艾曼纽误解了我的话意，我忙说道："还是先说您想谈的事吧。"

艾曼纽便说道："皮，你真让人搞不懂，与我所见过的所有中国人都不一样，所以我才怀疑你是一个古人。"

我笑笑，答道："这种话您已经说过 N 多次了，不过我一点儿都不介意，现在，请您说说要跟我谈的事情吧。"

迟疑片刻，艾曼纽说道："皮，无可否认，你有一种特殊的魅力，深深地吸引了我，但现在我要谈的不是这件事，而是……"

见艾曼纽吞吞吐吐，欲言又止，我更加不安，忐忑道："如果您要谈的事与寻找地宫无关，我看不谈也罢。"

对于我的不领情，艾曼纽大为不满，只见她耸耸肩，斜靠在桌子上，说道："这件事，可以说与寻找地宫无关，也可以说很有关，关键看你怎么理解。"

此刻的艾曼纽，忽然变得扭捏和羞怯起来，与生俱来的傲慢荡然无存，与我之前所见的艾曼纽大相径庭，这反而使我有些不知所措，更有些不忍，于是我尽量调整语气，说道："您有什么话，尽管说，至于说怎么理解，那是我的事。"

听完我的回答，艾曼纽莞尔一笑，说道："你知道，我是史密斯基金的继承人，未来的基金会主席，可是我对此并无太大兴趣，如果……"

我被艾曼纽的反常搞得很无奈，皱眉道："您今天是怎么啦，有话请快说。"

艾曼纽耸耸肩，答道："作为专注于东方历史尤其是巴国历史的史密斯基金，皮，我想邀请你参与其中，与我共同来管理这个基金，为实现曾祖父的愿望而一起努力。"

听完艾曼纽的话，老实讲，我有点儿感动，特别是这段时间以来，已经能感觉到她对我的示好完全是真情流露。而且，解开巴国历史悬案，完整拼接巴国历史断片，也是我毕生的梦想和自赋的使命，但尽管如此，只要一想起她和沙克一伙在绝谷巴国的所作所为，还有覃婉丽也是因她而出走，便解不开心中的疙瘩。

同时，我也深知道，艾曼纽的盛情相邀并非那么单纯，一定包含着某种目的，某种令我感到难堪的后果，所以我不敢轻易相信她。

艾曼纽好似猜到了我的想法，神情有点落寞，沉思片刻，接着说道："皮，我知道你还爱着覃，可是我也爱你，爱到无法自拔。"说到这里，见我没有吭声，艾曼纽眼光闪亮了一下，语气更加恳切："不管你对此有何想法，我是真心想跟你合作的，当然，如果能够进一步，那就堪称完美。"

见艾曼纽越说越离谱，至此，我不得不把话挑明，"尊敬的艾曼纽小姐，谢谢您的厚爱，如果您真的对我有好感，那是我的荣幸，但我已经有了爱人，为此我无法接受您的建议，但我会珍惜你我之间的友谊，共同去完成您家族的事业。"

听完我的话，艾曼纽笑道："这么说，你愿意在基金会中任职？"

我摇摇头，答道："我的意思是，与您共同去寻找地宫，验证您曾祖父的猜想。”

艾曼纽眉头轻蹙，露出失望的眼神，黯然道：“皮，你的回答真令我失望，”随即，她摇了摇头，“没有什么可说的了，现在，你可以讲你想说的事。”

“我想说的事？”

“你刚才不是说也有话要跟我谈吗？”

我回过神来，忐忑道：“您之前曾说过，如果能找到地宫，那么地宫中的宝藏应该属于我的国家，这句话算数吗？”

艾曼纽点点头，露出诡异的笑容，答道：“当然算数。”

初探雪玉洞

之前已与文局长联系好，我们会组织一个考察队探测雪玉洞，文局长表示热烈欢迎，约好三天后探洞。

两天后，我和冬瓜、闷墩儿在酆城会合，当晚，大探事、果耐和禾香也来到酆城。有禾香在，自然不能有常昆，好在禾香并没有问起常昆，心头少了点内疚。

禾香的普通话有很大进步，这得益于常昆的帮助，她一看见我，就问覃婉丽怎么没有来，我便告诉她覃婉丽对探洞不感兴趣，在装修新房子，禾香才松了口气。

勋爵和威廉见我带来个大部队，有些不爽，艾曼纽看见禾香在，也皱眉头。我哪能理会他们的想法，把勋爵和凯雅介绍给大家，闷墩儿看见凯雅，两只眼睛便定住了。凯雅倒是大方，还送给闷墩儿一个贴面礼，闷墩儿脸就红了，一脸幸福感。

介绍完毕，我们分乘两辆车去旅游局与文局长会合，然后一起去雪玉洞。我让大探事坐了艾曼纽的悍马，冬瓜、闷墩儿坐牧马人后座，禾香坐了副驾。

一上车，闷墩儿就憋不住了，对冬瓜说道："那个凯雅，实在太喷火了，她抱我的时候，我差点没站稳，现在还晕乎乎的。"

冬瓜笑道："你龟儿就这点出息，见到美女就变傻，还不如松哥。"

闷墩儿反击道："你龟儿有出息，你盯着她看的时候，还不是目不转睛，直流口水。"

听见闷墩儿和冬瓜的对话，禾香忍不住插话："啥叫喷火啊，我只晓得妖怪会喷火，而那个什么凯雅一看见男人就又搂又抱，那么不知羞耻，恐怕就是个妖怪。"

闷墩儿立即反驳道："喷火都不懂，亏你还是个九零后，太 OUT 了，什么叫不知羞耻，那是人家外国的礼节。"

禾香也不示弱："我看你就像没见过女人似的，若是到了我们巴……"

见禾香突然打住，闷墩儿立即追问道："若是到了你们那里，那又怎么样？"

禾香干咳了两声，笑道："若是到了我们家乡的温泉里，怕是魂都丢了！"

此时，闷墩儿已被吊住了胃口，哪容得禾香忽然打住，紧接着问道："你们家乡的温泉怎么了，难道里面有蜘蛛精？"

见闷墩儿欲罢不能，禾香反而不说话了，戴上耳机，听起音乐来。闷墩儿急了，追问道："禾香，问你呢，你们家乡的温泉里有什么？"

禾香仍然不搭理，闷墩儿忙堆了个笑脸，递一颗巧克力给禾香，哀求道："禾香妹妹，禾香美女，你不能这样不负责任，吊起我们胃口就不说话了。"

禾香"噗嗤"一声笑了，答道："我什么时候吊你胃口了，刚吃了饭，难道这么快就饿了？"说完，嘴里轻轻哼起歌来。

见闷墩儿纠缠不休，我怕禾香说话露馅儿，不得不插嘴："禾香的家在少数民族地区，那里至今还保留男女在温泉里裸浴的习惯，你去不得，会流鼻血的。"

听完我的话，闷墩儿更不罢休了，抓了一把巧克力塞进禾香手里，央求道："好妹妹，姑奶奶，你快给我们讲讲你们家乡的风俗，有机会我和冬瓜去考察一下。”

禾香慢慢地撕开巧克力纸，递一颗在嘴里，慢慢地品味，然后装着没听懂，答道：“人家才十七岁，就被你们叫得那么老，回家都不敢见人了。”

闷墩儿哭笑不得，直扇自己嘴巴，冬瓜便递一瓶矿泉水给禾香，骂闷墩儿道：“禾香姑娘明明是七仙女，活生生被你龟儿叫成老太婆，欠扁。”

此时，禾香忍不住笑了，吃完巧克力，喝口水才说道：“我们那里不仅男女同浴，还分等级，长得漂亮的女孩子在上面池子泡，长得丑的在下面池子里泡，而最漂亮的在最高一层池子里泡。”

听完禾香的话，我忍不住看了看内视镜，发现闷墩儿直吞口水，眯着一对色眯眯的眼睛问道：“那禾香姑娘在第几层池子里……泡？”

禾香歪着头，故作沉思状，想了一会儿，才答道：“我这种长相嘛，勉强能在第三层池子里泡。”

闷墩儿大惊，说道：“禾香姑娘这么漂亮，都只能在第三层池子里，你们那儿的姑娘，莫非个个都是仙女？”

我都忍不住想笑了，禾香还一本正经的胡说八道：“那当然，我们那里的姑娘不仅漂亮，个子也高，身材也好，比那个什么艾曼纽、凯雅强多了。”

听完禾香的话，闷墩儿眼睛都直了，流着口水问道：“那你们家乡究竟在哪儿嘛，我怎么没听说过有这么个地方？”

禾香却不急于回答闷墩儿提出的问题，转而问道：“你怎么不问问我们那里的客人都是怎样分池子的？”

闷墩儿抽了自己一个耳光，歪着嘴问道：“对了，客人又是怎样安排池子的？”

禾香又剥了一颗巧克力塞进嘴里，慢慢地咀嚼，闷墩儿不敢打岔，耐心等着禾香回答问题。禾香吃完巧克力，伸个懒腰，说道：“好困，昨晚没睡好，想再睡一小会儿。”说完，又戴上耳机，闭上眼睛装睡。

闷墩儿不依，来抢禾香的耳机，这个时候，车停了下来。

到旅游局了。

文局长乘坐的三菱越野车在前面领路，艾曼纽驾驶悍马随后，我的牧马人压阵，从旅游局出发，沿新城滨江路一路向东，往雪玉洞驶去。

车子一动，闷墩儿又缠着禾香打听关于温泉同浴的细节，禾香赖不过他的软磨硬泡，敷衍道："客人自然也要看长相分池子，当然是长得帅的进上面的池子。"

闷墩儿追问道："那禾香姑娘觉得我应该分配在第几层池子？"

禾香便转过身去，假意端详闷墩儿一阵，叹口气说道："我们家乡帅哥太多了，照你这个水平，恐怕得在五层池子以下了。"

闷墩儿哭丧着脸，不再说话了。

禾香忍住笑，接着说道："不过嘛，客人去我们那里泡温泉，也不一定全看长相。"

闷墩儿脸上立即露出曙光，问道："还需要看啥子？"

禾香笑道："我们那儿女多男少，所以美女也愁嫁呢，如果有男客愿意留下来当上门女婿，就允许他在最上层的池子里挑一个姑娘。"

闷墩儿一听，顿时心花怒放，追问道："那如果我挑选了合适的姑娘，姑娘又看不上我，啷个办呢？"

禾香差点没笑喷，赶紧用手按住胸口，干咳两声后说道："如果遇到这种情况，长老会派人把她关起来禁闭七天，直到她答应为止。"

闷墩儿又问："如果七天之后她还是不答应呢？"

禾香嘟嘟嘴，答道："那她一定会受到全村人的谴责，她的家人也会因此而抬不起头来，所以嘛，这种情况一般不会发生。"

闷墩儿紧接着问道："如果结婚之后可以把新娘带走吗？"

禾香不停地的摇头："不仅不能带新娘走，男方也不能随便离开村子，起码要生两个小孩后才能够回家探亲。"

闷墩儿又追问道："那如果生不出两个小孩呢？"

禾香抿住嘴，叹口气，说道："那就只有一辈子待在村子里了。"

闷墩儿立马傻眼。

此时，禾香再也忍不住，扑哧一声笑出声来。

雪玉洞离新城只有 17 公里，半个小时后到达。下车后，文局长为我们引荐了一个高高胖胖的中年人，说是龙河旅游开发公司李总，负责雪玉洞的开发。

李总坚持要请我们吃一顿饭后才探洞，可是大家都不饿，又拗不过他的盛情，每个人只好应付一下，剩了一大桌菜。

威廉最先吃完，从车上拿出五套探险装，分给我一套，随后说道：“对不起，只准备了这几套装备，其他人就不必深入下去了吧？”

闷墩儿首先表达不满，嘟囔道：“我们自己带了装备，洞子也探过不少，今天既然来了，怎么也得进去看看吧。”

威廉摇摇头，皱眉道：“洞穴探险是很专业的事，不是靠热情能解决问题的。”

李总笑道：“不碍事儿，我们已经开发了一公里多游道，开始接待游客了，一点都不危险，大家既然来了，都进去看看吧。”

雪玉洞虽然没有芙蓉洞大，但景观形态却异常丰富，一路看去，眼花缭乱。

为了显得自己专业，进洞不久，威廉就开始发表高论：“根据我的观察，雪玉洞次生化合物的生成和发育，最远应该不会超过十万年，而最近的可能只有几千年，所以这里面所有的钟乳都像水晶一样晶莹剔透，真是太漂亮了。”

听见威廉夸雪玉洞，李总很高兴，说道：“威廉先生真厉害，单凭肉眼就能看出这些钟乳的年龄，而来勘察过的其他地质专家，还需要仪器检测后才敢得出结论呢。”

艾曼纽好奇道：“为什么形成时间晚的钟乳才漂亮，而形成时间早的就不漂亮呢？”

威廉解释道：“这个道理很简单，几万年以内形成的钟乳石结晶，相当于人的少年时期，充满活力，就好像人的皮肤，年轻时自然要光滑明亮多了。”

凯雅笑道：“那爹地这个年龄，相当于多少年前形成的钟乳石结晶呢？”

威廉想了想，答道：“至少有几十万年了吧？”

艾曼纽揶揄道：“那威廉叔叔也算得上是个老妖怪了。”

威廉没有理会艾曼纽的玩笑，指着一堆白玉般的石塔式钟乳说道：“这种钟乳叫塔珊瑚，年龄在一万年至两万年之间，正是钟乳石发育最好的阶段，这么大规模而又年轻的塔珊瑚群，我也是第一次看到。”

李总说道："这个景观叫兵马俑，几位专家认为合适吗？"

此时，我不由得插上一句："它们的分布形态确实像兵马俑，但用在这个地方恐怕有些不合适，不如叫巴国军魂吧。"

李总表示不解，追问道："为什么叫这个名字呢，兵马俑名气更大啊？"

我答道："酆城曾经是巴国的别都，秦灭巴国的时候，酆城是坚守到最后的据点之一，所以这些塔珊瑚更应该比喻为与秦军殊死搏斗的巴国士兵，秦国虽然灭掉了巴国，但是灭不了巴国将士们不屈的斗志，而这些塔珊瑚昂首挺立，视死如归，正像是巴国将士们不死的军魂。"

听完我的一段莫名其妙的慷慨激昂，大家都用异样的目光看着我，为我突然爆发的情绪感到不解。

李总喃喃道："巴国是被秦国灭亡的，这样看来，取名叫兵马俑确实不大合适。"

又来到一个大厅，威廉指着洞顶倒悬的石钟乳讲解道："这种钟乳叫鹅管，是由重力水从洞顶不断下滴而形成的，颜色洁白，就像一根根鹅毛笔管，这里的鹅管密度如此之大，恐怕也算世界之最。"

为了探洞，这段时间我在学校图书馆也做了不少功课，但眼见威廉对于这个从未涉足过的洞穴，居然能够如数家珍般的熟悉，心中暗暗吃惊。

转入第二层，湿气越来越重，不多会儿，又一处神奇的景观呈现眼前，只见洞顶上倒悬出一壁透明的石帘，高约八米，若蝉翼般晶莹剔透，又引来大家的一片惊叹。

大约两个小时后，旅游步道已经走完，威廉提出想去没有开发的区域看看，李总面露难色，说道："最下面一层还没有开辟道路，危险得很，又有许多坍塌，如果出了意外，我怎么负得起这个责任？"

文局长也劝道："事关生命安全，还是慎重些好。"

这时，一直沉默不语的勋爵突然发话了："我们今天来这里，就是要全面考察雪玉洞旅游开发的安全系数，也许你们认为没有这个必要，但作为一个科学工作者，我觉得有义务来完成这个工作，这不仅关系到雪玉洞是否可以进行深层次开发，还关系到已开发的区域是否安全。"

勋爵这么一说，李总和文局都不吭声了。

于是，文局和李总在一边小声商量了一会儿，提出一个方案，由于此项工作十分危险，所以只能挑选身体好并且训练有素的人员参加，同时严格限定人数，总数不超过七个人，其中包括开发方三个名额。如果我们同意，经过精心准备后，明天再来探洞。

勋爵点点头，答应下来。

于是，今天的探洞告一段落，草草收场。

勋爵的能量

晚上，我在艾曼纽一家入住的宾馆与他们商量明天探洞的事，首先就名额分配问题发生了分歧。

威廉的意思，由他和我再加上勋爵和艾曼纽四个人来组成探险队，而我却要求平均分配这四个名额，即他们家出两个人，我方出两个人，因为按照事先的约定，探险队本应以我方队员为主。

争执了一会儿，威廉耸耸肩，说道："当初订立这个协议，是因为还没找齐四把古剑，也没有涉及地宫秘密，现在已经到了很关键的时候，不仅需要专业队员，还需要对洞穴结构和古代机关有深入了解的专家，您的那帮杂牌军，怎么担当得了这个重任？"

听完威廉的话，我有些气愤，答道："熊、狼、蛇这三把古剑，至少有两把是由我方主导完成的，我的队员不仅有智慧，而且非常勇敢，凭什么说他们是杂牌军？"

见我生气，威廉不再说话，勋爵接道："皮说得没错，他的队员中，确实有很多能人异士，无论是熊剑和蛇剑，都主要是靠皮先生和他的队员找到的，所以我尊重皮先生的意见。"说到这里，勋爵停顿了一下，看了一眼威廉，露出古怪的眼神，"这样吧，明天的探洞，艾曼纽、威廉和皮先生再加上他的一个队员参加，我给你们当后援就是了。"

勋爵话一出口，我倒有些为难起来，要知道我们四人中，没有一个对古代机关有深刻了解的人，如果缺了勋爵参与，还真成不了事。

正犹豫的时候，凯雅又来添乱：“那怎么行，我来中国，就是为了寻找地宫，明天探洞，我无论如何是要参加的。”

艾曼纽急了，把凯雅搂住，央求道：“我的好妹妹，你就不要再添乱了，等我们打开了地宫，再带你进去参观好不好？”

凯雅哪肯买账，急道：“发现地宫和参观地宫，完全是两码事，凭什么好事都被你一个人占了。”

眼见凯雅添乱，威廉赶紧制止：“凯雅，这就是你的不对了，怎么能跟姐姐比，爱娃有丰富的探洞经验，又全程参与了寻找古剑的过程，比你更适合明天的探洞，再说，勋爵都不参加了，你还不知难而退。”

凯雅仍然不服，这时，勋爵对她说道：“寻找地宫，可不是闹着玩儿的事，有很多危险和意想不到的情况发生，再说明天只是初探，不可能就这么容易发现地宫，我向你保证，等到真正开启地宫的时候，一定让你参与。”

勋爵的话竟然比威廉管用，凯雅不吭声了。

而我心中的人选，只能是大探事。

回到驻地，先劝说闷墩儿和冬瓜不参加明天的探洞，闷墩儿倒还好说话，冬瓜死活不干，说我心太软，怕找到宝藏却舍不得捞东西，或者是一冲动又把宝贝捐献了，所以这次一定要把我看住。

还好，禾香这次比较懂事，竟主动帮我劝说冬瓜，希望冬瓜和闷墩儿带她游览山城，说有机会带他俩去家乡泡温泉。好说歹说，冬瓜才勉强答应。

第二天，艾曼纽开着悍马来接我和大探事，一起去雪玉洞。

上车的时候，发现勋爵和凯雅也都在车上，而到达接待中心的时候，除了李总和文局长等候在那里之外，竟然还有酆城的县长和宣传部长迎驾。最不可思议的是，还有两位扛摄像机的记者。

经交谈得知，之所以搞这么大排场，原来是“上面”打了招呼，说是有一位国际知名专家将要来雪玉洞考察，请酆城相关领导妥善安排和接待。

我顿时明白了，难怪勋爵主动要求退出探险队，原来早想好了办法，因为他委托山城那位大员给酆城打了一个电话，才有了这样的接待规模。所以今天的探洞，不仅勋爵可以参与，连凯雅也可以参与。

但是有一点令我糊涂了，这么大的排场，何谈保密呢？

难道勋爵要当着酆城领导的面把地宫揭示出来？

有领导出面，探洞的安全措施自然做得非常充分，不仅调配了专业设备，还给我们配备了四个消防战士，临时开辟一条深入底层的简易道路。

这样一来，又耽搁了不少时间。

奇怪的是，勋爵和威廉却一点不着急，与领导们谈笑风生。

进洞之后，两个消防队员打头阵，两个消防队员背着装有各种器材的大包紧随其后，然后是一个记者，而我和大探事、艾曼纽、勋爵、威廉、凯雅、李总跟在最后。

进入第三层后不久，便看见不少的坍塌，既有砂岩也有钟乳石柱，横七竖八的躺在洞穴之中，把原来能够通行的路径堵塞住了。

这些砂岩和钟乳石柱，显然是被人为破坏后胡乱堆放的，其目的不言而喻，就是为了阻塞通道，想到这层，我和艾曼纽相视一笑。

幸好有了这些精壮的消防队员，不断开辟出勉强能够通行的路径，可以缓慢地向前推进，三个多小时时间，往前移动了三百米左右。

越往下行，坍塌越多，消防队员们已经累坏了，勋爵吩咐他们休息，此时，艾曼纽从背包中拿出糕点饮料，分发给大家，发给我的时候，在耳边悄悄说了一句：“你怎么这么冷静，我的心都快跳出来了。”

休息半个小时之后，队伍继续往洞穴深处推进，我心里开始嘀咕起来，如果勋爵一家是想当着酆城领导的面，把巴国地宫的秘密昭告于天下，那么首功就会记在勋爵头上，我最多只能算参与者之一。想到这里，心里不是滋味，便故意走在队伍后面，与他们拉开了一小段距离。

不一会儿，艾曼纽发现我落后了，也停止前行，来到我身边，问道：“皮，你怎么了，身体不舒服吗？”

我便问道：“今天这个大场面，是要所有人都知道地宫的秘密吗？”

“不知道该夸你聪明呢还是说你笨，”见我顾虑重重，艾曼纽反而开心，“你想想，以我们的力量，要疏通这些通道，不知道要多少天，你再想想，如果没有上面的人打招呼，谁又会允许你明目张胆地在里面开路呢？”

艾曼纽这一说，我才恍然大悟，喃喃道：“我都差点忘了，文局长在介绍雪玉洞的情况时，曾说到底层有很多坍塌，所以你们就玩了这出借鸡下蛋的把戏，可是这样一来，秘密就有可能泄露出去啊。”

艾曼纽摇了摇头，答道：“什么借鸡下蛋，这叫借斧开路，再说这只是其中一个环节，更重要的目的还在后面。”

艾曼纽所说更重要的目的，是否就如我先前的猜想呢，我决定确认一下，“勋爵给上面重要人物打电话，请来县上的领导，还搬来记者，是不是想借这个机会，把发现巴国地宫的过程通过直播的方式昭告天下呢？”

艾曼纽先是皱了皱眉，接着扑哧一声笑了，“你都想哪儿去了，是不是这段时间没休息好，脑子出了问题？”

艾曼纽这一笑，我更加迷糊了。

又经过两个小时左右，穿过一条狭长的石缝，一个宽阔的洞厅出现在眼前，大厅周围，没有岔洞，已到尽头。

举目望去，整个大厅冰清玉洁，顶上悬挂着层层叠叠的鹅管，地上矗立着密密麻麻的塔珊瑚，洞壁上也挂满了碳酸钙形成的各种钟乳结晶，其美丽壮观的程度，令人惊叹。但遗憾的是，洞里还是被破坏得严重，堆积了很多断掉的钟乳石。

进洞后，艾曼纽在洞厅中心支起三脚架，安装好全景相机，先 360 度环拍一圈，再往洞顶拍摄一圈，然后又调整位置，绕大厅一圈，将各个角落和每一个细节拍摄一通。

勋爵也绕洞一周，拿着一个带显示屏的仪器贴近洞壁，然后轻轻敲击，观察显示屏上数据的变化，常常若有所思。

在艾曼纽拍摄完成后，我看见威廉低下身去，将一个仪器塞进石缝。这个时候，勋爵突然发话：“今天的考察就到这里，辛苦大家了。”

跟拍的记者显然有些失望，好不容易发现一个这么美丽壮观的大厅，正兴奋地拍摄着，忽然要结束这次任务，着实有些不舍。我也感到诧异，这个洞厅好像是已到溶洞尽头，先不说地宫之门可能隐藏其中，单是奔着这瑰丽奇幻的美景，也该多待会儿，勋爵却突然下令任务终止，真是莫名其妙。

看见大家还在磨磨蹭蹭，勋爵再次催促大家收拾设备撤离，艾曼纽也给我递眼色，我虽然有些不解，还是照他们的意思办了，尽管心有不甘。

回到洞外的时候，文局长和李总还等候在那里，说是县长已摆好了宴席，要为我们接风洗尘。

接着，在文局长的带领下，来到城里一座酒楼，进入一个宽敞的有巨大圆桌的包房，县长和宣传部长早已等候在那里。

见我们到来，县长起身先与勋爵握手，说道："怀特勋爵亲自带队光临酆城考察，是我们的荣幸，今天设个便宴招待大家，略表一下心意。"接着，又握住威廉的手说道："久闻威廉先生大名，您不仅是鼎鼎有名的历史文化学者，还是洞穴方面的专家，真令人佩服。"

然后，又分别和艾曼纽和凯雅握手，邀请她们坐下，轮到我时，笑道："这位帅哥是谁啊，请给我介绍一下。"

艾曼纽趁机挽了我的手，说道："皮老师是西联大学的青年才俊，巴国史专家，同时，他还是史密斯基金的董事。"

见艾曼纽对我如此亲热，县长便用异样的目光看着我，讳莫如深地一笑，安排我在艾曼纽身旁坐了。

开席后，县长先致辞。他是中文系毕业的，说话时常常吟诵两句古诗文应景，而勋爵汉文功底也不弱，与之对吟，因此二人相谈甚欢。

当县长问到今天的探洞有什么收获时，威廉脸色突然严峻起来，答道："从今天考察的结果来看，雪玉洞还处于发育形成的过程中，结构很不稳定，所以才会出现这么多坍塌，而且随着三峡大坝高水位蓄水，更是对上游一线的地质环境造成影响，龙河水位的上涨，会不断侵蚀周围山体的石灰岩结构，所以雪玉洞的开发，应该谨而慎之。"

县长便将目光转向李总，问道："雪玉洞的开发，是否经过专家的考察论证，人命关天的事，千万不能掉以轻心。"

李总答道："开发之前，曾请相关专家考察论证过，西联大学的袁教授和成都理工大学的万教授都来考察过雪玉洞，他们都是溶岩洞穴方面的权威，应该是有一定依据的。"接着，李总又补充道："关于底层洞穴的坍塌，万教授提出了一个有意思的假设，说从他初步勘察的结果来看，这些坍塌像是人为造成的。”

听完李总的回答，威廉眉头紧蹙，答道：“人为造成坍塌，真是荒谬，要知道底层洞穴那么深，又极其艰险，普通人怎么进得去，即使进去，把里面弄得乱七八糟有什么好处？”

见威廉忽然牛气，李总十分尴尬，顿了顿，才答道：“这只是万教授的猜测，他自己也想不通，所以没有下定论。”

此时，县长又将目光转向勋爵，问道：“勋爵先生，以您的判断，雪玉洞内的那些坍塌，是否具有人为破坏的可能性？”

迟疑片刻，勋爵答道：“从坍塌的表征来看，并没有明显人为破坏的痕迹，但有些钟乳石柱的断面，确实很齐整，这是一个奇怪的现象，像突然遭受某种外力而断裂，因此，我怀疑那是一次局部地震造成的，为了弄清事情真相，我们打算做进一步的考察，除仔细观察坍塌形成的原因外，还想做个地震波的测试，这样才能做出准确的判断。”

闻言，县长陷入沉思，没有了先前的谈笑风生，过了一会儿，才又问道：“这种测试，需要多少人力，多长时间，是否有危险？”

勋爵答道：“一般来说，四五个人就够了，只是时间比较久，需要连续观察四十八小时以上，这期间，我们会一直待在洞穴里面，数据分析出来之后，就可以做出基本判断。”接着，勋爵又露出了诡异笑容，“至于说危险，相信在这段时间内，它还垮不了。”

县长的脸色随着勋爵的笑容变轻松了些，随即又说道：“这种测试，应该由专业队伍来做吧，但是现在临近春节了，恐怕不好找人。”

勋爵笑道：“为什么要请其他人来检测，难道县长信不过我？”

县长忙连连摇头，答道：“不是这个意思，勋爵和威廉先生不辞辛劳来为我们解决问题，我们感激不尽，但临近春节，却让您来干这种苦差事，于心何安！”

听完县长的客套话，勋爵忽然哈哈大笑起来，说道：“我们可是耶稣的信徒，只过圣诞节不过春节的，到中国来就是为了探洞，您不让我们探洞，比软禁还难受。”说到这里，勋爵端起酒杯，“来，为县长的热情接待，大家把这杯酒干了。”

干完酒，县长便问道：“这个测试，勋爵打算从哪天开始？”

沉思片刻，勋爵答道：“做这种测试，需要准备专业设备，大概四五天后可以进行。”

县长笑道：“那我只能为您干点铺路搭桥的事了。”

酒欢人散时，艾曼纽侧过身来望着我，得意地笑了。

禾香走丢了

勋爵玩的这一出“明修栈道暗度陈仓”令人心惊，大大出乎我的意料。

至此，我再也不敢低估勋爵的能量，打算提前实施自己的方案。可是，回到宾馆的时候，一个意外的情况打乱了我的计划——因为冬瓜和闷墩儿把禾香搞丢了！

“怎么搞丢的，什么时候搞丢的？”我一下慌了神。

“上午我们去……去逛了北城天街，下午又……又去方特科幻公园玩，在南山吃过晚饭后，去一棵树看……看夜景，就出事了。”闷墩儿吞吞吐吐地回答。

“我问你具体是怎么弄丢的，不是问你去耍了哪些地方。”急火攻心，我也顾不得闷墩儿情面了。

“具体情况是，我们三个人打的到一棵树，禾香嫌观景平台位置低了，要上塔楼去看夜景，我和冬瓜没有跟她一起上去，在下面抽烟，但是接连抽了两支烟，还没见禾香下来，我们赶紧上去找，冬瓜走电梯，我走步行梯，一层层地找，上到顶楼，还都没发现禾香，以为错过了，于是，我俩又回到原来的位置等了一个多小时，还是没有看见她。”

“我让你俩紧跟着她，寸步不离的，怎么还是把她搞丢了？”

“狗日的小虎，你龟儿吼啥子，覃婉丽当时负气出走，也没见你发恁大火，莫非禾香在你眼中，比你我的情义还深。”冬瓜一发起火来，自然是没完没了，“再说了，她一个成年人，不缺胳膊少腿的，她不会自己走吗，你又凭啥说她一定就丢了，说不定故意躲起来，寻老子开心呢。”

冬瓜话音刚落，闷墩儿便接着说道：“也是，禾香姑娘那么聪明，啷个会走丢，说不定觉得跟我和冬瓜在一起不好耍，自个儿跑哪里嗨去了。”

听闷墩儿的话，似乎有些道理，但仔细一想，又有点不对劲儿。因出发之前，我再三叮嘱过禾香，一定要跟紧了冬瓜和闷墩儿，按时返回，如果出了什么差池，就立即将她送回巴国。禾香自然知道这个处罚的严重，哪里还敢胡来。

想到这层，我忽然有种不祥的预感，紧接着问道：“你俩在下面抽烟的时候，有没有发现可疑的人跟踪？”

尽管觉得我有些小题大做，但闷墩儿还是耐着性子回答道：“好像看见过一个熟悉的背影，可一时半会儿想不起是哪个了。”

背影？

听闷墩儿这么说，我又紧张起来，因为大祭司一家都来了山城，并且都认识禾香，如果是他们劫走了禾香，那可就麻烦了。但如果是大祭司一伙中的某个人，闷墩儿并没有见过。那么这个背影会是谁呢？

于是又问闷墩儿：“你确信这个背影很熟吗，能想得起来是哪个吗？”

“应该很熟，”闷墩儿挠了挠脑袋，但还是没有给出答案，“但确实想不起来是哪个了。”此时，冬瓜已经很不耐烦了，嘟囔道：“狗日的小虎，你龟儿不要在这儿小题大做，禾香究竟丢没丢，等几个小时不就明白了。”

冬瓜说得不错，禾香究竟丢没丢，现在还说不准。也可能真如冬瓜所说，禾香是存心作弄我们，毕竟这个精灵古怪的家伙，一撒起野来，什么警告都能忘到九霄云外。于是，我强迫自己冷静下来，可鬼使神差般，我却怎么也冷静不下来。

三个小时后，也就是夜里十二点，还不见禾香身影，不安和恐慌却一潮潮袭来，强烈地感觉到，禾香被绑架了。

这一夜，我是在焦躁不安中度过的，最后，我做出决定，一大早，我先去了一趟琥珀店，然后又去了博物馆，最后，又去了一个我实在不愿意踏足的地方。在深入探测雪玉洞之前，我得做些特别的安排。

回来的时候，交给冬瓜一张银行卡，告诉他里面有两百万，是给他和闷墩儿以及松哥的酬劳，如果七天后不能联系到我，他们就把这笔钱分了。

冬瓜把卡交给闷墩儿，说琥珀店的工资和提成，已经很丰厚了，差钱用的是闷墩儿和松哥。之所以跟我出来寻宝，其最终目的不是为了钱，而是觉得刺激好玩儿，如果用这张卡来打法他，实在是对他的莫大侮辱。

见冬瓜这个爱财如命的人，居然说出如此冠冕堂皇的拒绝理由，我有些哭笑不得，但已经做出的决定，又岂能轻易更改。于是我只好改变策略，骗他俩说地宫探测定于十天之后，到时候我会带他俩去参与整个发掘过程。

但此时再用这一招显然是不灵了，冬瓜何其狡猾，闷墩儿也不笨。所以听完我这拙劣的谎言，冬瓜又骂开了，随后，闷墩儿又说道："是不是我俩没照顾好禾香，皮老师不信任我们了。"

我拍了拍闷墩儿的肩，笑道："你想哪儿去了，这次行动真的很危险，而且名额也有限，就连谭老师都不能参加，所以你俩即使留下来也帮不上忙。另外，还有一些特殊原因，我暂时不能告诉你们，几天之后，自然就明白了。"

听我说起话来像交代后事，冬瓜立即警觉起来，大骂道："狗日的小虎，是不是你打算只身犯险去救禾香，如果是，那老子就更不能一走了之。"

我摇摇头，苦笑道："都不知道禾香在哪儿，怎么去救。"

吃过晚饭，我才想起该给碧血飞龙喂食了，关上房门，唤出两只小飞龙，又从皮囊中拿出蝙蝠肉干，但小飞龙却一粒都不吃，哀哀地看着我。真是有灵性的家伙，它们肯定也意识到禾香出事了，眼神中透露出焦躁不安。

我将小飞龙放在床上，仔细地端详它们，然后学禾香的方式，嘴里不停地哼哼唧唧，不一会儿，小飞龙竟然也发出"咕咕"的声音，像是在应和。于是，我把对禾香的夸赞和思念，倾吐给小飞龙听，并尝试轻轻地抚摸它们。渐渐，两只小飞龙开始主动靠近我，最后用它们的头来摩擦我，用坚喙来触碰我，尾巴摆来摆去。

望着两只小飞龙，眼前不断浮现禾香娇俏的身影，这个古灵精怪的妹妹，她现在究竟在哪里呢？

最难受的是，一天过去了，还没有禾香的消息，也没有接到绑架者的电话，使我更加惴惴不安。

我只好闷坐在宾馆房间里，继续给小飞龙喂食。也许是小飞龙听懂了我的话，也许是它俩真的饿了，终于开始进食。然后，我又模仿禾香的口哨声，呼唤它们进出皮囊，渐渐地，我感到，小飞龙已经把我当成了它们的新主人。

突然，小母龙发出急促的“咕咕”声，接着，听见敲门声，我的心跳猛的加速，谁会三更半夜来敲门，难道是有人送消息来了？

我赶紧把两只碧血飞龙放入皮囊，打开门，是大探事。

“皮老师，可否打扰你一会儿？”大探事站在门外，面容憔悴。

我把他让进屋，轻声问道：“怎么，有禾香的消息了吗？”

大探事答道：“没有，正想就此事跟您商量。”

我拉过一把椅子让大探事坐了，说道：“我怀疑禾香被大祭司一家绑架了，您怎么看？”

“已经派尕木得和郑云鹏搜寻去了，但自从出了大祭司出逃这件事之后，我都不敢完全信任这些外使了，早知如此，真不该让禾香出来。”说到这里，忽然觉得此话不妥，赶紧改口道：“说来也怪，禾香离境，大祭司一伙是怎么知道的？又怎么知道她去哪里，难道外使中真的藏有大祭司的眼线？”

见我默然不语，大探事又说道：“大祭司经营巴国多年，底子极深，用人老到，当初您劝我的时候，我是根本就不相信能斗得过大祭司，所以一直举棋不定，现在，我还真不敢保证尕木得和郑云鹏就信得过。”

内心来讲，自从出了大祭司出逃这件事之后，我对外使也失去了信任，所以在以后的行动中，除了大探事，其他外使都不在我考虑之中。眼望着窗外，我心乱如麻，不由得对大探事说道：“奇怪的是，如果是大祭司绑架了禾香，为什么到现在还不打电话，提出交换条件？”

沉思片刻，大探事答道：“或者是没到提出交换条件的时候，也或许他们还有更大的阴谋吧。”

我便问道：“如果大祭司提出交换条件，您认为他最想得到什么？”

大探事答道："大祭司最想要的，是您的命。"

我笑道："如果是这样，事情反而变得简单了。"

听到我的回答，大探事神色更凝重了。

接下来，我又谈到闷墩儿看到的那个熟悉的背影，两个人分析了半天，还是不得其解，看看夜深，大探事告辞，我叮嘱他早点休息，不要想禾香的事了。

勋爵的宴请

第二天，仍然没有禾香的消息，临近傍晚的时候，艾曼纽打来电话，说邀请我去"江舟"吃鱼，顺便商量探洞的事。电话中没有提到其他人，我只好孤身前往。

"江舟"是长江边的一艘趸船，改建成了一个豪华餐厅，以经营野生河鱼出名，价格不便宜。

艾曼纽穿了一件皮草，里面是很暴露的晚礼服，化了浓妆，贵气逼人。

凯雅反而穿得比较随意，牛仔裤配羽绒衣，英姿飒爽。

两个金发美女站在船舷边，自然会吸引众多男士的目光。有几个土豪装着接电话，在她俩旁边走来走去，不时抬头瞟一眼，山城人叫"打望"。

打望的土豪看见我走近两位外国美女，以为只是增加了一个自讨没趣的屌丝，便用轻蔑的眼神看我。可接下来发生的事令他们吃惊，先是艾曼纽迎上前来拥抱了我，接着凯雅又送了一个贴面礼，此时，土豪们眼珠子都快掉出来了。

接着，艾曼纽和凯雅一左一右，挽了我的胳膊，往包间走去，此刻，不用回头，就知道背后有剑一样嫉恨之光射过来，我赶紧挣脱她俩的夹持，跟在后面。

勋爵和威廉早到了，在包间内小声交谈，见我进来，立即站起来与我拥抱，像久别重逢的家人。

勋爵和威廉的兴致都很高，凯雅也唧唧呱呱喋喋不休，反倒是艾曼纽略显矜持，很少说话，时不时偷瞥我一眼。

菜自然是以鱼为主，青鱼、乌鱼、鲈鱼、鲑鱼，除了我和艾曼纽什么鱼都吃外，其他人都有所选择，勋爵和威廉只吃肉多刺少且不辣的鱼，凯雅只吃刺少的鱼，还问怎么没有大马哈鱼，艾曼纽才笑了，告诉她，中国的长江里没有这种鱼。

等他们吃了一会儿之后，我主动问起探洞的事，威廉先看了艾曼纽一眼，然后微笑着告知我："设备已经到齐了，准备后天探洞。"

我感到诧异，追问道："难道真的要去雪玉洞里面探测地震波？"

勋爵和威廉都露出十分诡异的笑容，艾曼纽从桌子下伸出手，悄悄点一下我膝盖，说道："亏得我还一个劲儿地在爹地面前夸你聪明，你怎么那么不开窍，我们等的哪是什么地震波设备，都是用来开启地宫的设备。"

我心里一惊，愕然道："勋爵不是说过，地宫可能设置了自坍机关，如果蛮干的话，后果难以预料，怎么还要弄来这些设备？再说，我们不是已经找齐四把古剑了吗？"

勋爵答道："开启地宫的首选方式，肯定是用四把古剑，但地宫已封闭两千多年，很难说里面的机关是不是已经生锈锁死，如果出现这样的情况，将不得不采取其他方式，比如说用探矿钻。"

闻言，我大惊失色，连连摇头："不会的，巴人一定有办法不让机关生锈锁死。"

见我说得如此肯定，勋爵便问道："皮先生为什么这么说，难道您曾接触过这样的机关？"

我没有在意他的目光，答道："因为我对他们有信心。"

勋爵诧然道："您说的这个他们，是指谁？"

我耸耸肩，镇定地回答道："这个他们，当然是巴人，两千多年前的古代巴人，这四把古剑至今还光亮如新，不就是最好的证明吗，而且勋爵还说过，锻造这几把古剑的巴人，有神鬼难测的技术。"

威廉答道："这不是勋爵说的，是我说的。"

艾曼纽马上帮我说话:“谁说的并不重要,重要的是,皮说的都是事实。”

凯雅也笑道:“爱娃一味帮皮说话,可皮领不领情就难说了。”

勋爵挥了挥手,阻止凯雅说下去,皱眉道:“如果真如皮先生所说,那事情就变得十分简单了。”

凯雅立即兴奋地抱住艾曼纽:“这么说来,我们很快就可以见证奇迹了?”

勋爵故意为难凯雅,笑道:“我可没答应你一起探洞,你到哪里去见证奇迹?”

这回凯雅没大吵大闹,只做了个鬼脸。

于是,勋爵开心地笑了。

威廉也笑了。

艾曼纽也笑了。

只有我没笑。

我低落的情绪并没有影响大家的好心情,艾曼纽又拿出一瓶红酒来,说道:“这是英国女王招待贵宾用的酒,叫红颜容,1968 年的老窖,用你们中国话来说是要九顺发,现在爹地把这瓶酒贡献出来,预祝我们开启地宫顺利。”

几杯酒下肚之后,艾曼纽热辣辣的目光不断向我扫射过来,我心里却想着禾香,到现在还没有消息,不由得心急如焚,红颜容落在口里,只觉得苦涩难咽。

也不知道他们又谈了些什么,直到威廉、凯雅和艾曼纽都起身离席,说要出去散步,才发现宴席已结束。我赶紧起身告辞,勋爵却示意我留下来,说有事情商量。但我却觉得有点奇怪,既然是商量探洞的事,怎么却把其他人支走了,单独把我留下来?

望着勋爵凝重的眼神,心中忽然忐忑起来。

勋爵看着我,沉思片刻,问道:“大家都很高兴,唯独您这么沉闷,有什么心事吗?”

我答道:“没什么心事,只是有些不胜酒力。”

勋爵又问道:“是这几天没睡好吧,我看您眼里有很多血丝。”

我支吾道：“是吗，可能是马上要开启地宫了，有些兴奋吧。”

勋爵摇摇头，紧接着说道：“可是我从您的表现中却看不出任何兴奋感。”

我答道：“是吗，可能是东方人和西方人表达兴奋的方式不一样吧。”

勋爵微微一笑，随即说道：“也许是我的判断有误，但这不是我们现在要讨论的话题，”说到这里，勋爵亲自为我斟上一杯酒，又拿起自己的酒杯跟我一碰，随即话锋一转，“爱娃常夸您，掩饰不住对您的好感，我想她是爱上了您，如果您不笨，应该也感觉得到。”

没想到勋爵会跟我谈这个话题，更没想到他的话如此直接，错愕之中，我只好装糊涂，“我一直把艾曼纽当合作伙伴，没有产生过其他想法？”

听完我的话，勋爵愣了一下，眉头紧蹙，良久，才说道：“您知道爱娃对我很重要，她是我的掌上明珠。”

“这跟我有什么关系呢？”

沉吟片刻，勋爵答道：“为了爱娃，我可以牺牲很多东西，包括财富和权力，所以我现在告诉您，如果您也爱她，愿意跟她结婚，我会考虑将史密斯东方基金交给您来掌管，至于您和爱娃今后是愿意生活在英国或法国，或者是中国，则由你们自己决定。”

“对不起，我已经有爱人了。”

勋爵脸皮抽动了一下，脸上的笑意消失不见，皱眉道：“我是问您爱不爱她，而不是问您有没有女友，结婚没有？爱娃那么爱您，是您的荣幸。”也许是觉得自己的语气有些生硬，勋爵生挤出一丝笑容，“即使您现在没有爱上她，我相信将来也会的。”

我抬起头来，迎着勋爵的目光，答道：“艾曼纽是个好姑娘，她不仅漂亮，而且有高贵的气质，是众多男士心仪的对象，但是，我并不爱她，也深知自己配不上她，我知道艾曼纽对我有好感，但是她跟我之间有很大差异，只有高纳德……”

听到这里，勋爵忽然站了起来，打断我的话，“在我看来，谁也配不上爱娃，可是爱娃选择了你，我就只好成全您，而且我对您也有好感，也不嫌弃您的身份地位，现在，我再一次慎重地提醒您，认真考虑一下我提出的建议。”

听完勋爵的话，感觉深受羞辱，血液上涌。但我还是控制住了情绪没有发作，十分礼貌地回答道：“对不起，勋爵，您的要求我做不到。”

此时，勋爵的脸上，显现出深度失望，眼睛变得灰暗起来，良久，才以极低沉的嗓音说道：“很好，我已经知道了您的答案，只是希望您不要为今天的决定后悔。”

“谢谢您的好意，没有什么可后悔的。”

说完，我起身告辞。

遇袭

第二天一早，开车回学校，去办最后一件事。

回到家里，将一份意外伤害保险合同和一封给覃婉丽的信放在书桌上，然后开车返回。

从禾香走失到现在，已过去两天，依然是杳无音信，无奈之下，曾想到过报警，但遭到大探事反对，只好作罢。

令人费解的是，大祭司一伙也突然销声匿迹，像是人间蒸发一般毫无踪影，而找不到他们的行踪，我就无从发力。

照理说，大祭司一家对我恨之入骨，依他的脾气，逃出来后，一定会不惜一切代价地追杀我，不可能就此偃旗息鼓。可是，他却莫名其妙的销声匿迹了，实在是不合情理。

难道他，暂时的隐身，隐藏着更大的阴谋？

头脑中时不时浮现出那个神秘的背影，我甚至可以断定，那个神秘的背影一定跟禾香的失踪有关。恍惚间，那个背影曾经一度转过身来，但我却始终看不清他的面容，只留下一个瘦削的轮廓。

我开始怀念身患蛊毒的那段时光，虽然它常常使我麻痒难耐、痛不欲生，但也能让我在神思恍惚之中得到很多神奇的启示，为我破解难题，指明方向。而蛊毒不在，幻觉就不再，臆想亦不再，头脑中只剩下一片空白。

此时此刻，我十分恼恨自己，因为担心禾香的任性而暴露巴国行藏，所以没让她随身带着两只碧血飞龙，如果有它们在，谁又奈何得了禾香。

对了，我怎么忘了碧血飞龙，它们可是有灵性的动物，而且也是擅长在黑暗中飞行的动物，如果依靠它们，能找到禾香吗？

我决定试一试。

入夜时分，我叫上大探事，开上牧马人，带上两只碧血飞龙进入夜色中。

那只雌飞龙看见大探事就“咕咕”直叫，眼神中透露出惊惧和不安，弄得大探事十分不自在。

“奇怪，这只飞龙怎么叫个不停？”

“恐怕是记仇呢，”望着碧血飞龙，大探事一脸的无奈，“皮老师忘了，当初收缴禾香这只碧血飞龙后，是我亲手拔掉了它的毒牙。”

“这是好事。”我答道，见大探事一头雾水，于是便解释道：“碧血飞龙能认出你，说明它有很好的记忆力，现在带它们出来，就是想利用它这个能力寻找禾香。”

大探事将信将疑，说道：“但愿这两只碧血飞龙的嗅觉足够灵敏。”

我答道：“但是，现在我得先当当和事佬。”

“和事佬？”大探事又露出疑惑的眼神。

我没有回答大探事，将车停在路边，和大探事交换了位置，把方向盘交给他，轻抚雌飞龙脖颈，说道：“可爱的小飞龙，这位先生是我的好朋友，你们之前有些误会，他已经知错了，现在他和我们要一起去救禾香，请看在我的薄面上，就原谅他吧。”

在我和雌飞龙说话的过程中，大探事一直惊愕着，可是令他更加惊愕的是，在我这么和雌飞龙胡言乱语一阵之后，这家伙居然安静下来，望着大探事的时候，也不再用仇视的目光了。

见雌飞龙竟然能明白我说话的意思，我信心倍增，接着说道：“可是我们现在遇到一个难题，不知道禾香在哪里，如果你知道，就带我们去找她吧。”

然后，就看见雌飞龙眼珠转动起来，“咕咕”叫了两声，接着，又与小伙伴“嘀嘀咕咕”一阵，扑扇着翅膀振翅欲飞。

看着碧血飞龙奇怪的举动，我想，它们已经完全明白了我的意图。于是，将车窗玻璃打开的同时，这对小伙伴马上飞出了车窗，在前方盘旋几圈之后，径直朝市中区飞去。

飞龙在前，牧马人在后，跨越长江大桥，穿过临江门，右转上行，朝两路口方向飞去，到达七星岗隧洞口时，在空中盘旋起来，等候牧马人。而这个时候，我也终于想起了那个背影是谁——他就是常昆。

如果是常昆劫持了禾香，也说得通，因为他对禾香可说是一往情深，但他是怎样了解到禾香的行踪，又是怎样神不知鬼不觉的劫持了禾香，却让我费解。

大探事给出的解释是——禾香跟常昆早已暗通款曲，共谋了这次“失踪”。

我虽然不赞同大探事的猜测，但也提不出反驳理由，值得庆幸的是，只要排除掉大祭司对禾香的劫持，禾香就是安全的。但反过来又一想，常昆这个人，忧郁阴沉，如果是他绑架了禾香，而禾香又不喜欢他，那么常昆会不会做出什么出格的举动甚至变态行为，那禾香还是处于危险之中。所以，如果不亲眼见到禾香安全，我还是不放心。

于是，我将碧血飞龙召回车中，径直朝常昆居住的小区开去。

我还记得常昆的房号是 B 栋 19—4，在地下车库停好车后，便直接进入电梯，按了 19 层的号码。上行的过程中，才发现忘了带上碧血飞龙，分离了两天，禾香也应该很想它们了吧？

按响 19—4 的门铃，半晌没有动静，难道常昆没在家？

我决定再试一次，一分钟之后，传来脚步声，随后，门开了，半掩半开，随后，常昆的脸从门缝中露出来，脸色苍白，神情有些不自然。看着他这奇怪的表情，觉得自己找对了地方。

“能和你谈谈吗？”我压低声音，一只脚已迈入门槛。

“你想谈什么？”此时，常昆的手还护在门上，表达出不愿意让我们进屋的意思，随即，他望着我身后的大探事，突然提高了音量：“怎么谭老师也来了。”

“可以进来谈吗？”我想伸出手去拍他肩膀，被他闪开，不接受我的示好。

“怎么，不欢迎我们。”我含笑望着常昆。

“你想进来，那就进来吧。”片刻迟疑后，常昆挪动脚步，转身朝屋里走去。

常昆的态度，早在意料之中，然而我没有理会，现在只关心禾香的想法，如果她真的喜欢常昆，我会想办法促成。

推开门，我先走进房间，随后，大探事也跟着进屋，这个时候，常昆忽然转过身来，眼神中充满矛盾，随后说道：“你们不该来。”

话音刚落，头部突遭重击，倒下去的瞬间，发现几个熟悉的身影。

醒来的时候，自己已被反绑在椅子上，头上水淋淋的。

大探事也被五花大绑着，扔在墙角。

接着，我的头发被拎起来，眼前出现的是大公子、二公子和两个家奴。

“你们这两个狗东西，今天终于落到老子手里，接下来看老子怎么修理你们。”说完，二公子飞出一拳，打在我鼻梁上，鼻梁顿时歪了，鲜血涌出来。

“狗东西，想不到你也有今天吧，哈哈，哈哈哈哈。”大公子发出狞笑，紧接着，一连串的耳光朝我脸上招呼。

我忍住痛，抬头朝常昆望去，他的眼光也正好扫过来，充满不屑和愤怒：“皮老师，别怪我跟他们合作，是你先失信于我的。”

常昆跟大公子和二公子是怎么掺和在一起的，我百思不得其解，他们之前相互都不认识，禾香也不会轻易告诉他们巴国的事情，唯一合理的解释是——常昆才是大祭司安插在我们身边的神秘外使。

常昆看着满面血迹的我，并没有流露出丝毫同情，反而数落道：“你这个贪心的家伙，有了一个覃婉丽，还要跟那个法国女人勾勾搭搭，恨不得把天下的美女都据为己有，明明禾香跟你在一起，却骗我说她远在天边，硬要把我们拆散。你不仅好色，还无比贪财，你把价值千万的蒙哥金牌卖给钓鱼城博物馆，肯定不止区区十八万，而对发现它的功臣，却只象征性地拿出三万块钱来打发，把我当傻子一样利用了这么久，完了到发现地宫的时候，又把我一脚踢开，一个人独吞宝藏。”

事到如今，我不得不替自己辩解：“禾香的事，是我骗了你，但我有不得已的苦衷，以后会解释给你听。至于说蒙哥金牌，确实只发给我十八万的奖金，你如果嫌少，可以全都给你，但千万不要听他们胡说八道有什么地宫宝藏，他们才是在利用你干傻事。”

常昆怒道：“你以为只有自己的脑瓜子够用，别人都是傻瓜，你说有就有，你说没有就没有，”说到这里，冷哼两声，“幸亏我在你车上装了跟踪器，偷听了威廉的电话，才知道你们最近背着我在干些什么，了解到你的为人。”

面对常昆的愤怒声讨，我百口莫辩，徒然道：“常昆，你把禾香弄哪里去了？”

常昆冷笑道：“禾香在一个安全的地方，不用你操心。”

我又问道：“是他们绑架了禾香威胁你合作的吧？”

“笑话，我怎么会绑架禾香，心疼还来不及呢，是她打电话约我去一棵树的。至于说跟他们合作，是他们答应我，找到地宫后，分给我一部分宝藏。”此时的常昆，眼中投射出贪婪的光，先前的矛盾纠结已完全不见。

随后，常昆又说道：“正好公司现在需要钱，有了这笔钱，就可以把公司做大做强，而且，跟他们合作，还可以跟禾香在一起，我又何乐而不为呢。”

“你错了，跟他们合作，你是得不到这笔财富的，也不可能跟禾香在一起，你知道他们是些什……”

说话的是大探事，不知何时，他已经苏醒过来，但没等他说完这句话，嘴巴上就遭受大公子一记重拳。大公子不断挥舞着拳头，边打边骂：“你个吃里爬外的东西，老子如此抬举你，你还跟这个家伙合谋来害老子，今天落在老子手里，等着千刀万剐吧你。”

打完大探事，大公子又转过身来踢我一脚，然后又骂道：“还有你这个狗东西，阿爹也没少给你好处，老子和尕吉格只不过拿了几块黄石头，用得着这么计较吗，竟然联合巴王来对付我们一家。”

在我心中，原以为大公子只是个花花公子，虽然贪色爱才，但没有二公子凶残，现在看来，我完全错了。但事已至此，还不得不替自己的正义行为狡辩几句，拖延时间，看能不能出现什么奇迹，于是说道：“我要对付你们一家，并不是因为那几块琥珀蜜蜡，而是因为你弟弟陷害更甦，接着又要置我于死地。”

闻言，二公子劈头盖脸又是几拳，边打边骂：“更甦不过就一贱民，还不如一条狗，有没有他又能怎样，至于说要弄死你，还不是因为你不知进退，以德报怨，非得要为那个贱民出头，坏老子的好事。”

二公子越说越气，手脚不停地朝我身上招呼，边打边骂：“更可恶的是，你不断搜罗我们一家的证据，把老子一家关入大牢，好不容易逃出来，你又派外使跟踪监视我们，要不是果耐通知老子，还不晓得啥时候又着了你的道儿，你……你他妈真是罪大恶极。”

果耐，原来是果耐！

听到此处，我终于明白了，猛然想起樊老板家那一闪而过的人影，可不就是果耐吗？还有，在金佛山露营的时候，果耐曾跟我说过一段话，其中有为大祭司鸣不平的成分，可我当时怎么就没听出来，从而引起警觉呢？

此时，感觉到自己的脸皮和嘴唇都开裂了，鼻子塌下来，嘴巴里全是血的味道，剧烈的疼痛令我无法思考。

在二公子疯狂击打的过程中，常昆也被吓到了，由开始的委屈愤怒变得惊惧不安起来。随后，他开始劝二公子：“我说樊总，这样打下去怕不是个办法，我们还需要他带我们去找地宫呢，打残了难道要我们背着去，再说了，他一身都是伤，会引起人怀疑的。”

见常昆吓得不轻，二公子才停止拳击训练，拿过一张纸巾，擦了擦手，扭了扭脖子，嘿嘿冷笑道：“这个狗东西，身板儿结实着呢，没得看起来那么脆弱，不过我也打累了，就依你，暂时歇歇吧。”

挟持

牧马人驶出车库，开车的是大公子，二公子坐在副驾，常昆坐后座，手上拿着平板电脑，戴着耳机，一左一右是呆大和蛮三。我被五花大绑着扔在后备箱，嘴巴上贴了块胶带。一上车，常昆就打开皮囊，但两只碧血飞龙并不在里面。

“糟糕，碧血飞龙不见了。”常昆惊叫道。

“什么碧血飞龙？”大公子问。

“禾香养的两只奇特动物，很厉害的，他们能找到这里，恐怕就是碧血飞龙带的路。”常昆答道。

“不见了就不见了，两只畜生，有什么好担心的，你只要有禾香就行了。”大公子皱起了眉头。

“它们不只是禾香养的宠物，还是她的保镖，有剧毒，快如闪电，很厉害的。”常昆再次强调碧血飞龙非比寻常。

“它们再厉害，能厉害过我的枪吗？”二公子听得很不耐烦。

“地宫中真的有巴国宝藏吗？”停顿片刻，常昆改变了话题。

“那当然，自古以来，我们家就传承着一个秘密，在鄷城某处，隐藏着一座神秘地宫，说是巴国灭亡的时候，巴王和贵族们来不及携带大批珍宝转移，就把这些珍宝存放在地宫中，只要找到四把剑，就能找到地宫，没想到这个狗东西运气好，不但误打误撞地找到了四把古剑，还发现了地宫。”

“是根据一幅羊皮地图找到那四把古剑的。”常昆说道。

“嗯，”大公子点了点头，“据阿爹讲，太庙的玉匣内藏有一个秘密，那个所谓的秘密，恐怕就是那幅羊皮图吧。”

“应该是，地宫中的珍宝，随便拿几样都很值钱吧？”常昆又问。

“那还用说，三星堆的纵目面具和金沙遗址的太阳神鸟会值多少钱，恐怕没有个几千万是拿不下来的吧，而地宫中的珍宝，都是巴国从各地搜刮来的宝贝，并且完好程度肯定超过三星堆和金沙遗址的文物，你说值不值钱！”

“这么说来，我们每人都能分到价值上亿珍宝吧？”常昆惊讶道。

“知道就好，有了这么多钱，养一百个大美女都不在话下，你又何必单恋一个禾香。”大公子讪笑道。

常昆不以为然，嗫嚅道：“可我就是对禾香有感觉，有她一个就知足……对了，禾香她还好吧？”

大公子答道：“你放心，她被阿爹好好地照顾着，你只需专心追踪那几个外国人的车就行了。”

常昆看着电脑说道：“他们已经从喜来登出发了，上了渝沪高速，应该是去酆城，要不我们先去酆城候着，跟在他们车子后面，恐怕会引起警觉。”

大公子点点头，答道：“嗯，说得有道理，想不到你这个电子天才还有点反跟踪意识，那我们就开快点，直接去雪玉洞。”

常昆又说道：“遗憾的是，窃听器装在汽车底盘上，路上噪音太大，听不清楚他们说话。”

大公子答道：“能知道他们的行踪就够了，反正我也听不懂外语。”

听着大公子和常昆的对白，我大概猜出了事情的缘由——

原来常昆对我早已生出不满，一为蒙哥金牌的事，二为禾香的事，所以趁我不在的时候，偷偷在我车上安装了一个窃听器，并根据我和车上人的谈话，知道了禾香就在山城，也了解到我们已经取得四把古剑，发现了地宫的秘密，而禾香外出的时候，居然给常昆打了一个电话，偷偷约常昆见面，闷墩儿看见的那个背影果然就是常昆。

而在外使中，果耐又是大祭司的心腹，不但随时向大祭司通报我们搜寻地宫的进展，还将禾香外出游览的事通知了大祭司。如此一来，大祭司便派两个公子一路跟踪，在跟踪禾香准备实施绑架的过程中，竟意外收获了常昆，并以禾香和地宫宝藏为饵，诱使常昆加入他们一伙，智擒了我和大探事。

同样，常昆在艾曼纽的悍马车下也安装了定位器和窃听装置，得知了勋爵一家的行踪。但令人不解的事，勋爵和我约定的探洞时间是在明天，怎么今晚就开始行动了？

还有，他们只有两把古剑，怎么能够开启地宫，难道是要用钻探机蛮干？

牧马人在黑夜中奔驰，我的头脑也在飞速运转。

现在的情势，与我之前的估算有了很大的变化，原以为勋爵一定会遵守承诺，和我一道用四把古剑开启地宫，但是那晚和勋爵的谈话，改变了他们的决定，现在他们要绕开我，独取地宫宝藏。

难怪勋爵最后会对我说——希望您不要为今天的决定后悔。

大公子和二公子以及常昆的突然闯入，让局势变得更加复杂，恐怕流血冲突是不可避免的了。此时此刻，我对自己的安危倒不是特别放在心上，唯一担心的是，如果勋爵采用蛮干的方式开启地宫，会不会引起地宫坍塌。

还有禾香，她现在掌握在大祭司手中，虽然暂时没有性命之忧，但过两天就难说了，而大祭司迟迟没有露面，又打的什么主意？

时间，一分一秒的过去，眼看离雪玉洞越来越近，我心急如焚。

又行驶一段之后，牧马人开下路肩，停在了一片树林中，熄火关灯，只有常昆手中的平板电脑发出荧荧的光。大公子斜靠在座位上，点燃一支烟抽起来。二公子鼓着腮帮子，在嚼口香糖。

“樊总，悍马现在停在后面的加油站，没有了路噪干扰，勉强听清楚了几句话。”常昆用手指点着电脑屏幕，轻声告诉大公子。

“他们说了些什么？”大公子将脚跷上方向盘。

“有个女的说，姐夫没来，太可惜了。”常昆答道。

“姐夫是谁，难道指后面这个狗东西？”大公子扭头瞥我一眼。

“还有个男的说，是他自己没眼光，才是真正的可惜。”常昆回答。

“我就不明白了，这个家伙有什么好，居然连外国美女都喜欢。”大公子说完，又狠狠瞪我一眼。

“他就是个伪君子，处处留情的渣男，幸好禾香没被他迷住。”常昆附和道。

"你怎么肯定禾香没被他迷住？"大公子打趣常昆。

"因为……因为禾香喜欢和我在一起。"常昆嗫嚅道。

"哈哈，以后有更多美女会喜欢你的，这个世界上，有钱才是硬道理。"说完，大公子将烟头从窗口扔出去。

不多会儿，又一辆越野车来到树林中，在牧马人后面停下，车上下来一人，是大祭司。车上还坐有几个人，不用猜，肯定是樊老板和另外两个家奴。

大祭司径直走到牧马人后窗，冷冷地盯了我几秒钟，没有吭声，但巨大的煞气扑面而来，令人不寒而栗。然后，他走向前窗，对大公子和二公子点点头，轻声嘀咕几句，随后回到自己的车上。

十分钟后，牧马人继续上路，慢慢地行进，半个小时后，再次停下来，根据周围的地形判断，应该是到了雪玉洞附近。

又等了大概半个小时，大公子命令家奴为我松绑，同时说道："虽然你忘恩负义，但我却打算以德报怨，现在给你个机会将功折罪，带我们去开启地宫，各取所需，以后谁也不欠谁。"说完，又拿出几张湿纸巾，叫家奴扯掉我嘴上的胶带，将脸上的血迹擦干净，在伤口处贴上创可贴，压低声音说道："禾香可是在我们手中，你要是敢耍什么花招，仔细想想会有什么后果。"

我自然知道大公子打什么主意，不过我现在乐于助人，利用他们去牵制艾曼纽一家，拖延时间，争取外援。

我将鼻子捏正，活动下筋骨，说道："没有四把古剑，是不能开启地宫的。"

大公子嘿嘿笑道："你真是蠢得可爱，还以为外国人会跟你平分宝藏，岂不知人家早已做好独吞的打算，你和大探事一离开，他们就找到你的住处，提取了一个箱子，如果我没猜错，那里面一定是另外两把古剑。"

常昆补充道："那个箱子，一定被他们安装了定位器。"

听完他俩的对白，我羞愧万分。接着，常昆又露出愤懑之色："我实在搞不明白，你千方百计把我和冬瓜、闷墩儿都排除在外，宁肯跟那些外国人合作，将巴国宝藏拱手相让，也不肯分我一杯羹。"

我无言以对，只有苦笑。

二公子奸笑道："他这样做，还不是想讨好那个外国妞，岂不知人家根本就不买他的账，关键时刻把他卖了，完了还替人家数钱呢，哈哈，哈哈哈。"

我不敢苦笑了，因为这样会牵动到脸上的肌肉，很痛。

牧马人继续行进，十多分钟后停在雪玉洞入口处，大公子、二公子和常昆先下车，我在两个家奴的夹持下也下了车，后腰处感觉有尖硬的东西顶着。

紧接着，另一辆越野车在牧马人后面停下，大祭司和两个家奴走下来，随后是樊老板，跟在后面，瞥眼一看，为大祭司开车的是樊公子，他的眼神一如既往的忧郁。

大公子转过身来，沉声说道："你去吩咐那个值班的开门，否则我们只能动粗。"

我点点头，从容地朝前面走去。随即，一道亮光射过来。

我抬手遮住刺眼的光，走近几步，对审视我的保安说道："我们是来做洞底振波探测的，麻烦您给开一下门。"

那保安将电筒光压低，皱眉道："半个小时前，不是来过几个外国人了吗，拿了县长的批示，怎么现在又来一批，有批示吗？"

我点点头，说道："我们和刚才那批是一起的，他们忘了带一个重要设备，另外还需要几个搭架子的人手，临时通知我们来支援，来不及开介绍信了。"

那保安摇摇头，伸手拿出电话："不行，我得跟李总请示一下，万一弄出事故，我可负不了这个责任。"

大公子对两个家奴使了个眼色，蛮三开始走近保安，我心情立即紧张起来，握紧了拳头，正在这时，保安室的门"吱呀"一声打开了，又走出一个保安，手揣在裤兜里，看我几眼后，对那保安说道："王师傅，他是西联大学的皮老师，我认得，与刚才的外国考察队是一起的，你就开门放他们进去吧。"

王师傅"嗯"一声，从腰杆上取出一串钥匙，带我们走向洞门。

我转过身，与后面那个保安对视片刻，点点头，说了一声"谢谢"。

虎脸上的机关

洞内的彩灯没有开，但安全通道灯亮着，常昆从背包中拿出三把强光电筒，给我一个，呆大和蛮三一个，自己拿一个，走在前面，我和二嘎居中，莽四、大公子、二公子和大祭司跟在后面。

大公子边走边骂：“奶奶的，这辈子最不愿做的事就是钻洞，这次出去后，再也不钻洞了，干脆去海南买栋别墅，天天晒太阳。”

常昆献媚道：“我也在樊总附近买套房子，带上禾香，整个冬天就待在海南。”

二公子冷笑一声，挤兑常昆：“我敢保证，发了财，不出三年，你小子肯定会厌倦禾香，再不会口口声声把禾香挂在嘴边了。”

常昆嘿嘿笑道：“以后怎么想不知道，反正现在我心里只有她。”

二公子啐道：“没出息的东西，一辈子吊死在一棵树上，真替你不值。”

常昆又适时转移话题：“待会儿遇到那些外国人，你打算怎么办？”

二公子冷笑道：“怎么办，当然是跟他们谈判，均分宝藏。”

常昆追问道：“如果他们不干呢？”

二公子冷哼道：“均分宝藏，是对他们客气，没有讨价还价的余地，哼，到时候可由不得他们做主。”

常昆讶然道：“你不会把他们……”

二公子沉声道：“到时候再说。”

到达洞穴底层，明显感觉通道经过了清理，在陡峻的地方开挖了凹槽，还搭建了一些支架，行走起来比上次轻松了许多。

只花了一个多小时就到达最低层洞厅，自然，可以想象得到，当看见我们一行进入洞厅时，艾曼纽、勋爵、威廉以及凯雅有多么惊奇和尴尬。

僵持了几秒钟后，威廉先打破沉默：“皮，请允许我解释一下，因为设备提前到达，我们打算先进来测试一下，正式的工作其实明天才开始。”

我扫了一眼工具堆中的密码箱，淡淡地说道：“那么这两把古剑该怎么解释呢？”

勋爵冷眼注视我，满不在乎地回答道：“其实也用不着解释，既然你都看明白了，我们就打开天窗说亮话，你想要几成？”

还没待我回答，大公子抢先出声：“自然是按参与人数来分，我们六个人，自然要六成，这还不算四个家奴，你们四个人，那就是四成。”

威廉皱起眉头：“你是从哪里冒出来的，开口就要六成，好大的口气。”

大公子点燃一支烟，深吸一口，吐出几个烟圈，缓缓说道：“因为我的祖先，曾经是这座地宫的主人。”

听完大公子的话，威廉和勋爵面面相觑。

这时，艾曼纽朝我走过来，目光中隐含嗔怪之意，轻声用英语问道：“这个家伙是谁，你脸上的伤又是怎么回事？”

我退后两步，躲开她伸过来的手，答道：“某种意义上来说，他的祖先确实是这个宝藏的主人之一。”

威廉大叫道：“笑话，两千多年前埋藏的东西，怎么界定它的主人？”

我先看了一眼大祭司，又看了一眼勋爵，答道：“我今天来，不是想为你们证明谁是它的主人，也不是想来分一杯羹，而是想告诉你们，地宫宝藏原属于古代巴国，现在，它应该属于我的国家，你们一件也别想从这里拿走。”

闻言，二公子怒道：“你疯了吧，地宫宝藏只属于巴国贵族后裔，而作为大祭司家族，我们应该享有它的绝大部分。”

听完大公子的话，凯雅“噗嗤”一声笑了：“你才真是个疯子，竟然自封为巴国大祭司的后代，你怎么不说自己是巴王的后代呢？”说完，又哈哈地笑个不停。

这个时候，大祭司说话了：“地宫宝藏，只属于巴国贵族和他们的后裔，你们这些外国强盗，休想拿走其中一件。”

凯雅忍住笑，答道：“你又是哪里冒出来的疯子，该不会自封为大祭司吧？”

大祭司没有搭话，冷哼一声，那姿态，仿佛在告诉凯雅，不错，我就是大祭司。

看着大祭司古怪的表情，艾曼纽和威廉似乎明白过来，但眼神中又充满疑惑，因为他们无论如何也想不到，除了夔城绝谷中有一个巴国，在黔龙犀牛寨地下，还有一个巴国。现在，我觉得可以揭晓这个答案，于是说道：“不错，他就是巴国大祭司。”

听完我的话，凯雅大叫道：“疯了，你们都疯了！”

除了凯雅，艾曼纽、勋爵和威廉都瞧出了端倪，于是，艾曼纽目光向我扫射过来，“皮，我们在巴国没有看见这几个家伙，难道……”

面对艾曼纽的疑惑，我想解疑最好的办法就是再制造些神秘感，于是答道：“您不是说我是古代穿越回来的人吗，你猜对了，除了我，还有这几个家伙。”

“噢，买噶得！”艾曼纽居然相信了我的胡说八道，“怪不得你能够发现神琮，找到巴国，原来……”

此时，威廉也露出恍然大悟的样子，惊愕道：“难怪他知道四把古剑的埋藏地点，知道金蛇咒，如此说来，神琮不仅可令人长生不老，还是个穿越神器，皮可能是巴国古代的一位将军，那个神秘的念咒人，就是巴国的巫师，而这个家伙，是巴国大祭司，他们利用神琮穿越到现代，来取回这些巴国宝藏。”

“你们才是一群疯子，”听完艾曼纽和威廉的胡言乱语，大公子哈哈大笑，说道：“不过你们既然知道了老子是巴国贵族后裔，也就明白了这些宝藏的真正主人是谁，分给你们四成已经是最大恩惠了。”

此时，大祭司忽然咆哮道：“巴国宝藏只属于巴国贵族，其他人休想拿走一件。”

听完大祭司的话，艾曼纽、勋爵、威廉和凯雅都愣住了，一起将目光投向我。于是我冷冷答道：“巴国宝藏属于国家，在场的每个人都没有申索权，所以我劝各位还是不要留在这里分赃了，赶紧撤出，因为我已经通知了警察，他们很快就会赶来。”

很显然，我的话并没有震慑住勋爵一家和大祭司一家，此时此刻，他们都沉迷于获取巴国宝藏的巨大期待中，接下来，开始搜寻地宫入口。

洞顶最高处只有十米左右，而艾曼纽早已备好两个碳钢合金人字梯，伸展到最高一级刚好够上洞顶。看样子，第一次探洞的时候，他们已经计量了相应数据，并做了充分的准备。但洞顶生满了悬垂的鹅管，根本看不出虎脸的形象和四个插入古剑的楔口。

艾曼纽有自己的办法，她将一台仪器安装在三脚架上，接驳上电脑，打开电源，红绿两道光线射向洞顶，来回扫描几次之后，两种色彩的线状图呈现在电脑屏幕上。接着，她在电脑键盘上输入几组数据，线状图中的红色鹅管状线条开始消失，又在键盘上敲几下，绿色的石晶体线条消失，最后，只剩下穹顶形状图和分布在上面的黑色坑洞。

仔细辨认，一个虎脸状的图形出现在屏幕上，在它的两眼、鼻子和口部，各有一个不易辨认的楔口。

“找到了！”艾曼纽惊喜地抬起头来，目光与我相遇，又尴尬地转过脸去。

“接下来，我们需要敲掉这个部分的鹅管和石晶。”威廉用电筒光在洞顶转一圈，画出一个大致范围。

“我奉劝你们，最好不要开启地宫，这样的话，你们真的就成了童恩正先生在小说中描写的文化强盗。”我发出严正警告。

“很遗憾，我们不能同意您的意见。”勋爵望着我，轻蔑地摇了摇头。

“皮，你要玩高尚，恕我们不能奉陪。”威廉显得极不耐烦。

“不用管他，你们尽管动手敲就是。”大公子狠狠的瞪我一眼。

“你这个家伙，倒会吩咐人，自己怎么不上去敲。”凯雅鄙视大公子。

“行，我们各出一个人。”大公子急不可耐，没心思跟凯雅斗气。

威廉架设好人字梯，从工具箱中拿出两把榔头，递给大公子一把，自己先爬上去。而大公子则将榔头递给蛮三，指了指洞顶，“你上。”

蛮三几下就登上人字梯，挥舞着榔头向洞顶上的鹅管一阵乱扫，一根根鹅管便若碎玉般散落，片刻工夫，扫荡了一大片，根本轮不上威廉动手。

光秃秃的洞顶逐渐显露出来之后，大家看见一张形似老虎的脸。当然，同时，老虎脸上四个大小相同的楔口也显露出来，看准位置后，威廉将四把古剑插入楔口中。

“现在，激动人心的时刻即将来临，皮先生既然来了，那我们就共同来开启这一伟大奇迹吧。”勋爵看着我，露出诡异的笑容。

事已至此，为了地宫的安全，我接受了他的建议，登上人字梯，握住两把古剑。

勋爵也登上另一架人字梯，握住了另外两把古剑，用英语对我说道：“皮先生如果回心转意，我对您的承诺依然有效。”

我也用英语回答他：“谢谢您的抬爱，我不会改变主意了。”

勋爵摇摇头，叹口气：“我很欣赏您的胆魄和爱国情怀，但是中国有句古话叫作人不为己天诛地灭，不知道皮先生有没有仔细考量过？”

我答道：“西方也有句古话，叫作贪婪是万恶之源，请您深思。”

闻言，勋爵脸色十分难看，尴尬的笑笑，说道：“之所以开启地宫，是为了揭秘巴国历史，从而证明你祖先的伟大，不像你们这些现代中国人这么窝囊，皮先生好自为之吧，马上就要开启一个世界性奇迹了，我数三、二、一，然后一起用力转动古剑，记住了，是逆时针转动。”

我点点头，没有答话。

于是，勋爵开始数数：“三，二，一。”

我双手同时发力，古剑真的转动起来，伴随着细微的“嘎嘎”声。

勋爵手中的剑也在同时转动，一圈、两圈、三圈。

随着古剑的转动，洞壁一侧出现了“吱吱嘎嘎”的声音，有钟乳晶体崩裂掉落，洞厅也出现了轻微的抖动，接着，洞壁上出现了一道裂缝，一股水流从裂缝中冒出来。

裂缝继续扩展，水流也越灌越猛，不多会儿，漫过了膝盖。

地宫宝藏

大公子惊慌起来，开始往回跑，但挡在洞口的大祭司用冷峻的目光制止了他，大公子只得灰溜溜地回到大厅，登上人字梯，惊慌失措地看着不断奔涌而入的水流。

勋爵、威廉、艾曼纽和凯雅倒是显得很从容，他们从各自的背囊中取出一套小型潜水设备挂在身上，艾曼纽还递给我一个带长管的呼吸器。

由此，我不得不为勋爵的远见卓识感到惊叹！

此时，二公子突然掏出手枪，将枪口对准艾曼纽，尖叫道：“麻烦把你的潜水器给我递过来，还有他、他、她的，都一起给我拿过来。”

艾曼纽怒目圆睁，不为所动，突然，威廉也掏出了一把金手枪，枪口对准了大公子的后脑勺：“你要是敢乱动一下，我让他脑袋立即开花。”

与此同时，呆大将匕首摁在凯雅的脖子上，二嘎手伸向腰间的皮囊，蛮三和莽四也分别拿出短刀，护卫在大祭司身前，这一瞬间的变故，将常昆吓得目瞪口呆。

水流继续涌进，漫过了大腿，水中的人似乎都变成了蜡像，定格在大厅中。

当洪水及腰的时候，停止了涌进，并有少量回流，十多分钟后，降落到大腿膝盖位置，而这个时候，地宫的石门已经张开到一米宽左右。

勋爵挤出一丝笑容，对大祭司说道：“危险已经过去，地宫的大门也向我们敞开，我相信里面每一件东西都称得上是无价之宝，死一个人就意味着少拿几件宝贝，所以我们化干戈为玉帛吧，大家进去各取所需。”

大祭司冷眼凝视着勋爵，沉默片刻，点了点头。

威廉先收回了枪，犹豫片刻，二公子也收回了枪，与此同时，呆大将摁在凯雅脖子上的匕首移开，随后，大家开始蹚水进入地宫。

进入地宫，没有看见期待中的宫殿和珍宝，一段黑暗的洞穴在眼前延伸，望不到尽头，除了奇形怪状的钟乳石外，唯一让人感到惊讶的是，洞顶还在不断的渗水，飘飘洒洒落在我们身上。

看着眼前的场景，大公子有些失落，忍不住骂道：“妈的，这不就是一个下水道吗，哪来的宝贝？”

艾曼纽碰碰我的手，用英语轻声问道：“这个家伙真的是巴国大祭司的后代吗，怎么那么粗俗？”

我点点头，没有答话。

忽然，威廉发现洞壁上有火把，差不多十米左右就有一把，居然能点燃。

艾曼纽惊讶道："两千多年前的巴国人竟然可以建造如此伟大的水下工程，可他们却阻止不了秦军的攻击，这实在令人难以想象。"

我只好回敬她一句："好奇心不一定都是好事，有时候会引火上身的。"

虽然有些生气，但艾曼纽还是表现出对我的关心，用英语说道："你一定是被他们胁迫了，我看到了你心里的某种恐惧。"

见我还是不吭声，艾曼纽却不肯善罢甘休，又说道："不管怎样，你是我心中的英雄，我愿意等待你回心转意。"

我只有苦笑，主动与她拉开点距离。

穿行了三百米左右，进入一个大厅，终于看见了一座石塔。

石塔呈覆斗形，四个面的中部有石阶递进，可拾级而上，塔身中部还有一个方形孔洞，整个造型与玛雅金字塔相似。塔顶部有一个平台，平台上立一根方形石柱，石柱上塑一虎头，怒目圆睁，瞪视着我们这群侵入者。

塔身布满雕刻，大多是手持各种原始武器的巴人与群狼搏斗的场面，群狼的首领被塑造成人首狼身，拜服在身披虎裙的巴族首领脚下。

看到这里，凯雅忍不住好奇发问："原以为只有希腊神话中有人首兽身的怪胎，没想到巴国的神话中也有同样的怪物？"

威廉答道："他们不是怪物，而是代表一个以狼为图腾的部落。"

凯雅把目光转向我，问道："姐夫，爹地说得对吗？"

听她叫我姐夫，浑身不自在，又怕她继续乱叫，不得已点点头。

这时，塔身中传出艾曼纽的声音："快进来，我发现宝藏了！"

第一个闻声而入的是大公子，然后是威廉和勋爵，我跟在常昆后面进入石塔，一眼就看见了堆放在石台上的各种古老器物，以青铜器和陶器为主。

大公子伸手在器物堆中拨拉一通，悻悻然道："都是些破铜烂铁，没有一件称得上宝贝。"

艾曼纽耸耸肩，望着我用英语说道："这个人简直就是一头蠢猪。"

接着，艾曼纽开始不停地拍照，几分钟后，勋爵说道："这个穿越长江的地宫，长度至少在一公里以上，石塔应该也不止这么一个，我们继续往前面搜寻吧，回来的时候再取东西。”

果然，再走一两百米，又进入一个大厅，大厅里也有一个跟先前一模一样的石塔，唯一不同的是，塔身的雕刻变成了巴人与熊战斗的场面。无一例外的是，熊群的首领被塑造成人首熊身，并以同样的姿势拜服在身披虎裙的巴族首领脚下。而在塔身里，又毫无例外地看到了一堆古器物，除陶器和青铜器之外，还发现了象牙制品。

其中一根象牙雕刻极其精美，上面还镶嵌有几颗彩石，大公子立即把它拿在手上。常昆企图去拿另一件象牙制品，被大公子劈胸一拳，骂道："这些东西，都是老子的，还轮不到你来挑选，给我滚一边去。”

常昆赶紧缩手，神色十分尴尬。

接下来，差不多两百米左右一个大厅，而大厅中都毫无例外地耸立着一座石塔，在外形相似的基础上，雕刻的内容各不相同，大多都是巴人与各个部落王国作战的场面，当然，里面堆放的宝藏内容也各不相同。在蛇塔和鹰塔里我们发现了犀牛角制品，而在纵目大耳的鱼凫塔中，不仅发现有象牙和犀牛角制品，还看见了更加精美的青铜器和黄金制品，甚至还有一件与金沙遗址太阳神鸟相似的金盘。

此时，常昆又忍不住将手伸向金盘，却不料被二公子劈手夺过，口中骂道："你眼睛倒是毒，想要这件宝贝，没门儿，等老子拿剩下的，才轮到你。”

被二公子夺去金盘，常昆脸色异常难看，但见二公子手中有枪，怎敢发怒，直把一对怨毒的眼神，狠狠地盯着二公子。

地宫内一共有十二个洞厅和十二座石塔，在最后一座石塔上，雕刻了廪君射杀盐姬的故事，塔身中只陈列着一口石棺，石棺外露的五个面都雕刻着精美的图案，描述了廪君的成长和征服历程，而棺盖与棺身之间，填塞着胶泥。

大公子眼中露出贪婪的目光，完全不听我和艾曼纽的阻拦，吩咐呆大用手中短刀刮剥胶泥。此时，大祭司也出声喝止大公子，但大公子就像着魔似的，完全不听他老子的话。

眼看着呆大刮掉胶泥，随后，又与蛮三合力将棺盖移开。

棺盖打开的瞬间，一股青烟窜出，笔直地升到洞顶，在灯光的照射下，不断变幻着形状，最后聚合成一个人形，久久不能散去。

见此，大祭司面露温色，一把推开大公子，口中说道："这可是廪君的圣体，作为他的子孙，难道你就没有一点敬畏之心吗？！"

"敬畏管个屁用，"大公子急了，一把拨开大祭司的手臂，怒道："在这个世界上，我只敬畏金钱和武力。老头子，你也不想一想，你为巴国鞠躬尽瘁，可到头来却落得个丧家之犬的下场，害得我们一家跟你一样东躲西藏，如丧家之犬，现在，你又阻拦我们取宝，你这样做，对得起我和尕吉格吗？！"

大祭司气得面红筋涨，又去阻止呆大和蛮三，但此时的呆大和蛮三也如中邪一般，完全不听大祭司的劝阻。最后，在三人的合力下，移开了棺盖。

在探灯的照射下，棺内的情形一目了然。

里面是一具粗壮的骨架，尸骨的面目盖着一个玉面具，尸骨的两条手臂异乎寻常的长，手指骨和脚趾骨也异乎寻常的长，就像一只巨猿。

除了骨架之外，棺材内只有两件东西，分别是一个彩绘陶罐和一柄玉剑，除此之外，别无长物。

大公子先拿了玉剑，接着，又迫不及待地戳破陶罐上的羊皮套子。

"奶奶的，还以为里面是金银珠宝呢，结果只有一团头发。"

看着空空如也的陶罐，大公子露出失望的表情。

眼看着玉剑和一缕青丝，我心如刀割，对大公子的恼怒已达到极点。

"太意外了，这个陶罐里面怎么会存放着一缕头发？"

面对勋爵的发问，知道真相的我并没有心情解答，此时此刻，我脑海中浮现出的是盐姬那哀怨的面容。

"中国人常把头发比喻为父母给予的生命，还有就是用来祭祀的一种宗教仪式吧？"

见艾曼纽发问，我只得答道："据我所知，这缕头发是廪君爱姬盐水女神所赠，廪君在不知情的情况下射杀了自己的爱人，心中悔恨难当，这一缕头发就是廪君表达哀思的最好纪念物，而今天居然有人让它化为灰烬，廪君一定不会饶恕他的。"

“啊，我想起来了，那次你在梦中呼唤盐姬的名字，莫非你俩曾经是恋人？”见我声音哽咽，热泪盈眶，艾曼纽大为惊讶，“皮，你该不会说，自己就是廪君吧？”

我没有回答艾曼纽，眼中噙满热泪。

而听完艾曼纽的话，不仅勋爵和威廉惊讶万分，大祭司脸上也露出了恐慌。

毫无疑问，这十二座塔身雕刻的内容，展示了巴国历史上的十二次重大征服事件，从而也展示出巴国一路征战、开疆拓土的历程，这个历程，充满了艰难和血腥。而塔身里所陈列的器物，则是巴人一路征战所掠夺的各部落王国财富，它包含了各个不同时期和各种不同文化风格的器物，具有极高的文物价值，填补了西南地区早期历史的一大片空白。

勋爵和威廉也异常兴奋，今天的发现，不仅给他们的研究带来极大帮助，从而造就他们更高的学术地位，同时也可为史密斯基金募集到更多捐款，而这些珍贵文物流传出去，也可以通过拍卖变现成数十亿英镑的财富。

接下来，他们为某些文物的归属与大祭司一家发生了激烈争执。然后，各自掏出了武器，威廉和勋爵手中各拿着一把手枪，分别瞄准大公子和二公子，而大公子和二公子的手枪也分别对准了威廉和勋爵，蛮三用刀逼住凯雅，呆大看住艾曼纽，二嘎手上捏住几块石头，莽四紧紧守护在大祭司身边，一时之间，剑拔弩张。

枪响了，二公子先开枪击中了威廉，勋爵接着开枪，击中了大公子，接着又向二公子开枪，但没有击中，而蛮三残忍地割开了凯雅的脖子。这一血腥变故来得如此突然，我顿时惊呆，不知所措。

威廉呼喊着扑向蛮三，但被勋爵一把拉住，随即开枪向蛮三射击，蛮三虽然身中数枪，但并没有倒下。

然而，打斗还未完结。

勋爵拉着威廉闪身躲入石塔一侧，而二公子和蛮三躲到了石塔的另一侧，相互不断射击。呆大虽然中枪，但竟然没事一般，挥舞着短刀扑向艾曼纽。艾曼纽大惊失色，朝我跑来，呆大紧追不舍，我让过艾曼纽，使出一个绊腿，同时伸出双臂，用尽全身力气，一拉一拽，将呆大带了个趔趄，跌到水中。但那家伙迅速起身，对我劈胸一拳，我再要使绊摔他时，却像在挪动一头大象，完全力不从心。

混乱之中，谁也没注意到大祭司和常昆去了哪里。

大蛇现身

常昆不在了，可大祭司还在，此刻，他正站在塔顶上，手举神琮，口中念念有词，对周围发生的一切视若无睹。

与此同时，地面传来震动，水流中出现泡漩，随之，洞穴深处出现一头巨大的怪兽，一开始我以为是鱼龙，可仔细一看，它的身体比鱼龙还大，全身覆满鳞片，头上长着一只角，不错，是一只角。

毫无疑问，这就是巴国传说中的大蛇，一条可以吞掉大象的大蛇。

此刻，它正摆动着身体，迅速游过来，停在大祭司脚下，昂起头，斗大的眼睛盯着大祭司手中的神琮。

随后，大祭司将手指向勋爵和威廉，那怪物便扭转头，口中喷出一道火柱，射向勋爵和威廉。勋爵赶紧缩进石塔，但威廉却没躲过，全身着火后跌入水中。那怪兽又一扭脖子，将头探入水中，叼起威廉，头部摆动几下，一口将威廉吞入口中。

见威廉惨死，艾曼纽吓呆了，站在水中不知所措。这个时候，大祭司又念了几句咒语，随后，又将手指向艾曼纽。于是，怪兽又扭转脖子，张开大口，对准了艾曼纽。此时，艾曼纽才回过神来，发疯似的奔向我，藏身于我身后。

大祭司再念咒语，念完咒语，将手指向我。怪兽得到指令，慢慢的转动头颅，随后，又张开了大嘴。

此时此刻，我觉得在劫难逃，胸中忽然升起一团豪气，瞪视着这头怪兽——

怪兽没想到我如此视死如归，竟然被我的气势震慑，呆住了，虽然张着口，却迟迟没喷出火来。

仔细一看，其实怪兽并非慑于我的气势，而是慑于它眼前的一道烟云。不错，是一道烟云，那烟云翻滚变换，袅绕在怪兽眼前，最后，定格成廪君，挡住了怪兽的视线。

大祭司瞪视着烟云，万分震惊，双手不停地颤抖，随后，神琮滑落，在石塔上蹦跳几下之后，跌落水中。

不见了神琮，怪兽就像丢了魂儿似的，双目失去了光泽。而廪君又化成一团烟云，朝洞穴深处飘去，随之，怪兽也懒懒地挪动身体，跟着那烟云往洞穴深处游去。

怪兽消失之后，大祭司无比沮丧，跪倒在塔顶，仰天长叹……

这时，身后忽然有光柱射进来，我知道，那是自己的后援到了。

与光柱合二为一的是十几把自动步枪和十几个精悍的特警，冲在最前面的那个特警，身形异常灵活。

呆大的左肩流着血，但力气仍然惊人，我被他一只手扣住脖颈，动弹不得，另一只手握着匕首，向我胸口刺来。

我双手扣住呆大的手臂，身体后倾，腾起双脚，奋力踹向呆大的腹部，那家伙才痛得松开手臂，弯下腰去。

但呆大这一松手，我的整个身体也后仰着跌入水中，挣扎着想要爬起来时，再次被呆大扣住脖颈，跪压在我身上，手握匕首猛刺下来。

我屏住呼吸，拼尽力气扣住呆大手腕，阻止匕首不断靠近胸口，一尺、半尺、三寸、两寸，水不断涌入我的喉管，呼吸不畅，令人感到绝望……

但是，匕首在进入我胸口的瞬间停止了下压力，压住我双腿的力量也减弱了，只剩下呆大的体量，有血不停地淌下来，这才发现他额头上开了个孔。

我奋力推开呆大的身体，站起身来，发现那特警已来到身旁。

蛮三挥舞着短刀向那特警扑来，与此同时，二嘎射出了飞弹，但只见那特警手臂朝后一扬，“嘭嘭”两声枪响，蛮三的胸口立即喷出血来，二嘎身子一歪，也跌入水中，随后，莽四也被及时赶到的特警击毙。

此时，摇摇晃晃的蛮三并没有倒下，只见他怒目圆睁，扑向一个特警，特警侧身一让，扬手又是一枪，蛮三的脑袋就开了花。

二公子从塔后闪身出来，将枪口瞄准了特警，又一声枪声响起，倒下去的不是特警，而是二公子，与此同时，特警队员们的枪也喷出了火舌，把二公子的身体射成了马蜂窝。

就在此时，塔身忽然裂开了一个口子，巨大的水流从裂门中奔涌而出，接着，洞顶和洞壁也开始裂口，大大小小的石块不断掉落。

十几道光柱射向塔顶，只见大祭司立于塔顶之上，正在扭转青铜虎头，同时疯狂的狞笑道："巴国的宝藏，只属于巴国贵族，除此之外，谁也别想得到它，现在，我已经触发了地宫自毁装置，巴国的宝藏连同它的秘密，将永远沉睡在大江之底。"

密集的枪声再次响起，大祭司狰狞的双目变得血红，随后爆裂开来，露出两个幽暗的黑洞。

我赶紧向特警队员们示警，大叫道："不好，地宫要垮塌了，大家快撤出去！"

看着慢慢倒下的大祭司，再看看正在崩裂的地宫，我心如刀割，呆若木鸡。

艾曼纽见我只顾喊，自己却不挪动步子，一把拉住我，哭喊道："你还傻站在这里干什么，还不快撤，等死吗？"

我没有反应，呆望着不断掉落的石块和奔涌而入的江水，深深的自责——两千多年前的伟大文明工程，就这么毁于一旦，而我，无疑是制造这个悲剧的始作俑者，我已无颜再回到外面，无颜面对邹馆长，所以，我打算死在这里，去向董老师请罪。

见我呆立不动，艾曼纽急了，拿过一个潜水器，扔到我面前，吼叫道："你要留在这里陪葬，我可不愿意奉陪。"说完，自己背上另一个潜水器，追随特警队员而去。

刚走几步，听见了勋爵的呼喊声："爱娃，快来帮我，我被大石压住了！"

我转身朝呼喊声望去，勋爵肩部已沉入水中，脑袋拼命的扭动，艾曼纽听见叫喊声，赶紧跑回来，使劲推动压在勋爵身上的石块。但那石块太沉，艾曼纽怎么推得动。见此情形，我暂时忘记了心中的愤怒，急忙蹚过去帮她，当我来到勋爵身边的时候，他头部已完全没入水中。我想起艾曼纽扔给我的潜水器，赶紧返身拿上，拧开气阀，将呼吸器塞入勋爵口中，然后与艾曼纽并肩推动巨石。

水位迅猛上涨，洞顶的石块不断落下，溅起巨大的水花，可是大石仍纹丝不动，而此时，水位已漫过了胸口。

突然，我看见一根粗大的象牙漂过来，赶紧游过去抓住，再游回勋爵身边，将象牙插入水中，吩咐艾曼纽抱紧，我一个猛子扎下去，将象牙的另一头插入巨石之下，然后浮出水面，做个手势，与艾曼纽一起用力撬动象牙。

巨石松动了，摇晃起来，象牙继续下探，再一起用力撬动，巨石滚向一边，勋爵浮出水面。

随后，我又将潜水器递给勋爵，叫他和艾曼纽赶紧出去，可艾曼纽却看着我，那眼神，意思是你不走我也不走，眼看着水已经漫过胸口，我只得拉住艾曼纽的手，一起朝地宫进口游去。

幸运的是，我们游动的方向与水的流向一致，在划动手臂的同时，洪水推动着我俩迅速移动，而艾曼纽的潜水器上有水下探灯，可以找到正确的方向。

水位继续上涨，快要塞满低矮的通道，我和艾曼纽开始潜水游动，不断交换呼吸器换气，等到下一个洞厅再浮出水面。

默默数了一下，已经游过第九个洞厅了，还剩下三个，离地宫大门差不多还有五百米距离，再坚持一会儿，就能死里逃生。

但是洞顶的石块不断落下，一块石头正好砸在我右肩上，剧痛之中，右臂已无法游动，我不得不松开与艾曼纽相连的左手，单臂划动。艾曼纽紧跟在我身旁，抓住我受伤的右臂，继续给我递上呼吸器，不离不弃。

不知过去了多少时间，到第十个洞厅了，可是水面已经上涨到接近洞顶，氧气变得十分稀薄，我看了艾曼纽一眼，示意她在前面领游，这样更节省时间和体力。犹豫片刻，艾曼纽沉身下潜，向前方游去。

我屏住呼吸，划动左臂，紧跟在艾曼纽身后，游了四十米左右，艾曼纽转过身来，将呼吸器塞入我口中。我深吸几口氧气，再次划动手臂，奋力向前方游动，终于到达第十二个大厅。

当我们试图浮出水面的时候，却撞上了坚硬的石壁，水位已经完全淹没了洞厅，再也呼吸不到空气。而此时，艾曼纽潜水器上的指示灯开始闪烁，标示氧气量已所剩无几，艾曼纽再次将呼吸器递过来，我没有接受，迅速潜入水中，顺着水流的方向奋力游动。

艾曼纽紧跟在我后面，游了几十米之后，艾曼纽再次游到我身旁，递上呼吸器，我却将她手推开，顾自朝前方游去，只剩下一百多米了，我没有绝望，因为我在水下的憋气纪录是四分二十九秒。

我忍住剧痛，开始双臂划动，没有工夫去计算游了多少时间和距离，头脑中只有一个念头——为了禾香，为了覃婉丽，我必须活下去。

不停地划动手臂，紧盯住远方迷迷糊糊的光亮，用力地划动，拼命地划动，但是我离那点光亮却越来越远，直到完全看不见。

我没有慌乱，仍然不停地划动双臂，有时候会触到石壁擦伤手指，但是我不遗余力，奋勇向前。

划呀，划呀，在无边无际的黑暗中划动，在无边无际的夜空中划动，水流抚摸着我的身体，像吹过的一阵阵清风。

终于有些困乏了，身体开始麻木，手臂像是离开了自己的身体，接着双腿也离开了自己的身体，只剩下心脏还在微弱的跳动。

渐渐地，感觉到自己的身体漂浮起来，没有了重量。

接着，我又看见了光，那似曾相识的光，像彩虹一样的光。

灵魂出窍

“皮兆寅，快跟着本王走吧。”

一个熟悉的声音响起，极其飘渺。

随后，前方出现了一团光影，飘飘荡荡，不断变换着形状，一会儿拉长，一会儿压扁，真真假假，恍恍惚惚。

一股青烟追随着那道光，不断地向它靠拢。

那光影不停地漂浮起落，若即若离，逐渐幻化出廪君的形象。

我知道，那青烟是自己的灵魂，而在水中躺着的那个人，是自己的实体。

“现在，本王将带你穿越这黑暗的空间，回到光明的原点，你一定要坚持住，本王知道你能行。”那光影构成的廪君直立起来，飘飘忽忽地临近，伸出手来拉我，但那青烟聚成的人形无法触摸，在与光聚合成的手接触的瞬间飘散。

“你一定觉得奇怪，本王怎么会选定你做替身，事实上你我之间有很大不同，本王冷血薄恩，残忍暴戾，你宽厚良善，博爱多情，但也有共同点，那就是恩怨分明，意志坚定，勇敢无畏，你的性格正好可以弥补本王的不足，并且能给巴国带来好处，尤其是到了当代，暴力和禁锢只能举步维艰，而你认清了形势，做出了正确的选择。”

廪君的声音不断响起，对我的称呼，也从信使变成了替身，这样说来，我的前世并不是廪君，可是怎么会化身廪君做那么多上古之梦呢，就像自己亲身经历过？

廪君仿佛知道我在想什么，接着说道：“你虽然是本王的替身，但我却触摸不到你，所以只能让自己的灵魂进入你身体，也就是说，本王选择了你的身体作为灵魂的载体，潜行到你的梦中，用此种方式来传达本王的意志，保护本王的子民。”

“你还是会觉得奇怪，三千多年了，为什么本王的灵魂还没有投胎转世，那是因为，本王一生杀伐无数，树敌太多，受到众神的诅咒，三千年不得超生，所以只能寄身于白虎，苟活于绝谷深洞，与孤魂野鬼做伴。”

听着廪君的声音，我却感到厌烦，心想，我死都死了，你还在这里唠叨什么。可是廪君还在没完没了，“本王这辈子最大的遗憾，是射杀了盐姬，从此以后，本王因此变得暴戾无情，酷爱杀伐，本王征伐过的土地上，都流淌着巴人和其他部族的鲜血，而那些掠夺来的各部落王国的神器，也全都受到了鬼灵的诅咒，凶险无比，一件都不能离开地宫，任何人触碰到，都难逃一死。”

廪君声音中充满哀伤，与我梦中伟岸而冷酷的廪君形成极大反差，然而，他还在继续唠叨，“可是，面对这些巨大的危险，本王却无法劝阻你，因为你的血管中流淌着跟本王相似的血液，那种对未知世界的好奇心和征服欲，将驱使你敢于付出任何代价去追而寻之，但是，代价有时候是惨重的，无法挽回的，某些时候，你应该知道适可而止。”

那声音源源不断，喋喋不休，不断灌入我耳中，不对，应该是灵魂里。

“唯一感到欣慰的事，本王的血脉延续到了今天，这已经是个奇迹，至于说他们今后何去何从，不用再去管他了，你已经完成了自己的使命，一切都顺其自然吧，而本王大限将至，不久就会魂归故里投胎转世，离你而去，不要再企图追寻本王的足迹，那只会使你受到更多伤害。”

廪君的形象逐渐变得模糊，声音也逐渐减弱：“你现在已命悬一线，但不能轻易放弃，覃婉丽在家里等着你，你不能辜负她，所以，你一定要活下去。”

话音一落，廪君的光影随之消失。

接着，我又看见了水下的自己，看见了一道光和一个人影向他靠近。

不知过了多久，眼前出现一团白光，亮得有些刺眼。

那白光不断放大扩散，进而出现一些模糊的白色轮廓——白色的墙顶，白色的窗户和穿着白色衣服的人。

白色，应该是天堂的色调吧？

这就对了，我这次是真的死了，灵魂飘荡上了天堂，这让我感到欣慰。

眼皮沉重，无法睁开，白光中的轮廓依然模糊，随后，我又听见了另一种声音：“他的心脏开始跳动了，这……这真是个奇迹！”

接着，不断有声音传入耳朵，“这个人在缺氧的环境下，至少持续了五分钟以上，居然还能够生还，简直不可思议！”

“找到他的时候，他就静静地沉在水底，一动不动，我费了好大力气才掰开他的嘴唇，将呼吸器塞入他口中，那时就想，只能死马当活马医了，没想到他还真能活过来！”

“这个人的生命真顽强，眼看没有指望了，可通过心肺复苏，他的心脏竟然奇迹般恢复了跳动！”

嘀嘀咕咕的声音不断在耳边响起，像水珠滴落在地板上的声音，既飘渺又沉实，显然是来自现实世界的声音。

怎么会有这样的声音，我有些不敢置信，自己的灵魂明明化作一股青烟离开了身体，我甚至都看见自己死在水中，怎么可能再活过来？

眼皮依然沉重，但我还是睁开了眼睛，眼前的白色光影和轮廓逐渐清晰，身体似乎有了重量，感觉到头部和右肩的刺疼。

过了一会儿，又听见有人说话，“他的心跳在逐渐变得有力，脑电波的信号也越来越强，也许再过两个小时，就会醒过来了。”

嘀嘀咕咕的声音继续传入耳中，像渐渐远去的马蹄声，令我昏昏欲睡。

过往的情景历历浮现，但是廪君的形象已变得模糊。

又不知过了多少时间，我再一次睁开了眼睛，看见了穿白衣的护士和穿白大褂的医生，随后，还看见了一个特警，此时的他，正紧蹙眉头。

见我醒来，特警长舒了口气，“你这个家伙，真是蠢得可爱，扔给你一套救命设备，居然送给别人。”

“我看见了，谢谢！”我嚅动嘴唇，居然吐出一句话来。

见我睁眼说话，特警笑了，说道：“开什么玩笑，我找到你的时候，你双目紧闭，呼吸全无，跟个死人没有两样，居然说看见了我，看样子你虽然被救活了，脑子却出了问题。”

“我很清醒，真的看见你往我嘴里塞管子。”

此时，郑警官的声音从旁边传来，这才发现，我在和特警对话的时候，他一直站在门边。现在，他也走近了床边，说道：“皮兆寅，你可真不是一张省油的灯啊，把我们折腾得够狼狈，也把自己折腾得够惨，现在，你还打算折腾下去吗？”

望着郑警官，我心中充满歉疚，喃喃道：“我不想隐瞒和逃避了，过几天会给你们一个满意的口供。”

“安心养伤吧，你的问题，三言两语可交代不清楚。”郑警官皱眉作答。

“对不起，我实在有很多苦衷。”

说完这句话，忽然感觉到很疲惫，合上眼，静静地回想几天前发生的事情。

事没完

接下来，给大家交代几件没来得及讲的事——

禾香失踪的第二天，我先去了趟琥珀店，让松哥办理了一张银行卡，并存入两百万，也就是后来交给冬瓜的那张银行卡。然后我又去了趟保险公司，办理了一单一千万的巨额人身意外伤害保险，受益人是覃婉丽，离开家时放到了书房的桌子上。

最后，我来到市中区公安局，要求面见负责神器失窃案的郑警官。

“皮兆寅，你怎么来了？”郑警官对我的突然造访感到有些惊讶。

“想起了一些应该交代的事情，”我接过郑警官递过来的茶杯，在他的示意下落座，接着说道：“谢谢您抽出时间来接待我。”

“希望是有关山城博物馆文物失窃的线索，上面都压得我直不起腰了。”郑警官眉头轻蹙，眉宇间流露出一丝苦涩。

“不是那两件文物的事，但这件事比那件事还要重要得多。”我态度端正，语气诚恳。

“你慢慢说，老老实实地说，想好了说。”郑警官有点惊讶，面带警觉。

“是关于巴国地宫的事情，”望着郑警官，我心中忐忑，手心冒汗，“就是……我们快要发现巴国地宫了。”

“什么巴国地宫，从来没听说过，而且这属于文化局和考古所该管的事情，跑来找我干什么？”郑警官很茫然。

“您说得没错，这本属于文化局和考古所的事情，来这里之前，我已告诉了邹馆长，邹馆长让我来找您。”我字斟句酌地说话，生怕词不达意，“邹馆长说，如果牵涉到大宗文物盗掘和走私的情况发生，该公安局管。”

“嗯，这确实属于我们该管的事，但你刚才说只是快要发现地宫了，并没有确定有这个地宫，还有即使有这个地宫，里面有没有文物也不确定，怎么就判断有盗掘和走私的事情将要发生呢？”郑警官说话也很小心，逻辑严密。

此时，我不得不答道：“地宫的位置已经探明，里面藏有巴国文物也确定无疑，几天后有人会悄悄开启地宫，为了地宫和文物的安全，我恳请警方能够做出相应行动。”

听完我的话，郑警官眉头紧锁，沉默半晌，才说道：“就凭你这番没有任何证据的说辞，我怎么向上级打报告安排行动，再说，现在临近春节，警力十分紧张，如果判断失误，造成警力浪费，我会负很大责任的。”

我又说道：“如果我能明确指出是哪些人参与这次盗掘行动，还有他们的行动时间和具体行动方案，会对您打报告有帮助吗？”

郑警官点点头，说道：“那你先得告诉我，是哪些人将参与所谓的盗掘行动，还有，你又是怎么知道这起盗掘行动的具体方案的？”

“他们是法国来的史密斯勋爵和威廉博士，而我也是这个行动小组的成员之一。”我坦然面对郑警官质疑的目光，有意无意中省略了艾曼纽和凯雅。

“史密斯勋爵，威廉博士，不是说他们在丰都进行科学考察吗，上面还有人打招呼要求配合他们考察和保护他们的安全呢。”郑警官眉头皱得更紧了。

“他们是打着科学考察的旗号，行盗窃文物之实。”我加重了语气。

“据说这个勋爵很有来头，是跟我国官方很友好的文化名人，你现在却把他说成是一个文物盗窃分子，如果搞错了，我这个刑警队长是肯定当不成了。”郑警官抽出两支烟来，递给我一支，我赶紧拿出打火机给他点上，接着，又点燃了自己这一支。

为了逼郑警官出手，我加重了砝码，接着说道：“如果这次行动布置周密，就能抓住勋爵盗掘地宫文物的现行，说不定还能从他身上追查到博物馆失窃的那两件文物，所以值得冒这个险。”

郑警官被我说服了，决定在我和勋爵约定的时间采取行动。然而，我还是失算了，其中最重要的原因，是我低估了勋爵对宝藏的贪欲，当然，拒绝艾曼纽的示爱也可能是一个重要因素。所以，老奸巨猾的勋爵提前采取了行动，想独吞宝藏，虽然郑警官事先安排了警员扮成保安在雪玉洞蹲守，但还是被勋爵打了个措手不及，等到特警队员们闻讯赶到时，悲剧已经发生了。

就这样，我千辛万苦寻找到的巴国地宫和宝藏，还没来得及面世，就坍塌掩埋在长江之下，化为泡影。

无尽的悔恨侵扰着我，令我懊悔不已，头痛欲裂。

再次醒来的时候，身边出现了覃婉丽，她的眼睛有些红肿，神情疲惫。而在病房门口，站着冬瓜和闷墩儿。

一定是冬瓜通知覃婉丽来的，当她闻讯赶到医院，就注定接下来的时间都睡不好觉了。但此刻，她的心情还算平静，因为毕竟我还活着。

覃婉丽没有说话，轻轻握住我的手。

接着，邹馆长来到了病房，看得出他的心情很沉重。

“对不起，我搞砸了。”在他还没开口之前，我先表达深深的歉意。

“现在说这些，已经晚了，我们正在制定补救方案，因为你了解地宫的情况，想听听你的建议。”邹馆长声音沙哑，眼袋很深，看样子也是很长时间没有合眼。

“地宫已经完全垮塌了，恐怕已经无法补救。”我不敢直视邹馆长的眼睛。

“早给你讲过，考古发掘是非常科学严谨的事业，不是单靠热情和勇气就可以解决问题的，这一次的事故，不仅失去了很多古代珍贵文物，还失去了揭示巴国历史的重要机会，其损失不可估量。”邹馆长仰天长叹，懊恼不已。

“对不起，这都是我的错，告诉您地宫秘密的时候，没有交代开启地宫的时间，更没有想到怀特勋爵会提前采取行动。”望着邹馆长紧锁的眉头，我无比内疚，愧疚之中，不禁说道：“希望还能有一次补救的机会。”

邹馆长摇摇头，十分气恼，皱眉道：“不仅地宫垮塌了，雪玉洞也被大水冲得一塌糊涂，怎么补救。”

“是另一种补救，我觉得除了巴国地宫，可能其他地方还隐藏着巴国宝藏，只是……只是需要些时间。”

“另一个地方，巴国宝藏，你不会是在开玩笑吧？”

“准确的说，它不是宝藏，也不是文物，但更为生动直观，会颠覆所有人的感官和想象力。”

听完我的话，邹馆长感到十分惊愕，不觉喃喃自语：“看样子，这次事件，对你的精神伤害更大！”

三天之后，我出院了。

先在特警的看护下去公安局录口供。

口供录了很久，除了交代与勋爵一家合作寻找地宫的经过，还交代了自己发现神琮和权杖的经过，至于说自己为什么知道巴国有一个地宫，是因为我在龙桥裂隙中还发现了一张羊皮图，按照羊皮图提供的线索才找到了地宫。

由于我认错态度良好，并且在发现开启地宫之前通知了警方，再加之自己曾捐献过蒙哥金牌，警方认定我主观上没有盗窃地宫文物的故意，所以决定放我回家，但要随时听后他们的问询。

在公安局，还得知了一个情况，常昆逃出地宫的时候，被特警擒获，经过审讯，在南岸区某小区一栋别墅内找到了禾香。

回家这天，正好是除夕，吃过饺子后，我和覃婉丽窝在沙发上看春节晚会。在电暖炉的烘烤下，房间里显得特别温馨，我和覃婉丽谁也没多话，认真地观看每一个节目，觉得春晚其实也不像有的人说得那样差劲儿。

第二天，坊间传出小道消息——

喜来登酒店的清洁工在清理一间豪华套房时，发现一个外国老头死于房间中。

他眼珠爆裂，七窍流血，其状惨不忍睹。

令人不解的是，死者身体其他部位没有一点伤痕，更没有下毒和他杀的迹象，只是在房间书桌上发现了一件玉面具。

这个诡异的事件，只有我最清楚。

那个玉面具，如果我没猜错，应该是廪君的面具吧。

由此，我想到了“鬼灵的诅咒”。

死者一定是勋爵，从某种意义上来说，他算是罪有应得。

可是艾曼纽呢，她并没有犯下什么大错，而且自始至终都没有碰过地宫中的文物，鬼灵的诅咒会发生在她身上吗？

还有，艾曼纽究竟逃出地宫没有，怎么没有她的消息？

不知怎么回事，艾曼纽的身影始终在我眼前挥之不去，她钻石般的眼珠凝视着我，以至于我心脏隐隐作痛。